U0945460

国家社会科学基金项目

中国地缘文化诗学

——以新时期小说为例

崔志远 著

人民出版社

序　一

张　炯

鲁迅在论及文学时曾说，越是有地方色彩的，就越是世界的。有人不以为然。我的理解是，越有地方自然和人文色彩的作品，就会越吸引世界性的读者。因为在别国别地方的读者看来，这样的作品就有陌生感和新奇感。而陌生感和新奇感，正是构成人们审美感受的重要方面。中国文学要走出国门，走向世界，恐怕正是要加强对于地域自然和人文特色的描写。崔志远教授的新著《中国地缘文化诗学》的出版，我以为，其重要的学术意义之一，对于呼吁广大作家重视地域自然和文化的表现，应有很大的益处。

在文学研究中开拓文化的视角，这在我国改革开放的新时期，已成为文学研究界的一种时尚。文化诗学也应运而生，成为新的学术生长点和新的学科方向。但这方面的厚重扎实之作还不多。崔志远教授积多年的研究成果，将地缘文化诗学的理论建构与具体地域的文化考辨、作家作品个案的细致剖析结合起来，对我国的地缘文化诗学提出自己的新知新见，应该说是这方面研究的可贵收获。全书分九章，第一章论述了地缘文化诗学的文论语境、理论资源和理论构成，旨在建构地缘文化诗学理论，确立全书的理论支点；第二章论述了中国区域文化格局的形成与发展，包括中华文化的多元发生、中国区域文化格局的形成、中国区域文化的成熟、深化和定型；第三章论述新时期文学的地缘文化风貌，包括区域文学发展期待、发展态势及重要邦邑区如三秦、燕赵、三晋、齐鲁、楚、吴越、北京、上海等的文化性格及新时期代表性作家群；第四至九章则选取北京、上海、燕赵、三秦、吴越、齐鲁六个邦邑区的作家群进行地缘文化诗学的个案研究。各章的第一节均为该区域文化的地域特征，着意发掘各地区的文化性格特征。第二节为该区域小说的地缘风貌。第三、第四、第五节，则是选取一两位作家，进行地缘文化诗学的文学地缘性分析。主要运用原型批评方法，也运用能够发现文学地缘性的其他方法，以印证地缘文化诗学的理论。虽然，从我国的广阔地域来说，未能把青藏地区、西北地区和蜀中、岭南、云贵地区列入所论，不免是个缺憾。但作者所做的努力，使读者通过这本书得以进一步了解和认识中国主要邦邑区的文化风貌和文学表现，并从中提炼自己关于地缘文化诗学的理论见解，无疑对于填补研究的空白和开创边缘性新学科具有重要意义，都是值得人们重视的。作者在前人地域文学研究成果的基础上提出一种地缘文化诗学方法论，并建构起比较完整的理论结构体系，这在学界尚不多见。它跨越文学与文化、文化与地理，历史与地理多个交叉学科，考察领域时而文学，时而文化；时而文本，时而生活；时而心理，时而社会；时而现实，时而历史；并涉及文本批评、原型批评、心理批评、历史批评等多种批评方法的成果，体现了作者二十年来地域文学研究成果积累，从而使得他的地缘文化诗学理论视野开阔，论证扎实，思维也比较严密。他对北京、上海、燕赵、三秦、吴越、齐鲁文化成因、文化结构及文化性格的研究，在整合性思考的基础上形成自己的感悟和判断，多有新见。如对上海漂泊意识、隐忍的开放性的分析，对北京的现代与传统结合的阐释，对三秦文化厚重而古朴的判定，对燕赵文化性格发展和变异的考察；对邓友梅京味小说衍生文本、U 形结构，王安忆小说原型意识的分析以及对刘绍棠的胡汉交融血统、贾平凹的“月像”、汪曾祺的“水像”的等的论析，均具新意和启发性。

总之，这是一部经过潜心研究的、富有学术价值的著作，是崔志远教授继《现实主义的当代中国命运》之后的又一部力作。他的立论和观点也许学界不一定都能全部认同，但作者所做工作的启迪意义和开拓意义，应是不容置疑的。我由衷祝贺他这部新著的出版，并希望他在学术研究领域不断获得新的成果。

2012 年 6 月 17 日于首都花家地

序二　构建地域文学研究的深广空间

张志忠

崔志远老师的《中国地缘文化诗学》即将付梓，嘱我为序，敢不诚惶诚恐？

中国的地域辽阔，文化风俗各有不同。往小里说，十里不同风，五里不同俗，这本来是农业社会的产物。鸡鸣狗吠之声相闻，民至老死而不相往来，不是不相往来，而是自给自足的农业经济，不需要往来而已。往大里说，沿海与内陆，南方与北方，平原与山区，充满了差异，更是各有千秋。从人种学上说，有马来人种和蒙古人种的差异，更有现代多民族国家的各个民族构成的界定；从经济发展看，有城市与乡村的区别，单说城市，又有发达与落后的不同阶段；从文化上说，传统的积淀有不同的层面，楚河汉界，不只是在象棋的意义上而言，也区划出南北地域之不同的文化群落，而现代与传统的撞击与嬗变，更为其添加了新的变数。从美学风范上说，小桥流水杏花雨与铁马秋风雪如沙，各成气象，也令文学历来就有南北之分。当然，这里一直是信马由缰地铺排开去而言的。如果是从理论建构着手，又该是什么样的情形呢？

《中国地缘文化诗学》，就是对地域文学研究的理论建设与实证研究的双重拓展。列宁说过，没有革命的理论，就没有革命的运动。转而用之，在文学批评中，理论是不可或缺的。因此，我特别推重《中国地缘文化诗学》在理论建构方面取得的重要成果。说起来，新时期以来的30余年，地域文学创作的实绩，可以说是最为显赫的，对其进行研究的成果，也颇为可观。但是，就我所见所闻，大都是就事论事式的，其着眼点俱在于作家作品研究，理论的探索成就有限。看到崔志远老师的大作，才知道山有多高海有多深。《中国地缘文化诗学》可以说是构建地域文学研究理论的极为认真而且成果颇丰的一次实践。说起来，我也是非常重视研究理论的。在我自己的学术生涯中，有两个阶段，都得力于理论的滋润。一是20世纪80年代文学的狂飙突进时期，面对诸多锐意创新的作家作品，仅仅靠在大学读书时期学过的充满苏联文学教条气味的“文学概论”，已经远远不能够应对，“美学热”和“理论热”、“方法年”，恰逢其时。我们都曾经狂热地阅读过大量的理论书籍，从柏拉图到尼采，从萨特到弗洛伊德，从沙夫到卡西尔，乃至自然科学领域中的“老三论”、“新三论”。我的硕士学位论文，就曾经生吞活剥过系统论;在我的第一部专著《莫言论》中,也从卡西尔的《人论》中获益匪浅。还有就是最近的10余年。这是看到当代文学评论的泛化和传媒化的现象,而自觉向学院派靠拢,在研究生教育中,一再强调必须有一定的学理依据作参照,不能一味地“跟着感觉走”,把严肃的文学批评蜕变成为随意性很强的文字游戏。从事当代文学批评,需要灵气感悟,也需要理论支撑。灵气无法教化,强调理论背景,尚有可行之处。惜乎当下的年轻学子,被各种实用的功利性需要所左右,真正坐下来读书的时间有限,读理论书籍更是不尽人意。而《中国地缘文化诗学》,则在理论素养的广度和深度上,都显示出了非常的功力,举凡人文地理学、精神分析学、城市地标理论、爱情心理学等,皆有所涉猎,取材广博。譬如说,过去一直以为山西、河北同是一片黄土地,同属于黄河流域,山川阡陌相连,生活习俗相近。在本书中,作者却借用他人的研究成果,从“自行肥效”之有无,土地肥沃程度的差别,对两者作出不同的界说,并且由此引发出对这两片地域的人文环境的不同阐释,就非常富有启示性。再如,贾平凹自述其少年时代经历坎坷所萌生的孤独意识对其创作的影响,得到了文坛的认可,许多论者也多加引证。但是,对王安忆的研究,却很少有人会谈到孤独的话题。崔志远老师独辟蹊径,从王安忆的家族史写作的《伤心太平洋》和《纪实与虚构》,讨论其父系和母系的独特家世,引申出“孤独”与“飘零”的话题,并且把这种孤独上升到叔本华关于“孤独”的哲学命题,为我们的思考,打开了新的界面。

注重文化研究和交叉学科的穿透力,使得《中国地缘文化诗学》富有了丰厚的理论底蕴。同时,作者又确认,不能以文化研究取代文学批评,信守住文学研究的底线,理论的追求,也包括了文学理论的采用。作者对于叙事学、语言学、结构主义等理论的应用得心应手,举重若轻,显示出文学评论家的学养本色,而不是将作家作品视为文化研究的实验材料。在文化研究和文学批评理论两者间走钢丝,这是至险至难,但作者不动声色地走过来了,走得潇洒,走得从容。

《中国地缘文化诗学》对新时期地域性作家群落的实证考察,在相关理论的烛照下,高屋建瓴,气势凌厉,取得了先声夺人的效果。在进入作家研究的具体阐释之后,更表现出成竹在胸、游刃有余的非凡气度。这不能不叹服作者的文本解读的透彻和理论应用的适当之间的精当调谐。《中国地缘文化诗学》论及的诸多作家,都是新时期的代表性作家,相关的研究成果可谓夥矣。要想出新,谈何容易。但是,无论是论及邓友梅,还是王安忆,是刘绍棠,还是贾平凹,作者都有新见新知,夺人眼目。邓友梅的京都系列小说,大都创作于80年代初期,问世之际,就得到许多好评,研究的可能性(这是仿照昆德拉“小说的可能性”生造出来的)似乎已经穷尽。但是,具有发现美的眼光者,仍然大有作为。在《邓友梅的京味小说》一章中,作者对邓友梅的京味小说做面面观:“衍生文本”是从叙事学切入,落实在作品所描绘的京城具有标志性的文化景观和满汉杂处、雅俗混杂的日常生活风情上。“U形探寻结构”中存在着亚里士多德所说的“突转”与“发现”，属于故事脉络走向和情节设置技巧，却也给我们了解艺术的奥秘打开了路径；而且，作者还对“突转”与“发现”不依不饶，刻意要从中发掘出邓友梅的创作特征，揭示出“突转”与“暗渡”的照应和互补：“突转本是一种大幅度的跳跃，是情节链条上的断裂，邓友梅却用暗渡创造出跳跃中的吻接，断裂中的桥梁，使突转突然而不突兀，精警而不生涩。他的暗渡或是动静相生式，或是双线相交式，或是生活细节隐埋式，灵活多样，不拘一格。给人的印象是，他用散淡优雅的笔调描绘笔下的世事风云，不卑不亢，从容不迫，舒徐自如。透露出京都文人典丽优雅的贵族气息”。论及邓友梅的京味小说语言，不仅对邓友梅小说中的北京方言应用做了深度阐释，还进一步地勾摄出作家语言中“化俗为雅”的句式营构，在口语化中融入古典辞赋的铺排和骈偶，这和前面所讲的U型探寻结构中的“突转”与“暗渡”所造成的典丽优雅相呼应，都是对邓氏小说暗寓的贵族气度的见微知著，妙论迭出。当然，京都文化不仅有市井风情和生活艺术，还有“文化政治”。作者指出，在邓友梅笔下，贵胄破落子弟那五的悲剧喜剧、陶然亭练习健身的“闲人”们的柔与刚、鼻烟壶制作的兴衰、文物鉴定名家“画儿韩”的荣辱，看似驳杂纷呈，其中都隐含了意识形态的意味，它来自京都文化的庙堂意识和政治文化精神。循此生发开去，唯其有庙堂意识，有历史沧桑，才是落难归来的邓友梅心灵深处的关注；唯其有庙堂意识，在行文布局上，才会在不经意间，得到结构和语言的应和，形成其典丽优雅吧。

再比如，同样是曾经孤独，在作者的精心辨析中，也会有不同的精神指向。贾平凹的孤独，源自人生的磨难，经过庄禅精神的熏染，使其从中发现了静虚之意，残缺之美，而复归于原初浑朴。王安忆的孤独，有家族的漂泊，也有自身的“无根”——生于南京而跟随父母移居上海，一方面父母亲的红色身份使他们成为大上海的接管者；另一方面上海市民精致的日常生活又对这些入主者的第二代有莫名的诱惑，在享有政治优越感的同时，这些不会讲上海方言的孩子又渴望融入上海本土，从而形成王安忆作品中时隐时现的认同焦虑。崔志远老师解析“洋场文化”，犀利地指出，在《长恨歌》中，由“兰心”“好莱坞”“老克腊”等折射出来的“洋场心态”，追忆或者想象“过去的好时光”，不仅是王安忆作品中的当代人物的陈旧梦想，可能也潜藏着作家自己的心灵焦虑吧。在这里，“洋场文化”是个中性词，兼有正负两面。对“洋场文化”的分析，也许是本书最精彩的部分之一，既有确凿史料，又有理论高度，既能出人意料地揭示出“洋场文化”的迷人和优越之处，也能在一片大上海怀旧的浪潮中直陈其弊端，锋芒犀利，警人警世。

《中国地缘文化诗学》的优长之处多多，恕我不能一一指出。这需要有鉴别力的读者的独立判断。就从学风上来说，崔志远老师也为我们建立了一个良好的参照，如果不说榜样的话。当今的学界，能够坐得住冷板凳，把冷饭炒出新滋味，为数不多，地域文学研究在20世纪八九十年代曾经大行其道，到今天，当年的弄潮儿早已改换名目，去追赶新的潮头。崔志远老师，却是锲而不舍，念兹在兹，积多年的思考、追求、开掘、深化，而卓有所成，如其自述，“笔者二十年来关于地域文学研究成果的集结，从专著《乡土文学与地缘文化》到《燕赵风骨的交响变奏》，再到今天的《中国地缘文化诗学》，由乡土小说门类的研究到一个省区各种文学门类的研究，再到中国文学地域性的整体性思考，正是我二十年来的心路历程。这种历程保证了研究的稳定扎实和切实可行。”这种精神，不也发人深省吗？郑板桥诗云：“四十年来画竹枝，日间挥写夜间思。冗繁削尽留清瘦，画到生时是熟时。”我们是否还有郑板桥的这种执着和痴迷呢？

2012年4月13日于纽约

目录

引　言

屈指算来,我对中国地缘文化诗学的思考和探讨已有二十余年的历史。1991 年,我到北京师范大学跟郭志刚先生做访问学者。是时我已过不惑之秋,虽然出版了一本小册子《当代文学审美潮》,也与人一起主编了《中国当代文学教程》,但那只是跟踪文学发展和满足教学需要的一般性写作。我的当务之急是寻找自己的研究领地,并在这块领地上深挖一口井,从而取得创造性成果。我当时思考的课题有两个。一是研究著名作家、翻译家叶君健先生,搞一本作家评传。作为翻译家,叶老译著颇丰,最著名的自然是安徒生童话,但学界对这些成果明显研究不足;作为作家,叶老创作了《寂静的群山》《土地》两个长篇三部曲,还有众多中短篇、儿童文学、游记、散文、传记等,计 400 万字,然而,一则叶老是潮流之外的作家,二则一些作品用外语原创,译到国内已是时过境迁,学界对叶老创作的研究也比较冷落。可见,这一课题有很大的开掘空间;而且,我与叶老已有几年的交往,也写了有关叶老的一点东西,搞一部评传也是叶老的愿望。二是研究乡土文学。20 世纪 80 年代的乡土文学研究有两种值得注意的现象:一个是乡土文学的有无之争,80 年代初曾有严家炎同蹇先艾关于 20 年代乡土小说派的有无之争,孙犁与刘绍棠关于乡土文学有无的分歧,这种分歧持续到 80 年代末;另一个是寻根文学推动了乡土文学的发展和研究,其成果是将"文化"引入创作和研究,比如从地域文化的角度研究乡土文学,将研究推向了新阶段。当时乡土文学研究论文较多,专著却仅有陈继会的《理性的消长——中国乡土小说综论》,作者运用的主要是启蒙主义视角。如果用地缘文化视角写一本系统的乡土文学研究专著,显然具有创新性。经过反复权衡,我决定放弃对叶老的研究,选择了乡土文学。因为研究课题的选择,不仅要看对象的阐释空间和研究价值,还要看自身的研究条件,包括自己的生活阅历、知识结构、文化积累、艺术修养等,即姚斯说的"期待视野"。好的选题必须使期待视野与研究对象具有极大的联结与沟通,从而产生强烈的共鸣。叶老是"世界级"知识分子,足迹遍日本、欧洲,并学遍这些国家的语言;用英语、世界语创作了许多优秀作品,直接从丹麦语翻译出安徒生童话。因而被聘为“世界文化理事会”的“达·芬奇文艺奖”的评委。一则我的外语基础比较薄弱，很难理解叶老翻译文字的奥妙；二则没有条件考察叶老一生的足迹。期待视野便存在难以克服的缺陷。对于乡土文学，我便优越得多。我生在农村，高中毕业后又回乡做农民，至1978年高考上大学离开农村，在家乡生活三十余年，我不仅在那里获得了童年经验，还获得了多种刻骨铭心的人生体验。我与农村有着砸断骨头连着筋的血肉联系，农村于我有着天然的亲近感。在中国现当代文学史上，乡土文学的成果最为丰硕，这里集结了众多文学大师、巨匠和文学经典，如同不了解农村就不了解中国一样，不了解乡土文学也就不了解中国现当代文学。对于这些，我都能产生强烈的共鸣。我的期待视野与乡土文学，没有任何沟通障碍，需要的是理论素养和学术功力的提高。

确定了学术研发领地，进一步思考的便是研究起点和具体的逻辑思路。开始想研究整个乡土文学，后来逐渐退却，将对象锁定在新时期乡土小说上；研究视角则是地域文化。基本思路是，在“绪论”中阐释有关地缘文化视角的基本思考，继而概括描述新时期乡土文学发展的地缘文化风貌，然后选择两三个文化区进行个案研究，首先考察其文化的形成及特征，之后选择一两位作家，研究其创作的地缘文化特质。访学期间有几件事值得一提：一是结识了著名乡土文学作家刘绍棠，他的许多卓见启发了我的思维和思考；二是接触了一些民俗学研究学者（北师大有以钟敬文为代表的民俗学强势学科），涉猎了文化地理学、人类学与民俗学等方面的知识，这成了我文化思考的起点，也是日后建构地缘文化诗学的重要理论资源；三是我的导师郭志刚先生是孙犁研究专家，对乡土文学的看法与孙犁相近，但听了我的想法和思路后，却给予积极的支持，帮我确定思路，提供资料。这使我不仅感受到知名学者良好的学养，还感受到他坦荡的胸怀。

访学时的写作充实而愉快，第一学期我便完成十余万字。第二学期因故转向“毛泽东艺术创作论”的写作，中断了乡土文学研究。1993年底《毛泽东艺术创作论》出版。乡土文学写作又继续进行。1994年，将写完的有关燕赵文化和刘绍棠的部分整理修订，与人合作出版了名为《运河文学体系论》的小册子。1997年完成写作，出版《乡土文学与地缘文化》一书。本书的《引言》中有一段“地缘文化视角简释”，谈到地缘文化与文化地理学、地缘文化与地缘群体、地域自然环境与地域社会结构等内容。这仅有两千字的“简释”却成了日后地缘文化诗学的雏形。本书出版后反响较好。当时陆贵山、周忠厚二位先生正搞一个国家社会科学基金项目“九五”规划重点课题《有中国特色的马克思主义文艺学》，见到拙作后邀我写一章《马克思主义文艺地缘学思想》。这一邀请唤起我对地缘文化诗学的理论自觉。经过一段认真而艰苦的思考，文章完成。当时形成的基本思路如下：

> 文学艺术的地方特色实际是地缘文化特色，其成因不仅在于地域的物质环境，更在于地域的社会结构，环境创造着人，人也创造着环境，地缘文化是二者交互作用而形成的浓厚历史积淀；地缘文化特色表现为地缘文化精神，这种文化精神的表层结构是意识形态之类多有历史沿革的精神价值体系，深层结构则是地缘群体在漫长的历史发展中积淀成的固定心态。文学艺术揭示地缘文化精神，则必须在洞悉地域的物质环境和社会结构的基础上，既要揭示地域的有历史沿革的浅层结构，更要透过这一表层，开掘漫长的历史积淀而成的地域的文化潜意识。①

这一理论框架，较《乡土文学与地缘文化》的思考要完整得多。但是，文章所云两方面——文化的地缘性和文学的地缘性——前者还算完整，后者却没有提出具体操作方法，还是一个空壳子。即使在前者，关于中国文化区的形成、发展、定型以及结构系统等，都缺乏深入研究。这些问题有的当时尚未意识到，有的意识到了却找不到理论资源。

1998年，我获得一个河北省社会科学基金项目《河北当代文学的地缘文化特征》，申报的目的则是想通过对河北文学的研究继续思考文学地缘性问题。本课题完成后于2001年出版，定名为《燕赵风骨的交响变奏》，此书以《文艺地缘学生成及理论构成》为《绪论》，作为全书的理论支点和依据。第一章《燕赵风骨的形成、发展和变异》以文艺地缘学理论考察燕赵文化的地缘性；第二章《河北当代文学大观：燕赵风骨的交响变奏》概括阐释河北当代文学的地域性，第三、四、五、六章则是个案研究，从《红旗谱群落》《荷花淀风韵》《缪斯风采》《"山庄戏剧"与"三驾马车"》几种主要文学现象揭示河北当代文学的地缘性。一则"文艺地缘学理论"尚欠完整，阐释丰富的文学现象不免出现盲点；二则将各种文学现象与地缘文化一一联结，契合点不一定找得准，因而本书有不少缺陷。但毕竟是对文学地缘性理论与实践的自觉性思考，还是为以后的思考奠定了一个基础。同年，我还出版了《文化心理批评》，其中也有不少关于文学地域性的文章。

2000年我获得国家社科基金项目《新中国文学的现实主义主潮》，研究领域发生重大转移。2004年课题结项，2005年出版《现实主义的当代中国命运》一书。当我重新回到地缘文化诗学的研究领地时，不免产生久别还乡的亲切感。其实，即使在研究现实主义的日子里，我也没有中断对地缘文化诗学的思考。因为我一直给研究生开"乡土文学"课，每年都要讲一学期，每次讲课都有些新的思考。这使得我在"现实主义"和"地域文学"两个战场同时作战，从而产生一种异样的感觉。既从"现实主义"角度看"地域文学"，又"从地域文学"看"现实主

---

① 陆贵山、周忠厚主编：《马克思主义文艺学概论》，中国人民大学出版社2001年版，第133页。

义”。由于两者相距较远，就能获得“不在此山中”的旁观者清之感。不仅形成不同研究对象间的互补，还能获得研究方法的联系和沟通。许多事情竟是这样奇特地相反相成！我常想，如果这几年仅有一个地域文学研究而没有现实主义课题，是否就缺少了点丰富性和充实感。

这些年来，我对于地缘文化诗学两个层面的思考都在深化。关于文化的地缘性，一是在过去涉猎文化地理学及中国文化地理的基础上，着重研究了中国历史地理。我国地形地貌的三级台阶、“网络式”结构以及递变性气候决定着中华文化的多元发生和内外双环结构，而我国的区域文化又在历史上由乱到治的三个循环（由春秋战国到秦汉、由魏晋南北朝到唐宋、由五代辽宋金到元明清）中形成、发展和最终定型。这一切深化着对我国区域文化民族性和本土性的认识。二是对原型理论的研究，原型具有全人类性，地缘文化诗学则要发掘其民族性和地域性，这是一个矛盾，我国学界虽已有民俗意象原型、民间意象原型的提法，仍需进一步发展和深化。关于文学的地缘性，“文化诗学”的提法颇有启迪。西方文论自20世纪七八十年代的“文化转向”以来，文化研究几乎风靡全球，自然也波及我国学界。这种研究的偏颇是“以文化人类学的方式把整个文化当做研究的对象，而不是仅仅局限于研究文化中某些我们认为是文学的部分”。[①] 实际以文化研究取代了文学批评。这种情况已引起中外学者的关注，沃尔夫冈·伊瑟尔指出：“毕竟文学已经伴随人类发展两千五百年，我们不能轻易地像‘文化研究’习惯所做的那样将其废除。”[②]中国学者正是在此基础上提出“文化诗学”的概念，主张文化研究与文学批评的结合，进而提出“审美文化”概念实现二者的结合。基于此，我将“文艺地缘学”更名“地缘文化诗学”，强调“地缘文化”与“诗学”的结合。同时引入原型批评及结构主义批评等文本理论，强化文学地缘性的“诗学”本质。

2007年，我获得国家社会科学基金项目《地缘文化诗学与新时期地域作家群》，这对我来说是恰逢其时。我正可以借这一课题将21世纪以来的思考整合、梳理、升华，从而将自己的研究推向一个新阶段。其实，我申报课题时便有了这种愿望。愿望的实现自然是喜悦，喜悦之后则是笔耕的艰辛。几年来，默坐书房，面对电脑，或开卷苦读，或凝眸沉思，或击键敲字，昼伏冷案，夜伴青灯，一天天昼去夜至，一月月月盈月亏，一年年寒来暑往。三年多的笔耕，研究终于竣工。本课题出版时的书名，想来想去，定为《中国地缘文化诗学：以新时期小说为例》。权作在21世纪十余年交出的一份答卷吧。

---

① 张京媛：《〈新历史主义与文学批评〉前言》，见张京媛主编：《新历史主义与文学批评》，北京大学出版社1993年版，第1—2页。

② ［德］沃尔夫冈·伊瑟尔：《虚构与想象——文学人类学疆界》，吉林人民出版社2003年版，第13页。

本书共分八章：

第一章　建构中国地缘文化诗学分三节，一是《地缘文化诗学的文论语境》，考察分析新时期文论发展态势：中国现代文论范型走向当代形态和新潮文论走向中国形态。这种复杂多样的文论形态是地缘文化诗学产生的广阔背景。二是《地缘文化诗学的理论资源》，这种资源有文化地理学、中国文化地理、中国历史地理、原型理论、原型批评以及结构主义、符号学批评等。它体现地缘文化诗学丰厚的理论基础和多学科交叉性。三是《地缘文化诗学的理论构成》，其理论构成包括文化地缘性理论、文学地缘性理论及其审美追求。文化地缘性理论的研究思路是：首先确定文化区域的层级；继而分析地缘文化的成因，探讨地域物质环境和社会结构的特征以及对地域文化产生怎样的影响；然后进行文化结构的考察分析，研究地域的文化景观、文化风俗，尤其是地域文化性格具有怎样的特征。如此，既把握地缘文化的整体风貌，又揭示地缘文化的深层本质。文学地缘性理论的研究思路是：首先考察文本对地域文化景观、地域文化风俗各层次的描写，揭示地域文化的多彩风貌。然后运用原型批评理论发掘文本所表现的地缘文化性格，揭示其深层特征；这是一项复杂的研究，不仅要调动各种文本批评手段，还要实现原型批评的中国化和地域化。为这更好揭示文本的地域性，研究作家的地缘文化濡染也是不可缺少的辅助手段。地缘文化诗学对文化地缘性和文学地缘性的发掘和发现，形成其独特的审美追求，主要表现为意象美、风情美和神秘美等。本节既是第一章的核心，又是整个课题的理论支点。

第二章　中国区域文化格局的形成、发展及定型分四节，一是《中华文化的多元发生》，中华大地的“网格”地貌和递变性气候是多元发生的前提，考古发现与神话传说述说着文化多元发生的现实，神话与考古研究的整合可获得我国区域文化以红山文化、中原文化和良渚文化为顶点的三角结构模式。二是《中国区域文化格局的形成》，中国区域文化格局形成于由春秋战国到秦汉的第一个历史回环，形成的标志一个是“邦邑文化区”的形成，它与国家形态的发展成熟密切相关；一个是农耕文化区和游牧文化区内外双环结构的形成，它由我国的地形地貌和历史发展走向决定。三是《中国区域文化的发展与成熟》，中国区域文化发展成熟于由魏晋南北朝至隋唐的第二个历史回环，魏晋南北朝时期中原民族南迁至长江流域，北方游牧人南迁至黄河流域，两大流域均以中原文化为主导，内环区得以扩张；隋唐时期国家强大稳定，内环区各种文化尤其与长江黄河两大流域文化进行着沟通和交融，外环区实行羁縻州府制，实现了唐王朝对外环区的直接统治。内外环在此期都走向稳固和安定。四是《中国区域文化的深化和定型》，中国区域文化深化、定型在由五代到元明清的第三个历史回环。这种深化和定型表现在，五代宋辽金时期政治中心北移至北京，经济重心南移至太湖一带，之后稳定发展至今，这种变化引起内环区的扩大和外环区的收缩；元明清时期统一的中华民族得以形成,中国区域文化格局得以最后定型。本章是对地缘文化诗学理论构成中“文化区”内涵的进一步阐释,要认识中国文学的地域性就必须首先了解中国区域文化格局,因而,本章是中国地域文学研究的起点。

第三章　新时期文学的地缘文化风貌分三节,一是《新时期文学界的区域文学发展期待》,文学界基于五四以来地域文学发展的理路,寄希望于地域文学流派的发展,1980 年前后便展开全国范围的流派大讨论。二是《新时期文学的区域发展态势》,20 世纪 80 年代地域文学发展的现状是,原有地域流派逐渐解体,新的地域流派又未形成,地域文学却空前繁荣。作家们热衷于发掘本地域的文化风俗和文化性格,艺术表现却多种多样。这种风貌可概括为“割据称雄”。三是《重要邦邑区的文化性格及新时期区域作家群》,选取三秦、燕赵、三晋、齐鲁、楚、吴越、北京、上海等重要邦邑区,依据地缘文化诗学理论,简要分析地缘文化成因,地缘文化各层面尤其是文化性格的特征,并考察该区域作家群对区域文化性格的发掘与揭示。本章是对新时期文学地缘性的概括性描述。

第四章至第九章则是选取燕赵、北京、吴越、上海、三秦、齐鲁六个邦邑区,进行地缘文化诗学的个案研究。各章的第一节均为该区域文化的地域特征,以地缘文化诗学的文化地缘性理论考察该区域物质环境、社会结构特征以及对文化的影响,并对形成的文化进行结构层面的分析,着意发掘其文化性格。数千年的历史变迁往往形成地域文化的变化,就文化性格而言,有的逐渐深化,有的日益淡薄,有的发生变异。如燕赵文化便因元代以来京都文化的辐射而发生淡化,吴越文化由远古的尚武发展到近古的崇文,几乎是一百八十度的大转弯。第二节为该区域小说的地缘风貌,实际是以地缘文化诗学的文学地缘性理论研究该区域小说的创作概貌;为了增加历史纵深感,这里的概貌不限于新时期,延伸到五四以来,故称“××新小说”。第三、四、五节,则是选取一两位作家,进行地缘文化诗学的文学地缘性分析。这里选的均为新时期作家,在分析中主要运用原型批评方法,也运用能够发现文学地缘性的其他方法。为了强化对作家创作地缘性的认识,有的区域如燕赵和三秦还考察了作家的地缘文化濡染。如果说第一章的地缘文化诗学理论是本书的思想核心和理论支柱,那么第四至九章则是研究的“重头戏”。地域的作家作品要在这里受到地缘文化诗学理论的烛照、提炼和升华,显现出更加清晰的面目;地缘文化诗学要在这里进行实践和落实,从而得到印证、丰富和补充。也正是在这里,让人感受到文学地域性的无穷妙趣。

《结语》稍稍跳出,从地缘文化视角思考中华民族文化。因为四至九章选取的六大邦邑区分属我国出现最早的中原文化、红山文化和良渚文化三大核心文明区。三大核心区连接成的三角结构模式,以及三角形的扩大与收缩,决定了我国的区域文化格局的形成、发展和变异。所以这里积淀着中华民族最为古老、丰厚的文化和历史。这就为思考中华文化提供了丰厚资源。本节着重从新时期地域小说中发掘中华文化精神，主要是通变精神、家国精神与和谐精神。因为这是在历史转型时期文学对中华民族文化的动态思考，因而对我国在中西文化大碰撞中重铸民族之魂、重振民族雄风，有积极推进的作用。

本书的主要建树和创新点如下：

（一）建构中国地缘文化诗学理论。在对前人地域文学研究成果的基础上提出一种地缘文化诗学方法论，并建构起比较完整的理论结构体系，这在学界尚不多见。这里有两个集结，一是多学科成果的集结，这是一种跨学科研究，既有文学与文化的交叉，又有文化与地理的交叉，还有历史与地理的交叉；即使在文学批评方面也涉及文本批评、原型批评、心理批评、历史批评等。简言之，是在新时期繁富复杂的文论背景上形成的关于地域文学研究方法的整合性思考。二是笔者二十年来关于地域文学研究成果的集结，从专著《乡土文学与地缘文化》到《燕赵风骨的交响变奏》，再到今天的《中国地缘文化诗学》，由乡土小说门类的研究到一个省区各种文学门类的研究，再到中国文学地域性的整体性思考，正是我二十年来的心路历程。这种历程保证了研究的稳定扎实和切实可行。两种集结的结合，使得地缘文化诗学理论视野开阔，论证扎实，思维也比较严密。本课题提出地缘文化结构的三层次：文化景观、文化风俗和文化性格，并将文化性格视为地缘文化的本质，进而强调地域文学的深刻性在于表现地域文化性格，文学研究则要通过原型批评发掘作品中表现的文化性格；同时指出，地缘文化诗学的审美追求是意象美、风情美和神秘美等。这些思考无疑抓住文学地域性的本质特征。因而，我在本课题的个案研究实践中，明显感受到它的稳健扎实和较强的学术穿透力。

（二）对民族文化精神的地缘文化思考。如前所述，因为本书所选六大文化区恰在由中原区、燕山南北区和环太湖区组成的三角构架上，而且处在三角形的顶点，所以这里积淀着最深刻的民族文化精神。本课题依据地缘文化诗学，一方面研究每一区域文化的地缘性，由地缘文化成因到地缘文化结构，最后发掘其文化深层结构——地缘文化性格；另一方面研究该区域文学的地缘性，通过原型批评发掘文本中表现的文化性格。于是，地缘文化性格得以双重聚焦，也就得以较为深刻的发掘与评判。从文化区的区域层级看，邦邑区是民族区的子文化区，邦邑文化的共通部分便形成民族文化，邦邑文化性格也就具有了民族文化性格，或者说，邦邑文化性格是民族文化性格的具体阐释。如此，六区的个案研究便从地缘文化新视角揭示了民族文化精神。本书在《结语》理出新时期地域小说表现的中华文化精神：通变精神、家国精神与和谐精神，分析了这种精神的传统性意义和现代性价值，实际是进行重铸民族之魂、构建现代和谐社会的思考。

（三）个案研究中的诸多新发现。地缘文化诗学作为一种具有很大开放性和包容性的研究方法，为六大邦邑区的个案研究提供了广阔的自由驰骋空间。

考察研究的思维时而文学，时而文化；时而文本，时而生活；时而心理，时而社会；时而现实，时而历史。于是，在多重视角观照中产生富有启发性的新发现。在区域文化方面，对北京、上海、燕赵、三秦、吴越、齐鲁文化成因、文化结构及文化性格的研究，在整合性思考的基础上形成自己的感悟和判断，如对上海漂泊意识、隐忍的开放性的分析，对北京的现代与传统结合的阐释，对三秦文化厚重而古朴的判定，对燕赵文化性格发展和变异的考察等均富有新意和启发性；在区域文学方面，如对邓友梅京味小说衍生文本、U 形结构，王安忆小说原型意识、张炜的主题原型等的分析，都是地缘文化诗学视角的新发现，对刘绍棠的胡汉交融血统、贾平凹的"月像"、汪曾祺的"水像"以及对创作产生的影响的分析都有新颖性，等等。

（四）形成理论与实践相结合的学术思维方式。这种方式萌生于《乡土文学与地缘文化》，发展于《燕赵风骨的交响变奏》，至本课题逐渐走向成熟。其基本内涵是：首先建构一个新理论支点（这自然是长期思考所得），然后以其研究丰富的文学现象及作家作品。新的理论支点不仅使论述集中，还能有新的发现；同时这种理论也在具体的研究中得到丰富和补充。这种思维方式使得本课题具有了理论贯通性和结构整体感：丰杂的内容、开阔的视野、驰骋的论述都整合在贯通的思路中，如同一条大河，千重万叠的巨波细浪都奔腾在那条河道里。这种思维方式无疑增加了研究的难度，但也能激发学术的灵感。常有这样的感受，初始的文化现象和文本欣赏并没有想到什么理论，更多的是情感的激动和心绪变化，然而，精彩篇章引起的情感激动逐渐引发出感悟，灵动的感悟突然又引来某种"理论"，这种理论并非空泛的说教，而是同感悟一样灵动，如飞天一样袅袅起舞，飘飘欲仙，与感悟一起飞翔、升腾……此刻，感悟激活着理论，理论升华着情感，一种学术新见油然而生。于是我想到两句诗："身无彩凤双飞翼，心有灵犀一点通。"这或许是理论和实践结合的奥秘吧。

本书的研究的不足，一是地缘文化诗学理论尚需进行丰富和补充，使之更加科学、精细、完善；二是以地缘文化诗学理论解析纷繁复杂的创作现象，并非一件易事，因而，在本课题四至九章的个案分析中，或是由于理论本身尚待丰富，或是由于笔者学术功力和才气不足，难免有捉襟见肘的生涩之处。这都是今后需要进一步改进和提高的。

第一章　建构中国地缘文化诗学

第一节　中国地缘文化诗学的文论语境

新时期的文学批评经历三十余年的发展，已是异彩纷呈。不仅有传统的社会学批评，还有各种各样的现代主义和后现代主义批评，诸如各种心理分析批评、各种文本批评、女性主义批评、新历史主义批评、后殖民主义批评、文化学批评，等等。本文拟从文论的本原及20世纪文论的发展走向研究新时期文学批评的来龙去脉和表现形态。

（一）文艺批评视角与中国现代文论范型

文艺批评视角与人类的文学艺术活动密切相关。人类文学艺术活动的基本要素及其组合规律决定着文艺批评视角的形成、发展和基本样态。人类文艺活动的基本要素很多，撮其要者为主体、客体、心理、社会四个基本因素。如果连接主体与客体为纵轴，连接心理与社会为横轴，建立一个坐标系。各种文艺批评视角就会在这个坐标系中产生：(1)从主体心理的角度研究文艺，便可获得文艺心理学视角；(2)从客体和社会的角度研究文艺，可获文艺社会学；(3)从主体与客体的关系的角度研究文艺，可获得文艺哲学，文艺哲学又可分为强调主观性的文艺哲学和客观性文艺哲学；(4)主体、客体、心理、社会四要素交互作用形成文本，便有了专门研究文本形式的文艺文本学；(5)文本与社会结合，为读者和批评家阅读、阐释、评价和传播，便有了文艺接受学；(6)潜存于主体、客体、社会、心理四要素背后的“文化”，虽不属于四要素，却对四要素起着规约作用，于是就有了从文化视觉研究文艺的文艺文化学。上述是文艺批评的六种基本视角，也是文艺学的六个分支。完整的文艺学，应对六种基本视角进行综汇与整合，建立包容丰富又相互联结的文论体系①。

然而,在人类历史长河中,六种文艺批评视角的发展并不平衡。历史大致可分为和平与战争两种形态,在战争年代,社会动荡,民族危亡,人民罹难,必然强调文学的社会性、政治性和工具性,在创作上是现实主义,在文论上则是文艺社会学。20世纪前半叶,两次世界大战绞杀着世界和平,中国的时局就更加动荡,政治文化意识成为举足轻重的时代思潮。朱晓进《政治文化意识与三十年代文学》(《文学评论》2000年第1期)曾列举如下事实:一是莱昂1934年的北京图书馆调查,调查结果是:1934年北图译著借阅最多的有11种图书,其中,6种是关于共产主义的著作,包括马克思、恩格斯、布哈林的著作以及关于苏联五年计划的著作;其余5种是《甘地传》(安德鲁)、《古代社会斗争》(比尔)、《田中奏折》、《国际联盟李顿调查委员会报告书》、《十九人委员会关于中日纠纷调查报告》,都是关于社会和国际重大斗争的。二是左翼文学畅销。最受欢迎的是鲁迅、茅盾、蒋光慈的著作,蒋的艺术虽不高明,作品发行量并不亚于鲁、茅。当局查禁,却是"愈禁愈多",国民党中宣委员会慨叹:"本会之禁令,反成为反动文艺书刊最有力量的广告"。书商为赢利,一时盗版成风,左翼作家为宣传起见,索性在版权页印上"有人翻印,功德无量"的字样。三是作家创作思想转向。最有代表性的是曾在1927年写《莎菲女士日记》的丁玲,30年代就写出《韦护》、《一九三零年春上海》、《田家冲》、《水》等革命文学作品,那是迫于读者批评的压力,她由不服、承认到写作变化,不知不觉"陷入恋爱与革命冲突的光赤式的陷阱里去了"。在这种情况下,发展起来的必然是社会学批评。在和平年代,社会安定祥和,人民安居乐业,更需要丰富多彩的文化生活,更强调文学的审美性、娱乐性和技巧性。文学艺术多样化,文艺理论也随之多样化。从世界看,第二次世界大战后文本批评重新兴起,在欧美出现英美新批评、结构主义批评、符号学批评、后结构主义批评,苏联的形式主义亦在60年代复兴。各种各样的现代主义和后现代主义批评获得充分发展;从国内看,经历种种"革命"的曲折后,于80年代出现批评方法的引进热,呈现斑斓多彩局面。

中国现代文学理论范型孕育于梁启超的"三界"革命,发端于五四新文学运动,在20世纪二三十年代经过各种文学思潮的竞争、删汰,接受了马克思主义,于40年代初初步形成其理论体系,标志是毛泽东1942年发表的《在延安文艺座谈会上的讲话》。50年代又吸收苏联文艺理论的有机营养,发展成熟。

中国现代文论范型从孕育、产生到发展成熟,正处于我国动荡的战乱年代。大规模的战争计有:中日甲午战争、抗击八国联军、辛亥革命、北伐战争、土地革

① 参阅童庆炳:《论文艺社会学及其现代形态》,《文学评论》1995年第3期。文中提出5个分支,笔者增加了文艺接受学。

命战争、抗日战争、解放战争,五六十年间,几乎是无年不战。战争形成战争文化意识,一是强调两军对垒,你死我活的二元对立观念;二是强调战局观念,一切服从战局需要。“两军对垒”意识发展为阶级斗争观念,“战局观念”发展为“从属于政治”的思想。这样的文艺批评理论必然是一种文艺社会学。

中国现代文论范型的形成也与我国的传统文论及西方文论有关,或者说,它是传统文论和西方文论在我国20世纪生活土壤上交合而成的新生儿。古代文学传统可追溯到先秦儒、道的文艺观,儒家要求艺术“发乎情,止乎礼义”(《诗大序》),“发乎情”是艺术的本体论,“止乎礼义”是艺术的目的论。本体论强调文学的主情性,目的论强调文学的庙堂性。道家强调“道法自然”,要求文学“法天贵真”,虽不无对客观真实的认同,却也表现出主体得“道”后性情的自然流露和掌握客观规律进入“自由王国”后的至高境界,亦有着主情性倾向。主情性以“言志说”为发端,演化出“情志说”、“缘情说”、“写意说”、“写气说”等,强调“神韵”、“神气”、“传神”、“神似”、“离形得似”等。庙堂性有后世的“文以明道”、“文艺载道”等主张。简言之,中国古代文论是载纲常伦理之道的主情性文论。这种传统到20世纪却发生了重大变化。其原因一是19世纪中期以来中国动荡的社会现实。它要求文学艺术直面现实,真实地描写和无情揭露黑暗社会,激发民族精神。这一切呼唤着文学表现客观真实的现实主义。二是国门打开之后,面对的主要是西方文学重客观真实,由“摹仿说”、“镜子说”、“反映说”、“再现说”等构成强大的现实主义思潮,19世纪批判现实主义是这种思潮的高峰。同时,中国古代文学自元杂剧、明清小说兴起以来,也不断增加着客观写实的因素。于是,在时代发展要求和西方文学影响下,走向直面社会的现实主义。同时,“止乎礼义”的庙堂性,在时代生活土壤上形成新的“载道”论,肩负起“启蒙”和“革命”历史责任。中国现代文论则转为载启蒙和革命之道的现实主义。自然,中国现代文论不仅仅包含现实主义文学,主情性的古代文学传统不会消亡殆尽,而西方文学在20世纪发生了戏剧性变化:由强调客观真实的现实主义转向强调主观的现代主义。因而浪漫主义和现代主义同时存在于现代中国文坛。不过,载启蒙与革命之道的现实主义是主要范型。这种范型具有自己的关键词系统。它包括三条关键词系列:(1)以意识形态为核心的本质论系列,关键词有经济基础、上层建筑、意识形态、社会生活、反映、社会性、阶级性、党性、人民性、倾向性、世界观等;(2)以创作方法为核心的创作论,关键词有,创作方法、现实主义、革命现实主义、社会主义现实主义、革命浪漫主义、革命现实主义与革命浪漫主义相结合、创作个性、创作风格、创作流派、个性化、典型化等;(3)以艺术形象为核心的本体论,关键词有,艺术形象、人物性格、典型环境、典型人物、个性、共性、个性与共性的统一、思想内容、主题、题材、情感、表现形式、语言、结构、手法、体裁等。这些关键词系列述说着中国现代批评范型的性质与特征。

中国现代文论范型完成了古代文论向现代文论的转型。这种转型包括,其一,古代性向现代性的转变。如果说现代化是从工业革命以来,社会的各个方面发生巨大而深刻的变革过程,那么,现代性则是在现代化过程中,社会各领域出现的与之相应的思想与理念。对人文学科来说,最为普遍的理念是人文精神:强调天赋人权,自由平等。因为这种精神在启蒙主义时期得到充分阐释,所以,启蒙主义几乎是人文精神的同义语。这种理念一经形成,便可作为普遍的原则对现代化进程进行"反思性检测"。这种检测实际是一种"现代性性批判":一是批判现代化过程中所要革除的传统弊端;二是批判现代化自身。"现代性批判"总是伴随着强烈的忧患意识和变革精神,当传统的社会弊端严重阻碍现代化进程时,"批判的武器"就变成"武器的批判",暴力革命便应运而生。这就发生历史的"断裂"。吉登斯认为"断裂"是现代性最重要的特征:"现代性以前所未有的方式,把我们抛离了所有类型的社会秩序的轨道,从而形成其生活形态。"[①]对现代性自身的批判,常常表现为对传统中优秀因素的承继,寻求这些优秀因素同现代性的交结点,从而使现代性具有了民族和本土特征。如此,文学的现代性具有了双重意义:一方面,文学艺术作为一种激进的思想形式,直接表达现代性意义,为那些历史变革开道呐喊,从而强化历史断裂的鸿沟;另一方面,文学艺术又是一种保守性的情感力量,不断对现代性的历史变革进行质疑和反思,始终眷恋历史的连续性,遮蔽和抚平历史断裂的鸿沟。中国现代文论范型孕育期的先导梁启超和王国维便是这两种意义的体现。梁启超提出"三界"革命,强调文学"新民"作用,比如小说界革命主张:"欲新一国之民,不可不先新一国之小说。故欲新道德,必新小说;欲新宗教,必新小说;与新政治,必新小说;欲新风俗,必新小说;欲新学艺,必新小说;乃至欲新人心,欲新人格,必新小说。"(《小说与群治之关系》)这是一种新载道论,鼓吹启蒙,倡导变革,充满现代焦灼感。这种理论主张引领出一条强大的展现历史进程的文学主潮,鲁迅、郭沫若、茅盾、巴金、老舍、曹禺、丁玲、赵树理、夏衍、田汉,以及大量工农兵文学作家、新时期伤痕、反思、改革文学作家等都是这一主潮的中坚力量。王国则维承继传统的意境理论,借鉴西方的有关学说,创立中西合璧的"境界说",寻找现代和传统的联系,抚平断裂的鸿沟,也就更重视艺术规律和自由。引领出一条传统与现代结合、更讲求审美的文学潮流。如周作人、冰心、张爱玲、废名、沈从文、孙犁、汪曾祺、古华等,虽势力较小,却是延宕不断的一脉清流。两种潮流的共同之处在于,都超越了传统"礼义"的"儒三纲",强调普通人的人权,不过,梁启超们更关注"人民",王国维们更关注"人"。

其二是直观性向学科性的转化。中国传统文论的操作方式多是考据、注疏、

① 安东尼·吉登斯:《现代性的后果》,译林出版社2000年版,第4页。

索隐，诗话、词话和小说评点。这种方式更带直观性特征，虽不乏中华民族深刻的诗性智慧，但同具有严密的系统性和思辨性的西方文论相比，存在明显的缺陷。同时，传统文论也难以解释在西方文学影响下发展起来的新文学。在这种情况下，传统文论必须改变思维方式，大量吸收西方文论话语，建构起新的学科形态。上述中国现代文论范型的关键词系统，包括本质论、创作论、本体论三条系列，每条系列中的关键词有核心凝聚，有丰富包容。这就形成具有层次性和思辨性的逻辑体系。由传统的直观性感悟变为分析性的理论思辨，建立起自己的学科体系。其三，由西方性转向本土性。有人说，20 世纪中国文论话语因西方化而失语。其实，从现代文论范型看，这些西方话语已化作中国文论的血肉。比如，现实主义概念来自西方，20 世纪中国文学的两大潮流是鲁迅开创的启蒙现实主义和茅盾开创的革命现实主义。西方有启蒙主义的理论和实践，也有巴尔扎克等的社会批判现实主义，但是，鲁迅等对我国几千年形成的国民劣根性的挖掘与批判，茅盾等对中国现实社会各阶级、阶层的分析，显然已经不同于西方，具有强烈的本土性质。实事求是地说，我国的革命现实主义同苏联的社会主义现实主义确有许多相同之处，我们也曾将社会主义现实主义作为文艺发展的国策。但是，两者毕竟是在不同的现实土壤上，比如，1953—1956 年间中苏都有文学“解冻”现象，两者都企图“复活”各自被掩埋的近现代文学的另一个传统。这种传统有明显的国别差异：“对于苏联文学来说，是由叶赛宁、布宁、阿赫玛托娃、茨维塔耶娃、帕斯捷尔纳克等所代表的传统，一个关心人性、人的精神境遇的传统。而对于中国文学来说，则是复活‘五四’新文学，重新唤起‘五四’作家的‘启蒙’责任和文人意识，以及重建那种重视文学自身价值的立场。”①明显地表现出其本土性特征。

中国现代文论范型的缺陷也十分明显。概而言之，一是本质论的偏激，作为文艺社会学，强调文艺的社会性自然无可指责，然而，社会具有复杂的包容，此范型仅仅关注文艺的政治性、阶级性，将复杂的社会内涵简单化，这种偏颇到和平年代便日见其弊。二是创作论的狭隘，以创作方法为核心的创作论，强调的是包括浪漫因素的革命现实主义，不仅把现代主义视为资产阶级货色，还把批判现实主义视为旧现实主义，自然主义当然也在反对之列。如此，此范型就拒绝了对多种创作思潮有机营养的吸收，日益僵化和了无生气。三是本体论的保守。现代文论范型以艺术形象为本体论核心，显然是受典型论的影响。其实，形象和典型不过是叙事文学的特征，抒情诗歌就不一定有形象，山水画、田园诗就没有人物，现代主义文学的人物不过是象征符号。有学者提出意境、意象、典型三足鼎立的艺术至境论。认为客观表现型艺术追求意境创造，主观表现型艺术追求意象创

① 洪子诚：《1956：百花时代》，山东教育出版社 1998 年版，第 12 页。

造，而再现型艺术追求典型创造①。如果仅仅强调形象和典型，便无从解释意境和意象类作品。

（二）新时期文论发展态势

新中国成立后，中国现代文论范型本应随着和平年代的到来进行不断调整。但是，战争年代形成的政治文化意识有着强大的历史惯性，甚至影响着新中国领导者的国策。强调文艺为政治服务、强调阶级斗争观念，仍为文学的流行色。甚至变本加厉。新中国成立以来的文艺运动，如三次批判斗争（批《武训传》、批《红楼梦》研究、批胡风）、反右斗争、1959年前后的“批修”、20世纪60年代前期的左倾批判（批判《刘志丹》《李慧娘》、“有鬼无害论”、“写中间人物”、“现实主义深化”、“时代精神汇合论”、《海瑞罢官》等），使文学艺术日益成为政治的工具。“文化大革命”期间，这种工具性极端性发展，江青等炮制《纪要》，提出“根本任务论”、“主题先行论”、“三突出原则”、“与走资派作斗争”等理论，这些理论的结晶是《反击》《盛大的节日》之类的“阴谋文艺”作品。当着文学艺术沦为一个逆历史而动的阴谋集团的阴谋工具的时候，它的生命力便到了尽头。在现代文论范型极端性发展中，文论家和作家们也在不断抵制与抗争。如新中国成立初对杨绍萱反历史主义的批评、胡风对“主观战斗精神”和医治“几千年精神奴役的创伤”的执守，百花文艺时期文论界对人性人道主义和现实主义问题的思考，50年代末对《青春之歌》《锻炼锻炼》《百合花》的保卫，大连会议提出“写中间人物”和“现实主义深化”等，即使在文化大革命期间，这种抵制也未止息：围绕《创业》《海霞》《园丁之歌》的斗争，四五诗歌运动，还有处在地下状态的“潜在写作”……如果说现代文论范型的极端发展是政治文化意识的恶性膨胀，那么，对这种极端性的抵制正是一种五四新文学精神，它顽强存在于作家、理论家的心理深层。从表面看，政治文化意识占有压倒的优势；从社会和文学的实际进程看，政治文化意识日益失去存在的现实依据，五四新文学精神日益成为社会和文学的渴求。这正是新时期文学和文论发生巨变的深层原因。当着新时期文学的历史反思风驰电掣般出现在文坛时，极端政治化的现代文论范型当即失去评判与阐释能力，五四新文学精神得以复兴与发展，从而形成新时期文论的巨变。这种转化自然同社会的转型相关。

新时期的三十年，社会经历两次大的转型：一是七八十年代之交，社会的发展由政治中心转为经济发展为中心，文学艺术从政治中心向边缘撤退，寻找自己的文化本位；二是八九十年代之交，社会的发展由计划经济转为市场经济，“利

---

① 顾组钊：《艺术至境论》，百花文艺出版社1992年版。

润”成为社会发展的杠杆，文学不仅再次边缘化，还受制于市场与金钱。这与现代文论范型形成的四五十年代有了很大的差别。文学如何发展，文论如何发展？成为亟待解决的问题。恰在这时，出现了中西文化大交流。鉴于引进国外新观念新方法以自新是文论史上常见的现象，西方国家早已具有了在市场经济条件下发展文学和文论的经验，于是，人们将目光投向西方，形成文学和文论的现代主义热。

西方当代文论经历了三次转向：(1)非理性转向。发端于叔本华、尼采，包括弗洛伊德的精神分析批评、荣格的原型批评乃至德里达的解构主义；(2)语言学转向。发端于分析哲学（语言哲学）和索绪尔语言学，包括俄苏形式主义批评、英美新批评、现象学批评、结构主义批评、符号学批评以及解构主义批评等；(3)文化学转向。发端于七八十年代之交，是针对文本批评之弊而重标社会、历史、文化的理论思潮。包括新历史主义（文化诗学）、女性主义（性别文化）、后殖民主义（文化殖民）等。这些历时性发展的西方文论，20 世纪 80 年代中期传入中国，却是共时性分布的，于是，杂语共生、时空错位、生吞活剥成为常见现象，比如，当意识流、荒诞派、新批评、结构主义等在西方已是明日黄花时，我们却拿来奉为至宝；当西方文化已进入后现代主义时期时，我们对后现代主义还知之甚少，对现代主义和后现代主义的区别更是不甚了了；当我们把目光对准后现代主义思潮时，西方已进入后现代之后了。进入 90 年代，中西文论的交流逐渐趋于同步：不仅西方当代文论在我国都有了相应的译介和研究，而且，西方最新产生的文艺理论思潮，几乎同时在我国引起反响。90 年代初，我国一些学者几乎与西方同时展开了“后现代主义之后西方理论界向何处去”的研究讨论；后殖民主义在西方兴起后，我国不仅及时进行了介绍，还在同一层次上展开研究。这一切表明，我国对西方文论的借鉴逐渐走成熟。在这种情况下，新时期文论的发展形成新的格局和态势：中国现代文论范型在西方文论冲击下走向当代形态，借鉴西方文论而形成的新潮理论走向中国形态。

其一，中国现代文论范型走向当代形态。

走向极端化的中国现代文论范型，虽然面对新时期文学的急剧变化而失范，但文艺社会学毕竟是一种有生命力的批评视角。面对新潮迭出的文学现实和新奇怪异的西方文学与理论，现代文论范型进行着艰难而痛苦的蜕变与调整。童庆炳先生将这种蜕变概括为三个方面：由单因论走向整体论；由单维论走向多维论；由直接论走向中介论[①]。(1)由单因论走向整体论。“因”可理解为文学作品形成的因素。作为一种文艺社会学理论，现代文学批评范型理解的文学之因主要是社会中的政治因素，而政治因素中又主要是阶级斗争。其实，社会是一个

---

① 童庆炳：《论文艺社会学及其现代形态》，《文学评论》1995 年第 3 期。

复杂的整体,不仅包括政治,还包括经济、文化、意识形态、社会心理等因素。文学作品建构的社会关系也应是活的有机整体。优秀作品的主要人物则是各种“社会关系的总和”,如《白鹿原》中的白嘉轩便是一个交织着文化的、阶级的、家族的、民族心理的诸种因素的有机体,面对这样的形象,现代文论范型是失语的。现代文论范型在自我调整中逐渐意识到,必须把文学活动置于社会的活的整体中去考察,对这种整体联系把握的准确性和深刻性,决定着文学的社会分析的准确性和深刻性;同时,还应深入考察社会的矛盾、冲突和斗争的精神、情感,这是文学对社会进行整体考察后需要把握的深层本质。(2)由单维论走向多维论。文学活动有多种纬度,不仅有创作维度,还有接受、传播维度,创作和接受又有许多子纬度,这就形成多层次的复杂纬度,如作家与社会、作品的产生与社会,作品的描写与社会、作品的存在与社会、作品的接受与社会、作品的传播与社会等。中国现代文论范型更加关注创作一维,创作中关注的是作家的创作意图和作品的社会背景。其实,创作一维也有丰富的包容,比如,仅就作家看,不仅有作家的创作意图,更有作家的无意识心理,作品描写的精彩之处恰是灵感来袭之时,而灵感来袭正是无意识的汇聚与井喷,这种无意识流露的作用和价值在许多作品中大大超越作家的理性创作意图。现代文论范型的最大缺陷在接受一维。它并非没有阐释和接受,毛泽东的《讲话》就包含着接受美学的内涵。它的最大弊病是,期待视野的极端政治化形成对文本的曲解。一是将文本“神化”,解读者无权自由解读,稍有不慎便遭“文字狱”,对毛泽东、鲁迅作品的理解便有此弊;二是将文本“鬼化”,对其进行随心所欲的曲解,对《李慧娘》《海瑞罢官》的批判便是如此。20 世纪八九十年代以来,西方接受理论诸如解释学批评、接受美学、读者反映批评等激活了我国传统文论和现代文论中的接受理论因素,现代文学批评范型开始建构阐释接受理论。比如,朱立元 1989 年出版的《接受美学》从社会历史批评的基点出发,广泛结合我国当代文学转型的变革实践,综合运用现象学美学、发生认识论、文学社会学、文学心理学等方法,融会冶铸,建构新说。它坚持阅读和接受的认识论本质,对阐释接受批评的许多概念作出认识论的解释:他认为姚斯提出的“期待视野”应当是世界观和人生观、一般文化视野、艺术文化素养、文学能力等四个要素的有机总和,期待视野包括定向期待与创新期待两个互相对立的运动,前者以习惯方式对作品阅读进行着审美的定向选择,后者则打破习惯,以开放的姿态接受审美期待之外的东西。他将文学价值分为基本价值和浮动价值,前者体现在:一部作品的价值对于同一时代的多数人来说,基本不变;经典作品价值超越时代而长存;一部作品的某一种或某几种价值具有恒定性;一个民族的价值取向具有相对稳定性。后者指的是,文学作品的一部分价值具有变动性,基于文学作品价值的多元性和接受主体的活跃性、多样性,两者形成的价值关系自然是浮动的。文学效果是文学诸价值在读者身上的具体实现;由改变读者的审美经验的视界,到改变其整个文化视野和实际生活视野,直到改造人们的灵魂……总之,朱立元力图从认识的整体观、系统观入手构建完整地接受美学体系,无疑对现代文论范型接受之维的建构作出贡献。(3)由直接论走向中介论。文学艺术同社会历史的关系复杂而曲折,虽然经济基础对文艺有决定作用,但文艺不能直奔经济与政治。正因为如此,马克思讲的是"最终决定",中间要建立多种"中介"。中国现代文论范型常常忽视这种"中介",五六十年代提出的"写中心,唱中心,演中心","配合政策"等,便颇多此弊。"中介"有多种,其中作家的文化心理、文本的艺术形式当为重要者。关于作家的文化心理,皮亚杰的发生认识论对我们颇多启发。如果用 S 表示社会生活,用 R 表示文学作品,现代文学批评范型的公式是:S→R;皮亚杰则写为:S←→AT→R。T 是作家的文化心理结构,A 是作家心理结构的同化作用。即是说,由生活到文学的过程中,还有由作家心理到生活的逆向作用。其实,当年胡风的"相生相克"理论便包含"中介"理论,却被视为异端而摒弃,而今,作家心理中介已成共识。关于文本形式中介,也被逐渐认识。过去不管是叙事文学、抒情文学还是戏剧,一律要写英雄,塑造典型。其实,表现相同的生活素材,若是用客观表现性艺术形式,则要创造意境;若用主观表现性艺术形式,则要创造意象;若用再现型艺术形式,则要塑造典型①。

整体论、多维论、中介论的确立,使中国现代文论范型逐步摆脱僵化、凝滞的落魄处境,走向与当下文学发展相融汇的当代形态。

其二,新潮文学理论逐步走向中国形态。

如果说中国现代文论范型吸收了新潮批评的各种历史社会因素建立文艺社会学的新形态,那么,新潮文论主要是对西方现代主义文论的引进与移栽。它分布在文艺社会学之外的 5 个分支。(1)文艺哲学,包括西方马克思主义批评、存在主义批评、现象学批评等;(2)文艺心理学,包括弗洛伊德的精神分析批评、荣格、弗莱的原型批评、格式塔心理学等;(3)文艺文本学,包括形式主义批评、新批评、结构主义批评、符号学批评、解构主义批评等;(4)文艺接受学,包括解释学批评、接受美学批评、读者反映批评等;(5)文艺文化学,包括文化社会学批评、文化人类学批评、地缘文化学批评、女性主义批评、新历史主义批评、后殖民主义批评等。这些西方文论进入我国,有一个同我国的社会生活土壤、文学创作现实、民族文学传统碰撞、冲突、磨合、融会的过程。具体表现为:(1)对西方新潮理论著作和基本观点的译介;(2)运用新潮文论解释和阐发本土文学作品和文学现象;(3)建立本土文化与西方理论的双向对话关系;(4)建构本土理论。20 世纪 80 年代,新潮文论主要是著作的译介,也尝试解释文学作品与文学现

① 参阅顾祖钊:《艺术至境论》,百花文艺出版社 1993 年版,第 105 页。

象。90 年代以来,新潮文论中国化进入对话和建构的深层次。以原型批评为例。90 年代以降,出现了不少具有探讨性深度的论文和论著。陈勤建的《文化民俗学导论》(上海文艺出版社 1991 年版)从民俗文化背景上解说原型的作用,提出"民俗意象原型"的概念,并将"民俗意象原型"渗入文学作品的方式分为两种:一种是常见于民间文艺的无意识渗入,一种是常见于作家创作的有意识糅合。后者如曹雪芹塑造黛玉形象时,借助"木石前盟"、"绛珠仙子"的隐喻引入了仙草原型。作为这一原型的载体,林黛玉的怜花、葬花、哭花等一系列情节都在这条线索上展开。这是因为她的"骨子里却巧藏着久远年代传承下来的民俗意象原型——花木之精灵,花神生命的旋律。"①林黛玉生于 2 月 12 日,正是民间所谓"百花生日",葬花在 4 月 26 日,正是花神离去的日子。《红楼梦》第 27 回恰写到这种民俗。黛玉葬花体现其惜花伤己之心态,也为她日后的悲剧埋下伏笔。民俗视野同原型批评的结合,显示着本土文化与西方理论的双向对话和交融。梅新林的《〈红楼梦〉的哲学精神》则将神话原型同我国的哲学精神融会在一起。他认为,《红楼梦》的神话原型结构是:石头从神界出发,在俗界变成贾宝玉,然后回归神界。是"出发—变形—回归"的生命循环结构。生命循环三部曲中同时蕴含着思凡、悟道、游仙三重复和模式,三重模式深蕴着中华文化精神:思凡模式的基点是神不如俗,故有下凡红尘之举,体现着儒家的入世思想;悟道模式的基点是人生虚幻无常,故有悟道出世之思,体现着佛家的出世哲学;游仙模式以人仙艳遇为母题,由肉体向灵魂升华,回归道家的逍遥境界,是上述二种哲理正反变奏的合题。正如中国哲学源于《周易》一样,《红楼梦》在完成以上"正、反、合"的哲理辩证运动中,最终也纳入"一阴一阳谓之道"的二元对立统一的哲理中。② 有的学者开始用西方文论建构本土理论。路坦《三重证据法与人类学》(《中国出版》1994 年第 8 期)提出"三重证据法",尝试立足于中国本土学术的深厚根基去融合外来的治学方法,建构更科学的本土学术理论。具体思考是:传统国学的考据方法以文献书证为主,王国维依据地下发现的考古材料提出"二重证据法",产生深远影响,原型批评可以做第三种证据,从而构成"三重证据法"。在这方面,学术界已获新绩,"郭沫若从婚姻进化史角度阐释甲骨文;闻一多从神话、民俗学角度求解《诗经》《楚辞》之难题;李玄伯、卫聚贤从图腾理论入手重述古帝王系谱;凌纯声从民族学旁证出发破解古代礼治风俗;郑振铎藉人类学视野透析汤祷传说……凡此种种,都为现代国学方法的变革提供了宝贵的经验。"新时期的原型批评的运用又有进一步发展,如萧兵《楚辞的文化破译》等,从太平洋文化的太阳神话系统着眼破译《离骚》的密码和结构、母题;从神秘

---

① 陈勤建:《文艺民俗学导论》,上海文艺出版社 1991 年版,第 295 页。

② 梅新林:《红楼梦哲学精神》,学林出版社 1995 年版,第 4 页。

的入社考试入手追索民间问答体诗歌的生成，进而揭示《天问》主题的由来。这些都显示出原型批评作为国学研究的“第三重证据”的重要性。如此，文献书证、考古材料、原型批评构成国学研究的“三重证据法”。运用西方文论进行本土文学和学术的理论建构，标志着新潮批评中国化的重大发展。

中国现代文论范型的当代化和西方新潮文论的中国化，是20世纪90年代以来我国文论发展的两大趋势。我们欣喜地看到，现代文论范型已焕发出生命的活力，为我国世纪之交的文学发展助澜推波；各种各样的新潮文论逐渐融入我国的民族生活与民族文学土壤，使我国世纪之交的文学和文论异彩纷呈，充满着诱人的新意和生机。可以断言，经过十几年的中西交流与融会冶铸，21世纪的中国文论正在走上成熟。然而，对这种成熟目前似乎不能估计过高。一些新潮批评还显生涩，一些学者总热衷后现代理论，有将中国文论纳入后现代主义之嫌；一些社会历史批评观念还显陈旧、板滞。质言之，两“化”还有待进一步深化、纯青。深化纯青之道，在于整合。如果说20世纪文学发展的各阶段是一个个的分题，不管是正题还是反题，那么，当着20世纪结束21世纪开始时，思考的应是合题，即进行多角度多方面的整合。对于中国现代文论范型，要进行百年发展中的正题和反题的整合，以及同古代文学传统的整合，同西方社会历史批评的整合，同现实生活土壤的整合，同文学发展现状的整合等；对于新潮文论来说，要进行它与民族文化传统的整合，与现实生活土壤的整合，与现实文学发展的整合等。同时，还要进行现代文论范型与新潮文论之间的整合。这是一个烦琐复杂的工程，也是伟大而艰难的工程。时代呼唤着伟大理论的产生，伟大理论的产生需要伟大的理论家和批评家。但愿我们的时代能够出现如俄国19世纪别林斯基、车尔尼雪夫斯基、杜勃罗留波夫那样的批评家，不仅引领文论发展潮流，还引领文学发展潮流。

新时期中国文论发展的复杂态势，是地缘文化诗学产生的文论语境和深厚根基。

第二节　中国地缘文化诗学的理论资源

文学的地方色彩说到底是地域文化色彩，文学的地域性首先来自文化的地域性。

关于文化的地域性，在我国，东汉时班固便提出地理民俗观。他的《汉书·地理志》强调水土风气、地理因素对人们的禀赋纲常、取舍好恶的影响：“凡民含五常之性，而其刚柔缓急声音不同，系水土之风气，故谓之风；好恶取舍，动静亡常，随君上之情欲，故谓之俗。”对各地民俗的分析亦从此出发。如言河东有盐铁之饶,故有陶唐氏之遗风;韩地"土墺而险,山居谷汲,男女亟集会,故其俗淫";"赵中山地薄人众,犹有沙丘纣淫乱余民,丈夫相聚,游戏悲歌,起则椎剽、掘冢、作奸,多弄物。""邯郸北通燕涿,南有郑卫,漳河之间一都会也。其土广俗杂,大率精急高气,执轻为奸。"鲁地"地狭民众,颇有桑林之业,亡林泽之饶,俗俭啬,爱财,趋商贾,好訾毁,为巧伪"。班固之后,对文化的地域性,亦多有论述,也多袭班说。如《邹县志》:"邹人东近沂泗,多质实;南近滕鱼,多豪侠;西近济宁,多浮华;北近滋曲,多俭啬。"刘禹锡《送周鲁儒序》:"潇湘间无土山,无浊水,民乘是气,往往清慧而文。"旧《浙江通志》:"浙东多山,故刚劲而邻于亢;浙西近泽,故广秀而失之靡"。《戴震文集》卷十二:"吾郡少平原旷野,依山而居,商贾东西行营于外,以就口实。然生民得山之气,质重矜气节,虽为贾者,咸近士风。"明人钱澄之作《记黄檗山居》,云吴人嘲其乡(桐城龙眠山)园亭简陋,他反诘道:"吾乡有真山水,何以假为?唯任真,故失诸陋,洵不若吴人之工于作伪耳。"

在西方,对文化地域性的研究后来居上。18世纪中叶,法国的孟德斯鸠便在他的《论法的精神》一书中提出:"气候的王国才是一切王国的第一位……异常炎热的气候有损于人的力量和勇气,居住在炎热天气下的民族秉性懦弱,必然导致他们落在奴隶地位……"后来英国学者H.T.巴克尔在其《英国文明的历史》中说:"高大的山脉和广阔的平原(如在印度),使人产生一种过度的幻想和迷信。""当自然形态较小而变化较多(如在希腊)时,就会使人早期发展了理智。"德国地理学家拉采尔受达尔文进化论影响,认为"人和动物一样,他的活动、发展和分布受环境的严格限制,环境以盲目的残酷性统治着人类的命运"。他的学生拉普尔(美国)接受其思想,并在他的《地理环境的影响》一书中加以渲染和发挥,在地理学界影响颇大。20世纪初,美国地理学家索尔和他的学生在上述成果的基础上创建文化地理学学科。主要研究对象:人们在创造文化的活动中所受地理环境的影响,人们在开发利用自然环境中文化活动的迹象,文化产生、发展、传播在地域上的表现,以及一定地域的文化特点等。荣格集体无意识学说的问世,为地域文化的研究提供了理论武器,因为地域的深层文化精神说到底是地域文化群体的集体无意识。

文学地域性的研究正是在文化地域性的基础上发展起来。早在1894年,美国小说家赫姆林·加兰便在他的《破碎的偶像》中说:"艺术的地方色彩是文学的生命力的源泉,是文学一向独具的特点。地方色彩可以比作一个人无穷的、不断涌现出来的魅力。"他甚至过激地提出:"应当为地方色彩而地方色彩,地方色彩一定要出现在作品中,而且必然出现,因为作家通常是不自觉地把它捎出来的。他只知道一点:这种色彩是非常重要和有趣的。"周作人20世纪初在《地方与文艺》中也说:"风土与住民有密切的关系,大家都是知道的,所以各国文学各有特色，就是一国之中也可以因了地域显出各种不同的风格，比如法国的南方普洛凡斯的文人作品，与北法兰西便有不同。在中国这样广大的国土上当然更是如此。”过去的理论家大多关注自然环境对文学风格的影响。如法国的丹纳在其名著《英国文学史・引言》中提出决定文学的三要素是：自然环境、民族和时代。马克思主义理论家们则更看重社会和历史因素的作用，恩格斯在评价歌德时，便着重分析由德国独特的社会历史条件形成的小市民庸俗气对他的影响，指出他虽然“厌恶周围环境的鄙俗气”，“却不得不对这种鄙俗气妥协、迁就”。茅盾在《小说研究 ABC》中说：“我们决不可误会‘地方色彩’即是某地的风景之谓。风景只可算是造成地方色彩的表面而不重要的部分。地方色彩是一地方的自然背景与社会背景之‘错综相’，不但有特殊的色，并且有特殊的味。”

自 20 世纪 80 年代起，我国的文艺地缘性研究有了重大突破。由全社会的反思思潮引出的诗歌、小说、戏剧、散文的文化寻根，便是突破的标志。韩少功在《文学的根》是最具代表性的寻根宣言，该文认为，文学的根深扎在民族文化之中。民族文化包括规范文化和不规范文化，前者指正宗的经典文化；后者指民间文化，文学之根不在规范文化而在不规范的民间文化中，民间文化有极强的地域性，故而出现了贾平凹的“商州系列”、李杭育的“葛川江系列”、张承志的草原小说等，把文学的地域性描绘推上新阶段。紧随其后，文化和文学地域性的研究也活跃起来。其特点是：把地域文学和地域文化联系起来，从地缘文化视角研究地域文学。如是，地域文化研究的学术成果成为推进地域文学研究的重要前提。在这方面，出现了不少研究文章和著作，有代表性的是辽宁教育出版社出版的“中国地域文学丛书”，从 20 世纪 90 年代初开始出版，至今出到 24 种。包括三秦、齐鲁、燕赵、三晋、巴蜀、吴越、楚、台湾、关中、草原、徽州、西域、岭南、江西、青藏、两淮、桂、中州、八闽、滇云、琼州、陇右、陈楚、黔贵 24 个文化区。此外，还有《城市季风——北京和上海的文化精神》等。在此基础上，将地域文化和文学结合研究的文章和著作也不断出现。在现当代文学研究方面，成规模的是严家炎主编的“20 世纪中国文学与区域文化丛书”，包括《江南士风与江苏文学》《山药蛋派和三晋文化》《都市涡流中的海派小说》《S 会馆与五四文学的起源》《现代文学的巴蜀文化阐释》《雪域文化与西藏文学》《齐鲁文化与山东新文学》《秦地小说与三秦文化》《湖南乡土文学与湘湖文化》《黑土地文化与东北作家群》等 10 种。近年来，这方面的研究趋势是精心撰写地方文学史，如《20 世纪巴蜀文学》《19—20 世纪东北文学的历史变迁》《20 世纪黔北文学史》《山东文学通史》《湖南文学史》《湖北文学史》《上海文学通史》《河北文学通史》等，大都在思考地域文化特征问题。

上述研究的成果无疑是喜人的，但值得注意的是，大家着眼的是地域的文学现象与文化现象的联系，虽有一些学者开始进行理性思考，如王祥《试论地域、地域文化与文学》、梅新林《中国文学地理学导论》等，但系统而深刻的理论思考尚显不足。这样，建构一种从地缘文化视角分析地域文学的系统理论——地缘文化诗学，便是文学发展的需要。

要建构地缘文化诗学，必须有丰富深刻的理论资源。从以上的论述不难发现，《地缘文化诗学的文论语境》所展示的新时期文论的蓬勃发展和繁富形态，以及上述关于地域文化和地域文学的研究的丰硕成果，都是这种资源的理论武库。撮其要旨，有以下几种：

其一，文化地理学理论。

文化地理学是21世纪初，美国著名地理学家卡尔·索尔及其学生在“现代地理之父”洪堡和李特尔研究学术成果的基础上，从人文地理学中分离出来的文化地理学科。它研究的是文化现象的空间分布。它有三个基本观点：区域观点和生态观点。三观点又引出五种主要内涵：(1)文化区。指的是某种文化在地球上占据的空间。体现区域观点。文化区一般分为两类：形式文化区和机能文化区。前者指以某种文化特征（如某种语言、宗教、艺术的特征等）划分的文化区域，其特征是文化核心突出而边缘模糊；后者指以某种机能（政治的、经济的、社会的等）划分的文化区域，其特征是文化核心突出，边界清晰。两种文化区虽然不同却能相互转化。(2)文化扩散。文化在某一时期的空间扩散形成文化区，文化扩散体现发展的观点。文化扩散分扩展扩散（包括传染扩散、等级扩散、刺激扩散等）和迁移性扩散（如移民等）。文化扩散的障碍称为吸收屏障，但大多数屏障都是可渗透的，称为可渗透屏障。文化传播随时间和距离的延长而衰减，称距离衰减现象。(3)文化生态学。生态学指生物与自然环境的关系，人类生态学指文明社会以前的人类同自然环境的关系，文化生态学则指有文化的人与自然环境的关系。文化生态学属于生态观点。主要观点有环境决定论、可然论、适应论、生态论、文化决定论等。被广泛看好的是讲求现代人与自然环境共存共荣的生态论。(4)文化整合。亦属生态观点，如果说文化生态学指文化与自然环境的关系，那么，文化整合则指文化同社会环境诸因素的关系。它强调社会诸因素的综合作用，一个重要的原则是“慎用决定论”。(5)文化景观。景观指地球表面各种地理现象的综合体。分自然景观和文化景观，前者是没有受到或很少受到人类活动影响的自然综合体；后者指人类有意识地在自然景观之上叠加了自己的劳动所创造的景观。由于文化景观形象地反映了人类最基本的要求，因而一些地理学家（如美国的苏尔）把文化景观看作文化地理学研究的核心。文化景观研究的三个重要方面是聚落的布局、耕地的形状、建筑物的式样。

其二，中国文化地理及历史地理。

中国文化地理研究的是中国区域文化的分布及特征，这是地缘文化诗学的重要理论资源；但由于地缘文化诗学还要探讨区域文化的历史形成，故又要涉及中国历史地理。因此，两者共同构成文化地理学的重要理论资源。

中华大地具有区域文化形成的良好地理条件。中国南北跨越热带、亚热带和温带，东西据有陆地和海洋，东西湿度尤其是南北温度的巨大差异必然形成文化的差异。同时，从地形地貌看，我国自东向西形成逐渐升高的东部平原、中西部高原山地和西部青藏高原三级台阶，加之在中华大地上耸立着众多纵横交错的山脉，流淌着滚滚东去的长江大河，祖国的版图被分割成众多网格，形成地形地貌的网状结构格局。这种网状结构与温度、湿度相交织，成为我国文化区域形成的深厚基础。

中国区域文化格局有一个形成、发展和最后定型过程。从中国历史看，自周代到明清经历了由乱到治的三个历史回环：一是从春秋战国到秦汉；二是从魏晋南北朝到隋唐；三是从辽宋金到元明清。三次由大乱到大治的巨大历史变迁，不可避免地影响我国地域文化格局。中国区域文化格局在三次大回环中形成、发展和定型。从春秋战国到秦汉是我国区域文化的形成期，形成的标志一是内外双环结构的形成，二是邦邑区的形成。前者的形成时间在秦汉之际，外环包括东北、北部、西北、西部等地区，属游牧文化区；内环主要是东部平原区，属农耕文化区。内环的农耕区与半包围状态的外环游牧区构成区域结构的双环。后者形成于战国时期，逐鹿天下的诸侯大国的发达与成熟则是邦邑区形成的标志。从魏晋南北朝到隋唐是发展成熟期。魏晋南北朝的南北分治使内环分别向南、北扩展，隋唐后又实现南北沟通，如此，内环得以扩张；同时，自唐代实行“羁縻州府”之后外环又得以稳固。区域文化在发展中走向成熟。自五代宋辽金是深化与最后定型期。其重要内涵一是政治、经济中心的转移，政治中心西北移终定国都于北京，经济中心东南移至江浙一带；二是中华民族大家庭的形成，一方面，这个大家庭维护着祖国的大统一；另一方面，组成这个大家庭的各民族又保持着自己风俗和习惯，形成文化的区域性。这在世界民族之林中并不多见。至此，中国区域文化定型为延续至今的分布形态。

其三，集体无意识理论。

如果把文化理解为人类创造的一切物质财富和精神财富的总和，那么，文化地理学则主要研究物质文化即文化景观（也涉及行为文化）。荣格在弗洛伊德潜意识理论的基础上发现的集体无意识理论则指向精神文化的深层。他指出，人的心理活动的最底层不是情结，而是集体无意识。集体无意识的存在根本不依赖个体的经历，而是与人类种族的往昔紧紧联系在一起并经由获得性遗传代代积累下来的“种族记忆”。由于有这种种族记忆，人们就采取与自己的先人大体相同的方式来把握世界。因此，人类的集体无意识保留着先祖族群一辈辈积累下来的生产、生活经验。这些经验构成现实人们认识世界、改造世界的最深层的价值取向和生存依据。它积淀着人类群体的社会历史经验，是人类的社会特质表现为人的个体性的结果。在这里，理性积淀为感性，集体决定着个体，社会塑造着个人，后天表现为先天。美国人类学家克鲁克洪在荣格理论的基础上提出“隐型文化说”。他在《文化、概念与定义的批判性回顾》一书中评析了164种文化的定义，并阐释自己的看法。认为文化功能在于它“是个人适应其整个环境的工具”，作为“历史上所创造的生存方式的系统，既包含显型方式又包含隐形方式；它具有为整个群体共享的倾向。”①隐型文化只是一种“纯粹的形式”，不像显型文化那样既有内容又有结构，它是“二级抽象”，即抽象的抽象，常人难以理会②。它不可言说，只可意会。它被克氏界说为“潜意识”。克氏还把隐型文化和“潜意识”看作“社会或民族的精神气质”③，而民族的、制度的或社会的精神气质也是一种“文化的总体模式”。科学显示，“总体模式”并不是完全不可言说的，人类学家本尼迪克特在不少著述中已经用总体性模式有关概念来描述某些民族的文化整体④。还说隐形、显型文化之间并非水火不兼容，虽然隐型文化不为群体的绝大多数成员系统切实地认识，但它总能够为个别人所认识⑤。克氏认同人类学家的观点，即把潜意识的含义系统抽象为文化的逻辑起点。按照当代对科学理论结构的研究，任何一种文化的逻辑起点，实际也是这种文化的价值选择。由此可以推知，克氏隐形文化的实质是该文化作为集体无意识的价值取向：一种文化的价值取向与该文化的隐型部分，在含义上是等同的。这就为我们揭开克氏隐型文化概念之谜提供了线索。

荣格的集体无意识和克鲁克洪的“隐形文化”看似神秘，但作为一种科学发现，可以作出唯物史观的解释。普列汉若夫曾经提出“社会心理”的范畴，社会心理与社会意识形态同属社会意识，不过，社会心理是社会存在于人群心理层面的一种初级的较混沌的映射，社会意识形态则是对社会心理加以提炼、加工、精化的产物，是社会意识的高级形态。此后，弗洛姆在吸收集体无意识理论的基础上提出“社会性格”的概念，实际是对“社会心理”理论的深化。在弗洛姆看来，社会性格也是经济基础与社会意识形态之间的中介物，“社会性格指的是同属于一个文化时期的绝大多数人所共同具有的性格结构的核心”，不同民族、阶级、群体和团体，都有一个展现自己行为共同模式的性格结构⑥。从唯物史观方法来看，这种社会性格也是不同民族、阶级、群体和团体的集体价值取向，这种取向只能以集体无意识的形态存在于该群团心理结构的深层，在“社会性遗传”中

① ［美］克鲁克洪：《文化与个人》，浙江人民出版社1986年版，第6页。

② ［美］克鲁克洪：《文化与个人》，浙江人民出版社1986年版，第8页。

③ ［美］克鲁克洪：《文化与个人》，浙江人民出版社1986年版，第19—20页。

④ ［美］克鲁克洪：《文化与个人》，浙江人民出版社1986年版，第30页。

⑤ ［美］克鲁克洪：《文化与个人》，浙江人民出版社1986年版，第17—18页。

⑥ 范文：《潜意识哲学》，陕西人民出版社1988年版，第17页。

发展演进。如此,集体无意识、隐型文化与社会心理、社会性格具有了相同的内涵。

其四,原型批评理论。

原型批评以弗雷泽的人类学理论和荣格的原型理论为奠基,弗莱集大成式的神话原型批评理论则是这方面的代表性成果。弗雷泽让弗莱看到不同文化背景中存在着相同的神话和祭祀模式这种现象,荣格则用它的集体无意识学说和原型理论揭示隐藏在这种现象深处的"无意识的结构"和"原始意象"。两相比较,弗雷泽的影响是"外壳",荣格的影响是"内核"。

弗莱的集大成在于,创造了以原型理论为核心的综合型文学批评。他在《批评的剖析》中说:"本书涉及了各种各样的技巧和方法,其中多数是在当代学术领域中已经使用过的。我们想要指出,在一种全面的批评视野中,原型批评或神话批评,美学形式批评,历史批评,中世纪四层面批评,文本和肌质批评,究竟处于何等地位。……本书无意抨击任何一种批评方法,只要他的课题是明确的;本书所要推倒的是这些方法之间的围栅。这些门户之间的围栅,易于把批评家局限于某一种批评方法,这是没有必要的,并且它们倾向于同批评之外的各种学科去建立其基本的联系,而不是同其他批评流派去建立这种联系。"①弗莱将原型称为"形式因",承载原型的"形式"研究,则可运用各种各样的文本批评方法,如形式主义、新批评、结构主义批评、符号学批评等。他认为文学是"移位的神话"。由此出发,建立系统的原型批评理论:(1)文体形式演变:神话、传奇、高模仿、低模仿、反讽。(2)文学意象结构:神启意象、魔怪意象、模拟意象,模拟意象又包括天真的模拟、理性的模拟、经验的模拟;神启、天真模拟、理性模拟、经验模拟、魔怪五意象构成五种意象世界,分别与神话、传奇、高模仿、低模仿、反讽相对应。(3)文学叙述程序:喜剧对应春天,述说神的诞生与复活;传奇对应夏天,述说神的成长与胜利;悲剧对应秋天,述说神的末路与死亡;反讽对应冬天,述说神死而未生的混乱世界。上述各种原型范畴不但相互联系,而且自身周而复始,不断循环演进,从而构成弗莱的原型批评体系。原型批评是发掘文学表现地域的集体无意识的最佳途径,因而是地缘文化诗学的重要理论资源。

其五,结构主义及符号学批评。

结构主义及符号学的源头有二,一是索绪尔的《普通语言学教程》。此书的革命性变革,则是倡导语言学的共时性特征。如语言的"能指"与"所指"便是声音和概念的共时性结合。他进而把普泛的语言对象分为两个层面:作为系统、体制或规范的语言和受制于前者并使之具体化的言语。人们说和听的都只是言语,然而,它之所以能交流,就因为体现了语言的规定性,即语言的内在结构。这

① 弗莱:《批评的剖析》,百花文艺出版社1998年版,第48页。

就成了结构主义文论家寻找文本内在结构的出发点。还有维科的《新科学》,此书试图从不同民族中寻找人文现象的普遍公式,构造一种“人的物理学”,从而寻求早期人类思维的“结构”。二是对“深度模式”的寻求和人的主体性的消释。西方学术历来有现象/本质二元对立思想,主张透过现象看本质,这种本质常常是一种普泛的深度模式,如柏拉图认为世界的本质是理念,黑格尔认为是绝对精神。在西方思想界,文艺复兴以来强调人的主体性的理性本体论取代神学本体论。科技的迅速发展是人的主体性过度膨胀,导致20世纪的两次世界大战和环境、生态的破坏,于是人们有开始思大自然和考客观世界的结构规律,主体论走向消衰。

结构主义的早期著作有皮亚杰的《结构主义》和列维—斯特劳斯的《结构人类学》。他们的研究不限于文学。结构主义将事物的结构分为深浅两层:表层结构可以被直接观察,深层结构则是事物的内在联系。结构主义要研究的是深层结构。结构主义文论主要是研究文学的文本,它分割文本找出各元素后再组合成整体,并进一步发掘出其深层结构,即“在那缓慢然而又是不停变化的整个文学领域内存在的一种顽强、深刻的‘秩序意志’”。[①] 结构主义在分析文本时常常将分析出的作品元素用某种符号表示,从而形成符号学。故而结构主义与符号学有密切联系。因为结构主义文论着意研究的是神话、史诗、民间故事等,所以它寻求的深层结构即“秩序意志”,与原型有密切的联系,甚或就是原型。这正是将结构主义是为地缘文化诗学重要理论资源的原因。

结构主义和符号学的内涵极其丰富。撮其要者介绍如下:

1.列维—斯特劳斯的结构主义神话学。其主要成就是对神话的结构主义分析。他在《结构人类学》中分析了俄狄浦斯神话。他对故事进行分析切割,用众多数字表示故事的若干构成元素,继而将这些元素进行梳理合并,得出四类要素:第一类包括卡德摩斯寻妹,俄狄浦斯娶母、收葬亡兄等,是强调血缘关系的亲和性;第二类包括龙牙长出的武士骨肉相残、俄狄浦斯弑父、他的两个儿子因争王位而战,是批判对血缘关系亲和性的践踏;第三类包括卡德摩斯屠龙、俄狄浦斯杀斯芬克斯,表现人与土地的分离;第四类是俄狄浦斯和他的父亲、祖父的名字都有行走不便之义,表示与土地的亲近。四类要素构成两组矛盾,体现一个困惑人的问题:人从哪里来?人可说是母亲生的,但最初的母亲又从哪里来?列维—斯特劳斯指出:“尽管这个问题显然是不能解决的,但是俄狄浦斯神话提供了一种讲述起源问题的逻辑工具——人起于一源还是二源,其派生的问题是起

① 巴尔特:《结构主义——一种活动》,见《西方文艺理论名著选编》(下卷),北京大学出版社 1987 年版,第 466 页。

于异源还是起于同源。”①此说破译了俄狄浦斯神话的结构及意义。

2.普洛普的“母题分析”。其名著《民间故事的形态学》认为，各种民间故事的内容虽然差异很大，但可以寻找到共同的“功能”（即“人物的行为”）。他从上百个民间故事归纳出基本母题模式，即某种事件促使主人公出走，然后是主人公与恶势力进行斗争，经历重重艰难险阻取得成功，最后重返家园，其业绩得到公认。其间分六个阶段：（1）准备阶段，包含7种功能；（2）复杂阶段，含3种功能；（3）转移阶段，含5种功能；（4）斗争阶段，含4种功能；（5）返回阶段，含7种功能；（6）公认阶段，含5种功能。共31种功能。任何一个故事都不同时具有31种功能，但往往具有其中某几种功能。普罗普还提出民间故事的四种法则：“1.人物的功能是故事里面固定不变的成分，不受谁和如何完成的限制。它们构成了故事的基本要素。2.对神话故事来说，功能有数量上的限制。3.功能的顺序永远不变。4.就结论而论，所有的神话都属同一类型。”②

3.托多洛夫的叙事理论。托多洛夫不仅最早提出“叙事学”的概念（1969年），还将叙事与语法结合起来，创造了独特的叙事语法理论。其叙事学名著则是《〈十日谈〉的语法》。他青睐法国象征派诗人瓦莱里的名言：“文学是而且也只是某些语言属性的扩展和应用。”③由此可以得出叙事作品是陈述句的扩大，抒情作品是感叹句的扩大。托多洛夫认为，小说的结构可以与标准的陈述句（主语+谓语+宾语）相类比。主语即小说中的人物，谓语即人物的行动，宾语即行动的对象。人物行动（谓语动词）有常见的基本类型，如爱情小说的“追求”、“约会”、“接受”等，战争小说的“隐蔽”、“攻击”、“消灭”等。人物行动（谓语动词）又讲求“联结”和“转化”。如侦探小说包含“犯罪”和“侦破”两段落。犯罪又包括动机、行动、结果，侦破又包括发现、侦破、缉拿等。两个段落以及每个段落中的一系列行动都是层层推进，体现着“联结”。整个犯罪、侦破过程又是一个“平衡—不平衡—平衡”过程，是向相反方向转化。这种时序上的“联结”是表层结构，内在逻辑上的“转化”则是小说的深层结构。托多洛夫将转化分为两种类型：简单的转化只涉及一个动词，包括语态的转化、意向的转化、结果的转化、方式的转化、语势的转化、状况的转化六种；复杂的转化涉及两个动词，亦包括外形、认识、描述、假定、主观、态度转化六种。

4.巴尔特的后结构主义。早期的巴尔特是结构主义者，在《叙事作品结构分析导论》中将叙事作品分为三个层级：（1）功能级，即最小的叙事单位，一种看似漫不经心的描写可能包含深意；（2）行动级，主要处理人物关系的结构，强调从

① 列维—斯特劳斯：《结构人类学》，法国普隆书局1958年英文版，第215页。

② 普罗普：《民间故事的形态学》，转引自罗伯特·肖尔斯：《结构主义与文学》，春风文艺出版社1988年版，第95页。

③ 托多洛夫：《散文的诗学》，牛津1977年版，第19页。

人物行动和关系的角度把握人物;(3)叙述级,强调叙事者与作者的区别。他认为,结构主义活动包含两个典型动作:分割和明确表达。分割指找出作品的基本元素,明确表达即发现基本元素组合的原则和规律。后期的巴尔特成为后结构主义者。在分割与明确表达的关系上,更强调各种元素的众声喧哗。“明确表达”是一座意义的“巴列塔”,无法简单地用一种主题将其统一起来。其后期代表作《S/Z》以200页的专著评析了巴尔扎克30页的短篇《萨拉辛》,从中析出561个意义单元,将其归拢为五种符码:(1)阐释性符码,即所有提出、回答问题及说明事件的意义单元;(2)能指符码,有关各个词的内涵的符码;(3)象征符码,即具有特定含义的象征符码;(4)行动性符码,即能合理确立行动结果的符码;(5)文化性符码,即在文化系统中形成的用于证实公理的符码。阐释性符码是真理的声音,能指性符码是个人的声音,象征性符码是象征的声音,行动性符码是经验的声音,文化性符码是科学的声音。五种声音使作品裂缝丛生,消解了作品的整一主题。

5.格雷马斯的“符号矩阵”。格雷马斯在他的名著《结构语义学》中,依据亚里士多德逻辑学中的命题与反命题的关系,提出“符号矩阵”。具体阐释是:设立一项X,与它发生对立关系的则是反X;还有与之发生矛盾关系的非X,与反X发生矛盾关系的非反X。便构成如下符号矩阵:

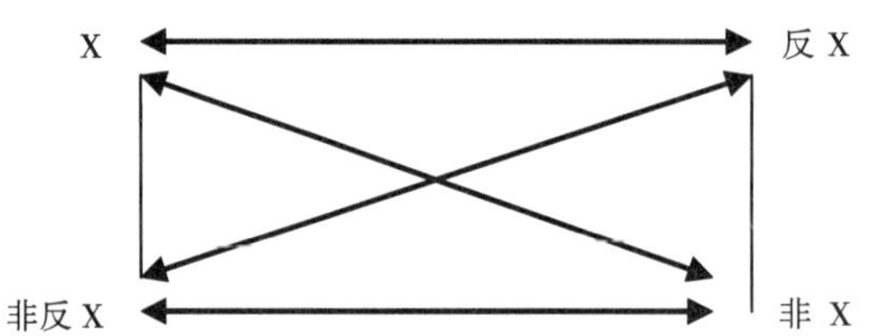

在格雷马斯看来,如果X是作品的主人公,便有反X与之对立,故事便起于二者的对立。但在故事进程中又增加新的因素非X和非反X,当这些方面得以展开,故事也就完成。王一川曾用这一矩阵分析工农兵文学的英雄叙事。如果X是卡利斯马英雄,反X则是他的对手,阶级敌人,非X是动摇的群众,非反X是英雄的引路人(党的领导)。这种英雄、引路人模式的历史意义是:卡利斯马英雄在党的领导下,团结广大群众,同阶级敌人展开斗争,最终获得胜利。

6.巴赫金的“复调小说”。巴赫金在《论陀思妥耶夫斯基诗学问题》中依据陀氏的创作提出“复调小说”的概念。他说:“有着众多的各自独立而不相融合的声音和意识,由具有充分价值的不同的声音组成真正的复调——这确实是陀思妥耶夫斯基长篇小说的基本特点。在他的作品里,不是众多性格和命运构成一个统一的客观世界,在作者统一的意识支配下层层展开;这里恰是众多的地位平等的意识连同它们各自的世界，结合在某个统一的事件之中，而互相间不发生融合。”①他把欧洲小说分成两种类型：独白型和复调型。独白型小说取决于作者意识对描写对象的单方面规定，只有作者的声音；托尔斯泰的小说乃至陀思妥耶夫斯基之前的欧洲小说几乎都是这类小说。复调型小说则展示作者和各种人物的多种声音，它是陀思妥耶夫斯基的创造。在复调小说中，各种独立平等的意识和声音建构的是对话关系。对话的形式分两类：大型对话和微型对话。前者包括人物对话和情节结构对话，后者则指语言对话。（1）人物对话分三种类型：人物之间的对话、人物内心对话、作者与人物的对话。其中，人物内心对话又包括两种形式：自己内心矛盾的冲突的对话和把他人意识作为对立话语进行对话。这是复调小说的主要艺术手段。作者与人物的对话形式最有争议，巴赫金认为，在这种对话中，作者的作用在于，一是给主人公以自由，恰是作者的立意；二是将主人公变客体为主体，恰是作者具有更大开放性和包容性的新立场。这种对话的形式不是显形的而是隐形的，潜在于文本之中。（2）情节结构的对话颇如音乐中的“对位法”，也就是对立和对照方法。包括两种情况：一是运用不同的调子来结构小说；二是结构的平行性。（3）语言对话指的是小说的“双声语”，其特点是具有双重的语义指向，含有两种相互争论的声音。包括三种类型：仿格体（模仿风格体）——借别人的语言说话，使别人指物述事的意旨服从自己；讽拟体（讽刺性模拟体）——亦是借他人语言，但须反其意而行之，在对立和冲突中迫使其服从完全相反的目的；暗辩体——针对他人语言而发，却不出现他人语言，“暗辩”而已。

以上是地缘文化诗学主要的理论资源，从中可看到它广阔的理论视野和丰富的理论包容。

第三节　中国地缘文化诗学的理论构成

中国地缘文化诗学，正是在上述理论资源的基础上建构起来。文学的地域性说到底是文学的地域文化性，要阐释文学的地域性，首先要解释文化地域性的奥秘。故而，地缘文化诗学应包括两个层面：文化地缘性理论与文学地缘性理论。

（一）文化地缘性理论

文化地缘性的理论构成包括文化区、区域文化成因、区域文化结构等。

---

① 《巴赫金全集》（第五卷），河北教育出版社1998年版，第4—5页。

1.文化区。文化区是文化地理学的基本概念,也是地缘文化诗学最基本的概念。它分形式文化区、机能文化区和乡土文化区三类,地缘文化诗学使用以某种文化特征为划分标准的形式文化区。文化区有丰富的内涵,其一是地理内涵,它包括:(1)区域的层级。对此,文化地理学中有人由小到大分为文化小区、文化区、文化区域、文化地带,有人由大到小分为文化区、文化亚区、文化副区。笔者据中国国情实际由大到小分为:行住文化圈、民族文化带、邦邑文化区和采地文化亚区。行住文化圈分为西部游牧文化圈和东部农耕文化圈。民族文化带,在西部游牧文化圈内有北部蒙族、西北维族、西部藏族等文化带;东部农耕文化圈中有东北多民族、中部汉族和西南少数民族等文化带。邦邑文化区、采地文化亚区取周代分封时的概念,因为这两个层级形成于春秋战国时期。邦邑指诸侯封地,即诸侯国的区域范围,大体相当于后来的省区,如燕赵文化区、齐鲁文化区、巴蜀文化区、吴越文化区等;采地指诸侯国内卿大夫的封地,大体相当于现在省以下的地区,如鲁迅笔下的绍兴,赵树理笔下的上党、贾平凹笔下的商州等。如此,个人文化的沟通首先形成采地文化,各采地文化的沟通部分形成邦邑文化,之后依次是民族带文化、行住圈文化。一般地说,每位作家的创作,直接描绘的往往是某采地亚区的生活,其作品的文化含蕴,是个人文化与采地文化的融合,个人文化见其个性,采地文化见其共性。相邻近的各采地亚区作家,集结在同一邦邑区内,便带有了邦邑文化的"类"的共同性。因此,每个邦邑区内,往往形成带有共同地缘文化特征的作家群。邦邑文化区与采地文化亚区,是地缘文化诗学中的两个重要层级。(2)地形地貌、气候水文特征。地形地貌包括高原、平原、山脉、丘陵、盆地等,气候水文如温度与南北有关,湿度更与东西有关。都是影响区域文化的地理内涵。

其二是文化内涵。每个文化区域都有自己的文化景观、文化行为和文化心态等。如华北平原的文化景观是肥沃的田野,丰收的庄稼,炊烟袅袅的村庄;人们的文化行为是日出而作,日没而息,凿井而饮,耕田而食;文化心态则是土地崇拜和怀乡情结。内蒙古高原则是:茫茫的草原,肥壮的牛羊,美丽的帐篷;人们以鞍马为家,射猎为俗,逐水草而居;这就形成牧马崇拜和游牧意识。其三是历史内涵。指区域文化的形成发展的历史过程。考古的"文化层"便体现着区域文化的历史内涵,一方面,不同文化层展现着不同时代的文化,如原始社会的部族文化、奴隶社会的方国文化和封建社会的郡省文化;另一方面,同一地区不同的文化层也有一以贯之的共同文化因素。因而,区域文化既有稳定性又有变异性。从聚落与建筑式样也可看到区域的历史,比如北京,南北以故宫为代表的经线建筑群体现着稳定的传统,东西以长安街为代表的纬线建筑群则体现变化的现代。其交叉点天安门广场正体现传统和现代、稳定性和变异性的结合。

在我国区域文化的发展中,地理、历史、文化内涵的交互作用,形成独特的区域分布特征。梅新林在研究古代文学的地理分布时，提出流域轴线、城市轴心、文人群体流向三位一体的文学区域建构。流域轴线是指黄河、长江、珠江、运河三横一纵展开的四大流域，其中，运河与黄河、长江交汇形成“黄金水网”，黄河、长江、珠江的三角洲与运河配合形成“黄金连线”，二“黄”之地成为文人密集区。城市轴心指城市序列在中国文学版图构成与演变中的核心作用。城市坐落在流域轴线上，流域轴线为城市轴心提供地理条件，城市轴心的转换又带动着流域轴线的移动。文人群体的流动，“总是围绕不同级次的城市轴心，从外邑流向都城，从边缘流向中心”，或者相反。上述三大环节，流域轴线是“动脉”，城市轴心是“心脏”，文人群体是“灵魂”。三者交互作用的结果，从共时性看，构成内圈“八大文学区系”：黄河流域的秦陇、三晋、齐鲁，长江流域的巴蜀、荆楚、吴越，运河流域的燕赵，珠江流域的闽粤；外圈“四大文学区系”：东北、北部、西北、西南。从历时性看，从五帝传说到明清时期，经历五次循环运动，由西到东、由北到南轮动，最后的重心落在吴越文学区系。轮动的核心区域是内圈八区，其中，秦陇区西像巨型发动机，吴越区似巨型聚宝盆①。梅新林对我国文学区域分布的系统建构颇有启发性，是文化区域思考的可贵借鉴，研究中国区域文化，内圈“八区系”应格外重视；文化五次轮动都指向的吴越，亦应给予格外关注，在关注吴越的同时，尤应关注近现代城市上海，它不仅是吴越、长江流域的“心脏”，还是现代中国经济文化的“心脏”。需要注意的是，我国的政治经济还有南北分流的问题，自唐代之后，政治中心北移，经济重心南移，元代以降，黄河、长江与运河连通拱向的北京一直是全国的政治中心，它也是一个“心脏”——政治文化的“心脏”。因此，八区之外，还应关注两个特殊的“心脏”——上海与北京。

2.地缘文化成因。关于地域文化的形成，文化史上有环境决定论、文化决定论、可然论、适应论、生态论，日益看好的是文化生态论，它强调社会和自然的和谐互动。据此，地缘文化的成因应从物质环境和社会结构两方面思考。其一，关于物质环境的影响。物质环境包括自然景观和人文景观，其影响往往形成人们的环境感知。环境感知是人们对生活其中的物质环境的感受和认知，作为一种行之有效的人生经验，它支配着人们适应、改造环境的行为方式。它为共同环境中的文化集团成员所共有，如游牧人爱骏马，农耕人爱土地等。地域物质环境的复杂性，形成复杂的环境感知。就我国而言，首先有“南方”和“北方”的不同。南北差别系地球纬度差别，更多表现为气候差别。“气候王国是一切王国的第一位”。在我国，“南方谓荆扬之南，其地多阳。阳气舒散，人情宽缓和柔。”“北方沙漠之地，其地多阴，阴气坚急，故人刚猛，恒好斗争。”②还有东部与西部的区

① 梅新林：《中国文学地理学导论》，《文艺报》2006 年 6 月 1 日。

② 孔颖达：《十三经注疏》。

别,东西差异是地球经度差异,更表现为湿度差异:东部系"海洋文化",西部为"高原文化"。萧兵指出:"'相土烈烈,海外有截',我国古代人民,尤其是东方滨海的夷文化共同体注目海外,曾试图向海外扩展和进发。"①近代以来,东部沿海受海洋之惠,迅猛发展,上海是其代表;西部却长期闭塞,与上海同一纬度的成都却相对沉闷得多。东西部的差别明显表现为:一是开放,一是闭塞。东、西部和南、北方交叉起来,地域的物质环境和环境感知呈现出丰富的色彩,东北、西北、西南、东南等各具风姿。最典型的是西北和东南,西北的新、青、甘、宁等省区水土厚硬、闭塞、苍凉,故西北人粗犷、淳朴;东南的江、浙、闽、台等省明丽、秀美、开放,故东南人聪慧、浪漫。我国的发达城市如上海、广州、香港、澳门等均在这里。

此外,还有山区和水乡的差异。山区人"重厚朴鲁",其凝重、悲凉近北人;水乡人秀慧聪敏,其清秀、浪漫近南人。北方有水乡,南国有山区,南北文化呈复杂多样性。故钱钟书云:"顾燕人款曲,有自其和声软语,刚中之柔也;而吴人怒骂,复自有其厉声疾语,又柔中之刚矣。"②大自然中往往山水相依,雄奇中有秀美,朴厚中有灵气,壮阔中有明艳,呈驳杂有趣风貌。其实,水的影响也是双向的,涵括三江五湖的吴越之地,远古多水患,"凌赤岸,彗扶桑,横奔似雷行"的远古之水锻炼着吴越人断发文身、凶悍尚武的个性;近世多水利,"重湖迭巘清嘉,有三秋桂子,十里荷花"的近世之水陶冶着吴越人"羌管弄晴,菱歌泛夜"的柔慧尚文个性。刘向《论苑·杂言篇》有一段"水者,君子比德焉"的感悟:"遍予而无私,似德;所及者生,似仁;其流卑下句倨皆循求理,似义;浅者流行,深者不测,似智;其赴百仞之谷不疑,似勇;绵弱而微达,似察;受恶不让,似包蒙;不清以人,鲜洁以出,似善化;至量必平,似正;盈不求概,似度;其万折必乐,似意。"各种水态与人的心理的"异质同构",显示着多变的水对人的心理情感的多种影响。

南方与北方、东部与西部、山区与水乡及其交叉影响,显示着地域环境和环境感知的多样性和复杂性。多样和复杂中有主导和支配因素,那就是南方与北方。因为,不仅来自地球,而且来自太阳的影响使地球上的气候、水土、植被等南北呈规律性变化。这种变化是整体的、全局的,而东部与西部、山区与水乡影响则表现为局部性。正因如此,中外许多国家都有南北文化差异论:我国学者多从风俗和人的气质论南北差异,孟德斯鸠则从"气候与法律的关系"论南北差异,斯达尔夫人有"南方文学"与"北方文学"之论,泰纳比较两大拉丁民族的想象力,则提出法国民族的"更北方式"和意大利民族的"更南方式"……角度不同,结论却相近。

其二,关于社会结构的影响。社会结构指人们建立的各种社会关系。社会

---

① 萧兵:《在广阔的背景上探索》,《文艺研究》1985 年第 6 期。

② 钱钟书:《管锥篇》(第 1 册),中华书局 1979 年版,第 16 页。

结构对文化的影响也是举足轻重的。在美国，就气候水文条件来说，五大湖以南的俄亥俄州、印第安纳州和伊利诺伊州比较适合种小麦，但是，美国的小麦种植区却在五大湖以西，北起蒙大拿州、北达科他州，南到得克萨斯州的北部，形成南北走向的条状地带。这里干燥、寒冷，并不利于小麦的生长。之所以如此，是因为五大湖以南的地区发展饲养业，为市场提供牛奶和肉类，可获得更多的利润。可见，美国五大湖以南畜牧文化的发展和以西农耕文化的发展主要与社会结构相关。马克思主义理论家们早已开始对社会影响的关注。19 世纪末，西欧各国的批判现实主义文学的高潮已呈式微之势，地处北欧边陲的挪威的文学却大放异彩，并推出易卜生等文学巨匠。德国学术界对此展开争论。恩格斯在《致保尔·恩斯特》一信中对德国和挪威的社会结构进行了独到的比较分析。他指出，在德国，16 世纪初的农民起义失败后，封建统治者加强了对农民的统治和压迫；17 世纪上半叶欧洲各国封建主又开始了历时 30 年的混战，诸侯割据日剧，资产阶级在经济、政治上完全依赖于贵族权贵。这“不是一个正常的历史阶段，而是一幅夸张到了极点的漫画”，它造成了小市民阶层卑鄙自私、奴颜婢膝的庸俗气，以及“胆怯、狭隘、束手无策、毫无创造能力这样一些畸形发展的特殊性格”。挪威小资产阶级却与之相反，挪威“这个国家由于它的隔绝状态和自然条件而落后，可是，它的状况是完全适合它的生产条件的，因而是正常的”。在这样的社会里，小资产阶级是经济的主体，“即使不是世界最大的，无疑也是世界上第二最大的”帆船队，所有者也都是中小船主。生产力的水平正和阶级状况相适应，小资产阶级也就得到正常发展。“挪威的农民从来都不是农奴”，他们“有自己的性格及首创的独立精神”。这正是产生易卜生的社会历史原因。这些深刻的分析，显示着唯物史观的理论魅力。然而，在 20 世纪 30 年代之前，中国学界一直是“地理决定论”的天下，之后，社会结构的影响才逐步受到重视。

如何着手研究社会结构对地域文化的影响？不妨从人的最基本的生存需要谈起。恩格斯《在马克思墓前的讲话》中称赞马克思“发现了人类历史的发展规律”：“我们首先必须吃、喝、住、穿，然后才能从事政治、科学、艺术、宗教等；所以直接的物质的生活资料的生产，因而一个民族或一个时代的一定的经济发展阶段，便构成基础，人们的国家制度、法的观点、艺术以及宗教观念，就是从这个基础上发展而来的，因而，也必须由这个基础来揭示，而不是像过去那样做得相反。”①实际着眼于人的两种需求：基本的物质需求和高级的精神需求。马斯洛的“需要层次论”具体阐释了人的两类需要：低层次的物质需求有生理需要和安全需要；高层次的精神需要有归属和爱的需要、尊重需要、认知需要、审美需要、自我实现需要。如此，就出现各种矛盾关系，比较重要的有：物质需求与精神需

---

① 《马克思恩格斯选集》(第 3 卷)，人民出版社 1973 年版，第 574 页。

求的关系,个体需求与群体需求的关系、现实需求与终极需求的关系等。不同区域的人对上述关系往往有不同的处理方式。一般地说,我国北方人重政治和精神,而南方人更重经济和物质;铁凝笔下的司猗纹一生追求“虚幻的荣誉”,而王安忆笔下的王琦瑶的追求则是“过日子”,见出北京的政治意识和上海物质主义的差异。中国人更重群体需求,而西方更重个体需求,中国人和西方人的姓名便是这种观念的物化:中国人将“姓”置于姓名之首,标志人首先是家族群体的,张扬的是家族、宗族群体的利益和需求,强调的是个人对这一群体的服从;西方人则将名字置于姓名之首,父名、姓皆在其后,强调的是个人、自我的至高无上。先秦时期,齐、秦、鲁三国分别形成齐学、法家之学和儒学。齐学由春秋时姜齐的“尊贤尚功”发展为战国田齐的黄老之学,使齐国自春秋至战国,长期保持强国地位,并在春秋时成为第一代霸主;秦国奉行法家之学不仅使一国强大,还剿灭六国,统一天下,秦王嬴政成为中国历史上的始皇帝,但却于十余年后亡国;以“礼义”为核心的儒家之学并未使鲁国强大,更遑论统一天下,但儒家思想作为传统的民族文化精神世世代代统治着中国人民的心。如此看来,齐文化更带现实性,秦文化带中极性,而鲁文化更带终极性。

3.地缘文化结构。约略说来,文化可划分为技术体系和价值体系两极。前者指人类加工自然造成的技术的、器物的、非人格的、客观的东西;后者指人类在加工自然、塑造自我的过程中形成的规范的、精神的、人格的、主观的东西。而技术体系和价值体系又经由语言和社会结构形成文化统一体。这个统一体就是广义文化。广义文化具有丰富的包容,它指的是与“自然”相对待的一切物质财富和精神财富的总和。广义文化的内部结构,龚自珍曾有分析:“圣人之道,本天人之际,胪幽明之序,始于饮食,中乎制作,终于闻性与天道。”①如此,从文化形态学角度,把广义文化从外向内分为三个层次:物态文化、行为文化和心态文化。物态文化是人类加工自然创制的各种器物,是人的物质生产活动方式和产品的总和,是文化地理学所说的文化景观,在文化的三层次中,它是人类文化的坚实的物质基础。行为文化包括两个方面:一是人类在社会实践中制定的各种社会规范,如制度、法令、纪律等;二是人类在社会实践尤其是人际交往中约定俗成的习惯性行为,如民俗民风等。有人将前者称为制度文化,后者称为风俗文化,其实,二者都在规范人们的行为,形成其行为模式,因而都称为行为文化。从文化地域性的角度看,制度文化更带全国性,甚至具有世界性,而且容易随时代的发展而变化,地域性比较弱;风俗文化则更带有地域性,常言说“百里不同风,十里不同俗”,而且更有相对稳定的特征。因而,研究地域的行为文化应着意于风俗文化。

---

① 龚自珍:《五经大义始终论》,见《龚自珍全集》,上海人民出版社 1975 年版,第 41 页。

心态文化也是人们常说的狭义文化。它包括两个层面：表层结构和深层结构。表层结构指文化各层次中多有历史沿革的精神价值体系，包括政治观念、法权思想、哲学、艺术、宗教、道德等。深层结构指某一文化群体在长期的历史发展中积淀而成的固定心态，包括价值观念、审美情趣和思维方式等，它实际是人类在长期的历史演进中积淀而成的集体无意识，如同弗洛姆所说的“社会性格”。“社会性格指的是同属于一个文化时期的绝大多数人所共同具有的性格结构的核心”，不同民族、阶级、群体和团体，都有一个展现自己行为共同模式的性格结构。[①] 故而可称为文化性格，文化潜意识。文化表层结构呈显性变体，是直观的、动态的；深层形结构则是隐性的，且以恒常的稳定为常态（实际上也在演化和重建，不过速度极缓）。表层结构覆盖多个区域而具有兼容性，深层结构往往为某一区域所独有。基于此，文化深层结构的隐性、稳定性尤其是在某一区域的独有性应当引起地域文化研究的格外关注，它实际体现着地缘文化最深层的本质，是区别于他地域的根本所在。而文化表层结构的地域性则显得模糊、游移。

心态文化的双重结构还可以用哲学的概念和范畴进行印证，因为心态文化不仅大体等同于精神文化、观念形态文化，而且相当于哲学中的社会意识。根据普列汉诺夫的理论，社会意识可区分为社会心理和社会意识形态。社会意识形态包括基层形态如政治理论、法权观念等和高层形态如科学、哲学、艺术、宗教、道德等，是经过专门家创作加工的社会心理；作为创造性思维的产物，它往往具有活跃的变异性，尤其在社会变革的时代，可在短期内发生新旧更替，在同一作者那里也会出现“今是而昨非”。作为社会意识形态的背景和基础的社会心理，指人们日常的精神状态和道德面貌，是尚未经过加工和艺术升华的大众心态，主要包括大众历史生活中的价值观念、审美情绪和思维方式，由于是一种直觉的“潜意识”或“集体无意识”，具有顽强的稳定性和延续力，与社会生产力和社会制度的变异不一定形成直接而迅速的对位效应。因而，人们将社会意识形态称为“文化的浅层结构”，将社会心理称为“文化的深层结构”。

如此看来，地缘文化的结构层次撮其要者有三：地域文化景观、地域文化风俗和地域文化性格。它们不仅分别处于文化结构的三个层面上，而且相互联结成不可分割的整体。从外向内看，地域的文化景观内化为地域的文化风俗，文化风俗又内化为文化性格；反之，文化性格外化为文化风俗，文化风俗又外化为文化景观。即使在最外层的文化景观上，也可以发掘出最深层的文化性格的蛛丝马迹。在三个层面中，地域文化性格是核心和深层放射源。依据克鲁克洪德“隐形文化”理论，不妨把地域文化景观和文化风俗称为地域的显形文化，将地域文化性格称为地域的隐形文化。

---

① 范文：《潜意识哲学》，陕西人民出版社 1988 年版，第 17 页。

从上述对文化区、文化成因和文化结构的分析阐释,可得出研究地域文化的基本思路:首先确定文化区域的层级(行住文化圈、民族文化带、邦邑文化区、采地文化亚区);继而分析地缘文化的成因,探讨地域物质环境和社会结构的特征以及对地域文化产生怎样的影响;然后进行文化结构的考察分析,研究地域的文化景观、文化风俗,尤其是地域文化性格具有怎样的特征。

(二)文学地缘性理论

如前所述,地域文化是一个由文化景观、文化风俗和文化性格构成的文化体系,而地域文化的深层本质是地域文化性格。那么,文学的地域性一方面要表现地域文化结构显形层面的多彩风貌;另一方面要发掘隐形层面——地域文化性格的深层本质。前者见其丰富性,后者见其深刻性。

1.文学对地域显形文化的多彩表现。(1)表现地域文化景观。其实,文学在景观描写中也常关注山川日月阴晴雨雪等自然景观。对地域的文化景观和自然景观的描写便是常说的地域"风景画"。这种风景画,不一定具有地域的"唯一"性,也可能有对他地域的兼容,显示着地域景观的多彩风貌。但更有价值的还是对地域独特的文化、自然景观的描写。如北京作家笔下的四合院,上海作家笔下的石库门,陕西作家笔下的四合头瓦房院等。北京四合院最为完整,上房、倒厅、东西厢房四面相合,街门开在东南角,上房住家长,东西厢房与倒厅住晚辈,体现封建社会中的标准家庭(一般三世同堂)对内的严谨和对外的封闭,是伦理秩序的"建筑"形式化,显示着北京的伦理政治中心性。石库门以四合院为基底,但倒厅变为院墙,"石库"状的大门开在院墙正中;宽阔的院落变为狭小的天井,两侧为厢房,正面为客堂,四合之意减弱;同时,多为二层楼建筑形式,窗户多临街,显示着上海这座现代城市的开放意识,无疑是传统与现代的结合。陕西的四合头瓦房院实际是四合院,只是"房子半边盖",南、北、东、西房隆起的屋脊被纵向劈开,仅剩朝院内倾斜的半边,雨水全部流入院内,被称为"肥水不外流",见出农业社会严酷的自然条件形成的生存环境和观念的封闭性。

(2)表现地域文化风俗。《诗·周南·关雎序》曰:"美教化,移风俗。"唐孔颖达疏:"《汉书·地理志》云:'凡民禀五常之性,而有刚柔缓急音声不同,系水土之风气,故谓之风;好恶动静取舍无常,随君上之情欲,故谓之俗。'是解风俗之事也。风与俗对则小别,散则义通。"孔颖达的意思是,由自然条件而形成的习尚叫"风",由社会环境不同而形成的习尚叫"俗"。自然条件和社会环境的不同往往形成风俗的地域差异。西方对文化风俗有多种解释。英国功能主义学者马林诺夫认为,它是传统加于社会成员的一种标准化的行为方式;美国学者萨皮尔认为,它是由传统负载而活在群体中的全部的行为模式,与个人任意的活动有别。这两种解释表明，风俗具有历史传统性和集体统一性特征。还有一些学者强调风俗的规范力，其规范力是被纵的（历史的）或横的（社会的）传统裁定的。它在社会中形成，从社会中习得，并由社会传授，对任何人的行为都有一定的约束作用。这种传统型和约束性并非一成不变，社会和文化的改革者常常提倡“移风易俗”，只是这种变化不太激烈。由上述可知，文化风俗具有鲜明的地域性、群体规范性和相对稳定性，故而是文学表现地域性的重要内容。其实，中外文学早已关注民俗乡风，“风俗画”描写早已成为许多作家的创作追求。巴尔扎克《人间喜剧》的主体内容便是“风俗研究”。风俗画同风景画一样，也常常是区域间兼容的，如我国的春节、中秋节、端午节等风俗，几乎是中华民族全国的节日；文学的地域性则是要求写出同中之异，如同地域文化景观的四合院、石库门和四合头一样，既是民族的，又是地域的。李文珊《四郎翁堆和他的影子》写了三个藏族头人派差役抓捕农奴巴乌嘎登的故事。巴乌嘎登的独特本领是说唱《格萨尔》，追捕的三个差役为他的说唱倾倒，不愿得罪格萨尔而放弃追捕。富有喜剧意义的是：三位头人也没有怪罪自己的爪牙，也因不愿得罪格萨尔大王而放过了巴乌嘎登。这个有趣的情节昭示着，藏族的农奴、头人、爪牙乃至听众都敬仰民族英雄之神格萨尔，因而形成说唱与欣赏藏族史诗《格萨尔王传》独特风俗。这种风俗是与藏族的历史文化紧密联系在一起并经由获得性遗传代代积累下来的“种族记忆”，是西藏在漫长的历史发展中积淀而成的原型意识。因而又揭示出西藏地区共同的社会心理：“格萨尔崇拜情结”。

2.文学对地域隐形文化的深刻揭示。如果说对地缘文化景观、风俗的表现是文学地缘性的量，显示地域文学的丰富性，那么，对地域文化性格的开掘就是文学地缘性的质，显示其深刻性。如前所述，地域文化性格即地域的集体无意识。荣格把集体无意识的内容称为原型，认为原型是人类长期积淀中未被直接感知到的集体无意识的显现，它作为潜在的无意识进入创作过程，但它又必须得到外化，最初呈现为一种“原始意象”，在远古时代表现为神话意象，然后在不同的时代通过艺术在无意识中启动转变为艺术形象。这些原始意象即原型之所以能够遗传下来，在很大程度上得益于文艺这个载体，因为在漫长的历史进程中，它们不断地以本原的形式反复出现在文学艺术作品中。荣格说，在文艺作品中，“一旦原型的情境发生，我们就会突然获得一种不寻常的轻松感，仿佛被一种强大的力量运载或超度。在这一瞬间，我们不再是个人，而是整个族类，全人类的声音一起在我们心中回响”①。虽然读者不能直接在文艺作品中发现集体无意识，但能通过在神话、图腾和梦中反复出现的原始意象发现它的存在与意义。因此，批评家可以通过分析在文艺作品中反复出现的叙事结构、人物形象或象征，

---

① 荣格：《心理学与文学》，三联书店 1987 年版，第 121 页。

重新构建出这种原始意象，进而发现人类精神的共相。这便是原型批评。可见，原型批评是获得文艺作品涵蕴的地缘文化潜意识的最佳途径。

原型批评虽然与文学中的地域文化潜意识有很强的对位效应，但“原型”往往带有人类性，原形批评较之地域文学研究，要丰富复杂得多，应用于地域文学研究还有许多需要思考的问题。

（1）关注各种文本批评理论，发掘文本特征中隐含的原型模式。弗莱认为，一个原型“就是一个象征，通常是一个意象，它常常在文学中出现，并可被辨认出作为一个人的整个文学经验的一个组成部分。”①他把一部作品解析为两个层面：由意象组成的叙述表层结构和由原型组成的深层结构。他认为原型不仅可以包容还可以贯穿文学作品的人物、情节和背景的发展过程，一些表面上没有联系的文本组成部分和细节描写构成了一个或多个原型模式，而这些原型模式又可以反映作品的叙述和意象之下的内容。他要求批评家在进行原型解读时，从具体的文学现象入手，比如一个意象、一个主题、一个人物、一个情节、一种心理、一种情感、一种观点等，进而对文学史上一切与之相关的文学现象、思想观念、艺术表现手法等进行综合性考察，对该文本进行全方位的开掘，最大限度地认识文本所有价值内涵。原型批评的目的地是发现文本的深层原型模式，入手处却是文本形式。鉴于意象表层结构的丰富多样性，必须掌握各种文本批评理论。自20世纪20年代以来，文本批评由苏联的形式主义批评发轫，相继出现英美新批评、结构主义批评、符号学批评、后结构主义批评等，风行多半个世纪，留下了丰富的理论成果。如什克洛夫斯基的“陌生化”理论，雅科布森的“隐喻和转喻”、普罗普的民间故事形态学、瑞恰兹的语境理论和“包容诗”、泰特的张力诗学、兰色姆的“构架—肌质”理论、布鲁克斯的有机论、韦勒克的“分层—整体观”、列维—斯特劳斯的结构主义神话学、巴尔特的结构主义叙事学、托多罗夫的叙事句法理论、格雷玛斯的“语义方阵”、苏珊·朗格的艺术情感符号说，等等。尤其是结构主义、符号学等批评，与原型意象有着更直接更密切的联系，许多文本结构形式便是原型深层结构的外在模式——意象表层结构。

关注各种文本批评理论的目的，在于发掘文本形式隐藏的原型意识。因为在具体的文学作品中，原型上面附加了许多个性化的色彩，不易一眼识破，须加强对原型的发掘和辨析。弗莱说，“关于文学，我首先注意到的东西，一是结构单位的稳定性，比如说在喜剧中，某些主题、情景和人物类型从阿里斯托芬时代直到我们今天都几乎没有多大变化地保持下来，我曾用原型这个术语表示这些结构单位”，②同时，“原型批评这种方法在研究一部诗作时，不是将其视为对自

① 弗莱：《批评的剖析》，普林斯顿出版社1957年版，第365页。

② 吴持哲编：《诺斯洛普·弗莱文论集》，中国社会科学出版社1997年版，第104页。

然的模仿,而是对其他诗品的模仿。这种批评研究传统创作手法、体裁及将一首诗与另一首诗联系起来的反复出现的现象"①。这就是说,文本分析中的原型寻找,在于发现稳定的在多种文本尤其是传统文学文本中存在的结构模式,这是进入深层原型模式的热情向导。

(2)原型批评的中国化。虽然由我国古代天人合一观念形成的心物交感的意境说和意象说,与弗莱的"典型的反复出现的意象"的原型说有很大程度的沟通,但是,也不能不看到中西较大的历史文化差距。比如荣格与弗莱认为原型的主要载体是神话,是因为西方有一个强大的神话系统,而我国的神话却比较薄弱。郭如意的《神话原型批评在中国的命运》认为,我国神话仅散见于《山海经》和《淮南子》等著作中,凌乱而琐碎,对自然与社会现象多进行较强烈的主观性揭示,缺少"实质上反映人类原始体验的诸多神际模式",因而也就缺少西方神话那种"穿行于时空隧道中的超越价值,即普遍的原型经验与形而上模式"。此外,在中国文化发展史上,佛教传入中国后与道教合流,在民间形成"仙话系统","这种浅表性的世俗经验不具有原型超越意义"。这使得弗莱提出的神话、传奇、高模仿、低模仿、反讽五种文体原型模式等难以在我国文学中一一找到对应关系②。这就必须发掘本土文化资源,使之同西方土壤上生出的理论方法形成双向对话关系,从而实现西方理论的中国化。20 世纪 90 年代以来,理论家们已开始了这种尝试。钟敬文提出:"中国,是一个'传说之国'……她也是极富饶于民间传说的。有些学者说,中国是神话很缺少的国度,和这相反,她于传说却是异常的富有。中国是否为世界上神话最贫弱之国,这是一个有待商量的问题,但她于传说方面的富有,却是不容争辩的事实。"③基于此,王光东提出"民间意象原型",并以此分析新时期文学在人与自然的关系、人与仙道幻境方面的各种民间意象原型④。陈勤建早在 20 世纪 90 年代初便提出"民俗意象原型",认为这种原型通过艺术思维的过滤,以两种方式进入作品:一是民间文艺的无意识渗入黏合,如孟姜女故事,在演变发展中不断注入民俗意象原型:葫芦出生,裸浴结亲,死后化鱼等;二是作家个人创作的有意识切入糅合,如《红楼梦》借助"木石结盟"的隐喻,在贾宝玉和林黛玉形象中分别切入仙石原型和仙草原型。(见本书第 19 页)这一切,都可作为地缘文化诗学原型批评中国化的借鉴。

(3)原型的地域化。无论是荣格的心理原型还是弗莱的文学原型,都强调原型的人类性,如前文提到,弗莱认为原型情景发生时,可感到"整个族类,全人类的声音一起在我们心中回响"。原型批评的中国化,是理论的本土化,学者们

---

① 叶舒宪编:《神话——原型批评》,西安师范大学出版社 1981 年版,第 386 页。

② 郭如意:《神话原型批评在中国的命运》,《学术研究》1998 年第 3 期。

③ 《钟敬文文集·民俗学卷》,安徽教育出版社 2002 年版,第 222 页。

④ 王光东:《主题原型与新时期的创作》,《中国社会科学》2008 年第 3 期。

从民俗意象原型、民间意象原型、中国哲学观念等方面建构本土的原型批评理论。原型的地域化则是寻找原型这种人类集体无意识的地域特征。这里的“地域”，指小于中华民族区的行住文化圈、民族文化带、邦邑文化区和采地文化亚区。原型的地域化，亦可采取原形批评中国化的经验，将地域的民俗意象、民间意象等作为切入点。其一，是寻找地域独有的民俗意象原型。如胡平研究周大新的“南阳盆地系列”小说时，发现作为这些作品枢纽三则神话传说：三仙女与南阳天将的爱情磨难，土地爷儿媳唐妮与农人南阳的爱情悲剧，阎王妃湍花与阴府迷仆南阳的相恋与受难。其中隐喻两大母题：“困守盆地”和“走出盆地”。“南阳盆地系列”都贯穿这两个母题。《步出密林》《伏牛》《铁锅》《走出盆地》等一方面写闭塞的生存环境形成落后的生产、生活方式，人们生活在困境之中；另一方面则通过人物的顽强抗争表现“走出盆地”的挣扎①。其二是在在中华民族原型中寻求地域的个性。中国戏曲的行当系统生旦净丑体现着整个民族的价值观念、审美情趣和思维方式，刘绍棠小说却发掘其地域特征。他的小说生旦净丑俱全，但描写最成功的是旦行中的花衫和生行中的武老生。花衫形象和武老生形象有自己突出的道德共性，前者多情重义，后者豪侠仗义，两者的共同指向是，古燕赵“勇武任侠、慷慨悲歌”的风骨精神。

3.作家的地域文化濡染。研究作家的地缘文化濡染，虽然并非直接指向文本的原型以及所体现的地域文化性格，却对发掘原型和地域文化性格有辅助和印证作用。

莫言在《我的故乡和童年》一文中说：“对于生你养你、埋藏着你祖先灵骨的那块土地，你可以爱她，也可以恨她，但你无法摆脱它。因此，‘大风起兮云飞扬。威加海内兮归故乡’，因此，‘我欲渡河河无梁，愿化双鹄还故乡。还故乡，入故里，徘徊故乡，苦身不已。繁舞寄声无不泰，徘徊桑梓游天外’。功名成就了要回故乡，‘富贵不还乡，如衣绣夜行’，穷困潦倒了要回故乡，‘狐死首丘，故乡安可忘’……遍翻文学史，上下五千年，英雄豪杰，浪子骚客如过江之鲫络绎不绝，留下和没留下的诗篇里，故乡始终是一个主题，一个忧伤和甜蜜的情结，一个命定的归宿，一个渴望中的、或现实中的最后的表演舞台。”这段激情澎湃的谈论让我们感悟到，故土的景观、风俗乃至源远流长的原型意识，濡染着每一位生在这里的儿女，形成他们“甜蜜的情结”、“命定的归宿”，每个人都是故土文化的产物。这是因为，每个人的心理结构主要在童年形成，故土往往是童年生活的载体，故而，研究作家的地缘文化濡染必须要首先研究其童年经验。

作家童年经验的成因一是作家生存的物质环境、二是社会环境。从物质环境看，贫困的山区锻炼着人的坚韧和顽强，充满湖光山色之美的水乡陶冶着人的

① 胡平：《神话的复归——周大新盆地小说原型分析》，《文学评论》1994 年第 5 期。

恬淡优雅，干寒高原的游牧人勇武而粗犷，温润平原的农耕人温顺而平和；生活在黄土高原的赵树理，小说的语言缺乏色彩感；生活在运河边的刘绍棠，小说的语言充满以红绿为主调的多样色彩美……这都是童年经验在他们心理图式上涂抹的底色。同物质环境相比，社会环境的影响更值得重视。这种影响首先是血统遗传。遗传的基本机制取决于遗传因子的记忆，这种记忆如同照相的底片，在外部环境的刺激下才得以“显影”。不断的刺激形成遗传因子的不断积累，虽有所变异，仍带有血统性质。血统遗传不仅制约着作家的创作个性，还有着强烈的地域性。刘绍棠称自己具有匈奴血统，或者鲜卑人、沙陀人血统。“因此，我在做人做文上所表现出的浓郁强烈的北运河地方特色，兼备了燕赵风骨和胡汉混血的精神气质。”①其次是地域文化传统的影响。这种影响不是有意识接受，而是通过民间文化诸如民间故事、地方戏曲、传统节日、风俗习惯等而进行的无意识获得。如同爱因斯坦所说：“我们待人接物的态度大部分取决于我们童年时代无意识地从周围环境吸取见解和感情，换句话说，除了遗传的天赋和品质以外，是传统使我们成为这样子的。但我们很少意识到，同传统的强有力的影响相比，我们自己的思想对于我们行为和信念的影响竟是那么微弱。”②马尔克斯的《百年孤独》得益于加勒比文化的独特赋予。因为加勒比文化充满了魔幻，在那里，“非洲黑人丰富的想象力，西班牙征服前的土著民族的想象力和安达露西亚人的梦幻以及加利西亚人对神奇的梦幻合在一起了”③。马尔克斯说：“我认为加勒比教我以另一种方式来看待现实，教我接受神奇的因素，就像接受构成我们日常生活的某些东西一样。”④传统文化往往形成一种氛围，如家风、民风、乡风等，童年的作家氤氲其中，潜移默化受到感染。其三，父亲意象与母亲意象的影响。作为儿童的第一位教师，父母的言传身教，造就着孩子的人格。父母不仅是深受地缘文化景观的影响，还是血统遗传、民俗乡风的直接承载者，凝聚着丰厚的地缘文化因子，对子女的影响也就带有鲜明的地域文化性。具体地讲，人格分自我人格和社会人格，前者指人本真的心灵与天性；后者指人们为着适应社会的习俗惯例而作出的反应。父亲是理性和专制的象征，着意于培养孩子的社会人格；母亲是情感和慈爱的象征，着意于培养孩子的自我人格。后者可使孩子的心灵和天性得以发挥，这不仅是造就作家艺术家的重要因素，还使种族遗传因素得以展示与发展，无疑是强化着地缘文化意识。鉴于实际的父母和父母职能的矛盾情况，不妨称作父亲意象和母亲意象。

综上所述，研究文学的地域性，首先考察文本对地域文化景观、地域文化风

① 《刘绍棠文集》(卷一)，北京十月文艺出版社 1994 年版，第 6 页。

② 《爱因斯坦文集》(第 3 卷)，商务印书馆 1979 年版，第 210 页。

③ 《诺贝尔文学奖获奖作家谈创作》，北京大学出版社 1987 年版，第 498 页。

④ 《诺贝尔文学奖获奖作家谈创作》，北京大学出版社 1987 年版，第 498 页。

俗各层次的描写，揭示地域文化的多彩风貌。然后运用原型批评理论发掘文本所表现的地缘文化性格，揭示其深层特征；这是一项复杂的研究，不仅要调动各种文本批评手段，还要实现原型批评的中国化和地域化。为这更好揭示文本的地域性，研究作家的地缘文化濡染也是不可缺少的辅助手段。

（三）地缘文化诗学的审美追求

文化地缘性理论和文学地缘性理论着力研究文学的地缘文化特质，无疑是一种文化研究。地缘文化诗学作为文学研究方法，最终还要回归文学和审美。因而，还要进一步探讨地缘文化诗学的审美追求。

文学作为艺术美，是作家本质力量的对象化，是作家“自由自觉”的创造。文学创作的核心是创造艺术形象，艺术形象不仅包括再现型艺术的典型，还包括主观表现型艺术的意象以及客观表现型艺术的意境。它既体现着作家对社会生活的理解和认识，又体现着作家的气质个性和情趣情感，因而具有历史内容、哲学意蕴和作家审美心理三种内涵。同时，艺术形象又通过场景、细节、情节、题材等展示出来，它们在塑造艺术形象中被作家精心组织成形象的内部结构，即作品的艺术结构；而艺术形象的外观表现则是艺术语言。如此，作家创造的艺术形象及其历史、哲理、心理内涵，作品的艺术结构和艺术语言等，以及在创造过程中形成的个性特征和艺术风格，便形成其审美特征。地缘文化诗学在文化与文学的交结融会中形成自己的审美追求，这种追求是对地域文学审美特征的发掘和发现。主要如下：

1.意象美：这是艺术形象的审美追求。意象思维的源头可追溯到《周易》。《周易·系辞》云：“子曰：书不尽言，言不尽意。然则圣人之意，其不可见乎？子曰；圣人立像以尽意。”意象即“表意之象”，其“意”如孔颖达在《周易正义》中说的，是只有圣人才能发现的“天下深赜之至理”。意象作为一个概念，最早见于汉代王充《论衡·乱龙》，其云：“夫画布为熊麋之象，名布为侯，礼贵意象，示义取名也。”以“熊麋之象”来象征某某侯爵威严形象，以达“示义取名”目的，这种意象已是观念意象。王充又说：“礼，宗庙之主，以木为之，长尺二寸，以象先祖。……虽知非真，示当感动，立意于象。”可见，汉代之前的文论，已将意象理解为具有象征意义的“表意之象”。汉代以后意象的含义发生了很大变化，刘勰的《文心雕龙》理解为“内心意象”；唐代意境说出现，之后意象被理解为境界、意境、艺术形象等。在西方，20 世纪现代派文学艺术兴起“意象”之风，卡夫卡《变形记》的大甲虫，艾略特《荒原》中的荒原，毕加索《格尔尼卡》画面上的牛，都具有神秘的象征性。他们不约而同地运用“表意之象”，进行对世界的哲学思考。叶廷芳总结了这种意象之风的来龙去脉：“用模糊多义的象征意象或哲理性的譬喻来表达作品的思想主题，这一倾向从象征主义开始，经表现主义、超现实主义、到战后的存在主义文学和荒诞派戏剧、新小说等，有增无已。而且这股思潮已广泛地渗透到资本主义世界的一般现、当代文学和艺术中，甚至也已经波及到社会主义国家。”①现代主义文学意象的“模糊多义的哲理性象征”，同我国汉代以前的“立象以尽意”，有极大的沟通。意象，即“表意之象”，它是一种“模糊多义的哲理性象征”。这便是本书关于意象的含义。

地缘文化诗学在研究文学地缘性时，强调“文学对地域隐形文化的深刻揭示”。“隐形文化”指地域的文化性格，实际是地域的原型意识。揭示地域文化性格的主要方法是原型批评。原型批评的方法是通过分析在文艺作品中反复出现的叙事结构、人物形象或象征，重新构建出这种原始意象，进而发现人类精神的共相。即把一部作品解析为两个层面：由意象组成的叙述表层结构和由原型组成的深层结构；进而通过显形的“意象表层结构”发掘隐型的“原型深层结构”。原型批评的目的地是发现文本的深层原型模式，入手处却是文本意象。这种意象常常在文本中反复出现，给人的感觉是具有丰富复杂的隐义，却又一时说不清楚。如此，意象便成为地域小说文本的重要组成部分。新时期地域小说描绘了众多含蕴复杂且扑朔迷离的意象，如莫言《红高粱家族》中的红高粱，《透明的红萝卜》中的红萝卜，《酒国》中的酒，《檀香刑》中的猫腔、檀香刑等；贾平凹《古堡》中的古堡、麝，《浮躁》中的州河、看山狗，《废都》中的老牛，《秦腔》中的秦腔、七里沟等；陈忠实《白鹿原》中的白鹿、白鹿原等；张炜的《橡树路》中的橡树路、《鹿眼》中的小鹿、《忆阿雅》中的阿雅等；韩少功《爸爸爸》中的丙崽、鸡头寨、凤凰，《马桥词典》中的马桥等；王安忆《长恨歌》中的弄堂、闺阁、爱丽丝、派推，《富萍》中的浮萍、梅家桥等；刘绍棠笔下的运河、瓜园；邓友梅笔下的烟壶，……这些意象常常是文体层面的整体意象，作家通过“意象应和”，表现自己深刻的哲理性思考。

比如，张炜的《忆阿雅》描写了精灵般的动物阿雅意象。它接受了老主人的临终要求，决心帮助其儿孙发家，于是从南山为小主人衔来常人难以辨别的金粒。但金粒越来越少，阿雅只有寻取银粒，恶毒的小主人们不仅不理解阿雅，反而羞辱他，乃至用铁夹子逮捕它、杀害它，致使阿雅伤痕累累地逃离。小说同时描写大量的社会事象，如爸爸以及革命者们忠诚于革命反遭陷害的悲惨遭遇，母亲、外祖母善良、忠诚却又饱受人生坎坷，柏惠纯真、热情，对人生和爱情有着美好的憧憬，到头来却是爱情和人生的不幸……动物阿雅与社会事象的“意象应和”，使其具有了复杂的人生况味，它隐喻了人类的善良和忠诚，隐喻了忠诚善良者坎坷命运和人生悲剧，也隐喻了社会的恶。阿雅意象复杂深刻的历史文化

---

① 叶廷芳：《现代艺术的探险者》，花城出版社1986年版，第267页。

含蕴,实际是作家苦苦的哲理参悟和思考,即作家本质力量的对象化。

2.风情美:这是在题材、场景、细节方面的审美追求。地缘文化诗学研究文学地缘性时,提出"文学对地域显形文化的多彩表现"。显形文化包括文化景观和文化风俗,正是在这里体现着地缘文化诗学的风情美。风情美即风土人情之美,《中国风俗词典》认为,"风土指自然环境,人情指社会生活习惯"①。据此,可将"风土"理解为自然景观,其实风土也常常包含一些文化景观,如"鸡声茅店月","小桥流水人家";地域文学在描绘文化景观时,也常有自然景观。不妨把风土理解为自然、文化景观。"人情"可大致理解为文化风俗。风土人情之美,则是自然、文化景观和文化风俗之美。

文学作品描写的自然、文化景观,即是常说的风景画。它并非客观的自然物和文化景,而是作家创造的艺术世界,不仅体现着作家的创作意图,还渗透着作家的气质和情感。在作家描绘的风景画里,有"黄河之水天上来"的奔放,有"大漠孤烟直,长河落日圆"的雄浑,有"惊涛拍岸,卷起千堆雪"的奇险,有"苍山如海,残阳如血"的苍茫,有"茅檐低小,溪上青青草"的优美,有"杨柳岸,晓风残月"的凄婉,有"枯藤老树昏鸦"的悲凉……读者不仅感受到不同形态的美,还感受到各种各样的气质和情感。地缘文化诗学强调风景画的地域独有性,即地域的自然、文化景观的"异域情调"。如,鲁迅的小说精心描绘了浙东水乡的山川风物,那独具特色的风景画不仅升华着主题和人物,还浸润着作家浓浓的乡愁,如《故乡》中优美、苍凉相交织的风景画展示着作家童年的幻影和江南小镇的凋敝,《社戏》中美丽的夜景充溢着江南水乡的灵气和天真美好的童趣,《祝福》中的雪景蕴含着江南小镇的人世炎凉,《孔乙己》中的咸亨酒店、曲尺柜台以及饮酒场景又给人留下辛酸的回忆……这些异域情调给读者带来巨大的陌生感,从而产生强大的艺术诱惑力。于是,读者在"异域情调的餍足"中受到强烈的艺术感染。

文学作品描写的文化风俗即常说的风俗画。新文学发生之初的乡土小说派便描写了各种民间风俗。如潘训《惨雾》中的械斗、鲁彦《菊英的出嫁》中的冥婚、蹇先艾《水葬》中的水葬、许杰《赌徒吉顺》中的典妻、彭家煌《活鬼》中的借种生子、台静农《红灯》中的鬼节超度亡灵……之后,风俗画描写成为地域小说的最为鲜明的特征。兴起于 1980 年的地域风情小说,标志着新时期地域小说复苏;寻根文学是其发展高潮,之后的地域文学进入稳态发展中。在新时期地域小说中,文化风俗于此得以淋漓尽致的展示。略加回忆,便可记起邓友梅《烟壶》中的押会、鬼市、盂兰节、中秋节,王安忆《长恨歌》中的小姊妹情谊、派推、选美,陆文夫《美食家》中的诸多食俗,冯骥才《三寸金莲》中的缠足陋俗,刘绍棠《蒲柳

① 《中国风俗词典》,上海辞书出版社 1992 年版,第 1 页。

人家》中的乞巧、童养媳、收干女儿，铁凝《笨花》中的棉田钻窝棚、教堂洗礼，莫言《红高粱》中的娶亲仪式、野合场面，贾平凹《古堡》中的篝火巫舞、祭祀仪式，郑义《远村》中的拉边套、《老井》中的倒插门、人狼争水、自戕求雨，韩少功《爸爸爸》中的祭谷神、占卜、打冤、殉古、过山，汪曾祺《受戒》中的出家与还俗，阿城《棋王》的民间棋奕习俗……简直是一幅琳琅满目的清明上河图。严家炎将风俗分为两类：一类是相当野蛮残酷的，如水葬、械斗、借种生子、典妻等，“作者在小说中通过客观描绘，对这些封建冷酷的习俗进行深刻的揭露和鞭打，从而使作品具有鲜明的现代民主主义性质。”①另一类风俗并不那么野蛮残酷，如冥婚、超度亡灵、子时拜堂仪式等，“它们只是体现了由于长期宗教、伦理、教育、文化所形成的民族传统心理，以及带有民族特点、地方特点的各种各种传统的生活习惯”②。两种民俗形成地域小说的两种创作倾向：前者如鲁迅、茅盾、柔石、赵树理、高晓声、张弦等，以启蒙的理性眼光展露现实社会中的陋习恶俗，从而批判国民的劣根性；后者如废名、沈从文、孙犁、汪曾祺、刘绍棠、张承志等，以美好的民俗表现健康美好的人性。这便有了主情与主智、田园风与鲁迅风、写实与浪漫的美学差异。

其实，不管是野蛮残酷的风俗还是比较美好的风俗，都体现着该地域代代相承的文化心理和情感、情趣。它们形成强大的心理场，浸润着生存其中的人们。汪曾祺说：“我以为风俗是一个民族集体创作的生活抒情。我的小说里有些风俗画成分，是很自然的。但是，不能为写风俗而写风俗。作为小说，写风俗是为了写人。”③地缘文化诗学特别看重通向地域文化性格的风俗，强调描绘地域独具特色的风俗画，从而形成地具有地域特有的心理场，其目的是创造富有独特个性的人物形象。陈忠实的《白鹿原》描写了众多文化习俗，诸如祠堂族规及种种仪式、婚嫁习俗、丧葬仪式、打筮问卜、桃木辟邪、撒豌豆驱鬼、祭灶爷、伐神求水、堪舆观宅……构成一个强大的风俗文化场。白嘉轩的形象正是在这个风俗场的浸润中站立起来。如开篇描写白嘉轩六娶六丧，即使父亲过世时也未停续娶，在婚仪、葬礼、驱鬼的系列民俗中凸显出白嘉轩“不孝有三，无后为大”的伦理思想。小说第十八章写白嘉轩面对旱灾，带领族人伐神求水的情景：“他拈起一张黄表纸，一把抓住递上来的刚出炉的淡黄透亮的铁烨，紧紧攥在手心，在头顶上从左向右舞摆三匝……他用左手再接住一根红亮亮的钢钎儿，‘啊’的大吼一声，扑哧一响，从左腮穿到右腮，冒起一股皮肉焦灼的黑烟，狗似的佝偻着的腰杆端戳戳直立起来。”为求雨而奋身自戕的悲壮行为显示出白嘉轩舍身求水、自身

① 严家炎：《中国现代小说流派史》，人民文学出版社1995年版，第69页。

② 严家炎：《中国现代小说流派史》，人民文学出版社1995年版，第70页。

③ 汪曾祺：《晚翠文谈》，浙江文华出版社1988年版，第12页。

行仁的儒家精神。后又写他大规模发动“交农事件”，对打折他腰杆的黑娃奔走相救，对那些往昔不敬者也一律宽容。这又表现出儒家“天下归仁”的道德精神。如此，白嘉轩的形象与白鹿原的文化风俗纠结缠绕，一个独具关中文化特征的儒家人格形象生动塑造起来。其中，祠堂风俗是小说的核心风俗，它不仅是白嘉轩形象的有力支撑，还纠结着白鹿村各色人等，如黑娃、田小娥、白孝文、白兴儿等，他们或受奖或被罚，或背叛或归依，其人生悲欢和命运沉浮史紧连着祠堂风俗的兴衰史。如是，这些人物形象便在同祠堂风俗的矛盾统一中塑造出来，或者说，祠堂风俗成为人物塑造的重要手段。而这一切，都是作家的精心创造，是作家本质力量的对象化。

3.神秘美：这是艺术风格的审美追求。地缘文化诗学认为文学的地域性是地域文化性，地缘文化的本质是地域的文化性格；地域文学则要着力发掘和表现地域文化性格。如此，地域文化性格则是地缘文化诗学的焦点概念，其神秘性便由此中来。其一，地域文化性格即地域的集体无意识，集体无意识是人类从祖先（或前祖先）那里继承的原始意象，具有深厚的历史文化内涵。但由于它是一种无意识，人们或许能感觉它的存在，却不知为什么存在。没有理由说明它存在，然而它存在——这种“不在之在”给人极大的神秘感。王安忆《荒山之恋》写“他”本有一个幸福的家庭，有爱他的妻子和他爱的女儿，他也非常珍惜家庭的幸福。但“他”遇到“她”之后，却感到神秘的“爱”的力量的吸引，“使得别的一切都平淡了”。结果是两人抛却各自家庭，逃进荒山捆在一起双双殉情。这种难以用道德、伦理和逻辑思维阐释的怪诞行为实在让人不解。没有理由说明他们该这样，然而结果就是这样。岂不神秘？这也只能作出非理性解释：“他”和“她”的阿尼玛和阿尼姆斯原型的相互投射，形成两种对立心理结构的结合，产生巨大的心理能。这种心理能“就像一个专制独裁的君主，除了垄断一切新获得的能量之外，还要不断地从其他心理组织中夺走越来越多的心理能量”①。于是，“他”对女儿的爱、对妻子的母恋般的爱，以及“她”对由强力意志组成的家庭的爱，“都平淡了”。如同恩格斯所说：“性爱常达到这样强烈而持久的程度，如果不能结合和彼此分离，对双方来说即使不是一个最大的不幸，也是一个大不幸；为了能彼此结合，双方甘冒很大的危险，甚至拿生命孤注一掷……”②即使如此，阿尼玛阿尼姆斯的神秘感也难以消弭。

其二，地缘文化诗学在研究文学对地域文化性格的揭示时，强调运用原型批评。在弗莱看来，既然集体无意识是人类从祖先（或前祖先）那里继承的原始意象，作为集体无意识的内容的原型便保存在史前神话当中，后世的文学可认为是

① 霍尔等：《荣格心理学入门》，冯川译，三联书店1987年版，第95页。

② 《马克思恩格斯选集》（第4卷），人民出版社1995年版，第75页。

“移位的神话”,这便是他的神话原型批评。在中国,基于神话传统薄弱而民间文学发达,因而更多是民间意象原型或民俗意象原型。如此,神话、民间文学便成为原型的载体和原型批评的资源。神话和民间文学神奇的幻想性给人强烈的神秘感。实际上,在地域小说创作中,不仅穿插神话和民间文学,还有众多的神秘事象,可统称神秘文化现象。神秘文化有狭义广义之分,狭义神秘文化仅指术数,广义的神秘文化包括人物、思想、民事、术数、文献、其他六类。人物类包括神仙鬼怪、三皇五帝、君主臣僚、后妃妻妾、太监外戚、术士巫师、隐者逸民、神童寿仙、善男信女、门帮会派、三教九流等;思想类包括阴阳五行学说、天人学说、宗教学说、各种奇谈怪论和异端邪说等;民事类包括仪礼、婚娶、丧葬、人际关系(诸如权谋等)、崇拜、祭祀、癖疾、谣谚以及各种迷信、怪习陋俗等;术数类包括占候、占星、占梦、卜筮、相术(相面、相手、相骨)、堪舆(阳宅、阴宅)、测字、炼丹、养生、辟谷、气功、武术、特异功能、幻术、三式(奇门遁甲、太乙、六壬)、谶纬、命理、医术、技艺等;文献类包括三坟五典、《山海经》、《周易》、敦煌图书以及各种秘籍禁书和方术文献等;其他类包括自然界的奇异现象、灾害、名胜、地下宝藏(骊山墓等)等。此处取广义概念。广义神秘文化体现三种神秘关系:人与人、人本身的灵与肉、人与自然。在这座变幻奇特的神秘文化库府中,治学者窥见智慧的闪光,执政者悟出御政的权谋,生意人获得滚滚的财源,迷信者却背上缚身的绳索①。而文学,则从中获得丰富奇特的历史文化和社会心理。新时期地域小说深受拉美魔幻现实主义影响,大量作家如莫言、贾平凹、陈忠实、路遥、周大新、王安忆、阎连科、张承志、韩少功、格非、余华、马原、扎西达娃、阿来、乌热尔图、刘恒、刘震云、迟子建等,在他们的作品中描绘各种神秘文化现象,创造出一座中国神秘文化博物馆。大多神秘文化现象难以用科学进行合理性解读,是一个神秘的“不在之在”。但在作品中有重要的审美作用,一是如同文化风俗一样,形成塑造人物性格的强大心理场;二是它们往往成为原型批评的意象表层结构,从中可以发掘深层原型意识,因而成为“有意味的形式”;三是其神秘性形成的“陌生感”,强化着文本的艺术诱惑力和感染力。

其三,地域小说作家在描绘自然、文化景观,文化风俗和神秘文化现象时,常常运用意象思维,使其成为表意之象,成为一种神秘象征。“‘神秘象征’是西方现代派文学的共有特征。它始见于象征主义流派。产生于19世纪中叶的象征主义是以象征、暗喻等手段暗示作品的主题和诗人的思绪的文艺思潮。在艺术表现上,重视“通感”,重视通体的象征和暗示,追求艺术境界的含混朦胧、若明若暗、神秘莫测。象征是其主要手法,这是一种“寓理于象”的手法,借具体寓抽象,借瞬间喻永恒,借有限寓无限,借有形寓无形。它不同于我国传统文学中的

---

① 王玉德等:《中国神秘文化》,湖南出版社1993年版,第7—9页。

象征:我国传统文学的象征是局部的,寓意是单一的;象征主义的象征是通体的、多义的,因而具有模糊性和神秘性。如艾略特《荒原》中的荒原意象既可看作一战后欧洲的象征,也可看作一战后西方精神危机的象征,甚或可以认为是一种“原罪”的象征……”(见本书第七章第五节《三秦的神秘》)如果说神秘象征是一种现代主义创作手法,那么,地缘文化诗学运用的原型批评则是一种现代主义批评方法。详研之便可发现,两者有着极大的沟通。原型批评所说的意象表层结构便包括上述自然、文化景观,文化风俗和神秘文化现象等构成的文本意象,由意象表层结构发掘原型深层结构其实也是在寻找意象的“神秘象征”。因而由意象表层结构悟出的原型意识也是通体多义的,甚至带有朦胧模糊性。如解读《爸爸爸》中丙崽这个神秘意象,从他的神秘谶语以及祭谷神不死、喝毒药不死等事象,获得的原型深层结构便是:(1)非此即彼的二元对立思维以及由此形成的落后愚昧的精神状态;(2)顽强的生命力量,其中既有无辜弱者的顽强生存,又有二元思维和愚昧心态的顽强存在。地域小说神秘象征手法和地缘文化诗学原型批评方法的对位和沟通,使作品得以成功解读。然而,创作和解读的神秘象征思维均带来浓重的神秘感。

地缘文化诗学学的审美追求还有艺术结构美、主观抒情性等,不赘。

(四)地缘文化诗学的现代性

地缘文化诗学着意于研究地域的文化景观、文化风俗和文化性格,无疑是一个指向传统和过去的话题。然而,过去不会随着撕完的日历簿而一起消逝,我们“不但要理解过去的过去性,而且要理解过去的现在性”。(艾略特语)因而地缘文化诗学又是一个现代性话题。

1.地缘文化诗学与全球化。全球化是新旧世纪之交最具现代性的话题。实际上,全球化的实质是世界的欧美化:在经济上,市场调节的背后隐藏着欧美跨国资本的世界性霸权;在文化上,是将欧美的价值标准强加给世界其他民族。这就必然引起世界各民族的警觉和反抗。于是,全球化和民族化、一体化与多元化并蒂而生。弗兰西斯·福山说:“在农耕社会,民族主义根本不存在于人的意识中。在转向工业社会当中或其后,民族主义便迅速增长。”①“民族主义大体是工业化及伴随它而来的民主与平等意识形态的产物。”②正因如此,“80年代和90年代,本土化已成为整个非西方世界的发展日程。伊斯兰教的复兴和‘重新伊斯兰化’是穆斯林社会的主题。在印度,普遍的趋势是拒绝西方的形式和价值

① 弗兰西斯·福山:《历史的终结》,远方出版社1998年版,第307页。

② 弗兰西斯·福山:《历史的终结》,远方出版社1998年版,第306页。

观,以及使政治和社会'印度化'。在东亚,政府正在提倡儒家学说,政治和知识界领袖都正在谈论起国家的'亚洲化'。"①"我们正在目睹'由西方意识形态主宰的进步时代的结束',正在跨入一个不同文明相互影响、相互竞争、和平共处、相互适应的时代。这一本土化的全球进程通过世界众多地区出现的宗教复兴广泛表现出来。"②

全球化中的多元文化格局,必然在认识论方面引发重大变革,知识与价值的相对化在文化多元化的基础上日益深入人心,于是有人提出"地方性知识"(local knowledge)的概念。人类学家吉尔兹说:"一个民族志学者,通过对远古思想布局的爬梳厘定,会发现知识形态的建构必然总是地方性的,亦即同他们的工具及包装总是不可分离的。人们或能以普遍式的修辞掩盖此一事实,或能以某种大而无当的理论使之变得模糊不清,但事实上人们并不能真正使之消失掉。"③与人类学家提出的"地方性知识"相应,社会学开始转向个体研究。社会学家里克曼说:"社会学为什么趋向于个体研究,基本上有两个原因:一是社会学引起我们情趣的独特现象要比自然科学多得多;二是社会学的规则并不是支配社会中个体之间相互关系的规则。……这些思考已经使得通过批判的检验、合理的证明和系统的使用,来使研究个体的方法合法化这一点变得十分重要。"④1990 年代以降,传统的欧洲中心论和白人优越论在西方知识界受到质疑和批判,人们对文化殖民主义现象广泛警觉,跨学科的全方位的文化研究全面展开,于是有人文学者提出"新的文化差异性战略"。科内尔·韦斯特便是这一新策略的理论倡导者,他说:"新的文化差异性策略的明显特征在于用多样性、多元和异质(heterogeneity)去取代一元和同质(homogeneous)。拒斥抽象、一般和普遍,而代之以具体、特殊和个别。通过强调偶然、暂时、无常、不确定性、转换和变化而实现历史化、情景化和多元化。"⑤

社会发展的民族意识、学术研究的"地方性知识"和"文化差异性战略",与世界全球化、经济一体化,如同物理学中的作用力和反作用力一样,是相克相生、相反相成的关系。在全球化语境下研究文学的地域性,自然是现代性应有之义。

进而要谈的是,迅速发展的中国是以鲜明的民族、地域风貌走向现代化的。我国的现代化说到底是农业的现代化、农村的城市化。其途径是:愈来愈多的乡下人通过发展乡镇企业实现农业社会向工业社会的转化。这种工业化模式与西

---

① 塞缪尔·亨廷顿:《文明的冲突与世界秩序的重建》,新华出版社 1998 年版,第 91 页。

② 塞缪尔·亨廷顿:《文明的冲突与世界秩序的重建》,新华出版社 1998 年版,第 92—93 页。

③ 吉尔兹:《地方性知识》,邓正来译,《国外社会学》1996 年第 1—2 期,第 86 页。

④ 里克曼:《理性的探险》,姚休等译,商务印书馆 1996 年版,第 144 页。

⑤ C.West, *The New Cultural Politics of Difference*, Simon During During ed., *The Cultural Studies Reader*, London and New York: Routledge, 1993, pp. 203-204.

方不同,西方工业化是以摧毁农业和农村社区、将破产的农民赶进城市成为无产者而实现的,其模式是企业与社区分离、经济与社会分离、劳动者与劳动资料分离的大工业大生产。我国的乡镇企业则"进厂不进城、离土不离乡",是一种企业与社区、经济和社会、劳动者和劳动资料相结合的小工业和小生产。在西方,1970年代两次石油危机之后,企业界和理论界开始反省其现代化模式,中心问题之一是以亚当·斯密的劳动分工论为基础的经济与社会分离、企业同社区脱钩的基本观念。在反省中提出"工业发展二元论":在高度集中、自成一体、独立于社会之外的大企业大生产中,还应有高度分散的、与社区密切联系的小企业系统。"工业二元论"在实施中颇有成效,20世纪70年代以后,小企业系统在意大利、法国、德国等地蓬勃发展。1984年,美国麻省理工学院现代技术教授Piore和现代社会学教授Sable在对西方工业发展道路进行全面考察后指出,60年代后西方工业发展的衰退,是西方工业模式内在机制所致,西方正面临"第二次工业分水岭",即今日西方应在高科技条件下重新寻求企业与社区、经济与社会、劳动者与生产资料的结合。这种观点得到西方企业界和理论界的认可。如此看,我国的现代化模式与西方"第二次工业分水岭"正相吻合,我们或许可以绕过第一次工业分水岭,直接进入第二分水岭。这正是中国现代化的独特道路。如此,我国的城市化并非如西方一样,摧毁广大农村社区而兼并为少数的大城市,而是建成与原来的农村社区相结合的星罗棋布的城镇。其现代化进程不是城市化,而是城镇化。这就使得中国的现代化状态呈乡镇式区域分布。

2.地缘文化诗学与现代主义文化思潮。地缘文化诗学与许多文学与理论新潮有密切联系,此处着意谈地缘文化诗学与生命本体论、文学寻根思潮、新历史小说思潮的联系。

(1)地缘文化诗学与生命本体论。文艺本体论与哲学本体论有关,自古希腊时期至今,西方先后出现了古希腊"自然实体本体论"、中世纪"神学本体论"、近代"理性本体论"和现代"生命本体论"。本体论发展的基本走向是:由传统实在的自然绝对本体转向人类生命——个体感性生命本体。在这个转变过程中,做出重大贡献的是康德和尼采。康德完成了自然本体论、神学本体论到理性本体论的过渡。他摒弃了自然本体论的上帝创世说,吸收了其中所含"至善"思想的积极意义,实现了由"自然目的论"向"道德目的论"的过渡,创造出理性本体论。叔本华由此出发,摒弃了康德的"善良意志",代之以强调生存和繁衍本能的"生命意志";尼采在此基础上提出"权力意志",指人的创造、占有、扩张本能,它称为"不竭的创造性的生命意志"①。从权利意志出发,他认为古希腊以来的理性哲学道德和基督教宗教道德已经腐朽,而艺术则有神妙的救赎功能,因为它

① 尼采:《查拉斯图拉如是说》,尹溟译,文化艺术出版社1987年版,第136页。

诉诸感官，具有本真的“生命机能”。有作为的艺术家，都一定是秉性强健，精力过剩，像野兽一样，充满情欲。情欲，则是艺术创造力的本源；艺术家的创造力总是与性力相伴随，并随着它的终止而终结的。之后，弗洛伊德提出了潜意识理论，并把性力（力比多）作为潜意识的核心。他用力比多阐释了很多文艺作品，与尼采的文艺性力本源说相合。关于潜意识的生成，弗洛伊德归结为个人经历中的精神创伤，他的潜意识理论可称为个人无意识。荣格则发现，人类的无意识还有一种从他的祖先或前祖先那里继承的、以群体方式存在的集体无意识。如此，个体无意识和集体无意识共同构成无意识（潜意识）的整体内涵。人们将荣格的集体无意识理论称作原型理论，弗莱将原型理论运用于文学批评，创建了原型批评理论。原型理论和原型批评是地缘文化诗学的主要理论支撑，因而，地缘文化诗学同作为后现代主义开端的生命本体论有密切的联系。鉴于生命本体论否定道德意识，取消理性主体，致使文坛欲望描写泛滥，精神价值丧失，愈来愈表现出其负面性，我们运用原型批评要尽量发掘其社会历史文化因素，对非理性的原型进行理性的开掘和审视。

（2）地缘文化诗学与寻根文学思潮。20 世纪 80 年代中期出现的寻根文学思潮，明显受到拉美魔幻现实主义的影响。同魔幻现实主义一样，寻根文学描写的对象是古老的传统文化，但作家的视野和艺术方法却有明显的西方现代主义特征，而且作家们明确提出，文学寻根的目的是“释放现代观念的热能”，去“重新镀亮”“民族的自我”。有人提出，“寻根派的叙事态度里边含有现象学的美学意味，因为它明显带有‘回到事物本身’的意向性”①。可以说，寻根文学是一种带有现代主义甚或后现代主义特征的文学新潮。

韩少功的《文学的根》作为最有代表性“寻根宣言”，认为文学之根深扎在民族文化之中。民族文化包括规范文化和不规范文化，前者指正宗的经典文化；后者指民间文化。文学之根不在规范的经典文化而在不规范的民间文化中，而民间文化包括俚语、野史、传说、笑料、民歌、神怪故事、风俗习惯、性爱方式等。因此，民间文化体现的不是社会意识形态，而是以集体无意识形态存在的社会心理。也就是地缘文化诗学所说的文化深层结构即文化性格。正是在这里，地缘文化诗学与寻根文学形成巨大的沟通。鉴于民间文化有很强的地域性，韩少功提出要寻找湘西楚文化，新疆东正教文化、伊斯兰教文化，陕西秦汉文化，江浙吴越文化等。地域文化开掘也就成为寻根文学的主要成就之一，贾平凹的商州系列对三秦文化的发掘，李杭育的葛川江系列对吴越文化的发掘，莫言的高密系列对齐文化的开掘，张承志对草原文化的开掘，郑万隆对东北黑土文化的开掘，扎西达瓦对西藏文化的开掘等都为学界所称道。

---

① 李庆西：《寻根：回到事物本身》，《文学评论》1988 年第 4 期。

(3)地缘文化诗学与新历史小说思潮。新历史小说明显受到西方新历史主义的影响。1982年产生于美英的新历史主义有两个批判对象,一方面反对文本形式主义,重标文学的历史纬度,重申文学话语与历史话语的联系;另一方面又反对"旧"历史主义,否定历史的整体性、规律性、正史性以及由此形成的宏大叙事,强调历史的个人性、民间性、片断性和偶然性。"新历史主义的策略仍然是侧重于'边缘化'的。研究者热衷于文化的征候的研究,喜欢对诸如游行、札记、宫廷布置、教会谕示、女性手册、衣饰、建筑,乃至宫廷、政府建立的权力中心、展示权威的仪典、最高权力者的传记轶事等感兴趣,并想透过这些权力者的表象去窥探权力运作的内在轨迹。"①实际是强调历史的非理性特征,这种非理性尤其是其中的民间性与地缘文化诗学暗相沟通。

新历史小说的作家大致由三类作家转化而来:一类是如莫言、李锐等寻根作家,他们寻找的民间文化之根实际是民族或地域的集体无意识,这极易同新历史主义相沟通,当着寻根作家们陷于强大的传统文化之中难以完成"重铸民族自我"的宏愿时,就放弃了启蒙,进入新历史主义行列。一类如余华、苏童、叶兆言等先锋作家,其"文本实验"虽是新历史主义的"大敌",但是,它的非理性、非价值、非理想的解构主义和虚无主义观念却与新历史主义息息相关,因而,当他们涉足历史题材时,就走进新历史小说。一类如刘震云、刘恒、方方等新写实作家,他们反英雄反崇高反宏大叙事、强调写原生态写本能欲望的"为生存"宗旨,与新历史主义精神暗自合拍,一旦描写历史生活,也就成为新历史小说家族的一员。上述三类作家形成新历史小说的强大阵容,共同创造出创作的辉煌。然而,新历史主义和新历史小说有很大的片面性,如美国加州大学伯克利分校卡瑞利·波特所批评的,常采用将负面引申为正面的"反置逻辑",即凡是历史主义肯定的,它就反其道而行之。其表现是处处与主流意识和精英意识对着干,无视客观存在的历史和现实,其真实性也就大打折扣。这是地缘文化诗学需要警惕的。

全球化和各种现代主义文化思潮,由于来自西方现代社会,对我国的社会和文学发展有巨大的推进作用,改变着我国社会和文学的发展风貌,同时,其负面影响也显而易见,而且日益明显地表现出来。我们寻找地缘文化诗学与这些现代主义思潮的联系,不仅在于证实地缘文化诗学的现代性,还在于发现这些思潮的成败得失,从而使地缘文化诗学扬长避短,不断走向完整和成熟。

---

① 朱立元主编:《当代西方文艺理论》,华中师范大学出版社2005年版,第412页。

第二章　中国区域文化格局的形成、发展及定型

第一节　中华文化的多元发生

关于中华文化的起源,长期以来占统治地位的是"黄河摇篮说",即中华文化首先从黄河中游地区萌生,然后向四方"墨渍发散"般展开,整个中华文化由此生长发展起来。但是,20 世纪 50 年代以来,大量的考古发现逐渐动摇着这一观点,文化的"多源说"逐渐形成。其实,文化生成的"多源说"首先与中华民族居住的地理环境有关。

(一)中华大地的"网格"地貌和递变性气候

中国幅员辽阔,地貌多变。南北跨越热带、亚热带和温带,东西据有陆地和海洋。从地形地貌看,由东部沿海到西部青藏高原,依次升高,呈三级台地:东部分布着东北平原、华北平原和长江中下游平原(海拔多在 200 米以下),加之长江以南的低山丘陵(低于 500 米),构成三级台阶最低的一级;被称为"世界屋脊"的青藏高原(4500 米以上),是三级台阶中最高的一级。两者之间自南而北有云贵高原、黄土高原、鄂尔多斯高原和内蒙古高原(均在 1000—2000 米),以及四川盆地(500 米以下)、准噶尔盆地(500 米左右)、塔里木盆地(1000 米),构成第二级台地。不同台地上的远古人类有着不同的生产方式和生活方式,也就形成不同文化特征。

中华大地上有各种走向的山脉。(1)东北—西南走向。共三列:大兴安岭—太行山—巫山—雪峰山,长白山—武夷山,台湾山脉。最有文化地理意义的是大兴安岭至雪峰山这一列,不仅是我国二级台地与三级台地的分界线,还是东西部的文化地理分界线。由于该列山脉的阻隔作用,以及二、三级台阶的西高东

低，常使东进较易而西进难，故古人云："做事者必于东南，收功实者常于西北。"①第二列中的武夷山与东西走向的南岭联结成弧形山地，阻隔着来自北方的中原文化，使岭南别有异国风情。（2）东西走向的山脉也有三列：自北而南有天山—阴山，昆仑山—秦岭，南岭。三列山脉与气候带大致吻合，因而成为我国古代经济区的天然分界线：阴山是游牧业和旱作农业区的分界线，秦岭与淮河是旱作农业区和稻作农业区的分界线。（3）南北走向的山脉，主要有贺兰山、六盘山和横断山。尤其是位于四川西部和云南北部的横断山，由一系列的高山深谷组成，耸立的高山有邛崃山、大雪山、宁静山、怒山、劳力贡山等，山间深谷流淌着大渡河、雅砻江、金沙江、澜沧江、怒江等。这些险峻的高山与深谷中的滚滚大江，不仅是我国东西的分界线，而且，高山大河间交流极其困难，从而造成该地区众多风俗各异的少数民族。此外，还有西北—东南走向的阿尔泰山和祁连山，分别曾是突厥人和大月氏人的发祥、聚居地。

中华大地上还奔流着众多长江大河。由于三级台地西高东低，形成了"大江东去"的基本趋向。远古时期便有这样的神话传说："昔者共公与颛顼争为帝，不胜，怒而触不周之山，天柱折，地维绝。天倾西北，故日月星辰移焉；地不满东南，故水潦尘埃归焉。"（《淮南子·天文训》）具体讲，有珠江、长江、黄河、淮河、辽河、海河、松花江七大水系。还有内陆河塔里木河，人工河京杭大运河和灵渠。七大水系大致是自西向东流，其流域占据了我国东部的绝大部分地区。长江大河沟通着东西，同一流域各地区的经济、政治、文化上表现出相近风貌，使我国文化中出现多个横贯东西的流域文化带。而流域文化带中的城市，往往是流域文化的聚焦点。长江大河却阻隔着南北，相邻流域南北并列文化区的相似性常常小于同一流域东西并列文化区的相似性。在漫长的历史上，它们不仅阻隔着经济与文化的交流，而且常被视为军事防御的天堑，进而成为割据政权"南北分治"的分界线。

如果对纵横交错的山脉、东西流向的江河水系与"三级台地"进行综合性考察，就会发现，山脉和江河"把中国大地分割成许多网格，镶嵌于这些网格中的分别是高原、盆地和平原，从而构成我国地貌网格状分布的格局。这些高山大川分割的网格状地区，自然地理自成格局，文化方面自成特色，也往往具有自己独特的历史发展进程，构成区域文化史研究的对象"。②

地形地貌之外，造就区域文化的还有温度和湿度两大气候因素的差异。关于温度的影响，孟德斯鸠在《论法的精神》中曾说："气候的王国才是一切王国的第一位。……异常炎热的气候有损于人的力量和勇气，居住在炎热气候下的民

① 《史记》卷十五《六国年表》。
② 杨军：《区域中国——中国区域发展历程》，长春出版社 2007 年版，第 28 页。

族秉性懦弱，必然引导他们落到奴隶的地位。而寒冷的气候则赋予人们精神和肉体以某种力量，这种力量和勇气使他们能够从事持续的、艰难的、伟大的和勇敢的行动，使他们保持住自由的状态。”“墨西哥和秘鲁那些专制帝国是接近赤道的，而几乎一切自由的小民族都靠近两极。”如前所述，我国三列东西走向的山脉：天山—阴山，昆仑山—秦岭，南岭，隔开的地区与气候带大致吻合。天山—阴山以北为中温带（其中，大兴安岭北部和黑龙江最北端的河谷地区属北温带），秦岭—淮河以北为南温带，南岭以北为亚热带，南岭以南为热带。南北巨大的温差必然影响人们的秉性，但首先影响的是人们的生产方式和生活方式，它形成了不同的经济类型区。一般地说，天山—阴山以北以游牧为主，秦岭—淮河以北以旱作农业为主，以南以稻作农业为主。游牧经济区一直是少数民族文化区，旱作农业区是北方汉族文化区，稻作农业区是南方汉族文化区。

从湿度看，我国西部毗连欧亚大陆，属内陆地区；东部则濒临太平洋，有18000多公里海岸线和14000多公里海岛线，11个省临海。因而，具有东部湿润而西部干燥的特点，加之东部平原而西部高原，故而形成东部农耕和西部游牧的两大经济类型。进而思之，东部的高湿度受惠于海洋，而海洋又是广阔的对外交流通道。然而，早熟的中国人却选择了大陆通道——西部的“丝绸之路”；历史上虽有徐福东渡、郑和下西洋的壮举，终于未能选择海洋。而英国则选择了海洋。法国学者阿兰·佩雷菲特曾赞扬：“从16世纪起，英国选择了海洋而中国选择了陆地，它们在各自选择的领域里所取得的成就都是任何他国所没有达到的。”①这两种选择的结果是，当中国的政治经济重心向东转移时，大陆通道逐渐废止，海洋又未能开通，封闭与孤立使自己走上了停滞和衰落。而英国则在开放中走上了“日不落帝国”的辉煌。中英的不同选择或许是不同地理环境所致。“英伦三岛孤悬欧洲大陆之外，岛国的性质决定了其对外交往不得不穿越大海。对英国而言，文明就在海外。而中国东部、南部的海外，不仅没有其发展水平可以引起古代中国关注的国度与文明，甚至没有一个可以激起中国竞争意识的大国，对中国而言，海外是没有任何价值的不毛之地。”②然而，英国的坚船利炮打开了我国对海洋开放的大门，近代以来，中华儿女在屈辱中开放，在变革中自强，终于完成了伟大的现代化进程。我国东、南沿海也就成为开放的发达区。

综上所述，我国复杂的地形地貌诸如三级台阶的差异、高山大河的阻隔将辽阔的中华大地分割成千差万别的“网格”，东西湿度和南北温度的递变又强化着这些自然地理差异。这一切，成为中华文化多元发生的基础和前提。同时，这种地理基础又有鲜明的递变性规律：东西地形地貌差异，使东西部分别成为农耕文

① 阿兰·佩雷菲特：《停滞的帝国——两个世界的撞击》，三联书店1993年版，第75页。

② 杨军：《区域中国——中国区域发展历程》，长春出版社2007年版，第36页。

化和游牧文化的滋生地；南北气候的差异，又能使黄河与长江流域分别产生出旱作文化与稻作文化。自然，地理环境仅是提供了文化生成的条件，文化的产生和形成还有赖于人类的创造。

（二）中华文化多元发生的考古学考察

石器时代是人类的形成期，也是中华文化的多元萌生期。对于尚无文字记载的史前人类，研究方式常有两种：考古学研究和神话传说研究。

从考古研究看，迄今发现的旧石器时代文化遗存已有200余处，主要人类化石列举如下：

(1)旧石器时代早期(距今20—250万年，直立人时期)：

1965年发现的云南元谋人，距今约170万年，当属于珠江流域；

1963年发现的陕西蓝田人，距今约60—80万年，当属于黄河流域；

1929年发现的北京猿人，距今约69万年，当属黄河流域；

1985年发现的辽宁金牛山人，距今约28万年，当属辽河流域；

1975年发现的湖北郧县人，可能早于北京人，当属长江流域；

1976年发现的湖北郧西人，晚于郧县人，与北京人相当，当属长江流域；

1980年发现的安徽合县人，距今30—40万年，当属长江流域。

(2)旧石器时代中期(距今5—20万年，早期智人时期)：

1958年发现广东马坝人，距今约20万年，当属珠江流域；

1978年发现的陕西大荔人，距今约10万年，当属黄河流域；

1976年发现的山西许家窑人，距今约10万年，当属黄河流域；

1956年发现的湖北长阳人，距今约10—20万年，当属长江流域；

1954年发现的山西丁村人，距今约7万年，当属黄河流域。

(3)旧石器时代晚期(距今1—5万年，晚期智人时期)：

1922年发现的内蒙河套人，距今约3.5—5万年，当属黄河流域；

1980年发现的黑龙江哈尔滨人，距今2.2万年，当属黑龙江流域；

1933年发现北京山顶洞人，距今1.8万年，当属黄河流域；

1951年发现四川资阳人，距今0.7万年，当属长江流域；

1958年发现的广西柳州人，距今1.8—5万年，当属珠江流域。

从上述资料可以看到，旧石器时代，我国的黄河、长江、珠江、黑龙江、辽河等流域都生活着远古人类，黄河流域以外，尤其是长江、珠江流域，其文化有的并不逊于黄河流域，而且，迄今发现的最早的原始人类(元谋人)，不在黄河流域而在珠江流域。此可为中华文化多源的例证。具体讲，旧石器时代早期，已可区分出以西侯度文化和匼河文化为代表、以北京周口店第一地点为代表、以观音洞文化为代表的三个不同区域；中期对三个区域有明显的继承性：丁村文化从匼河文化发展而来，徐家窑文化从北京人文化发展而来。晚期，文化的地方性更明显，发现的遗址也更多。在旧石器时代，以黄河流域为中心的北方与以长江流域为中心的南方的差异也明显表现出来。

新石器时代文化遗存的考古发现迄今已有7000余处，其中，不少文化遗存证明，长江流域、珠江流域和草原地带的原始文化的发展水平，并不在黄河流域之下。于是有人提出“长江流域——中华民族远古文明的又一摇篮”的观点①。20世纪80年代中后期以来辽宁西部红山文化祭坛、女神庙和石冢群的发现，甘肃秦安大地湾原始房屋遗址及灰坑、墓藏、窖址的出土等，更从根本上推翻了墨渍发散的“黄河摇篮说”。考古学者们根据大量考古资料，提出中华文化多元发生的种种新见解。著名考古学家夏鼐1977年著文《碳十四测定年代和中国史前考古学》(《考古》1977年第4期)将中国史前文明划分为七大区域，丁季华的《中国文明起源单一中心说质疑》(《华东师大学报》1982年第4期)则分为八个地区，佟柱臣的《中国新石器时代文化的多中心发展和发展的不平衡》(《文物》1986年第2期)则认为新石器时代文化有七个系统中心。考古学家苏秉琦的《关于考古学文化的区系类型问题》(《文物》1981年第5期)对起源期的中华文化区系进行了比较详细的研究，划分为六大区系。包括：(1)陕豫晋邻境地区；(2)山东及邻省一部分地区；(3)湖北和邻近地区(包括汉水中游区、鄂东区、鄂西区)；(4)长江下游地区(包括宁镇区、太湖区、宁绍区)；(5)以鄱阳湖——珠江三角洲为中轴的南方地区(包括赣北区、北江区、珠江三角州区)；(6)以长城地带为重心的北方地区(包括昭盟中心区、河套区、陇东中心区)。苏氏指出，中华文化的发祥绝非局限于黄河中游的狭小地域，而是散布在数百万平方公里的辽阔版图上。

新石器时代的区域结构，表现出以下特征：

其一，黄河流域和长江流域是新石器文化最为发达和活跃的地区。与此相比，青藏高原区，蒙古草原区，东北、西南、东南沿海地区文化则落后得多。两大流域文化的发达在流域内部不断交流和互动。在黄河流域，存在着东西两个中心，西方的中心是关中，东方的中心是山东。至晚从仰韶文化的早期，相互间便开始了交流和互动，这种互动表现为竞相发展的竞争格局。栾丰实认为：“在仰韶文化早期阶段，海岱地区的北辛文化和中原地区的早期仰韶文化之间，明显存在着文化上的往来与交流。就现有资料而言，双方之间的交流以相互影响为主，

① 周国兴文，载《史前研究》1983年第2期。

其趋向似以中原地区对东方的影响占上风。”[①]这种态势奠定了自夏至秦的历史发展中东西两大地域竞争的格局。对此，傅斯年提出著名的“夷夏东西说”(1933年)，认为，“永嘉丧乱”前，中国历史发展的主线是东西对峙，夏、周属于西方系统，而夷、商属于东方系统，夏商周之际的王朝更替反映的是东西势力的此消彼长。据此，可对故事传说做出新的解读。《史记·卷一五帝本纪》载黄帝至禹的部落大联盟首领依次是：黄帝—颛顼—帝喾—挚—尧—舜—禹。颛顼氏，张博泉认为居住在今辽宁省西部地区[②]，即红山文化分布区，当是傅斯年说的“夷”。挚，《左传·昭公十七年》记载其后人郯子是东夷小国之君，属于东夷。舜，《孟子·离娄》云：“舜生于诸冯，迁于负夏，卒于鸣条，东夷人也。”禹生前曾先后选定皋陶与伯益为继承者，二人均出自东夷人部落[③]。如此看，在上述帝系族谱中，每隔一代便出现东夷人首领。可以说是黄帝系和东夷系的轮流执政。这种有趣的更迭似可说明，“在红山文化与仰韶文化相交融的时代里，两个文化所代表的两个组群间建立起政治上的联盟关系，为肯定两个族群在联盟中地位的绝对平等，联盟最高首领由两个族群的首领轮流担任。两个族群间，至少两个族群的首领间，当时已经相互通婚。也许‘夷夏东西’最早是表现为‘夷夏联盟’的，但其对后来历史的影响却逐渐演变为对峙和竞争”[④]。在长江流域也存在着族群间的互动。长江上游，以水观音遗址和墓葬为代表的蜀文化在成都平原的发现，不仅是迄今所知的最早的蜀文化，还否定了蜀发祥于自川西北山区向成都平原迁徙的氐羌系民族的传统观点。李伯谦认为，城固铜器可能是最早的蜀文化，蜀族最初的活动中心在汉水上游。俞伟超认为蜀人的先世是公元前3000纪中叶来到成都的三苗集团移民，至少在前2000纪后叶，蜀人与三苗集团仍保持着密切关系。这一史实证明着长江中上游族群间的交流与互动。这种流域内的交流以及日后逐渐发展起来的流域间的交流，成为中华民族大家庭形成的动因。

其二，早发的红山文化与良渚文化。1979—1982年，在辽宁朝阳地区6个县发现红山文化遗址上百处。其中，东山嘴和牛河梁遗址有重大发现。在东山嘴出土众多前所未见的非生活用特异性陶器、玉饰，其中，最有价值的是陶塑人像，还有祭坛遗址。显示着雕塑技法和文化的成熟。牛河梁遗址由女神庙、祭坛和积石冢等16个地点组成，占地50平方公里。苏秉琦认为：“红山文化在距今五千年以前，率先跨入古国阶段。以祭坛、女神庙、积石冢群和成批成套的玉器礼乐为标志，出现了‘早在五千年前的、反映原始公社氏族部落制的发展已达到产生基于公社又凌驾于公社之上的高一级的组织形式’，即早期城邦式的原始

① 栾丰实：《试论仰韶时代中原与东方的关系》，《考古》1996年第4期。

② 张博泉：《箕子与朝鲜论集》，吉林文史出版社1994年版，第2—5页。

③ 高光晶：《中国国家起源及形成》，湖南人民出版社1998年版，第52页。

④ 杨军：《区域中国——中国区域发展历程》，长春出版社2007年版，第62页。

国家已经产生。而与此同时代的中原地区,迄今还未发现能与红山文化坛、庙、冢和成批成套玉器(玉龙、玉龟、玉兽形器)相匹配的文明遗迹。古文化、古城、古国这一历史过程在燕山南北地区看得清楚得多,而且先行一步。”①红山文化将中华文化推到5000年前,被称为“中华文明的曙光”。

良渚文化因在余杭市良渚镇发现而得名,系原西湖博物馆施昕更先生于1936年首先发现,距今5300—4000年。主要分布于长江下游的太湖流域。目前在余杭市的良渚、安溪、瓶窑三镇已发现50余处遗址,包括村落、墓地、祭坛等。自20世纪80年代以来,反山、瑶山、汇观山等高台土冢与祭坛遗址相复合,大量显贵者墓地(以精美殉葬玉礼器为特征)以及莫角山大型建筑群基址的发现,不仅是良渚文化成为考古学研究的热点,也述说着良渚文化的文明中心性质。

上述二特征表明,中华文化在多元发生中,长江流域、黄河流域、辽宁一带、吴越地区是四个最重要的文化中心。

(三)中华文化多元发生的神话传说考察

《左传·昭公十七年》记载,今山东郯城附近的一个小国国君郯子向鲁昭公讲述其先祖少昊氏以鸟名官的故事,孔子得知便向郯子求教。后来孔子对人讲:中央王朝早已忘却了的古代官制,可以从远方小国访学之。此所谓“礼失,求诸野”。可见,古代学者已注意到发掘“社会化石”,收集古代社会史迹。同时,这种“社会化石”也不断得到收集。最早的神话故事和历史传说,总是氏族部落关于本氏族本部落的来源及祖先的传说故事。这样的神话传说靠历史文献记载下来,并逐步发生由比较简朴到比较复杂、由缺乏系统到逐步有系统、由极浓的神性到人性、由纯粹神话到历史故事的演进变化。从西周到战国,就体现这种演进,汉代则把它历史化、定型化。我国收集神话传说的书籍有《诗》《书》《左传》《国语》《山海经》《淮南子》等。神话传说是史前社会(夏以前)的“活化石”,由此推知的社会历史称作神话传说时代。在神话传说时代,中华民族的血统便不一致。生活在渭河流域到黄河中游地区的是相传以炎帝为首领的古羌人;生活在黄河下游和江淮流域的是古夷人,共九部,称“九夷”,相传太昊、少昊是其祖先;生活在北方的是戎人和狄人,以黄帝为始祖;生活在江、汉之间的是古苗人,又称“三苗”;在更南边,生活在五岭崇山峻岭之中的是南蛮人。戎、狄、羌、夷、苗、蛮都有众多氏族部落组成。郭沫若说:“随着社会生产的发展和人口的增加,氏族部落的不断迁移和相互交往的扩大,各个部落之间在某些时候,某

① 苏秉琦:《中国文明起源新探》,三联书店1999年版,第137—140页。

些地方形成相反的利益,而在另一些时候和另一些地方又形成相同的利益,由此引起了各个部落的分化和组合、战争和联盟,逐渐形成为不同的民族。”[①]这样,戎、狄、羌、夷、苗、蛮六大血统的某些氏族部落逐渐融合成汉族,其余的演化成数十个少数民族。即使如此,少数民族和汉族之间、各少数民族之间,都有较大文化差异。

早在1927年,蒙文通就将古代民族分为江汉、河洛和海岱三大系统[②]。傅斯年的“夷夏东西说”则认为远古的中国是东方的夷民族与西方的夏民族的竞相发展。影响最大的是徐旭生的华夏、东夷、苗蛮“三大集团说”:[③]华夏集团发祥于黄土高原和渭河平原,后沿黄河东进,散布于中国的北部与中部,即仰韶文化、河南龙山文化分布区。华夏集团分两支:黄帝族与炎帝族。根据神话传说,少典氏娶有蟜氏,生黄帝、炎帝。炎黄“阪泉之战”后,炎帝归降黄帝。黄帝有二子:玄嚣和昌意。昌意子颛顼继黄帝位,颛顼传位给帝喾,帝喾父是蟜极,蟜极是玄嚣的儿子,黄帝的孙子。帝喾娶陈锋氏女,生尧;娶娵訾氏女,生挚;帝喾元妃姜嫄踩天帝的脚印而怀孕,生后稷,为周人始祖;次妃简狄吞玄鸟卵而怀孕,生契,为商人始祖。帝喾传位给挚,不善,帝尧立。尧传位给舜,舜为颛顼六世孙;舜传位给禹,禹为鲧之子,颛顼之孙。可见,华夏是中华民族最大的文化集团,具有正统性质。东夷集团分布在中国的东部,包括今山东、河南东部、安徽中部一带。即大汶口文化、山东龙山文化、青莲岗文化江北类型分布区。属于这一集团的有:太昊、少昊、蚩尤、伯益、后羿、皋陶等。苗蛮集团分布于今湖南、湖北、江西一带,主要是大溪文化、屈家岭文化分布区。属于这一集团的有:伏羲、女娲、三苗、驩兜、祝融等。三大集团住在各自区域,形成自己的区域文化。同时,三大集团还不断发生争战和交融。华夏集团经历炎黄的“阪泉之战”后,实现内部的统一。然后同东夷发生战争,著名的是黄帝和蚩尤的“涿鹿之战”,实现炎黄与东夷的和平相处。以后,炎黄与苗蛮发生冲突,曾有“尧伏南蛮”,“舜却苗民”,“禹征有苗”几代人的斗争,最后形成和平共处局面。在三大集团的争战和交融中,形成许多中间地带,其文化与三集团有联系却又并不相同。此外,还有高光晶的黄帝、炎帝、东夷“三部族说”[④],陈连开的黄帝、炎帝、太昊、少昊、三苗“五集团说”[⑤],以及刘宝山的华夏、东夷、羌人“三大集团说”[⑥]等,都与蒙文通、徐旭生的说法大同小异。

---

① 郭沫若:《中国史稿》(第一册),人民出版社1976年版,第112页。

② 蒙文通:《古史甄微》,商务印书馆1933年版。

③ 徐旭生:《中国古史的传说时代》,文物出版社1995年增订版。

④ 高光晶:《中国国家起源及形成》,湖南人民出版社1998年版。

⑤ 陈连庆:《中国民族史纲要》,中国财政经济出版社1999年版。

⑥ 刘宝山:《黄河流域史前考古与传说时代》,三秦出版社2003年版。

(四)关于考古学与神话传说考察的整合性思考

目前学界的共识是,以炎黄为核心的神话传说时代大体相当于考古学上的新石器时代。比较考古学和神话传说研究就不难发现,二者的结论有密切的联系和一致性,又并不完全吻合。

神话传说的龙与考古发现的龙联系密切,可互相印证。我国有各种各样有关龙的传说,龙成为中华民族的图腾,中华文化甚至可称龙的文化,中华儿女是"龙的传人"。在遍及全国的新石器时代的考古发掘中,龙的图案、装饰也比比皆是。但仔细辨认,或似龟,或似鱼,或似鹿,或似猪……形貌不一。这些不同形貌的龙显示出中华民族图腾偶像形成过程中不同地域的雏形状态。经过漫长的历史发展,终于综合了各氏族部落现成的生物图腾崇拜,创造出全国统一的想象化神灵——混血的龙。它是一个现实中不存在的想象性形象,是一个"四不像",如果端详它身体的各个部位,可明显看出其合成性。罗愿《尔雅翼・释龙》如此描绘龙的形象:"角似鹿、头似驼、眼似龟、项似蛇、腹似蜃、鳞似鱼、爪似鹰、掌似虎、耳似牛。"许慎《说文解字》称,遨游八荒的龙"能幽能明,能细能巨,能短能长,春分而登天,秋分而潜渊"。龙的成长史以及龙的形象的合成性,显示着中华龙文化由多源到统一的的历程。自然也是中华文化多元发生的例证。

神话传说的"三大集团说"与考古则不尽吻合。"三大集团说"关注的核心是华夏集团,对苗蛮和东夷集团则相对淡漠,而考古的重大发现红山文化与良渚文化区域甚至不被神话传说提及。大凡因为古史传说的文献资料基本出自黄河流域的炎黄族。我们不妨对神话与考古成果进行整合,将红山文化、良渚文化和中原文化视为三个主要文明中心,发掘其区域文化意义。红山文化区域可视为燕山南北区,良渚文化区域可视为环太湖区,将中原区、燕山南北区和环太湖区用直线连在一起,便形成一个互动的三角结构。(见附图)这种三角结构模式,在夏商周三代发生着影响。夏人与后羿的竞争和冲突、商人南下取代夏人政权、西周初封燕乃至燕的实力进入辽西地区等,都是中原地区与东北地区互动的延续;禹会诸侯于会稽、商人势力进入今湖北境内(湖北盘龙城的发现可证明)、太伯与仲雍远迁吴越的古史传说,以及春秋时代吴越两国的兴起与北上争霸等,都是中原与东南地区互动的延续。三角构架覆盖的范围,也是夏商周三代统治的主要地区。若将历史进一步延至清代,便可发现,历代王朝首都大体分布在三大区域。一是中原的西安——洛阳区。夏都阳城、殷商都殷、西周都镐京、东周都洛邑、秦都咸阳、西汉都长安、东汉都洛阳,乃至西晋、北魏都洛阳,西魏、北周、隋、唐皆都长安,均在西安——洛阳一线。二是东南的南京——杭州区。三国时东吴都建业,东晋与南朝的宋、齐、梁、陈都建康,使南京成为六朝古都;还有南宋都临安、明初都南京。都在此区。三是东北的北京区。我国的最后三王朝元、

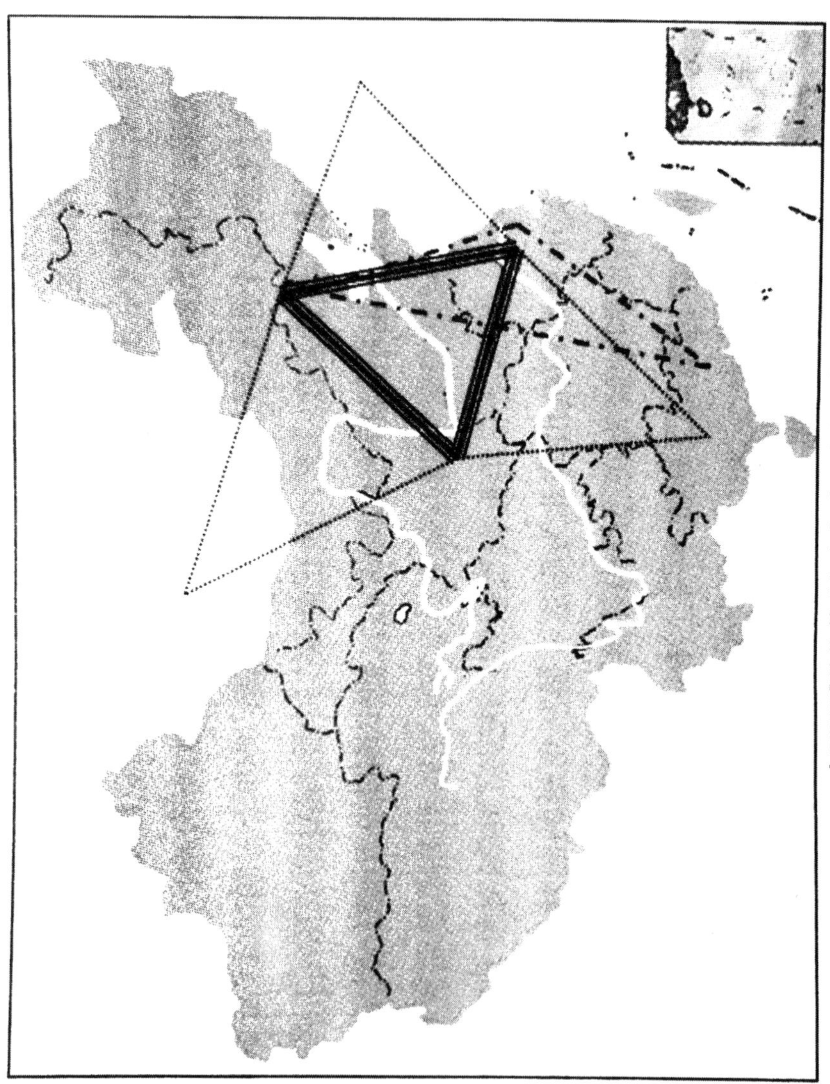

中国区域结构基本框架与发展方向示意图

明、清均建都于此。由此看，在新石器时代，不仅后代区域结构的某些特点已初见端倪，而且中国文化的某些方面已见雏形。杨军将这一三角构架视为我国区域结构的基本构架，这个构架在新石器时代已有较高水平的互动关系，在中国区域发展史上有举足轻重的作用。北宋以前，这个框架有时内缩，主要是三个顶点内缩，如中原区的核心由关中缩至今洛阳、开封，燕山南北区核心缩至今北京市，环太湖区核心缩至今南京市，成为开封洛阳—北京—南京的较小三角。有时向外扩张，一是顶点的环形扩张，如关中平原东与洛阳开封一带平原、南阳盆地，西与河西走廊，南与汉中盆地、成都平原的联系等；二是以两顶点连线为底边的三角形扩张，如以关中平原与燕山南北连线为底边三角推进至蒙古草原。但不管如何内敛与外扩，三角形框架大致不变。自北宋始，关中区衰落，三角构架变成燕山南北至太湖流域的中轴线，京杭大运河便是标志，后又以中轴线为底边，发展成北京、上海、广州为顶点的三角构架，一直到当代①。这自然都是后话。

总之，中华文化在史前时代是满天星斗、多元发生，长江、黄河两大流域是文化发生最多的地区，而关中平原、燕山南北和环太湖区域是三个最重要的文化发祥地，三者连接而成的三角构架是我国区域结构的基本框架。这一构架的收缩与扩张决定着中国区域文化的发展历程。

第二节　中国区域文化格局的形成

自周代到明清的中国历史，经历了由乱到治的三个历史回环：一是从春秋战国到秦汉，二是从魏晋南北朝到隋唐，三是从辽宋金到元明清。550 年的春秋战国经过诸侯的征战与兼并，终成秦汉 400 多年的统一大业；秦朝十几年的短暂生存自然与其政治和国策有关，但 5 个多世纪分裂局面会以强大的惯性冲击整合与统一，秦二世而亡正是整合过程中付出的巨大代价，即使相对稳定的汉王朝也出现了王莽篡政的天下大乱。从魏晋南北朝到隋唐的回环与前者酷似，360 余年的三国鼎立与东晋南北朝的南北对峙，转化为隋唐 320 余年的天下大治，30 多年的隋朝立国也短，相对稳定的唐王朝也出现了安史之乱。在第三个回环中，五代和辽金两宋，可算是中国历史上第二个南北朝；370 余年社会动荡终又转化为元明清 700 余年的整合与统一。从三个回环的发展看，“乱”的“碎片”越来越少，“乱”的时间越来越短，而“治”的时段相对增长，元明清三代七百余年的国家统一，终于形成统一的中国与和谐的中华民族。我国历史发展的这一特征，不可避免地影响中国地域文化的发展。大致说来，第一个回环是中国区域文化格局

---

① 杨军:《区域中国——中国区域发展历程》，长春出版社 2007 年版，第 344—347 页。

的形成期，第二个回环是发展成熟期，第三个回环则是最终定型期。

我国区域文化格局的形成有两个重要依据。一是内外双重环状区域结构的形成。约略说来，我国可分为西部游牧文化区和东部农耕文化区；西部游牧区包括北部蒙族区、西北新疆维族区、西部青藏高原藏族区；农耕文化区包括东北多民族区、汉族传统农耕区、西南少数民族农耕区。其中，汉族传统农业区系内环核心区，属精耕农业区，包括稻作农业和旱作农业。其余地区为外环区，就经济而言，有的以游牧业为主，有的以粗放农业为主，有的以绿洲农业为主，有的是农耕、游牧、渔猎采集并重的复合型，均非精耕农业；就民族而言，主体民族均非汉族。这种内外环双重结构，作为中国区域文化的主干内涵，贯穿我国文化发展的始终。二是区域层级中的邦邑区的形成。如前所述，笔者将我国的文化区分为四个层级，行住文化带、民族文化圈、邦邑文化区和采地文化亚区。邦邑区是民族区的子文化区，如汉民族农耕区中的齐鲁文化区、燕赵文化区、荆楚文化区、吴越文化区等。笔者以为，这是我国文化区域结构中的核心层次，它既与春秋战国时期的诸侯封国密切相关，又与秦汉以降的州、道、省设置紧密相连。在这里，有本邦邑各种子文化的交融和整合，有与其他邦邑文化的差异与联系。它贯穿着中国文化的始终，体现着中华文化的基本特征。

（一）邦邑文化区的形成

邦邑文化区的形成与国家形态的形成相联系，而且有一个漫长的历史过程。人类从渔猎采集经济中发明出农业与家畜饲养业之后，形成兼事农业、牲畜饲养和渔猎采集的“复合经济”，开始了定居生活。定居点称为“邑”，“邑”外有农业生产、畜牧饲养和渔猎采集的场合。《尔雅·释地》云：“邑外谓之郊。郊外谓之牧。牧外谓之野。野外为之林。林外谓之坰。”“郊”是农田所在地；“牧”和“野”是从事渔猎采集和畜牧饲养的地区；“林”和“坰”则是原始森林地带，不仅可提供木材燃料、建筑材料和手工业原料，而且是狩猎的场所，同时，也是与其他村邑的天然隔离带。“邑”之大小，从《荀子·大略》的“十室之邑”，《国语·齐语》的“三十家之邑”，《周易》讼九二的“邑人三百户”，到《论语·公治长》的“千室之邑”，规模不等，但直至春秋时期，仍是小规模的邑居多。如《左传》襄公二十七年记载免余说：“唯卿备百邑，臣六十矣。”襄公二十八年载“赏晏子六十邑”。可见“邑”的规模并不大。这是因为生产力发展水平低下，为避免耗竭自然资源，人口稍有增加，就须要一部分人迁往邻近地区。迁徙者建立类似的聚落，是原邑的“自我复制”。由于各邑发展不平衡，必然有规模较大并能控制周围村邑的“中心村邑”。于是，中心村邑与周围诸村邑结成简单的联盟。中心村邑进一步发展，或与其他中心村邑结成联盟，或征服吞并其他中心村邑，于是多个中心村邑进一步组合成以某一中心村邑为主导的复合式联盟。这便是史书上记载的“方国”,甲骨文称作“方”、“邦方”。当着众多方国集合起来形成规模庞大的联盟时,国家形态便应运而生。尧舜禹时代,早期国家形成。此时,国家的基层组织仍是村邑,高层组织是方国。《尚书·尧典》称“协和万邦”,《竹书纪年》、《左传》哀公七年均称禹在涂山会诸侯时,参加者有“万国”。这应是尧舜禹时代的方国数字。《战国策·齐策四》与《吕氏春秋》均称商汤时有“诸侯三千”。西周时通行的说法是1800国。一则,方国成千上万,可见方国之小;二则,从尧舜禹之万国,到商之三千,再到西周一千八百,数量锐减,可看到国家形成和发展过程中兼并之剧。

更剧烈的兼并在春秋战国时期。兼并的重要前因是西周的大规模分封。“封邦建国”的做法虽不始于西周,但大规模且制度化的分封却是从西周开始的。它始于周武王,高潮在成王与康王时期。周天子分封诸侯,称“国”,赐诸侯国以土地、山川和人民,同时分予宝器,并有等级差别。传统说法是公侯伯子男五爵:公、侯有土方百里;伯七十里;子、男五十里。实际分为三等。具有土地不足五十里者,则附属于诸侯国,成为附庸。据章炳麟研究,公国可有附庸国138个,侯国可有180个,伯国66个,子国33个,男国8个[①]。诸侯国内还可封卿大夫,称采邑;卿大夫还可封士,称食地。据传,西周初分封71国,其中,姬姓诸侯40国,主要是周王室的子弟;异姓诸侯31国,其中,不少是同周王室发生婚姻关系的,如姜、任、妫、姒等,还有前朝尧、舜、禹和商的后裔。分封实际是以宗法血缘关系为纽带建立起的周天子统辖下的地方行政系统。西周除诸侯国之外,还有众多自生性方国。周王室不可能直接面对所有的方国,便令地位较高的诸侯国代表周王室管理相邻的地位较低的诸侯国和方国,称作“诸侯长”。分封制建立起周王朝比较严密的地方行政管理系统,使西周一度发展成为疆域辽阔、国势强大的奴隶制国家;但是,由于诸侯在自己的封国内有绝对的政治、经济和军事权力,这就为日后的诸侯割据和称霸埋下了隐患。

到西周末春秋初,“周王衰微,诸侯强并弱,齐、楚、秦、晋始大,政由方伯。”(《史记·周本纪》)各诸侯国几乎都成了独立的政权,不再听从周天子命令,也不再定期朝聘和纳贡。“周郑交质”便是典型例子。春秋初,郑国强盛起来,陈、宋、鲁、齐等国皆附之。周平王欲削其权,将郑国土地分给虢国一半,郑庄公得知,怒而质问平王,平王却不敢承认。为约束平王,庄公提出“周郑交质”。但是,破坏协定的竟是郑国:就在“交质”这一年4月,郑国出动部队抢周属国温地之麦,秋又掠取“成周之禾”;乃至后来周、郑交战,郑臣祝聃“射中王肩”。当着周王无力统治全国时,诸侯争霸日剧,并以公推盟主的方式,维持天下秩序,实际

---

① 章炳麟:《封建考》,《太炎文录初编》卷1。

是确立诸侯国之间的新秩序和新关系，于是“春秋五霸”出现。“五霸”有两种说法：一是齐桓公、晋文公、宋襄公、秦穆公、楚庄王，一是齐桓公、晋文公、楚庄王、吴王阖庐、越王勾践。综合两说可得出结论：春秋时代具有重要地位的诸侯国主要有齐、晋、秦、楚、宋、吴、越。这些国家都可称作诸侯长，形成的基础是兼并众多方国、附庸和诸侯国。如，齐国作为周人在东方最重要的诸侯国和东部的诸侯长，主要是征服山东半岛上的夷人方国和部族。《左传》僖公四年记载管仲一段话：“昔召康公命我先君曰：五侯九伯，汝实征之，以夹辅周室。赐我先君履，东至于海，西至于河，南至于穆陵，北至于无棣。”齐国吞并35国，确也控制了山东半岛广大夷人居住区，完成了“屏蔽周室”封建使命。晋国则以兼并华夏族的小国为主，《韩非子·难二篇》记晋献公“并国二十七，服国三十八”。《左传》襄公二十九年记晋国女淑侯说：“虞、虢、焦、滑、霍、杨、韩、卫，皆姬姓也。晋是以大。”“若非侵小，则何所取？武献以下，兼国多矣。”楚国是春秋时代灭国最多的国家，有资料证明，楚在春秋时灭国51，其中多数是位于楚国北方的华夏族小国，[①]尤其是吞并“汉阳诸姬”[②]后，楚国力大增。……“春秋五霸”主要分布在黄河中下游和长江中下游地区，前者是秦、晋、宋、齐，后者是楚、吴、越。它们与以后的省区陕西、山西、河南、山东、湖南、湖北、江苏、浙江大致相当，标志着我国区域文化结构中的核心层次邦邑区的初步形成。

依西周分封制，各诸侯国都是以首都所在的“国”，控制作为区域性中心的“都”，二者又分别控制周边的若干个“邑”。“国”、“都”、“邑”的差别仅在于其规模大小和在诸侯国中处的地位，其结构完全相同。春秋以来，随着粗放农业向精耕农业的演进，如同诸侯国的势力逐渐强于周王室一样，“邑”和“都”的力量逐渐强人，“国”、“都”、“邑”的规模和实力日趋接近。发展结果是：诸侯国的实际权力的掌控者，由原来控制“国”的国君，变为原来控制“都”的士大夫，再变为原来控制“邑”的陪臣。如孔子说的“礼乐征伐”自天子出下降为自诸侯出，自大夫出，最后发展为“陪臣执国命”。[③] 而其经济方面是“私门富于公室”。韩、赵、魏三家分晋便是典型例证。战国时期，各国纷纷改革：魏文侯的改革拉开了战国变法运动的序幕；之后有赵国赵烈侯、公仲连的改革和赵武陵王的胡服骑射；韩国韩昭侯、申不害的改革；楚国楚悼王、吴起的变法；齐国齐威王、邹忌的改革，齐宣王的改革；燕国燕王哙以及燕昭王、乐毅的改革；而其中最为彻底的是秦孝公、商鞅的变法。改革固然在于富国强兵，与之相对应的一个重要目的，则是改造地方权力体制，将其纳入诸侯国中央的统治管理之中，郡县制得到进一步发展。改

① 何洁：《春秋时楚灭国新探》，《江汉论坛》1982年第4期。

② 周人在汉水流域分封了一系列小诸侯国，构成屏蔽周王室的防线，包括申、吕、曾、随、唐、厉、轸、贰、郧、西黄、应、息、道、祁、柏等。《左传》称“汉阳诸姬”。见《史记》卷40《楚世家》。

③ 《论语》第16《季氏》。

革促进了农耕的发展，在乡村社会，按血缘分族的传统邑落逐渐发展为以地缘组织的乡村。地方宗族势力受到巨大打击，世卿世禄的社会基础逐渐消失，君主集权得以加强。这不仅促进了早期国家的成熟，还促进了各诸侯国内部地区间的整合，各国逐渐成为一个独特的文化区。春秋初见于《左传》的国家有120余，到春秋末年仅剩1/3。战国初年，不过十几个国家，大国有秦、楚、齐、燕、韩、赵、魏七国。自战国初至战国末，励精图治的战国七雄对峙二百余年，形成相对稳定的地域文化形态。一个典型的标志是，出现了众多具有国别特征的学术派别，如阴阳、儒、墨、名、法、道、黄老等，各学派自有追求，因而形成不同风格，如儒的淳厚，墨的谨严，道的超逸，法的冷峻，阴阳家的流转……都与生长的国家和地域有关。同春秋时期相比，这些诸侯国除了同日后的郡省有明显的对应关系外，其地域文化特征更为稳定，标志着邦邑文化的发展成熟。

（二）双环结构的形成

双环结构的分野是农耕文化与游牧文化的差异：外环区主要是游牧文化，内环区则是农耕文化。我国历史上有著名的五服制。《国语·周语上》云："先王之制，邦内甸服，邦外侯服，侯卫宾服，蛮夷要服，戎翟荒服。甸服者祭，侯服者祀，宾服者享，要服者贡，荒服者王。日祭，月祀，时享，岁贡，终王，先王之训也。"既是"先王之制"和"先王之训"，便不始于西周，却于西周发展成熟。此中可看到西周对天下秩序的认识："天下"是以王畿为中心、按着地理的远近和与王朝关系的疏密划分的三个同心圆。居于中心的最小的圆是甸服，属王畿之地，"邦内甸服"是也；中间的圆是侯服和宾服，为王朝所封诸侯和方国归属王朝者的封地，"邦外侯服，侯卫宾服"是也；最外的圆是要服及荒服，皆为边远少数民族地区，"蛮夷要服，戎翟荒服"是也。五服与王朝的关系表现为职贡：甸服随时有贡，侯服每月一贡，宾服三月一贡，要服每年一贡，荒服其君终身朝贡一次。五服和王朝的关系隐含着地域文化中双环结构关系的萌生：甸服、侯服、宾服逐渐形成内环，而要服和荒服逐渐形成外环。

内环核心区萌生于商代后期，商代之前，由于农耕尚不发达，虽有"夷夏东西"对峙之说，但各个族群普遍处于迁徙不定的状态之中，族群与土地的关系并不牢固。商代盘庚迁殷之后，出现了一个相对稳定的统治中心区，即以今河南郑州、安阳、洛阳三点为中心的地区；它向着四周主要是东南和东北延伸。其直接控制区西起关中平原的西部，东到胶莱平原，北起北京以南，南到江淮一线。由于商代西部控制薄弱，周人正好乘虚而起。西周初建时力量薄弱，人口不过10万，而当时商人控制的人口达数百万。周人采取的策略是：在周人故地至辽东半岛这一狭长地带建立封国，形成东西走廊，将原商人统治区和东夷人居住区南北分割。然后，以走廊为基地向南北推进：向北，以燕国为据点，控扼燕山南北；向南，以"汉阳诸姬"为据点，控扼江汉流域。如此，周代一改商代从核心文化区到外缘的环状放射结构，形成核心文化区、北方文化区、南方文化区三个平行条状地带的结构。在核心地带的东西走廊中，夏、商、周三代文化频繁交流互动，逐渐形成华夏族群与华夏文化，进而形成"尊王攘夷"的正统文化意识，华夏族于此期形成。春秋时期五霸的相继兴起标志着区域结构由三条带状区域被重新分割成齐鲁区、秦晋区、宋卫区、百越区、百濮区、巴蜀区、燕辽区等几大板块；战国时期仍保持春秋时的块状结构，不过有所丰富和发展，有学者划分为七个文化圈：中原文化圈（包括前述春秋时代的宋卫区，秦晋区的一部分）、北方文化圈（前述春秋时代燕辽区）、齐鲁文化圈（齐鲁区）、楚文化圈（百濮区）、吴越文化圈（百越区）、巴蜀滇文化圈（巴蜀区）、秦文化圈（秦晋区部分地区）①。此时，内环核心区不仅包括西周初自周人故地到辽东半岛的"东西走廊"，而且北方文化区的秦、燕赵，南方文化区的楚均进入华夏文化圈，成为内环核心区。这一方面表现出华夏文化巨大的整合作用，它多元同流，是一个包容丰富的"复合体"；另一方面，秦文化的西北戎狄文化因子，燕赵文化的东北戎狄文化因子，楚文化的苗蛮文化因子，以及齐文化的东夷文化因子，并不会因为融入华夏文化而彻底消失，还要作为原型意识顽强地保留下来，只是以新文化的亚文化或新文化内部的区域形式表现出来。"我们甚至可以说，一种文化包括多少亚文化或多少种区域文化，即意味着其曾经融化了多少种不同的文化。多元汇聚成的汉文化从一开始就存在多种区域文化，就是这个原因。这构成中国区域文化的特点之一：居于双重环状区域结构的内环区的汉文化从一开始就可以分为许多区域文化或亚文化，这种影响直到今天仍然存在。"②

总之，我国的区域结构由夏代"夷夏东西"的对峙结构、商代的环状放射结构、西周的三条平行带状结构，到春秋的多板块结构，变化之频繁、激烈，见出早期区域结构的不稳定和不成熟，到战国时期终于相对稳定下来，并逐渐走上成熟，双环结构的内核区基本形成。根本原因在于战国时期，由于铁器的使用，北方旱作农业区完成了由粗放农业向精耕农业的转变，南方稻作农业区亦有较大的发展。农业的大发展，大大强化了人与土地的关系，聚居方式由"血缘"逐渐转为"地缘"。

在外环区中，影响重大的是北方草原游牧文化。草原游牧部落于西周之初产生，其基本组织是由同一游牧区的若干血缘家庭所组成的血亲组织，称作"邑落"、"落"或"氏族"；若干个血亲组织构成更大的血亲集团，称为"种"、"部"；若

① 李学勤：《东周与秦代文明》，文物出版社 1984 年版，第 11—12 页。

② 杨军：《区域中国——中国区域发展历程》，长春出版社 2007 年版，第 161 页。

干个具有相同语言和文化背景的血亲集团构成更高一级的社会组织，称为“类”、“族”或“族类”。三级组织中，前两级“邑落”和“种”几乎无处不在，具有较强的凝聚力，也比较稳定；第三级“族类”则不易形成，而“族类”的出现又是国家形成的标志。当着游牧人为着生存而频繁迁徙时，各血亲集团的交往和联系加强，族类逐渐形成。各族类间也在矛盾冲撞中进行着交融，或进行武装征服，或结成友好联盟，于是在族类之上又形成一套新的领导机制。这便是游牧的国家。秦始皇统一中原后，冒顿单于在北方建立了第一个游牧国家——匈奴帝国。匈奴帝国东达大兴安岭以东，西到阿尔泰山以西，南据有河套、阴山一带，且控河西走廊、新疆、青海等地，北达贝加尔湖以西、以北。不仅控制着蒙古草原所有的游牧民族，还控制着西域各绿洲城邦，成为东亚地区面积最大的国家。匈奴帝国于西汉初期达鼎盛，于是东亚地区当时两个最大的帝国展开了数十年的战争。西汉初年，匈奴帝国节节胜利，经历六七十年的休养生息，西汉又与匈奴对战70余年，终以匈奴的失败告终。匈奴成为西汉的属国，草原自此再也没出现独立与中国之外的国家。匈奴失败后，我国的非华夏族，在北方自西向东依次分布着突厥族系各部、匈奴族系各部和东胡族系各部，东北则是肃慎族系、秽貊族系各部，西北主要是西域诸国，西部主要是羌人各部，西南主要是西南夷各部，南方主要是百越。这便是我国区域文化双环结构中的外环区。是时，“先秦时代所谓东夷、西戎、南蛮、北狄的四方戎夷环状分布格局已演变成分布在汉族居住区东北—北方—西部—西南—南方的扇形外环民族分布结构”①。

综上所述，自战国至西汉初年，我国区域分布的邦邑区层面和内外环双重结构先后形成，这也标志着中国区域文化格局的形成。这个格局的内环区，居住着华夏族与其他族群的大规模融合而形成的汉族。夏代“夷夏东西”的对峙与结盟，商代以今河南郑州、安阳、洛阳三点连接成的核心区向东北、东南的扇形延伸，周代核心文化带向南北平行文化带的扩展，以及春秋战国时期多板块结构的冲突与融合，都体现着华夏族与其他民族的交融而生成汉族的过程，羌、夷、戎、狄、苗、蛮已消失在这种大融合中。秦汉之际形成的汉族，从事旱作或稻作精耕农业，具有相同的语言文字，相近的风俗、宗教、伦理观念和审美情趣。因其形成的多源性，汉族区包含多种区域文化。汉族的出现意味着中华民族必然是以汉族为主导民族大融合，而中国的区域结构也必然是以汉族居住区为内环核心的双重环状结构。双环结构的外环区，是秦及西汉初年在汉族居住区的东北—北方—西部—西南—南方形成非汉族居住区的扇形区域。这里生活着多种民族，有的以游牧业为主，有的以粗放农业为主，有的以绿洲农业为主，有的是农耕、游牧、渔猎采集并重的复合型，均非精耕农业。这些区域的民族也经历着伟大的整

① 杨军：《区域中国——中国区域发展历程》，长春出版社2007年版，第161—162页。

合,既有非汉族民族之间的整合,又有汉族与非汉族间的整合。但同汉族区域相比,更表现出文化的多样性。文化整合性较强的汉族内环核心区同文化多样性较强的非汉族外环区的结合,成为中国区域文化格局的重要特征。

关于西汉的文化核心区,《史记》卷129划分为六区十五亚区,杨军从风俗文化出发,合并为合并为五区十一亚区,并将外环区分为五区是三亚区,共计十区二十四亚区。列表如下:①

汉代区域结构表

<table>
<tr><th></th><th>区</th><th>亚区</th><th>经济类型</th><th>中央统辖方式</th></tr>
<tr><td rowspan="5">内环区</td><td>关中区</td><td>关中与河西走廊;巴蜀</td><td rowspan="5">精耕农业</td><td rowspan="5">郡县辖区</td></tr>
<tr><td>中原区</td><td>三河(河南、河内、河东);燕赵</td></tr>
<tr><td>齐鲁区</td><td>齐;邹鲁</td></tr>
<tr><td>梁宋区</td><td>梁宋;颍川南阳</td></tr>
<tr><td>越楚区</td><td>西楚;东楚;南楚</td></tr>
<tr><td rowspan="10">外环区</td><td rowspan="2">东北区</td><td>肃慎族系各部分布区</td><td>复合经济</td><td rowspan="2">郡县辖区或隶属于边郡</td></tr>
<tr><td>秽貊族系各部分布区</td><td>粗放农业</td></tr>
<tr><td rowspan="2">北方区</td><td>匈奴族系各部分布区;突厥族系各部分布区</td><td>游牧业</td><td>属国属部</td></tr>
<tr><td>东湖族系各部分布区</td><td>游牧业</td><td>护乌桓校尉</td></tr>
<tr><td rowspan="2">西北区</td><td>天山以北</td><td>绿洲农业</td><td></td></tr>
<tr><td>天山以南</td><td>亦农亦牧</td><td>西域都护府</td></tr>
<tr><td rowspan="3">西与西南区</td><td>羌人各部分布区</td><td>粗放农业</td><td>护羌校尉</td></tr>
<tr><td>西南夷分布区;靡莫之属分布区;滇以北</td><td>游牧业</td><td rowspan="3">郡县辖区</td></tr>
<tr><td>巂昆明分布区</td><td rowspan="2">粗放农业</td></tr>
<tr><td>南方区</td><td>百越区</td></tr>
</table>

前文将我国区域结构的层级分为行住带、民族圈、邦邑区、采地亚区,本表系环、区、亚区结构,"环"相当于行住类型圈;"亚区"相当于邦邑区;"区"本应相当于民族区,由于分法不同,并不完全对应。杨军先生专事中国区域史研究,他的《区域中国——中国区域发展历程》是一部具有开拓性的中国区域史专著,所列各时期区域结构表颇为系统,故本书各时期区域结构表均用杨说,最后的"现代中国区域结构"再陈述己见。

① 杨军:《区域中国——中国区域发展历程》,长春出版社2007年版,第138页。

第三节　中国区域文化格局的发展与成熟

在魏晋南北朝至隋唐这段近七百年的历史上，我国区域文化在双环结构的框架中进行着大交流和大融合，内、外环的区域范围以及各区域的文化内涵，发生着重大变化。

（一）魏晋南北朝时期

魏晋南北朝的区域文化大交流来自大规模的人口南迁。东汉之后东亚气候转冷，出现了我国历史上温度最低的寒冷期，年气温大约比现在低2℃—4℃，[①]北方游牧族生存环境空前严酷；同时，我国又陷于360余年战乱和动荡，尤以黄河流域为甚。在此情况下，北方草原民族由于气候寒冷纷纷迁入黄河流域，黄河流域的汉族则由于战乱大量南迁至江淮流域。这种规模巨大的滚动式南流，造成经济文化带的整体性南移。整个南北朝时期，南移幅度达5个纬度。

从北方游牧族的南迁看，草原区的匈奴在东汉时期分裂成南北两部分：北匈奴试图对抗，由于气候转冷和东汉征讨，大部北迁至今伊犁河流域，后经今哈萨克斯坦东部和南俄草原顿河以东一带迁入欧洲；南匈奴归属汉朝，后于永和元年（140年）发生内乱，东汉却无力镇压，只好将西河等郡内迁，致使自河套至壶口的黄河以西地区落入匈奴和其他少数民族手中。在关中和西北，羌人在东汉时便不断内徙，曹魏时成为仅次于汉人的第二大民族，西晋时期，“关中之人百余万口，率其少多，戎狄过半”[②]。此外，山西的汾水流域居住着为数不少的匈奴人，太行山两麓散居着丁零、乌桓、鲜卑、羯等族，辽东、辽西二郡还出现了鲜卑和乌桓人的聚居区……如此，当年匈奴帝国未实现的南下愿望而今却在“归依汉王朝”的旗号下以和平的方式变成现实。于是，黄河流域形成胡汉杂居，农牧结合局面，自辽西到河西走廊的狭长地带成为游牧经济向农耕经济的过渡区域。这就为五胡十六国在黄河流域的建立奠定了基础。

西晋统一全国后重又实行分封制，导致长达16年的“八王之乱”。匈奴人刘渊乘机推翻西晋建立后汉政权（304年），开始了北方民族统治中原的历程。到北魏统一中国北方（439年）的136年间，北中国先后立国十六（其实不止十六

① 竺可桢：《中国近五千年来气候变迁的初步研究》，见《竺可桢文集》，科学出版社1979年版。

② 《晋书》卷56《江统传》。

国)。十六国以淝水之战(384 年)为界分为前后期。前期有:①成汉、②汉和前赵、③后赵、④前燕、⑤前秦、⑥前凉,还有不在十六国内的冉闵建立的魏;后期有:⑦后秦、⑧后燕、⑨南燕、⑩北燕、⑪后凉、⑫南凉、⑬西凉、⑭北凉、⑮西秦、⑯夏,还有不在十六国内的西燕。其中除西凉、北燕、前凉、冉魏四个汉族政权外,都是由匈奴(包括匈奴卢水胡和铁弗胡)、鲜卑、羯、氐、羌五族建立的政权,史称“五胡十六国”。五胡十六国时期的民族融合主要表现为五胡的汉化。其实,五胡的汉化在进入中原前便开始,入主中原后普遍展开。如,南匈奴在东汉初内迁至今山西忻州一带,与汉人杂居,开始农耕生活;刘渊曾作为匈奴侍子住洛阳多年,用汉名,随汉儒习经史,建国号汉,以刘汉正统自居;石勒曾被汉人捕卖于山东茌平,取汉名,建国号赵,推崇儒学,战乱中保护汉族知识分子;慕容鲜卑西晋时居今辽宁锦州一带,永嘉后接纳大量汉人避难,且重用汉人,倡导经学,后建立前燕;拓跋鲜卑由盛乐(金内蒙托克伦)迁平城(今山西大同),逐渐转向农耕生活;羯族西晋时内迁至今山西榆社一带,与汉人杂居;氐、羌族西晋时便移至关中、益州,不少人散居中原,后建前秦,重用汉人,劝课农桑,提倡儒学……总之,五胡十六国统治中原后,不仅普遍接受农耕方式和儒家文化,而且国家形态也发生了巨大变化,有的由家长奴役制进入封建社会,有的进一步吸收汉制使封建制度发展成熟。最终的结果是,匈奴、羯、巴氐、河西鲜卑等连族名都已消失,融入汉族之中。

南北朝时期再次出现北方民族大规模南迁浪潮。究其原因,一是气温降至年积温最低,生存环境极端严酷,二是“五胡”入主中原激起了北方民族南迁的信心,三是黄河流域人口在战乱中死亡或南徙,腾出了大量空间。在移民浪潮中建立的北朝,历北魏、东魏、西魏、北齐、北周五个王朝。北魏统治者是鲜卑拓跋氏贵族,东、西魏从北魏皇室中分裂出来,它们的实际掌权者又是北周、北齐的创建人。可以说,北朝基本是鲜卑族的统治。五朝中的佼佼者是北魏,它统治时间最长,在 195 年的北朝中占了 148 年;它疆域最大,西至焉耆,东到海,北界六镇,南临淮、沔,统一了整个北方。后虽裂为东、西魏,北齐,北周不久又灭齐统一北方,可见,北朝并无太多的分裂,而且表现出走向统一的趋势,预示着隋唐全国统一局面的到来。在这种情况下,北朝形成空前的民族大融合。北魏孝文帝积极推行汉化改革,令鲜卑人穿汉服,改汉姓,说汉话,乃至禁说鲜卑语;还引进南朝的制度文明,甚至输入南朝的世族门阀制度,建立鲜卑人的世家大族体系。此举大大推进了鲜卑人的汉化。与此同时,汉族也在鲜卑化,最常见的是在汉族百姓中胡服、胡食的流行。可以说,鲜卑族的汉化从贵族到平民,主要在制度文化层面;而汉族鲜卑化从平民到士大夫,主要在物质文化层面。如此,胡汉文化融合成为各民族文化发展的共同趋势。

总之,黄河流域的文化大融合,其主流是游牧人的汉化,游牧文化由此进入更高层次的人类文明；同时，农耕人也在胡化，农耕文化借此焕发出强大的生命活力。

从黄河流域汉族的南迁看，三国时，江淮间便有十余万人逃至东吴，曹操经营的青、徐等州，也多有徙往东吴者。西晋“永嘉之乱”引发的“永嘉南渡”被认为是我国历史上空前绝后的民族大迁移。有学者认为，到南朝宋时南渡者有200万人①，按最保守的估计也不会少于90万人。以90万计，已占迁出地区人口的1/8，占迁入地区人口的1/6②。东晋与南朝统治者谨慎地处理着与迁入者的关系。如东晋采取“侨置郡县”的办法，即在南方地广人稀处设置侨州、侨郡、侨县，供北方移民居住，仍用原籍地名。还给与种种优惠，如侨州县的官吏仍由北方人担任，侨人不入当地户籍，并享受免除赋税的优待等。为防止豪族世家收编侨人，又实行“土断”，按其居住地区认定侨人的新籍贯，将其变成土著居民。南迁的中原人将黄河流域的汉文化带到长江流域，形成中原与江南文化的大交融。交融初始存在着江南士大夫阶层“北方化”与北方民众阶层“南方化”的“双向运动”。“永嘉南渡”中有大量在东晋政权中身居要职的世家大族，其深厚的文化素养与潇洒风度显示着中原文化的强大魅力；江南文化人士争仿效，形成南方精英的“北方化”趋势。如，江南士人争学“洛下音”，致使其成为江南士族的通用语；他们在书法、哀哭、居丧等方面也都仿效北方士人。在民众中，则表现为北方移民“南方化”趋势：他们操吴语，食稻鱼，逐渐适应新的环境。这种“双向运动”，《颜氏家训·音辞》有生动描绘：“易服而与之谈，南方士庶，数言可辨；隔垣而听其语，北方朝野，终日难分。”长江流域文化整合的进一步发展，形成另一种“双向运动”：南渡士大夫在民众阶层的影响下，也逐渐走向“南方化”，他们的饮食习惯由食以肉酪逐渐变为食以稻鱼，乃至其后代“不食羊肉及酪浆等物，常饭鲫鱼羹，渴饮茗汁”；（《洛阳伽蓝纪》卷三）南方民众也进行着“北方化”，主要是在北民影响下生产方式的深刻变化。

总的来看，长江流域的文化交融主流是中原文化对江南文化的同化。如长江流域农耕经济中旱作农业的比重上升，出现了旱作与稻作的交叉地带；农作物的品种、耕作技术以及土地利用方式等都趋于多样化，为江南农业的进一步发展奠定坚实的基础。更值得一提的是，长江流域的文化性格发生着深刻的变化。江南多指吴越之地。吴越最鲜明的地域环境便是以“三江（长江、淮河、钱塘江）五湖（太湖）”为主干的水网世界。上古的吴越人，征服自然力薄，面临无穷水患，更兼社会动荡，争战不断，形成粗犷猛厉的文化性格。永嘉大移民后，南迁中原人将精耕农业技术、作物品种和土地利用方式等带到南方，增强了征服自然的

---

① 葛剑雄：《中国移民史》（第2卷），福建人民出版社1977年版，第410—412页。

② 谭其骧：《晋永嘉丧乱后之民族迁徙》，《长水集》，人民出版社1987年版，第199页。

能力，于是水患逐渐变成水利，江南成为鱼米之乡，湖光山色之美又陶冶着吴越人的情操；而且大批宦官文人技术工匠南徙，改变着南国的社会结构，增加着文化氛围。于是，吴越由"尚武"逐渐变为"崇文"，文化性格由粗犷猛厉变为静慧平和。

总之，魏晋南北朝时期，北方游牧民族南下黄河流域，游牧文化与中原文化结合生成新的北方（黄河流域）文化；中原民族南下长江流域，中原文化与江南文化结合生成新的南方（长江流域）文化。由于南北政治上的分裂，南北文化各自在相对封闭的状态下发展，加剧了南北文化差异，乃至呈现出南北文化对峙的局面。这种差异一直延续至今。然而，在两个区域的文化交融中，中原文化都居于主导地位，这是南北文化共同的本质。南北文化共同构成中国区域文化双环结构的内环核心。这可以说是魏晋南北朝时期内环核心区的一个巨大变化。在民族大迁移和大融合中，由于各迁入地、迁出地都有自己的地域文化，携带各自地域文化因子的移民进入迁入地的人数又多少不等，因而，即使同在北方或南方也是同中有异。在北方，入主中原并对区域文化结构产生较大影响的游牧人主要是，来自青藏高原边缘地带的羌人和氐人，来自蒙古高原的鲜卑人。羌人和氐人主要活动在关中及河西一带，鲜卑人活跃于关东地区，关中和关东便有某种对抗色彩，这在五胡十六国的纷争中可见一斑。关东地区因鲜卑化程度不同而存在文化差异：燕赵几为鲜卑人的根据地，鲜卑程度最高；河洛一代是鲜卑的统治中心，程度也较高；齐鲁更多是中原移民，鲜卑人迁入最少，鲜卑化较弱。如此，北朝内环区变为关中与河西、齐鲁、河洛（中原）、燕赵四区。在南方，蜀国的出现使巴蜀从关中区中分离出来；三国时期魏、吴对东、西、南楚的瓜分以及南朝的朝代变迁使越楚分为荆楚与江浙两区。如此，南方内环区变成巴蜀、荆楚、江浙3区。

从外环区看，区域变化较大者，一是在北方蒙古草原区，北匈奴失败西迁之后，东胡人的后裔鲜卑人取而代之，匈奴遗民均融入鲜卑族中，北方草原由原来的匈奴族系、突厥族系、东胡族系的中、西、东三区分布，变为东胡族系与突厥族系的东西两极对峙。北朝时期，鲜卑人入主中原，继起的柔然族取代鲜卑人统治蒙古草原，但并未改变东胡与突厥东西对峙的特点。二是西域各国尤其是天山以南兼并战争加剧，由三四十个小国减为六七个国家，逐渐形成鄯善、且末、高昌、于阗、龟兹五个文化亚区，均以绿洲农业为主；南方则十几个游牧民族轮流控制。三是西与西南区到两晋时期按语言可划分为氐羌族系和濮越族系，西晋末慕容鲜卑的一支自辽西牵制青藏高原北部的湟水流域，与当地土著羌人结合形成新的民族——吐谷辉，不仅建立自己的国家，还有自己的文化，成为一个新的亚区。

到南北朝时期，我国区域文化结构可分为七系十七区，其中，内环区二系七

区，外环区五系十三区。见下表：①

南北朝时期区域结构表

<table>
<tr><th></th><th>区</th><th>亚区</th><th>经济类型</th><th>隶属政权</th></tr>
<tr><td rowspan="7">内环区</td><td rowspan="4">北方系统</td><td>关中河西区</td><td rowspan="8">精耕农业</td><td rowspan="4">北朝</td></tr>
<tr><td>燕赵区</td></tr>
<tr><td>齐鲁区</td></tr>
<tr><td>河洛区（中原区）</td></tr>
<tr><td rowspan="3">南方系统</td><td>江浙区</td><td rowspan="3">南朝</td></tr>
<tr><td>荆楚区</td></tr>
<tr><td>巴蜀区</td></tr>
<tr><td rowspan="10">外环区</td><td rowspan="2">东北区</td><td>秽貊族系各部分布区</td><td rowspan="4">北朝</td></tr>
<tr><td>肃慎族系各部分布区</td><td>复合型经济</td></tr>
<tr><td rowspan="2">西北区</td><td>天山以南“城邦文化圈”（包括鄯善、且末、高昌、于阗、龟兹五个亚区）</td><td>绿洲农业</td></tr>
<tr><td>天山以北“行国文化圈”</td><td rowspan="4">游牧业</td></tr>
<tr><td rowspan="2">北方区</td><td>东胡族系各部分布区</td><td rowspan="2">柔然</td></tr>
<tr><td>突厥族系各部分布区</td></tr>
<tr><td rowspan="3">西与西南区</td><td>吐谷辉</td><td>北朝</td></tr>
<tr><td>氐羌族系各部分布区</td><td rowspan="2">亦农亦牧</td><td rowspan="3">南朝</td></tr>
<tr><td>濮越族系各部分布区</td></tr>
<tr><td>南方区</td><td>百越区</td><td>粗放农业</td></tr>
</table>

（二）隋唐时期

隋唐在魏晋南北朝分裂的基础上走向统一，带来了区域文化格局的新变化。如果说，南北朝时期黄河流域和长江流域完成了各自的文化交流和融合，那么，在隋唐时期，进一步实现了黄河、长江两大流域间文化的交流和融汇。

短暂的隋代如同短暂的秦朝一样，一方面显示着长期的战乱和分裂转向统一与整合是何等的艰难；另一方面又形成一个巨大的历史奠基，预示着一个伟大统一的唐王朝的到来。其间，一个富有象征意义的事件，则是大运河的开凿。全长四五千里，沟通海河、黄河、淮河、长江、钱塘江六大水系，联结京师、东都、涿郡（幽州）、浚仪（汴州）、梁郡（宋川）、山阳（楚州）、江都（扬州）、吴郡（苏州）、余

① 杨军：《区域中国——中国区域发展历程》，长春出版社2007年版，第187页。

杭(杭州)等通都大邑的大运河,不仅有效沟通了黄河、长江两大流域,而且将关中至洛阳一线、华北平原至燕山南北、环太湖流域的长江下游地区这三个传统经济文化区连接在一起。

隋唐时期文化大交融主要表现在:其一,内环区三大文明中心(中原,燕赵、江浙三地区)的竞争与互动。隋唐定都于关中,中原地区仍是全国的政治文化中心;大运河的开凿,强化了隋唐统治集团对燕山南北和太湖流域的有效控制。同时,燕山南北、环太湖流域也以不同的形式与中原进行着竞争。燕山南北地区的竞争是政治的竞争。唐代安史之乱实际上是燕山南北地区与中原政治中心的一次较量和抗衡。它显示着,河朔之地不仅有了强大的经济实力,而且具有更为强大的军事实力。安史之乱后,河朔三镇仍以强大的政治军事实力与长安天子进行着对抗,不少考取进士的士人在长安得不到任用,便纷纷投奔河北之地。韩愈《送董邵南游河北序》云:“燕赵自古多感慨悲歌之士,董生举进士,连不得志于有司,怀抱利器,郁郁适兹土,吾知其必有所合也。”便显示着这种情况。陈寅恪在《唐代政治史述论稿》中说:“当时大唐帝国版图以内实有截然不同之二分域,长安天子与河北镇将为对立不同之二集团首领,安禄山之霸业虽不成,然其部将始终割据河北,与中央政府抗衡。”环太湖地区的竞争则是经济的竞争。随着农业技术的提高,这一古老的稻作农业区开始关注劳动和资本的投入,增加单位面积产量,大幅度提高土地利用率,节省出一定的土地种植经济作物,农业产业结构开始发生变化。同时,农村副业、以农业为支撑的商品经济也发展起来,出现专业化、集约化和商业化倾向。如此,江南的农业生产摆脱北方农业单一生产粮食的产业结构模式,走上多元发展道路。盛唐时期,江南农户平均纳税已是北方的 4 倍多。“即使在租折布以后,江南粮食也还被征集并运到北方。据近年考古发掘资料,圣历二年正月就有苏州糙米 1 万余石存入洛阳含嘉仓。”①河朔以强大的政治与军事力量、江南以日益发达的经济分别与长安天子抗衡,抗衡中蕴含着区域间的互动与交流,进行着文化格局的更为复杂的整合与重组。

其二,内环区与外环区的整合与交融。唐王朝统一全国后,开始了征服异族的战争。630 年灭东突厥,659 年灭西突厥,不仅扫平蒙古草原,而且重新控制西域各地。660 年又跨海灭百济,663 年在朝鲜半岛南部的白江口海战中全歼增援百济的日本海军,668 年最终征服高句丽。唐高宗与武则天时期,唐王朝已成为西起咸海、阿姆河与锡尔河流域,东达朝鲜半岛,北至贝加尔湖以北,南到越南河静省南部和广平省北部交界的横山一带的强大帝国。对于新征服的少数民族地区,唐王朝实行“羁縻府州制”。从名称看,羁縻府州与汉族郡县制称谓无异,但

① 李伯重:《唐代江南农业的发展》,农业出版社 1990 年版,第 278 页。

管理体制有别。(1)普通州的都督、刺史由中央选拔、任命;羁縻府州的都督、刺史则由各族原有的首领担任,而且可以世袭。(2)普通州的机构官员配备,按府州等级有统一规定,官员由中央任命;羁縻府州的机构大致有两种情况:一是保留原有的统治机构,从长官到僚佐均由本族人担任,并允许在本族内称国,其首领可以称"王"、"可汗",自然也要得到中央的册封;二是"华官参治",即派遣汉官充任羁縻府州的部分官员,如"长史"、"司马"、"录事"、"参事"一类的"上佐"官。(3)从隶属关系看,普通州府直接隶属中央,羁縻府州则由"边州都督、都护所领",即中央通过边州都督府和都护府对羁縻州府进行管辖。从对外环区的管理看,西周设为要服、荒服,西周天子与外环属国联系相当薄弱;两汉设属国、护乌桓校尉、护羌校尉、西域都护,管理有所加强;唐代的羁縻府州要接受边州都护、都督的押领和华官参治,履行向中央充质、入觐、纳贡、捍边、征讨等义务,已由独立的王国和部族发展成为中央领导下的地方政府,汉族文化的同化作用大大加强。同时,唐代实现大统一后,内环区富饶安定,少数民族的王公贵族、商家民人纷纷内迁,加之南北朝时期进入中原的众多北民,内环区形成各民族杂居的开放局面。有学者研究,唐代在内地居住的非汉族人口占中原人口的10%—20%①。京都长安人口达百万,其中少数民族与外国人达20万②,占五分之一,成为真正的国际大都市。这种杂居和交融"不仅将多民族文化凝聚成一个超越各民族原有文化之上的新文化,而且打碎了对异文化持排斥态度的狭隘的民族自大心态,有力地推动了文化的传播和对异文化的吸收,而持开放兼容的心态对异文化的长处加以吸纳,正是文化进步的关键"。③ 一个有力的例证是,唐统治者李氏家族便不是纯汉族血统。唐高祖李渊的母亲孤独氏,唐太宗的母亲窦氏、外祖母宇文氏,唐高宗的母亲长孙氏,唐玄宗的母亲窦氏,都是鲜卑人。李唐王室的复杂血统可说是民族大融合的缩影。从中也可看到王室在家族婚姻上的开放与包容。这种包容还体现在治国与用人上。唐天子不仅重用番将,而且宰相中也不乏异族者。《北梦琐言》卷5载:"唐自大中至咸通,白中令入拜相,次毕相诚、曹相确、罗相劭权使相也,继升严廊。崔相慎猷曰:'可以归矣。近日中书,尽皆蕃人。'盖以毕、白、曹、罗为蕃姓也。"

隋唐时期的民族大交融,带来区域结构的新变化。秦汉实行的郡县制于魏晋南北朝时期走向衰落,隋代再度复兴,唐代实现了全面的郡县制,只是内含羁縻府州。由此可作出基本的划分:真正意义的郡县制辖区为内环区,羁縻州府统治区为外环区。唐代设内地州府328,羁縻州府856。唐初分天下为十道:关内、

① 李鸿宾:《唐朝中央集权与民族关系》,民族出版社2003年版,第65—67页。

② 黄新亚:《消失的太阳——唐代城市生活长卷》,湖南出版社1996年版,第29页。

③ 杨军:《区域中国——中国区域发展历程》,长春出版社2007年版,第213页。

河南、河北、河东、山南、陇右、淮南、江南、剑南、岭南。除河东、河南、山南、淮南四道外，其余六道均有羁縻府州。南方三道（江南、剑南、岭南），辖羁縻州 421，北方三道（关内、陇右、岭南）辖羁縻州 334。南方羁縻州数虽多于北方，但北方三道共辖羁縻都督府 90 处，而南方一个也没有。这是因为南方羁縻州多而小，羁縻体制的重心实际在蒙古草原和西域。同南北朝相比，唐代的内环区与外环区都有大的扩展。内环区扩大是因为，南北朝时期黄河、长江流域南北对峙，只有各自向南、北二方向扩展；唐代不仅沟通了两大流域，而且大大扩拓了内环区的南北覆盖范围。如北方的陇西地区，南方的闽中（今福建）、岭南（今广东）与西南（今广西）地区，基本进入内环区。外环区扩大则因为，隋唐时期尤其是唐代向东西南北各方向大规模扩拓疆土；虽然同西汉鼎盛时期比，扩拓的幅度不大，但较之魏晋南北朝时期有了重大的发展，而且强化了对外环区的管理和控制程度。

唐代的内环区，同南北朝相比有较大的变化。据张伟然的研究，唐朝人认为黄河、长江流域各分三个亚区。在黄河流域有：关中区——东起黄河与潼关一带，西达陇山，南至秦岭，北抵黄河；河东区——太行与黄河间，南抵淮河北达塞上；山东区——河东区以东至于海，又分为河北区（西起太行，东至海，南抵黄河，北临边塞）与河南区（黄河与淮河间，西抵函谷关，东至海）。在长江流域有：巴蜀区——大巴山及以西地区，北、西、南界分别为秦岭、西山、大渡河与长江干流；荆湘区——西至大巴山，南至南岭，北至商山，东界北段包括今鄂东北的蕲黄一带，南端为幕阜山至罗霄山一带；江淮区——荆湘区以东，淮河以南，南岭以北，福建西部边缘山地以西，又分淮南区、江西区与江南三小区。① 前述的陇东、岭南、闽中、西南，可视为内环区的边缘地带。

唐代的外环区变化也较大。在东北区，秽貊族系各部分布区被兴起的高句丽所统治，并与之结合成新的高句丽族，唐灭高句丽后，成为高句丽族分布区。肃慎族在夫余衰落之后，便开始西迁，以粟末靺鞨为首的靺鞨族系成为此地主要居民。后来，靺鞨诸部又与部分高句丽遗民联合建立渤海国，并逐步融合成渤海族。如此，在唐代前期，东北地区可分为，保持肃慎旧风的靺鞨各部分布区，与汉族杂居的高句丽遗民分布区和渤海国居住区。在北方，东北区西部与蒙古草原的边界地带仍是东胡族系分布区，北部是室韦各部，南部是契丹、奚各部；内蒙草原是突厥与回鹘各部分布区。西域区分四亚区：以龟兹为中心的塔里木盆地北缘区，以于阗为代表的塔里木盆地南缘区，以吐鲁番盆地与哈密盆地为中心的东部文化区，以葱岭以西的锡比尔河、阿姆河流域为中心的中亚区。在西域、吐蕃与中原

① 张伟然：《唐人心目中的文化区域及地理意象》，见李孝聪主编：《唐代地域结构与运作空间》，上海辞书出版社 2003 年版。

之间(青海湖西、柴达木盆地)系吐谷辉居住区。唐代前期的区域结构如下表①：

唐前期(755 年以前)区域结构表

<table>
<tr><th></th><th>区</th><th colspan="2">亚区</th><th>经济类型</th><th colspan="2">所属文化区</th></tr>
<tr><td rowspan="12">内环区
(郡县区)</td><td rowspan="4">北方系统</td><td colspan="2">关中区</td><td rowspan="9">精耕农业</td><td rowspan="9" colspan="2">主流文化区</td></tr>
<tr><td colspan="2">河东区</td></tr>
<tr><td rowspan="2">山东区</td><td>河北</td></tr>
<tr><td>河南</td></tr>
<tr><td rowspan="5">南方系统</td><td colspan="2">巴蜀区</td></tr>
<tr><td colspan="2">荆湘区</td></tr>
<tr><td rowspan="3">江淮</td><td>淮南</td></tr>
<tr><td>江西</td></tr>
<tr><td>江南</td></tr>
<tr><td rowspan="3">边缘区</td><td colspan="2">陇右</td><td>亦农亦牧</td><td rowspan="6">受主流文化影响较深</td><td rowspan="14">非主流文化区</td></tr>
<tr><td colspan="2">岭南闽中</td><td rowspan="2">粗放农业</td></tr>
<tr><td colspan="2">西南</td></tr>
<tr><td rowspan="11">外环区
(羁縻府州)</td><td rowspan="3">东北区</td><td colspan="2">靺鞨各部分布区</td><td>复合型经济</td></tr>
<tr><td colspan="2">高句丽遗民分布区</td><td rowspan="2">精耕农业</td></tr>
<tr><td colspan="2">渤海区</td></tr>
<tr><td rowspan="3">北方区</td><td rowspan="2">东湖族系分布区</td><td>室韦</td><td rowspan="3">游牧业</td><td rowspan="8">具有自己的语言与文化</td></tr>
<tr><td>契丹、奚</td></tr>
<tr><td colspan="2">突厥、回鹘各部分布区</td></tr>
<tr><td rowspan="5">西与西北区</td><td colspan="2">中亚区(葱岭以南)</td><td rowspan="4">绿洲农业</td></tr>
<tr><td colspan="2">塔里木盆地北缘区</td></tr>
<tr><td colspan="2">塔里木盆地南缘区</td></tr>
<tr><td colspan="2">西域东部区</td></tr>
<tr><td colspan="2">吐谷辉</td><td>游牧业</td></tr>
</table>

说明：(1)虽然吐蕃王朝的兴起与唐王朝大体在同一时期，但由于两者以会盟、和亲关系为主，并不存在明确的隶属关系，而且双方还在西域进行激烈的争夺，吐蕃并不臣属唐王朝。故此表未录。(2)南诏738年统一“六诏”，成为唐在西南边境的地方民族政权，但与西南少数民族居住的其他地区并无文化差异，故未单列一个区域。(3)居住在今青海河曲、甘肃南部和四川西北部的党项族，各部多臣属于唐。后因吐蕃北上而部分内迁，大多居于陇右区成为陇右文化的一部分，故亦未单列区域。

第四节　中国区域文化的深化与定型

宋辽金至元明清是我国区域文化进一步发展并最后定型时期，其间重大的

① 杨军：《区域中国——中国区域发展历程》，长春出版社 2007 年版，第 232 页。

文化特征：一是政治中心与经济中心的转移，二是中华民族的最终形成。

（一）五代与宋辽金时期

五代宋辽金时期是中国区域文化的深化期。

唐代定都长安是对关中政治经济中心的最后持守，其间已经开始了政治、经济中心的重大转移。

先说政治中心的北移。一个国家的政治中心与其军事地位密切相关，不仅取决于自身地位的险要难攻，更取决于在全国地域环境中的位置。我国文化区域的双环结构决定了农耕人和游牧人的共存和对峙，农耕区富饶而游牧人善战，要统治这样的庞大国家，其政治中心就必须设在立足于农耕文化区而又便于控制和抵御游牧人的地区。这样的地区常常是农耕区与游牧区的交叉地带。我国内外环相邻的边界线虽是半环线，但中原核心农耕文化区的主要威胁在始终在北方，如匈奴、鲜卑、辽、金、蒙古、满等。从历史发展看，北方游牧族的强盛有一个由西而东的过程。这也促成了全国政治中心与京都自西向东的位移。

先秦之际，威胁华夏地区的游牧民族是西戎和北狄。西戎在西北部，以允氏之戎、姜氏之戎和犬氏之戎最为著名。允氏之戎即西周的玁狁（或猃狁）和远古的荤鬻（或獯鬻、熏育、荤允），姜氏之戎即殷周汉晋之羌，犬氏之戎即殷周之畎夷，《山海经》又名犬封国。北狄亦称“翟”，部落众多，春秋时以赤狄、白狄、长狄为著名，其中赤狄实力最盛。赤狄隗姓，即殷及西周之鬼方，甲骨卜辞及金文皆有记载，为西北大国，略当今陕西、甘肃、宁夏及内蒙鄂尔多斯一带。可见，先秦时，游牧民族的力量主要在西北地区，关中居农耕地区而接近农、牧的过渡地带，自然是全国的政治中心。秦汉時期，北方民族势力最大的是匈奴。匈奴是玁狁、葷鬻之后。其兴起与西周的建立相差无几。之后屡屡与中原发生冲突，大约比秦始皇统一六国稍晚，匈奴的冒顿单于统一了蒙古草原，建立了以游牧为经济基础的草原帝国。自冒顿单于到老上单于，匈奴帝国以河套、阴山为发祥地，东西征伐，南北扩张，蒙古草原的所有游牧民族、西域各绿洲城邦均在其统治之下。匈奴帝国一时成为东亚领土面积最大的帝国。秦汉王朝与匈奴对峙的主要地区是关中北方的河套与阴山，关中仍是全国的政治中心。

北匈奴西迁后，曾被匈奴冒顿单于击败的东胡族的后裔鲜卑人入主蒙古草原。2世纪中叶，檀石槐被推举为首领，倾力于草原诸部的统一，建立起西起伊犁河流域、东达大兴安岭以东的部落联盟。其势力范围几乎包括了整个蒙古草原。由于没有建立起统一的国家，檀石槐去世后，鲜卑各部又进入分裂状态。其中，东部的慕容部吞并宇文部和段部，先后建立起十六国中的诸燕政权；西部的乞伏部和秃发部分别建立起十六国中的西秦和西凉。最值得一提的是发祥于大兴安岭北麓的拓跋鲜卑，辗转迁徙到今山西北部、内蒙中部一带，统一鲜卑各部建立起北魏政权，并以此为基础统一了中国的北方。北魏的首都是洛阳，鲜卑人与汉人的争夺仍在中原、关中一带。然而，鲜卑人并非来自关中的北部和西部，而是来自东北的大兴安岭。可见，北方民族的势力开始由西部转移到东北部。

唐代建国，依然定都关中。如同汉朝一样致力于控制河西、经略西域：消灭东突厥以稳定北方，讨伐吐谷辉以稳定河西走廊，消灭西突厥以控制西域，后又与吐蕃展开争战。这就导致东方防御力量的薄弱，东北民族乘机坐大，主要是肃慎族系的女真人和东胡族系的鲜卑族后裔契丹人。契丹人在南北朝时期便具有了相当的实力，但由于北魏、北齐和隋的遏制，未获充分发展。唐帝国征服契丹的对头突厥后，又无力控制东北，契丹人借机迅速发展；唐朝衰落后，契丹族发展至鼎盛，并统一北方，长期与北宋对抗。女真人的先祖靺鞨人生活在松花江流域，长期受高句丽遏制，唐灭高句丽又无力控制这一地区，靺鞨人亦乘机坐大，并建立渤海国，后虽被辽国所灭，但由黑水靺鞨发展而成的女真人最终由松花江流域兴起，灭辽与北宋，建立同南宋对峙的金朝。

在这种情况下，处于东北和中原交叉地带的“河朔三镇”与“燕云十六州”先后崛起。“河朔三镇”包括幽州（治幽州，今北京）、成德（治恒州，今河北正定）、魏搏（治魏州，今河北大名）三节度。它于唐代崛起，安史之乱标志着河朔之地与关中政治中心的对抗，安史之乱平定后河朔三镇并未被征服，反而成为藩镇割据的核心，实际另一个政治中心。“燕云十六州”包括幽州（今北京地区）、蓟州（今天津蓟县）、瀛州（今河北河间）、莫州（今河北任丘）、涿州（今河北涿县）、儒州（今北京延庆）、檀州（今北京密云）、顺州（今北京顺义）、新州（今河北涿鹿）、妫州（今河北怀来）、武州（今河北宣化）、云州（由山西大同）、朔州（今山西朔县）、应州（今山西应县）、寰州（今山西朔县东）、蔚州（今河北蔚县），这是比河朔三镇更广大的农、游牧过渡地带。它于五代时崛起。辽从后晋石敬瑭手里夺得燕云十六州，与五代形成南北对峙局面。待北宋统一五代十国，又形成辽与北宋150余年的南北对峙。燕云十六州的重要性在于：(1)辽据有燕云十六州，则控制了燕山南北，骑兵可以穿越燕山长驱直下，而北宋在山南却无险可守。(2)燕云地区作为农牧过渡地带，农业和畜牧业都比较发达。它提供的赋税和劳役成为辽王朝的重要经济支撑，因而很快成为辽的经济中心。(3)燕云地区的农牧兼具性还使辽国统治者不仅具有统治游牧区的经验，而且具有统治农耕区的经验。“历史的经验证明，在蒙古草原的游牧社会与中原农耕社会的竞争中，谁占据了农牧过渡地带，谁就会在竞争中占据优势。汉唐时代是中原王朝控制了农牧过渡地带，因而汉唐能够出兵草原，控制北方游牧民族；第二次南北朝时期，北朝占据了农牧过渡地带，因而两宋无法与辽金抗衡。燕云对辽王朝的重要意义恐怕是具有普遍性的规律。"①北宋似悟出这一道理，两次举兵攻打燕云，却均告失败。金灭辽和北宋，南宋只好偏安江南，向金俯首称臣，纳银输绢。辽、金都悟出燕云之重要，辽将燕京（今北京）定为南京析津府，金将燕京定为中都。到元代将北京定为大都，燕云地区尤其是北京已成为全国政治中心。

再说经济中心的南移。隋唐时期，环太湖流域集约化农业的形成、多种副业的经营以及商业的发展，构建起南方新经济发展模式；大运河开凿的一个重要目的，则是将江南的粮食和物产源源不断地运往京都。这些都征兆着南方经济的崛起。唐代以后，全国的经济发展便由北方中心转为南方中心。有资料表明，长江下游的人口，西汉时不过全国人口的1/10，到唐开元时期便占到1/5，北宋神宗元丰年间已占到半数，加上巴蜀之地，可占全国人口的2/3。宋人袁褧《枫窗小牍》载，北宋人口总户于宋徽宗时达1878万；南宋渡江后，江淮已被悉入虏廷，高宗时户数仍有1170.56万。说明两宋时期人口始终以南方为重心。在郡县设置上，北宋神宗时全国共23路，南方有15路；全国人口超过20万的大郡共44个，南方有33个，其中江浙一带便占23个，北方仅11个。这些数字的背后，都由经济发展水平作为支撑。

宋辽金经济中心南移的根本原因是北人南迁。自安史之乱以来，尤其是两宋之际，形成北民南下的巨大风潮。"如果说安史之乱结束时大约有200万名移民定居在南方，而靖康乱后的头十余年大约有500万人南迁，则唐末估计有400万移民定居在南方或不至于离事实太远。"②如此众多的北方移民来到江南，无疑对江南经济起到了巨大的推动作用。经济重心南移的另一原因是南方社会的相对稳定。五代十国时期，北方的五代先后更迭，53年间5次"城头变换大王旗"，每次"变换"都经历一场血腥的征战与杀戮，经济受到严重破坏；南方的十国除前后蜀、吴与南唐前后相承外，均为平行割据状态，较北方和平稳定得多。宋辽金时期一直持续着"北乱南和"的局面。因而南方经济获得长足发展。环太湖流域是南方经济的核心区，此地兴修水利成果显著，著名水利工程有江北捍海堰、江南海塘、钱塘江堤、西湖苏公堤等，既防水患，又增良田。人们还用"圩田"法沿湖海筑堤围田，堤上修有斗门，可开闸引水灌溉。每一圩方圆数十里，仅从宣州到池州，就有千余圩田，从太湖周围至于海，圩田遍布。江淮流域还引进越南水稻品种，在两浙、吴中水稻可收两季，亩产2—3石。日本学者斯波义信将宋代经济的发展分为五个时期：（1）开拓疆土的开国期（10世纪末到11世纪30年代）；（2）上升开始发动期（11世纪30年代到60年代）；（3）上升期（11世纪60年代到1127年）；（4）实质性成长期（1127—1206年）；（5）下降始动期

① 杨军：《区域中国——中国区域发展历程》，长春出版社2007年版，第275页。

② 吴松弟：《中国移民史》第三卷《隋唐五代时代》，福建人民出版社1997年版，第260页。

(1207—1279 年)。江南经济的迅速发展及南北经济发展水平的拉大在第二、三期,即北宋中后期;到第四期(南宋初期),南北差距已非常之大。“在第二、三期,苏州地区低地水田的生产率迈入急剧上升期。新技术的引进和农业基础设施的整顿完备,其效果开始逐渐反映出来。11 世纪的人口增长也相应拉动了行政经费的增长,这应是一种连锁机制。第四期期间,中心地区的生产率持续上升,与发展缓慢、步履艰难的周边地区的等级差别开始鲜明突出而引人注目。显而易见,迁都杭州这一外因的影响极大,经济的货币化、谷物市场的扩大等也作为刺激剂发挥了作用。”①在吴越的影响下,闽中的经济也迅速发展起来,有资料表明,闽中自西汉元鼎六年(前 111 年)至唐天宝年间的八个多世纪,人口仅增 11 万;而自唐天宝年间至北宋元丰三年(1080 年)三个多世纪,人口增 153 万;至南宋嘉定十六年(1223 年),不到一个半世纪人口就增加 119 万。无独有偶,岭南地区在两宋时期也进入精耕农业时代,至此,精耕农业拓至南部沿海的尽头。总之,两宋时期,我国的南方以江浙地区为核心,加之北面的江淮区、西面的江西区和新近崛起的闽中区,构成当时经济最为发达的长江下游经济区;它与长江上游的巴蜀区和新生的珠江流域的岭南区,共同构成经济发达的南方。

政治中心与经济中心的转移,导致内环区的扩大和外环区的变化。从内环区的扩大看,一是北方精耕农业区的扩大,主要是东北中、南部的发展:南部指辽东半岛,契丹人发祥于此并建辽;中部指松花江流域,女真人发祥于此并建金。辽金时期两地先后发展为精耕农业区,进入内环区。东北北部的黑龙江中下游地区、东部长白山地区仍在外环之列,东南部的辽西地区已进入半农半牧之列。东北之外,进入半农半牧状态的还有建国于陇右的西夏和燕北区。二是南方精耕农业区的扩大,如前所述,岭南与闽中均进入精耕农业区。

从外环区的变化看,在蒙古草原,回纥族西迁、南下,留守者主要是蒙古人,而且部落林立,各自为政;先后控制蒙古草原的契丹人和女真人,其注意力在富饶的中原,蒙古草原并无多大发展。西域经过唐五代和宋辽金的发展,区域结构有了新的变化:经济区以天山分界,分为南北二区域;文化区以且末、若羌至昌八拉(今新疆吉昌)一带为界,分为东西两部分。据此可将西域分为四部分:天山以南区、天山以北区(东部)、天山以北区(西部)和中亚区,不过中亚区并非唐朝时的葱岭以西,而是且末、若羌至库车、阿克苏一带以西。在东南方,台湾在南宋时归入我国版图,南宋在澎湖设地方行政机构,隶属泉州晋江县。其经济主要是渔猎采集,故属外环区。到金与南宋时期,我国的区域结构如下表②:

---

① [日]斯波义信:《宋代江南经济史研究》,江苏人民出版社 2001 年版,第 167 页。

② 杨军:《区域中国——中国区域发展历程》,长春出版社 2007 年版,第 277 页。

金宋时期区域结构表

<table>
<tr><th></th><th>区</th><th>亚区</th><th>经济类型</th><th>隶属政权</th><th>所属文化区</th></tr>
<tr><td rowspan="15">内环区（郡县区）</td><td rowspan="5">北方系统</td><td>关中区</td><td rowspan="12">精耕农业</td><td rowspan="5">金</td><td rowspan="5">主流文化区（北方）</td></tr>
<tr><td>河东区</td></tr>
<tr><td>东北中、南部区</td></tr>
<tr><td>河北区</td></tr>
<tr><td>河南区</td></tr>
<tr><td rowspan="7">南方系统</td><td>巴蜀区</td><td rowspan="7">南宋</td><td rowspan="5">主流文化区（南方）</td></tr>
<tr><td>荆湘区</td></tr>
<tr><td>淮南区</td></tr>
<tr><td>江西区</td></tr>
<tr><td>江南区</td></tr>
<tr><td>闽中区</td><td rowspan="3">主流文化区（北方）</td></tr>
<tr><td>岭南区</td></tr>
<tr><td rowspan="3">农牧过渡带</td><td>西夏区</td><td rowspan="3">亦农亦牧</td><td>西夏</td></tr>
<tr><td>辽西区</td><td rowspan="4">金</td><td rowspan="10">非主流文化区</td></tr>
<tr><td>燕北区</td></tr>
<tr><td rowspan="8">外环区（非郡县区）</td><td>东北区</td><td></td><td>复合型经济</td></tr>
<tr><td>北方区</td><td></td><td>游牧业</td></tr>
<tr><td rowspan="4">西与西北区</td><td>中亚区</td><td rowspan="4">绿洲农业</td><td rowspan="4">西辽</td></tr>
<tr><td>天山以南区</td></tr>
<tr><td>天山以北区（东部）</td></tr>
<tr><td>天山以北区（西部）</td></tr>
<tr><td>西南区</td><td></td><td>粗放农业</td><td rowspan="2">南宋</td></tr>
<tr><td>台湾区</td><td></td><td>复合型经济</td></tr>
</table>

（二）元明清时期

元明清时期是我国区域文化的最后定型期。元明清三代七百余年的社会统一标志着中华民族已经形成自己稳固的统一形态。在这个稳定的形态中，始终是政治中心在北，经济中心在南，曾经集政治、经济中心于一身的关中沦落为偏远滞后的边缘区。

中国区域文化格局的最后定型的基本内涵是，区域的各个层级在长期的历史发展中积淀成各自的文化特质。各层级不同区域的文化特征既有“违”的一面，又有“和”的一面，它们的关系是“违而不犯，和而不同”。这就形成中华文化的“多样统一”、“多元一体”的风貌。这就是中华民族的文化特征。

中华民族是一个以汉族为主体、包括 56 个民族在内的民族大家庭。“中华民族”是这个大家庭公认的总称。其实，多数国家的各民族都没有这样的称谓，古代的罗马帝国没有，近代的“日不落”大英帝国没有，现代的苏联也没有。中华民族的形成有深刻的历史地理原因。金冲及认为有两个重要构成因素：“第一，它是历史的产物，是某个人群由于长期生活在同一地域或环境中，建立起密不可分的经济文化联系，形成共同的心理状态、风俗习尚以至语言文字，从而产生有别于其他人群的一种特殊关系。”“第二，这个人群的成员之间，经过长期的相互沟通和密切交往，形成一种强烈的民族认同感，包括对过去的共同回忆、今天的共同利益和未来的共同命运。”①简言之为：一是“产生有别于其他人群的一种特殊关系”，二是“形成一种强烈的民族认同感”。我国的地理环境为这种“特殊关系”和“认同感”的建立提供了前提，这种稳定的“特殊关系”和强烈的民族认同感又在长期的历史发展中得以建立。从地理环境看，我国虽然幅员辽阔，“三级台地”被纵横交错的山脉和东西流向的江河切割成复杂的网格状结构，但总体看来，我国疆土自成地理单元：东部和东南部是茫茫大海，北部是人烟稀少的沙漠和戈壁，西部和西南部是众多连绵起伏的高山，这些“天然割断”围成的广阔的空间中生存着中华各民族人民；发源于西部高原的长江大河携带着千百条支流，滚滚东流入海，既滋润着祖国的土地和人民，又沟通着各民族各地域的联系。它注定了生活在这里的人们“产生有别于其他人群的一种特殊关系”，并“形成一种强烈的民族认同感”。

然而，谐和统一的中华民族，还是在漫长的历史上逐步形成的。在中华大地上，游牧人与农耕人的对峙和征战几乎贯穿了整个古代史，蜚声中外的万里长城便是对峙的标志。然而，战争与和平、对峙与交融总是奇妙地结合在一起，长城的关口又是胡汉“茶马互市”的集贸市场，而且战争与征服本身便存在着交流与交融。较早的交融是炎黄的“阪泉之战”，这是一场游牧的黄帝族与农耕的炎帝族的战争。雄才大略的黄帝胜利后，并未把炎帝族斩尽杀绝，而是除将桀骜不驯者流放边地外，尽皆笼络之，如实行两族通婚制度，所生之子到母族居地还治其族。更重要的是，黄帝族学习炎帝族的农耕生产和先进文化，很快摆脱落后的游牧生产方式，进入先进的农耕社会。炎黄之战的结果是炎黄结合，泯灭了氏族界限，造就了一个新的部族群体——炎黄。周人的祖先后稷传为帝喾的儿子，由帝喾的元妃姜原所生，姬姓的帝王和姜姓的皇后生育出周部族，并发展为统治中国八百年的第一个强大的周王朝；而帮助周武王争夺天下的第一功臣则是姜姓的太公。这一切都在述说着炎黄交融的伟大历史价值。炎黄之后，对峙、争战、结合、交融成为中国历史发展的主旋律。如前述，《史记·卷一五帝本纪》载神话传说时代的部落大联盟七大首领“黄帝—颛顼—帝喾—挚—尧—舜—禹”中，黄帝、帝喾、尧、禹属华夏族，而颛顼、挚、舜属东夷族，东西大联盟实际是华夏族和

① 金冲及：《中华民族是怎样形成的》，《江海学刊》2008年第1期。

东夷族的轮流执政。这种长期轮流的背后是夷夏的深度结合。周代以来由乱到治的三次历史大回环：由春秋战国到秦汉，由魏晋南北朝到隋唐，由五代宋辽金到元明清，其背后的深刻动因则是民族的对峙和交融。五百余年的春秋战国泯灭了戎、狄、羌、夷、苗、蛮，扩大了的华夏族已成为多部族交融的“复合体”，到汉代形成居于主体和主导地位的汉民族；魏晋南北朝时期盛行一时的“五胡”（匈奴、鲜卑、羯、狄、羌）也逐渐消失在隋唐的历史中；宋辽金到元明清时期，契丹人的辽、女真人的金、蒙古人的元、满人的清都盛极一时，元、清还建立统治全中华的强大王朝，到头来也都泯灭在民族统一的汪洋大海中。其间，汉族以强大的优势同化着各种异族文化，各种异族文化也为汉文化注入着生机与活力，汉族与非汉族都在文化的相互冲撞与交融中不断发展、演进和走向新生。在中国历史上，有多位青史留名的非汉族帝王，如处于游牧阶段的黄帝、流淌着秦人血液的秦始皇、楚人刘邦、拓跋鲜卑魏孝文帝、具有鲜卑血统的唐太宗、蒙古人成吉思汗、满人努尔哈赤……他们入主中原，并没有建立独立于中华之外的国家，而是以汉族为主体的多民族国家。这是因为，他们在挑战汉族王朝的权威之前，已经长时间生活在这种权威之下，不仅方方面面受到汉文化的影响，而且，数千年来形成的以汉文化为主体的多民族交融已经化作深埋心底的原型意识，更何况，汉文化又是优于游牧文化的先进文化，所以，当他们取代汉族统治建立自己的王朝时，总是成为中华民族传统的维护者，而不是破坏者。如同张博泉在《中华一体的历史轨迹》中所说：“元朝并没有因为灭金亡宋，而使中国、中华灭亡，相反的，它空前的统一成为一个包括各族在内的中国和中华。中华越来越成为多民族的，因此不管是哪个民族成为统治民族都是中华。”

民族融合、中华一体的历史进程最终形成民族统一的自觉意识。金冲及认为这种自觉意识形成于近代，是有道理的。在中国这个相对独立的地理单元上，数千年来进行的相互攻击和兼并战争，不过是为了获取发展中华民族的领导权力，“不管哪个民族成为统治民族都是中华”。但是，鸦片战争以来外国列强对中国的疯狂侵略和掠夺，针对的是中国各族人民，必然激起各族人民同仇敌忾的反抗。“中华民族”的自觉意识就油然而生。最早使用“中华民族”称谓的是梁启超，他在 1902 年《新民丛报》发表的《论中国学术思想变迁之大趋势》中写道：“上古时代，我中华民族有海思想者厥惟齐。”1905 年初写的《历史上中国民族之观察》中七次使用“中华民族”的称谓。1907 年写的《金铁主义说》更为系统地阐释了称“中华民族”的理由。中华民国成立后，“中华民族”更被广泛运用，孙中山就任临时大总统《宣言书》提出“五族共和”：“合汉满蒙回藏诸地为一国，即合汉满蒙回藏诸族为一人，是曰民族之统一。”黄兴等还创立“中华民国民族大同会”（后改为“中华民族大同会”）。九一八事变后，“中华民族”的运用就更为广泛，1935 年诞生的《义勇军进行曲》发出悲怆的呼号：“中华民族到了最危险的时候!”这首歌曲成为新中国的国歌,而且标志着中华民族自觉意识的形成。

民族大统一的最终完成和“中华民族”意识的自觉形成,使元明清的区域文化结构最终定型。下面谈几个定型过程中的比较特殊的区域。

第一,西藏于元代进入中华民族大家庭。西藏古为羌、戎地,唐、宋、元、明称为吐蕃(bod),清康熙二年始称西藏。藏文史书记载,吐蕃先后有玛桑九兄弟统治,之后是25小邦,40小邦和12小邦,最后形成吐蕃、象雄(zhang-zhung)和苏毗(sum-pa)三足鼎立局面。约于公元6世纪末到7世纪初,吐蕃又吞并了象雄与苏毗,建立起吐蕃王朝。松赞干布(593—650年)任赞普时,对内进行一系列改革,对外交好唐朝迎娶文成公主,国势日隆。7世纪中叶,吐蕃击败白兰羌、党项羌、吐谷辉,并乘安史之乱之机夺得唐王朝的河西走廊与西域,发展至鼎盛。公元842年后吐蕃王朝崩溃,分裂为拉萨、阿里、亚泽、雅隆觉等王系,西藏高原陷于动乱之中。11世纪,佛教在西藏迅速传播,与本地原始宗教苯教结合成藏传佛教,并形成不同教派,影响较大的有:宁玛派(红派)、噶当派、萨迦派(花派)、噶举派(白教)等,这些教派逐渐进入西藏的政治生活领域。西藏自古以来就与国内各族有着密切联系。石器时代的昌都卡若遗址中出土了黄河流域独有的粟米,卡若石器的类型、制作技术,以及陶器特征、房屋建筑等均有甘青地区的马家窑、半山和马厂等文化的影响。藏北、西北部的细石器文化则与我国东北、内蒙、华北北部、新疆的细石器同属一种类型①。藏传史书不仅记载了吐蕃与汉人在族源上的联系,而且记载了松赞干布的父亲南日伦赞“从汉地传入医药历算”的史实。至于文成公主和亲则众所周知,而吐蕃王朝时期学习借鉴中原文化,更是不胜枚举。汉族之外,与吐蕃交流的还有突厥、突骑施、葛偍禄、回纥、党项(西夏)、契丹、蒙古、满族、羌、氐、彝、纳西、白族等。其中,吐蕃与蒙古、满、羌、彝、纳西等的关系更为密切。

1247年,藏传佛教的萨迦派率先接受归顺蒙古条件,法王萨迦班智达贡嘎坚赞写信劝降西藏僧俗各界首领,于是西藏归降蒙古,开始了萨迦派统治西藏的历史。1264年初西藏设总制院,萨迦派第五代法王八斯巴任长官(还被封为国师)。1271年元朝建立,西藏正式划入中国版图,总制院(1288年改为宣制院)成为元朝管理西藏的最高机构。元朝还在西藏设立多种地方行政、军事机构,并清查户口,设立驿站,建成通往大都的交通线,确立地方的“乌拉”(意为徭役、差役)制度,对青藏高原实行有效的统治。1354年,以降曲坚赞为首的帕竹嘎派取代日渐衰落的萨迦政权,建立起政教合一的帕竹地方政权,元王朝予以承认,并封降曲坚赞为大司徒。明代承元制,不断强化对西藏地区的管理。洪武二年(1369年)多次派员至西藏地方,广行诏谕,设置都司卫所,委官封职,继续实行

① 童恩正:《西藏考古综述》,《藏族是论文集》,四川民族出版社1988年版,第38页。

政教合一制。对各教派的僧侣人物授予国师、大国师等封号。永乐初年，派太监侯显和僧人智光等持节入藏，与各地方、教派领袖人物广泛交往，开始了明朝中央直接从藏区遴选领袖人物的新时期。先后封授了三个法王（大宝法王、大乘法王和大慈法王）和五大地方之王（阐化王、护教王、赞善王、辅教王、阐教王），合成"西藏八王"。法王称为游僧，不常厥居；地方王各在封邑，互不统属。咸受命于朝廷。"八王"制的建立，实现了对西藏管理"众封多建"而统驭于中央的政策。明廷又置驿站，通道往来，以厚赐贡使，任官封爵、茶马互市、利益边民的办法，基本保持了西藏的和平与稳定。清代，在中央政府的支持下，形成达赖喇嘛和班禅额尔德尼分治西藏的政教合一格局：达赖居拉萨统治西藏大部分地区，班禅居日喀则统治其他地区。政府设驻藏大臣监管地方行政。1750 年建立西藏地方政府（噶厦），确立驻藏大臣与达赖喇嘛共掌政务的管理体制。1793 年颁布《钦定藏内善后章程》，共 29 条，涉及驻藏大臣职权、达赖与班禅及其他大活佛转世、边界军事事务、对外交社、财政税务、货币铸造与管理、寺院供养与管理等事宜。29 条章程一直延续至清末。西藏自元代进入中华民族大家庭并经过明清两代精心治理，已与西南各少数民族居住区一起，构成中华区域结构中完整的高原区系统。

第二，北方草原游牧区的变化。在蒙古草原，先后称雄的民族是匈奴、鲜卑、突厥、契丹和蒙古。蒙古人继契丹之后成为蒙古草原的永久性主人，展示着游牧民族最后的辉煌。关于蒙古的起源，清代屠寄《蒙兀儿史记》云："蒙兀儿者，室韦之别种也，其先出于东胡。楚汉之初，东胡王为匈奴冒顿单于所破杀，余众奔走，保险以自固，或为鲜卑，或为乌桓，或为室韦、契丹。在南者为契丹，在北者为室韦。……至唐，部分愈众，而蒙兀室韦北傍望建河。望建河即完水，今黑龙江也。蒙兀之名始见于此。蒙古本呼忙豁仑，一文做蒙瓦、盟古、朦古、盲古，今通作蒙古，蕃语无正字。"此说也为蒙古历史传说证实。拉施特《史集》记载：古代一个蒙古部落被突厥大败，仅剩两男两女，逃至群山峻岭，在额尔古涅昆繁衍生息，人口变得众多而拥挤，人们便鼓风熔山，打开一条道路，奔向广阔的草原。

额尔古涅昆即额尔古纳河流域的山地，被称为蒙古人的摇篮。史载，840 年居于蒙古草原的回鹘被黠戛斯所灭，不久黠戛斯又被契丹驱回叶尼塞故地，蒙兀室韦乘机纷纷进入蒙古草原。将蒙古人推向历史主角的是伟大的成吉思汗。1206 年，铁木真在斡难河源的忽里台大会上成为蒙古大汗，号成吉思汗，大蒙古国宣告成立。统一蒙古草原后，开始了西进和南征。先后灭西夏、金、大理，最终于 1279 年灭南宋，建立元朝。由于蒙古草原是蒙古人征服全国的根据地和大后方，为元统治者所看重，在蒙古草原、西北与东北北部都存在大片诸王封地（即驻牧地）。这使草原的游牧经济向东、西、南三个方向延伸。草原区的东部边界在今东北的东部地区，西部已达天山以北，向北接近北极圈，向南已到达辽西、河西走廊等农牧过渡地带，游牧区的面积空前广大。然而，这不过是游牧经济的最后繁荣。此后，游牧经济便开始萎缩，农耕经济又从东、西、南三面蚕食草原游牧区，至今游牧区仍在萎缩。

第三，台湾区至清代发展成熟。台湾古称流求、夷洲。早期住民的各族群，主要来自我国古代越濮诸族，也融合了尼格利佗种的矮黑人，越濮诸族与古印度奈西安种人融合的原马来人、古琉球人、女真人等。发展至今，主要有高山族和平埔族，高山族分九族，平铺族分十族。平铺族至今已汉化，台湾的土著族主要是高山族，包括：泰雅、赛夏、布衣、曹、排湾、鲁凯、卑南、雅美九族。泰雅人有关于祖先起源的神话云：古时有兄妹俩，为了朝拜太阳，由大陆漂泊到台湾，后来两人成婚，繁衍了一代代泰雅的子孙。还说，因始祖是兄妹，为繁衍子孙，妹妹自己黥面，使哥哥无法辨认。这两个传说，前者说明台湾来自大陆母体，后者黥面的传说与习俗与海南岛的黎族完全相同，都在述说着台湾与大陆不可分割的关系。史载，孙权于230年派桓温、诸葛直率万余卒征伐台湾，一年后“得夷州数千人而返”；隋炀帝于610年令陈稜、张镇州率万余士卒伐台，“虏其男女数千人，载军实而返”。两次征伐都带侵略性质，但毕竟对台湾有了进一步了解。南宋与元开始经略台湾。南宋时，澎湖已“隶晋江县”①，入政府户籍。南宋汪大猷任泉州知州时，在澎湖建房200间，派水军驻扎②。元代政府为经营台湾，设澎湖巡检司，又将福建省改为平海等处行中书省，由福州徙治泉州。1292年，还有一次未能成行的对台招抚活动。明代因沿海倭乱，实行迁界移民，裁撤澎湖巡检司，强迁澎湖居民回福建，并实行海禁，台湾于是成为海盗的世界。主要有林道乾集团、林凤集团等，势力最大的是颜思齐、郑芝龙集团。颜思齐病故后，郑芝龙任集团首领，后被明王朝招抚，对台海的稳定和平及两岸交流起了积极作用。其子郑成功于1661年率师伐台，在致侵台总督揆一的“谕降书”中向荷兰殖民者严正声明：“台湾者，中国之土地也，久为贵国所据，今余既来索，则地当归我！”1662年2月1日，荷兰殖民者投降。郑成功结束了荷兰人对台湾38年的统治，并在台建立较为完整的政权体系。1683年，清政府派福建水师提督施琅率军进入台湾，次年设台湾府，隶属福建省。至此，清政府完成了统一中国的最后一步。

征服之外，台湾与大陆的民间联系密切，一个重要的历史现象是迁居和移民。明清以来，曾出现三次移民高潮。第一次是郑芝龙招募灾民。1626—1631年，福建连年旱灾，郑芝龙以“劫富施贫”为号召，招募沿海饥民，一时聚会达数万人。郑还与时任福建巡抚的熊文灿商量，自己出厚资招募饥民赴台垦荒：“乃召集民数万人，人给银3两，三人给牛一头，用海舶载至台湾。”（黄宗羲《赐姓始

---

① 南宋赵汝适：《诸蕃志》。

② 南宋楼钥：《玫瑰集》卷88《汪大猷行状》。

末》)一时,“漳、泉之人,赴之如归市。”(徐鼒《小腆纪年》)到郑成功收复台湾前,岛内汉人达 4.5—5.7 万人,或说 10 万人①。第二次是郑成功治台时期。郑成功赴台大军约 3.7 万人,加之后续部队共 5 万人,入台后屯田垦荒,开发台湾。后又收容因清政府“迁界令”而流离失所的沿海居民约 5 万人。郑氏时代,在台湾的汉族移民约有 20 万人。第三次是清代前期。虽然清政府实行禁海政策,也曾因强迁郑氏官兵眷属回大陆而使台湾一度沉寂,但台湾外发的局面已经打开,徙台风潮难禁,雍正至乾隆年间,赴台移民剧增:乾隆二十八年(1763 年),汉族人口有 66.6040 万人;乾隆四十三年(1778 年)84.5770 万;乾隆四十七年(1782 年)91.2920 万人。到嘉庆十六年(1881 年),汉族人口达 200.3861 万人。大量的移民,使得台湾与隔岸相望的福建等地在经济上的联系越来越强,文化上的趋同性也越来越多。故清代将闽、台看作一个区域。

第四,东北区在清代的变化。如同蒙古人看重自己的发祥地蒙古草原一样,满人更重视他们在东北的“龙兴”之地。满人祖先是肃慎,后肃慎改称挹娄、勿吉、靺鞨,生活在松花江流域,长期受高句丽遏制,唐灭高句丽又无力控制这一地区,靺鞨七部中的粟末靺鞨趁机建立渤海国,后虽被辽国所灭,但由黑水靺鞨发展而成的女真人最终由松花江流域兴起,灭辽与北宋,建立同南宋对峙的金朝。明代,女真分为建州女真、海西女真和野人女真三部,满人属于建州女真。《满文老档》有满族起源的传说:布库里山麓有布勒和里湖,有三仙女浴于湖中,第三仙女吞噬神鹊衔来的朱果,孕而生子,姓爱新觉罗,名布库里雍顺。布库里雍顺是满人始祖,布库里山旧说是长白山,《满文老档》认为在黑龙江以东,正是满人直系始祖居住地。满族先人不断南迁,建州女真住在抚顺以东至鸭绿江边。明政府设“建州三卫”——建州卫、建州左卫、建州右卫。清太祖努尔哈赤属建州卫,后统一建州各部,又统一女真各部,于 1616 年建立“后金”。后金进占辽沈地区,定都沈阳,称盛京。后金经济政治日盛,皇太极于 1636 年在盛京称帝,改国号为“清”,后入关统一全国。可见,以“盛京”为中心的辽沈地区是满人的“龙兴”之地。顺治、康熙年间对东北实行封禁政策,修筑了总长度为 2600 余里的“柳条边”,禁止汉族人进入东北。这无疑妨碍了东北地区的开发。本来,清朝定都北京,大量满人迁入关内,东北地区一时地广人稀,因缺乏劳动力而经济凋零,大部分地区停滞在复合经济阶段。详研之,东北也有南北差别。在东北南部,即“柳条边”的“人”字框架内(“盛京”地区),由于接近关内,农业基础较好,可视为精耕农业区。其他为复合经济区。

清代中后期区域结构如下表②:

---

① 胡友鸣、马欣来:《台湾文化》,辽宁教育出版社 1998 年版,第 57 页。

② 杨军:《区域中国——中国区域发展历程》,长春出版社 2007 年版,第 326 页。

清中后期区域结构表

	区	亚区	经济类型	所属文化区
内环区	北方系统	中原东部区	精耕农业	主流文化区（北方）
		中原西部区		
		东北南部区		
	江南系统	巴蜀区		主流文化区（南方）
		荆楚区		
		江浙区		
	南方系统	岭南区		
		闽台区		
外环区	北方系统	东北北部区	复合型经济	非主流文化区
		草原区	游牧业	
		新疆区	绿洲农业	
	高原系统	青藏高原区	亦农亦牧	
		云贵高原区	粗放农业	

这一结构表可看作中国区域文化结构的最后定型。清亡百年来，虽经多战乱，国家仍然处于统一状态，“中华民族”的自觉意识在团结御侮的斗争中不断得到强化。因而，我国定型的区域文化格局至今并无多大变化。只是有两件事情值得一提，一是疆域的缩小：在西北，沙皇俄国通过1860年中俄《北京条约》和1864年《中俄勘分西北界约记》割去我国领土44万平方公里；在东北，沙俄通过1858年《瑷珲条约》割去领土60多万平方公里，又通过1860年《北京条约》割去约40万平方公里；1924年，蒙古人民共和国在苏联支持下宣告成立，面积为156万多平方公里。这就是说，中国外环区的北方、东北、西北都向内收缩，但并未对外环区格局及文化特征带来根本影响。二是东南沿海的开放。在唐代之前，中国通过河西走廊同域外进行广泛的经济文化交流，宋元之后由于政治中心的北移和经济中心南移，河西走廊的通道逐渐废置，却又未能关开发海洋之惠，长期的封闭使这个超级大国走向衰落。鸦片战争的炮声唤醒了这一睡狮，开始了民族自强与向海洋开放的历史，百年来，东南沿海地区发生着巨大变化，经济腾飞，文化也发生着变化。但总的来看，这种情况同唐宋以来经济中心南移的趋势相一致，并未引起区域文化格局的变异。

（三）现代中国区域文化结构系统

如前所述，古代中国几个时期的区域结构表均借鉴杨军《区域中国——中国区域发展历程》一书。关于现代中国的区域结构，笔者拟依据地缘文化诗学的要求,进行一些个人思考。

文化地理学将文化区分为两种类型:形式文化区和机能文化区。前者指具有一种或多种文化特征的人所分布的地理范围,它文化中心突出,其边界却是一个有宽度的模糊地带;后者并非依据文化特征,而是根据政治、经济或社会的某种机能(或机制)而划分的区域,如一个国家、城市、选区、教区、报纸发行区等,它文化中心突出,其边界却是一条清晰的线。地缘文化诗学所采用的文化区是形式文化区。杨军《区域中国》中的文化区似乎更重视"机能"因素。杨著中几次提到,魏晋南北朝以来,春秋战国时期诸侯国的国别文化格局"已经完全打破",并"重构出新的区域格局"。笔者则更关注自春秋战国至明清时期诸侯国国别文化与郡县文化区域格局的联结与沟通。在数千年的中国历史上,行政区划的方式主要是两种:分封制与郡县制。先秦主要是分封制,秦汉及以后主要是郡县制。分封制的典例是周代。区域层级是诸侯的邦国、卿大夫的采邑和士的食地。西周初封诸侯国 71,春秋初增到 127 个。如此多的诸侯国不便于管理,于是诸侯之上又设"诸侯长",诸侯长有多少,历史资料尚难印证。然而,春秋各国相互兼并,不久就减到 1/3。春秋的强国有被称为"春秋五霸"的齐、晋、秦、宋、楚、吴、越等,还有较强的郑、鲁、卫等,大约有十几个;战国时有"万乘之国七,千乘之国五",万乘七国即"战国七雄"秦、楚、齐、燕、韩、赵、魏,与"春秋五霸"有明显的承继关系,加上几个千乘之国,强国也就是十几个。春秋战国时期,周天子已无力统治天下,这十几个强国成为天下的实际管理者,它们大多应是西周时期的"诸侯长"。郡县制始于秦代,秦始皇设 36 郡,后增到 40 郡之多。西汉承秦郡县制,同时又封诸侯国,国、郡同级,汉景帝时共 65 郡国(王国 25,郡 40),汉武帝时达 109 郡国(其中郡 91,王国 18),后长期稳定在 103 郡国。为管理方便,汉武帝之后分全国为 14 个监察区(司隶部一,刺史部十三),分别监察 103 郡国。东汉末,监察区定名为"州"并成为郡以上的行政区,地方政区体制为州、郡、县三级。隋代罢郡,以州统县,隋唐几经反复,"郡"逐渐消失。唐初州、县倍增,为便于监督领导,依山川形势,划全国为 10 道:关内、河南、河东、河北、山南、陇右、淮南、江南、剑南、岭南。玄宗时增为 15 道:关内道中析出京畿道,河南道中析出都畿道,山南道分东、西两道,剑南到分东、西和黔中三道。在历史发展中,"道"逐渐成为州以上的行政区划。宋承唐制,始设 10 道:河南、河东、河北、关西、剑南、淮南、峡西、江南东西、浙东西、广南。后改道为路,并增至 15 路。元代承金制,以行书省总理全国政务,改地方行尚书省为行中书省。除京畿、山西、山东及内蒙一带隶于中书省,西藏直属宣政院外,全国设 11 行省:岭北、辽阳、河南、陕西、四川、甘肃、云南、江浙、江西、湖广、征东。"省"成为最高行政区划。明清基本承元制,不过,明代改行中书省为承宣布政使司,全国共设 13 个。清又改承宣布政使司为省,共设省 15 个,计有:直隶、江南、河南、山东、陕西、山西、江西、浙江、福建、湖广、广东、广西、四川、云南、贵州。

由上述可知，中国历史上的最高行政区，从周代的诸侯长区、汉代的监察区（州）、唐代的道、宋代的路，到元明清的省（明代为承宣布政使司），有着明显的承继性，其一，它们基本属内环区，数量均为十几个，所辖区域面积的大小应当比较相近。其二，这些区域虽然在各历史时期称谓不同，却可找到相互承继的对应关系，以春秋战国的"国"、唐代的"道"和清代的"省"为例，秦国之于关内道、陕西省，燕赵之于河北道、直隶省，晋国之于河东道、山西省，吴越之于江南道、江南省与浙江省，楚之于湖广省……其区域范围、文化特质有明显的脉承关系。这说明，我国最高区划这个最重要的区域层级，虽然随着历史的发展不断演进和变迁，但在演进和发展中，各区域都形成自己一脉相承的东西，诸如区域的文化景观、文化行为和文化心态。这一方面昭示着一个历史区域的文化特质，是在漫长的历史发展中经由自然环境和社会结构的交互作用凝结而成的，它包含着丰厚的历史文化内涵；另一方面昭示着春秋战国时期诸侯长国家的出现和对峙格局的形成，便意味着我国最重要的区域层级的形成。它与内外环结构一起，成为我国区域格局形成的主要标准。

基于此，我们确定现代区域文化结构，不可拘泥于行政区划，而应尽力寻找与历史的联系，进行形式文化区的划分。各区域的边界可以模糊不清，其中心却有鲜明的文化特质。其称谓，也应带有历史的原初性，"国—州—道—省"这个最基本的区域层级，不妨称为"邦邑区"。

同时，区域文化结构系统的确立，首先应当有基本的理论支点。笔者以为，这种支点有三：一是地理环境的影响，这是一个空间性话题。基于中国疆域辽阔广大，地球的经度和纬度，即东部与西部、南方与北方的差异应是思考的着眼点。打开中国地图，很容易看到西部多高山、高原，东部多平原、丘陵，东部和西部有明确的分界线。准确地说，这条分界线是气象学上讲的 400mm 等降水线（年降水量 400mm 的地区的连接线），它由东北斜贯西南。其经济意义是等降水线的东南方年降水量大于 400mm，气候湿润，适合发展农耕业；而西北方年降水量小于 400mm，气候干燥，不适合农耕，只能发展游牧业。如此，400mm 等降水线将我国分为东西两部：农耕文化区与游牧文化区。二是社会关系结构的影响，这是一个时间性话题。由于中华文化的多元发生，远古的戎、狄、羌、夷、苗、蛮经过漫长的历史演变，发展成具有 56 个民族的多民族国家。每个民族都有自己的文化形态，因此，民族文化又是必须思考的问题。一般地说，中华民族并无种族差异（维吾尔族等除外），其差异主要是生产方式，进入农耕早的称汉族，未进入农耕的称夷、狄、苗、蛮等，这些部族逐渐发展成为今天的各种少数民族。因而，居住在我国东部的主要是汉人，居住在西部及北部的主要是各种少数民族，如藏族、维吾尔族、蒙古族等。其三，关于文化区个层级的命名问题。文化地理学上的区域层级划分和命名有多种,但我想,既然我国的文化区是地理和历史双重作用的结果,其命名就既要借鉴文化地理学,又要借鉴历史地理学。基于我国区域文化核心层级形成于春秋战国时期,已将其命名为“邦邑”(实际上,现在流行的齐鲁文化、吴越文化、燕赵文化等命名已具有这种特征),我们就可以此为基础,建构自己的命名系统。

笔者将我国的区域文化结构分为四级:行住文化带、民族文化圈、邦邑文化区、采地文化亚区。(1)行住文化带。从地理学看,我国以 400mm 等降水线为界,分为东西两部分,西部为游牧文化带,东部农耕文化带。古人将农耕定居国度称为“住国”,迁徙不定的游牧国度则为“行国”。住国和行国的对峙和斗争贯穿着整个中国历史。游牧文化带与农耕文化带的分野是区域划分的第一层级。(2)民族文化圈。游牧文化区包括北部蒙族文化圈,西北新疆维族文化圈,西南青藏的藏族文化圈,东北多民族文化圈。需要说明的是,东北关东文化区虽以汉族为多,也较多农耕文化,但游牧、狩猎的历史更悠久,居统治地位的也是游牧狩猎民族,如辽、金、蒙古、满,不仅统治东北,甚至统一中国。自秦至明代的长城,便将其排除在汉文化圈之外。农耕文化带包括汉族传统农耕文化圈,西南少数民族农耕文化圈。(3)邦邑文化区。在西部游牧文化圈,民族文化圈与邦邑区相当,二者合一。在东部农耕文化圈中,东北与西南两区的民族区也等同于邦邑区。汉族传统农耕区则有更详细的邦邑划分:如黄河流域的陇右、三秦、三晋、燕赵、齐鲁文化区,长江流域的巴蜀、楚、吴越文化区,珠江流域的岭南文化区以及闽台文化区等。在汉族农耕区中,黄河、长江与大运河交汇形成“黄金水网”,与其相关的邦邑区就成为中华文化的核心部分。(4)采地文化亚区。源自西周诸侯国内卿大夫的封地命名。这是比邦邑区更小的区域层级,大致在今天地区的范围。各邦邑区都有多个采地区,名目繁多,不再一一列举,仅提几例,如吴越的绍兴、金陵等,三晋的上党、吕梁等,三秦的商州、渭南等。它往往是作家出生、生活和描写的地域,如果说研究作家群需研究邦邑区的话,那么,研究某一作家就不可不研究采地文化。研究地域文化或文学的地域性,最有意义的是邦邑区和采地区,自然,行住带和民族圈也是重要参照。

在确定当代中国区域文化结构前,不妨引述几种划分成果。

1.王会昌《中国文化地理》(华中师大出版社 1992 年版)分出文化区、文化亚区、文化副区三结构层次。(1)文化区。将我国分为东部农业文化区和西部游牧文化区两个区域。具体划分是,从黑龙江的爱辉到云南的腾冲之间作一连线,将我国版图一分为二:东部以平原、丘陵和海拔 200 米以下的高原、山地为主,属季风气候,是我国比较发达的农业区;西部以草原、沙漠、高山和高寒高原为主,属大陆性气候,是我国主要的游牧区。(2)文化亚区。是二级文化区。划分依据是民族集团的分布及其文化特征的差异。具体表现在南北差异。如此,东部农业文化区可分为以汉民族为主体的传统农业文化亚区和西南少数民族为主体的西南少数民族文化亚区；西部游牧文化区可分为北部蒙新草原—沙漠游牧文化亚区和南部青藏高原游牧文化亚区。(3)文化副区。是三级文化区。这一层次的分类比较复杂，有的文化亚区可分出多个文化副区，有的则无文化副区。具体划分是：从农业文化区看，传统农业文化亚区包含关东文化副区、燕赵文化副区、黄土高原文化副区、中原文化副区、齐鲁文化副区、淮河流域文化副区、巴蜀文化副区、荆湘文化副区、鄱阳文化副区、吴越文化副区、岭南文化副区、台湾海峡两岸文化副区；西南少数民族文化亚区则不分副区。从游牧文化区看，蒙新草原—沙漠游牧文化亚区包含内蒙古文化副区、北疆文化副区、南疆文化副区；青藏高原游牧文化亚区则不分副区①。

2.胡兆量、阿尔斯朗、琼达等编著《中国文化地理概述》(北京大学出版社2006年)分为7区26亚区：(1)华北文化区，包括首都文化、燕赵文化、三晋文化、齐鲁文化；(2)东北和内蒙古文化区，包括关东文化、延边朝鲜族文化、内蒙古文化；(3)华东文化区，包括吴越文化、上海文化、八闽文化、台湾文化；(4)华中文化区，包括中原文化、安徽文化、江西文化、两湖文化；(5)华南文化区，包括岭南文化、香港文化、澳门文化、八桂文化；(6)西北文化区，包括三秦文化、甘陇文化、宁夏回族文化、新疆文化；(7)西南文化区，包括巴蜀文化、黔贵文化、滇云文化、藏文化。

3.杨军《区域中国》将当代中国区域结构划分为五系十二区，如下表：

北方系统	草原区	包括今蒙古自治区
	新疆区	包括今新疆维吾尔自治区
中原系统	东北区	包括今辽宁省、吉林省、黑龙江省
	东部区	包括今山东省、河北省、河南省、北京市、天津市
	西部区	包括今山西省、陕西省、甘肃省、宁夏回族自治区
江南系统	江浙区	包括今江苏省、浙江省、安徽省、上海市
	荆楚区	包括今湖北省、湖南省、江西省
	巴蜀区	包括今四川省、重庆市
南方系统	岭南区	包括今广东省、海南省、广西壮族自治区、香港、澳门
	闽台区	包括今福建省、台湾
高原系统	云贵区	包括今云南省、贵州省
	青藏区	包括今青海省、西藏自治区

① 王会昌：《中国文化地理》，华中师范大学出版社1992年版，第227—233页。

上述三种思考，王会昌从文化地理视角出发，先东西、后南北，依次划分，层次清晰，体系分明。但因为是文化地理学，也就难以进行历史性思考，比如将东北划为东部农耕区便有此弊，如前所述，东北的游牧狩猎文化历史更悠久，而且是居统治地位的民族，辽、金、蒙古、满都发祥于此，并被自秦至明的长城隔在关外，应属外环区。胡兆亮等的区域划分，第一层级显然是新中国成立后的几个大区，属机能文化区。历史上的政区划分有两种情况：一是依山川形势，道、省一级的划分与文化区经济区相吻合，如唐代；二是"犬牙相入"，即有意造成政区与经济区、文化区的交错，如元代。新中国的七个大区有某种"犬牙交错"性，如中原文化与两湖文化，一在黄河流域属北方系统；三是在长江流域属江南系统，均划入华中文化区，显然不合适。杨军的划分，不知何故舍弃了一贯坚持的内外环区分；再者，"五系"的区分标准不统一，北方、中原、江南、南方四系统以方位划分，

现代中国文化区域结构表

<table>
<tr><th>行住文化带</th><th>民族文化圈</th><th>邦邑文化区</th><th>采地文化亚区</th></tr>
<tr><td rowspan="4">"行国"文化带</td><td>蒙族文化圈</td><td>内蒙古文化区</td><td rowspan="24">大致相当于各省所辖地、市一级地区，不再一一列出。</td></tr>
<tr><td>维族文化圈</td><td>新疆文化区</td></tr>
<tr><td>藏族文化圈</td><td>青藏文化区</td></tr>
<tr><td>东北多民族文化圈</td><td>关东文化区</td></tr>
<tr><td rowspan="20">"住国"文化带</td><td rowspan="17">汉民族文化圈</td><td>陇右文化区</td></tr>
<tr><td>三秦文化区</td></tr>
<tr><td>三晋文化区</td></tr>
<tr><td>燕赵文化区</td></tr>
<tr><td>北京文化区</td></tr>
<tr><td>中原文化区</td></tr>
<tr><td>齐鲁文化区</td></tr>
<tr><td>巴蜀文化区</td></tr>
<tr><td>楚湘文化区</td></tr>
<tr><td>吴越文化区</td></tr>
<tr><td>上海文化区</td></tr>
<tr><td>徽州文化区</td></tr>
<tr><td>江西文化区</td></tr>
<tr><td>岭南文化区</td></tr>
<tr><td>港澳文化区</td></tr>
<tr><td>八闽文化区</td></tr>
<tr><td>台湾文化区</td></tr>
<tr><td rowspan="3">西南少数民族文化圈</td><td>滇云文化区</td></tr>
<tr><td>黔贵文化区</td></tr>
<tr><td>八桂文化区</td></tr>
</table>

高原系统却是地貌，而高原又排除了内蒙古高原、黄土高原和鄂尔多斯高原；“十二区”的划分标准也较乱，有的是方位，有的是地貌，有的是历史称谓。此外，为更好研究作家，地缘文化诗学还应设第四级文化区——采地区。

依据以上思考，现代中国区域文化结构如上页表：

梅新林在研究古代文学的地理分布时，提出流域轴线、城市轴心、文人群体流向三位一体的文学区域建构。还提出“黄金连线”、“黄金水田”和中国古代文学发展的“五次轮动”等新见。（见《中国地缘文化诗学的理论构成》）虽然谈的是古代文学，对现当代文学的思考却不无启发。“黄金连线”和“黄金水网”的主体部分是黄河、长江中下游以及与运河交汇的广大流域。历史上文学发展的五次轮动又是从作为发动机的秦陇到聚宝盆的吴越。这一切成为现当代文学发展的奠基。基于此，我们要着意研究黄河、长江中下游的重要区域，要研究“发动机”和“聚宝盆”。还要研究两大流域的“心脏”——城市轴心。具体地讲，黄河流域的三秦、三晋、燕赵、齐鲁，长江流域的巴蜀、楚湘、吴越应当引起关注；同时，还要关注两个重要城市：北京和上海。

第三章　新时期小说的地缘文化风貌

在中国现当代文学史上，并不是所有的作家作品都表现出鲜明的区域风貌，一般地说，乡土文学的地域色彩最为鲜明，一些城市小说也具有鲜明的地域性，如京味儿市井小说、津味儿市井小说、海派小说、苏味市井小说等。新时期文学体现出怎样的区域风貌呢？

第一节　新时期之初的区域文学发展期待

既然乡土小说是文学区域性的主要存在形态，不妨进行一番历史考察。我国乡土文学的发端是20世纪20年代的鲁迅和乡土小说派，这是一个由“侨寓”北京（或上海）的乡村知识青年组成的作家群，如江浙的王鲁彦、许杰、许钦文、潘训，两湖的废名、彭家煌，贵州的蹇先艾，安徽的台静农，河南的徐玉诺，河北的裴文中等。他们的作品虽然体现出各自家乡的地域特征，却有着共同的创作追求：着意表现知识分子（体现着城市、现代）与下层社会（乡村、传统）的紧张关系。这种紧张关系形成两极对立的叙事范型，即现代精神战士的心声与朴素之民的古老习俗与心态的双声话语，它们平行发展，难以沟通，呈现巴赫金所说的复调性。这正是他们结合成流派的深层原因。30年代是乡土小说的蓬勃发展期，其中，挽歌型作家包括四川作家群（沙汀、艾芜、李劼人等）、台湾作家群（赖和、杨逵等）、社会剖析小说（茅盾、叶圣陶、吴组缃等）、革命乡土小说（蒋光慈、叶紫、丁玲等）等，壮歌型作家包括东北作家群（萧军、萧红、端木蕻良等），牧歌型作家包括京派乡土小说（废名、沈从文、萧乾等）等。40—60年代是成熟变异期，出现了山药蛋派（赵树理、马烽、西戎、束为、孙谦、胡正等）、荷花淀派（孙犁、刘绍棠、从维熙、韩映山、房树民等），湖南作家群（周立波、谢璞、周健明等）、保定作家群（梁斌、李英儒、雪克、刘流、徐光耀、冯志等）、渭河作家群（柳青、王汶石、杜鹏程等）、岭南作家群（欧阳山、黄谷柳、陈残云等）……从上述发展脉络看,乡土文学在形成期由来自不同地区的青年作家结成一个流派,到蓬勃发展期产生分散于各地的众多地域作家群,成熟变异期不仅有众多作家群,而且形成两个规模较大的流派。沿此发展下去,新时期文坛不仅要有更多的作家群,还要在此基础上形成更多流派,呈现出流派纷呈的局面——这便是新时期文学界对文学发展的殷切期待。基于此,1980 年前后展开席卷全国的流派大讨论。

这场讨论首先起于山西,始作俑者是李国涛发表于《光明日报》的《试论"山药蛋派"》(1979 年 11 月 28 日)。这篇文章不仅第一次为山药蛋派命名,而且第一次从理论上对"山药蛋派"的形成、发展和特点作了系统论述,并且提出了这一流派将继续"流"下去的主张。1980 年 4 月,刘福林在山西省第四次文代会上作了《"山药蛋派"还能"流"下去吗?》的书面发言,与李国涛商榷,激起强烈的反响。《山西日报》从 5 月 29 日起,以《关于发展社会主义文学流派的讨论》为栏题开展讨论,《山西师大学报》从该年第 3 期开始,辟"如何繁荣与发展社会主义文学流派"栏目展开讨论,《山西文学》等报刊亦展开讨论,这种讨论还波及省外,《宁波大学学报》、《烟台师范学院学报》、《文艺研究》等刊物都发表此类文章。期间比较重要的文章除李国涛、刘福林文章外,还有刘金笙《"山药蛋派"存在着、发展着……——与刘福林同志研讨》(《山西师大学报》1980 年第 3 期)、杨茂林、薄子涛《文学流派要在竞争中发展》(《山西师大学报》1980 年第 4 期)、王子硕《文学流派要用实践做检验》(《山西师大学报》1980 年第 4 期)、贾明生《"山药蛋派"的灵魂是什么——兼论社会主义现实主义》(《山西师大学报》1981 年第 1 期)、杨文明《怎能说"山药蛋派"流不下去呢——与刘福林同志商榷》(《山西师大学报》1981 年第 1 期)、林友光《"山药蛋派"的黄金时代过去了——新的时代要有新的文学流派》(《山西师大学报》1981 年第 2 期)、李国正《还要发扬"山药蛋派"的优良传统》(《山西师大学报》1981 年第 2 期)、艾斐的《对〈"山药蛋派"质疑〉的质疑》(《山西文学》1982 年 10 月号)、程继田的《略谈"山药蛋派"的理论主张和创作实践一一与戴光宗同志商榷》(《山西文学》1982 年 11 月号)、李国涛的《再说"山药蛋派"》(《山西文学》1982 年 12 月号)、戴光宗《关于"山药蛋派"再思考》(《宁波大学学报》1983 年第 3 期)、高捷《论"山药蛋派"》(山西大学学报 1984 年第 3 期)、王志强《论论关于文学流派文学风格的评价——一兼评关于"山药蛋派"的讨沦》(《烟台师院学报》1985 年第 5 期)等。讨论中主要有三种意见:(1)山药蛋派正在走向凋落和变种;(2)山药蛋派有广阔的发展前途;(3)山药蛋派正经受着历史的考验。但不论哪种意见,都对新时期文学流派的发展寄予厚望,认为新时期应是流派纷呈的时代。

山药蛋派讨论的影响所及,河北省展开"荷花淀派"的讨论,1980 年《河北文学》举行了荷花淀文学研讨会,并陆续有文章发表,有代表性的文章如:冯健男

《漫谈“白洋淀派”》(见冯健男《作家论集》,花山文艺出版社 1984 年版)、《〈荷花淀派作品选〉序》(《荷花淀派作品选》,人民文学出版社 1983 年版),阎纲《孙犁的艺术——在〈河北文学〉关于“荷花淀”流派座谈会上的发言》(见阎纲《文学八年》花山文艺出版社 1987 年),艾斐《论“荷花淀派”的艺术变迁》(《当代文坛》1984 年第 1 期)等。此外,湖南有“茶子花派”的讨论,广东有“岭南派”的讨论,陕西有“渭河派”的讨论……阎纲于 1980 年描绘道:“最近一个时期,山西的报纸讨论‘山药蛋派’,相当热闹,全国瞩目。其他地方好像也在寻找自己的流派。有同志说,南京有‘探索者’,影响不小。有同志说,北京要出一个什么派。我看北京确有一个强有力的作家集体,他们各自发挥自己的艺术风格的优势;但把它们要捏成一个风格统一的流派恐怕很难。不过,北京又好像酝酿着一个中国式的拟意识流派。以王蒙为首。……河南有没有‘黄河派’? 湖南‘茶花’发出了香味。陕西好像也在思考自己的问题。陕西也有个作家群,柳青的影响,杜鹏程、王汶石等作家的影响是多方面的,如今人才辈出,潜力不小。总之,艺术流派的问题开始提到议事日程上来,很觉新鲜。”①

这是当代文学史上唯一一场流派大讨论。20 世纪 40—60 年代出现的流派和作家群到此时才得到认真研究和总结,甚至这些流派的名字如荷花淀派、山药蛋派还是这时认定的。流派期待的激情,难免使文论界求之过切,当时被一些学者认定的茶子花派、岭南派、渭河派等,还不过是未能上升到流派的作家群,真正被文学史认定为流派的,仅有山药蛋派与荷花淀派。

这一讨论也有一定的现实原因:1980 年前后,确也有短暂“流派纷呈”。比如山药蛋派,赵树理虽离开人世,“五战友”还健在,第二代山药蛋成一、义夫、杨茂林等已成为成熟的作家,第三代山药蛋柯云路、张石山、韩石山、郑义、李锐等又应运而生,而且,山西省之外也有被称为山药蛋者,如江苏的高晓声,河北的贾大山、赵新等都自称山药蛋派。山西作家又连年获奖,如成一的《顶凌下种》、马烽的《结婚现场会》、张石山《橛柄韩宝山》、柯云路的《三千万》等影响一时;再比如荷花淀派,孙犁重新执笔,创作了众多散文和《芸斋小说》,刘绍棠、从维熙重新出山,《蒲柳人家》《大墙下的红玉兰》成为备受赞誉的名篇,铁凝被称为荷花淀派的后起之秀,《哦,香雪》使她声名鹊起,有趣的是,贾平凹也被认为是荷花淀派,与铁凝并称为孙犁的“金童玉女”。湖南作家中周立波虽然于 1979 年辞世,却有新人涌现,古华的《芙蓉镇》、《爬满青藤的木屋》,叶蔚林《在没有航标的河流上》蜚声全国,大有形成流派之势。

---

① 阎纲:《孙犁的艺术——在〈河北文学〉关于“荷花淀”流派座谈会上的发言》,见阎纲:《文学八年》,花山文艺出版社 1987 年版。

第二节　新时期小说的区域发展态势

20世纪80年代中后期，区域文学的发展却出乎人们的预料：原有的地域流派先后解体，新的地域流派又未能形成。比如山药蛋派，该派有两个重要特征，一是善于塑造具有因袭的思想负担的中老年农民，展示生活的复杂性；二是运用民间艺术的表现方法，主要是说唱艺术手法。关于前者，赵树理等依据自己的生活体验，深刻挖掘他（她）们的隐秘心理，描写他们转变的艰难，从而展示生活的复杂性。邵荃麟据此提出“写中间人物”，认为只有如此才能深刻揭示生活，实现“现实主义深化”。乃至于文革期间被批判为“写中间人物论”和“现实主义深化论”。这些正反面的历史经验有力地证明着：“写中间人物”成为山药蛋派的标志性特征。80年代中后期，郑义、李锐、柯云路等成为山西作家的中坚力量。柯云路的《新星》、《夜与昼》，郑义的《远村》、《老井》，李锐的《厚土》等，不仅写农民，农村，还写城市、干部、知识分子。即使写农民，也大都不是中老年农民，郑义笔下的孙旺泉、巧英、杨万牛、杨叶叶，李锐笔下的队长、苦难女性和她们的窝囊男人，尤其是苦难女性大都是青年农民。自然，从这些年轻农民承担的因袭思想负担，还可以看到赵树理笔下“老中国儿女”的影子。同时，老派山药蛋审视笔下人物多是平视，站在人物之中，用善意的反讽描写他们向旧时代告别的心路历程，人物倍感亲切。郑义等对笔下人物多是俯视：柯云路以社会学家的眼光俯视改革大潮中各社会阶层的生存状态和精神风貌；郑义好似一位精神分析学者，在他笔下的人物身上发掘着民族文化底蕴；李锐的《厚土》则揭示书生文化意识与承受历史重负顽强生存的农民的精神状态的矛盾关系，它不同于鲁迅笔下现代精神战士的心声与朴素之民的古老心态的紧张关系，后者“现代精神战士的心声”有强大的力量，具有强烈的启蒙性，前者“书生文化意识”则薄弱得多，表现出对农民精神的无能为力，显示着启蒙的衰微。关于后者，山药蛋派主要运用说唱艺术尤其是评书的表现方法。作家们善于讲故事，运用故事套故事、巧设环扣等方法使艺术结构巧妙多变，运用白描使人物栩栩如生。郑义等打破了这些传统方法，实现了现代性超越。郑义、李锐作为寻根文学的中坚作家并不注重讲故事，甚至不注重人物塑造，更关注人物作为文化符号的象征意义。孙旺泉生而有龙形胎记被称为小龙转世，无疑是大禹治水原型，隐喻着传统的族群文化精神。他在打井中表现出的巨大创造性和顽强生命力，以及在婚姻爱情上最终表现出的隐忍、封闭、保守显示着“老井”精神的复杂性和多面性。李锐的《厚土》采用“反悬念”手法，不展开冲突，不激化矛盾，人物尤其是女性形象无姓名、无身世、无个性，实际是作为群体存在，用于象征人们的生存状态和历史命运。二代山药蛋成一本以标准山药蛋姿态成名于文坛，80年代中后期创作的系列小说《夏天的陌生》却冲破情节的线性逻辑和整饬框架，着意挖掘人物的潜意识，表现出鲜明的现代主义特征，其题目也不是山药蛋派的路子，这一切都是人感到“陌生”起来。

再如荷花淀派。荷花淀派的艺术风格，冯健男概括为“诗情画意之美”，即具有诗画般的意境之美。其实，意境之美有不同形态，有大江东去的豪壮之美，有长河落日的雄浑之美，有乱石穿空的奇险之美，有晓风残月的优柔之美，有孤舟蓑笠的孤独之美，有浊酒鸡豚的质朴之美……荷花淀派当属清新优美一格，具有田园牧歌之美。80年代中后期，刘绍棠致力于“大运河乡土文学体系”，着意塑造的粗犷豪放的男子和多情重义的女子，揭示“慷慨悲歌”的燕赵文化性格。艺术结构框架分为“时代风云气”和“燕赵儿女情”二层面，以“风云层”为背景，以“儿女层”为主体；在“儿女层”中，采用无主角的“人像展览式”结构，每个人物都有自己的性格发展史，共同构成总主题；每个人物以及他们之间都有起伏跌宕的故事，既有传奇色彩，又不乏生活真实。这种结构使人想到孙犁、赵树理、柳青、老舍，因而带有集大成性。语言追求“恣肆汪洋”的豪放美，具体表现为，多声的音乐美，多样的色彩美，多姿的形象美。显然，刘绍棠已进入豪放一格，与优美已相去甚远。从维熙的最高成就是创造了描写监狱生活的“大墙文学”，被称为“大墙文学之父”。他浓墨重彩地描绘了葛翎、路威、高欣（《大墙下的红玉兰》），鲁泓（《第十个弹孔》），洛枫（《燃烧的记忆》），高水、凤妮（《泥泞》），杨亚（《第七个是哑巴》），陆步青（《遗落在海滩上的脚印》），叶涛、张铁矛（《远去的白帆》），东方汉阳（《没有嫁娘的婚礼》），范汉儒（《雪落黄河静无声》），林逸（《白云飘落大幕》），朱雨顺（《新桥》），索泓一、李翠翠（《风泪眼》）等“受难者家族”，直面受难者所受的肉体折磨和精神苦刑，正视死之威胁和生之渴求，倾诉国家和民族的痛苦与悲哀。就在这遍布血污、阴风惨惨的自由禁地中，始终存在着坚韧不屈的人生信念和道德操守。在这里，处处存在的是苦难、摧残、鲜血、牺牲、悲剧，以及在悲剧中巍然屹立的英雄。其审美特征早已远离优美与清新，走向撼人心魄的悲壮美。铁凝的创作于80年代后期进入迷离混茫期，创作了《死刑》、《麦秸垛》、《玫瑰门》等。这些作品展示了一幕幕人生悲剧，比如《麦秸垛》写老效把媳妇绑到麦秸垛前，同栓子做皮鞋交易；大芝向小池展示大辫子，被卷进脱粒机；大芝娘办完离婚手续又赶到城里，要为丈夫生个孩子；花儿与小池在麦秸垛度过生离死别的夜晚……铁凝还大量运用象征手法，使作品带有神秘色彩。铁凝的创作走向了苍凉与冷峻。其实，孙犁在新时期的创作也在变化，他不仅赞扬生活的美，而且揭露生活中的丑，并进行批判和抨击；经历了文革和数十年的人世沧桑，他对社会人生的人是更加深刻和透辟。他的众多散文和为数不多的“芸斋小说”，由当年的清新明丽变为透辟与精警。

流派解体的原因是复杂的，撮其要者有二。其一，变革的时代与既定风格的巨大差异。比如山药蛋派的讲故事手法，在20世纪50—60年代深受农民欢迎。那是因为，当时农村的文化还相当落后，没有电视，没有电灯，没有收音机，人们的娱乐方式，则是听说书，看民间戏曲，更多的是听农村的文化人讲故事，加之农民的文化水平很低，讲故事、听故事成为他们喜闻乐见的娱乐方式。这种期待视野自然极易接受“讲故事”的艺术手法。这种情况一直持续到70年代末，刘兰芳的《岳飞传》、王刚的《夜幕下的哈尔滨》在电台播讲，曾使万人空巷。80年代中后期，社会的物质生活和精神面貌发生巨大变化，尤其是电视进入家庭，开辟了一个广阔丰富的欣赏天地。它改变了人们的期待视野，不仅说评书讲故事很快式微，而且戏剧、电影日益走向萧条，加之农村文化水平大大提高，那种节奏缓慢的讲故事手法自然要淘汰，山药蛋派的衰落势在必然。再比如，荷花淀派优美的诗情画意的变异实际是时代变迁所致。孙犁、刘绍棠、从维熙等经历了历次政治运动和文革，从维熙和刘绍棠还被划为右派，经历重重磨难，尤其是从维熙，蹲监狱、受劳改20余年，50年代初那种对社会和人生的牧歌式想象早已被打破，从维熙说：“在经历了二十多年的苦难生活之后，假如强使自己描写监狱受难者的小说，就范于50年代的格调，以保持创作风格的统一，那就会作茧自缚，削足适履，而难以驾驭所要表现的题材，难以写出我所要写的人物。”①是的，他要以自己刻骨铭心的人生体验，表现生活的深沉和冷峻、光辉和伟大，还能把自己局限于荷花淀派当初那种阴柔与明丽、细腻与安谧的优雅风格中吗？进而思之，荷花淀派的诗情画意是一种心物交感而形成的意境美，说到底来源于“天人合一”的古代哲学观念。因而，它是在农业社会产生的传统的艺术思维方式。在社会生活节奏极快的现代工业社会，一则人们离自然越来越远，缺少了心物交感的环境；二则人们来去匆匆又心绪浮躁，早已没有了心物交感的优雅心态。意境思维方式必然走向式微，朦胧诗和第三代诗的出现便是例证。这也是荷花淀派衰微的深层原因。

其二，作家主体意识的强化。新时期的改革开放带来了思想的大解放，社会的人文精神、主体精神和自由精神大为强化。文学作为社会最敏感的神经，主体意识和自由精神更为强烈。1985年的“文学主体性”大讨论便说明这一点。于是，强调主体，追求自由，勇于反叛成为时代思潮。朦胧诗潮兴起之际，社会众说纷纭，一些老诗人提出对这些青年诗人进行“善意引导”，朦胧诗人却不买账，反唇相讥：我们才引导你们呢？北岛小说《波动》中林东平说过这样的话：“我小时候去看电影，总有大人告诉我们好坏之分。可在今天，我不知道这种词还有什么意义？”在这种情况下，具有强烈主体意识的作家们尤其是青年作家便不屑于啸

① 引自艾斐：《论“荷花淀派”的艺术变迁》，《当代文坛》1984年第1期。

聚于别人的旗帜下建构什么流派，更愿意开辟自己头上一片天，脚下一片地。这种观念不仅促使原有流派解体，而且阻止着新的流派形成。

地域文学流派衰微并非地域文学衰微的标志，恰恰相反，80年代中后期却出现了文学地域性的繁荣。其标志是寻根文学的兴起，将地域文学与地缘文化结合起来，使地域文学的发展出现了高潮。各省、区都在培养和打造自己的作家队伍，或称为河北作家群、山西作家群、陕西作家群、北京作家群、湖南作家群、山东作家群……或称为冀军、鲁军、陕军、晋军、湘军……比如，河北作家群有徐光耀、铁凝、陈冲、贾大山、何申、谈歌、关仁山、何玉茹等；山西作家群有路遥、贾平凹、陈忠实、史铁生、邹志安、京夫等；湖南作家群有古华、叶蔚林、莫应丰、周健明、韩少功、孙建忠、彭见明、谭谈等；山西作家群有马烽、西戎、成一、田东照、张石山、韩石山、王东满、柯云路、郑义、李锐等；山东作家群有莫言、张炜、矫健、王润滋、李贯通等；江浙作家有高晓声、汪曾祺、林斤澜、李杭育、余华、苏童、叶兆言等；河南作家群有张一弓、李佩甫、周大新、张宇、乔典运、田中禾等；北京作家群有王蒙、邓友梅、苏叔阳、刘心武、张辛欣、王朔等。

地域文学流派走向衰微，地域文学却走向繁荣，个中原因有二。其一，西方文学的影响。80年代初国门打开之际，西方文学也潮水般涌入中国，各种新异怪奇的文学思潮和文学作品令人应接不暇。在中西交流时，中国作家们总是依据自己的期待视域同国外文学进行视域融合。其中一个重要融合点则是拉美魔幻现实主义。这是因为，拉美的国情和文情与我国颇多相似处。自15世纪末至18世纪末，拉美被西班牙、葡萄牙等欧洲国家殖民三百年。18世纪末，在美国独立战争和法国资产阶级革命的影响下，拉美各国纷纷独立，19世纪初独立基本完成。但是，独立战争的领导者并非西班牙侵略的直接受害者印第安人，而是西班牙人在拉美的后裔克里约人，克里约人虽然用欧洲启蒙主义做思想武器获得独立战争胜利，但独立后仍实行封建统治，加之英、美、法乘虚而入，在地方军阀、封建寡头中寻找自己的政治代理人，军阀割据，内战不已，这颇似我国辛亥革命之后的状况，在拉美称为“考迪罗主义”。在这种情况下，拉美文学唯欧洲马首是瞻，并无真正自己的文学。19世纪末，欧洲老牌资本主义走向衰落，拉美对欧洲“理想王国”之梦破灭，开始走上民族独立道路。文学上的突出表现是20世纪初地方主义文学发展兴盛，它虽然在艺术上也引进欧洲的艺术手法和技巧，但主要特征是着意描写拉美独特的自然风光，提炼和表现印第安神话，实现真实和虚幻的融合。20世纪30年代，拉美又兴起现代派文学，其渊源是欧洲的现代主义，它讲求象征、虚构、异化、荒诞，60年代以前的现代派更看重形式，追求辞藻华丽、旋律优美，哲理观念的渗透和表现手法的新颖，却有脱离民族和民众的“欧化”倾向。60年代的拉美文学以魔幻现实主义为标志实现了“地方主义”和“现代派”的合流。魔幻现实主义的突出特点是土著生活、印第安神话、地域风俗习惯同象征、魔幻、异化等现代艺术手法相结合，创造了真正的现代拉美文学，以全新的面貌轰动了全球。拉美“地方主义”和“现代派”冲突和交融的情状又颇与我国80年代文学发展现状。拉美的代表作家无疑是哥伦比亚的马尔克斯，1982年《百年孤独》获得诺贝尔文学奖，在我国文坛极其强大的共鸣。陈思和说：“拉美魔幻现实主义关于印第安文化的阐扬，对中国年轻作家是有启发性的。那些作家都不是西方典型的现代主义作家，而是‘土著’，但在表现他们所生活于其间的民族文化特征与民族文化审美方式时，又分明渗透着现代意识的精神，这无疑为主张文化寻根的中国作家提供了现成的经验。马尔克斯获奖，无法讳言是对雄心勃勃的中国年轻作家的一种强刺激。”①于是，马尔克斯、拉美魔幻现实主义、走向世界，成为文坛的热门话题。莫言曾说：“我们这一代作家谁能说他没有受到过马尔克斯的影响？我的小说在1986、1987、1988年这几年里面，甚至可以说是对马尔克斯小说的模仿。”②其实，对不少作家来说，“走向世界”的口号喊在口头上，“诺贝尔情结”深埋心底。借鉴拉美文学的经验，必然借鉴它对世界的把握和表现方式，拉美作家专注于本土，专注于家乡，专注于对古老的土著文化的发掘，运用魔幻现实主义方式，展开现实、历史和文化的多层次描写。马尔克斯便把笔触集中于马孔多小镇那个邮票大的地方，展现了一个沸腾的蛮荒世界，一个波诡云谲、五光十色、富有美丽的世界。这一切，无疑强化了中国作家创作的地域性追求。

其二，寻根文学的推动。在我看来，寻根文学史乡土文学发展的一个高峰，其深化之处则是从地缘文化的角度认识文学的地域性。而寻根文学的兴起又与魔幻现实主义的影响相关。寻根文学在它的“寻根宣言”中指出，“文学之根应深植于民族传统文化的土壤里”。民族传统文化分为规范文化和非规范文化，前者指官方的、文人的、经典的文化；后者指民间文化，包括野史、传说、笑话、俚语、民歌、神怪故事、风俗习惯、性爱方式等。规范文化是地壳，非规范文化是岩浆；不是地壳承载着岩浆，而是岩浆承载着地壳。岩浆是最活跃、最富有生命力的因素。“寻根”，主要是寻民间文化之根。如湘西楚文化，新疆东正教文化、伊斯兰教文化，陕西秦汉文化，江浙吴文化等③。从寻根文学的创作实绩看，对地域文化的发掘和表现成为它的重要成果。如贾平凹对商州文化的发掘，张承志对草原文化的发掘，李杭育对钱塘文化的发掘，郑万隆对黑土地文化的发掘等，都取得喜人的成果。寻根文学的倡导和创作实践，无疑推动了地域文学的发展。

地域文学正走向繁荣，却又不能用“流派纷呈”来描绘，应当如何描述其发

---

① 陈思和：《当代作家中的文化寻根意识》，《文学评论》1986年第6期。

② 新浪网：《著名作家莫言做客新浪网访谈实录》。

③ 韩少功：《文学的根》，《作家》1985年第4期。

展态势呢?

笔者以为,恰当的描述应是:以发掘地域文化精神为旨归的“割据称雄”,或曰“群雄割据”。它包含两重意义:一是各邦邑区间的群雄割据,每一个邦邑区都在全力培养自己的作家队伍,打造优秀作品,以成雄踞全国之势。如包括路遥、贾平凹、陈忠实等在内的三秦作家群,包括莫言、张炜、王润滋、李贯通、矫健等在内的齐鲁作家群,包括汪曾祺、高晓声、李杭育、余华、苏童、叶兆言等在内的吴越作家群,等等,都显示出称雄全国之势。二是在各采地区,每一位作家都在占有自己头上一片天,脚下一片地,发展自己独特的风格,寻找立足于全国文学之林的依据。如贾平凹的“商州小说”、莫言的“高密小说”、张承志的“草原小说”、王朔的“新京味”小说等均为学界关注或称道。在这种情况下,同一邦邑区的作家都在发掘着地域的文化精神,但在艺术表现上又全力寻找自己的风格。这便是地域文学流派衰微而地域文学兴盛的内在奥秘。

第三节　重要邦邑区的文化性格及新时期作家群

鉴于中国文化区域结构的庞大性和复杂性,也基于文学研究的需要,本节考察研究的文化区层级定在邦邑区,也以上位的行住类型区、民族区和下位的采地区为参照。这里选取黄河、长江流域的几个主要邦邑文化区,地域作家群以新时期小说作家为例。对于区域文化与地域文学的研究,依据第一章提出的地缘文化诗学理论。它包括:(1)研究文化的地缘性,基本思路是:在确定了文化区域的层级之后,基于文化区的丰富内涵,首先对其“外部结构”进行考察分析,分析地缘文化的成因,即探讨地域物质环境和社会结构的特征以及对地域文化产生怎样的影响;然后进行“内部结构”的考察分析,从地域的文化景观到文化风俗,直至文化的深层结构——文化性格。(2)研究文学的地域性,基本思路是:首先考察文本对地域文化中文化景观、文化风俗的描写,发觉其独特性,揭示地域文化的多彩风貌。然后运用原型批评理论发掘文本表现的地缘的文化性格,揭示其深层特征;这是一项复杂的研究,不仅要调动各种文本批评手段,还要实现原型批评的中国化和地域化。为着更好揭示文本的地域性,研究作家的地缘文化濡染也是不可缺少的辅助手段。由于篇幅所限,此处仅进行极其简要的分析,详细分析待专章研究。

1.三秦文化区。三秦原指秦人统一全国之前的活动区域:以今陕西关中为中心,东起函谷关,西达陇中,南至秦岭,北抵贺兰山,大致相当于今陕北和关中地区。秦灭,项羽封秦降将章邯、司马欣和董翳为王,人称“三秦王”,辖秦故地,故有“三秦”之称。今以三秦代陕西,增加了陕南地面。三秦由横贯东西的桥山和秦岭划出陕北、关中和陕南三大板块。西北季风将欧亚大陆深处肥沃的黄土刮起，厚厚地飘洒在三秦大地上，于是有了肥沃的黄土高原、关中平原，有了黄河。德国学者李希霍芬于19世纪后半叶到我国考察，发现黄土的纵剖面有无数细长的虹吸管，其虹吸作用能将土壤深处的营养和水分输送到地面，有“自行肥效”的作用。加之关中地区温度适中，降水丰富，河流纵横，在古老的中国，成为农业发展中心。中华民族的祖先黄帝、炎帝在此发祥，周人也始居此。但是，由于历史的阴差阳错，在这里创造辉煌业绩的却是从西部迁来的游牧的秦人，后又有楚人刘邦入主长安，于是，三秦文化是以周文化（强调伦理精神）为先导、以秦文化（强调征服作风）为主体、楚文化（强调自由精神）为补充的复合文化。图强精神和征服作风，富国强兵的功利观，开放性和包容性，是三秦文化性格。三秦是周秦汉唐数代中国文明的中心，尤其是汉唐，不仅经济、政治和文化发达，还有同中亚西亚交流的雄伟气魄，人称“秦汉风采”，“盛唐气象”。秦文化具有了全国性意义。司马迁的《史记》，杜甫、白居易的现实主义诗歌便是这种气象和风采的体现。宋元之后，文明南迁，秦文化像个没落的老贵族，一蹶不振，却积淀成三秦的文化典籍——“关学”。上古、中古的先进性的中近古落后性的矛盾统一，形成浑朴、厚重、内向的秦文化性格。这恰如贾平凹在霍去病墓前看到石雕卧虎，虽卧而内藏虎气。秦文化精神，正是这种“卧虎性格”。

三秦文学如同三秦文化一样，汉唐的辉煌后便陷入长期的沉寂，直到1940年代才带着一脸土气崛起于革命根据地延安。著名作家柳青，由40年代的《种谷记》到50年代的《创业史》，以严谨、厚实和富于进取的风格树起新文学的丰碑。虽然对柳青多有非议，但《创业史》对渭河平原乡村生活的真切描绘，塑造的真切而深刻的农民形象、创造的放射性人物关系结构以及质朴而精湛的小说语言，已成为当代文学的重要收获。杜鹏程的《保卫延安》和《在和平的日子里》，无论是写炮火连天的战争，还是写热火朝天的建设，都带有质朴厚重的史诗性。王汶石在五六十年代被称为“低产优质”的短篇高手，他也着意写渭河平原的农村，代表作有《新结识的伙伴》《大木匠》《买菜者》《风雪之夜》等，小说塑造的生动质朴的农民形象，以及小说中流淌的浓郁时代气息与乡土气息，已是难以重复的“范本”。

新时期，三秦有以贾平凹、路遥、陈忠实三位为代表的强大作家群。三大作家恰割据于陕南、渭河平原、陕北三地：贾平凹描绘着陕南的商州风情，陈忠实表现着渭河平原的风俗文化史，路遥在陕北城乡结合部开掘着城乡文化的矛盾和撞击。他们又分别以长篇巨制《平凡的世界》《白鹿原》《秦腔》先后获取茅盾文学奖。贾平凹生活的陕南邻接楚地，地域文化的影响以及童年生活经历锻造出贾平凹的超常认知和感应性思维，使之成为具有“江南才子”色彩的作家，他的人文像是“牵连着‘水’，制约着‘石’”的“月像”。然而，雄浑开放的三秦文化终使他走向浑朴和开放，走向大涵大度的秦汉风采。他的创作带有了精致而浑朴的复调特征。《秦腔》以密实流年的方式细腻描绘清风街鸡零狗碎的泼烦日子，但从中却透视出乡土社会的历史变迁：农耕生产方式的衰微，秦腔文化的衰亡，市场经济的兴起以及伴随而生的种种社会矛盾和社会弊端等。因而被称为"日常生活的乡土史诗"。陈忠实生长在具有悠久农耕文化传统的关中平原，这里是儒家文化的发祥地和积淀最深的地区，《白鹿原》也就通过主人公白嘉轩等着意描绘了20世纪渭河平原的儒家文化兴衰史。同陕南和渭河平原相比，路遥生活的陕北处在北部高原，古来是游牧和半农半牧之地，这里的人们更加粗犷豪放，更加少约束尚开放，《平凡的世界》正是以变革中的陕北农村为描写对象，塑造了众多粗犷质朴的农民形象，并解释了深蕴其心底的改革精神。

2.三晋文化区。三晋文化区大致分布在山西全境，河南中北部和河北的南、中部。三晋西有吕梁山和晋陕大峡谷，东有太行山，北有阴山和大漠，南有黄河与中条山，中间由北向南，依次排列着大同、忻州、太原、临汾、运城、上党六大盆地。三晋的地理特征一是"表里山河，屏蔽中央"，军事地位重要，自古是军事必争之地。二是经济富饶，地处黄土高原，其黄土有"自行肥效"，只是地势高，气温较低，农业不及关中，但仍是中华文明的内核区。因此，三晋成为历代政治家谋取霸主必争之地。争霸之地强化着三晋儿女的竞争意识。这种竞争意识不仅表现在据三晋而称霸全国，如晋文公便成为春秋时期第二代霸主，还表现在三晋之地的士大夫争霸，如晋国中六大家族韩、赵、魏、范、智、中行相互争斗，最后由韩、赵、魏消灭范、智、中行，并三分晋国，三晋也由此而得名。三晋之地生长和来往着众多变革家：春秋战国时代，身披六国相印的纵横家产生于此，主张变法图强的法家思想首先兴于此；李悝（魏）、韩非子（韩）、荀况（赵）等，崇法度，图变革，树起富国强民的丰碑。这一切，融会成三晋之地尚法求变的文化性格。这种性格成为三晋历代发展强盛的内在动力。在三晋的历史上，出现了许许多多的政治家、军事家、文学艺术家、学者、他们的共同特点是：尚法度，求变革，创业绩。三晋文化精神由此而发展深化。

20世纪40年代初，赵树理以《小二黑结婚》《李有才板话》《李家庄的变迁》崭露头角，并成为工农兵文学的开创者。这一方面得益于巨变的时代和变革的时代精神；另一方面，也得益于赵树理自身尚法求变的晋文化性格，得益于时代精神和地域文化精神的强烈共振。50年代，形成以赵树理为首，包括马烽、西戎、束为、孙谦、胡正在内的山药蛋派，这一最大的当代文学流派，深植于三晋文化土壤。

新时期又是一个变革期，变革时代再次唤起三晋作家的变革意识，创造山西文学的辉煌。80年代，山西作家阵容强大：赵树理的战友马烽、西戎、束为等尚在，且笔耕不辍；成长于五六十年代的韩文洲、田东照、李逸民等再度活跃；崛起于80年代的张石山、韩石山、王东满、周宗奇、柯云路、钟道新、李锐、郑义等是这个群体的中坚，山药蛋风格虽已变异，创作成就仍令世人刮目；令人惊喜的是，山西又出现第四代作家吕新、王祥夫、曹乃谦等，他们生活在乡村，以“农民的儿子”身份“平视”农村生活，颇似赵树理一辈。柯云路的代表作《新星》以年轻的县委书记李向南的古陵改革为线索，展开了80年代初乡村改革的全景式描绘：上至县委、地委、省委乃至中央，下至公社、大队、生产队、社员，直到各种基层干部和群众；横贯农林副渔各行业以及党政、教育、司法、交通、电业、水利、教育各部门。让人感受到历代改革中社会牵连的广阔性和矛盾的复杂性。郑义的代表作《远村》和《老井》不仅是寻根文学的代表作，表现出文学创新的活力，而且发掘出三晋乡民从祖先那里继承的不屈意志和在现实中穿越苦难的毅力。

3.燕赵文化区。燕赵文化区指的是河北、山西西部的地域，古燕赵曾在这里聚落。从物质环境看，高原、山地、平原共存的地貌条件和温带气候使之成为农耕文化和游牧文化的结合部，400毫米等降水线便斜穿河北。从社会结构看，胡汉对峙交融使古燕赵之地成为御胡的前线，燕赵自古多战乱，战争强化着燕赵人的勇武精神，赵武灵王的胡服骑射便是绝好范例。战国末期，赵国在保国御秦中进行着一次次浴血苦战，燕国在刺秦壮举中涌现出如荆轲、高渐离、樊於期、田光、燕太子丹等一批慷慨赴死之士。于是，众多的文化表层现象积淀成燕赵人的深层精神：慷慨悲歌，勇武任侠。具体表现为义无反顾的反抗精神，言信行果的侠义品格，慷慨大度的豪爽情怀。秦汉以降，燕赵大地阶级、民族斗争激烈，燕赵文化性格沿两途发展：一是战争，包括反抗侵略的民族战争和反抗压迫的农民起义，燕赵历来是战争的前线；二是移民，大致走向是燕赵人南逃，北方游牧人侵入。前者强化着燕赵人的勇武精神，后者增强着燕赵之地的胡风；二者交互作用，使燕赵文化性格得以发展和强化。然而，自元代以来，北京由当年燕文化中心“蓟”变为全国的政治文化中心，由地域文化发展为京都文化。京都文化具有强烈的庙堂性、包容性与典雅性，它对燕赵地区进行强烈的辐射和扩张，一方面提升着燕赵文化；另一方面又消弭着古燕赵的文化个性。比如，燕赵文学史上的4位代表作家及作品，郦道元的《水经注》、高适的边塞诗、关汉卿杂剧和曹雪芹的《红楼梦》，前三种体现着慷慨悲歌的燕赵风骨，后者更多体现着京都文化的丰富、典雅和包容。

燕赵的现代文学兴盛于20世纪40—50年代，并形成两支劲旅：一支是以孙犁为首，包括刘绍棠、从维熙、韩映山、房树民在内的荷花淀派，具有优美清新的“荷花淀风韵”；另一支是以梁斌打头，包括徐光耀、李英儒、雪克、刘流、冯志等在内的专写冀中革命斗争的作家群，多部长篇巨制描绘了冀中儿女威武雄壮的斗争画卷，具有慷慨悲壮的“红旗谱精神”。需要说明的是，“荷花淀风韵”中亦不失峻拔刚强的燕赵风骨。“荷花”、“红旗”作为两种原型意象既显示出燕赵文化之高洁，又显示燕赵文化之壮烈，共铸燕赵现代文学的辉煌。

新时期燕赵作家有：刘绍棠、铁凝、陈冲、贾大山、何申、谈歌、关仁山等。他们各有自己的生活层面，如刘绍棠的北运河，铁凝的保定城乡，贾大山的常山古地，何申的塞上山庄，关仁山的唐山渔村和农村……一方面，在各自的采地区开掘着燕赵文化精神；另一方面，从荷花淀风韵和红旗谱精神吸取丰富营养，创造着燕赵文学的新品格、新风貌。

4.齐鲁文化区。齐鲁文化区主要指今山东地区。包括半岛区和内陆区两部分：山东半岛突出在渤海和黄海间，北隔渤海海峡，与辽东半岛相望；内陆部分与江苏、安徽、河南、河北在华北平原相邻接。齐鲁地形以平原、山地、丘陵为主。平原面积广大，环绕着山地丘陵地形的南、西、北三面，使齐鲁的山地与内地的山地高原相隔离，呈孤岛形势。泰山突兀而起，黄河斜穿齐鲁大地，奔入黄海。简言之，齐鲁地区的自然环境是“河山带砺”，依山临海。雄伟而开阔，肃穆而壮观。在这样的土壤上产生的文化必然是开放而大气，吴国公子季札观乐于鲁，夸赞齐国音乐“美哉，泱泱乎，大风也哉”，便体现这种影响。从社会结构看，齐鲁远古属东夷文化。东夷文化的两个发展中心，一是曲阜，系少昊之虚；二是临淄，系少昊司寇爽鸠氏之虚。东夷文化并不落后，古有“东夷非夷”之说。商代，盘庚居奄，奄即曲阜，这里曾为全国的政治中心，而且由此迁殷。西周时期，周天子派两位最伟大的政治家——周公旦与姜太公分别治理鲁和齐。春秋时期，齐桓公成为第一代霸主，曲阜成为东周的第二政治中心；战国时期，“稷下学宫”建立，临淄成为全国文化中心。齐鲁出现了众多文化大师，如儒家的孔子、孟子、曾子、子思等，墨家代表人物墨子等，“齐学”代表人物管子、晏子等，兵家大师孙武、孙膑等。开放大气的自然环境和丰富复杂的社会关系凝聚而成的齐鲁文化性格是：古雅、深邃、凝重，有泱泱大国之风。

细研之，齐文化与鲁文化又有差别。从自然环境看，鲁地属内陆地区，有广阔而肥沃的平原，便于耕作，发展起来的是农耕文化；齐地临海，土地潟卤，不便于农耕，发展起来的是渔盐工商。从社会结构看，鲁国是周公的封地（其子伯禽代为治理），相传周公制定“周礼”，“周礼”讲究“礼”和“仁”，是由农耕文化产生的“国策”，鲁国完全按周礼进行治理，表现出重礼尚仁、质朴敦厚的文化性格；齐国是太公的封地，太公虽为周之勋戚，但非同姓，治理国家手段灵活，因地制宜，尊贤尚功，重工商渔盐之利。在此基础上，形成齐文化尊贤尚功、开放自由的文化性格。齐鲁不同的文化性格表现在社会生活的各个方面，除了上面说的经济上的重农抑末和重渔盐工商、政治上的重礼尚仁和尊贤尚功的差别外，在风俗上，鲁人崇尚德和义，好讲习礼乐，婚俗上“同姓不婚”；齐人讲求利，好声色狗马，婚俗上无“同姓不婚”限制。在学术上，鲁地产生以孔孟为代表的“鲁学”，即儒家之学，学界有崇儒之风；齐地产生以管、晏、稷下学为代表的“齐学”，广收博取,是诸子百家学说的大融会。总之,“鲁文化实际上是周文化在东方的翻版,而齐文化则带有较多东夷族的痕迹。弘扬王道,平治天下,是鲁文化的最高理想;力主霸兴,一匡天下,是齐文化的现实追求。在鲁文化中,充满了理性和凝重;在齐文化中,却透出功利和空灵。”①尽管齐、鲁文化有较大差别,却也在不断进行沟通和交融,共同建设着辉煌的中华文化。

新时期齐鲁文化区出现了莫言、王润滋、李贯通、张炜、矫健等作家,除李贯通之外,均出生在山东半岛,属古齐地作家。几位作家中,影响最大的是莫言和张炜。莫言创作了《红高粱家族》《丰乳肥臀》《檀香刑》等作品,这些作品表现出对生命意识的极大张扬,如在《红高粱家族》中写了敢恨敢爱,敢于直面生死荣辱的祖父一辈,他们人性朴野,敢于反叛传统,尽情宣泄和抒发人类的生命原欲。与此相应,莫言尤善感觉描写,他在叙事中不失时机地切入自己的感觉,并置于最突出的位置,这种感觉不是一般感觉记忆,而是添加了艺术想象的审美创造,而且,他善于利用艺术通感,将各种感觉纽结到一起,创造出多声、多彩、多姿的感觉世界。红高粱原型意象便是这一切的载体。这些追求与鲁文化似有不谐,却明显有带东夷古风的齐文化风韵。张炜是寻根文学的代表作家,他的《古船》《家族》《柏慧》《九月寓言》等对家族文化的揭示既显示出艺术的深邃,又表现出艺术的开放,他对文学“精神”的持守和倡导更见出风格的凝重。2010 年出版的 39 卷 450 万字的《你在高原》,可说是他创作的集大成,深邃、开放、凝重的风格进一步得到全面而深刻的展示。这一切,都与齐鲁文化不无关系。

5.楚文化区。楚文化区大致包括湖南、湖北及部分河南、安徽、江西地区。从地理环境看,楚地北有武当山、大别山、大洪山等,西有大巴山、巫山、武陵山、雪峰山等,南有南岭,东有幕阜山、罗霄山等;中部有江汉平原和洞庭平原,江、汉、湘、资、沅、澧流贯其间,广阔的洞庭湖分布其内。地理大势是四面环山,中部平原,水网密布;特征是山重水复,形貌多变。对文化的影响,一是形貌多变的重山复水给人以神秘感,形成尚巫尚鬼的巫风和浪漫想象精神;二是山重水复的艰苦环境锻炼人们的坚韧精神,出自楚地的成语“筚路蓝缕”便体现这种精神。从社会结构看,楚地民族杂居(闭塞落后),色彩斑斓(多种奇风异俗)。其影响与地理环境指向相同,一是神秘性和浪漫色彩;二是坚韧精神,具体将包括两方面:一是坚强而有韧性的精神,楚人卞和屡献宝璧便体现此精神;二是家国精神,这是支撑坚毅精神的理想,出自楚的成语“狐死首丘”就体现此精神。由楚地独特的地理环境与社会结构形成的文化性格是:浪漫奇诡,坚毅中正。春秋战国时期,楚地宏妙的哲理、奇瑰的文学、精美的工艺品和独特的民俗把楚文化推至鼎盛。其代表人物是老、庄和屈原。老子哲学发展为庄子哲学和稷下精气说,精气

① 黄松:《齐鲁文化》,辽宁教育出版社 1991 年版,第 103 页。

说又孕育出屈原忧国忧民的人格精神。这一切化作《庄子》和“屈骚”,二者体现的浪漫、奇幻特色,以及屈原表现出的家国精神和坚韧痴愚性格,正是楚文化精神的表现。两湖中,湖北毗邻中原,交通日益发达,加之是军事要冲,历代多征战;魏晋、唐宋间大量西北移民南迁至此,明清时又有大量西南移民北移至此。楚文化特质在湖北渐淡,更多保存在湖南。

新时期的湖南文学颇具楚风。主要作家有古华、叶蔚林、莫应丰、孙健忠、韩少功、彭见明、谭谈等。他们效法沈从文、周立波,描绘浪漫、优美而富有神秘色彩的风景画和风俗画,其文本风格清新而优美,浪漫而奇幻,作品中的人物却有坚韧的个性,追求刚柔相济的清丽之美。如韩少功的《爸爸爸》以丙崽、鸡头寨、刑天构成一个意象系统,其中,鸡头寨是扩大了的丙崽,丙崽则是鸡头寨的缩影,两者均是再生意象,而创世意象刑天则是二者的先祖和前因。这一意象系统隐喻的原型意识,一是非此即彼的二元对立思维以及由此形成的落后愚昧的精神状态;二是强旺的生存力量,包括顽强的生存意志、强烈的族群意识和执着的理想精神。其中深蕴着浪漫奇诡、坚毅中正的楚文化性格。

6.吴越文化区。吴越文化区包括江苏、浙江,以及安徽,江西的部分地区。吴越最鲜明的地域特征便是以“三江(长江、淮河、钱塘江)五湖(太湖)”为主干的水网世界。三江五湖对人的影响是双向的:其水利造就秀丽的山川、丰富的水产、肥沃的土地、便利的交通,使吴越成为鱼米之乡,吴越人自然人性柔慧,文雅平和;其水患又锻炼着人们同洪水的搏斗精神,“弄潮儿向涛头立,手把红旗旗不湿”,又见吴越人的勇猛、雄悍。吴越初始,征服自然力薄,面临无穷水患,吴越人便断发纹身,以像龙子,充满冒险斗争精神。更兼社会动荡,争战不断,历史留下“吴王金戈越王剑”的典故,早期的吴越“尚武”,“士有陷坚之锐,民有节慨之风”,具有粗犷猛厉的文化性格。东汉以来,大批北人南迁,尤其是东晋、南宋时期,王室偏安南方,不仅使南方经济发展,增加着征服自然的能力,而且大批宦官文人南移,增加着南国的文化氛围,加之由此产生的“不知亡国恨”的“偏安心态”,吴越由“尚武”逐渐变为“崇文”,地缘文化精神的阴柔面凸显出来,江浙变得水土柔和、人性柔慧。然而在吴越的崇文和柔慧中,仍深埋着尚武和反抗的种子,从陆游、范仲淹、顾炎武到章太炎、蔡元培、秋瑾、鲁迅等,便显示着吴越的血气和风骨。

吴越文化精神影响所及,吴越文学常表现出两个类型:带尚武精神的精警透辟型和带崇文精神的幽微淡远型。作为现代文学开创者的鲁迅,其作品兼两种类型,且均树高标,如《阿Q正传》和《社戏》。需要说明的是,鲁迅的主要特征是透辟精警。20世纪20年代乡土小说派的吴越作家们,其风格笼罩在鲁迅的风格之下,如王鲁彦的精警,许钦文的幽雅。30年代的茅盾,其小说思想透辟,当在精警之列,与之相类的尚有叶圣陶的《多收了三五斗》等。40年代,吴越文坛曾一度沉寂,五六十年代出现了优美的茹志鹃和称得上精警的陈登科。

新时期以来,吴越小说获得大发展,汪曾祺的高邮小说,陆文夫的苏味市井小说,林斤澜的温州小说,李杭育的葛川江系列,把吴越的淡远风格推上一个崭新阶段;高晓声、张弦、余华、苏童的作品虽风格不同,却都因剖析生活的透辟而名世。在这些作家中,高晓声、陆文夫和汪曾祺,以其独特的风格成为新时期吴越文学的杰出代表。

7.北京文化区。人们常把中国的版图比作昂首大海的雄鸡,北京的位置则是雄鸡的心脏。北京雄踞中国东北偏南,西部为太行山北支,北部为燕山山脉,二者在北京西北相接。燕山与太行山环抱的北京平原称北京湾,由北京地区五大河流(永定河、潮白河、拒马河、温榆河、泃河)冲积而成,并与华北平原连为一体。北京地处华北平原的北端。向南,可沿大运河到江浙;向西,可出南口抵大西北草原;向东,可直达白山黑水间。如此,北京面向中原文明圈,背靠东北文明圈,西邻北方文明圈,是东北、华北、北部三大文明圈的结合部,是农耕、游牧文化交汇的大熔炉。具有极其重要的军事政治地位。这使它具有了成为全国政治中心的天然优势。

从历史看,我国中原核心农耕文化区的威胁主要在北方。北方游牧族的强盛有一个由西而东的过程。这也促成了全国政治中心与京都自西向东的位移。先秦之际,威胁华夏地区的是西北的戎和北部的狄;秦汉时期,是北方蒙古草原的匈奴;南北朝时期,是居于北方的鲜卑。关中接近与戎狄、匈奴、鲜卑对峙的农牧交叉地带,因而长期作为全国的政治中心,长安是理所当然的首都。唐中期之后,东北的辽、金发展起来,并分别与北宋、南宋对峙,政治军事中心便移到河北一带,至元代蒙古人统治全国,定都大都,北京就成为全国的政治中心。此时它不再是古幽燕的地域文化,而是五方杂居的京都文化。

然而,北京作为北方地域的王国国都和州郡治所已有两千余年的历史,早已形成比较稳定的地域文化。这不可避免地为作为京都的北京铺上一层底色。这是因为,北京地区的气候水文、地形地貌影响着北京文化,由这种地理环境产生的游牧人和农耕人对峙交融的社会关系史,也必然成为京都文化的底色。这便是幽燕文化底色。形成于战国时期的幽燕文化具有勇武任侠,慷慨悲歌的文化性格。因而,北京文化先天具有这种文化底蕴。

北京作为首都的文化性格有三:一是庙堂文化精神和政治文化意识。其实,两者都是政治性。只是前者是传统伦理政治,后者是现代人民政治。它们不仅表现在北京的文化景观,如故宫、四合院是伦理政治的物化,天安门广场和大院则是人民政治的物化,而且表现在文化行为上,如北京的关帝庙对关羽的敕封以"忠"字当头,北京的儿歌、民谣以及方言口语有很大的政治含量。二是包容意识与和谐精神。如北京城市建设的基本格局——南北中轴线与东西中轴线的交叉,不仅体现着传统文化景观与现代文化景观的集大成,而且体现着二者的和谐交融;京剧也体现着中国戏曲的集大成和南北戏曲艺术的交融。三是贵族精神与典丽品格。这种精神品格与帝王都的优越环境紧密相连,是指在优势的文化和教育环境中陶冶而成的一种人格理想、精神气质和审美情趣。这是一种"全而善美"的人格理想,勇敢、自尊、忠诚、仁厚、威武不屈、贫贱不移的精神气质和高雅、典丽的审美情趣。如,北京人好礼,从知识精英到贩夫走卒都讲求仪容姿态之美,内蕴着北京人的豪迈和自尊;北京方言响崩溜脆,是一种说的艺术。一是讲究响亮脆生的声音意象,二是讲究充满智慧的幽默和调侃,二者共同构成北京话的"京味"。

具有北京文化特征是京味小说。京味小说萌生于清末民初的报人小说,大成于老舍,新时期又有较大发展。七八十年代之交有邓友梅、陈建功、刘心武、苏叔阳、汪曾祺等的京味小说,80 年代中后期又产生王朔等的新京味小说。前者称为京味第二代,以邓友梅为代表,他以老舍的京味为圭臬,以知识精英的启蒙意识表现老北京的四合院文化,语言亦是四合院的老北京方言,充满着机智的幽默;后者的王朔则为京味第三代,他则以后现代主义情绪表现大院文化,语言是现代城市流行语,以"肆无忌惮"的调侃展示"红色没落纨绔"的颓废心态。

8.上海文化区。上海属古吴越(今江苏、浙江)之地,居于江苏和浙江的沿海邻接处,北、西与江苏省为邻,西南同浙江省毗连。

从自然环境看,上海属长江三角洲的近海区。黄浦江、吴淞江(苏州河)流贯市区。上海位于黄浦江汇入长江处,贴近长江入海口,海路、江路、陆路四方畅通,连接着祖国乃至世界的四面八方,历来有"江海要津"之称,有着对外开放的极其优越的条件。这一切,为上海成为世界性现代都会奠定了基础。

从社会结构看,上海在近代之前却始终是落后蛮荒之地,究其原因:一是上古的吴越,水患连天,百越儿女断发文身,雕题黑齿,处于尚未开化状态;二是历代帝王的开放目光一直向着西方,而缺乏向海意识。虽有明代郑和下西洋之举,之后又实行海禁。是时吴越经济虽已十分发达,上海仍未获得发展。

上海崛起于第一次鸦片战争后广州、福州、厦门、宁波、上海五大口岸的开放。上海开埠后,纷沓而至的外商与清政府商定在上海城外建立租界。之后,英租界(后与美国租界合并为英美租界)、法租界相继建立。清政府建立租界本来是为了实行华洋分居,然而,1853 年爆发的上海小刀会起义攻破上海县城,逃难的民众纷纷逃入租界。他们不仅为外商提供了用之不竭的劳动力,还成了源源不断的消费者。上海由此获得了独特的发展契机。到 20 世纪初,外资企业急剧增长,民族资本主义企业也有了一定发展,金融业、交通运输、邮电通信迅速发展,开埠不过五十年的上海,便由一个小小的县城发展成为全国的经济中心,并跻身世界十大都会之列。

上海在形成大都会的同时，也形成了自己的文化性格。

首先是吴越文化基底性格：平和、雅静，内含精明的崇文心态。上海的女性貌似妩媚柔弱，充满迷人的女人味，实则精明强干，工于心计；这既是上海文化教化熏染出的女性形态，又是吴越风土千百年来造就成的佳人风范。知识男性则总是衣冠楚楚，彬彬有礼，做事认真可靠，一丝不苟，而且日益内倾化和柔弱化。

然后是上海作为现代都市的文化性格。其一是商业文化人格。具体表现在：(1)以个体利益为本位的自主人格。(2)重实效、重科学的处世态度。(3)重利轻义的非道德心态。其二是现代开放意识。上海的四种民居花园洋房、公寓住宅、里弄住宅和棚户简易住房，除棚户简易住房具有农村民居的原始性之外，其余三种都受到欧美建筑样式的影响。花园洋房和公寓脱胎于欧美建筑样式，里弄住宅则是立足本土面向西方的创造，是上海开放意识的外化。其三是世俗化心态。上海人以透彻的务实态度“过好自己的日子”，并形成精明、实惠、追求合理性三大品格。世俗化导致传统伦理情感的淡化，上海话简洁而少敬语，第二人称不分男女老幼皆称“侬”；第一人称皆称“阿拉”，这让讲礼数的北京人难以接受。世俗化心态，还形成对政治的冷漠和排拒，上海始终没有像广州、武汉那样成为革命的中心地。

在上海这座曾经产生新感觉派、张爱玲、周而复、茹志鹃等海味小说的现代文化土壤上，新时期形成了壮大的作家群体，其中包括，表现上海新时期社会变革和上海人精神风貌的俞天白、赵长天、程乃珊、李晓等，致力于女性文学创作的王小鹰、陆星儿、王晓玉、陈丹燕等，描写上海底层生活的陈村、沈善增、沈家禄等，上海的知青作家有叶辛、竹林等，还有创作了《金瓯缺》的历史小说家徐兴业等。最有成就的还是女作家王安忆。她驰骋文坛三十余年，至今创作不衰。她的作品中深蕴的漂泊情结、阿尼玛阿尼姆斯效应和洋场心态正是上海文化性格的体现。代表作《长恨歌》描写了弄堂、闺阁、爱丽丝和平安里等上海文化景观，流言、小姊妹情谊、派推等上海文化风俗，尤其是通过王琦瑶的形象揭示了三小姐品格、日常主义精神和孤独飘零心态等上海文化心态，对上海文化进行了全面而深刻的揭示。

第四章　燕赵文化与新时期燕赵小说

第一节　燕赵文化的地域特征

燕赵文化区与今日河北省大致相当，古燕赵还包括山西西部一些地域。河北多古称。先秦时期有“九州”说。《禹贡》称九州为冀、兖、青、徐、扬、荆、豫、梁、雍。冀便为古河北之地，此为传说区划，实际并不存在。春秋时期，河北分属燕、晋、卫、齐诸国；战国时分属燕、赵、中山及魏、齐等国，其中以燕、赵势力最盛，故又有“燕赵”之称。秦置上谷、渔阳、右北平、代、巨鹿、邯郸、广阳、恒山八郡。汉设幽、冀等州，冀、幽始为正式行政区域，故又有“幽冀”之称。隋置幽州总管府。唐属河北道，河北作为正式行政区域由此始。宋分河北为东、西两路。元置大都、永年、兴和、保定、真定、河间、顺德、广平、大名等路，直属中书省，为“腹里”。明洪武年间，置北平等处布政使司；永乐年间改北平为京师，置顺天府，各府、州直隶京师，称北直隶。清置直隶省，民国因之，1928 年改直隶省为河北省至今。

燕赵文化在战国后期形成，是时，燕赵大地活跃着燕国与赵国，故“燕赵”之称最具区域文化意义。燕国，西周封地，姬姓。《史记》多处有周武王“封召公奭于燕”之说。其实，燕的历史可追溯到先商。商，子姓。子者，燕卵也。因多种史书载商的祖先契系帝喾次妃简狄吞下玄鸟卵所生，玄鸟即家燕。燕山、燕国均得名于候鸟燕；“玄”即“幺”，幽州的“幽”即山中藏二“幺”；冀的古写为双手托一个“子”，亦与玄鸟有关。史载，契，舜时人，居蕃（今河北平山），其子昭明迁砥石（今石家庄以南、邢台以北），祖乙迁邢（邢台市西南）……商人历 14 代 8 次迁徙，汤于亳（河南商丘）建商朝。此间，商人大都生活在河北。商人建立的燕国，系商人宗族所在，是建立最早且居于核心地位的方国，约始于虞夏之际。在商代有着深厚根基的燕国，到西周已衰败下来，战国初仍如是。燕王哙始进行改革，燕昭王励精图治，筑黄金台招贤纳士，重用乐毅，国力大增，跻身战国七雄。其时疆土囊括河北北部,内蒙古南部,辽宁西南部及山东西北部。国都蓟(北京),下都今河北易县。

赵国的祖先可追溯到虞舜时的伯益,嬴姓,亦是秦人的祖先。伯益后数代,多人为商、周王的御者。造父时救周穆王有功,封在赵城,改姓赵。周幽王无道,造父七世孙叔带弃周如晋,事晋文侯,叔带五世孙赵衰事晋文公功高位显,世称"赵孟"。此后历赵盾、赵朔、赵武、赵简子、赵襄子、赵献侯、赵烈侯、赵五公、赵敬侯等十几代。赵襄子时,与韩氏、魏氏三家分晋。公元前403年为周威烈王认可,始有赵国。赵国建都晋阳(今太原西南),前386年迁邯郸(今邯郸市)。赵武灵王时,图变革,击北胡,开疆域,国力最盛。国土包括今河北的中部与南部、山西的中部和北部、陕西的东北部、山东西部和河南北部。

远古的河北还活跃着中山国。中山国,原名鲜虞,由北方少数民族白狄始建于西周,因鲜虞水(今源出五台山西南流注滹沱河的清水河)而得名。约在春秋末因建都中山城(今唐县城西)而更名中山。前489年被晋攻灭。前414年武公复国,建都顾(今定县),前406年被魏攻灭。前378年桓公复国,定都灵寿(今灵寿西北),国力强盛,前323年与燕、韩、宋等五国同时称王。疆域北起由安新经徐水而西的燕长城,南至房子和部(今赞皇、高邑一带),西起太行山麓,东到衡水。

燕、赵、中山三国中,燕、赵二国势强力盛,后赵又灭中山,故常以燕赵代称河北,河北地域文化亦可称燕赵文化。不过二者也有细微区别:燕赵属于形式文化区,而河北更近机能文化区。

(一)燕赵的物质环境和社会结构

文化的地域性是区域的物质环境与社会结构交互作用的结果。

燕赵的物质环境。从地貌看,燕赵之地山地、高原、丘陵、平原、盆地五种基本地貌类型齐全。五种基本地貌又含多种成因类型。如平原包括冲积平原、冲积——洪积平原、河——海堆积平原、海成平原、剥蚀侵蚀平原;山地丘陵中包括侵蚀剥蚀中山、侵蚀剥蚀低山丘陵、岩熔化的侵蚀剥蚀低山丘陵;盆地有构造盆地和风蚀盆地;高原是构造条件与干燥剥蚀作用的结合,火山地貌在燕赵亦有分布,如张北熔岩台地。

河北地貌虽复杂多样,细分析却有规律可循。分布井然有序的大地单元同大构造单元在规模范围上基本吻合。约略划分,河北西北部有一带高原;高原的东南方群山众丘叠起,它们自东北向西南呈半环状峙立;群山的东南部为坦荡的平原。高原、群山众丘、平原自西北向东南成级级下降的形势,由高而低排列整齐。他们的构造基础分别为:阴山——天山构造带东延部分是高原的构造基础;

阴山——天山构造带南部、新华夏系构造第三隆起带和祁吕山字形构造东翼反射弧是山地丘陵的构造基础；新华夏系第二沉陷带是河北平原的构造基础。其高原称坝上高原区，包括张北高原和围场高原，是内蒙古高原的南缘。山地主要有太行山、燕山两大山脉组成，燕山南侧和太行山东侧多丘陵，北部低山中有宽阔平坦的洋河盆地和桑干河盆地。河北平原是华北平原的主要组成部分，由山麓平原和冲积平原、滨海平原组成。这样的地形地貌对河北境内的气候、水文、生物、土壤等都有一定的影响，自然也影响着这里的人群的生活方式。一般地说，北部高原部分海拔、纬度高，干燥而寒冷，适于游牧或半游牧，中部山地、丘陵、盆地则适合农耕、狩猎及多种经营，南部的河北平原温暖而湿润，适合农耕，燕赵大地为农耕文化与游牧文化的共存和交叉准备了条件。

河北平原虽适于农耕，土质却与黄土高原不同。黄土高原的土质为经典性黄土。19 世纪后半叶德国地理学家李希霍芬在中国西北考察，发现黄土的柱形纹理和高孔隙性有很强的毛细管作用，能使蕴藏在深层的无机质上升到顶层，为作物根部吸收，此谓“自行肥效”。河北平原的土质主要是冲积而成的“次生黄土”，缺乏经典黄土的“自行肥效”能力。虽气候温润、降水量多，却不能使作物长得更好，加之河北平原土地较硬，植被茂密，不利于耕作，其农耕业落后于秦陕。影响所及，燕赵不能创造出与中华文明中心地带完全不同的另一种文化，在同一文化圈内，又显得落后了些。

从气候看，燕赵属北温带大陆季风性气候，春天干旱多风，夏季炎热多雨，秋季天晴气爽，冬季干冷多风。然而，古燕赵（至少在唐代以前）较现在湿润多雨。其生存环境为，山高水深，森林茂密，禽兽繁多，时来急雨。虎狼之多，有曹操《苦寒行》为证：“北上太行山，艰哉何巍巍？熊罴对我蹲，虎豹夹路啼。”战国初赵简子喜畋猎，而赵国境内多狼，后演化成《中山狼传》；两汉飞将军李广射虎中石没羽的故事，唐裴旻日射虎 31 只的故事，燕赵多以虎豹、牛等动物形象作装饰的出土器物等，都在述说着古燕赵的景观特征。

燕赵大地土质和气候条件的影响，弱化着该区域的农耕性，强化着其游牧性。农耕文化与游牧文化的交融性也更加明显。据《史记·货殖列传》的记述，战国至西汉时期中国北部农耕区与游牧区的分界线，在碣石到龙门一线。从东部起由滨海的碣石（今河北昌黎）向西偏北，沿着今燕山南麓西行，再折向西南，经过恒山（今河北唐县西北）和汾水上游，循吕梁山而至龙门（在今山西河津、陕西韩成之间）。河北地区的渔阳、上谷和代郡都处在这条农牧分界线的边缘。代郡最初在今河北蔚县，西汉以后才逐渐移向西北，东汉时移至今山西阳高，北魏时移至今山西大同，隋唐为代州，在今山西代县。代郡附近还有种和石，种在唐为蔚州，即今山西灵丘，石即石邑，在今石家庄西南。北方多雄关，在燕山、恒山和太行山北端排列着许多关隘和塞道，从东向西有渝关（隋筑，即山海关）、卢龙关(今河北喜峰口)、居庸关(又名蓟门关、军都关)、紫荆关(又名五阮关,金陂关)、常山关(又名鸿上关,今倒马关。上有飞狐口、飞狐道)、井陉关(又名土门关)等。这些边邑关隘和塞道都是联系汉地农耕地区和北方游牧地区的门户。游牧文化与农耕文化的共存与交融,使古老的燕赵之地既有游牧文化的粗犷,又有农耕文化的安逸、平和,具刚柔相济的复调特征。

燕赵的社会结构。古燕赵的社会结构,简言之则是农耕族和游牧族的对峙和交融。最早的对峙交融是炎帝族与黄帝族的争斗与融合。同是发祥于陕西地区的炎帝和黄帝,却争斗于燕赵地区。炎帝族为姜姓,姜即羌,羌本羊。《说文》:"羌,西戎牧羊人,从人从羊。"可见炎帝族最初也是游牧族,自神农时起开始耕稼,进入燕赵地区后,即以农耕为主,素有擅长农业的传统。黄帝族因居姬水而得姬姓,进入燕赵地区与炎帝接触时,仍以游牧为主,擅长狩猎征战。《史记·五帝本纪》说黄帝族"以师兵为营卫,迁徙往来无常处"。游牧的黄帝族与农耕的炎帝族发生冲突,在燕赵地区举行了著名的"阪泉之战"和"涿鹿之战"。"阪泉之战"是黄帝与炎帝族末帝榆罔展开的战争,阪泉在今怀来一带,榆罔战败为黄帝收降。之后同族的强项者蚩尤起而与黄帝族相抗,战于涿鹿之野(今河北涿鹿县附近),三年九战,被黄帝擒杀,此谓"涿鹿之战"。战后,炎黄南下至黄河流域,成为我国中原地区的远古居民。

由于炎帝族在农业和社会文化许多方面都较黄帝族先进,炎黄二族的融合方式,不是由黄帝族消灭炎帝族,而是炎黄二族文化叠在一起。开始是游牧的黄帝族通过战争征服农耕的炎帝族,其后是黄帝族放弃落后的游牧方式,接受炎帝族先进的农耕方式,但在名分上要推崇黄帝族。简言之为以黄帝族之名,行炎帝族之实,或者说是炎帝族的政治统治与炎帝族的农业经济二者的结合。最终泯灭了氏族界限,唯有并称炎黄。炎黄融合方式颇具典型性意义,后世多因之。如周人征服了先进的殷商,秦人征服了先进的山东六国,直至元人灭宋,清灭明;但是到头来战争的征服者与政治的胜利者却成为经济和文化的被征服者。这是由游牧人与农耕人的生产方式与生活方式决定的。

农耕人"早出暮入,强乎耕稼树艺"。成书于东汉魏晋之际的《四民月令》描绘了中原农村那种耕织并重、耕读传家的田园牧歌般的生活方式,给人以恬淡、平和的美的陶冶,实际上,首先受到这种陶冶的是当时农耕人;加之以素食为主的饮食结构的影响,农耕人身体灵活,性情也较温顺平和。古谣《击壤之歌》云:"日出而作,日入而息,凿井而饮,耕田而食。帝力于我何有哉!"是对古代农耕人生产、生活和心理的写照。游牧人则逐水草而居,迁徙无定,以鞍马为家,射猎为俗,性格强劲、彪悍。"鸣镝直上一千尺,天静无风声正干。碧眼胡儿三百骑,尽提金勒向云看。"(刘开《塞上》)活画出游牧人的威武英姿。游牧族与农耕族不同的生活方式和性格也形成不同的社会结构。酷烈气候,流动畜牧、四海为家的生活方式，使“骑马民族”自幼成为善战的骑士，他们只需掌握铁兵器的制作，便可以变成令农耕人战栗的战士。游牧民族实行军事组织与生产组织合一，游牧与狩猎则是军事演习，战争和掠夺是他们的生产方式和生活方式。一个游牧部落只要稍加编组，便可成为所向披靡的武装。其给养可以随处获得，无须“输将之费”。农耕民族基本是兵民相分，这就需要“养兵”，战端一开，更需投入巨大财力。即使实行“屯田养兵制”，屯田日久，也会形成兵不习战。于是，无限的军事开支与有限的农业生产积累形成巨大矛盾，以至“赋税既竭，犹不足以奉战士”[①]。再者，农耕人由定居生活培养出来的来的饮食起居习惯，也无法与“风雨罢(疲)劳，饥渴不困”的游牧人一较短长。“三十亩地一头牛，老婆孩子热炕头”的农耕人要成为勇悍无畏、驰骋八方的骑士，必须经过从生活方式到内在心态的重大调整。晁错云：“往来转徙，时至时去，此胡人之生业，而中国之所以离南亩也。”[②]战争对游牧人是极自然、极平常的“生业”，对农耕人是极被动、极痛苦的“离南亩”，这就决定了古代中国的军事格局：经济文化先进的农耕人处守势，经济文化落后而武功强劲的游牧人取攻势。我国历代修筑的“长城”是这种格局的物化。这格局正是黄帝胜炎帝、五胡乱华、金辽胜宋，元灭宋以及清灭明的文化原因。

然而，游牧文化毕竟是低势能的文化，游牧人一旦以征服者的身份进入农耕区，便处在高势能的农耕文化包围中，高势能文化的巨大诱惑往往使征服者“为被征服者所同化”[③]。黄帝战胜炎帝而成为农耕部族；后世的匈奴、鲜卑、突厥、契丹、女真、蒙古等游牧或半农半牧民族在与先进的汉族农业文明接触的过程中，几乎都发生了由氏族社会向封建社会的飞跃。

炎黄以降，古燕赵之地一直是农耕人与游牧人争斗的前哨。战国“拒胡”的长城，燕赵最为著名，如赵武灵王所筑云中、雁门、代郡长城，燕昭王筑上谷，渔阳、右北平、辽西、辽东长城。除秦昭王所筑陇西、北地、上郡长城外，无与之相匹者。胡汉之争外，燕赵之地还有农耕族内的争霸战争，如春秋战国时燕筑南长城以防齐，赵修南长城以防魏，可见当时斗争之严峻。炎黄至春秋战国时期，中国征战不断，而燕赵尤激烈。约略说来，尧舜时，有帝舜与共工的战争，共工战败，帝舜将其流放到北裔幽陵，即幽州；夏代，有太康失国，少康依靠母家有仍氏（在今河北任县）攻灭寒浞，恢复帝位的战争；商代，有商先祖王亥为有易氏（在今河北易县）绵臣所杀，王亥之弟王恒及子上甲微为之报仇，杀死绵臣的战争；商末又有武王伐纣的战争；周初，有周公旦讨伐武庚以及邶、卫、鄘三监叛乱的战争，

① 《史记·平淮书》。

② 《汉书·晁错传》。

③ 恩格斯：《反杜林论》，《马克思恩格斯全集》（第20卷），人民出版社1972年版，第199页。

周公诛武庚、管叔，放蔡叔，三年而定；春秋时期北方戎狄猖獗，屡犯今河北、河南、山西、山西腹地，燕赵地区多次进行与戎狄的争战，如燕国于前706年、前679年、前684年三次伐山戎，还有邢、卫与赤狄之战；战国时期，有赵武灵王北伐林胡、楼烦，燕国秦开破东胡。春秋战国时的诸侯争霸也异常激烈，《春秋》载，弑君三十六，亡国五十二，春秋初年有国一百余，到战国仅留万乘之国七，千乘之国五。燕赵大地便有齐灭令支，卫灭邢，晋灭肥，晋灭鼓，赵襄子灭代，赵襄子灭中山，中山复国，魏灭中山，中山复国，赵灭中山，秦灭卫、灭赵、灭燕。史载，燕赵灭亡前，燕齐、秦赵、燕赵间便有七次大规模的战争：燕惠公亡齐归国之战，燕国子之之乱，燕将乐毅伐齐之战，齐田单伐燕，秦将白起破赵，信陵君救赵破秦，燕王喜伐赵……这强化着燕赵人的尚武精神。

（二）燕赵风骨的形成

燕赵风骨及燕赵文化性格，形成于战国末期。

在邦国林立、大师并起的春秋战国时期，各国都相继变法图强，以期经济发达、政治开明、文化繁荣。实际是寻找自己的优势，培养自己的文化个性。跻身“战国七雄”的燕和赵，其业绩亦相当可观。在赵国，赵武灵王改革军事，胡服骑射，开放边地，巩固国防；赵惠文王继续富国强兵政策，攻取齐、魏土地，赵奢、廉颇等名将守土破秦，称雄一时。在燕国，乐毅曾联合秦、韩、赵、魏、楚五国伐齐，攻下70余城；燕将秦开大破东胡，向东北发展，设立上谷、渔阳、右北平、辽东、辽西等郡，一时雄踞北方。在变革图强、激烈竞争的过程中，燕赵地域条件所决定的胡汉交融的潜在基因以及远古祖先遗传的潜意识积淀日益以显性的形式表示出来，并在现实斗争中得到丰富和补充。燕赵文化刚柔相济，以刚为主的雄浑，燕赵人追求进步、不屈不挠的勇气、智慧和毅力，逐渐完善为燕赵文化文化性格，并物化为燕赵的学术经典《荀子》。《荀子》虽是对先秦唯物主义学术思想的总结，却明显带有燕赵文化气韵。在自然观上，荀子认为“天行有常”，社会治乱与自然现象无关，否定鬼神之说；在哲学史上第一次提出“制天命而用之”的思想。这与楚老庄宣杨的“道”的神秘、相对主义的形神莫辨、是非莫辨的超逸，划出鲜明的界限。在认识论上，他反对天赋道德观念，认为人天赋“性恶”，道德品质由后天人为，这又不同于鲁人孟子的“性善”论。他在唯物主义基础上提出“隆礼”、“重法”主张，从而形成他的学说的独特性。表现在语言形式上，长于说理辩驳，善用对偶铺列论据，连续用排比增强语势，比喻套比喻，比喻证比喻，笔墨恣肆，气势雄浑。

如果说，战国前期各国变法图强之际，燕赵文化性格得以孕育和培养，又以《荀子》进行了初步阐发和揭示，那么，到战国末期，燕赵儿女面对强秦压境，国破家亡的局面所表现出的英雄壮举，则最终使燕赵文化性格发展成熟。前241年，在长平之战中大伤元气的赵国仍与秦进行决战，赵庞煖率赵、楚、魏、燕、韩五国联军攻秦，以顽强的血战获得胜利，国力也消耗殆尽，十几年后为秦所灭。在燕国，荆轲受燕太子丹之托，提剑入秦刺秦王，临别在易水高歌"风萧萧兮易水寒，壮士一去不兮复还"，以示必死的决心；刺杀失败，壮死秦庭。后燕人高渐离隐姓埋名，以击筑为掩护进入秦庭，捕杀秦始皇，亦未中遇害。此外，樊於期、田光、燕太子丹均为视死如归之士。燕赵虽被灭，燕赵儿女的精神却流传千古。

对于燕赵地区的区域文化性格，司马迁曾有阐释。他指出，种地（今山西灵丘一带）和代地（今河北蔚县一带）靠近胡人，经常受到侵扰，师旅屡兴，所以那里的人民矜持、慷慨、嫉妒、好气，任侠为奸。晋国时就已忧患其剽悍难制，中间又经赵武灵王的胡化改革，胡风更烈。中山土地狭小，人口众多，人民性情下急，拦路锤杀剽掠，或者盗掘坟墓，男子在一起悲歌，慷慨激昂。燕地距内地遥远，人口稀少，经常受胡人侵扰，风俗也和代、中山相类似。唐代韩愈精当地概括为"燕赵自古多感慨悲歌志士"（《送董邵南游河北序》）。

详研之，燕、赵文化在大同中各有特色。赵文化中有两个显著特色，一是勇武任侠。赵文化源出三晋，而晋国正是中国古代法家智谋与豪侠勇武的发源地，加之赵地又有尚勇武之胡风，侠士代有人出。赵朔时，赵氏被灭族，门客公孙杵臼与程婴为保护赵氏遗孤，先后壮死。赵鞅吞邯郸，引起范氏和中行氏的干预，董安于代鞅承担罪责，说："我死而晋国宁，赵氏定，还活着干什么？"遂自缢而死。赵襄子与韩、魏合灭了荀瑶而三分其地，荀瑶家臣豫让吞炭漆身先后两次刺杀赵襄子，为荀瑶复仇，连赵襄子都感动得喟然叹息而泣，豫让未能杀死赵襄子，示意性剑击赵襄子衣服，而后伏剑自杀。豫让之死感动赵国志士，争仿效之，于是，侠义之风在赵地形成传统。《庄子·说剑》云赵惠文王喜剑，剑士夹门而客者3000人，日夜相击于前，死伤者岁百有余人而好之不厌。剑士"蓬头突鬓垂冠，曼胡之缨，短后之衣，瞋目而语难。相击于前，上斩颈领，下决肝肺"。后世李白有《侠客行》诗句："赵客缦胡缨，吴钩霜雪明。""十步杀一人，千里不留行。"二是放荡冶游。战国至秦汉，邯郸是最繁华富庶的城市之一，赵人"家殷而富，志高气扬"，具有大都邑之自信和高姿。同匈奴文化与血统的交融以及任侠勇武传统的影响，使赵地人少约束，多狂放。邯郸男子冶游之举系弹琴悲歌、斗鸡、走犬、六搏、饮酒、蹴鞠、狎妓。其中六搏和狎妓最为突出。邯郸女子（邯郸多美女）"则鼓鸣琴，跕屣，游媚贵富，入后宫，遍诸侯"。高适《邯郸少年行》云："邯郸城南游侠子，自矜生长邯郸里。千场纵博家仍富，几度报仇身不死。宅中歌笑日纷纷，门外车马常如云。未知肝胆向谁是，令人却忆平原君。"便描绘此状。赵人的两种文化性格：任侠勇武与放荡冶游，以"世平位下，世乱节高"（高适语）的形式相统一。太平时节"世事惟堪击唾壶"，自然只有放荡冶游；危难时节则显出豪侠大义。高适幼时性情落拓，自称“高阳一酒徒”，安史之乱中则以天下危安为己任，献策平乱，功高位显，终封渤海侯。便体现着这种统一。

燕国在西周前，已有千余年商代子姓燕国的辉煌历史。召公奭于此建姬姓燕国之后，一是由于未能同原有殷商旧族进行紧密的血缘融合与政治合作，二是由于全国的政治中心由中原的殷墟、朝歌迁至关中的丰镐，燕国由畿服内之国沦为偏僻之地，一直一蹶不振。这与赵国很是不同，赵国文化源出三晋，有晋文公长期争霸中原的辉煌奠基，有繁荣的农工商业的支持，是社会经济繁荣基础上产生的文化。燕地则相反，山高水寒，承商代亡国之乱、西周初兴之弊，猥琐而局促，卞急而狷介。后虽有发展，甚至有乐毅大举伐齐之举，终不及赵国殷盛。至太子丹派荆轲刺秦王，荆轲、田光、攀於期、夏扶、高渐离等众多死节之士纷纷登场，演出一部豪壮的悲剧。《枫窗小牍》云：“秦威太赫，燕怨太急，威怨相轧，所谓白虹贯日，和歌变徵。”可见燕地的侠士悲歌并非由社会繁荣而形成的泱泱大国的趾高气扬之风，而是以一剑当百万之师的侠士奇志，是由经济政治文化的落后与低下导致的一个情结，此情结同现实惨烈的撞击，化育出燕人的文化性格：尚侠走险。

燕、赵文化性格虽有异，却在勇武任侠上统一起来。燕赵多侠士，豫让和荆轲便是其代表，且是司马迁《史记》中记载的五大侠客之二。侠士最主要的特点是既不遵从国君之命，又不遵从世俗之情，而只遵从自己独有的价值标准。侠士重信义，言必信，行必果，一诺千金；侠士重德操，“绝交不出恶声，去国不洁其名”；侠士“立意皎然，不欺其志”，为此，不惜生死。死不苟且，生不苟且，生法与死法同样重要。在他们看来，重要的不是去拼死，而是敢于在必要的时候去自死。如荆轲云：“今轲常侍君子之侧，闻烈士之节。死有重于泰山，有轻于鸿毛者，但问用之所在耳。”①侠士用行动书写自己的人生追求，演出着悲壮的人生活剧。所表现的个性也必是“慷慨悲歌”。国中多侠士，民风必然多侠气。《颜氏家训》说到别离同为南、北方人所重，南人在饯别时总要执手哭泣，双目湿润；北人则不然，临行送别，即使心中感慨，也要欢笑分手，双目明亮无泪。事情虽小，却可见民风之一斑。

“慷慨悲歌”并非仅是刚烈、勇悍，还含有深深的情。“风萧萧兮易水寒，壮志一去兮不复还。”有着多么复杂的情感和难以言表的人生况味？慷慨悲歌，可阐释为：不惜牺牲的反抗精神，不欺其志的侠义性格，不媚流俗的豪爽情怀。

（三）燕赵风骨的发展

战国之后，燕赵文化精神不断发展。促进燕赵文化精神发展的有两个因素：

① 无名氏：《燕丹子传》（下），中华书局1985年版，第12页。

战争与移民。

从战争因素看，一是农耕的汉族同北方游牧族的争斗，二是汉族内部争夺天下的战争，有时二者交融在一起。西汉时期，匈奴屡扰燕赵北疆，汉朝派李广为右北平太守，以“飞将军”威震匈奴。后又令霍去病、李广、李息、张骞自代郡、右北平一路分兵合击，大举进攻匈奴。争霸战争有楚汉之际的秦楚巨鹿之战，此战项羽斩宋义，破釜沉舟，重创秦军主力；还有韩信破赵之役，此役韩信背水为阵，又出奇兵劫赵营，擒赵王歇，大获全胜。东汉时期，燕赵北疆有乌桓、鲜卑、南匈奴侵扰，光武帝于代郡、上谷、渔阳、右北平及辽西五郡修筑堡塞，又置乌桓校卫、护匈奴中郎将，常年防守。为防西羌入侵，汉安帝诏令魏郡、赵国、常山、中山缮作坞堡616所避羌。东汉的著名战役有汉光武帝刘秀徇河北之战。更始帝刘玄以刘秀行大司马事，持节收回河北，邯郸卜者王郎诈称汉成帝之子自立天子，联合河北豪杰追击刘秀，有了“王郎(俗传王莽)赶刘秀”的诸多故事。幸有耿弇等率“突骑”数千投奔，刘秀方转败为胜。“突骑”又称“枭骑”，“言其骁锐，可用冲突敌人也”(颜师古语)。西汉初有“燕人枭骑”助汉击楚，此处又有“突骑”助光武帝。两汉后，燕赵以精良骑兵著称，并成为燕赵文化的一大特色。

汉末魏晋南北朝时期的战争，先有巨鹿人张角的太平道起义，与此同时，还有博陵张牛角、常山褚飞燕以及黄龙、左校、白雀、五鹿等农民武装，褚飞燕兵至百万，号“黑山军”。至汉献帝初平年间，幽州公孙赞、冀州牧韩馥、东郡太守桥瑁等路义军，推渤海太守袁绍为盟主，组成讨伐董卓的义军联军，征战不止。后曹操于官渡败袁绍，收降河北黑山军张燕部，北出卢龙塞，打败辽西乌桓蹋顿单于，据青、冀、幽、并之地，领冀州牧，官至丞相、魏国公。东晋时北方的五胡十六国，控制河北的有前赵、后赵、前燕、前秦、后燕、北燕六国，自刘渊建汉至北魏灭北燕，河北一百三十多年无年不战。北魏末，六镇降卒(六镇系北魏重兵所在，北魏末，六镇发生变乱，平定战乱后，降者二十多万人，被分徙冀、定、瀛等州就食)与河北流民(河北自东晋以来、就有众多流民聚集，称乞活)、营户(各国征战中所得柔然、高车、丁零、氐、羌族人也多安置在冀、定、相一代为奴，称营户)会在一起后，兵乱再起，北魏分为东魏西魏。不久，六镇中柔玄镇一支以高欢为首取代东魏建立北齐。

隋末豪杰义军并起，声势最大者为窦建德、刘黑闼部，一度占河北大部。窦、刘等史称“山东豪杰”。“山东豪杰”系北魏六镇戍卒、营户的后裔，工骑射、善战斗。窦、刘均出自胡族。“山东豪杰”这一支农民武装集团虽源自六镇，在河北亦颇有根基。它与东汉初期铜马军以及东汉末黄龙、左校、白雀、五鹿、黑山军有着脉承关系；其渊源甚至可追溯到赵武灵王的胡服骑射，燕昭王与太子丹的养士之风。唐中叶，起自“河朔三镇”的安史之乱将燕赵大地推入纷飞的战火中，颜真卿的书法名作《祭侄文稿》便是纪念他镇守土门关的侄儿季明和任常山太守的从兄颜杲卿。五代的梁、唐、晋、汉、周相继推翻更替，征战激烈，经济破坏严重，每一更替几乎都是从太原起兵，自然延及河北。两宋时期处三足鼎立状，先是北宋与辽、西夏，后是南宋与金、蒙古。两宋战争不断，河北首当其冲。元灭宋，清灭明，河北始终沉陷在战火之中。北宋与辽、西夏的战争，南宋与金、蒙古的战争，元灭南宋、明灭元、清灭明的战争，以及各朝的农民起义，如北宋王则领导的河北士兵起义，明代的刘六、刘七起义，李自成进北京，太平天国的北伐军的斗争，义和团运动等，烧灼着燕赵大地。

燕赵地区频繁的战争留下丰富的地名文化遗产。在滹沱河、滏阳河流域有与“王郎赶刘秀”的故事相关的地名，如辛集的倾井、赵马，深泽的大直腰、小直腰、北马、水冻、南濯头、苦水、南旺，晋州的马坊头、西张口、魏家口，鹿泉市的南龙贵，平山的星宿沟，沧县的黄递铺，河间的赤塔，献县的山秋等。曹魏时期曾在河北屯田，与此有关的如安平、深县一带的刘官屯、柴屯、丁屯、东里屯等，号称“一溜十八屯”；邯郸县有观台、讲武城等。与宋辽战争有关的地名，有邢台平乡县的节固（接骨的音转，为交接杨继业尸骨处），邯郸临西的老官寨，馆陶县的肖庄（肖银宗的驻军处），临漳县肖城寨，曲周县军营，广平县东张孟，廊坊的东营、西营、留寨、界卫、演马、马策、广安、西空城，元氏县的南国等。显示宋元战争惨状的如临西的秦白地等（喻“赤地千里，荒无人烟”）。与明代“燕王扫北”有关的如沧州东障壁、中留舍，邢台平乡艾村等。

战争对燕赵文化性格影响的因素有二：一是强化着燕赵儿女的尚武精神；二是游牧族与汉族的战争加强着二者的融合，其情形往往是，每一次战争冲突，都有更多的北方民族血缘融合进来，不出数十百年，便难有汉胡之分。

从移民因素看，燕赵一带的人口流动也颇为剧烈。迁移的大体走向是，燕赵人口南迁，北方民族人口进入。如，汉武帝时，徙乌桓于上谷、渔阳、右北平、辽东、辽西五郡，设乌桓校尉、职同太守。东汉初，匈奴侵袭上谷、中山，“边陲萧条，无复宁迹”。两晋南北朝的人口迁移为历史之最。河北地区的汉族人口，多先迁到山东、淮河一线，辗转入江南地区。与此同时，北方民族人口大量流入河北：羯人石勒灭匈奴建立前赵后，迁其文武百官、关东流民、秦雍大族近万口于襄国；西燕慕容恒自长安东迁时，随从的鲜卑男女又有四十万之多，行至闻喜，为后燕慕容垂所败，尔后流入燕赵；公元316年河东大蝗，流民从河东迁到冀州的便有二十万户等。唐安史之乱时，“天子去蜀，多士奔南”，燕赵亦有众多人士南迁。宋元明清时期，契丹强迫黄河以北汉人迁往契丹故地者一百万人，有金一代强迫迁徙出关的亦有数十万人。内迁方面，女真人进入中原后，仅在河北、山东、关西安置的屯田军户便有一百三十余千户（每千户三百人），总计迁入的屯田军户达一百多万人。元代，蒙古族内迁后，众多的色目人（对蒙古族以外的西北各族、西域及欧洲各族人的统称）也相随居留内地。明人丘濬《区处畿甸降夷》云，明代初期,“蒙古、色目人散处诸州者,多以更姓易名、杂处民间,久之已相忘相化,而亦不易以别识之也。”清初满族入关时,人口约百万,延之近现代,已与汉人相融,无复踪迹矣!

河北的许多地名也记录着移民的历史。明初的移民政策是“狭乡之民迁往宽乡”。北京一带以其战略地位和战后的人口锐减、田地荒芜被作为重点“宽乡”;山西当年是蒙古贵族名将察汗特木耳及其子扩特木尔(王保保)经营之地,经济富庶,人口稠密,为重点“狭乡”。北京一带多山西移民。河北移民村多以新居民的姓氏命名,也有以原居地名之。如宣化县崞村系山西崞村迁来,肥乡县大西高来自山西洪洞县大西高村,交海县压枝陈来自洪洞县新二里第二甲压枝陈庄,沽源县大营盘来自山西天镇县大营盘村等。也有的地名包含移民艰辛,如交河县冯三番记载山西冯氏三番五次由山西来此定居艰辛过程,千里屯则为洪洞县王、李、季、郭四姓千里迢迢来此立村的纪念……还有显示移入顺序的村名,如南皮的叶三拨、张三拨、马四拨、段六拨、大七拨、朱八拨、肖九拨、邢九拨、于十拨等(无一拨、二拨,记下当局对百姓的欺骗:“前两拨已走,你们已是第三拨。”)明代,河北多军屯处,迁来居民住处多称“屯”,如临西单屯,南宫郝家屯、尹家屯、大屯,沟头后军屯、王官屯、张旺屯、任英屯、宋八屯、赵官屯、刘官屯、鲁官屯、司官屯、千民屯等。清初移民村仿军制,以“营”、“营子”命名者居多,丰宁县此类地名占全县百分之二十左右,还有以旗命名者:如塔黄旗、黄旗、镶黄旗,崇礼县的西红旗营、白旗等。还有反映逃荒难民艰难境遇的,如万全县代家房,怀安县贺家房、阎家房、谈家房,崇礼县二间房,赤城县五间房、古(原为孤)房子,平泉县高杖子、范杖子、大富铺、李家富铺、陈栅子、大栅子等。清末数次开边围荒,将移民村编号,围场县此名尤多,如前号、头号、四号、七号、九号、十号、十五号、十六号、十八号、二十一号、三十一号河南、下四十号、四十二号、四十五号、五十三号等。

代代不绝的移民,尤其是北方游牧族的移入,使燕赵地区胡汉交融不断发展和深化。

燕赵文化性格的发展,还与我国大一统的政治文化有关。如前所述,由于河北一带的“次生黄土”缺乏秦陕一带黄土的“自行肥效”,自秦汉到隋唐一千年间,农业基本经济的中心始终在关中、中原一线;盛唐时期,随着农业的发展,全国经济中心一度向河北倾斜,但又很快向南转移;自唐末叶以后,全国经济中心始终在长江流域。可见,自古至今,河北在经济上始终处于附从地位。在统一的中国,中央政权常常要在各地区的政治利益与经济利益上权衡轻重。燕赵作为农耕文化与游牧文化的交融点,也是两种文化在冲突和对抗中的战场。为了保证中心地区农耕文化的顺利发展,为了满足更大背景下的不同文化不同民族间的融合的需要,河北地区常常作出牺牲。它虽属于农耕文化的一部分,却得不到中央政权的保护，所承担的压力尤为沉重。由于不同文化不同民族间的融合是历史常态，自炎黄二族的上古传说至清代始终如此，河北地区的牺牲也是历史常态。换句话说，河北地区以自己的牺牲保证着全国农耕文化区的安定发展。如，南北朝时，北周北齐向突厥称臣，北周岁贡缯絮锦彩十万段，北齐亦倾府藏以给之。唐文宗太和五年（831 年）正月，幽州军乱，文宗召集群臣问计，牛僧如曰："此不足烦圣虑。且范阳得失，不系国家休戚。""自安史之后，范阳非国家所有，前时刘总向化，以土地归阙，朝廷约用钱八十万贯，而未尝得范阳尺帛斗粟。且范阳国家所赖者，以其北捍突厥，不令南寇。今若假志诚节钺，惜其土地，必自为力，则爪牙之用，固不计于顺逆，臣因曰不足烦圣虑。"（《旧唐书·杨志诚传》）在政治势力控制着北方时，政治上虽然代表燕赵，经济上却仍要依赖于南方，因而并不注意北方经济的发展；在政治势力控制南方时，燕赵是阻止北方游牧势力南下的一道屏障，其经济发展照样得不到重视。大一统的政治传统带给河北地区的沉重压力是其慷慨悲歌的文化性格得以发展的又一因素。

（四）燕赵风骨的变异

一切事物和现象在历史的发展中都表现出双向性。唐代之后，全国政治中心的北移强化着燕赵地区的矛盾和征战，加速着民族（农耕族与游牧族）的融合，这都有利于燕赵文化性格的发展；然而，北方政治中心终于聚焦北京，凝聚全国文化的京都文化又以其强大的"文化场"辐射燕赵区域，在升华着燕赵文化的同时，也削弱着其地域个性。

北京原为远离京城的燕赵重镇，古称蓟，春秋、战国时为燕国都，秦、汉为右北平郡治地，晋、隋为北平郡地，唐属河北道。辽金以来，逐渐发展为全国的政治中心，燕赵相应成为直属中央的"腹地"。辽以幽州（北京）为陪都，称南京，亦称燕京，以檀、顺、涿、易等六州十一县为析津府；金初以幽州为南京，海陵王时建都于此，称中都，以辽析津府为大兴府，以雄、霸、保、遂等为燕京路，后改为中都路。元初仍设大兴府、燕京路，并于河北东、西路设行尚书省，于河北、山东、山西地区设中书省。后定都燕京，称为大都，"腹里"地区直接属中央中书省管辖。明初改大都为北平府、顺天府，后定都北京，称京师，永平、保定、真定、河间、顺德、广平、大名诸府仍直接属中央管辖。清仍定都北京，以保定、河间、大名、真定等八府为直隶省。

古代的北京，生活着燕国远古居民，北京的初始文化基质自然是燕赵文化，这种文化影响至今。自北京成为全国政治中心，北京的"地方性"逐渐变为"全国性"：入主京都的是异地的帝王家族、皇亲国戚，庞大的国家机器中集结着各地官员，文化活动中奔走着各地的文人墨客，更有各地的显商巨贾云集京都，活跃着商业市场……如前门一带的老字号店铺，大都不是老北京人。一条龙羊肉馆系山东禹城韩氏回民所创，全聚德烤鸭店系河北冀县杨寿山创办，便宜坊烤鸭店最早是南方人开设（清咸丰五年），都一处烧麦馆系山西李姓创办，正阳楼饭馆由山东掖县孙学仁开设，正明斋饽饽铺由山东掖县孙姓创办，通三益干果海味店系山西太谷李姓创办，六必居酱园系山西临汾赵姓创办，张一元茶庄系安徽歙县张文卿创办，天惠斋鼻烟铺由满族人杨姓创办，内连升鞋店由河北武清赵廷创办，天成斋鞋店由武清刘姓创办，马聚源帽店由直隶马桥人马聚源创办，"黑猴儿"帽店由山西杨小泉创办，盛锡福帽店由山东掖县刘锡三创办，瑞蚨祥绸布店由山东章丘孟乐川创办，大北照相馆由通县赵雁臣创办，亨得利钟表眼镜股份有限公司由浙江定海王祖光创办，同仁堂药店由浙江宁乐姓创办，长春堂由山东孙振兰创办，顺兴刻刀张由河北冀县张正新创办。由北京人创办的店铺仅有月盛斋马家老铺（创办者马庆瑞），炒肝老店会仙居（刘永奎），天兴居（刘娃厨师）和精明眼镜行（杜杰臣）。由此可见，北京已由燕赵文化发展为"五方杂居"的文化。由于北京是国都，是政治中心，是统治阶级文化思想的发射源，而"统治阶级的思想在每一个时代都是占统治地位的思想"。统治阶级利用文化的合法性，巧妙地造成一种文化环境，通过个人参与社会主义文化意识的过程，培养成千上万符合自己意志的人格力量。故而，"五方杂居"文化并非杂乱无序，而是在帝王文化思想的控制和笼罩之下。如此，京都文化便表现出如下特征：(1)庙堂性。即强烈的政治性。它强调政治的大一统，强调忠君爱国，强调统治者的尊严和权威。与之相对应的各种学术思想受到重视，如北京城的关帝庙为众庙之最，本是民间崇尚关公的义和勇所致，宋以降，历史上不过是一位战将的关羽，却不断受到历代帝王的敕封，到清顺治帝，加给他的封号长达26个字，首当其冲的便是"忠"字。其用意不过是将他打扮成集忠孝节义于一身的"模特儿"，以教化其臣民，从而"培养成千上万符合自己意志的人格力量"。(2)全国性，即丰富的包容性。北京以开阔的胸襟集结着全国各地的优秀文化，吸纳着四面八方的文化精英，并在集结和吸纳中创造着具有国家级水准的京都文化。冠绝梨园的京剧，其前身不过是地方戏：徽剧。乾隆八十寿辰，四大徽班（三庆、四喜、和春、春台）相继进京演出，在与秦腔的竞技中形成徽秦合流；道光年间，楚剧（汉剧）来京，后又徽汉（楚）合流。咸丰年间，在徽汉合流的基础上，吸收了河北梆子及其他地方剧种的精华，并进行改革创新，京剧得以形成。集各种戏曲之大成、标志着国家级水准的京剧只能在北京形成，也只有在北京才能形成京剧。(3)典雅性。作为文化中心的京都，荟萃的是全国各地文化的精华，各地的文化种类也只有达到出类拔萃的水平才能进入京都。再经过京都文化的改造，便由粗而精，由野而文，由俗而雅，整个京都文化显示出典雅性。京剧的形成便是一例。

河北作为直属中央的京畿腹地，自然要受到京都文化场的强辐射。京都文化的庙堂性、包容性和典雅性如同铺天而来的细雨和热风，浸润着河北的文化肌体。燕赵文化身不由己地向京都文化皈依。燕赵突出的文化性格是勇武任侠，古代的侠士既不遵从国君之命又不遵从世俗之情，只遵从自己独有的价值标准。京都文化的影响使其勇武任侠逐渐与忠君报国、与维护国家政治的大统一联系起来。京都文化的影响，也使河北文化有了更为开阔的胸襟。河北最古老的剧种，却是来自南方的昆剧和高腔，而今，活跃在河北大地上的戏剧除河北梆子、评剧、老调、丝弦等土特产之外，还有京剧、晋剧、豫剧等引进剧种。河北梆子高亢激越，善表现慷慨悲壮的情绪，最能体现燕赵风骨，却是从秦腔和山西梆子脱胎而来。评剧在民间说唱"莲花落"和民间歌舞"蹦蹦"基础上形成，而"蹦蹦"却来源于东北。京都文化的影响还促进了河北文化的典雅化。以秦腔为源头的山西梆子、河南梆子与河北梆子都是能代表一方特色的地方剧种，秦、晋、豫三种梆子的发音均为土腔土调，惟河北梆子京腔京调，角色行当与表演程式，也与京剧大同，故有"京梆子"之称。这使河北梆子变得更加斯文与典雅。

京都文化的辐射，使古老的燕赵文化得以发展和升华。它的视野逐渐开阔，内容逐渐丰富，质地逐渐雅化。然而，向庙堂性、全国性、典雅性的一步步靠拢，也在一步步销蚀着古老的燕赵风骨，庙堂性消解着独立性，全国性消解着地方性，典雅性消解着古朴性。自宋元以来，燕赵文化精神发生了大量损蚀。只要同三秦、三晋、楚湘、吴越稍作比较，就更感到河北的地域文化色彩的浓度逊色了不少，河北的一些文化现象甚至难以用燕赵风骨做出阐释。这正是燕赵文化变异之故。

第二节　燕赵新小说的地缘风貌

（一）燕赵新小说的萌生与发展

燕赵新小说萌生于五四新文化运动的浪潮中。被鲁迅称为"中国最杰出的抒情诗人"的冯至可说是河北新小说萌生期的丰碑，冯至以诗名世，但他早期也写了一些小说。《蝉与晚祷》写自己内心的孤独，孤独中有对亲人的想念和愉快的回忆，渐渐地进入到米勒《晚祷》的诗画一样的境界；《仲尼之将丧》写孔子将丧时的孤独失望、对死亡的预感，尤其是事业未竟的遗憾；写于 1942 年的中篇小说《伍子胥》把古代一个复仇故事转变为哲学的思考，用诗人的浪漫描画了人类崇高的心灵。此外，顾随短篇小说《失踪》描写了女校教员内心隐藏着杀妻的罪恶以及对异性的变态心理，裴文中的短篇小说《戎马声中》客观再现了战乱中的人们对亲人的挂念以及对战争的怨愤和焦虑。总的来看，五四启蒙新潮时期的小说创作尚不成阵容,也缺乏蜚声全国的重要作品。

七七事变后,河北同全国一样进入了抗日战争和解放战争时期,战争焕发着燕赵儿女的“慷慨悲歌”精神,也使文学的发展出现新的风貌。此间崛起了一批小说家,如田涛、老向,邵子南,王林、俞林、孙犁、康濯、秦兆阳等,共同表现着“救亡图存”的时代主题。30 年代同老舍齐名的老向创作了长篇《庶务日记》和短篇《秃油锤》,前者描写国民党政府官场腐败,后者表现农民由苦难走上革命。二者的鲜明对照也对照出黑暗的现实。田涛出版短篇小说集《荒》《灾魂》《西归》《牛的故事》《希望》等,创作了长篇《潮》《沃土》,中篇《流亡图》《地层》等。代表作《荒》通过两只小雀、古柳、苇塘、被陷害的女尸、七十岁老娘等荒凉意象和场景,昭示了日寇的野蛮、残暴及战争给河北大地带来的灾难。王林创作长篇《腹地》和短篇《十八匹战马》《五月之夜》等,《腹地》以“五一大扫荡”为主要历史事件,描绘了冀中人民浴血战斗的壮烈图景。邵子南的短篇《李勇大摆地雷阵》写出了抗日英雄李勇的大摆地雷阵的英雄传奇,俞林的短篇《老赵下乡》讲述一位解放区干部老赵下乡检查土改工作、深入工作的故事。

孙犁的出现,标志着燕赵新小说走向成熟。孙犁此期创作了精美的短篇《荷花淀》《芦花荡》《采蒲台》《嘱咐》《邢兰》《光荣》,以及中篇《村歌》等。《荷花淀》不仅是孙犁的代表作,而且成为公认的现代文学经典。这些作品着重于挖掘农民的灵魂美和人情美,艺术上追求诗的抒情性和风俗化的描写,带有浪漫主义的气息。具体地说,“孙犁对文学审美结构各层面的矛盾,诸如语言—结构层的风云线和人情线(结构),写实和写意(语言),艺术形象层的合情与合理,历史内容层的生活折光和诗意表现,进行了巧妙的处理,并注意各层面的联系,一以贯之地倾心于风俗人情、写意、合情和诗意表现,在此基础上升华出‘酸咸’之外的哲理意味,实现了审美结构的整体优化,形成诗化散文化的抒情风格,从而成为不可多得的成熟作家之一。”①孙犁的这种风格不仅在 50 年代引领出一个荷花淀流派,还滋养着一代代中国作家。

与孙犁一起走向成熟的还有康濯、秦兆阳等。康濯的短篇《我的两家房东》用限制性叙事视角把一对初恋中的农村青年快乐羞涩的心理状态写得活灵活现。尽管写的是儿女琐事,却可看到新的思想意识和道德观念怎样深入到农村的家庭生活。与孙犁的浪漫和抒情相比,康濯更喜用平实的笔调,通过人物平凡的语言和行动表现人物细腻的内心世界;文笔细致而不烦琐,平淡而不呆板,具有朴素清新的风格。此外,秦兆阳的短篇《老头刘满囤》通过富有喜剧性的情节表现土地改革给农村带来的新生活新气象。

来自延安,本来要去东北解放区的丁玲,因为内战骤起而滞留河北近三年,

① 崔志远:《燕赵风骨的交响变奏》,作家出版社 2001 年版,第 125—126 页。

创作了著名的长篇《太阳照在桑干河上》，小说描写张家口地区桑干河畔一个村庄暖水屯的土改斗争。作家笔下的阶级斗争不是概念化的，而是保持着生活本身复杂的“原生态”：恶霸地主钱文贵，其兄钱文富是地道贫农，儿子钱义是八路军战士，女婿张正典是村治安委员，侄女黑妮是村农会主任程仁的恋人；同是地主，李子俊、侯殿魁、江世荣、钱文贵不仅对土改态度不同，而且彼此间明争暗斗；同是贫农和干部，对土改也表现出各自的复杂心态，从而形成微妙的关系。本书“最大的成就在于正确地表现了农村的阶级关系，真实地反映了生活固有的复杂性：一方面，由于作家自觉掌握与运用阶级分析的观点，因此，在表现农村阶级关系的广度、深度和准确度上，都超过了‘五四’以来表现农村阶级斗争题材的作品；另一方面，由于作家坚持从生活实际出发，在真实地反映农村阶级关系的复杂性上，在对人性的分析、批判和表达上，又超过了反映土地改革的同类作品”①。无疑，《太阳照在桑干河上》成为表现土改的最优秀的长篇。

解放区的小说创作，为新中国河北文学的发展奠定了坚实基础。

（二）燕赵新小说的成熟与挫折

新中国成立初期，燕赵新小说强项是描写革命历史斗争和农村生活，反映革命历史题材的作品有：短篇小说《山地回忆》（孙犁）、《吴召儿》（孙犁）、《好大娘》（刘真）、《我和小荣》（刘真）等，中长篇小说《风云初记》（孙犁）、《平原烈火》（徐光耀）、《苇塘纪事》（杨沫）、《老桑树下的故事》（方纪）、《战斗在滹沱河上》（李英儒）等。描写农村新貌的作品，首推谷峪的《新事新办》、《强扭的瓜不甜》（谷峪）、《亲家婆儿》（翟树雷）等。反映农业合作化的占了大多数，短篇有《青枝绿叶》（刘绍棠）、《大青骡子》（刘绍棠）、《春种秋收》（康濯）、《水乡散记》（韩映山）、《喜鹊登枝》（浩然）等，中长篇有《铁木前传》（孙犁）、《水向东流》（李满天）、《沧石路畔》（张庆田）等。

这些草创时期的作品却不无精品。《铁木前传》描写铁匠与木匠二位亲家在互助合作中情感的微妙变化。它至今脍炙人口的原因，并非那场合作化运动，而是作家以刻骨铭心的生活体验揭示出的超越时代的世事沧桑和人生真谛：由于经济和地位的变化而引起的友谊和爱情失落的悲剧，以及对真正的人情美和人性美的呼唤。《青枝绿叶》极具荷花淀风韵，张同吾评论道：“他把自己的政治热情和革命责任感倾注在对人物的思想美、情操美的讴歌中。这样，他的田园牧歌，实质是情深意切的思乡曲，是赞美生活的抒情诗。”此作被叶圣陶选进高中二年级语文课本，而16岁刘绍棠却是高一学生。

---

① 钱理群等：《中国现代文学三十年》，北京大学出版社2000年版，第527—528页。

1956年“双百”方针提出后，河北文坛出现了新气象，一些作品大胆揭露现实生活的矛盾，如短篇《爬在旗杆上的人》（耿简）、《田野落霞》（刘绍棠）以及中篇《水滴石穿》（康濯）等。但在反右中又因此而得咎。

此期最重要的文学现象是荷花淀文学流派的形成。这是以孙犁为首，在京、津、保一带形成的一个文学流派。孙犁的一系列作品形成洋溢着自然美和人性美的俊逸风格，吸引了一批文学青年。他以《天津日报》的文艺副刊为阵地，精心培养新人。不久便涌现出刘绍棠、从维熙、房树民、韩映山等优秀青年作者，刘绍棠的《青枝绿叶》《摆渡口》《大青骡子》，从维熙的《夜过枣园》《故乡散记》《七月雨》，韩映山的《鸭子》《作画》《瓜园》，房树民的《一天夜里》《花花轿子》等，颇得孙犁神韵。到50年代中期，围绕孙犁形成一个文学流派。其共同风格是讲究“美”和“情”，“美”者，即以理想精神和浪漫情怀弘扬生活中的真善美，竭力创造一种优美的境界；“情”者，即着意表现现实生活中的伦理情趣，描绘人性美和人情美的闪光。冯健男概括为“诗情画意之美”。80年代初，人们名之为“荷花淀派”。不幸的是，反右中刘、从被打成右派，孙犁停笔十年，房不再写小说，流派很快解体。对此流派有人认为是“草色遥看近却无”，孙犁则认为“这个所谓流派，至少在目前尚未形成”。但学界基本认可它是当代文学史上曾经存在的流派。

50年代后期到60年代初，燕赵新小说创作出现了第一个创作高潮。首先应提及的是“红旗谱群落”的出现。它包括：梁斌的《红旗谱》《播火记》，李英儒《野火春风斗古城》，刘流《烈火金刚》，冯志《敌后武工队》，雪克《战斗的青春》，徐光耀《小兵张嘎》，刘真《长长的流水》《英雄的乐章》，王林《站起来的人们》，长正《夜奔盘山》等。最为成功的是《红旗谱》，它通过朱严两家三代的命运浓缩了中国近百年来中国人民的革命历史；从广阔的现实背景和纵深的历史背景上塑造朱老忠形象，使之成为当代文学史上不可多得的典型；艺术表现以传统手法为主，并吸收西方文学的营养，追求地方特色，采用农民口语，具有浑厚雄放的民族风格。这一切形成一种“红旗谱精神”。这种精神不仅是时代精神的体现，而且是古老的燕赵文化性格的传承。“红旗谱群落”是一种颇为奇特的文学现象：生于河北或曾经战斗在河北的作家，于50—60年代之交不约而同地描写河北的抗日战争和革命斗争，写出如此多的成功作品，于革命历史题材呈雄视全国之势。“红旗谱群落”的作家大都生在保定，影响所及，形成前仆后继的保定作家群。如果说梁斌、孙犁等算第一代，第二代则为韩映山、申跃中、周渺、赵新、崔砚君等，第三代为铁凝、陈冲、邢卓、郭湛芳、薛勇、韩冬、谈歌、阿宁、谷办华、石新茂等。三代作家形成的强大阵容，不仅影响着河北文坛，而且为全国瞩目。

反映新生活的小说，有着较大的发展。其中，表现农村生活的小说仍占较大分量。可分两类，一类是表现新的生活风貌，如短篇《一盏抗旱灯下》（申跃中）、

《社长的头发》(申跃中)、《尾台戏》(张峻)、《搭桥篇》(张峻)、《合婚台》(潮清)、《日常生活》(韩映山),长篇《东方红》(康濯)等。这类作品大多为青年作者之作,具有浓郁的时代气息和生活情趣。但明显带有那个时代的痕迹。康濯可谓比较成熟的作家,对左的思潮有着自觉的抵制,60年代初发表的《试论近年间的短篇小说》显示出理论家纠正左的思潮影响的胆识与见解。然而,他1963年出版的《东方红》明显带有强化阶级斗争的痕迹,尽管作家也不乏自己的艺术追求。另一类作品出现在60年代初文艺政策调整时期,对左的思潮显示出犀利的批判精神。如《"老坚决"外传》(张庆田)、《对手》(张庆田)、《力原》(李满天)等。其中,《"老坚决"外传》影响最大。不过,这些作品不久便受到不公正的批判。表现工业题材的作家虽然不多,但是万国儒于1958年崛起,到1964年便出版《风雪之夜》《龙飞凤舞》《欢乐的离别》三个短篇集。其中,《欢乐的离别》等产生了全国影响。

十七年的河北文坛,从作家队伍看,老作家精心引领,青年作家茁壮成长,加之天津划归河北,其蓬勃壮大之势,令人欣喜。从作品看,一是出现众多鸿篇巨制,标志着我省当代文学创作走向成熟;二是出现众多蜚声全国文坛的精品,《红旗谱》及众多的革命历史长篇、以孙犁为首的荷花淀派小说等,均在全国文坛一领风骚。从艺术形象看,塑造了至今传为口碑的典型,如朱老忠、严志和、张嘎、杨晓冬、许凤等,在群众中已经生活了50余年。这一时期的问题也是很明显的,反右、大跃进以及60年代的强化阶级斗争,影响所及,一个很有前途的流派——荷花淀派销声匿迹,一些作家被迫停止了创作;即使很是优秀作品,也明显带有那个时代的局限性,这种局限性对艺术来说甚至是致命性的。

(三)燕赵新小说的辉煌与深化

新时期的燕赵小说创作进入最佳时期。大致分为两个阶段:

1.70年代末到80年代末的发展高潮。新时期之初尤其是80年代以来,燕赵小说出现创作高潮。其表现为:

其一,荷花淀派的聚合与分化。新时期,孙犁重操创作之笔,进入辉煌的晚华期;刘绍棠、从维熙获得解放,进入创作的井喷期;韩映山进入新的丰收期。一些年轻的作家也在仿效孙犁,如铁凝的《哦,香雪》颇得孙犁神韵。1980年河北文学界对荷花淀派进行了认真研讨,保定文联又创办《荷花淀》文学期刊。大有发展荷花淀流派之势。不久人们便发现,荷花淀派始聚即散。刘绍棠创作了《蒲柳人家》《瓜棚柳巷》《蛾眉》《黄花闺女池塘》《京门脸子》《豆棚瓜架雨如丝》《敬柳亭说书》等,构建起他的"大运河乡土文学体系",风格走向豪爽雄放,逐渐脱离荷花淀星系。从维熙创作出《大墙下的红玉兰》《第十个弹孔》《泥泞》

《远去的白帆》《雪落黄河静无声》《鹿回头》系列及《走向混沌》等，构建起他的“大墙文学星系”，风格悲壮苍凉，早已与荷花淀风格大相径庭。早在《大墙下的红玉兰》发表之初，孙犁便致信从维熙，希望他再写生活的美。其结果是，不仅从维熙不能，而且孙犁创作的大量作品，如散文集《晚华集》《秀露集》《澹定集》《尺泽集》《远道集》《陋巷集》《老荒集》《无为集》《如云集》及小说集《芸斋小说》等，也由清新、优美变得睿智而深沉。铁凝于《哦，香雪》之后又创作了《六月的话题》《晚钟》《死刑》《麦秸垛》《棉花垛》《玫瑰门》等，她的风格已由清纯、优美变为精警、冷峻。荷花淀的分化并非坏事，实力雄厚的作家们走出荷花淀，开辟新的领域，构建自己的星系，在新时期的中国文坛独树一帜，这恰是燕赵文学的繁荣。

其二，保定作家群的兴盛。红旗谱群落引领出一个保定作家群。80 年代，第一代作家仍然不懈笔耕，面对迅速变革的时代，不断更新观念，进行新的探索。孙犁出版了《芸斋小说》；梁斌、雪克、李英儒、路一、徐光耀等都创作了有分量的中长篇。第二代作家进入他们的成熟期。韩映山、申跃中、赵新、周渺、崔砚君等活跃在河北及全国文坛，写出自己的代表作。成就卓著的还是第三代作家。铁凝是最突出的一位，自《哦，香雪》之后，他创作《没有纽扣的红衬衫》《麦秸垛》《玫瑰门》等脍炙人口的名篇，她的每一部作品都有新发现，每一部作品都在文坛产生强烈的反响。她或写农村，或写城市，或写工厂，或写学校，或写家庭，或写社会，着意开掘的是“人类的共同情感”，是“对生活和生命本身的总体把握与判断”。陈冲 80 年代几与铁凝比肩，他熟悉工厂和工人，熟悉变革的时代，专注于工业题材，他的《小厂来了个大学生》《今年厂长二十六》《会计今年四十七》《无反馈快速跟踪》等以其新颖的构思、浓郁的科技意识和现代意识走红于 80 年代的文坛。在河北当代文学史上，他是继魏连珍、万国儒之后第三位写工业题材的成就卓著的作家，而且有很大的超越。铁凝和陈冲，是 80 年代河北文坛两颗最明亮的星。第三代作家的谈歌、邢卓、石新茂、薛勇、阿宁等都有优秀作品问世。。

其三，“山庄文学”的兴起。“山庄”是承德避暑山庄的简称，“山庄文学”指的是承德地区的文学。其兴起在 80 年代初，虽然重镇是孙德民戏剧，小说方面已有成就，被称为“三驾马车”之一的何申，以描写“乡村干部系列”名世，虽然其成名在 90 年代，但在 80 年代便奠定了基础，此外还有郭秋良的长篇《康熙皇帝》等。山庄文学、山庄戏剧曾有多次讨论，笔者以为，山庄文学（包括山庄戏剧）是一种地域文化现象：承德地区文化属于燕赵子文化，避暑山庄和外八庙又体现着清代宗庙文化，或称京都文化。山庄文化实际是燕赵文化和京都文化的特殊结合。这才是山庄文学的深层文化本质。

2.90 年代以来的深化发展。90 年代的燕赵小说家在商品大潮之中顽强守卫着文学的圣土，燕赵小说于略显沉寂的表态中进行着发展和深化。80 年代形成的区域作家群不断发展和壮大，作家们向着长篇与精品进军。

其一，文坛领袖人物的出现。十七年间河北出现了孙犁、梁斌、田间三位文坛领袖，带起了荷花淀派、保定作家群、河北诗群，铸就了五六十年代河北文学的辉煌。90 年代以降，铁凝继 80 年代的辉煌之后，进入了创作的成熟期。写出了短篇《孕妇和牛》《砸骨头》《马路动作》《世界》《树下》《秀色》《安德烈的晚上》《省长日记》，中篇《永远有多远》《埋人》《对面》，长篇《玫瑰门》《无雨之城》《大浴女》《笨花》等，还出版了《铁凝文集》等。她不断超越自己，超越文坛，创作达炉火纯青，成为蜚声中外的实力派作家。贺绍俊在谈到铁凝的意义时说，在中国 20 世纪小说史上存在着两种叙事传统：启蒙叙事和日常生活叙事。铁凝的意义在于“起到了将启蒙叙事与日常生活叙事这两种叙事传统融合为一体的作用”，“一方面，在她最早接受的文学的阶段，启蒙叙事是唯一被赋予合法地位的文学叙事，因此她是在启蒙叙事的思想氛围中开始文学创作的……另一方面，家庭的熏陶使她对日常生活充满了情趣，她的和谐的家庭又为她的写作累积起一个重要的资源，她在写作时就有一种向日常生活靠近的内在倾向”。铁凝将两种叙事融合一体的黏合剂，则是“孙犁风格”，“80 年代开始写作的铁凝是从边缘捡拾起被冷落和曲解的孙犁的路子，从而大致上确定了铁凝本人的创作方向，她一方面心存着对社会意义和精神价值的追寻；另一方面又把自己的情愫始终安置在日常生活的情境之中。”“她是以日常生活叙事为肉，以启蒙叙事为骨；日常生活叙事是水，启蒙叙事是糖，她把糖充分溶解在水中。”①铁凝还有一种融会能力，即旺盛的文学创作能力和卓越的行政组织能力融会。这使她先后当选为河北作家协会主席，中国作家协会副主席，又成为继茅盾、巴金之后的第三位中国作协主席。这一切，使铁凝成为河北作家众望所归的领袖和旗帜。在戏剧界的领军人物则是孙德民。不赘。

其二，“三驾马车”及其“新现实主义小说”。90 年代中期，我国文坛现实主义创作再度兴盛，时称“现实主义冲击波”或“新现实主义”热潮。被称为河北“三驾马车”的何申、谈歌、关仁山是其中坚力量。何申以写山乡的乡镇干部著称，创作了《村民组长》《村长》《年前年后》《报道干事》《信访办主任》《多彩的乡村》等。乡镇干部是乡村社会的中枢神经，是方方面面的多种矛盾的交织点，把握了乡镇干部，也就把握了中国农村的现实进程。何申正是从这里奠定了自己的现实主义根基。谈歌以写工业改革名世，创作了《大厂》《大厂续篇》《年底》《天下大事》《危矿》《城市》等；还创作了表现乡村历史文化的《野民岭》《天下荒年》《山问》《家园笔记》等，简洁精短而文化味浓的笔记小说《绝死》《绝琴》

① 贺绍俊：《作家铁凝》，昆仑出版社 2008 年版，第 244—247 页。

《绝唱》《绝饮》《绝窑》等。《大厂》系列展示的主人公的风骨精神与《野民岭》系列和《绝死》系列地缘文化性格暗相沟通，见出谈歌小说现实性与历史感的深层融合。关仁山在广阔的历史背景上表现冀东沿海农、渔民的生活与心理。他的作品分为“雪莲湾系列”和“大平原系列”，前者包括《苦雪》《太极地》《蓝脉》《落魂天》《闰年灯》《风暴潮》等，后者有《九月还乡》《大雪无乡》《天壤》《天高地厚》《麦河》等。关仁山追求小说的历史感和悲剧性，这使他的作品带有了沉厚苍凉的审美特征。

其三，“三驾马车”的出现有着深厚的文化根基。何申、谈歌、关仁山分别来自燕北承德、冀中保定和冀东唐山。保、承、唐三地活跃着河北最强大的作家群，“三驾马车”正是三大作家群哺育出的文学健儿。三地作家群的强大，又得益于其历史文化渊源。保定地处燕南，与赵接壤，不仅有久远的文化历史（送别荆轲的易水便在保定），而且有光荣的现代革命斗争史，是燕赵文化的核心地带；深受其影响的谈歌自觉地展示着这种精神。承德地处偏远的燕北，却是清代第二政治中心，古老的燕文化基底上深打上京都文化的印记。这种印记表现为强烈的政治性和时代责任感。何申对乡镇干部形象系列的塑造正可看出这一点。唐山的历史虽可追溯到秦始皇的“碣石门辞”，但更加辉煌的还是其近现代革命斗争史，给唐山人留下了不可磨灭的记忆。关仁山的许多作品着意探讨历史的阶级斗争、阶级关系同现实的经济关系的矛盾，形成复杂的两难判断，正是上述记忆的体现。

其四，中青年作家的茁壮成长。引人注目的是何玉茹、阿宁、胡学文、刘建东、张楚、李浩、丁庆中、刘燕燕等。阿宁的《坚硬的柔软》《无根令》《天平谣》《城市季节》等经历着由校园到官场再到城市生态题材转变，表现出对社会人生的强烈关怀。何玉茹的《楼上楼下》《生产队里的爱情》《冬季与迷醉》等从日常叙事中寻求着生活的真义。老城的《家园考》、贾兴安的《欲火》、宋聚丰的《苦土》均不失为佳作。刘建东、张楚、李浩、丁庆中走的是先锋小说的路子，刘建东的《我的头发》《全家福》，李浩的《将军的部队》《刺客列传》，张楚的《曲别针》《长发》，丁庆中的《蓝镇》《老鱼河》等借鉴现代主义手法，以新异奇特的风貌为写实的河北带来一股新风。胡学文的《秋风绝唱》《极地胭脂》，于卓的《挂职干部》，康志刚的《香椿树》等则以抒情性写实手法呼唤社会的道义与良知。刘燕燕的《阴柔之花》、曹明霞的《这个女人不寻常》、王秀云的《玻璃时代》等则展示着河北女性文学的风貌。这一切显示着新时期燕赵小说发展的巨大潜能。

（四）燕赵新小说的审美特征及地缘文化成因

燕赵新小说于五四时期萌生，战争年代获得巨大发展，新中国成立后的十七年间走上成熟，新时期又出现全面辉煌，在百年的发展历程中逐渐形成自己鲜明的特征。

第一，时代主旋律情结。五四时期的冯至、裴文中的创作便带有强烈的时代感，可说是主旋律情结的萌生；三四十年代解放区作家全力表现人民抗击日寇、推翻国民党政权的艰苦卓绝的斗争，“为战争服务”成为深入人心的时代思潮，时代主旋律情结初步形成；十七年间燕赵小说承继解放区文学传统，为政治服务，写阶级斗争成为创作通则，主旋律情结得以发展和深化。七八十年代之交，燕赵小说又追随时代潮流，投入伤痕、反思和改革的文学浪潮中；耐人寻味的是，80 年代中后期的全国文坛出现现代主义热潮，非政治、非社会、非历史成为一种时髦，燕赵小说却仍然走着自己的现实主义路；90 年代初的“现实主义冲击波”兴起，河北的“三驾马车”首当其冲，成为引领潮流的中坚力量。可见，时代主旋律情结，成为贯穿百年河北文学的重要特征。

20 世纪是我国走向现代化的世纪，一次次历史事变联结成伟大的现代化进程。颂扬历史变革的革命性与进步性也就具有了现代性意义。然而，现代性问题是一个复杂的问题。理论界一个比较普遍的认识是，将现代性分为社会现代性与审美现代性。前者指的是现代化过程中形成的各种社会运作机制，以及各领域与之相应的思想与观念；后者则指在现代化过程中形成的普遍理念，即强调天赋人权，自由平等的人文精神。社会现代性形成于现代对传统的否定中，同一次次历史事变保持着精神的一致。但从人文精神的角度看，现代不一定全是，传统也不一定全非。一个没有优良传统的民族是不可思议的，现代社会有时又带来人文精神的丧失。因而，审美现代性往往以人文精神的普遍原则对社会现代性进行反思性监测和批判，甚至表现为对传统中优秀因素的肯定，寻求这些优秀因素同现代性的交结点。如此，文学的现代性具有了表现社会现代性和审美现代性的双重意义。燕赵小说的现代性更多的是展示 20 世纪重大历史事件的发展进程，“为那些历史变革开道呐喊，从而强化历史断裂的鸿沟”。因而，其发展分期与社会发展进程存在着很大程度的契合。相对地说，在质疑现实变革、抚平历史断裂方面的审美现代性则明显薄弱。这使河北作家在创作出大量优秀的现实主义佳作的同时，也存在种种缺陷：十七年间，一是误将左倾思潮的产物当作主旋律，出现对时代本质的误读；二是受“写重大题材”的制约，创作的多样化和丰富性不足；新时期，过于拘泥传统现实主义创作，缺少了放眼世界文学的开放眼光和批判精神。

第二，悲剧性的崇高品格。自美学产生之日起，崇高和悲剧便结下了不解之缘。崇高不一定是悲剧，但悲剧必是崇高。五四时期和战争阶段的燕赵小说便有浓重的悲剧性崇高因素，成熟期的河北文学，崇高的审美品格也发展成熟。十七年间，最有代表性的文学现象是红旗谱群落和荷花淀流派。红旗谱群落中的长篇虽多为正剧,但其中包含着大量的悲剧因子,如《红旗谱》中二师学潮、高蠡暴动的失败,朱老巩的惨死与家破人亡,江涛、运涛的被捕等都显出悲剧色彩。这些作品所塑造的众多傲岸不屈的英雄,其精神本质便是崇高。荷花淀派常被视为具有诗情画意之美,其中亦包含悲剧崇高的因素。《荷花淀》中水生临别嘱咐妻子以死抗争、不作俘虏时,“女人流着眼泪答应了他”。这令人心颤的场面何尝不是一种悲壮?《铁木前传》看似写合作化,更深的人生体验是由于经济地位变化引起的友谊和爱情悲剧。新时期河北文坛最有代表性的作家和文学现象是铁凝和“三驾马车”。铁凝小说日益增强着悲剧性,或写时代悲剧,或写命运悲剧,或写性格悲剧。长篇《玫瑰门》《大浴女》《笨花》以及众多的中短篇都体现着这种特征。“三驾马车”中,谈歌写工业的改革,写改革的矛盾,改革者的命运常常是悲剧性的;他的农村历史小说和笔记小说悲剧色彩更浓。关仁山的小说着意探讨历史的阶级斗争同现实的阶级关系的矛盾,常常是描写历史和现实的双重悲剧。何申的乡镇干部们,在现实盘根错节的矛盾旋涡中东奔西突,其命运亦是悲剧性的。正是同悲剧命运的抗争中,显示出崇高精神。悲剧性崇高,是河北当代文学的美学品格。

第三,地缘文化意识。梁斌创作《红旗谱》时曾说过:“要想完成一部有民族气魄的小说,我首先想到的是要做到深入地反映一个地区人民的生活,地方色彩浓厚,就会透露民族风格。”《红旗谱》就是以作者的家乡为背景,选取了护钟事件、“脯红”事件、反割头税斗争、保定二师学潮、高蠡暴动等具有浓郁地方色彩的事件,来反映农民革命斗争史的。孙犁小说大多写白洋淀地区,这里可说是他的第二故乡。基于这种思考,河北的专业作家大多“挂职深入生活”,自 50 年代初到 90 年代末这一做法一直延续至今。见诸作品,常常出现福克纳约克纳帕塔法世系那样的地域背景,如贾大山的“梦庄纪事”、“古城系列”,关仁山的“雪莲湾系列”、“冀东大平原系列”,铁凝的平易市,谈歌笔下的保定,何申笔下的承德农村等。如同约克纳帕塔法世系是福克纳家乡奥克斯福的化名一样,上述地点都是作家们的家乡、第二故乡或生活基地的化名。在河北作家中,铁凝的地缘意识算是较弱的,她在《大浴女》中,曾借尹小跳的口说:她觉得她那里的人也不是。但仔细研究,她的作品还是有特定的生活区域的,屈指算来,有北京市、保定市、张岳村、石家庄市,主要是写保定城乡。言其“流浪”,不过是说她的生活基地多了几个。这一切表明,河北作家具有很强的地缘文化意识。

燕赵新小说的审美特征虽然从 20 世纪的百年历程中发展成熟,却有更深刻的历史文化根源。具体地讲,它同燕赵大地在漫长的历史发展中形成的文化性格有关。燕赵文化性格于战国末年形成,简言之为“勇武任侠,慷慨悲歌”,体现为反抗精神,侠义性格和豪爽情怀。秦汉以降,燕赵之地战乱频仍,民族战争、农民起义和争夺皇位的斗争不绝于史;燕赵移民频繁,其规律是燕赵人南迁,北人

（胡人）迁入。这一切都使燕赵文化性格得到发展和深化。它作为一种集体无意识，积淀在燕赵人的心理深层。见诸文学艺术，形成悲剧性崇高的美学品格。抗战时期，面对国家和民族的危亡，燕赵儿女不惜牺牲，奋起反抗，"慷慨悲歌"的燕赵文化性格得到充分弘扬。积淀着燕赵风骨的作家对此产生强烈的心理共鸣，形成战争文学悲剧性崇高的美学品格。新中国成立后，对战争记忆犹新的作家们仍然进行战争文学的创作，其崇高品格自不待言；那些反映社会变革的作品，如 50 年代的社会主义革命，80 年代的改革开放等，其题材的重大性和生活内容的严峻性亦与作家的地域文化心理发生共鸣，从而形成崇高品格；那些普通的生活题材，本身虽不带悲剧性和崇高性，但作家的悲剧崇高心理却使其显示出异样的特征。

元代定都北京之后，燕赵成为京畿之地。京都文化的强辐射使燕赵文化发生着变异。京都文化最主要的特征是庙堂性（即政治性）。如此，勇武任侠、慷慨悲歌的燕赵风骨开始向庙堂性皈依，讲求忠君爱国、保国安民，关心国家兴衰，维护政治统一。这就形成河北文学的时代主旋律情结。抗战爆发之初，晋察冀戏剧界抗敌协会就提出"战斗化、现实化、革命化"的口号；战争年代的小说都在演奏时代主旋律。当代燕赵小说也追随着时代前进的步伐，记下社会进程的每一次律动。这种执着追随由于距离过近而不辨真伪，乃至与左倾思潮纠缠在一起，出现对生活的误读及表现的偏颇。

地缘文化意识，来自无意识的恋土怀乡情结，对于作家来说，还来自有意识的创作体验：生活源泉论。这对作家具有普遍性。燕赵作家的地缘文化意识，与主旋律情结、悲剧性崇高品格进行着相互强化和深化，使河北文学的特征更加鲜明。

燕赵文化性格令人信服地揭示了燕赵小说固守传统之因。但它是文化的深层结构，深层结构是独特的、恒稳的；作为表层结构的文学则是动态的、丰富多彩的。燕赵小说便是燕赵文化性格的多彩表现。仅从主要的文学现象看，红旗谱群落风格雄浑苍凉，众多的作品形成慷慨悲歌的交响；荷花淀流派虽有"悲歌"的基底，却逼近清新优美一格，80 年代荷花淀派的主将们又纷纷改变风格，逼向燕赵风骨，算是又一变奏；90 年代"山庄文学"和"三驾马车"又演奏出世纪之交的和声。燕赵小说，可说是一部雄浑的交响变奏曲。这部交响变奏曲还可更丰富、更精致些。那就应该在强调主旋律的同时，实现题材与形式的多样化；在强调悲剧崇高美的同时，表现艺术的多种美学形态；在强调地缘意识的同时，把眼光放得更开阔些，寻求多种艺术营养和艺术借鉴。然而，这绝不是意味着，以题材和形式的多样化淹没主旋律，以多样美淹没悲剧崇高美，以所谓开放性取代地缘意识。那就取消了河北文学的特点，窒息了河北文学的生命。

第三节　刘绍棠的运河文化濡染

刘绍棠本是北京通州人,何以被视为河北作家?

其实,通州曾长期归于河北。刘绍棠说:“我生在河北,长在河北;我从事文学创作生涯,起自河北;我的主要作品,也写的是河北农村生活。我本来是河北人,只是由于1958年行政区划调整,我的家乡通县划归北京领导,我才被改为北京人。但是,我和河北大地,存在着根深蒂固的母子连心的感情。去年,我曾在一篇短文中,充满激动地深情写道:‘野人怀土,小草恋山,我始终不想放弃河北省籍。’”①1951年,15岁的刘绍棠便在河北文联做起编辑工作。郑恩波在《刘绍棠传》中写道:“位于保定市提法司街的河北省文联大院,是‘荷花淀文学流派’最早的‘苗圃’,而其中的西侧院,又是这‘苗圃’的‘暖房’。1951年上半年,少年刘绍棠就在这里坐科,得到了一次文学创作的正规训练。可以说,那个小南屋,就是绍棠文学生涯中一个很重要的摇篮。那个小南屋,是绍棠万里征程中的起点。”②坐科河北省文联,发祥于荷花淀流派,对刘绍棠一生的创作有着举足轻重影响。更重要的是,刘绍棠的小说具有浓郁的燕赵文化特色,深蕴着燕赵风骨精神。甚或可以说,在新时期的燕赵文坛上,还找不到像刘绍棠这样既有辉煌的创作成就又有强烈的地缘文化特征的小说家。

1979年,秦兆阳在四川饭店请客,钟惦棐和刘绍棠同席。酒酣耳热,钟惦棐忽然拍着刘绍棠的肩膀说:“绍棠,你童心未泯,写儿童文学好吗?”绍棠戏答道“难道我真的长不大吗?”钟惦棐面色严肃而诚恳:“儿童文学领域少了个‘孩子王’,你合适。”

刘绍棠终于没有成为“孩子王”。1992年他在一篇文章中写道:“但是,我仍不肯半路出家。童心的纯情,被我倾注到乡土文学创作上。《蒲柳人家》中的何满子,《花街》中的伏天儿……凡是写往昔生活的小说,都会有个顽童,那个顽童正是童年的我。然而,凡是写现实生活的小说,却缺少生动活泼的儿童出现。可见我虽‘满目青山’,终归已近黄昏,难发少年狂了。”③

这段文坛趣话,道出了一个创作心理问题:作家童年经验对其创作的影响。刘绍棠创作现象不仅表明其童年经验的丰富与深刻,而且表明其难以转移的固执性。这种现象,还可以做另外的印证。中篇小说集《蒲柳人家》收中篇12部,

---

① 刘绍棠:《论文讲书》,语文出版社1989年版,第6页。

② 郑恩波:《刘绍棠传》,社会科学文献出版社1995年版,第102页。

③ 刘绍棠:《还魂》,《如是我人》,华文出版社1993年版,第199页。

刘绍棠把它们分为三类:写前天的有《蒲柳人家》《渔火》《瓜棚柳巷》《花街》《草莽》《荇水荷风》;写昨天的有《二度梅》;写今天的有《鱼菱风景》《小荷才露尖尖角》《绿杨堤》《柳伞》《烟村四五家》。其中,写前天的和写今天的占了绝大部分。前者写新中国成立前的生活,后者写新时期的生活。两相比较,笔者以为创作精品更多集中在写历史生活的作品中。对刘绍棠来说,这种现象有普遍性。他的中篇尤其是成熟期(新时期)创作的中短篇,以及11部长篇,大多是写前天和写今天的,其中,描写得更为精到和深刻的往往写是前天的作品或篇章。刘绍棠生于1936年,新中国成立前正是他的童年时期。可见童年经验对刘绍棠的小说创作有举足轻重的影响,研究刘绍棠童年经验的形成及特征,对理解刘绍棠的小说创作有不可低估的意义。

童年经验,指的是人们从童年时期的生活经历中所获得的体验,即童年的感性个体在同生活世界的遭遇中,其气质和知识同众多生活事件结为一体而形成的印象和感受。童年经验不是童年经历,童年的生活经历是物理境,童年经验则是心理场,是对于生活经历的心理观照。在艺术创作过程中,艺术家所要把握的重点不在物理境,而在心理场。正如苏联作家邦达列夫说的:"文学是从外在世界向内在世界的伟大的过渡。"①任何艺术都是主体内在生命的感动和体验的表现和传达。童年经验便是人类最本真的原初生命的体验。

童年经验对创作的影响是双重的,第一重是提供体验的内容,这些内容常常引起艺术家的激动,从而成为艺术家创作的素材;第二重,也是更为重要的一重,是培养艺术创作所必备的心理素质和能力,通过艺术家人格的构建直接或间接地参与艺术创作。上述刘绍棠创作现象所体现的童年生活经验对小说创作的渗透仅是第一层面,是体验的内容;我们将深入到第二层面,着重研究刘绍棠童年经验对其心理素质人格形成的影响。

同一切人的人格一样,作家艺术家的人格也是双重的,包括社会人格和自我人格。社会人格是人格结构的表层,是人格的非本质部分。人类的生存特点——群居——要求人们和睦相处,实现群体和谐,每个人都必须约束自我,认真扮演社会的某种角色,从而形成社会人格,也就是荣格说的"人格面具"。这是人们对社会习俗和惯例做出反应的保护色,是外在的自我。自我人格是人格结构的深层,体现着内在的自我和人格的本质。这种人格以生理素质为基础,在幼年时便逐渐形成。社会人格保障的是世俗生活的幸福愉快,自我人格则是获得超然物外的精神享受的依据。对作家艺术家来说,影响其艺术创造的主要是自我人格。

童年经验对自我人格的形成有决定作用,正如弗洛伊德所说,儿童期的各种

---

①　《苏联当代作家谈创作》,北京师范大学出版社1984年版,第40页。

经验塑造了一个人的人格特点，这些特点到了成年也不可能有多大改变。

在刘绍棠的童年经验中，塑造其自我人格的濡染形式主要有：血统遗传、风物濡染、父亲意象和母亲意象影响等。

（一）血统遗传和风物濡染

如前所述，自我人格作为作家人格的深层结构，是以生理素质为基础的，因此，遗传因素便具有重要作用。常有这样的情况，一个人长大后离开家乡，到异乡接触到另一种文化模式，其言谈举止可能完全被同化，但心理深层仍保留着故土文化的根性；即使有些人出生异地，并生活在那里，一旦接触故土文化，便会有一种似曾相识、梦里依稀的亲切感，故土文化很容易成为其心灵的栖息地。这是因为，他的血管里流淌的是故土文化的血液。遗传在一定程度上可说是文化因素的携带和传递。人们在研究普希金时，发现他的家族谱系中有北非血统，他身上那股热情奔放的激情与这种血统相关联；人们从毕加索那超然独立的精神、丰富的创作灵感和敏锐的艺术眼力，寻找着他与吉普赛人的血缘关系。血统和遗传，成为研究作家人格的一种重要方面。

对于自己的血统和家世，刘绍棠有一番见解。他有一篇看似戏作的《寻根》，诙趣横生地寻找自己的家世和血统。老辈们咬定他是大汉皇叔刘备的后裔，那就必然是刘禅的后代，“阿斗这小子太可恶”，于是他改换门庭，认定自己是公元304年在建平（今山西临汾）建国的后汉皇帝刘渊的后代。刘渊本是匈奴人，“《中国历代名人词典》记载：刘渊出身新兴（今山西忻州）匈奴贵族，袭匈奴左部帅，匈奴五部大都督。‘八王之乱’中起兵反晋即汉王位，后改元称帝。匈奴人有名无姓，只因汉朝对匈奴遣女和亲，他们便自称是汉朝的外甥，因而随母姓刘……匈奴刘氏汉王朝败亡（公元318年），子孙流散的方向只能北上，难道就不会有一支子孙滞留通州吗？”据刘绍棠说，他没见过自己的曾祖父，却见过祖父。他的祖父人高马大，浓眉朗目，鹰鼻环眼，颇似北方少数民族的气派。故而，他在20世纪50年代中期发表的几篇杂文，就曾经署名“山楂汗”。刘绍棠说：“我还可能是鲜卑人或沙陀人。北魏孝文帝改鲜卑族独孤氏姓刘。五代北汉开国君主刘知远，原为沙陀部族人，冒姓刘。”“因此，我在做人作文上所表现的浓郁强烈的北运河地方特色，兼备了燕赵风骨和胡汉混血的精神气质。”①

燕赵大地是农耕文化和游牧文化的交汇地，“胡汉交融”是燕赵地区的文化特色。刘绍棠的血统正好体现了这种交融。这种交融削蚀了纯种匈奴人的粗野，却又改变了纯种汉人的温顺，形成了独具特色的文化人格。刘绍棠豪爽、热

① 《刘绍棠文集》（卷一），北京十月文艺出版社1994年版，第6页。

情、浪漫、敢作敢为而又聪慧、机敏，有着卓越的见识和敏锐的艺术感受力，与其血统密切相关。

遗传虽然是主观因素，却也与外部的环境相连。这是因为遗传的基本机制取决于遗传因子的记忆，这种记忆如同摄影中的底片，须在外部环境的刺激中得以显影；同时，外界刺激又不断输入新的信息，储存到遗传因子里。如此不断积累，遗传基因虽略有变异，仍带着“种族记忆”的特质。这就是说，遗传基因这一心理场的携带和传递，尚需一个提供刺激的外部物理境。正是这个物理境，“润物细无声”地塑造着人的遗传基因。爱因斯坦曾说：“我们待人接物的态度大部分取决于我们童年时代无意识地从周围环境吸取的见解和感情，换句话说，除了遗传的天赋和品质外，同传统的强有力的影响相比，我们自觉的思想对于我们行动和信念的影响竟是那么微弱。”①传统在儿童接受中并非通过抽象的反思形成的概念的东西，而是“无意识地从周围环境吸取来的见解和感情。”

刘绍棠童年生活在家乡北运河畔，潜移默化地塑造他的见解和感情的当是故乡风物，即故乡的物质文化环境和精神文化环境。

从物质文化环境看，刘绍棠家住在通县北运河畔儒林村，《钦定日下旧闻考》卷108：“通州在府（顺天府，今北京）东45里。本禹贡冀州之城。春秋战国皆属燕。秦属渔阳郡。两汉本潞县及安乐县地，潞，高阳氏后，邳姓。魏晋以降，属幽州。后魏置潞郡。隋开皇初省入涿郡。唐武德二年于此置元州，领潞、临泃、无终等县三。贞观三年，省元州，后为潞县，以水患徙治安乐故城。历五代皆因之。至金天德三年，升为通州。元因之，领县二：曰潞，曰三河。明洪武元年闰七月并潞县入于州，仍以三县隶焉，属北平府。清顺治十六年，郭县裁并入州。通州上拱京阙，下控天津。潞、浑二水夹会于东南，幽燕诸山雄峙于西北。舟车辐辏，冠盖交驰，实畿辅之襟喉，水陆之要会也。”北运河（即潞水）是“铜帮铁底运粮河”。当年，光是运粮的漕船，每年便有近万只，押运漕船的官兵达12万人次；连同官府的水师船和大量的商船，多达3万只。如果算上沿河村庄的打鱼船、摆渡船和短途运输船，那就多如过江之鲫。大运河，不仅沟通着南北交通，也沟通着南北文化。然而，刘绍棠的家乡儒林村却是个闭塞的小村。“北运河从通州城北下来，九曲十环二十八道弯儿，一头撞在几大堆翠柳白沙高冈上，拐了个弓背，搂住一大片沙滩”；“儒林村就坐落在沙冈外面，紧傍河边，弓背的一角”。由于地处河滩死角，交通不便又草盛林深，便成了“世外桃源”。日寇占领通县12年，竟无一兵一卒到过儒林村。北运河的开放和儒林的闭塞，形成了极大的反差。这样的环境，一方面使儒林村风古朴，刘绍棠受到“衣冠俭朴古风存”的村风陶冶；另一方面，也增加了他窥视外部天地的渴望。据绍棠回忆，他

---

① 《爱因斯坦文集》（第3卷），商务印书馆1976年版，第210页。

七八岁的时候，曾被带到张家湾赶集，张家湾是“南北水陆要会”，“牲口市和粮食市那大声喧哗的交易，吵得方圆八里都不得清静”，“南来的船只首尾衔接 18 里长，大河湾子上停泊着几百艘大船”。元明清三代，官员、举子、商贩、旅客，从南方乘船而来，在张家湾弃舟上岸，换乘马车，取旱路进京；南下的人，也从北京坐马车走 60 里旱路，到张家湾上船，扬帆而去。十岁以后，刘绍棠又到通州城读书。通州是北运河的起点，取“漕运通济”之义。北运河上接通惠河，直通北京城内，下连海河，向南直达江淮各地。通州城成为漕运和海运入京的仓储和转运之地。五岭南北的“广货”，川黔地区的“川货”，以及沿海一带的“洋货”，源源运往通州，转运北京；塞北的皮毛、牛羊，也多运抵通州，转送南方各省。这种典型的南北文化交融的物质环境，同刘绍棠“胡汉交融”的遗传基因发生着强烈共鸣，塑造着他的文化个性。同时，这五光十色的世界，增加着现实世界在他心目中的神秘感和浪漫色彩。

从精神文化环境看，儒林村的文化史、村风以及刘氏家风对刘绍棠有举足轻重的影响。相传儒林村是清朝初年跑马占圈的旗地。主人是正黄旗多尔衮王爷的庶子如意，又叫如意带子。当初并未开垦，每年夏秋之际，如意的马夫来此牧马。几年后如意的一个女儿出嫁，此地成了这位小姐的妆奁地，于是，十来位马夫牵牛赶驴，开荒种地，以供小姐妆奁之用。马夫们娶妻生子，收纳四方游民，立户成村。村名“如家林”，简称“如林”。20 世纪 50 年代政府修订地名，正式称为“儒林”。可见，儒林的起源变体现游牧人和农耕人的交融。儒林村有侠义的村风。小绍棠曾有几次大难不死，都有赖家乡父老相救：4 岁那年，三伏天的歇晌，绍棠捕鸟不慎掉入池塘，一个姓刘老叔奋不顾身跳下深水，将他拖上岸，提起双腿，空净肚子里的黄汤绿水；5 岁那年闹土匪，半夜三更全家逃散，丢掉小绍棠，一个名叫大脚李二的大伯冒着生命危险爬墙上房，进屋把他救出；6 岁那年，小绍棠跟伙伴赶兔子，被枯藤绊倒，尖利的茬子扎伤喉咙，一位姓赵的老爷子发现后紧急抢救，觅来偏方配药，妙手回春……刘绍棠有忠义家风。他的曾祖母会收生、接骨、看红伤，“妙手回春，却分文不取；有人送礼，不但不收，还要陪茶垫饭，招待送礼的人。送礼的人过意不去，在门前跪着不走，曾祖母便一把抓了他的脖子，拎起来搡出去。”他的祖父，“不知钱是好的，伙友们有谁家揭不开锅，沿路上遇见老、弱、病、残，伸手就掏腰包，抓多少就是多少，也不点数儿……”刘绍棠有可敬的师长。季聋爷喜说评书《三国演义》和《杨家将》，虽然他耳聋声音大，吓跑了许多孩子，还是吸引了小绍棠，那评书的“扣子”使小绍棠受着苦苦的煎熬。赵大奶奶曾是义和团红灯照的大师姐，他融入自己的想象，绘声绘色地讲抗击八国联军的传奇故事。田老师把每一篇国文课都编成一个引人入胜的故事，绍棠受业四年，听了上千个故事，有如春雨点点入地。戴老师破格准许他自由命题作文。自然，还有那迷人的野台子戏，小车会，民间故事……这一切，培养了小绍棠浪漫想象的艺术气质。可以说,是儒林村的原型意识、村风,以及刘绍棠的家风、师长风范造就了刘绍棠慷慨、热情、敢说敢为的性格。

马尔克斯《百年孤独》的魔幻现实主义特征,被许多人它看作方法和技巧。马尔克斯却说:"使我写了《百年孤独》的仅仅是对现实的发现,这是我们的现实,是不带任何框框观察到的现实。"①这是一种"加勒比海现实"。加勒比文化不仅赋予他生活的现实,还赋予他独特的眼光:"我觉得加勒比教我以另一种方式来看待现实,教我接受神奇的因素,就像接受构成我们日常生活的某些东西一样。"②同样,慷慨、热情、好义、大度,也是一种现实,北运河文化的现实。刘绍棠从这种现实中获取才干,形成人格结构的一部分,用运河文化的眼光观察运河地区人民的生活,写出独具特色的"运河文学"。这是刘绍棠对当代文坛的贡献。

文化对作家人格的濡染,带有地域文化"类"的普遍意义,这并不会消弭作家的个别性,相反使个性差异显得更加突出。因为,每个人都可以在区域文化的基础上发展自己的个人文化。刘绍棠和浩然都是京东农家子弟,年龄相近,都致力于乡土文化创作,却有很大的个性差异。刘绍棠曾说:"浩然比我质朴,我比浩然狂放。""我虽然文化上比浩然高一点,但是浩然在生活经历上比我丰富深刻得多。我比浩然有灵气,喜欢逞强斗胜;浩然实干,以韧性求发展。表现在我们的小说创作中,我爱写多情重义的女子和粗犷豪爽的男子,浩然则擅长刻画安分守己、吃苦耐劳的农民。"③

(二)父亲意象和母亲意象的影响

既然运河文化对刘绍棠人格形成有重要的作用和影响,那么,运河文化通过怎样的具体过程构建其人格结构呢?

人格结构的构建是一个社会化过程,即幼儿被所处区域中的人们的情感和行为塑造的过程。换句话说,个性人格的形成过程是儿童情感和行为逐渐社会化过程。在这个过程中,家庭是儿童最初接触的一个社会化环境,父母是对儿童早期影响最大的人,父母的爱对孩子的人格塑造有重要意义。美国精神分析心理学家霍妮认为,如果一个人从小就没有享受父母的关怀与爱护,就会产生不安全感,对父母抱敌对情绪,进而把这种情绪转移到周围的人和事物上,转变为基本焦虑。一个具有基本焦虑的儿童很容易在成年时期表现出神经症。

父母对儿童人格的培养,如是非、善恶、好坏等道德观念的培养,是通过儿童

① 《诺贝尔文学奖获奖作家谈创作》,北京大学出版社 1987 年版,第 498 页。

② 《诺贝尔文学奖获奖作家谈创作》,北京大学出版社 1987 年版,第 498 页。

③ 刘绍棠:《乡土文学四十年》,文化艺术出版社 1990 年版,第 209 页。

早期体验的奖赏和惩罚内化进行的。儿童受奖励内化的经验称自我理想,受惩罚内化的经验称良知,良知和自我理想是社会化过程中不可或缺的两个建构层面,作为社会、文化、传统代表者的父母帮助子女形成良知和自我理想的过程,也就是促其社会化的过程。

一位作家,作为普通人时在浅层次上应是社会化的实现者,在社会中扮演着自己的特定角色,保证自己的生存条件;作为艺术家时在深层次上应是"自我实现者",保持着童心和诗心,真诚地对待生活,真诚地对待自己,以心灵的自由创造着饱含童真的诗意世界。然而,真正的艺术家都是永远保留赤子之心的人,艺术家以童心体验人生,才能创造出诗意的世界;充分社会化,将导致童心和诗心的死亡。诗心和社会化存在先天的矛盾。真正的艺术家往往难以完全实现社会化,他们的自我人格强大而社会人格薄弱,因而表现出对社会现实的"适应不良"。一个具有独立思想和深刻洞察力的作家,其内心深处往往有深沉的孤独感。

具体说来,父亲和母亲对作家人格塑造的作用是不同的。契诃夫说:"我的才能来自父亲,我的心灵来自母亲。"①父亲"代表思想的世界,人化自然的世界,法律和秩序的世界,原则的世界,游历和冒险的世界。父亲是教育孩子并指引他步入世界之路的人"。② 父亲的作用主要体现在引导儿童社会化,获得适应外界的才能,即培养儿童的社会人格。他对儿童倾向于感情世界和幻想世界的举动往往不能容忍,加以抑制和粗暴干涉。他是严厉、强暴、专制的象征。母亲则是温柔、慈爱、善良的象征,她主要在情感方面塑造儿童的心灵与个性,促使人格结构中自我人格的形成。母亲的爱是最彻底、最无私、最少功利动机的。母亲为孩子进行的是内在心灵世界的建构,而不是教他们跻身尘世的才能;母亲塑造着孩子丰富的内心世界、美好的情感和普通的人类同情心。歌曲《常回家看看》有两句歌词:"生活的烦恼,跟妈妈说说;工作的事情,跟爸爸谈谈。"之所以扣人心弦,就在于揭示出严父慈母的动人现实。正因为如此,对艺术家来说,母亲的作用比父亲大,从母亲那里获得的东西要比从父亲那里获得的丰富而深刻。中外文学史上出现了许多哺育作家的母亲,如高尔基、鲁迅、茅盾、老舍、巴金等的母亲,而父亲却很少有这样的殊荣。需要说明的事,"母亲"不仅仅指一般意义上的生育者,也包括给予爱和保护的养育者的形象,故可称"母亲意象"。"父亲"自然可称"父亲意象"。如萧红的母亲意象是她的老祖父,法国纪德的父亲意象却是他的母亲。

在刘绍棠的童年生活中,有着丰富而强大的母亲意象。刘绍棠的母亲自幼

① 叶未若夫:《契诃夫传》,人民文学出版社 1960 年版,第 6 页。

② 弗罗姆:《爱的艺术》,安徽人民出版社 1987 年版,第 63 页。

聪明美丽，是娘家那个村最俊秀的姑娘，也是儒林村最俊秀的媳妇。儒林村八九十岁的老人谈起绍棠母亲都说："你娘19岁过门，一晃五十多年了，这五十多年咱们村娶进几百个媳妇，没有比得上你娘的。"①母亲还识文断字，那是因为，外祖父是清末秀才，写一手好字，文笔也好。书法学王羲之，文章学欧阳修，功力很深。母亲"十分聪慧，虽然没有正式上学，但在父亲身边耳濡目染，竟能粗通文字，喜欢看书，喜欢新事物。我常想，如果她生活在城市，能够接受新式教育，她会有所成就。"②母亲是外祖父的掌上明珠，"在娘家自由自在，到了婆家受到种种约束，一直反抗我的祖母，我的祖母也不喜欢她。她这个人嘴很厉害，但心肠很软，而且通情达理。她做婆婆以后，对五房儿媳妇，从没红过脸，说过一句重话，同时对我祖母反倒更孝顺了。"③刘绍棠认为，自己的性格跟父亲完全不同，但某些方面很像他母亲，而且他的智力得自母亲的遗传。母亲不但给他爱，而且给他喜欢新事物、喜欢自由的天性。正如巴金所说："我带着一颗纯白的心，步进这一世界中来，这心是母亲给我的，她还给我沸腾的热血和同情的眼泪。"④

刘绍棠童年的母亲意象，除母亲这个主意象外，还有一些副意象。他的祖父对他非常溺爱，任其自然生长，不加管束，祖孙感情很深。他的祖母吃苦耐劳，心肠很硬，针线活粗糙，下地干活却是好手，颇有父亲意象的特征；但对刘绍棠，很像《蒲柳人家》中的一丈青对待何满子，只有溺爱、顺从的份儿。长工大脚李二，虎背熊腰，却是婆婆妈妈的性格，对刘绍棠也百般溺爱：看野台子戏，让小绍棠骑在脖子上；对小绍棠的无理取闹、调皮捣蛋，不仅容忍，而且赞赏、宠纵；有谁家的孩子敢碰小绍棠，他便像母老虎护犊子一样护着他……在小绍棠的周围，形成了一个慈爱、善良的母亲意象群，刘绍棠是这个群落中的"娇哥"、"宠儿"，他自由自在地生活，其自我人格得以充分发展。

刘绍棠的父亲意象便弱得多，甚至找不到一个站得住的父亲意象。父亲是一个清清白白的商人，安分守己，挣钱养家，一辈子胆小怕事。绍棠说："（他）14岁进城学徒，怕老板，怕被打骂；出师当伙计，怕东家，怕失业；新中国成立后当了商业职工，又怕领导，怕出身好的同事，怕挨整。最使我想起来痛心的是，他还怕我这个儿子。"完全不具专断、严厉、强暴的父亲意象特征。而且，绍棠和父亲的关系也很淡漠，"童年时代，父亲只有歇伏和春节回家两趟，我把他视为生客，并不亲近。后来我进城读书，考取了公费生，课外又当报童，自己供自己上学。父亲觉得对不起我，就怕起我来。"⑤可见，父亲并非真正的父亲意象。倒是绍棠的

① 刘绍棠：《乡土文学四十年》，文化艺术出版社1990年版，均见第23页。

② 刘绍棠：《乡土文学四十年》，文化艺术出版社1990年版，均见第23页。

③ 刘绍棠：《乡土文学四十年》，文化艺术出版社1990年版，均见第23页。

④ 巴金：《〈新生〉序》，见巴金：《新生》，开明书店1933年版。

⑤ 刘绍棠：《如是我人》，华文出版社1993年版，第9页。

开蒙老师田文杰带有父亲意象特征。绍棠6岁开蒙,在田老师门下受业4年。田老师奉行“教不严,师之惰,不打不成才”的教育思想,按绍棠的说法是:“田老师在我该打的时候,毫不心慈手软地狠打。”绍棠天资聪慧,月考、期中考、期末靠总是名列榜首,获“三连冠”,他难免沾沾自喜,傲视别人。在此情况下,不出三天,田老师必定找个理由打他一顿,把他的趾高气扬打得一干二净。田老师有个雷厉风行的“清规戒律”:要求学生无论写什么文字,都打草稿;正式誊写,必须卷面整洁。国语作业交草稿,算术交算草,否则不收作业。对违反者,他愤怒地把作业撕得粉碎,喝令伸出手来痛打,一边打一边训斥:“我叫你手懒,我叫你手懒!”绍棠虽未因此挨打,却也“打骡子马惊”,不敢稍有懈怠。久而久之,练出了手稿誊写一字不苟的“童子功”。这仅是田老师性格的一面,他还有可贵的另一面,即潜心培养孩子们的审美情感和审美想象。刘绍棠在《如是我人》一书中回忆道,田老师让一年级学生描红,描红纸上是一首小诗:一去二三里,烟村四五家,亭台六七座,八九十枝花。他把诗念一遍,串讲一遍,然后以四句话为起承转合,编一个故事:

> 一个小孩子,牵着妈妈的衣襟,去住姥姥家,一口气走出二三里;眼前要路过一个小村子,只有四五户人家,正在做午饭,家家冒着炊烟;娘儿俩走累了,看见路边有六七座亭子,就走过去歇脚;亭子外边,花开得茂盛,小孩子越看越喜爱,伸出指头点数,嘴里念叨着:“……八枝,九枝,十枝。”他想折下一枝来,戴在耳丫上,把自己打扮得像个迎春的小喜神儿;他刚要动手,妈妈喝住他,说:“你折一枝,他折一枝,后边歇脚的人就不能看景了。”小孩儿听了妈妈的话,就缩回了手。后来,这八、九、十枝花,越来越多,数也数不过来了,此地就变成一座大花园……

田老师每讲一篇课文,都要编一个引人入胜的故事。绍棠受业四年,听了上千个故事。田老师以此开发了小绍棠的形象思维和审美想象力。从这个角度看,田老师又成为母亲意象的延续了。

从上述资料看,刘绍棠的母亲意象要比父亲意象强大、丰富得多,其影响也强烈得多。可以说,刘绍棠的童年笼罩在母亲意象的美好的光环中。这里是一个生动鲜活的感情世界,是一个优美的诗化世界,是童心栖居的幸福港湾。在这里,刘绍棠天真、奇幻的想象受到理解和鼓励,天才的诗情得以充分发挥,艺术气质获得自由发展。他的童心不仅没被父亲意象“社会化”掉,反而深深扎进潜意识中。这种童年经验一方面使他文学艺术上早慧,十余岁便成为蜚声全国的“神童”作家;另一方面影响着他一生的文学创作。刘绍棠1957年被错划成右派,坎坎坷坷生活了20余年,重返文坛已是40余岁,“早已神童生白发”,但是,他仍以美好的童心去开掘生活,发现生活中的美:描写运河两岸迷人的田园风光,塑造多情重义的女子和粗犷豪爽的男子,开掘燕赵大地上优秀的文化传统。

他描绘了众多活泼可爱的儿童形象，如何满子、摸鱼儿、伏天儿、叫天子、龙抬头、洛文、拂晓等。这一切，都跳荡着那颗永不泯灭的童心和诗心。与命运相近的作家如王蒙、从维熙、张贤亮等相比，刘绍棠的创作表现出独到的个性。钟惦棐称赞他“童心未泯”，劝他写儿童文学，当孩子王，正是看到这一个性特征。刘绍棠自我人格的强大使其自由的天性得到充分发挥，这种天性自然包括地域文化潜意识，因而，强大的母亲意象也是强化刘绍棠小说地缘文化性的重要因素。

强大的母亲意象成就了刘绍棠的文学创作，单薄的父亲意象却使他难以戴上“人格面具”。他曾因对政治气候的“适应不良”，走上了一条坎坷的生活道路。如前所述，一位进入成年的艺术家，在生活浅层次上当是社会化的实现者，扮演着自己的社会角色；在艺术的深层次上应是自我实现者，保持着纯真的童心和优美的诗心。刘绍棠的弱点在于，即使在世俗生活的浅层次上也常常袒露艺术家的童贞之心，他缺乏乖巧，不善于用“人格面具”保护自己，因而常常受到伤害。1956 年，他带头提意见，袒陈自己的想法，乃至顶撞文艺界领导，邵荃麟几次暗示，他也全然不顾，并写出《我对当前文艺问题的一些浅见》、《现实主义在社会主义时代的发展》，被认为反对毛泽东文艺思想，错划成右派。新时期复出以后，文艺界思想混乱，出现信仰危机，刘绍棠又挺身而出，捍卫毛泽东文艺思想，被一些人视为“僵化”、“保守”、“极左”。他毫不示弱，著文批评：“这些人，反右时是斗士，文革中是造反派，改革开放又成了洋务派；这些人，没有房子想方设法抢房子，有了小房子争大房子；不喜欢共产党却觉得党票有利可图，不择手段夺权当官……”①他四十年来一张脸，都是出自那颗赤子心。1984 年，有可靠消息传来，有关部门安排他担任领导职务，他上书中央领导同志辞官，并自我解剖：“感情用事，热烈狂放，不会平衡，不懂折中，没有组织才干和行政管理能力，当官必然成事不足，败事有余，误国害已，绝没好下场。”②即使在家庭生活中，他也常常袒露那颗童心。有一回，全家聚餐，7 岁的孙子因尿床而难为情，绍棠赶紧劝慰：“别不好意思，爷爷 9 岁还尿过炕哩！”他遭到反对，说他不顾尊严，有失身份。他却想：难道必须为尊者讳，为长者讳，为贤者讳，“真人”不露相吗？

照世俗的眼光看来，刘绍棠是何等不识时务，不达世情，然而，不掩盖，不粉饰，仗义执言，正是刘绍棠可贵的个性，是他的人格魅力。历史上许多伟大的艺术家生前不被理解，被视为怪人，就因为他们只接受自己的内在生命的律令，遵循自由心灵的引导去生活，去创造。刘绍棠虽不为一些人理解，但家乡的父老兄妹理解他，中国的农民理解他，因为他的心同父老乡亲息息相通。正因为如此，通县人民为他建立“刘绍棠文库”，并赠匾额一块，上写“人民作家，光耀乡土。”

① 刘绍棠：《如是我人》，华文出版社 1993 年版，第 312 页。
② 刘绍棠：《如是我人》，华文出版社 1993 年版，第 238 页。

第四节 燕赵的豪侠

——刘绍棠“运河文学”形象与京剧行当

刘绍棠(1936—1997年)在20世纪50年代便蜚声文坛,被称为“神童”作家,到1956年,创作了短篇《红花》《青枝绿叶》《大青骡子》《瓜棚记》《摆渡口》《新式犁杖》《山楂树的歌声》《田野落霞》等,中篇《运河的桨声》《夏天》及长篇《金色的运河》等,形成自己诗情画意的优美性格,被视为荷花淀派的“掌门弟子”。新时期复出的刘绍棠致力于“乡土文学”创作,创作了长篇《京门脸子》《豆棚瓜架雨如丝》《敬柳亭说书》《这个年月》《十步香草》《野婚》《水边人的哀乐故事》《狐村》《春草》《狼烟》《地火》《村妇》等12部,中短篇《蒲柳人家》《瓜棚柳巷》《花街》《草莽》《渔火》《峨眉》《小荷才露尖尖角》《绿杨堤》《鱼菱风景》《烟村四五家》《青藤巷插曲》等数十部。构建起他的“大运河乡土文学体系”。该体系着意写运河滩粗犷豪放的男子和多情重义的女子,发掘勇武任侠、感慨悲歌的燕赵风骨精神,形成汪洋恣肆的豪放风格。

刘绍棠酷爱京剧。他曾动情地说:“我从小就是个戏迷。主要迷的是京剧,其次是评剧、昆曲、梆子;可谓雅俗共赏,兼收并蓄。我听过的戏不少,但至今一句也不会唱。我把听戏的收获所得,都使在了写小说上。我写小说时,常常情不自禁挂上一点戏曲。”①绍棠自幼迷戏,是因为他的家乡是京剧之乡,出了许多颇具名气的演员,如梁益鸣、纪玉良、独院田、张宝华等。对他们的家世、剧目和主要唱段,刘绍棠都很熟悉。绍棠接触京剧的另一个途径是夏季里一些经商人临时搭成的“野台子”戏班,在这里,他老早就了解了梅、尚、程、荀和马、谭、杨、奚等名角。他对京剧真正入迷,还是在9岁进京以后尤其是在北京上初中时。1945年,刘绍棠在北京随父亲小住,多次到华乐、中和、三庆、庆乐、开明戏院看戏,先后观看了荀慧生的《盘丝洞》《红娘》《红楼二尤》《俏平儿》《晴雯》《霍小玉》;张云溪的《金钱豹》;谭富英的《乌盆记》《桑园会》《捉放曹》;马连良的《马义教主》《九更天》;马连良与叶盛兰合演的《借赵云》;马连良与张君秋合演的《三教娘子》等。后来,还看过叶盛兰的《罗成》《周瑜》《吕布与貂蝉》《木兰从军》《奇双会》《八大锤》《监酒令》《黄鹤楼》《卖油郎独占花魁》《白蛇传》《周仁献嫂》《凤还巢》《红梅阁》《穆柯寨》《得意缘》等,杜近芳和叶盛兰合演的《柳荫记》《白蛇传》,并看了程砚秋的《锁麟囊》和赵荣琛的《春闺梦》等。绍棠自幼便是京剧通。至今,他能如数家珍地讲出各京剧流派的风格特色和师承关系,以及

① 刘绍棠:《如是我人》,华文出版社1994年版,第266页。

众多名角的趣闻轶事。他还写了许多谈京剧的文章，如《蝈笼“戏言”》《每日“堂会”》《含金量不足》《进京开眼》《木秀于林叶盛兰》《我也程门立雪》《程腔》等，对京剧有许多精辟见解。他批评40年代模仿荀慧生的媚俗表演：“用心不纯，意在媚俗，也就模仿得过了火。过了火就演成了荡妇淫娃，天真纯情变成了妖冶浪态，卖弄风骚；自然成趣变成了矫揉造作，搔首弄姿。”①他认为杜近芳的成长和成功，得益于同叶盛兰的合作。并认为“叶盛兰和言慧珠的合作，是赛着演；叶盛兰和杜近芳的合作，是捧着演。”②他还精当分了析梅、尚、程、荀对《玉堂春》唱词“玉堂春本是花中蕊，王三公子就是那飞来飞去采花的蜂”的不同处理，从而表现出各自的流派风采③。

刘绍棠的“运河文学”有着浓郁的戏曲韵味。他常常用戏曲人物进行比附，如《蒲柳人家》写何大学问“面如重枣”的“关公相貌”，柳罐斗是“活赵云，赛平贵”，还写道：“何满子觉得，吉老称跟周檎的感情，就像戏台上孟良和焦赞对待杨宗保一样。”《绿杨堤》的黄毛丫头则是把水芹比作王宝钏；《瓜棚柳巷》中柳梢青和柳叶眉父女杀死仇人、抗日离家的情景，使人想到《打渔杀家》中萧恩父女的报仇离家；《碧桃》写碧桃在严酷的政治环境中，独守村边茅屋等待戈弋22年，使人想起王宝钏的18年寒窑……对于刘绍棠小说的京剧因素，林斤澜已有所发现，他在《写在〈蒲柳人家〉之后》一文中写道：

> 我读《蒲柳人家》，是随着这位健谈又直爽的主人，到他家乡运河上转圈，一圈又一圈。七月大热天，小主角“何满子被爷爷拴在葡萄架的立柱上，系的是拴贼扣儿”。多大的委屈，叫这小儿怎么受啊？不，撂下，咱得随着一丈青奶奶到运河边上转了一大圈，还回到“系贼的扣儿”这儿来。立刻又随着何大学问爷爷直转到口外赶马，再回到“系贼的扣儿”，转到第三圈上，旦角望日莲上场，才一抖落，“圈套儿”“哗啦散开了”。然后和望日莲一道上河滩打青柴，这可好了，“河汊纵横交错”，“水洼星罗棋布”，“沙冈连绵起伏”，“红柳绿苇，白沙浓荫”，又随着命苦心甜的少女的心事转起圈来，不想小生周檎从天而降，紧着跟随周檎到“钉掌铺吉老称”、“老木匠郑端午”、“摆船的柳罐斗”、“开小店的花鞋杜四”各家换个儿转一圈，人物的唱、念、做、打，文有谈情说爱，斗嘴吵架，软说合，硬做媒。武有镰刀长鞭，鱼叉铁拳，旱地上的恶黑旋风，水里边的浪里白条，还有那影影绰绰的地下革命活动。……

可惜的是林斤澜说到精彩处却戛然而止，没了下文，至今也没看到从戏曲文化的

① 刘绍棠：《如是我人》，华文出版社1994年版，第280页。

② 刘绍棠：《如是我人》，华文出版社1994年版，第284页。

③ 刘绍棠：《四类手记》，中国社会出版社1997年版，第284—285页。

角度评价绍棠小说的文章。笔者试从京剧“角色行当”的视角描绘一番刘绍棠小说的人物世界。

角色行当又称角色行当，史称角色、部色，昆曲称家门，通称行当，简称行。它是中国戏曲特有的表演体制，有双重含义，既是戏曲中艺术化、规范化的性格类型，又是带有性格色彩的表演程式的分类系统。这种表演体制是戏曲的程式性在人物形象创造上的集中反映。行当的萌生可追溯到五胡十六国时期产生于后赵的参军戏：石勒因一位参军贪污官绢，就令一位优人穿上官服扮演参军，让另一优伶从旁戏弄他，由此形成包括参军、苍鹘二角色的参军戏。参军戏发展为多人演出，产生包括戏头（末泥）、引戏（装旦）、副净、副末、装孤五个角色的“五花爨弄”。宋元时期，“五花爨弄”分别发展为宋元南戏的七色：生、外、旦、贴、净、末、丑和杂剧的末、旦、净三大类；而且从以喜剧角色副末、副净为主演变为以正剧角色生、旦（南戏）或正旦、正末（杂剧）为主，为塑造正面人物开了先路。行当体制初步建立。明清时期，随着昆山腔的崛起和弋阳腔诸腔的繁衍，出现了角色行当全面分化和全面发展的盛况，形成比较科学、严密的行当体制。京剧的行当最早分生、旦、净、末、丑、武、外、副、杂、流十行，后来末、外归入生，副分别归入净、丑，减为生、旦、净、丑、杂、武、流七行。后武、杂、流不再立行，京剧行当减为生、旦、净、丑四行。其中，生行又分老生、小生、武生、红生、娃娃生等，旦行又分正旦、花旦、小旦、武旦、老旦、彩旦等，净又分正净、副净等，丑又分文丑、武丑等；各分支还可有更细的分支，如老生又包含唱功老生、做工老生、靠把老生、武老生等，文丑又分方巾丑、袍带丑、茶衣丑、邪僻丑、老丑等。因而，生、旦、净、丑是一个多层次的角色行当系统。

经历上千年的发展演变形成的戏曲行当体制，作为艺术化规范化的性格类型和表演程式的分类系统，积淀着丰富的历史文化内涵，形成戏曲界的一种集体无意识，不妨称为生、旦、净、丑原型。作为原型，这些性格类型往往具有人类性，至少具有中华民族的共同性，因而带有性格的类型性。这是戏曲艺人经过长期的磨炼，对性格相近的艺术形象及其表演程式、表现手法和技巧逐渐积累、汇集而形成艺术经验。但这种经验又形成人物性格的类型化弊端。因而，当戏曲表演在创造人物形象时，既要在程式表演上的凝练、规范，又要将人物性格刻画得真实、鲜明；既要遵守程式，又要塑造形象。如同古代的写诗填词一样，是一种戴着脚镣的跳舞。刘绍棠称为：“走平衡木”。“接受程式，在程式里创新”。

京剧行当对刘绍棠小说的影响所致，使运河文学成为生、旦、丑表演的大舞台。刘绍棠在这个大舞台上进行着“入行”和“出行”的创作，寻找着原型的地域化，发掘着运河儿女的文化性格。

（一）旦行形象

刘绍棠描写最多、最成功的是旦行人物。旦行分为正旦、花旦、闺门旦、武旦、老旦、彩旦等，这些行当的表现技巧大多为绍棠采用。

1.正旦。又称青衣、青衫，多表现性格刚烈、举止端庄的中年或青年女性，且多为悲剧或正剧人物。由于青衣过于死板，王瑶卿等将青衣、花旦、闺门旦、刀马旦的表演技巧融为一体，创花衫行，使人物性格更加丰富、丰满，大大增强了表现力。刘绍棠塑造的较为端庄的中年或青年妇女的形象，可归花衫。这类人物有：花藕娘、灯草婶子、香翠儿、蓑嫂、云遮月、鸽嫂、艾窝窝、水芹、青凤、金褥子、碧桃，谷玉桃等。如此看来，刘绍棠的人物岂不类型化？其实，社会上的人都是分为类型的，古代心理学家便把人分为多血质、胆汁质、黏液质和抑郁质四种类型；近代生理学家又把人分为活泼型、兴奋性、安静型、弱型四种。艺术家的高超之处在于，他能发现同类人物性格的差异之处，从而表现出人物各自鲜明的性格特征来。刘绍棠刻画的这类悲剧人物，每一个都给人鲜明的印象，她们各自的命运，都令人心里发颤。花藕娘、灯草嫂子、香翠儿都是出现在《豆棚瓜架雨如丝》中的悲剧人物，具有相近的命运，但是性格的区别是如此明显。花藕娘的性格突出的是“狡”，她 15 岁被卖给奸刁的于二甲子，饱受于的蹂躏，与此同时，也受到于二甲子恶习的浸染。当她获得老虎跳的爱情后，便要起心计来，一方面对付于二甲子，一方面防范老虎跳，无情地拆散老虎跳和香翠儿的恋情，导致香翠儿的被卖。然而，她毕竟是个善良的女子，土改后她备受污辱和折磨，更唤起她的良心，她对老虎跳的爱始终不渝。香翠儿的性格更显出一种“直”。在于二甲子家里，她的处境比花藕娘更惨，然而，她却敢大胆地去恨、去爱，坦直地向老虎跳唱情歌，表露爱慕之情。她甚至在主子面前也不掩饰自己对老虎跳的爱：“我这辈子就是跟他过一夜，明天天亮伸腿瞪眼咽了气，也不算屈死的鬼了。”花藕娘跟她是情敌，对她进行过折磨污辱，但当花病危时，她却精心地照料她。新中国成立后，她同花藕娘的地位颠倒了，她想得到老虎跳，花又抓住不放，她怒气冲天，将花藕娘举过头顶，要把她扔进大运河的坛子坑，但当了解到花藕娘对老虎跳执着的爱时，她却哈哈地笑着同情敌结为姊妹，共同救护老虎跳。灯草婶子是“柔”的化身。她爱徐老莲，只能作精神寄托，对恶棍丈夫的凌辱虐待不敢说半个“不”字，到头来，被惨无人道地毒打后休掉，那触目惊心的被休场面更令人惨不忍睹。回娘家又不被弟兄所容，被迫去北京城当上炕的老妈子，遭受肉体和精神的折磨。她爱的火焰终于燃烧了，同徐老莲搂抱着浮尸还乡，她抱得那样紧，“两只手死死地抠进徐老莲的肉里”，以至下葬都分不开。原来，她那柔弱的身体里也蕴藏着燕赵的刚烈。不仅同一部作品里的花衫人物个性鲜明，即使不同作品中的女性形象，也并不雷同。《绿杨堤》中的水芹，也是一个不幸的悲剧人物。在这个人物身上,作品突出性格的“奇”。为嫁给叫天子,她竟谎称跟叫天子有了孩子打了胎,用“生米做成熟饭”的办法迫使叫父母同意,叫天子却愤而离去;叫天子反悔时,水芹嫁给自己并不爱的阮元大;丈夫死去,水芹又执意赡养无依无靠的公婆,致使叫天子“嫁”过去。再如,谷玉桃的“尖苛”,碧桃的“坚韧”,云遮月的“情痴”等,都跃然纸上。这些花衫人物的性格差异,往往表现在脾气禀性、气质个性方面,在道德伦理精神上,她们却有相通的东西:或执着于真诚的爱,或救助他人,都表现为一种牺牲精神,一种道德上的义和善。这是刘绍棠的发现:“强烈的中国气派表现在多情重义上。”更确切地说,这是一种燕赵文化性格。在刘绍棠的运河文学中,花衫人物的时间跨度都很长,作者几乎是写她们的一生或多半生命运,在一次次的人生坎坷中让他们去唱念做打,淋漓地描画出她们的性格和心理。这类形象的刻画也就格外成功。

2.小旦。又称闺门旦,多扮演少女,或是小家碧玉,或是大家闺秀。运河文学的小旦人物有花碧莲、望日莲、旱莲、翠枝、杨天香、冷青霜等,都是纯真、善良的乡间女子。在作家设定的艺术天地里,她们并没有走出少女世界,这正是被归入小旦行的缘由。然而,她们不失时机地唱念做打,顽强地表现着自己的个性特征。小旦面对的主要是爱情婚姻矛盾:望日莲温柔聪慧,虽有点小小的迷信,也曾因乞巧时线穿不进针孔而在周檎的肩头抽泣,但听说打日本,她自信比周檎“手狠”;花碧莲是进攻型的少女,为获得俞文芊的爱,她挖空心思,强送摩托车,一身霸气,但她毕竟喜欢讲穿戴,性格有些浮躁;翠枝是父母的掌上明珠,本拟坐家招夫,她却爱慕邢春塘的才华人品,而邢春塘却是个丧妻携儿的中年男子;善编故事、口齿伶俐的旱莲,连作家都感到吃惊;杨天香被火把亲吻后,竟认为是盖了章,自己也就属于火把了。最为独特的是冷青霜,她曾受“左”的思想影响,做了不少错事,与人们的隔膜使她变成冷面若青霜的姑娘,但是,她的心并未冷,尤其是经历了一番人情冷暖之后,异化的人性复苏了,积极地追求着爱情,追求着理想……刘绍棠似乎感到花衫系列的女性们经历了太多的苦难,运河滩的少女们应该获得幸福的生活与爱情。把她们描绘得积极、向上,不仅获得美好的生活,而且进一步创造新生活,即使旧社会苦难的望日莲,也不仅“望日”,而且走向光明。小旦系列告诉我们,她们虽然也经历一些坎坷,但绝不会重蹈花衫系列的命运,因为她们代表着运河滩女人的希望和未来。丰富多彩的小旦,也有共同的文化性格:多情重义。

3.武旦。又称刀马旦。这类形象有一丈青、武大师姐、春柳嫂子、柳叶眉、陶红杏等。如果说,花衫、小旦两类形象是通过人物的语言行为“唱念做”出来的,那么,武旦人物便是“打”出来的。她们用高超的武艺打出自己的侠义,打出自己的节操。一丈青是武老旦,她敢骂、善骂:“骂起人来,雨打芭蕉,长短句,四六体,鼓点似地骂一天,一气呵成,也不倒嗓子。”她敢打、善打:对那些不识好歹的年轻纤夫,她"一个耳刮子抡圆了扇过去",就把他打得"转了三转,拧了三圈儿","她可以折断一棵茶碗口粗的河柳把几个纤夫像煮元宵一样扫得纷纷落水"。就凭这种本事,制服了花鞋杜四和豆叶黄,解救了望日莲。可是,面对淘气的孙子何满子,她却无可奈何,何满子故意气她,她却只能呼唤"小祖宗",或者给他煮鸡蛋,烙白饼。这使她成为活脱脱一个老奶奶形象。柳叶眉则是一个武小旦,她凭着高超的武艺,给心爱的吴钩抢来花三春做媳妇,后又几次解救三春;花三春死后,她为吴钩代养儿子,最后又凭借武艺手刃汤三圆子,加入抗日队伍。柳叶眉豪爽刚烈,也并非无少女的柔情,作品中写了她被三春诬骂后的痛苦,对摸鱼的情感以及抗日离家的惆怅的心情,同样是个丰满的形象。武旦形象系燕赵大地上令人起敬的女杰,显示了燕赵文化的"力之美"。她们共同的文化性格是豪侠和仗义。

4.彩旦。又名丑旦,丑婆子,扮演女性中的喜剧和闹剧人物,实为丑女,其性格滑稽风趣或奸刁凶恶。运河文学中的豆叶黄、狗尾巴花、五月鲜儿、秦办、锦囊娘子等,属于此类。她们或是利欲熏心虐待童养媳,或是作风不正勾引野汉子,或者依仗丈夫的权力横行,或是馋懒油滑,漫长的封建社会遗留下来的恶习大都在她们身上得到表现。作者似乎为了作品的结构需要设计这些人物,并没有对她们进行着力刻画,而是根据彩旦的表演方法进行夸张的脸谱勾勒,这类形象也就欠缺丰满。然而,正如作品结构中离不了这类形象一样,运河的乡土社会也不会没有这种人物。她们不仅是一种存在,而且是一种映衬,映衬着上述花衫、小旦和武旦人物的美。

旦行各分支在刻画人物的过程中,形成一种对比,如正旦的稳重,花旦的活泼,小旦的纯真,武旦的刚烈,彩旦的丑陋。这种比照一方面加强了各类人物的个性,另一方面形成戏曲舞台人物的参差变化美。在绍棠小说中,花藕娘们的悲剧命运形成的凝重美,花碧莲们的活泼向上形成的明快美,一丈青们显示出的豪壮美,以及豆叶黄们的丑陋滑稽,共同构成运河滩舞台丰富多彩的女性世界。

(二)生行形象

京剧中的生行分老生、小生、武生、娃娃生等,刘绍棠小说的男性形象集中在老生、小生和娃娃生上。

1.武老生。老生多扮演中年以上,性格正直而刚毅的人物,分唱功老生、做功老生、靠把老生、武老生和红生等。绍棠小说中的老生行,主要是武老生,并带有红生意味。红生是专演关羽、表现关羽的威武和神勇的行当,因勾红脸而得名。这类人物有何大学问、叶三车、桑铁瓮、柳梢青、谷老茬子、老虎跳等。运河文学题材分两类:一类反映旧社会的战争生活;二类表现新中国的建设生活。武老生形象都是在战争年代为生存而练就一身武功的传奇人物,他们性格粗犷豪爽、敢打敢拼、敢作敢当,是运河滩上声名显赫的英雄豪杰。写这类人物,容易落进古代传奇小说的窠臼,刘绍棠的成功处在于,一方面把他们同义和团运动、抗日战争、解放战争等历史事件联系起来,烙上深深的时代印痕。如《蒲柳人家》的明线是何大学问、柳罐斗等设计除掉麻雷子,成全周檎和望日莲的婚事;暗线则是抗日战争:麻雷子是十恶不赦的汉奸,周檎是抗日斗争的领导者。另一方面作家着意揭示人物复杂的内心世界,使他们成为活生生的现实人物。实际上,刘绍棠对这些人物的塑造是有个发展过程的。从何大学问、谷老茬子到老虎跳,人物形象一步步丰富深化。何大学问的刻画并非不成功,也并非没有个性。小说写他武艺高强,农活娴熟,不仅是个好的车把式,还是难寻的赶马客,他扶危济困,深得乡邻敬重。但他好说大话,善讲云山雾罩的故事,得一个半是戏谑半是夸奖的"何大学问"绰号;他又喜欢戴高帽,自以为这是褒奖,却真地看起唱本来;他和一丈青搭救望日莲,并同柳罐斗设计成全周檎、望日莲的婚事之举,使自己活生生地站起来。然而,何大学问虽然乐哈哈地站在那里,我总觉得他不过是成功的扁形人物,尚缺乏"圆"意。谷老茬子是《京门脸子》前半部着力刻画的人物,他同何大学问一样,有高超的武艺,可在运河玻璃厚的冰面上轻捷地走过去,肩上还杠着一个人,也可光脚在高粱茬子上走(这是"谷老茬子"的来历")。他会种瓜,走船,还会唱戏,是"狗打架戏班"的主角。为救人,他冒着生命危险,怀里抱一个,背上背一个,纵身跳上房逃走。合作化时期,他耿直地闹退社……较何大学问进一步的是,作家开始揭示他的复杂感情和心理:一是对"我"的感情,小时候"我"喜欢看他的武打戏,他可连续重打八遍,"我"上学,他亲自赶车送,"我"被打成右派,他登门探望;二是对艾窝窝的爱,他同艾相好多年,感情既深且坚,可惜的是,小说未来得及展开便让二人结婚。《豆棚瓜架雨如丝》真正塑造了一个丰满、厚重的老虎跳形象。作家把他放在充满矛盾的尴尬环境中,描绘他的心灵搏击和命运挣扎。一是对花藕娘的爱。花藕娘是他的恩师之女,却被恶棍于二甲子霸占,后来他们以主仆关系共处,并私下结合,生下了花狗。花藕娘变得尖刻多疑,香翠儿又插入期间,老虎跳陷入深深的矛盾和痛苦中,他无奈而出走,又被花藕娘又以亲情牵了回来。土改中,老虎跳的心灵受到最残酷的拷问:花藕娘成为"地主婆",惨遭虐待,老虎跳则是"贫民团的副团长";望着被折磨得不成样子的花藕娘,老虎跳矛盾、犹豫,终于冒着身败名裂的危险,与她隐在沙滩上过起夫妻般的生活。这可说是侠骨中的柔肠。二是对待花狗的感情变化。花狗是他唯一的儿子,他曾打定主意,一辈子在于家做孝敬儿子的仆人。然而花狗却越来越不争气,在于二甲子的授意下捉亲生父母的"奸",并逼走老虎跳;土改后又当了无恶不作的还乡团。此间,老虎跳与花狗三次遭遇,每一次都陷入仇敌和亲情的巨大心理冲突中。他一次次抓住花狗，又一次次放走他，最后终于亲手把花狗开膛破肚，完成他思想性格的升华。这又是他柔肠中的侠骨。对于老虎跳心灵矛盾的深入开掘和揭示，使他真正成为性格丰满的“圆型人物”。

武老生形象虽然性格复杂，个性独特，却又共同的文化心理：扶危济困，为民除害，具有豪侠仗义的燕赵古风。

2.小生。小生扮演青年男性，分巾生、冠生、穷生、雉尾生、武小生等。刘绍棠的运河文学属小生类的多是巾生、冠生行。具体说有两种情况：在反映旧时代生活的作品中多是“巾生—冠生”，在反映新社会的作品中多是“巾生—穷生—冠生”。

“巾生—冠生”。巾生又称扇子生，扮演儒雅洒脱的书生；冠生又称纱帽生，扮风流儒雅而又气宇轩昂的年轻官吏。周檎、阮碧村、谷秸、吴钩、叶雨、芝罘等原是青年学生，在革命洪流中成为青年革命领导者，故有由巾生而冠生的特点。他们都是战争年代的青年革命领导者。

“巾生—穷生—冠生”。分两种情况：一种如艾蒿、戈弋、柳岸、洛文等，原为潇洒书生，被错划为右派，成为落魄穷生（穷生即穷困潦倒的书生），后又落实政策重获新生，故属“巾—穷—冠”的情况；另一种如蔡椿井、俞文芊、柳景庄、邢春塘等，他们是新时期乡村知识分子，原为学生，后因政治或经济原因而穷困潦倒，适逢改革开放盛世，又获美好生活。

这是一种不容忽视的人物行当。因为在战争年代里，他们是年轻的革命领导者，在和平建设时期，他们是社会矛盾的旋涡中的沉浮者。他们的身上积淀着中国革命和建设的历史，体现着时代精神。对于这类形象，作家以吝啬的笔墨进行理想化的表现。然而，越是理想化，人物便越是缺少生动和丰满。因此，尽管作家把他们描写得都是那样年轻、英俊、潇洒、精明强干，却难以给人留下深刻的印象，这类人物写得并不成功。但是，他们为标示作品的时代背景、烘托时代氛围、深化花衫和老生等形象起了不可低估的作用。“为他人作嫁衣裳”，也是一种贡献。

3.娃娃生。扮演儿童角色。运河文学给读者提供了一群可爱的娃娃：何满子、摸鱼儿、小芝罘、伏天儿、小艾秋虎、雨点、小龙抬头、春闹、牵牛儿……这些娃娃或质朴、或拙笨、或乖巧、或顽劣，一个个都是那么可爱。你看，那何满子剃着光葫芦头，天灵盖上留个木梳背而，光着屁股在运河滩野跑，莲姑给他做了条花红兜肚儿，他一天也不穿。奶奶整天焦急地追他，找他，喊他，他却藏进柳棵子、芦苇丛、豆棵下，跟奶奶捉迷藏。天黑回家，奶奶抄起顶门杠子，要敲他的光葫芦头，他一动不动，眼皮眨也不眨，他知道，奶奶舍不得打他。何满子虽然顽皮，却讲义气。当莲姑得知何满子偷听了她和周檎的谈话，嘱他“可不能说出去”时，他却委屈地哭了:"原来……你们也信不过我呀!""你们在河滩上钻柳棵子地,说悄悄话;你把辫子绕到檎叔的脖子上,我跟别人说过吗?"在他幼小的心灵中,已埋下任侠重义的种子。小艾秋虎钻到关云长泥象肚子里听课、又纵身跳井的恶作剧,被开除后又爬到大殿顶上听课的举止,以及到谷老茬子瓜田里偷瓜又偷饺子的报复行为,顽劣中透着刚直……这也是刻画得颇为成功的一群,他们给运河文学增加着天真烂漫的色彩,增加着欢乐和希望。父辈的刚强好义精神,正在潜移默化地涌入他们的心灵中。

运河文学的生行人物以老生行刚毅豪爽,小生行潇洒英俊,娃娃生活跃顽皮构成多姿多彩的美。

(三)净行和丑行形象

1.副净。京剧的"净"亦称花脸,多表现气势豪迈性格粗犷的人物。净分正净和副净。正净又称黑头、铜锤和大花脸,重唱功,多扮演朝廷重臣。副净又称二花脸,架子花,重做功。或扮演性格粗犷豪放的正面人物,或扮演奸雄。副净中还有武花脸、油花脸等。

运河文学中的净行人物较少,主要是副净形象,如秋老虎、谷大顺、牛脖子、邵正大、黄金印等。这些形象都是八匹马都拉不转的粗犷汉子。黄金印有个头撞南墙也不知道拐弯的犟牛脾气。1958 年为反对浮夸风丢了党籍,1961 年重新上任便搞起包产到户,文革中被戴上三反分子的帽子,妻离子散,1979 年又落实政策,担任支部委员,仍同搞不正之风的秦吉了作斗争,并自告奋勇当上了生产大队长……谷大顺子,小说称他是夺得状元印的常遇春。当年"我"搞恶作剧把他的媳妇嫁给他兄弟,他并不记恨;"我"站高枝他不沾我的光,"我"垮了他却不怕吃挂累。他料定我还有"时来运转"。当跳嫂献计,让"我"妻子带孩子出国或跟我离婚,以成全"我"的孩子时,谷大顺子大骂"混账娘们儿","想拆散打兄弟的家";谷玉山请"我"帮助权贵的女儿捉刀代笔写小说,谷大顺子挺身拦阻:"鱼菱村的老贫农,不许挂羊头,卖狗肉!"这类人物,同武老生系列有相近之处,极其鲜明地体现着燕赵风骨精神;不同的是,武老生形象是战争年代的人物,作家着意突出其"勇武",二花脸形象是和平建设年代的人物,作家着意突出人物的"倔强"。勇武也好,倔强也好,都深蕴着豪侠仗义的燕赵风骨。这也是刻画较为成功的一类人物,显示着威猛厚重的阳刚之美。

2.邪僻丑。丑行又称三花脸、小花脸。京剧的丑行分文丑、武丑。武丑是丑的武行,又称开口跳;文丑分方巾丑、袍带丑、茶衣丑、邪僻丑、老丑等。"运河文学"的丑行形象可归为邪僻丑,分为两类:一类如于二甲子、根半腿、油炸鬼、皮天贵、麻雷子、花鞋杜四、汤三圆子、连阴天、韩小蛰子等,大都是兵痞、地头蛇、恶霸、狗腿子、赌徒等。他们同旦行当中的彩旦一样，是运河滩的肮脏角落和垃圾堆，作家也并未进行着意刻画，不过是脸谱勾勒，形象单薄干瘪，较好的是于二甲子，他的狡诈、阴险、狠毒给人留下较深印象；另一类如花狗、白苍狗子、杜小铁子、苗小秀子、耍儿、杨吉利等，有在旧社会无所不为的纨绔子弟，有新时期留大鬓角、小黑胡儿的假西洋崽。对这类人物作家亦是脸谱化勾勒。花狗用的笔墨多些，他捉生身父母的奸，奸香翠儿，杀害生母，无恶不作，但缺乏合乎逻辑的心里揭示，形象终不丰满。这组形象告诉人们：运河滩上既生茁壮的幼苗，又长顽劣的莠草，这是值得警惕的。邪僻丑的作用在于衬托武老生、娃娃生和副净之美。

当我们运河文学的人物形象世界进行一番勾勒之后，便会惊异地发现，作者在运河文学的舞台上调集生旦净丑，竟塑造了如此众多的人物。这些人物按照自己的性格逻辑去唱念做打，共同构成多样统一、对立和谐的运河社会画卷。这些人物形象行当齐全，即使在一部（或一篇）作品中也是生旦净丑齐全，形象丰富多彩。如中篇小说《蒲柳人家》涉及的行当便有：红生（何大学问）、武老生（柳罐斗）、小生（周檎）、娃娃生（何满子），武老旦（一丈青）、花衫（云遮月）、小旦（望日莲）、彩旦（豆叶黄）、二花脸（吉老称）、丑（花鞋杜四、麻雷子）等。行当的表演程式决定了作品的艺术风格，《蒲柳人家》的风格可谓“角色齐全，文武代打”。正如林斤澜指出的，“人物的唱念做打，文有谈情说爱，斗嘴吵架，软说合，硬做媒。武有镰刀长鞭，鱼叉铁拳……”

（四）“运河文学”行当的原型分析

如前所述，生、旦、净、丑作为京剧的性格类型和表演程式的分类系统，积淀了丰富的历史文化内涵，乃至形成民族的原型意识。这种原型意识具有全民族性，甚或具有人类性。要发掘它的地域性，就必须研究刘绍棠的“运河文学”在描写这些性格类型中具有怎样的个性特征。

不妨做一个对比性思考：在运河文学舞台上哪些行当最“叫座”，哪些形象最薄弱，两相比较体现作家怎样的创作追求？

从上述分析看，刘绍棠“运河文学”最叫座的人物形象，首先是旦行中的花衫形象。她们饱经磨难又有着顽强生存精神，但各有各的命运，各有各的悲剧。其性格或狡、或直、或奇、或柔，或苛、或痴、或韧，均鲜活生动，个性分明。但都内蕴一种共同的道德精神：多情重义。她们以这种精神，追求自己的爱情与幸福、理想与未来。这是最为成功的一群，显示了刘绍棠善写女性的创作特色。其次是生行中的武老生形象。他们经历丰富，眼界开阔，是运河滩钢铸铁浇的男子汉，作家将他们置于社会矛盾和伦理冲突旋涡中，以犀利的笔触，拷问他们的灵魂，剖析他们侠骨中的“柔肠”；这使他们的形象由扁形变为圆形，丰满而复杂；他们也有共同的文化心理，即豪侠仗义。他们以这种心理安身立命，打造自己的人生之途。“运河文学”舞台上最为薄弱的形象，是小生、邪僻丑和彩旦形象。小生形象理想化、化身化，常有单薄、雷同之弊；但作为战争年代的青年革命者，或是建设时期年青的政治沉浮者，体现着政治风云和时代特色。邪僻丑和彩旦形象脸谱化、概念化，形象干瘪单一；但其丑恶可对照出运河滩民俗风情之美。

如此可以形成两种对比：(1)花衫、武老生行同小生行的对比。前者描绘着力，形象丰满，体现着北运河地区多情重义和豪侠仗义的文化性格；后者勾勒简单，形象单薄，却显示着运河地区的政治斗争风云。可见，作家的着眼处和着力点并非北运河的政治斗争风云，而是地域文化性格。(2)花衫、武老生行同邪僻丑、彩旦的对比。前者形象丰满生动，性格善良，重义多情，体现着运河儿女人性的美和美的人性；后者形象单薄干瘪，显示着运河的愚昧、野蛮和丑陋。可见，作家着意展示的不是运河滩的愚昧、野蛮和丑陋，而是运河儿女的人情道德美。刘绍棠曾说：“我热爱农村，热爱农民。农村是我的生身立命之地，农民是我的粗手大脚的爹娘，我所有的小说创作，都是满怀感恩和孝敬的心情，为粗手大脚的爹娘画像。”①这正是他着意表现人情道德美的现实心理基础。概而言之，刘绍棠运河文学着意描写的不是运河滩的丑，而是运河滩的美；不是运河滩的政治斗争风云，而是运河滩的文化性格。简言之，则是北运河美的文化性格。这种“美的文化性格”则是花衫行的多情重义和武老生行的豪侠仗义。而多情重义和豪侠仗义正是“勇武任侠、慷慨悲歌”燕赵风骨在北运河的具体体现。

其实，在“运河文学”的各行形象中，刻画比较成功的，旦行形象中还有小旦和武旦，生、净行形象中还有娃娃生和副净。小旦和武旦同花衫有相近的文化心理，表现出运河滩女性的多情重义；娃娃生和副净同武老生有相近的文化心理，表现出运河滩的豪侠仗义。由此可得出结论：刘绍棠的运河文学，在旦行中以花衫为主、小旦和武旦为辅，生、净行中以武老生为主、娃娃生和副净为辅，共同揭示了“勇武任侠、慷慨悲歌”的燕赵文化性格。如果说生、旦、净、丑作为中国的戏曲艺术原型，其人物性格的类型性具有民族的共性，那么，刘绍棠借用这种原型意象进行创作时，依靠自己的人生体验和艺术经验，发掘出北运河的区域文化个性。实现了原型的地域化。

① 刘绍棠：《乡土文学四十年》，文化艺术出版社 1990 年版，第 115 页。

第五节 燕赵的恣肆

——刘绍棠“运河文学”的语言风格

丹尼尔·霍夫曼在他主编的《美国当代文学》中说：“我们最强有力的诗人，从定义上说就是大胆的和独特的文体家。”刘绍棠正是这样的文体家。他建构的“运河文学”体系，其成就是多方面的，最为人称道的则是他的语言风格。对此，孙犁曾给予极高的评价：“绍棠幼年，人称卓异，读书甚多，加上童年练就的写作基本功，他的语言功力很深，词汇非常丰富，下笔恣肆汪洋。”①

“恣肆汪洋”，极其准确地概括了刘绍棠“运河文学”的语言风格。恣肆汪洋是一种富丽堂皇之美，一种多姿多彩、声情并茂的复调美。这种复调美有着丰厚的语言根基。

（一）“运河文学”的语言根基

运河文学的语言根基，具有广收博取的集大成色彩：不仅有京东北运河农民口语，而且有民间艺术（评书、曲艺、地方戏等）语言，不仅有古代诗词文赋，还有外国小说诗歌。绍棠将自己的文学语言根须，深深扎进上述四种语言根基中，深吸精酿，化作他的精神血肉。这既有主观上的“有意栽花”，也有客观上的“无心插柳。”

京东农民口语是“运河文学”语言的主体。绍棠自幼生在农村，京东鲜活的农民口语，在幼时绍棠的心灵上打下深深的烙印；1957年被打下去，20余年在运河滩“跟乡亲父老兄弟姐妹们土里刨食”，“从思想性情到生活习惯，开口说话，为人料事和艺术情趣，都发生返璞归真的变化”。笔者同他接触，总是闪烁着这样的意念：他多么像豪爽、睿智、阅历丰富的庄稼人！正因如此，他使用农民口语给上千名公社、大队、生产队和作业组四级干部讲话，一讲三四个小时，没有一个人走动、退场或交头接耳。创作时使用农民口语可信手拈来，随心所欲而不逾矩。近年来各种艺术为追求地方色彩，大搞“方言介入”，这自然不失为一种手段；然而，真正的高超艺术并非形式摹仿，而是对深层地域文化精神的揭示，谓之“不着一语，尽得风流”，“运河文学”语言能入此佳境。

古典文学语言是“运河文学”语言的重要根基。绍棠有深厚的古典文学功底，他“读书甚多”，古代小说的经典著作自不必说，轶事、志怪、言情、武侠、公案

---

① 孙犁：《读〈蒲柳人家〉》，《新港》1980年第10期。

小说也无所不读。他还涉猎各种散文如诸子、史传、《史记》、六朝散文等，各种诗词如历代诗、词、曲、赋等。他不仅就读北京大学，更重要的是被划右后不甘消沉、好学不倦，把阅读古诗词文作为感情寄托方式。他说："我在隐匿乡里的漫长岁月中，于夜深人静之时，一人独处荒屋寒舍，高声朗诵古文诗、词；或热血沸腾，或慷慨激昂，或悲怨愤懑，或沮丧哀伤，如醉如痴，放浪形骸，当时并没想过对将来写小说有何用处。"①不是为创作，而是为生活，将自己的思想情绪同诗词文赋的情感意境融为一体，难解难分。如是几十年，古诗文的意境、气韵连同语言形式一起进入绍棠的意识深层，成为心理机制的构成部分；一旦进行创作，便同作家的感情、意念等融为一体，喷薄而出。当初"无心插柳"，却意外地"绿柳成荫"。稍加注意便可发现，绍棠对古诗文语言化用得那样巧妙。如，"一去二三里，何满子跟着周檎到钉掌铺去。"诗句融进作品，使人浑然不觉。值得注意的是，"运河文学"的许多小说题目，都是古代诗文语言的化用。如《绿杨堤》《年年柳色》《蛾眉》《芳草满天涯》《烟村四五家》《小荷才露尖尖角》《豆棚瓜架雨如丝》等，古诗文意境同现代生活情态融为一体，平添了诗意和情趣。

民间艺术语言也是运河文学的重要语言根基。绍棠在自己的一些散论中，常提到"自幼接受民间故事、小曲、评书、年画、野台子戏……的熏陶"，业余爱好是"爱听京剧和许多地方剧种，特别欣赏程砚秋的唱腔"。他不仅接触这些艺术门类，而且潜心研究，颇得真髓。他认为："评书的套话，艺术性很低，但是评书艺人在叙事、状物和人物对话上，使用最富声色、形象和夸张的口语，吸引了听众，小说作者应该学习评书艺人使用口语抓住听众的本领。曲艺也是如此，地方戏的最大特色是浓郁的生活气息，主要是依靠语言的生动活泼和个性化。"②民间艺术语言铿锵上口的韵律、生动活泼的表述方式，已化入绍棠小说中，他的《孤村》，这方面的特点尤为明显。

外国文学作品，刘绍棠也涉猎极广。他说："掐指算来，我读外国小说比读中国小说多。"③欧、亚、美的小说，无所不读。他写小说是从啃俄苏文学起家的。20 世纪 50 年代的《瓜棚记》写道："夏夜，运河滩的瓜园里洒满乳白色的月光，闷热的南风吹得瓜架发出簌簌的幽响，浓厚的瓜香气弥漫着整个瓜园。"多么像优美的俄罗斯民歌！他新时期的小说语言中，外国文学语言的影响也是明显的，中篇小说《村姑》的起始段，实际是一个非常欧化的长句。为什么人们感到他借鉴不足呢？且看他自己讲的一段话："我欣赏每一位为人类文化做出贡献的外国古典作家，其中我最热爱的是俄国的果戈理和托尔斯泰，法国的梅里美和巴尔扎克，西班牙的塞

① 刘绍棠：《乡土文学四十年》，文化艺术出版社 1990 年版，第 135 页。
② 刘绍棠：《乡土文学四十年》，文化艺术出版社 1990 年版，第 134 页。
③ 刘绍棠：《乡土文学四十年》，文化艺术出版社 1990 年版，第 182 页。

万提斯。外国现代作家中我最佩服的是苏联作家肖洛霍夫。”①绍棠热爱的多是西方批判现实主义时期以及前苏联的现代作家。热爱才能借鉴，自觉“拿来”为我所用。一方面，这些作家的语言及风格已为中国文坛所熟悉，加之绍棠借鉴时从不生吞，读者往往浑然不觉；另一方面，绍棠继承民族传统取得的成就太突出，突出到几乎淹没前者的程度。一言以蔽之，绍棠借鉴西方现代派的东西似乎少了些。现代派文学虽然驳杂，已并非一无可取，不妨“拿来”一些，为我所用。

“运河文学”语言的高妙之处，在于“化”：将四种语言根基融入心理机制，以自己的精神个性弃取、冶炼之，熔铸成独具风格的运河文学语言。绍棠说：“我运用农民口语时，常常以古典诗词和散文为师范，斟字酌句，推敲规整；希望能够多一句不说，多一字不写，句子要短，字要精当。”②这句话道出了“化”的过程。笔者觉得，“运河文学”语言的“化”，是以农民口语为基础，用古代诗文规范去炼字、炼句、炼意，以民间艺术去润色其音韵，加强表现力，并借鉴外国文学语言细腻、深刻的优长，形成了自己的语言风格。如《蛾眉》写道：“这一方，上京下卫，小伙子娶媳妇难，难于上青天。花枝一般俊俏的姑娘，好比彩云追月，鸟飞高枝，不是心向北京，就是眼望天津；剩下的不那么水凌秀气的柴禾妞儿，开口一要彩礼，也能把人吓出一溜筋斗。”地道的农民口语，被规整得凝练含蓄；嵌入的古诗句，吻接自然，情趣内蕴；说书人的口气，铿锵的音韵，朗朗上口；化用古辞赋的骈四俪六，更增澎湃的语势。令人称道的是，最雅的“难于上青天”，和最俗的“吓出一溜筋斗”相反而又相成。可谓广纳以熔铸，厚积而薄发，“究天人之际，通古今之变，成一家之言”，非集大成而何？这段文字便显得“言近而旨远，辞浅而意深，虽发语已殚，而含意未尽”③。

（二）“运河文学”的语言风格

刘绍棠小说语言根基的集大成色彩，仅是语言复调美形成的前提条件，是“恣肆汪洋”风格的隐性特征，其显性特征，则表现在“运河文学”的文本中。《豆棚瓜架雨如丝》中的一段景物描写，有助于我们对这种文本特征的理解：

从阳春三月到中秋八月，这里的风景是一幅水彩画，花、草、树、木、土，都色彩鲜明，充满野味儿，令人心野。汽车司机行驶到这里，不管路上有人没人，有车没车，都喜欢像救火车似地一声鸣笛，惊起沙滩上柳棵子地里成百上千只鸟儿，一窝蜂纷飞上天，白云中一片啼鸣，像笙、管、笛、箫的合奏，

① 刘绍棠：《乡土文学四十年》，文化艺术出版社1990年版，第182页。
② 刘绍棠：《乡土文学四十年》，文化艺术出版社1990年版，第138页。
③ 刘知几：《史通·叙事篇》。

阳光下的花翎熠熠闪光，像一大幅五颜六色的织锦。鸟影遮住了天。地上一片幽暗，盐碱地草丛里的绿蚂蚱和红蜻蜓也慌乱起来，飞的飞蹦的蹦，绿的绿红的红。

这实在是一幅多声、多姿、多彩的水彩画：笙、管、箫、笛合奏，成一曲宏伟的交响乐；红、绿、蓝、白、黄、紫，像一幅五颜六色的织锦；车飞、笛鸣、鸟惊、虫蹦，万类千姿，一派生机。据此，“运河文学”的语言特色正可梳理为：多声的音乐美，多样的色彩美，多姿的形象美。

1.多声的音乐美。汉语的语音中，乐音占绝对优势，声调的高低起伏能形成丰富的旋律，加之节奏可以自由控制，在音乐的形式美方面便有着巨大的潜能。每一位杰出的作家，都可以运用这种潜能谱制自己的语言乐曲，创造富有个性的声律世界。读刘绍棠小说，感到作家如同一位精熟的木工大师，大刀阔斧，凌空运斤，噼噼啪啪，当行则行，当止则止，从容不迫地砍削着一个个艺术形象。仔细品味，既有着鼓点般跳荡的韵律基调，又是融合多种声律的复调世界。

关于韵律基调，请看下列段落：

泥棚瓦舍，一踹就倒，拔锅拆灶，抬腿就走。砍几根柳桩，支起四梁八柱，柳条子编墙，蒲苇铺顶，上下抹泥，土灶安锅，翘尾巴的烟囱就又冒起了袅袅炊烟。

——《花街》

他的香瓜均溜个儿，滴溜圆儿，白的玉白，黄的金黄，摘下来两片绿叶，更显得好看。……贪吃嘴急，张口就咬，噎得眼直，憋得脸青，鱼鹰子伸脖儿。

——《瓜棚柳巷》

一丈青骂人，就像雨打芭蕉，长短句，四六体，鼓点似地骂一天，一气呵成，也不倒嗓子。

——《蒲柳人家》

投梭河畔，鹊桥桥头，有一棵老榆树；粗有三围，高耸入云，浓荫蔽日，枝干峥嵘，气象森严。

——《含羞草》

这些段落多为四字句，间有六字句，句式简短，节奏急促，一气呵成，步步紧逼。正是鼓点般的跳荡节奏，有一种慷慨激进的峥嵘气势。这种基调来自绍棠独特审美的追求。作为理解农民的乡土作家，他主张在创作中“使用优美的农民口语”。什么是优美的农民口语？他说：“农民说得口齿伶俐，都是四六句，你看舌底板压人的主儿全是这样，敲鼓点一样的，有张有弛，有紧有慢，说得你绝对没办法。”[①]农民口语除了丰富、生动、质朴的共性外，还有不同的风格流派：幽默型、

① 《刘绍棠谈自己的经历、情趣和创作》，《当代文学研究参考资料》1981年第9期。

深沉型、木讷型、激昂型、伶俐型……绍棠小说选择了激昂、伶俐型，以“敲鼓点”、“四六”句节奏作为音韵世界的基本乐段，编制小说语言的音乐之曲，字里行间带有一种英爽之气，给人以奋进的力量。这正是作家乐观向上的精神风貌的外现。这种特征表明，“运河文学”语言并非像许多文章讲的，是一种优美的田园牧歌调，它分明带有慷慨激昂的燕赵气韵。

如果“运河文学”语言仅是鼓点般跳荡的韵律，不仅会显得单调，而且会使读者产生喘不过来气的压迫感。深谙艺术辩证法的刘绍棠，在把定基调的同时，竭力创造融会多种声韵的复调世界。他常在四六体乐段中，插入较长、较短或长短参差的句子，对鼓点节奏进行淡化、稀释，从而形成了有急有慢、有张有弛的自然韵律。基调鲜明而又声律繁复，自然天成而又匠心独运。且看：

> (1)他的香瓜均溜个儿，滴溜圆儿，白的玉白，黄的金黄，(2)摘下来带两片绿叶，更显得好看。从河边挑来两筲水，蹲在绿柳浓荫下，香瓜浸入水筲里，一个时辰捞上来，(3)撕一片苇劈儿，轻轻划上一道，瓜分两半，甜脆爽口，蜜汁原汤，喝下去沁人心脾。(4)他的面瓜，皮薄，肉厚，大肚囊儿，掰开来白籽红瓤，一篓蜜；(5)有花面鬼脸的，有傻头傻脑的，一个个憨态可掬，逗人喜爱。远怕水近怕鬼，生人吃柳梢青的西瓜，先得打听路数；(6)贪吃嘴急，张口就咬，噎得眼直，憋得脸青，鱼鹰子伸脖儿……

如果把这段文字视为一个乐程，其音韵变化可分为6个乐段。(1)段：平稳起乐，推出四六基调。起始七字句，可略拆开，“匀溜个儿”和下句“滴溜圆儿”，形成实际的六字式结构，继而引出两个四字句：“白的玉白，黄的金黄”。进得自然，结得利索。(2)段：以长句的舒缓节奏对鼓点节奏进行“稀释”，“稀释”中亦有过渡，连续三个七字句，既是对本段的推进，又是对下段的开启。(3)段：是鼓点基调的发展。两个六字句引出三个四字句，最后七字句，亦含四字结构，节奏急骤，音韵铿锵。(4)段：又是一个衔接过渡。看起来节奏参差，其实仍以四字句为主体，不过，“皮薄，肉厚”拆成两字句，“白籽红瓤”含于七字句中。虽无四六句气势，却有鼓点节奏的余味。(5)段：是一种变奏推进。虽以四、六句为主体，却不强调一气呵成的气势：两个四字句，一个嵌在七字句中；四个六字句，变换着三种节奏。这种韵律如盘山绕岭，斗折蛇行，曲折蜿蜒中有奋然前进的气势。(6)段：把鼓点节奏推上高潮。五句皆为四字节奏，一字排开，顺势而下，节奏急骤，旋律跳宕。如利刃破竹，骏马下山。奔腾的气势成为整个乐程的高潮。整个乐程成为以鼓点节奏为主、多种节奏融合的有机体。

有些时候，绍棠甩开四六体，将一些长句段落镶嵌在其语言体系中，显示出语言的另一种风姿，从而增强了语言体系的包容性。

“运河文学”还调动多种修辞手法，以增加语言的音乐感。用排比，使音韵铿锵恢宏；用博喻，使节奏气势峥嵘；用顶针，使旋律自然流畅；用对偶，使乐感均匀和谐。多种手法同时运用,更有一种富丽堂皇的复调韵味。其中,最让人称道的是对照法。对照法分两类:其一是相类对照,写景如“墙里……墙外……”写人如“老人家……何满子……”这种对照颇似一幅对仗不太严格的长联,虽不完全相对,却也加强了语势。其二是相异对照,这种对照颇有意趣。如云锦和叶雨的对话:“叶雨,学如逆水行舟,不进则退;你虽然在三千人中独占鳌头,可要记住满招损,谦受益,这些日子是不是在温故知新,增长学问?”“打鱼!”“收网回家,也要囊萤映雪……”“习武!”“你为什么荒废学业,偏爱舞枪弄棒?”“大难临头,防身自救,路见不平,拔刀相助!”云锦的话节奏轻缓,语调柔和缠绵!叶雨的话则节奏促急,语调强劲有力。一缓一促,一轻一重,一柔一刚,一曲一直,呈对立和谐之美。再如《草窝》中连秧儿、喜字、狗嫌儿三人的对话:

“过河拆桥!”

“谁?”

“念完经打和尚。”

“谁?”

“酒足饭饱骂厨子。”

“谁、”

“狗嫌儿,你说是谁?”

“喜字儿婶。”

喜字因狗嫌儿“暖窝”怀了孕,连秧儿的妻子让他找狗嫌儿给自己“暖窝”,而连秧儿与喜字关系暧昧,喜字怀的就是他的孩子。连秧儿到喜字家找狗嫌儿,便有了上面的对话。这段对话不仅形成节奏的“反对”,产生奇特的音韵效果,而且一攻一守,一绕一直,如同复调结构的“创意曲”,表现出出两个截然不同的人物性格和即时心境。

2.多样的色彩美。在作家的文学语言中,体现作家个性的主要是他用于叙述和描写的语言。文学语言的色彩美,也集中体现在叙述和描写语言中。作家的艺术个性不仅在于有无色彩美,更在于有无对色彩的独特追求。绍棠是刻意追求色彩美的作家,并以自己豪爽、激昂的个性,构建起独具特色的色彩系。其特色一是浓艳,二是多彩,浓艳是主色调,多彩是包容。浓艳而多彩,色彩系显得富丽堂皇。前文所述《豆棚瓜架雨如丝》那段景物描写,地上的绿蚂蚱和红蜻蜓“绿的绿红的红”,天上惊飞的千百只鸟“像一大幅五颜六色的织锦”。大红大绿,浓艳而强烈;五颜六色,丰富而多彩。正是“运河文学”的色彩特征。

“红”和“绿”是“运河文学”的主色调。这与其生活的土壤有关。运河两岸不同于赵树理笔下色彩单调的黄土高原。运河是南北交通要道,水中,渔舟画舫,红男绿女,酒绿灯红,岸上,草木茂盛,色彩鲜艳而强烈。也与作家的个性有关,红和绿,明媚,热烈,有着催人奋发的力量。更值得一提的是,这“红”和“绿”

正体现了作家对农民审美情趣的理解。审美设计学告诉我们:在城市工作的人经过一天紧张的工作和交往,回家往往要求精神上的宁静,喜欢淡雅,恬静的冷色调,如乳白、淡绿,而大红大绿会使他们感到烦躁不安。长期生活在农村的人,由于他们的劳作和所见景色较为单调,即使北运河畔也难以同都市比,大红大绿则是他们喜欢的色彩,浅、淡的冷色调引不起他们的兴趣。赵树理是现实感很强的作家,他依照生活的本来面目描写,写景少而色彩感差;刘绍棠更富浪漫色彩,依据农民审美理想对现实色彩进行选择和加工,显示了他"为农民写"的别一种追求。中国古代文论讲求"笔色",古代诗人和作家表现出的对色彩的迷恋和感受力为世界文学史所罕见。"春风又绿江南岸"、"日照香炉生紫烟"等以不见形体的色块唤起读者的不尽联想,早已为历代传诵。谙熟古诗文又洞悉现代色彩的刘绍棠,以当代人的心理感受,大胆而"乖戾"地运用色彩,甚至以大红大绿的浓艳建立自己的语言风格。即使写一个小景物,也不忘自己的色彩追求:"斗大的西瓜还带一节青藤,两片绿叶,青藤上拴着二寸红头绳,有个名目,叫状元红,吃完西瓜还取个吉利。"(《小荷才露尖尖角》)青藤、绿叶,一片青绿,却偏要拴根红头绳,造成大红大绿的浓艳,可见用心之良苦。

"运河文学"的语言色彩调配,常追求一种生机勃勃的"闹"意,即使写破旧的院落、贫寒的"白屋",也不使人感到颓唐。这种"闹意"的产生,一是动的色彩的交织,各种流动的色彩交织出闹意。《烟村四五家》中写那个荒芜的大杂院,便有:飞来飞去的灰麻雀,登上枝头的花喜鹊,在草梗上乱蹦得绿蚂蚱甩子,唧唧的秋虫,四起的流萤……这些鸟虫的"闹",益衬托大杂院的荒凉。二是静的色彩的变换,多种色彩的变换烘托出闹意。且看如下描写:"……冷灶旁边放着几垛四四方方的青柴。青柴里有一捆捆野蒿,填进灶膛烧起来,袅袅的炊烟飘散着淡淡的香气。灶上一口七锔八补的铁锅,锅台上摆放着红土瓦盆、猫耳绿罐、青葫芦瓢、蓝花饭碗、大肚儿盐缸、细脖儿油瓶……"(《瓜棚柳巷》)文中多是静景,也就没有色彩的流动,只有色彩的变换。青柴、绿蒿、灶膛、炊烟、铁锅,开始色彩变化较慢,"闹"意不浓,之后的红盆、绿罐、青瓢、蓝碗、盐缸、油瓶,变换陡然加快,如同电影的快镜头,闪耀而过,令人目不暇接,"闹"意顿生。

如果把绍棠小说的题目排到一起,便可看到,那简直是色彩的世界。其中,与绿色相关的如《柳伞》《吃青杏的时节》《青藤巷插曲》《柳蒲人家》《草莽》《绿杨堤》《青枝绿叶》等,与红色相关的有《二度梅》《地火》《渔火》《田野落霞》等,杂色的有《花天锦地》《瓜棚柳巷》《凉月如眉挂柳湾》《荇水荷风》《豆棚瓜架雨如丝》等。这个世界以红、绿为主调,又色彩斑斓,照样构成"运河文学"的色彩系。这种色彩系还表现在人物的名字,尤其是女性的名字,如:花藕娘、香翠儿、灯草婶子、谷玉桃、一线红、旱莲、菊姨、一丈青、望日莲、翠菱、青凤、春柳嫂子、柳叶眉、花三春、金瓜、红杏、月圆、火烧云、云遮月、花碧莲、杜秋葵、水芹、大红锦、杜桂子、周碧霞……赤橙黄绿青蓝紫，如一幅色彩斑斓的织锦，以青碧为主调；像一处百花盛开的花园，以红梅为魁首。读者完全可以从小说语言的色彩感，甚至从小说的题目、人物的名字分辨出刘绍棠来。“运河文学”语言浓艳而多彩的色彩系属暖色系，能唤起读者温馨、热烈、激昂的心理体验，即使写旧社会的凄苦，也不至于令读者过分哀怨和沮丧，总能给人以向上的力量。这恰恰体现出作家发自意识深层的历史责任感。

3.多姿的形象美。绍棠的运河文学产生伊始，就甩掉了语言那件“灰色的外套”，呈现出活泼、动人、文采斐然的美容。从微观看，“运河文学”在用字、遣词、造句上追求生动形象之美。绍棠似乎有一种神奇的点化本领，或用贴切的比喻，或用生动的拟人，或用新鲜的夸张，将笔下的景、物、人写得鲜活灵动。如是，他笔下的语言形象便显得多样多姿。如写运河：“一路九曲十环二十八道湾儿，忽然一头撞在几大堆翠柳白沙高冈上，河身拐了个弓背，就像伸出双手搂住一大片河滩，便是蝈笼子在通县境内这一块。”写村庄：“一出北京城圈儿，直到四十里外的北运河边，都叫京门脸子。我们鱼菱村虽然坐落在这张好大的脸面上，却因地处连环套的河湾里，也就不显鼻子不嫌眼。”写船：“小船像一条黄花鱼，溜着河边走。”写人物语言：“我是顶花的黄瓜带花的藕，红籽红瓤的女儿身，您把我许配给什么样的人?”写人物行为：“古道西风瘦马，回北京孵豆芽去了。”……这些语言形象不仅灵动鲜活，且有一种摄人心魄的力量。何以如此，在于“造型”之外有更深沉的心理含蕴，即表情内涵。瑞士著名语言学家索绪尔说：“语言符号连接的不是事物和名称，而是概念和音响形象。后者不是物质的声音，纯粹物理的东西，而是这声音的心理印迹，……”[①]阿·托尔斯泰也说：“我终于懂得了艺术文句构造的秘密。这种艺术文句的形式取决于讲述者和说故事人的内心状态。”[②]文学语言的表情功能建立在造型作用的基础之上，二者又密不可分。因为文学语言所造成之型并不是某种客观事物的再现，而是作家创造出来的感性形式，它是一种情感结构。其过程是：客观景物原无情感可言，由于它的感性形式与人的情感有某种“异质同构”，人的心理又有联觉和联想的机能，因此，人们看到某种景物便会激发起相应的情感。特定情感渗透到景物中，又会使客观景物在大脑中的表象变形，于是产生情感意象，然后才能找到适当的表情词语。绍棠笔下的北运河，已变成作家的情感形式，那“一头撞在”白沙高冈上的形象，多像一个顽皮而又冒失的孩子；那“拐了个弓背”，“伸出双手搂住一片大河滩”，多像一位母亲，慈爱地抱着孩子哺乳。大河搂住的是蝈笼子，蝈笼子是作家的故乡。北运河就是作家的母亲河。“大运河之子”刘绍棠同运河的真挚情感已渗

① 索绪尔：《普通语言学教程》，商务印书馆 1999 年版，第 101 页。

② 阿·托尔斯泰：《论文学》，人民文学出版社 1980 年版，第 297 页。

透其中。“京门脸子”虽非绍棠的创造，却含着他的深情：家乡鱼菱村虽坐落在脸面上，却又“不显鼻子不嫌眼”，显示出他小小的抱怨和不平。那黄花鱼般“溜着河边走”的小船是“拍花子”船，作家对这种拐卖儿童的勾当十分憎恨，把它写得鬼鬼祟祟，阴森猥琐。人物语言有双重表情功能，一是人物的情，二是作家的情。“顶花的黄瓜带花的藕”、“红籽红瓤”言果、菜的鲜嫩，鲜嫩欲滴。花三春这种表白在于说明自己的处女身份。然而，一个年轻女子愈是这样露骨的表白，愈让人感到她的老于情事，不贞不洁，分明透露着作者的厌恶情绪。“古道西风瘦马，回北京孵豆芽去了”，将最雅和最俗的语言形象捏合在一起，显示着作家对老拔贡的挖苦和戏谑……“运河文学”多姿的语言形象，实际是作家的多种心理体验，显示了丰富的表“情”能力。

从宏观看，“运河文学”善设语境刻画人物的个性，描绘其情态心境。《村姑》的开头写道：

> 站在运河这边的渡口，踮起脚尖，手搭凉棚，扑出身子向河那边张望，一眼看见一河之隔的白沙冈上，仍然屹立着那棵摸着天，挂着云，缠绕青藤、绿蔓、碧叶、紫喇叭花，浓荫遮住半亩地的老杜梨树，今年已经五十五岁的杜桂子这才相信，过河双脚落地，便是她一别四十年的花街地面。

实际上这是一个非常欧化的长句，作家巧妙地切割、分解，化入自己“以短句为主、以长句为辅之”的语言系。继而，大量而精当地运用动词，创造语境，以杜桂子的外部动作写内心波澜。前半部，作家以“站”、“踮起”、“搭”、“扑出”、“张望”、“看见”等层次分明地写出离别四十年返乡的杜桂子翘首望家乡的身姿，这身姿正表现她渴望见到家乡父老尤其是幼时伙伴金砖的心情。继而，句式变短小，每句一动词，较长的句子两个动词，成一个动词集群，如“屹立着那棵摸着天，挂着云，缠绕青藤……”满篇文字充满了动感，景在动，人在动，形体生动，心灵在动……使人感受到杜桂子愈是接近家乡，愈是急切、渴望的情态。一个少年被拐卖、历尽坎坷的女子，老来回到家乡，该有多少感情波澜！

作为语言表现的大手笔，绍棠还常常将两个或多个人物的语言、行为对照，一箭双雕地塑造多个个性。此时，他似乎不再刻求个别字句的形象生动，而着意于语言、行为方式的揭示。《蛾眉》中，蛾眉准备回四川考大学，在与唐春早分别的前一晚上，她留宿唐春早，决计向他献上珍贵的爱；春早始而不解，后断然拒绝。作家准确把握二人的语言行为方式。事情挑明前，一个吞吞吐吐，难以启齿，一个莫名其妙，急切询问；一旦挑明，一个缠缠绵绵，主动进攻，一个躲躲闪闪，执拗反对，乃至破门而去。一个行动塑造了两种个性，两颗美好的心灵。作为一个有准备的作家，这种对照性的语言表现，不仅表现在一部作品，而且贯穿在运河文学的整个形象系列中。绍棠写了那么多人物，尤其是塑造了那么多乡村妇女形象，由于能准确把握各种人物的语言行为方式，其着意刻画的人物大都能做到“一人一个样”。如写热恋中的女子，蛾眉留宿唐春早，大胆而刚烈，却又言出羞涩，脸色“苍白”，显出外柔内刚的个性；水芹为嫁给叫天子，以怀孕作胁迫，爱得泼辣，乃至有些怪异；花碧莲追求俞文芊，强送摩托、穿戴、助学金，爱得霸气，显出“蛮、骄、娇”的小姐脾性；天香强迫情人火把亲她，亲吻后她认为“盖了章”，变得含情脉脉，显出粗野而娇媚……这些场景和人物语言情态的描写，鲜明地区分出各部小说中热恋中少女的“这一个”。在各个人物身上，自然渗透着作家的情感，我们似乎看到站在这些形象背后的绍棠或带着会心的微笑，或给予由衷的赞美，或寄以深深的同情，或进行善意的嘲讽……

“运河文学”语言，在音韵上，追求以鼓点节奏为主旋律的多声美；在色彩上，追求以浓艳为基调的多彩美；在形象上，追求以鲜活灵动为旨归的多姿美。多声、多彩、多姿而有主导，繁富、浩瀚而又统一，形成其语言风格的“恣肆汪洋”。至此，“运河文学”早已脱离“荷花淀”派清新、明丽、秀美的轨道，建立起自己的语言系。这种语言系以农民口语为基础，以乡村的审美情趣为旨归，吸收古今中外多种语言精华，具有丰富的含汇和包容。这在当代文坛有开创意义。正因如此，笔者在篇首称绍棠为文体家，这是毫不为过的。可惜的是，这一切尚未引起理论界的重视。理论界虽常讲接受美学，但一些人对农民这个最广大的接受主体却表现出贵族式的淡漠，不了解农民，不了解乡村，以知识阶层的情趣评价乡土文学。看来，理论工作者也真有深入实际生活的必要。

第五章　京都文化与新时期京味小说

第一节　京都文化的地域特征

(一)北京的地域环境

京都即首都北京。一个国家的首都,首先应是全国的政治中心。如前所述,基于我国文化区域的农牧双环结构,其政治中心就必须设在立足于农耕区而又便于控制和抵御游牧人的地区,即农耕文化与游文化的交叉地带。北京正处在这样的地带。一个国家的首都,不一定是全国的经济中心,却需发达经济的支撑。新石器时代,我国就形成中原区、燕山南北区和环太湖区三个文明中心,这自然是三个经济发达区。北京正处于燕山南北区。

具体地讲,北京雄踞中国东北偏南,其北面为燕山山脉,东起山海关,西到内蒙古高原,犹如一条蛟龙,环抱北京,燕山的北京段称军都山,地势险峻,多险要关隘,如古北口、南口、居庸关、八达岭等;其西面为太行山北支,统称西山,是一系列东北——西南走向的平行山脉,愈西愈高,在北京西北与燕山相接。清人于敏中等编纂的《日下旧闻考·形胜篇》(北京古籍出版社 1981 年版)记元人评述北京曰:“虎踞龙盘,形势雄伟,以今考之,是邦之地,左环沧海,右拥太行,北枕居庸,形胜甲天下,诚天府之国也。”燕山与太行山环抱的北京平原称北京湾。海河水系的永定河、潮白河、拒马河等切穿重山,流淌在向东南缓缓倾斜的平原上。一亿七千万年之前,北京湾还是河流纵横,湖沼相连,碧波荡漾的水乡。顺义县以南,均为沧海,波浪滔滔,天津市还淹没在大海中。亿万年来,北京地区五大河流(永定河、潮白河、拒马河、温榆河、泃河)夹带泥沙滚滚而下,形成北京湾的冲积平原,并与华北平原连为一体,北京居于华北平原的北端。这里不仅有发达的农耕经济,还有发达的交通:从北京向南有沿太行山南下的陆路大道和直达杭州的大运河;向西可出南口过居庸关,抵达大西北草原地区;向东可出古北口或山海关，直达白山黑水间。如此，形成北京重要的政治军事地位：(1)面向中原文明圈。北京面向华北平原。华北平原跨越京、津、冀、鲁、豫、皖、苏七省市，南又与长江中下游平原相连，自古是中华文明的起源和发展的核心地区，故称为中原文明圈。(2)背靠东北文明圈。北京以燕山山脉为中介，东北部连接着东北平原。东北平原地势开阔平坦，沃野千里，松花江、辽河、牡丹江等流贯其间，四周有大兴安岭、小兴安岭、长白山、燕山等环绕相抱，其生态地理环境自成一体。故称东北文明圈。(3)西邻北方文明圈。北京西北接内蒙古高原，内蒙古高原海拔上千米，草原一望无际，"天苍苍，野茫茫，风吹草低见牛羊"，是由来已久的北方游牧文明圈。如此看来，北京这个三岔口是东北、华北、北部三大文明圈的结合部，是农耕、游牧文化交汇的大熔炉。具有成为全国政治中心的先天优势。

(二)北方游牧势力的东移与北京政治中心的形成

然而，北京成为京都有一个历史发展过程。如前所述，中原核心农耕区的威胁主要在北方，北方游牧族的强盛又有一个由西而东的变化过程，这就导致了全国政治中心自西而东的位移。先秦之际，北方游牧民族是西北的戎和北部的狄；秦汉時期，北方民族主要是蒙古草原的匈奴。关中地处中原与戎狄、匈奴对峙的农牧交叉地带，自身又具有重要的军事地位，自然是全国的政治中心，长安一带是理所当然的首都。匈奴衰落后，东胡族的后裔鲜卑人入主蒙古草原，五胡十六国和南北朝时期又进而入主中原。鲜卑与汉人的争夺虽然仍在中原，但鲜卑人来自东北的大兴安岭。可见，北方民族的势力开始由西部转移到东北部。这种转移的标志是"河朔三镇"和"燕云十六州"的崛起。"河朔三镇"的崛起在唐代，"安史之乱"则是崛起的标志。安史之乱平定后河朔三镇并未被征服，反而成为藩镇割据的核心，与长安天子对抗。"燕云十六州"崛起于五代，后晋时，辽从石敬瑭手里夺得燕云十六州，与五代形成南北对峙局面。待北宋统一五代十国，又凭借燕云十六州与北宋对峙150余年。

"河朔"和"燕云"相继崛起后，历史终将全国的政治中心锁定在北京。辽将燕京(今北京)定为南京析津府。辽有五京，对南京格外重视，派最亲信的大将带重兵统治，南京成为辽国最大、最繁荣的城市和第二政治中心。金灭北宋，30年后便将首都由上京(会宁府)迁到燕京，称为中都。中都建设吸收开封、洛阳、长安等帝王都城的设计思想和规划布局，不仅成为全国最伟大的城市，并具有世界上最美丽的皇宫。据《日下旧闻考》卷二十九《皇室》记载："其宫阙壮丽，延亘阡陌，上切霄汉，虽秦阿房、汉建章不过如是。"可以说，北京实际成为全国的政治中心。到1264年忽必烈将燕京定为蒙古国中都，1271年改蒙古国为元朝，

1272年又改中都为大都，开始了北京作为全国首都的历史。

北京成为首都前的历史可追溯到自夏代以来自然发展的两个小的方国蓟和燕，蓟由当地生长一种蓟草而得名，位置在今以广安门为中心的北京旧外城西北部一带；燕则在今北京城南部的琉璃河附近，以董家林村为中心。西周时，武王封召公奭于燕，封帝尧之后于蓟。因蓟微燕盛，不久燕便吞并蓟，并把国土扩大到燕山南北，是时，蓟城作为古城仍得以发展。春秋时，燕将国都迁到蓟，蓟城有了大的发展，成为春秋战国时代的名城，这便是今北京的源头。蓟作为北方名城，“北邻乌桓、夫余，东挽秽貉朝鲜真番”，不仅有北方民族做买卖，而且有胡人于此居住。秦统一天下实行郡县制，蓟为广阳郡治所；西汉至王莽篡政后期，蓟城四度为王国之都，计198年，四度为郡治所，计33年，共计231年。长期设置王国统治，可见西汉王朝对蓟地的重视；东汉蓟属幽州，既是幽州的治所，也是下辖的广阳郡的治所。三国与西晋仍置幽州，蓟为治所。五胡十六国时期，北方民族开始统治蓟城地区，先是鲜卑人段匹磾统治蓟城，之后，蓟城和幽州先后归羯族石勒的后赵、鲜卑慕容儁的前燕、氐族苻坚的前秦、鲜卑族慕容垂的后燕，南北朝时又先后归属北魏、东魏、北齐、北周。魏晋南北朝时期，尤其是北方民族统治北方时期，东北和西北的游牧人不断内迁，而幽州的蓟城地区则是主要迁入点。从乌桓、鲜卑族开始，在慕容儁以蓟城为国都时期，曾将前燕的文武官员、士兵及鲜卑族人大批迁到蓟城居住；之后五胡各族、高丽族及高车族等族人民，经常进入幽州定居。蓟城成为民族大融合的熔炉。

隋曾改幽州为涿郡，唐又改涿郡为幽州，治所仍在蓟，称幽州城。天宝元年改幽州为范阳郡，至德元年又改为幽州。是时，幽州成为对抗北方民族的前沿阵地。唐玄宗时于北方边境设十个节度使，统兵49万人，幽州节度使便统兵9万1千人，节度使安禄山则是胡人。五代时仍设幽州，只是五代各国的都城均在开封或洛阳，对幽州已鞭长莫及。后晋石敬瑭将燕云十六州割让给契丹（辽），幽州再次归属北方民族统治。辽占有燕云十六州后，将幽州定为南京，又称燕京，属析津府。辽设五京，上京临潢（今内蒙古巴林左旗）为首都，四陪都为：中京大定（今辽宁宁城），东京辽阳（今辽宁辽阳）、西京大同（今山西大同）、南京幽州。五京之中以南京为最大。为更好统治燕云十六州，并进而南下中原，幽州设立与上京相同的政府机构，并派驻大批军队。至此，幽燕地区与塞北草原连成一片，燕山关隘与长城各口不再是南北分界线，已成为北方民族进入中原地区的大门，中原地区直接暴露在北方入侵者的威胁之下，再也无坚可守。金宋灭辽，燕云十六州曾部分归宋，不久金人灭北宋，幽州落入金人之手，仍称南京。金人占领北半个中国，于1153年迁都燕京（南京），1161年定其为中都。还令金朝所有宗室贵族一律迁入中都，并尽毁上京宫殿、府街及民舍。至此，北京由历代统一王朝的政治军事重镇发展为北方统一王朝的国都，显示出向着全国大一统的国都过渡的趋势。1234 年,蒙古人灭金,1260 年,忽必烈即位,以燕京为中都,开平为上都,将政治中心南移;1271 年,取《易经》"大哉乾元"之义,改国号为元,次年升中都为大都,之后灭南宋统一全国,于是北京由北方大国之都,一跃而成为统一大帝国的首都。并迅速发展为繁荣的国际大都市。之后,明朝建立之初虽建都南京(1368 年),将大都称北平,不久又迁都北平(1421 年),并改北平为北京。这是北京名称的正式开始。清代仍以北京为首都。北京作为首都的地位一直延续至今。

(三)北京文化性格

从北京的历史发展看,它是由地方王国的国都、州郡治所逐渐发展成为全国的首都的。在元将北京定为大都之前,北京作为北方地域的王国国都和州郡治所已有两千余年的历史,早已形成比较稳定的地域文化。它不可避免地为作为京都的北京铺上一层底色;再者,北京虽然是全国的首都,但它位于中国的北部,背靠燕山太行山,面向华北平原,这里的气候水文、地形地貌又不可避免的影响着北京文化。如此看,北京是一个特殊的地域,它有独特的气候水文、地形地貌和历史沿革,从而形成北京文化的地域特征;同时,作为首都又是一种五方杂居文化,带有鲜明的全国性特征。地域性和全国性的交织和融合,便是北京文化的特征。

先说北京的幽燕文化底色。

北京在成为全国首都之前,始终是燕赵文化的子文化——幽燕文化的中心。

从地理环境看,燕国"东有朝鲜、辽东,北有林胡、楼烦,西有云中、九原,南有呼沱、易水"(《战国策·燕策》)。说明当时燕国的疆域,东部已到达朝鲜,包括辽东;南部到达河北中部,与齐国为邻;北部已过燕山,与北方游牧种族相处;西到山西北部,与赵国接壤。从地形地貌看,燕国跨越高原、山地、平原三个地带。三种地貌往往生出三种文化:高原的游牧文化、山地的狩猎文化与平原的农耕文化。游牧人的性格粗放豪爽、勇武坚韧,狩猎人近游牧人;农耕人则文静聪慧、冲淡平和。这就决定了燕人的文化性格是刚柔相济,偏于阳刚。从燕地的社会结构看,则是游牧人与农耕人的对峙,对峙往往形成战争,传说中炎黄的"阪泉之战"和皇帝与蚩尤的"涿鹿之战"便发生在今北京附近。《列子·黄帝》记阪泉之战云:"黄帝与炎帝战于阪泉之野,帅熊、罴、狼、豹、貙、虎为前驱,雕、鹖、鹰、鸢为旗帜。"《大戴礼·五帝德》称"三战然后行其志",《新书·益壤》称此战"血流漂杵"。可见战争规模之大,争斗之惨烈。熊罴雕鹰这些猛兽猛禽可能隐喻着某些部落的图腾,可见众多部落都参加了战争。《史记·五帝本纪》称黄帝族"迁徙往来无常处,以师兵为营卫",可见其游牧特征;而炎帝号神农氏,以经营农业为传统，可见其为农耕族。阪泉之战是游牧人战胜农耕人的战争。之后，炎帝后裔蚩尤又与黄帝展开涿鹿之战。《山海经·大荒北经》描写道："蚩尤作兵伐黄帝，黄帝乃令应龙攻之冀州之野。应龙蓄水。蚩尤请风伯、雨师纵大风雨。黄帝乃下天女曰魃，雨止，遂杀蚩尤。"《太平御览》卷十五引《志林》则写道："黄帝与蚩尤战于涿鹿之野。蚩尤作大雾弥三日，军人皆惑，黄帝乃令风后法斗机作指南车，以别四方，遂擒蚩尤。"可见，涿鹿之战不仅是炎黄斗争的继续，而且较炎黄战争更为惨烈和惊心动魄。之后又有炎帝之裔或臣子夸父、刑天、共工等向黄帝族的复仇战争。在中国历史上，燕地一直是游牧人和农耕人斗争的前线。频仍的战争，成为燕地重要的社会特征。战争培养着燕地人民的坚韧和勇武，也培养者相互救助的侠义。游牧人与农耕人的对峙和战争，也带来二者的交流和交融。长城的关口常常是胡汉间的茶马互市。战争之后，或者胡胜汉败胡人进入汉地，或者汉胜胡败将胡人迁入汉地，形成胡汉杂居，古老的蓟（幽）城便是胡汉的交融之所。如前所述，蓟城"北邻乌桓、夫余，东挽秽貉朝鲜真番"，先秦时期，便不仅有北方民族做买卖，而且有胡人于此居住。魏晋南北朝时，北方由游牧民族统治，东北和西北的游牧人不断内迁，在慕容儁以蓟城为国都时期，曾将前燕的文武官员、士兵及鲜卑族人大批迁到蓟城居住；之后五胡各族、高丽族及高车族等族人民，经常进入幽州定居。隋唐时期，高丽人几次迁居幽州各地。如唐贞观十年（645 年），高丽人 1 万 4 千口迁入幽州城，天宝年间，迁居幽州地区的奚、契丹、突厥、铁勒等族达 1 万 2 千多户，计 5 万余口。安禄山统治幽燕时，招募大批胡兵，安史败亡后，流散幽州各地。之后，东北各地的同罗人（属铁勒族）、室韦人和回纥人相继入唐，迁入幽州各地。据唐天宝年间统计，幽州及所属各县有人民 67242 户，计 371312 口，而迁入的北方民族则有 6 万口，占总人口的六分之一。可见蓟幽地区已经成为民族大融合的熔炉。此后蓟城作辽的南京、金的中都、元的大都、清的首都，都有大批北方民族迁入，不赘。北方民族的迁入在蓟幽之地形成民族融合，大大强化着蓟幽粗放勇武的胡风。

幽燕文化于战国末年形成，关键性事件则是荆轲刺秦王的伟大壮举。幽燕文化性格则为任侠尚武，慷慨悲歌。战国之后，作为胡汉对峙和斗争的前线，幽燕地区战争和移民仍是两大社会特征，征战强化着幽燕人的侠义和勇武，移民增加着当地的胡风。二者都使幽燕文化性格得以发展和强化。蓟城（或幽州城）作为幽燕文化中心，任侠尚武、慷慨悲歌的文化性格表现最为强烈。这种文化性格便是北京成为京都后的地域文化底色，一则由于这种文化底色的形成和发展已有上千年的历史，早已化作幽燕之地的集体无意识，具有根深蒂固的特征；二则北京作为我国的北方都市，其气候水文、地形地貌的地域性特征，又不断地打造着这一底色。任侠尚武、慷慨悲歌的文化性格，必然是北京文化精神的现实存在。

再说北京的京都文化特征。

北京成为首都之后，其文化便成为覆盖全国的五方杂居文化。因为入住京都的往往是异地（甚至是异族）的统治者，它不仅带来了皇室家族、皇亲国戚，还带来庞大的官僚机构和众多政府官员，与此同时，各地文化艺术、科学技术界的精英人士纷纷进京展示自己的风采，显商巨贾蜂拥而至从事商业活动……北京的居民结构必然发生巨大变化。有资料说明，北京前门大街当年著名的老字号商业诸如瑞蚨祥绸缎店、同仁堂药房、全聚德烤鸭店等有 94 家之多，《话说前门》一书重点介绍 26 家老字号的店史。其中除 3 家是北京人开办、1 家未写明创办者的籍贯之外，其余 22 家的创办者均来自全国各地，诸如山东、山西、河北、安徽、浙江等地①。据统计，1985 年北京市区常住人口 586 万人，其中建国前即住北京的老北京人 153 万，占市区人口的 1/4；外省迁来 243.9 万人，国外迁来 2.2 万人，远郊县迁入 72 万人，加上人口的自然生长，“新北京人”占市区常住人口的 74%。这就是说，今天我们遇到的北京人中，每四个人中就有三个不是老北京人。北京的人口不仅是五方杂居，而且随着时代的发展，处在不断的流动与变化中。雄视全国的京都文化，形成了如下基本特征：

1.政治文化意识。北京作为全国的政治中心，必然有强烈的政治文化意识。德国社会科学家 F.腾尼斯在他的名著《礼俗社会与法理社会》一书中，将人类社会类型分为礼俗社会与法理社会，认为推动礼俗社会的是自然意志，包括冲动、情欲和情感的自发表现，其特点是目的和手段合一，自然意志既是目的又是手段，家庭、亲属关系系统、氏族和新的宗教社区是礼俗社会的典型关系；法理社会的推动力是理性意志，这种社会有明确的理性目的，其特点是目的和手段分离，如果它的性质不适合它的目的，就要受到批判和矫正，现代政府、军队和企业组织的管理机关是法理社会的典型关系。我国的古代社会主要是礼俗社会，典型社会关系是血缘伦理关系，其政治当然是伦理政治。周代便制定《周礼》，创造出“礼”制文化。礼制是以“君君臣臣父父子子”为基本内涵的奴隶主贵族等级制度和以奴隶主贵族的血缘关系为纽带的宗法制度。其内涵有二：一是强调君权和等级制，二是强调人们在等级制度中不仅要各守其分，还要和谐相处。经过几千年的丰富与发展，“礼”逐渐成为严密完整的以血缘为纽带、以等级分配为核心、以伦理道德为本位的思想体系和制度。20 世纪初，随着清政府的灭亡，我国开始了伟大的现代化进程，其社会形态由礼俗社会逐渐过渡到法理社会，尤其是新中国成立之后，快速实现了社会的现代转型。北京作为政治中心，“政治”的性质发生深刻变化：由伦理政治转变为人民政治。这种人民政治，《宪法》表述为：“中华人民共和国是工人阶级领导的、以工农联盟为基础的人民民主专政

① 王永斌：《话说前门》，北京燕山出版社 1996 年版。

的社会主义国家。"无论是伦理政治和人民政治，都在北京打上深深的印记。

从文化景观看，北京的伦理政治印记主要是皇帝的紫禁城和百姓的四合院。

紫禁城是权力和秩序的象征。它对应天宫的紫微垣。古代天象学认为，天界是一个以帝星（北极星）为中心，以"三垣、四象、五宫、二十八宿"为主干的结构体系。"三垣"即紫微垣、太微垣、天市垣，指北极星附近的星群。其四方有"四象"：东宫"苍龙"、北宫"玄武"、西宫"白虎"和南宫"朱雀"。每象含 7 宿，共 28 宿。28 宿又对应 12 星辰。"三垣"称中宫，紫微垣居中心，天帝太乙神居紫微垣的中心。天帝左右有"三公"、"四辅"、"太子"、"庶子"等星，身后簇拥着"勾陈"（后妃）、"御女"诸星。外厢又东、西列排两组星臣："西垣"7 星和"东垣"8 星。星臣之外，又有楼榭庭堂、仓廪庖厨、行车坐骑……紫禁城仿效紫薇垣，坐落于北京南北中轴线上的中心地带，按照"前朝后寝"的古制，分为"内廷"和"外朝"。"内廷"以乾清宫、交泰殿、坤宁宫为主体，中心是乾清宫，是帝、后起居之所。乾清宫前有乾清门，东西两侧为东、西六宫和乾东、乾西五所等，为嫔妃、皇子起居之所。它们附会的天象是：乾清宫象天，坤宁宫象地，东西六宫象十二星辰，乾东、乾西五所象众星，呈群星拱卫格局。"外朝"以太和殿、中和殿和保和殿为主体，是皇帝举行大典和发布政令之处。三殿之尊是太和殿，前有太和门，左右分列文华、武英两组宫殿，东西呈对称之势，高低错落有序，既有簇拥之意，又有"帝威不可近"的距离感。太和殿采用了最高的建筑等级形式——三重须弥坐台基和重檐庑殿顶。太和殿内的皇帝御座设置在约两米高的基座上，以重复太和殿三重须弥台基的方式再次强化皇帝至尊地位。可见，紫禁城的建筑格局象征着以皇帝为至尊、内廷和外朝有别、等级森严伦理政治制度。

四合院有着悠久的历史，其雏形产生于商周时期，元代大规模地出现在北京，明清两朝得到长足发展。四合院并非北京独有，但北京四合院最为典型。最简单的四合院为单进四合院，近正方形。北面三间正房，两侧设东、西耳房；南面三间南房，与正房相对，称倒座；东、西各有三间厢房；院门设在东南角，所谓"坎宅巽门"，以取吉利。两进四合院是在单进院的东西厢房和倒座间设一道墙，分成前后院，隔墙正中设置垂花门供出入；高档的两进院用廊子将垂花门、东西厢房、正房连在一起。三进四合院是增加一个东西狭长的后院，主要建筑是坐北面南的后照房（或后罩房）。四进及以上的四合院，是在纵向上插进一到数个内院。四合院还可以横向发展，并联东西跨院；跨院也可增加到多个。四合院中，"北屋为尊，两厢次之，倒座为宾，杂屋为附。"内宅中正房位置最显赫，台基最高，开间进深较大，是家长居住的地方；其中，堂屋用作主人起居、招待亲戚、年节祭祖；两侧的卧室，在一夫多妻制度下，东侧为正室，西侧为偏房。东西厢房开间进深较小，台基也较矮，是晚辈居住的地方，此中也有兄东弟西的昭穆之别。后院的后罩房，多为女眷或女佣人居住，或为库房、杂间。前院的倒座，通常供宾客、男仆人居住或作书塾、杂间。角落的耳房,可用作粮库及其他库房,也有做厨房者。这样的建筑结构,一是强调家长的至尊,二是强调长辈和晚辈之间、正房与偏房之间、主子和仆人之间、男人和女人之间、主人和客人之间的伦理秩序,三是强调在伦理秩序中的和谐相处。

紫禁城与四合院,一是皇宫,一是民居,看似居住的两极,却又密切联系。四合院可以多"进"多"跨",当四合院的"进"和"跨"巨量增加时,便成了紫禁城的建筑格局。可以说,紫禁城是扩大了的四合院,而四合院则是浓缩了的紫禁城。它们的建筑样式共同述说着封建社会"君君臣臣父父子子"的权力关系和伦理秩序。

北京的人民政治印记则有天安门广场和机关单位的"大院"。天安门原是皇宫的正南门,其南面是大清门(明时称大明门,民国时称中华门),两门之间是"T"字形广场,广场东西两翼各有一座"三座门",大清门内东西两侧建千步廊,两侧的宫墙外,设置中央的行政机构,东侧是宗人府、吏部、户部、礼部、兵部、工部及鸿胪寺、钦天监等,西侧有五军都督府、太常寺及锦衣卫等。民国四年,拆除了长安左右门、大清门内的东西千步廊以及东西三座门两侧的宫墙,打通了天安门大街。昔日显示皇威的宫禁,变成人民群众活动的广场。天安门的大规模改造还是在新中国建立之后:1952 年拆除东西三座门及部分宫墙,在天安门前修建观礼台;1958 年建成"人民英雄纪念碑",同时拆除两侧红墙及中华门;1958 年至 1959 年,广场西侧建人民大会堂,东侧建革命、历史博物馆;1976 年又于原中华门位置建毛主席纪念堂,正门面对广场。至此,广场面积 40 万平方米、可容百万人,已是世界广场之最。在这里,南北中轴线坐落在宽阔的人民广场,人民英雄纪念碑和国旗旗杆居于中轴线上,它们象征着无数人民英雄创造新中国的历史和在共产党的领导下,工人、农民、小资产阶级、民族资产阶级共同组成人民国家的现实。人民大会堂是国家的最高权力机构——全国人民代表大会所在地,革命历史博物馆和历史博物馆展示着人民斗争的历史。天安门广场的政治中心性已由封建庙堂政治变为人民政治,展示了人民当家做主的新的城市格局和精神风貌。只是居于南北中轴线上的毛主席纪念堂还保留着庙堂政治的痕迹。

北京的民居在新中国建立后,逐渐取代四合院的是众多的"大院"。大院分两类:(1)党、政、军领导机关和中央各部委或所属的机关部门;(2)科学、文教单位,艺术团体,如高等学校、科学院各研究所、剧团、医院等。典型的大院是集工作场所和生活区域于一体的独立单位(也有仅是职工居住区者)。院内居住着数千人至数万人不等,设有礼堂、俱乐部、操场、游泳池、浴室、商店等,有的还设幼儿园、小学、医院、粮站,乃至附属中学、派出所、邮局、书店、储蓄所等。一个大院就是一个功能齐全的小社会。虽然全国各大城市都有这样的大院,但众多大院连成大片区域,从而形成稳定的社区类型者,非北京莫属。过去,城市的基本单元是四合院,它对应着家庭;现在城市的基本单元是大院,对应的是"部门"、"单位"。生活在大院的人们由家庭化走向部门化、单位化。大院的人们有资历和等级的区分:在办公场所,有局长、处长、科长,将军、校官、普通工作人员之分;在住宅区,有将军楼、校官楼、处长楼、局长楼、教授楼及普通工作人员住房等。如此,工作等级关系渗进家庭关系,同事关系转化为邻里关系。"同质邻里"往往有更多接触,邻居谈天的重要内容,多是单位内部的人与事。大院的私人生活与单位的人事关系、政治风云紧密联系一起。而部门或单位又是党、政、军领导机关和中央各部委或所属的机关部门或科学、文教、新闻、艺术等"上层建筑"单位,与国家的"政治"密切相关,因而大院就有了很强的政治性和意识形态性。大院和四合院一样有着四面的围墙,工作和居住有着鲜明的等级和秩序,也难免存在四合院中家长制的遗风。

从文化风俗看,北京的宗教、民俗和日常语言都渗透着政治文化意识。北京的庙宇有上千座,最多的一种是关帝庙,在老北京城里,专供关公和兼供关公的庙宇就有 110 多座。比如地安门白马关帝庙、正阳门关帝庙、广外滨河巷关王庙等都是专门供奉关公的,三义庙、五虎庙、七圣庙等则是兼供关公的。关羽作为三国时期蜀中大将,其最鲜明的性格特征是义和勇,这在《三国演义》有精彩描写。元代之前幽蓟之地供奉关公,很可能是因为其义和勇与"尚武任侠"的燕赵文化性格产生强烈共鸣。元代之后关公封号日隆,到清顺治皇帝是登峰造极,封号长达 26 字:忠义神武灵佑仁勇威显护国保民精诚绥靖诩赞宣德关圣大帝。在这些"高大全"的溢美之词中,首当其冲的是"忠",民间宗教完全被庙堂化了。北京有发达的民谣、儿歌,其显著的特色便是时事政治性。顾颉刚在《北平歌谣续集序》中说,"像我收集的吴歌,不为不多,但没有一首提及时事的",而北平人常将时事编入歌谣。如:"袁世凯,瞎胡闹,一街的和尚(指初剪发者——引者注)没有庙,不使铜子使钞票。炮队马队洋枪队,曹锟要打段祺瑞。段祺瑞,充好人,一心要打张作霖。张作霖,真有子儿,一心要打吴小鬼儿(吴佩孚——引者注)。吴小鬼儿,真有钱,坐着飞机就往南。往南扔炸弹,伤兵五百万。"

北京的民间语言也与时事政治密切相连。幽默是北京语言的特征,幽默的内核则是语言与政治的结缘。比如,讽刺秃顶者将一缕长发覆盖头顶是"地方支援中央";长头发又滑落了,则是"中央下放地方"。文化大革命中流行林彪语录歌:"老三篇,不但战士要学,干部也要学。老三篇,最容易读,真正做到就不容易了……"70 年代末便有戏仿者:"老肝炎,不但战士会得,干部也会得,老肝炎,最容易得,真正治好就不容易了……"80 年代,京城美食家开玩笑说:"广东菜,不但群众爱吃,干部也爱吃,广东菜,最容易吃,真正吃好就不容易了。要把广东菜,作为观念来吃,吃了就要干,搞好思想现代化。"老舍《茶馆》第二幕中唐铁嘴说道:“你看,哈德门烟又长又松,(掏出烟来表演)一顿就空出一大块,正好装‘白面儿’。大英帝国的烟,日本的白面儿,两大强国伺候着我一个人,这点福气还小嘛?”王朔《编辑部的故事》中有台词:“现如今找对象先问是皇军还是美军,你要说是国军,连门都没有。”

2.包容整合精神。20世纪30年代曾与老舍齐名的老向称赞北京,“它似乎什么也能融化,什么也能调和,所以,在皇宫巍然矗立的旁边,可以存在着外国的租界,也可以存在着连乡下还不如的小胡同。一墙之隔,可以分别城乡,表示古今,合起来却又十分自然。”①林语堂在他的《京华烟云》中这样描绘北京:

> 满洲人来了,去了,老北京不在乎。欧洲的白种人来了,以优势的武力洗劫过北京城,老北京不在乎。现代穿西服的留学生,现代卷曲发的女人来了,带着新式样,带着新的消遣娱乐,老北京也不在乎。现代十层高的大饭店和北平的平房并排而立,老北京也不在乎。壮丽的现代医院和几百年的中国老药铺兼存并列,现代的女学和赤背的老拳师同住一个院子,老北京也不在乎。学者、哲学家、圣人、娼妓、阴险的政客、卖国贼、和尚、道士、太监都来承受老北京的阳光,老北京对他们一律欢迎。在老北京,生活的欢乐依然持续不断。乞丐的会社、戏圈子、京戏科班儿、踢毽子人的联谊会、烤鸭子蒸螃蟹的饭馆子、灯市、古玩街、庙会、婚丧的仪队行列,依然进展,永不停息。

二位作家述说着北京的开放包容与多元和谐。元代以降的北京,不仅有大量游牧文明的涌入,如“胡同”的称谓和“涮羊肉”的饮食习俗等均来自蒙古族,提笼架鸟、养鸟听音、溜冰滑雪、坐雪爬犁、摔跤比武、掌纛耍幡等习俗,炸灌肠、炒肝儿、萨奇玛、炸糕、艾窝窝、驴打滚儿等饮食均来自满族;还有更丰富的文化包容,如雍和宫是藏传佛教的标志,潭柘寺与上方山兜率宫是西来佛教的标志,牛街清真寺是西亚伊斯兰的标志,利玛窦墓是西方文明的标志,北京大学红楼是马克思主义的标志,奥林匹克中心是全球化的标志,被称为“万园之园”的圆明园,“移天缩地”,不仅囊括了我国北方皇家园林、江南私家园林、桃花源式的农家园林三大系统,还广泛综合了西域佛家园林和西洋园林艺术,简直是中外园林艺术的缩影……

这里谈谈北京的城市建设中轴线。

北京的城市中轴线分为南北中轴线和东西中轴线。南北中轴线是传统的城市中轴线。它形成于元代,有专家认为,南北中轴线在元上都开平(今内蒙锡林郭勒盟的兆奈曼苏默)和北京的连线上,比太阳子午线略有偏移。② 这本身就是一种对农、牧两种文化的包容整合思维。明清沿袭元代中轴线,将皇城向南拓

---

① 老向:《难认识的北平》,《宇宙风》1936年第19期。

② 夔中羽:《北京中轴线偏离子午线的分析》,《地球信息科学》2005年第1期。

展，使中轴线南延，并挖湖堆成景山；清代对中轴线精雕细琢，使其更加完美。这一中轴线南起永定门，中经紫禁城、景山，北至鼓楼、钟楼，全长约 8 公里。上世纪 80 年代，当人们利用航空遥感器掠过北京上空时惊奇地发现，从正阳门到地安门的皇家建筑屋脊，构成一条金龙。在这条中轴线上，紫禁城“前三殿”（太和、中和、保和）和“后三宫”（乾清、坤宁、交泰）的基座从空中俯瞰呈“土”字形，土生金，象征中华大地孕育出故宫这条金龙。五行中“土”居正中，由正阳门到地安门的中轴线纵穿矩形的紫禁城，恰好组成一个“中”字，“金龙”则是“中”字的主轴，三大殿则是金龙的心脏。“中”，体现了帝王中心思想和“礼制”观念。如同太和殿的一副楹联所云：“龙德正中天，四海雍熙符广运；凤城回北斗，万邦和协颂平章。”“中”还有多种含义，《易・蹇》释文：“中，适也。”“中”就是适当、适合、适可而止。《易・蒙》释文：“中，和也。”“中”即和谐、和睦、和平。《庄子・在宥》释文：“中者，顺也。”主张顺其自然，人事与自然和谐相应；《在宥》又说：“中而不可不高者，德也。”既顺其自然又要有最高的德行。可见，尊严和权力之外，中轴线还有多种传统文化内涵，。

东西中轴线指东西长安街，是现代性的城市中轴线。长安街兴建于明代，是兴建北京紫禁城、皇城和内外城时最主要的道路。其名称取自唐代都城长安，含长治久安之意。当初的长安街，仅是东起南河沿西至府右街一小段，新中国建立后，不断拓宽延长：第一次延长是 20 世纪五六十年代，东长安街由南河沿延展到东单，西长安街由府右街到西单，东西长安街全长 4 公里，被称为十里长安街；第二次延长在 20 世纪 80 年代，东长安街延至东二环路上的建国门桥，西长安街延至西二环路上的复兴门桥，全长近 8 公里；第三次延长在世纪之交，东长安街经国贸桥、四惠桥，到达通州，西长安街穿越新兴桥、五棵松桥、八角桥，直抵石景山，全长 40 公里，号称“百里长安街”。长安街道路宽 80—120 米，马路上车流穿梭疾驰；两旁高楼林立，有众多体现国家政治文化中心的标志性建筑，故称“神州第一街”。其中最为突出的是十大建筑群：人民大会堂、国家博物馆、国家大剧院、北京饭店、东方广场等东单建筑群、电报大楼等西单建筑群、民族文化宫、中央电视台、中华世纪坛、建国门内建筑群以及正在兴起的建国门外国贸建筑群。可以说，长安街是汇集着现代交通、现代建筑、现代商业、现代通信、现代政治、现代文化、现代艺术的露天博物馆。

传统的南北中轴线和现代的东西中轴线以天安门广场为中心，交织成一个巨大的“十”字。这个“十”字成为现代北京的主体构架，北京的建设在这个巨大构架上迤逦展开。这个巨大构架，体现着北京对深厚的历史文化和丰富的现代文化的巨大包容。这种包容还体现在对南北中轴线的北延：建设奥林匹克公园。

奥林匹克公园是继亚运村之后南北中轴线的第二次北延。亚运村由鼓楼桥延伸至北四环的北辰桥，长度为 4 公里。奥林匹克公园从北辰桥延伸到北五环的天辰桥，长度亦为 4 公里。奥林匹克公园的建设更有文化价值。公园北部是占地 680 公顷的森林公园，采用“挖湖堆山”的方法，挖出 28.74 公顷的“龙湖”，堆成 99 米高的“龙山”，山顶有高 5.7 米、重 63 吨并书有“泰山石敢当”的巨石；南部是占地 315 公顷的中心区，中间是与北辰路相接的“千年步廊”，步廊东侧是国家体育场鸟巢，西侧是国家游泳中心水立方。二者一左一右、一圆一方、一刚（坚硬的钢架结构）一柔（柔软的膜结构），大体对称。鸟巢东侧又有与龙湖相连的龙形水脉紧相环抱。从传统文化角度看，奥林匹克公园的建设，不仅采用明初故宫景山“挖湖堆山”的建设思维，具有深刻的风水学内涵，而且与故宫景山中心区巧妙呼应：前者以千年古道和奥运场馆为中心，北面是龙山森林公园，东面是龙形水脉；后者以故宫为中心，北面是景山公园，西面是北海、中海、南海等组成的龙形水系。如果说故宫景山格局是南北中轴线的“猪肚”，那么，奥林匹克公园则是在中轴线的“凤尾”。从现代文化角度看，奥林匹克公园的设计和建设具有全球化特征。公园设计工作实行全球招标，世界各国设计家们提供 87 种方案，最后美国 Sasaki 公司和天津华汇工程建筑设计公司胜出。这种设计昭示着，现代化并非全盘的西方化和欧美化，而是将世界最先进的建筑理念和技术同本土最具特色的文化思想的巧妙结合。中心区在中轴线上设千年古道，具有现代开放意义。中心区最有特色的建筑是鸟巢和水立方。鸟巢是在全球 44 家著名设计单位投标的基础上精选而出，钢架编制的巨大椭圆形如同鸟巢，造型新颖奇特，为世界罕见，使用的是具有世界先进水平的最新耐压高强度合金钢材。水立方的最大特点是大规模采用膜结构外装修，这种 ETEE 膜由德国发明，分量轻，透光好，抗压能力强，属于 21 世纪新型建筑材料，建筑中还很少使用，水立方这般大规模应用，在世界尚属首创。可见，奥林匹克公园有着对深刻的民族传统文化和丰厚的世界现代文化的巨大包容与整合。

再说说北京风俗文化的产物——京剧。京剧产生于乾隆五十五年（1790 年）由乾隆八十大寿引起的四大徽班进京。从清初开始，北京流行的是昆曲和高腔（又称弋阳腔、京腔），它们来自南方，元代之后，南戏流落到江苏昆山一带形成昆腔，流落到江西弋阳县一带，形成弋阳腔，昆曲和弋阳腔北上进京，于清初占领北京戏剧演出市场。乾隆四十四年（1779 年），秦腔演员魏长生自四川入京，以《滚楼》一剧轰动京师，令昆曲与高腔失色。秦腔产生于陕西、甘肃等古秦地，一般认为出自陕西、甘肃及山西的民间小曲，由民间流行的弦索调演变而成，其优长是刚健清新的西皮调。

在四大徽班中，第一个进京的是三庆班，由扬州盐商江鹤亭（安徽籍）组织，高朗亭率领。徽剧的来源，一是昆曲和弋阳腔，二是秦腔，其优长是深沉委婉的二黄腔。三庆班以唱“二黄”声腔为主，兼唱昆曲、四平调、拨子、梆子和罗罗腔等。由于声腔和剧目都很丰富，也由于秦腔在乾隆四十七年被指责为有伤风化而禁演，徽剧很快占领了北京的演出市场，许多秦腔演员转入徽班，形成了“徽秦合流”，徽秦合流的本质是二黄和西皮两大声腔的第一次结合，它大大丰富了徽剧的声腔系统。之后，“四喜”“和春”“春台”三徽班陆续进京，徽剧在京都梨园占有举足轻重的地位。由于昆剧衰落，许多演员也进入徽班，徽剧又吸收了昆剧的营养。道光年间，湖北的楚剧（汉调），进京，楚剧的源头是秦腔，主要唱西皮调，于是，在京都形成徽汉合流——二黄和西皮两大声腔的第二次结合。在吸取多种营养、不断改革、丰富的基础上，同治、光绪年间，一个具有集大成特征的崭新剧种——京剧终于形成。是时的京剧不仅演出阵容强大，名家辈出，更重要的是形成丰富完美的艺术表演体系。

京剧的艺术表现体系包括：(1)皮黄声腔体系。二黄腔深沉、委婉、抒情，板式有：原板、慢板、顶板、碰板、散板与摇板、滚（哭）板、反二黄、四平调、唢呐二黄等；西皮活泼、明朗、刚健，板式有：原板、慢板、散板和摇板、导板、回龙、二六、流水、快板、反西皮、南梆子、娃娃调等。皮黄之外，还有高拨子、吹腔等。(2)角色行当体系。京剧原分为十行：生旦净末丑副外武杂流。后来末入生行，副分别入净、丑，武杂流又不再设行，精简为四行：生旦净丑。生分老生、小生、武生和娃娃生：老生又分唱功老生（安功老生）、做功老生（衰派老生）、靠把老生、武老生、红生等；小生又分巾生、冠生、穷生、雉尾生、武小生等；武生又分长靠武生和短打武生。旦分正旦、花旦、闺门旦、武旦、老旦、彩旦等。此外，王瑶卿和梅兰芳还创造了兼具青衣与花旦特征、并吸收武旦表演特征的“花衫”。净又称花脸，分正净（又称大花脸、铜锤花脸、黑头），副净（又称二花脸、架子花），二花脸中，还有武花脸、油花脸等。丑又称三花脸、小花脸，分文丑和武丑，文丑包括袍带丑、方巾丑、茶衣丑、老丑等；武丑又称开口跳，不再细分。(3)脸谱服饰体系。京剧脸谱中，生行和旦行均是略施粉黛，称“俊扮”或“素面”，净行和丑行的脸谱比较复杂，尤其是净，浓墨重彩，斑斓绚丽。脸谱的构图形式分整脸、碎脸、三块瓦、花三块瓦、十字门脸、歪脸、丑脸、象形脸等，色彩有红脸、紫脸、黑脸、蓝脸、绿脸、黄脸、水白脸、油白脸、金银色脸等。不仅显示性格特征，还有审美评价、“间离化”、形象对比等功能。服饰又称行头。传统京剧不管何朝代人物，基本上都是明朝装扮，不受剧中季节与地区限制，主要随人物性别、职业和身份而定，如帝王将相等贵族穿“蟒”，文官穿“官衣”，武将穿“靠”，非正统的武将头冠上插两根“雉尾”，称“翎子”，平民穿大襟或对襟的“褶子”，贫困者（日后富贵）穿黑色褶子上缀有补丁的“富贵衣”，各角色的上衣均有由明代套袖夸大而来的“水袖”。人物的冠帽（盔头）有天子的“九龙冠”，贵族妇女的“凤冠”，武将的“夫子盔”、“帅盔”、“紫金盔”等，官员的“纱帽”、“相貂”、“相巾”等，平民的“草帽圈”、“鸭尾巾”、“渔婆罩”等，秀才、书生的“文生巾”，武小生的“武生巾”……人物的鞋子，男性穿“靴子”，女性穿“采鞋”，等等。

可见,京剧是一个集南北戏曲之大成并具有丰富完美的艺术表现体系的剧种。

3.贵族气派与典丽品格。北京作为全国的政治中心,其社会生活与文化生态均是围绕政治、官场而建构。国子监、翰林院、史馆等最高学术机构,修书治史、科举等重大举措,均是为着封建统治的长治久安,同时又有网罗知识分子的强大功能,于是文化与政治紧紧纽结在一起,“学而优则仕”成为知识分子的共同追求,官员和士大夫都具知识分子身份,知识分子在价值观念、人格心态上均依附官场政治,同治家齐国平天下紧密联系。这便是北京精英知识分子“贵族气派”的由来。

这里的“贵族气派”并非指基于权力、血统和财富的特殊地位而形成的特权意识和骄奢品性,而是指在优势的文化和教育环境中陶冶而成的一种人格理想、精神气质和审美情趣。这是一种“全而善美”的人格理想,勇敢、自尊、忠诚、仁厚、威武不屈、贫贱不移的精神气质和高雅、典丽的审美情趣。陈独秀在《敬告青年》中援引尼采的人格分类:“有独立心而勇敢者曰贵族道德(Morality of noble),谦逊而服从者曰奴隶道德(Morality of slave)。”①周作人则阐释道:“我相信真正的文学发达的时代必须多少含有贵族精神。求生意志固然是生活的基础,但没有求胜意志叫人努力,去追求‘全而善美’的生活,则适应的生存是退化而非进化的了。”②贵族气派对应的是知识分子的精英文化。同全国其他大城市相比,北京有格外强大的知识分子群体。旧时代,这里有全国独有的国子监、翰林院、史馆等最高学术机构,有修书治史的等重大学术活动,尤其是科举制度以磁石般的引力会聚全国知识分子进京。在新时代,这里有数量质量均居全国之首的高等学校、图书馆、研究院等,其中最重要的是文理科综合大学。据统计,1987年,北京地区共有高校67所,其中重点大学22所,占全国重点大学的18.9%;在该年公布的全国6704个硕士点中,北京有1153个,占18%(上海639,占10%);1830个博士点中,北京有646个,占35.4%(上海268,占14.6%);3798名博士生导师中,北京有1459人,占38.5%(上海547,占14.4%)③。300名健在的中国科学院学部委员中,北京占200名。

京都知识分子文化以强大的优势向全社会辐射,使京都各阶层文化尤其是市民文化也具有了贵族气派与典丽品格。郁达夫谈到1924年北京之旅时说:“上自军阀政客名优起,中经学者名人,文士美女教育家,下而至于负贩拉车铺小摊的人,都可以谈谈,都有一技之长,而无憎人之貌;就是由荐头店荐来的老妈

① 《独秀文存》,安徽人民出版社1987年版,第5页。

② 周作人:《贵族的与平民的》,周作人自编文集:《自己的园地》,河北教育出版社2002年版。

③ 《全国授予博士、硕士学位的学校及科研机构名册》,高等教育出版社1988年版。

子，也总是衣冠整整，看起来不觉令人讨嫌。”①即使北京的底层市民洋车夫，也不失文明识礼的儒雅风度，“他们的生活之苦，也难以形容，但是无论他怎样的汗流浃背，无论他怎样的精疲力竭，他绝不会以失和的态度向你强索一个铜板；你若情愿多给他一两枚，他会由丹田里发出声音来，向你致诚挚的谢忱”②。

京都文化的贵族气派和典丽品格有多彩的表现，这里略举一二。其一是礼仪文明。北京人好礼，礼仪常表现为外在的仪式，娴熟的仪式使仪表行为艺术化。老舍《正红旗下》写福海二哥请安，那利索干脆、潇洒漂亮的姿态，“叫每个接受敬礼的老太太都哈腰还礼，并且暗中赞叹：我的儿子要能够这样懂得规矩有多么好啊！”这种熟透了的仪式，不但动合规矩，而且美得如出天然，显示出儒雅的风度。礼仪更内蕴着情怀和自尊。《辘轳把胡同 9 号》写道：“您知道，旗人老太太们，是最讲究面子的。有点什么新鲜吃的，愿意街坊邻居尝一口，是个心意，也是个礼数。”可见，真诚的“心意”与“面子”上的“礼数”是交融一体的，礼数包含着情怀。《烟壶》中的乌世宝，在绝境中对自己有三问：一问是否吃得了苦？二问是否忍得下气？三问“气或能忍，这个人丢得起丢不起呢”？这第三问才是最重要的，“面子”中包含着自尊。北京人的自尊，说到底是一种京都优势文化的自豪，老舍便有这种自豪，他在《四世同堂》中写道：“在太平年月，街上的高摊与地摊，和苹果店里，都陈列着只有北平人才能一一叫出名字来的水果。”“北平的菊种之多，式样之奇，足以甲天下。”北京人的情怀与自尊形成一种散淡优雅的情态。《那五》写那五造访以打草鞋谋生的武存忠，深为其生存姿态感染：“他们说穷不穷，说富不富，既不从估衣铺赁衣裳装阔大爷，也不假叫苦怕人来借钱，不盛气凌人，也不趋炎附势。”这不仅是那五心目中的榜样，而且是邓友梅心目中的理想市民。岂止邓友梅，刘心武、汪曾祺乃至老舍都持这样的标准。赵园将其概括为：“戒奢、戒贪，守分安贫；戒骄、戒谄，自尊自爱；无余财无长物，淡泊自甘。”③北京人并不藐视金钱功利，却能在利和义之间寻到一种平衡，讲求实际又能摒弃市侩气。北京胡同居民从来被教以知足、不争。“夫唯不争，故天下莫能与之争。”“祸莫大于不知足，咎莫大于欲得。”“知足不辱，知止不殆。”（《老子》语）当然这种知足和不争也具有负面的惰性。

其二是北京方言。洋溢着京都文化自豪的北京方言是一种“说的文化”。“说”，不仅是信息传输手段，更是一种语言艺术。言说者不仅讲求“说”的腔调、韵律、节奏，说得“崩响溜脆”、“像清夜的小梆子似的”，还力图在“说”中展示自己的学识、个性、智慧和才华。这就形成语言的“味儿”。这种“味儿”说到底来

---

① 郁达夫：《北京四季》，《宇宙风》1936 年第 30 期。

② 铢庵：《北平漫话》，《宇宙风》1936 年第 19 期。

③ 赵园：《北京：城与人》，北京大学出版社 2002 年版，第 164 页。

自京都文化性格,故而称作“京味儿”。“京味儿”有两个重要特征,一是响亮脆生的声音意象。即语言的旋律、节奏、韵味等音乐特质。老舍《正红旗下》写那个体面的旗人福海:“他的前辈们不但把一些满文词儿收纳在汉语之中,而且创造了一种轻脆快当的腔调;到了他这一辈,这腔调有时候过于清脆快当,以致有时候使外乡人听不大清楚。”北京的街头叫卖可说是北京方言的一种极端形式,也极端表现出声音意象特征。对声音意象的倚重虽然相对削弱了传输意义的功能,但是又强调了汉语原初的会意性,即凭借声音感觉去领悟意义。北京方言尤其是新方言一些近于单纯的声音符号,可以由声音会意,却难于从语词读出明确意义。这是一种源自远古的声音文化,列维—布留尔引述魏斯脱曼的话说:“埃维人(Ewe)各部族的语言非常富有借助直接的声音说明所获得的印象的手段。这种丰富性来源于土人们的这样一种几乎是不可克制的倾向,即模仿他们所闻所见的一切,总之,模仿他们所感知的一切,借助一个或一些声音来描写这一切……”①北京方音虽然不是唯一注重声音意象的语言,却是十分关注声音意象艺术化的语言。这正是它的特殊之处。

二是幽默特征。北京语言的幽默大致分为两种情况:第一是胡同四合院老北京人的幽默,更注重从语言形式本身创造幽默效果,如谐音、隐喻、戏仿、歇后语等。老舍《茶馆》中的著名台词“别把那点意思弄成不好意思”便是一例;其二是大院新北京人的调侃,更喜欢从城市流行语中寻找笑料,将琐细的日常生活与国家的时事政治结合在一起,常常运用小题大做、大题小做、正话反说、扭曲变形等手法创造荒诞感。王朔小说的语言便是如此。其实,两类幽默又是相互交融的,老北京人的幽默未必没有时事政治和城市流行语,新北京人又常常发展老北京的语言智慧,将城市流行语和时事政治的概念、术语进行曲用、反用、调侃、戏仿,从而创造出滑稽荒诞的语言效果。幽默不仅是一种修辞手法,说到底是北京人的一种人生姿态。“他们敏感于极琐细的生活矛盾、人性矛盾,由其中领略生活与人性现象中的喜剧意味,以这种发现丰富着关于人生、人性的理解,和因深切理解而来的宽容体谅,并造成文字间的暖意,柔和、温煦的人间气息。”②一言以蔽之,它是北京文化性格的外化。

第二节 京派小说与京味小说

在20世纪北京文学史上,出现了颇有影响的京派小说和京味小说。

---

① [法]列维—布留尔:《原始思维》,商务印书馆1985年版,第157—158页。

② 赵园:《北京:城与人》,北京大学出版社2002年版,第44页。

京派小说出现于20世纪30年代，“是指新文学中心南移到上海以后，30年代继续活动于北平的作家群所形成的一个特定的文学流派。”①京派小说产生的历史文化背景是1928—1949年间首都南迁后的北平。北平不再是全国政治中心，又没有工业和其他支柱产业，于是文化教育成为城市的命脉。是时，一批前朝王府成为大学的校址：郑王府典质给了中国大学，醇亲王府南府办起民国大学，礼王府租给华北大学，九爷府办起平大女子文理学院，豫王府办起协和医科大学，多尔衮的别墅“睿王园”办起燕京大学，庆王府花园建起辅仁大学，端王府建起平大工学院，淳王的“小五爷园”建起清华园……1931年，北京的高等学校26所，几乎达全国之半。著名的国立大学有清华大学、北京大学、北京师范大学、北平大学等，私立大学有辅仁大学、燕京大学、协和大学、中法大学等。中等学校1929年为48所，1938年达88所。可以说，20世纪30年代，维持北京繁荣的是大中学校。北京还有两所国立研究院：北平研究院和中央研究院；有全国最大的图书馆。北京的民生服务系统由官场转向学校，当年省、乡的会馆衰落，大学周围的学生公寓剧烈增加，30年代初达300余家。这一切，为古都注入了现代民主新风，或者说，实现着现代民主精神与古都文化的结合。《宇宙风》这样描绘当年的北京大学：“大家自由地读书，自由地生活。一千上下学生，从四十多岁到十七八岁，来自中国的各部，来自蒙古、新疆、日本或美国，包含有无数不同经验的人。然而他们之间没有歧视，也不故意地来接近。每人呢帽上都佩有一白底黑字、朴素大方的‘北大’两字校徽……”口含旱烟袋的岂明老人（周作人），脸喝得红红的科学大家冯祖荀，外貌极像德国人的李四光先生……令人想起“从前蔡校长时代，开大学评议会时，左边坐着红帽子的陈独秀，右边坐着曾穿过黄马褂的辜鸿铭的故事。”②这使得首都南迁后的北平开始建立起知识的权威，进而发展成一种更为纯粹、高雅的知识分子文化。京派小说便在这种土壤上产生。

在这里，有必要辨析京派文人、京派作家和京派小说家三个概念。京派文人虽然主要包括京派作家，但较之更加宽泛，它是对北平时期文化界知识界人士的指认。杨东平的《城市季风》一书从文人雅集的角度介绍了京派文人的情况：20年代，朱湘、刘梦苇、饶孟侃等抒情诗人经常到闻一多家中举行诗歌朗诵会；徐志摩、胡适等在松树胡同七号定期举行的聚餐会和俱乐部，聚集了梁启超、张君劢、林长民、丁文江、陈源、林语堂、余上沅、丁西林、凌叔华、林徽因、闻一多等；周作人等创办《骆驼》杂志（30年代改为《骆驼草》），“骆驼同人”俞平伯、废名、徐祖正、冯至、梁遇春等常聚于八道湾的“苦雨斋”，形成以周作人为中心的文学圈

① 严家炎：《中国现代小说流派史》，人民文学出版社1995年版，第205页。

② 《宇宙风》1936年第20期。

子，这个圈子之外还有大圈子，包括钱玄同、刘半农、沈从文、朱自清、闻一多、余上沅、梁实秋等。30 年代的文人雅集，有东总部胡同林徽因家的“客厅沙龙”，萧乾称林是后期京派的灵魂，冰心作小说《我们太太的客厅》反映其盛况；还有朱光潜家的“读书会”，聚集了北大的梁宗岱、冯至、孙大雨、罗念生、周作人、叶公超、废名、卞之琳、何其芳，清华的朱自清、俞平伯、王了一、李健吾、林庚、曹葆华，以及林徽因、周熙良、沈从文等，除了不在北平的萧乾、凌叔华等，几乎所有京派作家都参加了这个“读书会”；1934 年郑振铎、靳以、巴金来到北平办《文学季刊》，他们居住的三座门大街 14 号又成为新的雅集场所……①

京派作家，指北平时期来自高校的从事小说、诗歌、散文、戏剧创作的作家。严家炎认为包括三部分人：一是 20 年代末雨丝社分化后留下的偏重写性灵、趣味的作家，像周作人、废名、俞平伯；二是新月社留下的或与《新月》月刊关系较密切的一部分作家，像梁实秋、凌叔华、沈从文、孙大雨、梁宗岱；三是清华、北大等校的其他师生，包括当时开始崭露头角的青年作者，像朱光潜、李健吾、何其芳、李广田、卞之琳、萧乾、李长之等②。京派作家创作的京派文学，从历时性看分前后两期，前期的主要成就是散文创作，领袖人物是周作人，包括废名、俞平伯等；后期的主要成就是小说创作，领袖人物是沈从文，包括废名、凌叔华、萧乾等；从共时性看，京派文学的主要成就在散文、小说、诗歌、理论四方面，散文和诗歌的代表人物是周作人、俞平伯、何其芳、卞之琳、李广田等，理论方面的代表是梁实秋、朱光潜、李健吾、李长之等，小说方面的代表是废名、沈从文、凌叔华、萧乾、林徽因、汪曾祺，以沈从文最为突出。

京派小说家，则是指小说方面代表作家废名、沈从文、凌叔华、萧乾、林徽因、汪曾祺等。

既然京派文人更是属于文化的范畴，这里的研究便集中于京派作家与京派小说家。在笔者看来，京派作家并不是一个流派。《辞海》中“文学流派”的词条认为：流派是“在一定的历史时期里，文学见解和艺术风格相近似的作家之自觉或不自觉的结合。”京派作家涉及散文、小说、诗歌、理论诸多领域，思想、艺术多样，并没有形成相近似的文学见解和艺术风格。对此，学界已有异议。王富仁便认为京派作家“实际是没有一个共同服膺的文学思想和文学主张的，彼此的性格及其文风也有太大的距离，构不成一个同气相求、同声相应的文学流派”，他分析道：

> 周作人在其气质上就是一个传统的士大夫，浑身上下都是“雅”气逼人；沈从文常以“乡下人”自诩，在文化身份上是个土包子作家，不大买“洋

---

① 杨东平：《城市季风——北京和上海的文化精神》，东方出版社 1996 年版，第 102—103 页。

② 严家炎：《中国现代小说流派史》，人民文学出版社 1995 年版，第 205 页。

> 文化”和“洋教授”的帐；朱光潜很崇拜沈从文，但朱光潜内心所注重的，是西方和中国古代那些文学大师和美学大师的著作，对中国现代文学的评论，只是作为一个文学编辑所不能不做的事情罢了。至于像何其芳、李广田这样一些青年作家，实际还没有自己固定的人生目标和艺术追求，到了后来，其变化都颇大，既与周作人有着无法跨越的距离，也与沈从文、朱光潜有着不同的思想倾向和文学倾向。废名的枯寂是一个男性的枯寂，凌叔华的精致、林徽因的温婉，是女性的精致和温婉，在艺术上是不搭界的；沈从文的湘西世界，师陀（卢焚）的河南果园城世界，汪曾祺的苏北乡镇世界，不但是各不搭界的外部世界，而且他们反思各自世界的人生观念和审美观念也是截然不同的，从文学的角度，很难说他们就是一个流派。这在文学批评中，看得更加清楚，周作人、朱光潜、李健吾、李长之，在现代文学史上，都是举足轻重的人物，但他们的文艺思想和批评风格，是个不相同的，不是一派……①

京派小说家，倒应该看作一个流派。他们大都有一定的师承关系。沈从文深受废名的影响，他在小说《夫妇》的“附记”中写道：“自己有时常常觉得有两种笔调写文章，其一种，写乡下，则仿佛有与废名先生相似处。由自己说来，是受了废名先生的影响，但风致稍稍有不同，因为用抒情诗的笔调写创作，是只有废名先生才能那样经济的。这一篇即又有这痕迹，……”在《论冯文炳》一文中，沈从文还说：“把作者（即冯文炳——引者注）与现代中国作者风格并列，如一般所承认，最近的一位，是本论作者自己。一则因为对农村观察相同，一则因背景地方风俗习惯也相同，……用同一单纯的文本，素描风景画一样把文章写成，……如人所说及‘同是不讲文法的作者’……”这两段话传出的信息是，沈从文不仅深受废名的影响，而且与之风格相近，都着意写乡下，善写风景画和风俗画，喜用抒情笔调，“同是不讲文法的作者”……自然，相近并非相同，每一位作家都有自己的创造，沈从文认为自己的创作“似较冯文炳君为宽而且优”（《论冯文炳》）沈从文的生活经历较废名丰富得多，他的作品也就没有废名的“不健康的病的纤细”。严家炎认为，“在个人风格上，废名小说是以平淡含蓄晦涩著称的，沈从文则在保持、发展这种含蓄蕴藉的同时，弃其晦涩，一变而为活泼淡远隽永。”②萧乾、汪曾祺则是在沈从文的提携培养中成长起来的。萧乾的第一个小说集《篱下集》，其中每一篇文章，第一个读者几乎都是沈从文，沈还为之写了“题记”。萧乾初期的作品，京派韵味十足。汪曾祺本是沈从文西南联大时的学生，他发表

---

① 王富仁：《河流·湖泊·海湾——革命文学、京派文学、海派文学略说》，《新华文摘》2010年第4期。

② 严家炎：《中国现代小说流派史》，人民文学出版社1995年版，第219页。

的第一篇小说，便是沈从文“各体习作课”上的作业，并由沈从文推荐发表。汪曾祺受沈从文影响尤为明显，其《老鲁》《复仇》之于沈从文的《会明》《渔》，多有相通之处；他的《鸡鸭名家》《邂逅》《受戒》《大淖记事》，都带有沈从文乡土小说风味，《受戒》的那首民歌，也是从沈从文一个短篇中套来。汪曾祺还明确承认，“确实受过废名影响”①，他的小说《复仇》的意识流手法以及将诗和散文人小说，可看出早年废名的影子。

京派小说形成于五四之后，正是中国由农业社会向工业社会的历史转折初期，充满着现代与传统的矛盾与冲突。其实，现代不一定全是，而传统也不一定全非。传统中有愚昧落后封闭等劣根性，也有优秀的民族精神值得发扬；“现代”以强大的历史运动方式推进着历史的发展，也产生着现代的堕落和腐败。中国的现代文学大多站在现代的立场对传统进行深刻尖锐的批判，表现出一种启蒙现代性，鲁迅对国民劣根性的批判竖起一座难以逾越的高标；也有一些作家对“现代”进行“反思性监测”，表现出一种审美现代性。京派小说应该是后者，他们的独特性在于，并非将批判的矛头直指标志现代的城市，而是通过写乡村的美达到“曲线救国”的目的。可以说，鲁迅和京派都把目光投向乡村，鲁迅蕴藏在心底的是忧患意识，带着浓浓的乡愁；京派小说蕴藏心底的是祝福意识，带着深深的乡情。京派小说这种创作姿态，使之更多发现故乡人物的淳厚、热情、真挚、善良，守信用，重情义，生活贫困却又慷慨好客，粗犷甚至带点野性却又诚实可爱，讴歌的是乡村社会几千年形成的朴厚、善良和美好的人性。浓浓的乡情又使京派小说带有强烈的抒情性，它们往往是写意的，有一种诗情画意之美。抒情冲淡和稀释着小说的故事和情节，小说的结构便带有了明显的散文化特征。这一切，又形成京派小说不激不厉，冲淡平和的风格，如同沈从文多次讲的：“要血和泪吗？这很容易办到，但我不给你们这个。”严家炎将京派小说的特征概括为：赞颂淳朴、原始的人性美、人情美；扬抒情写意小说的长处，融写实、记“梦”、象征于一炉；总体风格的平和淡远隽永；简约、古朴、活泼、明净的语言②。这一切，标志着京派小说家是一个当之无愧的流派。

京派小说家是否是地域性流派呢？在地缘文化诗学看来，文学的地域性表现在，一是对地域显性文化的多彩表现，包括描写地域文化景观、文化风俗等，鉴于显性文化的易变形和兼容性，应着意发现多彩现实中的独特地域性内涵；二是对地域隐性文化的深层揭示，即对地域文化潜意识的揭示。如果京派小说家是一个地域性流派，它便必须表现北京的显性文化和隐性文化，既要写出北京的文化景观和文化风俗，又要写出北京的文化性格。然而，京派作家的描写对象大多

---

① 汪曾祺：《谈风格》，《汪曾祺文集 · 文论卷》，江苏文艺出版社 1994 年版，第 56 页。

② 严家炎：《中国现代小说流派史》，人民文学出版社 1995 年版，第 227—239 页。

不是北京，具体讲，他们有些作品也写到北京，比如沈从文、萧乾、汪曾祺等的一些作品，但创作的主体部分都不是写北京，而是写自己的家乡。废名写他的家乡湖北农村，创作了短篇《竹林的故事》《浣衣母》《菱荡》《桃园》和长篇《桥》等。沈从文称赞："不但那农村少女动人的清朗的笑声，那聪明的姿态，小小的一条河，一个孤零零长在菜园一角的葵树，我们可以从作品中接近，就是那略带牛粪气味的与略带稻草气味的乡村空气，也是仿佛把书拿来可以嗅出的。"沈从文的最高成就是创作了以《边城》《长河》等为代表的湘西小说，不仅着意写湘西的风物、风俗，还揭示湘西人民痛苦不幸的命运，最使人怦然心动的是湘西儿女质朴、淳厚、原始而略带野性的美好人性，具有鲜明的楚文化风韵。汪曾祺的代表作是《受戒》和《大淖记事》，写的是家乡江苏高邮的景观、风俗和人性，是一首首恬淡、优美的风土诗，具有吴越文化情怀。……他们各写各的家乡，并非写一个地域，而且，都与京都文化无甚关系。因而并非地域流派。

北京文化的特征是作为首善之区的京都性，京派小说出现在 1928—1949 年间的北平时期，是非京都的产物，这也难免形成其非京都性特征。然而，北京自元代以做京都六百余年，形成深厚的京都文化积淀，这些积淀不会随着短短 20 余年的京都转移而消失。京派小说家的共同情趣——高雅、恬淡、平和，不即不离，略略带贵族气，便与京都文化的典丽品格和贵族精神暗相沟通。这正是学界将其看做一个流派的重要原因所在。即使如此，也难以将京派小说家看成一个地域性流派。因而，京派小说是一个流派，却不是地域性流派。

王富仁将京派文学比喻成湖泊，确实，北京文学如一条河流，在北平阶段略作顾盼，拐了一个弯，留下一汪湖水又滚滚而去，京派小说，正是这汪湖水的产物。

京味小说，则是一条奔腾不息的河流。

京味小说实际是北京市井味小说，或曰京味市井小说。这里有两个概念需要辨析，即"市井"和"京味"。何谓"市井"？《管子》有"处商必就市井"句，尹知章注曰："立市必四方，若造井之制，故曰市井。"汉应劭《风俗通》引《春秋井田记》曰："……八家而九顷二十亩，共为一井。房舍在内，贵人也；公田次之，重公也；私田在外，贱私也。井田之义：一曰无泄地气，二曰无费一家，三曰同风俗，四曰合巧拙，五曰通财货。因井为市，交易而退，故称市井也。"即市以井田为依托而开，所以又叫市井。《公羊传·宣公十五年》汉何休解诂、《后汉书·刘宠传》、《初学记》都持此说。《汉书》有"商相与语财利于市井"句，颜师古注曰："凡言市井者，市，交易之处；井，共汲之所，故总而言之也。"《陔余丛考》收此说。《史记·平准书》有"山川园池市井租税之入"句，张守节正义曰："古人未有市，若朝聚井汲水，便将货物于井边货卖，故言市井也。"即人们在井边汲水时顺便贸有无而成市，故称市井。《风俗通》曰："市井，谓至市者当于井上洗濯其物香洁，及自严饰,乃到市也。"意在指明到市之物先于井上洗涤之故①。等等。种种说法,虽然侧重点有所不同,但有几点可以肯定:一是说市井与商品卖买有关,市井当指买卖货物的场所,商贾计财较利于此,逐渐形成一个商人阶层,乃至出现商业文化;二是市井之"井",为人们共同汲水之处,故有民间生活之义,活跃于市井的多为平民百姓。三是市井是一个比较自由平等的场所,人没来这里自由的交换,平等的生活。自然,这也是相对的。

市井作为民间交易之所,最初发生在村落。商品交换聚集的人群大规模扩展,便形成城市。学界关于城市的起源的说法有三:一是防御说,即建城郭的目的是为了防御外敌侵犯;二是集市说,即城市由商品交换人口聚集而成;三是社会分工说,社会生产力发展使一部分人专门从事手工业、商业,一部分人专事农业,手工业和商业的聚集地便是城市。其实,纯粹用于防御的并非城市的多数,社会分工说又与集市说相关。因而集市说应是城市形成的最重要的原因。故而城市一词就包括两方面含义:一是"城",是一个行政区域概念;二是"市",即商品交换场所。"市"即市井,常常与宫廷王府相对,指普通市民生活和交换的场所。

北京市井小说,即是反映北京普通市民生活的小说。这种普通市民主要指生活在京都的半无产阶级和一部分小资产阶级,例如小手工业者、小商贩、小职员以及主要以体力谋生的洋车夫、搬运工、街头艺人、匠人、佣人等,即旧社会所谓"三教九流"、"五行八作"、"引车卖浆之徒"等。京味市井小说并非产生于市井形成之初,而是产生于工业文明取代农业文明的近现代社会,如同乡土文学并非产生于乡村形成之初,而是产生于近现代一样。因为近现代是资本主义文明萌生之时,其一,资本主义文明提出现代民主主义思想,西方启蒙主义便倡导"天赋人权",自由平等。尽管这种平等不能够真正做到,但比封建社会毕竟前进了一大步;其二,资本主义文明提出了现代的现实主义思想,19 世纪中叶的欧洲文坛,以库尔贝的绘画《碎石工》的展出为契机,展开了向着贵族意识的进攻,掀起表现下层劳动者生活的现实主义思潮。现代民主主义思潮使得作家们能够把下层市民当做平等的人来看待,现代的现实主义思潮又使作家从他们身上发现美,于是,京味市井小说便应运而生。一个有力的例证是,我国的传统小说本来发祥于市井,流行于市井"瓦肆"、"勾栏",宋代"说话"有四家,胡士莹在他的《话本小说概论》中总结为:"1.小说(即银字儿)——胭脂、灵怪、传奇、说公案,皆是朴刀杆棒及发迹变泰之事。2.说铁骑儿——士马金鼓之事。3.说经——演说佛书;说参请——宾主参禅悟道之事;说诨经。4.讲史书——讲说前代书史文传兴废征战之事。"这四家言说的内容,没有一项是下层市民的生活。《红楼梦》

① 转引自盛会莲:《市井得名考》,《甘肃社会科学》1999 年第 1 期。

《儿女英雄传》这些古典小说虽然有些京味，但是，一则写的是王公贵族的生活，二则尚缺乏现代民主思想，还不能称为北京市井小说。北京市井小说的萌生，应是清末民初的白话报人小说。因为它不仅着眼于北京普通市民生活，而且具有启迪民智的现代民主主义思想。

何谓"京味"？不妨举出学界三种观点：(1)赵园在《北京：城与人》一书中写道："'京味'是由人与城间特有的精神联系中发生的，是人感受到的城的文化意味。'京味'尤其是人对于文化的体验和感受方式。"①她不认为京味文学是一个流派，却认为"京味"是一种风格现象。并阐释京味文学的"风格诸面"，计有：理性态度与文化展示；自主选择，自足心态；审美追求：似与不似之间；极端注重笔墨情趣；非激情状态；介于雅俗之间的平民趣味；幽默；以"文化"分割的人的世界；伦理思考极其敏感方面：两性关系；结构：传统渊源②。(2)王一川则在此基础上将"京味"界定为："定位于古都北京、定时于它的现代颓废时段、借助具体的北京人情风俗、通过回瞥方式去体验到的一种地缘文化景观。"③这种景观包括五个要素：地、事、风、话、性。"第一，地，是指京味文学总是要再现故都北京城特有的地点景观；第二，事，是指京味文学总是要讲述发生在故都北京城的事件；第三，风，是指京味文学要描绘故都北京城的风俗民情；第四，话，是指京味文学总是要讲故都北京特有的语言；第五，性，是指京味文学要刻画生长在故都北京的人们的性格特征。"④(3)还有人认为，京味"应当包括北京的环境和人文两方面，即北京的风土习俗和北京人的精神气质。具体说大致由三种因素所构成：一曰乡土味。这主要是指北京区别于其他地方的地域特色，如北京的小胡同、四合院、大杂院、古城墙，天桥的杂耍，白塔寺的庙会，厂甸的春节，乃至小酒铺闲聊，马路边唱戏，无不浸透着一种独特的乡土气息。二曰传统味，或者可以称作"古味"、"文化味"。这是指历史遗留下来的民族文化传统。……三曰市井味。这是指下层市民身上体现出来的一种品格、气质。"⑤

上述三种阐释，大致揭示出"京味"的内涵，但也不遗憾之处。赵园从北京城的文化意蕴和人对文化的体验感受方式的角度进行阐释，前者使人想起北京的文化景观、文化风俗、文化心态；后者使人想起作家表达感受的文本方式，比如作品的语言形式特征等，是一个颇为严密的界定。惜乎未能沿此思路进一步阐释。她认为"京味"是一种风格现象也有误，同是京味小说，老舍与王朔便截然

① 赵园：《北京：城与人》，北京大学出版社 2002 年版，第 14 页。

② 赵园：《北京：城与人》，北京大学出版社 2002 年版，第 19—52 页。

③ 王一川主编：《京味文学第三代》，北京大学出版社 2006 年版，第 9、10 页。

④ 刘绍棠：《乡土文学四十年》，文化艺术出版社 1990 年版，第 138 页。

⑤ 东北师范大学于启莹博士论文：《京味·市井·文学——京味市民小说三家》(2008 年)，第 22 页，见"中国知网"。

不同;再者,既是风格现象,便说明京味小说具有相近风格,进而可形成流派,但赵园又否认流派的存在,岂不自相矛盾?王一川的定义也比较严谨完整,将其视为地域文化现象更有见地。但"地域文化景观"一词似不确。"文化景观"是文化地理学的重要概念,"景观"是地球表面各种地理现象的总和,文化景观是叠加了人的创造的景观,可视为物质文化。王一川显然将文化景观看作包括了行为文化和精神文化的上位概念。再者,他概括的"地、事、风、话、性"是很全面的,但尚欠精当。赵园认为:"京味既以'味'名,它强调的就不是题材性质,即它不是指'写北京的'这样一种题材范围。"因为写北京的小说不可胜数,但不一定有京味。[1] 王一川所言北京的"地"、"事"便有"题材"界定之嫌。第三种阐释问题便更多些,所言两方面"北京的风土习俗和北京人的精神气质",与上文的"环境和人文"缺少必然的对应。将两方面解析为乡土味、传统味、市井味,也缺乏严密的逻辑联结。如果要问:北京的风土习俗和精神气质就是这"三昧"吗?论者不免尴尬。再者,"乡土味"与"市井味"既然都是"味",何以前者仅指景观和风俗,而后者仅指一种品格、气质?北京的人文景观、风俗习惯和精神气质是在漫长的历史发展中积淀而成,何以不具有"传统味"?……这实在是一个逻辑混乱的解说。

笔者认同赵园与王一川的文化视角,京味就是北京的地域文化味。地缘文化诗学将地域文化结构分为地域的文化景观、文化风俗和文化性格三层面。京味小说的京味,则体现在它描写的北京的文化景观、文化风俗和文化性格上;同时,北京文化又陶冶着作家的审美心理,这种心心理又影响着文本的形式,尤其是叙事语言,也就带上了京味。故而可对京味小说作出界定:

> 京味小说指的是以北京市井生活为题材,以独特的京味语言描绘出北京独特的文化景观、文化风俗和文化性格的小说创作。

萌生于清末民初的京味小说,是随着现代报业的发展而萌生的。是时,京津地区就涌现出几十种白话报[2]。知名者有《京话时报》《爱国白话报》《(白话)国强报》《北京爱国报》《(北京)群强报》《(北京)小公报》《白话学报》《公益报》《(北京)进化报》《京师公报》《国华报》《官话政报》《燕都报》《京话报》《京话官报》《正宗爱国报》《(白话)国民报》《京都日报》《北京女报》《京报》《(北京)实事白话报》《竹园白话报》《天津白话报》等。这些报纸大都在北京。既是白话报,面对的便是广大市民,其实,就是为着增大发行量的盈利目的,也必然面向市民群众。更何况,这些进步报人办报的目的在于传播新思想,借以启迪民智。报

---

① 赵园:《北京:城与人》,北京大学出版社 2002 年版,第 15 页。

② 蔡乐苏:《清末民初的一百七十余种白话报刊》,丁守和主编:《辛亥革命时期期刊介绍》(第五集),人民出版社 1987 年版,第 493 页。

界泰斗人物是彭翼仲创办的《京华日报》便标榜“输进文明，改良风俗以开通社会多数人之智识为宗旨”。这使报业具有了较浓现代气息。

报纸促进了小说的发展，小说又带来报纸的畅销，甚至出现“不登小说，报纸就不能畅销”的局面。小说因此而繁荣。北京出现众多身兼报人的京味小说家，蔡友梅、徐剑胆、文实权、文子龙、冷佛、丁竹园、穆儒丐、杨曼青、时感生、尹虞初、涤臣、耀臣、伯康、铁庵、尹箴名、钱一蟹等。其中，以蔡友梅、徐剑胆、文实权、尹箴名、冷佛等代表。蔡友梅是当时小说界的领军人物，仅在《北京国强报》连载的《新鲜滋味》系列就有 24 种之多。今存中篇 36 部，较好的有：《小额》《瞎松子》《赛刘海》《曹二更》《双料义务》《人人乐》《二家败》《麻花刘》《董新心》《理学周》《非慈论》《方圆头》《忠孝全》《连环套》《鬼吹灯》等。徐剑胆发表小说 30 多种，主要有《黑籍魂》《新黄粱梦》《贾孝廉》《杨结石》《王来保》《白狼》《文字狱》等。尹箴明有《凤仙》《陈云栖》《细柳》《阿英》《梦狼》等。文实权反映旗人生活的小说《西太后外传》《梅福结婚记》《毒药饼》等颇受读者青睐，影响较大的是与王冷佛合著的《春阿氏》。上述作品中，以蔡友梅创作的《小额》、文实权提供材料、王冷佛编撰的《春阿氏》和穆儒丐的《北京》最为著名。

早期京味小说的创作特色，可以蔡友梅为例解析之。蔡氏的描写对象是北京中下层市民，主要分两类：一类是社会渣滓，包括街头恶霸、流氓痞子、道貌岸然的劣绅等，二类是作家肯定和同情的人物，如讲义气的侠客、老派市民、贤惠的家庭妇女等。作家将描写对象同城市文化、时代变迁联系起来，一是以人伦关系为描写中心，表现世相百态；二是着意写人伦关系在历史转型时期的变化，抨击和批判道德的堕落。在展示人伦关系、世相百态时，作家以浓厚的兴趣描写北京的文化风俗，尤其是对旗人的生活习俗、心理习惯进行了比较细致、自觉的描绘，不仅流露出欣赏和喜爱，而且进行了有保留的批评。在语言上用地道的京语，在他看来，“往往用句俗语，比文话透俏皮”，但用土语需要提炼选择，“费解的不用，太卑鄙的不用，有该注释的，咱们用括弧”①。这种语言，不仅生动、活泼、俏皮，而且带有北京话幽默风趣的特征。早期京味小说的缺陷，一是创作数量较大而精品稀少，二是尚未彻底摆脱古代小说的影响，三是作家缺乏强烈的现代批判意识和文化意识。

20 世纪 20—40 年代，老舍的出现标志着京味小说的真正诞生。因为五四运动标志着我国由近代到现代的伟大转折，到了五四，作家才具有了更为彻底的现代民主主义思想和现实主义思想。深受五四影响的老舍表现出的强烈的启蒙意识和人文精神。然而，这仅能说明老舍小说的现代品格，老舍小说的京味，还

---

① 蔡友梅：《库缎眼》，于润琦主编：《清末民初小说书系 · 警世卷》，中国文联出版社 1997 年版，第 510 页。

在于他的自觉的地域文化意识。老舍京味小说的外观是北京的文化景观。他着意描写的是普通市民居住的胡同四合院以及由此延伸的大杂院、小杂院，也可以称为四合院文化。王惠云认为："老舍作品中的景物描写显示了独有的美学特征：它构成了作品中'北京味'的一种'物质材料'之一。"[①]其实，这些"景物"主要是文化景观，即使是自然景观，也往往带有了文化景观的汁液。因为文化景观浸透着北京人们的文化行为及文化心理。老舍写道："面向着积水潭，背后是城墙，坐在石上看水中的蝌蚪或苇叶上的蜻蜓，我可以快乐的坐一天，心中完全安适，无所求也无可怕，像小儿安睡在摇篮里。"[②]这里的"蝌蚪"和"蜻蜓"，显然打上了"积水潭"和"古城墙"的印记。同时，文化景观还要打上作家审美心理的印记："我真爱北平。这个爱几乎是要说而说不出的。我爱我的母亲。怎么爱？我说不出。……我所爱的北平不是枝枝节节的一些什么，而是整个儿与我的心灵相黏合的一段历史，一大块地方，多少风景名胜，从雨后什刹海的蜻蜓，一直到我梦里的玉泉山上的塔影，都凑到一块，每一小的事件中有个我，我的每一思念中有个北平，这只有说不出而已。"[③]北京的文化景观，隐含着北京人的文化心理，这种心理常常以集体无意识的形式存在，老舍对北京的爱，正是他承载的集体无意识得遇文化景观而产生的共鸣。它如同一个人的恋母情结一样，唯其为集体无意识，才"说不出"，唯其"说不出"，才愈加耐人寻味。自然，老舍的审美心理也有自己的独特结构，他按着这种结构同化外部信息，便把目标锁定在北京的胡同四合院文化。

文化风俗，在老舍的小说中，并非点缀其中的片段和细节，而是艺术结构的重要内容，甚或是结构全篇的枢纽所在。老舍写了各种各样的风俗，其中最为主要的是"礼俗"。传统中国是一个历史悠久的礼俗社会，北京这个近700年的帝王之都，自然是"礼俗文化"的中心，礼俗文化的核心思想是纲常伦理，强调的是帝王至尊以及在皇权制度下的秩序与和谐。在老舍的笔下，北京人多礼数，《二马》写老马赔本送礼，《离婚》写老李的家眷从乡下来、张大哥儿子从监狱出来同事们送礼，《骆驼祥子》写虎妞要祥子讨好刘四爷去送礼，《四世同堂》则详尽描写祁老人自幼"耳濡目染的向旗籍人学习了许多规矩礼路"……北京人将"礼数"变成"生活的艺术"，老舍对其中含蕴的高雅舒展和精致含蓄不由自主地赞赏，并为其衰落丧失而怅然；同时也对礼数的繁文缛节以及由"文化过熟"带来的羸弱、迂腐而扼腕叹息。他说："二百年积下的历史尘垢，是一般的旗人既忘了自谴，也忘了自励。我们创造了一种独具风格的生活方式：有钱的真讲究，没

---

① 王惠云等：《老舍论稿》，中国矿业大学出版社1993年版，第47页。

② 老舍：《想北平》，《老舍散文选》，百花文艺出版社1984年版，第106页。

③ 老舍：《想北平》，《老舍散文选》，百花文艺出版社1984年版，第105页。

钱的穷讲究。生命就这么沉浮在讲究的一汪死水里。”在纲常伦理中，传统的五伦中，父子、夫妻、兄弟是家庭关系，君臣、朋友也可分别视为父子、兄弟关系。五伦强调的是家族关系。礼俗，便发生在强调伦理的家族关系中。胡同四合院不仅是礼俗发生的场所，而且本身便体现着父权尊严、家族秩序与伦理和谐，是礼俗的外化。礼俗的内化，便是北京文化性格。

对北京文化性格，老舍有深刻的揭示。吕智敏概括为“崇官”与“重礼”。①“崇官”实际是权力崇拜，说到底的皇权崇拜。北京是皇帝老子居住的地方，而且官多如牛毛。据不完全统计，元代中央在京官员和大都留守司、大都路总管府的官员总数达 3481 人之多；清代在京的中央大、小官署（不包括北京地方官署）即有近二百处，官员之众可想而知。清末民初军阀统治时期，官制混乱，以钱买官者甚众。因此，北京历来官署衙门林立，公府私宅毗连，“崇官”意识最为强烈。鲁迅曾在《“京派”与“海派”》一文中对北京人和上海人做过这样的对比：“北京是明清的帝都，上海乃各国之租界，帝都多官，租界多商，所以文人之在京者近官，没海者近商，近官者在使官得名，近商者在使商获利，而自己也赖以糊口。”②在老舍笔下，北京市民绝非人人想当官，但在待人处事中往往以是否符合“官派”为标准。老舍在《牛天赐传》中写牛老太太凡事就都要用是否“官派”来衡量一番。崇官意识在北京市民文化心理中长期积淀、发酵，乃至在某种特定语境下恶性膨胀。《四世同堂》中冠晓荷、大赤包、蓝东阳、祁瑞丰等为升官不惜卖国，最本分的祁老人听到二孙子瑞丰当了科长，也“喜欢得汁么似的”。

“重礼”则是讲究礼数，在老舍看来，讲礼数则是讲“体面”，体面的背后是北京人的自尊感。这是一种典丽的贵族心态。《骆驼祥子》中的祥子一生精心维持并引以自傲的是“体面”，《鼓书艺人》在某种意义上是写为尊严挣扎抗争的故事，《四世同堂》的小文夫妻虽操“贱业”，却不自轻自贱，在别人面前“表示出他们自己的尊傲”，……老舍笔下的漂亮人物，都充满了自信和自尊，从而铸成“咸近士风”的气质风度，体现着礼仪之邦的尊贵雍容，闲雅融通。“重礼”中并非没有等级意识，《四世同堂》中的祈老太爷便把小羊圈胡同各家分为不同差等，但它所持的标准不是经济和权势，他更敬重斯文和德行，故而对穷困潦倒的诗人和干粗活的李四爷都充满敬意。这里似又产生另一种平等，即在斯文和道德面前的平等。《四世同堂》还描写了小羊圈的祁家人对京郊农民常二爷却有亲昵之感。北京的“礼俗”是几千年前农耕文化的产物，是在漫长的历史发展中积淀成而成的原型意识。农村，是这种原型意识的源头。祁家人同常二爷的交往中，仿佛看到了礼俗原型的发祥地，“觉出人与大地的关系”，不免感到亲切与兴奋。

---

① 吕智敏：《艺术对象的地域化——谈京味小说的艺术特征》，《北京社会科学》1991 年第 1 期。

② 《鲁迅全集》（第五卷），人民文学出版社 1991 年版，第 432 页。

礼仪文明隔断了与大地的联系，又完成了审美之连接，老舍已触到京都文化心理的深妙处。

赵园说："有清一代，其盛时，把封建社会的精美处发挥到极致；其衰也，则把封建社会的变态畸形，种种荒唐不合理，也发挥到了极致，从而加深了清王朝覆灭的喜剧性。"①老舍在赞扬礼仪精致美德同时，也批判"变态畸形"的末世心态。《离婚》《四世同堂》《正红旗下》等都写到这种心态。"八旗贵族纵然大架子已倒，也仍然维持气派与排场，倒像是气派、排场之类更加性命攸关。且愈到亡国之际，仪式愈繁缛——'排场'又是一种心理补偿。"②这正是没落的贵族心理。如此，老舍对礼俗文化抱有尊崇与批判双重态度，批判中又有挽悼之情，二者水乳般交融一起。据此有人批评老舍缺乏鲁迅那样彻底的批判态度。笔者以为，一个生生不息数千年至今有着强大生命力的民族，必然有着优秀文化传统，发掘这种传统并与其缺陷进行对照性展示，也不失为一种深刻。何况，与鲁迅不同的是，老舍不仅经历了五四新文化运动，而且见证了共产党领导的工农革命运动，如果说五四主要表现为对普通民众的文化启蒙，那么，在工农革命中，那些被启蒙的工农民众成为革命和战争的主体力量，他们冲锋陷阵，出生入死，表现出强烈的爱国精神和不屈的反抗精神。这也可看作优秀的民族文化精神在现实环境撞击下放出的异彩。老舍对传统文化的尊崇，很可能与此相关。

老舍小说语言的京味，在于北京方言的艺术化。作为语言大师，老舍对北京方言进行了理论与实践的双重研究。他曾说："在用这些语汇的时候，并非全无困难：有时听起来颇为悦耳，可是有音无字，不知应该怎么写下来，思索好久，只好放弃，心中怪不舒服。有的呢，原有古字，可是在北京人口中已经变了音，按音录字，往往劳而无功。还有的呢，有音有字，可是写下来连我自己也不大明白它的意思与来历，闷闷不乐；是呀，自己用的字可连自己也讲不出道理来，多么别扭啊！原来，北京话的语系中，有些是从满、蒙、回等少数民族的语言中借过来的，我没有时间做研究工作，所以只能人云亦云，找不到根源，也就找不到解释。"③胡絜青证实："老舍早年在他运用北京方言写小说时，是很费斟酌的。为要写一些北京话中的语汇，他当时曾与语言学家白涤洲先生、齐铁根先生等人仔细探讨过、推敲过。他晚年写《正红旗下》时，他与金受申先生也讨论过一些北京语汇，他称赞金先生编的《北京话语汇》'给我解决了不少问题：从前找不到的字，现在

---

① 赵园：《北京：城与人》，北京大学出版社2002年版，第153页。

② 赵园：《北京：城与人》，北京大学出版社2002年版，第154页。

③ 胡絜青：《〈老舍作品中的北京话词语例释〉序》，杨玉秀：《老舍作品中的北京话词语例释》，北京大学出版社1984年版，第1、1—2页。

可以找到了；来历不清楚的，现在也可以弄清楚了。'"[①]对于北京口语，他立志写出"真正的原味儿"："我要恢复我的北平话，它怎么说，我就怎么写。怕别人不懂吗？加注解呀。无论怎说，地方语言运用得好，总比勉强的用四不像的、毫无精力的、普通官话强得多。"[②]老舍小说的北京方言，词汇极其丰富，从字、词到语、句，琳琅满目，五彩缤纷；同时，他还研究北京口语的语法问题："在当代的名著中，英国写家们时常利用方言；按着正规的英文法程来判断这些语言，它们的文法是不对的，可是这些语言放在文艺作品中，自有他们不可忽视的力量，绝对不是任何其他语言可以代替的。是的，它们的确与正规文法不合，可是它们原本有自己的文法呀！你要用它，就得承认它的独立与自由，因为它自有它们的生命。……因此，我自己的笔也逐渐的、日甚一日的、去沾那活的、自然的、北京话的血汁，不想借用别人的文法来装饰自己。"[③]

选择了原生态的北京方言词汇和口语语法，还要进一步把它的香味"烧"出来：老舍说："英国人烹调术的主旨是不假其他材料的帮助，而是把肉和蔬菜的原味，真正的香味，烧出来。我以为，用白话著作倒需用这种方法，把白话的真正香味烧出来。"[④]关于如何"烧"，老舍说："我的方法是在下笔之前，不只想一句，而是想好了好几句，这几句要是顺当，就先留着；否则从新写过。我不多推敲一句里的字眼，而注意一段一节的气势与声音，和这一段一节所要表现的意思是否由句子的排列而正确显明，这样，文字的雅不雅已不成问题；我要的是言语的自然之美。写完一大段，我读一遍，给自己或别人听。修改，差不多都在音节与意思上，不专为一半个字费心血。"[⑤]叶圣陶称赞老舍的语言"是从纯粹的口头语言出发，再进一步，在气势与声音上，在表现意思是否正确显明上费心血，使文章不仅是口头语言而且是精粹的口头语言，这就成为他的风格"，认为这"正是所谓'大处落墨'的办法"。[⑥] 这也正是老舍小说京味语言的奥秘。

老舍的京味小说，竖起了一座至今难以逾越的高峰。之后的50至70年代，京味小说创作走向萧条。个中原因的是强大的政治文化意识对文学的辖制。从文化景观看，北京的许多古建筑如四合院、古城墙、牌楼相继被拆毁；从文化行为看，强大的制度文化压抑和摧毁着风俗文化；从文化精神看，空前强化的社会意识形态（政治）挤压和制约着文化性格。如此，北京地域文化赖以存在的三层面

---

① 胡絜青：《〈老舍作品中的北京话词语例释〉序》，杨玉秀：《老舍作品中的北京话词语例释》，北京大学出版社1984年版，第1页。

② 老舍：《我的"话"》，《文艺月刊》1941年6月。

③ 老舍：《我的"话"》，《文艺月刊》1941年6月。

④ 老舍：《我怎样写二马》，《老舍全集·文论一集》（第16卷），人民文学出版社1999年版。

⑤ 老舍：《我怎样写〈骆驼祥子〉》，《老舍全集·文论一集》（第16卷），人民文学出版社1999年版。

⑥ 叶圣陶：《老舍的〈北平的洋车夫〉》，《新少年》第2卷第8期。

都大大萎缩和弱化,同时,政治化了的作家也无异于地域文化的发掘与打捞。京味小说的衰落势在必然。

80年代前期,京味小说得以复兴,出现了京味小说第二代。其作品有邓友梅的《话说陶然亭》《双猫图》《寻访画儿韩》《那五》《烟壶》《索七的后人》《"四海居"轶话》等,刘心武的《如意》《立体交叉桥》《钟鼓楼》《5·19长镜头》《公共汽车咏叹调》《王府井万花筒》等,陈建功的《京西有个骚鞑子》《盖棺》《丹凤眼》《辘轳把胡同九号》《找乐》《鬈毛》《放生》《耍叉》《前科》等,以及韩少华的《红点颏儿》《少管家前传》、汪曾祺的《安乐居》《云致秋行状》、苏叔阳的《故土》、李龙云的《古老的南城帽》、林斤澜《火葬场的哥儿们》《满城飞花》等。从这些作品可以明显看到老舍小说的影子。文学批评界敏感地觉察到这一点。舒乙《谈老舍著作与北京城》(《文史哲》1982年第4期)较早从"京味"角度谈论老舍。张韧《邓友梅小说的民俗美与时代色彩》认为邓友梅"师承了传统的市人小说和老舍的文学风骨",其京味是"北京民俗风味"。(见《文学评论》1984年第3期)1989年,许自强与刘颖南主编了《京味小说八家》(文化艺术出版社),在《后记》中对京味小说的内涵作出了明确规定,并肯定京味小说是一个文学流派。"京味小说"、"京味文学"的命名于此时正式出现。

京味小说第二代出现在文学启蒙思潮向寻根思潮转化之际。以伤痕、反思、改革文学构成的文学启蒙思潮标志着现实主义的复兴,不过复兴的不是革命现实主义思想,而是五四提倡的科学与民主的启蒙精神,以及以五四为旗帜的、在50—70年代被视为异端的文学思想。如此,京味小说第二代遇到了同老舍当年相似的历史文化语境。于是,邓友梅们同老舍一样,把反思的目光投向北京传统文化。寻根思潮认为民族文化包括经典的规范文化和民间的不规范文化,文学的根不在规范文化而在民间不规范文化中。民间文化具有鲜明的地域性,寻根文学也就带有了明显的地域特征。寻根思潮激励着北京作家将笔触伸到京都市井文化中,在文化景观、文化风俗和文化性格个层面上发掘北京的地域性。

热衷文化寻根和追随老舍的邓友梅们,将目光锁定在胡同四合院和住在这里的老派市民,按着老舍的路子发展第二代京味小说。然而,80年代的邓友梅们同20年代至40年代的老舍已经有了很大的不同。其一,文化景观发生变化。新中国成立后十七年的城市建设以及"文化大革命"的破坏,使北京的胡同四合院遭到极大毁损,与胡同相关的牌楼几乎荡然无存。勃然兴起的是中央和北京市的机关、企事业单位的"大院"。如前所述,1985年北京市常住的586万人口中,新中国成立后迁入的"新北京人"就占了74%,这些新北京人大都是住在大院中的,大院文化成为北京的主流文化;仅占26%的老北京人则(还不一定都有完好的四合院)退于边缘的一隅。胡同四合院文化对于老舍,是一种活脱脱的现实;对于邓友梅们,已成为逐渐僵硬的历史。其二,地缘身份的差异。老舍是土生土长的老北京人，风土的滋养和前辈的耳濡目染，使他幼年时便获得京都文化密码。而京味小说第二代作家大都是外地人，邓友梅原籍山东省平原县，刘心武原籍四川安岳县，陈建功系广西北海人，苏叔阳系河北保定人，汪曾祺系江苏高邮人，林斤澜系浙江温州人……他们当初都有自己的创作领域，写京味小说可说是半路出家：邓友梅由革命历史小说和域外小说转来，刘心武由伤痕、问题小说转来，陈建功由人生哲理小说转来，苏叔阳由伤痕戏剧转来，汪曾祺由高邮小说转来，林斤澜由温州小说转来……他们当初并不熟悉北京。

一是“槛外人”，二是“写过去”，邓友梅们进入京都文化谈何容易？然而，他们有强烈的文化寻根欲望，其自觉性并不亚于老舍。于是他们展开广泛而深入的调查研究，不仅到胡同四合院发掘它的历史和今天，而且研究分析大量的文献资料。他们的思考整体而系统，不论是京都文化景观还是京都文化风俗，拟或京都文化心理，都竭力进行挖掘和揭示。但他们毕竟不是如老舍般的生活亲历者，这形成他们创作的两种特征：其一，学术研究性。刘心武的《钟鼓楼》用一节的篇幅介绍北京四合院的来龙去脉、建构样式、居住情况；陈建功《辘轳把胡同九号》研究四合院和各国建筑的象征性：“据一位建筑学家考证：天坛，是拟天的；悉尼歌剧院，是拟海的；‘科威特’之塔，是拟月的；芝加哥西尔斯大楼，是拟山的。四合院儿呢？据说是从布局上模拟了人们牵儿携女的家庭序列。”邓友梅的《烟壶》对鼻烟壶进行精细考证，包括鼻烟壶的来历、原料来源、造型类型、烧制过程、著名研究者、拍卖情况、在《红楼梦》中的表现，以及烟壶内画的绘制、内画家流派等等，致使不少读者认为他是烟壶研究专家，于是引出两个意外后果：“一是有人由看小说产生了对鼻烟壶的兴趣，转而研究和收藏烟壶，因此而扩大了烟壶的销售量；二是有人误以为我真是古董或工艺品研究的内行，向我打听有关文物的知识。”①这种研究性使小说带有某种学术色彩。其二，距离感和紧张性。京味小说家作为外来者进入京都文化，还要进入北京的“过去时”，并进而写出文化的“原味”，就远没有老舍那样轻松、从容，总是有些距离感。他们便“努劲”去追求，这就显示出某种紧张性。赵园批评道：“刘心武笔下的北京方言，令人疑心是拿着小本子打胡同里抄了来的。他的以及陈建功写得较早的几篇（如《辘轳把胡同 9 号》），你就能觉出来作者努着劲儿在求‘京味’。正是这‘努劲’叫人不大舒服。”②这种情况于第二代作家有某种普遍性。

京味小说第二代创作之初，如同老舍一样，表现出启蒙性批判与认同的挽歌相交融的复杂情感，但随着创作的发展，批判的声音逐渐隐没，转换为一种感同身受的同情。邓友梅 80 年代初的小说既有《那五》式的半带调侃的婉讽，也有

---

①　邓友梅：《闲话鼻烟壶》，《邓友梅自选集·散文卷》，作家出版社 1995 年版，第 23 页。

②　赵园：《北京：城与人》，北京大学出版社 2002 年版，第 62 页。

《烟壶》对于匠人人格的赞美;陈建功的《辘轳把胡同 9 号》发掘着韩德来的“国民劣根性”,但从《找乐》开始,批判意味逐渐削弱,代之以认同与理解。值得一提的是苏叔阳的《傻二舅》和陈建功的《放生》,都写人们由胡同里的平房迁往现代高楼。他们不能再种花,听蛐蛐叫,不再有“冬景天儿”的“围炉夜话”,只能在楼道里遛鸟。于是老人发出疑问:“没有平房,没有胡同儿,没有四合院,没有纸顶棚,就跟没有五坛、八庙、颐和园一样,那还是北京吗?”这也似作家的“天问”,其中有明显的同情和认同。这与寻根文学的发展有相似性。寻根作家们曾立下“释放现代观念的热能去重新镀亮民族的自我”的启蒙宏愿,但当他们进入博大精深的民族传统文化时,不免被其深深吸引而产生顶礼膜拜情绪。他们面临一个选择:要么放弃启蒙,要么放弃寻根。他们弃启蒙而寻根。京味小说家们也有相似之处,显示出对精神家园的寻找。

京味小说第二代每个人的成就都难以与老舍相比,但其群体优势超越了老舍时代。

80 年代末至 90 年代以来,京味小说进入新的转型期。其中,一部分作家承续第二代的四合院文化发掘,亦有新的发展,如满族作家叶广芩创作了由《谁翻乐府凄凉曲》《风也潇潇》《雨也潇潇》《瘦尽灯花又一宵》《不知何事萦怀抱》等 9 个中篇组成的《采桑子》系列,刘一达创作了“北京眼系列”、“胡同风”系列、“一达书系”,代表作是《胡同根儿》《北京爷》《百年德性》等;另一部分作家则跳出四合院,进行大院文化思考,代表作家便是王朔,其中长篇《空中小姐》《浮出水面》《一半是火焰,一半是海水》《顽主》《动物凶猛》《玩的就是心跳》《我是你爸爸》《千万别把我当人》《看上去很美》等引起强烈的反响和争议,多部改编成电影再次引起反响,此类作品还有刘恒的《贫嘴张大民的幸福生活》等。两部分作家共同构成京味小说第三代。其中,以王朔为代表的大院作家更具转型特征,因而是第三代的主体,也是我们的主要分析对象。

转型期的京味小说有如下特征:

其一,从文化景观看,王朔们的视野由四合院转向大院。如果说在胡同四合院生活的是旧派市民,与之联系的是茶馆、剧院、天桥,是古玩、字画、养花、遛鸟,那么,大院生活的则是新北京人,是党政军机关的干部及其子女,与之相联系的是单位、公司、舞厅、饭店、咖啡厅等。如前所述,“大院的私人生活与单位的人事关系、政治风云紧密联系一起,而部门或单位又是党、政、军领导机关和中央各部委或所属的机关部门或科学、文教、新闻、艺术等‘上层建筑’单位,与国家的‘政治’密切相关,因而大院就有了很强的政治性和意识形态性。不过,其政治已不是四合院的伦理政治,而是有着广泛社会性的人民政治。”(见本章第一节《京都文化的形成及特征》)同四合院文化相比,大院文化更是一种现代文化。大院文化景观,也就带来了文化风俗和文化心态的新变化。

其二,从文化风俗看,王朔们似乎并不着意于此,但从作品中也可看到大院人们的一些新习俗,如:所谓“拍婆子”、“大圈子”——颇为无知与“纯洁”恋情行为,所谓约架与碴架(聚众斗殴)——“口儿里口外,刀子板儿带大北窑豁子外”,还有交往中的哥儿们意气、等级原则,饭局、牌局的潜规则……这些习俗与传统习俗也有一定联系,如《许爷》中的“我”“很在乎面子、名利以及在别人眼中的价值”,“军干”家庭的优越感使之不愿同司机的儿子来往。王朔小说在贬损别人时采用的是老北京话的传统方式:“我要谴责别人就得先摆正自己的位置,我要骂你首先我得认同我也不是东西。并不是你比我低我谴责你,而是你跟我一样你却装得高所以我要把你拉下来。”[①]风俗描写的弱化也弱化着第三代京味小说的地域性。

其三,从文化心态看,京味小说第三代也有新的发展。陈思和的“英雄末路”说[②]、刘心武的“第三世界”说[③]、王一川的“红小兵”说[④]以及贺仲明的“文化边缘人”说[⑤]等都在分析这种心态。要而言之,生于大院的王朔们,在文革开始时不过是红小兵,满怀“壮志”却既不够做红卫兵,在全国大停课大造反的浪潮中,他们不过是靠边站的“边缘人”。他们获得了空前“解放”,却又无所事事,处于“极度无责任状态”。他们的身心正是此时迅速发展成长,于是,极度自由解放和极度无责任感、自视甚高却又无所事事,成为他们走上社会的心理基础。他们在之后的知青上山下乡中,凭借军干家庭关系进入了人人向往的解放军部队,《空中小姐》便写了主人公当海军的风光日子。但当他们从部队复员时,社会的发展却由政治中心转向经济中心,知识和知识分子成为社会关注的焦点。许多人凭借高考进入大学,走向社会的上层;王朔们恰恰没有学历,没有知识分子身份,只能进入社会的底层。他们的家庭优越感和等级意识遇到了极大的挑战,陷入巨大的失意和痛苦中。他们痛恨荒废了青春的“文化大革命”却又怀念那种放任无束的造反生活,他们不满现实却有无可奈何。如同当年失去“铁杆庄稼”八旗子弟,产生一种没落贵族的颓废情绪。不过,八旗子弟是“驴倒架子不倒”,即使做了洋车夫、钉鞋匠也保持着贵族的气质和优雅风度,他们却摆出一副“破罐子破摔”的无赖姿态,不过这也仅是一种姿态,他们骨子里还透着高傲。王朔正是带着这种没落情绪进行创作的,他所描写的也大都是这些红色没落纨绔的颓废心态。

其四,从京味语言看,王朔们用“城市流行语”取代了胡同语言。他说:“我

① 王朔、于绍文:《且听王朔分解》,《北京青年报》1995 年 8 月 31 日。

② 陈思和:《黑色的颓废——读王朔小说札记》,《当代作家评论》1989 年第 5 期。

③ 刘心武:《“大院”里的孩子们》,《读书》1995 年第 3 期。

④ 王一川主编:《京味文学第三代》,北京大学出版社 2006 年版。

⑤ 贺仲明:《“文化边缘人”的怨怼与尴尬——论王朔的反传统思想》,《中州学刊》1998 年第 6 期。

接触最多的是城市流行语,老北京的方言我不太懂。这些流行语的来源很多,有语录中的,重大事件中的,还有新典故,等等。我从来没有生活在方言区中。我接触的生活语言,还是谈论时事政治这类的。"①运用"城市流行语",这是王朔的创造,也是京味小说的新味。但是,既是流行于北京的语言,必然带有京都特征:(1)王朔小说运用的城市流行语,大体包括时事政治语言、领袖语录、重大政治事件语言以及社会新典故,这种语言带有强烈的政治色彩,显示着京都文化的政治性。(2)王朔们最重要的小说语言特征是调侃。这种调侃,往往是"顽主"和俗人以自我贬损的方式调侃贬损精英人物,在对话中寻求优势地位和语言的狂欢。这与老北京语言的幽默有承继性,因为老北京语言的幽默中便有"贬己损人"之说。不过,传统京味的幽默通向"雅",而王朔的语言却通向"俗"。

如果说京味第一代的出现与启蒙思潮有关,京味第二代与寻根思潮有关,那么京味第三代的出现便与后现代主义思潮有关。后现代主义产生于西方后工业社会,对现代主义进行颠覆和消解,具体讲,消解理性,强调本能和欲望;消解整体性,强调分裂和多样;消解精神性,强调世俗和平庸;消解认识论,强调虚无空幻。我国的"文化大革命"导致社会尤其是青年人的信仰危机,继之而来的市场经济又带来社会的金钱至上,精神萎靡。于是形成非理想、非精神、非道德的社会思潮。这种思潮与后现代主义有着不少的疑似和沟通,成为我国的文化界思想界接受后现代主义的现实土壤。后现代主义很快成为一些敏感的作家和批评家的文化滋养。20世纪八九十年代之交的先锋小说、新写实小说、新历史小说、女性文学等都带有了后现代主义特征。王朔作为先锋小说的重要作家,自然打上了后现代主义的烙印。仔细推敲,我国的社会思潮怀疑的是文革政治中心,其结果导致了先锋小说的精英化;西方的后现代主义怀疑的是现代主义的理性和终极主义,其结果导致的是平民运动。二者截然不同。在现代主义还不发达的中国并不具备颠覆和消解现代主义的条件。因而,我国的社会思潮与后现代主义相比,疑似而不是,不过是不期而遇的"话语模拟"。王朔小说并不是站在后现代主义立场批判现实社会,而主要是以红色没落纨绔的心态对待现实和传统。

从以上的梳理看,京味小说这条流淌将近一个世纪的文学河流,并没有形成流派。在清末民初的萌生期,不成熟的作家和不成熟的风格不可能形成流派;第一代的老舍时期,没有几个作家,难以形成群体;第二代的邓友梅等,表面看似有相近处,仔细辨析他们由不同创作领域转来,风格差异明显,亦不能视为流派。第三代本就有写四合院和大院两种作家,每一种中风格并不统一,王朔便难以找到风格相同者,也形不成流派。这是一条未能形成流派群体的文学河流。可见,追求地域性的作家不一定能形成流派。

---

① 王朔:《我是王朔》,国际文化出版公司1992年版,第61页。

京派小说这座湖泊，有流派而无地域性；京味小说这条河流，有地域性而无流派。这便是北京文学一种真实而有趣的历史状态。

第三节　邓友梅的京味小说

邓友梅（1931—　）于20世纪50年代崭露头角，成名作是给他带来厄运的爱情小说《在悬崖上》，还有反映现实生活的《“抹灰大王”认师傅》《小英子》《沂州道上》等；60年代创作了《草鞋坪》《海军大校》等。70年代末到90年代中期是其创作的辉煌期，除了反映彝族生活的长篇小说《凉山月》之外，均为中短篇小说，主要涉猎三个领域：一是革命历史斗争，有短篇《我们的军长》《齐氏父女》《拂晓就要进攻》《万浪桥》，中篇《追赶队伍的女兵们》《好梦难圆》《八大王》《据点》等；二是域外生活，有中篇《别了，濑户内海》《相逢在巴黎》，短篇《喜多村秀美》等；三是为人们称道的“京味小说”，包括中篇《那五》《烟壶》《“四海居”轶话》《索七的后人》，短篇《话说陶然亭》《寻访画儿韩》《双猫图》《邵氏兄弟》《业老二轶闻》《〈铁笼山〉一曲谢知音》《邵氏兄弟》《四合院的故事》等。本节主要分析他的“京味小说”。这些最富有个性、最为人称道的作品，是作家苦苦探索的结果：“……我打个比喻：刘绍棠是运河滩拉犁种地的马，王蒙是天山戈壁日行千里的马，我是马戏团里的马，我的活动场地不过五米，既不能跑快又不能负重。我得想法在这不过五平方米的帐篷里，跑出个花样来，比如拿大顶、镫里藏身……你得先想想自己的短处，然后想辙儿，想主意：我是不是也有行的地方？我比刘绍棠大几岁，解放时我十八岁，他才十二岁，我对新中国成立前的北京比他熟悉些；王蒙知识比我丰富，才智过人，可是他在北京的知识区长大，不熟悉三教九流汇集的天桥，他没见过的我见过，我拿这个跟他比。你写清华园我写天桥。只有这样才能为读者提供多种多样的审美对象，在各个生活角落，发现美的因素。”“每个作家好比一块地，他那块是沙土地，种甜瓜最好；我这块地本来就是盐碱地，只长杏不长瓜，我卖杏要跟人比甜，就卖不出去。他喊他的瓜甜，我叫我的杏酸，反倒自成一家，有存在的价值。”①

于是，邓友梅便在天桥市井种植他的“酸杏”，本节探讨其“酸在何处”？

（一）邓友梅京味小说的衍生文本

衍生文本借自校勘术语“衍文”。衍文指的是古籍在传抄刊刻过程中多出

① 邓友梅：《略谈小说的功能与创新》，《北京文艺》1983年第9期。

来的文字，也叫羡文。笔者借用衍生文本的概念，指涉邓友梅小说在主要人物故事之外对景观器物、风俗人情、文物遗产等刻意渲染描写的文字。

邓友梅初始的京味小说如《话说陶然亭》衍生文本较少，随着创作的发展，逐渐增多。在短篇中衍生文本最多的是《寻访画儿韩》，中篇是《烟壶》。两者相比又以《烟壶》为最。《烟壶》中衍生文本内容之丰富、形式之多样，简直构成一个独特的文化世界。故而以《烟壶》为例分析之。

《烟壶》中共有衍生文本 30 余处。这 30 余处均为围绕烟壶展开的京都文化渲染，大致可分为北京文化景观和文化习俗两类。

1.文化景观，包括地标景观和文物遗产。关于地标景观，小说写到 7 处：(1)百姓出游去处：城西钓鱼台，城北土城，城南法藏寺和天宁寺；(2)东直门外的小店；(3)哈德门外的花市；(4)宣武门外的义顺茶馆；(5)崇文门外的热闹去处；(6)天桥的茶馆；(7)天桥附近的金鱼池。这些景观可称为北京的"城市地标"。地标被称为"积极的城市建筑"，因为它具有两种功能：一是其空间内涵，可强化人们对城市空间的感知；二是其文化内涵，可树立城市文化形象。地标可分为三级：一级地标，其文化内涵辐射整个城市，甚至为城市之外的人们接受、认同；二级地标，其文化内涵能覆盖城内较大的区域，体现某种次级地方文化；三级地标，文化覆盖面仅限于某街道甚至居住小区，体现其历史文化特色。北京的一级地标主要集中在南北、东西中轴线上，大多距离两线交叉点天安门广场较近，如故宫、天安门、天坛、人民大会堂、人民英雄纪念碑、国家大剧院等，他们往往是国家庙堂性、政治性的象征；二、三级地标大都在南北中轴线以外或在线上距中心较远处，其文化涵盖性较小，但类型更为丰富，从不同角度反映北京城区特色。《烟壶》所描写的地标景观是城南天宁寺、东直门外、哈德门外、宣武门外、崇文门外、天桥等，都在外城，属于二、三级地标，更多是三级，让人感受到的是更富区域性的北京文化景观。在这里居住、生活的是京都的三教九流、七匠八作等下层市民，这正与京味小说描写民间市井的宗旨相符。

《烟壶》揭示了地标景观丰富的文化含蕴，即这些景观深蕴的北京独特的文化历史和文化心态。其一，满、汉的对峙和交融。文中写道，百姓出游的钓鱼台、土城、法藏寺和天宁寺之所以出名，是因为"土城地旷，便于架起柴火来吃烤肉；钓鱼台开阔，可以走车赛马；法藏寺塔高，可以俯瞰瞭望；……而天宁寺……一路上好几家出名的饭庄……北半截胡同的'广和居'，那里的南炮腰花、潘氏蒸鱼，九城闻名"。"烤肉"、"走马赛车"是满人的习俗，登高远眺是汉人尤其是知识者久远的遗风，饭庄的食谱亦是满汉交融。乌世保出狱后居住的哈德门外小店，"多是贩夫走卒下榻之地"，"虽然按身份说和乌世保有点不合，现在还讲得起这个吗?"清初有"旗、民分治"政策，旗人住内城，汉人住外城，并在交产、婚姻、刑罚等方面设置森严壁垒，旗人还有铁杆庄稼，高汉人一等。然而，"中华民族的形成过程,本来就以华夏族为核心、以华夏文化为介质,由许许多多分散独立存在的民族单位,经过接触、混杂联结和融合”①的过程。历史文化的发展必然造成满汉壁垒松动并进而交流和交融。乌世保是火器营正黄旗人,祖上曾受封“骁骑校”。旗人事务由都统、参领、佐领等会同族长层层管理,地方官一般无权干涉。乌世保家道中落,又遭徐焕章陷害入狱,邻居谷佐领因其“当过拳匪,坐过大牢”削了他的旗籍。流落街头的乌世保再也讲不起身份,居住在“贩夫走卒”区开始了他的满汉交融,乃至经历种种坎坷后终与柳娘结合,完成他的满汉融合历程。这种历程在旗人当中具有普遍性。宣武门外义顺茶馆有两类顾客:一类是梨园艺人,是汉文化传统的写照;一类是养鸟人,体现满族游牧文化遗风。“两种艺术交流的结果,即出现了一些既会唱戏又能养鸟的全才人物”。这种人物既有以养鸟为主业兼唱戏者,又有以唱戏为主业兼养鸟者,而且,均以别人称赞其兼业为荣。可见,满汉间已形成“心”的交融。可以说,这些景观隐含着北京几百年的满汉交融史,以及相互倾慕的心态。

其二,雅玩习气与散淡作风。天桥附近的金鱼池原为金朝的“鱼藻池”,这里有各色金鱼,贵重者如“金银玳瑁”、“鹤珠”、“银鞍”,“聂小轩平日看到这些,总是兴味盎然,脚站麻了也不愿走开”。显示出他对金鱼的欣赏与痴迷。天桥附近的茶馆“门面小,房舍低”,价钱也便宜,“在这里喝茶的以拉骆驼、赶驴、贩菜、推酒的劳动人居多”。即使这些底层劳动者也有品茶的习惯。乌世保寄居哈德门外小店的斗室,“门楣上贴了个‘泛采居’的横额”,横额旁挂有养黄雀的鸟笼;室内,小炕桌上的仿宣德炉燃起一缕檀香,窗台上的斗彩瓶里斜插着两棵晚香玉,墙上挂着自己手术的立轴:“结庐在人境,心远地自偏。”斋号、鸟笼、宣德炉、斗彩瓶、立轴、雅诗,穷困潦倒的乌世保竟将寄居的斗室装扮得如此优雅,透露出一种散淡雅致的贵族气派。

关于文物遗产,主要是烟壶、内画和古月轩构成的烟壶艺术体系。《烟壶》中写到7处。(1)鼻烟的由来及鼻烟壶的用料、形状、工艺及收藏情况;(2)烟壶内画的丰富、细腻,制作之艰难以及著名画师:(3)古月轩的由来;(4)内画技术的历史及著名画师的绝活;(5)吴庆长论内画改革;(6)古月轩的烧制。这些衍生文本显示出,烟壶“把玉石琢磨、金丝镶嵌、雕漆、烧磁、雕塑、绘画、景泰蓝、古月轩各色技术都集于一身,成了中国工艺美术的一枝奇葩”。首先,它具有艺术的集大成性。《烟壶》中讲到它的三大技术:烟壶、内画、古月轩。从烟壶看,“按原料来分,有金属壶、石器壶、玉器壶、料器壶、陶器壶、瓷器壶、竹器壶、木器壶、云母壶、觚器壶、象牙壶、虬角壶、椰壳壶、葫芦壶,此外,还有珍珠、腰子、鲨鱼皮、

① 常书红:《审视北京旗、民的分治和融合》,杨志主编:《首善之区于首善文化》,作家出版社2009年版,第182页。

鹤顶红……同是瓷壶，又分官窑、民窑、斗彩、粉彩、模刻、透雕、青花加紫、雨过天晴、珐琅、窑变……同是玉器壶，则分白玉、青玉、翡翠、珊瑚、玛瑙、水晶……而玛瑙中又要分玳瑁、藻草、缠丝、冰糖……若按造型来分，则又有鸡心、鱼篓、砖方、月圆、双连式、美人肩等。只一个圆壶，也要分作扁圆、腰圆、桃圆、蛋圆等。”从内画看，小小的烟壶内可以“画上山水人物、花鸟虫鱼，写上真草隶篆、诗词文章”，吴庆长甚至提出将意大利画家郎世宁的画法融入其中。从古月轩看，“它把西洋的珐琅釉彩和中国传统的料器、嵌丝铜器等工艺结合，造出了薄如纸、声如磬、润如玉、明如镜的这么一种精巧制品。”而烟壶，又是三种工艺的结合。这里有中国与西方的结合，有古典与现代的结合，有京都与外省的结合，可谓“囊括万殊，裁成一相”。显示着京都文化巨大的包容性。

其次，它具有艺术的精绝性。从内画看，烟壶的“瓶口阔者放不进一粒豌豆，窄者只能插一根发簪。……要想往内壁画图谈何容易？更何况不论多精多美的图画文字，画时一律要反面落笔”。画师们却在这里创造着艺术奇迹：马少宣工楷书写全篇“九成宫”实为奇迹，业仲三绘制红楼人物、聊斋故事堪称一绝，周乐元画“寒江钓雪”、“风雨归舟”等人称神品……从古月轩的烧制看，明明红花绿叶，画的时候却要涂黑釉蓝釉，只有见了火它才能变出花红柳绿。而且，那釉色竟还会涨缩：有的釉在画时要堆成一推，烧出来才能有薄薄一片；有的画时摊成一片，烧出来却又是窄窄一丝。“古月轩的珐琅釉，是火中夺彩的玩意。每种釉色要求火候不一样，同一种釉色，深浅也要求火候不一样。一张叶子，叶面烧一次，叶背烧一次，叶筋还要烧一次”，一套“胡笳十八拍”烟壶，要烧八十八窑还多。而且料胎和釉彩熔化的热度很相近，有时釉要的火候比坯子还高。保住坯子，釉子不化，成了死疙瘩；要了釉色，坯子软了又会变形。成败常在眨眼之间。古月轩正是在这里创出奇迹。烟壶高雅、精绝，在国际市场上常常标以连城之价，西方还有两个“国际中国鼻烟壶学会”，会员的人数年年有所增加。这些正体现着京都文化的精致典丽品格。

2.文化习俗，包括节庆仪式和习俗行为。关于节庆仪式，《烟壶》写到3处：鬼市、盂兰节和中秋节。这些节庆仪式虽非北京独有，却有独特的京都文化意蕴。其一是丰富的文化包容。盂兰节又称中元节，系七月十五的盂兰盆会。“盂兰盆，梵语是‘乌兰婆拿’，乃倒悬之意。”传说释迦弟子目连见其母在地狱受倒悬之苦，求佛超度。释迦令其在七月十五日备百味果实，供养十方僧众。佛教据此兴起盂兰盆会。盂兰盆会于梁代传入我国，逐渐成为超度亡灵的民族传统节日。宋末改为十四日，清改为十三至十五日。这是化西为中的典例；中秋节天桥出售的“月亮码儿”，中心“乃是一位坐在莲花台上的金面佛祖。旁注‘太阴星君，月光普照菩萨’。莲台之下，也有玉兔杵药”。这是北京市井的奇特想象：“星君”是道家称谓，“佛祖”、“菩萨”是佛家称谓，“玉兔杵药”则是中国古代“嫦娥奔月”的神话传说。如此，印度的佛家、中国传统的道家和新石器时代的民族神话传说奇妙地结合在一起。鬼市也是一个包容的所在，“上至王母娘娘的红头绳，下到要饭花子的打狗棒，什么也有人买，什么也有人卖”。“在这儿你碰到多重要的东西也不能打听出处”，因为许多东西是偷来的，一是做贼偷窃所得，二是旗人贵胄从家里偷出；同时也有作假者“故意装作偷来的”招徕生意。这正如林语堂在《京华烟云》中所说的，“学者、哲学家、圣人、娼妓、阴险的政客、卖国贼、和尚、道士、太监都来承受老北京的阳光，……乞丐的会社、戏圈子、京戏科班儿、踢毽子人的联谊会、烤鸭子蒸螃蟹的饭馆子、灯市、古玩街、庙会、婚丧的仪队行列，依然进展，永不停息。”其二是尚武精神和爱面子心理。人们热心于盂兰节，并非完全是为亡灵着想，给人们带来乐趣的是法华寺慧通和尚的飞钹。他能把重十斤八两的铙钹舞得上下翻飞，兴来时还打出手，“‘嚓’的一声扔上天空，足有三五丈高。下来的接法又多有名目，‘张飞骗马’、‘苏秦背剑’、‘白猿献果’、‘黑虎过涧’……”这正是京都古老的尚武传统。在旗人退化、武风日颓的晚清，人们对这种传统有着更为强烈的怀念。故而，“每逢这日子，常有达官贵人及其宝眷，借给善缘为名从城里乘车看他的表演”。他们似是借此进行文化寻根。鉴于鬼市的复杂性，人民可能低价卖珍品，也可能高价卖假货。北京人爱面子，“得了便宜到处显摆，透着自个儿的机灵！吃了亏多半闷在肚里，唯恐惹人嘲笑。所以人们听到的都是在鬼市上占便宜的事”。

关于习俗行为，《烟壶》出现4处：带地旗奴与主人奇特关系、满族姑娘的怪脾气、库兵盗银术和押会。其中旗奴和押会有更深的文化渊源。先说带地旗奴。徐焕章的祖先带地投旗，隶籍于它撒勒哈番乌家名下。“这样的旗奴，不同于红契家奴。除去交租交粮，三节到主子家拜贺，平日自在经营他的田土，并不到府中当差。这些人中，有的也是地主，下边有多少佃户长工、老妈下人，过的也是饭来张口衣来伸手的排场日子。”这是满人对汉人战争征服的结果，属于游牧人对农耕人的征服，这种征服有深刻的历史渊源，北京附近的早期战争是炎、黄的“阪泉之战”，游牧的黄帝战胜了农耕的炎帝，昭示着游牧人天然的军事优势：他们以鞍马为家、涉猎为俗，作为一名战士的素质远远高于农耕人；他们逐水草而居，居无定所，其生产组织几乎等同于军事组织，而且给养随处可取。这就决定了，游牧人具有远远高于农耕人的战争征服优势。从历史的发展看游牧人有步步进逼之势：周、秦、汉统一天下的是农耕人，南北朝时期游牧人便占领了北方半壁江山，隋唐虽有农耕人再度统一全国，两宋时期辽、金又占领北方，乃至元代蒙古人统一全国，清代满人入主中原。清代旗奴制正是历史发展的结果。然而，战争征服之后却是农耕人对游牧人的文化征服。农耕人生产技术水平高，能创造更多的物质财富，在此基础上形成的生产管理能力以及治理国家的方略较游牧人先进得多，而且，个人的文化素养也远远高于游牧人。这必然引起游牧人的心仪和向往，于是潜移默化地被农耕人同化。《烟壶》便描写了这种同化："这些年有点变样了，不少主子家越来越穷，有的连家奴都养不起，干脆让他们交几两银子赎身。有的主子自己落魄做苦力，扛包儿当窝脖儿了。旗奴却当官的当官，为商的为商，发迹起来。"虽然乌世保可以当众教训徐焕章，但徐焕章略施小计，他便被折磨得家破人亡。可以说，旗奴习俗透视着炎黄以来游牧人与农耕人数千年的双向交融史，以及以汉民族为核心、多民族结合的中华民族的形成史。

再说押会。押会是盛行于河北和东北等地的一种民间赌博形式。出会的地方称会局，由会首出面定日子，来往于出会者与押会者之间的人称"跑封"，出会者与押会者都要付给"跑封"报酬。会分"阴会"、"元吉"、"河海"等37门（或40门），由会首出任何一门，押会者可以押一门或若干门。何妈给大奶奶唱三十六花名："正月里正月正，音惠老母下大宫，合同肩上扛板柜，碰上红春小灵精……"并说："这都是花名，押会用的。音惠是菩萨，你要做梦梦见观音大士就押阴会，一两银子押中了赢三十两呢！……"要赢钱就得做好梦，想做好梦就得"求梦"，东直门外的母女俩、雍和宫后街的蒙古老太太就因为求得好梦而暴富，大奶奶就是因为到八里庄西北角那片义地烧包袱求梦而被杀……如果说押会是河北、东北一带的赌博陋俗，那么，东直门外的母女俩、雍和宫后街的蒙古老太太求梦暴富传闻、八里庄西北角义地便具有了北京的地域性。同时，北京人还喜出游、善赏玩、讲究吃喝。这使人想到古燕赵的放荡享乐之风。燕太子丹素有豪奢之风，为讨得荆轲欢心，"车骑美女恣荆轲所欲"，捧金瓦给荆轲投龟，为荆轲杀马献肝，甚至斩能琴美人手奉荆轲……此风在燕赵影响久远，邯郸男子弹琴悲歌、斗鸡、走犬、六博、蹴鞠、饮酒、狎妓等无所不能，女子则鼓琴瑟，步履轻巧，游媚富人，或者入后宫为妃，遍布诸侯各国。有学者认为，这种狂放"都是受了燕赵区域任侠勇武传统的影响，是任侠，勇武性格的一种转移"。[①] 燕赵文化作为京都文化的基底，自然应影响京都文化。但这种古风体现在近世堕落的八旗子弟身上，已成为晚清社会的浮靡颓败之风。乌世保的家破人亡便与此有关。

总之，邓友梅的衍生文本所描绘的文化景观和文化风俗，不仅透视着北京数百年的满汉交融史，而且透视着自炎黄以来数千年的胡汉文化交融史，以及中华民族的形成史；不仅表现着北京人古老的尚武精神和生命欲望，而且表现着雅致、散淡的贵族精神；不仅展示出京都文化集大成式的囊括与包容，而且展示出它的精绝与典丽。如此，形成一个具有强大能量的京都文化场。它浸润着邓友梅京味小说的人物和故事，使之带有了浓郁的京都文化气息。

---

① 张京华：《燕赵文化》，辽宁教育出版社1997年版，第242页。

（二）邓友梅京味小说的“U”探寻型结构

《寻访画儿韩》写新时期之初百业待兴，文物专家甘子千寻找由于自己的私心而被埋没几十年的文物界奇才画儿韩。几经周折，终于在陶然亭意外见到京剧名家盛世元，得知病中的画儿韩寄住在盛家。这是一种寻找结构，不过是显性的寻找。作品中还有隐性的寻找，便是对画儿韩智慧人品的寻找：甘子千无意间仿作张择端的《寒食图》，却被那五恶作剧拿到“公茂当”，画儿韩误以为真，当六百大洋；发现失误后，他巧妙地通过仿作伪画、设宴烧画诱使那五赎当，最终挽回面子和损失。两种寻找的结构都是开始故事逆向发展，到低谷后突然转为正向，颇似“U”形，故称为“U”形探寻结构。邓友梅京味小说更多是隐性探寻结构。如《话说陶然亭》写文革期间老管去陶然亭与“胡子”、“茶镜”、“将军”一起晨练，不问世事，如同世外桃源；随着天安门事件的爆发和粉碎四人帮的胜利，老管竟发现“胡子”是著名画家华一粟，“茶镜”是著名京剧琴师萧子良，“将军”是中央某部的老书记，他们不仅痴心于自己的事业，而且以自己的方式参加了天安门的“四五运动”。《烟壶》的高潮围绕烧制“八国联军进北京”的古月轩而展开。聂小轩出狱后，九爷让他烧制一套古月轩。聂小轩满怀希望做准备，待接到画稿竟是带给国人耻辱的联军行乐图，他进九爷府被拒，于是在街上拦车喊冤，将自己的手伸到九爷的车轮之下。《“四海居”轶话》写20世纪40年代初何明义创办“四海居”艰难度日，后来经历四十多年的苦乐酸辛，他的妻子晴雪从日本回国，重振四海居……均为U形结构。《那五》的结构是多个“U”形：倒卖瓷器不成反而赔上赎当钱和房间费，当记者买书稿发表受到武林镖师挑战赔钱丢饭碗，捧戏子充富豪反遭抢劫……从整体看，那五旧社会游手好闲，厌恶劳动，经历数次坎坷，新社会成为通俗文艺单位一位工作人员，也是U形结构。

其实，这种结构并不新奇，甚或如赵园所说“稍显旧式”，然而正是这种“旧式”，负载着深厚的传统。它可追溯到中外古代神话。中国古代神话如《盘古开天地》《女娲补天》《大禹治水》《精卫填海》《夸父逐日》《后羿射日》《黄帝战蚩尤》等均属这种结构。如《盘古开天地》：

> 天地混沌如卵子，盘古生其中，万八千岁，天地开辟，阳清为天，阴浊为地。盘古生其中，一日九变，神于天，圣于地。天日高一丈，地日厚一丈，盘古日长一丈，如此万八千岁。天数极高，地数极深，盘古极长。后乃有三皇。（《艺文类聚》卷一引徐整《三五历记》）

由“天地混沌如卵子”的平衡，经历“天日高一丈，地日厚一丈”的艰难转折，终于达到“天数极高，地数极深”的新平衡。正是“U”形探寻结构。西方神话也有这种结构，弗莱谈到《圣经》结构时说：

> 我们已经提到过《士师记》的结构，他把一系列传说的部落英雄的故事

> 纳入一种以色列人叛教和复兴的不断重复的叙述模式之中。这样就表现为一种大约呈U形的叙述结构。叛教之后，紧接着就是落难和被奴役，然后是悔改，经过救助重升到落难前的水平。这种U形模式倒很近似于文学中反复出现的标准喜剧形式。在这种形式中，一系列的不幸和误会使情节发展到危难的低点，此后，情节中某种吉利的线索又使结局发展为一种大团圆。把整个《圣经》视为一部“神圣喜剧”，它显然包含在这种U形故事框架之中。开篇的《创世纪》讲述了人类失去生命树和水，而最终又在《启示录》末尾重新得到了它们。在这两端之间，以色列人的故事被讲述为一系列的灾难，即先后落入各异教国王的掌握——埃及、非力士提亚、巴比伦、叙利亚、罗马，而在每一次灾难之后都接着出现一个短暂的相对独立时期。除过历史部分之外，在约伯的灾难和复兴的故事中，在耶稣关于浪子的寓言中，也可以看到同样的U形叙述。①

这种“逆向—低谷—正向”或“平衡—灾难与挣扎—再度平衡”的U形结构在中外神话广泛存在，具有原型意义。荣格说：“一个用原型意象说话的人，是在同时用千万个人的声音说话。他吸引、压倒并且与此同时提升了他正在寻找表现的观念，使这些观念超出了偶然的暂时意义，进入永恒的王国。”②正因为原型是“用千万人的声音说话”，邓友梅小说的U型探寻结构便具有深刻的人类历史文化意义。这种意义也正如荣格所说，“他把我们个人的命运转变为人类的命运，他在我们身上唤醒所有那些仁慈的力量，正是这些力量，保证了人类能够随时摆脱危难，度过漫漫长夜”③。

邓友梅京味小说的U形探寻结构中，存在着亚里士多德所说的“突转”与“发现”。“突转”指转向相反的方面，这种转向是按着可然律或必然律发生的；“发现”则是指“从不知到知的转变，使那些处于顺境或逆境的人物发现他们和对方有亲属关系或仇敌关系”。亚氏认为，“‘发现’与‘突转’同时出现[例如《俄狄浦斯王》剧中的‘发现’]，为最好的发现。”④《寻访画儿韩》便是对“突转”和“发现”的妙用。甘子千仿作《寒食图》，骗过画儿韩的眼睛，当了六百元，情节逆向发展，及至画儿韩当场烧毁假画，那五以赎画相敲诈，画儿韩被逼上绝境，逆向的发展到达最低点。出人意料的是，画儿韩却从容不迫地拿出假画，情节陡然转为正向，原来画儿韩以高超的技术仿作了假画，并当众烧毁以诱使那五赎当。这是一个精彩的突转，因为既在意料之外，又在情理之中。这又是一个精彩的发

---

① 弗莱：《圣经文学与神话》，转引自叶舒宪选编：《神话——原型批评》，陕西师范大学出版社1987年版，第405—406页。

② 荣格：《论分析心理学与诗歌的关系》，《荣格文集》，改革出版社1997年版，第227页。

③ 荣格：《论分析心理学与诗歌的关系》，《荣格文集》，改革出版社1997年版，第227页。

④ 亚里斯多德：《诗学》、贺拉斯：《诗艺》，人民文学出版社1988年版，第32—36页。

现:那五、甘子千们发现了画儿韩高超的画艺和智慧,画儿韩也发现那五、甘子千的卑劣和龌龊。而突转和发现又“同时出现”,正是亚里士多德称赞的“最好的发现”。《话说陶然亭》的突转是天安门广场事件后华一粟、萧子良在陶然亭自报家门,“胡子”、“茶镜”、“将军”和老管相互发现彼此的气节和精神。《烟壶》的突转是聂小轩拒烧八国联军行乐图而自残,在爱国、叛国上,聂小轩、乌世保同徐焕章、九爷也就有了相互发现。《那五》中的买书稿风波的突转是镖师武存忠的挑战,继而有那五与武存忠的相互发现;捧角风波的突转是那五遭劫,从而有那五与贾凤楼的相互发现。《双猫图》的突转在小说开头,康孝纯突然半夜相邀,令金竹轩大惑不解,然后通过回忆展开叙述,完成金、康二人的相互发现……

值得称道的是,邓友梅进而对“突转”与“发现’进行了富有个性的艺术处理。

先说“突转”。突转在于出人意料,创造令人惊懔的审美效果,但又必须入情入理,进行合乎情理的“暗渡”,突转得越突然,暗渡得越自然,审美效果便愈强烈。邓友梅有深厚的暗渡功夫。《话说陶然亭》的暗渡采用了动静相生的辩证思维,文革中的陶然亭表面如世外桃源般沉寂,人们却如月季园的月季,“心里在暗使劲”:“茶镜”、“胡子”、“将军”以自己独特的方式进行锻炼。老管在天安门广场看到激动人心的场面,“觉得和天安门广场那热烈沸腾的生活相比,这陶然亭简直是坟墓”。甚至在天安门事件被镇压的次日清晨,陶然亭的拳友们仍然“各自站在各自的位置上,练自己那一套功夫,不比往日用力,也不比往日松懈”。邓友梅一方面写茶镜、胡子们奇特的晨练方式,让读者看到某种蛛丝马迹;另一方面又极力渲染陶然亭的平静如水,使静中含动,动静相生,从而产生“于无声处听惊雷”的强烈效果。《双猫图》开始以突转设疑,继而通过对接式联想进行暗渡。一是金竹轩的联想,他想到康孝纯作为自己的上司却礼贤下士,为自己买“半幅圣旨”垫了五元钱,康刚直不阿,给苏联专家提意见,被打成右派……二是康孝纯的联想,他在反右中受挫,金竹轩送来一枚龟钮印章,并刻一副对联:“是非皆因多开口,烦恼全为强出头。”横批:“以龟为鉴。”包印章的竟是康孝纯给苏联专家提意见的草图(这是他反右时的罪证,当时金说销毁了)……作者以从容的笔触,时而金竹轩,时而康孝纯,当两条线索合在一起时,暗渡水到渠成。《烟壶》的暗渡则隐埋在复杂的生活情节中:聂小轩内兄被英法联军打伤致死,妻子被八国联军烧死;九爷命聂烧制的古月轩竟是八国联军行乐图,被留八字胡的人怒斥为“廉耻丧尽”;聂退画稿却被九爷拒绝,恰遇处斩“八字胡”,“八字胡”慷慨陈词,反对洋人……终有聂小轩拦九爷车辆,自残手臂。这条一步步走向高潮的沉重线索却隐埋在丰富多彩的生活细节中,有时甚至是欢快温馨的,如聂小轩的出狱,乌世保与聂小轩的师徒相见,乌世保与柳娘的爱情等。

读者对悲剧线索偶有疑云，却充满着对聂、乌两家美好的期许，一当发生突变，才悟出个中深意。

突转本是一种大幅度的跳跃，是情节链条上的断裂，邓友梅却用暗渡创造出跳跃中的吻接，断裂中的桥梁，使突转突然而不突兀，精警而不生涩。他的暗渡或是动静相生式，或是双线相交式，或是生活细节隐埋式，灵活多样，不拘一格。给人的印象是，他用散淡优雅的笔调描绘笔下的世事风云，不卑不亢，从容不迫，舒徐自如。透露出京都文人典丽优雅的贵族气息。

再说“发现”。亚里士多德讲的是作品中人物在突转后的互相发现，其实，这里还有更深刻的发现，即是读者对作品主题意蕴的发现。邓友梅京味小说的发现有几种情况，一是指向政治运动，如《话说陶然亭》，老管、胡子、茶镜、将军的相互发现促生出读者的主题发现：在人民群众中蕴含着巨大的革命力量，即使在政治的高压下也不会消失，它像炽热的岩浆一样在地下运行。这正是粉碎四人帮的社会基础。二是指向国家政策，《寻访画儿韩》中甘子千与画儿韩的相互发现告诉人们：由于历史的失误使画儿韩长期埋没；新时期，国家实行发掘人才、起用人才的开放政策，画儿韩获得新生。此类作品还有《〈铁笼山〉一曲谢知音》等。三是指向政治意识形态，《双猫图》中康孝纯发现了金竹轩的善良和真诚，金竹轩发现了康孝纯的科学求实精神，金赠《双猫图》并题词：“黑也好，白也好，不捉老鼠枉为猫。”隐喻邓小平著名的“猫论”，正是20世纪七八十年代之交的社会意识形态。《那五》中买书稿风波与捧角风波的主要发现是那五与武存忠之间的发现，武存忠发现了那五作为没落子弟的无所事事，那五发现了武存忠的劳动者本色，武存忠成为新中国社会意识形态的象征：尊重劳动者，崇尚劳动。此类作品还有《邵氏兄弟》。四是指向庙堂意识和民族精神，《烟壶》通过聂小轩和肃王爷、九爷、陈焕章的相互发现颂扬了聂小轩宁可断臂不烧联军行乐图的爱国精神，整部小说是一曲民族精神的赞歌；《“四海居”轶话》的民族精神更加开放，褒扬了中日人民在战祸深重的时代里结下的友谊……

20世纪80年代初出现了地域风俗小说热，包括汪曾祺的苏味乡土小说，陆文夫的苏味市井小说，邓友梅的京味市井小说，刘绍棠的运河小说，张承志的草原小说等。一般认为，这些作品率先摆脱政治意识形态的束缚，进入风俗文化层面，并且成为寻根文学的奠基。然而，作为地域风俗小说重镇的邓友梅却并非如此，他虽然着意于表现风俗地域文化，但作品明显带有伤痕、反思、改革小说的痕迹，而且主体旨归更多指向政治运动、国家政策、政治意识形态，以及庙堂意识和民族精神，具有很强的政治色彩，这自然可以解释为过渡期尚未摆脱当时的政治文化的影响，但笔者认为，更为准确的解释是，它来自京都文化的庙堂意识和政治文化精神。

（三）邓友梅京味小说的语言追求

邓友梅说："小说的画卷是用语言作颜料绘成的。最富有北京地方特色从而也就最有民族特色的'文学颜料'莫过于北京方言。"[①]于是他把北京方言作为京味小说语言。然而邓友梅并不是北京人，他祖籍山东，生于天津，后来走南闯北，之后定居于北京。为写好北京方言，他大量搜集北京土语，创作时随时翻笔记本，并在写完后再做一次翻译工作。但效果并不好。"为此在很长的一段时间内，我规定自己生活中只说北京土话。不仅如此，而且要'见什么人说什么话'。和大学教授在一起，我就学清华园里知识分子腔；跟京剧演员在一块我就学戏班口头语、内务府大臣的孙子、驻外钦差的女婿、泥瓦匠、买卖人、拉车的、打鼓的，跟谁在一块聊天就学谁的口气说话。慢慢的我的生活用语改变过来，习惯用方言表达事物了，我就发现就这样还不够，因为日常用语还缺少文采，缺乏艺术加工。为此我又抽出一切闲空去听评书。光听还不够，听过后找一切机会给人复述，尽量按说书人的原样语气、语态去讲。半年下来有些段子就不亚于专业演员。"[②]如此，北京方言已化作邓友梅的精神血肉，他的京味小说语言都成为地道、鲜活的北京口头语言。如：

（1）福大爷一口气上不来，西方接引了，留下那五成了舍哥。（《那五》）

（2）他是倒驴不倒架儿，穷了仍有穷的讲究。（《那五》）

（3）您可别拿我离嘻！（《那五》）

（4）要有人学了他的要领用到内画上，那就叫拔了份了！（《烟壶》）

（5）隔山买老牛，全凭的是信用。（《烟壶》）

邓友梅京味小说的北京口语有如下特征：

其一，独特的尊称："您"和"爷"。"您"作为尊称形式最早出现在北京民间，开始写作"你儜"。《二十年目睹之怪现状》运用的是北京土话，第 72 回写道："你儜，京师土语，尊称人也。发音时唯用一儜字，你字之音，盖藏而不露者。"据统计，此书中"你儜"共出现 32 例，全部用于单数且已成为纯粹的第二人称尊称形式。[③] 虽然在普通话中"您"已经成为广泛的礼貌用语，但是，其使用范围、和使用频率远逊于北京话，而且北京话常常有自己独特的含义。

在邓友梅京味小说中，"您"有两种用法：常态用法和超常态用法。其常态用法，一是由于职业、年龄、文化水平等不同而形成的卑对尊、幼对长、下对上的

---

① 邓友梅：《我在民俗小说中的方言运用》，见《邓友梅自选集 · 散文杂拌》，作家出版社 1995 年版，第 450 页。

② 邓友梅：《我在民俗小说中的方言运用》，见《邓友梅自选集 · 散文杂拌》，作家出版社 1995 年版，第 454 页。

③ 常春：《你称代词"你、您"的时代特征和规范化》，《湖北大学学报》1987 年第 2 期。

等级关系;二是表礼貌尊重,无论什么关系都可以使用。这两种用法与普通话没有质的差别,只是在北京话中用的频率更高。超常态用法,则超越等级和礼貌关系,成为一种独特的话语标记。如:

(1)"没事您哪,我们在这里谈生意您哪,是这么回事,我早上出来得急,一换衣裳,把钱忘在家里了……"(《双猫图》)

(2)"是您哪!我爸爸死得早,没人教训我,多谢您教训我。"(《那五》)

(3)"二叔,是我您哪!吉祥哪!"(《烟壶》)

例(1)中的"没事您哪","我们在这里谈生意您哪"以及(3)中的"是我您哪","您"的指代意义显然已经虚化,难以在理解为第二人称的实指,不过是与叹词"哪"一起作为一种语言标志。例(2)中,"是您哪",并非说"原来是您",而是说"教训得对呀","您"在这里也已经虚化。这些例子中,"您"已不在句子中作名词性主语或宾语,而是构成一种新的语法关系。其实,"您"即使作主语(或宾语)时也常与动词构成独特语序关系。如:

(1)"这话您说!跑遍东西南北城,都是这一份,看着挺水灵,可没味儿!"(《话说陶然亭》)

(2)"多谢您了,回见您哪,多穿件衣服别着了凉您哪!"(《双猫图》)

(3)"找谁您哪?"(《烟壶》)

(4)"来了您哪。喝我这个?"(《烟壶》)

(3)、(4)和(2)中"多穿件衣服别着了凉您哪"可理解为主谓倒置,如"找谁您哪"可理解为"您找谁哪"。普通话中也有这样的倒装,但往往说成"找谁哪您",语气词"哪"置于最后,是北京方言的特征。(1)中的"这话您说"是一个非常独特的句式,其含义是"这话您说着了"、"这话您说得对",因为省略了表义的关键部位,脱离语言环境便令人不知所云。

老舍在谈到英国作家运用方言时说:"按着正规的英文法程来判断这些语言,它们的文法是不对的,可是这些语言放在文艺作品中,自有他们不可忽视的力量,绝对不是任何其他语言可以代替的。"①邓友梅对"您"运用显示着他真正发现了"绝对不是任何其他语言可以代替的""那活的、自然的、北京话的血汁"。

"爷"的称呼在文献上始见于南北朝,都是指父亲;后来由父亲转而指祖父,现在已是全国普遍用法。北京人在此基础上却有自己的发明。一是对尊贵着的称呼,如称皇帝为"万岁爷",称有爵位的为"王爷",有官职的为"老爷"……鲍库兵的送信人称寿明为"老爷",因为他曾做过一任小官。二是对普通人的尊称。男人到了一定年龄,被尊称为"爷",这种称谓可以按着一爷之孙的大排行

---

① 孟琮:《北京人·北京事·北京话——论老舍作品的北京风格》,《民族文学研究》1986年第4期。

称为大爷、二爷、三爷、四爷……称谓前也可加姓名。《那五》中,那五的父亲被称为“福大爷”,那五被称为“那五爷”、“五爷”,武存忠被称为“武大爷”;《烟壶》中乌世保被称为“乌大爷”、“乌爷”,寿明被称为“寿大爷”、“寿爷”,钱效仙被称为“钱三爷”,吴庆长被称为“吴大爷”;《寻访画儿韩》中那五称甘子千为“甘爷”,称画儿韩为“韩爷”……

“您”和“爷”的称谓体现着北京人的“好礼”。“礼”来源西周以来建构的纲常伦理制度,讲究上下尊卑、亲疏远近的伦理秩序。清政府为了强化满人统治,不仅强调五伦秩序,还强调满汉之间的尊卑关系,于是,“礼”的秩序进一步强化和细化,形成更为严密完整的交际规矩。“您”和“爷”正是这种交际规矩的语言呈示。同时,这种在北京表现得格外完整、精致的礼仪文化伴随着京都人的自尊逐渐形成一种老北京情结,这种情结即京都礼俗崇拜和文化优越感,它一代代传下来,形成北京的地缘文化性格。

其二,化俗为雅。邓友梅化俗为雅的一个重要手段,是从古代辞赋中汲取营养,使语言带上浓重的辞赋韵味。辞赋于汉代达到高潮,汉赋的句式以四言六言为主,兼有三、五、七言句式,还有不少长句。邓友梅京味小说的叙述语言写到精彩处,常是以四字句为主,兼以三、五、六、七字句和长句,读起来节奏铿锵,气韵流畅。如《烟壶》的鬼市描写:“摊上的东西,在灯影里辨不大出颜色,但形状分得出来。锅碗瓢勺、桌椅板凳、琴棋书画、刀枪剑戟;锁子甲、钓鱼竿、大烟灯、天九牌;瓷器、料器、铜器、漆器;满族妇女的花盆底、汉族贵妇的百褶裙;补子、领管、朝珠、帽顶……有人牵着刚下的狗熊崽,有人架着夜猫子,应有尽有,乱七八糟。”这段话读起来很像相声的“贯口”,仔细分析,有着辞赋的句式特色。句式之外,邓友梅还借鉴辞赋的铺陈和骈偶手法。

铺陈即“铺采摛文,体物写志”。上述《烟壶》的鬼市描写便细腻夸张地铺叙了鬼市摊上应有尽有的家具、武器、器皿、服饰、鞋帽以及各色人等,是典型的铺陈。这种例子还有很多,如,《烟壶》中有:“……于是起哄的、叫好的、帮阵的、助威的群起鼓噪,弄得菜市口竟像谭叫天唱戏的广和楼,十分热闹火爆。”等等。铺陈不仅大大增加了语言的信息量,而且使语言富丽堂皇,有一种开阔的气势。骈偶即对偶,邓友梅的对偶往往与铺陈结合在一起。如:“今天做一件衫儿叫他穿上,明天缝一条裤儿命他换上;逢五逢十催他洗澡,月初月末逼他剃头。”(《烟壶》)两组对偶句铺陈做衫儿、缝裤儿、洗澡、剃头等行为,严整、富丽的语言传达着丰富的生活信息。为使语言丰富,邓友梅除“正对”外,还有“反对”。如:“这些脾气跟好的内容结合时,显得自尊自信,敢作敢为,开朗大度,不拘小节;若和坏的内容结合,也会变得刚愎自用,不谙事理,自作聪明,不宜家室。”(《烟壶》)最为精彩的,是将多组对偶相连,形成排偶式铺陈。如:

三贝子、二额驸、索中堂的少爷、袁宝官的嫡孙。年纪相仿,门户相当。

你夸我家的厨子好,我称你府上的裁缝强。斗鸡走狗,听戏看花。还有比他们老子胜一筹的,是学会些摩登派的新奇玩意儿。溜冰、跳舞、在王府井大街卖呆看女人,上"来今雨轩"饮茶泡招待。(《那五》)

整段话共6个句子,除第5句外均为对偶句,而且第1、6句个包含两组对偶。可谓对偶连对偶,对偶套对偶。这些对偶句(词)短者为二字对,长者为十一字对,长短相间,参差错落。其节奏、旋律既规范严整,又富丽多彩;回旋起伏,音韵铿锵,舒缓有致,极具音乐美。这一排偶段落又是铺陈,铺叙了两代旗人的腐化与堕落,有很大的信息量。

古代辞赋产生于社会上层,风行于宫廷。据资料记载,汉武帝读到司马相如的《子虚赋》,感慨地说:"朕独不得与此人同时哉!"当得知相如下落,遂招相如。相如长期在武帝身边做官,创作了大量辞赋,竖立起辞赋发展的高标,对后世产生巨大影响,乃至在宣帝时发生一场关于辞赋的宫廷争论:许多大臣认为赋属于"淫靡不急"之事,进行贬斥抨击;宣帝却认为,"赋之大者,与古诗同义;小者辨丽可喜。譬如女工有绮縠,音乐有郑卫,今世俗犹皆以此虞悦耳目。辞赋比之,尚有仁义、风喻,鸟兽、草木多闻之观,贤于倡优、博弈远矣。"(《汉书·王褒传》)可见,辞赋是极其典雅且带有贵族气的文体形式,邓友梅将其融汇变通,融进自己的京味小说语言,使其极大地雅化。

我国古汉语中有迂回委婉的修辞手法,将话说得委婉曲折,富有雅趣。邓友梅常用比喻将话说得委婉含蓄。如:"甘子千不看则已,一看脸臊得就像从澡堂子里出来。"(《寻访画儿韩》)"稍有不平整,(那五)就皱着眉头说:'像牛嘴里嚼过似的,叫人怎么穿哪?'"(《那五》)"我什么也不是,马勺上的苍蝇混饭吃。"(《那五》)柳娘称乌世保"比棒槌多俩耳朵",寿明对吴庆长说"我要转一个镚子,灯灭我就灭",(《烟壶》)等。邓友梅还常运用博喻,如:"听听贾凤魁的小嗓子吧!蹦磁不叫蹦磁,品品那小味儿吧!旱香瓜,喝了蜜,良乡栗子大鸭梨、冰糖疙瘩似的甜喽。"(《那五》)语言愈加委婉含蓄。细研这些比喻的喻体,如上述的"澡堂子"、"牛嘴里嚼过似的"、"马勺上的苍蝇"、"灯灭"、"棒槌"、"冰糖疙瘩"等都是世俗生活中的事物,迂回委婉的比喻将其化俗为雅,又雅中含俗。邓友梅还采用跳跃性的对话创造迂回委婉效果。如《寻访画儿韩》中那五与画儿韩的对话:

(那五):"画儿不是昨天已经烧了吗?"

画儿韩接茬说:"昨天不烧你今天能来赎吗?"

那五自语说:"这么说世上有两幅《寒食图》?"

画儿韩说:"你想要,今晚上我破功夫再给你做一幅。"

那五急切地问,画儿韩却不正面回答,"昨天不烧你今天能来赎吗"不仅不正面回答,反而用假设句进行反问,意为"烧画是逼你赎当";那五不免发生疑问:世上有两幅《寒食图》?“你想要,今晚上我破功夫再给你做一幅”再用假设句侧面回应,意为“烧掉的假画不过是我的仿作,我随时可以做出这样的假《寒食图》”,显示着画儿韩对自己画技和智慧的双重自信。丰富的现实和心理内涵通过寥寥数语表现出来,这寥寥数语自然显得委婉含蓄,有很大的信息量。

其三,幽默和婉讽。幽默是邓友梅京味小说的重要特征,这自然与北京方言的幽默相关。邓友梅的幽默样式比较丰富。不妨用美国语言哲学家格赖斯的“合作原则”理论阐释之。格赖斯认为,为了准确而有效地进行交际,说话人和听话人要共同信守“合作原则”。合作原则包含:(1)数量准则:使自己所说的话达到交际所要求的详尽程度;(2)质量准则:说话要真实,有足够证据;(3)关联准则:说话要贴切、切题。(4)方式准则:说话要简要,有条理,避免晦涩和歧义。[①] 为了取得某种特殊的效果有意违反合作原则,则会产生幽默。邓友梅的幽默,涉及对这四种准则的有意违反。

1.乖违数量准则。云奶奶听说那五落魄,请他回家住,他却嘬着牙花子说:“到您那儿住倒是行,可怎么个称呼法呢?我们家不兴管姨太太称呼奶奶!”谁知过了几天,那五自己找上门来了。进门又是请安,又是问好,也随邻居称呼“云奶奶”,叫过大夫“老伯”。那五发生了一百八十度的大转弯,作品此前又没有提供发生转变的信息,传达信息数量不足,于是产生幽默效果。之后那五才交代,找上门来是因为做生意赔本,无法过活。看来,面临生存困境时,那五的面子只好服从肚子。

2.乖违质量准则。如:(1)“(九爷)实际是躲开宫里的耳目,在这地方办他的‘洋务运动’。”(《烟壶》)(2)“(福)大爷这么忙,自然顾不上照顾孩子。”(《那五》)从例(1)看,“洋务运动”本是指19世纪末清政府为富国强兵举行的重大经济运动,是关系国家的兴衰的“宏大叙事”;九爷干的勾当却是穿洋缎,挂洋表,闻洋烟,听洋戏,拉拢洋人,取悦洋人,全无民族大义。用“洋务运动”指称九爷显然是大词小用、正词反用,背离质量原则,从而导致的幽默。例(2)亦是运用反语造成言语与现实的乖违,从而创造幽默效果。

3.乖违关联准则。如:“这郎世宁是意大利人。意大利、英吉利、奥地利,都犯‘利’字,全是圣母玛利亚的后人,分家另过的。所以他的画他们都看着眼熟、顺心。至于葡萄牙、西班牙、日耳曼尼亚这些‘牙’字的,跟‘利’字的八成是表亲,他们喜欢的他们也喜欢。告诉您哪位朋友,投其所好。孙子!叫他把抢咱们的银子再掏出来吧!”(《烟壶》)这是唱二花脸的吴庆长谈烟壶内画的革新。吴庆长提出内画借鉴意大利郎世宁的画法,从而讨西洋人喜欢而赚取外汇,并非无

---

① Grice, H.P.Logic and Conversation.In Cole, P.&Morgan.J.Syntax and Semantics, Vol. 3:Speech Acts, New York:Academic Press, 1975.

道理,但他的"牙"字、"利"字辈,"分家另过","八成是表亲"等议论,以中国的伦理血缘关系解说西方这些血缘毫不相关的国家,实在是风马牛不相及,显然背离了说话要贴切、贴题的关联准则。也正是在这种背离中产生了幽默。

4.乖违方式准则。如:

> 三人唱《二进宫》,各说各的广告。杨波唱完"怕只怕,辜负了,十年寒窗,九载遨游,八进科场,七篇文章,没有下场",徐延昭赶快接着说:"妇女月经病,要贴一品膏,血亏血寒症,一贴就好。"徐延昭唱完"老夫包你满门无伤",杨波也倒气似地说:"小孩没有奶吃最可怜的了,寿星牌生乳灵专治缺奶……"(《那五》)

杨波庄重的人生回忆中插进广告语"妇女月经病"、"血亏血寒症"和"一品膏";徐延昭的铮铮誓言后竟是"小孩没奶吃"、"寿星牌生乳灵"。语言变得逻辑混乱,杂义丛生,严重违反了方式原则。也就产生强烈的幽默感。

邓友梅京味小说的幽默不仅形式多样,还有自己的质地特色。这里引进语篇评价理论。该理论由以马丁(J.R.Martin)等提出,将表达说话者观点、态度、立场的语言资源称为评价系统,它分为态度、介入和级差三个子系统。态度是指心理受到影响后对人类行为及现象作出的裁决和鉴赏,包括情感、评判、鉴赏三个因子;介入用来衡量说话人的声音及声音的来源,包括单声和多声;级差是对态度和介入的修饰,是话语力量的分级,包括语势和聚焦。在评价系统中,态度是三大子系统的核心,故而笔者着意解读"态度"评价,并主要以《烟壶》中吴庆长的"利"字、"牙"字辈"是表亲"的议论和《那五》中三人唱《二进宫》加广告的闹剧为例。

态度包括情感、评判、鉴赏三因子。情感是整个系统的核心,指说话者用语言表达出的对人、事、现象的高兴、悲伤、冷漠、热情、爱、恨等情感反应,属心理范畴。对于吴庆长的"表亲"论,隐含作者是否定的,表现出不屑、嘲讽的情感。但除了让人物自我表白外,叙述者只字未予评价。可见,作家的嘲讽是隐性的,委婉的,可称为婉讽。《二进宫》加广告的闹剧也是一种婉讽,隐含作者显然对这种有辱斯文的闹剧厌恶、不满,但叙述者未表示态度。邓的大部分幽默都是这样,以宽厚的中性态度进行隐性的婉讽。评判是根据制度规范和伦理道德标准对人物的行为作出肯定或否定的评判,属伦理范畴。邓友梅虽然对吴庆长的"表亲论"进行了婉讽,但对"表亲论"的前提——借鉴郎世宁的画法,赚洋人的钱——却予以肯定:"孙子!叫他把抢咱们的银子掏出来吧!"还通过寿明的心理独白予以评价:"自他入教堂,觉得他沾上几分鬼气。今日听他一谈,才知道他不是去入教,八成是掏洋和尚的钱袋的。"评判分社会尊严和社会约束,吴庆长的言行虽有瑕疵,却也体现了中国人的"社会尊严"。对于演唱《二进宫》插播广告的闹剧,作家从情感上予以否定和婉讽,但从伦理道德上却予以理解,通过叙述者交代:电台演唱分文不给,“但可代播广告收广告费”,人“总得想法混饱肚子”。邓友梅对他笔下的人物和事件,总是持一种宽厚理解的态度。鉴赏是说话者对人物、事件的审美品格作出的评价,属审美范畴。吴庆长“表亲论”的审美价值就在于力图表现出一个虽然愚昧狭隘却又不失中国人尊严的京剧艺人形象,《二进宫》插广告的闹剧的审美价值在于表现人民的生活的困顿和艺术发展的困境。总之,从态度评价上,邓友梅的情感并非激烈的爱恨情仇,而是温和的婉讽,他以宽厚的态度理解和尊重笔下的人物和事件,不激不厉,温文儒雅,表现出散淡优雅的品位和情趣。

第四节　顽主:红色没落纨绔

——王朔新京味小说论之一

王朔这匹在20世纪80年代中后期横空出世的黑马,却发轫于70年代末。1978年他发表短篇《等待》,1982年又发表短篇《海鸥的故事》,只是无甚影响。1984年发表的中篇《空中小姐》使其崭露头角,到1992年八九年间,他创造了横扫文坛的巨大辉煌。他将自己的创作分为三个阶段:第一阶段(1984—1986年)着意于“言情”,主要有中篇《空中小姐》《一半是火焰,一半是海水》《浮出海面》《橡皮人》等;第二阶段(1987—1989年)着意于“调侃”,主要有中篇《顽主》《一点正经也没有》《永失我爱》、长篇《玩的就是心跳》《千万别把我当人》等;第三阶段(90年代初)重归“言情”并寻求“深沉”,主要有长篇《我是你爸爸》,中篇《动物凶猛》《无人喝彩》《过把瘾就死》《许爷》《你不是一个俗人》等。[①] 1992年之后,王朔创作锐减,几在文坛匿迹。1999年和2007年又分别出版长篇《看上去很美》和《我的千岁寒》。

王朔认为自己的“最大所独特之处”有“两手”:一是用“活的语言写作”,这种“活的语言”不是老舍笔下的老北京话——胡同语言,也不是北京知识分子的书面语,而是北京的社会流行语;二是“那组‘顽主’群像,一般时称为‘痞子’,我叫他‘社会主义新人’”。[②] 王朔所言甚是,“活的北京语言”和“顽主群像”正是王朔为新时期文学做出的独特贡献,也是王朔小说新京味儿最显著的特征。

王朔现象说到底是一种文化现象。如果说老舍、邓友梅们的京味小说是胡同四合院文化的产物,那么,王朔小说则是“大院文化”的产物。如前所述,大院分两类:一是党、政、军领导机关和中央各部委或所属的机关部门;二是科学、文

① 《创作谈(王朔答问)》,葛红兵、朱立冬编:《王朔研究资料》,天津人民出版社2006年版。

② 葛红兵、朱立冬编:《王朔研究资料》,天津人民出版社2006年版,第123页。

教单位,艺术团体。典型的大院是集工作场所和生活区域于一体的独立单位(也有仅是职工居住区者),一个大院就是一个功能齐全的小社会。如果说在胡同四合院生活的是旧派市民,与之联系的是茶馆、剧院、天桥,是古玩、字画、养花、遛鸟,那么,大院生活的则是新北京人,是党政军机关的干部及其子女,与之相联系的是单位、公司、舞厅、饭店、咖啡厅等。王朔从小生活在部队大院。他这样描写曾经居住的大院:

> 北京复兴路,那沿线狭长一带方圆十数公里被我视为自己的生身故乡(尽管我并不是真生在那儿)。这一带过去叫"新北京",孤悬于北京旧城之西,那是1949年以后建立的新城,居民来自五湖四海,无一本地人士,尽操国语,日常饮食,起居习惯,待人处事,思维方式乃至房屋建筑风格都自成一体。与老北平号称文华鼎盛一时之绝的七百年传统毫无瓜葛。我叫这一带"大院文化割据地区"。我认为自己是从那里出身的,一身习气莫不源于此。到今天我仍能感到那个地方的旧风气在我性格上打下的烙印,一遇到事,那些东西就从骨子里往外冒。①

王朔小说的"顽主群像"与"活的语言",都与这种大院形成的文化密切相关。

本节着意分析顽主形象。

顽主形象在《空中小姐》中首次出现。那个在海军服役的"我"曾风光一时,并赢得少女王眉的芳心;五年后部队知识化、年轻化,"我"复员回北京而成为无业游民,失去英雄光环,恋爱失败,性格变得愈来愈顽劣。"我"的经历实际展示了顽主的发生史。之后的作品着意描写顽主们的顽劣行径:《顽主》中的于观、马青、杨重等办起"三T"公司,给利欲熏心的宝康颁发荒唐的"三T"文学奖;《千万别把我当人》中的赵宇航、白度、刘顺明、孙国仁们为参加中外搏击赛,寻找到大梦拳传人唐元豹,对他百般驯化,最后又把他骗掉;《玩的就是心跳》中的方言、高洋、高晋、冯小刚们竟玩起杀人作案的游戏……90年代初,王朔又尝试揭示顽主们的文化心理:《你不是一个俗人》通过于观独白揭示其心态:空虚、茫然,自暴自弃,破罐子破摔;《给我顶住》中的方言与赵蕾联手促成其妻周瑾与关山平的结合,然后在单位辞职后不知去向,其无耻行径与神秘心理不可思议……

对于顽主形象,已有种种解说。如陈思和的"英雄末路"说②、刘心武的"第三世界"说③、王一川的"红小兵"说④、贺仲明的"文化边缘人"说⑤等。我则把

---

① 王朔:《现在就开始回忆——〈看上去很美〉序》,葛红兵、朱立冬编:《王朔研究资料》,天津人民出版社2006年版,第61—62页。

② 陈思和:《黑色的颓废——读王朔小说札记》,《当代作家评论》1989年第5期。

③ 刘心武:《"大院"里的孩子们》,《读书》1995年第3期。

④ 王一川主编:《京味文学第三代》,北京大学出版社2006年版,第36—42页。

⑤ 贺仲明:《"文化边缘人"的怨怼与尴尬——论王朔的反传统思想》,《中州学刊》1998年第6期。

他们界定为“红色没落纨绔”，因为他们诞生的土壤是“红色革命文化”。王朔说：“我的心态、做派、思维方式包括语言习惯毋宁说更受一种新文化的影响。暂且称这文化叫‘革命文化’罢。我以为新中国成立后产生了自己的文化，这在北京尤为明显，有迹可寻。毛临死时讲过这样伤感的话（大意）：我什么也没改变，只改变了北京附近的几个地区。我想这改变指人的改变。我认为自己就是这些被改变或称被塑造的人中的一分子。我笔下写的也是这一路人。”①“革命文化”来源于战争文化，它虽然包含着人类社会发展的共性基本原理，但也明显带有战争年代的阶段特征，比如，战场上的两军对垒、你死我活形成“阶级斗争观念”；战争中的“一切为战局服务”形成“为政治服务”的思想。在战争年代，这两种观念具有合理性，但进入和平建设年代，它们就必须随时代的变迁而调整。遗憾的是，20 世纪五六十年代我们过于倚重战争经验，并用这种经验指导经济建设，乃至造成十年动乱的悲剧。王朔和顽主们正诞生于这样的文化土壤之中。

具体讲，王朔及笔下的顽主们大多诞生和成长在部队大院的军干家庭，这种家庭具有很强的政治色彩。王朔说：“这几天经常被人问道，你去而复来，所为何来？想了半天，才想起我是共产党，我们全家都是共产党！我的亲戚朋友父母两系无一不是共产党，我们那个院全是共产党，我们那条街全是共产党，一家子，一家子，一院子，一院子，男女老少都是共产党。北京复兴路，新北京，那是共产党的老窝。是红的，不是黑的。”②具有强烈政治色彩的大院生活熔铸了顽主们的政治意识和英雄情结。《动物凶猛》中，少年时的“我”便幻想“卷入一场世界大战”，“而我将会出落为一名举世瞩目的战争英雄”，“我仅对世界人民的解放负有不可推卸的责任”。“我”还想象着激战和凯旋的动人场景：

> 我在床上想了半天怎么在平原地带统率大军与苏军的机械化兵团交战，怎么打坦克、怎么打飞机，怎么掌握战机投入预备战队进行战略反攻。当然我的思路么也脱不开毛泽东同志的人民战争思想。虽然，我当时就怀疑地道战和地雷战是否在现代化条件下能和打鬼子时一样行之有效。
>
> 想完激烈的战役，我又想了一番凯旋而归大众欢腾的场面，除了苏联将军式的一胸脯勋章，我还热切地幻想自己能挂点彩，吊着一只膀子之类的，但决不穿的确良的国防绿，最损也得是一身马裤呢！

高贵的军干家庭出身，决定了他们的良好前程：中学毕业后入伍，在军队当一名四个兜的排级军官，并沿着这个路子步步升高。这一切，形成他们的政治优越感和门第观念，他们不屑与普通百姓的子弟为伍。《许爷》中的许立宇虽然曾经把“我”当做他最好的朋友，甚至挺身而出为“我”承担罪责，但是“我并没有把他看

---

① 王朔：《不是我一个跳蚤在跳——〈我说自选集〉自序》，《王朔自选集》，华艺出版社 1998 年版。

② 王朔：《自序：我是谁》，《我的千岁寒》，作家出版社 2007 年版，第 1 页。

成对等的朋友。原因很简单,也很令人惭愧,他父亲是个司机。”

然而,历史的巨变,却把顽主们甩出主流社会的列车。文化大革命开始时他们年纪尚幼,既不可能是红卫兵、造反派(第一世界),更不可能是被整者(第二世界),不过是“第三世界”的“边缘人”——红小兵。在文革动荡的年代里,他们获得了“空前的解放”,不必学习各种基础知识,不必接受学校教育和纪律约束,他们处于无所事事的“极度无责任状态”。正是在这样的生存环境和心理状态下,他们的身心迅速发展成长。于是,极度自由狂放和极度无责任感,便成为他们走上社会的心理基础。继而发生的是,在文革的知青上山下乡运动中,他们却凭借自己的家庭关系,进入了人人向往的解放军部队。这可以说是他们最风光的日子。《空中小姐》便写了主人公的这种风光。然而,新时期的到来却使他们的命运急转直下。这是一个需要科技和知识的时代,他们偏偏缺乏知识。他们面临的尴尬是,“第一世界”与“第二世界”的许多人凭借高考进入大学,成为知识社会的中坚力量,进入社会的上层。他们从部队复员,又考不取大学,没有学历,只能进入社会的底层。他们的等级意识和优越感遇到了极大的挑战,陷入巨大的失意和痛苦中。他们嬉戏游荡,无事生非,打架斗殴,非法经营。这使人想起邓友梅笔下的八旗子弟那五,倒卖瓷器、剽窃书稿、捧戏子,无所不作。不过,八旗子弟是“驴倒架子不倒”,即使做了洋车夫、钉鞋匠也保持着贵族的气质和优雅风度,顽主们却摆出一副“破罐子破摔”的无赖姿态,不过这也仅是一种姿态,他们骨子里还透着高傲。如此的经历和命运,形成顽主们奇特的社会心态,如贺仲明所说:“他们一方面牢牢地抓住过去,试图通过对过去生活的怀念与依恋来阻住现实,抵御现实的失落;另一方面则想通过拼命抓住现实、借生理感官的满足和物质刺激来填补现实失落而造成的巨大心里虚空。”①这是理解王朔及顽主们心理矛盾和精神分裂的理论支点。

(一)对主流意识形态的批判与归从

其实,作为红色没落纨绔,顽主们既没能进入过去的主流文化——革命文化,又难以进入现实的主流文化——市场文化。“两间余一卒,荷戟独彷徨。”不过这里的“一卒”并非战士,而是痞子;其所荷之“戟”则是形而下的欲望和本能。《橡皮人》最后一段写道:

> 我行走在荒原。万木枯萎凋零,虎狼相伴而行。咫尺处有锦绣之地。阳光和煦,花草鲜艳,流水潺潺。不知从何时起,我未迈出一步,随即地裂,横亘一沟,欲跳未跳。正自踌躇,那沟迅即扩大,无声地坍塌、破裂,一寸寸

① 贺仲明:《“文化边缘人”的怨怼与尴尬——论王朔的反传统思想》,《中州学刊》1998 年第 6 期。

地拓宽，向两边撑开，渐至无法逾越，锦绣之地远去。虽历历在目，已可望不可逾。我在荒原哭泣，返身向林深处走去，一步一回头。腥风扑面而来，我裸露的四肢长出又浓又密，粗黑硬韧的兽毛，我变得毛茸茸了，哭泣声变成了嗥叫。不知从何时起，我已经做不出人的表情了，眼睛血红，怀着感官的快意和心灵的厌恶啮撕起生肉。

“阳光和煦，花草鲜艳，流水潺潺”的“锦绣之地”象征着美好的前程、美好的道德。本来与“锦绣之地”近在咫尺，不知何故我却“未迈出一步”，地裂一沟时，又“欲跳未跳，正在踌躇”，鸿沟却“渐至无法逾越”，这正是顽主们被甩出历史列车的真切感受。于是，“我”隐进荒原中的深林，成为“眼睛血红”、“撕起生肉”的兽，这正是顽主们本能欲望至上的处世姿态。

革命文化和市场文化都有自己的“锦绣之地”。半个世纪的革命战争形成的革命文化包含着英雄主义精神、忧国忧民精神和民族独立精神，新中国的成立又形成民族团结精神、国家统一精神等。这一切，正是祖国在新时期迅速发展的基础。革命文化也有负面性的“荒原”，文化大革命便是负面性发展的极致，如盲目的造反精神、盲目的个人崇拜、丧失人性的打砸抢行为、片面的阶级斗争理论、大锅饭式的绝对平均主等义。市场文化亦是如此，杜书瀛在《市场经济与文学艺术和精神文明》中认为市场经济颠覆了“阶级斗争为纲”、“政治挂帅”、“官本位”、“等级观念”、“精神万能”等陈腐观念，对精神世界具有正面效应：带来现代的自由、民主、平等的精神，开放精神，学术上的多元化精神，创新精神，个体主动精神，实事求是的科学精神。他也指出市场经济的负面效应：“利”的过度膨胀导致唯利主义和拜金主义，“欲”的过度膨胀导致物欲横流，工具理性的过度膨胀造成人的物化，个体原则的过度膨胀导致极端个人主义和唯我主义。

刘小枫说：“当作为个体的人感到自己无力去获取某种价值时，很容易走向否定和诋毁价值本身……这样一来，价值关怀就转为价值盲从与价值虚无。”①作为红色纨绔的顽主们，既进入不了革命文化又进入不了市场文化，也就难以获得两种文化的价值，便导致他们对两种文化的否弃和批判。由于两种文化都有极大的负面性，顽主们的批判便有了积极的历史和美学价值。这正是王朔小说的意义所在。同时，顽主们对两种文化也有价值盲从的一面，他们回顾文革不免留恋昔日的优势和辉煌，面对现实不免产生进入市场文化主流的欲望。他们的价值观处在自相磨损的复杂矛盾状态。他们否弃和批判革命文化与市场文化，却找不到新的批判武器，红色没落纨绔的身份障碍着他们的眼界，他们的武器只能从盲从的革命文化和市场文化中获得。于是，他们一方面用市场文化的价值批判颠覆文化大革命，一方面用革命文化的价值消解批判现实。

---

① 刘小枫：《拯救与逍遥》，上海人民出版社1988年版，第158页。

关于前者,顽主们的颠覆对象一是遗留至今的革命文化话语,二是想象和戏仿的革命情境。对革命话语的颠覆,如在《一点正经也没有》中方言说道:“我是主张文学为工农兵服务的。”“也就是说为工农兵玩文学。”谁都知道,“文学为工农兵服务”是毛泽东在《在延安文艺座谈会上的讲话》中的著名论断,风行文坛数十年,顽主却用“玩文学”进行颠覆和消解。“玩”者“顽”也,“顽主”就是“玩主”,他们“玩”的行径有二:牌和女人。“牌游戏”为着满足生命自我嬉戏的需要,“女人游戏”则为满足自我情感宣泄的需要。于是,游戏人生模式丧失了社会秩序和道德规范的深刻内涵,回到赤裸裸的本我的生理快乐原则。在他们看来,文学也必然是游戏人生模式的载体,必须是欲望至上,快乐至上,满足于生命自我嬉戏和自我情感宣泄。再如,《顽主》中三T雇员给一个男人介绍戒除手淫的方法:“不要过早上床熬得顶不住了再去睡内裤要宽松买两铁球一手攥一个黎明即起跑上十公里室内不要挂电影明星画片意念刚开始飘忽就去想河马想刘英俊实在不由自主就当自己在老山前线一人坚守阵地守得住光荣守不住也光荣。”等而下之的“手淫”却与70年代舍己救人的英雄刘英俊和对越战争中坚守阵地的战士拼贴在一起,在不伦不类的语言狂欢中消解了革命文化。从这里不难看出,顽主们消解革命文化的武器是“生理快乐原则”,是市场社会中过渡膨胀的“利”和“欲”。

想象和戏仿革命情境,如《千万别把我当人》中“全总”主任团全体成员给赵宇航的致敬信、元豹妈妈代表坛子胡同给领导的致敬信,都是戏仿文化大革命期间给领袖“致敬信”的形式,以狂欢化语言游戏对当年极其庄重的“致敬信”进行了颠覆和瓦解。顽主们还常常想象和戏仿“入党宣誓”、“组织生活”、“政治报告大会”等场景,如《千万别把我当人》中“全总”获得唐元豹后,白度带领他宣誓:“服从组织,牺牲个人……”庄严的场面,庄重的开篇:很像入党宣誓场面。继之却是假话、大话、空话、江湖语言、出版语言、合同语言,“不求同年同月生,但求同年同月死。”“版权所有,不得翻印。”“单方违约,赔偿对方一切损失。”最终落在“赔偿损失”和“挣钱”上,“‘利’的过度膨胀导致唯利主义和拜金主义”,革命话语被彻底消解。

关于后者,顽主们有根深蒂固的文革情结,王朔便说:“文化大革命再不好,但它打乱了生活秩序,给个性发展提供了机会,使小孩儿摆脱了学校那种陈腐教育的束缚,所谓长知识的阶段全在社会上,学校里的东西相对于这种东西来讲是毫无意义的。”①其实,“打乱生活秩序”的“文化大革命”给孩子们提供的并非个性的正常发展,而是盲目的造反精神,扭曲的冒险精神,它带给社会的常常是破坏。《玩的就是心跳》中冯小刚、高洋、高晋、刘炎四人(三男一女,很像四人帮)

① 王朔等:《我是王朔》,国际文化出版公司1992年版,第7页。

策划的那桩谋杀案件，便出自文革的"盲目造反"思维。他们无所事事又想有骇世"壮举"，"都想显得自己重要都想在事件中成为中心人物"，于是将方言视为假想凶手，让其在追查中狼狈不堪。他们自以为是推动案件发展的中心人物，没想到方言却成为案件侦破的焦点，四人为此耿耿于怀。方言却声称："我是从来不放过当主角儿的机会的。"顽主们的主角儿意识可说是盲目造反意识和英雄情结的杂烩，由于这种意识是盲目的、非理性的，便丧失了道德和正义标准。不管是流芳百世还是遗臭万年，只要能做主角儿就是英雄。故而李江云称赞方言："你已经活得很有点豪杰的味道了，不是杀过人就是奸过人，占上那条都够人尊敬的，都算没白活。"

虽然顽主们自诩"贪财、好色"，但他们遇到比自己更有钱的人时，便显出另一种心态。《玩的就是心跳》中汪若海被高晋嘲笑倒卖过电子表时，他反驳道："我能干那事？打死我也不干，咱不能跌那份。那是人干的吗？咱是当海军司令培养的。"方言也乘机发牢骚："对，咱不能和他们一般见识，让他们丫挣去，挣足了咱给他来个一打三反没收缕。""咱要钱干吗？没钱咱过得也不比有钱的差，也不看这是在哪儿，谁的天下？资本主义成了。"而《浮出水面》中，当别人问刘华玲死之前如何处理自己的钱时，她放言道："全他妈当大便纸擦了屁股，给就给真不要脸的。"他们同市场文化对抗的武器是革命文化虚幻的英雄理想和绝对平均主义。

从以上的分析看，顽主们作为被甩出两种主流文化的"红色没落纨绔"，既对两种文化进行绝情的颠覆和批判，又对两者不加辨别的盲从。他们用盲从的市场文化经验批判革命文化，又用盲从的革命文化经验批判市场文化。革命文化和市场文化，既是他们的批判对象又是他们的批判武器，他们缺乏更先进的文化思想，他们的文化思想几乎全部来源于两种主流文化。这就形成他们很深的主流文化情结。主流文化作为精神文化，是一种主流意识形态。顽主们实际上有着很强的主流意识形态性。这也是王朔的深层心理。看起来与政治拉开距离的王朔小说，却蕴含着很强的政治色彩。这与京都文化的政治性有着必然的联系。

（二）对传统道德精神的反叛与皈依

张晓平这样概括王朔笔下的顽主世界："你看王朔笔下的顽主们何其神通广大，他们从一个城市飞到另一个城市，倒卖彩电、汽车，出入豪华宾馆，辗转于一个个漂亮女郎的躯体之间，像耍猴一样耍弄港客、外商、警察、正人君子……他们干的是最刺激，最冒险的勾当，说出的话令女大学生五体投地，连开几句生殖器的玩笑也那么富有情趣，什么豪赌，狂欢，乱爱，欢歌，浪舞，大嚼，大咬，全成了他们家常便饭的拿手好戏。”[①]这是一个散发着罂粟芬芳和腐朽气味的纨绔世界。他们没有正当职业,没有远大理想,没有任何责任感,无视法律,无视道德,自由逍遥,恣意任性;他们热衷私利的满足和欲望的宣泄,整日里沉浸在刺激、冒险和迷狂的生命快感中。他们以这样的精神状态与传统文化精神相遇,形成矛盾复杂的关系。

1.对传统义利价值观的颠覆与盲从。《毛诗序》云:“故变风发乎情,止乎礼义。发乎情,民之性也;止乎礼义,先王之泽也。”如果说“发乎情”是文学的本体论,那么“止乎礼义”则是文学的目的论,二者共同构成我国的传统文学观念。其中,“礼仪”是文学的最高境界。“礼义”指的是以三纲五常为核心的宗法制伦理道德。既有强调五伦和谐乃至社会和谐的积极意义,也有强调君权、父权、夫权压抑人性的负面效果。由于“义”是伦理社会的核心道德,经国治邦之大业,有至高地位。故而有“君子喻于义,而小人喻于利”之说。

顽主们却是重利轻义的一群。王朔说:“我是个拜物狂,那种金钱的东西我很难拒绝,我看有钱比什么都强。”[②]他强调处事的个人主义标准:“根据切身利益选择判断是正确的,判断总是真实的,能说服人的。”[③]王朔的观念自然也影响着他笔下的顽主们。《一半是火焰,一半是海水》中的张明便说:“我贪财、好色,道德沦丧,每天晚上化装成警察去敲诈港商和外国人,是个漏网的刑事犯罪分子。”他和方方、亚红和卫宁等整日坑蒙拐骗、为非作歹。在他们看来,爱情不过是性关系的替代物,其价值是在于诈骗他人钱财,引诱他人堕落。因而金钱是顽主们声色犬马、纸迷金醉生活的物质保障。《橡皮人》中的老邱说:“就这么回事儿,说什么都是假的,掏出钱来是真的。”为了钱,“我”与李白玲、张燕生、徐光涛、杨金丽这几个总角之交在电视、汽车倒卖中展开了您死我活的争斗。“我”巧舌如簧,又打又拉,抓住了怀揣公家巨款想买豪华汽车的某城商业局干部老蒋的钱,与徐光涛、老邱合伙倒卖彩电;张燕生及时向老蒋揭穿我们的阴谋,不过是想把老蒋的公款转到自己的账户。李白玲与张燕生巧设陷阱,使“我”倒卖彩电的勾当彻底失败,他们不仅倒卖了彩电,而且为老蒋购买了汽车,从中获得巨利。这些人如同一群饥饿的野兽,相互撕咬争斗,一派鲜血淋淋的惨烈景象。致使杨金丽感叹道:“贫困的生活真能把一个看上去温文尔雅的人变得禽兽不如。”《千万别把我当人》中的赵宇航、白度、刘顺明、孙国仁等成立“全总”,其宗旨虽然是参加世界搏击赛,潜在目的却是赚钱。为了赚钱,白度们对唐元豹进行各种荒唐的训练,还调动各种宣传机器造势。唐元豹与动物同台演出,还在北京西郊全武

① 张晓平:《杂谈王朔、方方等人的小说》,《文学自由谈》1990 年第 2 期。

② 王朔等:《我是王朔》,国际文化出版公司 1992 年版,第 17 页。

③ 王朔等:《我是王朔》,国际文化出版公司 1992 年版,第 79 页。

行的演出中大显身手，为“全总”赚了不少钱。外国大胖子畏惧自杀后，“全总”又将唐元豹骗了，令其参加女子项目，唐元豹终于在世界“忍术”大赛中获得冠军，继续成为“全总”的摇钱树……

顽主们为攫取金钱的种种表演，使王朔的小说迸射着浓郁的商业气息，这自然与现实的市场经济有关。无疑是对传统的义利价值观的冲击和颠覆。但这种颠覆和批判是形而下的，其武器是寻求扩张和占有的个人欲望。王朔以欣赏的态度描写顽主们的种种行径，亦可看出他复杂困惑的矛盾心态。邓晓芒对王朔批判道：“他笔下的人物就是他自己，他不能把别人带出绝境因为他自己陷在绝境之中，他最得意的正是他最虚弱。他的调侃和玩世正是说明他无法承担灵魂撕裂的痛苦，他刚刚触及本质便马上怕烫似地缩回了温暖狭小的蜗壳之中。他正要表现出和鼓吹一下人的原始生命力却又向古老的群体惰性投降，因为这种惰性既是他批判的，又是他须臾离不了的。”①顽主们在金钱追逐的人生游戏中，也纠结着皈依礼义的矛盾倾向。王朔小说有不少“组织意象”，如“三T公司”、“三好协会”、“全总”等，这些组织可说是顽主们生存的载体。虽然这些组织都是经营性的，与赚钱紧密相关，但也有一定的社会性愿望：“三T公司”针对的是社会关系的紧张状态，其用意在于社会关系的和谐；“三好协会”针对的是社会的精神颓废，旨在强化人们的自信心；“全总”则是为着维护民族的尊严和自信……这些都或多或少带有传统道德的“义”的特征。尽管顽主们为了赚钱投机钻营，不择手段，但看到更能赚钱的人却又发出这样的诅咒：“让他们丫挣去，挣足了咱给他来个一打三反没收喽。”这虽然是文革思维，却与封建社会农民“均贫富，等贵贱”的绝对平均主义相通。

顽主们对传统道德精神的颠覆和皈依都是形而下的，他们颠覆的并非全非，皈依的也不一定全是，因为“他刚刚触及本质便马上怕烫似的缩回了温暖狭小的蜗壳之中”，“正要表现出和鼓吹一下人的原始生命力却又向古老的群体惰性投降”。

2.对传统爱情价值观念的反叛和认同。传统爱情价值观既包括古代爱情价值观，更包括而且主要是现代启蒙爱情价值观。关于现代爱情观，黑格尔曾说：“爱情的内容只有恋爱者的自我，由另一个人（恋爱对象）的自我反映出来，恋爱者从这反映中又感受到自己的自我。”“双方在这个充实的统一体里，才能实现各自的自为存在，双方都把各自的整个灵魂和世界纳入到这种统一里。”②恩格斯也有一个经典的描述：“现代的性爱，同古代人的单纯的性要求，同厄洛斯（情欲），是根本不同的。第一，性爱是以所爱者的对应的爱为前提的；从这方面说，妇女处于同男子平等的地位，……第二，性爱常常达到这样强烈而持久的程度，

① 邓晓芒：《灵魂之旅——九十年代文学的生存境界》，湖北人民出版社1988年版，第45页。

② 黑格尔：《美学》（第2卷），商务印书馆1981年版，第332、326页。

如果不能结合和彼此分离,对双方来说即使不是一个最大的不幸,也是一个大不幸;为了能彼此结合,双方甘冒很大的危险,甚至拿生命孤注一掷,……最后,对于性关系的评价产生了一种新的道德标准,人们不禁要问:它是婚姻的还是私通的,而且要问:是不是由于爱和对应的爱而发生的?”①综合黑格尔和恩格斯的论述,可以得出这样的思考:爱情应以自然情欲为基础,以相互的爱情为前提,以共同的社会责任和生活理想为旨归。简言之,它包含三个基本的要素:性欲、爱情、责任。性欲是产生爱情的生理基础;情爱是发展爱情的心理根据;社会责任是维持爱情的道德保障。这便是现代启蒙爱情价值观。

王朔非常重视爱情描写。他说:“我作品中的人物都是精神流浪式的,这种人的精神也需要一个支点……我选择了爱情作为这一精神时刻。”②这些精神流浪的顽主们,由于丧失了精神家园,也就丧失了爱情的精神品格,他们的“爱”堕落为纯粹的性欲,以淫乱的群居和非婚同居获得生理的快感,拒绝承担任何责任。值得提出的是,对于顽主们淫乱的性行为,王朔并没有展开浓墨重彩的描写,“床上戏”极为少见;只是用极随便的口吻轻描淡写,多处暗示,点到辄止。如在《橡皮人》中写“我”和老邱在小城找到一位身份暧昧的姑娘,仅简单写了一句:“我们三人就挤在那张床上。”写李白玲,也仅写一句“我”与她发生性性关系后的感觉:“棒得像头大海豹。”并以蜻蜓点水的方式暗示她与张燕生、徐光涛、老邱等同居,是大家的“共同老婆”,激发人们产生此女人淫荡的联想。被称为痞子的王朔实在是进行着严肃的纯文学创作。

王朔浓墨重彩描写的是顽主爱情的非道德非责任状态。《一半是火焰,一半是海水》写张明诱奸大学生吴迪,当吴迪以身相许、谈婚论嫁时,他却大惊失色,因为他根本就没想过承担爱情的责任。《过把瘾就死》中的“我”对杜梅也是如此。《给我顶住》中的“我”要尽欺骗手段出卖挚爱自己的妻子,又甩掉追求自己的情人,过起无牵无挂的无责任生活。《浮出海面》的于晶对病榻上的石岜悉心照料,石岜却毫不隐讳地对她说:“如果你破了相,一文不名,我就毫不犹豫地抛弃你,不管有多少道德先生站出来弃谴责。”显示出顽主的无情无德无责的无耻嘴脸。

既然爱情是顽主们的精神支点,而顽主们的爱情常常是否弃了情爱和责任的性欲刺激,就必然导致他们精神的空虚。《玩的就是心跳》的顽主们共同的感受是:“兴奋、刺激以至快感都是转瞬即逝的,一天中这样的时刻累积起来也不会超过十分钟,剩下的二十三小时零五十分钟,刨去睡眠、无知觉的片刻和不动感情的交往,再加上不等时的闲适、惬意,仍有数十倍于那有感觉的十分钟时间内是无聊、空虚、极度的怀疑和极度的迷乱。”《许爷》中的“我”喊出:“我的野心

① 《马克思恩格斯选集》(第4卷),人民出版社1995年版,第75页。

② 王朔等:《我是王朔》,国际文化出版公司1992年版,第82页。

和自尊使我不甘沉沦，我要有我的一席之地。"顽主们确实寻找着自己的"一席之地"，尽管这一席之地飘忽不定，似有似无。《玩的就是心跳》中凌瑜总是在"我"（方言）的梦里出现，那是我寻找的"一席之地"，于是我与凌瑜相约做梦：

"为什么你不带我做个美梦呢？在梦里不全可以由我们做主？"

"就依你。"我哈哈笑瞅着姑娘，"让我们努力做个美梦。"

"就我们两个，我们不让别人走进我们梦里。"

"不让，"我保证，"我有权支配我们自己的梦。"

这里流露的是两心相悦的纯情。《一半是火焰，一半是海水》上篇写张明诱奸吴迪，与方方、卫宁、亚红等做淫荡生意，被判劳改，无异于"恶魔"；下篇写张明来到南方城市，认识了胡亦，对她百般保护，颇似"天使"。这种转变虽依据不足，却可看出王朔以及他笔下的顽主们寻找"一席之地"的愿望。顽主们在两性关系上虽然混乱不堪，但在内心深处确保留着小小的禁区。在《橡皮人》中，"我"爱慕的不是杨金丽和李白玲，而是纯正端庄的女军官张璐；"我"与杨、李性关系混乱，同张璐却保持着纯洁的关系。《空中小姐》中的"我"，始终珍藏着对王眉的爱，而且在王眉出嫁、牺牲后还处心积虑的寻找王眉的爱，当她的丈夫证实了这种爱时，作者描写道：

阿眉来了！

冰清玉洁，熠熠生辉。

她拥抱了我，用空前、超人的力量拥抱了我，将我溺入温暖的海洋中。她用岩浆般沸腾的全部热情，挤榨着、置换着我体内的沉淀垢物；用她那晶莹透彻的全副激情，将我身心内外冲刷得清清白白。我在她的拥抱、治疗下心跳、虚弱、昏厥，她的动作温柔极了。蓦地，我感到倾注，像九溪山泉那样汩汩地、无孔不入地倾注。从她眼里、臂膀、胸膛，从她的心里。流速愈来愈快，温度愈来愈高，我简直被灼疼了。天哪！这是她贮存的全部鲜血、体液，是她积蓄的，用来燃烧青春年华的能量，她不能再发出耀眼的光亮，都无偿、慷慨、倾其全部地赠与了我。我感到一个人全部情感和力量的潜入，感到自己在复苏，在长大，我像一支火炬熊熊燃烧起来。

这里全没了顽主的影子，有的是美丽、纯洁、高尚，是奔腾不息的激情和熊熊燃烧的青春。

顽主们的爱情观还可以从女性形象的角度进行审视。同顽主们交往的女性可分三类：(1) 如李白玲（《橡皮人》）、刘炎（《玩的就是心跳》）、刘美萍（《顽主》）等，是顽主群体中男性的"共同情妇"；(2) 如杨金丽（《橡皮人》）、亚红（《一半是火焰，一半是海水》）等，是利用色相诈骗钱财性犯罪者；(3) 如张璐（《橡皮人》）、王眉（《空中小姐》）、胡亦（《一半是火焰，一半是海水》）、凌瑜（《玩的就是心跳》）、杜梅（《过把瘾就死》）等，是品貌端庄、有良好文化素养和社会责任的女性。顽主们同前两类女性更加气味相投，他们或者同李白玲们整日鬼魂，过着混乱的性生活；或者同杨金丽们合伙进行性犯罪，用色相骗取钱财。在这里，没有爱情，没有责任，体现了他们对传统爱情观的反叛。第三类形象是顽主们心灵深处那块传统爱情观念的净土。分两种情况：一种如张璐、胡亦等，并未与顽主们发生爱情关系，存在于他们美好的记忆中；另一种如王眉、杜梅、凌瑜等，与顽主已有爱情关系，或谈情说爱，或结婚成家，但结果都是悲剧。这种情况表明，传统爱情观念仅存于顽主心灵深处的一隅，他们的心灵更多被反叛观念占据，一旦与传统爱情观相遇，必然发生悲剧，因为很难向传统爱情观俯首帖耳地皈依。这便是顽主们对传统爱情价值观反叛和皈依的实情。

传统道德观精神体现的是传统的庙堂意识，顽主们对传统义利价值观的颠覆与盲从、对传统爱情价值观念的反叛和认同是一种扭曲的道德精神，显示着同传统庙堂意识的曲折联系。

（三）对知识分子文化的挑战和心仪

在《你不是一个俗人》中，被顽主于观、杨重、马青等奉为老师的冯小刚诱使“小白人”说出：“能被最广大的群众接受的就是最高级的、艺术的。譬如相声、武侠小说、伤感电影、流行歌曲、时装表演诸如此类。这就是我，和知识分子迥然不同的，一个俗人的标准——我为此而骄傲。”继而大加赞赏：“你是一个雅人，天下第一雅人……”这不仅表现了顽主们与知识分子不同的艺术标准，更表现了他们的反知识分子立场。基于这种立场，他们不失时机地对知识分子进行挑战和抨击，而且形成了他们自己的攻击策略和精神武器。

顽主们对知识分子的攻击策略是以自嘲而嘲人。如王朔所说：“我接受了这样一种表达方式，即北京话中有这样一个特点：我要谴责别人就得先摆正自己的位置，我要骂你首先我得认同我也不是东西。并不是你比我低我谴责你，而是你跟我一样你却装得高所以我要把你拉下来。”①《你不是一个俗人》中冯小刚的两段话是很好的注脚：

> 作为一个优秀的吹捧家最重要的品质就是不惜把自己变成一个可怜虫，一个笨蛋，一个恨不得让人用大耳刮子抽的白痴。同志们呐，这是灵与肉的奉献啊！
>
> 就像任何新的东西都脱胎于旧的东西一样，我们捧人也是脱胎于骂人，由此不可避免带有旧社会的影响和烙印。我们很多吹捧家譬如诸位都是骂人出身，虽然抱有最良好的愿望，但一旦捧不动了基于追求效果就情不自禁

---

① 王朔、余绍文：《且听王朔分解》，《北京青年报》1995年8月31日。

使用习惯语式。要知道骂人是比捧人更悠久的一门艺术。

综合两段话的意思便是：捧人首先要自贱，捧人脱胎于骂人，其本质就是骂人，因而捧人即骂人，骂人首先要自骂。顽主们挑战抨击的对象主要是作家，他们的逻辑是：我是作家，我是流氓，因而作家都是流氓。《一点正经也没有》中方言、吴胖子、于观等建立作协组织，自封作家，于是拿作家开涮，如：

（安佳）问道："如果一个人两手攥空拳，无才无势无德无貌，他怎么才能一夜之间小家乍富平步青云摇身一变什么的……"

"去偷去抢去倒腾国家嫁大款什么的。"

"既没有偷抢的胆儿有没有生意的手腕还阳痿。"

"脸皮厚不厚？心黑不黑？"

"厚而无形，黑而无色。"

"那就当作家，他这条件简直就是天生的作家坯子。"

无才无势无德无貌无胆无识却脸皮厚心黑，虽未称作家是流氓，其品德与行径已与流氓无二。方言被大学生拉去讲演，他大讲"玩文学"，招致听众起哄，于是同大学生对骂："操你妈！""操你们的妈！""你们他妈有本事打死我！"方言最后的杀手锏是："谁他妈也别想跟我这儿装大个的——我是流氓我怕谁呀！"承认了自己是流氓，也就可以顺理成章地骂所有的作家是流氓。马青要求加入于观、方言们的作协组织，因为听存车的老太太说"全市的流氓都转业当作家喽"。方言与老作家古德百因玩文学一场口角，丁小鲁称"都是流氓"，方言败下阵来，但他感到"小流氓败在老流氓手里不丢份儿"。《顽主》中马青警告同作家宝康谈恋爱的林蓓："林蓓你小心点，宝康不是好东西，你没听说现在管流氓不叫流氓叫作家了吗？"

顽主们批判知识分子的精神武器是"卑贱者最聪明，高贵者最愚蠢"。这句有名的格言在革命年代常被领袖引用，可说是革命警句。然而，它也曾打上极左的烙印。文革中，红卫兵自视为"卑贱者"，将"走资派"、"反动学术权威"等视为"高贵者"，盲目造反，斗走资派，批反动权威，狼烟四起的群众运动一发而不可收。毛泽东有段名言："拿未改造过的知识分子和工人农民比较，就觉得知识分子不干净了，最干净的还是工人农民，尽管他们的手是黑的，脚上有牛屎，还是比资产阶级和小资产阶级知识分子都干净。"①基于这种思考，20世纪50年代至70年代一直将知识分子视为资产阶级知识分子。知识分子和工农的关系成为"卑贱高贵说"的普遍指涉，乃至于"文化大革命"走上极端，"读书越多越愚蠢"、"知识越多越反动"、"读书无用"等口号一时甚嚣尘上，知识分子惨遭迫害与批判，几乎到"绝圣弃智"的程度。这种"文化大革命"意识，形成人们难以泯

① 《毛泽东选集》（第三卷），人民出版社1991年版，第851页。

灭的负面思维。王朔称自己的作品要表现的就是“卑贱者最聪明,高贵者最愚蠢”,因为自己没有上过大学,就专门与知识分子作对。关于什么是知识分子,他认为“凡是上过大学的,都算”。[①] 显然,卑贱者就是他笔下的顽主,高贵者就是知识分子。王朔这种决绝态度,使人想到迫害知识分子的文革遗风。

有人将王朔笔下的知识分子分为四类:清高孤傲者,如宝康(《顽主》)、古德白(《一点正经也没有》)、关汉雄(《你不是一个俗人》)等;武断蛮横者,如刘桂珍(《我是你爸爸》)王亚茹(《刘慧芳》)等;为物所役者,如牛大姐、刘书友、李东宝、戈玲以及于德利(均见《懵然无知》《修改后发表》《谁比谁傻多少》)等;伪君子,如赵舜尧(《顽主》)、王明水(《顽主》)等。其中,受到顽主们挑战和攻击的是清高孤傲者和伪君子。其实,两者并没有什么差别,他们清高孤傲其实不过是伪君子。宝康认为自己的作品爆了大冷门,起码可获得全国奖。他一面说“我不在乎得不得全国奖,我对名利其实是很淡泊的”,一面又说“我只希望我的劳动得到某种承认,随便什么奖都可以”,哪怕是个“三T”奖,而且颁奖的一切费用全由他负担。于是“三T”公司的顽主们导演了一场要弄宝康的闹剧。由杨重担任“‘三T’文学奖评委会主任委员”,顽主们自己冒充作家、名人,并用“有吃有喝有乐”的承诺拉来观众造势。在大会上,有评委会主任委员发言,有用“击鼓传花”方式推出的“市委领导”胡拉胡扯的讲话,“获奖作家”还领到了从副食店弄来的腌鸭蛋的菜坛子。宝康代表获奖作家(其实全场就他一个所谓的作家)发言时,非常投入地讲述着自己“获得成功”的心得和“不平凡”的成长经历,认真至极,动情至极,乃至语无伦次,竟让人误以为是失足青年的心灵忏悔。自视甚高的宝康被一群痞子、混混们要得如此可怜,竟是愚蠢的笨蛋。

自封为青年精神导师的赵舜尧以“救苦救难”的姿态向于观们进行精神布道,却着实领教了于观们的要弄:

> “这不奇怪,像你们这种年轻人,没受过什么教育,不可能再有什么发展,在社会上倍受歧视,内心很痛苦,但又只好如此,强颜欢笑。”
>
> 于观慢慢点着一根烟,抬头凝视赵舜尧。
>
> 赵舜尧诚恳地望着于观:“这不公平,社会应该为你们再创造更好的条件。我要大声疾呼,让全社会都来关心你们。我已经不是青年了,但我身上仍流动着热血,仍爱激动,这些,我一想到你、马青、杨重这些可爱的青年,我就不能自已,就睡不着觉。”
>
> “你说我们内心痛苦?”
>
> “当然,这太明显不过了,你不说我也能感觉得到。”
>
> “要是我们内心并不痛苦呢?”

① 王朔:《无知者无畏》,春风文艺出版社2000年版,第38页。

“这不可能——这不合逻辑,你们应该痛苦,干吗不痛苦?痛苦才有救。”

“那我告诉你,我们不痛苦。”

“真的?”

“真的。”

“那只能让我感到可悲,那只能说明你们麻木不仁到了何种程度。这不是苏生而是沉沦!你们应该哭你们自己。”

“可我们不哭,我们乐着呢。”

“无产者挣脱的只是锁链……”

“听着,我们可以忍受种种不便并安适自得,因为我们知道没有完美无缺的玩意儿,哪儿都一样。我们对别人没有任何要求,就是我们生活不如意我们也不想怪别人,实际上也怪不着别人何况我们并没有觉得受了亏待愤世疾俗无由而来。达则兼济天下,穷则独善其身。既然不足以成事我们宁愿安静地等到地老天荒。你知道要是讨厌一个人怎么能不失礼貌地请他走开吗?”

“最好是不说话,表示你已对他失去兴趣。”

“……”

“那我走了。”

自视甚高的精神布道者,却被“挽救对象”巧妙地赶走。赵舜尧离开后,几乎同顽主们干着同样的勾当:狂躁的于观们到大街上恣事打架;气急败坏的赵舜尧则在街头电话亭翻着电话本拨打电话无端开骂“去你妈!去你妈去你妈”。此后的赵舜尧逐渐放弃自己的“原则”而与之合流,他对马青提出的“发个妞儿”建议半推半就,甚至说出“我那个老婆……个人生活都是悲剧”。他向顽主们透露了自己更加阴暗的希望:“当一回专门夜里逮人的盖世太保。”“穿着黑皮大衣戴着礼帽,夜里十二点以后到人家彬彬有礼地敲门。”“敲开门进去后照旧彬彬有礼,先道歉再逮人,不忘欣赏一下墙上的油画,恭维几句主人家的艺术气氛和夫人的美丽端庄。干的是肮脏勾当可透着相当高的文化修养。”甚至同“三T”公司达成扮演这种闹剧的契约。道貌岸然的赵舜尧,骨子里有着比顽主更多的阴暗和卑劣。如同王朔所说,在面对形形色色的物质利益时,知识或知识分子全傻,他们丧失了自身固守的精神家园和原则立场,将掩盖于精神光环下的那些和现实紧密相连的人性弱点逐一暴露出来。

顽主们的反知识分子立场与其人生经历密切相关。王朔说:“因为我没念过什么大学,走上革命的漫漫道路受够了知识分子的气,这口气难以下咽。像我这种粗人,头上始终压着一座知识分子的大山。他们那无孔不入的优越感,他们控制着全部社会价值系统。以他们的价值观为标准,使我们这些粗人挣扎起来非常困难。只有给他们打掉了，才有我们的翻身之日。而且打别人咱不敢，雷公打豆腐拣软的捏。我选择的攻击目标，必须是一触即溃，攻必克，战必胜。"①如果王朔写作仅是报私恨，他的作品也不会有如此强烈的社会反响。因而还应有更深刻的社会历史原因。知识分子也是一个复杂的所在，既是社会最敏感的神经和灵魂，又是民族的劣根性的沉重载体。王朔说："以我之偏见，中国社会最可恶处在于伪善，而伪善风气的养成，根子在知识分子。中国历代统治者大都是流氓、武夫和外国人，他们无不利用知识分子驭民治国……世道人心、精神关怀又皆赖知识分子议论裁决，这就造成知识分子身兼二职：既是神甫又是官员。绝对的权力导致绝对的腐败。信仰与利益，超凡成圣和过日子往上爬，再伟大的知识分子也难以自处二者兼得或割舍其一。于是伪善便成了普遍的选择。中国有很多神话，最大的神话便是知识分子受迫害。英勇无辜为国为民的知识分子充斥史书文献……结果掩盖了知识分子自相残杀的实质。杀知识分子的都是知识分子。"②虽然伪善的根子在知识分子、知识分子杀知识分子的说法有待进一步研究，但他指出的知识分子的两面性以及伪善弱点是切中要害的。这些特征在漫长的封建社会中形成，并作为民族的集体无意识根深蒂固地传承下来。这正是王朔抨击知识分子的历史依据。

在20世纪的现代化进程中，知识分子的精神风貌和历史命运呈复杂坎坷的状态。五四时期是中国的启蒙主义时期，知识分子是启蒙主体和社会先锋，他们高举民主和科学的旗帜，反对封建主义，批判国民性弱点，从而启迪民智，唤起民族的觉醒。工农革命时期经历第一、二、三次国内革命战争和抗日战争，工农兵成为历史主体和社会先锋，知识分子虽然参加了这场伟大的斗争，但是，在战场上冲锋陷阵、流血牺牲的并不是他们，而是工人、农民和战士，知识分子反而暴露出脱离群众、瞻前顾后、犹豫动摇的弱点。这正是毛泽东将知识分子与工农兵比较、批评知识分子"不干净"的现实依据。新时期之初的思想解放运动被称为是五四之后的又一次伟大启蒙，在这次启蒙运动中，长期被压抑的知识分子再次成为科学和民主的载体，成为文化启蒙主体和时代先锋。也正在此时，王朔被甩出知识分子的列车。80年代后期以来我国进入市场社会，历史的主体再次发生变化，昔日的商业世家、新兴的冒险家、暴发户、投机家成为市场大潮的弄潮儿，知识分子陷入物质和精神的双重贫困，"造原子弹的比不上卖茶蛋的"成为普泛的社会现象。"在'一切向钱看'的社会心态怂恿下，社会上出现顽主式的潇洒：纵欲拜金，急功近利，短期行为，权钱交易；人性沦丧，冒险投机。人文精神的失落，

① 《王朔自白》，见《王朔研究资料》，天津人民出版社2005年版，第17页。

② 王朔：《无知者无畏》，春风文艺出版社2000年版，第141页。

使人敢于牺牲道德精神为金钱而活着。”①人文精神的危机实际上是知识分子自身价值的危机。不少知识分子确实因为市场经济的挤压而丧失精神尊严，走向堕落颓废。王朔于80代后期现身文坛，正是市场大潮奔涌、人文精神衰退、知识分子弱点充分暴露之时。这也正是王朔和笔下的顽主们挑战知识分子的现实依据。

顽主们对知识分子的轰击看似如火如荼，但对象仅是作家（还有些编辑）而已，例外的是赵尧舜，他说不上是作家，作者也未交代他的其他身份。这是些怎样的作家呢？《一点正经也没有》中两次提到当作家的条件：一次是方言与安佳谈到作家认多少字时，答曰：“加上错别字有那么三五千吧。”一次是刘会元说的：“谁让咱小时候没好好念书呢，现在当作家也是活该！”“小时候没好好念书”、“加上错别字三五千”，可见，这些作家不过是“顽主式”的作家，这些知识分子也不过是“顽主式”的知识分子。如同王朔批判社会并不反对政府、“基本上不写大人物（哪怕是一个团支部书记或者处长）”②一样，顽主们抨击的知识分子并没有学富五车的真正知识分子。这让人似乎感受到作者对真正知识分子的几分“心仪”。王朔说：“我也认识到很多值得尊敬的知识分子，他们使我意识到自己的狭隘和偏见，但每当一个知识分子刚刚令我摆脱了偏见，立刻会有另一个知识分子出现用他的言行将我推回原处。”③王朔抨击的显然是“另一个知识分子”。即使对这些知识分子抨击，王朔也有自己的小九九：“他也未必一开始真想和知识分子闹翻，内心还想得个满贯百分才好，所以起初的姿态并非挑战，更多是挑逗撒娇，打情骂俏，撑死了是扮演一个淘气的孩子，以引人注目，坏孩子才需要多关心嘛。走的是梁山宋江张作霖的路子，造反只是为了招安，目的是曲线做官。”④他直率地说：“我写小说就是拿它当敲门砖，要通过它过体面的生活，……我追求体面的社会地位，追求中产阶级的生活。”⑤可见，王朔和顽主们潜意识中心仪的，还是知识分子的体面、高雅和贵族气。

总之，顽主形象是20世纪八九十年代在北京这块土地上产生的独特群体。他们身处多重文化的矛盾交织点，但对这些文化更多的是形而下的身心感受，缺乏形而上的理性思考。作为红色纨绔，他们深受昔日革命文化影响却未能跻身主流，游弋于现实市场文化却身处边缘，他们以失落者的怨恨抨击过去和现实，却又紧紧抓住二者不放，表现出强烈的主流文化意识。对于传统伦理道德文化，他们在颠覆中有盲从，反叛中有认同，与之有着复杂的情感联系。对于知识分子

---

① 王岳川：《文化衰颓中的话语错位现象》，《山西发展导报》1994年7月1日。

② 王蒙：《躲避崇高》，《读书》1993年第1期。

③ 《不是我一个跳蚤在跳——〈王朔自选集〉自序》，见《王朔自选集》，华艺出版社1998年版。

④ 王朔：《我看王朔》，《北京青年报》2000年1月11日。

⑤ 《王朔访谈录》，《联合报》1993年5月30日。

文化，他们用北京人的“自嘲嘲人”思维与革命文化的“卑鄙高贵”辩证思想进行抨击批判，却又对其典丽性及贵族气暗存心仪。从顽主们的身上，可以明显感受到京都文化的政治性、庙堂性、典丽性、贵族气打下的烙印，尽管这些烙印有着扭曲变形的荒诞色彩。

第五节　调侃：顽主的生存形态

——王朔新京味小说论之二

调侃，是王朔笔下顽主们的话语方式。对于这种调侃，王朔说：“咱们这个圈子，不是你想说真话就能说，也不是你知道某些事就能为了说假话而说假话，我必须面对的是：我的书面语言库中没有一句真话，你不用有目的地做假，一说就是假的，而你用这种语言库的语言说真话，听着就跟假话似的。就在这种时候，你可以说是一种失语状态吧。要说话，你就非得说假话，你也只会说这种话，但这种话明摆着不是我想的那意思，我要说的事用这种话说不出来，所以我只能用开玩笑的方式、调侃的方式说，我用这种方式是想让对方知道，我说这些不是真的，别往真的里边想，别那么实在地想。”①这段话说明，王朔小说语言不是书面语，而是的日常口语；其言说方式是调侃，既是调侃就不要太当真，太坐实，但其中包含着作家想说真话的真诚。

（一）王朔小说的调侃对象

王朔同他笔下的人物有很强的相似性，如同邓晓芒所说：“他笔下的人物就是他自己。”其文本表现是，他的作品大都是第一人称“我”，“我”既是叙述者，又是顽主类的主人公。小说中的调侃主要通过叙述者“我”实施，因而，“我”的调侃对象就是顽主们的调侃对象。如前所述，顽主们“身处多重文化的矛盾交织点”，在革命文化、市场文化、传统伦理道德文化和知识分子文化的矛盾旋涡中左奔右突，对这四种文化怨恨中有盲从，反叛中有认同，抨击中有心仪。调侃的矛头也就对准这四种文化。

1.革命文化。革命文化是王朔最重要的调侃对象。革命文化包括革命文化景观、革命文化行为和革命文化精神。由于王朔写的都是新时期的京都市民生活，革命文化景观诸如战场景观的战旗、硝烟、阵地、军号声等已难以复现，王朔

---

① 王朔、老侠：《写作与伪生活》，见葛红兵、朱立冬编：《王朔研究资料》，天津人民出版社 2005 年版，第 106—107 页。

调侃的主要是革命文化行为和文化精神。革命文化行为包括革命话语和革命行为。革命话语是最主要的调侃对象，包括命理论、领袖语录及诗词、革命"样板戏"、英雄的豪言壮语等，都是王朔的调侃对象。如："看来你们是坚持走自己的路了？""嗯，不准备变，岿然不动认死理儿不管山下旌旗是否在望。"是对毛泽东语录和诗词的调侃。《千万别把我当人》中唐国涛胡编的一段义和团故事，是对样板戏《红灯记》的调侃：

"那天天也是这么黑，也是这么冷。我刚把一家老小处理完，突然，只听得有人敲门，嘴里轻轻地喊：'师娘，师娘，你快开门。'我把门这么一开，只见进来一个人，左手抱着一个婴儿，右手举着红灯……"

"是谁？"

"就是我老伴，我现在的老伴——当时她是'红灯照'。"

"那怀里的孩子？"

"就是霍元甲。"

"天呐，我怎么没听说过还有这么一段！"

"我老伴一见我，就扑通跪下，嘴里喊着：'师父，师父，我师娘、师姐全死了。'我说：'是，都是我勒死的。'我老伴哭着说：'从今后，我就是你的亲人，这孩子……'我打断她；'这孩子哪儿抱来的还送回到哪儿去。'"

第一段完全是"痛说革命家史"一场中的台词，紧张激烈而有悲剧性。之后便开始调侃：讲述义和团的故事运用抗日战争话语，本身就是一种荒唐；加之怀里的孩子"就是霍元甲"，以及"这孩子那儿抱来的还送回到哪儿去"等词语，就把一场惊心动魄的悲剧变成戏谑荒诞的闹剧。以革命行为为调侃对象者，如《玩的就是心跳》中的吴胖子对李江云说的话："本党的宗旨一贯是这样，你是本党党员就将你开除出去，你不是本党党员就将你发展进来——反正不能让你闲着。……不管你是否愿意加入本党，只要本党看你顺眼你就是本党党员——爱谁谁吧。……我是想起一个山东快书的段子：当哩个当，当哩个当，你先叫我入了你那个裆，我就叫你入了我这个党。""加入共产党"本是一种庄重崇高的行为，本段却在戏仿中进行调侃：此处的"党"是指吴胖子的"顽主团伙"，那发展、开除党员的随意性，尤其是那针对李江云（女性）"入裆"的猥亵之说，已将"入党"变成与流氓和性欲相连的低俗行为。

革命文化精神包括浅层的革命意识形态和深层的革命文化潜意识。以革命意识形态为调侃对象的，如："历史是由妇人创造的……历史就是个蛋，由女人生了的蛋！不管群众、英雄、写书的人，那个不是大姑娘养的？起码也是婊子养的。纵观中国历史，每到关键时刻都会有一个妇女挺身而出拨开云雾调正船头推动历史向前发展。从殷商时期的妲己到姬周时期的褒姒，从西施到吕雉，王昭君、赵飞燕、杨玉环、武则天诸如此类……此辈虽然肩不能担，手不能提，但一言可以兴邦，一颦可以亡国，起到了阶级敌人想起起不到的作用，干了阶级敌人想干没法干的事情，从而也使我们的历史变得跌宕有致、盛衰不定，……马上可以得天下，床上也可以得天下。”(《千万别把我当人》)这里的调侃对象显然是“人民创造历史”的理论。套用的是理论叙述的话语结构，关键词却发生变化：“蛋”取代“社会实践”，“妇人”、“婊子”取代“群众”、“英雄”。最后导致荒诞的结论：“床上也可以得天下。”革命文化潜意识(包括价值观念、审美情趣、思维方式)却很少成为作家调侃的对象，作家甚至对这种潜意识产生不由自主的留恋。比如革命文化的思维方式，《一点正经也没有》中的方言给大学生讲文学，虽然用“玩文学”消解“为工农兵服务”，但他讲课的深层思路却是如下关键词：文学为工农兵服务—忧国忧民—诲人不倦—从胜利走向胜利—社会责任感。《玩的就是心跳》第23章中的《第六天》有一段高洋、高晋、许逊等的浪漫想象：

“要是这回我手里有一支五六式冲锋枪，端着冲到街上‘哒哒’扫个扇面，街上的人会怎么样?”高洋比划着问冯小刚。

“踩死的会比你打死得多。”冯小刚说。

“要是咱哥几个一人手里有一支呢?”

“那这城市咱们就军管了，直接冲进市政府改公社了，咱们成立一个革命委员会，轮流执政。”

“我不用执政。”许逊插话说，“就派我去领导文艺界就行了。”

“我接管外贸和旅游。”汪若海说，“以后你们到我的饭店吃饭一律按价倒找钱。”

“高晋把公安、税收、海关抓起来。方言可以让他去管计划生育和爱国卫生运动。”

“所有的银行、企业一律没收。”高晋说，“小商小贩也全部课以重金罚款。”

……

高洋们想象的思路是：上街造反——军管：市政府改公社，革命委员会——领导文艺界，接管外贸和旅游，把公安、税务、旅游抓起来，所有的银行、没收……完全是文革夺权的思维方式，甚至有巴黎公社夺权和中国工农革命当年武装夺取政权的影子。

可见，王朔对革命文化有着复杂的情感，如同王一川所说：“‘顽主’一方面要反叛‘最高指示’及与此相连的政治国家传统，但另一方面又对他充满感激和怀念之情。因此，‘顽主’的调侃无法不陷入一个深刻的悖论。”①

2.知识分子文化。知识分子文化也是王朔重要的调侃对象。具体地讲，主

① 王一川主编：《京味文学第三代》，北京大学出版社2006年版，第62页。

要是知识分子的文化行为和文化精神。以文化行为作为对象的如:“现在全市的闲散人员都转业进文艺界了,有嗓子的当歌星,腿脚利索的当舞星,会编瞎话的当作家。”“我……听存车的老太太嚷嚷:‘全市的流氓都转业当作家喽!’”(均见《一点正经没有》)关于文化精神,以文化浅层结构即意识形态为对象的,如文学理论,《一点正经没有》中大胡子和于观聊:“文学,就是排泄,排泄痛苦委屈什么的,通过此等副性交的形式寻求快感……”方言则认为:“文学就是痛苦——得排泄,性交一样的……干活!”“关键在于……得让你操文学——不能让文学操了你!”在给大学生讲座中,方言又大讲玩文学:“我建议同学们重新学习古今中外文学史和文学理论,写得多么明白。不玩文学的人是没有出路的。……不是喊文学要走向世界么,不玩文学,诺贝尔文学奖怎么会发给中国人?”这些调侃显然与现成的文学理论体系对抗,消解着知识分子的精英文学精神。以文化深层结构为对象的,如知识分子的价值观念和思维方式。《我是你爸爸》写马锐在课堂上指出老师念错字引起一场风波,父亲马林生明知儿子做法正确,却诚挚地讲出另一番理论:

“……你傻就傻在不懂得这条做人的基本规则:当权威仍然是权威时,不管他的错误多么确凿,你尽可以腹谤但一定不要千万不可当面指出。权威出错犹如重载列车脱轨,除了眼睁睁看着他一头栽下悬崖,没有任何办法可以挽回,所有努力都将是螳臂挡车结果只能是自取灭亡。”

这可说是马林生这位在“年龄和经济的双重压力下挣扎”的知识分子多半生的深切体验。这里有他的价值观念:崇拜权威;也有他的思维方式:可腹谤不可明言。王朔曾指出知识分子历代都被统治者利用,并指出“既是神甫又是官员”的双重身份形成他们的伪善。“依附皇权”和“伪善”,正是知识分子在漫长的历史发展中积淀而成的劣根性。马林生对儿子的有意识教导正是“皇权崇拜”和“伪善”劣根的无意识流露。于此,可以看到王朔对革命文化和知识分子文化深层心态的不同态度:对革命思维方式表现不自觉的皈依,对知识分子思维方式和价值观念却天然地否弃。这自然与他的经历有关,作为“红色没落纨绔”,革命文化是他们母体,他与母体有割不断的血缘联系,这种联系甚至积淀为一种集体无意识,故而形成他们对革命文化深层精神不自觉地皈依。同知识分子文化的关系则不同,一是在革命文化居于主流时期,知识分子长期被作为改造、打击对象,自然形成“红色没落纨绔”对知识分子的鄙视;二是如王朔所说,他“没念过什么大书”,“受够了知识分子的气”,对知识分子充满怨恨。虽然也想挤进知识分子的行列,“过上体面的生活”,但终究与知识分子“有了结”。故而对知识分子文化精神的深层结构有天然的反感。

3.传统伦理道德文化。同革命文化与知识分子文化相比,以传统伦理文化为对象的调侃要少些。但并非不深刻。具体讲,涉及文化行为和文化精神。以文化行为为对象的如《顽主》中于观与他的离休的父亲的对话：

“我是关心你。我怎么不去管大街上那些野小子在干吗？谁让你是我儿子呢。”

“所以呀，我也没说别的，要是换个人给我来这么一下，我非抽歪了他的嘴。”

“你瞧瞧你，照照自己，那副玩世不恭的样儿，哪还有点新一代青年的味道？”

“炖得不到火候。”于观关了电扇转身走，“葱没搁姜也没搁。”

传统的伦理关系是儿子对父亲的绝对服从，在这里虽然于观有所克制，却暗含着对父亲的挑衅，带有明显的“弑父”味道，尤其是后面一句：“炖得不到火候，葱没搁姜也没搁”，将自己比喻成一锅饭，是父亲没把自己做熟，如姚雪垠说的“差半车麦秸”。将父亲的指责一并反抛了回去。在父子争吵的最后于观说了一句更具弑父意味的话：“你要叫我爸爸我也给你把尿。”以传统文化精神为对象的调侃主要是其浅层结构——意识形态。《千万别把我当人》中白度们将唐元豹带到“宝味堂”，让其感受“寓教于吃”，显然是对“寓教于乐”的嘲弄。白度先介绍：“‘宝味堂’的菜有个特点，那就是寓教于吃。每道菜都渗透着中国文化的博大精深，吃罢令人沉思，不妨称之为‘文化菜’，在这里吃一次饭就相当于上了一堂生动活泼的中国文化集锦课。”之后是“寓教于吃”的闹剧：

“这道菜是由三枚核桃仁和一只肉丸子烧成，名为‘三人行，必有我师’，肉丸子叫狮子头。”

“这道菜是由三十六种调料煨出的肚丝马铃薯，叫做‘万般皆下品，唯有读书高’。”

“这道菜是砂锅炖蘑菇，叫做‘国中不可一日无君’。”

“这道菜是一只小母鸡和一只大公鸡、一只小公鸡、一只公螃蟹熬的汤，叫做‘在家从父，出嫁从夫，无夫从子’。”

…………

这里不仅对传统文化的各种儒家经典思想进行调侃，还嘲讽了饮食业为招徕顾客而对饭菜牵强附会命名的庸俗作风。也有以佛家思想为对象的，如寺庙的“大佛”指点唐元豹：“你来于尘土，必将归于尘土，你的肉体必将经历苦难，而你的灵魂必将得救。把你的牛羊舍我，我必使你快乐。不要说谎不要扒女澡堂，当你接受不义之财时，你也就领到地狱的出入证。当你把最后一口窝头给了比你还饿的人，你也就在天堂的银行存进了一笔美元。爱你的仇人，当他打你的左屁股时把你的右屁股也给他。讲文明讲礼貌守纪律，上车让座，过马路走人行道，红灯停绿灯行，公买公卖，不拿群众一针一线，一切缴获要归公，敢于同坏人坏事作斗争……”佛家仁爱思想里充斥着基督教教义，掺杂着“五讲四美”、马路交通规则、"三大纪律八项注意"，杂语狂欢中对佛理进行了戏谑性消解。以传统文化深层结构——文化潜意识为对象的虽然不多，却有一定的深刻性。前面提到的马林生教训儿子的那段话也可看作对传统文化的调侃。

4.市场文化。市场文化也是较少的调侃对象，对市场文化的调侃，主要是市场社会的人情世态，如《顽主》写"三 T"奖颁奖大会以"会后聚餐"招徕观众，唤起"衣冠楚楚的男女们"吃的欲望，"他们像攻进冬宫的赤卫队员们一样黑鸦鸦地移动着，涌了进来，……像是国庆检阅时的步兵方阵，对前面桌上的啤酒行着注目礼。……他们……步伐越来越快，最后终于撒腿跑起来，冲向所有的长条桌，服务员东跑西闪、四处躲藏，大厅里充满胜利的欢呼。……源源不断的人群挤到桌边，无数只手伸出去抢酒瓶、抢杯子，把几十张长桌上的酒水一扫而光。"作家夸张地描写人们欲望（食欲）赤裸裸爆发，并用"进攻冬宫的赤卫队员"、"国庆检阅时的步兵方阵"这类革命话语做调侃"剂料"，更强化了调侃的荒诞性。再如，《千万别把我当人》中唐元豹做的书籍广告一时走红，广告商纷纷盗版套制：

> 清朗的天，奔驰的马群，苍翠的山涧奔腾着清凉的溪水，溪水中冰镇着几瓶"可乐"。元豹抱着书作奋不顾身状。一个特写：书扔进溪中。一只手从溪水中举起一瓶"可乐"。元豹面部特写："没有可乐我不能活！"
>
> 豪华居室，家具电器一应俱全，惟有房角留出一块空地。元豹抱着书若有所思："我还缺什么呢？"一台冰箱自天而降，正好落在房角空地上。"噢，我还缺我中意的冰箱。"
>
> 元豹抱书指画外："光读书有什么用？"画面出现装满漂亮的酒和一群群男女老少痛饮的场面。画外："千杯不醉乃英豪！"
>
> 元豹捧书贴着脸，深情地说："每当我看书看不下去的时候，就想起东方——齐洛瓦！

这显然是讽刺调侃广告盗版现象。这种盗版使广告的原作者——女导演大为光火，她"从床上掀被跳起"、"目瞪口呆"地"连声叫喊"："啊——啊——操他妈！"

或许作家对市场文化的深刻感受尚待时日，或许他更多感受的是市场的正面性，对于市场文化精神层面尤其是深层结构的调侃并不多见。

5.顽主。这是四种文化之外的调侃对象。以顽主为调侃对象有两种情况，一是顽主的自我调侃。如《一点正经没有》中马青提出当作家时，于观劝道："我是怕耽误你，耽误我也就耽误了，你还年轻，吃碗干净饭不行吗？"方言与大学生口角时破口骂道："谁他妈也别想给我这儿装大个的——我是流氓我怕谁呀！"这正是顽主们的斗争策略："我要骂你首先我得认同我也不是东西。"二是隐含作者对顽主的调侃。《顽主》中写于观、马青、杨重与赵尧舜一场口角，心中不乐，便到大街上寻衅，肆意冲撞那些裤线笔挺、腰身已粗的中年人，屡屡得手后产生所向披靡的感觉。于是：

马青兴冲冲的走到了前面，对行人晃着拳头叫唤着："谁他妈敢惹我？谁他妈敢惹我？"

一个五大三粗，穿着工作服的汉子走近他，低声说："我敢惹你。"

马青愣了一下，打量了一下这个铁塔般的小伙子，四顾地说：

"那他妈谁敢惹咱俩？"

这不是顽主的自我调侃，而且叙述者也没有表示任何态度，但又分明感到马青们的可笑。实际是隐含作者在背后指点、嘲笑顽主们欺软怕硬的阿 Q 精神胜利法。这正是作家对顽主们的评价。在这里，作家与笔下的顽主们拉开了距离。看来，王朔虽然与笔下的顽主们有很大的相似性，但是，"他笔下的人物毕竟不是他自己。"这昭示着，他对笔下的顽主有着一定的清醒认识。

（二）王朔小说的调侃策略

王朔小说的调侃的策略多种多样，计有杂语式、反讽式、戏仿式、比喻式等。

1.杂语式。杂语式即"杂语喧哗"，如同巴赫金所说的狂欢节，各色人等都可以自由演说，从而形成"众声喧哗"的语言狂欢。王朔说："写小说最吸引我的是变幻语言，把词、句子打散，重新组合就呈现出另外的意思。"①杂语式就是王朔将词句打散、重新组合的结果。如，"少废话！你就是高！就是天才！就是文豪！就是大师！就是他妈的圣人！……您，风华正茂，英姿飒爽，一表人才，加上才华横溢才气逼人才大志疏合成一个才貌双全怎么能不说超群绝伦超凡脱俗超然屹立一万年才出一个！"（《你不是一个俗人》）这是马青捧小白人的话。在这里，敬语"天才"、"文豪"、"大师"、"圣人"和赞语"风华正茂"、"才华横溢"、"超群绝伦"等，与骂人话"他妈的"、"少废话"，贬人话"才大志疏"，电影《地道战》汤司令的话"你就是高"以及文化大革命期间林彪称天才语言"一万年才出一个"纠结在一起，杂语共陈，众声狂欢，在令人捧腹的喜剧效果中消解了敬语和赞语的庄重性，捧人也就变成"损人"。

为了强化杂语狂欢，王朔小说索性去掉标点，形成延宕不断的"杂语流"，强化着"喧哗"的气势。赵元任曾将其称为"负停顿"，因为"词语总是比思想慢，因此说话人在一句尚未说完时下一句早已想好"，②说话人想用词语追上思想，而必然会取消通常的语音停顿。但是王朔"取消语音停顿"不仅是为着"负停顿"，

① 王朔：《创作谈（王朔答问）》，葛红兵、朱立冬编：《王朔研究资料》，天津人民出版社 2005 年版，第 41 页。

② 赵元任：《汉语口语语法》，商务印书馆 1979 年版，第 30 页。

还是使打散重组的各种不同语言因素形成强大的“语言流”，从而创造光怪陆离的陌生效果。如：“领头发难，揭发、控诉，上挂下钩内引外连贴标语造谣言我全拿手如果这还不行我还能歌功颂德指鹿为马瞪着眼睛说瞎话闲着眼睛摸自个‘四人帮’也别想难住我你们说怎么干吧这回我全听你们的当靶子我是好靶子当打手我是好打手右派凑不齐我也算一个反正我是交给你们了你们看哪儿缺哪儿少你们就把我塞哪儿插哪儿我一概没意见！”（《千万别把我当人》）最为精彩的还是《千万别把我当人》中元豹妈代表坛子胡同宣读向大胖子的“致敬信”：

> 敬爱的英明的亲爱的先驱者开拓者设计师明灯火炬照妖镜打狗棍爹妈爷爷奶奶老祖宗老猿猴老太上老君玉皇大帝观音菩萨总司令，您日理万机千辛万苦积重难返积劳成疾积习成癖肩挑重担腾云驾雾天马行空扶危济贫匡扶正义去恶除邪祛风湿祛虚寒壮阳补肾补脑补肝调胃解痛镇咳通大便，百忙中却还亲身亲自亲临莅临降临光临视察纠察检查探查侦查查访访问询问慰问我们胡同，这是对我们胡同的巨大关怀巨大鼓舞巨大鞭策巨大安慰巨大信任巨大体贴巨大荣光巨大抬举。我们这些小民昌民黎民贱民儿子孙子小草小狗小猫群氓愚众大众百姓感到十分幸福十分激动十分不安十分渐愧十分快活十分雀跃十分受宠若惊十分感恩不尽十分热泪盈眶十分心潮澎湃十分不知道说什么好，千言万语千歌万曲千山万海千呻万吟千嘟万俄千词万字都汇成一句响彻云霄声嘶力竭声震寰宇绕梁三日振聋发聩惊天动地悦耳动听美妙无比令人心醉令人陶醉令人沉醉令人三日不知肉味儿的时代最强音：*万岁万岁万万岁万岁万岁万万岁！*

宗教用语、医学术语、文革语言、封建祝颂语、日常口语，交汇一起而绝少停顿，众声驳杂又积压一处，巨大的张力形成语言的大爆炸、大狂欢。同时，“致敬信”的对象是大胖子，如同巴赫金所说的狂欢节上的“加冕”；而颂词中杂烩的各种语言又相互颠覆相互拆解，更兼有“积重难返”、“积习成癖”、“千呻万吟”这样的贬语，“加冕”中又预示着“脱冕”。这样的“杂语喧哗”将词语随意拼贴，思维逻辑混乱，显示出非理性特征。王朔正是用这种非理性、非逻各斯对理性和文化进行调侃和颠覆，显示出明显的后现代主义特征。

2.反讽式。反讽（irony）一词来自希腊文 eironia，原为希腊戏剧中一种定型角色，即“佯作无知者”。他在自以为高明的对手面前说傻话，但最后这些傻话却是真理。在古典和中世纪的逻辑学中，这个词已变成这一戏剧角色所运用的技巧，即口是心非。在现代文论中，新批评派把它作为所有文本结构中都具有的一种文学根本特异性，其内涵是：作者由于洞察了表现对象在内容和形式、现象与本质等方面复杂的悖论形态，并为了维持这些复杂的对立因素的平衡，而选择一种暗含嘲讽、否定意味和揭弊性质的委婉、幽隐的修辞策略。反讽不同于讽刺，讽刺具有强烈的攻击性和揭露性，反讽更是一种自我解嘲。因而反讽是一种克制叙述，如同布鲁克斯与沃伦所说："在实际说出的与可能说出的之间有或大或小的差距。"[①]有人进而概括为："故意把话说轻，但使听者知其重。"[②]同上文"杂语式"的嬉笑怒骂相比，"反讽式"倒显得"一本正经"。王朔在《许爷》中写道："那时的社会风气已开始追求享受，但姑娘们尚未完全受到金钱的腐蚀，尚未把自己当做金钱出售。还是很讲情调的，一顿饭就可以跟你上床。""实际上说出的"是对社会风气和姑娘们"讲情调"的赞赏，"可能说出的"是姑娘们毫无保留的卖淫；作家"故意把话说轻"，仅轻描淡写地说一句"一顿饭就可以跟你上床"，"但使听者知其重"。再如："我不能派人去打那个不让你调走的领导的儿子，那不像话，我们是体面人。我建议你还是去找领导好好谈谈。不要拎点心盒子，那太俗气也不一定管事，带着铺盖卷去，像去自己家一样，吃饭跟着吃，睡觉跟着睡，像戏里说得那样：'在沙家浜扎下来了。'"（《顽主》）一面说"我们都是体面人"，不能对领导非礼，"故意把话说轻"；一面又出馊主意，让对方带着铺盖卷去领导家里耍无赖，"使读者知其重"。言说者言说的"内容与形式、现象与本质"之间产生了矛盾和悖反，从而形成揭弊性质的委婉反讽。

王朔的反讽常常形成悖论状态，如：《一点正经没有》中方言谈"玩文学"："看看我国现代文学宝库中的经典之作大师之作，哪一篇不是在玩文学？要有社会责任感么！我们是作家，作家是什么人？那就是人上人！总是比一般的机灵点高雅点背负着民族的希望充当着社会的良心指点着祖国的未来。我们要不站在高处指手画脚品头论足上挂下联左右方向那全国人民是进退维谷不知所措求生不得欲死不能——那还不得活活憋死！"开宗明义要讲"玩文学"，而且极致地认为，我国现代文学的所有经典之作都是玩文学。依此思路，接下来应谈文学的非政治性非社会性非道德性非责任感，但方言却大谈作家的"社会责任感"，并将其推上荒谬的极致：如果没有作家的指点，全国人民就会"进退维谷不知所措求生不得欲死不能——那还不得活活憋死"！两个"荒谬的极致"相互对抗和颠覆形成悖论，产生反讽的喜剧效果。再如孙国仁等在"全总"主任团会议上给赵航宇的致敬信，调动了毛泽东诗词、题词，鲁迅诗，古代诗词，说唱语言，以及文革期间向领袖写致敬信的语言，首先对赵航宇进行了厚颜无耻的吹捧："您废寝忘食，日理万机，戎马倥偬，马不停蹄，使尽了力，操碎了心，为中国人民的解放事业贡献了毕生的精力。"继而又表暗含令其隐退的恋恋不舍之情："千里搭长棚，终须与君别；好花不常开，好景不常在；得撒手处

① 转引自赵毅衡：《新批评：一种独特的形式主义文论》，中国社会科学出版社 1986 年版，第 179 页。

② 转引自赵毅衡：《新批评：一种独特的形式主义文论》，中国社会科学出版社 1986 年版，第 187 页。

且撒手，得饶人处且饶人；世上始终未了不了了之，落花流水春去也——换了人间。小舟从此去，江海寄余生；待到山花烂漫时，你在丛中笑……"加之刘顺明"声情并茂声泪俱下"的朗读，连赵航宇的"一腔怒火"都化为"一捧辛酸，早已是哭得死去活来"。其实，孙国仁们的真实目的是赶赵航宇下台，会后两位保安强行押送他离开，接他回家的已不是汽车，而是后座铺着包袱皮的自行车。会上的热捧和会后的冷酷形成强烈的悖论和反差，令人肉麻的致敬信不过是一场心怀叵测的闹剧。

陈思和谈到反讽时说："……当人们被'四·五'事件刺激起光荣的梦想时，当文学义不容辞地承担起替天行道的神圣职责时，这种修辞形式并不常见，……惟有当这一梦想在商品经济无情冲击下被碾碎，理想被粗暴地践踏以后，特别是那些因此而发了迹的人们安然顶替着一切神圣的名词庄严地生活着的时候，反讽才真正显示出了它的效果。正如欧战摧毁了西方人的传统观念，才导致了'黑色幽默'等文学思潮一样，王朔的小说，就是在一个传统道德观念土崩瓦解的时代里才能获得了读者的青睐。"①其实，反讽并非商品时代文学的专利，"它存在于任何时期的诗中，甚至是简单的抒情诗里"②，布鲁克斯就用反讽分析了莎士比亚的诗歌。不过，陈思和的话倒也昭示着，王朔的反讽产生于理想与神圣被践踏、传统道德观念土崩瓦解的商品时代，因而它同"黑色幽默"一样，具有了后现代主义的特征。

3.戏仿式。戏仿即戏谑性模仿。戏仿与模仿不同，模仿视模仿对象为学习的楷模，是一种学习方法与手段；戏仿则对模拟对象进行戏谑与调侃，从而达到颠覆和消解目的。戏仿分两类："一类描述平凡琐碎的事物，借不同的表现风格使其升格；一类描述庄重的事物，以相反的表现风格使其降格。"③王朔的戏仿均为降格模仿。前文提到的"全总"主任团给赵宇航的致敬信、坛子胡同给大胖子的致敬信是对文化大革命期间向领袖写致敬信的戏仿，唐国涛讲义和团斗争是对《红灯记》中"痛说革命家史"一场戏剧情境的戏仿，白度带唐元豹宣誓是对入党宣誓仪式的戏仿，瘦高讲师讲的"女人创作历史"是对"人民创造历史"理论的戏仿，"寓教于吃"的闹剧是对"寓教于乐"理论的戏仿……《玩的就是心跳》写道："回到家，吴胖子他们在玩牌，见我就说：'我媳妇回来了，所以我们这个党小组会挪到这继续开。'他又一指大盘脸与陌生男人说：'这是我们新发展的党员，由于你经常缺席，无辜不缴纳党费，我们决定暂时停止你的组织生活。'""党小组会"、"发展新党员"、"停止组织活动"，是对党组织生活的戏仿，将庄严的组织

---

① 陈思和：《黑色的颓废——读王朔小说札记》，《当代作家评论》1989 年第 5 期。

② 布鲁克斯：《反讽与"反讽"诗》，见王治河主编：《后现代主义词典》，中央编译出版社 2005 年版，第 112 页。

③ 约翰·邓普：《论滑稽模仿》（项龙译），昆仑出版社 1992 年版，第 2 页。

生活降格为牌友的临时组合,包括发展新牌友和除名旧牌友。戏党组织生活进行了颠覆和消解。自然,这里也有对枯燥的形式化的党小组生活会的批判。还有对文革批斗会的戏仿:

“伪君子!你这是资产阶级的自我道德完善!你完善了置别人于何地?那些和你一起买菜的家境并不宽裕的广大群众怎么办?”马青一拍大腿,指着杨重喝道:“你站起来!”

“站起来!”刘美萍也情绪激昂地喊,“杨青不老实就叫他站起来!”

“群众叫你站,你就站起来吧。”于观对杨重说。

杨重可怜巴巴的站起来,低下头。

“你说!你交代……”马青、刘美萍围攻杨重,指指戳戳。

“我交代什么呀?”杨重十分困惑、无奈。

“咱们原先打算让他交代什么来着?”于观小声问冯小刚。

“买菜多少钱?”

“不,不,不是这个,是什么我也忘了,但肯定不是这个。”于观想了又想,叹了口气,“实在想不起来了。”

“我被这一搅也忘了。”冯小刚灵机一动,“让他自己说。”

“你自己说,我们想叫你说什么来着?”于观义正词严地指着杨重。

批斗会是革命文化中的一种斗争行为。从土地革命时期的打土豪分田地、土地改革时期的斗地主,到三反五反中斗腐败分子、资本家,反右斗争中斗右派,大跃进时期的大辩论(其实是对被辩者的批斗),再到文革期间的大批判,批斗会发展成为一种常用的群众斗争形式,乃至走向形式化的极端:随心所欲地批斗任何一个与自己意见不同的人。此处的戏仿对批斗会进行将个性嘲讽。“你站起来”,“不老实就叫他站起来”,“你交代”等是批斗会的常用语,不容批斗对象反驳又是批判者惯常的思维方式。但荒谬的是,批判者们竟不知让对象交代什么!于观的一句话“你自己说,我们想叫你说什么来着”,将这种荒谬推上了极端。也就彻底颠覆了批斗会的革命性与严肃性。

王朔的戏仿对象多种多样,包括言语、行为、场景、仪式等,但仔细研究,主要是革命文化包容的范畴,如革命理论,领袖著作、语录、诗词,入党行为、入党仪式、入党誓言,文革中的致敬信、大批判场面,样板戏的唱词、念白、戏剧情境……一方面,表现出王朔对革命文化的消解和批判,另一方面,也可看出革命文化在王朔的心灵中打下了怎样深刻的烙印!

4.比喻式。比喻分明喻、暗喻和借喻。无论哪一种比喻,都包含喻体和本体两项。王朔比喻式调侃的特征是强化喻体和本体的对比性,比如崇高/卑琐、纯洁/龌龊、高雅/低俗、道德/欲望、人性/兽性等,制造两者的巨大反差,“夸大无意义的东西,同时又缩小重要的东西,使他小说中庄重严肃的声调和语义内容之间极端不协调”①,于是读者在陌生化的语言感受中获得喜剧性感受。如:“电视里正在放一出连续剧,有外遇的妻子刚刚回家,不满的丈夫严厉地询问她。她一言不发,神态冷淡坚毅,眼里流露出毫不掩饰的轻蔑如同江姐面对中美合作所的刽子手,坐在四十多排的观众都能看得一清二楚。”(《橡皮人》)本体是有外遇的妻子对自己丈夫的轻蔑,喻体是江姐对中美合作所刽子手的轻蔑,后者是大义凛然的英雄气概,前者是偷鸡摸狗的无耻行为,两者的拼贴,确实“夸大无意义的东西,同时又缩小重要的东西”,造成“极端不协调”。再如《编辑部的故事》中李东宝认为妻子“是一种专卖标志”:“你瞧我手上这盒烟,上面写有‘中国烟草进出口公司’的字样,妻子就是这个意思。”戈玲则进一步解释,“你只能买柜台上陈列的,不能买顾客拎在手里的,于德利就属于他妻子已经交了款的。”在这里,本体是夫妻关系,喻体是顾客交款后拎在手里的东西,将美好幸福的爱情婚姻同花钱买东西相比,显然又是“夸大无意义的东西,同时又缩小重要的东西”。

王一川将王朔的比喻性调侃分为“以雅喻俗”和“以俗喻雅”两类②,其实主要是“以雅喻俗”,“以俗喻雅”的并不多见。而且还有更为复杂的情况,如:

> “您是光明希望未来理想旗帜号角战鼓胜利成功骄傲自豪凯旋天堂佛国智者巫师天才魔术师保护神救世主太阳月亮星辰光芒光辉光线光束光华……”
>
> 元凤白眼一翻昏了过去。黑子又接过元凤的话说下去:
>
> “大力神鹰隼狮虎铜头金脸铁腕霹雳拳头大炮导弹柱石墓石长城关隘。没有您我们将冻死饿死打死骂死吵死闹死烧死淹死吊死摔死让人欺负死……”

“您是……”显然是一个明喻。“您”是本体,指大胖子,一位庸俗的顽主。“光明……长城关隘”的连续90个字是喻体,这是一个繁复杂乱的组合,有保护神救世主等天堂神灵、光明未来等希望理想、太阳月亮等自然景观、号角凯旋等战场景观、鹰隼狮虎等凶禽猛兽、大炮导弹等现代武器、柱石墓石等建筑设施……其中不都是高雅,还有鹰隼狮虎的凶残、巫师魔术师的神秘怪异、光线光束的绵长细微、拳头墓石的黑暗阴森……这些包含各种复杂审美指向的概念形成的宏伟庞大整体与“您”这位大胖子顽主形成巨大反差,从而产生调侃戏谑的喜剧效果。

此外,还有夸张式、想象式等。其实,各种调侃形式并不是截然分开的,其间多有交融和交叉,一段调侃文字甚至可以包含多种策略方式。

---

① 亨鲍姆:《果戈里的〈外套〉是怎样写成的》,见《俄苏形式主义文论选》,中国社会科学出版社1989年版,第203—204页。

② 王一川:《寓言神话的终结——王朔作品中的调侃及其美学功能》,《学习与探索》1999年第3期。

（三）调侃：北京新市井人物的生存方式

1.王朔的调侃是北京新市井人物的，而非旧市井人物的生存方式。王朔调侃表现出一种“新”的味道，这种“新”是同老舍、邓友梅的比较而言的。老舍、邓友梅着意描写的是北京的老市民，其语言特征是幽默；王朔描写的是新市民，其语言特征是调侃。这种差异可从两方面进行思考。其一，从小说语言的载体看，老舍、邓友梅幽默的语言载体是清末民初乃至20世纪三四十年代的北京市井人物，包括茶馆老板、洋车夫、没落旗人、鼓书艺人、颓废纨绔等，属于老北京市民。他们居住在胡同四合院，是四合院文化的载体，也是传统的纲常伦理文化的载体，他们的话语其实是伦理话语，体现着伦理世界的权力、秩序与和谐。王朔调侃的语言载体是被称为顽主的红色没落纨绔。他们从出生和成长在部队大院，是大院文化的载体。大院是新中国成立之后出现的文化景观，其主要特征是政治性，是革命文化的产物。顽主这些红色没落纨绔也就同革命文化有着割舍不断的血肉联系。自然，在大院文化土壤上生出的不仅仅是顽主，许多大院的优秀子女沿着升学、参军的途径进入行政、教育、科研、经济、军事等领域，成为各行各业的精英人物。顽主们未能抓取升学、参军的契机，成为被甩出历史主流列车的社会边缘人，他们自然不是北京新市民的全部，不过是其中的一类。作为革命文化载体的大院文化是新北京文化，作为传统伦理文化载体的四合院文化是旧北京文化，两者有较大差异。在现实生活中两者的联系也比较薄弱，许多大院的孩子没有到过四合院，四合院的老居民去大院的机会也并不多。鉴于大院具有强烈的社会性和政治性，其语言更多的是政治性社会性话语，这正是王朔小说的语言基础。因而他说：“……我借助最多的是城市流行语，老北京的方言我不太懂。这些流行语的来源很多，有语录中的，重大事件中的，还有新典故，等等。我从来没生活在方言区中。我接触的生活语言还是谈论时事政治这类的。”①如果说老舍、邓友梅的小说语言更带有传统性和自足性，那么，王朔的小说语言更带有现代性和开放性。

其二，从作家的主体意识看，老舍、邓友梅的幽默体现着精英意识，而王朔的调侃更体现顽主类市民意识。这与他们所处的时代密切相关。老舍是深受五四新文学运动影响的作家，虽未直接参加五四运动，却有很深的五四情结。他的创作有很强的启蒙性，他曾经历了工农革命的时代，但他的创作基本属于启蒙现实主义；邓友梅虽然是革命队伍里成长起来的作家，却也有较强的启蒙意识，曾因发表爱情小说《在悬崖上》被打成右派，20世纪七八十年代之交现实主义的大复兴，复兴的是五四提倡的科学与民主的启蒙精神，以及以五四为旗帜的、在50—

① 《王朔自白》，见葛红兵、朱立冬编：《王朔研究资料》，天津人民出版社2005年版，第41页。

70年代被视为异端的文学思想。这就是说，老舍和邓友梅创作的主体意识都是五四文学精神。洪子诚认为，五四文学精神包括启蒙责任、文人意识和重视文学自身价值的立场①。关于“文人意识”，陈思和曾有解释，②我则以为，它应是指“精英意识”，正是有了这种精英意识，才能坚持重视为学自身价值的立场，担负起启蒙责任。因而，精英意识应是五四文学精神的核心所在。老舍、邓友梅都具有这样的意识，而他们的幽默正是这种意识的体现。其实，幽默这种修辞行为体现的就是精英智慧。如同福克尔讲的，作为主观滑稽最高形式的幽默，是在滑稽特有的随意游戏的表象组合与人生现实诸关系的深刻洞察和对世界奥秘的明智观察相结合的情况下产生的。现实生活中常有夹杂着卑小的伟大、隐瞒了内在病患的健全以及自欺欺人的英雄主义等各种现象，幽默就是根据以洞察这些人生虚有其表的价值为目的的认识冲动，用奇特的才智来揭示这些人生矛盾，使滑稽的所有手段都为这个目的服务。因此，幽默是唯一具有认识和观察倾向的美的类型③。正是基于精英意识，邓友梅从古典辞赋重吸收营养，采用铺陈、对偶、博喻等修辞手法将幽默“化俗为雅”。

王朔小说则是80年代后期以来市场文化的产物。此时期，社会由文化启蒙向发展市场经济转型，文学的内部机制也发生着变化。七八十年代之交的启蒙现实主义文学由伤痕文学、反思文学发展到改革文学，启蒙精神在逐渐减弱。改革文学的两种写作模式——蒋子龙模式和高晓声模式都有很强的启蒙性，启蒙武器是“现代化憧憬”，启蒙者则是作家或笔下的英雄人物。然而，在蒋子龙模式和高晓声模式之间出现了三类人物形象：第一类如庞泽云《夫妻粉》中的鲍大勺，在商潮搏击中利欲熏心，道德沦丧；第二类如何士光《种苞谷的老人》中的刘三老汉，在商潮中恪守着传统美德；第三类如李心田《流动的人格》中的杨洪山，作为市场的弄潮儿，一半是天使一半是魔鬼。鲍大勺和刘三老汉的形象体现着现代性批判，而杨洪山形象则体现着现代性困惑，两者共同消解着“现代化憧憬”，这正是改革小说衰落的原因。改革文学由蒋子龙模式转化为高晓声模式，高晓声对农民心理痼疾的发掘引发出文化寻根。初始的寻根作家提出：“释放现代观念的热能”去“重新镀亮”民族的自我。显出较强的启蒙意识，但他们进入琳琅满目的民族文化宝库时，很快放弃了启蒙，走向新历史主义。先锋小说则

---

① 洪子诚：《1956：百花时代》，山东教育出版社1998年版，第12页。

② 陈思和说：“我的理解是指新文学历史上另外一批知识分子，他们对中国社会的现状也充满了批判精神，但对启蒙的意义和结果却持怀疑态度甚至悲观的态度，进而放弃启蒙的要求，转而在民间确定自己的工作岗位和专业价值标准，在文学创作的‘专业’则表现出对文学艺术本体规律特征的重视和探求。”见陈思和主编：《中国当代文学史教程》，复旦大学出版社1999年版，第10页。

③ 竹内敏雄主编：《美学百科辞典》，刘晓路、何志明、林文军译，河南人民出版社1988年版，第228页。

彻底否弃了启蒙,它受后现代主义影响,共同的精神指向是虚无主义。王朔正是在此时脱颖而出,或许因为王朔这位红色没落纨绔的文化边缘人身份为各种文化所不容,于是对现实产生不满和怨怼,形成虚无主义态度,故而与先锋小说和后现代主义合拍。他的小说被许多学者归入先锋文学,其调侃被称为后现代主义的"黑色幽默"。王朔的顽主类市民立场和后现代主义观念,使他难以像邓友梅那样,以精英意识将幽默"化俗为雅",他则把笔下人物统统拉到顽主的水平线上,进行肆意的戏谑与调侃,调侃策略则是"化雅为俗"。

可见,王朔的调侃是北京新市民在新的历史语境下形成的语言特征。

2.王朔的调侃是北京新市井人物的生存方式,不仅仅是语言手段。王朔在谈到自己的调侃时说了这样一段话:

> 我在这方面受过两个人的启发。一个人是逮谁拿谁开涮,你刚一开口,他就瓶你一道。这是一种生活态度。我虽然不怎么样,但你也没什么。你要真跟我急,我再瓶自己一顿。反正我敢糟蹋自个儿,你不敢。弄得你没辙没辙的。另一个人是常说好话。说两句好话费我什么事儿呀?我该怎么办怎么办。办正事时我一点都不傻。但我先拿大话填和住了你,你没个不晕的。给你架得高高的。我告诉你我要捧你,我都能把你捧晕了。给你架起来,有些事你就干不得啦。他该干什么照干不误。
>
> 这都是北京人的生活型态,都属于自己开道的。这两种人没有什么别的可依赖,只能依赖自己。他们没有金钱做后盾,——有钱人可以无所顾忌地生活——也没有势力可依赖,他们又要保持一定程度的自尊,又要迅速被人接受,只好创造一种,也是本能,生活磨练出来的,一种为自己开道的方式。这两种人能迅速打入各个社会生活的圈子。许多圈子是很难进的。这两种人都有这本事,哼哼两下儿就进去。而且一进去就熟得不得了。①

这段话的含义是:(1)调侃的来源是两种语言现实:涮和捧。无论是涮还是捧,都把自己垫进去;既约束了对方,又解放了自己。(2)涮捧术来源于北京人的困顿:既"没有金钱做后盾",也"没有势力可依赖"。为了"保持一定程度的自尊",便以涮捧术开道。(3)涮捧术是行之有效的开道方式,既保持了一定程度的自尊,又能迅速被人接受,能打入各种社会生活圈子。

王朔小说的调侃正体现了这种现实。如前所述,王朔的调侃对象是革命文化、市场文化、知识分子文化和传统道德文化,他同这些文化发生着复杂的联系和冲突。这种伟大的历史转型牵动着各种各样的社会矛盾,中国的、世界的、历史的、今天的、社会的、心理的,历史正是在各种矛盾的冲撞、转化、交融中艰难前行。恩格斯在 1890 年至约瑟夫·布洛赫的一封信中,提出了著名的"历史合力

---

① 王朔:《创作谈》,《我是王朔》,国际文化出版公司 1992 年版,第 61—62 页。

论”:“历史是这样创造的:最终的结果总是从许多单个意志的相互冲突中产生出来的,……这样就有了无数互相交错的力量,有无数个力的平行四边形,而由此就产生出一个总的结果,即历史事变,这个结果又可以看作一个作为整体的、不自觉地和不自主地起着作用的力量的产物。”如果把这种思想稍加发挥,可以把平行四边形分出不同的层次:众多小的四边形的合力组成较大的四边形,较大的四边形的合力组成更大的四边形……最终由少数重大四边形的合力构成历史的综合力。如此,在思考一个时代的文学发展的基本走向的时候,则要寻找巨大的平行四边形的重大合力。王朔出现在中国社会向市场经济转型的时期,这一时期,市场文化、革命文化、传统文化、知识分子文化便是巨大平行四边形的重大合力,每种合力都有深刻的社会历史渊源,都有巨大的社会能量。王朔和他笔下的顽主们“没有钱做后盾”,进入不了市场文化;“没有势力可依赖”,进入不了革命文化;“没有学历”,也进入不了知识分子文化;“没有声望和品行”,进入不了传统道德文化。“绕树三匝,无枝可依”,他们成为无根的游魂,于是对四种文化产生怨恨和不满。鉴于四种文化力量的强大,他们自知无力撼动,也不敢得罪,于是用“涮捧术”的语言胜利来满足一时的自尊。王朔的调侃策略诸如杂语式、反讽式、戏仿式、比喻式等正是涮捧术的具体实施。杂语式将敬语、赞语与骂人话、贬人话、反派人物为语言纠结一起,捧中有涮,涮中有捧,是捧和涮的杂烩;反讽和戏仿则是明捧暗涮,首先竖起一个正面的样板,然后悄悄地诋毁它;比喻式因为主要是以雅喻俗,故而是捧,但捧的结果又使雅俗合流,消解了雅,是先捧后涮。总之,王朔和他笔下的顽主们用捧涮法对四种文化进行了戏谑性调侃,目的是获得语言胜利和心理满足。不妨再举一例:

“你们平时业余时间都干些什么呀?”

“我们也不干什么,看看武打录像片、玩玩牌什么的,要不就睡觉。”

“找些书看看,应该看看书,书是消除烦恼解除寂寞百试不爽的灵丹妙药。”

“我们也不烦恼,从来不看书也没烦恼。”

“烦恼太多也不是什么好事,一点烦恼没有也未见得就是好事——那不成了白痴?不爱看书就多交朋友,不要局限在自己的小圈子里,有时候一个知识渊博的朋友照样使人获益匪浅。”

“朋友无非两种:可以性交的和不可以性交的。”

“我不同意你这种说法!”赵尧舜猛地站住,“天,这简直是猥亵、泼秽!”

“你说得极是。”

这是《顽主》中于观、杨重同赵尧舜的一段对话。赵尧舜以知识长者的身份对于、杨进行教诲,于、杨却不买账,以顽主的价值标准进行步步为营的反诘。开始是“涮”:平时干些什么——不干什么,应该看书,可消除烦恼——我们不烦恼。

这是直接反驳。继而间接“涮”:不看书就多交朋友——朋友有两种:可以性交和不可以性交的。意为,你关心的是受益匪浅,我关心的是性交之类的乐趣。最后是明捧暗涮,而且的极大的涮:这简直是猥亵、泼秽——你说得极是。看似尊捧对方,暗含的意思是:我就是猥亵、泼秽,我是流氓我怕谁!面对赵尧舜代表的知识分子文化,于、杨最终获得话语的胜利,也获得了自尊。调侃实在是顽主们为自己开道的生存策略。然而,话语的胜利不过是顽主们心造的幻影,如同阿 Q 的精神胜利法,一时的精神麻醉而已,丝毫改变不了他们现实的困境和精神的困惑。王朔笔下的顽主们不止在一处表示,精神胜利的“兴奋、刺激以至快感都是转瞬即逝的”,更多的时间是“无聊、空虚、极度的怀疑和极度的迷乱”。

以自嘲而嘲人的涮捧术不仅是顽主这类北京新市民的生存方式,而且是北京人共同的生存方式,有着历史的传承性。王朔多次提到自己接受的“这样一种表达方式”,是“北京话的一个特点”,是“北京人的生活型态”。邓友梅在谈小说语言的幽默时,也谈到老北京人这种语言方式对自己的影响。可见,这种语言方式体现着北京人代代相传的思维方式,是在漫长的历史发展中积淀而成的文化潜意识,也必然是北京区域文化的深层本质。

第六章　吴越文化与新时期吴越小说

第一节　吴越文化的地域特征

言及吴越文化，常有这样的说法：吴越地区水网密布，雨量丰沛，土地肥美，那柔和的水土陶冶了柔美的民风，故江浙有“水土柔和，人性柔慧”之誉。这种说法至少是不全面的，其实，古代的吴越人却是断发文身，尚剑好勇，富于角斗和冒险精神的。

（一）吴越文化的形成及远古文化性格

吴越最鲜明的地域特征，便是以“三江五湖”为主干而构成的水网世界。三江为长江、淮河、钱塘江。长江全长六千三百公里，年入海总径流量相当黄河的二十倍，到吴越之地已是长江之尾。约六七千年前，长江由今江苏镇江东面入海，之后江口逐渐东移，形成长江三角洲。一泻千里的长江，洪峰季节，泛滥成灾，给人民带来祸害；同时，随着泥沙淤积，河床升高，逐渐封闭了一些岛屿、湖泊，使大片沧海变成桑田，也为人民创造了财富。长江出海口的各个岛屿也经历了一个由堆积到稳定的逐渐形成的过程。长江出海口沿线的其他口岸也都受着长江径流、潮汐、风浪等影响，沉积与侵蚀因素同在，加之建筑江堤、海塘等人为因素，长江三角洲已趋于稳定的形成过程。淮河蜿蜒于长江与黄河之间，全长一千多公里，吴越人民受淮河之惠已久。春秋时，周敬王三十年（前486年）秋，吴国筑邗沟，引长江水北入淮河，既利灌溉，又便航运。钱塘江古名“浙江”，又称“折江”、“之江”、“罗刹江”，浙江下游的杭州段才称钱塘江。钱塘江是浙江省第一大河，发源于安徽省黄山，流经安徽、浙江二省入海，全长688公里。是越文化的主要发源地之一，也是越地人民的生命线。钱塘江在杭州湾的出口处是一个典型的大喇叭口，蔚为壮观的钱江潮涌，不仅被历代叹为奇观，其影响也利害参半：泥沙堆积升高形成海涂，便于围垦；潮涌冲刷又造成桑田变沧海的悲剧。

直到1970年，杭州附近的萧山因海潮冲刷一夜间坍涂纵深700余米。

五湖即太湖，《禹贡》称震泽，《周官》《尔雅》称具区，《国语》《史记》称五湖。太湖在江苏与浙江的交界处，是我国第三大淡水湖。它原是古代的海湾，随长江南岸三角洲的发育而逐步形成，吴兴、杭州、苏州、无锡等同属太湖地区。太湖地势西高东低，周围河港纵横，湖泊密布，水源来自上游的苕溪和荆溪。太湖水出于下游的苏州地区，苏州是吴的故都，东濒大海，北临长江，素有水乡泽国之称。在太湖形成的同时，又形成东江、娄江、吴淞江三条自然泄水大河。沂河、沭河也是流经江苏北部的两条天然河道。由于淮河、泗水、沂河、沭河、钱塘江等的不断变迁、淤塞，江浙境内又形成一连串的天然湖泊。吴越还有中国第四大淡水湖——洪泽湖。洪泽湖在江苏省西部的淮河下游，原为浅水小湖，古称富陵湖，两汉后称破釜塘，隋称洪泽浦，唐始名洪泽湖。南宋初年(1128年后)由于黄河南徙经泗水在淮阴以下夺淮河河道入海，淮河失去河道，于是在盱眙东潴水，原来的浅水小湖方扩大为今天的洪泽湖。因其形成较晚，对吴越文化的形成并无大影响。故不述。

以三江五湖为核心的吴越水网系统，对吴越人的影响是双向的：水给吴越造就秀丽的山川、丰富的水产、肥沃的土地、便利的交通，使江浙成为鱼米之乡，吴越人自然就文雅聪慧，冲淡平和；然而，水又常形成水患，当洪水滔滔，淹没了土地和房屋，威胁着人们的生命与安全时，又必须与水搏击，征服水患，这培养着吴越人的勇敢、雄悍、冒险，“弄潮儿向涛头立，手把红旗旗不湿”，便是这种性格的写照。远古的吴越，人们征服自然的能力还相当薄弱，洪水滔滔，水患无穷，吴越人为着生存，更需搏斗、雄悍、冒险，早期的吴越人更多表现出后一种的性格。越人崇拜禹，把禹视为祖先，并认为其墓地就在会稽(今绍兴)，因建禹陵，那是因为，禹承父鲧之志，并吸取其教训，提出“疏川寻滞”(《国语·周语下》)的治水方案，并“决九川，距四海，浚畎浍，距川”(《尚书·益稷》)，疏通河道，导流入海，变水患为水利。越人不仅崇拜禹的伟功，而且崇拜其治水气魄和精神。这一切形成了远古的吴越水文化图腾：龙(或蛇)。古代的中原人视吴越认为南蛮，《说文·虫部》释“蛮”云：“南蛮，蛇种。”吴越人尊奉蛇为他们的祖先，自认是蛇的后裔。《吴越春秋》提及，越王勾践派大夫文种送给吴王一双刻绘“类似龙蛇”的“神木”，以示献国之意。吴越人的“断发文身”也是一种龙(蛇)图腾崇拜形式。断发，是额前为短发，髡顶，椎髻，盘于脑后，不似中原人戴冠；文身即在身上刻龙、蛇之形的花纹。从君王到百姓莫不如此。在中原人看来，这种蛮夷之俗简陋而粗俗，然而，个中有吴越人的图腾希冀：吴越人面临滔滔水患，“常在水中，故断其发，文其身，以象龙子，故不见伤害也”。[①] 这正是吴越龙(蛇)崇拜的深层

① 郭沫若：《古代文字之辩证发展》，转引自冯天瑜等：《中华文化史》，上海人民出版社1990年版，第413页。

原因。吴越还有“雕题黑齿”之风，即以丹青在额头绘制花纹，并用草将牙齿染成黑色或拔掉牙齿。这在考古资料中已有证明。虽然没有文献资料说明此风的成因，但很可能是在水文化崇拜的氛围下形成的审美追求。“断发文身”、“雕题黑齿”显示着吴越人粗犷猛厉的文化性格。这是同风浪世代搏击的结果，内中蕴含无数的危难与艰辛。

早期吴越人猛厉骁悍的文化性格，不仅仅是世代同自然环境斗争的结果，也是社会矛盾激烈、争战连年不断地结果。

吴古称句吴、攻敔、攻勮、攻吴等，其祖先生活在今苏南、皖南、浙江北部一带，与于越在太湖东南一带错居，东临大海，西临彭蠡，以与楚接壤，南至新安口上游，北与南淮夷隔长江相邻。越古称于越、大越、内越，早期越人活动范围“南至于句无（今浙江诸暨），北至于御儿（今绍兴），东至于鄞（今宁波鄞县），西至姑蔑（今太湖）”①，即今浙江北部及太湖地区。句吴和于越同属古越族——百越，分布在我国东南及南部，乃至越南北部的广大地区。“自交趾至会稽七八千里，百越杂处，各有种姓。”（《汉书·地理志》颜师古注引臣瓒）百越取“越有百种”之义，言其分支之多。较大的著名分支有句吴、于越、扬越、闽越、南越、东越、山越、骆越、瓯越等。百越是这一族群的总称，到西汉仍有此称谓。随着社会历史变迁，百越各分支有消有亡，有融有徙。春秋战国时，越灭吴，楚灭越。越之后裔在浙南、闽北、闽浙沿海的岛屿上分化为闽越与瓯越。西汉时，闽越、瓯越与西欧、南越、骆越等陆续融入华夏，少数散居于两广、福建、江西、湖南、浙江等山区，称山越。亦有迁入台湾者。句吴与于越互为近邻，在各自发展中，既“各有种属”，又“同气共俗”，“同俗拜土”。故而合称为吴越文化。

吴发展的契机是商末周初的“泰伯奔吴”。泰伯是周王古公亶父的长子，是时已是长子继承制，太王古公亶父却喜幼子季历：“季历贤，而有圣子昌；太王欲立季历以及昌。”②为了成全父亲的愿望，泰伯与其弟仲雍“乃奔荆蛮，文身断发，示不可用”。③ 泰伯、仲雍奔吴，将中原的耕作技术、筑城技术、铸造工业带到吴地，促进其生产发展，同时培养了吴人善于学习和吸取的开放意识，其作用尤不可低估。越的发展契机是“无余适越”。大禹治水曾在越地活动，甚或有“越为禹后”之说。《越绝书·外传记地传第十》载：“禹始也，忧民救水，到大越，上茅山，大会稽，爵有德，封有功，更名茅山曰会稽。”会稽还留下了“禹墓”和“禹穴”。相传大禹之后，夏少康为不使祭禹中断，封庶子无余到会稽，建国“于越”。此后，越部族以会稽为中心逐步发展强大。可见，吴越文化是华夏文化与百越文化

① 《国语·越语上》。
② 司马迁：《史记·吴太伯世家》。
③ 司马迁：《史记·吴太伯世家》。

交融而成的复合型文化，其主体是百越文化。

在吴越大地上，首先强大起来的是吴国。至伍子胥等帮公子光夺得王位，新任吴王阖闾开始了稳固根基、向外扩张的宏伟计划。阖闾大城的八门显示出吴国的勃勃雄心：阊门位于城西，有西破强楚之意，又称破楚门；盘门、蛇门象征征服越国；齐门意在制服齐国；平门象征平和（此外尚有娄门、匠门）。公元前512年，吴国拉开吴楚战争序幕，首先攻下徐国，接着对楚进行轮番骚扰，消耗楚的实力。六年之后，大规模出兵伐楚，阖闾亲率大军突破楚之北防线，直逼汉水，与楚军展开柏川大战，吴军大胜，攻入楚都郢，楚昭王出逃。此后，吴国后院起火，秦、越同时对吴作战，吴王被迫撤兵回国。吴越结下不解之仇。几年之后，吴王乘越王允常去世、新君勾践刚刚即位之机大举伐越，大战于槜李（今嘉兴附近），不料越派出由死囚组成的敢死队，集体自刎于阵前，吴军震惊之际，被越军强攻打败，阖闾负重伤而亡。[①] 夫差继承王位，积极备战，誓报父仇。之后，勾践恃势伐吴，战于夫椒（今太湖附近），吴以逸待劳，勾践大败，率残余人马五千逃亡会稽山，请求议和，"勾践请为臣，妻为妾"，越国沦为吴的属国。越王勾践卧薪尝胆，励精图治，十年生聚，十年教训，国力日强。设计离间吴君臣，致使伍子胥自杀。黄池之盟，吴刚以重兵争得霸王地位，便被越的五万大军逼得以厚礼媾和，自此，越摆脱属国地位。吴越战端重开。公元前478年，越乘吴大灾之际伐吴，败吴于笠泽（今苏州市）。公元前475年，越大举攻吴，围吴城；两年后，与吴决战，一举攻破吴都，围夫差于姑苏之山。夫差求和，越不允，夫差自刎而亡，吴遂灭。

越灭吴后，周王封勾践为"伯"，赐越以"胙"；越一度泛海攻齐，迁都琅玡，成为春秋末年最后一位霸主。勾践死后，五十年间依然地博人众，至翳时，内乱屡生，国势日衰，国都由琅玡迁回吴；到无疆时，四处兴兵，北伐齐，西伐楚，内外交困，公元前333年被楚打败，吴疆被杀，越沦为楚的属国，吴地江山，被楚尽取。

吴越之地的连绵战争，强化着吴国人的尚勇精神，至春秋战国时期，准确地说，在春秋时期，吴越文化精神形成。对其精神，史迹多有评述。《汉书·地理志》云："吴粤（越）之君皆好勇，故其民至今好用剑，轻死而易发。"左思《吴都赋》称吴越"士有陷坚之锐，俗有节慨之风"。不妨概括为"猛厉骁悍，尚剑好险"。这种性格积淀在吴越的文化景观和文化风俗中。

其一，战船与利剑。吴越人"习于水斗，善于用舟"，因而有高超的造船技术和强大的水上舰队。文献记载，吴水师由大翼、小翼、突冒、楼船、桥船等组成。大翼如陆军之重车，小翼如其轻车，突冒如其冲车，楼船如其楼车，是水师之旗舰，桥船如轻足骠骑。《太平御览》称大翼"广丈六尺，长十二丈，容战士二十六人，擢五十人，舳舻三人，操长钩、矛、斧者四，吏仆射长各一人，凡九十一人。当

① 司马迁：《史记·吴太伯世家》。

用长钩、矛、长斧各四，弩各三十二，矢三千三百，甲、兜鍪各三十二。”①以今日尺寸计算，大翼长约20米，载近百人，有齐全的装备，可攻可守。越国还创制了一种“戈船”，速度极快，后传至中原，成为便于近战的快艇②。战争和地域条件还培养了吴越的铸剑技术。吴越多铸剑名匠。如欧冶子，相传他铸剑如有神助，“赤堇之山，破而出锡；若耶之溪，涸而出铜；雨师扫洒，雷公去橐；蛟龙捧炉，天帝装炭；太乙下观，天精下之。欧冶子因天之精神，悉其技巧，造为大刑三，小刑二。”③“大刑三”、“小刑二”的名字依次为：湛卢、纯钩、胜邪、鱼肠、巨阙。均为削铁如泥的稀世珍宝。其中湛卢、鱼肠、胜邪曾为阖闾所获，后湛卢丢失，终为楚庄王具有。最著名的冶铸家是吴国的干将、莫邪夫妇。《吴越春秋》云：“干将作剑，采五山之铁精，六和之金英……使童男童女三百人，鼓橐装炭，金铁乃濡，遂以成剑。”相传干将夫妇接受吴王铸剑命令，精心制作却三年未成。限令时间将至，莫邪情急之下，“剪发断爪，投入炉中”，竟造出世间罕见的“雌雄剑”：“阳曰干将，阴曰莫邪；阳作龟文，阴作漫理。”④考古中已发现十几柄吴越宝剑。最著名的是在湖北江陵县出土的“越王勾践剑”，全长55.7厘米、宽4.6厘米，剑身以菱形花纹装饰，上有错金鸟篆体铭文：“越王鸠浅自作用鐱”（鸠浅即勾践）。此间距今已2400年，依然锋利无比，可一次裁割十几层白报纸。郭沫若为之赋诗曰：“越王勾践破吴剑，专赖民工字错金。银缕玉衣今又是，千秋不朽匠人心。”

其二，钱塘观潮之俗。钱江涌潮为世界一大自然奇观，它是天体引力和地球自转的离心作用，加上杭州湾喇叭口的特殊地形所造成的特大涌潮。每年农历八月十五，钱江涌潮最大，潮头可达数米。海潮声如雷鸣，势如排山倒海，蔚为壮观.。观潮始于汉魏（公元一世纪至六世纪），盛于唐宋（公元七世纪至十三世纪），历经2000余年，已成为当地的习俗。尤其在中秋佳节前后，八方宾客蜂拥而至，争睹钱江潮的奇观，盛况空前.距杭州50公里的海宁盐官镇是观潮最佳处。南宋吴自牧《梦粱录》云：“每岁八月内，潮怒胜于常时。都人自十一日起，便有观者。至十六、十八日倾城而出，车马纷纷。十八日为最盛。”当地风俗以十八日为潮神生日，要举行观潮盛典。其实，观潮的看点是弄潮儿。南宋周密《武林旧事》云：“吴儿善泅者数百，皆披发文身，手持十幅大彩旗，争先鼓勇，泝迎面上，出没于鲸波万仞中，腾身百变，而旗略不沾湿，以此夸能。”弄潮时还要披发文身，实在是一种返祖现象。苏轼《中秋看潮五绝》云：“吴儿生长狎桃渊，冒利轻生不自恋。”更见其冒险精神。最负盛名的是潘阆的《酒泉子·其十》：

---

① 李昉：《太平御览》卷315引《越绝书》。

② 《汉书·武帝纪》：“有戈船，以载干戈，因谓之戈船。”

③ 《越绝书·越绝外传记宝剑第十三》。

④ 《吴越春秋·阖闾内传》。

“长忆观潮,满郭人争江上望。来疑沧海尽成空,万面鼓声中。弄潮儿向涛头立,手把红旗旗不湿。别来几向梦中看,梦觉尚心寒。”不仅写出排山倒海的场面和弄潮儿的履险英姿,而且写出诗人的深刻感受:“梦觉尚心寒。”出生于大名(今属河北邯郸)的潘阆是具有勇武任侠的文化性格的燕赵儿女,弄潮儿的好险之举令潘阆“心寒”,可见猛厉骁悍之甚。弄潮之俗于南宋时最盛,明清走向衰落,乃至绝迹。

(二)吴越文化性格的嬗变

魏晋以降,吴越文化性格开始嬗变。嬗变的主要原因,则北方战乱引起的是北人南迁。

古代的吴越,生产力低下,至西汉初仍是“楚越之地,地广人稀,饭稻羹鱼,……不待贾而足,地势饶食,无饥馑之患,以故呰窳偷生,无积聚而多贫,是故江淮以南,无冻饿之人,亦无千金之家”。[①] 汉武帝时,便出现大量的人口南迁,汉武帝以徙强宗的名义,将北方一些大族强制迁到江南,如临淄大族郑氏被迫迁至会稽山阴(今绍兴),其目的在于防止强宗大户威胁中央集权,客观上却促进了江南的人口增长和经济发展。如在江南推广牛耕,推广铁制农具,兴建水利工程等。东汉末,北人纷纷南逃;三国时,江淮间也有十余万人逃至东吴,甚至曹操辖属的徐、青等地之人,也纷纷逃亡东吴,江南出现“谷帛如山,稻田沃野,民无饥岁”的繁荣景象,被人称作“所谓金城汤池,强富之国也”。[②]

西晋“永嘉之乱”,晋室南渡,东晋南北朝近二百年的时间里,开始了中国史上第一次民族大迁移,其规模之大,人数之多,远非西汉、三国所能比肩。仅永嘉南渡,便有 200 余万人。即使按保守的 90 万人计,也占迁入地区人口的六分之一。南迁人群中,有官宦豪强、平民百姓,亦有文人学士、技术工匠。一方面,百姓南迁使北方先进耕作技术和经验进一步得到推广,如辕犁与尉犁等的使用,施肥与牛耕的普及,荒野和水滨的垦殖,等等;东晋政府亦重视水利灌溉,劝课农桑。江南经济大发展,已不是地广人稀的“蛮夷”之地,而是“良畴美柘,畦畎相望,连宇高甍,阡陌如绣”[③]的鱼米之乡,农业发展,已与黄河流域旗鼓相当。另一方面,大批文人学士荟萃江南,活跃着吴越之地的文化空气,形成文人云集、文教日盛的壮观景象。文学家、诗人如山水诗人谢灵运、创“永明体”的谢朓与沈约,还有萧统、鲍照、庾信及写《文心雕龙》的刘勰等,史学家如沈约、吴均、谢忱、

① 《史记·货殖列传》。
② 《三国志·孙权传》。
③ 《陈书·宣帝记》。

萧子显、范晔等，书画家如王羲之、王献之、顾恺之、张僧繇等，科学家如祖冲之、葛洪、陶弘景、虞喜等，其人才之多及涉及范围之广、创作之丰、研究之深、成果之大，前所未有。足以说明，自东晋南朝以降，江南风尚已开始从尚武到崇文的转变。

北人南迁，促进吴越经济文化大发展，从而使吴越文化性格发生嬗变，由骁悍尚武变得聪慧、儒雅、平和。个中缘由，并不难作出解释：其一，吴越地域环境对吴越人文性格的影响本来是双向的：美丽的山川和肥美的水土陶冶着吴越人的聪慧与平和，凶猛的水患锻炼着吴越人的勇武。远古的吴越生产力低，缺乏征服自然的能力，水患多于水利，故而吴越人主要表现出同滔滔水患苦苦斗争的勇武。随着北人南迁带来的生产力发展和经济繁荣，吴越人逐渐征服自然，水利大于水患，"一岁或稔，则数郡忘饥"，生存有了保障，同时他们也感受着山川水土的美，于是，性格向着相反的方面转化，逐渐变得聪慧而平和。其二，形成早期吴越人尚武精神的另一原因，是社会动荡，战乱频仍。魏晋以降，情况大变，北方战乱不断；江南却战事不兴，社会安定。这使吴越人隐匿了尚武精神，追求崇文习尚。其三，大量王公贵族、官僚政客、文人学士南迁，不仅改变着南方蛮荒少文的社会结构，而且大批文人荟萃相对安定的江南，形成文人云集、文教日盛的壮观现象，促动着江南世风由尚武走向崇文。

自唐安史之乱至两宋出现中国史上第二次民族大迁移。有资料表明，安史之乱结束时约有 200 万北方移民迁居南方，唐末有 400 万移民定居南方，靖康之乱后的头十几年北人南迁达 500 万人①。此次民族大迁移，进一步推动了江南经济发展和文化繁荣。安史之乱以后，南北经济平衡的均势开始被打破，南方经济逐渐超过北方。吴越作为全国经济重心的确立，开始于南宋，完成于元、明、清。宋室南渡之后，江浙成了全国农业最为发达的地区，人们以"苏湖熟，天下足"赞美江南的富饶；同时，苏杭的织锦业，江南的棉花种植和棉纺织业，及制茶、造纸、制盐、矿冶亦很发达。南宋经济的发展，改变了中国经济的南北布局，有里程碑意义。元朝初年，遭受战争破坏的北方经济发展停滞，一直较稳定的南方经济迅速发展，"南盛北衰"的局面继续加重，国家从江浙所得税粮收入占全国总收入的三分之一强。明清两代的南粮产量所占比重也很大；手工业方面，太湖流域的苏、杭、松、嘉、湖五府的丝织业也很发达，松江地区发展成为棉纺业中心，制瓷、矿冶、制盐、制糖、制茶、造船等行业亦有较大发展；值得一提的是，明朝中后期，资本主义生产关系萌芽已在吴越依稀可辨。江南文化也迅速发展，自隋唐元明清至近代，江南才子名士之多非他处所能比。在科举中，吴越每科的状元、榜眼、探花及会元远远超过北方，清代仅苏州的状元人数竟占全国的 1/4。

---

①　葛剑雄、吴松弟、曹树基：《中国移民史》（第三卷），福建人民出版社 1997 年版，第 260 页。

吴越还有众多文化家族,涵盖书画、诗文、医学、科学、技艺众多领域,世代相传,源远流长。吴越还有林立的书院,刻业和藏书亦十分发达。

唐安史之乱后吴越经济、政治和文化的发展,深化着吴越的崇文精神。吴越猛厉骁悍、尚武好险的文化性格深深隐匿起来,表现出儒雅平和、崇文尚智的文化性格。江浙的"水土柔和,人性柔慧"之誉正是指这一点。

吴越文化精神嬗变的原因,除生产力发展和社会稳定之外,还应提到的是江南的"偏安心态",中国历史上几次出现江南偏安政权,最大的是东晋和南宋。东晋和南宋最突出的社会矛盾是面对北人入侵的和与战的问题。每个朝代都是"和"居上风,东晋尚有祖逖、桓温北伐,淝水之战的一度辉煌,南宋的岳飞抗金却以惨遭杀害告终。"偏安心态"是一种不思奋发抗争的苟安心态。南宋的国都屡屡南迁,由应天府(河南商丘)而扬州,由扬州而(杭州)。无非求一时之苟安。林升的《题临安邸》形象地写出这种心态:"山外青山楼外楼,西湖歌舞几时休!暖风熏得游人醉,直把杭州作汴州。""直把杭州作汴州"当与"商女不知亡国恨"同解,它抨击的是达官显贵、富商大贾、歌儿舞女等。以对辽、西夏、金的屈辱退让换取苟安,是赵宋王朝的基本国策,它使两朝皇帝被俘,中原丧失;然而,南宋统治者却继续谋求"王业之偏安"。绍兴二年(1132 年),宋高宗二次回杭州,为山光水色所迷,于是建明堂,修太庙,宫殿楼观一时兴起,达官显贵、富商大贾也相继经营宅第,杭州成了他们乐不思蜀的安乐窝。可见,偏安心态并非吴越的土特产,而是偏安南方的皇帝老子、达官显贵、富商大贾带来的。尽管如此,也对吴越的文化精神进行着熏染,销蚀吴越的尚武精神。第一次鸦片战争时,魏源曾说,"选精兵于杭、嘉、苏、和,是求鱼于山,求鹿于渊也",因为江南"民多柔弱"①。吴越的偏安心态对此逃脱不了历史责任。

(三)近世吴越文化性格

吴越儒雅平和、崇文尚智的文化性格具体表现如下:

其一,尚人文之盛。两宋之后,吴越的文化发展远远超过北方,被称为"人文的渊薮"。追求人文之盛,成为社会的共同心理。其表现,一是吴越成为文化世家圣地和状元之乡。文化世家即不断传承的文化大家族。魏晋时,吴地有顾、陆、朱、张,会稽有虞、魏、孔、贺诸家,东晋南渡后又出现王、谢、鲍、庾诸家。南北荟萃,催进了吴越文化世家的发展,到南宋,形成文化世家大发展的繁荣局面。这些文化世家,以家族传承方式推进了中华文化的承继与发展,文化家族中人才荟萃,出现众多文化大师。如,南宋诗人陆游,其远祖是晋代的陆机、陆云,近祖

① 《海国图志·筹海篇二》。

是唐宰相陆贽;高祖陆轸、曾祖陆珪、祖父陆佃、父亲陆宰四代均有诗文名,其子陆子遹也颇具诗文才华。元代善书画诗文的艺术通才赵孟頫,其妻管道升、子赵雍均为著名书画家,外甥王蒙“从赵文敏风韵中来”,“又泛滥唐宋诸名家”,其诗画亦在大师之列。明代画坛宗师沈周,诗文亦绝,他上承祖父沈澄、父沈恒、伯父沈贞,下传弟沈豳、子沈云鹏、孙沈湄荣,展示文化家族的传延风采。科举制度始于隋代,是封建社会选拔人才的基本方式,“状元”是最高称号。据《皇明通纪》统计,明代洪武四年(1371 年)至万历四十四年(1616 年)245 年间,每科的状元、探花、榜眼及会元共 244 人,其中吴越籍 215 人,占 88%。自洪武四年至崇祯十六年(1643 年)的 272 年间,全国状元 90 名,苏州府有 8 名,占全国状元总数的 9%。清代,自顺治三年(1646 年)至光绪三十年(1904 年)258 年间,共产生状元 114 名,各省状元数依次是:江苏 49 名,浙江 20 名,安徽 9 名,山东 6 名,广西 4 名,直隶、江西、湖北、福建、广东各 3 名,湖南、贵州、满洲各 2 名,顺天、河南、陕西、四川、蒙古各 1 名①。可见,吴越以压倒的优势居状元人数之最。

二是吴越有林立的书院。书院出现于唐代,原为藏书机构,宋代书院开始聚徒讲学,具有了教育功能。它高于一般的启蒙教育,有时甚至是关于某种问题的研究机构。宋代全国书院大发展,南宋,全国著名书院 22 所,仅浙江便占四分之一;元代全国书院 227 所,长江流域有 152 所,占 66. 96%;明代有书院 1239 所,长江流域 646 所,居第一位。清代,书院有进一步发展,而且逐渐走向官学化轨道,19 世纪末,书院纷纷改学堂,浙江大学便是一例。吴越书院,以东林书院、敷文书院、紫阳书院和诂经精舍等最为著名。书院培养了大批社会名流,如王阳明、黄宗羲、刘崇周、俞樾、孙诒让等,这些名流又翻过来促进了书院的发展。其三是刻书与藏书的兴盛。刻书即刻板印刷,它始于隋唐,江浙是最早的发祥地之一。江浙雕版刻书起于唐,兴于五代。北宋时,杭州等地由于纸质精良、刻印技术高超,故而以杭州为首的江南成为全国刻印书籍的中心。南宋时吴越刻书有进一步发展,由北宋的数十种增至数百种。元代不仅能刻汉文,而且能刻少数民族文字,当局取杭州等地的官刻书版,立兴文署管理,江南仍是刻书的中心。明清时,江浙刻书之盛更胜于前,如明末南京的彩色套印技术已达高峰,清代,“天下书版之善,仍推苏、杭、金陵(南京)。”②关于藏书,由于先秦以简牍为书,两汉以缣帛为书,收藏困难,至两晋以纸轴为书,藏书始盛,两宋时藏书蔚然成风。北宋藏书以四川、江苏为最。南宋则以江浙影响最大,尤其是浙江,以杭州、会稽、湖州为藏书中心;之后逐渐向金华、宁波、丽水、嘉兴、温州、处州等地发展。元

---

① 商衍鎏:《清代科举考试述录》,转引自吴恩培主编:《吴文化概论》,东南大学出版社 2006 年版,第 135 页。

② 张荷:《吴越文化》,辽宁教育出版社 1991 年版,第 193 页。

代,吴越藏书平缓发展,明清两代又藏书大盛。清乾隆年间纂修《四库全书》,征天下遗书,自乾隆三十七年起,三年征书12次,江浙进呈书籍的总数为全国之最。乾隆三十九年五月十四日上谕:"今阅进到各家书目,其最多者如浙江鲍士恭、范懋柱、汪启椒,两淮之马裕私家,为数至五六七百种。"献书最多的四人中,三位是浙江人。

其二,好奢靡之风。奢靡之风是两宋以降市场经济繁荣、社会物质财富丰饶的结果。富商巨贾为了逐利于市,不仅将铺面装饰得雕红刻翠、锦窗绣户,华丽异常,还在商业交往和社会应酬中,追求服饰、饮食、游乐等方面的争奇斗胜,排场豪奢。石崇和王恺的斗富便是一例。受其影响,社会也出现祛朴逐华、讲究排场、轻视礼教的奢靡淫逸之风。"吴俗奢靡为天下之最,暴殄日甚而不知返。"①这种奢靡之风在明代尤甚。如江南服饰一改布素而追求锦绣绮罗,新异华艳。明廷规定,庶人服饰不得用黄,不许用金绣、锦绣、纻丝、绫罗,不许用金玉、玛瑙、珊瑚、琥珀。江南人的服饰质地追求丝绸绫罗,样式追求新奇怪异,色彩追求鲜艳华丽,早已超越了规限;而且服饰的纹饰出现了团龙、立龙等,妇女首饰以金银为美,以珍珠宝石为胜。在饮食上,缙绅之家,一席之间水陆珍馐多至数十品,庶人中等之家,一席也有二三十品者,若仅有十品,不过寻常之会。衣食之外,江南的游乐也十分盛行。画舫笙箫,舞女歌伎,美酒佳肴,怡情销魂。江宁(南京)的秦淮河,苏州的虎丘山塘,扬州天宁门外的平山堂都是著名的游览胜地。如在苏州的虎丘,"豪民富贾,竞买灯舫,至虎丘山滨,各占柳荫深处,浮瓜沉李,赌酒征歌。腻客逍遥,名姝淡矣……酒炙纷陈,管弦竞奏,往往通夕而罢"②。

对于奢靡之风,时人多反对者,清乾隆年间又予以禁止。但明人陆楫却提出"奢靡有益论"。他说:"予每博观天下之势,大抵其地奢则民必易为生;其地俭则其民必不易为生者也。何者?势使然也。今天下之财富在吴越,吴俗之奢,莫盛于苏杭之民,有不耕寸土而口食膏粱,不操一杼而身衣文绣者,不知其几何也。盖俗奢而逐末者众也。只以苏杭之湖山言之,其居人按时而游,游必画舫肩舆,珍馐良酝,歌舞而行,可谓奢矣。而不知舆夫舟子、歌童舞伎,仰湖山而待爨者不知其几。故曰:必有所损,则此有所益。若使倾财而委之沟壑,则奢可禁。不知所谓奢者,不过富商大贾,豪家巨族,自侈其宫室车马,饮食衣服之奉而已。彼以粱肉奢,则耕者庖者分其利;彼以纨绮奢,则鬻者织者分其利。正孟子所谓通功易事,羡补不足者也。上之人胡为禁之?"③顾公燮也说:"以吾苏郡而论,洋货、汉货、衣饰、金玉、珠宝、参药诸铺、戏园、游船、酒肆、茶座,如山如林,不知几千万

① 拱炜:《巢林笔谈》卷五。
② 顾禄:《清嘉录》卷六。
③ 陆楫:《蒹葭堂杂著摘抄》。

人。有千万人之奢华,即有千万人之生理;若欲变千万人之奢华返于淳,必将使千万人之生理亦几乎绝。此天地损益流通,不可转移之局也。"①这样的见解,在当时是难能可贵的。20世纪80年代以来流行于社会的"能挣会花"论,似在这里找到了源头。

其三,求婉约之巧。吴越的各种艺术,追求新奇精巧,具婉约之风。江南的聚落建筑,因水势地形,精心建设,形成小桥流水的诗情画意景观。如唐杜荀鹤写道:"君到姑苏里,人家尽枕河。古窗闲地少,水港小桥多。"仅苏州城就有"绿浪东西南北水,红栏三百九十桥"之说。"水港小桥","绿浪"、"红栏",属南国之秀美。吴越有各种名桥:绍兴的八字桥,奚县境界的宝带桥,由王羲之题扇得名的题扇桥,由陆游诗句"伤心桥下春波绿"而得名的春波桥,由张继《枫桥夜泊》而驰名的枫桥……不仅优美多姿,还充满诗情画意。享誉中外的江南园林,如苏州的拙政园、留园、狮子林、沧浪亭等,方亩之间,叠石理水,建坞造房,但见峰回路转,曲苑回廊,楼阁虚邻,高低错落,看不尽满眼风光。说不尽的精美,说不尽的古雅,说不尽的幽深,说不尽的诗意。是吴越文化精神的典型表现。

江南民间艺术不仅丰富多彩,而且追求精雅柔婉之美。北宋僧人文莹《湘山野录》记下这样的故事:五代时期,钱缪被梁太祖封为吴越王,衣锦还乡,高唱刘邦的《大风歌》,却知音寥寥,转而"高偈吴喉"唱《山歌》:"你辈见侬底欢喜,别是一番滋味子,永在我侬心子里。"却"合声赓赞,叫笑振席,欢感闾里"。可见温婉抒情的《山歌》更合吴越人心理。吴越艺术的典型代表有清丽婉转的昆腔,柔美迷人的越剧,金声玉韵的苏州评弹等,它们同北方的秦腔、晋剧、河北梆子及西河大鼓、京韵大鼓等的奔放苍凉有明显不同。其中,越剧最有代表性,至今仍有旺盛的生命活力。在全国各种戏曲中,越剧独有的特征是:女班独秀。中国戏曲的一般情况是,初始为男班,后来(尤其是新中国成立后)才发展成男女同台。但越剧很早便出现女班。1923年,艺人金荣水受京剧"髦儿戏"的影响,在嵊县施家岙办起第一个女子科班,短期训练后则以"绍兴文戏"、"文武女班"名义到上海演出。1928年后,女子文戏科班大量涌现。1936年后,女班因扮相俊美、曲调流畅而取代男班。抗战爆发后,江浙绅商多集中于上海"孤岛",市面畸形繁荣,女子戏班多达30余,时称"女子文戏"。1938年秋,始有"越剧"称谓并取代"女子文戏"。1942年,袁雪芬首倡改革,建立剧本制、导演制,改革服饰、舞美、化妆,充实乐队,并与琴师合创定弦sol、re的尺调腔。1945年成立的雪声剧团便有了比较健全的编导和演出体制。1947年越剧"十姐妹"(尹桂芳、袁雪芬、筱丹桂、范瑞娟、傅全香、徐玉兰、竺水招、张桂凤、徐天红、吴筱楼)为反对旧戏班制度,筹建剧场与戏校,合力义演《山河恋》,一是盛况空前。到1949年,仅上海

① 顾公燮:《消夏闲记摘抄》卷上。

便有越剧团近30个，著名的有雪声、东山、玉兰、云华、少壮五大剧团。新中国建立后，华东越剧实验剧团在上海成立，几年间越剧演出团体遍布全国20多个省、市、自治区，浙江一省便有越剧团70多，越剧空前大发展。经过长期实践，越剧逐步形成自己优美抒情、诗情画意的独特艺术风格。而且出现一批经典剧目，如《梁山伯与祝英台》《西厢记》《红楼梦》《祥林嫂》《追鱼》《屈原》《情探》《盘夫索夫》《柳毅传书》《南冠草》《碧玉簪》《山花烂漫》《胭脂》等。可见，在越剧发展繁荣的过程中，独秀的女班起到决定性作用。20世纪50年代之后虽有男演员加入，但至今仍是女演员占绝对优势。女班独秀使得越剧的艺术风格更加婉约优美。

戏曲之外，产生于春秋时期、兴盛于宋、明两朝的苏绣，以精美、细腻、雅致、生动而驰名中外，唐时便有盛赞苏绣的诗："日暮堂前花蕊娇，手拈小笔床上描。绣成安向春园里，引得黄莺下枝条。"苏绣与湘绣、粤绣、蜀绣并称中国四大名绣，蜀绣多以民用为主，更具质朴、淳厚的民间风情；粤绣受西洋画影响，注重光影变化，却过于浓艳；苏绣与湘绣相近，既有宫廷之富丽，又有民间之纯朴，苏绣更加清雅、纤巧、生动、鲜活，被人们誉为"有生命的静物"，"东方的艺术明珠"。

第二节　吴越新小说的地缘风貌

吴越新小说有深厚的传统文学基础。吴越传统文学的历史并非最悠久者，但一旦产生，便呈迅速发展之态，而且后来居上。这与燕赵和三秦很是不同。吴越传统文学门类丰富多彩。辞赋有枚乘等，诗有骆宾王、张若虚、孟郊、陆游、范成大等，词有李煜、柳永、秦观等，曲有王磐、陈铎等，戏剧有徐渭、沈璟、李玉、朱素臣、洪升等，文论有陆机、刘勰等，散文有范仲淹、陈亮、龚自珍等，小说有《西游记》"三言""二拍"《官场现形记》《老残游记》等。其品格大体分三类：一是奔放激昂型，如陆游诗、李玉等《精忠谱》等，每当社会、民族矛盾尖锐，这类作家便勃然而出，是古吴越尚武精神的体现；二是幽微淡远型，或清新自然，或婉约幽邃，或明丽淡远，或柔美细腻，或典雅工丽，如谢灵运诗，柳永、秦观、周邦彦词，南朝民歌等，是两晋以来吴越崇文精神的反映。三是精警生僻型。一些作家、诗人似乎不大追求境界的博大宏阔，而是以精密的思维进行深入挖掘，作品精警透辟，发人深省，如孟郊、陈师道诗，龚自珍诗文，《长生殿》借爱情故事写一代兴亡，亦当属此类。这实际是吴越崇文和尚武性格的深层结合。

赖有深厚的传统文学根基，吴越新小说自诞生至今，呈可观的发展态势。贡献了众多大师、巨匠和具有经典意义的优秀作品。

浙江的鲁迅不仅是中国新文学的伟大奠基者，而且是吴越新文学的开创者。

《呐喊》《彷徨》是他20年代的代表作，这些小说大部分属精警透辟型，却也有如《社戏》《故乡》这类幽微淡远的篇章。这些小说大部分描写浙东的城镇和乡村，体现着鲁迅对乡村中国的本质认识。一方面，作为接受了西方文化熏陶的五四先驱，改造国民劣根性的使命迫使他从一个更高的哲学层次上透视笔下的各种人物，用冷峻尖刻的解剖刀去剖析那一个个腐朽的灵魂；另一方面，作为从小生活在乡村社会、与农民有深厚血缘关系的"地之子"，他对农民和农村又有一种"深刻的眷恋"，这是一种知识分子的传统情感，它制约着对封建思想意识的更有力的批判。前者属理性范畴，其淡淡的乡愁是中国知识分子先天的人道主义精神的积淀；后者属情感范畴，其浓浓的乡情同农耕文明有某种暗通和认同。鲁迅的作品常表现出三种情况：(1)理性大于感情：表现为对皇权意识统治下的国民劣根性及农民奴性进行毫不留情的批判，表现出极大的思想深度，如《阿Q正传》《狂人日记》等，撕开中国民族文化心理结构的最深层的幕纱，成为窥视中国人几千年文化心理的窗口。(2)情感大于理性：如《社戏》《故乡》等，表现出知识分子传统的乡村情感，乃至有古典作家田园山水诗的"意境"追求。(3)理性和情感交织：如《祝福》《药》《风波》等，包含鲁迅的大部分作品，既有对封建文化的抨击和批判，又有对农民命运的深切同情，所谓"哀其不幸，怒其不争"者也。鲁迅作品的思想涵盖面和思想深度，主要表现在(1)和(3)，(1)尤甚，(3)次之，而(1)、(3)占了他作品的绝大部分，这便是其精警深辟特征之所在。(2)则表现作者试图超越尘世、进入理想王国的幻想，已属幽微淡远型了。无论是透辟精警还是幽微淡远，都浸润着浙东水乡的文化气韵，鲁迅又成为乡土文学的奠基者。

由鲁迅哺育的乡土小说派，吴越作家是中坚力量。如潘训、王鲁彦、许钦文、王西彦、王任叔等。他们的创作同鲁迅有"共通视角"，其模态为：童少年时代的乡村或乡镇生活作为一种固定的、隐形的心理视角完形地保留在作家的记忆之中。"乡村"作为一种悲凉的或是浪漫的生活原型象征，成为作家心灵中未被熏染的一方净土。被生活驱赶到大城市、已更新了世界观的作家们，一方面对那片"土"深刻眷恋，另一方面又进行深刻批判；有时用"城市人"的眼光去看乡下人和乡下事，有时又站在"乡下人"的立场看待"城市文明"，表现出情感意向的复杂性。在该派吴越作家中，有代表性的是王鲁彦和许钦文。鲁迅评价二人时说："看王鲁彦的一部分作品的题材和笔致，似乎也是乡土文学的作家，但那心情，和许钦文是极其两样的。许钦文所苦恼的是失去了地上的'父亲的花园'，他所烦冤的却是离开了天上的自由的乐土。"①许钦文的《父亲的花园》以"隐现的乡

① 鲁迅：《〈中国新文学大系·小说二集〉导言》，见吴福辉编：《二十世纪中国小说理论资料》(第三卷)，北京大学出版社1997年版，第347页。

愁”哀叹传统的农业文明的失落，显示出情感大于理性的幽微淡远风致，王鲁彦的作品则一面用人道主义的情感去抚摩农民的累累的伤痕，添尽伤口的积血，一面又无情地挑开蒙在心灵创口上的纱布，用批判的目光挖掘国民性的劣根性。可喜的是，从《疯妇》开始，许钦文亦进入理性和情感相交织的境界。遗憾的是，乡土小说派的作家们均未进入如《阿Q正传》那样的高层次的形上理性批判境界。

20年代崭露头角的吴越小说家还有郁达夫，自1921年起，共创作了《沉沦》《南迁》《春风沉醉的晚上》《薄奠》等小说50余篇。他主张“文学作品，都是作家的自叙传”，他的小说有40余篇带有自传性。他以卢梭《忏悔录》式的率真袒露自己的心胸，让心灵之波澜汹涌澎湃地决堤而出；他用浓郁的抒情笔调张扬和宣泄个性自我，将心灵的隐秘进行毫无保留地敞裸与坦白。“在他的小说中，伊文、Y、于质夫、文朴和‘我’，作为叙述者或叙事主人公，虽不可与作家本人简单等同，但无疑有着作家清晰的自我形象的投影，他们孤独、自卑、愤世、抑郁、感伤，有着病态的敏感和自虐心理，有着屠格涅夫笔下‘零余者’形象的旨趣。”①这种自传性，就使得郁达夫的小说虽然不都是写家乡的生活，却透露着吴越人的文化心态。同时，这种心灵的深层开掘与袒露，也具有了“透辟精警性”。

叶圣陶亦在此期成名。其代表作是长篇小说《倪焕之》和短篇《潘先生在难中》《多收了三五斗》。《倪焕之》是现代文学史上较早出现的长篇小说，塑造了热衷于教育救国又遭遇重重坎坷的知识分子倪焕之的形象，该作把人物的塑造扩展到社会的纹理之中，又在透视社会历史的时候显示前进的方向，显示出现实主义的新境界，具有冷峻而朴实、严谨而自然、淡泊而隽永的艺术风格。《潘先生在难中》则刻画了军阀混战中一个苟且偷安、自私油滑的小学教师潘先生的形象。30年代的《多收了三五斗》写丰收成灾，“谷贱伤农”，同《春蚕》有异曲同工之妙。

30年代的吴越小说，有影响的作家首推文学巨匠的茅盾。其代表作首推长篇小说《子夜》，以宏大的结构和开阔的气势描绘了民族资本主义艰难发展的上海社会，从而成为为数不多的描写城市和工业的现代文学经典。不过它已属于上海文学的范畴，吴越文学不应再掠其美。具有吴越地域特征的是写农村生活的作品，最有代表性的是“农村三部曲”：《春蚕》《秋收》《残冬》，还有《林家铺子》《当铺前》《水藻行》等，虽均为短篇，却篇篇珠玑。这些作品亦属精警深辟型。其精辟表现在：其一，“为人生”的文学思想，使作家在乡村社会这一封建土壤上看到革命后更深刻的悲剧，那颗拯救民族和农民的忧患之心，又使他把时代的选择和农民的悲剧作为描写中心；其二，深刻的现实主义精神，使作家沿着风

① 王嘉良主编：《浙江20世纪文学史》（修订版），浙江大学出版社2009年版，第200页。

俗民情去开掘整个民族的心理结构。如《春蚕》《秋收》《残冬》题目本身便是隐喻的象征，隐喻着农民破产而走上自发革命的过程。每一单篇又是一个独立事件，它又象征着整体过程中的某一整体阶段：《春蚕》象征着农民在充满绿色希望的蚕事中走上悲剧道路；《秋收》象征农民在多色的希望的田野上幻灭的现实；《残冬》则是在饥寒交迫之下的农民的最后挣扎。作者的总体构思则是以象征隐喻作中介来完成对农村悲剧现实的概括。“农村三部曲”对乡土小说具有指导性意义。

在鲁迅和茅盾的影响下，描写江南乡村和小镇生活的作品成为此期吴越小说的主流，带有浓厚的江南水乡特色。“左联五烈士”之一的柔石在生命的尽头处走上创作高峰。其代表作《为奴隶的母亲》《二月》，前者写春宝娘为了家庭和生计被典给李秀才传宗接代的悲惨命运。“小说以浓重沉痛的笔墨，写出了在贫困和陋俗的夹攻下，贞操可以典当，人格可以典当，神圣的母爱情感也因之被毁灭的社会历史荒谬性，从而以出色的艺术表现力升华出一种严峻警拔的既是社会的、又是心灵的双重悲剧境界来。”①小说对现实揭露的深刻性，无疑具有“透辟精警”的美学品格。后者则写知识分子萧涧秋到芙蓉镇寻找“世外桃源”却陷入重重矛盾，表现了启蒙主义在黑暗的社会面前的无能为力，显示着作家对知识分子出路的深刻思考。小说情节起伏跌宕，语言流畅脱俗，意境优美飘逸，给人以强烈的审美感受。具有“幽微淡远”的艺术品格。此外，陈瘦竹创作了《奈何天》《小快船》等，描写江南村镇的破败和萧条；陈白尘的中篇《泥腿子》描写苏北农民在治理淮河中的苦难于抗争；王任叔的《族长的悲哀》《乡长先生》则揭示浙东乡村宗法制在殖民化过程中的畸变；魏金枝的《校役老刘》则通过对受尽侮辱和损害的校役老刘的描写寄予着对下层劳动者的关注和同情；楼适夷的《死》《盐场》描写浙东人民苦难的生活……总之，这些小说反映了农村经济日益破败、农民濒临生存危机的现实，也表现了农民为生计的痛苦挣扎。同时，也在探讨农村破败的根源：帝国主义的经济侵略、大小官吏的巧取豪夺以及落后愚昧的传统风俗和心理的束缚和挟制。

乡村题材之外，鲍雨的短篇《盐》《小光蛋》《飞机场》《赴会之前》等描写城镇生活，如《飞机场》揭露江苏溧水县政府以“建机场，打东洋”为名，剥削工人，贪污饷银，大发国难财的行径以及引起工人不屈反抗的现实，具有强烈的现实主义精神；陈白尘的《小魏的江山》则将笔触指向监狱，揭露了“监狱王国”里的种种黑幕；魏金枝的《白旗手》写一群士兵在“白旗手”组织下的哗变，小说对事态演变的叙述和心理转折的刻画，细腻、自然、凝练、深刻，颇具“鲁迅风”。

这一时期吴越还出现了历史小说热潮，鲁迅的《故事新编》，茅盾的《大泽

---

① 杨义：《中国现代小说史》（第2卷），人民文学出版社1993年版，第297页。

乡》《石碣》《豹子头林冲》，郑振铎的《桂公塘》等，以现代意识激活尘封的历史和传说史料，借历史事件和历史人物讽喻充满民族阶级矛盾的时代和黑暗的社会现实。

40—60年代，吴越小说却相对沉寂起来。这或许因为，从40年代初到文革前夕，是“工农兵文学”时代，40年代的解放区文学标志着这个体系的产生，建国后十七年是其兴盛期。这个文学体系的作家队伍主要是解放区作家，国统区作家由于政治和艺术的原因，新中国成立后大都停止了创作。吴越并非没有解放区，苏北根据地便出现了邱东平、林淡秋、陈登科等作家，但较之陕北延安、晋察冀等，要薄弱得多。因而，40年代的吴越解放区并未给十七年吴越的工农兵文学提供强大的作家队伍。这或许是十七年间吴越小说沉寂的内在原因。

50年代初，吴越小说的主要题材是表现革命历史斗争和新中国建设。有代表性的作家是陈学昭。她的三部长篇《工作着是美丽的》（上，1949年）、《土地》（1953年）、《春茶》（上，1957年），前两部写革命历史，其中，《工作着是美丽的》（上）描写出身封建家庭的知识分子李珊棠在战争年代走上革命的坎坷历程（下卷描写她在新中国经历的种种坎坷），是当代文学史上最早描写知识分子的小说，为此类创作提供了最初的经验尤为难能可贵；《土地》则根据自己参加反霸斗争和土改运动的经历，真实地描写浙江农村的土改运动，反映了江南农民对土地的迫切要求和复杂尖锐的阶级斗争。《春茶》（上）则是表现新中国农村的变革，根据作家深入杭州西湖龙井乡茶农生活的经历，表现茶农走向互助合作道路的生活历程。陈学昭小说均为单线结构，无大起大落，却不枝不蔓，脉络清晰；语言朴素而典雅，本色而清新，优雅的写景状物，细腻的心理刻画，自然亲切，舒徐从容。具有幽微淡远的艺术魅力。

陈学昭之外，表现革命历史斗争的有陈登科的《活人塘》、石言《柳堡的故事》、毛英的《司令的发言权》、郑伯永的《我的“舅妈”》、戈基德《连心锁》等。表现新中国建设生活的有福庚的短篇集《新安江春汛》、谷斯范的短篇集《风雨故人》、郑秉谦的短篇集《柳金刀的故事》等。其中，《活人塘》《柳堡的故事》有较大影响。

五六十年代之交，茹志鹃小说的出现，将吴越小说提高到一个新阶段。茹志鹃祖籍浙江绍兴，生于上海，幼时随祖母辗转于杭州和上海间，参加新四军又战斗在吴越大地上，50年代定居上海。其作品也兼写上海和吴越农村。因而既可视为上海作家，又可视为吴越作家。她的小说分两类，一是写建设生活，包括《如愿》《春暖时节》《静静地产院》《里程》等。这些作品着意表现城镇家庭妇女在时代的感召下投入社会主义建设的心路历程。其美学价值在于，它并不是一般的“妇女解放”故事，而是深入女性内心甚至潜意识领域来表现“翻身”给他们带来的深刻心理变化，他们感到生活和心理的充实，因为她们由一个可有可无的的卑微角色变成“和大家甚至和国家都有了关系”社会主体。这种追求又形成抒情而富有诗意的笔调，柔美、细腻的风格，颇具吴越文化的神韵。这些作品亦可归于“情感大于理性”之类，不过更明朗、清新。惜乎意境不够深邃。二是写革命历史斗争，包括《百合花》《高高的白杨树》《三走严庄》《关大妈》等，代表作是久负盛名的《百合花》。其成就在于将女性视域推上了新的高度，最大程度上摆脱了文学流行时弊的影响。其一，以细腻的女性视域，避开激烈紧张的战争场面，将笔触瞄准战争中小通讯员向新媳妇借被子的小插曲，不仅弥漫着浓郁的日常生活气息，而且让人感受到普通人心灵跳荡和生命律动；其二，以充满柔情的女性心态，避开英雄的“卡利斯马”性，着意寻求小通讯员与普通百姓的情感联系，“我看见那条枣红底色上洒满百合花的被子，这象征着纯洁与感情的花，盖上了这位平常的拖毛竹的青年人的脸”，正是这种感情的体现；其三，以细密的女性思维，寻求和表现生动传神的细节，如“百合花被”，小战士衣服上的“破洞”、枪筒里插的野菊花，经过作家精心的描绘点染，闪烁着生命和人性的光辉。这一切，将茹志鹃柔美细腻的女性风格推上了极致。

1957年上半年，江苏出现“探索者”作家群。方之、高晓声、陆文夫等是主要成员。陆文夫创作了反映苏州妓女改造生活《小巷深处》，可说是他苏味市井小说的发轫；高晓声创作了反映农村婚姻爱情的《解约》，方之创作了反映社会矛盾和青年爱情的《浪头与石头》《在泉边》等。这些初出茅庐之作，洋溢着青年作家的见地和才华，不幸的是，他们均因“探索者”事件被错划成右派。但他们并不消沉，60年代，陆文夫创作了反映工人生活的小说《葛师傅》《二遇周泰》，方之创作了反映农村生活的《出山》《岁交春》等。这一切，为他们新时期复出后井喷式的创作奠定了坚实基础。

新时期是吴越文学发展的繁荣期，是继五四和30年代之后的又一创作高潮。这一时期可分为三个阶段：七八十年代之交的启蒙现实主义阶段、80年代中后期的现代主义阶段和90年代以来的多元发展阶段

(1)启蒙现实主义阶段

此期，汪曾祺的高邮风情小说、高晓声的“鲁迅风”和陆文夫姑苏味小说、是吴越小说最丰硕的收获。汪曾祺写下了《受戒》《大淖记事》《异秉》《岁寒三友》《八千岁》等故乡怀恋小说。汪曾祺是沈从文的嫡传弟子、废名的再传弟子，而废名和沈从文小说的田园诗风又是对鲁迅《社戏》之类作品风格的发扬和光大。深谙此中三昧的汪曾祺，以自己的故乡苏北高邮作为艺术驰骋的一方“邮票”，融风俗画和风景画为一炉，尽情地去构筑一个美的世界。他说：“我是很爱看风俗画。十六七世纪的荷兰画派的画，日本的浮世绘，中国的货郎图、踏歌图……我都爱着。讲风俗的书，《荆楚岁时记》《东京梦华录》《一岁货声》……我都爱看。我也爱看竹枝词。我以为风俗是一个民族集体创作的生活抒情诗。我的小

说里有些风俗画成分，是很自然的。但是不能为写风俗而写风俗。作为小说，写风俗是为了写人。"①汪曾祺的风俗画描写，显示着他淡泊宁静、清雅通脱的艺术审美情趣。其哲学观念，是继承五四时期的人文主义思想，试图摆脱现实困扰而展现出一个理想化的充满人生温馨的生存境界。艺术上除结构上下采用"散点透视"、"信马由缰"技巧外，便是小说显示的犹如散文诗那样漫溢的意境和意象，总体的诗意和局部象征构成一部和谐的交响诗。

高晓声恢复发展了冷峻批判的"鲁迅风"，显示出精警深辟的艺术特征，其代表作是《李顺大造屋》及"陈奂生系列"（包括《"漏斗户"主》《陈奂生上城》《陈奂生转业》《陈奂生包产》《陈奂生战术》《种田大户》《陈奂生出国》）等。高晓声善于将悲剧当作喜剧来写，充满着"反讽"意味，使乡土文学的内涵进入一个深层境界。把朴实的农民放在社会动荡变革的历史转折关头，用幽默调侃的叙述语调勾画他们悲剧灵魂的重创，便有了鲁迅的"哀其不幸，怒其不争"的思想内涵。在这种思想的指导下，他敢于大胆地用讽喻手段来鞭笞一颗颗本来就鲜血淋淋的灵魂，这是一般作者难以达到的。具有大家风范的高晓声，正是在这里，表现了批判国民劣根性的思想力度。在这方面，他已超过了赵树理，直追鲁迅。在高晓声的人物形象系列中，可清晰地看到阿Q的面影，看到阿Q遗传基因给新一代农民留下的沉重的心理负荷。李顺大被造反派打得遍体鳞伤却害怕变"修"的描写，陈奂生上城住高级宾馆的一夜遭遇和心理变化，包孕着中国农民文化心理乃至整个民族文化心理结构中的千言万语难以诉说的可悲可怜的心态。

陆文夫的代表作是短篇《献身》《小贩世家》《围墙》《清高》等，中篇《美食家》《井》等，90年代还创作了长篇《人之窝》。这些作品发展了《小巷深处》奠定的创作思想，将创作的视点集中在苏州小巷市民的生活，形神各异的小巷人物组合成"小巷人物志"体系，被文坛誉为"小巷文学"。然而小巷不小，作家以自觉的历史文化意识和现代眼光，去洞察姑苏市井文化和小巷市民的心理变迁，从而揭示这座千年文化古城的历史文化积淀以及在历史转折时期艰难而豪迈的步伐。其艺术特征，一是创造了深幽别致的小巷意象。小巷既是人物生活的具体环境，又是地域的文化背景，阡陌纵横的小巷构成古城苏州的主体结构格局，成为城市文化的外在表征，积淀了姑苏千年的历史和文化。二是丰富而深刻的人物刻画。小巷里生活着形形色色的小人物，如小贩、妓女、美食者、小职员、老劳模、无赖者、女工程师等，以不同的职业、气质、个性构成园林式的小巷人物组合。作家在人物刻画上，具有独特的"审美表达方式"："即将历史与现实交错在一起，从现实伸向历史的纵深，寻找人物与历史的有机联系，也从历史和现实中探

① 《〈大淖记事〉是怎样写出来的》，见汪曾祺：《晚翠文坛》，浙江文艺出版1988年版。

寻人物自身的性格缺陷，这不仅使'小巷人物志'成为体现历史沧桑变化的人物命运记录，而且收到凡人不凡、小事不小的艺术效果。"①这种人物刻画的深刻性，使陆文夫小说带有了"透辟精警"性。三是单篇独立而又整体联结的文本体制。这种体制又形成：①多种主题的统一：在小巷人物志的统一体系中，每一篇都有自己的主题，甚至在主题概念下还可出现不同的小主题，随时发现新意。②多种美学形态的杂糅：美中有丑，恶中有善，悲剧中有喜剧，黑暗又有光明；陆文夫称为"糖醋现实主义"。③多种文化心态的交融：在现实生活进程和历史文化心理碰撞交融的过程中，每一位小巷人物都表现出自己独特的文化心态，众多小巷人物共同组成苏州的地域文化性格。这一切，有形成陆文夫小说的姑苏味儿。

三位杰出风俗作家之外，张弦也是一个张扬"鲁迅风"的作家，他的以爱情、婚姻为题材的社会小说，如《被爱情遗忘的角落》《未亡人》《挣不断的红丝线》《污点》《八庙山上的女人》《焐雪天》等，以社会学家的眼光透视妇女的爱情、婚姻生活，凭病理学家的冷静剖析社会历史的沉疴，形成自己独特的视角与方位。他不像女作家那样以自己的性格、志趣、修养为尺度追求理想的圆满，而是根据社会历史的要求去揭示那远未达到社会主义文明水准的落后现象。因此，与其说张弦是写爱情、婚姻，不如说是从交织着各种社会关系的爱情、婚姻这一网节点上，探寻践踏妇女人格尊严、障碍妇女个性发展的各种社会历史的原因。正是在这个意义上说，张弦的爱情小说"不是为了爱情"，而是社会剖析小说。

曾与高晓声、陆文夫为探索者同仁方之，1979 年发表的《内奸》便出手不凡，塑造了经历颇为复杂、性格具有多面性的小商人田玉堂的形象，不仅在题材上有重大突破，而且具有较大的历史和人性深度，是反思小说的发轫之作。可惜方之于当年逝世，创作中断。赵本夫迷恋于家乡江苏丰县的黄河故道，创作了《卖驴》《狐仙择偶记》《绝唱》等"故道风情"系列小说。处女作《卖驴》以巧妙的艺术构思反映了农村改革对农民心理的冲击和震荡，并于当年获得全国短篇小说奖，使之一举成名。标志其最高成就的是《绝唱》，作家一方面写鸟，一只用全部生命挑战极限的鸟，在生命的峰巅状态辉煌的死去，一方面写人，关十三在"倒嗓"中凄凉地死去，尚爷为人生的尊严风范刎颈赴死。鸟声"绝唱"与人生"绝唱"交相辉映，具有"天人合一"的人生况味。此外，石言反映部队生活的短篇《秋雪湖之恋》和艾煊描写南京大屠杀的《乡关何处》等，都是当时的优秀作品。

(2)现代主义阶段

现代主义阶段包括三种小说思潮：现代派小说、寻根小说与先锋小说。吴越小说中，现代派小说虽有茹志鹃的《剪辑错了的故事》，主要成就却在寻根和先

① 王庆生主编：《中国当代文学史》，高等教育出版社 2004 年版，第 324 页。

锋小说。寻根小说旨在寻民间文化之根，而民间文化有很强的地域性，地域文化便成为寻根作家发掘的重要内涵。在吴越的寻根小说中出现了李杭育的“葛川江系列”、林斤澜的“矮凳桥风情系列”、叶文玲的“长塘镇风情系列”等。李杭育生于山东乳山，随父母迁居杭州。其“葛川江系列”包括《沙灶遗风》《葛川江上人家》《最后一个渔佬儿》等短篇，表现出历史变革时期葛川江（隐喻钱塘江）的风情、民俗和各种人物心态。在作家眼里，葛川江是一条连接历史与现实、农村与城市的吴越文化大江。在文化审视上，李杭育所侧重的并非伦理角度，而是从价值角度切入，因而“最后一个”、“最早一个”等众多人物性格，都具有不同的价值形态；在那斑斓多彩的价值形态的审美焦点上，凝聚着一种倔强、剽悍的人格力量。或许是因为他的身上流淌着山东人的血液，或许是吴越文化性格的“返祖”，他在风光秀丽的吴越大地上发掘出的却是吴越的粗放、苍劲之美，他的作品因而进入“硬汉文学”的行列。林斤澜，浙江温州人，其代表作《矮凳桥风情》包括《溪鳗》《袁相舟》《蚱蜢舟》《章范和章小范》等 21 个短篇。这些作品取材于温州的小镇生活，桥、溪、街等文化景观构成别具风情的人事场景，在这里发生的经济改革大潮冲刷着古老的小镇风情。这一切经过作家去实取幻、以幻代真的艺术处理，绘成一幅幅充满奇异和蒙胧色彩的现代风俗画。风俗画中活跃着形形色色的现实人物，当作家把这些人物的过去与现在、感觉与真实、回忆与憧憬通过梦境或幻象等方式叠合在一起，再掺以地方风物、民间风俗和传闻轶事时，人物就放出奇谲色彩，作品亦形成恍若梦中的奇异境界。怪异色彩和心理开掘，是“矮凳桥风情”系列的“魂”。叶文玲，浙江玉环人，其“长塘镇风情系列”包括《井旁的柚子树》《舅公》《浪漫的黄昏》《此间风水》等短篇。它以作家的故乡玉环楚门为背景，用充满诗意的语言，描绘长塘镇的美好文化景观和文化风情，那淙淙流淌的清清溪水，那白云蓝天下的芳草地，那深幽而古老的小巷，那小巷中亲切质朴的谈笑声，洋溢着古朴、旷远的自然美与温馨、和谐的人情美。这种自然美与人情美，使得长塘镇一个个平凡而庸常的人生放射出迷人的靓丽色彩。作家似在这里寻到了精神的理想家园和灵魂的终极寓所，倾注着浓浓的爱和深深的情。这一切深深感染着读者。

李杭育、林斤澜、叶文玲后，又出现了王旭烽的“茶人系列”、沈贻炜的“绍兴水巷系列”、沈治平的“南运河系列”、赵锐勇的“浣江系列”等。在这些作品中，人们常常看到小桥流水、月白风清、古刹深寺、桃红李白、茅舍雨巷等优美之景以及茶、酒、琴、竹等空灵之物，也深深感受到吴越优雅、温馨的风俗人情以及虽艰难却执着的生存状态。这一切又通向吴越文化性格：在数千年的历史萃取中形成的剑胆琴心、刚柔交融的核心境界，崇尚自然和性灵的艺术气质和温润典雅的人性风格。

在先锋小说思潮中出现了吴越的余华、苏童、格非、叶兆言等。先锋小说与后现代主义思潮有较为密切的联系，“后现代思想的典型特征是小心避开绝对价值、坚实的认识论基础、总体政治眼光、关于历史的宏大理论和‘封闭’的概念体系。它是怀疑论的，开放的，相对主义的和多元论的，赞美分裂而不是协调，破碎而不是整体，异质而不是单一”①。从这一角度看，余华、格非的先锋味儿较浓，而苏童、叶兆言的先锋味儿则淡得多，甚至有一些寻根和现实主义特征。格非的主要作品有中短篇《迷舟》《青黄》《风琴》《褐色鸟群》以及长篇《敌人》《边缘》《欲望的旗帜》等，他不拒绝讲故事，但讲得扑朔迷离，具有“不在之在”的神秘性。这种神秘性常常表现在，他的小说中隐含着探访母题，如《青黄》中对“青黄”含义的探访，《褐色鸟群》中我对企鹅店遇到的女人的探访以及我同棋之间的相互探访，但这种探访是无果的，“青黄”的含义歧义丛生，我与女人间更加陌生。作家旨在说明这是一种“本原”不在的“似在”。他的故事常设悬念，但悬念却是因果断裂的。《敌人》写赵家失火家境败落，但从赵伯衡、赵景轩到赵少忠三代都没找到纵火者；赵少忠一代又发生多起杀人案，猴子、赵龙、赵虎、柳柳相继被杀，少忠老伴也无端自杀，杀人犯却逃之夭夭。种种怀疑都指向赵少忠，却又找不到证据和逻辑上的合理性。这又是一个“本原”不存在的“似在”。“无果的探访”和“因果断裂的悬念”，实际是阐释作家的后现代主义观念：对“本原”、“本质”的颠覆和否定。格非小说的精神指向便是质疑本原的怀疑主义。余华的主要作品有中短篇《十八岁出门远行》《一九八六年》《河边的错误》《四月三日事件》《现实一种》《难逃劫数》《往事与惩罚》《世事如烟》以及长篇《在细雨中呼喊》《活着》《许三观卖血记》《兄弟》等。如果说格非小说给人的是难解的神秘，余华给人的则是绝望。他不动声色地把笔下的人物推入绝望的深渊。其表现一是难逃劫数和宿命，人们在强烈欲望的鼓荡下开始自己的行动，却在冥冥中走向宿命和死亡。《难逃劫数》中，东山、露珠、广佛、彩蝶、森林、沙子都为强烈的情欲而发疯，毫无顾忌地伤人、杀人，每个人都知道他人的生命正在受到威胁，却无法看到自己正在走向灾难的深渊：他们的欲望愈是强烈，灾难来得便愈迅速。当他们幸灾乐祸地欣赏别人走向死亡时，死神也就来到他们的身边。这些人死的死了，活着的也活得毫无希望。在余华的笔下，欲望连接着死亡，只要欲望存在，就无法摆脱疯狂和死亡的劫数。二是对理性的怀疑与绝望。《现实一种》写山岗的儿子皮皮不慎摔死了山峰的儿子，狂暴的山峰踢死了皮皮。山岗理性地控制住自己，内心却策划者更残忍的报复，终于用残忍而戏谑的方法害死山峰。而自己也被判死刑，尸体被进行残忍的医学解剖。山岗虽然以极大的理性控制着自己，但他精心策划的报复行为给自己带来的却是死亡。理性，也连接着绝望。既然人的欲望和理性都难逃死亡的悲剧宿命，死亡和绝望也就是人的

---

① ［英］特里·伊格尔顿：《后现代主义的幻象》，商务印书馆2000年版，第1页。

必然归宿。余华小说阐释的是难逃劫数的悲观主义。强烈的后现代主义观念，使余华和格非的小说“观念大于情感”，显示出透辟精警品格。

苏童小说可分为忆童年视角回叙童年生活的“香椿树街系列”、追忆父兄祖辈的“枫杨树系列”和描写女性命运的“妇女生活系列”等。成就高的是后两种。“枫杨树系列”包括《飞越我的枫杨树故乡》《1934 年的逃亡》《故事：外乡人父子》《罂粟之家》《米》《祭奠红马》等，“妇女生活系列”包括《妻妾成群》《红粉》《妇女生活》《另一种妇女生活》《园艺》等。“妇女生活系列”多数发表在 90 年代，而且常带新历史主义特征。这里主要谈“枫杨树系列”。该系列是关于故乡和家族的回忆，讲述父辈和祖辈传奇般的历史。苏童以自己独特的生活和情绪体验，创造了“逃亡—回归”的生命轮回模式。或直接写人物的逃亡和回归，或以回归情感讲述人物的逃亡，从而表达逃亡无去路、回归无来路痛苦人生体验。长篇小说《米》便讲述了这样的故事。不妨从几种意象——大米、故乡水灾幻象、古塔风铃进行解读。大米是主人公五龙一生所爱，只要一闻到新鲜米粒的气息，他就精神大振；只有抚摩着米粒时，他冷酷乖戾的心灵才能得到抚慰。大米象征着故土，象征着美好的精神家园。但是，那水淹枫杨树故乡的幻象又隐喻着家乡的破败和凋零，他已是有家难归。那座城市古塔上孤寂的风铃又隐喻着五龙孤独飘零的心态，他又难以融入城市。三种意象正体现五龙逃亡无门、回归无路的漂泊感。叶兆言的小说有长篇《死水》，中篇《悬挂的绿苹果》《五月的黄昏》《枣树的故事》以及“夜泊秦淮”系列中篇等。同苏童相比，其先锋气息就更弱些。在叶兆言小说中，描写金陵古都的“夜泊秦淮系列”更有历史文化含蕴。该系列以秦淮夜泊中的五个景点为题，创作《状元境》《十字铺》《半边营》《追月楼》《桃叶渡》五个中篇，构成既独立又连缀艺术整体。从已经完成的四部看，《状元境》写性，充满市井生活气息；《十字铺》写官场，充满着批判精神；《半边营》写女人，心理描写颇为突出；《追月楼》写气节，散发着古朴典雅的书卷气。从共时性看，作家不仅写出南京的文化景观、文化风俗，而且从众多人物身上发掘着南京文化性格；从历时性看，作家以深厚的文化学养和高超的艺术想象力，描绘出一部南京近代风俗文化史。这使其成为当代描写南京风情的代表作。如果说苏童小说是“理性和情感的交织”，体现透辟与优美的结合，那么，叶兆言小说则是“情感大于理性”，更接近幽微淡远风韵了。

(3)90 年代以来的多元发展阶段

这一阶段的吴越小说同全国一样，多样而丰富。这里主要谈三种小说思潮：乡土小说、新历史小说和吴越风情小说。乡土小说是最突出的创作题材，众多的作家在这里耕耘。主要有楚良的《天地黄黄》、王旭峰的《乡村婚事》、赵锐勇的《栈脚料》、阙迪伟的《乌柏林深思》《十面埋伏》《下乡纪事》《跳蚤》《热天》、韦晓光的《摘贫帽》《村里事》、金学种的《她们》等。这些作品以现代观念为切入视角,或痛陈乡土社会的历史文化沉疴对乡村发展的障碍,或批判现代化进程销蚀道德精神的弊端,表现出强烈的现实主义精神。韦晓光的《摘贫帽》以工作队帮助农村脱贫为主线,一方面揭露一些实权干部的官僚习气,一方面批判农民的自私和惰性。工作队好不容易找到投资者,使全村种上早稻,村民却以种单季稻合算任其荒芜;全村养獭狸致富,可是到上门收购时,村民却以价钱过低而拒绝出售,致使错过机会而惨遭损失。农民在脱贫的障碍,不是别的,而是他们自身的"心魔"。赵锐勇的《栈脚料》写一个农村小伙子去城里抢粪便,纵身跃入料站的百年粪池中用手掏,然后用湖水洗净了身子、换了衣服去会见城里的女友,不料被女友的妹妹嗅出了他身上的粪臭。小伙子默默离开女友,从此也就永远离开了城市。小伙子的爱情悲剧是因城乡不同的价值观念所致。金学种的《她们》包括《无病娘》《妙青婶》《阿要姐》三短篇,小说以文化视角发掘三位身处底层的乡村女性同传统文化、道德的精神联系,正是这种联系造就他们高尚的人生境界。这种寻求传统文化与现代社会的联系和沟通的思考是一种现代性。乡土小说强烈的现实感使得有的作家被归入"新现实主义"(如阙迪伟),有的被归入"新写实"(如赵锐勇)。

新历史小说明显受到新历史主义的影响。"新历史主义一方面反对形式主义,要在'反历史'的形式化潮流(形式主义、结构主义、符号学等)中重标历史的维度,重申文学话语与历史话语的联系,张扬历史现实和意识形态的权力话语关系;另一方面又反对'旧'历史主义,否定历史的整体性而强调历史的非连续性和片断性,否定历史的乌托邦而坚持历史的现实斗争,拒斥历史决定论而张扬主体的反抗颠覆论,反对传统历史主义看中的正史、重大事件、伟大人物及宏大叙事,而强调将一些逸闻趣事和普通人(非领袖人物、政治人物)作为分析对象,看其人性是怎样地生长和扭曲。"①新历史主义强调历史的民间性、片断性和个人性使其具有较强的民族、地域文化意识,与地域文学并不相悖。90 年代的新历史小说由寻根、先锋和新写实小说转型而来。因为寻根小说的民间文化至上、先锋小说的虚无主义和新写实小说的生存主义都强调非理性,鼓吹生命意识,当它们与历史遇合时,就走进新历史主义的领地。在吴越,转向新历史小说的主要是先锋作家。如余华的《在细雨中呼喊》《活着》《许三观卖血记》,苏童的《米》《我的帝王生涯》《红粉》,格非的《敌人》《边缘》,叶兆言的《夜泊秦淮》系列小说和《1937 年的爱情》,廉生的《月色狰狞》《国泰中药店》等。这些小说不仅涉及"反右"、"文化大革命"等新中国成立以来的历史,而且将笔触延伸到整个 20 世纪乃至更久远的历史。"这些小说处理的'历史'并不是重大的历史事件,而是在'正史'的背景下,书写个人或家族的命运。有的小说(如苏童的《我的帝王生

---

① 崔志远等:《中国当代小说流变史》,中国社会科学出版社 2009 年版,第 222 页。

涯》)，‘历史’只是一个忽略了时间限定的与当下的现实不同的空间。……历史往往被处理为一系列的暴力事件，个人总是难以把握自己的命运，而成为历史暴行中的牺牲品。与五六十年代的史诗性和80年代初期的‘政治反思’性相比，这些小说更加重视的是一种‘抒情诗’式的个人的经验和命运。”①

不妨以苏童的“妇女生活系列”为例进行解读。此系列特征有三，一是以个人历史颠覆正史的必然性和整体性。《妻妾成群》借助四太太颂莲的视角讲述了在以生殖为中心的封建家庭中女性的婚姻悲剧，颂莲自己也几乎是自觉地成为旧式婚姻的牺牲品。此作完全回避了中国现代新民主主义革命的“正史”叙事，作家建构的个人历史情境与中国现代性历史走向背道而驰。二是放大历史“碎片”，解构宏大叙事。《红粉》中描写建国初妓女的命运，背景是封闭妓院、没收资本家财产和三反五反。本可写成妓女走出妓院、获得新生的宏大叙事，但作家着意写的是主人公小萼厌恶劳改、离开劳改营投靠不法资本家老浦，老浦被枪毙而生活无着的人生片断，走向悲剧的“小历史”否定了走向光明的“大历史”。三是消解崇高品格。崇高是“努力向无限挣扎”，历史小说由具体、偶然、片断的历史事件发现历史的整体性、规律性、必然性，无疑是“向无限挣扎”的崇高，但苏童小说却反其道而行之：规避正史而强调历史的个人性，消解宏大叙事而强调历史碎片性，自然具有消解崇高的意义。

1993—1995年，浙江文艺出版社出版了“吴越风情小说书系”。包括陈军的《东方闲情》、金学种的《驻跸三怪》、陈小萍、胡小远的《太阳酒吧》、杜文和的《牧羊津古渡》、刘文起的《梅龙镇三贤》五种。盛子潮为“书系”作序，将吴越风情小说的特征归纳为：(1)营造一个由传说、民俗、风土人情、自然文化景观所构筑而成的吴越文化氛围；(2)感知者的抒情视角；(3)简化、诗意化的人物关系；(4)意象化、情景化的语言形态，类型有：①小镇风情；②水乡风情；③市井风情；④历史风情。最后，吴越风情小说在总体上体现了“悲”、“秀”的美学特征。②“书系”的出版大大推进了吴越风情小说的发展。在吴越风情小说的创作中，成就突出的是陈军和王旭峰，陈军的代表作《玩人三记》以文白相间并夹杂着杭州俚语的语言，描写了主人公何梦白玩器、玩医、玩文的人生旨趣。玩器见其对美玉的卓见及高雅玩趣，玩医见其医术的精到和行医的潇洒，玩文见其文学才华和技巧的娴熟。体现着杭州人聪慧、优雅、潇洒的文化性格。王旭峰的最高成就是获得茅盾文学奖的“茶人三部曲”，包括《东方有嘉木》《不夜之歌》《筑草为城》三部长篇。小说以杭州为背景，描写了忘忧茶庄近现代百年的起落兴衰史。作

① 洪子诚：《中国当代文学史》，北京大学出版社1999年版，第390页。

② 盛子潮：《论吴越风情小说——〈吴越风情小说书系·代序〉》，见金学种：《驻跸三怪》，浙江文艺出版社1994年版。

家有着深厚的茶文化素养，这种素养使她不仅别出心裁地将茶文化作为小说的切入点，而且作为艺术表现的主体，大量叙写的茶史、茶道、茶经、茶典、茶歌、茶俗等使作品浸润在浓郁的茶文化氛围中。然而，作家写茶的目的还在于写世代操持茶叶、以茶为生命的人。人的自然化和茶的人格化交织出茶人的灵魂。茶事的兴衰和茶人的悲欢又与社会的兴替密切相关，社会的治乱废兴导致茶人命运的升沉变化，却铸就了茶人一以贯之的生存意志和人生智慧。"在这里，王旭峰设置了'茶'与'历史'的一种比照，刚性的'历史'屡屡断裂，而软性的'茶'却穿越了历史的断层，不绝如缕。"①软性的"茶"的性格，正是吴越人的文化性格。

第三节　吴越的冲淡

——汪曾祺的"水象"

（一）汪曾祺的"水象"

法国安妮·居里安女士拜访汪曾祺时提出一个问题：为什么您的小说里总有水？即使没有写水，也有水的感觉。汪曾祺对此的回答是："这个问题我以前没有意识到过。是这样，这是很自然的。我的家乡是一个水乡，我是在水面上长大的，耳目之所接，无非是水。水影响了我的性格，也影响了我的作品风格。"②

汪曾祺的家乡高邮在京杭大运河下面，他幼年时便常到河堤上玩，读小学时校西是菜园，园西便是河堤。其大姑妈家门西便是河堤的石级，传说康熙（或乾隆）曾自此泊舟登岸，故称"御码头"。汪曾祺可在河堤上看船，看打鱼，还可坐小船到西堤去玩，西堤外是高邮湖，俗称西湖。传说阔大而美丽的高邮湖中有神珠，《梦溪笔谈》载："一夜忽见其珠甚近，初微开其房，光自吻中出，如横一金线，俄忽张壳，其大如半席，壳中白光如银，珠大如掌。灿烂不可正视，十余里间林皆有影，如初日所照，远处但见天赤如野火，倏然远去，其形如飞，浮于波中，杳杳如月。"故高邮湖亦称珠湖。然而，更美的是高邮湖的现实，汪曾祺尤喜高邮湖的黄昏："湖上的蓝天渐渐变成淡黄、橘黄，又渐渐变成紫色，很深很浓的紫色。这种紫色使人深深感动。我永远忘不了这样的紫色的长天。"③汪曾祺谈到同水的关系时说："我小时候，从早到晚，一天没有看到河水的日子，几乎没有，我上小学，倘不能走到东大街而走后街，是沿河走的。上初中，如果不从城里走，走东门

---

① 王嘉良主编：《浙江20世纪文学史》（修订本），浙江大学出版社2009年版，第250页。
② 《我的家乡》，见《汪曾祺文集·散文卷》，江苏文艺出版社1993年版，第272页。
③ 《我的家乡》，见《汪曾祺文集·散文卷》，江苏文艺出版社1993年版，第277页。

外，则是沿着护城河。出我家所在的巷口的南头，是越塘。出巷北，往东不远，就是大淖。……我到一沟、二沟、三垛，都是坐船。到我的小说《受戒》所写的庵赵庄去，也是坐船。到第一次离家去外地读高中，也是坐船——轮船。”①

汪曾祺青少年的生活同水紧密联系，水已融入他的生命和血肉，他的小说中的人物也往往离不开水，正如汪曾祺所说，水“于不自觉中成了我的一些小说的背景”，尤其是写家乡高邮的小说，对水的描写甚至超越背景功能，而成为整篇小说结构的中心。汪曾祺最为人们称道的作品是《大淖记事》和《受戒》，二篇美文以超凡脱俗的笔调写人情的美，写爱情的美，而这些美都与水联系在一起。《大淖记事》中，巧云和十一子爱情初潮是因为水：巧云在淖边洗衣不慎落水，十一子从水中救起，将她抱回家，肉体接触，一个“越挨越近”，一个“心怦怦地跳”。二人的结合凭借水：巧云邀十一子到淖边，二人一个撑船，一个泅水，到沙洲上的茅草丛里一直呆到月上中天。《受戒》更是满纸水意，明海和英子相识在水上，之后又常在水上相会，由朦胧的爱到难舍难分的恋情，终于发展到极致——两个美好的心结合。而这种极致亦在水上：明海受完戒，英子摇船去接，她对他当沙弥尾大不以为然，当看到那片芦花时，文中写道——

> 小英子忽然把桨放下，走到船尾，趴到明子的耳朵旁边，小声地说：
> “我给你当老婆，你要不要？”
> 明子眼睛鼓得大大的。
> “你说话呀！”
> 明子说：“嗯。”
> “什么叫‘嗯’呀！要不要，要不要？”
> 明子大声地说：“要！”
> “你喊什么？”
> 明子小小声说：“要——！”
> “快点划！”
> 英子跳到中舱，两只桨飞快地划起来，划进了芦花荡。
> 芦花才吐新穗。紫灰色的芦穗，发着银光，软软的，滑溜溜的，像一串丝绒。有的地方结了蒲棒，通红的，像一支一支的小蜡烛。青浮萍，紫浮萍。长脚蚊子，水蜘蛛。野菱角开着四瓣的小白花。惊起一只青桩（一种水鸟），擦着芦穗，扑鲁鲁飞远了。

不仅有绝妙的人的对话，而且有绝妙的水中生命描写，前者显示着人物情感美，后者显示着自然氛围美，氛围和情感，难解难分，形成给人无限想象的艺术空间。这一切，都有赖于水。

① 《我的家乡》，见《汪曾祺文集 · 散文卷》，江苏文艺出版社 1993 年版，第 277 页。

可见,水已与汪曾祺的艺术生命紧紧相连,我们不妨说,“水”便是汪曾祺的人文象,这也应了汪曾祺的话:“水影响了我的性格,也影响了我的作品的风格。”然而,水有“惊涛拍岸”之水,对应的“弄潮儿向涛头立”的尚武精神;亦有“采采流水”,“小桥流水”,对应的是“柔情似水”的优雅品格。汪曾祺当属何者,抑或兼而有之?汪曾祺曾写道:“水有时是汹涌澎湃的,但我们那里的水平常总是柔软的,平和的,静静地流着。”①可见,他家乡的水早已不是“凌赤岸,篲扶桑,横奔似雷行”的远古之水,而是有着“三秋桂子,十里荷花”,“重湖叠山献清嘉”的近世之水。这种轻柔、平和之水,自然陶冶着汪曾祺平和、恬淡的性格。汪曾祺的人文象是柔软、平和之水,是明澈、清幽之水。

汪曾祺人文象的形成,自然不仅仅因为水,还在于幼时家庭生活濡染。他出生在清末士大夫家庭。祖父是清末“拔贡”,还是一个免费为人治病的眼科医生。曾教曾祺读《论语》,初步写八股文,心血来潮,日课大字一张,小字二十行,大字写《圭峰碑》,小字写《闲邪公家传》,赏曾祺圆圆的一块猪肝紫端砚,好几本原拓的名贵字帖,有颜真卿的《麻姑仙坛》、虞世南《夫子庙堂碑》、褚遂良《圣教序》等,表示着对这个颇有天分的孙子的偏爱。母亲是读过书的大家闺秀,出嫁后还每天写一张大字,字体端庄清秀,只是因肺病早逝。父亲则绝顶聪明,且多才多艺,他是画家,画写意花卉,且会刻图章,图章初宗浙派,中年后治汉印。他精通各种乐器,弹琵琶,拉胡琴,笙箫管笛,无一不通。胡琴拉得尤其好。他几乎保存有所有的中国乐器。他还是一个擅长单杠的体操运动员,一名足球健将,还学过中国武术。他有一间画室,裱糊得“四白落地”。每逢春秋佳节,天气晴和,进画室作画;小曾祺在一旁出神地看着他如何端详构思,决定布局,然后画花头、枝干,布叶,勾筋,以及题词、钤印等。父亲情感丰富,脾气随和。他养过花,养过的一盆素心兰在母亲病故那年死了,从此不再养花;母亲死后,按母亲生前的喜好,选购各种花素色纸,亲手做几箱冥衣。他爱孩子,从不疾言厉色,关心他们的学业,但从不强求,常能因势利导。他建议曾祺写《张猛龙碑》,使之感到终生受益。曾祺喜唱青衣,嗓音高亮甜滋,他乐于为其伴奏,还参加学校的同乐会,为孩子们伴奏。他与汪曾祺之间无拘无束,儿子写情书,他也瞎出主意,一起抽烟,喝酒,乃至递烟点火。按他的说法是:“我们是多年父子成兄弟。”

和谐、幽雅的家庭生活,实际是平和明澈的水环境的异质同构,它熏染了汪曾祺恬淡、高雅的传统文人情趣。汪曾祺说他至今有三大爱好:写字、画画,做菜。他的字转益多师,自谓有《张猛龙》的底子,米(芾)字的意思,然仔细推究,取《张猛龙》的清隽疏朗而弃其刻厉奇险,取米字的修长圆熟却弃其粗头乱服,

① 《自报家门——汪曾祺自传》,见《异秉:汪曾祺人生小说选》,甘肃文化出版社 1994 年版,第 469 页。

疏朗、清秀、含蕴、和谐,活脱脱的汪曾祺;他的画系国画,多画花卉,写意,抒情,“带有很大的随意性”,且喜在画上题诗,寄意兴,抒感慨,发牢骚,满腹诗情画意。他为宗璞画牡丹,只占纸一角,且题诗曰:“人间存一角,聊放侧枝花。欣然亦自得,不共赤城霞。”宗璞父亲冯友兰认为“诗中有人”。他做菜喜想象,寄托情感。宴请聂华苓,为其作淮扬菜煮干丝,“有意逗引她的故国乡情耳”。请台湾女作家陈怡真吃饭,为其做干贝烧小萝卜,云南干巴菌,引其对祖国热爱耳……汪曾祺说:“我很欣赏《杨恽报孙会宗书》:‘田彼南亩,芜秽不治。种一顷豆,落而为萁。人生行乐耳,须富贵何时?’‘人生行乐耳,须富贵何时?’,说得何等潇洒?”正是他气质个性的自报家门。

可见,汪曾祺的人文象——水所对应的气质特征是和谐、淡泊。这种气质特征,早在他创作之始,便有鲜明的表现。1944 年创作的《复仇》是一个典型的例子。复仇者是个遗腹子,父亲被仇人杀了。长大后母亲交给他父亲的剑,并在他的手臂上刺上仇人的名字,涂了蓝,他按这蓝色的名字去寻找仇人。但是,他觉得自己永远不能仇恨那个人,甚至感到自己的存在竟与那个人的存在息息相关:

> 有时候他更愿意自己被仇人杀了。
>
> 有时候他对仇人很有好感。
>
> 有时候他觉得自己就是那个仇人。既然仇人的名字几乎代替了他自己的名字,他岂不是借了那个人的名字而存在的吗?仇人死了呢?

他终于查明了仇人——手臂上涂有蓝色名字的和尚,那蓝色的名字竟是他父亲的名字。啊,原来他们都是为父亲报仇的,是共同命运的人!于是,他放弃了复仇计划,与这和尚生活在一起,因为这个和尚已给他准备下房间,而且在神坛前面准备下蒲团,等待着他的到来。

这个耐人寻味的寓言性故事,其主旨是“和”,要人们消除仇恨,和谐相处。在 1944 年的抗战胜利前夕,很是不合时宜,显示出对你死我活的民族斗争潮流的“逃遁”,乃至有些“偏安”色彩。然而,对汪曾祺这样经历的知识分子,似不能苛求。他说过:“我没有经过太多的波澜壮阔的生活,没有见过叱咤风云的人物,你叫我怎么写?我写作,强调真实,大都有过亲身感受,我不能靠材料写作。我只能写我所熟悉的平平常常的人和事,或者如姜白石所说的‘世间小儿女’,我只能用平平常常的思想感情去了解他们,用平平常常的方法去表现他们。这结果就是淡。但是‘你不能改变我’,我就是这样,谁也不能下命令叫我照另外一种样子去写。”①

这一切,可作为汪曾祺的人文象“水”的注脚。

---

① 汪曾祺:《汪曾祺文集·散文卷》,江苏文艺出版社 1993 年版,第 248 页。

（二）"水象"与艺术追求

汪曾祺恬静、澄澈、平和的"水象"映出的淡泊、超脱、随和的个性气质，早已为文学批评界所称道。胡河清说："汪曾祺先生判事那么清楚，而性格又那么随和，自然是不愿意跳到历史的旋涡里去的。"①历史旋涡是时代的洪流，时代的惊涛骇浪，同汪曾祺倾心的"静静地流着"的"水"，大相径庭。汪对"旋涡"的态度显然是回避，是不愿意投身其中，正如李西庆所说："他是用逃遁的方式较为完好地保持着自由的个性。"②逃遁历史旋涡，逃遁时代洪流作为生活态度自然不可取，实际上，汪曾祺也未能逃遁历史旋涡，被打成右派的遭遇就是例证；然而，"保持着自由个性"作为创作态度，却是有益的。逃遁意味着距离，同生活旋涡和意识形态保持一定的审美距离，构建小说创作超越和超脱的审美品格，是汪曾祺创作的基本特征。这种特征表现在题材选择和处理，以及艺术表现上。

汪曾祺说："我也愿意写新的生活，新的人物。但我以为小说是回忆。必须把热腾腾的生活熟悉得像童年往事一样。生活和作者的感情都经过沉淀，除净火气，特别是除净感伤主义，这样才能形成小说。"③汪曾祺的小说都是"经过沉淀，除净火气"的往事回忆。他谈到自己的小说创作时说："我是 40 年代开始写小说的。以后是一段空白。60 年代初发表过 3 篇小说。到 80 年代才重操旧业，而且一发不可收，发表小说的数量不少。"④80 年代以来是汪曾祺小说创作的丰收期，也是本书研究视域。此期的题材大致可分四类：家乡高邮的生活，塞上生活（作者曾到张家口沙岭子当农业工人），昆明居留时期的生活，北京的一些文艺界人士的生活。写得最多的是家乡高邮生活，占了作品的主要部分，而且，作家的佳作和精品也集中在这里。如《受戒》《大淖记事》《岁寒三友》《徙》《故里三陈》《晚饭花》等。三类题材都是"回忆"，而高邮小说的回忆最为久远，大都是 40 年代的事。一位在北京城生活了三十余年的作家，生活已使他在城里看世界，且进入生活剧变的 80 年代，却热衷于写 40 年代乡下的人和事，而且对其有着不可言说的温存和难以言尽的诗心，一方面固然同深深的恋乡情结有关，更重要的取决于他的淡泊、和谐的审美态度。历尽人世沧桑的汪曾祺懂得，对现实的人和事，情感还相当浮躁，不可能适度地、有节制地、超然地为其作出叙述。不论是烦躁困惑、欣喜若狂，还是悲凄哀怨，都不是他个性的追求。陷于这些情绪中，必然丧失自己平淡和谐的叙述风度。而叙述旧题材，既可以保证他以平淡的叙述风度叙述故事，也达到了把平淡的生活现实和生活态度审美化的目的，从

① 《汪曾祺论》，《当代作家评论》1993 年第 1 期。

② 《野凫眠岸有闲意》，《读书》1989 年第 1 期。

③ 《〈桥边小说三篇〉后记》，《汪曾祺文集·文论卷》，江苏文艺出版社 1993 年版，第 67 页。

④ 《汪曾祺文集·自序》，《汪曾祺文集》，江苏文艺出版社 1993 年版。

而实现平淡和谐的审美理想。

汪曾祺的选材并未在回忆上浅尝辄止，而是步步向深层探求，他回忆的着眼点，并非易于发生律动和变化的政治性、社会性内容，而是相对稳定的地域文化风情。地域文化风情作为一种环境，既含纳了山川风光等自然景观，寺观村镇等人文景观，又包并了世俗民情等文化习传，并以其潜在的方式向人们展示某种地域性的文化生存形态，在不自觉中规定着人们的生活和思维程式。当它成为作家笔下意欲表现的审美对象时，它绝不仅仅是为作家传达审美理想提供的稳定的时空系统，而是在文本的深层结构中直接影响小说内蕴的重要因素。汪曾祺把地域文化风情作为回忆的着眼点，在作品中描绘了大量的风景画和风俗画，使之充满了浓郁的地缘文化色彩。更值得称道的是，作家以独到的思维使之进入作品结构中心。《陈四》全篇四千字，竟有三千多字抒写迎神赛会的民俗风情，运化出一种原始的、古朴的"欢乐"情调，酿造出一种粗犷朴野的文化氛围。后文仅用几百字写踩高跷的陈四就在这种蒙昧的气氛中挨打、大病、卖灯……人被浸泡在浓重的古朴风习之中。作家不仅借此增加了人物的生命气息，也恰好借此作为主体审美感受的物质外化，让那些带有浓郁抒情气质的朴拙自然风物、人情世态、地方文化构成了一种恰如苏珊·朗格所论的"生命活动的投影"的形式，化为情调，融入意境，弥漫于浓郁的氛围之中。风物渲染居于整篇小说的结构中心，人物和情节反倒成了点缀。稳态、古朴的民俗风情实现着作家平和、恬淡的审美追求。《故乡人·打鱼的》则在一种意绪的逆向撞击中开掘深层精神内涵，构成深重的情思氛围。开篇第一句"女人很少打鱼"，写得很闲，似无关宏旨。接着写"打鱼的有几种"。详细介绍五种打鱼的方法和习俗，亦写得散而闲。但写完两个人对面赶鱼入网的方法之后，勾勒住"两个人这样打鱼的"：一男一女两口子，男的张网，女的赶鱼。微微出现一点撞击，与"女人很少打鱼"对应，产生"这一家女人苦"的内涵。继而写，过了几天，"按着梯形竹架赶鱼的换了一个人，一个十五六岁的小姑娘。"因为她妈死了，由她替代妈的位置。这一笔虽淡却奇，与"女人很少打鱼"发生猛烈撞击，酝酿出"两代人都苦"的情思。小说最后写道："她一定觉得：这身湿了水的牛皮罩衣很重，秋天的水已经很凉，父亲的话越来越少。"未成年的孩子不仅承担了打鱼之累，还体谅着父亲的疾苦，与开篇的"女人很少打鱼"相映，便会感受到那"很少"二字灌注着宏大的精神旨趣。风土人情，在汪曾祺那里，已不仅是为了增加作品的真实感，而是竭力酿造出一种美感价值，一种对生活得深沉思索。

汪曾祺对地域风情的钟情，归根到底还是对人的关注。因此，汪曾祺沿着地域文化风情向深层拓展，便是"对人的关心，对人的尊重和欣赏"。这种关心、尊重和欣赏，超越了政治、意识形态等功利性层面，直指人的生命形式和生存形态。这使他淡泊和谐的审美追求进一步得以落实。他自诩为"中国式的人道主义者”。《受戒》里的小和尚明子，不是厮守青灯、敲打木鱼的佛家虔诚赓续者，也没有把七情六欲看作是人生苦海的渊薮，而是充满了俗愿，充满了恋情，而恋情又不成为清规戒律下的悲剧，却和恬静清丽的乡村风光融为一体，美美地发展成熟。在作家看来，和尚也是一种人，他们的生活也是一种生活；凡人的七情六欲，他们都不缺少，只是表现方式不同而已。这一切，理应受到尊重，因而，竭力将其生活化和诗化。作家的淡泊的审美态度，并非对人应有的七情六欲的逃离，而是不使现实中的悲与喜作为功利性因素占据生活和生命。他不主张以逃离红尘作为个体超越现实的手段。他在评阿城的《棋王》时说，人总要沉溺在一种东西里，并有所得，才能证实自己的存在，才能切实掂出自己的价值。但是，他“不希望阿城一头扎进道家里不出来”。他所写的《钓鱼的医生》中的王淡人，虽淡泊却不攻击生活，对别人的生命和冷暖极尽温爱和关怀；《岁寒三友》中的靳彝甫表面看似无所求，但为救济朋友，却将珍藏的宝物送上门去……汪曾祺虽淡泊，却未削减对生活的挚爱。在他看来，不论是悲是喜，都是你自己的，那么你又何必悲和喜呢？反正你就是你，你也不愿你是别人，那么对你来说，除了心平气和地生活，又能是什么？而心平气和地生活，在汪曾祺看来，是应当而且可能的：“一个人找准了自己的位置，就可以比较‘事理通达，心平气和’了。”①

在题材的处理上，汪曾祺以自己淡泊、超逸的个性气质，进行着“除净感伤主义”的情感筛除。他说：“我是个乐观主义者。对于生活，我的朴素信念是：人类是有希望的，中国是会好起来的。我自觉地想要对读者产生一点影响的。也是这点朴素的信念，我的作品不是悲剧。我的作品缺乏崇高的、悲壮的美。我追求的不是深刻，而是和谐。”②这种追求在他的作品中留下长长的影子。《异秉》本是一个可悲的故事，陈相公的可怜遭遇在一般作者的笔下或许被渲染成悲剧，至少应带有契诃夫的悲剧调子。汪曾祺却一反常态，带着微笑对落后的国民心态和陈相公的愚昧心理进行温馨的调侃；《大淖记事》中写巧云被刘号长奸污后，并没有淌泪，更没想到自杀，只觉得对不起十一子，当十一子被打伤后，她又毅然将他接到家里，独自挑起抚养病瘫父亲和重伤爱人的重担；《岁寒三友》中的王瘦吾、陶虎臣、靳彝甫落魄之后，也并不痛哭或狂笑，而是借酒浇愁，酒中取乐，像店外的雪花一样落地无声；《晚饭花》中的王玉英许配给浪荡风流的钱老五，当她知道钱与一寡妇相好后，也没怎么难过，却相信结婚之后，他会改好；《钓鱼的医生》中的王淡人，替人看病还白送药给人，尽做些傻事，却不断在河边垂钓，生活就如“一庭春雨，满架秋风”，虽清苦，却也淡泊闲适；《打鱼的》中在苇塘打鱼的两口子，搏激浪前进，乘西北风张帆，对打鱼生涯既不高兴，也无任何失

① 汪曾祺：《晚翠文谈·自序》，《晚霞文萃》，浙江文艺出版社1988年版。

② 汪曾祺：《汪曾祺自选集》，漓江出版社1987年版，第3—4页。

望、忧愁,“总是那样平平淡淡的,平淡得近于木然”;《陈小手》中,男医陈小手救了难产的团长太太的性命,却被团长“从后面一枪打下来了”,打下来便打下来,除了团长因自己太太被别的男人摸了而感到委屈外,一切都平平静静……汪曾祺对自己作品中人物情感的处理是:在困苦时不落泪,在命运遭劫时不哀号,在欢乐时不狂欢,在得意时不忘形。他们在自己所处的生活方位上,顺乎自然地活着;他们的生命,在和谐中自生自灭。

在艺术表现上,汪曾祺小说追求富有优雅情调的“氛围气”。汪曾祺谈到自己的小说构思时说:“构思小说,先有一团情致,一种意向,然后定间架……”①又说:“不直接写人物的性格、心理、活动,有时只是一点气氛。但我以为气氛即人物。一篇小说在字里行间都渗透了人物。”②这里的“气氛”、“情致”,便是意境、情思。汪曾祺的小说,并不着意人物性格和心理的刻画,也不十分留意情节的组织,而是着力于气氛和情致渲染和酿造。往往只有几笔景物素描和人物行状,却神奇般地流溢着作家的情思和理趣。汪称之为“文气”,其实更确切地应称为郁达夫说的“氛围气”,郁说:“历来我持的批评作品的标准,是‘情调’两字。只要一篇作品,能够酿出一种‘情调’来,使读者受了这‘情调’的感染,能够很切实的感着这作品的‘氛围气’的时候,那么不管它的文字美不美,前后的意思连续不连续,我都承认这是个好作品。”③同“文气”不同的是,“氛围气”更讲情调、情思。清人章学诚说:“凡文不足以动人,所以动人者,气也;凡文不足以入人,所以入人者,情也。气积而文昌,情深而文挚,天下之至文也。”④章论不仅揭示了情气的关系,也揭示了“氛围气”的本体内涵。“气”乃“情”表,美文学中所飘逸的氛围气均为特有的情调所运化。对意境颇有研究的顾祖钊曾界说道:“意境就是情景交融、虚实相生的能诱发和开拓出丰富想象的审美空间。”⑤据此,可视氛围气为含情之景,是诱发想象、产生“无尽之意”(虚境,又称神境、情境、灵境)的实境。这种真景和实境在酿造情调,雅化人物上有特异的功能。因而,汪曾祺酿造氛围气,追求意境美,看来是淡化人物性格,淡化情节结构,实际上以浓郁的文化氛围气浓化了人物的文化性格和心理气质;特别是气氛的渲染,让审美意象的感性特征饱浸象征性内涵,不仅增加作品的抒情容量,而且还扩大了小说艺术的表现空间。

《岁寒三友》以很大的篇幅描写放焰火的场景。写阴城正中立起的四丈多

---

① 《两栖杂述》,转引自崔志远:《乡土文学与地缘文化》,中国书籍出版社 1997 年版,第 320 页。

② 汪曾祺:《汪曾祺文集 · 文论卷》,江苏文艺出版社 1993 年版,第 194 页。

③ 郁达夫:《我承认我是失败了》,转引自崔志远:《乡土文学与地缘文化》,中国书籍出版社 1997 年版,第 320 页。

④ 章学诚:《文史通义 · 史德》。

⑤ 顾祖钊:《艺术至境论》,百花文艺出版社 1992 年版,第 182 页。

高的焰火架子,写各种卖小吃的,写到处是玻璃灯,到处是热气和茴香八角气味,写“人们寻亲访友,说短道长,来来往往,亲亲热热”。写人们看焰火的情景:“忽然,上万双眼睛一齐朝着一个方向看。人们的眼睛一会儿睁大,一会儿眯细;人们的嘴一会儿张开一会儿又合上;一阵阵叫喊,一阵阵欢笑,一阵阵掌声。”继而写各种各样的焰火,最后写退场情景:

> ……火光炎炎,逐渐消隐,这时才听到人们呼唤:
>
> “二丫头,回家咧!”
>
> “四儿,你在哪儿哪!”
>
> “奶奶,等等我,我鞋掉了!”
>
> 人们摸摸板凳,才知道:呀!露水下来了。

欢乐的场面,热烈的气氛,一幅欢快、清新的风俗画。虽然没有具体写人,读者却可感受到人——消融在人群中的焰火制造者陶虎臣。感受到他的笑容,感受到他的欢乐,感受到他在众人的欢乐中获得的欣慰,也就感受到他善良的人格。汪曾祺说:“我是有意在表现人们看焰火时的欢乐热闹气氛中表现上升时期陶虎臣的愉快心情,表现用自己的劳动为人们提供欢乐,并于别人的欢乐中感到欣慰的一个善良的人的品格的。”①这便是他的画中之意,景中之情,实境中的虚境,情境,神境,灵境。只是“人在其中,却无觅处。”《星期天》中,以较长篇幅对一所私立学校的教职工进行品赏之后,重笔对寄居的郝连都与校长的女友王静仪做了评赏,赫连都敢同美国佬抗争的人格和王静仪远去俗氛的风度中寄托着作家的审美理想,这一切在舞会中优雅、浓郁的氛围气中得一铺展:

> 西班牙舞曲响了,飘逸的探戈舞跳起来了。他们(指郝连都和王静仪)跳得那样优美,以至原来准备起舞的几对都停了下来,大家远远地看他们俩跳。这支曲子他们都很熟,配合得非常默契。郝连都一晚上只有跳这一次舞是一种享受。他托着王静仪的腰,贴得很近;轻轻握着他的指尖,拉得很远;有时又撒开手,各自随着音乐的旋律进退起伏。王静仪高高地抬起手臂,微微地侧着肩膀,俯仰,回旋,又轻盈,又奔放。她的眼睛发亮。她的白纱长裙飘动着,像一朵大百合花。
>
> 大家都看得痴了。

这是两美的结合,两颗美好的心灵的碰撞。王静仪脱俗的款款风姿和郝连都见义勇为的勃勃英姿都融进了抒情的轻歌曼舞之中。与其说人们为二人的舞姿吸引,不如说是对二人美的心灵的敬重。《受戒》亦是情景交融的优美篇章。结尾处写英子划船接明子,迎面的芦花荡唤起二人的爱欲,英子提出给明子做老婆,二人将小船飞快地划进芦苇荡子。作者没有像拙劣的作者那样,进行直

---

① 《汪曾祺文集·文论卷》,江苏文艺出版社 1993 年版,第 66 页。

露的性描写，而是空灵地描绘起芦花荡里生机勃勃的花草虫鸟……这不仅形成美的情和美的景的结合和交融，从而使人感到明子和英子爱情的美好，而且，景物描写使读者由芦花荡产生的某种期待，向多方向辐射，呈多层次、多向度的意向延展：是生命的跃动，是心灵的呼唤，还是恋情的纯真袒露？形成丰富的意蕴。

意境讲求“情景交融”，“心物交感”，“物我与共”，“主客为一”，是情和景、意和境、心和物融合一致而形成的艺术境界，强调的是和谐一致，而非矛盾对立。其哲学来源便是“天人合一”思想，是庄子皈依自然的哲学观念。其核心也是强调“和”。更何况，汪曾祺创造的意境的特点是优美、幽雅。在上述论例中，无论放焰火的风俗画同人的心里的交融，还是优美的舞蹈场面同人的品位的交融，抑或美好的爱情同自然的交融，都给人以美的强烈感染。这使人想到高邮的“艳情”才子秦少游，想起他脍炙人口的「鹊桥仙」：“纤云弄巧，飞星传恨，银河迢迢暗渡。金风玉露一相逢，便胜却人间无数。柔情似水，佳期如梦，忍顾鹊桥归路。两情若是久长时，又岂在朝朝暮暮。”不仅《受戒》中明子和英子的结合颇带《鹊桥仙》的意境，而且如“纤云弄巧”、“柔情似水”等多么形象地概括出汪曾祺淡远、幽雅的风格。汪氏意境的淡远、幽雅当属优美范畴。优美的特征是完整与和谐。完整者，统一、单纯而自足之整体也；和谐者，整体内各结构因素相辅相成、排列有序也。整体的完整效果依赖内在的和谐。优美的事物不能有深奥得令人陌生的意蕴，也不能有复杂得令人焦躁的外观，一言以蔽之曰“单纯”（并非单调）。优美不能有崇高那样的“深度能量”，不能用“深度”对它进行不切实际的要求，人们直觉地把它与“小”相联系，其实质则是以上说的“单纯”。优美的和谐、完整、单纯既是汪曾祺小说意境的特点，也是他个性气质的特点。他说过，他喜画文人画，但既不能“像范宽一样气势雄豪，也不能像王蒙一样烟云满纸”，却如倪瓒一样，“一辈子只能画平远的小景”。① 如前文所述，他写小说，“所追求的不是深刻，而是和谐。”

（三）“水象”与文化意识

汪曾祺说：“我是一个中国人。中国人必然接受中国传统思想和文化的影响。”②汪曾祺有较深的家学渊源，从小受到良好的文化教育，青年时又受到高等教育。他受中国传统思想和文化影响就更系统、更自然些。他说：“我接受了什么影响？道家？中国化了的佛家——禅宗？都很少。比较起来，还是接受儒家

① 《汪曾祺文集·文论卷》，江苏文艺出版社 1993 年版，第 198 页。
② 《汪曾祺文集·文论卷》，江苏文艺出版社 1993 年版，第 237 页。

的思想多一些。”[①]汪曾祺所言大体属实，只是所受道家影响并不能算“很少”。这一切，在他的高邮小说中自有昭然若揭的显示。汪作中体现的儒佛道思想，多有评家论及。本处要谈的是，汪氏的“水象”所规定的淡泊和谐的个性气质如何将摄取的儒佛道思想，和谐地排布在心理的景象中。

汪曾祺的许多作品，渗透着儒、道、佛和谐相处的文化意识，大体可分以下两种情况：

一是儒家的入世思想和道家出世思想相反相成的和谐。这便是评论界指出的“儒道互补，儒内道外”。儒家思想强调入世，强调“以天下为己任”，“达则兼济天下”；道家则主张出世，强调超然自适，清静无为。二者矛盾而对立，然而，儒家对个体生命价值和社会作用的过分强调，在现实中往往遭遇难以解决的问题。当人的理想与现实世界矛盾时，个体生命的渺小和人生的苦痛便暴露出来，人无法与强大的现实抗衡，此时，道家那承认生命内在价值的超然自适的生存便乘虚而来，进行人的心灵的价值补偿。这种补偿连儒家也予以谨慎的认可：“穷则独善其身。”此时，入世和出世在转化中达到和谐。汪曾祺正是在这种和谐处寻找着出世和入世的结合。《徙》中的地方名士谈甓渔累考不第，便无意仕途，整日闲散街头，放浪形骸，大有魏晋士人风度；《岁寒三友》中的王瘦吾和陶虎臣，都有一股雄心，也曾有一番事业的辉煌，然而最终破产了，届时，与靳彝甫相约进酒楼，借酒浇愁，以求精神的解脱。这是一种情形：入世和出世有着明显的转化。更多的则是另一种情形，出世和入世的人生态度和谐地集于一身。《鸡鸭名家》的余老五也勤劳，也闲散；炕蛋期间，兢兢业业，一丝不苟；炕蛋之后，便提了茶壶，悠闲自在地在街上消遣。《故乡人》中的王淡人既可仗义疏财，治病救人，又可宁静淡泊地在河边垂钓。《打鱼的》中的打鱼人为生活每日在风浪中张网捕鱼，内心却无喜无忧，平平淡淡。还有《安乐居》的老酒友们，《故人往事》中的戴车匠、老白，《大淖记事》中的锡匠们，其身上都存在着勤劳和散淡的结合。

可见，在汪曾祺笔下，出世和入世的结合自有独特追求：他没有将儒家的入世和道家的出世任何一种作为理想的人生方式，他寻找的是更理想的人生。这种更理想的人生就是出世和入世的结合：热爱生活而不执着于功名利禄，淡泊超脱却又不失对生活的关注，潇洒通达却不言人生空无，返璞归真却不忘人生疾苦。一方面，有热情，有活力，渴望实现人生价值；另一方面，又“不乐寿，不哀夭，不荣通，不丑穷”。[②] 儒家给他以信念和努力，道家给他以淡泊和自由，人生由此呈现一种和谐的美，美的和谐。

---

① 《汪曾祺文集·文论卷》，江苏文艺出版社 1993 年版，第 237—238 页。

② 《庄子·天地》。

二是儒、佛、道仁爱意识相辅相成的和谐。儒道佛的哲学思想中都包含有仁爱精神。儒家讲“仁者爱人”、“泛爱众”、“亲亲，仁民，爱物”；道家虽未直言仁爱，其绝巧弃智、柔弱无己、自然无为的人生哲学却正可形成人们间的友爱与和谐；佛家自觉觉他、自利利他的慈悲喜舍、普度众生的救苦救难精神，具有浓郁强烈的仁爱意识。三者影响着汪曾祺的气质个性，使他有着博大的爱心。他曾说：“我喜欢这样的诗：‘万物静观皆自得，四时佳兴与人同。’”“‘顿觉眼前生意满，须知世上苦人多。’这是蔼然仁者之言。这样的诗人总是想到别人。有人让我用一句话概括出我的思想，我想了想，说：我大概是一个中国式的抒情的人道主义者。”“我的人道主义不带任何理论色彩，很朴素，就是对人的关心，对人的尊重和欣赏。”①这些思想影响所及，汪曾祺小说人物画廊中洋溢着浓浓的爱与和谐的氛围：人与人之间充满着友爱、真诚、温馨、热情，夫妻间的相濡以沫，朋友间的同甘共苦，乡邻间的互相救助，父子间的慈爱孝敬，浸润着汪曾祺的人物世界。就连那为父报仇的负剑者，心里也充满了爱和温馨，他甚至对自己的仇人有了好感，同他成为朝夕相处的朋友。

仁爱精神使汪曾祺非常喜欢“人情味儿”，他说：“我不是从大道理上，而是从感情上接受儒家思想的，我认为儒家是讲人情的，是一种富于人情味儿的思想。”他欣赏充满人的“气息”的“人境”，而这种人境是少有人事纷争的爱的恬淡与和谐。他说他喜欢《论语·子路曾皙冉有公西华侍坐章》中所云：“暮春时，春服既成，冠者五六人，童子六七人，浴乎沂，风乎舞雩，咏而归。”“以为这是一种很美的生活态度。”道家味甚浓的陶渊明，他却视为“纯正的儒家”，因为陶氏的“暧暧远人村，依依墟里烟。狗吠深巷中，鸡鸣桑树颠”同上述《论语》描绘的生活境界相近，是“充满人的气息的‘人境’”。没有干扰喧嚣，没有矛盾冲突，没有出世入世之争，平淡超然而又弥漫着人间烟火味。汪曾祺的许多作品描绘这种境界和情调。《收字纸的老人》写道：“……老白粗茶淡饭，怡然自得，化纸之后，关门独立，门外水长流，日长如小年。”《受戒》、《大淖记事》等都是这种境界和情调，尘世的不幸和懊恼统统被淡化了，只剩下绵长的、脉脉的恋情，一个纯情的人性世界。此外，不论是《晚饭花》中的平凡故事，还是《桥边小说三篇》中的人物苦乐，都力图写出一种纯情，一种人情味儿。这种情形，又与出世和入世的结合暗相沟通。

总之，汪曾祺小说中透出的儒释道思想，也为他的气质同化，带上他鲜明的个性特征。

① 《晚饭花集·自序》，《汪曾祺文集·文论卷》，江苏文艺出版社 1993 年版，第 198 页。

第四节　吴越的精警

——高晓声的“鲁迅风”

（一）被放逐大海的乌龟

一支老鹰抓住一只乌龟，想吃掉他又无处下嘴，便决定狠狠处置这个丑八怪，它问乌龟：“您最害怕什么？”乌龟答道：“最怕水。”老鹰叼着乌龟飞到大海的上空，一下子地将它投下去。老鹰哪里知道，它竟将乌龟放回到他的最佳生存环境。

高晓声恰像被放逐的乌龟。

1928年，高晓声生于江苏武进，即常州，因为那时，“常州和武进不分家”，“一个地方，两个名称”。[①] 他出身农家，幼喜文学，1948年考入上海法学院经济系，1950年毕业于苏南新闻专科学校。1954年以短篇小说《解约》引起文坛关注。受双百方针鼓舞，于1957年6月同陈椿年、叶至诚、方之、陆文夫、梅汝凯、曾华等创办同仁文学杂志社“探求者”。其宗旨为：打破教条束缚，大胆干预生活，严肃探讨人生，促进社会主义。1957年发表的短篇《不幸》体现了这种主张。然而，同仁杂志因反右斗争而流产，高晓声戴上右派的帽子，放逐常州老家劳改。

“古运河过长江由镇江东进常州，在常州西门外分出一条支流（称北塘河），落北绕城而东，迤逦三十里便到郑陆桥镇。穿镇而过，出东街梢，塘河南岸被一条河道切断，这便是草塘浜浜口了。草塘浜自北向南伸展十余里，支流叉浜多若大树根须，密布大地如人体血脉。”[②]这便是高晓声的家乡。虽被视为江南水乡，农民的生活却并不富裕，已经成为农民的高晓声，“一直为了活下去苦斗”[③]。他在这里建立了地道的农民家庭，兼营薪金微薄的教师和“课余农民”，在最低的社会地位上过着最低水平的生活。他的境遇甚至使一些朋友担心：他能否活下去？然而，作家生活的不幸却成了文学之幸。二十余年的农村生活使他置身于得天独厚的生活源泉之中，并且，他不仅以普通农民，而且以一位探索者的深邃目光，从社会的底层观察着生活，体验着生活，思考着生活。自觉不自觉地将观察思考所得融入他的精神血肉，深深积淀在他的潜意识中。高晓声说：“我是农民这根弦上的一分子，每一触动都会响起同一音调。我勿需去了解他们在想什

---

① 《中国当代作家选集丛书·高晓声》，人民文学出版社1994年版，第131页。

② 《中国当代作家选集丛书·高晓声》，人民文学出版社1994年版，第468页。

③ 张品镇：《关于高晓声》，《人物》1981年第1期。

么，我知道我自己想的同他们不会两样。……我不在上，不在下，不在旁，而是在其中。”“我同造屋的李顺大、‘漏斗户主’陈奂生命运相同，呼吸与共，我写他们，是写我心。”农民生活，农民命运，农民心理在高晓声那里已达到“烂熟于心”、“呼之欲出”的程度。其实，他不仅有与农民的同，而且有同农民的异；不仅熟悉农民生活、命运、心理，而且能站到历史和时代的高度，以作家的探索的锐利目光，认识、思考着农们的生活、命运和心理，尽管这并不是自觉的。这一切为高晓声在文坛的辉煌复出奠定了坚实基础。不仅影响着他的作品的题材和主题，而且影响着他创作的特点和风格。

新时期，深厚的生活积累、横溢的文学才华和高涨的创作激情交织出高晓声井喷式的创作。1979—1984 年，连续六年每年一部小说集，以编年史形式记下他的创作轨迹。到 1995 年，共出版中短篇小说集 20 部；长篇小说两部：《青天在上》、《陈奂生上城出国记》。同汪曾祺不同的是，他的作品并非除净火气的历史回忆，而是直面现实生活进程的深刻思考。他的作品大致可分为三类。一是描写性格复杂的农民形象，这类作品数量最多，写得最精彩，如《李顺大造屋》、“陈奂生系列”小说（包括《“漏斗户”主》《陈奂生上城》《陈奂生转业》《陈奂生包产》《陈奂生战术》《种田大户》《陈奂生出国》），《老清阿叔》，《鱼的故事》等。二是描写新时期改革能人，其中分为两种：一种写不仅勇于开拓，而且品质高尚的新人，如《崔全成》《蜂花》《荒池岸边柳枝青》等；一种写虽勇于开拓，却表现出某种程度的道德沦丧的能人，如《美国经验》《送田》《泥脚》等。三是带有象征意味和寓言色彩的作品，如《钱包》《鱼钓》《飞磨》《大好人江坤大》《山中》《烟鬼》《梦大》等。三类作品中，成就高的是第一类和第三类。自然，最为人称道的还是第一类中的《李顺大造屋》和“陈奂生系列”。

读高晓声的小说，开始倒觉平常，慢慢地，你笑了，你激动了，你关心起人物的命运来了，你感叹唏嘘了，你同小说的主人公一起流泪了。最后掩卷，你又不得不去回味一番，思考小说中由人物命运带出的尖锐而深刻的社会问题，感到短短的几千字中包含有探讨不尽的哲理意义。读汪曾祺，人们受到的是幽微淡远的美的情致的陶冶；读高晓声，人们获得的是深刻精辟的生活哲理的启迪。比如，汪曾祺喜写水，即使不写水的作品也感到有水存在，满纸清明澄澈的水意。那是因为，他追求意境的创造，常常进行情景交融、心物交感、意境交合。其中，水是主要的景、物、境，水与心、情、意相交融，成为结构的中心，成为与人物、情意等量齐观之物，而水又是安谧、清幽、澄明之水，汪曾祺风格的幽雅同水便紧紧连在一起。高晓声生在水乡，作品中对水的描写也不少，但是，我们却感觉不到他的作品的水意，更不能以水作他的人文象，那是因为，他并不追求意境的创造，水的描写只是人物生活的背景。他也不追求描写境界的开阔，而是单刀直入地对人和事进行毫不留情的剖析，从中开掘出振聋发聩的人生旨趣和哲理意味来。

他追求作品的深刻性和警策性，其美学品格属吴越的透辟精警型。这颇似鲁迅，故有人称为“鲁迅风”。高晓声描写的水，并不只是清明澄澈之水，尚有奔泻咆哮之水，《鱼钓》中便写道：“江水还在倒灌进来，它从一条笔直的小河里奔腾向南，一路泼辣辣打着漩涡，冲进那十丈多宽的大运河里来，气势汹汹，一直撞到运河的南滩；然后大翻一个身，回漩着随大流滚滚而去。”还有阴森之水，《飞磨》中写道，禾场南边的池塘里，前去游泳的人，“往往有不明不白死掉的”，“谣传那石磨还在水底旋转，人一碰着就死了”。这些描写，带有横奔凌岸的“远古之水”的味道，可见，高晓声小说中对水的描写是恣肆无忌的“远古之水”和静澄澄明的“近世之水”的结合，其异质同构是尚武精神和崇文意识的结合，这是精警透辟类美学品格的文化背景。

（二）生计问题的深层开掘

文学的审美结构分为作为形式美的浅层结构和作为内容美的深层结构。深层结构分为历史内容层和哲学意味层[①]。高晓声的精譬透辟体现在对深层结构的开掘上。小说的天职是塑造形象，高晓声对作品深层意蕴的开掘是通过形象塑造实现的。

高晓声塑造了成功的农民典型。其中，李顺大，尤其是陈奂生的形象，栩栩如生，呼之欲出，乃至走出书卷，成为活在生活中的人物。陈奂生和高晓声，几乎声名与共，乃至外国人把陈奂生当成高晓声。高晓声出国访问，人们戏称“陈奂生出洋”，一些人不知高晓声而熟悉陈奂生。这种作家和人物声名与共的关系效应，如鲁迅之于阿Q，蒋子龙之于乔厂长，是作家少有的殊荣。人物形象的成功，也正在于对生活的深刻揭示。

在历史的内容层面，高晓声的深刻性在于融会贯通地运用“史家的严谨手法”，深入探求农民历史命运的变化。亚里士多德谈到诗同史的差别时说：“诗人的联想不在于描述已发生的事，而在于描述可能发生的事。历史家与诗人的差别不在于一个用散文，一个用韵文……写诗这种活动比历史更富于哲学意味，更被严肃地对待；因为诗所描写的事带有普遍性，历史则叙述个别的事。”[②]亚里士多德之所以看轻史书，是因为马克思之前的史家，把几千年的社会历史，仅仅看作已经发生的偶然的事件的堆积，尚未发现其内在的必然性和客观规律。马克思完成了史学的革命，他用一定历史时期的物质经济生活条件来说明历史事变和思想观念的根源，用衣食住行这些最基本最常见的生计问题来驱除黑格尔

① 童庆炳：《文学活动的美学阐释》，山西人民出版社1989年版，第198页。

② 亚里斯多德：《诗学》，贺拉斯：《诗艺》，人民文学出版社1988年版，第21—22页。

万能的“世界精神”,从而揭示出历史发展的内在原因。高晓声的史家笔法,正是抓住唯物史观的本质,从衣、食、住、职等最基本的生计问题入手,塑造人物,描写农民命运史的艺术画卷。

《李顺大造屋》从“住”入手塑造李顺大形象。李顺大一生困于住,父辈便在水上漂泊,父母和小弟死在风雪交加的破船上,新中国成立后,李顺大决心以“吃三年薄粥,买一头黄牛”的精神造三间屋,六年备齐的房料被1958年一阵共产风刮走;60年代初,五六年积蓄的造屋钱又被文革的铁扫帚扫掉,还遭到扣押、毒打;新时期,他才实现了三十年的愿望。三十年造屋,一生辛酸,如同农民所说:造屋是成家立业,又是倾家荡产。作家虽然准确地区别了新社会和旧社会,李顺大的命运却也揭露了“左”的路线给农民带来的祸害。进一步思之,如果新中国成立后李顺大能够掌握自己的命运,真正成为生活的主人,那么,“左”的思潮便无奈何于他,莫说三间屋,三十间屋也能造出来。于是,一个尖锐的问题提出来了:建国三十年来,农民是否成为国家的主人?20世纪初,便提出工农当家作主人的口号,社会主义制度确立,农民自然应成为国家的主人。然而,高晓声以他在生活底层对农民的亲知,以思想探求者和经济学者的目光,对李顺大进行物质的精神的剖析,以生动的形象告诉人们,当李顺大们困于生计、尚未取得生产生活的主动权时,“当主人”岂不是空话?

陈奂生系列小说作为《李顺大造屋》的姊妹篇,将李顺大们的命运史赓续到90年代。高晓声戏称:“上城出国二十年,小说一篇写白头。”陈奂生从做“漏斗户”主到“出国”,其命运史便更长,达十几年。《“漏斗户”主》写吃,十年来,陈奂生家年年亏粮,而且越亏越多,戴上“漏斗户”的帽子。从此,他“在人面前连头都抬不起”,他“沉默、“木然”、“叹息”,困惑着一颗愁苦呆滞的灵魂。只有到了新时期,到手的绰绰有余的粮食才吹开他脸上的笑纹。《陈奂生上城》写由穿戴(一顶帽子)引出的一系列事件:由于没有买好帽子,导致着凉生病,巧遇县委吴书记,住进高级招待所,一夜花了五元钱,于是产生一系列的自卑自尊心理和行为。高晓声对此评价道:“我写《陈奂生上城》,我的情绪轻快又深重、高兴又慨叹。我轻快、我高兴的是,我们的境况改善了,我们终于前进了;我沉重、我慨叹的是,无论是陈奂生们还是我自己,都还没有从因袭的重负中解脱出来。”①《转业》写“职”,乡村改革大潮将陈奂生推上工厂采购员的位置,由农业转到工业,他要更加辉煌地“上城”,不是上县城,而是上地区,靠地委吴书记批条子,他旗开得胜,获600元奖金,也曾得意一番,转眼又心虚起来,认清楚自己不是干这一行的料,在尴尬和窘迫中寻找着“当主人”的新路。

《包产》《战术》和《种田大户》也是写“职”。经过一番周折,陈奂生终于寻

① 高晓声:《创作谈》,花城出版社1981年版,第14页。

到一条做主人的路:包产种田。他身高力大,吃苦耐劳,从“包产”到“种田大户”,确也收获不少,但他照样心事重重,他习惯“大呼隆”的生产方式和分配方式,“诚惶诚恐而不敢登上那个位置”,他的想法是:“自己一直吃的是荫下饭,队长指东就东,队长指西就西,跟他的屁股转了 28 年了……还是大呼隆,混混算了……我又不想过好日脚。”走在做主人的路上却没有做主的意识,要当主人,必须从头学起。这是陈奂生最终悟到的道理。《出国》则写生计之思。陈焕生获得漂洋过海、访问美国的殊荣,这是陈奂生最风光的时期。但是,陈奂生并不是作为中国农民的代表出访的,而是作为小说人物的原型同作家一起出访的。他照样没有取得做主人的资格。面对美国现代化的生产方式和生活方式,陈奂生很有点刘姥姥进荣国府的味道:指责男女青年进行日光浴“成何体统”,认为大片绿茵草坪浪费土地乃至擅自铲掉草皮种菜,在鸡场,看到笼中作为“生蛋机器”的鸡又颇为同情……陈奂生在应当作主人的时代里,并没有成为时代的主人,传统的陈奂生走向现代的陈奂生,是如此艰难!

从李顺大到陈奂生,展示了 20 世纪后半叶五十余年的农民命运史,高晓声以物资和精神的关系为思考焦点,从“人们首先必须吃、喝、住、穿。然后才能从事政治、科学、艺术、宗教等等”这一基本命题出发,思考着“农民—主人”这一令人警醒的深刻问题。在《李顺大造屋始末》中,高晓声曾说:“……看来它们并不曾真正成为国家的主人,他们或者是想当而没有学会,或是要当而受到阻碍,或是简直是诚惶诚恐而不敢登那个位置。造成这种情况的历史原因和社会原因值得深思。”“我本想让读者看完这篇小说之后,能够想到,我们的国家,在共产党的领导下,只有让九亿农民有了足够的觉悟,足够的文化科学知识,足够的现代办事能力,使他们不仅有当国家主人翁的思想,而且确实有当主人翁的本领,我们的社会主义事业才会立于不败之地,我们的四化建设才会迅猛前进。”①正是这种“农民不曾成为国家主人”的痛惜之情和“应当让农民成为国家主人”的强烈愿望,使高晓声写出李顺大、陈奂生们的命运史,揭示出振聋发聩的社会主题,从而形成区别于其他作家的独到个性。

如果高晓声对李顺大、陈奂生的描写仅仅停留在社会历史层面,仅仅批判“左”的思潮对农民带来的祸患,那么,他们远没有如此令人倾倒的魅力。李顺大、陈奂生们的深刻性更在于,作家已将文思深入到哲学意味层,使人物形象具有了与全人类沟通从而长盛不衰的艺术魅力。哲学意味层是文学结构的最深层面。从作者的角度看,哲学意味是作者对人生真谛的刻骨铭心的体验,是他用全部的痛苦、坎坷、血泪、青春、生命换取的人生感受,是他全部创作心理机制和活跃的创作个性所能达到的最高的艺术概括;从作品的角度看,哲学意味是潜藏于

① 高晓声:《李大顺造屋始末》,《雨花》1980 年第 7 期。

作品深层的一种超越时间和空间的、具有永恒性的人生精义和心理蕴含，是作品具有永恒魅力的原因之一；从读者的角度看，哲学意味是可喻不可言的灵境，是启迪人性灵的“理外之理”、“味外之味”，是读者审美理解的最深层次。

现在重读《李顺大造屋》，人们似乎不会再为它对极左思潮的大胆揭露而激动，感兴趣的是李顺大的生命意识所带来的耐人寻味的情趣和意味。“文化大革命”期间，李顺大被造反派抢了钱，还挨了打，却默默地忍受，碰到阴天关节骨头痛时，非但不怨怒施暴者，却埋怨自己“娇嫩”。警告自己不能变‘修’。”因为“修”是一只黑锅，“儿子今年十九了，如果背上这只锅，到哪里去讨媳妇呢?”为防变“修”，他甚至彻夜不眠，瞪大了眼睛，生怕如人们说的“一夜过来，就变成了××”。这令人哭笑不得的生动细节，有着深沉的哲理意味：作家以刻骨铭心的生活体验写出中国农民身上潜在的自轻自贱的奴性，这种奴性同愚昧和狭隘密切相关。这使人想到阿Q被打时自认“人打畜生”，“.我是虫豸”。可见，这种奴性是连绵不绝的国民劣根性。李顺大、高晓声虽是好人，其奴性却是“营养丰富的坏人培养基”。正因如此，高晓声说：“李顺大在十年浩劫中受尽了磨难，但是，当我们探究中国历史上为什么会发生这种浩劫时，我不禁想起李顺大这样的人是否也应该对这一段历史负一点责任。九亿农民的力量哪里去了？为什么没有发挥应有的作用？难道九亿人的力量不能解决十亿人口国家的历史轨道吗?”①这是李顺大们未能成为国家主人的深层原因。

陈奂生系列小说作为高晓声创作的重头戏，对《李顺大造屋》揭示的哲理意味进行丰富、系统和深化。《“漏斗户”主》中，陈奂生明明意识到“三定”政策不兑现，受了欺骗却不敢说出来，因为“按照他历来的看法，只要不是欺他一个人的事，也就不算是欺他”。“还是再看看吧”不仅是他的口头禅，而且是他的行为准则，这种逆来顺受的从众心理，体现着农民中奴性意识的公共化、普遍化。《上城》中，陈奂生身上的阿Q气得到最为精彩的展示。住在豪华的招待所里，一觉醒来，面对豪华陈设，诚惶诚恐，怕弄脏了被子，“不由自主地立刻在被窝里缩作一团”。起身后，拎着袜子在屋子里慢慢地走，那皮椅似的沙发，坐都不敢坐。善良的本性中潜藏小农的奴性心理。然而，当得知住一夜五元钱并付了款后，狭隘的报复心理陡然发作：回到房间，抓起提花枕巾擦脸，和衣钻进被窝睡觉，用屁股在沙发上狠砸了三次。“即使房间弄成猪圈，也不值。”这种小生产者报复情绪的发泄，显示出对社会的破坏性。这使人想到“文化大革命”中被打砸抢的潜在的心理基础。其实，它是小农奴性意识在另一种环境中的表现。高晓声的深刻之处还不止此，他还用那犀利的笔触，对陈奂生进行更深入的剖析。此次上城，一夜花去五元钱，又病了一场，本是扫兴的事，陈奂生心头一亮却亢奋起

① 高晓声：《李大顺造屋始末》，《雨花》1980年第7期。

来:“这趟上城,有此一番动人的经历,这五元钱花得值透。他总算有点自豪的东西可以讲讲了。试问,全大队的干部、社员,有谁坐过吴书记的汽车?有谁住过五元钱一夜的高级房间?……看谁还能说他没有见过世面?看谁还能瞧不起他?……顿时好像高大了许多。”这使人想起当年阿Q进城归来的神气表演。自然,陈奂生不同于阿Q,他老实本分,不偷不摸,也没有阿Q那种“油滑气”,但他用五元钱买到的那种“精神的满足”却与阿Q的“精神胜利法”息息相通。都是以心造的胜利来掩饰自己的失败,以无可奈何的痛苦来转换为“精神的满足”。这种“国民劣根性”幽灵的悠荡,成为民族精神中重要的悲剧因素和历史重负。这种心造的自尊在《转业》中获得再生。陈奂生当上采购员,靠了吴书记的关系旗开得胜,受到公社和大队干部的青睐。他明知这不是自己的能力所致,却神气起来,感到平生以来还“找不到一件快事能和今天比较”,甚至认为当年薛仁贵征东、岳武穆抗金、大将军班师回朝,“也不过像今天我陈奂生这样吧!”他又一次获得了“精神的满足”。这种心造的自尊同自轻自贱的自卑,也不过是同根生的两枝。如同赵树理笔下二诸葛的“恩典恩典”和陈小元的打倒皇帝坐皇帝,是皇权意识的两种极端形式。

《包产》《战术》和《种田大户》对陈奂生的劣根意识进行着丰富的补充。包产种田虽是陈奂生的拿手好戏,但是,几十年的“大呼隆”形成的陈奂生的“队长指东就东,指西就西”的劳动方式和思维方式,使他竟不知“这田如何包法”?别人邀他搞多种经营,他优柔寡断,三思而不行,怕亏本,怕破产,这个十足的“跟跟派”,面对农村包产后蓬勃发展的形势,连跟都跟不上了。他自甘落后:“能有安安稳稳的日子过就很满足。”虽然自卑,却也用“精神胜利法”麻醉自己。看到别人买了时髦的东西,他便说:“没有什么大不了,我高兴也可买个玩玩。”看到别人租了一条船,他就想:“一条破船罢了,就是新的我也买得起。”看到别人造房子,他又想:“让他们先去造吧,我也好学点经验。”……在《出国》中,随着对所见一系列新奇事物的不解和了解,自尊和自卑过电影般交替出现,如陈奂生在艾教授家看到到处是草坪,暗暗嘲笑美国人的愚蠢,为什么种草而不种菜,而且自作主张铲草种菜,搞一个创造给美国人看看;后来得知他的“创举”不仅造成经济损失,而且险些触犯美国法律,又变得自卑起来……需要说明的是,《包产》《战术》《种田大户》和《出国》所揭示的陈奂生的劣根意识,只不过是《上城》的丰富和补充,并没有大的发展,而且不及《上城》生动和精彩。其魅力较《上城》大为逊色。四篇作品也就远远没有《上城》那样的社会效应。照此写下去,陈奂生还是退休为好。

高晓声在《陈奂生出国·后记》中说:

……陈奂生思想、习惯形成的年轮,一圈叠一圈,如星星毛发,密密匝匝,盘盘纠结如铁石;利锯不进,刀斧不入,只好干瞪眼。天若有情天亦老,它安然经得风雨。哪管心钻空了,皮剥光了,依然夺天露,霸阳光,年年抽新枝,长绿叶。果然是千年狐狸修成了精,杀死它一万次,转眼又还魂。

有时候它忽然像是消失了,它已经不是它,高压气泵的皮管塞进了它的屁眼,一个劲往里打,吹得它大大大……它就躲到了母鱼的肚子里,成了它的卵。后来母鱼被捕上来,放到锅里煮熟了,吃进人的肚子里去,被胃肠搓揉侵蚀,几经折磨,经过肛门进入粪池,酸化发酵,不计时间;终于随着腐熟的肥料施入水田。谁知它烧也烧不死,烂也烂不掉,活脱脱一个孙悟空躺在老君炉里睡大觉,到了水田它又得到了适合的条件,脱颖而出,忽然又是个活脱脱的生命。

于是它又像没有受过任何折磨一样不让世界排开它。

……它们真是无处不在,除了住在大本营里修理地球的子孙之外,也有叉开脚板摆八字步、摇摇摆摆如鸭子的大人物;还有夹紧屁股忸忸怩怩的马屁精;有读破万卷书,通晓天下事的眼镜架,也有铁马金戈、南征北战的英雄汉;有些人无所不能,能把星星月亮摘下来当果子卖给外国人(这可不算走私,因为星星月亮并不是古董或国宝);有些人无所不钻,钻古坟,钻裤裆……在金刚石上打洞也易如反掌……他们穿着各种各样的衣服,用各种不同的姿态出现。他们大都认为各有异秉,欣欣然自以为优越;但他们的灵魂,偶尔会情不自禁赤条条跳出来,竟又被识破是陈奂生的同宗。

在这里,作家不惜篇幅,以难以按捺的激情阐述了陈奂生劣根意识的恒久性、顽强性和普遍性。这不仅是作家的生活体验,也是在小说创作中孜孜追求的哲理意味。正因如此,他的小说,尤其是《李顺大造屋》和陈奂生系列等有着超时代、超功利的永久魅力。

高晓声的象征、寓言式小说,似乎不大注重人物的形象,也不注重故事的完整,抽象化了的环境和有选择的人物故事,不过是象征、寓言的载体,借此以有形寓无形,以有限寓无限,刻意追求作品的象征意义,即哲理意味。《飞磨》初看起来是讲一个传说故事:殷实大户姚祖荣虽经济实力雄厚,却未捞得一官半职,想借上面派捐之机给乡董许炳林难堪,报捐八千石碎米,谁知却被路过此地的皇帝听到,大为嘉许,姚做起升官晋爵的美梦,日以继夜地组织人马磨碎米。小说结尾并没有写姚祖荣升官与否,只是写:“石磨转着。转出碎米来……姚祖荣的脑袋转着,转出纱帽来……石磨、碎米、脑袋、纱帽在一起旋转,越旋越快。”突然,石磨的上爿腾空飞起来,落到米场南面的池塘里。池塘自此成了置人于死地的百慕大,谣传因为水底有飞磨旋转,人一碰便死。不仅故事不完整,姚祖荣的形象也并不十分丰满,留在读者脑海里的,是象征着权力欲、升官晋爵的旋转着的飞磨,而飞磨,不过是置人于死地的陷阱。《大好人江坤大》看似写人,江坤大的善良和逆来顺受恰如活脱脱的李顺大,他代刘国光卖柴栽培银耳,懒惰、刁钻的刘国光却诬陷他从中贪污,要到实地调查,二人一起进山,山路坎坷泥泞,文章并没有写调查结果,只是写,刘国光走不动了,江坤大背着他赶路……老实人背着个刁钻鬼,吃了亏的背着个占了便宜的,这使人想起狐狸和狼的故事:挨了打的背着个没挨打的。这种奇异的生活现象给人无限的遐想。此外,像《钱包》中的因祸得福,《鱼钓》中的钓鱼而被鱼钓等,都充满耐人寻味的哲理意味。需要指出的是,作者虽借现代派手法在这里辟出一条蹊径,不失为有益的探索,但是,人物的塑造明显削弱,其哲理意味也不及《李顺大造屋》、陈奂生系列深邃。

(三)深层开掘的艺术手段

如前所述,高晓声小说的精警透辟,在于对历史内容层面,尤其是对哲学意味层面的开掘;此处要谈的是,深辟的心理描写、精当的细节和画龙点睛的议论对小说深层意蕴的开拓有举足轻重的作用。

高晓声小说的心理开掘简洁而深刻,他常常把心爱的人物放到一个异质的环境中,使其心理素质同客观环境形成巨大的反差,然后对人物进行无情地拷问,使其在无所措手足之际,赤裸裸地暴露出自己的灵魂。李顺大、陈奂生形象塑造的成功颇得益于这种方法。李顺大面对突如其来的文化大革命,早已乱了方寸。这个真心实意的跟跟派,想跟又不知跟谁,不久又罹难:失去217元,又被专政机关关押,遭受毒打。被放生后,口里嚷着:“他们恶啊！我的屋啊。”却无计可施,只有以自责求得心理平衡:他埋怨自己“娇嫩”,不禁打,继而害怕变“修”。为此采取两个行动:一是夜间睁大眼睛,以防昏睡中不知不觉地变过去;二是回忆儿时的故事、戏文、俚歌,“创作”了《稀奇歌》。作家对此议论道:“他的警惕性一直很高,所以至今还不曾变过去。”这令人心酸、心颤的心理剖析也令人咀嚼思索不已。

面对超越心理负荷的异质环境,人们往往出现心理失衡,并竭力寻找新的平衡,以求精神超脱。高晓声仔细地审度着笔下人物这种从失衡到平衡的游荡,从而把握他们的个性特质。其一,用心造的幻影掩盖现实的矛盾,求得心态的平衡。如陈奂生住进豪华的招待所,进入全新的异质环境中,作家揭示它心理发展的三部曲:面对豪华设施的自卑心理(不敢睡,不敢走,不敢坐);交五元钱后的报复情绪(重回房间的恶作剧);回家时心造的自尊(以住五元钱的招待所为荣耀)。这是一种心灵的逃遁,正是在这种逃遁中,表现出深埋在陈奂生心理深处的劣根意识。其二,心造的幻影被现实粉碎,却又进行着现实的逃遁。陈奂生出国住在艾教授的家里,看到满院地毯似的草坪,自作聪明起来:院子里那么一大块草地不种菜,吃菜却开了汽车到远处去买,“聪明有学问的外国人为何愚蠢无知到这种地步呢?”艾教授为什么不铲掉草皮种菜呢？他悟出的道理是:“美国没有共产党领导,知识分子看不起体力劳动”。他要做个样子给美国人看,铲除一块草皮准备种菜。结果造成的经济损失达数十美金,还承担着触犯法律的风险。陈奂生沮丧了:“我发的什么傻,还锄了草皮想种菜呢!才真叫白花力气,才真叫闯祸害人……”“于是便十分想家,想老婆,想儿女,想陈天子,想家里的猪、羊、鸡、兔……就巴望着艾教授和辛立平快点回来,应该是回国的时候了。”即使是“精神胜利法”,也难以在此奏效。陈奂生只有一走了之。我们相信,他回国后不会炫耀这段历史。

高晓声小说心理解剖的方法是多方面的,在非异质环境中,对人物心理单刀直入地解剖,也颇为精彩。如《鱼钓》中,作家让自私、刁钻、奸猾的刘才宝沾沾自喜地进行不以为耻的贼人自白:

> 做贼又怎么呢?难得做一次,被捉出来了,大家会大惊小怪,说什么“好端端的人怎么会做贼”?!像自己这样偷惯了又从未被捉住的,成了王,还臭到哪里去!清官误饮一杯酒,有人骂他变了质;贪官常享万民膏,有人说他本领大。兜肚里有钱,照样有人眼红,顶多背后骂一些“娘的,偷发财的”就是了。凡事只要看穿,好官、好贼都可以“我自为之”的。

我们似乎感到,作家的笔触如灵魂的解剖刀,已伸进社会阴暗面的骨髓里,挖掘出一颗血淋淋的肮脏灵魂。

高晓声小说的细节,常常同心理描写结合在一起,富有极强的表现力。最为称道的陈奂生住招待所的心理剖析,同时也是精彩的细节描写。以上列举的心理描写片断,大都又是不可多得的细节。高晓声小说的细节,是塑造人物的重要手段。陈奂生当上采购员,去找吴书记办事,一口咬定要送一份厚礼,厂长连连摇头,“错透又错透”,因为给吴书记送礼总是碰钉子。陈奂生却毫不让步:“这个我不管,吴书记这个人,我晓得,他到我家吃顿便饭都带一斤块块糖,他都讲礼貌,我难道不能吗?”毫无功利思想,想到的是礼尚往来,甚至忘了自己是采购员。当吴书记说出“不收礼,要收得算钱”时,陈焕生急了眼,嚷道:“只许州官放火,不许百姓点灯”。恰如其分地塑造了陈的典型性格。高晓声的细节描写,是推动情节发展的动力。《上城》以帽子为道具组成一系列细节:进商店“侦察”帽子,卖完油绳未买到帽子因而着凉住进招待所发生一系列闹剧,次日又买帽子飘然而去。整个故事在帽子细节中缓缓展开,自然发展。《转业》中住旅社的细节也很巧妙。陈奂生下火车登记旅馆,吴书记夫人却要他住到家里,他退房时服务员却说:“铺位退不退都应付一天的钱。”他一气之下住下来。住下后意外遇林真和,林的出现使他搞到五吨原料,凯旋班师。住旅馆细节成为推动故事发展的枢纽工程。人物形象和情节结构,是文学结构的浅层,高晓声的细节描写塑造形象,推进情节,终究要指向文学结构的深层:揭示历史内容的哲学意味。《老友相会》写三细节:新中国成立前周汉生换衣裤救许恽成;“文化大革命”中周又将挨斗的许背到家里；而今，许拜访周，周却请了各级干部作陪，自己不敢上坐。这使人想到鲁迅笔下的闰土，当年莫逆挚友后来却有了感情鸿沟。理应做主人的周汉生却没取得主人资格，深层根源则是权力崇拜的奴性心态。

高晓声小说带有鲜明的议论风格，在心理刻画和细节描写中，常常进行借题发挥的议论，不仅把细节和人物心理，而且把对此进行的种种联想写出来，这些联想往往有更深一层的意义，含有敏锐的思想和对生活的真知灼见。《"漏斗户"主》写 1979 年丰收后生产队开会落实"三定"分配方法，公布分配方案的情景，男女老少听得那样聚精会神，"会计的平静的语调像一支魔笛吹响的神曲，攫住了全体听众的灵魂"。继而议论道："他们心底的激动和欢乐，用文字来描摹是徒劳的，可是在几亿社员随着这支乐曲的节奏迈开舞步时，大家会惊异地看到我们的远景忽然一下子推进到身边，将马上发现我们伟大的农民无一不是要弄粮食的超级杂技演员，能够用他们各自特有的方式将它变出千百万种无穷无尽的奇珍异宝。"这一议论将一个生产队的社员会向更大的场景推开，揭示其全国意义，并预言中国农村美好的未来。

高晓声小说的议论形式有两种：一是议论者同人物合一，即通过作品中人物的口进行议论。这称为对象化艺术手法，柳青曾采用这种手法写《创业史》，获得很大成功。这种方法的好处在于，作者悄然撤离，让人物当自己的代言人，同读者对话，读者便感到"不隔"；再者，作家的认识和看法通过作品中人物起伏不平的心境折射出来，便有了鲜明的感情色彩，形成动感和鲜活感；同时，也节省了篇幅。如陈奂生转业当采购员时，有一段半是内心独白半是议论的文字："种田，就种田，种了田还可以卖油绳，就卖。卖过油绳又要他当采购员，就当。咦，这有什么了不起，船到桥下自然直，就像人死进了火葬场，就会归口过去。万一歪了，把船碰翻，也无非是落水，困在芦苇上，还怕滚到地上去吗！青鱼产卵尾巴一扇，一直线窜出去几十里，顺利的也有，撞死得也有；横竖要如此做，管它！"二是在叙述人物和事件时，叙述者站出来发议论，精辟、幽默，闪烁着睿智的光彩，颇见点评之功。这类议论在作品中更为多见，不赘。高晓声的议论风常使人想到鲁迅小说的杂文笔法，需要指出的，高晓声有些文章议论过多，形成对叙述和描写的冲淡，使人感到有点"贫嘴"。

当高晓声将心理描写、细节刻画、议论交织一处、融为一体时，作品显得尤为精辟、幽默、深邃。如《蜂花》写一位小学教师打算病退，让自己的儿子顶职：

> 苗新顺听了，竟急得出了汗，发现自己太愚蠢，太不懂事，几乎把大事给耽误了。现在必须紧跟这陌生人走，赶快办病退。世上没有不变的政策，就是宪法也常修改。这顶职的办法哪里就长得了！万一宣布煞断，岂不急坏卵子！赶快办，赶快办！丢了铁饭碗，子子孙孙都会骂自己，因为它是铁质的，很难烂掉的。"折戟沉沙"了，还是"铁未销"，可以"磨洗"认出前朝来。

> “九里山下”的“古战场”，“牧童”能“拾得旧刀枪”。刀枪也是“铁”制品，它长久长久留下来，显示在子孙的眼里，使他们想到铁饭碗是他苗新顺丢了的，灵魂都要被骂脱几层皮呢？真要错过了，在政治上也成问题，敏锐性强的人一眼就可以看出，他是故意丢掉的，因为他不信共产党，不要子孙捧共产党的饭碗。哼，吃不消你端着走。

急急办病退，生怕政策变了儿子不能接替，丢掉铁饭碗，这一细节通过心理独白实现：心理独白中粗俗的俚语掺杂着古诗知识，正是乡村教师的语言方式。在内心独白中，作家的议论不露声色地渗入其中，指向作品的深层意蕴：从历史层面看，表现出因历年来国家政策不稳而形成的社会投机意识；从哲学意味层面看，揭示出传宗接代、子承父业的宗法世袭意识。这是中国封建宗法制度的产物，是遗留至今的民族痼疾。

第七章　上海文化与新时期海味小说

第一节　上海文化的地域特征

上海简称沪，因古时是吴淞江下游（今苏州河）的渔村，渔民创造了一种捕鱼的工具叫“扈”，又因当时称江流的入海处为“渎”，故吴淞江下游一带称“扈渎”，后改“扈”为“沪”，称“沪渎”，简称“沪”；上海又别称“申”，因战国时上海属楚，相传是春申君黄歇封地，黄浦江时称黄歇浦，又称春申江，故上海又别称“申”；“上海”则是因其位于吴淞江下游支流的上海浦而得名。

（一）上海的地理环境与社会结构

从地理环境看，上海属古吴越（今江苏、浙江）之地。它居于江苏和浙江的沿海邻接处，北、西与江苏省为邻，西、南同浙江省毗连，属长江三角洲的近海区。具体讲，上海位于黄浦江汇入长江处，贴近长江入海口，濒临东海，扼长江流域出海之门户。历来有“江海要津”、“濒海重地”之称。黄浦江、吴淞江（苏州河）流贯市区。黄浦江源出太湖东岸太浦口，又称太浦河，是太湖主要泄水河道，下游江阔水深，万吨级海轮可以自由进出；吴淞江是黄浦江最大支流，源出太湖东岸瓜泾口，穿越江南运河与太湖诸入江水道相通，经昆山县境入上海，在市区外白渡桥下汇入黄浦江。两江将上海分为淞北、淞南、浦东三大板块。两江支流交错网织，五里一塘，十里一浦，呈鲜明的江南水乡特征。上海地区有三种地貌：（1）西部淀泖低地。青浦、淞江县大部及金山县北部，地势低洼，在海拔 4 米以下；以境西淀山湖为中心，排布湖塘三十余，是一片湖沼平原；（2）东部碟缘高地。嘉定、宝山、川沙、南汇等县全部及上海、奉贤二县大部地势略高，在海拔 4 米以上，滨海平原上有多道与海岸平行的沙堤；（3）北部江口沙洲。长江口的崇明、长沙、横沙三岛，以及一些新涨出的沙洲，构成江口沙洲区。三种地貌均为坦荡低平的平原，无高山深壑，大丘林海，西部的“云间九峰”包括凤凰、厍公（陆宝）、佘（兰笋）、细林（神）、薛、机、横云、天马（干）、崑等突起的山丘，均不过百米。故明万历《上海县志》称：“南瞰黄浦，北枕吴淞，大海东环，九峰西拱，广原沃壤，尽境皆然。”

上海居东南沿海，既有南方的特征，属亚热带海洋性季风气候，气温温暖，光照丰富；又有东部的特征，临海而多江河湖塘，土地肥沃，气候湿润，降水量充足。因而具有经济发展和对外开放的极其有利条件。然而，上海并未创造出上古、中古乃至近古经济文化发展的辉煌。公元 938 年，北京被辽定为“南京”，开始了它辉煌的帝都历史时，上海还只是华亭县境东北渔民出没场所；北京成为元大都的第十四年（1291 年），上海才正式设县；到明末清初，上海县城还是仅有十条小巷的“蕞尔小邑”。上海在 19 世纪 40 年代开埠前，在长江三角洲林立的繁华城市中，不过是一个小弟弟。这里有两个问题需要思考：在鸦片战争前，上海同北方城市比，何以发展缓慢？同长江流域的其他城市比，何以是小弟弟？

其一，南方与北方。上海在上古、中古时期的落后，与吴越之地落后的原因相同。以三江五湖（太湖）为主干的吴越水网系统，常常引起水患，上古时期，人们战胜洪水的能力相当薄弱，吴越之地洪水滔滔，祸患无穷。当着洪水淹没了土地和房屋，威胁着人们的生命与安全时，发展经济也就无从谈起。周秦汉唐时期，我国的经济重心与政治中心合一，始终在陕西西安至河南洛阳一线。可以说是先进的北方，落后的南方。地处吴越之地的上海自然也在落后之列。自汉末以来出现的黄河流域人口向长江领域的大迁移，促进了南方生产的发展，加之北方多战乱，南方却相对和平，全国经济发展的天平开始向江南倾斜。“吴越经济在全国明显占优势地位，长江流域完全取代黄河流域的位置，中国经济重心南方趋势的确立，开始于南宋，完成于元明清。”①然而，自南宋到元明清，吴越虽成为全国的经济重心，上海却并未创造自己的辉煌。何也？

其二，“向陆”与“向海”。居于南方经济重心的上海近古之所以滞后，在于缺乏面向海洋开放的现代意识。其实，我们的祖先并不缺乏开放意识，只是并没有选择海洋，而是选择了陆地。考古发现，早在黄帝时期，中国和西方间便有了“彩陶之路”。战国时成书的《穆天子传》载，周穆王在其即位的第十三年（前 989 年）开始西游，往返行程三万五千里，这或许就是最早的“丝绸之路”。“丝绸之路”奠定于两汉时期，先后有张骞、班昭等开辟，至唐代达鼎盛。德国地理学家李希霍芬在 1877 年出版的《中国》一书中首先提出“丝绸之路”的概念，认为它指的是两汉时期中国与中亚河中地区以及印度之间以丝绸贸易为主的交通路线；之后，德国历史学家赫尔曼在《中国和叙利亚之间的古丝路》（柏林，1910

① 张荷：《吴越文化》，辽宁教育出版社 1991 年版，第 55 页。

年)一书中,通过对文献记载的进一步考察,把丝路延伸到地中海西岸和小亚细亚,确定了丝路的基本内涵。在关注向中亚地区大陆开放的同时,古代中国确也有走向大海的历史契机:两宋时期开始在东南沿海城市设置市舶司,远洋贸易发展很快;元代的远洋贸易进一步发展,甚至超过了前代;到明初,终于出现了郑和七次下西洋的旷世壮举,开辟了“海上丝绸之路”,将中国与亚非各国间的贸易推到了新阶段。然而,郑和下西洋的目的不过是宣示王朝声威,招引“万国来朝”,因而这个经历了几百年的酝酿才造就的辉煌,其衰也忽焉。在郑和航海的所有档案记载被焚毁之后,中国人似乎失去了所有关于大海的记忆。明代中后期倭寇盛行,中国已很难向大海发展。明清之交,割据台湾的郑氏政权虽然十分重视远洋贸易,但郑爽降清后,为清除来自海上的反清复明势力及其影响,清朝实行严厉的海禁政策,并长期闭关锁国,“面向海洋”成为经济发展的畏途。上海,正是在这种情势下,被压抑、扼杀着……

(二)租界的“华洋杂居”与上海崛起

上海崛起在丧权辱国的民族屈辱中。1842 年 8 月 29 日,在第一次鸦片战争中失败的清政府同英国签订了《中英南京条约》,第二条规定:“自今以后,大皇帝恩准英国人民带同所属家眷,寄居大清沿海之广州、福州、厦门、宁波、上海等五处港口,贸易通商无碍;且大英国君主派设领事、管事等官住该五处城邑,专理商贾事宜。”这便是开放五港口的由来。上海,这个裸露在长江口而积满污垢的县城,既非广州那样的省会,又非福州、厦门那样位于海湾深处、有诸多岛屿保护的港口,何以被英美法殖民主义者看中而成为通商口岸?1832 年,东印度公司派英商船“阿美士德”号沿我国海岸线北上勘探,实际负责者林赛(中国名字胡夏米)看到,一星期内就有 400 多艘一百到四百吨的大小船只经吴淞口入上海城。这些船只大多来自中国北部的天津和奉天等地,装载着那里出产的面粉和大豆。还有大量福建船涌入上海,平均每天 30—40 艘,其中许多来自台湾、广州和东南亚各地。林赛等认为,上海享有中国南北贸易中转站的地位,由于中国南方省份的商船一般不能越过长江北驶,上海可以垄断整个国内贸易。15 年后,首任英国领事巴富尔也称赞上海扼守着辽阔的长江流域的出海口,是连接内地省份市场的通道。于是,上海从 1843 年 11 月 17 日开埠后,开始了它的现代化历程。

上海发展的契机是租界的“华洋杂居”。上海开埠后,外商纷沓而至,要求在上海购地建房,开展贸易。但上海人不肯把土地卖给外商,地方官也不愿强迫居民出卖土地。于是,英首任驻沪领事巴富尔向上海道台宫慕久提出,划一块专供外国人占用的居留地。清政府亦想在上海城外建“租界”安顿外国人,实行

“华洋分居”，以方便自己的统治。于是经过两年多的谈判，于1845年11月29日公布《上海土地章程》。依据章程，英国人获得租界830亩，后又不断扩张，到1848年扩大到2,820亩。之后与美国租界合并为英美租界，占地多达10,676亩；英美租界又改称公共租界，占地最多达32,110亩。法国也获得租界986亩，后又陆续增至1124亩、2,135亩，最多达15,150亩。清政府建立租界本来是为了实行华洋隔离，然而，1853年爆发的小刀会起义攻破上海县城，难民纷纷逃入租界寻求庇护。是时租界的发展，一要有用之不竭的劳动力，二要有源源不断的消费者。避难的华人恰给他们提供了两种资源，于是租界大量收容逃难人群，华人越来越多地进入租界区。腐败的清政府忙于镇压农民起义，对此已经鞭长莫及，不得不承认华洋杂居的事实。于是，华洋杂居的上海租界成为独特的中西文化交融景观（这种景观在广州、福州、厦门、宁波四口岸均未形成）。这成为上海独特的发展契机。

马克思说：“与外界隔绝曾是保存旧中国的首要条件，而当这种隔绝状态在英国努力下被暴力所打破的时候，接踵而来的必然是解体的过程，正如小心保存在密封棺材里的木乃伊一接触到新鲜空气便必然要解体一样。”①上海正是在隔绝状态被打破后，从封建专制解体中发展起来。位于苏州河与黄浦江交界处的英租界，原来不过是一片荒凉的芦苇滩。但很快就建起林立的楼房、宽阔的马路，一派近代都市景象。随着法租界与英美公共租界的建立和不断扩大，一个拥有强大商业、工业和金融业的近代都市在迅速形成中。租界的高额利润吸引了更多的投资，其中包括大量华人投资。这一切，促进了租界的迅速发展。租界当局利用清政府的腐败和软弱，一步步夺得租界的立法权、行政权和司法权，实行“治外法权”。1897年后，中国军队未经租界当局批准，都不能进入租界。租界基本成为“国中之国”。这使西方上百年发展资本主义的成熟经验、先进的近代工业技术、大机器大生产迅速在这里开花结果，经济突飞猛进发展。上海租界的占地面积即使在最大的时候，也不过占上海总面积的6%，但它却成为上海的经济核心。20世纪初，开埠不过五十年的上海，便跻身世界十大都市之列。1933年，上海工业总产值达11亿元以上，超过全国工业总产值的一半②。抗战前夕，除东三省外，外国资本主义对华贸易和商业的81.2%、银行业投资的76.2%、工业投资的67.1%、房地产的76.8%，均集中在上海③。上海，已成为中国的经济中心。

然而，租界毕竟是中国人民屈辱的标志。占租界人口95%以上的华人无权

① 马克思：《中国革命和欧洲革命》，见《马克思恩格斯选集》（第2卷），人民出版社1972年版，第3页。

② 黄汉民：《1933和1947年上海工业产值的估计》，《上海经济研究》1989年第1期。

③ 《上海地方史资料》（三），上海社会科学院出版社1984年版，第1页。

参与行政管理，只有缴纳捐税的义务，而且缴纳的捐税占租界收入的50%以上。华人与外国人极不平等：南京路上的惠罗、福利等外国商场不准讲中国话，教会学校也不准讲中国话，写中国字；外滩公园的头条规则是“公园只准外国人入内”，顾家宅公园（今复兴公园）章程的第一条是“不许中国人入内”，第二条是“允许戴口罩的狗入内”；英法商人经办的电车分头等厢和三等厢，他们认为中国人与外国人相差不止一个等级，因此不设二等厢，中国人只能坐三等厢……尽管如此，还是有越来越多的中国人进入租界，因为，中国的其他地方比这里更落后更黑暗。相对地说，租界为中国工商金融业提供了自由发展的环境；租界的治外法权为居民、商人、企业家，乃至革命志士仁人带来了居住、生活、投资的安全感；同时，租界有高度发展的西方文明，现代化的市政建设、完备的生活设施以及先进的管理制度，都深深吸引着中国人。由于殖民主义者不满于中国封建专制制度，还常常保护维新志士及其革命活动。戊戌变法失败后，康有为便被上海租界的英国领事藏匿起来，后清政府搜逼日紧，又派兵船将其护送至香港；黄遵宪被清廷缉拿，避难上海租界，在英国驻沪领事的交涉下，清政府被迫解除缉拿，放其回广东老家；自立军首领龚超起义失败后逃进上海租界，清政府只好将其诱出租界逮捕，英国人以“此举影响租界主权和居民治安”提出抗议，“卒将龚超提回租界审讯”，①最后被判无罪释放。……一些革命组织和团体，如蔡元培、章太炎等组织的中国教育会、爱国学社、光复会，唐才常创建的正气会，谭人凤、宋教仁建立的同盟会中部总会等，均在上海租界成立；一些被清政府禁止的书籍报刊，如谭嗣同的《仁学》在这里出版，梁启超等创办的《新民丛报》《清议报》《新小说》等，从日本运到上海租界发行，《新小说》第2期干脆转到上海来办……

上海租界，一方面是对中国领土和主权的侵略和干预，一方面又推动了上海经济的迅速发展；中国的志士仁人，既为租界的存在感到耻辱，又为租界的存在感到庆幸——这便是上海历史带给我们的深刻悖论。

上海在成为全国经济中心的同时，也成为现代文化的中心。其一是报刊业的发展兴旺。中日甲午战争前，上海报刊便多达数十种，均为外国人创办。其中外文报刊有：《北华捷报》（又名《北华先驱周报》）、《先锋报》）《字林西报》《皇家亚细亚文会北中国分会报》《上海每日时报》《远东释疑》《上海通信》《上海差报》《上海锦囊与每周差报》《晚报》《华洋通闻》《循环》《文汇报》《密勒氏评论报》《上海英商会报》等；中文报刊有：《六合丛谈》《上海新报》《申报》《沪报》《瀛寰琐记》《四溟琐记》《寰宇琐记》《瀛寰画报》《彙报》《小孩月报》《益闻录》《图画新报》《格致汇编》《万国公报》《西国近事汇编》等，影响较大的是《格致汇编》《万国公报》和《西国近事汇编》。中日甲午战争后，维新运动兴起，中国人办

① 冯自由：《革命史》（第二集），中华书局1981年版，第70页。

的报刊迅猛增加,1895—1898 年,维新派在全国创办报刊近 40 种,在上海发行的便有 27 种,计有:《强学报》《时务报》《苏报》《指南报》《通学报》《农学报》《集成报》《富强报》《萃报》《实学报》《新学报》《算学报》《求是报》《蒙学报》《演义白话报》《译书公会报》《游戏报》《笑报》《采风报》《华报》《苏海汇报》《画报》《中外博闻报》《格致新报》《时务日报》《工商学报》《昌言报》。影响较大的是《强学报》《农学报》《译书公会报》《蒙学报》,尤其是创办于 1896 年 8 月 9 日的《时务报》,由梁启超主笔,汪康年经理馆务,并聘张坤德为英文翻译,古城贞吉为日文翻译,郭家骥为法文翻译。参加笔政的有麦孟华、章太炎、徐勤、欧榘甲等,王国维也曾担任书记员。该报设有论说、谕旨恭录、奏折录要、京外近事、域外报译、译者连载等栏目。主要思想是:(1)反对泥古守旧,疾呼变法维新;(2)批判蒙昧主义,主张变科举,开学校;(3)抨击专制主义,要求兴民权,开议院。此外,还关注发展民族主义经济问题①。《时务报》的启蒙精神很有代表性,是时代思潮的一个缩影。

其二是译介西方书籍。中日甲午战争前,上海译介西书的出版机构有江南制造局译书馆、广学会、墨海书馆、美华书馆等,甲午战争至辛亥革命期间,又出现商务印书馆、译书公会、广智书局、有正书局、集成图书公司、神州国光社等。这些翻译出版机构尤其是早期的译介机构大量介绍西方的自然科学、社会科学和现代技术,对国人起到巨大的启蒙作用。如,成立于 1867 年的江南制造局译书馆,到 1907 年,翻译出版各种书籍 159 种,1075 卷。较为全面地介绍了西方科学技术,诸如蒸汽机制造法、五金冶炼法、火药制造法、枪炮制造法等,涉及物理学、化学、数学、天文学、地理学、生物学、矿物学、农学、工程学、教育学等学科。著名的有:《地学浅释》《决疑数学》《合数术》《化学鉴原》等。其中不少书籍成为西学启蒙的教科书。也有社会科学方面的书,如被梁启超誉为"言政治最佳之书"的《佐治刍言》等。成立于 1887 年的广学会翻译出版了《泰西新史揽要》《中东战纪本末》《天下五洲各大国志要》《列国变通兴盛记》《自西徂东》《西国学校》《文学兴国策》《格致须知》等,最为著名的是《泰西新史揽要》和《中东战纪本末》。这些书籍注重世界各国变法自新的介绍,鼓吹中国实行变法。戊戌变法期间,光绪皇帝曾向广学会订购 81 种书籍。

其三是兴办新型学校。甲午战争前,由传教士和其他外侨开办并允许中国人入学的有徐汇公学、裨文女塾、文纪女塾、明德学校、清心学校、经言学校、圣芳济学堂、圣约翰书院、圣玛利亚女校、中西书院、中西女塾等。这些学校的教育内容主要是外语和自然科学,也有一些西方的社会科学。在经济和文化飞速发展的上海,要在林立的洋行和新式机关中谋到较好的职业,旧式学塾出来的学生已

① 唐振常主编:《上海史》,上海人民出版社 1989 年版,第 324—326 页。

难以适应，因此，新式学校应者甚众，数量由少到多，教育程度由低到高，学生来源由贫到富，得以迅速发展。这些学校的毕业生大都到外国控制下的海关、铁路和商行任职，有良好的工作环境和不菲的收入。于是，“吃洋行饭”迅速成为诱人的职业。上海的官僚士绅都希望子女在这样的学校里学到良好的职业本领，从而成为出人头地的新式人物。在这种情况下，清政府和上海的有识之士也着手创办新式学校，著名的有：广方言馆、格致书院、梅溪书院等。广方言馆是官办学校，格致书院是中外合办学校，梅溪书院是私立学校，虽然类型不同，都以讲授西学为主，可看出上海人学习西学的热情。这些学校培养出一批批擅长外语、懂科技的新型人才，对推动上海的现代化建设起到重要作用。甲午战争后，维新派又掀起开办新学的热潮，在上海出现的新式学校有：南洋公学、经正女塾、小学堂、育才书塾和东文学社等。“兴学—启蒙—救国”，是维新派改革思想的逻辑。康有为在“公车上书”和以后的几次上书中，多次谈这一问题；梁启超的《变法通义》包括“自序”共十四节，其中八节均谈此问题。梁启超的名言是：“强国以议院为本，议院以学校为本。”简言之，学校是强国之本。维新派的学校确也培养出各方面的栋梁之才，如蔡锷、黄炎培、邵力子、李叔同、王国维等。

发达的报刊业、翻译出版业和新式学校促进了现代文化的发展，使上海成为现代文化中心城市。

（三）上海文化性格

上海在发展成现代都市的同时，也形成其文化性格。

首先谈上海的吴越文化底色。

如同北京具有燕赵文化底色一样，上海特具有吴越文化底色。如前所述，远古的吴越水患无穷，社会动荡，人们断发文身、雕题黑齿，具有粗犷猛厉的文化性格；今古的吴越已是鱼米之乡，经济发达，社会安定，人们由尚武变为崇文，文化性格也变为恬淡平和。崛起于现代的上海自然带有恬淡平和的吴越文化底色。如果说北京是一位深沉威严的老人，那么上海则是一位时髦可人的女郎。这种文化性格，也可以从京、海两地男人和女人基准性格比较中获得答案。杨东平在《城市季风中》认为北京和上海的男人分别是“汉子”和“小生”两种人格“原型”。“汉子”即壮士勇汉，北京人称赞男人是条“汉子”，“够爷们儿”、“够哥们儿”、“有爷们儿气”，即此；“小生”即越剧中那聪明斯文、温情细腻的小生角色，80年代又有“奶油小生”之称。北京的知识男性，往往不修边幅，特立独行，讲求人格操守，保持着高贵的贵族精神；上海的知识男性则总是衣冠楚楚，彬彬有礼，做事认真可靠，一丝不苟，表现出一种实干精神。北京“汉子”的畸变者被称为“痞子”，上海“小生”的畸变者称为“阿飞”，两者均有“小恶”，但“痞子”表现为不修边幅的“赖”和油腔滑调的“贫”，“阿飞”则表现为油头粉面和嬉皮笑脸。

从女人看，北京姑娘往往性情开朗，敢说敢做，敢恨敢爱，拿得起放得下，少有利益估算和市场头脑，却更重感情和道义，她们执着地“寻找男子汉”，向往肝胆相照的友谊和爱情。上海女性最突出的特征是“嗲”。“嗲”的内涵大致是，柔弱妩媚的神态、委婉可人的谈吐和含蓄缠绵的举止形成的女人味儿和女性美。上海恋爱中的姑娘尤善此道，缠绵悱恻，羞涩娇媚，直令男士怜爱不已，深谙此道的男性则会曲意逢迎，百般体贴，以获取芳心。正是上海人说的“男吃嗲功，女吃花功”。鲁迅评价上海女性时写道：“惯在上海生活了的女性，早已分明地自觉着这种自己所具有的光荣，同时也明白着这种光荣所含的危险。所以凡有时髦女子所表现的神气，是在招摇，也在固守，在罗致，也在抵御，像一切异性的亲人，也像一切异性的敌人，她在喜欢，也在恼怒。这神气也污染了未成年的少女，我们有时会看见她们在店铺里购买东西，侧着头，佯嗔薄怒，如临大敌，自然，店员们是能像对于成年的女性一样，加以调笑的，而她也早明白这调笑的意义。总之，她们大抵早熟了。”①成熟的上海女人有很强的女性角色意识，她们集嗲、甜、时髦、精明于一身，貌似柔弱天真，实则工于心计，以女性阴柔的魅力，以退为进，获取成功。《围城》中的孙柔嘉就是这样的人物。

上海男人柔弱化、女性化，女人柔弱妩媚中掩藏着精明和心计。这种才子佳人形态不妨看作是近世吴越恬淡、聪慧、平和的崇文之风的浸染。

然后谈上海作为现代都市的文化性格。

1.现代商业文化人格。如前所述，现代上海发展的推动力是上海租界的“华洋杂居”，其实质是西方以商品经济为基础的资本主义机制。这种机制不仅制约着人们的生活方式，而且内化为人们的文化精神，不妨称为商业文化人格。如同政治文化意识是北京最重要的文化精神一样，商品文化意识则是现代上海最重要的文化性格。故而鲁迅曾在《“京派”与“海派”》一文中说：“北京是明清的帝都，上海乃各国之租界，帝都多官，租界多商，所以文人之在京者近官，没海者近商，近官者在使官得名，近商者在使商获利，而自己也赖以糊口。”②商业文化人格具体表现在：(1)以个体利益为本位的自主人格。进入上海的移民被租界切断了同原来法制序列的联系，只身进入商业经济序列的大海。这里是个人奋斗的竞技场：你有较高的文化，可以当职员、教师、编辑、律师、医生、商人、企业家；你是没有文化的农民，可以从事各种体力劳作，甚至妇女也可以在这里获得经济上的独立。即使你有少量的资本，只要你敢于冒险，也能借款集资，办厂经

---

① 鲁迅：《南腔北调集 · 上海的少女》，《鲁迅全集》(第 4 卷)，人民文学出版社 1991 年版，第 563 页。

② 《鲁迅全集》(第 5 卷)，人民文学出版社 1991 年版，第 432 页。

商。它激励和成全着各种各样的“淘金梦”，著名实业家荣宗敬兄弟、虞治卿、朱葆三、叶澄衷、祝大椿、徐润等确也由出身贫寒的“丑小鸭”变成腰缠万贯的资本“天鹅”。自然，这个冒险家乐园里也遍布着陷阱，胡雪岩、徐润便在巨富的宝座上突然跌落平川，普通人的竞争更是现象丛生。在这样的冒险和竞争中，追求个人利益、个人权利，从而获得最大的自我实现，成为人们的生存方式，社会也相应建立起以金钱为标准的成就准则和维护个人权利的制度保障。丹尼尔·贝尔说，资本主义生产方式“牵涉着一套独特的文化和一种品格构造。在文化上，它的特征是自我实现，即把个人从传统束缚和归属纽带（家庭或血统）中解脱出来，以便他按主观意愿造就自我。在品格结构上，它确立了自我控制规范和延期报偿原则，培养出为追求既定目的所需的严肃意向行为方式，正是这种经济系统与文化品格构造的交融关系组成了资产阶级文明”。[①] 这一切，锻造出上海人以个体利益为旨归的自主人格。他们关注的焦点是自我实现，与邻里同事关系淡薄，也不去指责别人的生活方式，余秋雨称为“在个体自由基础上的宽容并存”。他认为：“上海的宽容并不表现为谦让，而是表现为‘各管各’。在道德意义上，谦让是一种美质；但在更深层的文化心理意义上，‘各管各’或许更贴近现代宽容观。承认各种生态独自存在的合理性，承认到可以互相不相闻问，比经过艰苦得到的训练而达到的谦让更有深层意义。”[②]

（2）重实效、重科学的处世态度。在充满激烈竞争和布满陷阱的上海，人们不敢多有不切实际的幻想，更注重面对现实，寻求发展契机，这就形成重实效、重科学的处世态度。重实效，则是重效益、重利益，为此，上海人善于透过复杂的现实看取内在实质，估算利益得失。虽然胆子不大，却也失算不多。“上海文化人多数是比较现实的，不会对已逝去的生活现象迷恋到执著的地步，总会酿发出一种突破意识和先锋意识。他们的文化素养不低，有足够的能力涉足国内外高层文化领域。但是，他们的精明使他们更多地估计到现实的可行性和接受的可能性，不愿意充当伤痕斑斑、求告无门的孤独英雄，也不喜欢处于曲高和寡、孤芳自赏的形态。他们有一种天然化解的功能，把学理融化于世俗，让世俗闪耀出智慧。毫无疑问，这种化解，常常会使严谨缜密的理论懈驰，使奋发凌厉的思想圆顿，造成精神行为的疲庸；但是，在许多情况下，它又会款款地使事情取得实质性进展，获得慷慨突进者所难以取得的效果。这很可称之为文化演进的精明方式。”[③]重科学，不仅在于重视科学技术，更在于注重面对复杂现实的科学思考，因为科学内蕴着实事求是精神，获得这种精神，便容易在激烈的商业竞争中站稳

① ［美］丹尼尔·贝尔：《资本主义的文化矛盾》，三联书店1989年版，第25页。

② 《余秋雨精品集》，作家出版社2006年版，第31页。

③ 《余秋雨精品集》，作家出版社2006年版，第33—34页。

脚跟,获取更大的利益和实效。上海人以科学态度洞察市场机制中的一系列理性化观点、准则和方式,熟练地把握市场运行中的成本核算、簿记方式、契约关系、效率原则等内在规则,具有良好的敬业精神、契约意识和职业道德。上海人重实效、重科学的文化性格形成强大的心理场,并产生强大的“魔力”:“最愚蠢的人到了上海不久,可以变为聪明;最忠厚的人到了上海不久,可以变为狡猾;最古怪的人到了上海不久,可以变得漂亮;拖着鼻涕的小姑娘,不多时可以变成卷发美人;单眼眩和扁鼻的女士,几天后已变成仪态大方的太太。”①

(3)重利轻义的非道德心态。上海人以个人利益为本位的自主人格和重实效、重科学的处世态度阻隔了他们的人际关系沟通。在人口密集、居住逼窄的上海,一方面是人与人之间前所未有地频繁接触,另一方面,这种接触却是浅表、短暂和局部的。由于彼此不了解,于是职业角色、衣冠、仪表、派头,以及住宅等便成为身份和地位的象征符号,形成“笑贫不笑娼”的非道德心态,出现了“以衣冠取人”的事故与世俗。鲁迅曾说:“在上海生活,穿时髦衣服比土气的便宜,如果一色旧衣服,公共电车的车掌会不照你的话停车,公园看守会格外认真的检查入门券;大宅子或大客寓的门丁会不许你走进正门。所以,有些人会宁可居斗室,喂臭虫,一条洋服裤子却每晚必须压在枕头底下,使两面裤腿的折痕天天有棱角。”②其实,早在 1873 年,这种现象便受到社会的关注,在《申报》署名“海上看洋十九年客”者将“申江陋习”归为七种:“一耻衣服之不华美”,“二耻不乘肩舆,三耻狎幺二妓(幺二为妓女中身份较低者),四耻肴馔不贵,五耻坐只轮小车(小车价廉),六耻无顶戴(顶戴可用钱捐得),七耻观戏就末座(座位分三等,末座最便宜)”。这种以衣冠、派头取人的“申江陋习”,“遂令舆台隶座辉煌而上友,官绅寒士贫儒蓝缕而自惭形秽”,③彰显着上海人重利轻义、人情淡薄的社会心态。

2.现代开放包容意识。上海人的现代开放包容意识体现为开放包容、偏安隐忍的文化心态。这种心态的形成,一是由于上海自形成之日起就是一个移民社会。其间,移民与当地土著一起生活,逐渐融为一体;移民与移民“同是天下沦落人”,就更容易沟通。从而形成上海人开放包容的性格。二是由于上海的士大夫在满清政府“奏销案”、“文字狱”、“献书”等事件的残酷镇压下,英雄气概大为消损。不少人甘做循规蹈矩的“顺民”,士绅们也没有了组织民众起来反抗的勇气和能力。这种“顺民”心态在外寇入侵时也在发挥作用。三是由于隐潜在吴越传统文化心理中的“偏安心态”。中国历史上几次出现退居江南的偏

① 杨东平:《城市季风》,东方出版社 1994 年版,第 123 页。

② 鲁迅:《南腔北调集·上海的少女》,《鲁迅全集》(第 4 卷),人民文学出版社 1991 年版,第 563 页。

③ 海上看洋十九年客:《申江陋习》,《申报》1873 年 4 月 7 日。

安政权，其首都均在吴越之地，是时面对的主要社会矛盾是对外族入侵的和与战问题，偏安政权采用的是忍辱求和，这就造成社会的不求奋发抗争的偏安心态。上述三者，造就了上海人的“懦弱”，因此，其开放包容是一种隐忍的包容。这和广州形成鲜明对比。广州民风彪悍，排外意识强烈。《中英南京条约》签订后，英国侵略者几次以《条约》胁迫，要求进入广州城，并得到知府刘浔认可，但广州数千民众包围了刘浔衙门，愤怒地焚烧了他的朝珠公服，致使两广总督耆英不得不暂缓让英国人进城。开埠之后，外国人从广州得到的租界仅 126 亩，第二次鸦片战争后又获 264 亩，比上海少得多，而且没有形成“华洋杂居”。于是产生了耐人寻味的历史悖论：“在这场资本主义新文明与封建专制旧文明的较量中，广州的市民是英勇的，但是其客观效果却是维护和延续了封建宗法制在广州的统治；上海的市民是怯懦的，但是其客观效果却是引进了西方资本主义新文明，促成了封建专制社会的解体。历史的发展之不能用道德评价，由此得到了例证。”①

其实，中国的现代化进程就是一面受着西方资本主义侵略和欺负，一面学习人家先进的生产方式和科学技术的进程。从中又保持民族的警觉与独立。上海的特殊在于，以更大的隐忍进行更大的开放，从而换取更快的速度。因而，国际化和巨大开放性成为上海文化的鲜明特征。上海人有着较其他地区更为超前的开放意识。随着上海人口的急剧增长，外国侨民也迅速增长。上海人口从 1910 年的 128.9 万，1927 年的 264.1 万，1935 年的 370 万，发展到 1949 年的 506.3 万。外国侨民也由 1900 年的 7400 人，1920 年的 2.7 万人，1930 年的 5.8 万人，发展到 1942 年的 15 万人；②其国籍有美、英、日、法、德、俄、印、葡、意、奥地利、丹麦、瑞典、挪威、瑞士、比利时、荷兰、西班牙、希腊、波兰、捷克、罗马尼亚、越南等几十个国家。20 世纪 30 年代的世界性“虐犹”狂潮中，上海便收容了近 1.8 万逃出德国走投无路的犹太人，无须证件便可登岸避难。其中便有后来任民主德国首任驻华大使的柯尼希、任美国财政部长的布卢门撒尔和著名音乐家约阿希姆兄弟等。这种国际化与开放性使上海人对西方文化艺术有着深刻的理解。余秋雨在《上海人》中讲了几个这样的故事：“文化大革命”中，有几次外国古典音乐代表团来上海演出，报纸上没有宣传，却出现了购票热潮，演出时，观众们衣服整洁，秩序和礼节都符合国际惯例；前几年举行贝多芬交响音乐会，难以计数的上海人却在凛冽的寒风中通宵排队；上海戏剧学院演出荒诞派戏剧《等待戈多》，此剧在常人看来不易理解又“枯燥乏味”，但上海观众却能静静地看完，心情十分平静……“在全国范围内，上海人面对国际社会的心理状态比较平衡。

---

① 邱明正主编：《上海文学通史》（上册），复旦大学出版社 2005 年版，第 244 页。

② 杨东平：《城市季风》，东方出版社 1994 年版，第 122 页。

他们从来在内心没有鄙视过外国人,因此也不会害怕外国人,或表示超乎常态的恭敬。他们在总体上有点崇洋,但在气质上却不大会媚外。”①

上海人普遍希望自己的孩子出洋学习。到1875年,便有培养涉外人员的外语学校24所之多。据统计,1854—1953年,中国留美学生共20606人,其中,来自上海的2640人,占总数的12.8%,位居第一②。据1990年7月1日全国第四次人口普查结果,大陆在国外学习、工作的人员共22.77万人,其中上海6.65万,占27.9%,居全国之首。上海人十分重视孩子的英语学习。即使在改革开放前,上海的中学也一直重视外语教学,也没有家长提出免修。

上海人的开放包容意识,不仅外化为人们的文化行为,还物化为上海的文化景观。从民居建筑方式看,上海基本形成花园洋房、公寓住宅、里弄住宅和棚户简易住房四类。花园洋房居住的是官僚、资本家和外国官员富商等,属于上海的统治阶级;公寓住宅居住的是高级职员、商人、外国居民等,属于上海的中上层人士;里弄住宅居住的是最广大的普通市民,他们是上海市民文化的主要载体;棚户和简易住房居住的则是社会最底层的穷苦劳工和流民等。四种建筑样式,除棚户简易住房具有农村民居的原始性之外,其余三种都受到欧美建筑样式的影响。花园洋房和公寓脱胎于欧美建筑样式,里弄住宅则是立足本土面向西方的创造,在这里居住着占上海人口绝大多数的普通市民,它也最具上海特色。

代表里弄住宅传统的是石库门,石库门出现于1870年前后,是中西合璧的砖木结构住宅。它以四合院为基底,但“倒座”变为院墙,街门开在墙的正中,以花岗石或宁波红石做门楼,门楼内采用石条框,内装乌漆厚木大门,外形颇像旧时库房,故称石库门。进门后的小院落称天井,两侧为厢房,正面为客堂。客堂与厢房均为两层三间,称“三上三下”。客堂后为楼梯,楼梯后为灶间,灶间上有一小间称“亭子间”,上有晾台。石库门虽然由四合院蜕变而来,但与传统四合院已有很大差别,那正中开放的石库门,那二层楼的格局,那临街开的窗户,以及里弄石库门欧洲式联排的格局,已显示出很大的开放性。1919年以后,上海又出现了新石库门。它由原来的三间两厢二层改为单开间与两间一厢形式,以适应上海人口增加、大家庭解体的居住需要。新式石库门在里弄的排列仍采用欧洲联排式,纵横排列,并将住宅按总弄和支弄作行列式的毗连排列,形成保持至今的城市民居建筑景观。

3.世俗化心态。杨东平认为:“世俗化的社会学和政治学意义,是指传统社会在走向现代化的过程中,社会生活的理性化过程:曾经驾驭控制社会生活的神圣的宗教的、政治的和意识形态的权威逐渐为现代社会的实效、成就、普遍主义、

---

① 《余秋雨精品集》,作家出版社2006年版,第34页。

② 杨东平:《城市季风》,东方出版社1994年版,第153页。

合理主义等新的准则所取代。其外在的表现如社会生活的非意识形态化，政治与经济生活和日常生活的距离，商品经济基本价值的确立等。”①笔者以为，不妨从人的需要的角度思考此问题。人们有两种需要：最基本的生存需要和高层次的精神需要。人们往往从基本需要到高层次需要层层不懈追求，从而获得两种需要的满足。但是“就某个人本身来说，……他并不清楚，在这个满足到来之后，在前头他还有追求的目标，他不清楚，一个基本需要的满足，就会出现另一‘更高级’需要占统治地位的意识。”②世俗化的表现则是，沉醉在物质的生存需要层面，而在“更高级”的精神需要面前停住了攀登的脚步。

上海人世俗化心态是“生存现实故”，其表现，则是以透彻的务实态度“过好自己的日子”。这与北京人更看重理想、信仰有很大差别。上海人尤其是上海女性都是精于算计的“过日子”高手，即使是颇有学术成就的男性知识分子，也往往对饮食起居、烹饪料理、服装样式等十分精通，他们可以内行地指出电视女主播发型和服装的欠缺，可以识别各种面料的真伪；全不像北京知识分子对家庭生活的马虎、随意，不修边幅。上海人十分关注生活的质量和情趣，他们热衷于收藏、旅游、电话和电脑网络以及生活类民间组织（如家庭博物馆、幽默俱乐部、老年爵士乐队等），他们尤为关注家庭文化建设，1985 年上海电视台推出“卡西欧杯家庭演唱大奖赛”，推出各种家庭娱乐节目如“围裙丈夫大奖赛”、“上海杯伉俪、情侣、姑嫂、婆媳娱乐大赛”、“家家乐”、“家庭备忘录”等，在全国率先垂范。“过好自己的日子”培养了上海人精明、实惠、追求合理性的生活哲学。精明亦称为“门槛精”，指为获取较大个人利益所表现出的聪明才智和手段技巧；实惠指以更小的代价获得更大的利益；追求合理性即要求现实生活中的各种事情尽量公平合理，如合理的价格、合理的规章制度等，这种合理性以现实性为前提，哪怕是不太合理的现实。在精明、实惠、追求合理性三品格中，精明是外显的能力和素质，追求实惠与合理性则是内在的价值观。精明的目的在于获得实惠和合理性，追求实惠与合理性也造就了上海人的精明。精于“过日子”的生活哲学导致传统伦理情感的淡化。比如，上海话简洁精练，称谓上缺乏敬语，第二人称的“侬”，没有“您”、“你”的区别，不分男女老幼皆称“侬”；第一人称的“阿拉”，也没有“我们”和“咱们”的细微感情区分。当上海人面对北京的耄耋老人问“侬几岁”时，老人的气愤之情便可想而知。

上海人的世俗化见诸文学，便是通俗文学的繁荣。上海的文人、作家与北京生活在高校吃皇粮的教授学者不同，大多是出没在报刊社、出版社、书店、剧团等文化市场中，靠卖文为生的自由职业者。张爱玲说：“我很高兴我的衣食父母不

① 杨东平：《城市季风》，东方出版社 1994 年版，第 472 页。

② 马斯洛：《心理学的论据和人的价值》，《人的潜能和价值》，华夏出版社 1987 年版，第 73—74 页。

是‘帝王家’而是买杂志的大众。不是拍大众的马屁——大众实在是可爱的雇主,不那么反复无常,‘天威难测’;不搭架子,真心待人,为了你的一点好处会记得你五年十年之久。而且大众是抽象的,如果必须要一个主人的话,当然情愿要一个抽象的。”①在这种情况下,迎合市民的俗文学便获得巨大的发展。尽管五四新文学在上海获得巨大发展,上海甚至成为新文学的中心,但是,以描写“三角恋”名世的张资平比鲁迅、郁达夫拥有更多的读者,更不必说盛极一时的“新礼拜六派”。这说明,即使在伟大文化启蒙的五四时期,上海市民文化也仍按自己的逻辑迅速发展。这正是在京派与海派论战中沈从文的内心焦虑之处。在五四运动的冲击下,上海的文学艺术追求雅俗融合,是一种“高品位的通俗文艺”。叶圣陶、刘半农等曾是鸳鸯蝴蝶派的作家,画家程十发、应野平、陆俨少等都曾划过连环画,都从俗文化中脱胎而出,创作出雅俗共赏的精品。20 世纪 30 年代的进步电影、文学、美术、戏剧等,也都既有很强的大众性,又不乏上乘之作。

上海人的世俗化心态,往往形成对政治的冷漠和排拒。20 世纪前半叶国家内忧外患,革命风起云涌,上海各界人士的主流思想却是“在商言商”、“在学言学”,提倡“实业救国”、“教育救国”、“科学救国”,表现出对政治革命的回避态度。源自上海的五卅运动在规模和持续的时间上均不足于与省港大罢工相比;上海始终没有像广州、武汉那样成为革命的中心地。上海第三次武装起义失败后,中共上海区委书记罗亦农曾埋怨“上海完全是投机的社会,上海民众尚无流血夺取政权之培养”。五四运动中,上海学生中便有“以求学达其爱国目的”、反对学校成为政治运动中心的呼声,这使得高校建党活动颇多困难,五卅后,除上海大学有党团支部外,在复旦、大同、文治、法政、同济、华东体专、东吴法科等学校,每校仅有 1—3 名共青团员②。上海还有一种值得思考的政治现象,即从 20 世纪二三十年代的向忠发、顾顺章,到 70 年代的王洪文、陈阿大等,盛极一时又迅速陨落的政治明星在上海不断产生。这些人更多以“商业入股”投机态度参与革命斗争,终因“个人”的恶性膨胀而被钉在历史耻辱柱上。

第二节　海味小说的地缘风貌

对于上海现当代小说,有海派小说、上海新小说等称呼。从地缘文化诗学角度看,后者少了点地域色彩;前者虽有地域色彩,但将百年的上海小说如把新感觉派、茅盾、张爱玲、周而复、王安忆等均称为称为一个流派——海派,便十分不

① 张爱玲:《私语·童言无忌》,转引自杨东平:《城市季风》,东方出版社 1994 年版,第 132 页。
② 杨东平:《城市季风》,东方出版社 1994 年版,第 166—167 页。

妥。因为他们既未在同一时期，风格也很不一致。我以为，不妨对照“京味小说”，提出“海味小说”的概念。

在考察海味小说之前，首先应划定它的范畴。我以为，某区域文学应是反映该区域人民生活和斗争的文学作品，其作家，可以是生于斯长于斯的本地作家，也可以是长期生活于此的外籍作家。如果本地作家表现本土以外的生活，作家的本土性也可以使作品带有某些地域性特征，是否地域文学当视具体情况而定。如果一位作家自幼离开家乡却不写家乡，或者外籍作家来此地偶然居住并不写该地生活，其创作便不能算该地域文学。上海是一座移民大都市，作家流动频繁，创作五花八门，因而，对海味小说的范畴更应有科学的辨析。

五四时期是海味小说的发端。五四新文化运动虽然发生于北京，但在上海也汇集了大量新文化人士，而且后来居上，甚至成为全国现代文学中心。五四新文学运动的标志性刊物《新青年》便创刊于上海（其前身《青年杂志》于 1915 年 9 月 5 日创刊，1916 年 9 月 1 日更名《新青年》），胡适的《文学改良刍议》、陈独秀的《文学革命论》均刊登在《新青年》上，刘半农、钱玄同等纷纷在《新青年》著文响应陈独秀主张，拉开新文学运动序幕。五四时期两个最大的文学社团是文学研究会和创造社，前者虽然诞生于北京，却将上海作为最重要的活动基地，其机关刊物《小说月报》一直在上海发行；后者则于 1921 年创建于上海，先后出版《创造季刊》《创造周报》《创造日》《洪水》《文化批判》《创造月刊》等，还提出“革命文学”的口号，影响一时。此外，太阳社及《太阳》月刊，浅草—沉钟社及《浅草》季刊、《沉钟》周刊，弥洒社及《弥洒》月刊，以及春雷社、朝花社和《新月》月刊等都创建于上海。戏剧团体的大多数如民众剧社、戏剧协社、南国社、春阳社、摩登剧社等也都成立于上海。这一切，成为上海新文学发展的强大推进器。

《上海文学通史》在考察上海新小说的发端时，提到两类作家：一类是“血与泪”的写实主义小说，包括冰心、王统照、许地山、庐隐等；二类是乡土小说，包括许杰、彭家煌、王鲁彦、许钦文、蹇先艾等。其实，写实主义小说作家均非上海人，也不写上海，就因为他们的作品在上海的杂志发表便视为上海作家显然不妥；乡土小说作家也均非上海人，他们虽“在上海”，但描写的是故乡生活，准确地说，许杰、王鲁彦、许钦文的作品属吴越乡土小说，彭家煌作品属湖南乡土小说，蹇先艾的创作属贵州乡土小说。都不是上海文学。

上海新小说的筚路蓝缕者应是叶绍钧。叶绍钧（1894—1988 年），江苏苏州人，1912 年中学毕业后即在苏州、上海、杭州等地作小学、中学教师，1923 年后开始在商务印书馆供职，之后长期定居上海，直至抗战爆发。他的创作经历了三个阶段：早期是鸳鸯蝴蝶派小说路子，如《穷愁》《终南捷径》等；继而是问题小说路子，如《这也是一个人》等；之后走向“为人生”的写实主义，如《潘先生在难中》《倪焕之》等。代表作是《潘先生在难中》（1925 年）和《倪焕之》（1928 年）。

《潘》写小学教员潘先生听说军阀开战,全家逃到上海,又怕被学校除名而只身返乡;战事停息后,又为军阀歌功颂德。这是一个自私、疑惧、投机、卑琐,性格复杂的小市民典型。他是丑恶现实的受害者,却又被这种丑恶污染,丑恶的现实正是因为潘先生们的存在而变得"合理"。这种深刻揭示具有鲁迅式的精警。《倪焕之》写倪焕之中学毕业后到乡村教小学,与师范学生金佩璋恋爱结婚,受五四运动鼓舞搞学校改革,遭遇重重阻力,金佩璋生孩子后又不思进取,倪于是只身到上海教书,参加五卅运动,大革命失败后绝望而辞世。茅盾称赞:"把一篇小说安排在近十年的历史过程中,不能不说是第一部;而有意地要表示一个人——一个富有革命性的小资产阶级知识分子,怎样受十年来时代壮潮所激荡,怎样从乡村到城市,从埋头教育到群众运动,从自由主义到团结主义,这《倪焕之》也不能不说是第一部。"①

从上海文学的角度看,叶绍钧"着意刻画上海外围城镇的知识分子灰色人生和灰色心态,对于确认上海在现代文化乃至现代社会意义上的地位十分富有启发性。无论是从《潘先生在难中》还是《倪焕之》都可以看出,散落在上海周边城镇的知识分子对于大都市的上海有一种切实的依赖心理,上海之于他们的灰色人生可以说是一种亮丽的希冀,是一种心理寄托的避难所,是一种孕育机会的竞技场。"②

创造社创建于上海,活跃于上海,但直接描写上海生活的作家并不多。郁达夫(1898—1945年),浙江富阳人,其故土文化与上海有沟通处,从日本留学回国后多年生活在上海,自然受到上海文化的熏陶。其作品主要有短篇《沉沦》《茑萝行》《春风沉醉的晚上》《薄奠》,中篇《她是一个弱女子》等。20年代是郁达夫小说创作最为旺盛的时期,他的小说绝大部分取材于本人的经历、遭遇、心情,具有很强的"自叙传"性质,并有强烈的抒情性。抒情主人公多是"零余者"形象,即五四时期一部分歧路彷徨、无力把握自己命运的知识青年。郁达夫大胆吸收欧洲和日本的文学观念和表现手法,"他注意人的情欲在表达人的内在世界的重要性,试图用一种新的眼光,去剖析人的生命和性格中包孕的情欲问题。他受西方人道主义特别是卢梭的'返归自然'思想的影响,主张人的一切合理欲求的自然发展,认为'情欲'作为人的自然天性是应该得到正视和表现的。加之日本'私小说'里'颂欲'思想和手法的影响,郁达夫就大胆地以自身为对象,在作品中通过直接写'性'包括'性病恋'、'同性恋'的生活,来阐释爱恋生死主题。"③尽管郁达夫的小说大多未写上海生活,但从"自叙传"主人公形象的性格心态,

① 茅盾:《读〈倪焕之〉》,《文学周报》第八卷第二十期,1929年。

② 邱明正主编:《上海文学通史》(下册),复旦大学出版社2005年版,第642页。

③ 钱理群等:《中国现代文学三十年》,北京大学出版社1998年版,第75页。

以及开放性的艺术追求，似可感受到上海的文化性格。此外，郭沫若的自叙传小说“漂流三部曲”（包括《歧路》《炼狱》《十字架》）和“行路难三部曲”（包括上中下三篇）也具有海派文化特征；浅草——沉钟社的林如稷、陈翔鹤、陈炜谟，弥洒社的胡山源等的小说也有一些海味儿。

20年代末到30年代，是上海小说的辉煌岁月。这一时期，现代文学创始期的精英纷纷向上海集结：鲁迅、胡适、沈从文、徐志摩、闻一多、丁西林、叶公超、饶子离、饶孟侃、胡也频、丁玲等从北京南下而来，郭沫若、沈雁冰、蒋光慈、阿英、孟超等从北伐前线撤退而来，沈端先、李初梨、成仿吾等从日本留学归来，萧军、萧红等从东北流亡而来，沙汀、艾芜等从四川而来……加之原有的文学精英，上海文学界可谓群贤毕至，少长咸集。而且，推动现代文学发展的重大事件，如革命文学的倡导、左联的成立、两个口号的论争、京派与海派的论争、《中国新文学大系》的出版等都发生在这里。上海成为全国文学发展的中心，也成为各种文学力量对垒交织的焦点。在小说创作上，现代主义、革命现实主义和启蒙现实主义都在蓬勃发展。

现代主义小说的集中表现是20年代末到30年代中期出现的新感觉派，主要作家有刘呐鸥、穆时英、施蛰存、叶灵凤等。1931年，楼适夷针对施蛰存的《在巴黎大戏院》《魔道》著文《施蛰存的新感觉主义》①，新感觉派由此而得名。新感觉派的源头是日本新感觉派，日本新感觉派系1924—1927年间围绕东京的《文艺时代》杂志形成的流派，包括横光利一、片冈铁兵、池谷信三郎、川端康成等。该派从欧美的表现主义、达达主义、未来主义、象征主义、立体派、构成派等现代主义文学流派中吸取营养，强调直觉和主观感受，力图把主观的感觉印象投射到客体之中，从而创造由智力构成的“新现实”。

上海的新感觉派在日本新感觉派的影响下，从1928年起，围绕《手工业工场》《无轨列车》《新文艺》《现代》等杂志发展壮大起来。

刘呐鸥（1900—1940年），生于台湾，长于日本，两度回上海居住。其小说均收在小说集《都市风景线》中，以他的“新感觉体”描绘了上海刚刚形成的现代生活场景和男女社交的情爱场面：包括赛马场、夜总会、电影院、大旅馆、小轿车、富豪别墅、滨海浴场、特别快车等文化景观，舞女、少爷、水手、姨太太、资本家、投机商、公司职员、流氓、妓女等洋场人物，以及由此表现出来的繁华、喧闹、灯红酒绿和纸醉金迷。这便是上海的“都市风景线”。刘呐鸥将幽默与讽刺集中在“性”上，于是，爱情化为“游戏”、“风景”、“方程式”等戏剧性形态；同时，大量印象主义和感觉主义手法的运用，使作品带有了扑朔迷离的梦幻感和荒诞感。当时便

---

① 楼适夷：《施蛰存的新感觉主义——读了〈在巴黎大戏院〉和〈魔道〉之后》，《文艺新闻》第33期，1931年10月。

有人评价:“呐鸥先生是一个敏感的都市人,操着他的特殊的手腕,他把这飞机、电影、JAZZ、摩天大楼、色情(狂)、长型汽车的高速度大量生产的现代生活,下着锐利的解剖刀。”①

穆时英(1912—1940 年),浙江慈溪人,幼时随父到上海。创作有短篇小说集《南北极》《公墓》《白金的女体塑像》《圣处女的感情》等,代表作是《公墓》《上海狐步舞》《夜总会的五个人》《街景》《黑牡丹》《白金的女体塑像》等。如果说刘呐鸥是新感觉派的开创者,那么,穆时英则将新感觉派推上发展的高峰。他同刘呐鸥一样,将笔触对准现代都市光怪陆离的生活,诸如畸形病态的人物、形形色色的欲望、江河日下的世风等,其独特性在于,他更关注城市失落者的生存困境和心理状态,并善写底层人物浸透着血与泪的苦难生活。在艺术上,“他把新感觉的文体,发挥得淋漓尽致。是他创造了心理型的小说流行语和特殊的修辞,用有色彩的象征、动态的结构、时空的交错以及充满速率和曲折度的表达式,来表现上海的繁华,表现上海由金钱、性所构成的众声喧哗。”②穆时英被推崇为“新感觉派的圣手”、“鬼才”,所谓“穆时英笔调”、“穆时英作风”,一时风靡上海文坛。从先锋型的大牌刊物,到商业性的小报、画报,都有对穆时英的模仿文字。

施蛰存(1905—2003 年),生于杭州,1923 年入上海大学,后转大同大学、震旦大学,1928 年起在上海供职。他并不承认自己是“新感觉派”,他的第一个短篇集《上元灯》确无明显的新感觉派特征。1932 年开始主编《现代》杂志,从写作《将军的头》开始,有意识运用弗洛伊德的精神分析方法,遂与穆时英的新感觉主义趋同。他出版有短篇集《将军底头》《梅雨之夕》《善女人的行品》等。其代表作分两类:一类是《将军底头》《鸠摩罗什》《石秀》《李师师》等,用弗洛伊德精神分析方法重释历史的人物事件,表现其道德和情欲的矛盾;另一类是《梅雨之夕》《阳春》《狮子座流星》《魔道》等,从精神分析视角观照现代都市,描写现代环境中的男情女爱,着意描写女性的世界。如《魔道》通过写火车厢里“我”对面座位上的老妇人,一会儿是空中飞行的西洋妖婆,一会是《聊斋志异》中隔着窗棂在月中喷水的黄脸妖妇、一会是古墓里美丽王妃的木乃伊……更奇特的是,老妇人丑陋、怪诞的影子时时追随着“我”,使“我”陷于恐惧之中。这种怪诞的幻觉使小说显得扑朔迷离。叶灵凤(1904—1975 年),生于南京,曾就读于上海艺术大学,后留居于上海,八一三后去香港。创作有短篇小说集《女娲氏之遗孽》《菊子夫人》《鸠绿媚》《处女的梦》《紫丁香》,中篇小说《红的天使》《永久的女性》以及长篇小说《时代姑娘》等。如果说他早期的《女娲氏之遗孽》《菊子夫人》《鸠绿媚》等已显示出弗洛伊德潜意识学说的影响,那么,30 年代的《流行性

---

① 这是刊物编者的评语。见《新文艺》第 2 卷第 1 号,1930 年 3 月。

② 钱理群等:《中国现代文学三十年》,北京大学出版社 1998 年版,第 326—327 页。

感冒》《忧郁解剖学》《朱古律的回忆》《永久的女性》等则更加自觉地学习和借鉴穆时英和日本的新感觉派。叶灵凤用最现代的文本艺术诸如跳动不居的感官意象、充满隐喻象征的情节线索、蒙太奇式的画面组合、富有暗示性多义性的人物对话以及与诗歌散文相交叉的混合文体，描写最现代的都市男女，展示上海这个东方大都会城与人的神韵。新感觉派的后继者有黑婴、禾金等，黑婴的《伞·香水·女人》《咖啡座的忧郁》，禾金的《副型爱忧郁》《造型动力学》等被认为是更加真正的新感觉派。

严家炎将新感觉派的特征归纳为三方面：(1)快速的节奏以表现现代都市生活；(2)主观感觉印象的刻意追求与小说形式技巧的花样翻新；(3)潜意识、隐意识的开掘与心理分析小说的建立。他认为，"新感觉派的创作实践证明，弗洛伊德关于潜意识的学说，为推进心理分析小说，深入表现人物心理，开辟了新的天地；而这种小说的健康成长，则有赖于作家对人物心理的社会内容作出深入的开掘。这两个方面的结合，乃是心理分析小说得以发展的康庄大道。以施蛰存为代表的新感觉派作家，正是在这个重要的方面迈出了最初的步伐，取得了一定的成就。"①笔者以为，新感觉派用最新潮的文本形式表现了上海最现代的都会生活，是最为典型的海味小说。

现代主义的另一表现是张资平等的性爱小说。张资平(1893—1959年)，生于广东梅县，1912年留学日本，1921年与郭沫若、郁达夫、成仿吾等组织创造社。他创作伊始走的是写实主义的路子，1922年出版的长篇《冲积期化石》有极浓的自叙传色彩，通过主人公的坎坷经历揭露和批判了病态的社会。被称为中国现代文学史上第一部长篇。1927年出版长篇《苔莉》后，与创造社分道，走上媚俗文学的道路。他一生创作长篇24部，短篇集5部，大多充满了肉的气息，被鲁迅称为"三角多角恋爱小说家"。较好的作品是长篇《最后的幸福》《长途》《上帝的儿女们》等。张资平的性爱小说充满了性感和肉欲。"比起旧的市民言情体来，所增加的广泛的性心理描写，包括性苦闷、性病态、性怪癖、性猜疑、性虐待，以及各种婚外恋心理的揭示，是对现代小说描写手法的增进。他对'性爱'本质的探寻，比如天赋性爱的权力、性爱的自然属性与社会道德的关系，构成对人的现代认识的一部分。但是，后来也差不多淹没在大量的低级趣味之中了。"②此外，性爱小说作家还有曾虚白（著有长篇《三棱》）、林徽因（著有长篇《花厅夫人》）、章克标（短篇《蜃楼》、长篇《银蛇》）、曾今可（短篇《法公园之夜》、长篇《死》）、徐蔚南（《都市男女》）等，均"喋谈性欲"，有感官刺激的解放，精神的分裂和迷惘，充满了世纪末的颓废色彩。在文本形式上，汲取西方象征主义和自然

① 严家炎：《中国现代小说流派史》，人民文学出版社1995年版，第155页。

② 钱理群等：《中国现代文学三十年》，北京大学出版社1998年版，第322页。

主义的营养,选取新的叙事视角,常是运用心理的、象征的小说语言和多种表达形式。这也是具有鲜明上海色彩的一群。

革命现实主义小说的代表作家为茅盾的社会剖析小说。茅盾(1896—1981年),浙江桐乡人,1916 年进上海商务印书馆,长期居上海。主要作品有:1927—1928 年创作的长篇《蚀》三部曲(包括《幻灭》《动摇》《追求》),以广阔的场面、宏大的气势描绘了大革命前后的社会生活和社会心理;1929 年创作的长篇《虹》通过梅行素从五四到五卅的坎坷成长经历反映了中国知识分子的成长历程;1933 年出版的长篇代表作《子夜》则展示了 30 年代上海广阔复杂的社会生活画面,着意描写了民族资产阶级挣扎、搏斗最后走向破败的生活历程;同年发表的“农村三部曲”(包括《春蚕》《秋收》《残冬》)描写了江南农村的“丰收成灾”和小镇商人的破产;1941 年的长篇《腐蚀》以国民党女特务的日记形式,揭露了皖南事变期间国民党大后方酷烈的特务政治;1948 年出版的《锻炼》(第 1 部)则以上海“八一三”事变至上海沦陷为背景,反映了抗战初期上海各界人民生活和思想的剧烈变化和发展走向。这些作品绝大部分描写上海或与上海相关的生活,比如“农村三部曲”和《林家铺子》,虽然写的是江南农村小镇,但其败落和破产与上海的社会动荡和民族工业破产密切相关。如果说新感觉派展示了一个现代主义视角下的上海,那么,茅盾则展示了一位革命现实主义者眼中的上海。不妨以《子夜》为例阐释茅盾“社会分析”现实主义的风采。

《子夜》的社会分析特征,一是“全方位”展示 30 年代上海各阶层广阔的社会生活画面。包括,买办资产阶级和民族资产阶级的生死搏斗,市民阶层的破产,知识分子的苦闷与彷徨,与上海相关的中小城镇商业的凋零,农民的破产和奋起反抗,以及日寇侵略激起的民族意识觉醒和抗日运动的兴起等。各阶级、阶层人物的历史命运、思想性格、心理变化,以及相互间的矛盾纠葛、发展流向,以吴荪甫的拼搏经历和悲剧命运穿针引线,构成 30 年代上海社会的“清明上河图”。二是塑造丰富复杂的“立体化”人物。广阔的社会生活画面,构成了各种错综复杂的社会关系,人物形象作为“社会关系的总和”,正是在处理各种复杂的矛盾冲突中站立起来。吴荪甫面临与买办资本家赵伯韬、工人群众、双桥镇农民的三大矛盾,三大矛盾又纠结出更复杂的关系,如吴荪甫与吴老太爷、妻子、亲属、下属屠维岳、同伙王和甫、中小资本家朱吟秋等的矛盾冲突等,这些矛盾从不同角度不同侧面塑造出吴荪甫的“立体化”形象。三是恢弘而严谨的结构布局。小说围绕着吴荪甫与买办资本家、工人、破败农村的三大矛盾展开,形成以吴荪甫为中心而分别指向三个阶级的放射性结构。三大矛盾线索又引发出更多更细的矛盾。各种矛盾多头发展又互相纠缠,其展开、推进及发展高潮张弛有序,见出作家驾驭全局的功力。上述三方面的特征为革命现实主义文学提供了创作模式,为以后的工农兵文学继承和发展。比如,柳青《创业史》由梁生宝与富农姚士杰、富裕中农郭世富、党内自发势力代表郭振山所构成的放射性结构,与《子夜》便颇为相似。

革命现实主义作家还有丁玲、张天翼等,丁玲的《一九三〇年春上海》之一、之二,张天翼的《齿轮》《洋泾浜奇侠》等都是这样的作品。

启蒙现实主义文学的集中体现者是巴金。巴金(1904—2006 年),生于四川,19 岁随三哥到上海求学,上海从此成为他的第二故乡。巴金的主要作品有,二三十年代之交出版长篇《灭亡》《新生》;30 年代最有影响的作品是系列长篇"爱情三部曲"(包括《雾》《雨》《电》)和"激流三部曲"(包括《家》《春》《秋》);40 年代又创作了《憩园》《寒夜》《第四病室》和《火》三部曲等。巴金的代表性作品是"激流三部曲",其中又以《家》为最。《家》塑造了三个最重要的人物形象:高老太爷、高觉新和高觉慧。高老太爷是封建大家庭的家长,虽然直接描写他的章节并不多,但他却将幽灵一样无处不在,牢牢地把握着高家这座风雨飘摇的大厦。高觉新则是封建大家庭中懦弱顺从的悲剧典型,他受五四新思想影响,认识到封建礼教的罪恶,却又囿于长子长孙的特殊地位和孝悌伦理道德,一步步走上自己的人生悲剧。高觉慧则是拆毁封建大厦的叛逆者和追求者。他深受五四新思想影响,清醒地认识到封建大家庭的衰落命运,敢于对抗高老太爷,帮助觉民逃婚,与使女鸣凤谈恋爱,编写进步刊物,投身革命活动,最后毅然离家出走,寻找光明的生活。从觉新到觉慧,不仅昭示着一代青年在五四新思想影响下不断觉醒、反抗,也预示着以高老太爷为代表的旧家庭旧礼教必然走向崩溃的命运,《家》便具有了浓郁的反封启蒙色彩。需要指出的是,巴金的大部分作品不是写上海,"激流三部曲"与《憩园》写四川,"爱情三部曲"写泉州,《寒夜》写重庆,上海作为巴金的第二故乡,自然给了他"上海的眼光",这些作品中不免带有"上海意识",但将这些作品均称为上海文学,似也勉强。巴金之外,启蒙现实主义作家还有靳以,他的《圣型》描写了流落中国的犹太女玛丽安娜的怪癖个性和神秘行为,表现出对人性的深入探讨。

总之,20 世纪 30 年代的上海小说丰富多样,成就辉煌,让人们看到一个充满欲望和情欲的扑朔迷离的上海,一个充满了竞争和投机的资本主义上海,一个充满了阶级斗争和革命激情的上海,一个不断启蒙图新的上海。

30 年代末到 40 年代,上海经历了孤岛时期、日据时期和国民党统治时期。1937 年 11 月 12 日上海失守,上海作家纷纷离沪,仅有少数作家留守租界孤岛,上海失去全国文学中心的优势地位;1941 年 12 月 8 日之后日据时期的殖民统治,对民族文学进行着蹂躏与摧残;抗战之后又是国民党的黑暗统治,文学难以蓬勃发展。这一时期,上海小说创作走上萧条。但也出现了张爱玲、钱钟书等优秀作家。

张爱玲(1920—1996 年),祖籍河北省丰润,生于上海,童年生活在京、津,

1929年迁居上海,1937年入香港大学,1942年辍学来沪,上海已成为张爱玲的实际故乡。她的主要著作有短篇《沉香屑·第一炉香》、《封锁》,中篇《倾城之恋》《金锁记》,长篇《连环套》(未完)《半生缘》《十八春》等。张爱玲的主要成就是"城市塑造"与"女性剖析"。关于城市塑造,张爱玲总是通过上海家庭的窗口来透视这个城市的浮世悲欢。一方面,她着意表现的是亦中亦西、亦旧亦新的家庭的非常态的婚姻关系,多是经济和情爱方面的矛盾冲突,颇有才子佳人小说的特征,具有很强的市民性和通俗性,因而被称为"新蝴蝶体"、"娱情小说"和"新洋场小说";另一方面,她的立意又远远高于市民小说,表现出强烈的现代批判意识,一是批判金钱对正常人情人性的摧残,对纯洁的爱情的扭曲,批判金钱化的旧式大家庭的丑陋,这正是造成男女间千孔百疮的情感经历的原因。"生命是一袭华美的袍,爬满了虱子",[①]正是对金钱化现实的写照。作家清醒地认识到,金钱化丑陋正是现代市场文明所致,她站在人性立场上进行着深刻的现代性批判。二是批判人性的怯懦和脆弱。张爱玲笔下的人物都是处在新旧交替时期懦弱的凡人,他们力图追逐时代潮流,却又难以摆脱旧式传统的羁绊,苦苦挣扎中又遭受战争和金钱扭曲,找不到自己的人生支点,就这样彷徨、流浪,乃至走向沦落。傅雷对张爱玲的小说评价道:"恋爱与婚姻,是作者至此为止的中心题材;长长短短的六七件作品,只是 variations upon a theme。遗老遗少和小资产阶级,全都为男女问题这噩梦所苦。噩梦中老是阴雨连绵的秋天,潮腻腻、灰暗、肮脏、窒息的腐烂的气息,像是病人临终的房间,烦恼、焦急、挣扎,全无结果,噩梦没有边际,也就无从逃避。零星的折磨,生死的苦难,在此只是无名的浪费。青春、热情、希望,都没有存身的地方。川嫦的卧房,姚先生的家,封锁的电车车厢,扩大起来便是整个社会,一切之上,还有一只瞧不及的巨手张开着,不知从哪儿重重地压下来,压痛每个人的心房。"[②]这便是张爱玲塑造的上海市。

关于女性剖析。作为具有现代女性意识的作家,张爱玲尤其关注女性命运。她以女性作家细腻笔触对笔下女性命运和心理进行着深刻的剖析。最为典型的是《金锁记》里的曹七巧,旧家庭的礼制和现代社会的金钱不仅摧残了她的爱情和青春,而且扭曲了她的人性;她既是旧礼制和金钱屠刀下可怜无告的牺牲,又是礼制思想和金钱意识的沉重载体,于是借用礼制和金钱进行疯狂报复,以自己的"不幸"制造更多人的"不幸"。其他作品的女性大多没有曹七巧的疯狂与倔强,或者匍匐在男性的权威之下,或者追求"全人格"而不可得,坠入情爱卑俗的不幸。这种不幸是一个无人之阵,每一个女性既是承受者又是发动者,困在阵中

① 张爱玲:《天才梦》,《张爱玲散文全编》,浙江文艺出版社1992年版,第3页。
② 迅雷(傅雷):《论张爱玲的小说》,《万象》第三年第十一期,1944年5月。

无法解脱。张爱玲女性剖析的深刻性在于,既写出传统礼制和现代金钱的压抑和摧残,又写出冥冥中命运的捉弄,更写出女性自身的人性弱点。这便是张爱玲笔下的上海女性。

钱锺书(1910—1999年),江苏无锡人,曾赴英法留学,抗战初归国,上海“孤岛”时期来往于昆明西南联大与上海之间,上海沦陷后定居上海。其创作有短篇集《人·兽·鬼》(包括《上帝的梦》《猫》《灵感》《纪念》)和长篇《围城》。《围城》是为他赢得巨大声誉的现代文学经典。《围城》主要描写上海知识分子生活,其突出成就是其揭示的人生“围城”哲理。小说的第三章褚慎明与苏文纨有一段对话:

> 慎明道:“关于Bertie结婚离婚的事,我也跟他谈过。他引一句英国古话,说结婚仿佛金漆的鸟笼子,笼子外面的鸟想飞进去,笼子里面的鸟想飞进来;所以结而离,离而结,没有了局。”
>
> 苏小姐说:“法国也有这末一句话。不过,不是说鸟笼,说是被围困的城堡(Fortresse assilegee),城外的人想冲进去,城里的人想逃出来。”

这可说是全书的“纲”。方鸿渐是贯穿全书的主要人物,也是编织全书情节结构的经纬,他充满苦涩的失败人生经历了一次次的“围城”:他同苏文纨、唐晓芙的感情纠葛是爱情的“围城”,这使它遭到失恋和失业的双重悲剧;他在三间大学任教是事业的“围城”,在派系林立的三间大学等待他的是受到解聘的结局;同孙柔嘉结婚是家庭的“围城”,双方家庭亲友的夹击和夫妻间无休止的争吵终于使婚姻破裂……在各种“围城”中左冲右突的方鸿渐,最终被“围城”无情地吞没。正是在一次次“围城”中,方鸿渐胸无大志、懦弱无能的病态知识分子形象活现出来。作品还写到多种围城,如传统文化的围城、西方文化的围城、学术的围城、金钱的围城等,也正是在这些围城中,各类病态知识分子形象毕现,如孙柔嘉的外表柔顺却又深藏心机、苏文纨的外表矜持而故作矫情、李梅亭的庸俗和吝啬、韩学愈的欺世盗名、高松年的真伪善和褚慎明的假超脱等。《围城》生动而深刻地塑造了以方鸿渐为核心的上海病态知识分子群像。这组群像有强烈的批判性,故《围城》有新时代《儒林外史》之誉。

《围城》批判性的文本策略是讽刺艺术。其手法有二,一是反讽手法,由于作家洞悉笔下人物的思想性格和心理,因而不动声色地揭露人物思想行为自相矛盾的悖论状态,从而形成委婉、幽隐的否定。二是运用聪睿、俏皮而充满机趣的讽刺性语言。作为知识渊博的学者,作家能信手拈来文学、历史、哲学、宗教、法律等专业性词语,对应讽刺对象的个性,涉笔成趣,妙语连珠。与此相连的是奇诡多彩的比喻,其喻体内涵极为丰富,包括中西的历史、文化、宗教、哲学、文学、艺术等,如写方鸿渐对苏文纨不情愿地吻:“这个吻的分量很轻,范围很小,只仿佛清朝官场端茶送客时把嘴唇抹一抹茶碗边,或者从前西洋法庭见证人宣誓时的把嘴唇碰一碰圣经，至多像那些信女们吻西藏活佛或罗马教皇的大脚趾，一种敬而远之的亲近。”这种比喻性讽刺不仅新鲜别致，而且大大增加了作品的历史文化内涵。

还应提到的是师陀（1910—1988 年），他 1936 年由北平移居上海，之后一直生活于此。其代表作《果园城记》虽是写家乡河南，长篇小说《结婚》却是写上海“孤岛”生活的作品。主人公胡去恶是一个卑琐庸俗的病态知识分子，小说亦采用讽刺手法，与钱锺书不同的是，师陀的讽刺是浪漫抒情式的，将奇幻和暴露相结合，具有浓郁的传奇性和隐喻性。

新中国建立之后到“文革”的十七年间是工农兵文学时期。工农兵文学属于革命现实主义文学，是共产党领导的工农革命的产物。工农革命的基本方式是农村包围城市，武装夺取政权。因而，工农兵文学的两个主要题材是农村的革命历史斗争和新中国农村建设（主要是合作化运动），其作家队伍也主要是解放区作家，还有十七年间在工厂、农村和部队培养出的作家。在这些方面，上海显然处于弱势，因而，十七年的上海小说仍然延续着 30 年代末以来的低落局面。在当时影响较大的是茹志鹃、周而复的小说以及胡万春等工人作家的创作。

茹志娟（1925—1998 年）祖籍杭州，生于上海，后参加新四军，建国初又从部队转业回上海。茹志娟的创作均为中短篇小说，分为两类：一类是写革命历史斗争，如《何栋梁和金凤》《关大妈》《百合花》《澄河边上》《三走严庄》《同志之间》等；另一类是写新中国建设生活，如《妯娌》《新当选的团支书》《高高的白杨树》《里程》《春暖时节》《静静的产院》等。写新中国建设生活的作品或写上海街道里弄或写郊区农村，描写的是上海的建设风貌。写革命历史斗争的作品虽然并未写上海，其艺术表现却透露着上海人的气质个性。这里主要谈描写上海建设风貌的作品。这些小说表现出委婉、细腻、柔美的艺术风格。其一，她对生活有着独特的切入视角，即善于截取生活激流中飞溅而出的水滴和浪花。没有轰轰烈烈、雄伟壮观的建设图景，读者看到的是儿女情、家务事。作家以女性的细腻情感感受和体验这些情、爱、事，从而透视在和平建设年代平凡的人们的心路历程。其二，她在艺术表现上有独特追求：（1）注重针脚绵密、细致入微的心理刻画，层层深入地展示人物的内心世界；（2）擅长丝丝入扣的细节描写，常常选择典型“道具”，在作品中多次出现，构成有机细节系列。不仅塑造了人物，而且严谨了结构。其三，语言具有优美的诗意。这种诗意表现在，在描写语言中，常常创造情景交融、意境交感的诗意，其景、境细小而晶莹；其情，柔美而细腻。因而其意境属优美一格。这种诗意还表现在语言的象征性，如百合花被象征军民情感，电灯象征农村发展新阶段等。

周而复（1914—2004 年），祖籍安徽，生于南京，1933 年入上海光华大学，

1938 年赴延安,建国后任华东局统战部秘书长、上海市委统战部副部长和宣传部副部长等。十七年间出版短篇集《山谷里的春天》,长篇小说《白求恩大夫》、《上海的早晨》(一、二部,三、四部于 1979 年、1980 年出版);新时期著有系列长篇《长城万里图》(含《南京的陷落》《长江还在奔腾》《逆流与暗流》《太平洋的拂晓》《黎明的夜色》《雾重庆》6 部)。代表作是《上海的早晨》。第一部写三反、五反前夕资产阶级对人民政权的怀疑和进攻,第二部写工人和群众在党的领导下开展五反运动,第三部写工厂的民主改革和对民族资产阶级的团结、教育、改造,第四部写全上海实现公私合营,完成对资本主义工商业的改造。小说勾勒出新中国资本主义工商业改造和工人阶级成长的编年史。其突出成就有二,一是开阔的视野和宏大的艺术结构。作家设置主、辅两条线索。主线是城市工人阶级与资产阶级的矛盾冲突,主要写沪江纱厂工人群众在共产党的领导下同总经理徐义德展开的一系列斗争。其中又分两条活动线索:一条是通过"星二聚餐会"描写徐义德、朱延年、马慕韩、潘信诚、江菊霞等各类资本家的思想性格和错综复杂的矛盾;另一条是描写沪江纱厂以汤阿英、余静为代表的工人群众在同资本家斗争中的锻炼、成熟过程。辅线是农村贫苦农民同地主阶级的矛盾,主要写汤富海一家与恶霸地主朱暮堂之间的矛盾,并从侧面展示了农业合作化给农村带来的新变化。两条线索以汤阿英为纽带,相互联结、推进,使得作品结构既宏伟复杂,又清晰严谨。不过,如同茅盾当年的《子夜》一样,由于更熟悉城市资本家生活,农村线索便弱了些。二是对资本家形象的成功塑造。小说塑造了各色资本家形象,除了主人公徐义德之外,还有心狠手辣的不法奸商李延年、"红色小开"马慕韩、工商界元老潘信诚、"智多星"唐仲笙、美女资本家江菊霞等。作家一方面从人物的经济政治地位出发,描写他们作为民族资产阶级的阶级特征,并从他们的具体生活经历、社会处境出发,使他们的阶级特征具体化、个性化;另一方面,又描写他们的社交、家庭、爱情、喜好等,展示其性格的丰富性。然而,由于作家过于倚重人物的阶级特征,这些形象显得类型性有余而丰满性不足。《上海的早晨》被称为新时代的《子夜》。

艾明之(1925—　),广东番禺人,1925 年生于上海,1944 年去重庆做中学教师,抗战结束后回到上海,1949 年 7 月以代理副厂长身份到上海第三钢铁厂深入生活三年。创作了众多反映上海工人生活的作品,其中有长篇小说《狼窟》《沉浮》《火种》《不倦的斗争》《燃烧吧,上海》,短篇小说集《阳光下》《工人的儿子》《阳光集》等。其短篇小说更具特色。一是以多年钢厂生活的丰富积累,真切地描写中国建立初期上海工人生活和思想的新风貌;二是塑造了鲜活的工人形象,如《性格的喜剧》中的王来发和朱阿四,《妻子》中的韩月贞,《星》中的叶志发等,虽说不上丰满,却也生动鲜活而富有生活气息;三是叙事形式力求多样,有的用日记体,有的用第一人称旁知视角,有的用第一人称与第二人称的对话形式，有的用作品中人物的内视角……这在十七年的文坛很是可贵。

十七年间上海文坛一个可喜的现象是在工业战线涌现出一批年轻的工人作家。包括胡万春、费礼文、唐克新、仇学宝、陆俊超等。胡万春的《骨肉》、费礼文的《成长》、唐克新的《沙桂英》、陆俊超的《九级风浪》等都是当时产生一定影响作品。其中有代表性的是胡万春(1929—　)，他出生于上海，长期做钢铁工人。1952年开始发表作品，著有短篇集《青春》《爱情的开始》《谁是奇迹的创造者》《红光普照大地》《特殊性格的人》《家庭问题》，中篇《内部问题》《阿粹斯号》《铁拳》以及长篇《蛙女》《情魔》等。胡万春可说是真正的“工人作家”，他以自己熟悉的工人生活为题材，表现出新中国工矿企业的新气象和工人的精神新貌，具有浓郁的生活气息；他还将笔触伸向旧社会，描写工人的苦难生活，控诉资产阶级和旧社会剥削压迫的罪恶。人物形象真切可信，语言朴实流畅。但是，这种贴近生活的创作往往注过于重事件的来龙去脉，缺少艺术的“窑变”和升华，其艺术水准便大打折扣。这似乎是工农兵作家的通病。

“文化大革命”十年，上海的小说创作应该提及的是在《朝霞》月刊发表的短篇《初春的早晨》《金钟长鸣》《第一课》《一篇揭矛盾的报告》《典型发言》等，这些作品不仅具有四人帮的“帮文学”特征，而且有“阴谋文艺”之嫌。还有长篇《虹南作战史》《新桥》，前者写上海郊区虹南乡的合作化运动，后者虚构60年代初上海郊区农村的阶级斗争。均是“帮文学”的样板。

新时期以来，上海小说出现复兴和繁荣局面。我国的新时期文学大致可分三个阶段：七八十年代之交的启蒙现实主义思潮、80年代中后期的现代主义思潮和90年代以来的多元化创作。启蒙现实主义阶段，包括伤痕、反思、改革和知青小说等。在上海，伤痕小说有卢新华的《伤痕》，殷慧芬的《早晨的陷阱》；反思小说有茹志鹃的《草原上的小路》《剪辑错了的故事》，戴厚英的《人啊，人》，俞天白的长篇《氛围》，沈嘉禄的中篇《冠礼》；知青小说有王安忆的短篇《本次列车终点》《69届初中生》，叶辛的长篇《蹉跎岁月》，竹林的长篇《生活的路》等；改革小说如赵长天的《市委书记的家事》《平安坊17号》《老街尽头》，傅星的《这嘈嘈杂杂的世界》，俞天白《大上海沉没》等。现代主义思潮阶段包括三种思潮：现代派小说、寻根小说和先锋小说。现代派小说萌生于启蒙现实主义文学中，主要是现代派手法或观念的采用，茹志鹃的《剪辑错了的故事》、陈村的《他们》、陆棣《一个精神病患者眼里的世界》属于此类；寻根小说有王安忆的《小鲍庄》等；先锋小说有格非的《褐色鸟群》《青黄》，孙甘露的《访问梦境》《我是少年酒坛子》等。90年代小说多元化发展阶段，中国文坛出现新写实、新历史、新现实主义、女性、晚生代、新新人类、80后等小说的繁荣，上海则表现为对都市的重新发现，出现了“新都市文学”的繁荣。邱明正主编的《上海文学通史》将这种新都市文学分为四类：[1](1)在历史和现实交融中反映上海从石库门、棚户区到花园别墅的各类市民的生存状态和心理变迁。如王安忆的《长恨歌》《"文革"轶事》《富萍》，程乃珊的《蓝屋》《女儿经》《金融家》，赵长天的《不是忏悔》，王晓玉的《阿花》《紫荆花园》，沈善增的《正常人》，孙颙的《雪庐》，王周生的《性别：女》，陈丹燕的《上海的风花雪月》《上海的金枝玉叶》，殷慧芬的《屋檐下的河流》等。(2)反映市场经济催生出的白领人士和寄生者生活的"新市民小说"，如唐颖的《糜烂》《红颜》《丽人公寓》，殷慧芬的《纪念》，陈丹燕的《吧女琳达》等。(3)70年代出生的"新新人类"的创作，如卫慧、棉棉、赵波等人的小说。(4)反映新时期上海的社会变迁、文化变迁以及在这种变迁中市民的生存状态和精神风貌。主要是《大上海小说丛书》，已出版两辑，第一辑包括《金环套》(俞天白)、《股潮》(李其纲)、《上海是个滩》(李春平)、《烟尘》(孙颙)、《水魇》(徐蕙照)五部长篇，第二辑包括《水月》(蒋丽萍)、《肇事者》(赵长天)、《我儿我女》(陆星儿)、《暂憩园》(史中兴)、《躁动的城市》(李肇正)五部长篇。还有俞天白的长篇系列《大上海人》(包括《大上海沉没》《大上海漂浮》《金环套》《大都会》)，殷慧芬的长篇《汽车城》等。这是最能体现新都市文学特征的一类。上海新都市文学，使我们看到上海文学衰落数十年后的重新勃兴。

新时期的上海文坛形成群星灿烂的作家群体。

王安忆无疑是上海作家群的佼佼者。王安忆(1954—　)，祖籍福建同安，生于南京，1955年随母迁居上海，1970年到淮北农村插队，1978年调回上海。现为上海作协主席，中国作协副主席。新时期之初，王安忆以《雨，沙沙沙》为代表的"雯雯系列"登上文坛，表现出鲜明的创作个性："在沙沙声中唱一支纯情的歌"。之后，她又写出《本次列车终点》《流逝》《归去来兮》《庸常之辈》《69届初中生》等，关注更广阔的世界，"怀着真诚唱一支年长的歌"。1984年访美四个月，视野大为开阔。开始了文化反思和人性开掘。前者的代表作是《小鲍庄》，用反讽的笔调审视了儒家文化的仁义精神；后者的代表作是"三恋"：《小城之恋》《荒山之恋》《锦绣谷之恋》，对人性深处的"性"进行了反思。两者共同构建起王安忆的"文化反思小说"体系。90年代陆续创作了《叔叔的故事》《纪实与虚构》《伤心太平洋》《乌托邦诗篇》《我爱比尔》《长恨歌》等中长篇，运用纪实和虚构相结合的手法，建构一部完整的家族史，被称为"精神探索"系列。新世纪又创作了《富萍》《启蒙时代》等。

王安忆的大多数作品写上海，尤其是90年代以来的一系列作品如《长恨歌》《妹头》《富萍》等，显示着作家对上海难以割舍的情感以及不断地发现和认识。在这些作品中，上海的弄堂、石库门，淮海路、梅家桥，上海人的精明和自信，

---

① 邱明正主编：《上海文学通史》(下册)，复旦大学出版社2005年版，第1062页。

以及对40年代十里洋场的怀旧情绪，都得以真切表现。《长恨歌》无疑是这方面的代表性作品。小说开篇第一章便详尽描绘上海的弄堂、闺阁、鸽子、流言，弥漫着浓浓的上海市民生活气息。之后的许多细节不仅是展示王琦瑶的家世、出身和人生经历，更是创造浓得化不开上海民间生活气息。如此，小说所描绘的王琦瑶的人生历程和各种社会世态，便浸润在浓郁的上海氛围之中。这是一个女性的城市，王琦瑶正是这个女性城市的女人。她从40年代竞选"上海小姐"到80年代偶然被人杀害，四十余年的人生经历透视着上海的时代变迁和历史风雨，也透视着上海的风俗人情和社会心理。虽然时代风雨曾经波及她的生活，但是，她如同躲进一个避风的港湾，精心地经营着自己的日子，过着衣食无忧、平静安逸的生活。这种政治的边缘性和经济的中心性正体现着上海人的"过日子"追求。上海许多人家的女儿都是王琦瑶，她们在相近的生活氛围里成长，做着大同小异的女儿梦，倾慕着都市的繁华，等待着突然降临的奇迹。从这个意义上说，王琦瑶就代表着一座城市。

不少人将王安忆与张爱玲相比较，她们都在自己的时代里，以女性视角发现和描绘着上海，从而成为著名海派作家。但也有明显不同。"张爱玲的小说总有着浓重的悲剧感，总是揭示着隐藏在正常、合理的生活表象下的滑稽，总是能在繁华、美丽的背面看到破败、肮脏。王安忆则不同。她往往能在荒诞、滑稽的生活中看到正常、合理的一面，能在破败、肮脏的背后看到繁华、美丽，能在极端的苦难里挖掘出甜蜜与温馨。"①

王安忆之外，着意表现上海新时期社会变革和上海人精神风貌的作家有俞天白、赵长天、程乃珊、李晓等。俞天白（1937—　），浙江义乌人，1956年考入上海师范学院，毕业后在上海工作至今。其代表作是系列长篇《大上海人》。其中，《大上海沉没》描绘了市场经济初期上海市民的生存状况和心理状态，批判了上海的"衰弱巨人综合症"，提出优化市民心态的课题；之后的《大上海漂浮》《大都会》《金环套》则表现市民心态对经济改革的影响，反映经济改革的复杂机制和社会生活的发展态势。此作较早涉入上海金融领域，塑造了金融界改革人物沈笑澜等的丰满形象。赵长天（1947—　），浙江宁波人，1976年后到上海工作至今。其作品有中篇《市委书记的家事》《外延形象》《老街尽头》《平安坊十七号》及长篇《伽蓝梦》《天命》等，作家敏感地揭露上海历史中的各种社会问题，表现人生困扰和人性嬗变，并通过平凡的生活画面表现时代情绪，揭示普遍存在的社会心态。程乃珊（1946—　），浙江桐乡人，1965年毕业于上海教育学院，在上海任中学教师，1990年定居香港。主要作品有中短篇《蓝屋》《丁香别墅》《穷街》《天鹅之死》《女儿经》《签证》和长篇《金融家》等。《金融家》被认为是"继

① 董健、丁帆、王彬彬主编：《中国当代文学史新稿》，人民文学出版社2005年版，第437页。

《子夜》《上海的早晨》之后又一部描写民族资产阶级的力作”。[①] 作家以自己的祖父(旧中国著名的银行家)为原型,创造了华行总经理祝景臣的形象。祝景臣在抗战时期受尽官僚资本和日伪势力的欺侮,抗战胜利后又受到国民党恶势力的打击,同时,家族内部又纠纷四起。作家以敏锐的悟性和出众的才华,多方面展示人物在内外夹击下的不懈奋争,准确而深刻地剖析其痛苦的心灵,从而使其具有了深刻的历史文化内涵。李晓(1945—　),四川成都人,1982 年复旦大学毕业后留上海工作至今。其创作分三类:一是知青小说,如《屋顶上的青草》《小镇上的罗曼史》《海内天涯》等;二是反思小说,如《天桥》《挽联》《叔叔、阿姨、大舅和我》等;三是揭露现实的讽刺小说,如《机关轶事》《继续操练》《关于行规的闲话》等。第三类作品影响较大,或揭露机关的机构臃肿,或批判学术的不正之风,或揭露技术引进的腐败潜规则,不仅揭露现实生活进程中的腐败现象,而且将笔触深入人们的灵魂深处,进行着伦理和道德的思考。

致力于女性文学创作的作家有王小鹰、陆星儿、王晓玉、陈丹燕等。王小鹰(1947—　)浙江鄞县人,1982 年调上海工作。80 年代中期以前的作品《新嫁娘的镜子》《星河》《前巷深,后巷深》《春无踪迹》等,着意表现女性的命运遭际和情感世界,批判男权社会对女性的压抑以及女性的人身依附意识。自 80 年代后期开始,王小鹰的艺术视野不断开阔,《你为谁辩护?》表现新时代女性的自立自强意识,《吕后:宫廷玩偶》则将对女性的思考伸向历史,《我们曾经相爱》则表现改革时代对家庭、爱情带来的新变化。90 年代的长篇《丹青引》又将笔触转向知识分子,通过描写因嫉妒画坛英才韩此君而结成“倒韩”同盟的画坛群丑,批判了一些知识分子在名利驱使下泯灭良知、欺世盗名、压抑和摧残他人的丑恶现象和阴暗心理。呼唤重铸知识分子精神。陆星儿(1949—　),上海人,1968 年下乡到北大荒,1988 年调回上海。其女性文学作品有《写给未来的孩子》《啊,青鸟》《世界的一半》《女律师的故事》《歌词大意》《同一爿屋顶下》《再嫁》《一夜之间》《一个与一个》《一个女人一台戏》等,这些小说内容广泛,有的写新社会工作自立的女性在婚姻爱情上遭受的压抑和悲剧,有的写女性在遭受压抑时的软弱和依附,有的写女性抗争中的人格扭曲,也有的写在事业和爱情上均获成功的优秀女性。不仅有对男权社会和女性依附意识的揭露和批判,而且有对女性争取自身尊严、建构现代女性理想人格的热切希望。陆星儿还有表现知识分子苦闷和求索的作品,如长篇《留给世界的吻》《精神科医生》等。王晓玉(1944—　),山东邹平人,任教于华东师范大学。其著作主要有《上海女性》系列小说、长篇《紫荆花园》《赛金花·风尘》等。《上海女性》包括《阿花》《阿贞》《阿惠》三篇。以上海“山东路”和“永安路”为背景,描写了新中国成立前后上

① 邱明正主编:《上海文学通史》(下册),复旦大学出版社 2005 年版,第 1096 页。

海女性对待自己命运的不同态度和不同结局，呼唤着女性的自立自强精神。《紫荆花园》则通过紫荆和李可心两种不同性格女性的对比，表现了作家对伦理道德和价值观念的思考。《赛金花·凡尘》则从“凡尘”视角描写赛金花，还其“一个极其追求虚荣但不失善良本性的普通女子的本来面目”。作家对史料的剔剥钩沉尤见功夫。陈丹燕（1958— ），广西人，1982年于华东师大毕业后留上海工作。其作品主要是长篇“都市爱情三部曲”，其中《心动如水》描写女作家谢莲在爱情上的历险与退缩，《独自狂舞》则表现知识女性王朵莱在爱情婚姻上从心里悸动到彻悟成熟的心理过程，《纽约假日》则写留学美国的上海姑娘简妮的爱情生活，表现东西方情爱心理的反差。作家对女性婚恋心理的描写颇具特色。此外，上海的女性作家还有王周生、蒋丽萍等。

描写上海底层生活的作家有陈村、沈善增、沈家禄等。陈村（1954— ），上海人。其创作主要有《我曾经在这里生活过》《蓝旗》《从前》《地上地下》《癌症》《天天》《一个人死了》《一天》《他们》《鲜花和》等。由于作家曾在安徽农村插队，一部分作品则通过知情的眼光描写生活在农村底层的人们。更多作品则写城市底层，其中有身患绝症的工人，有默默奉献青春的管道工，有单调、重复、辛劳如一日的老工人，有百无聊赖的城市青年，有不被人理解的少男少女……底层文学是新世纪兴盛的文学思潮，陈村自20世纪80年代便关注于此，可见艺术的敏感。陈村值得称道的还有那直率、锋利、暗含讽刺的语言和富有跳荡感的文体。沈善增（1950— ），浙江鄞县人，1968年插队崇明东风农场，后移居上海市。他80年代的作品《美酒的苦味》《走出狭弄》《曼斯菲尔德》《她在半空中》《心理门诊与魔鬼》等主要探讨底层人们之间的隔膜与沟通。1991年出版的自传体长篇《正常人》则“着力表现沉浸在传统文化氛围中的当代都市普通人的正常的或貌似正常却非正常的生活和心理，真实展现洋溢着传统文化心理的当代中国人的生态、心态和世事人情，让人体验和反省这种因袭的文化氛围如何潜移默化为自己灵魂内核的过程”。[①] 沈家禄（1956— ）浙江绍兴人，1973年高中毕业后工作于上海。其作品有《冠礼》《青苹果》《出道》《暗香浮动》等着意描写普通人的苦难人生以及由此形成的苦难意识。如《暗香浮动》将笔触对准文化大革命时底层小店的职工和酒鬼，通过“我”的眼光描写他们的卑微、贫穷，揭示他们内心的疼痛与愤懑，并对那个冷漠残酷的时代发出人道主义的质询。此类作家还有阮海彪等。

上海的知青作家有叶辛、竹林等。上海是上山下乡知青最多的城市之一，知青小说自然是上海新时期文学不可忽视的门类。叶辛、竹林的小说不仅在上海而且在全国都具有开拓性。叶辛（1949— ），上海人，1969年到贵州插队，1979

---

① 邱明正主编:《上海文学通史》（下册），复旦大学出版社2005年版，第1122页。

年调贵州作协,后任贵州作协副主席。1990年调上海作协,任中国作协副主席,上海作协副主席。其创作有两类,一是描写贵州农村、苗寨生活的作品,包括《高高的苗岭》《深夜的马蹄声》《基石》《绿荫晨曦》《拔河》《峡谷烽烟》等。二是知青小说,包括《我们这一代年轻人》《风凛冽》《蹉跎岁月》《记忆中的白鸽花》《在醒来的土地上》《爱的变奏》《孽债》等。严格地说,第一类应属贵州文学。其主要成就在第二类,给他赢来声誉的是长篇《蹉跎岁月》和《孽债》。《蹉跎岁月》以柯碧舟、杜建春和邵玉容的爱情纠葛为结构主线,真实表现了七十年代上海知青贫困的物质生活、曲折的感情经历和苦闷彷徨的心灵,也展示了他们的追求和奋起。小说曾改变成电视连续剧,好评如潮,也提高小说声誉。《孽债》写上海回城知青因当年下乡欠下的"孽债"而遭遇的灵魂拷问。回城知青们经历十几年的奋斗,已进入上海各种不同的城市生活序列。当他们留在插队地的子女突然来临时,他们震惊、窘迫、歉疚、矛盾,面对自己的骨肉,谁都无法藏匿自己的真实情感。然而,他们已经形成的事业和家庭环境,又难以容纳这些孩子。他们依据自己的经济收入、社会地位、家庭关系和品格素质,采取了各种各样的行动。这里纠结着社会历史、家庭伦理和心理情感多方面的深刻矛盾和激烈冲突,使作品具有了历史和人性的双重深度。竹林(1949—),浙江吴兴人,1975年到上海做编辑工作。1978年创作的《生活的路》,是最早描写知青生活的长篇,也较早揭露了农村的极度贫困和知情的惨遭遇。并通过张梁和娟娟两位知青的不同人生道路,表达了作家对知青成长问题和农村命运的思考。1995年,竹林又创作了知青小说《女性——人》(又名《呜咽的澜沧江》)。作家由描写知青而关注农村,写出《苦楝树》《没有热量的荧光》《黄绿色的站牌》《蜕》《女巫》等反映农村女性命运遭际的作品,只是这些难以称为上海文学。竹林还创作自传体长篇《挚爱在人间》,儿童文学《夜明珠》《晨露》《流血的太阳》《脆弱的蓝色》《我和"司令"》等。此外,知青作家还有彭瑞高等。

还应提到两位作家,一是徐兴业,他创作的《金瓯缺》(四册)是80年代优秀的历史长篇。作家熔铸多年研究宋、辽、金历史的成果,描写了北宋末年,金挟灭辽之威南下,军民浴血抗战、力挽狂澜的历史画卷。作品塑造了爱国志士马扩的形象,并以这一形象为全书贯穿线索,展示了那个时代的社会风云。历史画面宏阔,风俗人情和生活场景描写细腻,人物形象鲜明丰满,表现了老作家的艺术功力。另一位是孙颙。其代表作是三部描写知识分子的长篇《雪庐》《烟尘》《门槛》。《雪庐》描写了"雪庐"的建造者林金洋一家四代在旧中国的报国血泪史,《烟尘》描写了方无忌、平有三不屈于官场和洋人的知识分子气节,《门槛》则描写文革后的大学生蓝亭自立自强的改革精神。三部长篇表现了百年来几代知识分子的历史命运和精神风貌,唱出了中国知识分子的正气歌。

新时期,群星灿烂的上海文坛也不无遗憾,即文学巨星少了些。

第三节　漂泊情结·“双阿”效应·洋场心态

——王安忆小说的原型意识

王安忆自1980年以《雨,沙沙沙》在文坛崭露头角,至今已有三十多年的创作史。在三十年的文学思潮更迭中,王安忆无异于引领风骚,却被指认为许多思潮的中坚作家,诸如知青、寻根、女性、城市、新历史小说等。其创作历程,作家本人和研究者多有论及。汪政、晓华在《论王安忆》中分为六个阶段:第一阶段是“雯雯系列”,表现出对真实世界和个人经验的过分依赖,更拘囿于传统的小说观念;第二阶段从《流逝》《鸠雀之战》到《海上繁花梦》,追求结构和语言的风格化,具有都市味和上海腔;第三阶段包括《小鲍庄》《大刘庄》等,由城市返回乡村,进行历史和文化的寻根;第四阶段包括“三恋”和《岗上的世纪》,主要写城市,也写农村,在叙事人的设置、视角的选择和应用上有新的发展;第五阶段包括《叔叔的故事》《乌托邦诗篇》等,追求叙事人的角色化,引入“元小说”、议论和考辨,小说技术有了质的飞跃;第六阶段包括《伤心太平洋》《纪实与虚构》《进江南记》等,完成了小说哲学的升华,向小说的自由境界迈进①。笔者将这一概括补充并整合为四阶段:(1)第一、二阶段都属于对现实世界和个人经验的真切表现,具有传统现实主义特征,可合并称为现实主义阶段;(2)第三、四阶段或者是文化寻根,带有魔幻现实主义特征,或者展示非理性的性欲望,可合称为现代主义阶段;(3)第五、六阶段均为对叙事方式和文本形式的刻意追求,可称为“语言学转向”阶段;(4)新世纪王安忆又创作了《富萍》《妹头》《桃之夭夭》《上种红菱下种藕》《启蒙时代》等,甚至有底层写作,追求简洁与平实,可称现实主义回归阶段。

其实,不论她的创作如何发展变化,都是一个活脱脱的王安忆,她的气质个性以及自小受到的上海文化熏染,始终贯穿在小说创作之中。王安忆在谈到自己的创作历程时写道:

> 回顾我十年的写作小说的过程,我发现这是一个逐步明确小说的二元化的道路。在最初的时候,我写小说,只是因为有话要说,我倾诉我的情感,我走过的人生道路里获得的经验与感想。在这个阶段,我不承认小说是有思想和物质两部分内容的。因为在那时,我写小说正处于一个类似童年的协调一致的情境之中,我要倾诉的情感带有自然的形态,好比瓜熟蒂落。但是,我渐渐感觉到了不满足。其实在我选择写小说作为我的倾诉活动的时

---

① 汪政、晓华:《论王安忆》,《钟山》2000年第4期。

> 候，就潜伏了另一种需要，那就是创造的需要，这时候，自我倾诉便无法满足创作的需要了。而且一旦承认小说要创造一个存在物，自己个人的经验便成了很大的限制。要突破限制，仅仅依靠个人经验的积累和认识，是不够的，因为任何人的经验与认识都是有限的，还应该依靠一种逻辑的推动力量，这部分力量，我称之为小说的物质部分。在这个阶段里，我常常为形式的问题所困扰，物质部分落实到小说具体的写作过程中，便是叙述方式的面貌。所以，我常常想的是：我要选择一个什么样的叙述方式。而我以为最高的境界，应当是思想与物质的再次一元化。①

王安忆三十年来的创作追求，则是寻找小说的“叙述方式”以及“思想与物质的再次一元化”。对于这种叙述方式，她多“从否定的一方去表述”，提出“不要特殊环境特殊人物”，“不要材料太多”，“不要语言的风格化”，“不要独特性”。笔者无意于全面阐释王安忆“要什么”？只是从她的创作中发现，“意象和原型”是王安忆小说的一种重要叙述方式。而且研究界谈得又较少。本文研究其中的几种重要原型。

（一）“列车”与“浮萍”

《本次列车终点》写陈信终于到达“本次列车终点”上海。他下乡十年，吃尽种种苦头，虽然后来上了师专又做了中学老师，但总想返回上海。于是乘着知青返城之风隐瞒上学和工作的经历，顶替退休的妈妈回到上海。然而返城后却有了新的烦恼：师专毕业做车工学徒已是学非所用，城市的快节奏又使他难以适应；原本和睦的家庭又因他而出现种种矛盾……他痛苦，内疚，徘徊街头，当看到又一次列车即将出站时，终于下定决心：“只要到达，就不会惶惑，不会苦恼，不会怅然若失，而是真正找到了归宿”。《停车四分钟的地方》写考取大学中并成为青年作家的上海知青郁彬，在出差后乘车回上海时，鬼使神差地在一个北方小站下了车，原来这是他曾经下乡的地方，这里有他和“她”的爱情，他似是为“她”而来，然而，他终究未能久留，重又登上返回上海的列车……这里的“车”与“站”隐喻着人生的行走与停留，陈信、郁彬们并没有在人生的“站”点过多停留，而是永远生活在人生的列车上，进行着永恒的漂泊和行走。

进而思考，这种漂泊和行走来自知青和知青作家的漂泊情结。这种漂泊情结是城乡两种文化冲突矛盾的产物。知识青年在下乡和返城双向流动中，汇聚了城乡文化的冲突与矛盾。一方面，他们生在城市，城市文化的熏陶和启蒙教育，形成他们举足轻重的童年经验；另一方面，他们下乡到农村，乡村文化的熏

① 王安忆：《自述》，《小说评论》2003 年第 3 期。

染，身心的磨难和历练，又形成刻骨铭心的人生经验。他们返城后，由于离去多年，城市发展又极其迅速，于是又感到城市的陌生与隔膜。王安忆曾说："我也是回城的知青，我插队以后，就抽到了徐州，在那儿已经生活了八年，爱人也有，什么都有了。但我仍旧没有个归宿感，我想不通，老是觉得生活有很多很多不如意的地方。而每次回上海，我总觉得，我的毕生的遗憾，就是不能回上海了。要能回到上海，我的一切都好了。1978 年，大办回城，我也回到了上海。但回到上海以后，我突然发现，不是这么回事情。好像上海远远不是我离开时的那个模样了。"①无家可归的生存状态铸就他们漂泊的灵魂。这是一代知青普遍存在的文化心态，也是陈信、郁彬们彷徨困惑的心理原因。

《本次列车终点》以寻找人生归宿的思考获得很高的声誉。此后不到到四个月，孔捷生发表了中篇《南方的岸》，描写从海南五指山返回广州的知青易杰和暮珍，不甘心于自己开的"老知青粥粉铺"的平庸生活，做出重返海南橡胶园的人生抉择。于是，返城知青人生的"站"和"岸"问题受到社会的广泛关注，也引起知青作家的思考。那些乡村文化意识较强的作家，面对城市文化的挤压，表现出"回归"农村的精神指向。这又分为两种情况：一是现实的回归，即描写知青重回农村，如《南方的岸》（孔捷生）、《村路带我回家》（铁凝）等；二是乡村文化意识的回归，表现对农村及知青生活的怀念与眷恋，如《今夜有暴风雪》（梁晓声）《大林莽》（孔捷生）《这是遥远的清平湾》（史铁生）等。那些城市意识较强的作家，则表现回城知青克服现实困境和情感困惑寻找立足方位，《本次列车终点》便是这类代表性作品。事实上，当年下乡的知青和知青作家几乎悉数返城，知青文学中"回归"农村却成为创作热潮，融入城市的描写却凤毛麟角。王安忆正是这种凤毛麟角的作家。这体现了她的精神个性：具有较强的城市意识，而且在漂泊中随遇，在随遇中追求，表现出强烈的现实感、随遇性和不懈追求精神。

这种漂泊追求心态出现在王安忆此后的许多作品中。长篇《富萍》（2000年）描写在上海淮海路做了三十年帮佣的奶奶，让过继孙子的未婚妻富萍到上海来开开眼界。然而，尝尽人间苦辣酸辛的富萍却借机寻见舅舅，摆脱奶奶控制逃进棚户区，最终嫁给梅家桥残疾青年。作品中有一个细节，舅舅与富萍在苏州河边看到厚绿的"水葫芦"，舅舅说："水葫芦只是水草中的一种，这一种和你同名呢，也叫'浮萍'，不过音同字不同。"富萍正是漂泊的浮萍。不过，她在漂泊中不断寻找，终于找到自己的爱情。此外，妙妙（《妙妙》）、米尼（《米尼》）、阿三（《我爱比尔》）、王琦瑶（《长恨歌》）等都是这样的人，不过，他们的追求更随遇，更缺乏自觉性。王安忆认为："她们都是不自觉的人。有时候不自觉的人比自

① 王安忆：《生活与小说》，王志华、胡健玲编选：《王安忆研究资料》，山东文艺出版社 2006 年版，第 27 页。

觉的人有更多的内涵，自觉的人他都是知己知彼地去做，他有理性，于是理性给他画了个圈，有了范围。不自觉的人却可能会有意外发生，他们的行动漫无边际。像米尼是不自觉的，妙妙是不自觉的，后来的王琦瑶也是不自觉的，《我爱比尔》中的阿三也是不自觉的。说她们不自觉，不是说她们不知道要什么，而是不知道不要什么，她们凭着感性动作，茫茫然地，就好像一块石头砸进水面，碎成一片，她们最终都是砸碎自己的命运，有多大力气，砸多么粉碎。”王安忆还说：“这类人一开始进入我的写作，好像还是不那么很显著的，后来变得越来越显著。”“这一类人的命运我个人是比较倾向关心的，这好像变成我写作的一个重要的题材，或者说是一个系统。”①这些“浮萍”人物已非知青，她们的生活也与知青生活相去很远。作家的创作动因已很难用知青的“漂泊情结”阐释，尚应寻找更深刻的心理因素。

这更深刻的心理因素就是由王安忆的家族历史和血统遗传形成的原型意识。王安忆曾写过两篇散文《我的父亲王啸平》和《茹家溇》，分别谈父亲及母亲家族史。她的中篇《伤心太平洋》和长篇《纪实与虚构》虽是小说，但前者写父系家族史，后者写母系家族史，与两篇散文记述的家族史互为印证，浙江文艺出版社便将此二作结集出版，定名为《父系和母系的神话》。从这些作品可以了解王安忆的家族历史和血统遗传。

王安忆在《我的父亲王啸平》中简要勾勒了父亲的经历：“我的父亲出生在很远的地方，那地方在很长的时间里，一直与我们失去了联系，再加上他那一副不知人情世故的样子，便像是从天上掉下来似的，真正是一派天然。”“后来，父亲和他的兄弟姐妹又有了联系，姑母和叔叔每年一次地来国内看望我们全家，……”②《伤心太平洋》则详尽的描绘了王安忆父系家族史。王安忆的祖父生在福建同安，是来自河南的客家人。寡居的曾祖母带着儿子漂洋过海，定居在新加坡。爷爷在这里成家立业，生儿育女。奶奶生了许多孩子，活下来的有爸爸、大姑、叔叔、小叔叔。爸爸热衷于戏剧，参加业余演出和抗日救亡。1940 年，新加坡当局对抗日的共产党人进行大逮捕，父亲虽不是共产党员，却因激进言论和行动进入警察局的黑名单，于是，在地下共产党的安排下逃离新加坡，乘船经西贡、香港、厦门来到抗战时期的“孤岛”上海……可见，父亲家族是一个大漂泊的家族，不仅有国内的南北大漂泊，而且有从中国大陆到马来亚群岛的国际大漂泊。不仅有生命的漂泊，而且有精神的漂泊：先祖们由河南前往福建同安，隔断同故土家族的联系，是第一次精神流浪；曾祖母带儿子漂泊新加坡，再次割断同

---

① 王安忆、张新颖：《写作历程（对话）》，张新颖、金理编：《王安忆研究材料》，天津人民出版社 2009 年版，第 21 页。

② 王安忆：《我的父亲王啸平》，《王安忆自选集·漂泊的语言》，作家出版社 1996 年版，第 50—52 页。

同安王氏家族的联系，是第二次精神流浪；父亲逃离新加坡回大陆，又一次割断同家庭的联系，是第三次精神流浪。至此，父亲成为彻底的精神流浪者，他只有“同志”而无亲戚。

王安忆的母亲谱系也是流浪的谱系。母亲（茹志鹃）是祖籍浙江绍兴，王安忆在《茹家溇》中写道，妈妈的奶奶曾对妈妈说：“我要带你们去柯桥四十里茹家溇，给你们爷爷磕头。”她还常因祖上有“状元及第”而自豪。为了曾外祖母的遗愿，王安忆去寻访母亲祖居，找到了三个茹家溇：漓渚区解放乡的桃源村，柯桥区柯桥镇管墅村和马山区安城乡嵩湾村。她考察了前两个。在桃源村，她寻到了“状元府”，状元名茹棻，清茹敦和之子，《清史稿》称其“以一甲一名进士，官至兵部尚书”。还得知这里的茹姓人是从嵊县和诸暨两个地方迁来，也多有人出外学技艺，却无人知曾外祖父“茹继生”的名字。在管墅村，王安忆寻到到曾祖父茹继生的行踪及其家庭兴衰败落的历史，但管墅人却否定了茹家溇有“状元及第”。虽然两者互有龃龉，但大致可勾勒出母系家族史：母亲的祖父茹继生乘一条乌篷船走出茹家溇，到杭州以箍桶为业，后来生意做大，与人合开茧行，并娶妻生子，建房造屋，儿子又娶了富有的妻子，“茹生记”盛极一时；后来茹继生去世，家中库房又遭无名大火，茹家败落，举家逃亡搬迁到上海；母亲三岁时外祖母辞世，败家的外公离家出走，留下母亲与曾外祖母相依为命，奔波在杭州与上海之间，生活极其困难；母亲十三岁时，其祖母去世，被送进英国人办的孤儿院，后由三兄领出，进上海妇女补习学校住读，18 岁又随兄赴苏北参加新四军……母系的先人们也一次次割断家族联系，母亲也成为只有“同志”而无亲戚的流浪者。

母系谱系还有更久远的流浪历史。《茹家溇》和《纪实与虚构》进行了详尽的考察。《通志·氏族略》在“茹氏”下写道：蠕蠕入中国为茹氏，茹氏即柔然。“柔然是北方的一个古族，曾经是北魏政权来自北方的主要威胁，经过几十年的惨惨烈烈，终于灭亡，融合于漠北的突厥与契丹部落，……”①王安忆详尽考察了柔然族从木古闾的创始到杜崙统一漠北并自封“丘豆伐”（纵横驰骋之意）可汗的历史。杜崙的鼎盛是柔然最后的辉煌。他死后柔然便分崩离析并遭多方攻伐，《南史卷》云：“永明中，为丁零所破，更为小国而南移其居。”《辞海》称柔然于“西魏废帝元年（552 年）并入突厥”。“《嘉庆一统志》上，有关于‘茹越山’和‘茹湖’的记载。茹越山和茹湖的位置均在北魏时期拓跋氏的地盘。茹湖边有茹村，茹越山有通往拓跋魏都城的道路。为此我有一个大胆的设想，那就是，茹村其实是从漠北来归降北朝的柔然的聚居地。”②辽、金、元、清诸朝，数次北方民族进中原，为茹村的柔然南迁提供多种机会和途径。成吉思汗称霸天下，各部族

① 王安忆：《茹家溇》，见《王安忆自选集·漂泊的语言》，作家出版社 1996 年版，第 248 页。

② 王安忆：《纪实与虚构》，见《王安忆自选集·米尼》，作家出版社 1996 年版，第 254 页。

纷纷归降,茹湖的柔然人亦在其中。待到成吉思汗辞世,忽必烈即位,北方诸王又纷纷叛乱,柔然人属于乃颜一党。南村《辍耕录》卷二云:“至元二十四年,宗王乃颜叛,后伏诛,徙其余党于庆元之定海县。”王安忆说:“当我从今人所著《忽必烈》这一书中得知有因罪愆入浙地的一支,便联想起我母亲故乡绍兴关于堕民这一说,而又联想起我母亲姓氏‘茹’来自柔然古族这一说,蒙人因罪愆入浙地就好像一条锁链上的关键的一环将我母亲家的历史片段连接了起来。”①她还提到,母亲的面容与绍兴人很不相符。绍兴是越族的后代,大多身材矮小精干,高额深眼隆鼻;母亲却身材高大,细眉长梢,额头扁平,显然是蒙古人种。这种跨越上千年历史的大流浪,必将内化为茹氏部族的集体无意识,凝结成深厚的漂泊情结。

父系家族的跨国大漂泊形成的流浪情结,母系部族的历史大漂泊积淀成的原型意识,都具有强大的心理能量值。两者以血统遗传的方式交织传承到王安忆身上,形成她更大的心理能量值,成为她独特的心理结构,她以这种心理结构吸收外部世界的信息,进行文学创作,便形成独特的创作个性。她说:“我想我从小就喜欢折纸船,这是不是冥灵的启示。我会做两头带篷的纸船,在脸盆里游来游去,我的手指作它的桨。篷篷船后来做了我祖先的好伙伴,却是用脚作桨。这时候,我祖先从定海出发的木船正在航行中,我想他们应当驶进杭州湾,再驶进钱塘江,在萧山那里登陆,这样就离我母亲家乡绍兴柯桥就不远了。”②在这里,我们看到王安忆着意描绘“列车”、“浮萍”意象的更深层的原因。这些意象之所以如此激动人心,是因为发生了“原型的情境”:“一旦原型的情境发生,我们就会突然获得一种不寻常的轻松感,仿佛被一种强大的力量运载或超度。在这一瞬间,我们不再是个人,而是整个族类,全人类的声音一起在我们心中回响。”③

然而,原型“在我们的精神中并不是以充满着意义的形式出现的,而首先是‘没有意义的形式’,仅仅代表着某种类型的直觉和行动的可能性。当符合某种特定原型的情景出现时,那个原型就复活过来,……”④或者说,原型只是必须通过后天经验才能显影的照相底片。王安忆漂泊意识的大获成功,不仅在于原型本身,还在于使“原型复活”的某种特定“情景”,使原型这种“照相底片”显影的“后天经验”。王安忆的创作题材虽然比较丰富,但主要是描写上海。“上海”,正是王安忆的“漂泊原型”“显影”的独特“情景”和“后天经验”。

“上海是什么？四百年前的一个小小的荒凉的渔村,鸦片战争一声炮响,降

---

① 王安忆:《纪实与虚构》,见《王安忆自选集·米尼》,作家出版社1996年版,第301页。

② 王安忆:《纪实与虚构》,见《王安忆自选集·米尼》,作家出版社1996年版,第303页。

③ 荣格:《心理学与文学》,三联书店1987年版,第121页。

④ 《荣格文集》,改革出版社1997年版,第90页。

了白旗,就有几个外国流氓,携了简单的行李,来到芦苇荡的上海滩。……然后就有一群为土地抛弃或者抛弃土地的无家可归又异想天开的流浪汉来了。他们都不是好好的、正经的、接受了几千年文明教养的中国农民,他们一无所有,莫不如到这个冒险家的乐园来试试运气。这是一个无赖的世界,生意人、工厂主,以及租界上的巡捕房,如没有黑幕的背景是寸步难行。"①上海是西洋流浪者与本土流浪者共同创建的移民之城。据统计,上海自 1890—1927 年,人口由 82.5 万增到 264 万,这"264 万人口中,除比例极小的外国侨民外,纯属本地籍的还不到 30%,70%以上都是'九腔十八调'的移民。其中包括十三余万的广东人、十余万的福建人和四十余万的宁波人"。② 这些到达上海的移民,不仅是物理时空上的流浪者,更是心灵深处的流浪者。如前所述,上海是全国为数不多的具有洋人租界的沿海城市之一,上海便是由"华洋杂居"的租界发展而来。外国人以"治外法权"的方式将租界变成资本主义的试验场,从而获取巨额利润。租界的移民大都来自农村,原本生活在数千年形成的家庭伦理序列中,那里是他们的物质家园,也是他们的精神家园。他们来到上海租界,便失去了物质和精神的双重家园,如同一叶孤独的扁舟,漂泊于资本市场的汪洋大海。同王安忆母系部族由北方游牧人蜕变为南方农耕人相比,这是更为深刻的蜕变。游牧人南迁失去的是草原、牧马和羊群,但并未失去血缘和家族,上海移民则彻底失去家族血统进入崭新的法理社会。商海沉浮,前程未卜,上海人成为彻底的精神孤独者。漂泊,就是他们的生活常态,他们必须在漂泊中随遇,在随遇中追求。

如此,王安忆以她的漂泊情结"同化"着上海生活信息,漂泊的上海又以强大的信息场顺化着王安忆。两者的沟通和共鸣产生强烈的"原型情境效应",从而使王安忆真切而深刻地表现了上海,成为最有代表性的海派作家。这既是王安忆创作个性的淋漓展现,又是上海文化的淋漓展现。

(二)阿尼玛与阿尼姆斯

20 世纪 80 年代后期,王安忆创作了"三恋"(《荒山之恋》《小城之恋》《锦绣谷之恋》)和《岗上的世纪》,开始了她"写性的革命",这种"革命"一直延续到 90 年代的《米尼》《我爱比尔》等。对此,王安忆说:"关于写性的革命,张贤亮已经完成了,就是《男人的一半是女人》。'三恋'里,《荒山之恋》《锦绣谷之恋》基本上不涉及什么性,只有《小城之恋》涉及了。我记得《上海文学》发稿的时候,那个老编辑,和我母亲同辈,我们喊她阿姨的,她和我说,有一个词她觉得不舒服,

① 《王安忆自选集·漂泊的语言》,作家出版社 1996 年版,第 392—393 页。

② 王志华、胡健玲编选:《王安忆研究资料》,山东文艺出版社 2006 年版,第 275 页。

这个词有些入骨了，就是‘事毕’。她就顾忌里面的那个‘事毕’，这个词是最直接指明这个事情，除此，我没有任何关于性的外部动作的描写，只是写心内所受煎熬的难耐。但是，《小城之恋》依然是以写性引起注意，当时真是很轰动啊。”①既然“没有任何关于性的外部描写”，何以“以写性引起注意”？王安忆的回答是：“只是人们不太能接受如此孤立地写性，有人说，你写性到底是为表达什么？有什么思想意义？觉得我写性不够意识形态。”②

既然作家在“孤立地写性”，不妨对这种“写性”进行一番研究。“性”不仅是一种生理现象，而且是一种心理形象；不仅有理性道德的一面，而且有非理性本能的一面；不仅是人生经历中形成的个体无意识，而且是人类在漫长的历史中积淀成的集体无意识。不妨引入一种与性本能有关的原型：阿尼玛和阿尼姆斯。阿尼玛（anima）是男人心理中的“女性心象”，阿尼姆斯（animus）是女人心理中的“男性心象”。人类产生以来，男人和女人便共同生活，长期的交往和渗透，彼此便获得对方“心象”。这种心象可以使男女相互理解，和谐相处。荣格说：

> 每个男人的心中都携带着永恒的女性心象，这不是某个特定的女人的形象，而是一个确切的女性心象。这一心象根本是无意识的，是镂刻在男性有机组织内的原始起源的遗传要素，是我们祖先有关女性的全部经验的印痕（imprint）或原型，它仿佛是女人所曾给予过的一切印象的积淀（deposit）……由于这种心象本身是无意识的，所以往往被不自觉地投射给一个亲爱的人，它是造成情欲的吸引和拒斥的主要原因之一。③

荣格在这里着重指出，男人的阿尼玛不仅是从人类祖先那里继承而来的有关女性的全部经验的原型，还有明确的指向性，它总是投射到与男人的阿尼玛相近的女性，这就形成他选择异性的标准，决定他对某个女性是喜欢还是讨厌。如果一个男人体验到一种“情欲的吸引”，那么这个女人肯定与他的阿尼玛有相同的特征；如果他体验到的是厌恶之情，这个女人一定是同他的阿尼玛相冲突的人。女人的阿尼姆斯原型的投射也是如此。不妨以此解读王安忆的“性小说”。

《荒山之恋》中“他”与妻子的结合，更确切地说是“母性”与“母恋”的结合。他“那一股忧郁格外打动了她青春纯洁的柔情。而他那女性般纤弱的气质，更唤起她沉睡的母性。她是那样一种女人，表面柔弱文静，内心却很强大，有着广阔的胸怀，可以庇护一切软弱的心灵。”而他呢，“需要的是那种强大的女人”，“足以使他倚靠的，不仅要有温暖柔软的胸怀，还要有强壮有力的臂膀，那才是

---

① 王安忆、张新颖：《写作历程（对话）》，张新颖、金理编：《王安忆研究材料》，天津人民出版社 2009 年版，均见第 7 页。

② 王安忆、张新颖：《写作历程（对话）》，张新颖、金理编：《王安忆研究材料》，天津人民出版社 2009 年版，均见第 7 页。

③ 赫伯特·里德等主编：《荣格文集》（卷十七），美国普林斯顿大学出版社 1969 年版，第 198 页。

他的休栖地”。这种“母性”和“母恋”的结合,如同母鸡的强大的翅膀和翅膀下的雏鸡,构筑起他们婚后的幸福家庭:“她的管束叫他觉得无比的亲爱,他愿意像个乖孩子似地蜷在她怀里,由着她温存地责打”;她将他和女儿都视作了自己的孩子,她喜欢被他依赖,这使她感到无限幸福,于是,软弱的他的依赖却成为坚强的她的不可或缺的依赖。正是这种依赖,使他渐渐变得勇敢、开朗,男人的意识逐渐增强。这就奠定了他走向爱情的基础,也就注定了他的家庭的未来悲剧。

金谷巷的女子“她”与丈夫则是“强力意志”的结合。她对他既恨又无奈,“这恨与无奈的心情于她是新鲜的,便更刺激了她。她几次咬牙发誓,有一天,要叫他跪在自己脚下。”而他呢,他爱就爱这种不易到手的烈女人,太易拴住的女人又多么无味?于是,他们成了长期较量的对手,相互结成不平常的关系。终于由于傍晚下班时的不慎相撞,激起了一场恨到极致又爱到极致的情爱战争:“俩人骂的尽是脏话。平时从不说的,这会儿不知怎么全想起来,到了嘴边,一连串地骂了出来,把一街的男女老少都惊呆了。”“骂着骂着,冷不防,他抽了她个嘴巴子,脸颊火辣辣的,却有一种快感,他也回了个嘴巴子,旁人这才起哄,上前要拉扯他们。她挣着嚷:‘碍你们婊孙养的什么事,快滚!’他挣开手,一把拽住她,对众人说:‘两口子的事,你们蹭什么便宜?’”晚上,她回到家里对母亲说,她要结婚了。“母亲一怔,然后就哭了。”因为母亲知道,“一个人一辈子只会真正爱一个人,也只会叫一个人真正爱着”,“她相信这个人只要从眼前闪过,她准能逮住,不叫他过去”。女儿的丈夫显然不是她要逮住的人。这也预示了女儿的婚姻悲剧。

显而易见,在“他”与金谷巷女子各自的婚姻中,真正的阿尼玛和阿尼姆斯投射并未出现。但当“他”与“她”相遇时,却生发了强大的阿尼玛阿尼姆斯效应(以下简称“双阿效应”):

> 她简直不明白这个男人以什么打动了她。她这半辈子,厮混的男人也太多了,各种脾性的都遇到过,各种真情都体验过。要说他比别人多了什么,除了那种凄清别的都很一样。而她向来是喜欢热闹的,平生最厌的是垂头丧气,心灰意懒。这一回却一反往常,叫她又恼怒又无奈。她只觉得那男人身上的那一股清净的气息很有力量,足够使很沸腾的她静谧下来。这一种静谧是她从未体验过的,因此这种静谧比任何激情都更感动她。她本是想打乱他的安静叫自己乐乐的,却不料他的安静乱了,也叫自己的安静乱了。

说不出为什么爱,却又是真挚的爱;说不出被什么吸引,却又被深深地吸引。这正是阿尼姆斯投射的结果。因而,“她觉得在自己的灵魂和欲念的极深处的沉睡,被搅乱了。”而“他”,也被这种情绪折磨得彻夜无眠:

> 在这种时候,他最渴望看到的是她,最苦苦想念的是她。在世界上,只

有她才与他平等，与他同病相怜，是两个同罪犯。对她的渴念，使得别的一切折磨都平淡了。他无数次地回想将她抱在怀里，那肉体的温暖，直至灵魂。想起来都头晕心跳。由于那不可能实现，于是又焦灼。他日益消瘦，郁闷，他觉得，如能与她见上一面，花上再大的代价也在所不惜了。

他们平时难以独处，只有在喧闹场所默默对望。他们"灵魂脱出了躯壳，飞越了障碍，紧紧地拥抱了。他们都体验到了这拥抱，这拥抱是前所未有的销魂，前所未有的动人心魄。"于是，"他们忽然体会到，什么才是爱情。"荣格在谈到心理能时认为，两种对立的心理结构的结合，有时会是一种特别有力的结合。阿尼玛与阿尼姆斯的相互投射就是这种结合，因而产生强大的心理能。"当某一心理结构高度发达并因而在整个精神系统占据了一个强有力的位置时，它总是倾向于脱离精神的其他部分而独立出来。"①他与她的"双阿"效应便形成这样的心理结构。这种强大的心理结构，一方面使"他们觉得，一大个世界里，只有他们两个人相依为命，相濡以沫，就好像茫茫大海中的一叶小舟。痛苦将她全变了，变得柔顺了。绝望将他变了，变得坚决了"；另一方面，这种心理结构"就像一个专制独裁的君主，除了垄断一切新获得的能量之外，还要不断地从其他心理组织中夺走越来越多的心理能量"，②他虽舍弃不下妻子和女儿，但对妻子的"母恋"，对女儿们的"父爱"，都难以与新的爱情抗衡；她对丈夫和儿子的感情本不深厚，家庭伦理以及丈夫的"强力意志"对她更无可奈何。他们的爱欲变得空前强大。荣格认为，心理结构的专制倾向可以在一段时间内保持稳定的影响，但由于均衡原则的作用，专制情结终究要被推翻，堤坝崩溃，能量外流，导致灾难性的后果。③ 因而，当妻子为"他"设计的调动成功时，"他"与"她"双双殉情于荒山。这是他们的阿尼玛与阿尼姆斯的喜剧，却又是他们命运的悲剧。对此，"她"的母亲和"他"的妻子倒有着深切的理解。"她"的母亲想："女儿在一辈子里，能找到自己的、唯一的男人，不仅是照了面，还说了话，交代了心思，又一处儿去了，是福分也难说了。""他"的妻子却奇怪地不怎么恨她，"虽然女人明知道，如不是她，他是下不了这样的狠心"，"她也不恨他，这几年，这几十年，他够苦的了，心疼都来不及了"。在这里，王安忆如同一位心理分析专家，将笔下人物的阿尼玛、阿尼姆斯、母性、父性、妻性以及相互间复杂的矛盾冲突，准确地揭示出来。此间，作家的同情显然在"他"和"她"婚外恋，虽然对他们各自家庭的破裂悲剧不无遗憾，但分明有着"有情人应成眷属"的希冀。

《小城之恋》中的"他"和"她"则是阿尼玛与阿尼姆斯相冲突的一对。但他

---

① ［美］霍尔等：《荣格心理学入门》，冯川译，三联书店 1987 年版，第 95 页。

② ［美］霍尔等：《荣格心理学入门》，冯川译，三联书店 1987 年版，第 95 页。

③ ［美］霍尔等：《荣格心理学入门》，冯川译，三联书店 1987 年版，第 96 页。

们又处在性欲旺盛的青春期，而特殊的处境又使得他们只能以对方作为性的对象；同时，他们又身体健壮，精力极其旺盛，蕴藏着强大的阴影原型。阴影容纳着比任何原型都多的动物性，是一切原型中最强大的一个。它与他们的性欲结合，形成空前强大的动物性欲望。这种欲望使他们相互吸引，他们的“双阿效应”又互相排斥，于是形成奇特的性爱景观：他们的热恋与无情的厮打紧密联系在一起。他们在厮打中似乎成了天下最不共戴天的敌人，却又在这厮打中获得极大的快感。他们一日不见，便着魔似的互相寻找，一旦找到，便不分青红皂白地展开始料不及的搏斗。“他是力大无穷，她激烈的情绪使她就像打不倒似的。厮打到后来，那忿怒却渐渐平息，只是激动还在。他们不知是厮打还是亲热，或许又是厮打又是亲热，一时上，昏天黑地，什么都退去了，只有一股无名的狂躁。这时候，身体内升起了一股奇异的快乐……”这样的热恋，不同于《荒山之恋》中她与丈夫的“强力意志”结合：“强力意志”具有强烈的征服欲和占有欲，此处不过是强大动物性欲望的发泄而已。这样的热恋走向婚姻，将是极大的不幸。因而，当她怀孕生下双胞胎后，因害怕他的伤害而独自承担起抚养儿女的义务，强大的心理能量转移到慈爱的母性。而他呢？欲念的烈焰还在燃烧，父爱的歉疚又折磨着他，注定得不到解救。作家在这里写了缺乏“双阿”效应的悲剧，即无爱的性爱悲剧。

《锦绣谷之恋》讲述“她”到庐山参加笔会在锦绣谷与作家“他”相恋的故事。她有自己的家庭，但他与丈夫发生阿尼玛与阿尼姆斯错位，她是丈夫的阿尼玛投射对象，她的阿尼姆斯却没有投向丈夫。因而她对丈夫总是劈头盖脸地无由发作；而丈夫总是百般忍让、宽容和温存。一怒一忍之间，家庭还算平和。锦绣谷之行是一个全新的自由环境，她正是在这里遇见了“他”并发生了“双阿”效应：她感到时至今日才有了性别的自我意识，她知觉不知觉地将自己身上的东西进行筛选，将美好的东西奉献出来，凝聚成更典型更真实的自己，变得文静、平和、温柔、贤淑。归来后，她刻意在丈夫面前表现新的自己，然而，时间不久却依然故我；锦绣谷的热恋也无可奈何的淡去。“日常生活已经形成了一套机械的系统，她犹如进入轨道的一个小小的行星，只有随着轨道运行了……”如果将“她”的夫妻关系和日常生活视为人格面具，那么这里表现了新生的“双阿”效应在强大的人格面中的沉沦和消弭。显然，作家对这种消弭不无惋惜与遗憾。

《岗上的世纪》写了一种奇特的爱情。大杨庄的生产队长杨绪国凭借推荐招工的权力诱奸知青李小琴，这本是道德沦丧的性交易，但二人却产生强烈的“双阿”效应。更令人困惑的是，杨绪国并没有给李小琴招工指标，被李告发而身败名裂，李也移居小岗上村；一年后，落魄的杨绪国潜入小岗上，竟与李小琴重温旧情，度过了令人销魂的七个昼夜。他们似乎完成了“双阿”效应对政治、权力的突破和超越。《我爱比尔》和《米尼》则分别通过阿三和米尼的形象表现“双阿”效应在金钱、商品社会的陷落。

上述六部作品，除了《小城之恋》描写的是缺乏“双阿”效应的恋爱悲剧外，其余无不涉及“双阿”效应。《荒山之恋》描写“双阿”效应同家庭伦理、单位纪律的冲突，最终是“双阿”效应胜出；《锦绣谷之恋》则描写了“双阿”效应在日常生活和伦理关系中的陷落；《岗上的世纪》表现的是“双阿”效应对政治、权力的超越；《我爱比尔》《米尼》则表现“双阿”效应在市场、金钱关系中的沦丧。简要说来，与“双阿效应”冲突的大致可分两种关系：一种是传统的伦理关系，包括丈夫与妻子、父母与儿女等；另一种是现实的社会关系，包括单位约束、政治权力、金钱、市场等。“双阿”效应在同传统伦理关系和现实社会关系的冲突中，或者进行着冲决和超越，或者无奈地败下阵来。但作者的感情显然站在“双阿”效应一边，虽然面对这重重矛盾也不无困惑。《小城之恋》描写缺失“双阿”效应的悲剧也是对这种效应的呼唤。女人的福分是“在一辈子里，能找到自己的、唯一的男人”——传达的正是作家的声音。如果说传统的伦理关系和现实的社会关系更体现社会群体意识，那么，阿尼玛与阿尼姆斯效应显然是一种个体生命意识。肯定、张扬和呼唤个体生命意识，可说是王安忆这些作品的基本精神指向。这种指向正体现上海以个体利益为本位的自主人格。这正是上海与生俱来的文化性格，也是一种现代品格。需要指出的是，上述作品，除了《我爱比尔》和《米尼》外，均不是写上海，然而作家以上海文化视角观照非上海生活，使其打上上海的烙印。

上述作品强调个体生命意识而形成的非意识形态性也不无缺失。比如《岗上的世纪》所写羔羊般的李小琴在遭受肉体凌辱和政治欺骗之后，反而和握有政治权力欺骗者和凌辱者热烈相爱。这种非道德性往往使具有正义感的读者难以接受，因而招致批评与非议。

（三）“兰心”、“好莱坞”与“老克腊”

《好婆与李同志》写到好婆对上海当年著名的兰心剧场的怀恋。好婆夫妻曾是上海著名的买办曾家的看门人。曾家曾在太平洋战争爆发后的第二年，让有家小的佣人到兰心剧场看戏。是时好婆穿了裘皮大衣，又借来一只大大的钻戒。在花团锦簇的剧场里，钻戒在她的手指上闪闪发光，她感到风光无限。而今（20世纪50年代）的兰心已车马冷落，她不禁茫然：“上海”到哪里去了呢？李同志要出国，好婆建议她作黑色丝绒旗袍，并拿出自己早年穿的旗袍一件件让李同志看，讲述自己当年穿旗袍大出风头的盛景。当她看到李同志烫了齐肩的长波浪发，坐着三轮缓缓驶进弄堂，不禁感叹：“什么样的人到了上海都彻头彻尾地变个样。上海虽不再是昔日的上海，可是它的威力还在，上海还在。”“兰心”

剧场1930年创建于茂名南路,欧式建筑,风格典雅,具有艺术宫殿之美,无疑是洋场文化的象征。好婆对昔日兰心的怀恋以及对现实李同志的关照,透露出她对高贵、典雅、豪奢的洋场文化的神往。这种意识在王安忆90年代以来的作品中屡屡出现。

《"文革"轶事》写青工赵志国与资本家的女儿张思叶相恋,赵志国走进赵家,"他只一眼,便从张思叶家那些身穿蓝布罩衫,梳着齐耳短发的女人身上看出超凡出众的气质。这是一种养尊处优的气质,虽然经历了这些年的颠沛流离,却依然存在……"张家的核心人物——大嫂胡迪菁却从赵志国潇洒的外表中看到了"他骨子里原来是下等人"。在她看来,他讲《魂断蓝桥》,错处虽然不多,可只差那么一点,就背离了好莱坞的精髓。这是因为,好莱坞是胡迪菁们少女时代的梦,她们不仅看电影,还将赫本、费雯丽的照片作为学习明星风范的模本。胡迪菁就是这样从小家碧玉成长为大家闺秀,上海的许多小家碧玉同胡迪菁一样,出落为大家闺秀,好莱坞是不可或缺的课程。如果说"兰心"是洋场文化景观的象征,那么,好莱坞则是洋场文化精神的象征。

《长恨歌》中的"老克腊",则是上海洋场文化的承继者。作家写道:"'老克腊'指的是某一类风流人物,尤以五十和六十年代盛行。在那全新的社会风貌中,他们保持着上海的旧时尚,以保守为激进。'克腊'这个词其实来自英语'colour',表示着那个殖民地文化的时代特征。英语这个词后来打散在这城市的民间口语中,内在的含义也是打散了重来,随着时间的演进,意思也越来越远。像'老克腊'这种人,到了八十年代,几乎绝迹,……到了八十年代中叶,于无声处地,又悄悄地生长起一代年轻的老克腊,他们要比旧时代的老克腊更甘于寂寞,面目上也比较随和,不做哗众取宠之势。"《长恨歌》写到一位现实的老克腊——中学体育教师。他在学校少言寡语,与同事没有私交,却弹了一手好吉他,西班牙式的,家里存有上百张爵士音乐的唱片。他总是无端怀念四十年代的上海,自己也似乎成了那种梳分头、夹公文包到洋行上班的家有贤妻的男人。王琦瑶作为四十年代的"上海小姐",是上海旧时尚的象征,自然成了老克腊追逐的对象。他从王琦瑶房间的各个角落里嗅到四十年前的罗曼蒂克的信息,最终与王琦瑶发生忘年恋……老克腊,则体现对洋场文化的怀恋和传承。

简言之,兰心、好莱坞、老克腊凝结了上海洋场文化的特征及不断传承的历史。进而思之,好婆在兰心剧场的无限风光,是主人曾家的施舍,而曾家是靠租界发家的买办,此次施舍的动因则是法国人在欧洲战场打了胜仗。可见,好婆高贵、典雅、豪奢建立在殖民主义经济基础和意识形态之上。这种心态何以值得如此神往?赵志国进入张思叶家便感受到女人们那超凡出众的气质,而张家女人的核心人物是胡迪菁,胡迪菁成长的必修课则是象征欧美文化的好莱坞电影。张家女人何以因欧美殖民文化熏陶而超凡出众?

首先需要思考的是，植根于殖民主义土壤上的洋场文化何以是高贵、典雅的？

在我国悠久的历史上，北方游牧民族进攻乃至入主中原的事情屡屡发生。从五胡十六国、南北朝到宋辽金，游牧人步步进逼，至元、清两代，蒙、满人入主中原达三百年之久。然而，如同马克思指出的，“野蛮的征服者总是被那些他们所征服的民族的较高文明所征服，这是一条永恒的历史规律”①。作为军事征服者的游牧人，在经济、文化上又逐渐被中原汉人征服，融入以汉族为主体、多民族交融的中华民族大家庭中。鸦片战争后的西方入侵者不同于北方游牧人，他们已经进入发达的资本主义，具有“较高文明”。于是，中华民族在西方列强军事和经济、文化的双重征服下，进行着痛苦的蜕变。马克思在《不列颠在印度的统治》中写道：“问题在于，如果亚洲的社会状况没有一个根本的革命，人类能不能完成自己的使命。如果不能，那末，英国不管干出了多大的罪行，它在造成这个革命的时候毕竟是充当了历史的不自觉的工具。这么说来，无论古老世界崩溃的情景对我们个人的感情是怎样难受，但是从历史观点来看，我们有权同歌德一起高唱：‘既然痛苦是快乐的源泉，那又何必因痛苦而伤心？难道不是有无数的生灵曾遭到帖木儿的蹂躏？’”②马克思还以英国征服印度为例精彩地分析道：

使印度达到比从前在大莫卧儿统治下更加牢固和占地更广的政治统一是印度复兴的重要前提。英国人用宝剑实现的这种统一，现在被电报巩固起来，永远地存在下去。不列颠的教练班长组织训练出来的印度军队，是印度自己解放自己和不再一遇到侵略者就被征服的必需条件。在亚洲社会里第一次出现并且主要由印度人和欧洲人的共同子孙所领导的自由报刊，是改建这个社会的新的和强有力的因素。柴明达尔制度和莱特瓦尔制度虽然十分可恶，但却是亚洲社会迫切需要的那种土地占有制即私人土地占有制的两种不同形式。从那些在英国人监督下在加尔各答勉强受到一些很不充分的教育的土著居民中间，正在成长起一个具有管理国家的必要知识并且接触了欧洲科学的新的阶层。蒸汽机使印度能够同欧洲经常地、迅速地来往，把印度的主要海港同东南海洋上的港口联系了起来，使印度摆脱了孤立状态，而孤立状态是它过去处于停滞状态的主要原因。在不远的将来，铁路加上轮船，将使英国和印度之间的距离以时间计算缩短八天，而这个一度是神话中的国度就将西方世界实际地联结在一起了。③

---

① 马克思：《不列颠在印度统治的未来结果》，《马克思恩格斯选集》，人民出版社 1973 年版，第 70 页。

② 《马克思恩格斯选集》，人民出版社 1973 年版，第 68 页。

③ 马克思：《不列颠在印度统治的未来结果》，《马克思恩格斯选集》，人民出版社 1973 年版，第 70—71 页。

上海，正是以这样的形式接受着西方资本主义经济和文化。在经济上，上海近代工业于19年纪60年代兴起。其开端是清政府经营的江南制造局、轮船招商局、上海机器织布局。江南制造局成立于1865年，以制造枪炮、弹药、兵轮为主。它制造的枪支、炮、水雷、铜引、炮弹等军火供应南洋系统和北洋系统的军队及军械所，各炮台、军舰以及两湖、两广、闽浙、云贵各省部队。它制造的兵轮有“恬吉”、“操江”、“测海”、“威靖”、“海安”、“驭远”、“金瓯”、“保民”等，每艘兵轮下水都观者如云。上海轮船招商局创办于1873年，作为中国第一家轮船运输业，到甲午战争前，便已形成沿海、内河、远洋三大运输系统。远洋可至英、美、日及南洋各处，沿海可南至香港、汕头、台湾，北迄天津、牛庄，内河可至长江各口。运输客货之外，还在反侵略战争中起到重要作用。上海织布局正式开工于1889年，具有35000纱锭、530台织布机、5座立体大汽炉，作为中国第一家纺织厂，开中国纺织业先河，促进中国民族资本主义的发展。二大企业之后，上海近代民族工业蓬勃兴起，主要是船舶修造业、印刷工业、机器缫丝业三大行业。此外还有高记木材、玻璃、制冰、轧铜、医药等。这些近代企业均为“师夷之长技”所得，它们所包含的现代科学技术、现代管理方式、运作机制和经营方式可视为现代制度文化。

在文化上，西学东渐之势甚猛。个中原因是，一是在列强入侵中的屡战屡败迫使中国知识分子面对这样的事实：西学与先进、强盛的西方联在一起，而中学与落后衰弱的中国联在一起。于是向西方学习的思想顺势而生。二是进入中国的西方人，为了推行资本主义生产方式，同时推广资本主义文化。西学传播的方式，除传教之外，主要有三种方式：一是兴办学校，教授西学；二是翻译西书，介绍西学；三是发行报刊，宣传西学。在教授西学的学校中，由中英合办的格致书院规模较大，学生们的课艺有各种近代自然科学，包括物理、化学、天文、地学、生物学，还有不很系统的进化论。在这些课艺上，着意论证中国发展资本主义实业的重要性，并尖锐批判封建专制主义，张扬科学主义精神。在翻译的西书中，一类是介绍西方近代科学技术，宣传科学精神；一类是介绍西方的社会政治学说，如江南制造局译书馆翻译的《佐治刍言》宣传资本主义的自由平等思想，认为人人有自主之权，国政应以能惬民心为本。在宣传西学的报刊中，戊戌变法时期，影响最大的是《时务报》，该报的主要内容有：（1）反对泥古守旧，疾呼变法维新；（2）批判蒙昧主义，主张变科举，开学校；（3）抨击专制主义，要求兴民权，开议院。此外，还谈到发展民族主义经济问题①。总之，东渐西学的精神本质，是发展实业的科学主义和强调自由平等的人文主义。

综上所述，上海洋场文化，是包含有现代科学技术和运作机制的现代制度文

---

① 唐振常主编：《上海史》，上海人民出版社1989年版，第324—326页。

化，以及在此基础上形成的包含科学主义和人文主义的现代精神文化。这种现代制度文化和精神文化的载体，不仅是现代知识分子，也包括广大市民。因为这些市民已跻身上海洋场的资本主义经济序列，生存在西方式的现代科技和企业运作机制之中，也氤氲在现代精神文化之中。好婆、胡迪菁、张思叶等都是这种人物。好莱坞电影是胡迪菁少女时代的必修课，正体现现代西方精神文化的熏染。《魂断蓝桥》批判战争对爱情的摧残，歌颂追求爱情的自由精神，以及为纯洁的爱情不惜牺牲的精神。胡迪菁显然比赵志国更懂得这种精神。具有现代文化精神的胡迪菁、张思叶们，更有清醒的科学头脑。她们严谨、精细、精明、精当，把学理融化于世俗，让世俗闪耀出智慧，面对复杂的现实，不仅能够审时度势，站稳脚跟，还能发展自己，获得最大的实利和实效。她们也更有着人文情怀和自由心灵，不仅追求个人的幸福和自由，而且对社会、对他人具有怜悯精神。王琦瑶一生未婚，带着私生女度日，这本不符合我国传统文化精神，但在上海里弄却并未受到什么歧视。现代精神文化作为现代工业社会的产物，同中国古代社会的封建文化相比，显然是一种更先进、更高层次的文化。因而表现出现代性的高贵和典雅，具有强大的生命力量。

其次需要思考的是，植根于殖民主义土壤上的洋场文化的负面性何在？

洋场文化负面性的来源有三。一是来自西方现代文化本身的负面性。以上的论述把西方文化归纳为现代制度文化和现代精神文化，这两种文化，前者可称为社会现代性，后者称审美现代性。审美现代性强调“天赋人权，自由平等”的人文精神，往往带有终极性特征，因而被视为普遍原则对社会现代性进行“反思性监测”；社会现代性作为制度文化更具现实性特征，关注的是现实的国家组织、法律规范和经济体制，而在某种程度上漠视了对日常生活的体验。比如市场经济极大程度地调动了社会积极性，创造了巨大的社会财富，却又产生新的压迫和新的腐朽。二是来自殖民化过程的负面性。殖民主义者首先以炮舰打开中国的门户，以鸦片贸易坑害着千千万万中国人，然后在上海辟出享有“治外法权”的大块租界，创建移植资本主义经济和文化的试验场。这个过程伴随着屠杀、占领、欺凌与压迫。三是来自上海文化自身。上海属吴越之地，长期浸润在吴越文化之中。两宋以来的吴越因富饶而逐渐形成奢靡之风。这种奢靡之风与偏安南方的国家政权结合，形成不思抗争的“偏安心态”。

洋场文化的负面性，主要表现在隐忍、世俗的非政治性和琐屑、浮华的非道义性。基于前者，上海人以透彻的务实态度“过好自己的日子”，对政治则表现出冷漠的态度。《“文革”轶事》写道：“亭子间的生活是具体的生活，吃饭，穿衣，睡觉，再有几个暧昧不明的小手势。它是可视可听可触可感的日常化生活，它们具有无限膨胀的特性，占据了所有的空间，不留一点缝隙。它们带有一种霸权主义的，垄断一整个人生，一点不好商量。”当着“日常化生活”膨胀为一种霸权时，它的负面性也就产生了。张家的女人们在亭子间兴致勃勃地“派推”神聊时，“他们甚至忘了身处一个没有快乐可言的时代，忘记了外面的世界多么荒凉，忘记了她们的父兄正在受罪，也忘记了他们自己的不幸。”这岂不是“商女不知亡国恨”？基于后者，上海人更注重生活细事和外在仪表，而较少道义感。张家亭子间女人们各执一端的全是鸡毛蒜皮的小事情，“比如吃西餐喝汤喝到最后，是要将汤盆向外倾还是向内倾；再比如衬衫袖口要比外面西装袖子长出半寸还是四分；还比如嘉宝是瑞典人，英格里·褒曼是丹麦人，还是嘉宝是丹麦人，褒曼是瑞典人，拟或嘉宝和褒曼都是瑞典人，或都是丹麦人。这些小事在他们看来非同一般，是检验真伪的原则问题……”对生活细事及外表礼仪的青睐使得上海人将衣冠、仪表、派头视为身份和地位的象征符号。好婆为进兰心而借大钻戒装潢门面。本是虚荣，却视为荣耀，也就没了道义感。

其二需要思考的是，上海的洋场文化何以在20世纪八九十年代再度辉煌？

上海洋场文化的复兴同上海开发浦东、打造成“国际大都市”的举措密切相关。是时的上海以市场为杠杆、大胆引进西方现代科技和现代运作机制，这与开埠之初多有相似之处。于是，被计划经济压抑多年的洋场文化如同一卷照相底片，在改革开放的激发下再度辉煌显影：一时间，以“一九一三”、“三十年代”、“时光倒流”等命名的酒吧饭店咖啡馆服装店相继出现，发黄的月份牌、放大的黑白照片和仿制的旧式桌椅充斥在各种餐饮和娱乐场所，大片的里弄住宅被重新改造，再现往昔洋场风貌；“这是××公馆”成为商家招徕顾客的响亮广告，张爱玲的作品不断再版，广为流传；作家们将目光投向上海昔日洋场文化景观和悲欢故事，老爷、太太、少爷、小姐、蓝眼睛的外国人、黄皮肤的舞女大量出现在文学作品和影视剧中，书店在显要的位置上摆放着怀念旧上海的各种书刊……

上海的怀旧是有选择性的。人们选择的是繁华的外滩、霞飞路、静安寺路，是豪奢的花园洋房、咖啡馆和舞厅，而不是破败的街道和贫困的棚户区。这种选择透视出的隐秘心理是：为“国际大都市”的上海寻找辉煌的历史渊源。王晓明对此分析道：“从九十年代中期开始，一面是新的‘成功人士’在媒体和广告上日渐成形，一面是昔日洋行大亨故事再次流传；一面是新时代的‘上海宝贝’风靡市场，一面是老上海的‘风花雪月’被涂描一新；年轻的‘白领’环顾着墙上的老照片憧憬未来，那些已经差不多自暴自弃的中年人，也在街头和电视上洋场画面的暗示下振作起来，更严厉地督促儿女苦练英文……新的历史‘记忆’逐渐覆盖这城市的各个角落，许多上海人面对现实和将来的心情，似乎的确是一天比一天更平和了。”①可见，复兴的洋场文化意识虽是上海文化性格的重要方面，却不是

---

① 王晓明：《从“淮海路”到“梅家桥”——从王安忆小说创作的转变谈起》，《文学评论》2002年第3期。

它的全部,上海怀旧思潮存在着偏颇性。正因为如此,王安忆在《长恨歌》中描写了老克腊同王琦瑶的恋爱悲剧;也因为如此,王安忆后来又创作了描写上海棚户区的《富萍》。

第四节　寻找上海

——解读王安忆的《长恨歌》

王安忆 1999 年 4 月写了一篇文章《寻找上海》①,称她在寻根文学时期,便开始了对“上海的根”的寻找。她从一位杂揽掌故、索引、地方志、图书馆学的老先生那里开来一张书单,计有:《同治上海县志》《报国上海县志》《上海市大观》《上海轮廓》《上海通志馆期刊》《上海研究资料汇编》《上海旧话》《上海闲话》《上海生活》等。虽然她硬着头皮阅读,并且抄了一些有趣的建筑、古迹、民情民风和轶闻,“可这些东西没有使我了解这城市,反而将我与它隔远了”。她于是到现实中寻找,但“感性接纳了大量的散漫的细节,使人无法下手去整理、组织、归纳,得出结论”,她感受到的只是一种脸型、一种口音、一种气味。诸如小烟纸店女店主和出租小书摊老板的脸型,下层劳动者劳苦的脸型,职业女性高傲的脸型等;随着岁月的流逝,这些脸型又连成了一片,形成一种叫作氛围的东西,“它们有着一种溶解的性质,将一切有形的融为无形”。这种无形的氛围浸润着午后和夜晚,浸润着上海的春夏秋冬。当 90 年代上海成为新的话题时,王安忆又陷入新的困惑:当年在图书馆、藏书楼看到的旧书,如今用最好的铜板纸做封面大批量发行。“可在那里,看见的是时尚,也不是上海。再回过头来,又发现上海也不在这个城市里”,因为当年那具有丰富表情的脸相变得单一,上海话渐渐向普通话靠拢,新型材料筑起隔离感官的“壳”。上海,“只在视觉中留下一些恍惚的光影”。1987 年的一个晚上,在九龙的丽晶酒店,她看到香港岛的灯光明亮地镶嵌在漆黑的海天之间,陡然间想到了上海:“……约距今一亿八千万年的中生代上三叠纪,上海同苏南地区都是古老的陆地……海水大幅度进退,在不同的海面时期,河口位置不同,形成了相互重叠的古三角洲……冰川融入海洋,海面渐次上升,三角洲的大片陆地复被海水浸没……”“这画面何等壮丽,上海原来是这样冉冉升出海面,云雾散尽,视线走近,走近,走了进去……”

王安忆所说的“将一切有形的融为无形”的“氛围”,实际是上海的深层文化心态。王安忆小说是逐步走进上海文化深层的。它始自“雯雯”系列,之后因“寻根”和“性”的探索而中断,90 年代进入更自觉地寻找期:从《寻找苏青》《鸠

① 见王安忆:《妹头》,南海出版公司 2007 年版,第 174—189 页。

雀一战》《海上繁花梦》到《米尼》《我爱比尔》，一步步走进上海文化的深处，到《长恨歌》攀上一个新的高地。她说，《长恨歌》着意写一个现代城市的故事："城市的街道，城市的气氛，城市的思想和精神。"①它"是一部非常写实的东西。在那里我写了一个女人的命运，但事实上这个女人只不过是城市的代言人，我要写的其实是一个城市的故事。"②本节要探讨的是，王安忆以怎样的"前理解"描写上海？《长恨歌》描写了一个怎样的上海？即描写了上海怎样的文化景观、文化风俗和文化性格？这正是王安忆所说的"城市的街道，城市的气氛，城市的思想和精神。"

（一）上海文化景观

《长恨歌》着意描绘的上海文化景观有弄堂、闺阁、爱丽丝公寓和平安里。

1.弄堂。天黑灯亮时分鸟瞰上海市，那光后面大片大片的暗，便是上海弄堂。"这东方巴黎的璀璨，全是叫那暗作底铺开。一铺便是几十年。"（引自《长恨歌》，此种引用以下不再注明）。上海弄堂大致分四类：（1）石窟（库）门弄堂最有权势之气，森严壁垒的石库门和院墙带有深宅大院的气派，但院子浅，堂屋浅，三两步穿过去便是直抵楼上闺阁的楼梯。二楼临街的窗则流露着风情；（2）东区新式里弄，石库门变成镂空雕花的矮铁门，上有尖锐的角，楼上探身的窗还要做出站脚的阳台，底楼的窗有铁栏杆；（3）西区公寓弄堂防范森严，房间都是成套，每套自成一统，房子和房子隔着宽阔地；（4）棚户杂弄则是全面敞开的，屋顶漏雨，板墙门窗透风。在旧时代，棚户杂弄居住的是社会最底层的穷苦劳工和流民等，石库门弄堂和新式里弄居住着最广大的普通市民，公寓弄堂居住着高级职员、商人、外国居民等，属于上海的中上层人士。上海还有一种花园洋房，居住的是官僚、资本家和外国官员、富商等，属于上海的统治阶级。据有关资料统计，1950年上海市区居住房屋面积共2360.5万平方米，其中，花园住宅占223.7万平方米，占9.5%；公寓101.4万平方米，占4.3%；新式里弄469.0万平方米，旧式里弄1243.5万平方米，二者共占72.5%；简易棚户322.6万平方米，占13.7%。此外还有1.3万平方米的新工房③。

可见，石库门弄堂和新式弄堂是上海民居的主体，《长恨歌》描写的主要是这两种弄堂，尤其是石库门旧式弄堂。如同北京四合院传达出北京文化性格一样，"石库门里弄住宅恰当地传达出上海文化的特征：融合中西，在追求经济合

① 齐红、林舟：《王安忆访谈》，《作家》1995年第10期。

② 王安忆：《重建象牙塔》，上海远东出版社1997年版，第191—192页。

③ 《大上海石库门·寻常人家》，上海人民出版社1991年版。

理性、功用合理性的同时,为传统生活方式和感情留有余地。例如,由院落蜕变而成的狭小天井,建立了与自然的微弱联系;高墙厚门,守护着中小市民勤恳拮据、谨小慎微的生活,构筑着他们的群体人格。"[①]这种人格通过最日常的生活表现出来,诸如居民的吃喝拉撒睡,家庭邻里矛盾,浓得化不开的爱情、亲情和友情,以及不可告人的隐私等。因而,"上海的弄堂是性感的,有一股肌肤之亲的"。这种感动正是由那琐琐细细的日常情景聚沙而成塔。这种日常情景称不上历史,甚至称不上野史,不过流言之类,流言虽漏洞百出,伤人肺腑,却是贴肤贴肉,可感可知。如同弄堂是上海的"底"一样,它也是本书的"底",它预示着作家要着意描写上海弄堂里那带有肌肤之亲的"最为日常"的世俗生活。

2.闺阁。"在上海弄堂的房子里,闺阁通常是做在偏厢房或是亭子间里。总是背阴的窗,拉着窗帘。"这种闺阁并不严密,拉开窗帘,便可看到后排房子的前客堂里,人家的先生与太太;隔墙的亭子间里,拟或就住着洋行的实习生、或者失业的大学生、刚出道的舞女。闺阁中的女孩可以通过窗子、隔墙耳闻目睹社会的人生百态。这与北京四合院形成鲜明对照,四合院多为平房,四面合围,除倒座房有朝外开的小窗外,其余房间均无外窗,同外界的交流仅为西南角的街门。闺阁多设在厢房,二进的四合院又增加"看面墙"和垂花门,闺阁中的女孩常是"大门不出,二门不迈",同户外更加隔绝;三进的四合院的闺阁常设后院的后罩房,同外界的联系就更加微弱。

上海弄堂闺阁的"不严密",导致闺阁女孩的思想开放,她们接受着各种社会思潮潮和时尚观念。王安忆称它是"变了种的"、亦中亦西的"杂糅闺阁":"贞女传和好莱坞情话并存,阴丹士林旗袍下是高跟鞋,又古又摩登。'浔阳江头夜送客,枫叶荻花秋瑟瑟'也念,'当我们年轻的时候'也唱。它也讲男女大防,也讲女性解放。出走的娜拉是她们的精神领袖,心里要的却是《西厢记》里的莺莺,折腾一阵子还是郎心似铁,终身有靠。……她们是大家子小家子分不大清,正经不正经也分不清的,弄底黑漆大门里的小姐同隔壁亭子间的舞女都是她们的榜样,端庄和风情随便挑的。姆妈要她们嫁好人家,男先生策反她们闹独立,洋牧师煽动她们皈依主。……她们人在闺阁里坐,心却向了四面八方。"

闺阁是石库门弄堂和新式弄堂中的重要设施。《长恨歌》开篇第一章各节的顺序是:"弄堂"、"流言"、"闺阁"、"鸽子"、"王琦瑶"。若抽取"弄堂"、"闺阁"、"王琦瑶"三节,恰如一组电影的推镜头,从远镜头的"弄堂"到中镜头的"闺阁",再到近镜头的"王琦瑶"。展示出作家的创作寓意:弄堂预示作家要描绘上海普通市民的日常情景,闺阁则预示日常情景的主人公是普通市民中的闺阁女性,具体地说则是"过日子"的王琦瑶们。

① 杨东平:《城市季风》,东方出版社 1994 年版,第 162 页。

3.爱丽丝公寓和平安里。爱丽丝公寓和平安里是王琦瑶曾经生活过的居所。爱丽丝在静安寺，百乐门斜对面一条僻静的马路上，快到尽头却洞开一个天地，并排伫立几幢公寓式楼房。它是闹中取静的一角，窗帘总是低垂着，鸦雀无声；铁门拉上，只留一个小门，不知何人世界。室内却是无限的娇艳和风情："这是个绫罗和流苏织成的世界，天鹅绒也是材料一种，即便是木器，也流淌着绸缎柔亮的光芒。这世界里堆纱迭绉，什么都是曳地遮天，是分外的柔软亮滑。澡盆前是绣花的脚垫，沙发上是绣花的蒲团，床上是绣花的帐幔，桌旁是绣花的桌围。这世界是绣花针缝起，千针万线；线是五彩缤纷，一个红里也要分出上百种不同。这又是花的世界，灯罩上是花，衣柜边雕着花，落地窗是槟榔玻璃的花，墙纸上是漫洒的花，瓶里插着花，手帕里夹一朵白兰花，茉莉花是飘在茶盅里，香水是紫罗兰香型，胭脂是玫瑰色，指甲油是凤仙花的红，衣裳是雏菊的苦清气。"这里是女人的世界，专栖女人高飞的自由的心，但这种高飞险象丛生，充满着迷茫与彷徨。因为这里的女人并不是这香巢的主宰者，主宰者是那电话铃和门铃声。那是有权力有承诺的主人的指令，因而"如花似锦如梦如幻的'爱丽丝'，就好像托在这铃声之上"。主人归来是她们盛大的节日，主人离去便是无尽的空守与等待。

爱丽丝又称"交际花公寓"。"'交际花'是唯有这城市才有的生涯，它在良娼之间，也在妻妾之间，它其实是最不拘形式，不重名只重实。"公寓住宅本是高级职员、商人、外国居民等中上层人士居所，爱丽丝公寓居住的却是交际花，它不仅是上海独有的称谓，在上海也是独特的存在。这里的交际花们"是彻底的女人，不为妻不为母，她们是美了还要美，说她们是花一点也不过"，这是她们别具一格的高贵。王琦瑶的主人李主任不仅是军政要人，而且是百货楼股东。他老家有正房妻子，另有两房妻室在北平和上海，厮混的女人已不计其数。他并非不爱王琦瑶，但那不是他的大业，连附丽都谈不上，不过是在险象丛生的政治困境中求得一点蕴藉。李主任要的是一点儿，王琦瑶求的却是一股脑儿。"李主任要的一点，正好是王琦瑶的全部；王琦瑶的一股脑儿，也恰巧是李主任的一点。"这就注定王琦瑶的人生悲剧。

如果说爱丽丝是王琦瑶女人生涯中短暂虚幻的物质峰巅，那么，平安里则是她几乎一生的平实日子。上海至少有一百条平安里。那是曲折深长、藏污纳垢的弄堂，有时可以走穿，来到另一条马路上，有时还会和邻弄相通，连成一片，如同一张网，令人迷失和迷乱。夜幕降临，月亮升起，平安里显得清洁而宁静，勾起人们月影花影的回忆与向往；"小心火烛"的摇铃声，又表现着平安里温暖的呵护。清晨，平安里在喧嚣中拉开帷幕：粪车的轱辘声、涮马桶声四处响起，煤球炉子升起炊烟，隔夜洗的衣服晾了出来……王琦瑶住在三十九号三楼。这里有前几任房客留下的枯败花草、生了霉的瓶瓶罐罐、游着小虫的积水，以及门后墙上的各种字迹。王琦瑶安置下自己的东西，将几幅洒满大花朵的窗帘挂上，房间就变了面目。“窗外是五月天，风是和暖的，加了油烟和泔水的气味，这其实才是上海芯子里的气味，嗅久了便浑然不觉，身心都浸透了。再晚些，桂花糖粥的香味也飘上来了，都是旧时相识。”这是上海普通市民生活的天地，他们在这里吃喝拉撒睡，过着拮据而有些挣扎的日子。他们的优雅、富有韧性和精于算计，都隐藏在这挣扎的日子里，表现出最本真的文化性格。

爱丽丝体现的是交际花文化，平安里体现的则是石窟门文化。爱丽丝生涯虽是王琦瑶的终身希冀和全身心守护，但它并不属于她。它属于有钱有势的李主任，又不过是他政治生涯的边角料，甚至连边角料也不是；一旦他坐飞机遇难，她便只有离开爱丽丝。可见，交际花文化不过是浮云文化。石窟门文化是上海的普通市民文化，是出生在弄堂闺阁的王琦瑶的真正归宿，但爱丽丝的经历使她挥不去交际花的高傲，她甚至以此作为人生的价值和标准。对于真爱她的程先生，由于她的物质至上和时尚追求，一而再再而三地伤害他。当她感到真正需要程先生时，破镜再难重圆。她虽与康明逊有了私生女，也有与萨沙的同居，与老克腊的畸形恋，但都无真正爱情，也终生未进入婚姻的殿堂。王琦瑶住在爱丽丝却进入不了上层文化，住进平安里又难以融入普通市民文化，一生未婚又难以进入伦理序列之中。她是一个没有获得爱和归属的人，终生陷入漂泊和孤独中。这是上海文化的产物，也是上海的一种文化心态。

（二）上海文化风俗

1.流言。流言常和人的隐私连在一起。上海的弄堂最藏得隐私，也就成了流言的滋生地。上海有多少弄堂，也就有多少流言。流言将正传与谎言纠结在一起，如无形的云，黄梅天的雨，细密绵软地浸润着上海每一条弄堂的空气。“西区高尚的公寓的弄堂里，这空气是高朗的，比较爽身，比较明澈，就像秋日的天，天高云淡的；再下来些的新式弄堂里，这空气便要浑浊一些，也要波动一些，就像风一样，吹来吹去；更低一筹的石库门老式弄堂里的是非空气，就又不是风了，而是回潮天里的水汽，四处可见污迹的；到了棚户的老弄，就是大雾天里的雾，不是雾开日出的雾，而是浓雾作雨的雾，弥弥漫漫……”流言最易在女人中传播，因而带有阴沉之气，有时是东西厢房薰衣草气味，有时是樟脑丸气味，有时是肉砧板上的气味。流言如阴沟里的水，不干不净，腌腌臜臜，是使用最下等材料制造的是非语。“但也唯独这些下等的见不得人的材料里，会有一些真东西。这些真东西是体面后面的东西，它们是说给自己也不敢听的，于是就拿来制造流言了。要说流言好，便在这真里面了。这真却有着假的面目，是假里做真的，虚里做实，总有些改头换面，声东击西似的。”

从哲学视角看，流言属于社会心理范畴。社会心理同社会意识形态共同组成社会意识。社会心理指的是在特定环境中的人群在日常生活和相互交往中自发形成的不定性的社会意识,表现在人们的感情、情绪、风俗、习惯、传统和社会风气中。同包括政治法律思想、道德、文学艺术、宗教、哲学和社会科学等在内的社会意识形态相比,它是社会意识的较低层次。社会心理是人们对自己的生活条件和周围环境的自发反映,常常是积淀于人们心灵深处的集体无意识。因而,"流言其实都是沉底的东西,不是千淘万洗,百炼千锤的,而是本来就有,后来也有,洗不净,炼不精的,是做人的一点韧,打断骨头连着筋,打碎牙齿咽下肚,死皮赖脸的那种韧。"作为一种非理性的本能,它常常形成对理性的拆解和颠覆,像蚕食般咬噬着书本的记载,白蚁般侵蚀着历史,然而,它又是杂乱无章、混乱不堪的。它消解政治,又非持不同政见者,因为它一无政见;它背离道德传统,却又不以反封建的面目;它甚至敢把皇帝拉下马,却不以共和民主的面目。它是旁门左道,伤风败俗的下三滥,是革命与反革命都不齿的,也常被双方力量忽略,这往往使它暗中得逞。

流言作为上海弄堂的集体无意识现象,体现着上海市民深层文化心态,带有鲜明而深刻的上海地域特征。因而王安忆写道:"这城市里的真心,却唯有到流言里去找的。无论这城市的外表有多华美,心却是一个粗鄙的心,那心是寄在流言里的,流言是寄在上海的弄堂里的。这东方巴黎遍布远东的神奇传说,剥开壳看,其实就是流言的芯子。"

《长恨歌》开篇第一章有一节《流言》,对流言进行了生动的描绘和精彩的分析。但在以后的正文中并没有展开对流言作乱的描绘,读者也就对流言的具体内容不甚了了。这不能不是作品的缺憾。

2.小姊妹情谊。小姊妹情谊是上海弄堂中闺阁的产物,往往伴随闺阁女孩们一生。上海人以个体为本位的自主人格常使其处于孤独寂寞的心理状态,闺阁中的女孩尤甚。寂寞的女孩们需要朋友和友谊,于是就展开闺阁社交,在同学、邻居、表姐妹中寻找伴侣。由于她们的社交实在太少,对此也就全力以赴,社交中饱含着天真和真诚。然而,她们的自主人格注定,这种社交不过是排遣寂寞,它"并不是患难与共的一种,也不是相濡以沫的一种,它无恩也无怨的,……她们更多只是做伴,做伴也不是什么要紧的做伴,不过是上学下学的路上。她们梳一样的发式,穿一样的鞋袜,像恋人那样手挽着手。"这便是小姊妹情谊。小姊妹情谊体现着上海弄堂的小女人情怀。

王琦瑶同吴佩珍、蒋丽莉建立的便是一种小姊妹情谊。按着故事的发展,吴佩珍热情带王琦瑶去片厂,方有她认识导演、试镜头之举;虽未成功,但导演将她介绍给程先生,其生活照上了《上海生活》的封二,开始走上人生辉煌。在此基础上,蒋丽莉与程先生撺掇王琦瑶竞选上海小姐,蒋丽莉母女全力以赴,甚至让其住在自己的家里,竞选终获成功,王琦瑶攀上人生光辉的峰巅。可以说,在王琦瑶的人生辉煌中,吴、蒋是慷慨相助的恩人。这本可写成吴、蒋慷慨相助,王琦瑶以德报德的侠义故事,王安忆展示的却是小女子情怀造成的另一番情境。

吴佩珍虽家境富有却长得丑,渴望结识美丽的王琦瑶而自慰;王琦瑶出身贫寒却因与吴佩珍的交往获得优越感。这种以自我为本位的情谊埋下日后的危机。在王琦瑶一面,片厂试镜头失败本是她缺乏艺术素质所致,却感到吴佩珍窥伺了自己的底细而与之疏远;她因照片登上《上海生活》而声名大振,说到底是吴佩珍引荐之功,她却并未想到感谢恩人;吴佩珍要随夫家去香港,到爱丽丝与王琦瑶告别,王却以为她是炫耀明媒正娶嘲笑自己而借题发火……这一切,清晰展现了王琦瑶自我本位、精于计算和矜持尖刻的小女子心态。在吴佩珍一面,似乎粗心而宽容,其实她也有自己的精明:她深知王琦瑶虽然矜持尖刻却是自己的最好朋友,她的宽容换取的是最大的精神慰藉;王琦瑶的心事她都心知肚明,王琦瑶借题发火她马上有了觉察。其实,她找了个好婆家,又要去香港,未必没有炫耀的成分,只是没想到对方如此敏感。可见,吴佩珍所表现的也是小女子情怀。。

蒋丽莉与王琦瑶的小姊妹情谊更具典型性。二人交往的契机是蒋丽莉的生日晚会,是时王琦瑶已成"沪上淑媛",按着上海当时俗,晚会必以淑媛为中心。蒋丽莉以浪漫夸张的方式邀请王琦瑶,王琦瑶的回复却矜持而平实。王琦瑶使晚会生辉,蒋丽莉心生感激,连她母亲也对王琦瑶另眼看待。于是有了蒋家母女支持王琦瑶竞选上海小姐之举,乃至让王琦瑶住进蒋家。这不仅成了蒋家的光荣,而且使蒋家面貌大变:母女仇敌般的关系得以缓解,老妈子也有了管束,王琦瑶成了半个主人。照理说,王琦瑶本应感激和自豪。但她却生出寄人篱下的委屈感。蒋丽莉愈是热情,她便愈是委屈。她又与蒋暗争程先生。王琦瑶表面将程先生推给蒋丽莉,却私下与程幽会,程为她拍照,留下大量照片和热恋题词。正是这些照片和题词,竟使竞选上海小姐的成功之日成了蒋、王小姊妹情谊破裂之时。王琦瑶离开蒋家时,蒋家母女并未出来相送。在这里,蒋丽莉、王琦瑶的小女人心态表现得更加淋漓尽致。

王琦瑶、蒋丽莉、吴佩珍的小女人心态,可表述为自我本位意识和末节思维。她们都有强烈的自我本位意识,情谊的建立正是各自本位意识的实现:蒋丽莉、吴佩珍从中得到了荣耀,王琦瑶从中得到了自尊。末节思维又使她们要在生活的每一个细节中都获得自我利益,不会为全局而进行局部的退让,到头来往往因细节的计较而失去整体利益。这是她们的误区,却也是她们的长处。她们常因锱铢必较变得精于算计、精于过小日子并使小日子过得很滋润,同时也锻炼了她们的生活韧性和竞争性,从而产生强旺的生命力量。这正是上海小女人心态的本质。

3.派推。派推是上海人对晚会的别称。这种晚会并非在剧场、歌舞厅,而是在林荫道后面、洋房的客厅,由个人或家庭组织的小型娱乐活动。《长恨歌》主要写了三次派推。第一次是蒋丽莉的生日晚会。王琦瑶第一次出入这样的场合，便以美丽倾倒众人……蒋丽莉的生日晚会熠熠生辉。之后的晚会接踵而来，王琦瑶很快就领会了晚会的真谛："她晓得晚会总是一迭声的热闹，所以要用冷清去衬托它；她晓得晚会总是灯红酒绿五光十色，便要用素净去点缀它；她还晓得晚会上的人都热心肠，千年万代的恩情说不完，于是就用平淡中的真心去对比它。"这就形成她的独特风采："万紫千红中的一点芍药样的白；繁弦急管中的一曲清曲；高谈阔论中的一个无言。"这使她成为派推中"芯"里的"芯"。第二次写的派推已是1985年，国庆夜在老克腊的朋友家，虽然她的拉丁舞姿能"以不变应万变，什么样的节奏里都能找到自己的那一种律动"，但是只有老克腊、张永红们才理解她优雅和精致。与会者都知道有上海小姐出席，却无余暇看她，她只不过是坐在边缘角落的"一个摆设"。迪斯科音乐震耳欲聋，混乱粗俗的迪斯科舞步满场摇动，淹没了高贵优雅的拉丁舞步。第三次写王琦瑶组织的一次派推。个中的缘由是，老克腊与王琦瑶发生了忘年恋，但当她向他赠盛有金条的雕花木盒以托付终身时，他却仓皇逃离。王琦瑶的派推是为了唤回老克腊的爱。晚会上都是年轻的朋友，又歌又舞，使王琦瑶忘记时光流逝；老克腊来到楼下，却感到那歌乐中的人实是镜花水月，于是悄然离去。

近半个世纪的三次派推，饶有情趣地表现出上海的文化时尚及历史变迁。派推的形式来自欧美，始于租界，其内容包括舞蹈、音乐、吃蛋糕、喝咖啡等，是上海初始殖民主义时期的时尚文化。其特征是以时尚女性为中心。她们在这里获得难得的社交空间和人性自由，尽情展示自己的美丽和风情。然而，她们又难逃男权文化的窠臼，王琦瑶便被李主任占有，这是女性解放初期的悲喜剧。派推这种时尚文化也在发生着内在的演变。《长恨歌》中写到两种舞蹈：拉丁舞和迪斯科。拉丁舞分两类：一是摩登舞，由英国发起，欧美舞蹈界人士在广泛研究传统宫廷舞、交谊舞及拉美国家的各式土风舞的基础上加工而成，包括华尔兹、探戈、狐步、快步四种舞步；二是拉丁舞，在拉美和非洲一些国家的民间舞基础上加工而成，包括伦巴、恰恰恰、牛仔、桑巴、斗牛五种舞步。拉丁舞于二战后风靡世界。从《长恨歌》的描写看，王琦瑶跳的应是摩登舞。摩登舞男士着燕尾服、白领结，女士则是飘逸、艳丽长裙；那丰富精美的音乐和细密严谨的动作，体现着欧洲男性的绅士风度和女性的妩媚风情，展示的是华贵、高雅、精致之美。王琦瑶时代的舞者都精研拉丁舞，舞步里透露理性思考和哲学意味，是讲求深度、精致和优雅的现代艺术。迪斯科源于法国的迪斯科特克娱乐场所，包括"推挤舞"、"公共汽车站舞"、"碰撞舞"、"摇摆舞"等。跳舞时常是摇滚乐震耳欲聋，频闪灯光七彩变幻，人们疯狂起舞；以世俗颠覆优雅，以粗放消解高贵，以感官刺激取代理性思考，是一种后现代主义艺术。《长恨歌》描写的第一次派推在40年代，那是王琦瑶和拉丁舞的时代，说到底是现代艺术的时代。第二、三次在80年代，王琦瑶已处于边缘状态，虽然她跳的拉丁舞还是那样的高贵、精致、优雅，但终究被排山倒海的迪斯科淹没，时尚的青年们对她只是闻其名却无心见其人。后现代主义艺术取代现代艺术也就是必然之势。一个具有象征意义的细节是，老克腊到底没有勇气接受王琦瑶雕花木盒，也未参加王琦瑶转本为他组织的派推。王琦瑶连同她的拉丁舞时代也就彻底成为过去。

其实王琦瑶早已有了世代更替之感，那就是她对时间的敏锐感受：

> 她收起烟还要再坐一时，听那窗外有许多季节交替的声音。都是从水泥墙缝里钻出来的，要十分静才能听得见。是些声音的皮屑，蒙着点烟雾。有谁比王琦瑶更懂得时间呢？别看他日子过得昏天黑地，懵里懵懂，那都是让搅的。窗帘起伏波动，你看见的是风，王琦瑶看见的是时间。地板和楼梯脚上的蛀洞，你看见的是白蚂蚁，王琦瑶看见的也是时间。星期天的晚上，王琦瑶不急着上床睡觉，谁说是独守空夜，她是载着时间漂呢！

时间如同一个无形的举手，一往无前地向前伸展，它不断地挥去旧的东西，推出新的时尚。王琦瑶不可避免同她曾经具有的时尚一起老去，走向悲剧的人生尽头。如此，三次派推描写，富有层次地展示了上海时尚文化的变迁：由现代主义走向后现代主义，由殖民主义走向后殖民主义。但同时也应看到，这一切都来自西方，显示着上海同世界的密切联系，都可称为洋场文化。这又是上海文化的承传。

（三）上海文化性格

王安忆在作品中乃至创作谈中，经常提及的一个关键词是“芯子”。在《寻找苏青》中，她认为苏青关注的是城市的“日子”，她“只说些过日子的实惠，做人的芯子里的话”，这芯子是“生命力顽强，有着股韧劲，宁死不屈的。这不是培养英雄的生计，是培养芸芸众生的，是英雄的那个底座”。① “在上海浮光掠影的那些东西都是泡沫，就是因为底下这么一种扎扎实实的、非常琐细日常的人生，才可能使他们的生活蒸腾出这样的奇光异彩。”②如果说琐细日常的人生是上海的“底座”，其主角自然就要由女性承当了。这正是《长恨歌》让女人做“城市的代言人”的深意所在。

自20世纪90年代以来，王安忆的创作将学术考察、分析与“元小说”手法结合在一起，使作品充满了学理色彩，如《纪实与虚构》，引证大量历史文献资料，探寻茹姓家族由柔然发展而来的漫长历史。《长恨歌》虽然又重归平实，仍然不乏学术分析的演绎和归纳思维。这种思维又形成小说语言的句式特征，有

---

① 王安忆：《寻找苏青》，《上海文学》1995年第6期。

② 钟红明：《王安忆写〈富萍〉：再说上海和上海人》，《人民日报》2000年10月11日。

学者概括为"……是……的意思"的句式,并说"这种句式是城市图像意义解读的某种诱导,甚至是某种强制的决定。"①笔者感到,作者常用的倒是这样的句式:"……是……的"和"……是……的……",如:"午饭、点心、晚饭都是连成一片的。""那法国梧桐的树影是女性化的,院子里夹竹桃丁香花,也是女性的象征。"等。不妨用这种句式和演绎思维阐释王安忆的"芯子"思想。

1."三小姐"品格。(1)女人是上海的"芯子"。《长恨歌》开篇第一章写"弄堂"、"流言"、"闺阁"、"鸽子"、"王琦瑶",韵味深长而别致。"鸽子"是一个观照视点,它从城市上空的制高点,以自由灵性的眼光,窥视着这座城市的奥秘。它的视角恰如一组电影的推镜头,从远镜头的"弄堂"到中镜头的"闺阁",再到近镜头的"王琦瑶"。一步步进入上海的细部内核——王琦瑶这个上海精灵。"流言"作为弄堂的产物,又常与闺阁纠结在一起,因而带有阴沉之气,这是女人的气味。在这种氛围下,"鸽子"也似乎带上了女人味儿:它"是这城市最情意绵绵的景象","是这个城市的恋情一种,是城市心的温柔。"这里的"鸽子视角"其实可以看作本书的写作视角。王安忆以女性视角观照、感受着女性的上海——这正是本书的真义。作家也常常直接将上海与女性比附:

> 上海的繁华其实是女性风采的。风里传来的是女用的香水味,橱窗里的陈列,女装比男装多。那法国梧桐的树影是女性化的,院子里的夹竹桃丁香花,也是女性的象征。梅雨季节潮暖的风,是女人在撒小性子,叽叽哝哝的沪语,也是专供女人说体己话的。这城市本身就像是个大女人似的,羽衣霓裳,天空撒金撒银,五彩云是飞上天的女人的衣袂。

总之,《长恨歌》中的上海是女性作家看到的女性的上海。女人是上海的芯子,。

(2)王琦瑶是女人的"芯子"。上海的女人千姿百态,王琦瑶是什么样的女人呢?片场导演让她试镜头,发现她的美不是艺术性的,而是家常性的。《上海生活》刊登的王琦瑶照片穿家常花布旗袍,坐在石桌旁作谈话状,有一点俗丽和桂花粥的甜蜜,非常适合做味之素和洗衣粉之类的广告。这恰《上海生活》的宗旨相合。王琦瑶的称谓是"沪上淑媛"。上海有各种各样的剧场、歌舞厅和派推晚会,晚会才是不夜城的心,淑媛则是晚会的心。王琦瑶虽是其中的一点,却是垫底的一点,几乎是心里的心。

上海选美王琦瑶得的是第三名,俗称"三小姐",第一名"皇后"是压倒群芳的华贵,是不可一世的美;第二名"亚后"是藏不住的妖冶,是撩人心旌的美。"三小姐"虽不足以称后,但是,"可说她是真正代表大多数的,这大多数虽是默默无闻,却是这风流城市的艳情的最基本元素。马路上走的都是三小姐。大小姐和二小姐是应酬场面的,是负责小姐们的外交事务……而三小姐则是日常的

① 南帆:《城市的肖像——读王安忆的〈长恨歌〉》,《小说评论》1998 年第 1 期。

图景，是我们眼热心熟的画面，她们的旗袍料看上去都是暖心的。三小姐其实最体现民意。大小姐二小姐是偶像，是我们的理想和信仰，三小姐却与我们的日常起居有关，是使我们想到婚姻、生活、家庭这类概念的人物。”

既然上海以女人为芯子，女人又以王琦瑶式的三小姐为芯子。上海的品格则为“三小姐”品格。

2.日常主义精神。(3)日常主义是王琦瑶的“芯子”。王琦瑶们之所以成为女人的“芯子”，就在于她们与“过日子”有关，与婚姻、家庭、生活之类的日常起居联结在一起。她们的精神世界都是对上海这个城市的小感觉，诸如，咖啡的香味，点心的花样，旗袍的样式，香水的紫罗兰香型，发髻的形状，照相的姿态……这些小感觉纹路精致，肌理细腻，上海的风貌就在这小感觉中浮现出来。需要指出的是，王安忆的这种小感觉与乃母茹志鹃不同，茹志鹃虽写儿女情、家务事，但追求的是微言大义，以生活的浪花透视时代洪流；王安忆似有反其道的意味，以日常的小感觉对抗时代洪流。她曾说：“我个人认为，历史的面目不是由若干重大事件构成的，历史是日复一日、点点滴滴的生活的演变。”①基于此，小说也就只应表现日常生活：“我觉得无论多大的问题，到小说中都应是真实、具体的日常生活。”②这颇有点新历史主义的意味。这种日常生活至上不妨称为“日常主义”。

《长恨歌》所描写的历史跨度是从20世纪40年代到80年代。四十年间，中国大地上历史风云变幻，出现了众多决定历史走向的重大事件，诸如解放战争、新中国建立、三大改造、反右斗争、大跃进运动、文化大革命、新时期改革开放等，每个事件都在社会上激起轩然大波，也不可避免地影响着日常生活。然而，在王安忆看来，这一切并不是社会的芯子，社会的芯子是王琦瑶们的柴米油盐。王琦瑶们“和所有的上海市民一样，共产党在他们眼中，具有高不可攀的印象”，“他们又都是生活在社会的芯子里的人，埋头于各自的柴米生计，对自己都谈不上什么看法，何况是对国家，对政权”，“所以，上海的市民，都是把人生往小处做的。对于政治，都是边缘人。你再对他们说，共产党是人民的政府，他们还是敬而远之，是自卑自谦，也是有些妄自尊大，觉得他们才是城市的真正主人”。于是，王琦瑶们在风云激荡的上海躲进宁静的一隅，温情脉脉地经营着色香味俱全的小天地：

> 这是一九五七年的冬天，外面的世界正在发生大事情，和这炉边的小天地无关。这小天地是在世界的边角上，或者缝隙里，互相都被遗忘，倒也是安全。窗外飘着雪，屋里有一炉火，是什么样的良辰美景啊！他们都很会动

---

① 《我眼中的历史是日常的——与王安忆谈〈长恨歌〉》，《文学报》2000年10月26日。

② 《我眼中的历史是日常的——与王安忆谈〈长恨歌〉》，《文学报》2000年10月26日。

脑筋，在这炉子上做出许多文章。烤朝鲜鱼干，烤年糕片，坐一个开水锅涮羊肉，下面条。他们上午就来，来了就坐到炉子旁，边闲谈边吃喝。午饭、晚饭、点心都是连成一片的。雪天的太阳，有和没有也一样，没有了时辰似的，那时间也是连成一气的。等窗外一片漆黑，他们才迟疑不决地起身回家。

既然远离了政治风云，炉边的小天地就是人生的一切。炉边人生的内涵是吃与穿。王琦瑶们全身心投入这种人生。她们研究切磋并身体力行着各样的吃，比如小磨磨糯米粉，制作糖年糕、炸春卷、核桃仁、松子糖等，一件件一宗宗了如指掌；她们洞悉各种各样的穿着，一件件说来，如数家珍，那是针针线线、丝丝缕缕织成的世界，让人感受到，多少的心细如发，才可连成周身的美轮美奂。并由此形成她们的人生哲学："要说做人，最是体现在穿衣上的，它是做人的兴趣与精神，是最要紧的。""吃是做人的里子，虽也重要，却不是像面子那样，支撑全局……"这是一种精雕细作的人生，"它不看远，只看近，把时间掰开揉碎了过的，是可以把短暂的人生延长。"这种掰开揉碎的人生有无限的乐趣。作品如此描写王琦瑶与严师母等的"围炉夜话"："……那炉膛里的火，陡地鲜明起来，热烈起来，激励人的心。这是火炉边最温情脉脉的时候，所有的欲望全化为一个相偎相依的需求，别的都不去管它了，哪怕天塌地陷，又能怎么样呢？昨天的事不想了，明天的事也不想了，想又有什么用呢？……他们全都不计前嫌，好得像一个人似的，弄不懂为什么要彼此生隙，好都好不过来了。他们简直是柔情蜜意，互相体谅得要命，这真是善解人意的时刻，除了善解又能做什么呢？"

这里有一个对照，参加炉边生活的萨沙"是革命的混血儿，是共产国际的产儿"，虽然觉得这种苟且偷生的生活散发着樟脑丸的陈旧气，但他喜欢这种生活；虽然觉得"这种人生是螺丝壳里的，还是井底之蛙式的"，但他颇为感动，甚至肃然起敬。他是炉边生活的忠实参加者。个中反讽性的隐喻是：政治革命皈依了日常主义。日常主义形成一种"霸权"。耐人寻味的是，这种霸权竟使王琦瑶的人生方舟平安渡过解放战争、反右斗争、大跃进和文化大革命，缓缓进入80年代上海的繁荣港湾。这又是日常主义对于政治的胜利。

(4)精明和坚韧是日常主义的"芯子"。日常主义是生活细节主义，它要把生活的细部掰开揉碎拉长，进行精雕细刻。这首先需要精明。一是精明的领悟：专心致志地发现生活细节的奥秘，二是精明的算计：将细节切碎了平均分配给那细水长流的小日子。其次需要坚韧，这坚韧是把掰开揉碎的琐屑日子进行到底；它"不是穿越疾风骤雨的那一种，而是用来对付江南独有的梅雨季节"。"外面下着连绵的细雨，房间的地板和墙壁起着潮，霉菌悄无声息地生长。那一点煨汤或煎药的小火，散发出的干燥与热气，就是这坚韧。"精明和坚韧，尤其后者是王安忆可贵的发现。这种发现并非始自《长恨歌》，1982年的《流逝》写资本家的少奶奶欧阳端丽原本养尊处优，连马路都不敢过，文化大革命落魄时，既能凌晨四点起床排队买鱼，又能在简陋寒碜的工场间里一坐就是八个小时，更能苦中作乐，从一杯豆浆里品出“偷得浮生一刻闲”的优雅。她在回答文光“人活着究竟为什么”时，毫不犹豫地说：“吃饭，穿衣，睡觉。”正是在这吃、穿、睡中，展示着自己的精明、坚韧和乐观。之后，《鸠雀一战》中的小妹阿姨，《“文革”轶事》中的胡迪菁等都有此类表现。王安忆称赞这些女人“既可与你同享福，又可与你共患难。福祸同享，甘苦同当，矢志不渝”。[①]《长恨歌》中的王琦瑶体现了王安忆的日常主义发展的新高度。在她近六十年的人生旅途中，没有丈夫，鲜有亲人，与父母也绝少来往，独自带着私生女过日子，其人生艰辛可想而知。然而，她躲进弄堂的角落里，坚韧地守护着炉边的小天地，精心地过着柴米油盐的“小日子”：调制可口清爽的家常菜，翻新下午茶的花样，裁制时尚的服装，还有与钟情男人的风流韵事。半个世纪以来的大上海风云激荡，王琦瑶的小日子却滋润平安：四十年代有着同吴佩珍、蒋丽莉的小姊妹情谊，同程先生的恋情，乃至选美获胜，成为上海的“三小姐”；五六十年代以护士为职业，有着同严师母的友谊，同康明逊、萨沙、程先生的恋情，而且还有了女儿薇薇；八十年代虽红颜已去，却能以当年的“上海小姐”跻身各种派推，还结识了张永红、老克腊等忘年交，并与老克腊发生忘年恋，女儿也嫁得如意郎君远去海外。这正体现着王琦瑶用精明和坚韧构筑的小日子的力量。

王安忆在《“文革”轶事》中，如此评判弄堂亭子间的日常生活：“它是可视可听可触可感的日常化生活，它们具有无限膨胀的特性，占据了所有的空间，不留一点缝隙。它们带有一种霸权主义的，垄断一整个人生，一点不好商量。”当着日常主义以其精明和坚韧占据日常生活的所有空间而不留一点缝隙时，它便形成无限膨胀的霸权，也就挤压了社会、政治和道德的空间，日常主义的苟且性就暴露无遗。如王琦瑶与康明逊，他们明知相恋的无望，相聚不过是一晌贪欢，却“不妨抓住眼前的欢爱。虚无就虚无，过眼就过眼，人生本就是攒在手里的水似的，总是流逝，没有什么千秋万代的一说。想开了，什么不能呢”？这种“想开了”的“眼前欢爱”显然具有非道德非理性的颓废倾向，并不可取。

3.孤独飘零心态。(5)自我主体意识是精明、坚韧的“芯子”。王琦瑶们精明地发现着生活细节的奥秘，坚韧地将琐屑的日子进行到底，无非是让自己生活得更好些。严家师母将日常生活概括为吃和穿，认为吃是做人的“里子”，穿是做人的“面子”。其实，里子也好，面子也好，都是为了自己的“做人”，为了自己的生存，有很强的自我主体意识。欧阳端丽将人活着的目的概括为“吃饭、穿衣、睡觉”，在吃和穿的基础上又增加了“性”，性不仅是个体生存的需要，还为着“种的生存”。《长恨歌》描写的王琦瑶的三个生活段落，40年代同程先生、蒋丽

① 王安忆：《生死契阔，与子相悦》，《妹头》，海南出版公司2000年版，第148页。

莉母女一起竞选上海小姐，并委身李主任，五六十年代同严家师母、康明逊、萨沙、程先生等的友情或恋情，80年代同薇薇、张永红、老克腊等的亲情、友情或恋情，都与吃、穿、性纠结在一起。即使被长脚杀害，也是为了保卫那生存依托的雕花木盒。这使我想起叔本华的"生存意志论"。叔本华认为，"生存意志"指世间万物求生存、求繁衍（种的生存）的意志，万物的存在和运动都根源于生存意志。这种意志是人的生命的基础，人的每一器官都是意志的产物：吃东西的意志产生肠胃，抓东西的意志产生手，走路的意志产生脚，繁殖后代的意志产生生殖器官。这个身体的全部存在，以及它的全部机能的总和，只不过是个体意志的客观化。因而，人的一切行为都是由这种非理性的意志支配的。这正是自我主体意识的物质和生理基础。叔本华的生存意志论是反理性的，他断言依靠理性和逻辑思维不能认识世界的本质（生存意志），只有直觉才是认识世界的唯一途径。他的意志本体论也被称为"生命本体论"。王琦瑶们的自我主体意识明显带有生命本体论的特征。这是一种现代主义意识，既是上海文化精神的客观存在，又是创作主体的倾心赋予。

（6）孤独飘零是自我主体意识的"芯子"。王琦瑶们的孤独和飘零可从两方面解读。一方面，她们以自己的精明和坚韧在日常生活中寻求自我意识的实现。这就产生两种矛盾：个体和群体、局部和整体的矛盾。王琦瑶们寻求的是个体和局部的实现，然而社会上有千千万万个王琦瑶，她们的自我意识不免发生矛盾和碰撞，是时整体和群体出面整合与统筹，就必然使王琦瑶们的一些寻求遭遇失败。然而，对王琦瑶们来说，个人与局部的日常细节就是她们的一切，每一个细节失败，她们就感到失去了"一切"，陷入孤独与飘零之中。李主任的死，同康明逊、萨沙、程先生恋情的失败，以及同老克腊忘年恋的失败，都使王琦瑶陷入深深的痛苦。有些时候，日常追求虽然成功，但在更细微的末节上有失落，同样感到孤独飘零。王琦瑶参加选美大获成功，却感到的住在蒋丽莉家是寄人篱下，乃至与蒋家不欢而散。另一方面，日常生活的个体和局部与社会历史的群体和整体毕竟有着难以割舍的关系，社会历史的洪流必然在日常生活的边地激荡出飞溅的浪花，王琦瑶们的日常生活如大海中的一叶扁舟，必将在社会历史洪流的裹挟下漂泊前行。如果仅仅了解日常生活而不能洞悉社会历史进程，便会产生前程未卜的漂泊感。专注于日常细节的王琦瑶便成为终生的漂泊者，时时有孤独飘零之感。比如，与王琦瑶热恋的康明逊，不仅欣赏她的美丽，而且欣赏她的聪敏和坚定，但他又深深感觉到，这聪敏和坚定来自她孤立无援的处境，其实是更绝望的。因此，他对她的善解和委曲求全的迂回战术，正与弱者王琦瑶的心灵息息相通。

王琦瑶的自我主体意识和本依的叔本华"生存意志"，作为不可遏制的盲目冲动，对社会和人类有不可忽视的负面性，由此产生的孤独、飘零心态也不应全部肯定。叔本华已清晰地看到这种负面性,并提出以哲学、宗教和艺术进行抑制和改造。遗憾的是,王安忆更多给予赞扬和肯定,缺乏清醒的批判。

总而言之,“三小姐”品格、日常主义精神和孤独飘零心态层层深入地揭示出上海文化性格,也深刻揭示“一个女人和一个城市”关系的奥秘。这可说是《长恨歌》最为重要的贡献。

第八章　三秦文化与新时期秦地小说

第一节　三秦文化的地域特征

“三秦”的称谓始于秦末，鸿门宴之后，项羽自立为西楚霸王，立刘邦为汉王，王巴、蜀、汉中，都南郑（今陕西南郑县）。为了防止刘邦东进，项羽将陕西的关中、陕北地区分封给三位故秦降将章邯、司马欣和董翳：“章邯为雍王，王咸阳以西，都废丘（今陕西兴平东南）。……立司马欣为塞王，王咸阳以东至河，都栎阳（今陕西临潼北）。立董翳为翟王，王上郡，都高奴（今陕西延安东北）。”①这三位王通称“三秦王”，所占之地便称为“三秦”。今称陕西为三秦，便是沿用了古称。不过，今日的三秦大地，已是陕北、关中、陕南三个区域的总称，即陕西的别名，并非楚汉相争时的概念。

（一）三秦文化的孕育和形成

从地域环境看，三秦由横贯东西的两大山脉桥山和秦岭划出陕北、关中和陕南三大自然区，三区各具特色：位于凤翔、铜川、韩城以北的陕北高原系黄土高原的中部，黄土分布广泛，厚 50—150 米，经水流切割，形成典型的塬、峁、沟、壑等多种地形，塬面保存完整的洛川一带，黄土厚达 200 米，是黄土厚度之冠。古来属于半农半牧地带。关中平原北有萧关，南有武关，西有大散关，东有潼关和函谷关，因在四关之中，故而得名。它又称渭河平原、关中盆地，西起宝鸡峡，东至潼关，东西长 360 公里，系地堑构造盆地，由黄土堆积和河流冲击而成；渭河两侧地势不对称地呈阶梯状增高，北岸有明显的两极冲击阶地和一至二级黄土台阶，土地肥沃，号称“八百里秦川”。是农耕的核心区。陕南为秦巴山地，由秦岭、大

① 司马迁：《史记卷七·项羽本纪第七》。

巴山组成，中隔汉水谷地；秦岭是黄河流域和长江流域的分水岭，是我国地理上重要的南北分界线，汉中盆地是本区最大的盆地，由汉水冲击而成，为陕南“粮仓”。秦巴山地则是狩猎区域。

三秦文化区最为重要的地理特征，则是在秦岭以北的三秦大地上覆盖着厚厚黄土。地理学家已证明：这些黄土是从西北方向的亚欧大陆深处，靠季风的风力刮来的。三秦是季风气候区（自北向南分属温带半干旱季风气候、暖温带半干旱——半湿润季风气候、亚热带湿润季风气候），亚欧大陆深处最肥沃的表层土壤，被西北季风刮起，飘向我国西北地区，由于秦岭等山脉的阻挡，风力减弱，黄土纷纷落下，覆盖在黄土高原、渭河平原等地。19世纪德国地质学家李希霍芬到我国考察，发现黄土的纵剖面布满虹吸管，这种虹吸管能把土壤深处的水分和营养吸收上来，因而黄土极其肥沃，李希霍芬称为“自行肥效”。肥沃的黄土是发展农耕的优厚条件。除了这个不断自然补充肥力的黄土地，东南季风还不断从太平洋到来雨水，丰沛的雨水亦是农业发展的前提。尤其是渭河平原，不仅地肥水沛，而且气候温润，还有黄河、洛河、长安八水（包括渭、泾、沣、滈、涝、潏、灞、浐）等丰富的水力资源，因而成为我国最早的农耕文化发祥地。

从社会结构看，三秦之地早起的是发祥于渭河平原歧山东面的炎帝部落，炎帝“长于姜水”，姜性，被称为“神农氏”。其实，炎帝并非一人之号，而是一代通号。神农氏是始封之君，炎帝柱为第二代国君，又称农、稷，帝榆罔为第八代末君。《帝王世纪》说炎帝族“建国传八代至帝榆罔亡，合五百二十岁”。神农氏不仅是三秦农耕文明的创始者，而且是中华大地农耕文明的创始者。黄帝是后起的部落，“黄帝”既是一个部落首长的名字，也是这个部落的统称。《史记索隐》云：“黄帝生于寿丘，长于姬水，因以为姓；居轩辕之丘，因以为名，又以为号。”寿丘所在尚难确定，居陕西极有可能，姬水在陕西关中无疑。据考据，黄帝最早活动在陕北一带，属于游牧部落。后来，黄帝率族人从陕北沿北洛河东迁，到达了关中的大荔；又东渡黄河，进山西，娶嫘祖，后入河北，定居在涿鹿（今河北涿鹿县附近）。黄帝东迁时，炎帝亦沿渭河东下，顺黄河经河南到山东，被蚩尤战败，退入今河北的炎帝本拟联合黄帝共同对付蚩尤，却受到黄帝的怀疑，“阪泉之战”又被黄帝战败，于是归降黄帝。炎黄联合引起蚩尤部落的不安，于是爆发黄帝与蚩尤两部落的“涿鹿之战”，蚩尤部落惨败，部分归降黄帝。扩大了的炎黄部落形成华夏族的雏形，黄帝便是华夏族的始祖。《史记索隐》：“有土德之瑞，土黄色，故称黄帝。”《白虎通》：“黄者，中和之色。”“帝”在甲骨文中是花蒂的象形，花蒂是植物的本根，“帝”应是人的种族繁衍的根本。统而言之，“黄帝”大致释为，生在黄土地上的人们的老祖宗。

虽然黄帝在炎黄合流后逐渐成为中华的始祖，但是黄帝的强大是离开三秦之后的事。在三秦之地发展最早最强大而且代表农耕文明的是炎帝族。从文献资料看,汉代形成“三皇”之说,共五种:(1)《尚书大传》为燧人、伏羲、神农;(2)《春秋运斗枢》为伏羲、女娲、神农;(3)《礼·号谥记》为伏羲、祝融、神农;(4)《白虎通》为伏羲、神农、共工;(5)西汉末的《世经》所排古史系统,在黄帝和颛顼间加入少昊,使战国时的五帝变为六人。于是有人将五帝中的黄帝提升,与伏羲、神农并称“三皇”。首先是《礼·稽命徵》持此说,张衡上汉顺帝书和皇甫谧《帝王世纪》亦从之。接着是《伪尚书序》持此说。这些资料表明,黄帝作为三皇是后起者,神农在众说中占的分量要比皇帝大得多。但由于《伪尚书序》的经书地位,以后史籍皆承其说,伏羲、神农、黄帝三皇说便说成为古代信史。此三皇便是上古的风姓、姜姓和姬姓三大部族。将其同考古学发现比较,可发现,这三个部族恰好同新石器时代的大汶口文化、仰韶文化、龙山文化对应。大汶口文化主要分布在山东、苏北、皖北、豫东一带,发生于公元前4300—前2400年;仰韶文化主要分布在今河南、河北、陕西、山西等省,发生于前5150—前2460年;龙山文化分布在今山东、河南、河北、陕西等省,发生于前2400—前1900年。可见,对应仰韶文化的姜姓炎帝部落远远早于对应龙山文化的姬姓黄帝部落。炎帝族的农耕文明无疑是炎黄居秦时期三秦文化的主体。虽然炎黄部落相继离开三秦,兴盛于中原,其本根却是三秦黄土文明。黄土文明是和谐的农业文明,不仅表现在人们同自然的和谐,而且表现在家长制宗法社会结构的群体和谐。黄土文明是开放进取的文化机制,不仅表现在赖以生存的自然环境的开放,而且表现在炎黄部落的不断迁徙、求索。这便是三秦文化的原初特征。

炎黄之后,活跃于三秦大地的并在此建国的是周人。周人的始祖母姓姜(姜嫄),父系始祖姓姬,恰好是炎帝部落和黄帝部落的姓氏,可见周和炎黄是一个部落体系。周人祖先是后稷相传是尧舜时的农师。《史记·周本纪》载:“周后稷名弃,……为儿时,屹如巨人之志,其游戏,好种树、麻、菽。麻菽美。及为成人,举弃为农师,天下得其利,有功。帝舜曰:‘弃,黎民始饥,尔后稷,播莳百谷。封弃于邰,号曰‘后稷’,别姓姬氏。”邰是今陕西的武功,至今尚有后稷的“教稼台”。弃死后,子孙世代为夏朝农官。传至不窋,因夏政衰,失官而奔戎狄间。其孙公刘率族人定居于豳(今陕西旬邑西),发展农耕,势力渐盛。九世后的古公亶父又迁至周原(今陕西扶风、岐山间),周原地肥水美,周人获更大发展。古公于是兴建城郭,划分采邑,设立官僚机构,立国号周。被周人追为太王。其孙姬昌(文王)励精图治,在丰水西岸建国都丰邑,国力已相当强大。其子姬发(武王)伐纣灭商,建立西周王朝。周王朝已是发达的农业社会。当时的耕作情况是“十千维耦”、“千耦其耘”①。“耦”即“耦耕”,指二人协作并耕,既然以“千”和“十千”计数,可见当时已有大规模的集体耕耘。每年春耕开始,周天子以全

① 《诗经·周颂·噫嘻》。

国总家长的身份，在镐京举行盛大的“藉田礼”：亲自举起青铜铲锄破土。虽是摆样子，却也看出周王朝“以农为本”的国策，以及古老的大家庭的和谐氛围。这种生产方式，造就了西周社会的意识形态：周礼。《左传》云：“礼，经国家，定社稷，序民人，利后嗣者也。”它要求“君令臣共，父慈子孝，兄爱弟敬，夫和妻柔，姑慈妇听。”具体讲则是，统一祖先庇护下的子孙应该相亲相爱；氏族首领的子孙已演变成现实的王，人们必须对他绝对服从，因为服从他就是服从自己的祖先；王是整个国家的家长，他有权号令所有国民，如同自己的祖先号令自己的子孙。可见，这种“礼”充满氏族血缘关系的温情，形成一种社会伦理和谐。

西周还是一个开放的社会，据《穆天子传》载，周穆王即位第十三年（前989年），以伯父为向导，乘造父驾的八骏马车，带大量精美的丝织品西行。从镐京出发，入河南北至滹沱之阳（今山西北部）的犬戎地区，再西行到鄘人居地；溯黄河而上，经河西走廊登昆仑，上春山（可能是葱岭），到达古公亶父女婿后裔赤乌人的居地（今新疆的和田、叶城、莎车一带），此地产玉，故“取玉版三乘，载玉万只”。穆王继续西行，经曹奴人、剞闾氏、鄄韩氏部落，到西王母之邦，向西王母赠丝绸，最后沿黑水到达中亚草原，取道伊犁河经天山北路回归。这次往返三万五千里的巡行，很可能就是开辟“丝绸之路”的先导。

可见，西周人继承着炎黄传统，在三秦大地上发展着农耕文明，建构起伦理文化，还以开放的胸襟进行着对外文化交流。

炎黄部落和周人虽然对三秦地区的文化有开创意义，但是，炎黄部落强盛后便东渡南迁，周人又东迁洛邑，先后离开三秦大地。真正扎根三秦大地，对地缘文化起决定作用的却是秦人。

《说文解字》释“秦”曰：“秦，伯益之后所封国，地宜禾，从禾，舂省。”甲骨文金文的写法，上部皆作双手持杵临臼之形，下部则都做双禾，禾即今日小米（谷子）。个中正含谷物加工之义，是秦地农耕文明的符号化。其实，秦人的祖先原是流动于黄河下游区的游牧部落。伯益是传说中东夷集团的领袖人物。《史记・秦本纪》云：“秦之先，帝颛顼之苗裔孙曰女脩。女脩织，玄鸟陨卵，女脩吞之，生子大业。大业取少典之子曰女华，女华生大费，与禹平水土。已成，帝赐玄圭。禹受曰：‘非禹能成，亦大费为辅。’帝舜曰：‘咨尔费，赞禹功，其赐尔皁游，尔后嗣将大出。’乃妻之姚姓之玉女。大费拜受，佐舜调训鸟兽，鸟兽多驯服，是为柏翳。舜赐姓嬴氏。”柏翳即伯益。禹承舜位后，欲传位给伯益，然而禹死后，因“益之佐禹日浅，天下未洽。故诸侯皆去益而朝启”《史记・夏本纪》，启得王位而杀益。西周建立后，伯益的后人参加了殷遗民的反叛活动，被赶到西方的黄土高原。西周中期，伯益后人大骆居西戎丘（今甘肃天水西南，礼县东北），生子成与非子。成为嫡子继大骆位；非子为周孝王养马有功，被封在“汧渭之会”（汧渭二水交汇处）的“秦”，非子一支便以“秦”为氏。这便是“秦”这一称谓的由来。秦人或于此时开始走向农耕文明。周厉王时,西戎攻灭西戎丘的大骆之族。周宣王时,以非子曾孙秦仲为大夫,伐戎不胜而死。其子秦庄公击退西戎、稳定西北,被封为"西垂大夫";西周瓦解,庄公子襄公护送平王东迁洛邑有功,被封为诸侯,秦立国始于此,襄公为第一代国君。同时,周平王还将原周族聚居地车、歧(今陕西岐山)一带赐给秦人。秦人自此有了立国的根基。他们向"周余民"学习农事耕作经验,利用渭河流域优越的自然条件,将落后的游牧经济变为先进的农业经济。这样,秦人便具有了农耕文化和游牧文化的双重优势:既有游牧人的军事优势,又有农耕人的经济优势,变得格外强大。他们继承周人锻铁技术,广泛使用铁器,提高了生产力,粮食产量大增。公元前648年,晋向秦借粮,穆公慨然应允,"以船漕车转,自雍相望至绛",被称为"泛舟之役"。他们虽农耕化,仍有畜牧传统,尤其擅养马。从"伯翳为舜主畜,畜多息",到"非子居犬丘,好马及畜,善养息之",史载不绝于书。秦人善相马,能识千里马的伯乐便是"穆公之臣",比伯乐更高明的九方皋,也是秦人。秦人在秦、周文化交融的基础上,逐渐形成着自己的地域文化性格。前361年,秦孝公宣布:"宾客群臣,有能出奇计强秦者,吾且尊官与之分土。"①于是,尊卫人商鞅为相,实行变法:废除世卿世禄,奖励耕战,确立土地私有制,以郡县代封国。秦国迅速强大,到秦始皇,成统一大业。秦始皇每灭一国,便仿其宫室在都国咸阳建一新宫,并建成规模宏伟的阿房宫。为加强统一,削弱各国贵族势力,秦始皇下令迁天下豪富12万户入咸阳,又以咸阳为中心向全国修驰道,路面既宽且厚。西到甘肃,东至山东海滨,北到内蒙古、河北,南到两湖、安徽、浙江等地,显示出雄视全国、接纳四方的恢弘气度。至此,秦文化性格发展成熟。大致可以表述如下:

其一,强悍的征服作风和强图精神。秦人由被鄙视的"夷"而成为雄视诸侯的强国并统一天下,其艰苦卓绝的历史过程不仅是对征服作风和图强精神的锻炼和培养,也是这种文化精神的体现。关于这一点,丰富的历史文化遗存留下了永恒的记录。杜甫《兵车行》有句"况复秦兵耐苦战,被驱不异犬与鸡"。"秦兵"者,秦地之兵也。陕西凤翔的秦公墓区,18座"中"字形秦公大墓与3座不明身份的"甲"字形大墓,各墓前共排21个车马坑,可见秦人当时高度重视武力的征服。最有代表性的是骊山秦始皇墓的从葬兵马俑坑。坑分三个:一号坑以步兵俑为主,二号以战车俑和骑兵俑为主,三号是军队的指挥部。三坑兵马俑象征秦始皇的千军万马。最有意义的是骑兵俑与和河曲马俑。战国以前,中原各国按农耕民族的守土作战习惯,善行车战;南方楚人则首创步战;秦人向西部羌人、北方匈奴学习,使用骑兵作战。此战法较车战灵活,较步战凶悍,又发挥秦人游牧优势,战斗力更强。河曲马因产于今青海、甘肃一带的黄河九曲之地而得名,

① 司马迁:《史记·秦本纪》。

是羌人培育的良种马，秦人在与西戎交流中获此种马，用于战争，增强了战斗力。这一切，不仅显示着秦人的尚武风气，而且显示着其变革图强的开放作风。

其二，富国强兵的现实功利观。李晓东等《从〈日书〉看秦人鬼神观及秦文化特征》说："从秦建国到秦始皇统一天下，秦人津津乐道的问题是农战、攻伐、垦荒、开塞、徕民、重本、抑末等对国计民生有直接利害关系的事。他们不屑于仁义礼乐的哲学论证，更无心于超越时空、驰骋古今的玄想，对人伦关系的道德要求，也远远不如东方各国那样严格。"商鞅变法的核心内容便是奖励耕战：一方面制定按军功大小给予爵位等级的二十等爵制；一方面奖励耕织，生产多的可免徭役。秦国因此而强大。秦文化的功利主义特点，与秦国缺乏严格的宗法制度有关。与东方诸国不同的是，秦史上很少嫡长子继承制的记载，穆公以前九代国君，长子继位者仅武、宣二公。反映在政治文化观念上，则是尊尊亲亲观念的淡泊。正因如此，大批才高位卑的异国人士得以进入秦国最高统治集团和决策机构，如百里奚、西乞术、孟明视、商鞅、张仪、公孙衍、田文、白起、王乾、范雎、吕不韦、尉缭、王翦、李斯、王绾、蒙恬等。尤其是卫人商鞅，被秦孝公授以变法全权，厉求变法，锐意创新，贡献巨大。

秦人的功利主义还表现在其鬼神观。据秦简《日书》可知，秦人有一个庞大的神统：有至高无上的"帝"，有自然神土神、马禖神，还有各种各样的鸟兽虫豸、风云雷电化成的"夭(妖)神"。秦人的"鬼"形象十分生动、细致，有立鬼、哀鬼、祷鬼、哀乳之鬼、棘鬼、字鬼、暴鬼、游鬼、疠鬼、饿鬼、明鬼等数十种；鬼的作祟方式亦多种多样，如攻击人、迷惑人、戏弄人、纠缠人、恐吓人、责备人等。在秦人的观念中，鬼神造福或降灾于人，并非善有善报，恶有恶报，人们祈福消灾也毫无伦理色彩，而具明显的现实功利倾向：不慕来世，只求现世；先祖崇拜淡漠，并不特别寄希望于先祖的保佑，秦人并不怕鬼，发明多种打鬼办法，如水火攻击、弓箭射杀、药物降服等。

其三，宽广的包容胸怀和开放精神。秦人本是游牧部族，后来定居关中平原发展了农耕，兼容农耕文化和游牧文化优长的秦国变得空前强大。这种发展历程造就秦人的开放包容精神。一个典型的事例是间谍郑国事件。面对强大的秦国，六国颇为恐惧。韩国设"疲秦"之计：令水工郑国入秦助其搞水利建设，耗占其人力物力，使其无力东伐。秦王政发现后不仅要惩治郑国，而且要尽逐秦国客卿，故而有李斯的《谏逐客书》，李斯立论的依据是秦国因开放包容而强大的历史。一是秦国领导集团的核心人物如缪公时的由余、百里奚、蹇叔、丕豹、公孙支，孝公时的商鞅，惠王时的张仪，昭王时的范雎均非秦人，无此贤者则"国无富利之实，而秦无强大之名"；二是秦国拥有的各种宝物如昆山玉、和氏璧、随珠、月明珠、太阿剑、纤离马、翠凤旗、灵鼍鼓等均非秦产；三是秦国的美女来自郑、卫、赵等国，动听的音乐来自郑、卫、桑间、韶、虞、武、象等。李斯豪迈地指出：

“是以地无四方，民无异国，四时充美，鬼神降幅，此五帝三王之所以无敌也。”秦王政被李斯说服，不仅没有逐客，还宽容了郑国，郑国费时十年，修成“建万世之功”的“郑国渠”，主渠总长150公里，灌溉面积四万余顷，还能压盐冲减，增加土壤肥力，大大促进了关中经济的发展。“逐客”不过是小小的插曲，插曲透露的是秦人包容开放的恢弘气度。

秦亡汉兴，以刘邦为首的西汉政权建都关中长安（与原秦都咸阳隔渭水相望）。刘邦等是楚人，西汉王朝建立后，楚人生活方式大量带入关中。一个典型的例子是，刘邦为使父亲生活习惯，在临潼置新丰城，“徙丰（刘邦家乡）人以实之，故曰新丰。并移枌榆旧社，街衢栋宇，一如旧制。男女老幼，各知其室，虽鸡犬混放，亦识其家焉。”①刘邦还规定，入关灭秦的军人，愿留关中为民，免徭役12年，回关东老家，则免6年，致使一部分楚人留关中，构成楚文化与周秦文化融合的基础。

刘邦还以楚人的自由精神治理国家。刘邦及大臣萧何、曹参、陈平等“好黄老之学”，施“无为之政”，在国内造成一种自由宽松的氛围。表现出一种宽容自由精神。如令战士解甲归田，优先给予土地；恢复因饥饿卖身的奴婢的自由身份；减少田赋为“什伍而税一”。汉文帝在长安主持藉田大礼，于前178年令留居长安的诸侯各回本国，以减少漕运劳役。汉景帝又减少田赋至“三十税一”，与此相应，重农抑末的言论得到提倡。汉武帝继承文景重农举措，在兴修水利和发展技术方面多有创造。文、景时期还实行“惠商”政策，长安城内便有东市和西市，还有专门的酒市、牛市等，合称“长安九市”。数以万计的商人充斥其间，规模之浩大，货物之殷繁，为当时世界所仅见。汉文化的自由开放气度还在于开辟丝绸之路，实行中外交流。汉武帝时期，张骞走过的道路是：从长安出发，或由凤翔至秦州（今甘肃天水）再至金城（今兰州）上河西走廊，或由陕西彬县越六盘山至平凉抵凉州（今甘肃武威）入河西走廊；由河西走廊经过甘州（甘肃张掖）、肃州（甘肃酒泉）、敦煌，出阳关或玉门关，或沿昆仑山北麓经鄯善（古楼兰）、婼羌（新疆若羌）、且末、于阗（新疆和田）到疏勒（新疆喀什），或沿天山南麓，经伊吾（新疆哈密）、车师前王庭（新疆吐鲁番）、焉耆（新疆库尔勒）、尉犁、龟兹（新疆库车）、姑墨（新疆阿克苏）至疏勒；再由疏勒越葱岭到大宛，或由大宛去安息、条支、大秦、犁軒，或由大宛去康居，南下身毒。这便是举世闻名的“丝绸之路”。沿着丝绸之路，西方的玻璃、珊瑚、琥珀、毛皮、毛织品、珍奇鸟兽、金银货币、植物新品种等源源不断输入中国，中国的冶铁、水利、漆器瓷器、金银制品、丝绸、纺织技术，尤其是“四大发明”也传入西方，进行着世界大交流。长安成为著名的国际性城市。

① 《元和郡县图志卷一·关内道》。

到西汉时期，三秦文化已经发展成熟。这种文化是一个以周文化为先导，以秦文化为主体，以楚文化为补充的复合型文化。它既有着秦文化强悍的征服作风，又有着楚文化的自由精神和周文化的伦理情感，显示出强悍恢宏、开放创新、和谐宽容的文化性格。

这种文化性格鲜明体现在汉代文化遗存中。西汉帝王陵墓是最重要的汉文化遗存，帝陵中又以汉武帝的茂陵为最。茂陵几经劫难，虽难以复现其盛况，其陪葬霍去病墓前的石刻却在述说着那蓬勃向上的精神。霍去病 18 岁随舅父卫青出征，英勇盖世，屡建功勋，24 岁却猝然逝世。武帝痛惜，令葬茂陵侧，以石人石兽散置周围，纪念其抗击匈奴之功。现存石刻 14 件，可分为四类：第一类属于霍去病等的保护对象。如象征农业生活的牯牛和象征土地的蟾蜍，隐喻着农耕文化的恬淡与和谐。第二类是霍去病率领的西汉军人。有卧虎、卧马、跃马等：卧虎尾巴卷搭背上，警惕地注视前方；跃马瞬间跃起，充满雄健活力……正是征服精神的体现。第三类是霍去病等征服的对象。野猪象征准备逃走的匈奴；卧象是西南夷与西汉政府关系的写照；匈奴人头作仰天长叹状，感叹着自己的失败……第四类是三尊写意石刻："怪兽吃羊"象征西汉对匈奴的战争，西汉势不可当而匈奴无力反抗；"马踏匈奴"，表现抗击匈奴的胜利；"人熊搏斗"，显示着汉代人对自然的斗争精神。这些石刻，不仅有着激动人心的宏大气势，而且有着自强不息的理想追求，奏出的是一曲力量和气势相结合的交响乐章。

（二）三秦文化的发展及鼎盛

魏晋南北朝时期，西北少数民族不断内迁，关中地区聚集了匈奴、羌、氐、鲜卑、羯等大量少数民族。西晋江统云："关中之人，百余万口，率其少多，戎、狄居半。"①在关中，匈奴人建立前赵、大夏，氐人建立前秦，羌人建立后秦，鲜卑人建立西魏、北周等。三秦文化以恢宏的气度吸纳、同化着各种异族文化，不断丰富、发展自己。到空前强大的唐王朝建都长安，关中再次成为全国的文化中心，三秦文化进入空前的鼎盛时期。雄视天下的唐王朝，不仅国内统一，而且对周边各族或剿或抚，使四夷臣服，显示着其征服精神。唐王朝以秦为戒，吸收多种政治力量参政，唐太宗创"人君"与"庶民"的水舟关系说，从谏如流；实行均田法和租庸调法，减轻百姓负担，乃至有"公私仓廪俱丰实"的贞观开元之治，表现着和谐、自由、宽松的社会气氛。唐都长安"胡风"盛行，城内住大量胡人：唐太宗灭东突厥，安置万家突厥贵族居长安，之后，西域"昭武九姓"接踵而至，九姓以国计姓，有康、安、曹、石、米、何、史、穆、尉迟等。波斯和阿拉伯商人活跃于长安的东市西

---

① 黄新亚：《三秦文化》，辽宁教育出版社 1993 年版，第 46 页。

市,印度佛教僧人遍及市内各寺院,东北的契丹、靺鞨、奚、高丽诸族,西北的吐蕃、高昌、龟兹、疏勒、于阗等国,西南的南诏和东南亚各国艺人,日本、高丽、百济、新罗的留学生、学问僧,非洲的昆仑奴,一齐在长安聚会。在长安的胡人应在5万以上,甚至可能超过10万。胡人影响着长安的饮食、衣着、乐舞、游戏等,长安乐舞的“十部乐”,八部采自西域,作为唐代乐舞里程碑的《霓裳羽衣曲》和《秦王破阵乐》,前者据西凉乐改编,后者以龟兹乐为基调。唐王朝同波斯、大食国、印度、日本、新罗等国有广泛的交流来往,玄奘、义净西行便是这种交流的壮举,这一切,显示着唐王朝的开放气度和宽广胸襟。

唐代的历史遗存全面展示着“盛唐气象”。唐陵中最有特色的是唐太宗的昭陵。昭陵因九嵕山而造,占地30万亩,寝宫设山南峭岩中,可望而不可即,有诗叹曰:“灵寝盘空曲,熊罴守翠微。再窥松柏路,还见五云飞。”(杜甫《重经昭陵》)寝宫四周有神游宫殿、献殿、寝殿、祭坛等,建筑宏伟,气势雄浑。最具盛唐气象的是寝殿前白石基上的昭陵六骏与14国蕃君。昭陵六骏系唐太宗征战时所乘战马,依次为:白蹄乌、特勒骠、飒露紫、青骓、什伐赤、拳毛䯄,均来自中亚。每匹战马都记录一次战斗,象征一种精神:白蹄乌记录619年对薛举、薛仁杲之战,昭示历挫折遭失败而百折不回;特勒骠记录620年击刘武周、宗金刚之战,象征安不忘危,自强不息;飒露紫记录与王世充之战,昭示临危不惧,处乱不惊;青骓记621年战窦建德,昭示一往无前,所向披靡;什伐赤记621年再击王世充,昭示胜不骄,慎对敌;拳毛䯄记622年战刘黑闼,昭示创业难,守业更难。鲁迅认为昭陵六骏“前无古人”,集中体现了“盛唐气象”。14国蕃群石象计有:突厥颉利可汗、突利可汗、答布可汗、利苾可汗、右武卫大将军阿史那思摩、右卫大将军阿史那杜尔、薛延陀真珠毗加可汗、吐蕃松赞干布赞普、新罗乐浪郡王金真德、吐谷浑河源郡王诺曷钵、龟兹王诃黎布失毕、于阗王伏阇信、焉耆王龙突骑支、高昌王麹智勇、林邑王范头利、婆罗门帝那伏帝国王阿那顺等,他们同昭陵六骏一起守卫昭陵,显示着唐太宗经天纬地的气魄和联系各民族的开放胸襟。

源于周、育于秦、成于汉、盛于唐的三秦文化,因得力于汉、唐文化,明显地带有了汉唐文化特色,故有“秦汉风采”、“盛唐气象”之说。

(三)三秦文化的历史沉淀——关学

唐代之后,由于政治中心的北移和经济中心的南移,三秦逐渐沦为偏远之地,失去昔日雄视天下的辉煌。但是,三秦文化却作为一种深厚的文化积淀保存在三秦儿女的意识深层,也显示于三秦文化典籍中,最有代表性的是宋代兴起的“关学”。

北宋时期的思想界分为三派:一是以王安石《三经新义》为基础的“新学”;

二是以程颢、程颐兄弟在洛阳讲学形成的“洛学”；三是张载讲学关中产生的“关学”。张载祖籍大梁（今河南开封），生于长安，实际是陕西凤翔眉县横渠人。他所创关学的目标是：“为天地立心，为生民立命，为往圣继绝学，为万世开太平。”①实是为社会提供一种认识世界、改造世界的理性精神。他的《正蒙》从解释《易》入手，大胆提出：“易与天地准。”由此提出他的“气本体论”。他称宇宙天地为“太虚”，宇宙充满了气，因此被称为“天”（“由太虚，有天之名”）；天以“气化”为运行方式，故称为“道”（“由气化，有道之名”）；“道”既然是“气的聚散运行”，便是“性”（“合虚与气，有性之名”）；能够感知这个“性”的唯有“人”，因为一旦将“性”上升为理性认识，便有了“心”，即思想（“合性与知觉，有心之名”）。这个“气—道—性—心”的认识过程，正是张载唯物主义哲学体系的基本结构。关学与洛学颇多差异：关学宣扬“气一元论”，洛学鼓吹“理一元论”；“关学注意研究天文、兵法、医学和礼制，探讨自然科学和实际问题，如张载发展西汉以来的地动学说，颇有贡献，洛学却专重内心修养，‘涵养义理’，提倡静坐，时常‘闭目而坐’”。② 关学体现着三秦文化的现实功利性。张载还有一篇仅 253 字的《西铭》，其中有云：“乾称父，坤称母；予兹藐焉，乃浑然中处。故天地之塞，吾其体；天地之神，吾其性。民吾同胞，物吾与也。大君者，吾父母宗子；其大臣，宗子之家相也。尊高年，所以长其长；慈孤弱，所以幼其幼。圣其合德，贤其秀也。凡天下疲癃残疾，茕独鳏寡，皆吾兄弟之颠连而无告者也。”展示着“以天下为一家，以中国为一人”的思想，充满着尊尊、亲亲的伦理精神，可说是周礼的发展。

张载之后，关学虽有依附洛学的倾向，但其崇儒明道、学贵求实、精思力践、不尚空谈的作风仍保持下来。尤其是长安人李复，坚持以“易说”立论，以“言气”明道，以“亢气”为太极原本，发展“天动地静”的辩证关系，被誉为张载之后的“独承之人”。

明中叶，王阳明以“心学”变革程朱理学，关学以“恪守程朱”的方式开始中兴。长安人冯从吾万历年间以御史身份谏君，言辞尖刻激烈，被罢官，居长安，创关中书院，编辑《关学编》，收录自张载至明中期学者 33 人，注明他们是陕西关中人，以示“横渠遗风，将绝复续”。宋元以后的关中学者虽标志“恪守程朱”，却是顺应王学思潮，以关学“躬行礼教为本”的思想为指归。“开始‘授我大道方’的不管是朱，还是王，一旦‘但来三秦地’，总是要‘后露横渠芳’的。关学立场始终不变。”③他们一方面坚持理学的正己、修身、齐家、治国、平天下的政治目标，一方面也由心学的“致良知”中弘扬“气节”，坚持对丑恶势力进行温和批判的

---

① 《正蒙·近思录二》。

② 陈俊民：《张载哲学思想及关学学派》，人民出版社 1986 年版，第 33 页。

③ 陈俊民：《张载哲学思想及关学学派》，人民出版社 1986 年版，第 21 页。

“为民请命”精神。这又与三秦文化传统密切相关。明末清初的陕西周至学者李颙继承张载“学贵有用”的作风，主张“文武兼资”，凡有利于国计民生的典籍，都应仔细阅读钻研。他所开列的书目涉及天文、地理、礼乐、军事、农业、屯田、漕运、选举、文献、历法等许多方面。他向往“武侯之伟略，阴阳之武功”，本欲抗清，后见强清难御，恪守节操，终不事清。

关学使三秦大地一直保持对知识气节的崇尚。司马迁的家乡陕西韩城市对司马迁抱有热烈深沉的崇敬之情。林则徐充军伊犁，途经西安时，陕西各地举人不约而同聚在他的下榻，等候一见。蒲城人王鼎任军机大臣，不惜以尸谏方式请求道光皇帝起用林则徐御侮。五四时期，屈武作为陕西援京学生代表赴京，以头撞石狮，抗议北洋军阀暴行。陕西人民的抗日救亡运动推动张学良、杨虎城作出“西安事变”的兵谏抉择。这一切都显示着陕西的传统，显示着三秦文化性格的力量。

第二节　秦地新小说的地缘风貌

三秦文学和三秦文化一样，曾有秦汉、盛唐雄视天下的辉煌，司马迁的《史记》、班固的《汉书》，贾谊、司马相如的辞赋，杜甫、白居易的现实主义诗歌，透视着秦汉风采和盛唐气象。唐亡之后，长安城再也无缘日照中天，三秦文学也就此衰落。宋元明清900余年，再也没有出现司马迁、班固、杜甫、白居易那样的作家和诗人，也没有出现《史记》《汉书》那样的旷世巨著，更没有形成影响全国文学发展的作家阵容，甚至难以找出几个能够进入文学史的作家。

直到20世纪40年代，三秦文学才出现新的崛起。崛起的中心并非关中帝王都西安，而是陕北革命圣地延安。此时的三秦文学，已脱尽汉唐时代的摩登与霸气，它风尘仆仆，一脸土气，正是这风尘和土气之中，沉淀着三秦文化基因，蕴育出新的时代精神。1942年毛泽东发表《在延安文艺座谈会上的讲话》，倡导文学的工农兵化，延安文学沿此方向蓬勃发展起来。40年代在延安出现了民歌热，陕北民歌手李有源、李增正用白马调创作了《移民歌》，著名的《东方红》便由此加工而成，《十绣金匾》《咱们的领袖毛泽东》也创作于此时，至今传唱不衰。自然，最辉煌的还是李季用陕北信天游形式创作的叙事长诗《王贵与李香香》。李季虽是河南人，但16岁便到延安，在那里生活十余年，三秦文化已浸润了他的创作意识。长诗740余行，在广阔的背景上展开激烈的群众斗争和曲折的爱情故事，二者水乳交融，忠于革命和忠于爱情的品格成就了王贵与李香香二位新型农民形象。长诗还对信天游形式进行加工和改造，使古老的三秦文化润入新的时代内容。在戏剧方面，秧歌剧《兄妹开荒》、《夫妻识字》虽短，却满载着朴厚、诙谐的三秦风情，在此基础上由延安鲁艺创作的大型歌剧《白毛女》是40年代戏剧的硕果，标志着民族新歌剧的真正诞生。其一新在内容：表现了“旧社会把人变成鬼，新社会把鬼变成人”的深刻主题，具有强烈的现实性。其二新在形式：融汇西洋歌剧和传统戏曲的有益成分，又吸收秧歌和其他地方剧种的表现手法，创造出新的戏剧形式。可以说，《白毛女》开创了中国新歌剧的先河。其实，最有三秦味的还是马建翎的新秦腔《血泪仇》。生于陕西米脂的马建翎，熟悉三秦农民的生活习惯和艺术爱好，精通各种地方曲调，尤其是秦腔。据传源于《秦王破阵乐》的秦腔，其特点是高昂激越，又间以柔和细腻、缠绵悱恻，曾是河北梆子、河南梆子，山西梆子、山东梆子乃至京剧的母体。马建翎利用改造这种古老的形式，编演出惊心动魄的新秦腔《血泪仇》。此剧的内容是新的：通过王仁厚一家三代颠沛流离，几乎酿成儿子毒死孙子、儿子刺杀父亲的悲剧遭遇，写出农民对国民党反动派的深仇。延安文学，成为工农兵文学的策源地。

秦地新小说便在这样的生活和文学土壤上发展起来。40—70年代，秦地小说沿工农兵文学方向蓬勃发展，出现了在全国一领风骚的柳青、杜鹏程和王汶石。三人年龄、经历都十分相近，不妨称为“秦地小说三杰”。

其实，陕西在20世纪二三十年代就出现了一些有影响的小说家，一位是曾经留学日本、与郭沫若等组织创造社的长安人郑伯奇，抗战时期回到西安、延安，供职陕甘宁边区文化协会。1921年发表处女作《最初一棵》，模仿都德的《最后一课》，以简约质朴的写实手法传达出留学生的安国热情。之后发表的《帝国的荣光》《宽城子大将》系反帝主题，《打火机》《忙人》则以强烈的讽刺意味描写现实人生。郑伯奇的小说与创造社激情浪漫的风格不同，具有陕人敦厚质朴的现实主义特征。一位是左联成员冯润章，其短篇《逃兵》《丰年》《劈开来》等真实描写了故乡人民在军阀混战年代经受的灾难和痛苦，具有浓郁的地域色彩。一位是李宝忠，创作了描写李自成起义的《永昌演义》，曾以手抄本广为流传。毛泽东在延安独到此书后感到“获益良多”，并“抄存一部，以为将来一用”。[①] 毛还约见了李，将其安排在陕西省文史馆作馆员，修改《永昌演义》，不久李却去世未能完成修改。此书成为姚雪垠《李自成》的“前文本”。1984—2008年，此书被三家出版社出版，发行量达数十万册。这些作品可说是秦地新小说的萌生，它们关注国家命运和社会发展的现实品格和质朴敦厚的精神气质，成为秦地新小说发展的奠基。

真正将秦地新小说推向发展高潮还是“秦地三杰”。其中最为突出的是柳青。他不仅是陕西新文学的领军人物，而且是全国工农兵文学的中坚作家。柳青（1916—1978年），陕西吴堡人，1938年赴延安，后自觉深入生活，到米脂下乡

① 见《毛泽东书信集》中1944年4月29日致李鼎铭谈《永昌演义》的信，人民出版社1983年版。

三年,50年代又到皇甫落户14年,深得秦文化底蕴。1947年出版的《种谷记》是他的第一部长篇,反映陕北农民组织变工队、实行互助合作的历程。小说的主人公是变工队的组织者、农会主任王家扶,其对立面,一是富裕中农、行政主任王克俭,二是富农王国雄。其人物关系已经有了《创业史》的雏形。《创业史》中的梁生宝、姚士杰分别与王家扶、王国雄对应,王克俭分成两个人:富裕中农郭世富和党内资本主义代表人物郭振山。可以说,这种以主题人物为核心的放射结构凝聚着柳青长期农村生活的感悟和认知,虽然这种认知与后来的阶级斗争模式合了拍。新中国建立后的十七年间,柳青创作了中篇《狠透铁》和长篇《铜墙铁壁》《创业史》,数量虽说不上丰硕,却稳扎稳打,一步一步攀上《创业史》的高峰。《铜墙铁壁》系革命历史题材,写延安保卫战中西北人民的支前斗争。支前英雄石得富是继王家扶之后又一个成功的农民英雄形象,为以后梁生宝的成功塑造再次奠定基石。小说的结尾还写到毛泽东、周恩来、任弼时的形象,是一次可喜的尝试。1959年出版的《狠透铁》描写了外号叫"狠透铁"的基层干部"咬透铁锹"的个性,他兢兢业业,一心为集体,但由于能力低、记忆坏又常常误事乃至给社里造成损失,因而受到冷遇、误解和打击。但他不灰心不退让,依然勤勤恳恳,同坏人坏事展开斗争。这是一个性格丰富而又个性突出的成功形象。

1959年问世的《创业史》由60年代的热捧到80年代的冷遇,经历了坎坷的命运,乃至被视为"柳青现象"。此书最为遭人诟病的是由梁生宝与"三大能人"形成的放射结构,被认为是配合政治的阶级斗争模式。这种政治化痕迹,确是不争的事实。但有两点需要说明。其一,这种结构在1947年的《种谷记》中便已出现,因而,不能简单地视为配合眼前的政治和阶级斗争,其中应包含着作家在几十年农村生活的真切感受。其二,作家将放射结构深埋在庄稼人的生计和生活当中,并未进行赤裸裸的表现。《创业史》第一卷中,梁生宝全力以赴做两件事情:买稻种搞稻麦两熟和带领村民进山割竹度春荒。在他看来,互助合作就是靠集体的力量"多打粮食",过好日子。这也是"三大能人"的追求:"谁手里有粮,谁就是村子里的王。"郭世富粮食最多,是自发势力的当然领袖。梁生宝忙于买稻种和进山割竹,却未与主要对手郭世富展开正面冲突。对此严家炎批评道,梁生宝没有跟资本主义势力展开面对面的搏斗,致使姚士杰等的活动与梁生宝的活动两条线索各不相扰,孤立发展。冯健男、张钟等著文反驳,一向自谦的柳青也进行了反批评。这表明柳青描写合作化的基本思路:揭示合作化的"和平竞赛"本质和具体方式。这又正合了毛泽东的判断:"在中国的农村中,两条道路的斗争的一个重要方面是通过贫农和下中农同富裕中农实行和平竞赛表现出来的。"①即使如此,柳青的描写也凝结着作家的独特思考。更何况,毛泽东所

① 《中国农村的社会主义高潮·按语五》,《毛泽东选集》(第五卷),人民出版社1977年版,第231页。

讲的未必不是事实。柳青深切的农村生活体验以及着意写生计和生活的追求，使得《创业史》带有浓郁的乡土生活气息与地域风情，梁生宝、梁三老汉甚至包括“三大能人”的执着、务实个性透露着三秦文化性格。

杜鹏程（1921—1991 年），陕西韩城人，1938 年到延安，先后在鲁迅师范学校、八路军随军学校、延安大学学习，在陕甘宁边区的农村、工厂工作数年。1947 年起到西北野战军做随军记者。建国初调西安作协做专业作家，长期在铁路工地和其他建设工地深入生活，曾兼任铁六局工程处党委副书记和铁路局党委宣传部副部长等职。杜鹏程的创作主要是革命战争题材和工业题材。前者的代表作是长篇小说《保卫延安》；后者是中篇《在和平的日子里》，还有短篇《工地之夜》《夜走灵官峡》《延安人》《光辉的历程》等。如同《创业史》是十七年农村题材的经典一样，《保卫延安》《在和平的日子里》分别是部队、工业题材的经典。《保卫延安》选取延安保卫战这场决定中国命运的重大历史事件，以广阔的历史背景、真切的英雄群像、激烈的矛盾冲突和宏大的艺术结构，将革命战争的宏大叙事推上了新高度。冯雪峰称赞，在当时众多反映革命战争的作品中，“真正可以称得上英雄史诗的，这还是第一部。”①本书为人称道的一个重要成就是，塑造了彭德怀的形象。如果说柳青《铜墙铁壁》中出现毛泽东、周恩来、任弼时是十七年文学描写领袖的开篇，那么，《保卫延安》对彭总的描写则有重大发展。作家不仅描写彭总在敌我力量悬殊的西北战场叱咤风云，指挥若定，而且描写了他同普通老百姓的血肉联系。他被娃娃们抱住腿、爬上背，却乐哈哈地给他们绑鞋带、擦鼻涕；他看到年轻的妈妈给孩子喂奶，便教导干部要像母亲了解孩子一样了解自己的战士；他还有著名的“扫帚论”：“我们要像扫帚一样供人民去使用，而不要向你菩萨一样让人民恭敬我们，称赞我们，抬高我们，害怕我们。”冯雪峰说：“作者画出了彭德怀将军的这一幅肖像，是这部英雄史诗更生色，更有重量；同时，这个成就，对于我们今天的文学事业也是有意义的。”②的确，《保卫延安》为新时期革命领袖形象的塑造提供了可贵的经验。然而，《保卫延安》却因 1959 年彭德怀遭受批判而得咎。

中篇《在和平的日子里》系长篇《太平年月》的一个片段，写宝成铁路建设中开辟秦岭的一段生活。此作有两大突破：一是揭露铁路建设中的矛盾和阴暗面。当时的工业题材由于描写工人阶级，大都惮于揭露矛盾。《在和平的日子里》则以工程队长阎兴和副队长梁建的矛盾为主线，揭示梁建由一位战争年代的革命者蜕化变质过程，并从中触及了干部制度的弊端。这种犀利的批判有很强烈的警示性。二是对知识分子的肯定与赞扬。工程师张如松虽对文化水平低的领导

---

① 冯雪峰：《论〈保卫延安〉》，《雪峰文集》(2)，人民文学出版社 1983 年版，第 281 页。

② 冯雪峰：《论〈保卫延安〉》，《雪峰文集》(2)，人民文学出版社 1983 年版，第 268 页。

干部有偏见，一旦认识了他们的品德与才干，便同心同德与之共事；对工程质量极其负责，对失职领导毫不妥协，和工人一起投入同洪灾的生死抗争中。这在知识分子表现几成禁区的时代确实需要勇气。在这里，我们似乎感受到作家那种改革、进取、图强的秦人性格。

如果说柳青和杜鹏程以中长篇名世，王汶石则是短篇高手。王汶石（1921—1999 年）本是山西万荣县人，1942 年到延安，在西北文艺工作团工作数年，1949 年调陕甘宁边区文协，建国后进西安作协，长期从事专业创作。他的短篇描写陕西农村生活，其特点是“低产优质”，其成就与李准齐名。代表性作品有《风雪之夜》《卖菜者》《春节前后》《大木匠》《新结识的伙伴》《沙滩上》等。这些作品很少正面表现巨大的社会变革在农村激起的洪涛巨浪，而是从看似平淡的人和事中表现时代洪流在农民生活中荡起的涟漪。这就使其能在政治化的年代里，尽力持守艺术的领地。《新结识的伙伴》的背景是大跃进的劳动竞赛，作者将竞赛场面推至幕后，着意写两个劳动能手的一次邂逅，通过两个农村女性的倾心交谈，读者感受到的是一动一静的两个鲜活的性格和从中迸发出来的高扬的精神风貌，“劳动竞赛”的政治性则被稀释和淡化。这种写法，又使他总是“想法子点染描绘出我们这个时代的风景画、风俗画，描写各种各样生活场景、生活情趣，描写人的多方面斗争和生活情趣。”[①]如此，王汶石不仅以鲜明的色彩绘制出渭河平原地理山川的自然景观，而且以简洁的笔触描绘出农民的生活风情。

“三杰”之外，还有权宽浮、王宗元、贺抒玉、董得理、王绳五等，权宽浮的《牧场雪莲花》、王宗元的《惠嫂》等均曾影响一时。

以“三杰”为核心的陕西作家群，尽管艺术风格不同，却有共同的追求：（1）善写新时代、新生活、新人物，写革命战争和社会主义新人居多，时代气息、生活气息浓厚。这种深刻的现实主义精神和功利性既是革命文艺传统，又是三秦文化传统。（2）艺术上追求民族风格、地方特色。那辽阔的黄土高原，苍茫的关中平原，滚滚的渭河，白皑皑的终南山，富有浓郁的大西北情调。（3）笔法上追求开放性，以中国传统文学笔法为基础，吸收外国文学营养，创艺术表现的新意。柳青、王汶石的人物心理分析，柳青的某些语言形式，新颖而别致，比“山药蛋派”要开放得多。为此，人们戏称陕西作家为“牛肉泡馍派”，称“牛肉泡馍”而不称“羊肉泡馍”，意谓中西合璧也。这在十七年间的文坛尤其可贵。

新时期以来，三秦作家创造了小说的第二次辉煌。此期又出现了三位雄视全国文坛的重要作家：路遥、贾平凹和陈忠实。他们的年龄、经历也比较相近，不妨称为“秦地小说后三杰”。

---

① 王汶石：《风雪之夜·后记》，见《风雪之夜》，中国青年出版社 1958 年版。

最早成名的是路遥。路遥(1949—1992年),陕北清涧县人,1973年入延安大学中文系,毕业后到陕西文艺创作室、《延河》编辑部工作。1973年发表处女作《优胜红旗》,之后陆续发表《风雪腊梅》《姐姐》《痛苦》《在困难的日子里》《夏》《惊心动魄的一幕》《人生》等中短篇,1986年出版长篇《平凡的世界》。《惊心动魄的一幕》《人生》分别获全国第一、二届中篇小说奖,《平凡的世界》获第三届茅盾文学奖。最有代表性的是《人生》和《平凡的世界》。《人生》通过高加林"离土—归土"的人生轨迹揭示了社会变革时期复杂的社会矛盾和社会心态。高加林的人生与巧珍、黄亚萍两位女性密切相关。如果说亚萍代表着现代和城市,巧珍则象征着传统和农村。现代和城市体现着理想和未来,是农村青年人的追求和向往,但新潮的现代城市却有着黄亚萍的浮华和虚荣,落后闭塞的农村却有着巧珍的善良与真诚。高加林"离土—归土"的人生行程,搅动起城市和乡村、现代与传统、历史和道德之间各种复杂矛盾。许多事情难以做出道德与是非的判断。正因为作家将变革时期农村复杂的矛盾悖论、人物的多重复杂性格,以及自己面对这些矛盾和人物产生的困惑,"原生态"地奉献给读者,也激起读者的困惑和思考。于是,针对《人生》展开长时间的讨论和争鸣。这种现象说到底是复杂的现实生活所致,或者说,《人生》深刻表现了农村变革之初的躁动、困惑的复杂社会现实。

《平凡的世界》对"城乡交叉地带"展开更加全面深入的思考。它通过孙少安和孙少平的形象尝试给高加林们指出一条切实可行的出路。孙氏兄弟都是回乡知识青年,经历重重人生磨难,孙少安成为一位农民企业家,少平成为一名优秀的煤矿工人。一是兴办乡镇企业,使农村工业化;二是进城到工人,使农民工人化。后来的事实证明,这是农业现代化、农村城市化的两条必由之路。作家以精湛的小说艺术准确地预见了农村的未来,可见"写诗这种活动比写历史更富于哲学意味"①。然而,这种城乡冲突并不是枯燥的社会分析,而是与动人的爱情纠结在一起。孙少安与田润叶的爱情在激烈的城乡冲突中终告破裂,孙少平和田晓霞经历种种心理冲突终于走到了一起,田晓霞的死又使完美的爱情变得虚无缥缈。值得赞扬的是,作家把昂扬的诗情熔进社会风云、儿女情事、生命个性的描绘中,使作品充满了强烈的艺术感染力。这种昂扬的诗情产生于作家对故土的深深的爱。生于陕北长于陕北的路遥,将生活和艺术之根深扎在这片黄土地上,有一种"地之子"的苦难情怀。以此描绘故土历史变迁中的父老兄妹,焕发出可贵的个性和人性光辉。这使人想到柳青的《创业史》,虽然二人生活在不同时代,一个写集体致富,一个写个体创业,但故土情和诗情却暗相沟通。

---

① 亚里斯多德:《诗学》,见亚里斯多德:《诗学》、贺拉斯:《诗艺》,人民文学出版社1988年版,第29页。

贾平凹几乎与路遥同时成名。贾平凹(1952—),陕南丹凤县人,1975年毕业于西北大学中文系,曾在陕西出版社和杂志社工作多年,现为陕西作协主席。其成名作是短篇《满月儿》,获1978年全国短篇小说奖;1983年开始他的“商州系列”,著有中篇《商州初录》《小月前本》《腊月·正月》《鸡窝洼人家》《古堡》《天狗》《黑氏》《美穴地》《瘪家沟》《人极》《火纸》《太白山记》《五魁》《白朗》《烟》,以及长篇《浮躁》《商州》等;90年代以来主要从事长篇创作,著有《废都》《白夜》《土门》《怀念狼》《高老庄》《秦腔》等。《秦腔》获第七届茅盾文学奖。同路遥相比,贾平凹小说的地域文化色彩更为浓郁。70年代末,贾平凹以诗情画意的“孙犁风格”登上文坛,80年代初就发生了重要变化,1983年,他乘着文化寻根的大潮开始寻找文化的商州,创作了卷帙浩大的“商州系列”。最初的商州故事常常从历史的深度展现商州的古老民风,以儿女情事映射世事变迁,写出了社会转型时期人们心灵的激荡;之后又追求抽象和空灵,“在逼真中得到了抽象,抽象得又近于逼真,穷极物理,又不可言出,囫囵地使你感受到了天地自然充溢饱和的人情的东西。”①进入90年代之后,贾平凹或写西安或写商州,民间乡土味渐淡。《废都》首次将笔触指向城市,将以庄之蝶为代表的文化名人们置于经济文化的急剧变化背景中,表现他们失去精神支柱的世纪末情绪,一个个颓废的生活场景构成了一个空荡沉沦的文化废墟。《白夜》《土门》《高老庄》可说是精神崩塌后的余响,体现着贾平凹更进一步的文化苦思。《怀念狼》虽然也是对文化衰落的苦思,但开始了自然和人性和谐相处的新思考,颇有生态文学的味道。《秦腔》的文化思考具有集大成性。小说中的“七里沟”状如女阴,出奇地肥沃,是一个象征农耕文化源头的创世原型,夏天义要淤七里沟,把自己的身家性命同七里沟连在了一起,也就具有了七里沟的全部文化意义。结果是夏天义沟毁人亡。这是一个深刻的隐喻,隐喻着传统的农耕生产方式的灭亡。尽管作家对于夏天义的勤劳、坚韧、舍却自己的族群精神和牺牲精神给予无限的怀念,他也无奈地看到,农村与传统精神的衰亡已不可避免。

商州虽为秦地,却在秦岭以南,与湖北相邻,属长江流域。因而,既有秦文化的厚重、质朴,又有楚文化的明丽、浪漫。贾平凹的小说正带有这种特征。贾平凹以明丽清新的创作个性成名于文坛,其后有不断求新求变:艺术境界在多转移中走向深化,生活开掘在形象格局演变中步入深层,艺术结构在多种探索中走上成熟,语言具有多味性和多质感。作家追求的是秦地具有的汉唐文化的大涵大度,厚重质朴,从而形成朴厚和明丽的结合,浪漫和现实的交融。这正是商州文化性格的文学显现。

陈忠实作为“后三杰”最年长者,也是后来居上者。陈忠实(1942—),陕

① 贾平凹:《一点感悟》,见《静虚村散叶》,陕西人民教育出版社1900年版,第98页。

西西安人，中学毕业后曾在郊区做教师，基层干部，后在陕西作协当专业作家，曾任陕西省作协主席，现为中国作协副主席。创作有短篇《信任》《第一刀》《立身篇》等，中篇《康佳小院》《初夏》《十八岁的哥哥》《四妹子》等，以及长篇《白鹿原》。《信任》获1979年全国优秀短篇小说奖，《白鹿原》获第四届茅盾文学奖。真正奠定陈忠实文学史地位的是《白鹿原》，甚至可以说，《白鹿原》是新时期最为优秀的长篇。

对《白鹿原》已有各种各样的解读，最贴近作品旨归的还应是文化解读。作品描写了关中平原的一个村庄——白鹿村20世纪前五十年的历史变迁。关中平原以其具有"自行肥效"的黄土、温润的气候和丰富的水利资源，成为中华民族农耕文化的最早发祥地。传说炎帝最早在这里发展了农耕，被称为"神农氏"。后又成为周人的发祥地，周人祖先弃好耕农，尧举为农师，舜封弃于邰，号后稷，被尊为农业神。周朝建立后，凭借良好的自然条件、悠久的农耕传统，又审时度势实行井田制，农业生产得空前发展。"周礼"则是由西周农耕生产方式生出的意识形态。以礼为行为规范、以仁为思想核心、以义为价值准绳的儒学是在"周礼"的基础上发展而成的文化体系。这就是说，关中平原是儒家思想的原初发生地，在这里存在着儒家思想的原初形态，这种原初形态作为原型意识一代代传承下来，积淀成关中平原的文化性格。《白鹿原》正是表现了这种地域文化性格。

《白鹿原》虽然描写了辛亥革命、国共合作、大革命、抗日战争、解放战争等一系列重大的政治事件，但始终聚焦在宗法制和礼俗制的农村，作家以丰满的人物形象构建了一条宗法礼俗文化链。在这条文化链上，活跃着朱先生、白嘉轩、鹿三、黑娃等。作为关中大儒的朱先生，虽然在民族危难时刻也挺身而出，但他厌弃世俗，完全以儒雅文化的姿态出现。他是儒家仁义思想的象征，是白鹿原的精神之父。白嘉轩则是儒家文化的模范实施者，他虽然不像姐夫朱先生那样受过正规系统的儒家文化教育，但他的一言一行无不合乎儒家传统人伦规范，无不包含对儒家文化要义的领悟。"仁义"是他人格中最核心的内容，"做人"则是他毕生的追求。他心胸开阔，隐忍自律：以德报怨是他征服人心的法宝，因而宽容地对待黑娃的回头、鹿子霖的入狱，他要"让所有的人看看，真正的人怎样为人处世，怎样待人律己"。他恪守伦理纲常，严格修身治家：立乡约族规以教化乡民，立家规以规训子女；不惜严厉惩治堕落的白孝文、小娥，囚禁叛道的爱女白灵。他有着挺直的"腰"和体面的"脸"：挺直的脊背是儒家刚正有为的文化精神的表现，即使被黑娃打断仍保持着人格的尊严；"脸面"是衡量族长、家长的信任度的标尺，是落实祖辈乡约族规的天平，任何一位违反儒家规范的族人、家人都是伤他脸面。对于儒家文化的叛逆者，他也表现出冷酷和无情。白嘉轩的人格，完全是一个戴着儒家人格面具的道德人格。鹿三是白嘉轩道德人格的崇拜者和忠实追随者。如同白嘉轩是鹿三心目中最仁义的主子，鹿三是白嘉轩眼里最好的长工。主仆间文化的认同消解了彼此经济地位的对立，产生了相互信任相互依赖真挚情感。为了这种情感，鹿三在“交农具”事件中挺身而出，代替白嘉轩成为“起事人”；为了这种情感，当鹿三得知白孝文被小娥拉下水时，这个最不该杀死小娥的人却亲手杀死了儿媳小娥；也为了这种感情，鹿三将小娥被杀的真相告诉黑娃，免除白嘉轩的杀身之祸……对于儒家道德的追寻竟使他泯灭了善良的人性。从儒家文化的角度看，黑娃是个回头的浪子。家境的贫穷和出身的卑微使它对传统文化具有本能的抵制，这种心理借革命之机发展成叛逆行动：砸毁祠堂、乡约碑和“仁义白鹿村”石碑，革命失败当土匪，又打折白嘉轩的腰，撴死鹿子霖之父。然而经历种种人生坎坷的黑娃，终于娶老秀才之女，拜朱先生为师，并回乡祭祖拜跪在白嘉轩的脚下。

这条由精神领袖、实施楷模、忠实追随者和回头浪子组成的人物链结构庞大，包容丰富，见出儒家文化在关中的根深蒂固，影响深远。白嘉轩们也不乏反对者，鹿子霖以封建社会晚期生出的商业文化同白嘉轩作对，白灵以革命文化拆解儒家文化的精神大厦，小娥以女性的生命欲求向传统道德宣战……虽然这些人的下场都是悲剧，然而，这些来自历史进程中的文化思潮终使儒家文化的链条松动、滑脱：鹿三有承受不了小娥的死而发疯，皈依传统的黑娃却被送上了断头台，浮浪子弟白孝文竟当上新中国的副县长……白嘉轩在一次次人生打击中变得孤独而沉默。这一切，述说着儒家文化在白鹿原日益走向衰落。

围绕“秦地后三杰”，陕西还有满天灿烂群星。80 年代便崭露头角的有：邹志安、莫伸、高建群、程海、京夫、王戈、王蓬等。莫伸的《窗口》、京夫的《手杖》、王戈《树上的鸟儿》、邹志安的《哦，小公马》《支书下台唱大戏》等均曾获得全国短篇小说奖。90 年代脱颖而出的有红柯、叶广岑、孙见喜、冯积歧、杨争光、王观胜、寇挥等。红柯的代表作是小说集《美丽奴羊》，着意描写西北黄土高原和戈壁、沙漠、草原等，展示在严酷的条件下人们的顽强性和坚韧性。并把西部魂魄诉诸感觉，用意象结构小说，有一种苍凉的诗意。其短篇《吹牛》获第二届鲁迅文学奖。叶广岑的家族系列小说《采桑子》实际上属于京都文学，其动物小说更带有秦文化韵味，如《黑鱼千岁》《山鬼木客》等呼唤人与自然的和谐，似是与贾平凹《怀念狼》的呼应。孙见喜的长篇《山匪》写商州匪事，在文化资料的收集、古老民俗和民间语言的发掘及土匪人性的挖掘方面，较贾平凹的土匪系列又有新的发展。寇挥是陕西作家的新生代，其小说《村精》《想象一个部落的湮灭》《城市童话 · 虎外婆》等，以成长为主题，以荒诞为叙述手法，以现代主义为价值取向，可谓“荒诞背景下的存在探幽”①。此外，杨争光的中篇《老旦是一棵树》、

① 冯肖华主编：《陕西地域文学论稿》，陕西人民出版社 2006 年版，第 276 页。

王观胜的中篇《放马天山》、冯积岐的长篇《沉默季节》等都是为人称道的作品。

秦地后三杰与灿烂群星构成陕西强大的作家阵容，这种阵容有雄视全国之势。1993年的"陕军东征"便是一例。从该年6月起，人民文学出版社、北京出版社、作家出版社、中国文联出版社和工人出版社各自推出一部陕西作家的长篇，分别是陈忠实的《白鹿原》、贾平凹的《废都》、高建群的《最后一个匈奴》、京夫的《八里情仇》、程海的《热爱生命》。这五部作品不胫而走，出现畅销热潮；评论界在热潮中举办了《最后一个匈奴》《白鹿原》《热爱生命》等的研讨会，一时轰动京城。这种奇特的现象引起评论家们的关注。7月间，韩小惠在《光明日报》著文《陕军"东征"，火爆京城》，介绍了几部小说引起轰动的经过和作家创作的一些内情，"陕军东征"的说法正式公布于世。五部作品之后，又出现莫伸的《尘缘》、老村的《骚土》《老街》、亦夫的《土街》《媾疫》等，销量均达10万，被称为"后陕军东征"。虽然对"陕军东征"看法不一，有一点是可以肯定的：它展示了陕西作家的创作实力，表现了他们自觉的地缘文化意识。贾平凹说："……西北，特别是陕西一带有浓郁的民俗，民情，民风，这一带是中国古代文化的发祥地，传统的东西在这里有很厚的积淀，中华民族从历史到哲学在这里扎着很深的根，从而在民族特色的形态上这里最纯粹，所以体现这些东西的作品很容易被接受。"①秦地小说作家以自觉的地缘文化意识发掘着这些文化宝藏，并进行艺术的精彩表现，而产生强烈的接收效果。

新时期的秦地小说较40—70年代有了很大发展。一是现实主义的开放。三秦务实传统，形成了文学的现实主义；三秦的开放和进取，又注定他们要不断进取和创新。新时期秦地小说基本是遵循现实主义，但在各种文学新潮的冲击下，诸多新的因子在不断增加。贾平凹被视为寻根的重要作家，他明显受到魔幻现实主义的影响，不仅大量描写神秘文化现象，而且大量运用神秘象征，同时，小说的结构带有略萨结构现实主义的影子。陈忠实的《白鹿原》被视为新历史小说，从民间文化的视角观照历史，明显带有新历史主义特征，与传统现实主义的历史观念有了很大差异；同时，本书的魔幻现实主义色彩亦十分鲜明。贾、陈二杰的影响所致，许多三秦作家浸染了魔幻现实主义。红柯大量采用超现实主义、意识流、新感觉派的表现手段，现代主义色彩更加浓厚。寇挥小说中各种各样的荒诞叙述使之具有更浓重的现代主义品格。总之，三秦小说创作方法已形成现实主义主潮与现代主义后现代主义新潮相融会的局面。二是更自觉地域文化意识。十七年间的柳青、杜鹏程、王汶石等从事的工农兵文学，着意于写政治、写社会变革，地域的景观、风俗和心理，往往是一种无意识流露。新时期的贾平凹、陈

① 杨志今、刘新风主编：《新时期文坛风云录（1978—1998）》，吉林人民出版社1999年版，第416页。

忠实等则具有了自觉的地缘文化意识。贾平凹看到霍去病墓前的石雕卧虎，想到秦文化，想到商州，想到“一个地方的文风和风尚统一”，想到自己的创作，于是要“习之《史记》，强化秦汉风度”。自1983年开始的“商州小说”创作，开始了寻商州地域文化之根漫长历程。陈忠实的《白鹿原》的民间文化角度实际是地域文化视角，所描写的儒家人物链正是儒家文化思想的民间表现，也是关中的地域文化心理。从历时性看，秦地小说对地域文化的表现，在80年代更重表现文化景观和文化风俗，90年代以降，更重发掘地域的深层文化心理。这是一种发展和深化。从共时性看，“后三杰”各自称雄一方，路遥写陕北，陈忠实写关中，贾平凹写陕南，再加上众多灿烂群星，陕西各地域的文化得到较全面的开掘。

第三节　贾平凹的商州文化濡染

商州文化是三秦文化的子系统，特殊的地理位置又使它更带有楚文化特征；贾平凹以敏锐的悟性和才思感受着商州文化特质，并在这块古老的土壤上自觉地开掘着三秦文化性格。

（一）商州文化特质

商州即今商洛地区，略有区别的是，古商州除州城外，只辖洛南、镇安、山阳、商南四县；新中国成立后重新划定，增丹凤、柞水二县，整体区域并未增加。古代或称商州，或称商洛；新中国成立后定名商洛地区，首府为商县，今改商州市。商洛地区亦改商洛市。

在陕西省的陕北、关中和陕南三大板块中，商州居关中和陕南间的秦岭南麓。这是一个过渡、交叉性地带，因为秦岭是中国南北地理分界线，是南北两大自然形态的过渡区，气候、物像、川流等都呈过渡性状；秦岭还是黄河流域和长江流域的分水岭，以北水入黄河，以南水入长江。这就形成了商州有趣的现象：商州与黄河近若比邻，纵贯商州的丹江却南入汉水，商州属长江流域。商州群山环抱，北有关中平原，南有江汉平原，西有安康——汉中盆地，东是中原大地，四面合围，形同骨节，其气象比关中灵秀却不及江汉潇洒，比安康——汉中厚朴却不及中原通达。总体看来，又兼是四方气脉，自然形象别具气韵。

特殊的地理环境，使商州成为连接楚豫与秦晋的主要通道。三水一山环拱的龙驹寨是最有名的水旱码头，明清时期发展到鼎盛：南方的货物由水路到此，换旱路北运；北方的货物自旱路而来，至此改水路南行。商贾云集，店铺林立，南腔北调交流，三教九流汇聚。各种帮会如船帮、马帮、驴帮、盐帮等，都在此设会馆。龙驹寨成为商州实际意义上的政治、经济、文化、交通、贸易中心。本世纪50年代以后，商州古道闲置，变得冷落萧条；近年来又重获新生，车队人流日增。

商洛地区以商县——丹凤一带川道为中心，环环相连，构成神奇瑰丽的景观，其中商南、丹凤、商县（今商州市）南北一线是古代交通要道，也是现在312国道的主要经过地段。这是商州文化积淀最深厚的地区。贾平凹恰恰生长在商州要冲区。他的家乡棣花镇距商州市不过35公里，距商南县城近百公里；龙驹寨是本县县城，仅距15公里，风水宝地商洛镇则近在咫尺，贾平凹受着最浓郁的商州文化濡染。

商州的通道作用，沟通着古代两大文化体系：秦文化和楚文化，从而形成了两种文化的交叉。这一点大同于它的母体三秦文化，不同的是，商州文化中楚文化的韵味更浓郁。这不仅缘于地理环境，而且缘于社会历史沿革。早在战国时期，秦楚两国便在这里展开拉锯战，后来秦国采用商鞅新法，国力大增，破楚掠地，将商州封给功高的商鞅。楚人项羽和刘邦灭秦争天下时，均入商州。传说项羽的乌骓马得于商州黑龙潭（丹凤城东），龙驹寨由此得名，丹凤民间至今颇多项羽和龙驹寨的传说；刘邦入武关，过商州，长驱直入汉中，最终成王。秦末，四位德高望重的秦博士东园公、甪里先生、绮里季、夏黄公避居商山，采商芝以充饥，饮朝露以润喉，持节操以终年，深得后世景仰；西汉以降，州官士人年年祭扫“四皓墓”，凭吊、咏赞四皓的诗文浩如烟海，录于《商洛古诗文选注》的达50篇。这一切，成为商州历史文化的一大景观。

汉以后的几个世纪，商州一直发挥着通道的作用。明末李自成从陕北起义，几番失败，损失殆尽，退居商洛山林，招兵买马，养精蓄锐，终得东山再起，挥戈北上，摧毁明王朝。历史上还有几次大移民，如《商州志》载：“汉高祖发巴蜀伐三秦，迁巴蜀七姓居商洛，其蜀多猎山伐木，深有楚风。”这一切，都强化着商州的过渡性和交叉性。

商州独特的地理位置和历史沿革，形成其独有的文化特质。其一，丰富的包容性。单就语言而言，秦楚两大方言的交汇使得商州语言驳杂多变：既有秦腔的粗犷、俗重，又有楚语的柔和、婉转；既有属于某种方言的变体，又有“四不像”的杂交。若商洛七县（市）乡民在一起进行语言交流，便会出现有趣的驳杂现象。细究之，语言变化又有规律可循：从南往北，由楚语而秦腔；自北向南，由秦腔而楚语。洛南话最接近关中秦腔，商县次之，然后丹凤，到商南楚豫腔占上风，秦腔渐弱；无论声腔音调，还是表达的习惯方式，都显出明显的递变性。商县至丹凤川道一线，变化不大，相对一致，是商州方言的代表地区，它正是贾平凹的语言根基。其二，厚拙的古朴性。《商洛古诗文选注・前言》云：“收入本书中的作品可谓古朴粗犷的秦文化、柔媚清丽的楚文化与雄浑、辉煌的汉唐文化相互融合所生出的'商洛亚文化'的丰硕果实。"这种丰硕的果实不仅物化为文人墨客的诗文辞赋,而且深厚地积淀在民俗民风、社会心理之中。虽然商州有着并不寂寞的历史,但因四面环山,远离都城,终是偏僻闭塞,即使繁华通达的龙驹寨,也是山夹水挤,加以历史的闲置,也未脱离蛮荒封闭的情况。长期的小农经济生活,山民们的生产方式虽由刀耕火种发展到锄垦镰收,终是发展缓慢,这使得商州的社会生活保持了更多的古朴性。浑厚而古朴,成为商州文化的鲜明特征。如商州戏曲《屠夫状元》《六斤县长》《泉水清清》等弥漫着古色古香的朴厚氛围,正是这一特征的注脚。其三,开拓进取性。商州作为地域上的过渡地带,历史上也是政治、军事的胶着点和重要经济走廊。在各种经济、政治、军事力量伸延的同时,也把文化意识渗透进来。历史上几次南民北移,也把其风俗习惯和民间文化艺术带到商州。这就形成各种文化的碰撞与交融,在竞争与删汰中形成攀比进取、推陈出新的民风。其实,秦文化和楚文化本身便是推陈出新的文化:商鞅变法精神作为原型意识不可避免地沉积在商州人的心理结构中,楚人的进取精神也影响着一代代商州子孙。尽管受正规教育的人极少,尚才艺崇诗书却蔚然成风。孩子满月那天,都要在面前摆放针线、算盘、笔墨之类任其抓取,最希望孩子抓笔墨。因为穷,大多数人不能读书,许多人由于刻苦自学而识文断字,更学会了正规教育不能传授的生活本领。商州有丰富多彩的民间艺术,如花鼓、顺口溜、乡曲小调、装扮社火等,在这种场合,好胜的商州人无不绞尽脑汁,精心准备,以胜人一筹为快慰。青年男女也借此喜结良缘。商州女人追求精神生活的饱满、乐观,商州男人希望成为像诸葛亮那样的"能人"。实际上,在商州的社会生活和民间艺术中确也产生了许多读书不多却能出口成章或做事出手不凡的大大小小的"能人"。其四,奇幻的神秘性。商州有神秘奇妙的八景十观。八景是:龙山晚日、熊耳晚霞、三台叠翠、四皓古陵、仙娥削壁、丹水环城、商山雪霁、秦岭云横;十观是:武关胜塞、仙子神湫、秀阁书声、灵岳松舞、溪岸桃花、龙潭瀑布、昙花胜地、水月洞天、鸡冠插汉、龙涎吐珠。加之板桥、龙山、棣花、商镇、龙驹寨、桃花铺、富水、竹林关等厚积着文化气息的地名,构成商州极富魅力的景观。这些景观在历代士人的妙笔下进一步升华,如:"鸡声茅店月,人迹板桥霜。""遥闻旅宿梦兄弟,应为邮亭名棣花。""秀眉老父对樽酒,蒨袖女儿簪野花。""历历山川连楚豫,纷纷贾客杂樵渔。""万壑有声含晚籁,数峰无语立斜阳。""横空绝磴晓青苍,楚水秦山古战争。"……更兼楚文化的影响,商州民间有较浓的巫文化意识,奇妙的景观演化出众多神异的历史传说和民间故事,于是,商州的景观、商州的风俗史充满着奇妙的神秘感。

从商州的上述文化特质不难看出,作为三秦文化的子文化,它不仅与其母体的文化性格息息相通,而且有着自己独特的内容和表现形态。

（二）贾平凹的艺术思维特征

贾平凹对商州文化精神的汲取，不仅在于他生长在商州腹地，天然地接受着商州文化濡染，更重要的是，他的心理气质中，有着更敏感地接受地域文化濡染的基因，这使他成为表现商州文化的典型代表。

1952 年春，贾平凹诞生在陕西丹凤县农村一个 20 多口人的大家庭中。父亲以教书为业，1956 年，调山阳县任教，母亲随往，4 岁的贾平凹跟随伯父母生活，5 岁上学，学业颇佳。大家庭经济情况不好，常挨饿，平凹禀气甚弱，又和父母分离，上学又受大孩子欺负，幼小的心灵难免留下创伤，造成孤独心理。贾平凹说："我出生在一个 22 口人的大家庭里，自幼没有得到什么宠爱。长大体质差，在家干活不行，遭大人唾骂，在校上体育，争不到篮球，所以便孤独了，喜欢躲开人，到一个幽静的地方坐地。愈是躲人，愈不被人重视，愈不被人重视，愈是躲人，恶性循环，如此而已。"①贾平凹 14 岁的时候，"文革"开始了，父亲被诬为"历史反革命"，开除公职，遣送回家劳动改造，全家人从物质到精神都遭到了劫难。平凹中断学业，回家务农。这个孱弱瘦小的"书生"，又常因"多情"而发呆，无论如何也干不好农活。正如他在《自传》中说的："老农们全不喜欢我作他们的帮手，大声叱骂，作贱。队长分配我到妇女组里去作活，让那些三十五岁以上的所有人世的忌妒、气量小、说是非、庸俗不堪诸多缺点集于一身的婆娘们来管制我，用唾沫星子淹我。我很伤心，默默地干所分配的活，将心与身子都弄得疲累不堪，一进门就倒柴捆似地倒在炕上，睡得如死了一样沉。"这一切，使贾平凹在受过创伤的心灵上又蒙上一层阴翳，孤独感更加深一层。

精神创伤和心灵孤独，虽是作家人生的不幸，对文学创作却是幸事。这是因为，作家的精神创伤和孤独，不仅可以构成他的重要创作动因，而且可以造就他的超常认知。

创作动因指的是推动和维持艺术家进行艺术创作活动的内部原因与动力。可划分为四类：自我实现的创作动因、道义的动因、名利心的动因和情爱的动因。由精神创伤和孤独构成的创作动因主要是自我实现的动因。许多作家曾是有着精神创伤的孤独者：萨特因右眼失明和容貌不佳而孤独，巴尔扎克因母亲的冷漠而孤独，卡夫卡因父亲的暴戾而孤独，高尔基因童年的不幸而孤独，鲁迅因家庭的不幸而孤独……因创伤而孤独，因孤独而寻求超越，文艺创作往往是通往超越的途径。司马迁云："盖西伯拘，而演《周易》；仲尼厄，而作《春秋》；屈原放逐，乃赋《离骚》；左丘失明，厥有《国语》；孙子膑脚，《兵法》修列；不韦迁蜀，世传《吕览》；韩非囚秦，《说难》、《孤愤》。"便包含这个道理。具体地讲，孤独分两种，一

---

① 《贾平凹性格心理调查表》，《丑小鸭》1982 年第 2 期。

种是个人主动选择的孤独，一种是客观情势使然的孤独。作家由创伤造成的孤独属后者，是由于种种原因被抛出人类伦理感情列车所导致的那种影单形只的孤独。这种孤独与各种强烈的感情体验如自卑、忧伤、失意、挫败感等相联系，形成孤独者的心理失调状态。摆脱失调状态成为他强烈的愿望和要求。但是，这种由客观情势造成的孤独，是难以通过现实的活动摆脱的，正如鲁迅无法挽回家庭的不幸，贾平凹也难以改变自己矮小的身材和羸弱的身体，于是，阅读和欣赏文艺作品往往成为一种补偿性活动，这使他们进入一种非现实的境界。巴尔扎克感到童年时“只有读书才能使我头脑活着”，毛姆认为孤独和寂寞使他“养成了世上给人以最大乐趣的习惯——博览群书的习惯”。高尔基认为，“书本向我指出另外的一种生活，这种生活具有博大的感情和愿望，它们指引人们去做出丰功伟绩和犯罪行为。”因此，“我一本连着一本读书，读得很快，心里高高兴兴。我感到我在参与一种不平凡的生活。”贾平凹打发孤独的办法，先是到光棍楼听故事：一片芦席，一壶清茶，一袋旱烟，老少光棍们夏夜在楼上纳凉说古，彻夜长聊，话题多是鬼和狼，平凹和小伙伴们骇得缩在大人裤裆里。稍大一点便酷爱读书，书上的故事要文雅得多，偌大得棣花镇，能找到的书全读了，还让父亲到朋友处借。他初中母校有个小图书馆，造反那阵，书被偷光，他打听到下落，常用帮工去换读，久之，渐渐对文学艺术产生兴趣；一段时间，他苦练毛笔字；一段时间，他又背诵唐宋诗词，手抄《古文观止》。白天累断筋骨，夜里秉烛苦读，颇有大器初铸的躁动。家人发现平凹读书入迷，想法儿给他找书、借书。一次，不识字的娘在箱底翻出一本早年夹鞋样的书，高兴地交给儿子，却是一本《中国地理图》，平凹笑着安慰娘：“这是本好书，这真是好书呢。”贾平凹谈到读书的感受时说：“能识天地之大，能晓人生之难，有自知之明，有预见之先，不为苦而愁，不受宠而欢，寂寞时不寂寞，孤单时不孤单，所以绝权欲，弃浮华，潇洒达观，于嚣烦尘世而自尊自重自强自立不卑不畏不俗不谄。”①贾平凹在文艺作品中找到了与之交流的“参照群体”，这个群体将他与人类群体联系起来，展开一个别样的新世界。他虽然在这里求得慰藉，却不过是给自己找到了一个逃避人生忧患苦难的庇护所，为自己臆造出一个虚无缥缈的幻境。这不仅是贾平凹的痛苦，而且是古今中外文学家、艺术家共有的痛苦，大多数的文学家和艺术家都是孤独者。如此，贾平凹在读书中便将自己的孤独同古往今来的孤独者融会在一起，他不仅为自己的孤独而痛苦，而且为杰出的前人的孤独而痛苦，他承受的痛苦具有时代和历史的巨大包容性，是深刻的艺术家的痛苦。贾平凹是痛苦的，也是充实的，他因孤独而参与了不同于现实生活的另一种生活，并且在与艺术的接触中重塑了自己。正是因为阅读大量文艺作品，培养了他成为未来作家的必不可少的心理素质。

---

① 贾平凹：《好读书》，见《人迹》，长江文艺出版社 1992 年版，第 394 页。

这种素质在少年时代便见雏形。孙见喜在《贾平凹之谜》一书中写道：

> ……他是善于想入非非的。地缝里一只蚂蚁，柳叶上一个蝉壳，喇叭花上出现白斑，向日葵上两只彩蝶，他都寻着根去看。有时，想得痴迷，竟连吃饭睡觉都忘了呢！特别是天上的月亮，月亮跟前的星星，常常勾起他旷远的遐想。大约就在这个时候，他开始孤癖了，性格变得内向起来，或者说他开始独立地观察生活了。树上的皂角，籽儿能烧着吃，那是他自个儿发现的；河边的洗衣石，他知道啥时间人最多最少；地埂上豇豆角儿长长了，他知道隔几天摘一茬。……

这种心理素质，将他的生命活动和审美活动联系在一起，愈到后来，其联系愈紧密，乃至在大病之中因艺术想象而忘记痛苦，带病写作感到是一种幸福。他在《人迹·跋》中写道："整日的独躺独想，起先以为是一种残酷的惩罚，到后来便觉得有吸大烟的效果，因为夜里睡得安稳，现在不会迷糊，您想啥就来啥，睁着眼睛好像又在梦中，所以便疑心庄子一定是患过大病躺过床的。""写这些文章，家人和朋友一经发现都极力呵斥，以为我这是不死且催死。其实我很爱我的生命，病不是我写作所致，病中写文章也不受累，写文章如同打针吃药一样都是为了我活着的需要。"

生命活动与审美活动的结合，标志着贾平凹已获得了作为文艺家的独特的思维方式——超常认知。认知是包括想象、联想以及幻觉等因素在内的实际的知觉活动，超常认知指认知活动的奇异性和非常态。个体创伤造成的孤独感疏离了他同群体的关系，阻碍着他成为时代的弄潮儿，他便感到一种"社会感觉剥夺"。这时，每个个体不管是否意识到，都有着与群体感情沟通的希望。这种希望虽在艺术接受如读书中得到补偿，那毕竟是虚幻的世界，其补偿是"抽刀断水水更流，借酒浇愁愁更愁"。他还需要现实的补偿，于是，他对现实中与"人"的面貌有相似之处的自然物便格外敏感，并产生将某些自然物人格化的现象。正如古语说的："乡无君子，则以山水为友；里无君子，则以松竹为友；座无君子，则以琴酒为友。"贾平凹的超常认知十分典型。他在《山石·明月和美中的我》中写道："社会反复无常的运动，家庭反应连锁的遭遇，构成了我是是非非、灾灾难难的童年、少年生活，培养了一颗羞涩的、委屈的甚至是孤独的灵魂。慰藉这颗灵魂安宁的，在其漫长的20年里，是门前那重重迭迭的山石，和山石之上的圆圆的明月。这是我那时读的很有滋有味的两本书，好多人情世态的妙事，都是从那儿获知的。山石和明月一直影响着我的生活，在我舞文弄墨挤在文学这个小道上后，它始终左右着我的创作。"对自然景物的格外敏感，并通过自然景观和人文景观去认识"人情事态的妙事"，便成为贾平凹的超常认知。这种超常认知注定：他的政治、社会意识较弱，而文化、生命意识异乎寻常的强烈。与超常认知紧密联系的，是贾平凹的感应式思维。这种思维是强调人与自然、人的内在精神和外界事物相互作用、相互影响的思维方式，著名的"天人感应"说便包含着这种方式。《易》是这种思维的范例。在诗学领域，感应思维是一种具有特定文化内涵的形象思维，它受启发于禅道，与禅道中的“妙悟”、“感悟”紧密联系在一起。《沧浪诗话》云：“神道惟在妙悟，诗道亦在妙悟。”宋人亦有“凡作诗如参禅，须有悟门”，“得句如得仙，悟笔如悟禅”之说。“方其空洞间，寂寞一念无。感物赋万象，如镜悬太虚。不将亦不应，其应常如如”，更是将感应思维具体化了。感应式思维对主体的心性、心境要求是很高的。它要求创作主体在思维时实现对客体和主体的双重超越，达到“寂寞一念无”的虚静态。这种虚静并非泯灭主体，而是暂时的杂念离异，使主体以明镜似的虚静之心去迎接汹涌奔腾的艺术想象世界。它以无载动有，以静追求动，以平如大漠的情怀去拥抱勃郁奔腾的大千，去迎接腾飞不绝的美和喷涌而至的灵感。故苏轼有云：“欲令诗语妙，无厌空且静。静能了群动，空故纳万境。”其实，感应便是感悟。贾平凹称作“悟”，“悟道”，认为，“世上所有的艺道皆有悟性”。他把自己的居室提名“虚静”，室内挂“达摩面壁图”。在《浮躁·序二》中，他写道：“我欣赏这样一段话：艺术家最高的目标在于表现他对人间宇宙的感应，发觉最动人的情趣，在存在之上建构他的意象世界。”可视为他的“感应式思维宣言”。

贾平凹的超常认知和感应思维，使他能在别人司空见惯的景观上悟出生命、文化和历史来。走在陕西乡间的田野上，他同这里的山川风物发生着强烈的情感共鸣：“在黎明或者黄昏的时分，一个人独独地到田野里去，远远看见天幕下一个一个山包一样隆起的十三个朝代帝王的陵墓，细细辨认着田埂上、荒草中那一截一截汉唐时期石碑上的残字，高高的土屋上的窗口就飘出一阵冗长的二胡声，几声雄壮的秦腔叫板，我就痴呆了，感觉到那村口的土尘里，一头叫驴的打滚是那么有力，猛然发现自己心胸中一股强硬的气魄随同着胳膊上的肌肉疙瘩一起产生了。”①

关中农民院子里的一只破旧的汉代瓦罐，可以引起他感情的“震惊”，他“一下子觉得很美”。在霍去病墓前“面对卧虎卧牛的石雕”，他“傻呆了，心直跳，夜里做梦，净是些流动的线条和扭动的团块”。关中画派修军的木刻画的“刀法和构图”，使他想起“家乡的山脉水势”，勾起他许许多多思念。他喜看秦腔，尤其是传统剧目。“那一幅帽翅，两条水袖，一具胡须，一张脸谱，一会儿白天，一会儿黑夜，一会儿阳世，一会儿阴世，实在美极了”。在他看来，“那是一套真正的表现艺术”。西安碑林，户县安塞的剪纸和刺绣等，他也极感兴趣，说：“每过一段时间，我就去那如林的石碑下，我总感到一种说不出的启示，每见到民间那剪纸、刺绣一类，总是爱不释手，虽然我无意要去做书法家和美术家，古老艺术竟合了现代人的心境，这使我吃惊。”②

---

① 贾平凹：《秦腔》，见《人迹》，长江文艺出版社1992年版，第376页。

② 《平凹文论集·无题——〈心迹〉序》，青海人民出版社1986年版。

由精神创伤所形成的超常认知和感应性思维，显示了贾平凹艺术思维的超常性和敏感性。这种超常的艺术思维能力作为“前理解”奠定了敏锐地感受商州文化特质的心理基础。

（三）贾平凹的审美心理图式

超常认知和感应思维之外，贾平凹还有自己独特的“心理图式”。

心理图式又称心理结构、心理格局，是皮亚杰“发生认识论”中的重要概念。心理图式是心理生活的基本要素。其原始形态来自婴儿的遗传，既经产生，便有着“同化”和“顺化”两种对立统一的机制，使人的认识过程成为“能动性的适应”过程。“同化”指把客体纳入主体原有的“心理图式”，使原有的图式获得进一步巩固、丰富。“顺化”则指主体适应客体，改变原来的心理结构，建立新的图式，使原有图式无法接受的客体被主体所接受。前者显示着图式的稳定性，后者则显示其动态性。心理图示的同化与顺化，则是主客体间形成动态平衡的过程。贾平凹对商州文化特质的感应，焦点问题是他固有的心理图式，以及这种图式的同化和顺化；他的超常认知和感应思维，可视为同化和顺化的催化剂。

寻找和揭示作家固有的心理图式并非一件易事，我们拟以“人文象”描述一下贾平凹的艺术心理图式。贾平凹在《静虚村散叶》中说：“说鲁迅的人文是什么象？猫头鹰。苏东坡的人文是什么象？水。郑板桥的人文是什么象？瘦石。我是赞成这种说法的。”这种说法的合理性在于：外在的物理世界和内在的心理世界存在着异质同构关系。格式塔心理家们认为：尽管物理世界和心理世界是不同质的，这两个世界的“力的结构”却可以是同一的。正如威廉·詹姆斯说的：“在一般情况下，我们不仅能从时间连续中看到心理事实和物理事实之间的统一性，就是在它们某些属性当中，比如它们的强度和响度、简单性和复杂性、流畅性和阻塞性、安静性和骚乱性中，同样也能看到它们之间的同一性。”①贾平凹并没有为自己确定一个人文象，我们却可以作一番探寻。其方法是：首先寻找他艺术创作中的意象元件系统，然后确定主导意象即是。贾平凹的审美意象世界是丰富多彩的，但扒梳起来，在他的散文、小说、诗歌乃至绘画中，出现最多的意象元件是月、水、石等。他对月赋予特别的钟爱，他的散文集《月迹》几乎全是咏月散文，精彩的篇目便有《月迹》、《月鉴》、《对月》等；在小说中，他钟爱并着力描绘的女性形象常以月命名，如月儿、小月、月清、柳月等；谈自己创作道路的文章便命题为《山石·明月和美中的我》，认为明月和山石是“读得很有滋味的两本书”。他甚至认为，“我们这个时代该是一个月亮的时代呢”，因为“月亮是美

① 威廉·詹姆斯：《心理学原理》（英文版）第六章。

丽的；美丽的月亮照着我们所有的人，也给了我们所有的人最多的情绪和最多的幻想”。贾平凹也特别爱水，他自称水命，以水命题的作品便有《一个有月亮的渡口》《在池塘边》《四月二十三日游太湖》《溪流》《溪》《玉女山瀑布》《高观谭》《温泉》《未名湖》《荷花塘》《白浪街》《河西》……他常常描写的那条州河简直成为他作品的图腾。他“甚至觉得，我的生命，我的笔命，就是那山溪哩”。山石的意象，在贾平凹的作品里可谓俯拾皆是。在《山石·明月和美中的我》中，他认为：“山石和明月一直影响着我的生活”，并且“始终左右着我的创作”。他的散文《读山》，从山石、山路、山光、山雾、山雨这些无情物中，读到了它们无限丰富的生命情调，他同山石进行着心物交感：“我坐在一堆乱石之中，聚神凝思，夜露就潮了起来，山风森森，竟几次不知了这山中的石头就是我呢，还是我就是这山中的石头？”《丑石》中那块“丑到极处”又“美到极处”的丑石，包含了极深的人生哲理，也是平凹的夫子自道，带有鲜明的自传性质。在为人称道的绘画《梅妻石夫》中，他再次以“石夫”自况。

月、水、石作为贾平凹笔下出现最多的审美意象，彼此有密切联系。这种联系不在于它们的客观属性，而在于它们在贾平凹心理透镜上的折光。众所周知，贾平凹在他的小说中最擅长描写的而且描写最为成功的是青年女子形象，他不但把一些女性形象命名为月，在描写中还常将月亮意象同女子形象叠合：《月鉴》中，月亮同自己的妻子叠合，《天狗》中，月亮在天狗心目中同师娘的脸叠合，《佛关》中，兑子在“我”的心目中同月中嫦娥叠合……月亮既与女人叠合，月下便有爱情，黑氏和来顺在令人心性勃发的月光下涉入爱河，月光下做爱的还有“我”和兑子……在贾平凹的笔下，水的意象也往往同女人、爱情联在一起，州河、丹江、汉江等河流上便飘满了情歌。水和月，往往通过女人和爱情，发生密切的联系。《天狗》中，月食在即，女人们来到汉江边祈祷，保佑丈夫吉祥，古老的乞月歌，和着江水缓缓地流。天空挂着月亮，天狗和师娘以乞月歌袒露相爱之情。在这里，月、水、女人、爱情浑然天成地融合到一起。贾平凹还有一首诗《天·地——静夜给A》：

一

有多少水
你就有多少柔情
有多少云
我就有多少心绪
水升腾成云
云降落为水
咱们永远不能相会

二

天黑了
日子多寂寞
月亮是我们的眼
我看着你
你看着我
夜夜把相思的露珠淌着

同样进行着水、月亮、女人、爱情的叠合。

平凹笔下的山石，常常象征着大器，象征朴拙的力之美。山也充满神秘：“只觉得它是个谜，几分说得出，几分意会了则不可说，几分压根就说不出。天地自然之中，一定是有无穷的神秘，山的存在，就是给人类的一个窥视。”（《读山》）他常以石自况。《梅妻石夫图》可窥见石和月的关系。该图的画面上，二三枝条，似带似缨，临风垂拂；枝条环护下，一团浓墨，如石如盘，状作襁褓；细瞧，原是一介书生，乱发纷披，平地而卧，枕下有竹简散开。其题词云：“……献给俊芳三十六本命年。本丈夫以此为寿礼乞大吉大利。成功的男人背后都有一个牺牲者的妻子，然而成功的男人皆呆如石头矣，原来是刚强而美艳的梅，已枝干似柳了。若纯梅不行，若素柳不行，梅柳之妻，愚夫可成石。石则涵玉，玉则上补青天，下镇黄土，是吗？人间妻不好做矣。”作为成功者——可上补青天、下镇黄土的涵玉石夫，终究要置身梅柳之妻的环护之下，梅妻石夫的关系自明矣。前文已述，月与女人常常叠合，梅妻石夫的关系亦喻月和石的关系。同月和水的联系相比，月和石是一种矛盾和谐，你看，石夫顽劣，梅妻似梅似柳，刚柔相济，才形成对石夫的征服。这使人想起《红楼梦》中的贾宝玉，原本是石头幻化而来，他认为女儿是水做的骨头，对其充满敬慕之情。这自然是曹雪芹的女人观。贾平凹在《四十岁说》中也说：“爱情的故事里，写男人的自卑，对女人的神敬，乃至感应世界的繁杂意象，这合乎我的心境。”女人观殆与曹公同。

在贾平凹作品的意象系统中，月、水、石以女人为媒介达到了和谐统一，月和水是相辅相成的和谐，月和石是相反相成的统一，整个系统成为动态平衡的有机体。其中，月的意象出现的频率最高，包含的意蕴更深刻；它不仅牵连着“水”，而且制约着“石”，当是整个系统中的主导意象。据此，贾平凹的人文象当确定为“月”。

如果把贾平凹的人文象放到整个中国文学中去考察，可发现，古代文人多歌咏月亮，如李白、杜甫、苏轼、辛弃疾等；五四以来的诗人和作家则喜歌咏太阳，如郭沫若、艾青、丁玲等。贾平凹更具古代文人的审美情趣。

月象的原型意识可追溯到远古神话“嫦娥奔月”。实际上，嫦娥奔月的故事作为古人心相的异质同构，发生着不断的演变。《淮南子·览冥训》曰：“羿请不死之药于西王母，姮（嫦）娥窃以奔月，怅然有失，无以续之。”高诱注：“姮娥，羿妻；羿请不死之药于西王母，未及服之，姮娥盗食之，得仙，奔入月中为月精。”从社会学观点看来它是妇女地位垂降的表现，反映了深重的罪孽心理，因而衍化出嫦娥捣药的传说：“嫦娥捣药无穷已，玉女投壶未肯休。”（李商隐《寄远》）“孀居应寂寞，捣药青冥愁。”（陈陶《海昌望月》），从审美心理看，月的凄清，嫦娥的寂寞，人类的某种清幽心理，形成了对应关系。李白《把酒问月》：“白兔捣药秋复春，姮娥孤栖与谁邻？”李商隐《嫦娥》：“云母屏风烛影深，长河渐落晓星沉。嫦娥应悔偷灵药，碧海青天夜夜心。”明边贡《嫦娥》：“月宫秋冷桂团团，岁岁花开只自攀，共在人间说天上，不知天上忆人间。”嫦娥均是作为凄清心理的表征，形成一种遗传因子，一直影响到现今人的审美心理。

月的凄清寂寞，与贾平凹的孤独产生强烈共鸣，贾平凹的“月象”便有了深厚的文学历史渊源。但细思之，月象作为贾平凹心理图式的表征，并不能以“凄清”作简单解说。因为平凹的月象不可避免地带有时代特征，更何况这个月象是以月为主体，包括水、石在内的有机整体。贾平凹的月象中，既有月的幽静、凄清，又有水的轻柔、神秘，更有石的坚韧、顽劣，是一个矛盾统一体。他称自己的性格类型是：内倾加独立。所谓内倾，即内向、孤傲、羞涩、沉默寡言、擅长想象、体质虚弱、常常自卑；所谓独立，则表现为固执、专一、有毅力、不随波逐流、善于思考、爱走自己的路。内倾和独立相反相成，却又以独立为主。可具体描绘为：外柔而内刚，淡泊而迷狂，超然而入世，懦弱而坚强，沉静而冲动，自卑而自信，外冷而内热。贾平凹说：“这种气质的人，表面上是冷漠的，内心是热烈的，他永远使人看不透。以此引申入文学，必然有一种神秘色彩，变化莫测，有不可学得（模仿）的特点，他不善于打正面攻击战，却极会选择角度进入中心地带。”①贾平凹面对日本画家东山魁夷的作品《冬花》，产生了强烈的情感共鸣：这是一种诗的境界，朦胧而安静，虚空而平和，月亮欲明未明（月在画中占了 1/2 的空间），神秘微妙的情调，恬淡，清澈，忧郁，寒冷，很难用语言表达清楚，以致贾平凹见了就想哭。这是心的共鸣，心的震颤。据此，我们可对贾平凹心理图式——月象的特征做一梳理。（1）空灵的诗性。他的心理图式如优柔的月光，空灵、恬淡、凄清、寒冷、朦胧而安静、虚空而平和，是一种诗意充溢的境界。他将生命活动与审美活动结合起来，形成生命的审美化，明显带有婉约词人的气质。（2）孤独的韧性。他如同笔下那块丑石，在地上“一躺就是二三百年时光，有着不屈于误解、寂寞的生存的伟大”。他评价川端康成时说，孤苦凄凉的生活使他性格内向：受尽了人世的歧视，却不肯屈服，便只有孤独、虚无、颓废，官能的压倒。但只有这种人，其内心才最龙腾虎跃，才最敏感，才最神经质，才善于有瞬间纤细的感觉和细致的微妙的心理活动。这也是夫子自道。（3）莫测的神秘性。这种神秘性像他笔下的水：“平静的水面是温柔的，却深不可测；河面上翻一片雪浪花多么好看，那下面是有一块绊脚的石头的；漩涡里的空心轴儿银亮亮的，若走进去，或许会绞肉机一样将你吸拉进去……”②又像他笔下的山：山脉所流动的内在力，终寻不出这个规律，远看千汇万状的山石，迁想妙得，随主观而赋形，令人不可思议；山上的路，看得见两头，又终觉难于走尽，令人不解；山上晨雾暮霭，浓浓地滚动，片刻间又匀匀地轻笼着林木，眨眼又会倏忽尽散，无影无踪；山间的光明和黑

① 《平凹文论集》，青海人民出版社 1986 年版，第 127 页。

② 贾平凹：《心迹》，四川文艺出版社 1985 年版，第 338 页。

暗一样，诗人看不清任何东西，使人久久迷惘，大惑不解。（4）隐逸的禅性。平凹室内挂达摩面壁图，将居处题名为“虚静”，作品也命名为《静虚村散叶》，心理中的禅性也常常流露到作品中。前文提到的观东山魁夷的画《冬花》，天上一轮虚虚的月，地上一株圆圆的树，别无他物。他感到“朦胧而又安静，虚空而又和平”，实际是一种禅境的感悟。他使人从内到外陷入沉静，忘怀事情，而感受到瞬间的永恒。这是一种意识深层的体验，是高品格的审美意境。平凹惊呼：“这是什么缘法儿呀，画儿，我一见到你，我就想哭呢。”想哭，不是伦理的认同，不是人道的悲悯，而是禅意共振的战栗。

（四）走向商州文化

将商州文化特质同贾平凹的心理结构（图式）相比较，便可明显看出，二者的特征虽有不少的沟通，如神秘性和进取性；也有不小的差别：月象属阴柔意象，表现出婉约、空灵、清丽、秀逸的特征，而商州文化特质则表现为沉厚、雄浑、大涵大度。贾平凹在生活和创作中，按照自己的心理图式吸收外来的刺激，进行着“同化”过程，而商州文化亦按照自己的特质对贾平凹的心理图式进行着“顺化”，促其地域文化化，在复杂的矛盾中构建着动态平衡，其结果，贾平凹的作品逐渐商州文化化。贾平凹的艺术思维方式（超常认知和感应思维）从中起着催化作用，加速着心理图式的“同化”和“顺化”的矛盾平衡进程。

贾平凹创作伊始，主要表现为心理图式的同化过程。创作始于模仿，他寻找着同自己气质相类似的作家作为参照系。他首先找到孙犁，对孙犁的潜心师承使他创作大进，受到孙犁赏识；他还借鉴冯文炳和沈从文，认为“沈从文对山水的感觉同我对商州的感觉很类似，我也能理解”。于古人，他最早学习的是李清照和蒲松龄；于国外作家，他酷爱川端康成……在同这些作家的神交中，贾平凹的超常认知和感应思维像一只无形的手，推波助澜，强化着他对这些文学大师的理解和妙悟，同他们撞出心心相印的火花。对此，贾平凹说：“能不能学来某一个作家的精髓，我觉得首先看你是否喜欢。如果是喜欢，你精读了他的作品，就要研究这些作家的生平、气质，看看有没有同你类似的、相近的方面。而他的风格凭什么形成，你有没有可能性？这番工作做完后，你才有可能学到他的一点精神。”[①]正因如此，贾平凹初登文坛，就把握住自己的创作基调，鲜明地表现出自己的风格：清新自然，凝练含蓄，富有优美的诗意。其结构，行云流水般和谐、畅达；其语言，质朴而清新，含蓄而抒情；其艺术表现，简洁凝练，有整体感；其审美效果，如梨花带雨，优雅醉人。这一切，使他成为一颗耀眼的新星，受到文坛的关

① 贾平凹：《静虚村散叶》，陕西教育出版社 1990 年版，第 166 页。

注和赞誉。这种情况一直持续到1982年。

这一时期,贾平凹的作品并非没有商州文化意蕴。商州文化精神的遗传,商州自然、人文景观和社会风尚的影响,使他的心理图式中早已带有了商州文化基因。如写爱情,他都是以自己的妻子为模特去描写女人的神和韵,而妻子则是商洛的水土出脱而成的,加之平凹心理中的商州文化基因,自然带有了商州的神和韵。但是,毕竟平凹的心理图式同商州文化特质不无差异,初登文坛的稚嫩使他笼罩在名家大师的风格之下,他的创作处在心理图式的“同化”过程,对于图式之外的刺激,尚无暇顾及;更何况,他独特的思维方式的兴奋点也在“同化”方面。因此,读者感受到的是平凹的鲜明的艺术个性与风格,而商州文化意蕴并没有引起关注。其实,初登文坛便达到了这样的高度,已属罕见。

贾平凹涉世渐深,眼界逐渐开阔,商州乃至三秦的景观和世事一次次冲击他固有的心理图式,他独特的超常认知和感应思维强化着这种冲击,于是,他心理图式的“顺化”开始了。他在田野上听到秦腔叫板而“痴呆”,见汉代瓦罐而“震惊”,见霍去病墓前的石雕而“傻呆”,见关中画派修军的木刻而想起“家乡的山脉水势”,见西安碑林,安塞、户县剪纸和刺绣而“吃惊”,这都是他与商州及三秦文化进行的心物交感。最使他激动的还是霍去病墓前那只石雕卧虎,他专作《“卧虎”说》,写道:

> 前年冬日,我看到这只卧虎时,喜爱极了,视有生以来所见的唯一艺术妙品,久久揣赏,感叹不已,想生我育我的商州地面,山川水土,拙厚,古朴,旷远,其味与卧虎同也。我知道,一个人的文风和性格统一了,才能写得得心应手;一个地方的文风和风尚统一了,才能写得入情入味。从而悟出要作我文,万不可类那种声色俱厉之道,亦不可沦那轻靡浮艳之华。“卧虎”,重精神,重情感,重整体,重气韵,具体而单一,抽象而丰富,正是我求之而苦不能的啊!

之后,贾平凹开始了心理图式的顺化过程。如果说,1982年之前他追求的是“个人的文风和性格”的统一,那么从1983开始,他的追求则是与“地方的文风和风尚的统一”。他选定商州作为自己的开发“特区”,对商州进行着全方位的勘察。他的超常认知和感应思维促使他同商州的山势水形、社会风尚进行着强烈的心物交感。于是,商州文化特质激活了平凹心理图式中的地缘文化基因,平凹的心理图式也以开放的姿态吸纳着更多的外来刺激,获得大幅度的丰富与发展。贾平凹的创作进入辉煌的“商州文学”期。他首先以《商州初录》拉开序幕,继而陆续创作了《小月前本》《鸡窝凹人家》《腊月·正月》《商州》《天狗》《远山野情》《冰炭》《黑氏》《商州世事》《古堡》《浮躁》《妊娠》《美穴地》《五魁》《佛关》《晚雨》《龙卷风》《瘪家沟》《高老庄》《怀念狼》《秦腔》等一系列中长篇,构建起“商州小说”大厦。

贾平凹心理图式的“顺化”过程，是其固有心理图式和商州文化乃至三秦文化特质的进一步融合的过程。贾平凹的个性不仅没有失落，却获得强化和发展。在贾平凹的作品中，商州文化特质经过贾平凹心理图式的变形和折光，带有了贾平凹的个性特征。约略说来，表现在如下方面：

其一，走向浑朴。浑朴者，浑厚而质朴也。在贾平凹最初的个性中，质朴是早已有之的，浑厚却明显不足，他心理图式的“顺化”过程，主要是走向浑朴的过程。可以说贾平凹是在三秦文化遗存的影响下走上浑朴的。如前所述，他见到汉代瓦罐而“震惊”，见到霍去病墓前的石雕而“傻呆”。他感到，这些遗存“其作风的浪漫，造型的夸张，其寓于厚重的幽默，其寓于稳定的强劲的动和力，太使我羞愧自己的浮浅与甜腻。”①与此同时，他钟爱的作家由李清照等转向充溢着三秦雄风的司马迁。他在一篇文章中比较了冯文炳和沈从文之后，自诫道：“吾则要拉开距离，习之《史记》，强化秦汉风度。”他反复品读《史记》，着意感受司马迁身上的雄风，追求司马迁写人记事那种全局在胸的史家气度。在《腊月·正月》中，他用史记笔法写韩玄子同王才的斗争，使这部中篇带有了历史的深沉感。贾平凹虽无司马迁的伟岸，却不屑于“奶油小生”的甜腻，他的深沉和机智、洒脱和彻悟亦不失男子汉的从容。长篇小说《浮躁》既是贾平凹走上浑朴的标志，又是他的一个创作高峰。其浑厚性，表现在艺术广度和深度的双重推进。在艺术构思上，《浮躁》带有相当的综合性，包容着作者对历史、文化、民俗、时代、生命、艺术等方面的思考，却又能浑为一体；在人物塑造上，追求人物性格的丰富与复杂，如金狗和雷大空，其性格有难以说清的复杂性，但这种复杂又是质的结构的复杂，并不给人以割裂感；在艺术提炼上，突破了实际的生活原型的限制，实现了整体性艺术思维的解放；在艺术结构上，几条线索交叉渗透，有历史的纵深感，金狗的命运线又是贯穿始终的主线，繁复而集中。整部作品如贾平凹笔下的卧虎石雕，“重整体，重气韵，具体而单一，抽象而丰富”。新世纪的《秦腔》，具有了更深广丰厚的思想艺术包容。

其二，走向神秘。神秘表现着人对世界的无限的追求和探索，体现着人的生命本能。作为一种深层的美感，给人以深邃的、难以穷尽的感受。由于贾平凹心理图式中包含着较强的神秘性基因，作品中的神秘因素要比浑厚性来得快，来得强烈，乃至后来过多地描写神秘事物而冲淡了作品的现实感，甚或有神秘主义之嫌。贾平凹的“商州小说”创作伊始，便开始了对神秘性的探讨。《商州初录》便记载了老医生给狼治病及狼的报德故事，神秘性进入了贾平凹的艺术视野。1985 年的十个中篇的大部分如《天狗》《黑氏》《人极》《远山野情》等通过各种性爱故事探索乡村社会潜在的性意识，这本身便带有神秘性；更何况这些篇什还或

① 《平凹文论集·无题——〈心迹〉序》，青海人民出版社 1986 年版。

多或少地描写了乡村的神秘文化现象，如祷念、祈福等。1986年的《古堡》，作为他当时的中篇之最，描绘了各种神秘文化现象，如云云的奶奶常常把阴阳相混，把生者与死者拉入同一生活天地；老二和男人们在篝火旁，忘情失态地跳起原始巫舞；村民们送“纸火”的壮观祭祀场面等，洋溢着巫文化氛围。小说还赋予神秘事物以象征意义，如耸立于天烛台峰之巅的古堡，以其古老、威严、神秘统摄着村民的精神世界，作品以古堡命名，便是一种神秘象征。那神秘出没的白麝，同张老大的事业和爱情进行着神秘的比照，也引起读者不尽的思索。长篇《浮躁》可说是一部现实主义作品，却也设置了许多混茫之笔。如民间对阴阳风水的讲究，韩文举卜卦观天象，夜梦土地神，和尚谈玄讲空，小水左眼跳金狗果然到……那贯穿全书的州河，发几次水、涨几次水“都是有一定讲究的”。它是金狗命运和州城社会历史的象征。从1986年的《龙卷风》《故里》《瘪家沟》开始，贾平凹甩脱现实改革题材，步入参悟神秘文化、表现山民混沌思维的“形而上”层次。到《太白山记》，运用“巫化思维法”，以魔幻之笔写山民虔信神巫文化的魔幻心态，浑浑茫茫，恍兮惚兮，进入一个幻象世界，因而被称为“新志怪小说”。90年代发表的《白朗》《美穴地》《五魁》《烟》《佛关》等，同《太白山记》相比，少了浑茫之气，多了写实之笔，但神秘性仍然炽烈存在，甘愿为女性奉献的五魁后来竟娶了11位压寨夫人，白朗由得胜的英雄一下子变成颓废的隐士，目睹人生三世的石祥对古赖耶识充满困惑……形成作品整体意蕴的神秘感。

其三，走向艺术的博大与深沉。这种走向来自贾平凹艺术的开放性和创新性。开放性和进取性既包含于贾平凹的心理图式，又见之于商州文化特质，因而形成平凹艺术创作的不断进取与开拓。他在谈到马尔克斯和略萨时说：“他们创造的那些艺术形式，是那么大胆，包罗万象，无奇不有，什么都可以写进小说，这对我的小家子气简直是当头一个轰隆隆的响雷。”①勇于剖析自己的“小家子气”，正说明他艺术胸襟的开阔。他以开放的艺术胸襟吸收着多种信息和营养。他的古典文学修养为人们所称道，这方面的老师有司马迁、陶渊明、柳宗元、苏轼、李清照、施耐庵、蒲松龄、曹雪芹、苏曼殊等。从中国古代文学作品中，他吸收着传统美学精神：从志怪小说中学会了以平实的神秘感抓住读者的向往心，从《世说新语》中学会简练、隽永传神，从《山海经》、《水经注》和地方志学会对大小空间的鸟瞰和统摄，从《浮生六记》悟出叙事写情的高超本领。在中国现代作家中，他主要学习和借鉴的是废名、沈从文、孙犁、周立波等；外国作家，对他影响最大的是川端康成、海明威、福克纳、马尔克斯、泰戈尔、略萨等。他学习沈从文对自然山水的感悟，他借鉴孙犁被称为孙的“金童”，他效法略萨被誉为“结构现实主义”者……他兴趣广泛，“喜欢观鱼，看美术杂志大胜过看文学杂志。爱看杂书：建

① 贾平凹：《静虚村散叶》，陕西教育出版社1990年版，第164页。

筑、医药、兵法、农林、气象、佛学……”这一切，造就了他从事创作的艺术“底气”，这种“底气”成为艺术不断创新的基础，鼓荡着他的艺术之舟破浪前行。

贾平凹认为，“创作之所以是创作，创是第一位的，作是第二位的，一切无定式，一切皆‘扑腾’。”①他确实是一个不断“扑腾”、不断突破的作家。以《山地笔记》为代表的一批作品奠定了他美学风格的第一块基石，表现的意蕴是清新、明丽；以《商州初录》《商州世事》《商州》为代表的那批作品奠定了他美学风格的基本格调，表现为透露着文化生命意识的犷野隽丽；以《浮躁》为代表的作品又增加了风格的雄健和朴厚；《太白山记》又追求着空灵与混茫；乃至新世纪《秦腔》以密实流年的琐屑叙事深蕴历史和文化的沉厚与悲凉；……他的作品从不重复自己，每有新作，都会引起文坛的兴奋和关注。正如苏轼云：“吾文如万斛源泉，不择地而出。平地滔滔汩汩，虽一日千里无难，及具山石曲折，随物赋形而不可知也。所可知者，常行于所当行，常止于不可不止，如是而已。”②贾平凹的创作进入一个自觉自由的商州文学境界。

第四节　三秦的朴厚

——贾平凹“商州小说”的艺术追求

贾平凹“商州小说”的朴厚性，像他笔下的“卧虎”一样，表现为“重精神，重情感，重整体，重气韵，具体而单一，抽象而丰富”，是包括多种艺术因素在内的综合效应。如果把“商州小说”看作一个体系，按照最传统的划分，其朴厚性是从内容（如主题、人物、情节、情感等）到形式（如语言、结构等）诸因子的有序排列而形成的整体气韵。艺术的朴厚往往表现在艺术视野的宽度和艺术开掘的深度，这既是“商州小说”整体气韵的特点，也是诸因子排列的有序的追求。“商州小说”的艺术宽度和深度并不是割裂的，它们统一在走向商州文化的过程中，其宽度是在这一走向上的多层面、多角度、多变化的种种探索，其深度是在多种探索中步步走向深化。朴厚性不是商州文化的表面化体现，而是化作贾平凹的心理图式，对小说创作诸因子的深层渗润。

（一）艺术境界在多转移中走向深化

1982年，西安“笔耕”文学组召开贾平凹创作讨论会。贾平凹在剖白自己的

① 王永生等：《贾平凹的语言世界》，太白文艺出版社1994年版，第151页。

② 苏轼：《答谢民师推官书》。

创作时,提出文学创作的三种境界:单纯入世,复杂处世和单纯“出世”。单纯入世是以童年的眼光看生活,单纯而清浅,多写生活美;复杂处世指随着阅历的丰富和交往的广泛,越来越体察出社会矛盾的错综复杂,艺术修养也不断提高;单纯“出世”是思想艺术高度成熟后的“冷静观世”,此时,作家不再被生活的复杂性所迷惑,进入一个高度抽象和单纯的境界,这种单纯是在对世界具有了最深刻的认识和最准确地把握之后的单纯,是一种很高的境界,要求作家有深厚的修养、丰富的经历和极强的艺术表现力。贾平凹认为,第三境界是他终生的追求目标。

1980 年以前,是贾平凹艺术创作的“单纯入世”阶段,代表作是《山地笔记》。此时,他入世尚浅,对生活寄寓美好的理想。多从回忆的角度,写家乡的山川流水、茂林修竹、人物风情,从饲养室的火炕,铁匠炉的红火,到村头的老碗会,村巷中一闪而过的女子,都是那样的可爱和美好。此时的创作是现实主义的,却充满着浪漫主义情愫,洋溢着醉人的诗意。

从 1980 年开始,贾平凹进入“复杂处世”阶段。具体地讲,1980 年的作品偏重于对社会弊端和民族精神的剖析和揭露,如《玉女山瀑布》《夏家老太》《年关夜景》等;1981 年则偏向于对社会人生的思考,如《好了歌》《二月杏》《沙地》《“夏屋婆”悼文》等。他入世渐深,逐步发现生活中的丑恶现象和社会生活的复杂性,力图把握现实又感力不从心,于是,作品中出现深重的伤感与困惑。艺术上,一是承继中国古典小说如《世说新语》、唐人传奇、《聊斋志异》、《浮生六记》等文人小说的“意象主义”,一是从海明威、福克纳、川端康成那里借鉴现代主义的表现手法,使自己的创作进入一种非现实主义境界。终是由于思想艺术的不成熟,其创作存在“为赋新词强说愁”的缺憾。

从 1983 年开始,贾平凹的创作进入复杂处世和单纯“出世”相交叉的阶段。对于单纯“出世”,贾平凹作如此阐释:“作到神行于虚才能不滞于物,心静才能站得高看得清,胸有全概,犹如站在太空观地球。”1983 年的《商州初录》是他追求的初步成果。在这部组合式长篇中,作家站在时空的制高点上,对商州的地理概貌、风土民情、历史基因、社会现状,进行远距离的鸟瞰,表现出一种涵盖古今的冷静的态度,读后使人头脑睿智,襟怀阔远。然而,这终是作家的初试锋芒,构成《商州初录》的 13 个短篇虽展示了作家鸟瞰生活的开阔视野,颇有“一的一切”的气度,却因没有把握好“一切的一”而导致 13 个短篇的有机联系薄弱。此后,贾平凹尝试以性意识为焦点透视人生。性意识是单纯的,而社会人生是纷繁复杂的,他似乎要以此种视角实现“一切的一”和“一的一切”的结合,达到对生活的深层把握。1985 年那井喷式的中篇《黑氏》《天狗》《冰炭》《蒿子梅》《远山野情》《人极》等是这种尝试的成果。不仅给他的创作带来新意,而且加强了反映生活的深度。《天狗》前半部写天狗对师娘潜意识的爱,后半部写天狗的性意识同道德意识的冲突，很是发人深省。师娘“招夫养夫”之前，天狗的潜意识性爱寻找缝隙顽强地释放着；“招夫养夫”之后，确立了与师娘的夫妻关系，天狗却自觉摒弃性爱，确切地说，是摒除肉体的“性”而保留精神的“情”。这自然是强大的道德意识所致，这种道德意识包含对师傅的人道主义同情心和对师娘的仰视，又包含对封建道德的认可和强化。这种行为的结果，不仅造成师娘的身心痛苦，而且造成师傅的负债感并因此自杀。由性意识在天狗、师娘和师傅间编织的复杂的感情网络，深刻地表现了中国人在协调群体关系时的强大的道德意识，这种道德意识包含着宽大仁爱的胸怀、严苛的克己修养和利人的牺牲精神，同时也负荷着沉重的历史包袱。毫无疑问，这种揭示是深刻的。它显示着，通过性意识写人、写人生、写社会是可行的，可以挖掘到人的心理的更深层，也可以更概括化地审视和表现社会人生。可行的还不是最好的，最好的是透过具体时代具体环境显示富于概括性的哲学、历史、社会、文化诸种丰富内涵。在这方面，1986 年的《古堡》达到一个新高度。它将强烈的现代意识同生活中的传统文化积淀这对立的两极，自然地化入并统一于描写对象之中，表现出沉甸甸的厚重感。这种厚重感是从意象主义的多义表现中显现出来的，包括对生活形象的哲理内涵、时代氛围、人生奥秘、历史运动的多方面思考，对各种题旨命意的深浅层次的全面揭示，显示出作家思维空间的广阔性。作家还能把这种思维的开阔性同对主导旨归的强调结合起来，在多声部的交响变奏中，弹奏着一个沉郁的主旋律：对国民素质和民族出路的忧患和探求。整部作品向我们揭橥：愚昧浸入民众身心的每个细胞中，像甲壳一样妨害着民族精神的解放；民族的出路在于革除愚昧，提高素质。但这又谈何容易？君不见，那座神秘的古堡，在惊天动地的天火中依然坚实地雄踞在天峰之巅，只不过坍塌了一角。它有多么深刻的象征意义！《古堡》的出现，标志着贾平凹的单纯出世境界达到成熟，这种境界已非现实主义创作方法所能囊括，已进入非现实主义的艺术境界。

贾平凹复杂处世一类作品有中篇《小月前本》《鸡窝洼人家》《腊月·正月》和长篇《浮躁》等。这是从生活深井中汲出的甘泉。贾平凹曾给自己下过一道“命令”：“请结束你的游击战，在生你养你的商州故乡开辟一块根据地吧，数年之间‘达摩面壁’或‘居山落草’。”①1983 年春节刚过，他就回商洛了。之后的两年，他的足迹踏遍商州每个县。那里有他熟悉的干部，他们把他带到发生激烈变化的乡镇，带到发生悲欢离合故事的三家村；他可以坐在当事人家的炕头上，观察他们的心理、情感和性格。他感慨地说：“发现商州这块地方，足够我写一辈子了，似乎有好多东西每日每时在心中涌动。于是我二返商州，三返商州，四返商州，仍是沿县奔走，大有温庭筠当年在这里的生活：‘鸡声茅店月，人迹板桥

① 贾平凹：《小月前本·跋》，见《小月前本》，花城出版社 1985 年版。

霜。'一次比一次有收获,这就是接连写成的《小月前本》《鸡窝洼人家》《腊月·正月》,以及小长篇《商州》。"①正是由于他对农村有了较为深刻的了解和体验,此时复杂处世的作品走上成熟。他运用的现实主义创作方法,显得那样深刻有力。具体地讲,《小月前本》还有些浪漫主义的主观情思,也有些不够坐实的情节;《鸡窝洼人家》则表现了对现实主义的自如驾驭,那带有戏剧性的换妻故事,有着缜密的生活逻辑,并深刻反映了变革中的山村社会、家庭和人的命运、心理的变化。《腊月·正月》则摆脱了自设的婚姻爱情框架,熔铸了更深厚的社会内容,通过王才和韩玄子的冲突反映了农村各阶层人物及在新生活中的升沉变化和情绪变化。这三部中篇的现实主义方法同前一时期的现实主义创作相比,作家的主观情思更加隐蔽,作品脱尽浪漫色彩,具有很强的客观性。1986 年出版的长篇小说《浮躁》,既是贾平凹复杂处世创作的高峰,又是他现实主义创作的观止。在前三部中篇中,平凹以乐观的笔调描写商品生产在中国农村的胜利,然而,乡村改革的深化,不仅要触及那里的既得利益阶层引起反对,也会使社会心理和价值观念失衡。被金钱唤醒的人的恶劣欲望的泛滥,使贾平凹陷入忧患的思考和思考的困惑。他在《妊娠》的"序"和《浮躁》的"序言"中说:"对于严峻的丰富的又特别新奇的现实生活,我几度晕眩、迷惑,产生几多消沉,几多自信。""写浮躁,作者亦浮躁呀!"可见,《浮躁》是在平凹浮躁和不可把握中进行概括和把握的尝试。在这种情况下,创作洋洋四十万言的鸿篇,作者不可能单纯出世或冷静观世,他必须复杂处世,凭借自己超常认知去感受世界的繁复与混茫;他也必须采取现实主义创作方法,凭着自己的感应式思维客观展示现实生活的进程。他的尝试是成功的。成功的秘蒂不在于直接叙写了改革开放的农村现实,而在于准确抓住了新的时代里中国乡村社会内在精神真髓:浮躁。这正是一种体现在人们的意识和情绪上的时代精神。对此,作品通过金狗的口阐释道:"人的主体意识的高扬和低文明层次不和谐形成了目前的普遍情绪,应该引起我们足够的对于人的改革的重视。"

复杂处世和单纯出世,并非纯然存在于两类作品,每类作品都有两种境界不同程度的交融。作为复杂处世的代表作的《浮躁》,带有极强的艺术综合性,虽是对现实生活的客观展现,却也包含着对现实的大时空鸟瞰和冷静把握,既带有浓重的抒情性和浪漫色彩,也带有现代主义的神秘性和象征性,包含大量的非现实主义因素。作为单纯出世代表作的《古堡》,也不无复杂处世的因子,张老大办事业的曲折历程,仍是一条主要的结构。两者你中有我,我中有你,不过侧重一方罢了。

贾平凹在《浮躁·序言之二》中说:"我再也不可能还要以这种框架来构写

① 贾平凹:《〈腊月·正月〉后记》,见《腊月·正月》,北京十月文艺出版社 1985 年版。

我的作品了。换句话说,这种流行的似乎严格的写实方法对我来讲将有些不那么适宜,甚至大有了那么一种束缚。”因此,1986 年以后,贾平凹的创作便进入单纯出世阶段。这一时期的创作费秉勋归为三类:散点透视系列包括《龙卷风》《故里》《瘪家沟》等,土匪系列如《烟》《美穴地》《白朗》《五魁》等,以实写虚系列如《太白山记》等。1988 年 7 月,贾平凹因病住院,生病中他写下创作这类作品的感受:“我知道我的‘病从何起’,数个年头的家庭灾难,人事的是非,要病是必然的。但这一病,却使我‘把一切都放下了’,所以我说病就是另一种形式的参禅。”“有一种‘应无所往’的平常心,于文学却十分有益,这就使我写出了这本书(《太白山记》——笔者注)中的大部分作品。我不敢说这些作品写得怎么个样子,但自我感觉良好,是比我病前的作品少了几分浮躁气。”①可以说,这一阶段的作品着意创造的是“云层上面是阳光”的生命境界,进入了更加关注生命自身的澄明期。“它妙在逼真得到了抽象,抽象得又归于逼真,穷极物理,又不可言出,囫囵地使你感受到了天地自然充溢饱和的人情的东西。”“作品中所描写的已不是某一地的生活,已不是现时期某一地的生活,已不是现时期中国某一地的生活,而是全人类、全宇宙光照之下的某一地。”②这虽是贾平凹评价别人,却也是自我写照。需要指出的是,单纯出世是一种创作态度,而不能作为生活态度;恰恰相反,单纯出世必须建立在对现实生活作亲身体察和透彻了解即复杂处世的基础之上。无此基础的单纯出世,对创作有害而无益。贾平凹的生活态度和创作态度或许有某些混淆,致使作品的思想和情绪距现实愈来愈远,这一时期的创作虽不少,却没了《古堡》和《浮躁》那样的艺术震撼力。

其实,“单纯出世”不一定是文学的最高境界,也很难说,仅仅“单纯出世”的作品都属上乘。贾平凹的创作便是例证。在笔者看来,复杂处世是写出生活的复杂性,单纯出世是在复杂的生活中细绎出深刻的哲理。好的作品应是两者的结合。法兰克福学派在研究社会和文学的关系时提出与现实社会相对的“总体社会”的概念。马尔库塞认为,文艺具有超历史和普遍真理的性质,不仅属于一个特殊历史阶段,而且属于作为“类的存在物”的人的意识。因此,文艺不仅直接与现存的社会有关系,而且与整个人类社会有关。它要求文艺家置身于现存社会之外,写出超乎现存社会的合乎人类普遍性的作品,从而批判现存社会。③这可视为单纯出世和复杂处世相结合的真谛。贾平凹后来的创作似乎也意识到了这一点。他在 1990 年代以后倾心于长篇创作,不仅冷静观世,还描写复杂的社会生活,更多采用复杂处世与单纯出世相交融的手法,如《废都》《土门》《怀念

① 贾平凹:《太白山记·序》,《太白山记——贾平凹小说精选》,人民文学出版社 2006 年版。

② 贾平凹:《静虚村散叶·一点感悟》,《静虚村散叶》,陕西教育出版社 1990 年版。

③ 转引自胡经之、张首映:《西方二十世纪文论史》,中国社会科学出版社 1988 年版,第 352 页。

狼》《高老庄》《秦腔》等。

（二）生活开掘在形象格局演变中步入深层

不妨借助格雷马斯“符号矩阵”①梳理一下贾平凹小说人物形象的一般格局。这个矩阵将一部作品的主要人物分为四类：×，反×，非×，非反×。如果将×定为向一定方向发展的主题力量，那么，反×则是这种力量的对立面，非×为×与反×间的摇摆力量，非反×则是×的支持者或助手。在贾平凹的作品中，《腊月·正月》（1984年）、《古堡》（1986年）和《佛关》（1992年）可视为不同创作时期的代表性作品，对这些作品进行“符号矩阵”剖析，便可发现形象格局的规律性变化。其一，×类形象日益走向尴尬。作为向一定方向发展的主题力量，这类人物多是在乡村变革中崭露头角的有为青年，他们不安于现状，不抱残守缺，勇于投身变革中出现的各种矛盾旋涡。《腊月·正月》中的王才，不满足于旧有的生产方式，买卖商芝，搞食品加工厂，锐意发家致富，却遭到韩玄子的阻挠和反对，一次次失败，又一次次从头重来；最后在县委马书记的支持下终于战胜韩玄子，获得成功。这个形象展示了，尽管旧的思想观念和心理积淀阻碍着现代化进程，先进与现代文明终究要取代落后与保守。这是×类人物的风光，也是乡村改革事业的风光。《古堡》中的张老大，带头开矿致富。为实现集体开矿、机械运矿的目标，他不计个人得失，推迟了婚期，得到的报应却是儿子夭折，弟弟自杀，愚昧的村民的哄闹；在马书记的支持下，开矿事业虽有转机，张老大终因车祸被投进监狱。一位雄心勃勃的改革家变成阶下囚，这是×类人物的尴尬，也是乡村改革事业的尴尬。《佛关》中的“表哥”，在佛关不是平地起卧的人物，他到西安闯荡，以一颗善良的心得到大款的信任，却误入歧途：大款雇佣他干起罪恶的“生意”。他有了钱，回家遍请乡亲，并捐款改造学校校舍。然而，他愈做好事，愈遭佛关人的嫉妒，一张张笑脸里藏着熊熊的妒火。终因与兑子做爱被佛关人毒打，割去尘根，又被公安部门抓进大狱。其二，反×类人物逐渐退隐。《腊月·正月》中的韩玄子，是站在王才对立面的敌手。韩是四皓镇的权威人物，他不是靠经济实力而是靠贵族式的名望同王才较量。他的身上积淀着沉厚的传统文化，既是乡民中识文断字的“圣人”，又是小业主的“高参”，还是公社大院的座上客。王才带头致富使他感到权威的失落，为维护自己的地位他同王才进行着明争暗斗，这种斗争牵动着山镇各种势力各个阶层的思想神经。他虽然最终失败，却不甘心，仍有强大的力量和影响。《古堡》中的牛磨子同韩玄子比，力量和影响便弱得多。这

---

① 王一川：《中国现代卡里斯玛典型——20世纪小说人物修辞论阐释》第二章，云南人民出版社1994年版。

位当年的生产队长、村人的最高统治者，如今已失去了特权和权威，不甘权威失落又无法挽回权威，他只有用巫师的手段煽惑村民，用无赖的手段胡搅蛮缠。他同张老大的斗争并非靠自己的声望，而是借助愚昧的村民们的力量挫败张老大。《佛关》中反×类人物已消隐。他们隐入愚昧的乡民即非×类人物中。反×类人物渐弱渐隐，可看出作家已不再着意于描写如戏曲舞台上那样的反派形象，而着意于乡村集体无意识的开掘。

其三，非×类人物的强化。这类人物主要指众村民，这是一个变动不居的因素，是一个巨大而潜在的创造或破坏力量；它可以跟×走而把乡村改革推向发展，也可以与反×共谋将乡村社会拉向倒退；谁能控制它，谁就能控制农村。《腊月·正月》中，并没有给非×以重要的位置，出现在画面上并左右四皓镇命运的，是韩玄子、王才、马书记这些风云人物。《古堡》中，非×成为一种不可忽视的力量。在奔向现代化的张老大和落魄的牛磨子之间，它是一股左右逢源的变量。它既崇尚巫术迷信，又贪图现代化利益；既缺乏远见，又轻信谣言。从而形成要么推动、要么阻碍张老大事业的“大众”。它既不同于鲁迅笔下那些否定意义上的“愚民”，也不同于柳青《创业史》中那些肯定意义上的“群众”，更接近于如今大众传播媒介控制下的“人群”，人数众多却容易随波逐流，属于供权力征服和驱遣的无意识客体，即权力“原料”。谁能使它倾心服从，谁就能把它转化为自己的权力“产品”，并在激烈的权力冲突中显示出巨大的力量。它可以在张老大的影响下，不顾牛磨子的破坏而参与开矿和筹款买车，成为张老大的权力“产品”，扮演现代化事业推进者的角色；也可以接受牛磨子的蛊惑，转化为他的权力“产品”，帮助他击败张老大。可以说，张老大并非败在牛磨子，而是败在牛磨子的权力欲与“大众”的共谋。《佛关》中，非×成了举足轻重的力量，这里已没有了韩玄子、牛磨子之类的反×人物，他们已隐入非×即佛关山民中使之偏斜失衡而成为“表哥”的对立面。他们有时也奉迎表哥，那仅是表面的，如当表哥腰缠万贯回到佛关，解囊请客、资众助学时，佛关人一个个脸上笑笑的。但是，在内心里，他们却更恨表哥，背过脸去便“三个一堆、五个一伙嘁嘁啾啾批点他”。表哥和兑子在佛殿做爱事发，遭到佛关人的围攻和毒打，那不是道德感的驱使，而是山民妒火的借机爆发。为妒火驱遣的佛关人简直发疯了：拳打脚踢犹嫌不足，亦丧心病狂地割掉表哥的尘根。这是一个力大无比的群像，因为它不仅是一个现实的群体，而且是一个历史的群体；不仅是一个社会的群体，而且是一个文化生命群体。它积淀着几千年的历史和文化，是一种极其稳定的固定心态。非×类人物的强化，显示出作家对民族文化心理的深层思考。其四，非反×类人物的逃遁。《腊月·正月》中，非反×是县委马书记。在同韩玄子的矛盾冲突中，王才屡屡败北，马书记出面支持，使他转败为胜，四皓镇也出现新气象。可见，马书记的力量是举足轻重的。《古堡》中的非反×是电影导演和马书记。导演指导张老大，曾一度成功地征服村民，终究敌不过牛磨子的煽惑，失去村民的信任和支持；马书记虽为张老大追回被骗款，却无力解救张老大的法律犯罪，致使张老大以失败告终。非反×的作为大为减弱。《佛关》中出现非反×的逃遁。在佛关，表哥已经没有足以左右形势的支持者，他孤立无援地同妒火熊熊的佛关山民争斗，失败是必然的。他不仅蹲了大狱，而且失去了尘根。预示着他的事业失去再生能力。

×类趋于尴尬，反×逐渐隐退，非×日益强大，非反×悄然逃遁，从《腊月·正月》到《佛关》，商州小说的人物形象格局发生了很大变化。这种变化的总体走向是：热衷乡村变革的主题力量逐渐削弱，对立的力量逐渐增强，乡村变革由胜利到曲折，由正剧到悲剧。主题力量的削弱不仅在于因非反×的逃遁而失去了支持者，更在于主题人物自身的"心魔"：他们有着这样的和那样的不检点，善行中也包含恶的因素，"心魔"生在其潜意识中。反×是主题力量前进中的"外障"，其隐退似乎削弱了对立面，但隐退的反×融入非×，使其失去摇摆性，转化为顽固的对立力量；随着改革的深化，商州众山民潜意识中的劣根性和保守性日益暴露，并与主题力量的"心魔"进行某种沟通。正因如此，主题力量对待众山民就像铁扇公主对待潜入腹中的孙悟空一样，显得无能为力，乡村变革也就势必酿成悲剧。具体地讲，《腊月·正月》便出手不凡。作为反×的韩玄子，不是政治符号和一般的社会符号，而是一个文化整体，他可同"商山四皓"并提而称"五皓"，可见其深厚的文化渊源，不过代表的是文化的保守性。王才前进的敌手并非现实社会中的一般阻力，而是根深蒂固的传统文化局限。这本身便有深刻性。马书记出现使矛盾迅速解决，未免简单化。《古堡》中的牛磨子虽是政治落魄者，却也是作为文化符号出现的，不过，他代表的是巫文化。他本人的力量极其有限，他煽动乡民们的巫文化意识，形成强大的反对力量。张老大之所以败北，一方面由于这种力量的强大，另一方面更在于，他也自觉不自觉带有巫文化意识，那是他扩大了的"心魔"。正因如此，电影导演和马书记也难以挽救他的悲剧命运。《佛关》中没有了反×和非反×，非×却出奇地强大，而且鸠占鹊巢处于反×位置。小说对佛关山民进行性意识观照，照出他们褊狭、自私、愚劣的根性。兑子要出嫁了，佛关人的心态如老画师感觉到的："任何一个人做了他的女婿，这女婿和他以及兑子立即将被孤立于佛关，回家就警告兑子，万不可草率行事，不嫁给佛关有灾，嫁错了更是有灾。丑镇的年轻人，喧哗与骚动中眼睛都绿了……"于是，一种奇特的现象发生了："月余过去，一个强大的阴谋联合了所有的年轻人，抗拒着谁也不能得到兑子，但兑子既要留在佛关，又要她成为佛关所有人的所有，他们经过周密考虑，一致鼓动画师把兑子嫁给了孤儿保贵。"而保贵是一个又呆又傻的白痴。表哥与兑子相爱，已成为佛关的共同敌人，即使请客、捐款，也难以改变这种敌对情绪。何况他自身也不检点，竟在佛殿里同兑子大白天做爱，其悲剧下场势在必行。在这里，作家对主题力量变革悲剧揭示的深刻性达到令人心骇的程度。只是太热衷集体无意识中的性意识，不无弗洛伊德的偏颇。

（三）艺术结构在多种探索中走上成熟

商州小说的艺术结构，在吸收中国古代史书和方志，以及西方结构主义小说等的基础上形成自己的独到形式，这种独到形式在不懈的探索中日渐成熟。《商州初录》是商州小说的起点，也是独到的艺术结构的起点。这部作品并不像一般的中篇那样，以若干人物的活动组成一个贯穿始终的连贯故事，而是以《引言》统驭 13 个各自独立的短篇，每个短篇的人物和故事并不发生什么联系，只是各有侧重地分别写商州某地独特的地理形胜，神秘的历史传说，淳厚的风土民情，当年土匪的跋扈，而今时势的新变，老年人的焦虑和愤怨，青年人的躁动和追求……各篇的人物和情节虽无任何联系，却在“写商州”的整体构思之内，在《引言》的统驭下，读者阅读自然可打破篇与篇的界限，形成对商州的完整印象。这种结构亦可称散文化结构，但与刘绍棠的散文化不同，刘绍棠小说结构虽浓化“情”而淡化“事”，却有贯穿始终的线索，《商州初录》却无情节线索贯穿始终，艺术来源是我国古代的史书和方志。自《史记》以来的史书往往通过传、志、表、书等文体，多侧面地表述历史的活的气脉和各个不同深浅的社会层面；地方志则通过记载一个地域的历史、地理、物产、风俗、人物、政事、趣味等，全面展现该地域从自然到社会的完整地构成形态。史书中融有地理，不过以时间为经，以空间为纬；方志中融有历史，不过以空间为经，以时间为纬。都自成系统。《商州初录》正是吸收这种多角度描绘的互见互补法，创造出自己独特的结构，获得深厚的历史感和广阔的空间感。

《商州初录》的艺术结构是商州小说可喜的收获，不过作为新结构的雏形，还需进一步成熟：诸如结构间的经络联系应当更有机化，结构内部的交错和流动应更有章法性等。对此，长篇小说《商州》有了进一步追求。《商州》共分八个单元，每个单元分三节：第一节是历史、地理风情描写，第二、三节讲述中心故事；第一节和第二、三节并无直接联系。《商州》有通贯全篇的情节和故事，如果把八个单元的后两节连缀到一起，则是一部故事性很强的中长篇小说；将各第一节连缀到一起，则是优美的游记。换言之，《商州》将作为文化背景的游记切成八段，次第插入连贯的故事中，将连贯的故事切割开来，变连贯的线状结构为块状结构。这一方面是对《商州初录》结构的发展和深化，同时也是对西方文学的借鉴。略萨的《胡利娅姨妈和作家》，在奇数各章展开主干情节，在偶数各章安排与主干故事没有关系的小故事。这些小故事的作用仅在于加厚作品的社会背景，增加作品的立体感。贾平凹对这种结构进行改造，将一奇一偶看作一个单元，每单元扩充为三节：奇数章裂为两节，从前面移到后面；偶数章移到前面，不写小故事，改为对商州风土人物、今昔变迁的聊天式的讲述。这就形成《商州》的单元结构。应当说，这种结构中贯串始终的情节故事，加强了作品的有机性联系，加之风土人情、历史变迁述说的插入，显得更概括、更散文化、更中国化。但是，由于各单元的文化背景讲述同故事情节展示之间缺乏自然的胶合点，因失粘而造成整体结构的阻隔。如前所述，将各单元每一节抽取出来进行联结，则是优美的游记散文，将二、三节抽取出来进行连缀，则是成功的中篇小说，二者组合后却未显示出整体优化，不能不是结构的遗憾。

《古堡》显示出商州小说结构的成熟与精美。它明显带有结构主义特点。作品平行设置五条情节线索：张老大办矿业，张老大的爱情生活，电影摄制组的活动，麝的活动，道长讲述《商君列传》。初看起来，这五条并没有什么必然联系，带有各自的独立性。但是，作者精心安排了它们之间的巧妙穿插与结合。详研之，张老大办矿是主题线，张老大的爱情生活是调剂线，显示张老大性格的丰富性。二线以张老大为焦点，穿插交织，相得益彰地发展。摄制组的活动是推动线。摄制组和开矿虽无联系，但把现代意识引入山村，无形地推进着张老大的办矿事业，使之一度辉煌；他们拍摄的电影故事，是作品大故事中的小故事，小故事是大故事的影子，能唤起人们对整个《古堡》内容的深层意蕴的体味，对作品的题旨命意有象征、题破的意义。麝的活动是自然感应线。麝本是自然物，人们的巫意识却使它带上灵异感和神秘性，麝的活动同张老大的活动进行着交感呼应：白麝击败阿黄的攻击，张老大的事业和爱情顺利进行；白麝被光大打死，张老大恋爱与家事受挫；雄麝与雌麝交配，张老大与云云自由结合；雄、雌麝平安无事，张老大再度顺利；雄麝被张老大打死，张老大的事业隐伏危机；雌麝生小麝被村人发现踪迹，张老大遭乡长刁难；雌麝被光大打死，张老大集资款被骗走，家被围抢，儿子病死，弟弟自杀；新生麝在火光中消失但生命不息，张老大被判刑而希望犹在。显然，白麝及后代的命运同张老大的事业与家庭的命运是在交感意义上一同演化的，息息相通，荣辱与共。道长讲《商君列传》是历史映衬线。在这条线上，《商君列传》被截成五段，分别插入首、尾二章之外的各章中：第二章中道长以自己的口吻讲商鞅入秦前的故事，第三章中道长长吟《商君列传》中商鞅入秦得秦孝公赏识内容的原文，第四章是商鞅陈述变法的道理，第五章讲商鞅制造的各种法规，第六章讲商鞅变法中惩罚贵族至死前的主要事件，第七章是孩子们模仿道长讲商鞅故事。由于穿插变化自然，《商君列传》全文插入《古堡》不仅无赘疣之感，而且颇有兴味：把积淀着我国古老哲学的道教和体现着古代重大政治斗争的商鞅变法过程叠映到商鞅后裔生活的商州，同新时期乡村的变革生活相映照，大大加深了现实生活的厚度和历史感。

《古堡》的五条结构线，以张老大的事业和爱情为主线，其余各线或推动，或感应，或映衬，表层平行发展，内在有机联系，是一个和谐的整体。这个整体既有时代感又有历史感，既有文化感又有社会感，既有开阔感又有纵深感，是一种成功且出色的结构形式。它不仅标志着商州文学结构的成熟，而且在商州小说中有普遍性和典型意义。

进入20世纪90年代后，贾平凹主要创作长篇。1993年出版的《废都》便开始尝试一种新的结构，它不分章节，也无小标题，迤逦写下来，如同一片混沌的"生活流"。给人的感受是进入生活本身，而不是在欣赏一部虚构作品。之后的长篇如《土门》《白夜》《怀念狼》《高老庄》等，均沿袭这种写法，而且不断丰富完善，到《秦腔》达到一个高峰。贾平凹在《秦腔·后记》中将这种结构称为"密实流年式的书写"，并说："只因为我写的是鸡零狗碎的泼烦日子，它只能是这样的写法，这如同马腿的矫健是马为觅食跑出来的，鸟声的悦耳是鸟为求爱唱出来的。""密实流年的写法"可从两方面解读：密实性和流年式。前者指以大量鸡零狗碎的生活细节将故事情节隔开，使作品成为以日常细节堆成的艺术大厦；后者则指这些日常生活细节按日光流年的时间顺序书写。

其实，这种密实流年的生活流终究是作家虚构出的艺术世界，看似"无结构"，却是作家的精心结构。贾平凹曾在《土门》座谈会上说："我感觉一有情节就消灭真实。碎片，或碎片连缀起来，它能增强象征和意念性，我想把形而下与形而上结合起来。要是故事性太强就升腾不起来，不能创造一个自我的意象世界。"①贾平凹道出了生活流结构的深层奥秘。其实，《秦腔》的结构还要复杂得多，笔者概括为以下四种：

（1）密实流年式的生活结构。如同贾平凹所说，"依然是那些生老痛离死，吃喝拉撒睡"。给人的感觉如生活本身一样混沌、无序、散漫，全是生活的碎片，没有一个贯穿始终的主要故事。它让人依稀看到新写实小说的影子，感受到新历史主义观念的存在。这种日常结构体现着一种现代乃至后现代观念，旨在表现现代农村生活质感，并以此建构作品的深厚基底。

（2）由事件情节构成的历史结构。虽然贾平凹认为《秦腔》不是写情节而是写生活，评论界似也认为这是一部无故事的小说。仔细考量，丰富的生活细节中还是隐埋着故事情节的。起码有三个故事：围绕夏天义淤七里沟展开的故事，围绕秦腔展开的白雪和夏天智的故事，围绕夏君亭建农贸市场展开的乡村改革故事。夏天义是传统农耕生产方式的代表，秦腔是民间文化的代表，农贸市场则是现代市场经济运作方式。三者的兴衰更替正体现着农村的历史发展进程。故而是一种历史结构。正因为如此，《秦腔》才被称为"乡村叙事的终结"，"乡土社会的挽歌"，"乡村变迁的日常史诗"。这种历史结构是全书的主体结构。

（3）由意象组成的文化结构。贾平凹意象叙事始于商州小说之初，早已是

① 《〈土门〉与〈土门〉之外——关于贾平凹〈土门〉的对话》，《小说评论》1997年第3期。

成熟的叙事方式,费秉勋曾称其为"意象主义"。《秦腔》有三大意象系列,一是七里沟系列,包括七里沟、苹果园、发芽成活的木棍、鸟夫妻、地湿婆虫、会流泪的苹果树等意象,二是秦腔系列,包括秦腔剧目、秦腔曲谱、秦腔脸谱、秦腔服饰、秦腔演出场景等,三是农贸市场系列,包括农贸市场、鱼摊位、鱼塘、砖厂、酒楼等。其中,一些意象具有魔幻神秘色彩。意象的深刻之处在于象中之意。或者如弗莱所讲的,意象的表层结构中蕴含着原型深层结构,这是民族在漫长的历史发展中积淀而成深层心理。由是观之,七里沟隐喻着民族的传统农耕生产方式,秦腔则隐喻民族在农耕生产方式的基础上形成的农耕文化意识,农贸市场则隐喻民族的变革精神。正是这种深层的文化精神,使现实的夏君亭、夏天义、夏天智、白雪们展开复杂微妙的社会和心理冲突,形成混茫驳杂的生活流。从而使文本具有了形而上的深刻含蕴。

(4)由引生视角形成的心理结构。《秦腔》全书均以引生视角写成。引生是疯子,又是灵异者,能感知自己未见之事。有学者称为"圣愚"。引生的"圣愚"视角是限制性的内聚焦,虽然他常常感知未见之事,进行"视角越界",但毕竟不同于全知视角。这种视角的好处,是将全书丰富驳杂的内容纳入引生的心理结构之中,使全书形成一种心理放射结构,具有了心理深度;同时,这种心理结构又是作家高妙的筛选器,引生要看什么或不看什么实际都是作家的安排。他可以借此除去生活结构中的泡沫,删去历史结构中的过程记录,滤掉意象结构中的逸出部分。从而使整部作品"削尽繁冗留清瘦",精义更加突出。

总之,密实流年式的生活结构是基底线,由事件情节构成的历史结构是主体线,由意象组成的文化结构是深化线,由引生视角形成的心理结构是节制线。四线融汇交织,打造出《秦腔》叙事结构的精致文本。这里既可看到贾平凹小说结构的新变,又可看到同《古堡》等的联系和传承。

(四)语言的多味性和多质感

商州小说语言有着雄厚的根基。其中最重要的是商州方言(主要指商县至丹凤川道一线的方言)。平凹自幼在家乡生活近20年,至今乡音未改。无须赘述他对方言的吸纳和接收,单看他的作品中屡屡出现的商州的专用名词、富有表现力的动词和形容词、方言中的古词语、民间语段、屡屡运用的商州的词的重叠和特有句式等,就可以看到他的小说语言同商州方言的血肉联系。如果抽出商州方言,商州小说也就变成无根的幽灵。古代语言也是商州小说语言的重要根基。他大量阅读古典诗词、山水游记、古典小说如《世说新语》、唐传奇、《浮生六记》《聊斋志异》《红楼梦》等,学习其炼字炼句、描写的招式、诗境的创造等;后来他读书越来越杂,古典文学名著之外,百家杂书、麻衣相法、佛学大纲都读,开始全面接触和吸收我国传统文化，乃至欣赏古代文人画，练习书法和绘画，看地方戏，听民间音乐等，这虽非直接的语言学习，但文化素养的整体提高，对文学语言的运用有高屋建瓴的指导性。他正是用这种态度学习中外的文学大师的。巴乌斯托夫斯基在《金蔷薇》中曾说，每一个作家差不多都有一个自己的艺术守护人，这个艺术守护人的作品，能奇迹般地鼓动起这一作家的创作活力，招致滂沛的艺术灵感。贾平凹有多个艺术守护人，甚或可称为艺术守护"集团"。在中国古典作家方面，他转益多师，致力于商州小说后，着意学习的是苏轼和司马迁。他的学习并非掠其皮毛，而是知人论世，了解其全人全文，也就把握住其语言的真髓。如学习苏轼，从他的为人和生活态度入手，他一生虽常处逆境，却旷达乐观，保持着自己的道德和节操，发之为诗文辞赋，常将入世与出世，旷达与消沉，积极追求与随遇而安这些对立的方面，完整浑然地统一在作品中，将古代文人的哲学和美学思想发展到极致，其语言，坦诚自然，毫不做作，遵从着对象的形质，依凭着情绪、思维的流泻，潇潇洒洒，具有"随物赋形"的深厚功夫。对司马迁，他学的是行文之"气"，他说，那是一个长得壮实的魁伟男子，我的气质和他不一样，所以学《史记》不可能到家，但我写的是处在北中国的商州，要写得有历史感和类似北方山河的气势和力度，写出那种莽莽苍苍的冲击力，必须从《史记》中获得这种艺术气质。在外国作家中，他的艺术守护人首推川端康成、马尔克斯和略萨。其实，贾平凹对国外的并不那么看重，远不及对中国古代文学作品的研究广泛、深入，然而，凭着他那敏感的思维和悟性，准确地把握了这些作家的艺术真髓。他主要是从这些作家的思维方式，作品的味、情调进行整体性感悟的。对川端康成，他曾说："我喜欢他，是喜欢他作品的味，其感觉、情调完全是川端式的。"①对马尔克斯和略萨，他的感觉是："读他们的作品，我常常会想到我们商州。在我想象中，拉美那块地方有许多和商州相似之处，比如那山呀，河呀，树林子呀，潮湿的空气呀。我首先震惊的是拉美作家在玩熟了欧洲的那些现代派的东西之后，又回到了他们的拉美，创造了他们伟大的艺术，这给我们多么大的启示啊！再是，他们创造的那些形式，是那么大胆，包罗万象，无奇不有，什么都可以拿来写小说，这对于我的小家子气简直是当头一个轰隆隆的响雷！"②贾平凹认为，好的文学语言，不在于丰富的词汇、华丽的语句，"而在于准确地表达此人的情感。"孙犁"特别强调'气'，认为每个人的气与语言有很大关系"③，孙犁讲的"气"，就是平凹说的"情感"。可见，贾平凹对文学大师们的学习，就在于把握他们的"气"。

---

① 贾平凹：《静虚村散叶》，陕西教育出版社 1990 年版，第 165 页。

② 贾平凹：《静虚村散叶》，陕西教育出版社 1990 年版，第 164 页。

③ 《贾平凹访谈录》（1992 年 7 月 12 日），见王永生等：《贾平凹语言世界》，太白文艺出版社 1994 年版，第 77 页。

贾平凹的文学语言之根，不仅深扎在商州方言中，而且深扎在商州的历史文化中；不仅深扎在中国古典文学和文化中，而且深扎进外国文学中。他以自己的超常认知和悟性，同中外文学大师进行着心的交流，参悟着他们的语言和文气。这一切，化作贾平凹的精神血肉，融入他的心理图式，进行创作时以气出之，形成贾平凹的"文气"。这种文气中有商州方言之气又不是商州方言，有司马迁又不是司马迁，有川端康成又不是川端康成，是囫囵囵、活脱脱、混茫茫的贾平凹，是贾平凹富有个性的创造。贾平凹的文气，通过其语言的节奏、旋律、色调、质感体现出来，形成其语言特征。

当我们按着批评规律，从贾平凹小说语言的节奏、旋律、色调、质感等表征对其文气进行逆向寻找时，惊讶地发现，其语言如同他的心理图式，对立而又和谐，矛盾而又统一；硬的和谐和苦涩的美感交织一处，很难把握。你说它平易流畅，马上会发现还有不少迟涩和怪异，你说它空灵、秀逸，却发现朴拙得厉害；你说它质朴土气，转眼又见它的古雅和现代派色彩。他的商州小说语言具有多味性和多质感，常是"以土为洋，以奇为正，以丑为美"。品之味之，尝试作一种描绘性概括：涩而能畅，似奇反正，拙而实巧，似幽似明。

涩而能畅，有一种艰涩美。俗释如同秦腔，咬字沉重，多用去声，初听生硬、倔巴，细听别有一番畅达；雅释如书法用笔的"紧駃战行"之法，即疾与涩、行与留的辩证法："行处皆留，留处皆行。"①也就是涩中有疾，疾中有涩。商州小说语言，初读感到涩、怪、吃力，读到后来，便觉涩、怪中自有其顺畅之处，于是感到愉悦和美的享受。如："秋天里，陡然下了几天暴雨，山皮尽都脱去，洪水涌下来，水痕的脚爬到了河谷上，人多高的崖壁上，桥便在冲击中没了。"没有孙犁的清新流畅，更没有刘绍棠的跳荡恣肆，有的是水入沙田的迟涩，强大的水流冲击着干燥的沙田，充满艰涩感。细品之，其涩因是将一些现代汉语的双音节词变成单音节的古汉语形式，如"脱"、"涌"、"没"等，使句式的节奏、旋律发生变化，带有古代语言的迟涩、凝重的特征。词的音节变化实际上是一种"强调"，这里强调的是动词，强调艺术描写的动感，形成动态美。怪、涩后的灵动给人以丰富的美感。

似奇反正，有一种奇崛美。商州小说语言的奇是平中见奇，正如罗丹所说："所谓大师，就是这样的人，他们用自己的眼睛去看别人见过的东西，在别人司空见惯的东西上能发现出美来。"②贾平凹能在人们熟悉的语言形式上一反常态地创造出新奇的"陌生"感。其具体做法为：(1)现代语言远古化，如："中堂上尘

---

① 包世臣：《艺舟双楫·述书中》。

② 《罗丹艺术论》，见蒋孔阳、朱立元主编：《西方美学通史》(第五卷)，上海文艺出版社 1999 年版，第 573 页。

土已经很厚,爷爷奶奶的灵牌还在,爹和娘的灵牌还在,当然没有贡献。"(《龙卷风》)这里的"贡献"指祭品,已返回词的古义。前文提到的双音节向单音节变化,也是语言远古化的例子。(2)地方土语文明化。如:"老爷欢如风旗浪鱼。"(《晚雨》)这非常雅致的语言,却是从乡土俗语中提炼而来。商州俗语有"四欢":"风中旗,浪里鱼,十八岁女子,叫槽的驴。"(3)书面套语通俗化。他讨厌无动于衷的套语,说:"写起春来,总是'风和日丽','春光明媚',殊不知何和何丽的风日,何明何媚的春光?写起秋天,总是'天高云淡'、'气象万千',殊不知怎么个高淡的天云,怎么个万千的气象?"他描写"天高云淡"的境界时,索性摒弃成语,进行直接的描写:"天很高,没有云,没有雾,连一丝灰尘也没有,晴晴朗朗是一个巨大的空白呢!"(4)口头语言文字化。如"早晨,门才打开一条缝,雾便扑进来,一团一团的,像是咕容而来的一群绒嘟嘟的羊羔,也像是闹腾而来的一伙胖乎乎的顽童……"(《腊月·正月》)"咕容"、"绒嘟嘟"、"闹腾"、"胖乎乎"这些口语用于描写文字,新奇而别致。

这些出新出奇的做法,并非是故弄玄虚,而是追求返璞归真,归于生活的真、情感的真。它们或是从现实的生活提炼出来,如地方口语文明化,口头语言文字化;或是向生活真实走去,如书面套语通俗化。现代语言远古化似有丢朴失真之嫌,但像"贡献"这样的词却是商州山村现实语言中保留的古语义。贾平凹语言的平中见奇而又返璞归真,正是"似奇反正"的含义。

拙而实巧,有一种朴拙美。商州小说语言的朴拙,表现为一个"实"字。这位来自商州山乡的叙述人,操着浓厚的乡土音腔,说着结结实实的大实话;他似乎不会咬文嚼字、拿文做武地摆出文人的架子,尽管小说中不乏文言词法和句法,仍使人感到实诚、土气。《王满堂》开头便写道:"王满堂在土改的时候是个积极分子,地主李百发的老婆给他骚情,鬼狐狐的眼,王满堂就把她放倒在了石堰背后。王满堂想,操归操,斗还是要斗的;照常给李百发背绳索。"开门见山,直截了当,很快进入故事。贾平凹的直截了当,甚至到了不顾姑娘家脸面、单身男人自卑心理的程度。愈是后来的作品,愈是如此。仔细品味,他朴拙的语言里充满古雅和灵动。他特别注意对传统语言的发掘,他选用的方言看似粗俗其实古雅,他善于化用古诗词的妙句和意境,加之他炼字炼意的高超本领,常在行文中创造出空灵的诗境,也常常创造机智的幽默。他不仅追求语义横断面的"宽度",尤其注意探求整体性深度。这使他的语言韵味深长。"收罢秋,山瘦,河肥;村子在涨起来,巷道却窄下去。"(《古堡》)凝练、质朴、古雅的描写里,透着丰收的景象,乃至透着人们的喜悦心情,有着丰富的含蕴。贾平凹的语言,词有词的要求,句有句的魅力,段有段的神韵,整篇合起来则精妙醒目,美不胜收。如《太白山记·寡妇》:"一入冬就邪法儿冷。石块都裂了,酥如糟糕。人不敢在屋外尿,出尿成冰棍撑在地上。太白山的男人,耐不过女人,冬天里就死了许多。"

作家对词、句、段，都有自己的追求："邪法儿"是恰切的方言运用；"糟糕"虽是常用词，却还原到本义，显得古雅；后两句表面写冷，放到全篇就大有意味。这段朴拙的文字使人对题名《寡妇》产生许多思绪。不亦大巧若朴乎！

似幽似明，有一种神秘美。商州小说语言有些时候追求混混茫茫的效果，似是似非，犹真犹幻，如幽如明。这同时代情绪有关，同地域文化特质有关，也与贾平凹的思维方式有关。他研究佛老，其气质便有迷离的禅性。他的书房书有"不可能忘掉"的禅语："见山是山，见水是水，见山不是山，见水不是水，见山还是山，见水还是水。"对于困惑、浮躁的时代情绪，他有更深的感受。在《浮躁》中概括为"浮躁"，在《妊娠》中又发展为"混混沌沌"："一个时代有一个时代的精神，在当时并不被大多数体察的，过后则明了矣，而后写出这个时代，此时代的作家只需真真实实写出现实生活，混混沌沌端出来，这可以说起码是够了。"他不仅立意、造境以此为轴心，遣词、造句也常追求含混效果，既不让人一下子看透，也不让人不知所云，混混沌沌诱人去思考。如："这一年，是王成发的夏天，难得又风调雨顺，大麦丰收，小麦丰收，连扁豆也大面积丰收。不静岗寺里的和尚去化缘，在渡口上大发感慨：'麦收八十三场雨，去年八月、十月，今春三月，场场雨都及时，活该当今的政策和了天意！法本不生，因心起见，见无可取，法则常如。世之至人，有证于此，得无漏不尽漏，度有为非无为……'和尚最后虽说的佛言，村民却说不能听懂的那些话也是言之有理。"（《浮躁》）这里既有常理，又有佛言，读者如同村民，虽略知一二，更深层的内涵又难以说尽，于是长久回味，多方猜测……在商州小说中，这种色彩越来越浓。在《太白山记·挖人参》中，作者写道：

> 镜子里却有了图影。图影正是自家的房子，一小偷就出现在檐下的凉席上偷参，丈夫与小偷搏斗……妇人先是瞧着，吓得出了一身汗，待小偷要跑，叫道我去追，拔腿跨步，一跤摔倒在门槛，看时四周并不见小偷。觉得奇怪，抬头看镜子，镜子里什么也没有了，一个圆白片子。

"镜子"是什么，有什么含义和象征性，颇费猜想，引发着读者思考。

涩而能畅的艰涩美，奇而反正的奇崛美，拙而实巧的朴拙美，似幽似明的神秘美，形成商州小说语言的多味性和多质感。这既是小说的语言特征，又是作家的"文气"特征。这种浸润着作家气质个性的语言，是一种令人神往的"有意味的形式"。

第五节　三秦的神秘

——贾平凹"商州小说"的神秘意识

商州小说弥漫着幽邃的神秘氛围，不仅引起读者的兴趣，而且受到批评界的关注。这种神秘性的来源,归根到底是商州和三秦文化特质。三秦文化中便包括楚文化因子,商州地理位置的过渡性,使商州文化中楚风更烈。“楚辞”是楚文化的凝聚和结晶,打开“楚辞”,扑面而来的是迷幻艳绝的神秘氛围,令人神往和陶醉。构成这种神秘氛围的因素,约略说来,一是奇幻富丽的自然景观。楚地山川草木色彩鲜艳明丽,气氛芳香浓郁,境界神异幽深,时时暗示着:处处有神灵。二是浓郁的巫风神气。人神同游共处,相悦相恋,乃至情感缠绵悱恻,时时现神灵。三是诗人神气迷幻的构思方式。《离骚》、《九歌》等展现了诗人那种“上穷碧落下黄泉”、访神遇仙的思维历程。正是:精心写神灵。上述三者,前二者为神秘自然景观和社会的神秘文化现象,第三者系诗人的神秘文化意识。三者有层层递进的因果联系。《文心雕龙》云:“若乃山林泉壤,实文思之奥府。……然屈平所以洞监风骚之情者,抑以江山之助乎!”由楚地山水的幽邃神秘而形成楚人的巫风神气观念,从而陶冶诗人恍兮惚兮的神异思维,乃“楚辞”神秘性之奥秘。故而,贯串“楚辞”的精神是一个“灵”字:“灵何为兮水中?”(《河伯》)“东风飘兮神灵雨。”(《山鬼》)“身既死兮神以灵。”(《国殇》)“羌灵魂之欲归兮,何须臾而忘反?”(《哀郢》)《离骚》中诗人之灵魂天上人间自由驰骋,更是如此。山杳水淼花艳草香烟飘云幻,与人们的生活密不可分,自然产生“灵”的思维,它发之宗教为巫风,发之哲学是道家,发之诗歌为“楚辞”。老子的“道”,简直是面对楚地景观和人文的观感和幻想:“道之为物,惟恍惟惚。恍兮惚兮,其中有物;窈兮冥兮,其中有情,其情甚真,其中有信。”①

商州也有神异的景观和人文。且不说商州的“八景十观”,单是平凹家乡棣花镇,便有“八观”,道是“昙花胜迹,古塔钻天,松中藏月,怪石志异,南山飞瀑,二龙拱珠,圣庙神修,魁楼映瑞。”这“八观”大都充溢着神秘。如,棣花镇前丹江南岸,千仞的峭崖上,却凿有数十石洞;洞崖的东南,南沟的腰眼上,又横崛一座大石幢,夏季巨瀑飞流,冬季冰川倒悬,奇险而神异,人称“南山飞瀑”。再如,洞崖的西南,耸一条弧形山岭,顶处偏缺了一个浑浑的半圆,偏又在这半圆里,出奇地生出一片古松,远远望去,分明是“松中藏月”。还有那北沟的“垒垒石”:“那是三间屋大的两块相叠的黑石,风能动之,人却难撼。人称“怪石志异”……棣花镇亦有神异的传说:周朝有位姜娘娘,某日南游到此,歇脚时,将头上一支簪花寄放此地,归去时忘记带走。后人修寺供之,并称此地为“寄花”,后谐称“棣花”。棣花多庙宇,各种庙宇达十五六处。最古老的是并排耸立的“双庙”:关帝庙和二郎庙。关帝庙系宋代所建,纪念三国时关羽,曰关帝圣君,有道教特征;二郎庙为金人所建,纪念二郎杨戬,有喇嘛庙特点。与双庙相望的是魁星楼,夏夜,光棍们在这里彻夜长聊,话题最多的是“鬼和狼”。贾平凹的诞生更有神秘特

① 《老子》第二十一章。

点：他出生前，母亲屡屡流产；生他时便迁到20里地以外的金盆乡。传说这里风水好，老子曾在附近炼过丹，后修有老君庙。出生后又“男占女位”，穿花衣，留黄辫，生怕天神“唤”去；且认一位私塾先生做干爸，干爸姓李，取名贾李平，喻平平安安之意。……

贾平凹五十余年的居留，可谓20年商州家乡，30余年古都西安。如果说，家乡商州的生活给他的心理图式涂上了神秘性的底色，那么西安的生活则使这种神秘性更加深化和成熟。西安是西北文化中心，又是12代古都，可以鸟瞰三秦文化，历览三秦史迹。无须遍绘三秦景观，也无须罗列三秦文化典籍和文化现象的遗存，单是那浓郁的秦汉风采便可见神秘性之一斑。秦汉人相信魂灵的存在，在墓中设冥器如谷仓、畜类、酒器；石上画高屋、华堂、车马、婢奴、歌儿舞女，供死者享受；还设置神仙的世界，如墓中绘画多有云气、星座、怪兽、羽人，日中有三足乌，月中有捣药兔，伏羲女娲人首蛇身，西王母居昆仑之山……期待亡灵进入仙界。人们还想长生不老，秦皇、汉武便是典型代表，于是奉神仙、行黄白术、制不死药的方士应运而生，李少翁甚至用化妆艺术和幻术，安排汉武帝和死去的李夫人的相会。与此同时，域外神秘异物的传入大大助长了巫风蔓延。西域魔术师的火种为方士所用，动辄大兴云雾，易貌分形，使皇帝大上其当。当时的皇家俱乐部平乐馆所演的节目有青龙白虎奏乐，仙人女娥、洪涯的活动，东海黄公给白虎施厌胜术，舍利兽在烟雾迷茫中变为比目鱼，比目鱼又变为八丈黄龙。……这一切，不仅见诸文物遗迹和文化典籍，而且浸入民俗民风流传至今，形成三秦的文化心理特征。

商州和三秦文化中的神秘性特质浸染着贾平凹的文化意识，他的心理图式中先天地带有了神秘主义的因素，而且在后天生活中不断深化和完善，形成其个性中独有的神异特征。我们研究商州小说神异的着眼点，不在于发现神异性的存在，更重要的在于，寻找神异性的特征，以及发展和演变规律，换句话说，则是商州和三秦的神秘文化特质如何通过贾平凹的商州小说具体而富有个性地表现出来。

商州小说描绘的神秘现象丰富而驳杂，梳理起来往往烦琐而浮泛。如果我们深入到这种现象的背后，到贾平凹的心理图式中去探寻，不仅寻见其神秘性特质因素，而且探寻这种因素在同化和顺化中的演变历程，收效便好得多。

贾平凹的老师和研究者费秉勋先生认为，贾平凹“从对中国古代文化的混沌感受中，感性地、融合性地接受了中国的古典哲学，其中既有儒家的宽厚和仁爱，也有道家的自然无为，甚至有程朱理学对世界的客观唯心主义认识。在这种融合中，老庄哲学似乎占了较重要的地位，而禅宗的妙悟也使他获益良多。”①费

① 费秉勋：《中国神秘文化》，陕西人民出版社1991年版，第48页。

先生所言不谬。不过，笔者认为，贾平凹不是思想家，而是文学艺术家，他从中国古典哲学中感性地、混沌地接受的，与其说是世界观，不如说是一种艺术思维，尽管二者难以截然分开。同时，费论中与本处论题有关的，不是儒家思想和程朱理学，而是老庄哲学和禅宗。仅是老庄和禅宗还不够，在中外文化大交流的80年代，贾平凹还受到西方现代派文学的影响，西方现代派中的神秘文化因素主要是神秘象征和魔幻现实主义等，也丰富着贾平凹心理图式的神秘性。如此，老庄哲学、神秘象征、佛教禅宗和魔幻现实主义鳞次栉比地进入贾平凹的心理图式并形成融合与交叉，创造出商州小说多彩的神秘形态。

老庄和道教最早进入贾平凹的心理图式，并牢牢地站稳了脚跟。有事实为证。在拍摄由《鸡窝洼人家》改编的电影《野山》时，平凹陪演职员体验生活，一行人走在米粮乡河滩上，他发现一块石头，似是一人坐像：头顶光亮饱满，颜面皱纹密集，七绺长须垂胸。有人说是齐白石，他说齐白石没有这般高大；有人说是泰戈尔，他说泰戈尔没有这般飘逸。他一口咬定是老子李耳，珍爱之情溢于言表；并将其请入自己的书房，专门腾空一个书架供之，庄重地为其进香。贾平凹还专程赴周至楼观台，拜访楼观道长。楼观台是道教发祥地，相传周朝函谷关令尹喜，曾在此结草为楼，仰观天象；后老子入关，在楼南高冈筑台，讲授《道德经》五千言。故此地自秦至清，历代屡有建筑，尤以唐为盛。计有台、殿、宫、亭、塔、洞、池、泉及文人学士题咏碑刻等五十余处，如说经台、炼丹炉、吕祖洞、宗圣宫、栖真亭、衣钵塔、龙女泉、仰天池、老子系牛柏等。楼观道长引他参观，并与之论道。平凹感到，他虽曾研读《庄子》《道藏》《三洞琼纲》《金丹大要》等，却从未像此时此地洞明般的悟知。他向道长请教"道冠"事，道长为他观相曰："土宿端元似钱筒，灶门孔大即三公；兰台廷尉来相应，心主圣名达圣聪。"

老庄和道教虽是两回事，却有天然联系。《老子》《庄子》是道教的基本典籍。《老子》谈玄论道、寓理于形、义理深邃，《庄子》意出尘想的构思、恢恑谲怪的形象，都充满着神秘怪异的氛围，内蕴着神秘主义观念。从地缘文化视角讲，构成这种思维的是尚巫尚鬼的楚文化基因。以《老》《庄》为基本典籍的道教，大大发展了老庄的神秘主义，其主要教派是符箓派和炼养派。符箓派通过画符、墨箓等道术活动，借鬼神以驱邪恶；炼养派又称丹鼎派，主张通过炼外丹和内丹，达到长生成仙的目的。道士被打扮成沟通人和神、人和鬼的半人半仙、半人半鬼，由此衍生出各种各样的巫术活动。神秘中也夹杂着大量的迷信。作为有较高文化修养的当代作家，贾平凹对老庄和道家自然不会不分青红皂白地兼收并蓄，但是，老庄和道家那种神秘怪异的思维不可避免地渗进他包含有神秘因素的心理图式，强化其神秘主义色彩。贾平凹以这一种强化了的心理图式进行艺术思维，在现实生活中寻找着异质同构，揭示着种种神秘文化现象……

神秘文化现象主要指各种巫术活动。如：易占、卜筮、星命、堪舆（阳宅、阴宅)、气功、相术(相手、相面、相骨)、特异功能、辟谷、医术、幻术及符箓、禁咒、扶乩等。这些巫术,有的已逐渐被科学承认,如中医、气功等;有的开始被研究家注意和涉猎,如特异功能、易占、堪舆、辟谷、望气等;有的尚属迷信之列,如禁咒、符箓、厌胜、扶乩等。尽管如此,由于这些文化现象已渗入民间的社会生活和深层意识,强有力地影响着人们的文化心理,是探讨民族的文化心理、思维特征、遗传基因和集体无意识的主要依据,故而,正确地进行揭示和描绘也颇有价值。商州小说中的神秘文化现象比比皆是,而且愈到后来,愈是普遍。如,《商州初录》中老医生给狼治病、狼能以德报德的故事;《黑氏》中木犊远行祷念的神秘咒文;《浮躁》中民间对阴阳风水的讲究,韩文举卜卦观天象,夜梦土地神;《故里》中赵家三坟夜间合为一体,八石洞八具似人非人的钟乳石变成石人;《龙卷风》中赵阴阳观天象预测第二年收成果然应验,临终前等秃女令人不解,四十年后秃女之子掘墓,人们方悟。《瘪家沟》的怪异之笔更多:张家媳妇在瘪神庙祈子得子,侯七奶奶临终预言出五个太阳果然应验,作家石夫死后其妻却见他复活在花环上读书,大官人之死是驴在阴间告状所致(他生前喜食驴圣),炳根爷盗墓之日与墓中白绢所书盗墓日恰合,牛过称的灵魂在冥冥中看见阴间的小鬼和阳间的家人,又买通阴司死而复活,老贯患奇病,睡半年醒半年……这些巫文化现象,看似率意写来,在具体描写中却有发人深省的意蕴。如《古堡》中,作家激情澎湃地写张家老二同光棍们跳“巫舞”:

> 老二……在矿洞那儿的土地上仰面躺下歇息。但那大院里一阵一阵飘过来的音乐声(按:那是摄制组的男女演员在跳舞),使他又不能静静地躺着,就如同狼一样地跳起来,拉了枯草和树枝,在洞口燃起火,自个儿乱跳乱吼,发泄自己的冲动。这喊叫声、蹦跳声,使那些逗起了冲动却无法排泄的村中光棍汉,都跑了来和老二一起乱跳。后来,他们就跳起了往日过会时祭神驱邪的巫舞。已是寒冷的暮晚,他们全脱了身上的棉衣,甩掉了帽子和包头巾,将那些废纸撕了条子,一条一条贴在脸上,举着钎子、镢头绕篝火乱跑。皆横眉竖眼,皆呲牙咧嘴,似鬼神附身,如痴如疯。旁边的人就使劲敲打铁器,发出“嗨!嗨!”吼声。后来就你从火这边跳过去,我又从火那边跳过来,用火灰抹脸,汗水流着,冲开灰土,脸恶得如煞神一般。这是性的冲动,原始力的再现,竟将摄制组那边的音乐渐渐压下去,后来就无声无息。

这种重在发泄的类原始舞蹈,显示出强大的性冲动和生命力,使人透过现实生活表层直溯人类意识深层,进入对人类原始蒙昧时代的追忆。这不禁使人感受到原始的冲动力是如何强大,乃至那摄制组的“现代”的“音乐”也被压得“无声无息”。不难想象,当他们成为牛磨子的“权力原料”时,张老大也要败下阵来。这就预示了作品的悲剧性。

在20世纪80年代的中西文化交流大潮中,西方现代派文学如同一个强磁场，冲击着贾平凹的心理图式。贾平凹把现代派文学的"神秘象征"同商州的神异景观、神异文化现象相结合，赋予神秘事物以象征意义；既增加着作品的神秘氛围，又提高了作品的艺术价值。

"神秘象征"是西方现代派文学的共有特征。它始见于象征主义流派。产生于19世纪中叶的象征主义是以象征、暗喻等手段暗示作品的主题和诗人的思绪的文艺思潮。在艺术表现上，重视"通感"，重视通体的象征和暗示，追求艺术境界的含混朦胧、若明若暗、神秘莫测。象征是其主要手法，它是一种"寓理于象"的手法，借具体寓抽象，借瞬间喻永恒，借有限寓无限，借有形寓无形。它不同于我国传统文学中的象征：我国传统文学的象征是局部的，寓意是单一的；象征主义的象征是通体的、多义的，因而具有模糊性和神秘性。如艾略特《荒原》中的荒原意象既可看作一战后欧洲的象征，也可看作一战后西方精神危机的象征，甚或可以认为是一种"原罪"的象征……这种神秘象征虽产生于象征主义诗歌，却又被现代派作家广泛运用于戏剧和小说创作中，成为整个现代派文学的共同财富。

贾平凹饱润神秘性的心理图式，很容易同"神秘象征"发生顺化作用，于是，"神秘象征"化入平凹的心理图式，深化着其神秘特质。遍览贾平凹的小说，可列出一个"神秘象征物"的系列：《古堡》中矗立在烛台峰之巅的古堡，神秘出没的白麝；《浮躁》中颇有神秘感的州河和图腾般的看山狗；《瘪家沟》中隐在椭圆形暗红色沟壑中的瘪家沟；《龙卷风》宝塔般的龙卷风；《佛关》中的佛关……以神秘事物作象征本体便有不同程度的神秘性，象征手法又赋予多义而神秘的象征意义，其神秘性就更甚一层。上述象征本体又往往反复出现，贯串全篇，形成通体的隐喻和象征，便具有了更高的文学价值和美学价值。如《浮躁》中的看山狗，却是一种声如狗吠的兽身鸟，人们视为神物，充满神异性。全书第一节便写道："接着就是狗咬，声如巨豹的，此起彼伏，久而不息。这其实不是狗咬，是山上一种鸟叫；州河上下千百里，这鸟叫'看山狗'，别的地方没有，单这儿有，便被视为熊猫一样珍贵又比熊猫神圣，作各种图案画到门脑上，屋脊上，'天地君神亲'牌位的左右。"看山狗实在是当地土著族的图腾，它为仙游川所独有，易地即死。看山狗可预告吉凶，每有大事必叫，它甚至能抗恶御邪。金狗出生，胸前便有形似看山狗的黑痣，仙游川的民间文化"权威"看后惊呼：此生命是看山狗所变，有抗邪之气。提议取名定用"狗"字，其父便名之曰金狗。金狗长大确也成为百姓的看山狗，成为抗恶的人杰。他是"官僚主义的克星"，使他们"咬不动，吞不下，哭不得，笑不得，骂不得，打不得"。他的事迹传遍仙游川，仙游川出现看山狗崇拜热。书中第27节写道："家家中堂上的'天地君神亲'牌位左右画上了看山狗图案。再到后，那门框上画，说是拒神鬼于门外，在牲兽棚上画，说是镇狼虎得安宁，病疾者装一张画纸，可禳灾祛邪，远行者装一张画纸，可吉星高照。以至白石寨、紫荆关、州城的那些卖鼠药的小贩也挂起招牌是'看山狗灭鼠药’。”看山狗显然成了一种隐喻，一种象征，它可以象征金狗的命运，也可以象征乡村变革的艰难历程；可以象征仙游川复杂的民间文化心理，也象征人们美好的理想和愿望……

《古堡》中麝的活动并不算神秘，不过写了麝家族生生死死的坎坷经历：白麝生下一双小麝，为保护儿女死在猎人的枪口下；小雄麝和小雌麝结合，后雄麝被打死，雌麝生下儿子后躲入古堡；雌麝又遭捕获而亡，其子在古堡的天火中险些丧命。但是，古堡附近的山民却视它为不祥之物，以为麝出现便有祸事发生，因此，每次麝出现便引起山民的一片骚动，这种骚动冲击着张老大的办矿事业。作品还将麝家族的兴亡和张老大的事业家庭相比照，形成神秘的“异质同构”效应。作品中还有一种比照，即“麝性”和“人性”的比照：麝的夫妻、母子、兄妹之间相濡以沫，充满了爱和温馨，乃至为保护同类而献身；人们之间却充满着钩心斗角的矛盾，拆台、造谣、哄抢……种种不光彩的行为屡屡发生。这种比照亦发人深省。麝是善良的，人们却视为灾星，对其进行捕杀，从而造成麝对人的怨恨，而捕杀麝的竟是憨厚善良的光大。如此看来，麝的象征性也是复杂的，象征着张老大家庭、婚姻的悲欢和事业的坎坷成败，象征着乡村社会发展的艰难，象征着人和自然的复杂关系，也象征着山民的复杂心理。

佛教的禅宗对贾平凹心理图式的影响稍晚些，却有后来居上的势头。平凹室内挂有达摩面壁图，一方面激励自己的顽强精神，一方面也有对禅宗的神往。在中国古代作家中，他后来重点师法苏轼，苏轼便是一位亲近禅僧、深谙佛道的一代文坛巨子。他自云：“吴越多名僧，与余善者常十九。”在惠州时他给禅僧惠能开列出的僧友，便有参寥子、维琳、圆照、秀州本觉寺一长老、楚明、仲珠、守钦、思义、闻复、可久、清顺、法颖等十余人。其实并不止此，有籍可考者逾百人。《春渚纪闻》卷一载，一禅僧告知苏轼，其前身是禅家名人五祖戒和尚。苏轼笃信佛旨，曾写《读坛经》，对《六祖坛经》说“法、报、化三身”阐发和补充；并学着禅僧口吻，与之大掉机锋，虽不能胜，却获益匪浅。他的诗文受禅宗影响颇深，《送参寥师》一诗，见他禅思和诗思的沟通：

> 颇怪浮屠人，视身如枯井。颓然寄淡泊，谁与发豪猛。细思乃不然，真巧非幻影。欲令诗语妙，无厌空且静。静能了群动，空故纳万境。阅世走人间，观身卧云岭。盐酸杂众好，中有至味永。诗法不相妨，此语更当清。

这些，不能不影响贾平凹的创作意识，他的“静虚”同苏轼所言的“空”、“静”何其相似！贾平凹还读了不少佛书，同禅师交往，向禅师学禅。他的散文《四十岁说》结尾处写道：

> 还是寻两句话吧，这是我四十岁里读到的，闷了许多日，再也不可能忘掉的话——
>
> 之一，是我跟一位禅师学禅，回来手书在书房的条幅：“见山是山，见水

是水；见山不是山，见水不是水；见山还是山，见水还是水。”

之二，夜读《八大山人画集》，忽见八大山人，字个山，画像下几行小字：“黿⊙咦，个有个而立于一=≡≣×之间也，个无个而超于×≣≡=一之外也，个山个山，形上形下，圆中一点。”

禅宗是佛家最有影响的一派，它浸润着我国传统文化心理，形成直觉主义美学。《坛经·渐顿第八》记载了一个典型的禅宗故事：“时有风吹幡动。一僧曰风动，一僧曰幡动，议论不已。惠能进曰，不是风动，不是幡动，仁者心动。”作为世界观，惠能是唯心主义的，作为艺术思维，却极有美学意蕴。它打破了线性思维，提供了非理性的直觉体验；在深深的沉思冥想中，非理性的直觉往往突破物象的界限、语言的束缚，进行着大跨度的跳跃。这是沉潜于意识阈下的跳跃性思维，此时，“我”的情感与平常通过感官所得到的有关外部世界的感觉相交融，在沉思默想中再度形成一种新的表象出现于大脑中，这表象不是外部世界的照相式的反映，而是一种心理再现，它依靠过去积累的心理能量，可以再度唤起一个个不在眼前的事物，按“我”的要求重新组合，并渗入自己的情感因素。在这种冥想中，一切时空物我的界限、区别都不复存在，完全是混沌的一片，物中有我，我中有物，视觉、味觉、听觉、触觉可以相通，本质与现象的关系可以颠倒，此与彼、内与外、有与无乃至一切分别都可消弭；在这里，一切逻辑、层次都被抛开了，只剩下“我”（本心）对“物”（外界事物）的直接观照，通过“我”的清静本性与染上了“我”的情感色彩的大千世界的往复交流，领悟到本心清静、一切皆空的“终极真理”。这种领悟常是“瞬间的顿悟”，是长时间的沉思冥想之后的突然升华。《禅关策进》（卷一）这样描写“顿悟”：

跟定脚跟，竖起脊梁，无分昼夜，直得东西不分，南北不辨，如有气的死人相似，心随境化，触著还知，自然念虑内忘，心识路绝。忽然打破髑髅，原来不从他得，那时，岂不庆快平生哉？

王维的《秋夜独坐》典型地描绘了禅悟的过程：“独坐悲双鬓，空虚欲二更。雨中山果落，灯下草虫鸣，白发终难变，黄金不可成。欲知除老病，唯有学无生。”“唯有学无生”，正是诗人的“顿悟”。

直觉体验、瞬间顿悟作为禅宗独特的思维，是一种潜意识的直觉思维，自然呈恍兮惚兮、混混沌沌的状态。

1988年夏，贾平凹患病住院，在医院中和出院后写了《太白山记》《烟》《美穴地》《白朗》《五魁》《佛关》等。他谈此时的感受说：“整日的独躺独想，起先认为是一种最残酷的刑罚，到后来便觉得有吸大烟的效果……你想来啥就来啥，睁着眼睛好像又在梦中，完全处于逍遥游……”①这岂不正是禅宗思维过程：经过

① 贾平凹：《人迹·跋》，广东旅游出版社1990年版。

“无非昼夜”的沉思冥想(“整日的独躺独想”)而达到“瞬间顿悟”境界(“你想来啥就来啥,睁着眼睛好像又在梦中,完全处于逍遥游”)?

禅宗的顿悟境界是一个恍兮惚兮的不可言传的境界,境界的表达便有“不立文字”之说。“不立文字”还是要表达,禅家便故意用相互矛盾的概念和判断打破世间的逻辑思维,如惠能所言:“若有人问汝义,问有将无对,问无将有对,问凡以圣对,问圣以凡对,二道相因,生中道义。”①或者用一些蒙眬含糊的话头和机锋来引发人们的悟性,禅宗一千七百公案便是话头和机锋的记录,如前文提及的“见山是山,见水是水……”便是公案之一。对于这种玄而又玄的表达方式,感受和理解必须是直觉性的“活参”,即听凭自己的直觉和潜意识的流动,围绕“本心即佛”等佛理,进行天马行空的随机性理解。死啃字面义是无智慧,出自己心的自由联想是灵根透脱。禅宗的话头公案像哑谜,谜面虽是一个,谜底却是千千万,虽是千千万,却只有一个不正确,即合乎逻辑的直接回答。可见,禅宗的玄妙表达和活参领悟更增加了禅宗思维恍兮惚兮的神秘性。

《太白山记》便是一部从禅的角度审视人生和社会的作品,既见禅的顿悟境界,又见境界的玄妙表达,展示出一个混混沌沌的神秘世界。整部作品包括20个短篇,无统一的体例宗旨,有的谈玄说鬼,近于《聊斋》的“驰想天外,幻迹人区”;有的搜索奇异,颇似六朝的“志怪”体;有的记琐闻杂识,犹如齐东野语;有的蕴藉隽永,苦思禅门的话头机锋……死去的爹夜里还魂与守寡的娘行房事娘又似乎浑然不知(《寡妇》),吝啬的挖参人悬挂照贼镜以护家却被其妻看到了他横死的结局(《挖参人》),猎手与狼搏斗到头来却发现是与人厮打(《猎手》),木匠用斧头劈人砍下的头颅竟是厚厚的一层垢甲(《杀人犯》),无头的香客到处找头(《香客》),公公与儿媳仅是“意淫”却生下了酷似公公的孩子……在这些作品中,佛理禅趣不同程度地弥漫其间,既有艺术表现技巧上的借鉴,又有佛学禅理的渗透,对此,应为众评价道:“贾平凹并非在《太白山记》中简单地重复人生如梦幻的佛教义理,而是借用禅佛独特的思维结构和观察视角,以现代意识去探究审视人类面临的永恒难题和生命的本质。尽管它未必给出最科学、最深刻的观察结论,但却无疑为多侧面地反映人生开启一扇独特的窗口。尤其在西方现代哲学困扰于后工业化社会的顽症痼疾而向思想文化靠拢倾斜的当今,禅佛的某些思想智慧,对辨识、调整人类某些盲目的意欲冲动,仍不失可借鉴之处。因而,《太白山记》正是贾平凹在现代理性精神照耀下,批判地吸收佛学的合理内核的大胆尝试。”②

贾平凹在90年代的一些作品,似乎走出混沌,减退了恍兮惚兮,却见混沌禅

① 《坛经·传嘱品第十》。

② 应为众:《禅意与禅心——简评〈太白〉》,《中国图书评论》1992年第5期。

意的别一种表现。《白朗》可称为一部精彩的传奇故事：英俊、潇洒、气度高雅的匪枭白朗因大意醉酒被手下败将俘获，囹圄中，他拒绝美色的诱惑，却因此感动敌手黑老七之妻，助他杀死老七，重振雄风。结尾处却异峰突起，陡然转折。正当他庆贺胜利、追祭亡灵时，奇迹发生了：两山主鬼魂附身诉说着壮烈的往事。“在白朗大王酒祭亡灵的狼牙寨上，招来的是多少的鬼魂！”白朗惊恐地自问：“我胜利了吗？我是山中之王的英雄了吗？”他一下子变得苍老如朽，他的手枪溜入泉中，化作一条鱼，他变成了“居止无定，炼精服气，欲得道引吐纳之法的隐人”。一位叱咤风云的英雄在胜利辉煌的瞬间变成了一位隐士，这是白朗的顿悟，也是作者的顿悟。这种顿悟正是“忽然打破髑髅，原来不从他得”的禅宗境界。《五魁》中的五魁视心爱的女人为“女神”，无丝毫杂念，不越雷池半步；一旦“女神”死去，他做了匪首，竟娶了11个压寨夫人。这也是一种顿悟，不过与白朗相异罢了。

如果贾平凹仅仅以禅宗思维写一些灵异鬼怪的事，那正如他在《“太白山记”阅读密码》中说的，“岂不是一些新的‘聊斋志异’？”“那简直有些味同嚼蜡。”可贵的是，他以现代意识观照创作题材，实现着现代意识同禅宗思维的融会与结合。比如性意识。《太白山记》涉足这个领域的，有《公公》《寡妇》《丈夫》等篇目，写下众多奇异的性爱故事，加以玄妙的佛理，令读者其妙莫名。或读出寡妇性意识的跃动，或读出丈夫的阴魂作祟，或读出孩子的特异功能，或读出人性的压抑，众说不一。贾平凹则说：“为什么写小儿，题目却是‘寡妇’，写儿媳，题目却是‘公公’，写妻子，题目却是‘丈夫’?！不放过每一个字的描写，恍然大悟，全写的是寡妇的意淫意识，是公公的意奸意识，是丈夫的意欲意识。”实际暗含着弗洛伊德式的性意识分析。《五魁》更是如此，它揭示着人的社会意识和潜在的性意识的矛盾。当人为追求自己的价值和尊严艰难跋涉时，潜在的性意识处在蛰伏状态，一旦社会意识隐退而卸去精神负荷，性意识便突如其来地爆发。如果这种爆发不能在美的常规领域导泄，便以丑的形态爆发。正因如此，五魁在心爱的女人死后，防线崩溃，竟成了娶11位压寨夫人的土匪。

在贾平凹心理图式众，最值得称道最有意义的是禅宗思维和魔幻现实主义的结合。拉美魔幻现实主义是对贾平凹影响最深的外国文学流派。他曾说：“我特别喜欢拉美文学，喜欢那个马尔克斯还有略萨……我首先震惊的是拉美作家在玩熟了欧洲那些现代派的东西之后，又回到了他们的拉美，创造了他们伟大的艺术，这给我们多大的启示啊！再是，他们创造的那些形式，是多么大胆，包罗万象，无奇不有，什么都可以拿来写小说，这对我的小家子气简直是当头一个轰隆隆的响雷！”①

---

①　贾平凹：《静虚村散叶》，陕西教育出版社1990年版，第164页。

魔幻现实主义是拉丁美洲的土特产，却吸收了欧美现代派文学的多种成果。它有深厚而复杂的文学渊源。其一，魔幻现实主义作家们大量借用本地印第安人古老的神话故事和阿拉伯的神话故事，几乎所有的作品都带有古老的神话、传说和巫术中的奇幻怪诞因素。其二，魔幻现实主义作家们又深受欧美现代派文学的影响，布勒东的超现实主义，艾略特的象征主义，乔伊斯、卡夫卡、福克纳等人的意识流手法对他们的影响最大。他们常用谈神说鬼的方式，打破主客观世界的界限，用复杂多变的结构，编织富于虚幻色彩的情节，打破时空的限制，追求神奇的艺术效果。象征主义诗人瓦莱里读了阿斯图利亚斯的《危地马拉传说》后惊叹道："就我理解神奇事物的能力方面，这些传统太新奇了。在这些故事中，一个成分复杂的民族的各种信仰、传说和所经历的各个时代，以及这块动荡的肥沃土地上的各种富饶物产水乳交融地融合在一起……热带的大自然、杂七杂八的花草树木、印第安人的魔法、萨拉曼卡的神学系统混在了一起，这是一个怎样的混合体啊！这里有火山之神、僧侣、罂粟人，……这一切拼成了一个离奇古怪的梦。"①马尔克斯的《百年孤独》更是创造了一个神异诡谲的世界。

如此看来，魔幻现实主义的艺术表现手法和禅宗思维有着某种程度的契合和沟通，二者的碰撞交融也就势在必然。它们在贾平凹的心理图式中实现了这种结合。这种结合一方面使贾平凹坚实地站在祖国传统文化的大地上，一方面尽情地吸收着拉美文学乃至欧美现代派文学的艺术营养，他的创作也就成为根深叶茂的大树。这种交融早在 1988 年前便出现了端倪。作家在几部作品中都曾写这样的老人：他（她）渐渐不知自己活着还是死了，面对着活人，又面对着死人，常把阴阳相混，把生者和死者拉到一个生活天地里，说着混混沌沌的幻觉呓语，如《古堡》中的云云奶奶，《瘪家沟》中的老黄等。完成于 1990 年的中篇小说《烟》可以说是禅宗思维和魔幻手法结合的极至。《烟》是从佛教的"神不灭论"、"轮回说"获取灵感而编织的"灵魂转世"的故事，显示着禅宗的思维；同时，那三世互现，谈神论鬼，打破主客观界限、打破时空界限乃至采用意识流动的手法又吻和魔幻现实主义。当世的石祥突发烟瘾，恍惚中具有了窥见前世的功能（俨然气功思维），几十年前，他的前身是一位俊秀潇洒的山大王，煊赫威武，本领高强，抽起烟来也极有神功，能以吐出的烟圈套住敌手的暗算和阴谋……几十年后，他用过的烟斗却奇迹般落到他灵魂转世的石祥手中。石祥有着山大王的烟瘾，却没有山大王的潇洒风流，他憨厚，乃至谈恋爱都难以成功。后来，石祥走到南疆一个石洞，犯了烟瘾又无烟抽，昏沉中又见到来世：竟是一个囚犯！其疤脸又颇似前世的冤家对头胡大王。狱中无烟可抽，一直到临刑，才吸上一口烟……当石祥从梦中醒来时，被一块飞进洞的石块击毙，临终，也终于抽了

---

① 转引自陈光浮：《拉美小说流派和"魔幻现实主义"》，见《世界文学与艺术》第 4 期。

一口烟……

英武的山大王、憨厚的边防战士、丑陋的死刑犯，禀赋、命运的差异如此之大，却又联系到了一起：石祥鬼使神差地感知到古堡上那个前世遗留下的烟斗，他临死时的来世梦又神秘地预见了自己的死；而且，石祥的三世有着共同的嗜好：吸烟，一样的归宿：死。对于这难分难解的命运之谜，贾平凹别出心裁地借用禅宗的智慧和魔幻手法，从人生亦真亦幻中顿悟玄妙的哲理：

> 石祥的灵魂并没有远离了躯体，不，他现在才明白了这并不称作是灵魂的，是应该叫做古赖耶识的怪诞名字的。……当石祥的古赖耶识离开了躯体，也才发现满空到处在游荡着古赖耶识，它只能是同类的一种，再称之为"石祥的"便是错误了……这些古赖耶识似乎在自身裂变着，同时相互拥挤撞击而上升，已经有很厚很厚的一团聚集在天之高空了。世界原来究竟就是这些古赖耶识吗？一切都是这古赖耶识在发生作用吗？它们这么聚集在一团游荡空中，寻找地面上的似乎有着什么频率相通的东西而附体吗？……啊，伟大而神奇的古赖耶识，这无生无灭、无时无空地创造世界的种子，这一次附在了人身上成为人，下一次附在树木之上成为树，如此反复不已就是人世上所说的轮回转世吗？……

古赖耶识，佛教语，指世界万物的精神本原，如同黑格尔所讲的"绝对理念"。如此看来，烟，不仅是穿连石祥三世轮回的线索，而且是一种神秘象征，象征那世界万物的精神本原——神异的古赖耶识。这样，作家便在一个充满佛理意蕴且充满神异魔幻的故事中寄寓了对人的本质和世界本原的神秘的玄思。这种玄思的哲理意蕴在于，石祥的三世轮回作为人类悲剧命运缩影，不解之惑也是人类的不解之谜。不管贾平凹的玄思结论正确与否，他那痛苦的探求以及空灵跌宕的思维方式都是充满着美学精神的。

需要说明的是，贾平凹心理图式的发展是滚雪球式的，并非狗熊掰棒子式的，即使到了禅宗和魔幻现实主义阶段，老庄和神秘象征仍然深潜在他的心理图式中，并发挥着不可低估的作用。而且，各阶段又难以截然分开，往往是你中有我，我中有你，穿插交错，形成复杂的局面。

当我们按照心理图式的发展变化描绘了商州小说的神秘特征之后，不仅看到贾平凹创作中神秘性追求的发展脉络和规律，而且看到其神秘追求的个性特征。这一切不仅丰富和发展了商州小说创作，而且丰富和发展了新时期文坛，作为"新志怪小说"，成为文坛的一大景观，也算是贾平凹的一个贡献。不过，在上述论述中，我们是从艺术思维角度对商州文学创作的神秘性进行分析和肯定的。老庄和道家、佛教禅宗、象征主义、魔幻现实主义等，并不仅仅是一种艺术思维，他们有着自己的意识形态性，它们都同唯心主义世界观相联系，有的本身就是一种唯心主义世界观。自然，唯心主义也有合理的可取之处，但也有误人的陷阱。

因此,吸收这些前人的成果,必须把握两个界限:一是作为哲学观点的正确部分和谬误部分的界限,二是哲学观点和艺术思维的界限。否则,就会落入谬误的陷阱。应该说,贾平凹对上述哲学思潮和文学思潮的吸收和接受,有着自己的耙梳和筛选,其主要着眼点,也是这些思潮的艺术思维方式。但是,笔者在阅读时发现,作家的笔触有时不自觉地越过艺术思维的层面,步入宇宙观的天地,为老庄、禅宗、西方现代派的哲学思想俘获,成为某些哲学观点的代言人,而这些观点又不大正确。这些,须引起贾平凹的注意。

第九章　齐鲁文化与新时期齐鲁小说

第一节　齐鲁文化的地域特征

齐鲁文化区主要指今山东地区。包括半岛区和内陆区两部分:山东半岛突出在渤海和黄海间,北隔渤海海峡,与辽东半岛相望;内陆部分与江苏、安徽、河南、河北在华北平原相邻接。

“山东”这一称谓有一个发展演变历程。早在春秋时期,由于晋国据太行山以西,故称太行山以东为山东,北魏、唐、五代、北宋多沿用此称;战国时期,由于秦居关中,称崤山或华山以东的地区为山东,有时泛指秦以外的六国土地。从汉代起,就有人用“山东”专指齐鲁之地。宋代将全国划分为15路,今日的山东省属京东路与河北路。金人将京东东路和京东西路改为山东东路和山东西路,山东始成为独立的行政区划。元代废山东东、西路,改属中书省,明代置山东布政司,清代改山东省,民国因之。这里有必要区分一下齐、鲁文化,齐鲁文化和山东文化。齐、鲁文化指的是先秦时期(周代)由政治机能建构的齐、鲁两国的文化,该区域属机能文化区,它文化中心突出(即国都),边缘(即国界)清晰;山东文化指中近古形成并延及现当代的山东省文化,亦属机能文化区;而齐鲁文化区则是在齐、鲁文化基础上形成的形式文化区,它强调的是文化特征而非政治经济文化机能,文化中心突出而边缘模糊。齐鲁文化在齐、鲁文化的基础上形成并为山东文化奠定了基础。如果说齐、鲁文化体现着上古文化,山东文化更体现着近现代文化,那么齐鲁文化则体现着自上古到近现代齐鲁地区的文化传承和基本文化特质。

从物质环境看,齐鲁大地属平原地带:北部是华北平原,南部有微山湖和众多湖泊,西南部则是古称“中原”的东端——豫东平原。在这片广阔的平原的正中,雄伟的泰山拔地而起,中华民族的母亲河——黄河自西南向东北斜穿齐鲁大地,浩浩荡荡流入渤海。西北部的山东半岛突兀而出,探向茫茫大海,北顾渤海而南视黄海。整个齐鲁大地的自然环境可谓依山临海，“河山带砺”。

这里有三个关键词：泰山、黄河、大海。

泰山地处山东中部，总面积为 426 平方公里，主峰在泰安城北，海拔 1545 米。先秦时是齐、鲁两国的分界线：山阳为鲁，山阴为齐。齐人敬泰山为天地日月等八神之一的“地神”，鲁人亦对泰山充满崇敬之情：“泰山岩岩，鲁邦所瞻。”（《诗经·鲁颂》）汉武帝则称泰山“高矣、大矣、特矣、壮矣、赫矣、骇矣、惑矣”。上古神话有四岳和五岳之说。四岳为岱宗、南岳、西岳、东岳。岱宗即泰山。古文字中，“大”有“大、太、代、泰”四音，这四字实际是通假字，因而泰山可写为大山、太山、代山，即大山之义。将泰山的“泰”写成与“代”同音的“岱”，主要是依据齐鲁的民间宗教习俗。泰山系“地神”，是人死后灵魂的寄居地。“岱”有世代、交代、更代之义，泰山则有人的生死更代之义，故称“岱宗”。《风俗通》云：“泰山，山之尊者。一曰岱宗。岱者，始（胎）也。宗者，长也。万物之始，阴阳代交，故为五岳之长，王者受命恒封禅之。”五岳之说指的是北岳恒山，南岳衡山，西岳华山，东岳泰山，中岳嵩山。而泰山是五岳之首。泰山高不过华山，大不过衡山，又不及嵩山居五岳中，何以成为五岳之首？

如前所述，我国区域结构的基本框架是以中原区、燕山南北区、环太湖区为顶点的三角形。这一三角形以嵩山为顶点，沿黄河、淮河、长江三大水系向东扇面状展开，直至三大水系入海处。其北顶点在燕山脚下，南顶点在杭州湾，西顶点靠近华山、嵩山和三门峡。这个三角形板块，北有燕山，南有伏牛山、桐柏山、大别山，西有太行山、秦岭、大巴山，东面是山东丘陵和茫茫大海。这片山水环抱的广袤平原，就是中华民族的肇源地，也是古人心目中的“中国”。这片面积约为 30 万平方公里的冲积平原，地势极为平坦，只有在中部略偏东北地区，矗立着泰山。泰山不仅位于大三角的中心地带，也是其中面积最大、海拔最高的山。泰山北邻黄河、济水，南望淮河、长江，“四渎”之中是一片丰美的土地，土质肥沃，水量丰沛，极适于原始人群生存。故而《淮南子·地形训》曰：“中央之美者，有岱岳，以生五谷箅桑麻。”黄松在《齐鲁文化》一书中说：“若以泰山为中心，以淮河、济水、黄河和大海为界，这个地区就是古华夏大陆上最繁荣的地区，被称之为泰山文化圈。它远从沂源猿人开始，已有四五十万年的历史。在这个地区内，极有可能形成沂源猿人—沂沭旧石器文化—沂沭细石器文化—北辛文化—大汶口文化—龙山文化的中国史前文化比较完整的体系。从现有的考古成果来看，这个地区远古时代的文化，不仅最为繁荣，而且也极为完整。”①

泰山这种独特的地理环境，逐渐形成上我国古人类的“泰山崇拜”，并将其理论化、仪式化。战国时齐学的代表人物邹忌、邹衍、邹奭“三邹子”，将孔伋、孟

① 黄松：《齐鲁文化》，辽宁教育出版社 1991 年版，第 84 页。

轲的五行相生相克理论扩展到历史、政治领域。尤其是邹衍，提出“五行生胜说”。将其推广到各个朝代，每个朝代各占五行的一德，依据五行相生相克的原理相胜相代，循环往复。他由此推及五岳，认为东岳泰山属于“木”德。木德对应的是东、春、青色、生育、仁德等，泰山就隐喻着一年之始的春季、万物孕育勃发、青色、仁德等。泰山既有了一年之首、万物之始之义，自然就可以引申为：人的一生之始，家族传承的一代之始，王朝更替的换代之始。泰山当初作为“地神”蕴含的管理人的生死、更代之义，已扩延为帝王朝代的递嬗更迭的“禅代”了。而这种“禅代”又按五行之德的“相胜”规则进行。这样，凡是新的王朝建立，就必须到泰山去“封禅”，向上天报功。秦始皇、汉武帝、汉光武帝、宋真宗等都曾举行声势浩大的封禅仪式。如此，泰山不仅是“中国”大三角平原上突兀而起的地理大山，更是孕育着万物之始、历史更迭的文化大山，它“五岳独尊”，是天下第一文化山。

黄河是中国第二大河，到了下游的山东段，将中上游携带的35条支流融汇自身，在广阔的平原上，形成宽阔的河面，以雄浑壮阔的气势，浩浩荡荡，奔流入海。黄河还是文化大河，徐旭生依据神话传说将中华民族的发祥分为三大集团：华夏集团、东夷集团和苗蛮集团。发祥并长期居住在黄河中游的华夏集团包括黄帝、炎帝、颛顼、帝喾、尧、舜、禹、后稷、契等，是中华民族的主流和正宗；东夷集团则在黄河下游。正因如此，黄河被称为中华民族的母亲河，也是中华民族成长的摇篮。如此看，黄河便是中国的第一文化大河。

齐鲁濒临的大海是渤海与黄海，渤海与黄海毗连着浩瀚的太平洋。大海使人产生无限的遐想，于是有了“海上仙山”之说。史传有“三神山”和“五神山”两说。“三神山”包括蓬莱、瀛洲、方丈。《史记·封禅书》云：“此三神山也，其传在渤海中，去人不远；患且至，则船风引而去。盖尝有至者，诸迁人及不死之药皆在焉。其物禽兽尽白，而黄金银为宫阙。未至，望之如云；及至，三仙山反居水下。临之，风辄引去，终莫能至云。世主莫不甘心焉。”这实际是海市蜃楼奇观，先秦齐国的方士们利用这种奇观，建立了海上神山之说。“五神山”之说在三神山之上又增加岱舆和员峤。《列子·汤问》云：“渤海之东不知几亿万里，有大壑焉，实为无底之谷，其下无底，名曰归墟。八紘九野之水，天汉之流，莫不注之，而无增无减焉。其中有五山焉：一曰岱舆，二曰员峤，三曰方壶（即方丈），四曰瀛洲，五曰蓬莱。其山高下周旋三万里，其顶平处九千里。山之中间相去七万里，以为邻居焉。其上台观皆金玉，其上禽兽皆纯缟。珠玕之树皆丛生，花实皆有滋味，食之皆不老不死。所居之人皆先圣之种，一日一夕飞翔往来者，不可数焉。而五山之根无所连箸，常随潮波上下往返不可暂峙焉。”神山传说中似以蓬莱最为古老，后世流传的仙话，也往往多称蓬莱。故将齐鲁的仙山传说成为“蓬莱仙山系统”。

蓬莱仙山系统产生了蓬莱仙话系统。学界认为，神话之后出现了仙话，如果说昆仑是神之居所，那么以蓬莱为代表的“三仙山”或“五仙山”则是“仙”之居所，一西一东，一神一仙，相映成趣。《说文》：“仚（即“仙”字——引者注），人在山上貌，从人山。”《释名》：“老而不死曰仙。仙，迁也，迁入山也。故制字人傍山也。”欲修道成仙，必须隐进深山，长期修炼，方能得道成仙，老而不死。“老而不死”是仙的最重要的特征。汉刘向著《列仙传》、晋葛洪著《神仙传》、唐梁肃著《神仙传论》分别称仙人为70人、92人、190人。其来历为三类：一是由神仙家、方士修炼而成，如《史记》所载的宋毋忌、正伯侨、充尚、羡门子高等；二是由神转化而来，如盘古、黄帝、西王母等；三是一些历史人物被仙化，如老子、姜太公、东方朔等。“毫无疑问，蓬莱仙话系统是齐文化的一个重要组成部分，而仙话的崛起又与战国时期的齐文化有密切的联系。仙话发端于方士的求仙，此后便一直与神仙、道士有不解之缘。较之神话，仙话更突出了‘人’的因素。人可以成仙的思想，既反映了人对永恒的渴望，也说明人的自我意识的觉醒。是故仙话一开始便具有浓厚的人文特点，相对而言较少宗教色彩。”①基于仙的重要特征是“长生不老”，人又可以“得道成仙”，求仙问道以求长生就成为世人的向往和追求。史载齐威王、齐宣王、燕昭王均使人入海求仙，秦始皇不仅使人入海求仙药，而且死在于求仙齐鲁的归途中，汉武帝也是一位疯狂的求仙问道者……他们的活动又留下现实的蓬莱文化景观。胶东半岛西北端与辽东半岛旅顺口老铁山隔海相望处，有一个美丽的海角，其上有丹崖山。被称为蓬莱。《通典》云：“汉武帝于此望海中蓬莱，因筑城以为名”。唐之前，蓬莱为黄县、牟平县地，唐贞观八年（634年）始置蓬莱镇，属黄县；神龙三年（707年）升为蓬莱县，属登州府；以后数代均为登州府衙所在地。北宋嘉祐年间于丹崖山上建蓬莱阁，由吕祖殿、三清殿、蓬莱阁、弥陀寺、天后宫六个单元构成，每个单元又由众多亭台楼阁所簇拥，形成层层叠叠、错落有致的庞大建筑群。与周围环境相应，苍松滴翠，飞阁流丹，山青水碧，云白天蓝，恍如人间仙境。

泰山是我国第一文化大山，黄河是我国第一文化大河，渤海和黄海又毗连者地球上最大的太平洋。齐鲁的依山临海、河山带砺便具有了雄伟壮观、开放大气的特征。这种景观必然陶冶人们开阔的心胸、、开放的思想和飞腾的想象。人们由泰山而思考历史的盛衰更替，由黄河思考中华民族的发生与发展，由大海思考人类和宇宙的永恒，实际是对民族、历史、人类、宇宙的宏阔哲思，这种哲思正是齐鲁大地的慷慨赋予。因而，齐鲁大地也就必然造就先进而宏阔的文化以及这种文化的承载者——文化大师。

史实正是如此，我国历史上便有“东夷非夷”之说。这里可举二例。一是季

---

① 黄松：《齐鲁文化》，辽宁教育出版社1991年版，第53页。

札观乐。周景王元年(前544年),吴国公子季札观乐于鲁。宫廷乐师门为他演奏了各地的音乐。演奏完《齐风》时,季札赞曰:"美哉,泱泱乎,大风也哉!东海者其太公乎!国未可量也。"①音乐有"泱泱大风",体现的是齐国的雄放和博大,齐桓公成为春秋五霸之首便是最好证明,正因如此,齐国有"国未可量"的发展前景。二是"夷夏东西说"。如前所述,杨军依据《史记·卷一五帝本纪》提供的黄帝至禹的部落大联盟首领世系"黄帝—颛顼—帝喾—挚—尧—舜—禹",进一步提出,黄帝、帝喾、尧、禹为西方华夏集团,而颛顼氏、挚、舜属于东方的东夷集团。东、西部落首领交替出现,可以说是黄帝系和东夷系的轮流执政。既然东夷族系可以与华夏族系平起平坐,轮流执政,可见东夷已有发达的政治、经济和文化。

从社会结构关系看,原始时代的齐鲁生活着许多以鸟为图腾的氏族部落,他们被称为"莱夷"(今山东半岛一带)和"淮夷"(今鲁南及苏北一带)等,泛称东夷。其中,齐、鲁两地是东夷的两个主要活动中心。鲁地的曲阜是东夷的始祖"少昊之虚",而齐地的临淄是少昊的司寇"爽鸠氏之虚"。少昊时代以鸟名官。《左传·昭公十七年》载:"秋,郯子来朝,公与之宴。昭子问焉,曰:'少皞氏鸟名官,何故?'郯子曰:'吾祖也,我知之。昔者黄帝氏以云纪,故为云师而云名;炎帝氏以火纪,故为火师而火名;共工氏以水纪,故为水师而水名;太皞氏以龙纪,故为龙师而龙名。我高祖少皞挚之立也,凤鸟适至,故纪于鸟,为鸟师而鸟名。凤鸟氏,历正也;玄鸟氏,司分者也;伯赵氏,司至者也;青鸟氏,司启者也;丹鸟氏,司闭者也。祝鸠氏,司徒也;雎鸠氏,司马也;鸤鸠氏,司空也;爽鸠氏,司寇也;鹘鸠氏,司事也。五鸠,鸠民者也。五雉为五工正,利器用,正度量,夷民者也。九扈为九农正,扈民无淫者也。自颛顼以来,不能纪远,而纪于近。为民师而命以民事,则不能故也。'"从郯子讲述中可看出,少皞时以"鸟"命名百官的基本情况是:以凤鸟为司正,总管历法;下设玄鸟氏、伯赵氏、青鸟氏、丹鸟氏四属官,分掌春、夏、秋、冬四季节。又设五鸠分管社会事务:司徒祝鸠氏负责民众教化,司马雎鸠氏负责司法,司空鸤鸠氏负责水土治理,司寇爽鸠氏负责社会治安,司事鹘鸠氏负责民事。五雉担任"工正",负责管理手工业,"利器用,正度量",提高生产效率和产品质量;九扈担任"农正",负责管理农业,如春扈氏负责耕种,夏扈氏负责耘锄,秋扈氏负责收获,冬扈氏负责贮藏……农业生产的各个环节都有专官负责。从中可进而悟出,凤鸟是部落的总图腾,鸟、鸠、雉、扈是各个胞族的图腾,五鸟、五鸠、五雉、九扈之和,共24鸟,则是各个氏族之图腾。这是一种三层次的图腾体制。其细密性和完整性已达到当时社会的最高水平。而这一切,又为考古所证实。可见东夷史前文化之发达。周王朝建立征服东夷诸部

① 《左传·襄公二十九年》。

后，东夷文化又与周、夏、商文化结合交融，形成新的文化。

西周时封到齐、鲁为国君的是两个最伟大的政治家：太公与周公。周公系武王胞弟，被封在殷人发祥地奄（曲阜——引者注），因新旧王朝斗争激烈，周公坐镇朝纲而派长子伯禽至鲁，建邦立国，并分得殷民六族和许多典册文物，故而被称为“东周”，即东方的周室中心。周公最大的历史功绩是在吸收殷商文化的基础上、结合周人的习俗，制定了“周礼”，实行了以“周礼”为中心的统治制度。并以鲁国作为推行“周礼”的东方中心。由于鲁国地处内陆平原，发展起来的是农耕经济和文化，以伦理关系为核心的“周礼”恰与之相和。加之周公和伯禽的推广，“周礼”便在鲁地发展起来并成为国策。乃至到了春秋时期，天子脚下礼崩乐坏，鲁国不仅恪守周礼，而且经过孔子的引申与发展，创造出在中国历史上占主导地位的儒家文化。鲁国由东方文化中心变成全国的文化中心。太公帮助周武王打天下，厥功甚伟，被封于齐营丘（今山东临淄——引者注）。”“太公至国，修政，因其俗，简其礼，通商工之业，便鱼盐之利，而人民多归齐，齐为大国。”①到春秋时齐桓公以其强大的经济和军事力量称霸天下，成为号令各诸侯国的第一位霸主。战国时，田齐桓公在齐国都城临淄的稷门附近创办稷下学宫，招引天下文人学士，在那里讲学、争鸣和著书立说。稷下学宫经威王、宣王、湣王、襄王数代，历时140余年。其鼎盛期是威王、宣王两代。二位君主为使齐国称霸东方，不惜重金纳贤稷下学宫的创办集结了天下学者，有孟子、荀子、邹忌、田耕、邹奭、慎到、田骈、宋钘、淳于髡、接予、环渊、鲁仲连、尹文等，都云集齐都。齐国以稷下学宫跃居全国的文化中心。

齐鲁发达的文化产生了众多文化大师。鲁地是儒家与墨家的发祥地，儒家的代表人物孔子、孟子等，墨家的代表人物墨子、宋钘等均居此。齐地是兵家和阴阳家的发祥地，兵家的代表人物孙武、孙膑、司马穰苴等，阴阳家的代表人物邹忌、邹衍、邹奭等均居此；道家文化也在这里受到改造成为影响后世的“黄老之学”。既然儒、墨、兵、阴阳、黄老等产生齐鲁，并推出彪炳史册的文化大师，那么，这些文化学派和大师必然带有地域性，其学术思想便含蕴着齐鲁文化性格。

孔子的儒学是对周公制定的“周礼”的继承和发展。“周礼”大致有两种基本文献：一是《周官》（又称《周礼》），内容包括设官分职、内政、外交、军旅、祀天、祭祖等军政大事的制度规范，是国家的根本大法；二是《仪礼》（又称《士礼》），内容是士大夫社会生活之言行准则。孔子则进而提出“仁”，认为“礼”不过是一种形式和象征，其深层本质则是“仁”：“人而不仁，如礼何？”（《论语·八佾》）“仁”是“礼”的内在精神基础，“礼”是“仁”的外在表现形式，这便是孔子建构的儒学思想体系。如此，孔子的“仁”从周礼那里找到了传统依据，而“礼”从

① 《史记·齐太公世家第二》。

现实的“仁”中获得了新的生命活力。“仁”是孔子的思想核心，其内涵大致有四个层次：(1)血缘亲情之爱。孔子云：“孝弟也者，其为仁之本与。”(《论语·学而》)“孝弟”，便是指父母与子女之间、兄弟姐妹之间的亲情关系。即所谓“尊尊亲亲”。(2)“仁者爱人”。即将血缘之爱推而广之，要泛爱他人。如后世说的，“老吾老以及人之老，幼吾幼以及人之幼”。(3)道德与性格。“父子相亲”为仁，“兄友弟恭”为仁，推己及人、人人相爱为仁。当着人们全身心去践行仁德时，“仁”便成为人的道德品格，乃至文化性格。(4)精神境界与社会理想。孔子曾说：“志士仁人，无求生以害仁，有杀身以成仁。”(《论语·卫灵公》)“一日克己复礼，天下归仁焉。”(《论语·颜渊》)前者是一种精神境界，后者则是一种社会理想。由“尊尊亲亲”而“爱人”，进而化为品德、性格，进而达到理想境界，这便是孔子所说的“仁”的完整内涵。需要说明的是，孔子的“仁者爱人”强调“爱要差等”，即这种爱要以“礼”的规范原则作出判断，实际是建立在当时的等级制度之上、为维护这种等级和秩序而提出的理性诉求。

孟子作为孔子的继承者，对儒学的发展有二。一是对孔子的核心思想“仁”作了进一步阐发，提出了“四德”：仁、义、礼、智。“四德”来自“四心”：“恻隐之心，仁之端也；羞恶之心，义之端也；辞让之心，礼之端也；是非之心，智之端也。”(《孟子·公孙丑上》)四德的实质是：“仁之实，事亲是也；义之实，从兄是也；智之实，知斯二者弗去是也；礼之实，节文斯二者是也。”(《孟子·离娄上》)四德的关系是，其核心是仁，主体是仁、义，礼、智是仁、义的特定表现形式。孟子进一步认为，“仁义礼智，非由外铄我也，我固有之也，弗思耳矣。”(《孟子·告子上》)“我固有之”的“仁义礼智”说到底即是“善”。既是“我固有之”，那就是“人之初，性本善。”“仁”说到底来自人的“善”的本性。二是民本、仁政、王道三位一体的社会理想。孟子最有震撼力的话是：“民为贵，社稷次之，君为轻。是故得乎丘民而为天子，得乎天子为诸侯，得乎诸侯为大夫。”(《孟子·尽心上》)因而提出“保民”、“贵民”、“重民”、“乐民之乐”、“得民之心”等主张。这便是孟子的民本思想。与孔子的“民可使由之，不可使知之”有了重大发展。其仁政思想的核心是“制民之产”，其标准是“必使仰足以事父母，俯足以畜妻子，乐岁终身饱，凶年免于死亡”(《孟子·梁惠王上》)。他还提出更具体的方案，如，“五亩之宅，树之以桑”，“百亩之田，勿夺其时”，“谨庠序之教，申之以孝悌之义”，从而使“七十者衣帛食肉，礼黎民不饥不寒”等。王道即是“保民而王”，“行仁政而王”。王道与霸道相对立：“以力假人者霸，霸必有大国；以德行仁者王，王不待大。汤以七十里，文王以百里。以力服人者，非心服也，力不赡也；以德服人者，中心悦而诚服也。如七十子服孔子也。”(《孟子·公孙丑上》)以民本为理论基础，以仁政为政治方针，以王道之治为政治目标，，构成孟子系统的历史政治观。

墨子初学于儒，后从平民角度对儒家学说进行了重要的修改和补充，乃至自立为派。墨子的重要观点首先是“兼爱”、“非攻”。这是墨子的社会理想。“兼爱”即“兼相爱,交相利”,墨子动情地描绘道:“天下之人皆相爱,强不执弱,众不劫寡,富不侮贫,贵不敖贱,诈不欺愚。凡天下祸篡怨恨可使不起者,以相爱生也,是以仁者誉之。”(《兼爱》中)墨子进而提出“兼以易别”,以“兼”取代“别”,以一视同仁的爱取代有区别与差异的爱,实际是对孔子“爱要差等”的矫正与补充。“非攻”即反战,它与“兼爱”互为表里,既然“兼爱”他人、他国,则何攻伐之有?“非攻”是“兼爱”的必然结果。其次是尚贤、尚同。这是墨子的治国之道。尊贤,即尊尚任用贤才,“国有贤良之士众,则国家之治厚;贤良之士寡,则国家之治薄。故大人之务,将在于众贤而已。”(《墨子·尚贤上》)尚同,即举国上下统一,不仅“天下之百姓皆上同于天子”,而且要“上同于天”。此外,墨子还主张节葬、非乐等,以矫正儒家在礼乐方面形成的繁文缛节。可以说,墨子以平民意识,明朗地表现了下层民众的声音。

孔、孟、墨的学术思想有鲜明的共同点:即由血缘伦理关系推及全社会的仁爱。不同的是孔子的仁爱“有差等”,带有某种贵族性;孟子更强调“仁义”和“民本”;墨子则强调“无差等”的“兼爱”,更有底层性。“仁爱”作为他们共同的思想精神便凝聚了鲁地文化性格。此外,“尚贤”也是他们共同的思想精神,不过,儒家尊贤有等而墨家尊贤无等。这也体现鲁文化性格。

在齐地,孙武的《孙子兵法》和孙膑的《孙膑兵法》(又称《齐孙子》)是兵家发展的一个高峰。最有代表性的是《孙子兵法》。《孙子兵法》包括《计篇》《作战篇》《谋攻篇》《形篇》《势篇》《虚实篇》《军争篇》《九变篇》《行军篇》《地形篇》《九地篇》《火攻篇》《用间篇》等13篇。其实,在《孙子兵法》之前已有早期齐兵学著作《司马法》,主要是在战争观、治军理论、作战思想方面的论述,其中贯穿着“以礼为固,以仁为胜”的思想精神。《孙子兵法》则着眼于战争自身的规律和特点,涉及军事斗争的方方面面,构建了一个完备严整的兵学理论体系。贯穿始终的是用兵、制敌的“智”与“谋”。而“智”与“谋”的落脚点则是“诡诈”。正如《孙子兵法》说的,“兵者,诡道也”,“兵以诈立,以利动,以分合为变”。这种智谋意识来自齐国重计尚谋的军事文化传统,它为姜太公开创。《史记·齐太公世家》称赞太公:“其事多兵权与奇计,故后世之言兵及周之阴权皆尊太公为本谋。”《孙子兵法》不仅承继了这一传统,而且对社会产生巨大的社会影响,形成齐地乃至齐鲁重谋尚智的文化性格。

阴阳家的代表人物是邹衍。其主要成就是创造“五德终始”说和“大九州”说。阴阳说与五行说本是两种学说,邹衍在总结两种学说的基础上提出“五行生胜”的观点。包括“五行相生”和“五行相胜”,前者指木生火,火生土,土生金,金生水,水生木的往复循环,强调事物间的联系和统一;后者指水胜火,火胜金,金胜木,木胜土,土胜水的往复循环,强调事物间的矛盾和对立。这种“五行生胜”不仅表现在自然界的四时变化和万物的生息兴衰，而且表现在人类的社会发展，他由此提出社会发展的“五德终始”说。即“天地剖判以来”的历史，按着“五德转移”的顺序，经过了黄帝（土德）、夏（木德）、商（金德）、周（火德）的更替过程，并预见“代火者必将水”，之后循环运转，往复无穷。邹衍还试图将宇宙各部分连贯成一个整体，提出“大九州”的地理学说。认为中国（赤县神州）这是天下八十一州中的一州，每九州为一区，有小海环绕；九个区为大九州，由大海环绕。再往外是天地的边际。“五德终始”说从历时性上思考社会历史的发展和演进，“大九州”说则从共时性上融天、地、人于一炉，思考宇宙的本质。在中国漫长的历史上，这种思考已成为“中国人的思想律”，对古代科技、秦汉社会和民族思维方式产生了重大影响。在这里我们更加看重的是，阴阳五行说那开阔的视野和恢弘的气魄，正透露着齐地人阔达的气质和开放的胸襟。

更能显示齐人阔达、开放的是稷下学宫和黄老之学。稷下学宫前已有述。齐人举一国之力，办一个云集天下学者的稷下学宫，而且持续 140 年之久，这是何等的气魄与襟怀？这里成为战国时期百家争鸣最重要的阵地，先秦的九流十派诸如儒、墨、名、阴阳五行、纵横等学派均来稷下，在论辩和争鸣中发展成长。被称为齐学的黄老学派便于此形成。代表人物有慎到、田骈、环渊、接予等。把黄帝和老子结合起来，是田氏政权为取代姜氏寻找历史依据。他们宣称黄帝是田氏的始祖，而姜氏是炎帝的后裔，既然当年黄帝战胜炎帝使其归顺，田齐代姜便天经地义。又因田氏来自陈楚，老子正是陈楚人，于是又将老子拉来，称为黄老之学。黄老学者们依据齐国国情和政治斗争需要，改造了老子的“道”，视其为“万物以生，万物以成”的物质实体——“气”，它正是整个客观世界的物质基础。于是，当初老子虚无缥缈消极无为的“道”变成了黄老之学为现实服务的帝王统治之术。黄老之学还利用稷下百家争鸣得天独厚的条件，不断吸收各家各派的思想营养，最终建立起一个以道家为主体，兼采法、阴阳、儒、墨、名等百家之长思想体系。

儒、墨的仁爱、尚贤虽出自鲁地，兵、阴阳、黄老的智谋、阔达、包容虽出自齐地，但齐、鲁相邻，文化风俗和心理长期相互渗透和交融，也就具有了相近的文化性格。比如，管子是春秋早期齐国伟大的政治家和哲学家，他不仅在政治上提出“以人为本”的人本主义思想，在经济上提出富国强兵强民的主张，而且身体力行，成就了齐桓公“九合诸侯，一匡天下”的千古霸业。这些成为孔子“仁学”、“王道”思想的重要来源。当着子路和子贡谈到桓公杀公子纠，管仲不仅未以身殉主反而做了桓公的宰相，因而指责他“不仁”时，孔子却激动地说了两段话：“桓公九合诸侯，不以兵车，管仲之力也！如其仁，如其仁。”“管仲相桓公，霸诸侯，一匡天下，民到于今受赐。微管仲，吾其被发左衽矣。岂若匹夫匹妇之为谅也，自经于沟渎而莫之知也。”（《论语·宪问》）其实，孔子的“仁学”思想有多种来源，除了管子的人本思想，尚有东夷族的“仁爱”习俗，更有周代“敬德保民”传统。继管仲之后的齐相晏婴则以礼治国，并将节俭和省刑纳入礼制轨道，从而维护“君君臣臣父父子子”的礼制体系。这显然是受到孔子儒学的影响。孔子适齐虽被晏婴赶走，但孔子向齐景公提出的为政主张被晏子全盘接受下来。稷下学宫的创建，不仅促进了各诸侯国的学术交流，将中国学术思想推上了一个高峰，更促进了齐、鲁两国的文化交融。基于此，将儒、墨、兵、阴阳、黄老蕴含的文化性格视为齐鲁文化性格。不妨概括为：仁爱智勇，阔达涵容。

详研之，齐文化与鲁文化也有不小的区别。依据地缘文化诗学，齐、鲁文化的差别，与他们对地理环境和社会结构有关。对此，司马迁《史记·货殖列传》有精彩的论述：“齐带山海，膏壤千里，宜桑麻，人民多文采布帛鱼盐。临淄亦海岱之间一都会也。其俗宽缓阔达，而足智，好议论，地重，难动摇，怯于众斗，勇于持刺，故多劫人者，大国之风也。其中具五民。而邹、鲁滨洙、泗，犹有周公遗风，俗好儒，备于礼，故民龊龊。颇有桑麻之业，无林泽之饶，地小人众，俭啬，畏罪远邪。及其衰，好贾趋利，甚于周人。”

从地理环境看，在今山东这块土地上，先秦时期以泰山为界，北为齐，南为鲁。具体讲，“齐之疆界最初在今山东偏北。齐桓公称霸后，领土有所扩大，北至黄河与燕接界；西至济水与卫接界；南至泰山与鲁接界；东至今山东寿光一带，与杞、莱接界。齐灵公灭莱后，领土更扩大到今山东半岛。”①鲁国到了春秋时期，“疆域所包，略有今山东省南部小半个省，兼涉苏北一隅之地。大致东到今沂水之东，南到今鲁、苏两省交界之处，西到今郓城、钜野、城武、单诸县境，北到泰山、汶水之北，以泰山山脉及汶水北岸与齐为界，广运约二三百里之间。”②如此看来，齐、鲁两地的地理环境差异较大。鲁地地处内陆，北面以泰山山脉与齐相邻，南面多湖泊，广大的中间地带是平原与丘陵，洙、泗等河流贯穿其中。而且气候湿润温和。颇为适于发展农业和桑麻种植。齐地则濒临大海，有很长的海岸线，其地沼泽遍地，土地碱化，不利于农作物生长，因而缺少粮食，相应的人口稀少。如《汉书·地理志》所云，“齐地负海舄卤，少五谷而人民寡”。《盐铁论·轻重篇》亦云：“昔太公封于营丘，辟草莱而居焉。地薄人少。”在这里，更利于发展鱼盐工商。

从社会结构看，齐、鲁两国的开拓者是两位伟大的政治家：太公与周公。他们制定的国策贯穿于两国发展的始终。周公是西周建立之初的亲政者，在总结和借鉴夏、商两代的基础上创建了一套国家稳定发展的典章制度——周礼。是时有“文质之辨”，文家讲“尊尊”，质家讲“亲亲”。“质家”指殷代，“文家”指周

① 《中国大百科全书·中国历史》（缩印本），中国大百科全书出版社 1994 年版，第 489 页。

② 童书业：《春秋史》，山东大学出版社 1987 年版，第 102 页。

代:“殷道亲亲”而“周道尊尊”。这种对立实际上是重母统和重父统的对立。李衡眉说:“所谓传统的‘殷道亲亲’,系指商代重母统,所以长子死了,传位于母弟,不传孙。所谓‘周道尊尊’,系指周代重父统,所以长子死了,传嫡孙,不传子。亲亲立弟,说明商代仍然保留了原始氏族社会的继承风格,而尊尊传嫡孙正是斩断了旧的继承制度的证明。”①可见,周礼建构了更新更完整的伦理宗法体系。这种伦理宗法体系建立在农耕社会的基础之上,因而是农耕社会的意识形态。周公既然创制了周礼,其封地鲁则成为他推行周礼的实验场。而鲁地地处农耕区,殷代农业便非常发达。鲁封国后“得殷民六族”,农业进一步发展。这成为接受周礼的现实基础。鲁封国时还得到大量宝器、典籍,而且在祭祀祖先时还获得奏天子礼乐——八佾的特权。伯禽恭谨地恪守父制,以周礼治国,“变其俗,革其礼”。因而,周礼很快在鲁国发展起来。春秋时,孔子又将礼乐文化发展为尊礼尚仁的儒家文化,使其进一步发展。因而鲁文化已成为以周文化为主,融合东夷及夏、商文化的复合体系。实际是从西方引进到东方的周文化的典型。从礼乐文化到儒家文化,崇礼尚仁的文化传统促进了农业的发展,因而,鲁国自建国之初至春秋初都是较强的诸侯国。《说苑疏证・佚文考》讲了一则故事。齐人伐鲁时,大将军见一妇人带两个孩子,抱小而挈大。将她叫到跟前,却抱大而挈小。问及所以,妇人道:“大者,妾夫兄之子;小者,妾之子。夫兄子,公义也;妾之子,私爱也。宁济公而废私耶。”齐国从而罢兵。因为在他们看来,“匹夫之义尚如此,况朝廷之臣乎”?故“鲁未可攻也”。这便是精神的力量。但是,由于鲁国恪守宗法制形成的世卿世禄压抑了有才华的异姓,过于倚重农业又限制了商业发展,过于恪守传统有失制度的灵活,终使其未能成为齐国那样贯穿春秋战国始终的强国。

太公以帝王师的身份先后辅佐周文王和周武王灭商打天下,不仅是大政治家,而且是大军事家。在“礼乐征伐自天子出”的周初,齐国自然要推行周朝的礼乐制度,但是太公不同于周公,他不是周室的同姓,受封没有周公那样显赫,受周文化的影响比周公要少。而且,作为齐国的兵家之祖,其战场的变幻多端和兵家的出奇制胜,使他具有更灵活的政治思想。他更能因地制宜,依据国情而制定发展方略。齐国国情一是濒临大海,土地潟卤,不利于发展农业,却“通工商之业,便鱼盐之利”,土著的东夷人便有“通工商、便鱼盐”和追求功利的传统。基于此,太公确立发展鱼盐工商的经济政策,使齐国的商业经济获得巨大发展,到战国时临淄成为全国最繁华的商业城市。二是齐系东夷腹地,夷人势力远大于商奄之地。而且与其相邻的东夷大国莱国虽受周封,却未宾服,而且实力强大,曾发兵攻齐,与之长期对峙。可以说,太公的齐国并非同鲁国一样,同先进的殷

① 李衡眉:《“夷俗仁”发微》,《文史哲》1992年第1期。

民相处，而是与落后顽固的莱夷相处。在这种情况下，以周礼彻底改革夷人礼俗非但不可能，而且很危险。基于此，太公的政策是“因其俗，简其礼”。这与鲁国有很大差别。《史记・鲁周公世家》载有两则故事便显示这种差别：“太公封于齐，五月而报政周公。周公曰：‘何疾也？’曰：‘吾简其君臣礼，从其俗为也。’”“鲁公伯禽之初受封之鲁，三年之后报政周公。周公曰：‘何迟也？’伯禽曰：‘变其俗，革其礼，丧三年然后除之，故迟。’”太公的因地制宜，使其功业成效迅疾而显著，致使周公慨叹曰：“呜呼！鲁后世其北面事齐矣！”（《史记・鲁周公世家》）在政治上，太公实行“举贤而上功”的国策，既照顾了土著势力的要求和习俗，又开拓了礼贤下士的风气，从而形成齐国“尊贤尚功”的文化传统。可以说，齐文化是以东夷文化为主，融合周文化和殷商文化的复合体。由此看，齐文化要比鲁文化更加开放、灵活和实用。正因如此，齐国出现了富有成效的桓、管改革，桓公称霸，田齐称雄以及名垂史册的稷下学宫，成为贯穿春秋战国始终的诸侯强国。

综上所述，齐、鲁文化性格的差异是，齐文化表现出尊贤尚功、自由开放的特点，而鲁文化更有崇礼尚仁、严谨持重的个性。有人认为孔子所言“知者乐水，仁者乐山；知者动，仁者静；知者乐，仁者寿”（《论语・雍也》）是针对齐、鲁文化而谈。朱熹对此注曰：知者达于事理而周流无滞，有似于水，故乐水；仁者安于义理而厚重不迁，有似于山，故乐山。动静以体言，乐寿以效言也。动而不括故乐，静而有常故寿。因而齐文化是智者型，鲁文化是仁者型。“齐国文化是沿海文化类型，达于事理而周流无滞，有似于水，像梁启超所说类似希腊；鲁国文化是大陆文化类型，安于义理而厚重不迁，有似于山，像梁启超所说类似罗马。”①孔子的话是否专谈齐、鲁文化似可商榷，但“智者型”和“仁者型”的区分确实可以帮助我们理解齐、鲁文化的差异。

齐、鲁文化性格的差异也往往带来文化风俗的差异。其一是习俗差异。朱熹《论语集注・雍也》云：“孔子之时，齐俗急功利，喜夸诈，乃霸政之余习。鲁则重礼教，崇信义，犹有先王之遗风焉。”简言之，鲁俗“崇礼义”，而齐俗“尚功利”。关于鲁俗“崇礼义”，司马迁也说，“犹有周公遗风，俗好儒，备于礼，故民龊龊”。如，在鲁国，百姓常常“择瘠土而处之”，因为他们认为，“沃土之民不材，逸也；瘠土之民莫不向义，劳也”。“择瘠土”是为着培养“向义”和勤劳的品格。（《国语・鲁语》）前述齐人伐鲁，大将军所遇妇人“公义”、“私爱”之论，可看到儒家的“仁义”观念在鲁国何等深入人心？关于齐俗“尚功利”，即“逐渔盐商贾之利”，朱熹说是“霸政之余习”，说到底是由其经济基础决定的。齐地自然环境决定其发展鱼盐工商，就必然“逐渔盐商贾之利”。“尚功利”必然“喜夸诈”。《吕

① 刘宗贤主编：《鲁文化研究》，齐鲁书社2007年版，第60—61页。

氏春秋·上农》云:“民舍本而逐末,则好诈,好诈则巧法令,以是为非,以非为是,不如农人之朴实易治。”这正说明重商的齐人和重农的鲁人风俗之别。“喜夸诈”往往又形成生活的豪奢,鲁人喜讲习礼乐,齐人则喜“声色狗马”。《史记·苏秦列传》记载苏秦游说齐宣王时,生动描绘了临淄的民俗和繁华景象:“临淄甚富而实。其民无不吹竽鼓瑟,弹琴击筑,斗鸡走狗,六博蹋鞠者。临淄之途,车毂击,人肩摩,连衽成帷,挥汗如雨,家殷人足,志高气扬。”尚功利,喜夸诈和乐豪奢,往往形成对“礼”的僭越,其人往往作出“非礼”之事。春秋时,齐贵族庆封到鲁国,表现得很不礼貌,鲁人赋《相鼠》讽刺他,他却毫不在乎。其二是婚俗差异。鲁国最基本的婚俗是“同姓不婚”,无论男婚女嫁,均不找同姓。《左传》记载,鲁昭公在千里之外的吴国娶了一位同姓女子,便招致国人的非议和责难。昭公毫无办法,只好迎娶时不声张,死时不发讣告。齐国便没有这种约束,同姓相婚被视为常事。《左传》载,齐襄公与其妹文姜长期私通,庆封曾娶同姓的卢蒲氏之女为妻。《汉书·地理志》记载,“始桓公兄襄公淫乱,姑、姊、妹不嫁,于是令国中民家女不得嫁,名曰‘巫儿’,为家主祠,嫁者不利其家。民至今为俗。”这一切,明显带有东夷母系社会的烙印。

需要说明的是,齐、鲁文化除了指先秦时齐、鲁两国文化,还应指齐鲁两国灭亡之后一直发展至今的齐、鲁两地文化。两地文化是两国文化的发展和延续。比如齐文化,首先是周代的齐国文化,齐国文化经过 900 多年的积累和发展,形成自己鲜明的特征。齐国灭亡后,虽然其文化逐渐融入中华民族文化中,尤其是齐、鲁文化有极大交融,但齐国文化的重要特征仍然保留下来,形成延续至今的齐地文化。鲁文化亦然。本章研究的齐、鲁文化更确切地说是齐地文化与鲁地文化,基于它们与齐、鲁两国文化有非常密切的传承关系,又不可避免地于此追根溯源。

由上述可知,齐、鲁文化的差异关键是文化结构的差异:鲁文化是以周文化为主,融合东夷文化和商、周文化而形成的复合体,更是一种来自西方的移植文化;而齐文化是以东夷文化为主,融合周文化和殷商文化的融合体,更是一种本土文化。在齐鲁大地上,齐地文化保留着更多的东夷文化,更具有地方土著性,也更显得古朴、原始、自然。这种特征便可以解释,像莫言这样与儒家“礼仪”规范相去甚远的作家何以诞生在齐鲁大地。

第二节　齐鲁新小说的地缘风貌

齐鲁古来就有发达的文化,也就产生了发达的文学,先秦时便有诸子散文《论语》《孟子》《墨子》及历史散文《左传》《国语》《战国策》《晏子春秋》等;秦汉之后亦可列出一个长长的诗人和作家名单：魏晋南北朝有左思、王羲之、刘勰、颜延之、鲍照等，唐宋时有储光羲、段成式、李清照、辛弃疾、王禹偁、晁补之、晁冲之等，元明清时有张养浩、高文秀、康进之、武汉臣、“临朐四冯”（冯惟敏、冯惟健、冯惟重、冯惟讷）、李攀龙、李开先、兰陵笑笑生、蒲松龄、王世祯等。在此基础上产生的齐鲁新小说，也是一条波澜壮阔的文学潮流。

五四至30年代，是齐鲁新小说的萌生与初步发展期。这一时期，成就突出的是王统照、杨振声和王思玷。王统照（1897—1957年）不仅是齐鲁新小说的创始者，而且是我国现代小说的先驱。1921年，他与沈雁冰、周作人、郑振铎等人一起发起成立文学研究会，并从事各种题材的创作。“问题小说”时期，他率先创作了短篇《沉思》《微笑》《湖畔儿语》《沉船》《生与死的一行列》等。他创作伊始强调以“爱”与“美”的伟力“提高人类的思想，及调节人类的感情”①。《沉思》中美丽的女优琼逸以磊落的襟怀做画家的裸体模特，使其画出“一幅极有艺术价值的而可表现真美的绘画”，无疑是作家理想的“爱”与“美”的象征。但她的行为却触怒了世俗的礼防，追求她的人们，无论是年轻的记者还是年老的官吏，均登门干涉。她陷入沉思：何以不许“我有我的自由”？这种象征手法使他的小说写实中带有浓重的浪漫色彩。到《沉船》《生与死的一行列》等将笔触对准底层人民，写他们穷困的生或惨痛寂寞的死，由“问题小说”到“人生小说”，由写实与浪漫的杂糅转向现实主义。

王统照还是中国现代中长篇小说的最初实践者，《一叶》（1922年）、《黄昏》（1923年）几乎是最早的长篇，只是尚不成熟，他的成熟长篇是1933年出版的《山雨》。《山雨》和茅盾的《子夜》由开明书店以相近的装帧出版，友人称1933年为“子夜山雨季”。《山雨》是第一部表现北方农村生活的现代小说，描写了20年代的齐鲁农民在军阀的铁血统治和帝国主义的经济侵略下的悲惨生活际遇，以及他们的挣扎与抗争，表现出中国农民备尝苦难并逐渐觉醒的过程。《山雨》具有鲜明的地域特征。杨义分析道：“齐鲁大地为王统照小说的壮美风格，提供了一个壮阔的背景。这块土地自古多灾多变，也自古多豪杰，它的儿女是无愧太岳与黄海的。王统照正是站在这块贫瘠空旷的赭褐色的土地上，绘出一幅集风景、习俗、人物于一帧的浑厚朴实的赭褐色小说油画的。……王统照早年的小说是一种都市知识界的文学，缺乏地方特色，而到了《山雨》就大为不同了，正如茅盾所说，全书最惹目的是‘地方色彩’。这种地方色彩，包括山东农村的景物、风习、人物气质和在人物口中出现的土语土调，形成一幅泥土气扑人的风景画。这儿原野开阔，冰河疏林，羊皮袄，土坯炕，摊金黄色的煎饼，拉烧锅取暖的风箱，农民把地窨子作为渡冬的俱乐部，把编花席作为冬日的副业，无不切合北

① 王统照：《对于诗坛批评者的我见》，《诗》第1卷第3号（1922年3月15日）。

方农村，尤其是山东农村的风土人情，生活习俗。”①其实，王统照早期的小说也未必没有齐鲁文化特色，他追求“爱”与“美”，以及对底层人物的关注，便与齐鲁“仁爱”的文化性格有关。

杨振声（1890—1957 年），山东蓬莱县人。他早期是《新潮》社的成员，在《新潮》、天津《大公报》文艺副刊、《现代评论》《新月》等报刊发表小说《玉君》《渔家》《一个兵的家》《阿兰的母亲》《她的第一次爱》《抛锚》《报复》《荒岛上的故事》等，这些作品大都收集在 1925 年北平朴社出版的《玉君》中。他的许多作品被视为“问题小说”，或者揭露现实的黑暗，或者反映民间疾苦，体现着“为人生”的现实主义倾向。如果说王统照的《一叶》标志着我国现代长篇小说的开端，那么，杨振声 1925 年出版的《玉君》则标志着现代长篇的发展。《玉君》问世之初就受到社会的关注，而且毁誉不一：《现代评论》将其列为新文学头十年的十部佳作之一，鲁迅则认为，它只不过创造了一个傀儡，其降生就是死亡。杨义则认为：“这部长篇构思精巧，文笔洗练清秀，是当时可读的长篇；它以曲折的爱情故事批判封建家长包办儿女婚姻的陈旧制度，也有可取之处；但它过分追求人物道德的自我完善，过分渲染渔村生活的牧歌情调，某些情节设置未免落了旧小说窠臼，又带有明显的缺陷。”②“追求道德的自我完善”，正是山东人的性格。

王思玷（1895—1926 年），山东枣庄人。1921 年在《小说月报》发表处女作《风雪之夜》，被评为“风雪之夜”征文优秀小说。到 1924 年，陆续在《小说月报》发表短篇小说《偏枯》《刘并》《归来》《瘟疫》《一粒子弹》《几封用 S 署名的信》等。他短暂的一生虽然仅发表 7 篇小说，却有较高的艺术价值。《偏枯》《瘟疫》《几封用 S 署名的信》被茅盾选入《中国新文学大系・小说一集》。这些小说深刻描绘了 20 世纪 20 年代鲁南农村真实的生活图景，揭露和控诉了封建剥削和军阀会战所造成的妻离子散、民不聊生的悲惨现实。其中《偏枯》是代表作。茅盾在《中国新文学大系・小说一集・导言》中分析道：“《偏枯》在技巧上最为完美。他用了很细腻的手法描写一对贫农夫妻在卖儿卖女那一瞬间的悲痛的心理。他的文字或许稍显生涩些，然而并不艰晦；他那错综地将故事展开的手法，在当时也难得的。……这是三千字左右的短篇，然而登场人物有六个，而这六个人物没有一个不是活生生——连那还在吃奶的三儿也是个要角，不是随手抓来的点缀品。而在六个登场的人物之外，还有一个不登场的人物，买了那阿大去的和尚，却也是时时要从纸背跃出来似的。”③王思玷是 20 年代乡土小说派的重要作家。乡土小说派的作家们“侨寓”城市，靠回忆重组来描写故乡的农村或小镇

---

① 杨义：《中国现代小说史》（第一卷），人民文学出版社 1986 年版，第 369 页。

② 杨义：《中国现代小说史》（第一卷），人民文学出版社 1986 年版，第 141 页。

③ 茅盾：《中国新文学大系・小说一集・导言》，见《中国新文学大系 1976—2000・史料索引卷二》，上海文艺出版社 2009 年版，第 85—86 页。

生活，并带有浓重的乡土气息和地方特色，王思玷正是如此。

五四时期还出现女作家沉樱（原名陈锳），她创作了《喜筵之后》《妩君》《女性》等，那感悟独特的婚恋描写受到青年读者的喜爱。

30年代又出现了一批年轻作家。如臧克家、李广田、孟超、刘一梦、耶林等。作为诗人的臧克家陆续写了短篇小说《猴子拴》《挂红》，此外还有孟超的《盐务局长》、刘一梦《失业之后》、耶林《村中》等。

自抗战爆发到新中国建立，是齐鲁新小说的战争洗礼时期。如果说五四时期是伟大的文化启蒙，启蒙主体是知识分子，而启蒙对象是工农民众，文学则着意揭示底层民众的心理痼疾，表现出"哀其不幸，怒其不争"的启蒙现实主义精神；那么，到了战争洗礼阶段，工农民众则成为民族、阶级战争的主力军，冲锋陷阵，流血牺牲，表现出坚执的民族精神和勇敢的牺牲精神，文学则由启蒙现实主义变成革命现实主义。这一时期的齐鲁尤其是解放区涌现出一大批革命现实主义作家。如于黑丁、杨朔、李广田、王力、吴伯萧、刘知侠、峻青、陶钝、洪林、王希坚、董均伦等。与何其芳、卞之琳合称"汉园三杰"的李广田不仅是杰出诗人、散文家，也是小说家，他创作了短篇《欢喜团》《子午桥》《金坛子》和长篇《引力》等。他有深厚的恋乡情结："我对故乡的事情最不能忘怀。那里的风景人物、风俗人情，固然使我时怀恋念。就是一草一木，也仿佛都系住了我的灵魂。"①他的作品不仅"用自己的笔，去刺探一下今天的人民的痛苦有多么深……于病原病象的陈述之外，更应该开出药方，指出道路"。② 李健吾认为，"肝胆相照，朴实无华，浑厚可爱，是最好的山东人的写照。而李广田先生流露的正是这种质朴的气质，……这是文学的不朽的地基。"③杨朔创作了中篇《帕米尔高原的流脉》《红石山》《北线》《望南山》和短篇《月黑夜》《北黑线》等。虽然他描写的是晋察冀抗日军民的战争经历和建设生活，也渗透着齐鲁人的理性视角与气质个性。杨义称赞道："重视一种理性高扬的文学，连人的感情都带有浓重的社会理性色彩。这是一种渴望英雄的文学，他渴望着不是孤独的而是集体主义的英雄去改变苦难深重的民族命运。"④这既是革命战争文学的特征，也流露着齐鲁的英雄崇拜意识。于黑丁创作了短篇《母亲》《炭窑》《区委书记》等，《母亲》写李大妈的大儿子牺牲在抗战时期的反扫荡中，二儿子正准备报名入伍之时，又传来三儿子在解放战争中牺牲的消息。大妈悲痛欲绝，但这位在长期的战争中忍受着重重苦楚的母亲，终于振作起来，送唯一活着的儿子参军入伍。小说把李大妈与三个儿子的生离死别集中于一个元宵节，一个公葬大会，以异常沉重的感情磨难着

① 《雀蓑记》，《李广田文集》（第4卷），山东文艺出版社1983年版，第219页。

② 《关于小说》，《李广田文集》（第4卷），山东文艺出版社1983年版。

③ 《中国现代作家选集·李广田》，人民文学出版社1984年版，第256—257页。

④ 杨义：《中国现代小说史》（第三卷），人民文学出版社1993年版，第523页。

一位母亲的善良心灵，充满着齐鲁人的大爱和大义。此外，值得一提的有孙昌熙的《小队长》《长江上》《某夜》，王力的《晴天》，刘知侠的《韩邦礼苦学记》，峻青的《小侦查员》《血衣》《风雪之夜》《马石山上》，陶钝的《上升》《麦杏黄》《庄户牛》，洪林的《李秀兰》《老许》，董均伦的《血染潍河》等。

这一时期成就较为突出的是王希坚。王希坚(1918—1995年)，山东诸城人。1946年创作了通俗长篇《地覆天翻记》，新中国成立后十七年间出版长篇《迎春曲》、中篇《变工组》以及短篇集《陈老实入社》《前沿阵地》等，新时期创作长篇《雨过天晴》，短篇《李有才之死》《牛棚诗人》等。《地覆天翻记》是山东解放区出现的第一部长篇。全书采用章回体形式(22回)，写抗战时期鲁南革命根据地小村莲花汪，由于首富“剜眼堂”(万缘堂)的爪牙把持村政府，减租减息运动受到重重阻难；后县委派人改组工农会，并开展诉苦运动，村民们同仇敌忾，终于击溃前来骚扰的暗杀团，用“剜眼堂”恶霸的血祭奠了烈士亡灵。作品情节曲折，故事引人入胜，并以生动活泼的农民口语描绘出具有浓郁乡土气息的生活场景。

战争洗礼时期的小说虽然表现出一种崭新的风貌，然而，一则战争需要文学的政治性、社会性与激励性；二则作家们在紧张的战争生活中缺乏艺术的推敲与沉淀，大部分作品艺术上显得幼稚、粗糙。

新中国成立后的十七年是齐鲁新小说发展的第一高潮期。这一高潮出现有深刻的地域文化原因。魏建等在《齐鲁文化与山东新文学》中写道：“中国新民主主义革命文化与齐鲁文化在许多方面具有极大的相似性：一是集体主义观念；二是重义轻利的观念；三是奉献和牺牲精神的提倡……这些相似性使山东作家接受新民主主义文化的时候，较少有接受者的母体文化与所接受文化之间的相互抵触和排斥，较多的却是相互之间的认同和补充。因此，在他们的文艺创作中，有许多看来是自觉宣传的应属于社会主义文化的新东西，同时也是不自觉流露的来自本土文化的东西。这就使得他们所歌颂者与自己骨子里所肯定的许多东西不谋而合。”①比如民间英雄主义。齐鲁的远祖东夷人系游牧狩猎族，粗犷、豪侠而尚勇；由于齐鲁远离华夏政治中心，其粗豪尚勇主要表现在“民间”和“江湖”。隋唐时有山东秦叔宝、程咬金等的瓦岗寨起义，宋代又出现宋江等的水泊梁山起义。到明代，便出现表现这两次起义的传奇小说《说唐演义全传》和《水浒传》。民间英雄主义便成为齐鲁的文化传统。齐鲁的民间英雄主义不似燕赵游侠的我行我素，而是具有“非官方的正统性”。“正统，是因为它是齐鲁化了的宗周文化；非官方，是因为这种正统性不是以官方传播统治者意志的方式，而是

---

① 魏建、贾振勇：《齐鲁文化与山东新文学》，湖南文艺出版社1995年版，第94页。

以民间文人传播高雅文化的形式实现的”。[①] “在古代山东文人那里，正统文化精神与民间‘侠’文化精神有着相通之处。……齐鲁之‘侠’主要不是‘以武犯禁’，而是一种社会正常秩序被破坏后的补救方式。”[②]故而，瓦岗寨英雄和梁山泊好汉到头来均受招安，甚至成为朝廷重臣，实际是与地域文化精神有关。与国家、民族利益相沟通的民间英雄主义及其传奇式的文学表现，作为齐鲁的文化传统精神，不可避免地渗透进十七年的小说尤其是革命历史小说中。

十七年齐鲁小说成就最突出的是革命历史题材，出现了众多享誉全国文坛的作家。如刘知侠、曲波、冯德英、杨朔、王愿坚、峻青、萧平、王安友、翟永瑚、牟崇光、赛时礼等。

刘知侠（1918—1991 年），河南汲县人，21 岁到齐鲁，一生基本生活工作在山东。著有长篇《铁道游击队》，短篇集《铺草集》《沂蒙故事集》，中短篇小说集《沂蒙山的故事》，新时期又创作长篇《沂蒙飞虎》《知侠中短篇小说选》和长篇纪实文学《战地日记》等。其代表作《铁道游击队》是新中国成立后较早描写革命历史斗争的长篇。早在 1945 年作家便发表了中篇《铁道队》，《铁道游击队》经历了十年的积累。小说描写的是抗战时期活跃在枣庄至临城铁道线上的一支游击队的真实故事，具有鲜明的民间英雄主义色彩：主人公刘洪、王强、鲁汉、小波、彭亮等或是出身贫苦的铁路工人、煤矿工人，或是出身城镇贫民，或是无家可归的流浪汉，三教九流，各色俱全，但是，他们都是叱咤风云的英雄豪杰。他们反抗日寇，砸洋行、打票车、扒火车、拆炮楼、夺军火、毁铁路，乃至护送“胡服”同志过路……神出鬼没，来去无踪；抗战胜利时，又迫使数千日军铁甲列车队向八路军投降。在这些人物身上，不难找到宋江、吴用、李逵等的影子，却又朴质、真实，活灵活现地呈现在读者面前，令人激动感叹。小说的艺术表现多有对《水浒传》等小说的借鉴，最鲜明的特色是传奇性：情节紧张奇险，波澜起伏，人物时至时去，如从天降，充满浓郁的浪漫色彩。这种负载着数千年地域和民族的集体无意识的现实人物和故事，不可避免地要唤起读者强烈的共鸣。因而，新世纪重拍的《《铁道游击队》电视剧，有颇好的收视效果。

曲波（1923—2002 年），山东黄县人，著有长篇《林海雪原》《桥隆飙》《山呼海啸》《戎萼碑》等。其代表作《林海雪原》将十七年的革命传奇小说推向一个高潮。《林海雪原》描写的是解放军一个 36 人的小分队在东北深山老林剿匪的故事，故事的主人公却是来自齐鲁大地的英雄豪杰。对此，曲波曾深情地说：“我在业余的文学创作中，写的《山呼海啸》《桥隆飙》，都是讴歌英雄的胶东人民；就连《林海雪原》，也是歌颂胶东子弟远征他乡，和该地人民一道战斗的事迹；英勇

---

① 魏建、贾振勇：《齐鲁文化与山东新文学》，湖南文艺出版社 1995 年版，第 18 页。

② 魏建、贾振勇：《齐鲁文化与山东新文学》，湖南文艺出版社 1995 年版，第 59 页。

的侦察排长和战斗英雄杨子荣，就是我们胶东半岛的儿子。”①作品描写的生活，也是作家的亲身经历：1946 年，他以团副政委的身份率领一支小分队进入东北深山剿匪，与武装土匪周旋多半年。艰苦恶劣的环境和惊险传奇经历，成为他丰富的创作素材。

《林海雪原》最突出的特征传奇性。一是人物的传奇性，表现为性格、禀赋的特异和行为命运的特殊。小说写了众多性格奇特的人物，如，像诸葛亮一样神机妙算的少剑波，拥有武松般胆识的大智大勇英雄杨子荣，颇似张飞、李逵品性的刘勋苍，如孙悟空般身轻如燕、能飞檐走壁的栾超家，如神行太保戴宗般日行千里的孙达得……他们使人想到“山林”、“江湖”，带有浓重的民间英雄主义色彩。二是情节的传奇性。全书描述了奇袭奶头山、智取威虎山、周旋大草甸、大战四方台四大事件，每一个事件都包含着多个惊险曲折的小故事，还穿插着神奇的传说，加之自然环境的神秘奇诡，整个作品洋溢着浪漫奇幻色彩。少剑波和白茹的爱情也带有传奇性，这种“英雄美人”的浪漫描写曾受到一些批评，其实也有一定的历史文化价值。春秋战国至隋唐的中国是尚武的时代，社会主体是叱咤风云的男性英雄，其异性“粉丝”则是美丽而刚烈的女性。“英雄美人”是理想的爱情，也是文学的描写模式。两宋之后社会由尚武变为崇文，体现着社会主体的男性则变为才华横溢的儒雅书生，其异性“粉丝”则是比书生更柔弱的温柔佳人，这就产生了文学的“才子佳人模式”。近现代以来，激烈的阶级和民族斗争现实，使中华儿女重振尚武雄风，时代英雄辈出，文学中“英雄美人”的爱情模式再度复苏。少、白爱情正是这种模式的体现。与传奇性相应，《林海雪原》在艺术上采用起落相间、张弛有序的叙事结构。如“智取威虎山”的结构是：打虎献图，初获信任；再遭试探，借机送信；栾平突至，神奇舌战；里应外合，全歼匪顽。一波始平，一波又起，每一环节都有一个起落过程，各环节间又大起大落，极有艺术辩证法，从而成为《林海雪原》最为精彩的篇章。正因如此，电影、戏曲、话剧等的改编都以此为蓝本，尤其是京剧《智取威虎山》，至今仍有很大社会影响。

冯德英（1935—　），山东牟平人。五六十年代著有长篇《苦菜花》《迎春花》，连同新时期的《山菊花》，合称“三花”，新时期还出版长篇《染血的土地》《晴朗的天空》和《冯德英中短篇作品选》等。冯德英以毕生心血创作了“三花”。《山菊花》写土地革命战争、《苦菜花》写抗日战争，《迎春花》解放战争。“三花”描写了胶东人民在残酷的战争洗礼中的挣扎和斗争，以及在党的领导下逐步走向胜利的历史进程。作品的突出成就是塑造了战争中的女性群像，其中有娟子、花子、星梅、芸子（以上均见《苦菜花》）等女战士系列，有母亲（《苦菜花》）、春玲、春梅、淑娴（均见《迎春花》）、桃子、三嫂、好儿、小菊（均见《山菊

---

① 曲波：《思思故乡情》，《胶东文学》总第二期。

花》)等革命支持者系列,还有杏莉、杏莉母亲(均见《苦菜花》)、萃女(《山菊花》)等革命争取者系列。塑造最为成功的是第二种。作家一方面描写了她们的传奇经历,如,母亲、桃子等出入枪林弹雨,乃至被捕入狱受尽折磨而宁折不弯,三嫂亲手杀死叛变投敌的大儿子……这使他们的性格和行为具有了传奇色彩;另一方面,作家又着意写她们的女性身份和心理特征。她们大多是英雄的母亲、妻子、恋人、亲友等,作家刻意发掘激烈的民族、阶级矛盾中的伦理冲突,细腻地描写她们在伦理冲突中的微妙心理。正是在这动人的伦理冲突中,表现出他们的深明大义和"位卑未敢忘忧国"的牺牲精神。在艺术上,则形成传奇情欲真切感的巧妙融合。如《苦菜花》中的花子,面对敌人以认领亲人的方式抓捕共产党干部的毒计,舍弃自己的丈夫,走向区委书记姜永泉。小说真切描写了她的矛盾和苦痛:"虽然只有几步路,她觉得像座山,两脚沉重,呼吸急促;她觉得走得很快,一步步离自己的丈夫远了,她又觉得走得很慢,离自己的丈夫还是那么近……"为救干部舍弃丈夫,惊天地而泣鬼神,但心理过程又是那样的痛苦和艰难。惊人的传奇行动中又有动人的心理风暴,大大强化了作品的人性深度。

峻青和王愿坚是十七年间描写革命历史斗争的最负盛名的短篇作家,当代文学史都将二人并提。作为同时代的山东作家,二人既有相近之处,又有不同追求。峻青(1922—),山东海阳人。十七年间出版短篇小说集《黎明的河边》《老水牛爷爷》《最后的报告》《胶东纪事》《海燕》等,新时期出版短篇集《怒涛》和长篇小说《海啸》等。他写革命历史的短篇佳作有《黎明的河边》《党员登记表》《最后的报告》《交通站的故事》《烽火山上的故事》等。峻青 18 岁参加革命,先后做过随军记者,武工队长,亲自参加了革命武装斗争,目睹了共产党人慷慨赴死的场面、数百红枪会员为救被捕的共产党员与官军拼搏的壮烈情景、胶东"一一·四"大暴动的惨烈场景,父亲因打抱不平而被捕入狱更给他留下难忘的印象。这形成他的英雄崇拜情结。他的创作欲望也由此而生。他描写的多是解放战争时期自己亲历的的生活,总是选择那些激动人心的事件,通过紧张、惊险、曲折的情节展开一系列尖锐的矛盾冲突,不回避战争的残酷,不回避鲜血淋漓,不回避牺牲和死亡,让人物在血与火的生死考验中展示出大义凛然的英雄主义和献身精神。他还善于将自己亲历战争的浓烈情感渗透其中,将绚烂壮丽的场景描写同人物性格的展示融为一体,加之流利华赡、激情洋溢的语言,使作品充满了传奇性和悲壮美。《黎明的河边》就是这样的代表作。

王愿坚(1929—1991 年),山东诸城人。著有短篇集《党费》《后代》《亲人》《普通劳动者》等。其革命历史小说一是写土地革命战争时期苏区人民在白色恐怖下的英勇斗争,如《党费》《粮食的故事》《支队政委》《妈妈》等,二是写红军长征的故事,如《七根火柴》《三人行》《赶队》等,三是新时期创作的描写领袖人物的《路标》《足迹》《启示》《标准》等。王愿坚虽于 1944 年参加了革命,却没有峻青那样直接参加战争的切身体验。他的有利条件是利用编辑《解放军文艺》和《星火燎原》，搜集了大量土地革命战争时期苏区老根据地和红军长征路上的事迹。他的革命历史小说均取材这些故事。一则这些故事他没有亲历；二则又不是他的家乡，他无法像峻青一样依据自己的心感身受进行描绘和渲染。他一方面努力熟悉十年内战时的时代气氛、苏区的斗争事迹和风土人情，一方面调动自己在革命队伍中的生活体验，凭借艺术想象，将自己有着深切感受而又符合人物特定境遇中的特定心理和行为的细节集中起来组织到作品中，从而形成其独特的叙事策略。作家并不着力写人物性格的形成和发展，而是通过精彩的细节捕捉人物性格发出耀眼光辉的那一刹那、英雄人物完成自己性格的一瞬间，进行精心的描绘。《党费》便以咸菜这个道具组成三个生动的细节，并抓住个人、家庭、亲情、爱情和革命斗争的矛盾，揭示人物的人性美和节操美。同峻青相比，王愿坚的小说更有生活的真实性和真切感。

还应提到的是刘知侠的短篇《红嫂》，它讲了一个年轻少妇红嫂用乳汁救活子弟兵伤员的故事。这一故事有极其重大的象征性：子弟兵是人民的乳汁哺育的，人民是子弟兵的母亲。这种象征性在60年代那种政治氛围中，很快受到关注，不久就改编为戏剧，文革中出现京剧《红云岗》和舞剧《沂蒙颂》，这些作品显然带有艺术的虚假化和简单化。但是，如果抛开这些政治迷障而进入原初文本，便会获得另一种艺术感受。当红嫂把年轻战士的头轻轻搬起放在自己的腿上、迅速解开衣襟，把上身向战士的头部伏下去时，小说写道："阳光从秫秸堆的隙缝里透射进来，它照着红嫂的脸，她的面孔上的红云褪去了，现在显得那么庄严、神圣和崇高。"这是一个"白云也难比拟的圣洁"的母性形象，她使人想到中国女性的崇高和圣洁。其实，齐鲁的红嫂何止一个？新时期李存葆、王光明长篇报告文学的《沂蒙九章》全面而深刻地揭示了沂蒙"红嫂现象"，沂南县在战争年在做出突出贡献的红嫂、红妹和红哥，足有九千，沂蒙山区村村有红嫂，红嫂个个有高风。我们不妨说，红嫂是沂蒙女性的象征。"'红嫂'现象深刻凝聚着沂蒙文化、齐鲁文化和革命文化的历史品格。重礼尚义、敬忠重仁、贵公贵和、耐苦均平、重义轻利、舍生取义、醇厚凝重、无私奉献……诸种文化品格集中体现在'红嫂'身上，加之她们作为母性和女性的高尚和纯真，人格的魅力也因之含纳了人道的价值。"①这可以说是与祖国与民族命运相连的民间英雄群像。

现实生活题材也出现众多作品，长篇小说有王希坚的《迎春曲》，王安友的《李二嫂改嫁》《海上渔家》，姜树茂的《渔港之春》等，中短篇有王愿坚的《普通劳动者》《亲人》，峻青的《老水牛爷爷》《老交通》《东去列车》，郭澄清的《社迷传》《男婚女嫁》，林雨的《政治连长》《五十大关》等。但同革命历史题材相比，

---

① 魏建、贾振勇：《齐鲁文化与山东新文学》，湖南文艺出版社1995年版，第182—183页。

其艺术成就则大为逊色。王希坚的《迎春曲》是新中国成立后山东较早出现的长篇。写复员军人李兴杰复员回到家乡，发现党支部书记周立文私下搞雇工剥削，破坏互助合作，区委书记又是官僚主义者，对周立文偏听偏信。李兴杰与他们展开艰苦卓绝的斗争，终于在群众帮助和县委书记支持下，清洗了阶级异己分子，使合作社健康发展。这种描写显然带有阶级斗争模式，但作品对真切描绘了建国初期农村的生活情境，准确把握了人物性格，语言也通俗流畅、生动活泼，有较强的艺术性；将区、村两级书记写成异己分子和官僚主义者，予以无情批判，也见出作家批判现实的胆量。王安友的《李二嫂改嫁》写寡妇改嫁，在当时是一个新鲜而敏感的话题。后因改编成吕剧而产生全国影响。但小说更多停留在故事的来龙去脉、前因后果的交代。而且，寡妇改嫁，应当包含性爱内涵，但作家关注的仅是道德层面，李二嫂喜欢张小六是因为他的"善"，爱情的破坏者李七则是"恶"的象征。这或许是齐鲁人的道德理性主义影响所致。倒是峻青的《老水牛爷爷》、王愿坚的《普通劳动者》不失为精彩的短篇，这些短篇与他们的革命历史小说有相近的艺术特征。

新时期是齐鲁新小说发展的第二个高潮期。齐鲁小说在启蒙现实主义阶段，属于伤痕文学的有左建明的《阴影》，龙凤伟的《白莲蓬》《告密者》《红丹丹》，刘玉堂的《哈军工与西军电》《颤抖的手》，王润滋的《叛徒》和毕四海的《第一声妈妈》。属于反思文学的有王希坚的《牛棚诗人》《牛棚旗手》《忧天》《李有才之死》，段剑秋的《莲花传》（中篇）。属于改革文学的有龙凤伟的《清水衙门》《关系户》《静静的疗养地》《冒名者》，鲁南的《拜年》，王润滋的《内当家》《卖蟹》《鲁班的子孙》，矫健的《老人仓》《老霜的苦闷》《老茂的心病》，李存葆的《高山下的花环》等。现代主义文学思潮阶段，齐鲁小说更多是寻根小说。如莫言的中篇《红高粱》《高粱酒》《高粱斌》《狗道》《透明度的红萝卜》《爆炸》《白狗秋千架》和长篇《天堂蒜薹之歌》等，便是寻根文学的代表作，也有人将其视为先锋小说；张炜的《古船》是典型的寻根小说，还有中篇《远行之嘱》《梦中苦辩》《消失的人和岁月》。莫、张之外，还有王润滋的《小说三题》《残桥》，李贯通的《夜的影》《堤之祸》，矫健的《河魂》《小说八题》《天良》，左建明的《冬猎二章》，龙凤伟的《秋的旅程》《诺言》《旷野》，尹世林的《鬼谷》《怪鸟》等。即使在现代主义阶段，齐鲁也不乏现实主义创作，毕四海的长篇《东方商人》借"瑞蚨祥"的发家史揭示"我们民族的心理的文化的蜕变历程"，苗长水的中篇《冬天与夏天的区别》《染房之子》《犁越芳冢》等以质朴的笔触描写沂蒙人的顽强生存……

90年代以降是文学多元发展阶段，齐鲁作家们都在认真寻找自己的"领地"。张炜除了写出《九月寓言》《柏慧》《如花似玉的原野》等长篇之外，用22年完成了10部39卷450万字的《你在高原》，进一步寻找拯救现实的精神家园；莫言全心致力于长篇创作，继续开掘他的高密文化，写出了《酒国》《丰乳肥臀》

《檀香刑》《四十一炮》《生死疲劳》《蛙》等;李贯通在现实批判中凸显着自己对文化精神和审美理想的追求,写出中篇《天下文章》《天缺一角》等;龙凤伟转向"民间",探索"真正意义上的小说",写出中篇《金龟》《泱泱水》《生命通道》《五月乡战》和长篇《石门夜话》等;左建明关注着生命体验和诗意追寻,写出长篇《欢乐时光》和中篇《雪天童话》等;刘玉民的《骚动之秋》生动的展示着胶东农村的现实和历史,刘玉堂的《乡村温柔》以温馨的笔调描绘着沂蒙当代农民的奋斗史和心灵史,赵德发的"农民三部曲"《缱绻与决绝》《君子梦》《青烟与白雾》则展示了民国初年到90年代农民与土地的关系变迁及道德观念的发展……

新时期最有成就的齐鲁作家无疑是莫言和张炜。

莫言(1955—　),山东高密人。著有长篇小说《红高粱家族》《天堂蒜薹之歌》《食草者家族》《十三步》《酒国》《丰乳肥臀》《红树林》《檀香刑》《四十一炮》《生死疲劳》《蛙》等,中短篇小说百余部,著名的如中篇《白狗秋千架》《枯河》《金发婴儿》《透明的红萝卜》《球形闪电》《爆炸》《断手》《红高粱》《红蝗》《白棉花》等。莫言于1985年发表的《白狗秋千架》打起"高密东北乡"的旗号,之后的小说绝大多数写"高密",如同一位作家所说,"莫言的小说都是从高密东北乡那条破麻袋里摸出来的"。2012年10月11日,莫言获得诺贝尔文学奖,从而成为百余年来第一个获此奖的中国作家。

高密东北乡是一个神秘奇妙的地方,从自然景观看,"高粱叶子在空中飘扬,成群的蚂蚱在草地上飞翔,牛脖子上的味道经常进入我的梦,夜雾弥漫中,突然响起狐狸的鸣叫,梧桐树下,竟然蛰伏着一只像磨盘那么大的癞蛤蟆,比斗笠还大的黑蝙蝠在村头的破庙里鬼鬼祟祟地滑翔着……"①从文化心理看,一方面,高密地处儒家文化发祥地的山东文化圈,悠久严密的宗法制度、家族血缘纽带和专制伦理,根深蒂固地积淀在民众的心理深层;另一方面,它又地处古齐地,东夷文化的闳大不经,远古神话的绚烂壮丽,积淀成齐地阔达、宽厚、洒脱、包容的民间文化心态。齐、鲁两种文化共同奠定了高密人的精神气质和文化追求,也进而奠定了莫言小说的心理基架:"理性规范下的庄严肃穆与生命冲动的自由不羁,礼教宗法的严密束缚与生命野性的本能不泯,构成一种严重冲突又微妙结合的文化——心理结构的统一体。"②由此而产生莫言那段著名的话:"高密东北乡无疑是世界上最美丽、最丑陋、最超脱、最世俗、最圣洁、最龌龊、最英雄好汉最王八蛋、最能喝酒最能爱的地方。"(《红高粱》)对于高密文化心理的两种内涵,莫言有鲜明的倾向性:他沉迷在破译高密东北乡世俗文化和生命形态的幻想中,以现代生命意识的眼光,审视着儒家文化传统中农耕社会的各种遗存,对非规范

① 莫言:《我的故乡和童年》,《新华文摘》1995年第1期。

② 魏建、贾振勇:《齐鲁文化与山东新文学》,湖南文艺出版社1995年版,第246页。

的伦理与生存意识给以热烈的激赏，对封建规范伦理道德则进行激烈的批判，从中张扬一种强旺的生命力。他的小说充满对躁动不安的生命强力的期盼和自由生命状态的祈求，那“纯种的红高粱”便是生命强力的象征。莫言在《爆炸》中写道：“你高举着它（红高粱——引者注）去闯荡你荆棘丛生，虎狼横行的世界，它是你的护身符，也是我们家族的光荣的图腾和我们高密东北乡传统精神的象征。”《红高粱家族》《檀香刑》《丰乳肥臀》《蛙》等作品都不乏对强大生命力的呼唤。

期盼生命强力，也必然忧患生命力的退化。莫言在《〈奇死〉后的信笔涂鸦》中曾说：“我在小说里曾提到‘种的退化’，读者和批评家不要深究，也许改成‘种的异化’更贴切些。那里火海一样的红高粱，几十年前确实存在过，但现在连一个红高粱也找不到了。”在《红高粱家族》中描写的爷爷余占鳌、奶奶戴凤莲，父亲豆官和我这三代人中，其生命强力一代不如一代。个中便体现着作家对“种的退化”的隐忧。生命强力与阴影原型密切相关。虽然阴影的泛滥会造成人类的不幸乃至灾难，但它与人类自我的良好结合能产生巨大的创造力和生命活力。阴影原型的发展同人类文明的演进成反比，文明的发达往往导致阴影的弱化。我国以儒学为中心的传统文化几千年来发展到极致，阴影也就极度弱化，近现代以来已有“东亚病夫”之称。齐鲁之地作为儒家文化的发源地，对阴影的压抑尤甚，莫言深刻意识到这一点：“山东是孔孟故乡，是封建思想深厚博大、源远流长的地方，尤其是下层妇女的铁的牢笼。……我觉得爷爷奶奶在高粱地里的‘白昼宣淫’是对封建制度的反抗和报复。”①如此看来，莫言对“种的退化”的忧患具有强烈的民族性和地域性。其实，“种的退化”也是世界性问题。黑格尔便感到他那个时代的“人格弱化”，并提出艺术拯救的设想，认为艺术应是“坚定的，不动摇的，把全副雄强气魄都聚集在自己的身上的”。② 两个世纪后的今天，随着西方工业社会和后工业社会的发展，人格弱化非但没有减缓，人性愈来愈失去丰富的感性形态和血性色彩。因而，马尔库塞再次发出艺术拯救的呼声。如此看，莫言对生命强力的呼唤又具有全人类价值。正是在这里，莫言的创作实现了个人性、地域性、民族性和人类性的统一。

莫言对生命意识的倚重，使其尤其注重对“感觉”的描写，他总是丢开故事情节的叙述，单刀直入地切入感觉，把读者直接引入各种“场景”中。他的感觉更多来自童年时代的记忆，却又是超常态的艺术想象。这种想象和创造不是写实的，而是进行着夸大和变形。这使他极易接受西方现代派手法，常是融意识流、象征、夸张、变形、隐喻、反讽于一炉，其叙事有很大的开放性。魏建对此评价

① 莫言：《〈奇死〉后的信笔涂鸦》，《昆仑》1986 年第 6 期。

② 黑格尔：《美学》（第 2 卷），商务印书馆 1981 年版，第 376 页。

道:“将小说人物、思想、情绪、感觉、意识和潜意识等一股脑儿整合在一起,以同语重复,叙述视角的转换,片段式、精神分裂式的人称意识流叙述和描写去破坏既有的语言规则,像是沉浸在忆想的一种迷狂状态而失去分寸和节制,尽管显得洒脱、粗犷,却陷入到一种感悟到人的本体的灰色生存体验中。”①

张炜(1956—　),祖籍山东栖霞市,生于龙口市。其创作经历三个阶段:(1)1979—1882年:主要写芦青河的美好诗情。出版短篇小说集《芦青河告诉我》《浪漫的秋夜》等,作家笔下的芦青河小平原宁静、安谧,在这里生活的男男女女质朴清纯,流溢着自然和理想的美;作品中美好而浓郁的抒情淡化了故事情节,充满了空灵、飘逸的诗意。(2)1983—1989年:主要是对现实、历史和文化的思考。此期的短篇《一潭清水》,中篇《秋天的愤怒》《秋天的思索》和长篇《古船》均轰动文坛。《一潭清水》中那碧绿的清水,映透出的却是联产承包后老六哥的自私和冷漠,也映透出宝册和小林法美好的人性和友情。《秋天的愤怒》和《秋天的思索》则进一步触及现实的矛盾,前者写李芒、老寡妇母女、袁光姐弟的不幸,肖万昌和民兵连长的猖獗与残忍,老獾头父女的逆来顺受,字里行间透露着作家的愤怒;后者则通过老得、铁头叔同王三江的冲突展示了底层群众与当权者、善良与邪恶之间的斗争。那对现实强烈批判的背后,透露出的是强烈的道德理想精神。《古船》描写了胶东一个叫洼狸镇的村庄自土改到新时期变革四十余年的历史,通过隋、赵、李三大姓错综复杂的矛盾,尤其是隋氏家族诸人的不幸遭遇,表现了农村苦难的现实和历史,并进而揭示了造成苦难的历史、文化和人性的根源,不仅表现出深沉的现实关怀,而且表现出积极的理性指向。作家凭借“把洼狸镇当成整个中国大地的缩影的艺术构思”,竖立起“民族心灵史的一块厚重碑石”。(3)1990—:主要写对现实绝望的不懈抗争和对道德理想的顽强持守。此期不仅创作了长篇《九月寓言》《柏慧》《外省书》《能不忆蜀葵》《丑行和浪漫》《刺猬歌》等,还推出洋洋450万言的巨型长篇《你在高原》,包括《家族》《橡树路》《海客谈瀛洲》《鹿眼》《忆阿雅》《我的田园》《人的杂志》《曙光与暮色》《荒原纪事》《无边的震荡》十部。张炜的创作已进入纯青期,他深刻地认识到,现实的丑恶来自民族传统文化重负和现代市场社会的腐败,社会因丑恶而“绝望”,但“绝望”又是一种希望,他在绝望中寻找着希望。开出的药方是远离世俗的污秽与喧嚣,融入和谐的自然和美丽的田园,复苏美好的人性。

《你在高原》是张炜最有代表性的作品,不仅凝聚着他的一生,而且“使所有人的一生都涌现在他的笔下”。“为了写此书,张炜划定了一个区域,几乎走遍了那里的山山水水。对那里的每一座山脉、每一条河流,他熟悉的程度不亚于任何一个当地人。他了解了城市和村镇的总体状况,目睹了不同阶层的生活状态。

① 魏建、贾振勇:《齐鲁文化与山东新文学》,湖南文艺出版社1995年版,第262页。

他还利用出国的机会，多次考察了美洲和欧洲的发达国家，以及亚洲邻国日本、韩国和港澳地区等，将当下中国置于整个世界体系中研究、比较。在知识储备方面，他自修了考古学、植物学、地质学等专业学科，密密麻麻地记下了数十本田野笔记。”①作家以五十年代生人宁伽及其家族的命运为线索，极其广阔地展示了地域和民族的现实和未来、历史和文化、风俗和心理。正如作家所说，“是一部超长时空中的各色心史”。贯串十部作品的主人公宁伽是一位身背挎包、穿行于城乡间的“行者”形象，他的行走是“占领山河，何如推敲山河”的求索，他寻找着民族和人类的物质家园和精神家园，于前者他寻到自然和大地，于后者他寻到道德和理想。这是现代人的思考，这种思考又是对社会现实苦难和现代人精神困境的救赎。小说具有浓郁的齐文化色彩，胶东半岛沿海山区农村的自然景观、文化风俗和社会心理，古莱夷人的产生、迁徙和发展兴衰，秦始皇东巡和徐福东渡，乃至作品流露出的回归自然意识和道德理性主义，都有深深的齐文化烙印。作品的结构是多条线索并置，古老的历史和复杂的现实，喧闹污秽的城市和宁静荒僻的村野，不幸的家族和动荡的社会，追求自由的个人和迅速变化的时代，穿插交织，起落开阖，如同一个复调的交响曲。小说充满了诗情和浪漫，主人公宁伽就是一位卓异的浪漫歌者，他在山间放歌，在长夜抒怀，走到哪里，哪里便流溢着诗情。作品中还插入大量诗歌和散文诗，像音乐的和弦，伴随着主旋律的演奏，不仅是作品结构丰满，而且使其充溢着诗情。从文体形式看，作品还在小说本体中嵌入论辩体、辞书体、自传体、诗歌、散文诗等，使其成为集大成型的多重文本。需要指出的是，本书作为一部巨型长篇，作家的文气和作品的质量亦有渐行渐弱之弊。

王润滋（1946—2004 年），山东文登人。著有短篇小说集《卖蟹》，还有尚未结集的中篇《鲁班的子孙》《残桥》和短篇《小说三题》《沙河梦》《雷声召唤者雨》等。王润滋最有代表性的作品是《卖蟹》《内当家》和《鲁班的子孙》。《卖蟹》通过卖蟹姑娘在卖蟹中惩治“过滤嘴”、照顾“瘦老汉”的行为赞扬了重义轻利、惩恶扬善的侠义品格。《内当家》则通过李秋兰接待她昔日的房东、仇人，今日的爱国华侨刘金贵的举止态度，刻画了一位具有传统文化美德、胸怀坦荡、性格刚强而又深明大义农村妇女形象。《鲁班的子孙》则描写了市场大潮中对立冲突的父子两代：小木匠不择手段地赚钱而富有，老木匠保持着美好的品德而贫困。小说以开放的结尾表现了作家的困惑和忧虑：如何处理历史的发展和保持传统美德的关系。这一切表现着王润滋对齐鲁道德理性主义的顽强持守。如同作家所说：“全新的人是不存在的。每个人的血管里都奔流着母体的原血……我比较注意的是开发人的精神沉质的矿藏，让那些被污泥和垃圾埋没了的珠宝重新出土。”②

---

① 《你在高原·编后记》，见《无边的游荡》，作家出版社 2010 年版，第 453 页。

② 王润滋：《愿生活美好——创作断想》，《卖蟹》，山东文艺出版社 1985 年版。

矫健(1954—　),山东乳山人。出版有长篇小说《河魂》《天良》《红印花》《金融街》,小说集《第七课柳树》等。最有代表性的作品是《老霜的苦闷》《老人仓》《河魂》与《天良》。《老霜的苦闷》写了合作化公社化时期的积极分子老霜对农村联产承包以及由此出现的新气象的困惑和不解;《老人仓》则写了农村改革中那些手握重权的当权者利用"政策"做工具,剥削、榨取农民血汗,向新兴地主发展的现实;《河魂》则通过对胶东半岛腹地柳泊村三代支书的执政成败的描写,展示了中国农民冲破几千年封建主义樊篱、建立农村生活新秩序的艰难历程;《天良》则描写了从小受尽屈辱的复员军人天良在受尽种种迫害后举枪复仇,最终被判处死刑的悲剧。矫健以强烈的历史责任感,关注着乡村的现实发展,并以强烈的道德责任感,透视封建宗法礼教的巨大历史惰性,审视被封建专制文化扭曲的道德良知和美好人性。作家对农村改革进程的关注,透露着齐鲁文化"非官方的正统性";对农民不幸命运的关注,表现着齐鲁关注底层的仁爱精神。

李存葆(1946—　),山东五莲人。著有中篇小说《高山下的花环》《山中,那十九座坟茔》和长篇报告文学《沂蒙九章》等,作品数量不多,却产生强烈的社会反响。《高山下的花环》虽是军旅题材,描写的却是来自沂蒙山区的热血青年,或是喝沂蒙"红嫂"奶水长大的青年。平民英雄梁三喜身上汇集了山东大汉的众多优秀品质,不仅是为国捐躯的英雄,而且与妻子相约不向组织提半点额外要求,死后怀里揣着欠账的许多账单;靳开来为找水源救战士违反纪律闯雷区壮烈牺牲;梁三喜的母亲和妻子在这场生离死别的变故中表现得深明大义、沉毅坚强,令人敬重;喝着梁母奶水长大的赵蒙生本是充满了骄、娇二气的高干子弟,面对血与火的现实和沂蒙儿女的英雄壮举,幡然醒悟,完成了人生的转折和精神的升华。英雄群像以及英雄的母亲妻子表现出的共同精神品格是"气节",这种由齐鲁文化传统美德孕育出的"气节",是小说感动一代中国人的深层原因。《山中,那十九座坟茔》写的是某师千余名官兵在文化大革命期间为完成林彪的"龙山工程"历尽磨难,并牺牲 19 位官兵的悲剧,虽然也写了官兵们盲目的领袖崇拜和小农意识,但他们的英雄主义和献身精神仍然升华出一种感人的气节。

毕四海(1949—　),山东章丘人。著有长篇《东方商人》《皮狐子路》《红黄与黑白》《财富与人生》《黑白命运》等,还出版《毕四海中短篇小说选》(上下卷)、《毕四海小说自选集》(上下卷)以及《毕四海文集》(7 卷)等。毕四海的代表作《东方商人》描写了亚圣子孙孟洛川创建中国北方最大的丝绸商行"瑞蚨祥"的发家史。生于齐鲁大地的亚圣子孙成为"东亚巨商",本身便是复杂的文化现象。作品最大的成功是对孟洛川的形象塑造。孟洛川具有商业资本家的视野、胸襟和胆魄,他的身上已渗进资产阶级进取冒险精神的血液,然而,他又是亚圣的 68 代孙,儒家的伦理道德、价值观念已渗进他的灵魂,他对儒家的人生准则、道德规范和人生理想又自觉遵循和恪守。经商不仅是为了赚钱,更在于立功立德,光宗耀祖,不辱没亚圣子孙的美名。作家着意描绘孟洛川的灵魂分裂过程，塑造了一位背负着亚圣子孙的沉重封建主义光环、艰难地跋涉在资本主义发展大路上的“儒商”形象。

刘玉民（1951— ），山东荣成人。著有长篇《骚动之秋》《羊角号》《八仙东渡记》，中篇《海猎》等。其代表作《骚动之秋》成功之处在于塑造了农民企业家岳鹏程的形象。他承继了当过“红胡子”司令的父亲的反叛血性，以惊人的胆魄投入市场大潮。他机敏狡黠，善于应对各种复杂关系，抓取发展机遇，在开放初期，带领大桑原村民走致富之路几乎是如鱼得水，成就斐然。但在之后的残酷竞争中，却败在了儿子岳羸官手下，成为仰天长叹的末路英雄。其原因也正是从父辈那里承继的负面文化性格，如作为草莽英雄的狠毒、自私、刚愎自用，贪婪的占有欲和封建家长式的独断专行，加之小农的愚昧和狭隘，便难以同具有现代文化知识、价值观念和平等意识的岳羸官抗衡。在这里，作家对齐鲁的草莽英雄主义进行了深刻的剖析和批判。

李贯通（1949— ），山东鱼台人。出版有小说集《正是梁上燕归时》《洞天》《渔渡》《天下文章》《天缺一角》《迷蒙之季》《乐园》《庸常岁月》《绝药》《落叶斑驳》《李贯通小说选》等。李贯通始终将他的笔触对准微山湖地区，描写那里迷人的自然文化景观、民俗风情，带有浓郁诗情画意和文化韵味。其代表作是《洞天》和《天缺一角》，前者通过石龙“熬鱼干”成功前后的世情百态，批判了乡民“在爱情、事业、道德观念上、在重大问题和屑末小事地择取上，所表现出的侥幸心理、取巧心理、独占花魁的心理”；[①]后者则写了文物专家于明城为保护国宝级文物——汉画像石历尽惊险，置身家性命而不顾，最后紧靠着像石“化鹤而去”。这些作品一方面抨击了商品社会的人欲横流，道德沦丧；另一方面，又通过石龙的胆魄和坦荡、于明诚的忘我与执着，褒扬了齐鲁人对精神家园的决绝持守。这又体现了作家对“气节”的崇尚。

第三节 高密的激昂、混沌与空灵

——莫言小说的高密文化特征

（一）莫言与高密文化

莫言1955生于山东省高密县大栏乡平安村。高密地处山东半岛中部，“是扼山东之咽喉，呈三角形踞在山东著名城市济南到青岛到烟台中心地带的一条通衢大道。高密北望莱州湾，南觑胶州湾；胶济铁路贯穿其间，高速公路四通八

① 李贯通：《洞天喃喃》，《落叶斑驳》，明天出版社1998年版。

达；东临胶莱河太古河之流淌，西有峡山水库之高悬。土地肥沃，作物丰饶，江河密布，高粱丛生，百姓善良，人民剽悍。无论按什么风水学说，高密都是一个物华天宝、人杰地灵的泱泱大郡。”①高密有五千年的历史。春秋称夷维邑，属莱国，齐灭莱后地属齐。战国时始有高密之名，亦为齐地。据《水经注》应劭曰：“县有密水，故有高密之名。”秦置高密县，属齐郡，后改属胶东郡。西汉本始元年置高密国，治高密。三国时高密地归魏。西晋属青州城阳郡，东晋改属青州高密国。南北朝属高密郡，隋因之。唐、北宋、金时属密州，元属胶州。明初属青州府，后改属莱州府。清初沿明制，后改属胶州。民国时期，先后属胶东道和莱胶道。中华人民共和国成立后，高密县初属滨北专区，后改属胶州专区、昌潍地区，后“昌潍”更名为“潍坊”，并由“地区”改“市”，故高密今属潍坊市。90 年代高密县改为高密市。关于高密文化，贺立华、杨守森等著的《怪才莫言》的第二章《从红高粱大地上走出的作家》有专门分析：高密临近大海，境内河道密集，常常水涝成灾，由此形成著名的高粱之乡。高密民间有着独特的世俗文化，最为突出的便是泛神论色彩的动、植物崇拜意识。高密人富有血性，高密大地上发生的抗德和抗日事迹，可歌可泣，永载史册……②

进而思之，“一方面，高密地处儒家文化发祥地的山东文化圈，悠久严密的宗法制度、家族血缘纽带、专制伦理，根深蒂固地积淀在民众的心理深层；另一方面，它又地处古齐地，东夷文化的闳大不经，远古神话的绚烂壮丽，积淀成齐地阔达、宽厚、洒脱、包容的民间文化心态。齐、鲁两种文化共同奠定了高密人的精神气质和文化追求，也进而奠定了莫言小说的心理基架：‘理性规范下的庄严肃穆与生命冲动的自由不羁，礼教宗法的严密束缚与生命野性的本能不泯，构成一种严重冲突又微妙结合的文化—心理结构的统一体。’”（本章第 2 节《齐鲁新小说》）

以上述研究为基础，将高密文化的特征概括如下：

1.强旺的生命力量。高密临近大海而远离政治中心，人们善事渔盐工商，自由开放而少约束，尊贤尚功而逐实利。政治意识淡而生命意识强。历史上，高密境内水患不断，又曾多次遭受旱灾、蝗灾的侵袭，人民生活非常艰苦。高密人更注重物质需求，顽强地维持着自己的生存。高密又多战乱，尤其是近现代以来，外国侵略者又屡屡在高密大地肆虐，面对亡国亡种之险，高密儿女在抗争和牺牲中顽强生存下来。总之，几千年来，高密人无论是遭遇战火、还是洪水、蝗灾，都在这片故土上顽强抗争，生生不息，表现出不屈不挠的生命力量。这种生命力量

---

① 叶开：《莫言：在高密东北向上空飞翔——莫言传》，路晓冰编选：《莫言研究资料》，山东文艺出版社 2006 年版，第 68 页。

② 贺立华、杨守森：《怪才莫言》，花山文艺出版社 1992 年版，第 23 页。

形成强烈的生命意识，包括生存意识、性意识和死亡意识。高密人对生存、性爱有强烈的欲望，对死亡有独特的认识。

2.激烈的群体抗争精神。高密人民在艰难的历史生存中，无论同自然灾害的斗争还是对社会敌人的反抗，往往凭借族群的力量，他们的抗争也往往是群体的抗争。鲁地孔孟的伦理哲学又强化了这种群体意识，这就形成高密人的群体反抗精神。尤其是在面临外来侵略时，群体抗争精神就会形成巨大的凝聚力。最明显的是发生在高密大地上的抗德和抗日斗争，曾有这样的介绍："……在农民领袖孙文的领导下，迅速组成一支声势浩大的群众抗德队伍，其中有许多义和团成员参加。一八九九年初到一九〇〇年初这一段时间内，他们拆毁筑路工地上的窝棚，强迫停工，袭击铁路公司，烧毁德人房屋，惩办汉奸，毁平已成铁路，并用各种原始武器同前来镇压的德兵和清兵拼死战斗。"①"1938 年 3 月 15 日，抵抗日寇入侵的孙家口伏击战……共歼敌 39 名，其中有在平型关大战中逃生的敌坂垣师团中将指挥官中冈弥高。共缴获轻重机枪各一挺，步枪三十余枝，子弹数万发，烧毁敌军车四辆，缴获一辆，有力地打击了日本侵略者的嚣张气焰。"②群体抗争中常出现个体的英雄，他们既是群体的领袖，又是群体的代表人物。群体抗争精神在他们身上有突出的表现。

3.灵动的"泛灵"思维。浩渺的大海给高密人无尽的神秘感，海市蜃楼又给他们无限的想象，这种想象不仅形成了海上"三仙山"和"五神山"之说，还有"齐地八神"之说。八神即天主、地主、兵主、阴主、阳主、月主、日主、四时主。每个神都在海边陆地建有神祠，或在林木葱茏的大山，或在水气缭绕的海崖，或在鸟语花香的半岛，均是风景秀丽之地。在齐人看来，八神是沟通天上人间的秘密使者，是国家民族兴旺的保护者，因而不遗余力地寻求与神的联系，设有了各种各样的祭祀形式。不仅国君和百姓要常常祭拜，还出现了专门的神仙专家——方士。于是，盛产方士的齐地便产生了最权威的神仙学说。神仙遍布，方士盛行，形成了齐地的泛灵思维。天上的风云雷电，地上的自然万物，都与神通，都有灵性，于是形成了带泛神论色彩的动、植物崇拜意识，民间代代相传着许多神鬼妖狐的故事。这正是《聊斋志异》产生的丰厚土壤。高密地处齐国腹地，自然有灵动的"泛灵思维"，高密的剪纸、泥塑、年画三大民间艺术，和地方戏曲曲种茂腔（猫腔），便是"泛灵思维"的载体。儿童思维有很强的泛灵性，因而，高密乃至齐地的泛灵思维与儿童思维密切相关。莫言小说的儿童视角或与高密的泛灵思维有关。

莫言生于高密，长于高密，童年遇上了三年自然灾害，少年经历了十年"文

① 贺立华、杨守森：《怪才莫言》，花山文艺出版社 1992 年版，第 23 页。

② 杨扬：《莫言研究资料》，天津人民出版社 2005 年版，第 327 页。

革”。和那些同龄的“知青”作家不同，他没有经历从城市到乡村两种文化的熏染，而是整个浸润于故乡文化之中。因而，高密文化的影响是渗入骨髓的。莫言出生时落在一堆干燥的沙土上，这是当地“万物土中生”的风俗，莫言戏称这是他成为“乡土作家”之因。莫言自出生到1976年应征入伍，在家乡生活20余年，家乡的田园山水、风俗民情、家族血缘对他产生了举足轻重的影响，他的人格塑造便在这里完成。尽管他当时对贫穷的生活充满怨恨，但正如他所言：“对于生你养你、埋葬着你祖先灵骨的那块土地，你可以爱它，也可以恨它，但你无法摆脱它。”①故乡也极大地影响了他的创作：“故乡留给我的印象，是我小说的魂魄，故乡的土地与河流、庄稼与树木、飞禽与走兽、神话与传说、妖魔与鬼怪、恩人和仇人，都是我小说的内容。”②

莫言的处女作是1981年发表在保定《莲池》上的短篇《春夜雨霏霏》。1984年开始以故乡为背景、以个人感情为线索进行创作，到1985年，写出了《枯河》《秋水》《白狗秋千架》《断手》《老枪》《透明的红萝卜》《爆炸》《球形闪电》等作品。或许是因1984年他阅读了福克纳的《喧哗与骚动》，“约克纳帕塔法县”的描绘使他深受感染，他在1985年创作的《白狗秋千架》里便打起了“高密东北乡”的旗号。之后在这块文学版图里一路高歌，创造出自己的辉煌。著名的中篇有《红高粱》《草鞋窨子》《红蝗》《金发婴儿》《白棉花》《拇指铐》等，长篇有《红高粱家族》《天堂蒜薹之歌》《食草家族》《十三步》《酒国》《丰乳肥臀》《红树林》《檀香刑》《四十一炮》《生死疲劳》《蛙》等。在这些作品中，“高密东北乡”作为一个文学地理学的概念，已形成深刻的文化印记。如同张志忠在《跨越时空的三角对话——序〈福克纳与莫言比较研究〉》中所说：“他笔下的‘高密东北乡’，生长着蓬蓬勃勃的‘红高粱’和‘白棉花’，‘爆炸’了‘球状闪电’和‘四十一炮’，还有像大地一样富有生命繁殖力的‘丰乳肥臀’的母亲和响遏行云的‘猫腔’演绎出来的‘檀香刑’。”③

（二）莫言小说的高密文化景观

莫言是写景高手，描绘了众多绚丽厚重、多彩多姿的高密自然、文化景观。这里着意考察几个典型的景观意象。

1.红萝卜。莫言曾在《小传》中，称自己“1984年入解放军艺术学院文学系，

---

① 莫言：《我的故乡和我的小说》，路晓冰编选：《莫言研究资料》，山东文艺出版社2006年版，第25页。

② 叶开：《莫言：在高密东北向上空飞翔——莫言传》，路晓冰编选：《莫言研究资料》，山东文艺出版社2006年版，第77页。

③ 朱宾忠：《跨越时空的对话——福克纳与莫言比较研究》，武汉大学出版社2006年版，第3页。

写了一批农作物小说，萝卜呀，高粱呀，棉花呀”。① 其中，最著名的两种意象是红萝卜和红高粱。关于《透明的红萝卜》，莫言说是缘起于一个梦：在萝卜地中，一个少女用鱼叉叉起一个红萝卜，迎着阳光走来。这是一个理想色彩颇浓的美的意象。《透明的红萝卜》有两条线索：一条是对“文化大革命”时期农村艰难的日常生活的描绘；另一条是小石匠、菊子、小铁匠之间的情感冲突，以及黑孩性心理的萌动。这两条线索，统一于红萝卜这个中心意象。关于这一点，张清华曾论道：“‘透明的红萝卜’是什么？是少年‘黑孩’潜意识中突然膨胀起来的性能力的隐喻。这能力后来由于两个成年男性——‘小石匠’和‘小铁匠’的两种不同的优势（压抑和去势）而消失，留下了难言的抑郁和怅惘。”②作家如此描绘黑孩眼中的红萝卜意象：

> 光滑的铁砧子，泛着青幽幽蓝幽幽的光。泛着青蓝幽幽光的铁砧子上，有一个金色的红萝卜。红萝卜的形状和大小都像一个大个阳梨，还拖着一条长尾巴，尾巴上的根根须须像金色的羊毛。红萝卜晶莹透明，玲珑剔透。透明的、金色的外壳上泛出一圈金色的光芒。光芒有长有短，长的如麦芒，短的如睫毛，全是金色……

如此美丽的红萝卜意象，实际上是黑孩对美好生活的憧憬，也是美好生活的象征。然而，当黑孩敏捷地去争这颗红萝卜的时候，小铁匠却气愤地把它扔到河里。第二天，黑孩去河里摸那颗红萝卜却怎么也找不到。小说结尾，黑孩又到萝卜地去寻找“透明的红萝卜”，拔了一地的萝卜，举起萝卜对着太阳照，再也看不到那晶莹的光芒了。他被红脸队长抓住，挨了一通狠揍，身上新衣服被扒光，赤身裸体离开萝卜地。有批评家指出，黑孩赤身裸体地离开，象征着社会对他的彻底抛弃。确切地说，红萝卜是黑孩倔强性格和苦难命运的象征。如同胡河清所说：“《透明的红萝卜》中的黑孩，幼年失母，心灵深处有着难以愈合的创伤，而外在的生活考验对于他这样一个体质瘦弱的小男孩来说又是极其严酷的。他所承受的精神和体力的重压，完全可以击垮一个身强体壮的成年人。但黑孩却支持下来了。他的生命力坚强得简直就像入水不濡、入火难焚的小精灵。这主要是因为黑孩的内心有一个美丽的梦幻世界，使得他超脱于恐惧、忧虑以及肉体的痛苦之上。”③苦难的生活，美好的理想，顽强的生存，正是高密大地上生出的孩子的性格与命运，也是红萝卜的象征意义。

2.红高粱。如果说红萝卜意象还只是莫言信手拈来的灵感闪现，那么，红高粱意象则是酝酿已久的得意创造了。高密地区经常发生水灾，普通农作物不易

---

① 莫言：《怀抱鲜花的女人》，中国社会科学出版社 1993 年版，第 347 页。

② 张清华：《叙述的极限——论莫言》，《当代作家评论》2003 年第 2 期。

③ 胡河清：《论阿城、莫言对人格美的追求与东方文化传统》，《当代文艺思潮》1987 年第 5 期。

生长，植株高大的高粱，便成为农民生活的主要依靠。《秋水》《老枪》《白狗秋千架》等都写了红高粱。《红高粱家族》则对红高粱进行了集中而淋漓尽致的描写，作品中的故事几乎都与红高粱相关，如在高粱地里伏击侵略者，搭建土匪窝，埋葬死者，与野狗作战，猎雁，野合，还有酿高粱酒，吃高粱米，唱高粱歌等。红高粱与高密人的生存紧密联系在一起："生存在这块土地上的我的父老乡亲们，喜食高粱，每年都大量种植，八月深秋，无边无际的高粱红成洸洋的血海，高粱高密辉煌，高粱凄婉可人，高粱爱情激荡。秋风苍凉，阳光很旺，瓦蓝的天上游荡着一朵朵丰满的白云，高粱上滑动着一朵朵丰满白云的紫红色影子。一队队暗红色的人在高粱棵子里穿梭拉网，几十年如一日。"（《红高粱》）红高粱如同一个无所不在的精灵，守护者高密东北乡大大小小的角落，注视着各种各样人物的命运。

雷达评论《红高粱》时动情地写道："啊，血染的红高粱，散溢着苦涩微甘气味的红高粱，辉煌、凄绝、忧郁、庄严的红高粱，自始至终陪伴着小说中的每个人物，它的气息熏染着每个人的灵魂。"在红高粱的注视下，罗汉大爷被鬼子活剥；在红高粱的抚慰和遮蔽下，奶奶和爷爷幸福而狂欢地结合；在血一样的高粱地里，爷爷带着高密儿女向鬼子冲杀，奶奶中弹含笑牺牲，父亲懂得了人间憎爱，迅速长大；在他们的感召下，多少沉默的庄稼汉，高举土枪、鸟枪、铁耙投入生死攸关的大厮杀……

在这里，红高粱已不是一般的喻、拟、比、兴，而是笼罩全篇的"通体象征"。雷达说："它本身也是一个无处不在的生灵，与小说人物平行，就像'神话模式'之运用于小说，作为民族精神的异质同构对应。红高粱与小说人物意合为巨大意象，共同奔赴揭示民族性格底蕴的目的地。"①确切地说，红高粱象征的是高密乃至民族的生命图腾，体现着顽强的生命力量和不屈的抗争精神。莫言在《红高粱家族》的结尾，也通过先人的告诫阐释了这种思想：

> 在白马山之阳，墨水河之阴，还有一株纯种的红高粱，你要不惜一切努力找到它。你高举着它去闯荡你的荆榛丛生、虎狼横行的世界，它是你的护身符，也是我们家族的光荣的图腾和我们高密东北乡传统精神的象征！

3.红蝗。莫言的中篇小说《红蝗》描写了相距五十年的两次蝗灾。铺天盖地而来红蝗，给读者留下了深刻的印象。他在《蝗虫奇谈》中也描绘了蝗虫过河的宏伟场面。在《红蝗》中有这样的描绘：

> 蝗虫汇集在堤下，团结成一条条水桶般粗细、数百米长短的蝗虫长龙，……数不清的神秘鸣叫混合成一股嘈杂不安的、令人头晕眼花浑身发痒的巨大声响，好像狂风掠过地面。……强烈的阳光单单照耀着亿万蝗虫团

---

① 雷达：《游魂的复活——读〈红高粱〉》，路晓冰编选：《莫言研究资料》，山东文艺出版社2006年版，第97—98页。

> 结一致形成的巨龙，放射奇光异彩的是蝗虫的紧密团体，远处的田野近处的河水都黯然失彩。

许多批评家都曾指出，红蝗是泛滥的欲望的象征，作品强烈地批判了先辈混乱的性关系，以及男性虚伪的权威。当然，这也许是这篇小说显示出的某方面的意蕴。但仔细想来，红蝗往往伴随旱灾而至；铺天盖地的蝗虫使久旱的土地雪上加霜，造成毁灭性灾难。但作家将蝗群描写得团结、恢弘、大放异彩，红蝗出土和红蝗过河的场面，充满仪式化色彩，令人心生敬畏之情。小说三次描写到红蝗被放大了的身体。一次是在放大镜中："一只家燕般大小的蝗虫出现在我眼前，放大了数百倍的蝗虫忽然增添了森森的威严，面对着这只小蝗虫的大影使我感到一种巨大的恐怖。"一次是在四老爷的梦境中："四老爷说他看到青石板道上趴着一只像羊羔那么大的火红色的大蝗虫。……它遍身披着金甲。四老爷说他滚下驴背，跪倒便拜，那蝗虫腾地一跳，翅膀嚓啦啦地剪着，一道红光冲上了天……"一次是在泥塑中："这只蝗虫长一百七十厘米（身材修长），高四十厘米，伏在青砖砌成的神座上，果然是威武雄壮，栩栩如生，好像随时都会飞身一跃，冲破庙盖飞向万里晴空。……它以葱绿色为身体基色，额头正中有一条杏黄色的条纹，杏黄里夹杂着黑色的细小斑点。"三次描写突出的都是蝗虫的威武和神性。灾星——神性，竟这样相反相成的统一在蝗虫身上。通观《红蝗》，充满着"丑的堆砌"，在美与丑的高反差对比中，创造着原生态的混茫世界。丁帆说："我以为最粗俗的描写与最高雅的描写的组合所形成的高反差，正是把生活中的原生状态（或曰'原色'）与经过文明圣化、净化、洗礼的生存状态进行比较，显示出人类的二重性——自然属性与社会属性的对立统一。"①《红蝗》的最后通过"女戏剧家"阐释作家的创作思想："总有一天，我要编导一部真正的戏剧。在这部剧里，梦想与现实、科学与童话、上帝与魔鬼、爱情与卖淫、高贵与卑贱、美女与大便、过去与现在、金牌奖与避孕套……互相掺和、紧密团结、环环相扣，构成一个完整的世界。"这样的混茫世界才是红蝗的象征意义。

红萝卜、红高粱、红蝗都冠之以"红"字，并非巧合，而显示着莫言小说的色彩感。童年的孤独培养了莫言敏锐的艺术感觉，他的视觉、听觉、嗅觉非常发达，作品中有着鲜明的色彩、丰富的声音和多样的气味，而且"三觉"还常常发生"通感"，产生强烈的审美效果。阅读莫言小说便不难发现，红色是其语言的主色调，它说明莫言对红色格外敏感。"红色仿佛赋予了莫言的才情以一个集中的宣泄口，当红色意象从他的脑际浮现时，它对莫言便有一种神秘的召唤力，本来就对色彩敏感的莫言，会在红色信号的刺激下加倍的兴奋，常常就在这时源源不

---

① 丁帆：《亵渎的神话：〈红蝗〉的意义》，路晓冰编选：《莫言研究资料》，山东文艺出版社 2006 年版，第 221 页。

断地写出他的最佳文字。"[①]在原始文化中,"澳洲人既用红色涂身来表示进入生命,他们也用这种颜色表示退出生命。"[②]鉴于人类原处思维的共同性,也鉴于莫言的创作,不难发现,莫言的红色也象征着强大的生命力量。不过,红萝卜象征生命的美好和圣洁,红高粱象征生命如火如血的悲亢,红蝗则象征生命的浑浊和混茫。

(三)莫言小说中的高密文化习俗

莫言不仅为高密画出一幅幅风景画,而且画出一幅幅风俗画。本节择其要者分析之。

1.野合。莫言的众多小说,如《透明的红萝卜》《红高粱》《金发婴儿》《天堂蒜苔之歌》《丰乳肥臀》等均写到野合。高粱地,黄麻地等是野合的场所。莫言小说中的野合大致分三种情形。一是男女原始欲望的率性表达,如余占鳌与戴凤莲的野合。他们相识于高粱地中,一个是穷得娶不起媳妇的轿夫。一个是被迫嫁给麻风病人的新娘。从抬轿娶亲途中的"握脚"开始,便触发了欲望的火焰。余占鳌率众打死劫路人,救下戴凤莲;洞房之夜,戴凤莲以剪刀相抗,拒新郎于身外。都是两人结合的铺垫。终于在回门的路上,二人完成了神圣的野合:

> 余占鳌把大蓑衣脱下来,用脚踩断了数十根高粱,在高粱的尸体上铺上了蓑衣。他把我奶奶抱到蓑衣上。奶奶神魂出舍,望着他脱裸的胸膛,仿佛看到那强劲剽悍的血液在他黝黑的皮肤下川流不息。高粱梢头,薄气袅袅,四面八方响着高粱生长的声音。风平,浪静,一道道炽目的潮湿阳光在高粱缝隙里交叉扫射。奶奶心头撞鹿,潜藏了十六年的情欲,迸然炸裂。奶奶在蓑衣上扭动着。余占鳌一截截地矮,双膝啪哒落下他双膝跪在奶奶身边……

整个野合过程描写得华贵而圣洁。余占鳌"那强劲剽悍的血液",奶奶那"十六年情欲的迸然炸裂","四面八方响着高粱的生长的声音",还有那"在高粱缝隙里交叉扫射"的"炽目的阳光",显示着原生状态的强大生命力量;余占鳌一截截地矮下,慢慢地跪在"炽目的阳光"下,跪在响着生长的声音的高粱地里,跪在奶奶的身旁,则显示着对原始生命力量的敬畏与膜拜。这种野合张扬的便是强大的原始生命力量。

二是由情感以外的力量促成的野合。《丰乳肥臀》上官鲁氏几十年来生了九个孩子,终生苦难生活。结尾处竟揭示出这九个孩子全是野合的产物。上官

---

① 夏志厚:《红色的变异》,杨扬:《莫言研究资料》,天津人民出版社2005年版,第215页。

② 《欧洲现代画派画论选》,人民美术出版社1980年版,第17页。

鲁氏在出嫁后的主要困境,就在于不能生育。当她的姑姑设计让她怀上她姑父的孩子时,她发现不育的原因在她的丈夫。由于第一胎生的是女孩,上官鲁氏被婆婆、丈夫百般打骂。无奈之下,她选择了野合。由于一连串的女孩的降生,上官鲁氏与多个男性发生关系,直到生下男孩。传统道德要求女性贞节,同时要传宗接代。丈夫无生育能力,上官鲁氏便处在两难悖论中:要么借种生子,丧失贞节;要么保持贞节,承担“无后为大”的罪名。上官连生八女,方得一子。既失去了贞节,又长期承受“无后”的罪责,身心受到极大的摧残和伤害。但上官不仅顽强的活下来,还含辛茹苦养大了自己的孩子们。这种野合批判了传统道德的残忍和虚伪,也赞扬了上官顽强的生命力量。

三是青年男女为情所诱。莫言小说中对野合的描述,更多地属于这种情形。野合的参与者,或者是情窦初开的少男少女,或者是婚姻不幸的年青媳妇,而且大多是悲剧结局。《金发婴儿》写紫荆的丈夫在部队当军官,在孤独寂寞中发生婚外情,却被婆婆发现。丈夫归来捉奸成功,将情夫送进监狱,并掐死紫荆生下的孩子。然而,这不仅是紫荆的悲剧,当紫荆的婚外情被婆婆揭发后,婆婆的生命也走到了尽头:她也曾是经常被丈夫打骂、与小叔子发生婚外情而私奔到这里的女人。这恰似赵树理《登记》中的小飞蛾挨打,对婆婆命运的追溯强化了对封建主义罪恶的批判。

不难看出,莫言对野合持同情敬畏态度。在他看来,即使有违伦理,也不是当事者之罪,而是社会之罪。他通过生动的野合描写,赞美了高密儿女追求自由性爱的强旺生命力,对各种各样的封建观念进行了抨击和批判。

2.“高粱殡”。《高粱殡》通篇围绕“我奶奶”戴凤莲的殡葬仪式展开叙述。取名“高粱殡”,一方面是因为这个殡葬仪式是在高粱地旁进行的,一方面则是因为莫言要延续《红高粱》、《高粱酒》以来的写作追求:为家族立传。《高粱殡》描写殡葬仪式,从移动尸骨、购买棺材、席棚守灵,到孝子引路、起棺发丧、路祭焚香,秩序俨然。且看那浩浩荡荡的送葬队伍:

> 招魂幡儿在无风的天空中哗哗乱响,又后边是一幅高三丈的旌表,由一个身强力壮的铁板会会员领擎着,旌表用白绫做成,下垂银丝流苏,旌表上数排黑墨大字:中华民国高密东北乡游击司令余公占鳌原配戴氏夫人享寿三十二岁之灵柩。旌表之后,小罩抬着奶奶的神主,神主之后,大罩抬着奶奶的灵柩。在号锣的悲凄鸣声里,六十四个铁板会会员步伐一致,像六十四个牵线傀儡。紧随着棺材是数不清的旗罗伞扇,杂色奠幛,纸人纸马,雪松雪柳。

三丈旌表、六十四抬大罩是对死者舍生取义气节的隆重纪念,领头的招魂幡儿则希冀这种灵魂不朽和再生。高粱殡既是死的辉煌,又是生的胜景。这正体现着莫言的死亡意识:死亡作为生命流程的重要环节,不仅是生命的终结,更是生命的延续。如同“庄子死妻,鼓盆而歌”,莫言总是写出死亡的胜景和辉煌。季红真进而比较分析戴凤莲(大奶奶)和倩儿(二奶奶)的死亡仪式:(二奶奶)“‘诡奇超拔的死亡过程’与大奶奶显赫排场的殡葬仪式,两相对应,一里一表,最形象地喻示了民族民间对于生存与死亡的神秘信仰。大奶奶的尸体在坟墓中长埋之后,挖出的时候竟光鲜如初,且有香气溢出,这是把死看做生的延续;二奶奶临死前怨愤冲天的怒骂,与其说是生命奇特的消亡过程,不如说是心灵化了的祭神仪式,其所祭者是执著的生之欲望。这两个女人的死,正表现了民族民间生命意识的两个方面。其一,对生存,充满了现世倾向,才能漠视陈规礼法;另一方面把死作为生的延续:所以才有蔑视生死的本色英雄。”①

如果将“高粱殡”的外延稍稍扩大,那么,莫言写了多种死亡纪念仪式,如《红高粱》中罗汉大爷被剥皮的描写,“尽管这是残酷的杀戮,而非真正的祭祀,但它却具有祭祀所必备的一些基本因素:祭品、祭坛、刽子手、观众,以及必要的程序”。② 为了民族的存亡而走上神圣的祭坛,活剥人皮的惨烈仪式,唤起的是民族仇恨,指向的是刽子手的灭亡。再如《檀香刑》中孙丙拒绝营救,甘愿承受檀香刑。在他受刑之后的弥留之际,弟子们赶到刑场,为他表演猫腔。这是一场提前进行的祭奠仪式,且如文中所说:“他们的演出习惯:为死去的人演戏,让死人升天;为弥留之际的人演戏,让他欣慰地告别人世。”

从以上的分析看,高粱殡祭奠的对象都是高密大地上的英雄豪杰,尤其是在民族大义面前,毫不犹豫地抵抗侵略者的英雄,如戴凤莲、罗汉大爷、孙丙等。此时,高密儿女强旺的生命力量化作不屈的民族抗争精神,成为高密文化精神的最高表现。高密的男女老少,不论在任何场合,都以一定的仪式,真诚表达着对英雄的敬重。如在战火纷飞中,村民们安葬“我奶奶”和伏击日寇牺牲的战士,没有棺材,只好用高粱秸子做铺盖。“高粱地里,出现了五十多个尖尖的坟墓。那老者说:‘乡亲们,下跪吧!’全村父老,齐齐跪倒在一片新坟前,一时哭声震动四野。”(《高粱酒》)虽然条件简陋,却令人肃然起敬。高粱殡与土地密不可分。高密人用高粱与黄土埋葬抗击侵略的英雄们,寓回归大地之意。在高密风俗中,孩子出生时,要落在土上;身体受伤时用土敷,疗治外伤的偏方往往加入土;人去世后,则讲究入土为安……在高密人看来,人都是“从土里来,回土里去”。土地不仅哺育着人们的成长,而且以宽阔的胸膛接纳者生存在这里的人们。高密大地上的英雄们回归高密大地。埋葬英雄的土地将会生出更多的英雄。

综上所述,高粱殡埋葬着死,却寄托着生,体现着高密人的生命崇拜意识和强大生命力量;隆重的仪式,全是赋予他们心目中的英雄,表达了民众对民族抗

---

① 季红真:《忧郁的灵魂》,时代文艺出版社 1992 年版,第 170 页。

② 张闳:《感官王国:先锋小说叙事艺术研究》,同济大学出版社 2007 年版,第 93 页。

争英雄们的钦佩与赞扬。这一切,都与高密这块热土有关,高密人生于土地,长于土地,死后又回归土地,因而对生存、繁衍的土地有难以割舍的依恋,形成深深的恋土情结。

3.猫腔。猫腔又称为茂腔。《中国大百科全书·戏曲曲艺》云:"茂腔戏曲剧种。流行于山东省青岛市及潍坊地区东南部。在民间演唱形式'肘鼓子'的基础上发展而成。清同治年间,由临沂、日照流传到诸城、高密、胶县一带的'肘鼓子调'(又称'本肘鼓'),演唱时只敲手锣和鼓,不用弦乐伴奏,唱腔下句带'哦嗬唵'的尾音。光绪末年,受拉魂腔的影响,采用柳叶琴、胡琴伴奏,旦角唱腔尾音也改为翻高8度的唱法,群众称之为'打冒',谐音写成'茂肘鼓',后来定名茂腔。"①流传在高密的说法是,茂腔得名于创始人常茂的名字,或因为常茂与一只猫关系密切,故又称猫腔。莫言在《茂腔与戏迷》中谈道:"茂腔是一个不登大雅之堂的小剧种,流转的范围局限在我的故乡高密一带。它唱腔简单,无论是男腔女腔,听起来都是哭悲悲的调子。"②莫言小说多次写到猫腔,但集中而全方位地描写猫腔,则是《檀香刑》。猫腔对《檀香刑》的创作成功有举足轻重的作用。

其一,猫腔是《檀香刑》的创作动因。莫言在《檀香刑·后记》中写道:"'文革'后期,形势有些宽松,在那几个样板戏之外,允许自己编演新戏。我们的猫腔《檀香刑》应运而生。其实,在清末民初,关于孙丙抗德的故事就已经被当时的猫腔艺人搬上了戏台。民间的一些老艺人还能记住一些唱词。""猫腔《檀香刑》"可说是长篇小说《檀香刑》的雏形。其二,猫腔是《檀香刑》重要的叙事因素。"凤头部"和"豹尾部"的正文之前,都引用了猫腔《檀香刑》的唱词或道白,使得文本始终贯穿着一种戏剧化的音韵和节奏。小说主人公孙丙是著名猫腔艺人,其斗争和反抗包含众多戏曲因素。其三,戏曲的角色行当与小说人物有很强的对应性。莫言说:"小说中很多人物实际上是脸谱化的,比如,被杀的孙丙,如果在舞台应该是一个黑头,用裘派唱腔。钱丁肯定是个老生了。女主角眉娘是个花旦,由荀派的演员来演的花旦。刽子手赵甲应该是鲁迅讲过的二花脸,不是小丑,但鼻子上面要抹一块白的,这样一个人物。他的儿子赵小甲肯定是个小丑,他就是个三花脸……"③其四,猫腔文化精神同人物性格密切联系。猫腔作为民间文化具有朴素原始的地域文化精神,比如辨忠奸,识善恶,尚忠义,讲气节。孙丙将这种精神乃至猫腔艺术本身作为反抗侵略者的精神武器。比如,他穿袍披甲回到家乡,仿佛岳飞附体;在乡亲们解救他越狱时,决定留下以死殉国……

---

① 《中国大百科全书·戏曲曲艺》,中国大百科全书出版社1983年版,第243页。

② 莫言:《北京秋天下午的我:散文随笔集》,海天出版社2007年版,第67页。

③ 莫言:《作为老百姓的写作:访谈对话集》,海天出版社2007年版,第383页。

在小说的结尾，猫腔同故事情节、人物性格一起进入发展的高潮。那是孙丙饱受数日檀香刑折磨后、他的弟子们为他上演猫腔大戏的狂欢场景：

猫主啊～～你头戴金羽翅身披紫霞衣手持赤金的棍子坐骑长毛狮子打遍了天下无人敌～～你是千人敌你是万人敌你是岳武穆转世关云长再世你是天下第一～～

咪呜～～咪呜～～

那些黑脸的猫红脸的猫花脸的猫大猫小猫男猫女猫配合默契地不失时机地将一声声猫叫恰到好处地穿插在义猫响彻云霄的歌唱里，并且在伴唱的过程中，从戏箱里熟练地拿出了锣鼓家什还有那把巨大的猫胡，各司其职地、有节奏地、有板有眼地敲打演奏起来。

第一棍打倒了太行山～～填平了胶州湾～～第二棍荡平了莱州府～～吓死了白额虎～～第三棍打倒了擎天柱～～颠倒了太上老君的八卦炉～～咪呜～～

这激动人心的场景，不仅感染了围观的民众，甚至感动了高密县衙中的差役和士兵，形成热烈的呼应和互动。但这种场景却给人复杂的感受。葛红兵说："……《檀香刑》发出的是另一种声音，一种由杀戮者的发声效果、受刑者的发声效果、狂浪者的发声效果、观众的发声效果等糅合而成的综合的多声部的声音，这种发声在启蒙话语的理性思路中是受到遮蔽的，它包含了许多非理性的成分，它包含了把生活看成表演的仪式的成分，即使无价值也要把生命延续下去的成分，这些东西可能愚昧却是任性的、狂欢的、坚韧的，它在民间戏剧中藏身，但也正是这种声音使忍受了内忧外患、压抑的惨痛、饥馑的折磨、专制的苦难的民族得以延续下来。"①是的，这种以民间文化为精神武器的民族抗争精神，具有朴素的原始性，与其说是一种自觉的社会意识形态，不如说是民间自发的集体无意识。这种由人们的祖先和前祖先继承和积累而成的生命力量，是人的心理动力的源泉，具有难以阻挡的强大力量，正是这种力量，爆发出感天动地的民族抗争行为。然而，它又是盲目的，自相磨损的。英雄气概中混杂着野蛮和褊狭，抗争思维中多有愚昧和故步自封。他们的抗战往往是悲剧结局。这正是猫腔的象征意义，也是莫言描绘"最英雄好汉最王八蛋"的高密社会的混茫追求。

（四）莫言小说中的高密文化性格

以上分析了莫言小说中的高密文化景观和文化习俗。这些景观和习俗体现

① 郜元宝、葛红兵：《语言、声音、方块字与小说——从莫言、贾平凹、阎连科、李锐等说开去》，《大家》2002年第4期。

了怎样的文化心态？这是我们要进一步讨论的问题。地缘文化诗学的关键性所在，则是发掘地域文化性格。其方法是原型批评：发掘文学作品中的深层原型结构。其前提是寻找其外观——意象表层结构，进而发掘其内涵——原型深层结构。以上的分析中，文化景观的红萝卜、红高粱、红蝗，文化风俗的野合、高粱殡、猫腔等都是原型意象，实际上也进行了一些原型批评，获得了生命意识、抗争精神、英雄精神等象征意义。此处进一步进行原型批评，对高密文化性格进行开掘和梳理。

1.强旺的生命意识。莫言在《欢乐》《爆炸》《梦境与杂种》《祖母的门牙》等众多作品中，都描写了母亲形象，尤其《丰乳肥臀》，集中而深刻地塑造了母亲上官鲁氏的形象，这是写母亲的书，也是为母亲写的书。母亲，可说是莫言小说的重要原型。这是一个再生原型，因为母亲是人类生命延续的本原。

莫言说，《丰乳肥臀》产生的最初动因是一张远古时代的石雕像照片："两只硕大的乳房宛若两只水罐，还有丰肥的腹与臀，雕像的面目模糊不清。但她立在那里简直是稳如泰山。"莫言进而认为："乳房是哺育的工具，臀部是生殖的工具。丰满的乳房能育出健壮的后代，肥硕的臀部是多生快生的物质基础。性是自然的行为，也是健康的行为，而自然和健康正是美的摇篮。"①然而，生和育并非简单的事情，它们往往同苦难相连。

莫言小说写了许多"生"的苦难。《丰乳肥臀》的开头写上官鲁氏生双胞胎时，毛驴也在生骡子，人和驴都难产，公婆为母驴请来兽医，对儿媳却不闻不问。在《爆炸》中，"我"陪妻子到公社卫生院作流产，医生们正为一位产妇接生。"我"感到变成那个胎儿，推着重载的车登山，随着产妇艰难生育而攀登。《欢乐》的结尾：齐文栋在自杀前的幻觉中，仿佛又回到了母亲的子宫中，经历了艰难的出生过程……莫言小说还写了许多"育"的艰辛。他曾提到这样的生活情节：母亲在生产队拉磨时大量吞食整粒粮食，回家后呕吐出来，给孩子们充饥。这个情节在莫言小说中多次出现，《粮食》写道：

> 伊回到家，找来一只瓦盆，盆里倒了几瓢清水，又找来一根筷子，低下头，弯下腰，将筷子伸到咽喉深处，用力拨了几拨，一群豌豆粒儿，伴随着伊的胃液，抖簌簌落在瓦盆里……伊吐完豌豆，死蛇一样躺在草上，幸福地看着，孩子和婆母，围着盆抢食。

这种描写让人激动落泪，更感到母亲伟大的生命力量。此外还有，《欢乐》中的母亲为给儿子筹集学费，竟到城里去挨家乞讨；《丰乳肥臀》中上官鲁氏以超常的韧性抚养九个孩子，乃至带领全家进行着战争大逃亡……莫言在谈到《丰乳肥臀》的创作时说："我终于明白想起那雕像就激动就冲动就充满自信是因为母

① 莫言：《〈丰乳肥臀〉解》，《光明日报》1995年11月25日。

亲的力量。想到此我就明白,这部作品是写了一个母亲并希望代表天下的母亲,是歌颂一个母亲并企望借此歌颂天下的母亲。”①这母亲的力量显然是一种令人敬仰的强大生命力。

作为一种原型,“母亲”的内涵有深厚而久远的历史文化渊源,从中国传统文化的阴阳二元范畴看,母亲作为承担生活重压的角色,柔韧、沉静、安谧、祥和,是阴性文化的载体。“中国文化始终反映出对宁静神秘的女性智慧和淡泊通脱的阴柔美学的推崇礼赞,儒家哲学里描绘的‘大道之行也,天下为公,选贤与能,讲信修睦’的大同境界,道家理想中的‘卧则居居,起则于于,民知其母,不知其父,与麋鹿共处,耕而食,织而衣’的远古生活风俗,无不取境于母系社会的原型。”②可见,母亲原型不仅是中国文化的源头,而且是中国文化的载体,母亲的生命体现的是中华文化的生命,母亲的力量体现的是中华文化的力量。同时,莫言小说的“母亲”原型,生于土地,长于土地,与土地有着血肉联系。正如他在《〈丰乳肥臀〉解》中所说:“一旦把母亲和大地联系在一起,我的眼前便一望无垠地展开了高密东北乡广袤的土地:清清的河水在那片土地上流淌,繁茂的庄稼在那片土地上生长。既有‘天地不仁以万物为刍狗’,更有‘天地厚德以载万物’。母亲其实也是大地之子,母亲并不是大地,但母亲具有大地的品格,厚德载物,任劳任怨,默默无言,无私奉献。大言希声,大象无形,大之至哉!所以为母亲歌唱必须为大地歌唱,因此歌唱母亲也就是歌唱大地。”③

总之,母亲的生命力量力量植根于中华大地,凝聚为民族文化传统,因而是一种沉厚坚韧、不屈不挠的生命力量。这自然来自作家的生命意识。体现生命意识的原型还有很多,前面的红高粱、红萝卜、红蝗等意象,乃至“高粱殡”、猫腔等习俗,都包含了生命意识的因素。

2.激烈的抗争精神。莫言的许多小说描写了高密儿女的民族反抗斗争。从这些作品中,可以解析出一组“硬汉”原型。如《红高粱家族》中的罗汉大爷、余占鳌,《丰乳肥臀》中的司马库,《檀香刑》中的孙丙以及《生死疲劳》中的蓝脸等。“硬汉”性格具有传奇性和混沌性。《红高粱》中的刘罗汉,平时隐忍、木讷,危急时刻却大义凛然。其名“罗汉”为佛教神灵,死后果然显灵,是日夜降大雨,其尸体神秘失踪,给他行刑的孙五,则神经错乱,口眼歪斜。表现出鲜明的传奇性。余占鳌,意为“我独占鳌头”,名字充满霸气。他虽为土匪,却无奸淫妇女、烧杀抢掠的恶行。他为了自己的野合杀死单家父子,却又杀死同母亲相好的和尚。表现出性格的混沌性。这使人想起齐鲁的响马文化。余占鳌就是一位现代

---

① 莫言:《〈丰乳肥臀〉解》,《光明日报》1995 年 11 月 25 日。

② 傅道彬:《晚唐钟声——中国文学的原型批评》,北京大学出版社 2007 年版,第 39 页。

③ 莫言:《〈丰乳肥臀〉解》,《光明日报》1995 年 11 月 25 日。

响马。他奋勇抗击外来侵略者，在民族气节上，无可挑剔；但他在高密称王称霸，同国、共两方抗日武装争夺地盘和武器，还发行骑虎票子盘剥高密民百姓。《檀香刑》中的孙丙也是一位现代响马，其行为有很强的自发性。由于缺乏理性和理想的烛照，其性格常常是是非含混，善恶杂陈，如同莫言所说的"最英雄好汉最王八蛋"。然而，这正是绿林好汉这类民间英雄的原生态。

从传统文化的阴阳二元范畴看，"硬汉"原型无疑属于阳刚一类。莫言不仅塑造了从不弯折的硬汉余占鳌，还塑造了性格复杂硬汉罗汉大爷。胡河清分析说："罗汉大爷的性格在日常生活中偏近于'静'，忍气吞声，逆来顺受（这中间莫言并未一味美化，也有对这种包含着愚昧、麻木的性格特点的尖锐的暴露），但他那似乎已经凝固了的血液底下，却又潜藏着中国被压迫人民世代积淀着的那股元阳之气。'临大节而不可夺，是谓不俗'，在事关乎人格最高尊严、民族最高气节的关头，他的阳刚气概如海底之火山直冲霄汉，也因其平下深藏不露，而一旦爆发，便见有无限的力量与威势。"①罗汉大爷的"静"，颇似我国的阴性文化传统，"静"中潜藏着"元阳之气"，可见温柔敦厚的儒家文化内蕴着不屈的阳刚精神。这便是阴阳文化的辩证法。无论何种硬汉，其共同性格指向都是反抗、抗争，莫言笔下的硬汉几乎都是反抗侵略的民族英雄。因而，硬汉原型的深层含义是激烈的抗争精神。这种精神不仅体现在"硬汉"原型中，在前述红萝卜、红高粱、野合、"檀香刑"、"猫腔"等原型意象中均有体现。

3.空灵的童真心态。莫言小说塑造了许多儿童形象，如《枯河》中的小虎、《透明的红萝卜》中的黑孩、《红高粱》中的豆官、《罪过》中的大福子、《拇指铐》中的阿义……尤引注意的是一系列顽童形象，如《夜渔》《姑妈的宝刀》《牛》等作品中的"我"，《四十一炮》中的"炮孩子"罗小通，《生死疲劳》中的"莫言"等。《飞艇》《姑妈的宝刀》《我们的七叔》《牛》《四十一炮》等还都采用了儿童叙事视角。其中最有学术分析意义的，是作为叙事者的顽童形象。如中篇小说《牛》。

《牛》具有"文本间性"，许多叙事因素都在以前的小说中出现过。叙事者"我"的名字——罗汉，使人想到《红高粱》中的英雄罗汉大爷，"我"这个罗汉却由热血英雄变成活泼调皮的乡村少年；小说开头，"我"从树上摔下来的情节见于《枯河》，但《枯河》中小虎从树上摔下来砸死了村支书的女儿，被踢打而死，"我"从树上摔下来却毫发无损；"我"的性启蒙情节在《欢乐》中也可找到，但却全没了《欢乐》中的阴郁氛围……这种"文本间性"，形成"我"同多位顽童叙事者的联系，或者说，"我"是顽童叙事者的集结者。如同莫言所说："他是我的诸多'儿童视角'小说中的儿童的一个首领，他用语言的浊流冲决了儿童和成人之

① 胡河清：《论阿城、莫言对人格美的追求与东方文化传统》，《当代文艺思潮》1987 年第 5 期。.

间的堤坝，也使我的所有类型的小说，在这部小说之后，彼此贯通，成为一个整体。”①这虽是谈《四十一炮》，置于此也有一定的合理性。这种视角，将记忆与想象、现实与虚构、真实与荒诞、现在与过去相交织，童年的纯真与成人的狡猾、自恋自怜的语调与夸夸其谈的炫耀熔于一炉，从而营构出一种亦真亦幻、亦实亦虚的艺术氛围。莫言说：“我想一个作家的成熟，应该是指一个作家形成了自己的风格，而所谓的风格，应该是一个作家具有了自己的独特的、不混淆于他人的叙述腔调。这个独特的腔调，并不仅仅指语言，而是指他习惯选择的故事类型、他处理这个故事的方式、他叙述这个故事时运用的形式等全部因素所营造出的那样一种独特的氛围。”②莫言的《牛》已形成他的“叙述强调”，也就标志着他的成熟。

我们用这样多的篇幅来介绍《牛》，旨在说明顽童视角的重要性。相对于成人视角，顽童视角更能显示出高密文化中的童真心态。如同季红真对《食草家族》的论述：“第一人称的演述方式……在揭示掌握话语权的阶层道德虚伪的同时，也自我定位在文明礼法之处，这意味着拒绝接受成人礼的各种相关仪式，并且固守着儿童的率真，像安徒生童话中那个惟一说真话的赤裸儿童。这样的视角使他无论面对历史还是现实，都有着一份赤诚。这是一个反文化的角度，充满了恶作剧一样的顽童智慧……”③

我们可以把莫言小说中众多的顽童形象和顽童视角，看作一种“顽童”原型。这种“顽童”原型的特点是以顽童的视角、顽童的眼光看待周围的世界。莫言小说中的“顽童”视角，因为拥有神奇的想象力和泛灵思维，因而与高密文化中的鬼神文化相通。高密文化中鬼神文化的形成，源于其泛神论色彩的动、植物崇拜意识。高密的鬼神文化，也是齐地鬼神文化的体现。齐地有悠久的鬼神文化传统，并产生了蒲松龄的《聊斋志异》。莫言也深受鬼神文化影响，在 1990 年代初创作的一组短篇小说，可称现代《聊斋》。其中的《灵药》《铁孩》《夜渔》《金鲤》等篇目，以顽童视角描绘亦真亦幻的乡村生活，颇得高密鬼神文化的神韵。“莫言笔下的顽童更多地以乡土为背景，他们充满想象力的胡闹是和民间文化的基本精神高度一致的。”④鬼神文化与顽童形象、顽童视角的相通之处，即在于泛灵思维。鬼神文化是人类童年的产物，而一个人的神奇想象，是他童年的产物。莫言将二者结合起来，便使得顽童视角具有了丰富的集体无意识内涵。高

---

① 吴义勤：《有一种叙述叫“莫言叙述”》，《文艺报》2003 年 7 月 22 日。

② 莫言：《锁孔里的房间——影响我的 10 部短篇小说》，新世界出版社 1999 年版，第 1—2 页。

③ 季红真：《神话结构的自由置换——试论莫言长篇小说的文体创新》，《当代作家评论》2006 年第 6 期。

④ 季红真：《神话结构的自由置换——试论莫言长篇小说的文体创新》，《当代作家评论》2006 年第 6 期。

密文化的氛围孕育了莫言这个“精灵”，莫言则奉献了“顽童”原型。当以“顽童”的眼光看待世界时，一切丑恶现象都变得可笑，一切卑贱行为都变得可怜，一切苦难生活变得并不可怕。于是，顽童视角强化着高密人的生命力量、抗争信心和乐观主义精神。

第四节 “与对手一起扭扯着跳崖”
——张炜《你在高原》的主题原型

张炜的《你在高原》10部39卷450万字，是文学史上罕见的超级长篇。张炜追溯本书的创作缘起时道：“我起意的时候是20世纪80年代中。我动手写第一笔的时候是80年代末。如果事先知道这条长路最终会怎样崎岖坎坷，我或许畏惧止步。但我说过，那实在是盛年的举意，用书中的一个人物的话说，即当时是——‘冒长的思想，浩繁的记录，生猛的身心’——这样一种状态下的产物。”① 其实，这并不仅仅是作家“盛年的举意”，而是长期积累的“有准备”的产物：“从上世纪80年代后期开始，作为专业作家的张炜即划定一个区域开始踏勘工作，这种田野调查包括了对自然的考察和对风土人情的考察。这里既是他的出生地和生长地，也是多年文学创作的源头之地。青少年时期的生活积累和重新回归故土的生活经验，使他萌生了创作一部史诗性作品的冲动。而后来的行走大地，博览群书，更为这部作品奠定了坚实的基础。”②正因如此，作家说：“在终于完成这场漫长的劳作之后，有一种穿越旷邈和远征跋涉的感觉。回视这部记录，心底每每生出这样的概叹：这无一不是他们的亲身所历，又无一不是某种虚构。这是一部超长时空中的各色心史，跨越久远又如此斑驳。但它的主要部分还是一批五十年代生人的故事，因为记录者认为：这一代人经历的是一段极为特殊的生命历程。无论这之前还是这之后，在相当的一个历史时期内，这些人都将是具有非凡意义的枢纽式人物。不了解这批人，不深入研究他们身与心的生存，也就不会理解这个民族的现在和未来。”③在第八届茅盾文学奖的获奖作品中，《你在高原》排在首位，它获得的授奖词是：“《你在高原》是‘长长的行走之书’，在广袤大地上，在现实和历史之间，诚挚凝视中国人的生活和命运，不懈求索理想的‘高原’。张炜沉静、坚韧的写作，以巨大的规模和整体性视野表现人与世界的关系，在长达十部的篇幅中，他保持着饱满的诗情和充沛的叙事力量，为理想主

① 张炜：《你在高原·自序》，《你在高原·家族》，作家出版社2010年版。
② 铁凝：《在创作之路上的攀登与超越》，《文艺报》2010年9月15日。
③ 张炜：《你在高原·自序》，《你在高原·家族》，作家出版社2010年版。

义者绘制了气象万千的精神图谱。《你在高原》恢弘壮阔的浪漫品格，对生命意义的探寻和追问，有力地彰显了文学对人生崇高境界的信念和向往。”

《你在高原》包括《家族》《橡树路》《海客谈瀛洲》《鹿眼》《忆阿雅》《我的田园》《人的杂志》《荒原纪事》《曙光与暮色》《无边的游荡》10 部。我读《你在高原》，最为深刻的感受是那带有神秘色彩的象征性和诗意，其深层内涵则是荣格说的原型。

弗莱认为，“原型就是一些联想群，与符号不同，它们是复杂可变化的。在既定的语境之中，它们常常有大量特别的已知联想物，这些联想物都是可以交际传播的，因为特定文化中的大多数人都很熟悉它们。”[①]无独有偶，张炜也在《荒原纪事》的《缀章：小白笔记》中通过人物之口说明自己刻意创造着这种“联想群”：

> 为了自身的可转述性和通俗性，三先生他们拾起了那个乌坶王的故事。我不但没有以嬉戏的心情去轻薄它，反而愿意和宁一起去挖掘它简易浅直的外表遮盖下的所有内涵。
>
> 有一些符号是颇能引申和指代的。比如我的查查、那个家伙、我、基金会的女上司、原来的大机关、那个首长……所有人都在这个神话模型里时隐时现。
>
> （《荒原纪事》，第 428 页）

每个联想群都是“颇能隐身和指代”的符号，从《你在高原》各部中不难找到这样的符号，如：橡树路、瀛洲、鹿眼、阿雅、葡萄园、大李子树、荒原、流浪者、大鸟、乌坶王、煞神老母、思琳城、阿蕴庄……以下择其要者解读之。

（一）橡树路

橡树路在《橡树路》有集中的讲述，之后各部的故事都或多或少与橡树路有关。橡树路成了在《你在高原》中反复出现的“并因此而具有了约定性的文学象征或象征群”。

橡树路是“我”所在城市的一个城区。它是这个千年城市的最优美去处：“一片树林和草地上，浅红色和棕色的小楼在树丛后面闪闪烁烁；像教堂和城堡似的尖顶耸立着；再远一点好像还有小湖，有溪流……到处都一片静谧。”（《橡树路》，第 7 页）“它美丽得让人惶惑，让人心里发紧。”（《橡树路》，第 8 页）这片奇妙之地已有二百多年的历史，原为外国人建造的“租界”，之后总是居住着一

① 弗莱：《作为原型的象征》，见叶舒宪选编：《神话—原型批评》，陕西师范大学出版社 1986 年版，第 155 页。

些特别人物。他们都是这座城市的主宰者。而今居住的是解放这座城市的功臣,也是决定这座城市命运的离休或即将离休的"首长"们。他们在战争年代舍生忘死,功劳卓著,但长期拥有权力,形成他们强烈的"权力意志",他们变得冷漠、自私、保守。因为这里历来居住的都是大富人大官家,腐化淫逸无度,死后恶习不改,生出一代代荒淫邪僻的风流鬼,因而出现不少闹鬼的"凶宅"。80年代初社会开放,橡树路的年轻人聚在一起跳舞、看内部电影。凶宅的风流鬼们便乘机糟蹋和引诱他(她)们,使其性欲疯狂发作,终于酿成群奸乱宿、彻夜淫荡的混乱局面。这种混乱触怒了橡树路的"首长"们,于是开展了一场"严打",二十余人受审判,四人被处死……

按着尼采的理论,权力意志倡导"贵族的道德",主张以"无情主义的憎恨"为基础,不惜以残忍的战争进行征服、扩张,使低级的人、奴隶、群氓服从强者的权力意志。这就是最大的善。如此看,橡树路无疑是权力意志的隐喻。如果说"首长们"体现的是橡树路权力意志的"现在"和"朝堂",那么鬼魂们体现的则是其"过去"和"在野"。"在野"的鬼魂们已经失去昔日的权力和钱财,剩下的便是疯狂的性欲,于是变成了风流鬼。它们以鬼魂的本领奸占青年男女,并以疯狂的性欲唤醒他们的"心魔",一批好端端的青年男女陷入淫恶的深渊。橡树路的"鬼魂们"将青年们引上罪恶的道路,橡树路的"首长们"又以"严打"将他们置于死地。青年们的悲剧可说是"鬼魂"和"首长"联手共谋。"首长"与鬼魂有微妙的关系:新中国成立之初,社会风气纯正,鬼魂不敢作祟;80年代以来,鬼魂开始作祟,进而纠缠首长,苍白青年的父亲便被鬼魂缠住,幸得嫪们儿驱鬼相救,父亲死后,鬼魂愈加猖狂,嫪们儿驱鬼无效,宅院变为凶宅,并酿成苍白青年陷落深渊的悲剧。这种"鬼进人退",隐喻着当年革命者的浩然之气日益减损,其"心魔"却与日俱增,鬼魂与"心魔"联手使"首长"们陷入鬼魂的落网中。"我"与橡树路的梅子恋爱时,对未来的岳父便产生这样的幻觉:"我觉得有一股冰凉的风正从一座老宅吹来,那儿是魔鬼徘徊之地。那些魔鬼在教唆一个脸庞瘦削的老男人,让他锁眉横眼地望过来,让我一开眼就打个寒战。"(《橡树路》,第57页)这正是首长与鬼魂合谋的隐喻。这一切,使橡树路成为一个"恶"的所在。

无独有偶,在东部平原北庄也有一个橡树路。建造这个橡树路的是以金仲为总裁的环球集团。北庄橡树路完全模仿城里橡树路,而且路更宽楼更大,与原北庄的寒酸形成鲜明比照。住进橡树路的都是车间主任、副经理、分公司经理和引进的技术人员,是北庄和环球集团命运的主宰者。环球集团巨大财富榨取的背后是雇佣童工,盘剥、镇压工人,污染河流海湾……这种主宰与被主宰的关系与城里的橡树路别无二致。集团的宾馆也充斥着风流鬼,在那里上班的女娃们都惨遭它们的糟蹋和折磨,独臂村民的女儿便因不堪受辱而自杀。金仲对此却置若罔闻,因为"那些鬼魂和他是一伙的,它们帮他一捆一捆往回搬弄钱财"(独臂村民语)。如此看,环球集团的主宰者们与鬼魂勾结,不择手段地赚钱,北庄的橡树路也是一个“恶”的所在。如果说城里的橡树路是意志权力的“恶”,北庄的橡树路则是金钱欲望的“恶”。

城、乡橡树路也在联手共谋,嫪们儿是联手的桥梁。他在解放战争时期是支前队长,合作化时期是劳模,长期担任“村头”,与“首长”(苍白青年的父亲)长期交往。还是在“首长”的帮助和扶植下创建了环球集团。当他把集团交给义子金仲之后,集团的恶性因素伴随他的衰老而滋长。一个有趣的隐喻是,嫪们儿年轻时本是镇鬼高手,但衰老的嫪们儿既镇服不了首长凶宅里的鬼,又镇服不了北庄的鬼。《橡树路》写到“我”的一个梦:嫪们儿“一边微笑一边往前,两手平甩着走过去(这叫“摸着良心走路”)”,我们在大山里见过的那个盲人“只一拳就把那张脸捣破了,原来这是纸糊的一张假面”。(《橡树路》,第366页)“那个盲人”是长期遭受迫害而致残的善良人,善良人捣毁嫪们儿的假面,可见他早已失掉“良心”。城、乡橡树路的联手是政治权力与金线欲望的合谋,也是传统的官本位意识同现代市场的合谋。这种联手形成的合力是一种分布广泛的恶性力量,它以强大的动量影响和污染着城乡社会。

综上所述,“橡树路”已建构起一个复合主题原型,其含义是,城市橡树路“首长”和历代鬼魂交织成的权力意志,乡村企业集团与鬼魂交织成的金钱欲望,以及权力意志与金钱欲望的联手共谋,像一只无形的黑手,把持和制约着城乡社会。这种主题原型在此后的各部中屡屡出现,《海客谈瀛洲》《鹿眼》《忆阿雅》《我的田园》《人的杂志》《曙光与暮色》《荒原纪事》《无边的游荡》等都写到这只有形和无形的黑手。如此,批判遍及社会的权力意志、金钱欲望以及权力与金钱的合谋,成为《你在高原》的一个重要主题。

《荒原纪事》和《无边的游荡》还分别写了乌坶王、煞神老母和大鸟的神话。乌坶王是随大神开辟混沌世界的有功之臣,因感到分配不公而怨恨;煞神老母是大神的妃子,因争风吃醋阴险伤人被放逐。于是二位联手反对大神,抢占大神爱妃合欢仙子的封地,还怂恿蚂蚱神和风婆子,将平原上的绿色植物扫荡已尽。煞神老母还与山魈交媾生出众多恶的子孙。乌坶王争的是“权”,煞神老母争的是“性”,其儿孙也因性而恶——这恰如橡树路的“首长”和鬼魂。那将平原上的绿色植物扫荡已尽的风婆子和蚂蚱神,又颇似污染环境的企业集团。因而乌坶王和煞神老母的神话可看做橡树路母题的呼应。关于大鸟神话,古东夷有以鸟名官的传说,认为一个大的氏族其实就是一个庞大的鸟群,人即鸟,鸟即人。人世间有“大鸟会”,人鸟交往,热烈非凡。大鸟赶会可对人进行戏弄和支配。大鸟性好淫,常幻化成人形到人间与年轻姑娘交合,或将姑娘带到鸟国取乐,却不能结为永久夫妻,造成一个个人间家庭悲剧。大鸟族同样隐喻着“权”与“性”,也与橡树路原型呼应。两则神话的引入,使小说增加了地域文化色彩和诗意;同时，如果说企业集团是现实视角，“首长”是历史视角，鬼魂是民间视角，这里又增加了神话视角，见出作家艺术视野的开阔性。

其实，《你在高原》所写的权力和金钱也是一个复杂的所在。它们是恶中有善，善恶同体，彼此冲突，相互消长。橡树路的“首长”们大都由出生入死的光荣历史，即使在现实中他们也有正义之举，霍闻海在文革中尽力保护知识分子；岳贞黎为报答恩人，不仅收凯平为义子，而且自己未曾生育；“我”的岳父在更多情况下保持者人格的自尊……那些腰缠万贯的集团总裁们也偶有善举，娌们儿为集体创业几乎倾家荡产，为节约出差路费，与金仲在漫天大雪中步行三百里回家；“秃头公司”的老板淡泊简朴，勤于读书，不仅解救了荷荷，还帮助凯平渡过难关；阿蕴庄的亿万富翁“穆老板”竟是我们的好友林蕖，他常因自己的“成功”造就了更多的苦难和贫穷而自责；大鸟的淫欲虽然造成众多家庭悲剧，也有始终不渝的人鸟之恋……然而，个人的道德品行难以对抗历史的潮流，如同凯平评论“秃头老鹰”：“我发现老板也怀疑自己的事业，可是他得让它运转下去……”也像林蕖说的：“没有任何力量阻止这座城市迅速走向下流。”

对于这种善恶消长，作家进行了人类学和宇宙性思考。《橡树路》中的许艮教授收集了澳大利亚古墓、南美洲秘密隧道、美国海底大道、非洲20亿年前核反应堆、埃及金字塔中木乃伊人造心脏等众多如谜的史前资料。他认为，这些成就如果不是外星人造访地球留下的痕迹，就只能说，在现代人类文明之前已出现过一届或几届史前文明。这些史前文明周期性消失，如果不是因为宇宙的突兀灾变，只能是人类自身造成的灾难。这是因为，世界上的一切都在积累，可是唯有通向人类心灵的那一切，即善的积累是那么困难；而恶的积累却始终难以遏制。科技的积累介乎善与恶的积累之间，是一个自然而然的过程。“如果善的积累不能远远地超过恶的积累，那么科技的积累迟早要与恶的积累找到一个交汇点，那就势必带来一场大毁灭。”（《橡树路》，第174页）史前文明的周期性消失就是这种“毁灭”的结果。这种思考虽然有很大的假定性，但思考的开阔与深入以及强烈的人类忧患意识无疑值得肯定。

（二）阿雅

在《忆阿雅》中，阿雅是贯穿始终的动物意象。它漂亮得让人吃惊：黄色的皮毛，光洁得像缎子；粗粗的尾巴，毛儿蓬松；短短的前爪，极为灵巧有力；鼻梁从脑瓜那儿往下拉成一道直线，很尖很尖；深棕色的胡须，粉红色的小鼻孔，尖细洁白的牙齿，那对眼睛啊，是真正的金色，闪烁不停……吃惊便不免惊呼：“啊——呀（雅）——”“阿雅”由此而得名。外祖母给“我”讲了阿雅的故事：所有的大户人家，要想获得永久的幸福就必须暗暗结交阿雅。一个大户人家便因结交阿雅而人财两旺，老主人临死时含泪向阿雅托孤。之后，忠诚的阿雅每日清晨从南山给小主人叼回一颗金粒。若干年后，金粒已尽，它便叼回白金粒，儿孙们不识白金，开始责骂羞辱阿雅，进而毁其巢穴，害其性命；阿雅在屈辱痛苦中仍不忘对老主人的许诺，一次次为主人叼回白金，终至有一天却被铁夹子夹住前爪。阿雅在惨遭杀害之前，终于奋力挣脱，逃往森林。从此告别了为人类服务的历史……这是一个凄美的民间传说，一方面，阿雅一诺千金，在一次次的历险中坚忍执着地履行着自己的诺言，具有讲求信义的美好道德；另一方面，阿雅又一次次遭受小主人的摧残，摧残者则表现出人性的恶劣和残忍。《忆阿雅》还写了现实的摧残者卢叔。他用皮套逮住一只雌阿雅，又用饥饿的办法将其驯服；阿雅生了四个孩子后，他又借父亲看望孩子的机会抓捕了雄阿雅，雄阿雅绝食而死，又被卢叔残忍地剥了皮。雌阿雅不断生崽，形成一个阿雅大家庭，小阿雅不断被卢叔卖掉，剥皮，他还关住小阿雅以防雌阿雅逃走。后来，他竟然将大部分小阿雅阉掉，致使他们丧失生命活力，形成“种的退化”……

阿雅有身体的至美，又有心灵的至善，至善至美则是阿雅的全部内涵；然而这种至善至美的品格又在现实中不断受到伤害与摧残。作家将阿雅与人物命运“异质同构”，进行由自然及社会，由理想及现实的思考。如，我与柏慧热恋中称她作“阿雅”；雄阿雅绝食而死前与雌阿雅、小阿雅凄婉诀别，我父亲半世英雄却遭冤案唯得家庭温暖，一如阿雅；年轻的革命者遭冤案却不逃跑而受死，因为“他们是阿雅”；口吃的老教授在农场受尽折磨却痴心科研如阿雅，父亲逃出魔窟般的水利工地，因怕牵连妻儿重又返回亦如阿雅……这种异质同构不仅形成“天人合一”、“心物交感”的诗意和象征性，而且将小说的多条叙事线索，包括阿雅的神话线、我的家族历史线、我的爱情家庭朋友线、阿蕴庄的现实生活线等纽结到一起，生发出一种“阿雅精神”。阿雅精神可从两个方面解读：一是家庭伦理之爱。从阿雅看，雄阿雅为看望妻儿被捕，在它绝食的日子里，雌阿雅默默地守着它，孩子们为它唱着凄婉的歌。从人间看，柏慧热烈而真挚地爱着“我”，无意中对“我”造成伤害后又极力挽回，并又形成她终生的愧疚；外祖母和母亲为了“我”和父亲受尽人间坎坷，乃至孤独地离开人世；父亲因想念妻儿而逃离工地，又怕连累妻儿而返回；梅子倾心爱着“我”和儿子，在“我”到处奔波的日子里，苦苦独撑着我们的家庭；口吃教授的儿媳到农场侍奉老人，惨遭凌辱后自杀……这一切体现着以血缘伦理为纽带的仁爱精神。二是对主人、事业的痴情。阿雅被小主人一次次伤害，仍忍辱负重地履行诺言；革命队伍初创时期被误杀的英雄们，即使知道被杀也不会逃跑，就是跑了还会回来；父亲为革命出生入死，革命后却陷入冤案，蹲监狱，服苦役，默默地忍受着肉体和精神的双重折磨；口吃教授被投进农场劳改，还苦苦思考写地质学著作的事……这里充满着忠诚与信义，是一种讲求忠义的文化品格。不妨将“阿雅精神”概括为仁爱忠义的文化精神。

如前所述，齐鲁之地曾出现三位文化巨人：孔子、孟子、墨子，他们共同构建了由血缘伦理关系推及全社会的仁爱思想。这既是民族文化精神，又是齐鲁文化性格。仁爱忠义的阿雅精神无疑是齐鲁文化性格的体现。

在《你在高原》中，与阿雅相类的意象还有鹿眼、大李子树等，鹿眼是善良纯洁的少女的隐喻，大李子树是慈爱的外祖母的象征，都有仁爱忠义的品格，可以说是阿雅意象的辅助意象。

阿雅来自丛林，仁爱忠义的阿雅精神自然也就来自丛林乡野。作家这种思考始终贯穿于小说中。开篇写“我”与柏慧的恋爱，本是在城市的高等学府，作者却将其安排在学农的废饲料厂的“厚厚的干草上”，浓烈的干草味奇香无比，“使人身上涌起一股特意的冲动”。“干草味”成了爱的催化剂。《你在高原》中的许多美丽的姑娘都有迷人的干草味。正因如此，“我”把柏慧这个城市女儿视为阿雅。大山探访时，梅子向“我”讲述：她父亲自幼饥寒交迫，尝尽人间苦难；母亲是外祖父母讨饭流浪中捡来的“草包”里的孩子，外祖父饿死，母女做女佣又饱受折磨凌辱，女儿逃离东家参加武工队……我突然觉得岳父母也“是贫穷的孩子，是山草”。“伪学者”柏老也有苦难的经历，也是一株幸而没有死亡的山草……半夜里，“我”似乎看到阿雅和山草的窃窃私语，“它在山草中穿行，张望、依偎。最后它终于明白了：原来自己也是一蓬山草啊……”如此，作家将旷野山草视为阿雅精神的本原，凡是同山野和底层休戚相关的，都是阿雅。岳父、柏老，以及其他各部中写到的橡树路的“首长”诸如岳贞黎、霍闻海、吕南老等，都曾经是阿雅；那些劣迹斑斑的经理老板们也曾有怜悯之心，如林蕖对贫富两极分化的忧虑，秃头老鹰对员工的关心和帮助，婺们儿卖家产创业等，都有阿雅的一面。如此，阿雅精神的承载者就不断发生变化，世间的善恶也在相互冲突中彼此消长。

阿雅精神的动态变化也有一定之规。《阿雅》的最后一章如此写“我”和阿雅的心灵感应：

> 阿雅：我是从小就被告知了要保护他的那只阿雅，自打他跑出海边茅屋的那一刻我就一直跟在身后，随他跑遍了千山万水。一路跟紧了尾随了，过高山涉大河，一点闪失都没有。但是，他一头扎进了城里，那是我们阿雅最害怕最陌生的地方，到底还是跟丢了，从此我们俩天各一方。
>
> “我”：我是这样一个孩子，我从遥远的海边丛林和山地走来，双脚皲裂，衣衫褴褛，一不小心闯进城里，我迷路了。我在曲折狭窄的街区里踟蹰着，眼看就到了中年。我发现自己跨不进任何一个门槛，哪儿都不属于我，我也不属于他们。
>
> （第 24 章）

阿雅这个灵性的神物进不了现代城市，我这个山林乡野的孩子进入城市便心灵迷失，张炜似乎框定了这样的公式：乡村、山野、底层生发阿雅精神，是美善的发祥地，城市、市场、权力毁灭阿雅精神，是丑恶的渊源。乡野的人们进入城市，就会丧失阿雅精神，如橡树路的“首长”们；城市的人们来到乡村，也会获得阿雅精神，如吕擎、阳子等。城市体现着现代，乡村山野体现着传统。当下的现实是：现代的城市一步步吞噬着传统的乡村，恶一步步吞噬着善，阿雅精神不断地萎靡弱化。社会的拯救之路是“融入野地”。这种思想，张炜在《你在高原》之前的小说、散文中多有表述，评论界也多有争议。笔者以为，这是一个比较复杂的现代性问题。现代性包括社会现代性和审美现代性，审美现代性作为普遍原则常常社会现代性进行“反思性监测”。文学作为现代性的审美存在便负有双重使命：一方面，直接表达社会现代性意义，为那些历史变革开道呐喊；另一方面，又不断对现代性的历史变革进行质疑和反思，寻找现代和历史的联系。张炜的“阿雅精神”和“融入野地”的思考，“不断对现代性的历史变革进行质疑和反思”，虽然是以张扬传统的保守方式表现出来，却是一种深刻的“审美现代性”。但我们在阅读中明显感觉到，张炜对现代、城市、市场充满着憎恶、怨恨，进行了过多的否定，对乡村、山野进行了过多的美化。这种“审美现代性”具有明显的守旧性，故而人们称他为“保守主义者”。

（三）葡萄园（田园）

在《我的田园》《人的杂志》中，作家集中描写了葡萄园和田园，其他各部中亦有相应的描写。这里讲的葡萄园（田园）意象包括四个：“我”买下并经营的葡萄园，毛玉的葡萄园，“我”幼时的家园、莱夷人的田园。

“我”的葡萄园。在《我的田园》中，“我”在幼时家园附近买下一片废旧葡萄园，并辞掉公职来这里经营，与拐子四哥、万蕙、鼓额、肖明子组成一个和谐的“葡萄园之家”；周围还有许多友善的邻居：园艺场的肖潇和罗玲，海草小屋的毛玉，酒厂的武早，村子里的老经叔……和谐的“葡萄园之家”与“友善邻居”构成美好和谐的小社会。“外面下着大雪，而这里的春天却宽阔得没有边缘”，正是对和谐小社会的写照。这个小社会居于旷野大地，因而“我”感到：“有时对于生命来说，旷野就是一切。旷野解放了人的眼睛、四肢，更有人的心。”“我明白：自己属于一片无边无际的野地，我只有与泥地、泥土上滋生的这一切面面相对时，才会感到安逸和愉悦。”（《我的田园》，第358—359页）

在《人的杂志》中，“我”又突发奇想，决定在葡萄园办一份杂志和一个酒厂。于是接管了城里一份即将倒闭的杂志，与当地小城文化界合作，由吕擎、阳子负责，办起了《葡萄园纪事》；同时与当地镇上的书记、副书记合作，由武早担任酿酒师，办起葡萄酒厂。这就就形成一个集印刷、酿酒、种植和出版一条龙的“托拉斯”。“葡萄园之家”变成“葡萄园家族”。祥研之,“托拉斯”的基础是葡萄园,葡萄园完全是传统的人工生产方式;酿酒师武早造酒的方法更原始:脚踩、木铲搅、锅熬、席子晾;杂志又是表现葡萄园生活的《葡萄园纪事》。可见,这个“托拉斯”并不是现代化的,而是回归旧日田园的乌托邦。小说如此描写“葡萄园家族”的“葡萄园之夜”:

> 冰凉的月光下,肖明子吹响了笛子。那种笛音是万蕙和拐子四哥最喜欢的。月光下,在闪亮的葡萄叶的露珠上凝聚了多少故事。多么好的夜晚哪,在这笛声里,我看到罗玲来了,默默地在他身边坐了。笛声在安静的夜色里可以传向很远。野鸡的叫声被压过了,大海滩上只有着冰凉的笛声,像一曲温暖的、在夜空和树隙里流动的爱情故事。这笛声里,我惊奇地发现武早一动不动,静静地听着,目光望着黑黢黢的葡萄藤蔓……我走近了武早,他握住了我的手,鼻音很重地说;“我一抬头就看到了,瞧他就在月亮下边”

明月、笛声、露珠、野鸡、大海、树隙、葡萄藤……都是我国传统诗文的审美意象,众多意象编织出的优美意境使我们想起许多优美的诗句。如,“鸡声茅店月,人迹板桥霜”,“明月别枝惊鹊,清风半夜鸣蝉”,“江天一色无纤尘,皎皎空中孤月轮”,“海上生明月,天涯共此时”……这种古典意境美与自然、原始的“葡萄托拉斯”、带有伦理色彩的“葡萄园家族”共同阐释者作家回归田园的思考。

毛玉的葡萄园。毛玉的丈夫是铁力沌,铁力沌系筋经门逸客。筋经门系道家一门,专于筋络路数。铁力沌自幼得高人真传,武艺精绝,但因屡犯门规而被逐出门派,自湖北流落到胶东半岛,在海边开了一大片葡萄园,园中建一座海草房,过着果农生活。铁力沌因惩治土匪而名声大震,各路土匪队伍纷纷邀其入伙,铁力沌都一一谢绝。毛玉是纵队首长沙司令的机要员,因了解沙误杀五位首长,又栽赃警卫班长的内幕,为自保而逃离纵队,流落到铁力沌的葡萄园,与铁结为夫妻。后遭沙追杀,铁力沌惨死,毛玉被捕,与沙定下“井水不犯河水”的君子协定。之后毛玉终老铁力沌的葡萄园。

铁力沌和毛玉,一个是传统宗教道家筋经门精英;一个是现代革命战士,当他们由于种种原因离开自己的群体之后,人性的善使他们真挚相爱。葡萄园就是他们人性善和生死爱的载体,是传统与现代相结合的共同家园。

“我”幼时的田园。“我”幼时的家园是外祖父家的男仆清滆在海边开出的一片果园。父母的家庭败落后,母亲和外祖母离开曲府投奔清滆,在这里过起田园生活。这里是外祖母、母亲、父亲最后的归宿。其实,这也是半岛东部两个大家族的归宿。一个是山乡的巨富——“我”的父系宁家。这是一个农耕家族,创业者是“老老爷”,他凭着自己的勤劳和精明拥有了上万亩山地,筑起了带有角楼的土围子,最后的土地已难以数计。宁家虽出了离家经商并参加革命党的宁周义,但到头来终是农耕家族,“我”的父亲宁伽是一位出身农家的革命者。一个是小城的巨富——我的母系曲家。这是一个工商家族,创始者是曲贞,因开金矿而发迹,还当上了第三任督办,官居五品;但正值春风得意之时,他又突然辞去督办一职,转而在海北和南方几个大城市兴办铁厂和纺织业,由官商转变为自由实业家。将曲家推上鼎盛的是曲贞之孙,是时,曲家已成为宁、战、曲三巨富之首,其子曲予则将家族同革命风潮连在一起,是支持革命的开明绅士。"我"的母亲曲綪作为曲予的女儿,便出生在这个工商之庭。

父亲是宁氏家族的骄子,母亲是曲氏家族的才女,父母的结合可以说是两大家族的合流。合流的家庭却流落到荒原的田园茅屋,田园亦可说是两大家族的最终归宿。

古莱夷人的家园。我的远祖是莱夷人。关于莱夷的来龙去脉,一个故事说莱夷发祥于贝加尔湖地区。两个孩子(一男一女)从天而降至贝加尔湖,神秘的老奶奶将二位抚养成人,并告知他们的家乡是东夷老铁山,分属孤竹和纪族,嘱他们将来返回家乡。二人结婚生八子,几代繁衍形成众多部落。这些后代历尽艰难坎坷,返回故里,与当地同族结合,打败了戎狄人,保卫了家园。另一个故事说两个孩子降生在贝加尔湖以东的外兴安岭,其后代分布在外兴安岭南部,其中最强悍的是蒙古和布里亚特兄弟两支,他们称自己孤竹和纪,后兄弟反目,弟弟布里亚特北迁贝加尔湖畔。还有的说弟兄二人生活在勒拿河畔和贝加尔湖边,后弟弟纪和哥哥孤竹的一部分南迁,经蒙古、东北大平原到老铁山和半岛的海角。两个故事都大致说明,孤竹和纪两族原本居于东夷老铁山,后其中一部分北迁贝加尔湖畔过起游牧生活,这个游牧族的一支若干年后又迁回东夷,与当地土著合流,称莱夷。莱夷屡屡受到戎狄的侵犯,戎狄发展为炎黄联盟,势力强大,莱夷被迫撤至东部海角建东莱古国。后来强大的齐国建都临淄,莱夷人又开始了大迁徙,大部分前往贝加尔湖地区、勒拿河畔。但仍有一部分在黄河两岸隐伏下来,隐姓埋名,并慢慢汇集在孤竹和纪的故地——海角,形成一座繁荣昌盛的思琳城。思琳城,是莱夷人的故地,也是他们在东夷最后的家园。

综上所述,张炜在《你在高原》中重复着一个相同的故事:回归田园。"我"的父母、外祖母回归田园,"我"的近祖农耕的父系家族和工商的母系家族交汇在田园,"我"的远祖莱夷人经历漫长的游牧和流浪后走向定居的田园,道家文化和革命文化最终都归于田园。最令人深思的是,"我"和城里的几位朋友这些现代知识分子,竟然舍弃城里的工作,走向原始、自然的田园。如此高频率地"回归田园",与其说是作家描绘的生活现实,不如说是他的一种心理现实:田园情结。这种情结的形成同他的童年经验密切相关。

20世纪40年代末,张炜的家为避战乱从龙口市区西南部搬到海边的丛林野地,1956年他降生在丛林茅屋里。这里仅住他们一家,而且穿过林子走很远才有一个叫"灯影"的村子。因而,张炜自幼便与是丛林、鸟兽、荒野、大海为伍,很少见到人。父亲在外地工作，母亲在果园打工，他或者同外祖母在一起，或者独自去林子里玩耍，处在极大的孤独中。这一方面培养了他同大自然亲近的情感；另一方面又培养了他的冥思与幻想，同时，也形成了对社会和人群的隔膜。他说："我习惯的是无人的寂静，是更天然的生活，是这种生活对我的要求。……这就决定了我一生里的许多时候都在别人的世界里，都在与我不习惯的世界相处。"①成年的他身居喧闹的城市，却充满了回归田园的幻想："我对付它的办法就是不断地靠想象返回自己的过去，进入我的那片莽野。我觉得四十多年了，自己一直在奔向自己的莽野。我在这片莽野里跋涉了这么久，并且还要继续跋涉下去。我大概永远不能从这片莽野中脱身。"②他对田园大地充满顶礼膜拜之情：

> 一个诗人离开了田野，就不会健康地工作。你以任何名义都无妨，反正要能经常地接触土地就好。你来往于田野，嗅着泥土的气味，身上的力气就会渐渐恢复，精神也充实饱满。土地在春夏秋冬四个季节里有不同的魅力，它会把你紧紧地吸引着，让你不愿意离开它。③
>
> 土地的语言是久远深长、特别广阔的，谁能沾上一丝一毫它的气味，那就预示着一种永恒。我以为一个搞写作的人只要能真正谦虚地去学习和追求土地的精神，那就会强大——空前地增加语言的力量。④

正是这种对大地田园的顶礼膜拜，滋润出《你在高原》中一个个回归田园的故事。自然，田园意识并非张炜独有，甚至也并非现当代作家独有，但是，张炜的回归故事既有现实的，又有历史的、还有传说的；既有个人的、又有家庭的，还有社会的。像这样全方位地、决绝地"回归"，可说是张炜特色。张炜不仅描写了这种全方位的回归，而且把田园和社会、人性、道德联系起来，并确立其对应关系。他说自己的作品分为两部分："一部分直接就是对于记忆的那片天地的描绘和怀念，这里面有许多真诚的赞许。更有许多欢乐。另一部分则是对欲望和喧闹的外部世界的质疑，这里面当然有迷茫，有痛苦，有深长的遗憾。我这当中有一个发现，就是拥挤的人群对于完美的生存会有致命的破坏。他们作为个体有时是充满了建设的美好愿望的，但作为一个群体是必然要走向毁坏的。"⑤基于此，我们在各种回归故事中看到了葡萄园之家的和谐与欢乐；看到了外祖母和母亲的忍辱负重和慈爱善良，父亲的对事业的忠贞以及在坎坷面前的坚韧；看到了父系家族的质朴、勤劳和宽厚，母系家族的精明、高贵和悲悯；看到了铁力沌和毛玉

---

① 《张炜自述：野地与行吟》，中国社会出版社 2007 年版，第 137 页。

② 《张炜自述：野地与行吟》，中国社会出版社 2007 年版，第 138—139 页。

③ 《张炜自述：野地与行吟》，中国社会出版社 2007 年版，第 125 页。

④ 《张炜自述：野地与行吟》，中国社会出版社 2007 年版，第 132 页。

⑤ 《张炜自述：野地与行吟》，中国社会出版社 2007 年版，第 139 页。

的正直善良以及对爱的坚贞；看到了古莱夷人在几次南北大迁徙中表现出的生命意志和不屈不挠精神。简言之，看到了与田园相连的美好人性和道德精神。

进而思考，葡萄园（田园）意象又与阿雅意象相互印证、相互深化，共同体现着作家的创作意识。作家所描绘的富有优美的古典诗意的田园以及由此生出的人性善和道德美，与现代市场社会的生态破坏和人性堕落形成鲜明对照，于是自然美和人性善便开始对物质主义现实进行强烈的质疑。如同作家所说："世界发展到了今天，现代化进程已经遇到了空前的挑战，这些挑战分别来自大自然，来自世界伦理秩序的混乱所带来的道德沦丧。但说到底全部问题还是出在'人'本身。消费主义物质主义越来越呈现出不计后果的局部取胜、阶段取胜的倾向，令人望而生畏。"①他进而认为："没有对于物质主义的自觉反抗，没有一种不合作精神，现代科技的加入会使人类变得更加愚蠢和危险。没有清醒的人类，电脑和网络，克隆技术，基因和纳米技术，这一切现代科技就统统成了最坏最可怕的东西。"②在这里，作家表现出深刻的忧患意识和批判精神。

张炜对葡萄园和田园的描写，也表现出强烈的生态意识。但有人称他的小说是"自然生态环保文学"时，他却不同意，认为："人与自然的紧张关系就摆在那里了，这是无可回避的，所有人、所有作家都会深刻地处于这种关系中。"③但是，张炜毕竟与其他作家有不同之处。因为他幼时生在丛林，长在丛林，耳目所接，无非丛林、荒野、大海。基于童年经验对人格形成的决定作用，大自然便成为他最为刻骨铭心的记忆。以至于他在创作中常常觉得"自己有一多半的使命就是为了讲述它"。《你在高原》不但有大量自然景观的生动描写，还流淌着作家浓浓的挚爱、敬重和崇拜之情，常使读者深深感动。作家对自然的破坏表现出强烈的愤怒，并通过现实的描写告诉人们：自然环境的恶化"与人性的恶化深深地连在一起。人心变坏，大自然就变坏。……最沉重的还是人的问题，这也是作家心中永恒的主题"。④ 这正是张炜小说被视为生态小说的深层原因。

张炜现代性思考的缺陷是，"眷恋历史的连续性"却没有找到"抚平历史的断裂的鸿沟"的桥梁。他说："我只能永远地属于原来，而后来的世界我是无法真正地进入的。就是说，对于这个热热闹闹的社会而言，我可能永远保持了外来人的感觉。"⑤究其原因，他的思维更多陷于古老的地域文化和民族文化中，甚至想以这种文化改造现实。他对于葡萄园和田园的描写，常使我想起孟子的《齐桓晋文之事章》："五亩之宅，树之以桑，五十者可以衣帛矣；鸡豚狗彘之畜，无失其时，

---

① 张炜：《芳心似火——兼论齐国的恣与累》，作家出版社 2009 年版，第 24 页。

② 《张炜自述：野地与行吟》，中国社会出版社 2007 年版，第 143 页。

③ 张炜：《午夜来獾——张炜 2010 年海外演讲录》，作家出版社 2011 年版，第 253 页。

④ 张炜：《午夜来獾——张炜 2010 年海外演讲录》，作家出版社 2011 年版，第 258 页。

⑤ 《张炜自述：野地与行吟》，中国社会出版社 2007 年版，第 140 页。

七十者可以食肉矣;百亩之田,勿夺其时,八口之家,可以无饥矣;谨庠序之教,申之以孝悌之义,颁白者不负载于道路矣。”也使我想起庄子的《胠箧》描绘的神话传说时代:“当是时也,民结绳而用之,甘其食,美其服,乐其俗,安其居,邻国相望,鸡狗之声相闻,民至老死而不相往来,若此之时,则至治矣。”孟子鼓吹的是殷周时期的井田制,井田制系奴隶社会的生产方式,孟子所处战国中期已开始进入封建社会,其退回奴隶制的主张被认为是“遇远而阔于事情”,终不被见用;庄子则主张退到蒙昧的原始社会,更难与时代“合沓”。张炜找不到童年世界和现实的外部世界的联系而鼓吹回到“原来”,也不免有着齐鲁先哲的“遇远而阔于事情”。

(四)行走流浪者

张炜在《你在高原·自序》中称,这是一部“长长的行走之书”。但在作品的具体描写中,更多运用的词汇是“流浪”。因而,“流浪”和“行走”含义相近,均为“在路上”之义。《你在高原》描写了众多“在路上”的流浪行走者。一是“我”的家庭和家族中的流浪者。外祖母、母亲、父亲由城里流落到荒原;“我”父系家族中的宁吉父子、宁周义、宁珂,母系家族中的曲予等都是行走者。二是“我”的朋友和同事中的流浪者。城里朋友如庄周在“黑九月事件”后成为流浪者,林蕖虽是巨富却来去无踪不停流浪,吕擎、阳子、余泽、莉莉等自发组织山区之行,吕擎、阳子等还辞别城市来到葡萄园编杂志,纪及受迫害流落到乡下,凯平、帆帆进行着流浪奔波的爱情历险;乡间的朋友如“我”的葡萄园同事拐子四哥、万蕙、鼓额,武早,园艺场朋友肖潇、罗玲等,还有荒原民变中的领头人小白、老健、苇子,陷身于色情行业农村姑娘荷荷、小华等。三是历史中的流浪者,包括:远古史中的流浪者,如南北大迁徙的莱夷人,东渡的徐福、东巡的秦始皇等;革命史流浪者,如李胡子、“老煞神”(警卫班长)、毛玉、铁力沌,橡树路的“首长”们等;文革中的流浪者,如逃亡到栗子沟的许艮教授,身陷农场的口吃教授和儿媳,身陷农场、矿区又逃至深山的曲涴教授、他的学生路吟和在另一农场惨遭折磨的妻子淳于云嘉等。此外,“我”在流浪中又耳闻目睹许多流浪故事,如养蜂人老憨和他快乐的养蜂伙伴,思想停留在知青年代的“老羚羊”,流浪歌手,在金矿做工的小怀、加友、老五等。自然,全书最重要的流浪者还是贯穿始终的叙述者——“我”(宁伽)。这里有各种各样的流浪:现实的,历史的,传说的,神话的,个人的,家族的,社会的……如果说流浪是一种寻找,这里便有各种各样的寻找。寻找的目的是需要,各色人等也就为着各自需要不停地流浪、行走、求索、探寻,期间难免相互碰撞、联结、激励、推进,于是,行走牵连着行走,流浪推动着流浪,求索激励着求索,探寻呼唤着探寻。《你在高原》便成为一部长长的行走和求索之书。

流浪中的核心人物“我”(宁伽)不仅是贯穿全书的叙述者,而且是贯穿全书最重要的行走者。“我”出生在荒野丛林，为求生存又流落到山区，后因高考恢复改变命运，毕业后进入城市，在03所、杂志社经过一番打拼，又重返丛林田园，在城市和乡村间奔波行走……正是在这“荒野—深山—城市—田园”的流浪历程中，“我”遇到了各种各样的流浪者。“我”的流浪贯穿着各种各样的流浪，“我”的行走带动着各种各样的行走。因而，研究“我”的流浪是解读《你在高原》的一把钥匙。

小说追溯了“我”的流浪血统。“我”的父系宁家原是逃荒的流民，创业者老老爷凭着勤俭勇敢仁慈智慧发家，之后的宁吉父子便显出流浪本性，一个隐居深山，终不问农事，一个整日云游，流落南方不知所终。后辈宁珂由叔伯爷爷宁周义抚养成人。宁周义也是一位流浪者，幼年出远门求学，后又参加革命党，几经辗转，转向城里的商业活动，后又卷入半岛的一场争夺战争……宁珂从小跟宁周义长大，后来参加了革命，在半岛山区和小城之间奔波；外祖父曲予认为他是一个“奔走癖”，患有运动神经和内分泌方面的疾病，还为他配制了白色的药面……其实，外祖父何尝不是一位流浪者？他幼时到大城市读书，长大后与闵奎私奔，还到荷兰学医三年……他骑的那匹大红马则是流浪的象征。招宁珂为婿，或许是两人“流浪意识”的共鸣。小说进而追溯了我的远祖莱夷人的流浪史。如前所述，“我”的远祖孤竹和纪原居东夷老铁山，后流落到贝加尔湖附近，其中一支若干年后又返回东夷，与当地土著合流称“莱夷”。莱夷受到西部戎狄进犯，撤至东部海角建东莱古国。强大的齐国建立，东莱古国四散，大部分北徙贝加尔湖地区。少数留存者隐姓埋名，汇聚在海边的“思琳城”。在漫长的历史中不断地南北大迁徙，形成莱夷人流动的血脉：“血脉激动着莱夷人，使他们不能够停歇，不停地走，走，寻找最后的一点希望，寻找立足点，寻找自己可以作为家园的那一块陌土……面对强暴，他们永远只是一个拒绝，于是就只有迁徙，只有溃散和流浪。”（《人的杂志》，第248页）

近祖宁、曲两大家族和远祖莱夷人的流浪因子，早已化作集体无意识遗传到“我”的心理深层，如同传统照相机的底片，不断地在“我”后天的社会情境中“显影”。后天情境就是“我”的处境，张炜称作“人生支点”。“我”在流浪中不断确定“支点”又不断变换支点。确定和变换的动因便是“需要”。马克思将人的需要概括为两类：物质需要和精神需要。马斯洛提出人的七种需要，即生理需要、安全需要、爱和归属需要、尊重需要、认知需要、审美需要、自我实现需要。前两种是物质需要，后五种是精神需要。“我”的人生支点的转换有一个从物质需要到精神需要、从被迫转换到自觉转换的过程。正是在这样的转变过程中，完成了小说的主题升华。

张炜说，“一个人的出生地就应该是他的支点”。（《无边的游荡》，第14页）“我”的出生地本应该是小城。因为父亲革命有功，是小城的第三号领导人物，外祖父又是名扬四海的开明绅士，在小城拥有豪华的曲府。但外祖父在新中国成立前夕被暗杀，新中国成立后父亲又被诬为叛徒入狱，母亲和外祖母为着安全生存，被迫离开城市，来到荒原丛林。“我”便出生在这里，田园茅屋成为我的第一个人生支点。这个支点有美丽的自然，有慈爱的母亲和外祖母，有和蔼的音乐教师和亲密的玩伴，还有许多美好的传说和故事。给我留下美好的童年记忆。但是，父亲出狱归来却使“我”家陷入政治旋涡中，受到各种各样的监视和冷眼，我的年纪稍长之后，又面临到深山做苦役的危险，为了“我”的安全和前途，父母决定将我送给深山的“孟家”，“我”被迫离家流浪。但我终不愿到一个更偏远落后的深山终老一生，临近“孟家”时悄然逃逸，流浪在山村。这是第一次自我选择，已有朦胧的自我实现因素。文化大革命后时来运转，“我”考取大学，毕业后分配到人们向往的03所，进入城市并恋爱成家，做了橡树路的姑爷，由山野流浪儿变为城市宠儿。这是“我”的第二个人生支点。城市里有现代物质、文化生活，有各种新潮思想，这可以说是“我”人生的峰巅。“我”本可在这里一展宏图。但“我”血统中有着不安分的流浪探寻的因子，又是人文知识分子。于是又开始在现代制高点上探寻。探寻的路径便是以“人文精神”这个“普遍原则”审视这座现代城市。“人文精神”的核心是超越物质欲求的精神自由。于是，“我”便从归属和爱、认知、尊重、审美、自我实现等精神需要方面并开始自己的“反思性监测”行动。“我”在03所陷入一场斗争：裴济、黄湘好大喜功，主张搞“平原大开发”，朱亚、陶明通过实事求是的考察提出保护自然生态。最后是裴、黄获胜，正确的认知被否定。我支持朱、陶，认知和自我实现需要受到摧残，于是跳槽到杂志社。杂志社虽然比03所自由，但奇怪的事也连连发生：这本人文杂志却受制于劣迹斑斑的环球集团的总裁，探讨徐福东渡的历史真相却受到权威人士霍闻海的迫害……仍是认知和自我实现的悲剧。03所和杂志社的经历使“我”感受到，裴济、黄湘、环球集团与霍闻海们之所以敢指鹿为马，为所欲为，就在于他们背后有“橡树路”。橡树路是权力意志和金钱欲望合谋的象征，它已建构起庞大社会关系网。人们的各种精神需要在这里很难实现，人文精神受到极大的压抑。于是，“我”进而思考精神危机的救赎和人文精神的重建。

鉴于童年的特殊经历以及对自然美和人性美的独特感受，“我”在面对罪恶的城市时，油然想到儿时的丛林和田园。如同作家所说：“在反抗这种恐惧的同时，我越来越怀念出生地的一切。‘我’大概也在这怀念中多多少少夸大了故地之美。那里好像到处都变得可亲可爱了，再也没有了荒凉和寂寞之苦。那里的蘑菇和小兽成了多么诱人的朋友，还有空旷的大海，一望无边的水，都成了我心中最美好的世界。”①《忆阿雅》是作家这种思想的集中表现。既然人文精神在童

① 《张炜自述：野地与行吟》，中国社会出版社2007年版，第138页。

年的丛林田园，重建人文精神就需回归田园。于是，“我”在一次次重返故地之后，便在这里建立了自己的第三个人生支点：葡萄园。

“我”的葡萄园，不仅构建起集印刷、酿酒、种植和出版为一体的循环生产系统，同时集结了城市知识分子、乡村农民和工厂工人，建立起美善和谐的“葡萄园家族”。这无疑是作家构筑的现代社会的“理想国”。“理想国”初建时确也有好苗头，葡萄园丰收，酒厂造出好酒，杂志受到好评。但旋即便矛盾丛生：杂志发行部因涉黄被封，酒厂出事故，葡萄园被企业污水污染。几经努力却难起死回生，最终酒厂、杂志倒闭，葡萄园也卖给开发集团。摧毁托拉斯的背后黑手依然是“橡树路”，是权力意志和市场金钱。当着这只无形的黑手伸进丛林田园时，精神救赎的愿望便与构建理想国的努力一起化为泡影。

“我”在失去了第三个人生之点后，便开始了在平原上的“无边的游荡”。《无边的游荡》写了三个农村姑娘的故事。荷荷、小华、帆帆原本有阿雅般的美好品德，但荷荷与小华进入“秃头”公司从事色情服务，不仅受到肉体的蹂躏，而且受到精神的污染。帆帆作为橡树路岳贞黎的女佣，饱受岳的凌辱，终与心爱的凯平结为夫妻，因不堪豪子公司的滋扰，最终去地广人稀的西部高原办了一个新农场。看起来他们获得了暂时的安定与平静，但日后“橡树路”这只黑手伸向那里时，他们又将如何呢？

荒原茅屋—城市—葡萄园，“我”三个人生支点的确定和转换正是“我”的流浪行走历程，这一历程穿连起橡树路、阿雅、葡萄园（田园）三大象征群。这一切构成全书的原型意象系统。这是一个主题原型系统，它显示着作家独特的思考。他在《与对手一起跳崖》①中说道：“……总结历史，我们就会发现：在这个世界上，最容易和最快的积累是财富，但它难以保持；最不容易中断的积累是科学技术，但它会带来伤害，以至于灾难；最难以积累的是美好的思想和情感，以及管理这个世界的方法。”他认为，在美好思想与情感方面，我们收获了孔、孟、荀和屈、李、杜；在管理世界的方法上，集大成者是孔、孟、荀，其思想方法是“王道”和“仁政”。然而这一切都周期长见效慢。见效快的是财富的积累，我国古代的商鞅和管仲是这方面的代表人物。他们用极端实用主义方法迅疾获得巨大物质利益，使国家迅速强大，却破坏了伦理秩序和“仁政”，荀子视为“立功不力义”。近代又出现了凯恩斯那样的人，不仅像管仲一样洞悉人性的奥秘，熟稔于消费和生产的一整套关系，还能够运用西方的数理逻辑，严密地加以诠释和论证，这就进一步夯实了消费主义的理论基础。今天，当着消费和欲望的巨人汇合着商、管和凯恩斯进入我国时，孔孟荀那美好的人性构思便很难与之抗衡。于是，我们面临着一个悖论：失败于当下还是失败于长远。任何失败都意味着结束。张炜动情

① 张炜：《芳心似火——兼论齐国的恣与累》，作家出版社 2009 年版，第 221—225 页。

地写道：

> 当然无法结束，也不能够结束。于是只能重温商鞅和管仲，还要翻一翻凯恩斯。这就等于用对手的方法来对付对手，以求得发展和自我生存。就像中国通俗小说中常说的一句话，叫做“情知不是伴，性急且相随”：谁都知道这样做将没有明天，却一时没有更好的办法。这样做，说白了就等于和对手一起跳崖，厮打着扭扯着，一起往崖畔上走去。

现代社会的人们面对着“失败于当下还是失败于长远”的历史悲剧，如何既发展现代市场经济又不失人文精神，是一种艰难甚至无望的悖论选择，每一个现代人都面临这样的选择，都站在危耸的悬崖上，面对着与对手的一场同归于尽的搏斗。显而易见，这种思考已经超越地域和民族，已是对于人类危机和救赎的更为形而上的思考。

这就是“你在高原”的深刻含义所在。

结语　地域文学与中华文化精神

当我们运用地缘文化诗学对北京、上海、燕赵、三秦、吴越、齐鲁六个文化区进行一番考察研究之后，不无惊喜地发现，这六大区域恰在由中原区、燕山南北区、环太湖区组成的三角构架的顶点上：三秦属于中原区，燕赵、北京、齐鲁属于燕山南北区，吴越和上海属于环太湖区。其实，当初选择个案区域主要考虑的是新时期作家阵容强大，地域色彩鲜明和作品影响深远，不期竟与三角构架巧合。

中国区域结构的三角构架是我国区域结构的基本构架。从新石器时代到宋代，这一三角构架始终决定着我国的历史变迁，而三角形的顶点又始终是首都的所在地，可见，中原区、燕山南北区和环太湖区三个文明中心积淀着中华民族最为古老、丰厚的文化和历史。本书六个邦邑区的选择与三角构架不谋而合，或许可以说，六个文化区新时期文学的发达是三大文明区丰厚文化积淀的当代显现。换句话说，六区繁荣的新时期文学透视着三大文明区深厚的历史文化积淀，进而透视着中华民族的文化历史和文化精神。

本书将我国的文化区域层级分为行住文化圈、民族文化带、邦邑文化区和采地文化亚区。"六区"属于邦邑区，六区的地域小说表现的文化是邦邑文化。要研究六区地域小说透视的中华民族文化，就必须首先了解邦邑文化与中华民族文化的关系。文化学认为，地缘文化来自地缘群体，地缘群体的最小单位是"个人"，其文化是个人文化。"个人文化指特殊的个人对文化（一个知识的体系）的独特看法，在某些方面与任何其他人的看法都不同。这是个人的独特的文化观。这种个体的文化观与全社会的价值观有密切的联系，但又保持着自己的个性，使自己在价值取向、审美意识、社会行为、创造活动上都有自我的特征，这往往是文化多元发展的重要前提。"①每个人都有自己的个人空间，它是人们在自己周围划出来的、确定为自己所属的不可见区域。人们在个人空间里进行着自己的行为，包括外露的言语行动和潜在的意识心理等，从而形成个人文化区。这可说是

---

① 覃光广主编：《文化学辞典》，中央民族学院出版社 1988 年版，第 38 页。

最小的文化区。个人文化虽有独特性，但并非孤立存在，由于环境感知的作用，生活在同一块土地上的人们，其个人文化又相互联系和沟通。地缘群体众多个人文化相沟通的部分，便是群体的共同文化。如此，采地文化在个人文化的沟通中形成，邦邑文化在所辖采地文化的沟通中形成，民族文化在所辖邦邑文化的沟通中形成，行住圈文化在所辖民族带文化的沟通中形成，最终行住圈文化的共通部分形成中华民族文化。再扩而大之，中华民族和世界各民族文化的共同部分形成人类文化。可见，文化区域的层级越小，文化的内涵就越丰富。区域最小的个人文化中包含着全人类文化。这便是"作家愈富有创作个性，其作品便愈具有人类性"，"愈是民族的，便愈是世界的"的深刻道理所在。毫无疑问，邦邑文化中便包含着中华民族文化（以下简称"中华文化"）。

在本书的第二章，笔者将中华民族的形成作为中国区域文化格局最后定型的基本条件，便包含这样的思想："中国区域文化格局的最后定型的基本内涵是，区域的各个层级在长期的历史发展中积淀成各自的文化特质。各层级不同区域的文化特征既有'违'的一面，又有'和'的一面，它们的关系是'违而不犯，和而不同'。这就形成中华文化的'多样统一'、'多元一体'的风貌。"（见第二章第四节《中国区域文化的深化与定型》）这正是差异性与共同性的关系。如果说中华文化精神是最基本的精神，那么，各层级的地域文化就是这种精神丰富多彩的差异性表现。这是我国漫长的历史发展的结果。

中华文化精神作为一种观念形态，凝聚在民族文化传统之中。传统是在漫长的历史中形成的、至今仍影响人们思想、行为的思维方式、价值观念、审美情趣和道德风尚等。文化传统则是，某社会群体受特定文化影响而形成的并为本群体大多数人认同社会心理和行为习惯。"传统"和"文化传统"属于事实判断范畴，本无所谓褒贬。但从价值视角审视，亦有优秀传统之说。中华文化精神则与优秀文化传统相联系，是指代表中华文化发展的正确方向、体现中华民族蓬勃向上精神的那些重要思想观念。"作为中国文化基本精神的思想观念或文化传统，它必须具有两个不可或缺的特点：一是具有广泛的影响，感染熏陶了大多数人民，为他们所认同所接受，成为他们的基本人生信念和自觉的价值追求；二是具有维系民族生存和发展、促进社会进步的积极作用。"①

本节探讨中华文化精神，有两点值得注意。一是其载体是新时期地域小说。应该说，带有鲜明传统色彩的中华文化精神，更完整的体现在中国古代文学中；中国现当代文学更多体现着中华文化传统的现代演进，现代演进中的中华文化精神虽非其原生态，却更具生动活跃的发展姿态。新时期小说不仅是现当代文学历史的一个局部，而且是包括小说、诗歌、散文、戏剧等的新时期文学的一个局

① 张岱年、方克立主编：《中国文化概论》，北京师范大学出版社1997年版，第376页。

部。而本书又着重研究六大区域的小说,可以说是局部的局部。尽管五大区域集中在我国区域文化三角结构的三个顶点,尽管小说是20世纪文学的中心文体,但它与中国现当代文学、古代文学蕴含的中华文化精神也难免有些差别,一些方面可能显得更活泼、生动、深刻,另一些方面则可能显得薄弱、模糊。二是中华文化精神指的是优秀、积极的文化精神,并不否定中华文化中负面性、劣根性和矛盾性存在。比如,在民族危亡的历史关头,中华大地既出现了众多的民族英雄,又出现了不少的汉奸败类。再比如,孔子已提出中华文化刚健有为的思想特征,认为"刚毅木讷近仁"(《论语·子路》)。《易传》对刚健有为作了经典性阐释。其《象传》云:"天行健,君子自强不息。"《系辞下》:"天地之大德曰生。"《易传》还说:"刚健中正,纯粹精也。"然而,传统文化中也有柔静无为之说。老子主张"致虚极,守静笃"(《老子》第十六章),庄子及其后学进而提出"心斋"、"坐忘"等理论,魏晋玄学和隋唐佛学,都大讲虚静无为,涅槃圆静。我国传统哲学有长久的动静之辩,辩论的结果,刚健有为的思想占上风,成为中华文化的主导思想。柔静则是重要的补充。可见,中华文化精神的正面性性常常同负面性联系在一起,中华文化精神正是在同其负面性、劣根性的矛盾冲突中发展起来的。

新时期地域小说体现的中华文化精神,撮其要者如下:

(一)通变精神

通变精神是历史变革中的一种发展进取精神。最早见于《周易》。《周易》认为宇宙万物的发生发展均为阴阳刚柔相摩相荡之结果,处于不断运动变化的过程中。既如此,便有个"通"与"变"的问题。"通"指贯通、共通、通用,有承继相因之义;"变"指变易、创化、革新,即变革创新之义。这是决定事物发生发展的两个不可或缺矛盾方面,只有参伍错综之才能促进事物的发生与发展,《系辞上》云:"通变之谓事","参伍以变,错综其数。通其变,遂成天下之文;极其数,遂成天下之像。"故而《周易》常将"通"、"变"二者对举而互彰其义,如"一阖一辟谓之变,往来不穷谓之通","化而裁之谓之变,推而行之谓之通"。[①]《周易》还进而阐发了通、变相互作用的规律,如"易穷则变,变则通,通则久","变通者,趣时者也"。[②] 可见,通变讲的是历史发展中继承和创新的关系,"通"是在继承传统中的"自我保持","变"是在变革传统中的"自我更新"。"自我保持"不可能在封闭的非生命的方式中完成,只有通过范围不断扩大的自然、社会环境进行新陈代谢达到必要的文化补偿才能实现;"自我更新"也不意味着抛弃自身传

① 《周易·系辞上》。
② 《周易·系辞上》。

统，而是在生命运动中不断进行自我调节，完善自我，发展自我，以大化流行的勃勃生机，开创文化的新局面。实现自我保持和自我更新的辩证统一，是通变精神的本质。

中华民族的历史便是以通变精神不断进行自我保持和自我更新的历史。先秦时期，中华文化融会儒道，综合百家，通过《易传》《中庸》等巨典，会通人文与自然，创造出中华文化的第一个高潮；魏晋至隋唐，中华文化将易、老、庄、佛相互交融，会通儒释道，兼融入世和出世两种思想走向，在博大恢弘的格局中再次自我更新，获得强旺的生命机制；宋元明清时期，中华文化又将佛学思辨融入儒学体系，使强调内圣的理学和强调外王的经世实学相激相荡，在通变中走向精微和深邃。中华文化史上还始终贯穿农耕文化与游牧文化的征战与交融，两者既冲突又互补，相反相成，创造着一个个文化发展高潮。“统之有宗，会之有元”的中华文化，在16世纪之前，以登峰造极的姿态屹立于世界文化之林。

16世纪以降，欧洲经过文艺复兴迅速进入现代社会，中华帝国却在鸦片战争失败中感到了自己的落伍。于是，古老的中华民族开始了向现代文明的转型：全社会从物质生产到精神生产、从生产方式到生活方式乃至思维方式，都要发生根本性的变化。这是“千古之奇变”、“世变之亟”、“七万里戎来集此，五千年史未闻诸”①，其中一个核心问题是“中外之辨”。它不同于中国历史上的“华夷之辨”：华夷之辨是“高势能”的华夏农耕文明同“低势能”的游牧文明（或半农半牧）的较量，华夏虽然在军事上常常失利，但在文化上永远是征服者，因而中华民族不存在文化危机；中外之辨则是中国古代文明同西方现代文明的较量，西方不仅有强大的军事力量，而且有“高势能”的现代文化，“中外之辨”则是中华民族在文化和军事上处于双重劣势的整体之变，中华民族的“自我保持”和“自我更新”失去平衡，陷于沉郁和浮躁的彷徨中。

恩斯特·卡西尔认为，自我保持和自我更新的统一，“不是结果的统一性而是活动的统一性；不是产品的统一性而是创造过程的统一性。”②从终极结果看，我们有理由相信，中华民族有数千年的历史通变经验，它能吸纳西方现代文明的成就，在涅槃中获得新生。但在涅槃的每一个历史时刻，“保持”什么，“更新”什么，如何在“更新”中“保持”，在“保持”中“更新”？却是异常严峻的历史选择。历史也就在这些艰难选择中曲折前行。20世纪30年代中期，学术界对中外之辨做过一次总结性讨论，形成两种对立观点：一是胡适、陈序经提出“全盘西化”③，二是萨孟武、何炳松、陶希圣等十教授力倡中国本位文化。这两种主张，

① 黄遵宪：《人境庐诗草笺注》（卷二），第169页。

② 恩斯特·卡西尔：《人论》，上海译文出版社1985年版，第90页。

③ 陈序经：《中国文化的出路》，商务印书馆1934年版。

实际体现着两种文化发展模式：冲击—反应模式和中国文化本位模式。胡适们坚持的是“冲击—反应模式”，认为中华文化是一个陷入惰性、停滞不前的体系，只有用现代西方文化发起强大冲击，才能一步步走向现代社会；十教授坚持的是“中国文化本位模式”，强调中西文化的根本性差异和中华文化的自我更新功能，认为它固有价值体系的全面弘扬便能给中国带来美妙的前景。显而易见，前者忽视了中华文化自身的通变性，后者忽视了中国传统文化面对现代文明进行脱胎换骨改造的必要性。

其实，胡适们未必不懂的中国传统文化，十教授也未必不了解西方社会，历史转型时刻往往需要偏激，需要“矫枉过正”，尤其在转型过程中的某些历史瞬间。从这个角度看，两种模式都有合理性，都为现代化进程作出贡献，都是“统一”过程中不可或缺的历史阶段。然而，到现代化发展的纵深期，则需跳出两种模式的圈子，寻求更深层次的通变规律。即，“必须深入探究西方工业文明同中国传统的农业文明之间既相冲突又相融汇的复杂过程，具体考察这两大文明系统的各种层面上的冲突所在以及彼此融汇的结合点和结合机制。”①比如，中国封建社会的自然经济同西方现代社会的市场经济看来大相径庭，但中国封建社会有早、中、晚期之分，晚期的明代嘉靖——万历以降，便有了资本主义生产方式的萌芽。长江中下游、晋西南、珠江流域等地的纺织、制瓷、矿冶等，其发展程度并不亚于文艺复兴时期地中海沿岸的一些城市，只是由于种种原因屡遭挫折，未能健康发展下去。与此相伴，明清之际也出现了早期的启蒙文化，在封建制度的重压下也不时放出耀眼的光辉。这种资本主义经济和启蒙文化虽处边缘，却以顽强的生命力曲折地发展和延伸，成为现代化的社会和心理基础。再比如，20世纪80年代以来，一些海外华裔学者目睹西方工业文明的巨大成就，又洞悉其间包藏的危机，在寻找救治良方时，根据东亚日本、新加坡、南朝鲜等国家和台湾、香港等地区近二三十年来经济高速发展的事实，推断其成功秘诀在于儒家文化功能的发挥。这些，都为通、变的统一提供了有益的思考。

中国的现代化实际走过的是“冲击—反应—反思中国本位文化—创造中西结合机制”的历史过程。这是一个至今未完的过程，中华文化仍在自我保持和自我更新中发展升华。新时期小说生动地表现了这个通变过程。

新时期之初的小说表现的通变状态可说是“冲击—反应式”。高晓声的“陈奂生系列小说”所描绘的陈奂生形象便是在“冲击—反应”中艰难走向现代化的典型例子。《陈奂生上城》中，陈奂生到县城去买油绳，表明这位朴实的农民已开始了他的市场之路。继而引发的住招待所闹剧实际是一个隐喻。那“新堂堂、亮亮亮”客房，是现代市场的象征，陈奂生在付款前后所表现出的怯懦和狂

① 冯天瑜等：《中华文化史》，上海人民出版社1990年版，第1171页。

虐两种怪异行为,显示着他对现代化图景的陌生与敌对,但他毕竟率先经历了同现代文明的心理冲撞,现代化的“冲击”激起他强烈的心理反应。《陈奂生转业》中,乡村改革的大潮将陈奂生推上工厂采购员的位置,由农业生产转为工业经营,他凭着吴书记的条子他旗开得胜,不免得意一番。但他得意之后中又心虚起来,一是感到对不住吴书记,二是感到自己不是当采购员的料。实际上是“变”而未“通”,找不到自我保持和自我更新的契合点,只有辞职了事。《陈奂生转业》《陈奂生包产》《种田大户》写陈奂生从“包产”到“种田大户”,生计大有改善。但他仍然忧心忡忡:怀念“吃荫下饭”和“大呼隆”。仍是“变”而未“通”之根性。《陈奂生出国》让这位中国传统农民直接面对美国现代化的生产和生活,心理冲突就更加激烈、深刻。他不敢看那进行日光浴的青年男女,并被热情涌过来的“肉墙”逼得昏了过去;他在鸡场看到原本自由的鸡被关在笼子里成为“生蛋机器”,心里一阵阵同情……更令人深思的是他给艾教授看家,那绿树绕屋的二层小洋楼,门前屋后大片地毯一样的草坪,令陈奂生陶醉,颇像他住招待所的外国版。然而,这一次他却有了“独立的思考”:那么大一片土地不种菜,让荒草占据了,吃菜却要开车去远处买,岂不可惜? 于是拿起橱窗里的“亮锄”,铲掉草皮种上菜子。没想到草皮出奇昂贵而且还受法律保护,那亮锄又是艾教授精心保存的珍贵纪念品。陈奂生以小农经济思维较量美国有现代生产和生活,难免败下阵来,陷入痛苦的思考。

陈奂生的通变状态来源于作家高晓声“冲击—反应式”思维。以现代启蒙战士的姿态,深刻发掘和批判传统文化的劣根性,不仅是现当代文学延荡不断地流脉,而且是成就最为突出的领域。继鲁迅、赵树理之后,高晓声把对国民性的反思和批判推向一个新高度。这类批判性思考表现出民族文化自我更新的紧迫感,在现代化之初有很强的冲击性和警策性。进而思考,也表现出对文化自我保持思考的薄弱。

王安忆是较早思考历史变革中的自我保持问题。《本次列车终点》写陈信在下乡十年后渴望回上海,乃至隐瞒上大学和工作经历,顶替退休的母亲当了车工。表现出对现代城市的向往和心仪。然而返城后多种烦恼纷沓而至:大学毕业做车工已是学非所用,城市的快节奏生活一时又难以适应,原本和睦的家庭因他的归来出现种种矛盾……他犹豫、彷徨,甚至怀念下乡的农村。最后终于下定决心:只要到达,就要“真正找到归宿”。虽然小说于此结尾,但却使读者相信:陈信凭着这种精神,一定能在大上海找到归宿,创造美好前程。这是一种什么精神呢? 是一种漂泊寻找精神。如前所述,它一方面同王安忆的漂泊意识有关,父系家族的中外大漂泊,母系家族的历史大漂泊,所形成的漂泊意识必然在王安忆身上打上烙印,她便具有了作为原型存在的漂泊情结;另一方面来自上海地域。上海的发展始于租界的“华洋杂居”,进入租界的绝大多数是外地移民,他们割断了同生身地的家族和地域的联系,只身飘荡在上海租界资本市场的汪洋大海之中,成为孤独的流浪者,也就形成上海人的流浪情结。家族的漂泊情结和地域的流浪情结相互交融,漂泊探寻意识就格外深刻地烙印在王安忆心灵深处。这是一种以集体无意识存在的传统文化精神。它正是陈信寻找精神的深层来源。可见,陈信是以一种优秀的传统文化精神,在现代上海寻找"真正归宿"的。这是"变"中之"通"。不过,这仅是他尚未付诸实施的理想,自我保持和自我更新的统一尚有待时日。

贾平凹是长期思考历史通变的重要作家。20世纪80年代,其思路亦是"冲击—反应"模式,到90年代,贾平凹逐渐跳出"冲击—反应"模式,思考西方现代工业文明和中国传统农耕文明的融通灵犀与结合机制。《高老庄》以教授子路偕妻子西夏回归故里为线索,描写高老庄的现实和往昔。由此引出多种城与乡(即中与西)文化融通和结合的思考。第一是子路与西夏的结合。从人物的姓名看,"子路"使人想到古时的孔门弟子,他勇武而好义,最终为义而死,是孔子最亲近弟子,无疑是儒家思想的优秀继承者,或者说是儒家文化的象征;"西夏"使人想到发祥于青海东南部黄河九曲一带的党项人建立的政权,是游牧文化的象征。两者结合隐喻着农、牧文化的历史交融。子路耿耿于高老庄人的身材矮小,喜欢西夏的人高马大,结婚的目的在于改善人种素质。按着荣格的原型理论,阴影作为人类从前祖先那里获得的动物性特征,是人格的重要心理动力。贾平凹感到,高度发展的儒家传统文化压抑阴影原型导致种的退化,与具有强大阴影原型的游牧人西夏结合,可以使后代由弱小变高大,由羸弱变强健。这又是一种现代性诉求。从人物形象看,子路虽然来自农村,受到浓郁的传统文化熏陶,但毕竟成为教授级知识分子,具有强烈的现代启蒙意识。他是城市和乡村、现代和传统文化冲撞和交融的沉重载体;被子路指认为具有胡人血统的西夏却是地道的城里人,是具有浓烈的现代风采的女性,她又在博物馆从事临摹工作,本身便成为古老的传统游牧文化与现代城市文化的熔接点,成为提升乡土文化、平衡城市文化的一种力量,她寄托着作家的文化理想。如此,子路与西夏的结合便隐含着农耕与游牧、城市与乡村、传统与现代多种关系的融通。

第二是菊娃与子路、西夏的关系。菊娃、子路、西夏构成的爱情三角关系虽不新鲜,却有丰富的文化意义:菊娃是传统而又正在发展的乡村文化的象征,西夏是现代城市文化的象征,子路是由乡村走进城市的游走文化象征。三者构成以菊娃为起点,西夏为终点,子路为连线的艺术结构图式。其特殊的文化意义表现为:(1)菊娃和子路的关系。菊娃虽是传统乡土文化的载体,却也在现实社会变革中发生着变化,一方面通过与王文龙、苏红、黑老蔡的人际交往和感情纠葛,与新生的市场经济、社会思潮进行着碰撞和融汇;另一方面又通过审视同子路、西夏的婚姻爱情关系,萌生着新的眼光和思维。从而形成既有农耕文明的传统美德，又在一定程度上接受了现代文明的宽容胸怀。子路重返故乡已是城里人，但乡土文化仍是他挥之不去的心理积淀。于是，二人有了更多的心灵沟通，这正是重温旧情的现实基础。与菊娃、子路对应的是苏红和黑老蔡。苏红走出乡村进城创业，获得成功后又回乡求发展，颇似子路的乡—城—乡道路；黑老蔡则是立足乡村锐意改革的决策性人物，虽然方法质朴、粗鄙，却为农村带来经济和观念的新变化，这体现着传统文化中深蕴的自我更新机制，它构成原乡文化重要的变数，菊娃的变化正与这种更新机制和变数密切相关。(2)菊娃与西夏的关系。二者是高端的现代城市文化与低端的传统乡土文化的关系。西夏随子路还乡却不思回城最后滞留高老庄，吸引她的一是高老庄的丰富文化窖藏，那丰富的碑板展示着被岁月淹没的民间历史、文化风俗和文化心态，这正是她的探索和追求；二是菊娃不幸身世和美德。菊娃的贤惠、大度以及对子路深深的爱，赢得西夏的同情和敬重，她甚至愿意带菊娃和石头进城同自己一起生活。与之相对应的是王文龙和黑老蔡，前者从城里来乡村办工厂，后者在乡村搞改革，二人殊途同归。这让人看到，乡村与城市、传统和现代、本土与世界，竟能如此奇妙地沟通。总之，菊娃同子路、西夏的关系见出作家对于农村现代化中"变"中之"通"的思考，力图"深入探究西方工业文明同中国传统的农业文明之间及相冲突有相融汇的复杂过程，具体考察这两大文明系统的各种层面上的冲突所在以及彼此融汇的结合点和结合机制"，是可喜的收获。

贾平凹对民族文化自我保持和更新的探索历程和成就，在新时期作家中具有代表性。肖云儒称赞道："《高老庄》正是在这些意义上，成为贾平凹几部长篇小说文化追随的一个合题，即由商州文化秦头楚尾的静态交汇和远山野情的圈外色彩所形成的文化和谐这样一个正题，到乡村生活、农业文明和城市现代文明的冲突、自然经济和市场经济的碰撞所形成的不协调、颓废、甚至断裂这样一个反题，再到尝试着将现代城市文明和传统村社文明相互渗透植入，期望着产生新的平衡这样一个合题。作家放弃了早先的田园梦，放弃了叙事者的抒情较色，也放弃了中期的人文知识分子的叙事立场，而是在文化的失落和衰微中作执著而又无奈的追寻。"①

（二）家国精神

家国精神在漫长的历史发展中形成。在人类的渔猎采集时代，其社会组织形式是以血缘家族为纽带组成的流浪团体。在流浪迁徙中，难以形成人丁兴旺的大家庭。农业经济的发展以土地为基础，于是人们开始以土地为纽带结合成

① 肖云儒：《贾平凹长篇系列中的〈高老庄〉》，《当代作家评论》1999 年第 2 期。

定居的地缘群体。地缘群体形成之初也是以血缘关系的面貌出现的，相同姓氏的家族在一起耕种土地，形成定居的村落。村落促进了农业发展，农业发展又以家庭为单位，于是私有制开始出现，家庭私有制打破了氏族公社的辖制空间，人们开始迁徙，村落里出现不同氏族的家庭的杂居。此时的村落仍以血缘家族为基本单位，一是村落常以大家族的族长为首领，二是不同氏族的家庭常常通过结亲建立伦理关系，即使未能结亲，也建立乡邻伦理关系，如与父亲的同辈人称伯父、叔父等。因而，村落的社会关系基本是家庭伦理关系。

在我国的内环农耕区，远古的村落称村邑。村邑形成之初，是一个以农业为主、兼事畜牧饲养和渔猎采集的复合经济组织。较大村邑以其人多势众和较强的经济实力成为“中心村邑”。中心村邑中的强大者对其他中心村邑或抚获剿，结成更高层次的联盟——“方国”。当着众多方国集合起来形成的联盟即是“国家”。西周分封诸侯，以诸侯国领方国，形成强大的国家。国家的基层组织仍是村邑，而村邑的构成是血缘家族关系，国家的社会基础便是家族伦理关系。

这种家族伦理关系形成的国家体制属于宗法制。宗法制是中国古代社会血缘关系的基本原则，其主要内容是嫡长子继承制，商代见雏形，西周发展成系统制度。基本内容是，诸侯国君的嫡长子立为太子，继承君位。其他别子称公子，公子必须分出去自立家庭，成为新家族中嫡长子继承制系统的始祖，新族系可世代继承下去，称为大宗；别子的长子以外的各子，长孙以外的各孙等，相对于大宗，称为小宗，其间血缘关系超过五代，就不再宗原来的小宗。由大小宗构成的整个家族中，大宗居族长地位，称宗子。大宗始祖一般有卿或士大夫爵位，由世代宗子继承。宗法制也适用于周王室，王室嫡长子立为太子，其他王子封为诸侯。其诸侯国实行上述宗法制原则。小宗围绕大宗，卿、大夫拱卫国君，诸侯藩屏周天子，再加上与异姓间的联姻，构成庞大的血缘关系网。这种宗法制形成“家国同构”的社会机制。虽然周代以后严格的宗法制度已不复存在，但“家国同构”的宗法制思想始终贯穿数千年的封建社会。

我国的“家国同构”具有独特性。比如，印度并未建立起父系家长宗法制，而是形成独具特色的种姓制度。婆罗门（僧侣）、刹帝利（武士）、吠舍（自由民）、首陀罗（被征服的土著）四大种姓间严禁通婚，判别森严。虽然各种姓内部血亲关系依然存在，但在整个社会结构上血缘基本无维系作用。再如，古代的欧洲在其发展中，血缘政治也基本被地缘政治、等级政治代替。因而，印度和欧洲，均未形成“家国同构”的现象。我国家国同构的宗法制思想被概括为“三纲五常”。“五常”的仁义礼智信是用于处理“五伦”关系，即君臣、父子、夫妻、兄弟、朋友。其中血缘关系占三，但君臣亦可视为父子，朋友可视为兄弟，不过是血缘的延续。五常又以“三纲”为准绳，即“君为臣纲，父为子纲，夫为妻纲”。如此，在家庭中，父家长地位至尊，权力至上，“家人有严君焉，父母之谓也”①；在国家，君权至高无上，君王是全国的大家长，“夫君者，民众之父母也”②，而且，“就像皇帝通常被尊为全国的君父一样，皇帝的每一个官吏在他所管辖的地区内被看做是这种父权的代表”③。各级地方长官被视为百姓的父母官。简言之，父为“家君”，君为“国父”；家是小国，国是大家；君父同伦，家国同构。因而“治国”与“齐家”相互为用，“治国必先齐其家者，其家不可教而能教人者无之。故君子不出家而能成其国”④。《周易》曰：“有天地然后有万物，有万物然后有男女，有男女然后有夫妇，有夫妇然后有父子，有父子然后有君臣，有君臣然后有上下，有上下然后礼义有所错。”⑤精当概括了我国宗法制的形成本质。这种君父同伦的宗法制思想渗透进社会的各个角落，甚至淹没了阶级关系和等级关系，不仅未被地缘关系取代，而且同族的血缘关系与同乡的地缘关系结合，形成中国宗法制度的基本特征。

我国外环区的游牧族，自身并没有走出血缘关系社会。“草原游牧部落于西周之初产生，其基本组织是由同一游牧区的若干血缘家庭所组成的血亲组织，称作‘邑落’、‘落’或‘氏族’；若干个血亲组织构成更大的血亲集团，称为‘种’、‘部’；若干个具有相同语言和文化背景的血亲集团构成更高一级的社会组织，称之为‘类’、‘族’或‘族类’。……各族类间也在矛盾冲撞中进行着交融，或进行武装征服，或结成友好联盟，于是在族类之上又形成一套新的领导机制。这便是游牧的国家。秦始皇统一中原后，冒顿单于在北方建立了第一个游牧国家——匈奴帝国。”（本书第二章第二节《中国区域文化的形成》）其后的游牧族建立的国家，或保持自己血亲制，或仿汉制，均属宗法制社会。

既然我国传统的宗法制社会是家国同构、族乡结合，那么，家族、乡土、国家便是构成这种社会的三大要素。在此基础上形成的社会意识与三大要素密切相关，可梳理为忧国忧民精神，恋土怀乡情结和家族伦理意识。笔者认为，这三种社会意识构成传统宗法社会的家国精神。这三种社会意识，作为中华文化的基本思想传统承传至今，新时期小说中有着丰富而精彩的表现。

1.忧国忧民精神。这是家国精神的最高层次。因为在五伦中，君是至尊，国也就是至尊，忠君就是报国。封建制度推翻后，已不是君主之国，而是人民之国，“国”和“人民”自然成为至尊，忧国忧民仍然是家国精神的最高层次。“国家兴亡，匹夫有责”，“位卑未敢忘忧国”这些广为流传的俗谚已说明忧国忧民已成为

---

① 《易·家人》。
② 《新书·礼三本》。
③ 《马克思恩格斯选集》（第2卷），人民出版社1972年版，第2页。
④ 《礼记·大学》。
⑤ 《易·序卦传》。

中华民族根深蒂固的集体无意识。在邓友梅的《烟壶》中，聂小轩本是个任九爷使唤凌辱的烟壶艺匠，九爷为独得匠艺，竟然将他“储存”监狱里，而且不久就把他遗忘。他在九爷的淫威下也只有逆来顺受，任其摆布。但当他得知九爷让他烧制八国联军行乐图时，民族自尊却陡然升起，他夜不能寐，欲以利斧自残，被女儿救下，又鼓起勇气到九爷府退画稿，遭到拒绝后又断然到大街上拦九爷车辆喊冤，将手臂伸到车轮下自残……虽然终身残废，却完成忧国精神的升华。《话说陶然亭》写文革中老管与“胡子”、“茶镜”、“将军”在陶然亭公园晨练，方式各异：将军教老管打太极拳，茶镜以骑马蹲裆式站着，触电似地抖动十指，胡子却大弓步站着，左手握手杖左右画圈。四人不问世事，甚至不通报姓名，只以外号相称，俨然世外桃源。但在悼念周总理的四五运动中，他们却不约而同前往天安门广场，胡子展出雄鹰图，茶镜吹起哀乐……之后在公园互诉衷肠，原来胡子是著名画家华一粟，茶镜是著名京剧琴师萧子良，将军竟是中央某部的老书记，老管是酿酒专家。他们不动声色的锻炼也是在积蓄力量：茶镜是在锻炼被造反派打断的手指，胡子右手被打残而锻炼左手力量，将军借流行的“学毛著”暗暗鼓舞大家士气……这一切表明，中国的各界精英虽然受尽摧残却不忘国忧，不仅勇敢参与反对四人帮专制的斗争，而且为建设新生的祖国积蓄着力量。

忧国不仅有自我与国家的冲突，还有家族与国家的矛盾，当三者纠结在一起时，文学描写格外惊心动魄。张炜《你在高原・忆阿雅》描写“我”（宁伽）的父亲出生于富家，幼时家遭火灾，沦为孤儿，由叔伯爷爷收养。叔伯爷爷是饱读诗书的豪绅，正是他的启蒙，父亲投身革命，出生入死，成为坚定的革命者。但是叔伯爷爷毕竟是地方的头面人物，为当局利用，组织了对革命武装的三次围剿，致使革命受到重创。后来叔伯爷爷终被革命队伍逮捕，而父亲作为革命队伍的领导者，是审判组的当然成员。这是一场痛苦的审判。虽然父亲当时是一个叱咤风云的人，但面对叔伯爷爷被法庭判处死刑，并未提出任何异议，表现十分镇静。他所做的，就是最后一次看望了他，并送上一顿好餐，满足他最后的要求。面对家与国的激烈冲突，父亲的心是痛苦的，但意志是坚定的。小说中“我”的外祖母还讲到一个事实：革命武装建立之初内外矛盾尖锐，斗争极其惨烈，只要内部怀疑一个人，便会被秘密处死，当初的十几位创始者仅剩两人，其余都死于自己人之手。死者个个都是好样的，有的抛下万贯家财，有的还从国外来，敌人做梦都想杀他们却逮不着。当我问“他们为什么不跑”时，外祖母的回答是：“他们不会跑，就是跑了还会回来。”“打个比方，他们就像阿雅。”阿雅即使死也要忠于人类，革命者即使被冤死也要忠于自己的事业，忠于为之奋斗的新国家。

2.恋土怀乡情结。这是家国精神的中级层次。在古代和近现代文学中，表现恋土怀乡情结的作品比比皆是，而且不乏名篇佳作。艾青的诗句“我的两眼为什么常含着泪水，只因为对这土地爱得深沉”已广为流传。当代文学尤其是新时期文学却有了重大变化。土地改革使土地回归农民，唤起农民对土地的热恋，新中国成立后不久便实行的合作化又使农民和土地分离。新时期之初的联产承包使农民再获土地，农村改革旋即又使农民分化，或留守土地，或在家乡办企业，或进城务工。大量农民离开土地，其土地意识发生新的变化。新时期小说对此有丰富多彩的表现：(1)留守乡土者的苦恋。关仁山是一直关注农民和土地的作家，他创作了中篇《九月还乡》《天壤》《冻土地带》《平原上的舞蹈》以及长篇《天高地厚》《麦河》等，深入发掘土地联产承包多年之后重建"农民合作组织"的新形式和新特点。《天壤》写土地的集约经营，《天高地厚》写农民合作的经纪人协会，《麦河》则写"土地流转"。但不论哪一种形式，都浸透着农民对土地深厚感情，韩成贵(《天壤》)、曹双羊(《麦河》)这些已经走向市场和城市的"能人"，出自对土地的敬畏而回归土地，探讨土地现代经营之路，历尽坎坷而百折不挠。关仁山感慨道："苦难使农民具备了土地一样宽容博大的胸怀，他们永远都在土地上劳作，像是带着某种神圣的使命感。土地就像上帝一样召唤着他们，即使在最困难的时刻也不曾失去希望和信心。"①(2)乡镇企业家的乡恋。乡镇企业家虽然没有走出家乡，却走出了农耕生产方式。他们搏击在市场大潮中，难免沾染恶习，但仍有浓浓的乡情。路遥《平凡的世界》中的农民企业家孙少安，办企业处处为乡亲着想，为解决众乡亲的化肥资金，他自己贷款扩大生产规模，并招募乡亲来做工。他接受弟弟少平的建议，为村里建起一座新学校，在新学校开学典礼上，他和父亲感到了真正的自豪。周大新《走出盆地》写农村姑娘邹艾为走出盆地首先学医，参军，然后不择手段地获得高干子弟的爱，建立城市家庭，过上前所未有的优裕生活。丈夫去世后却携女迁回故乡，依靠自己的能力创办医院和药厂，后来又拒绝女儿带他出国的建议，决心在家乡建设世界一流的医疗场所。这种叶落归根实际是狐死首丘的乡恋。(3)离乡游子的乡心。进城务工的乡下人一进入城市，便陷入城、乡文化的矛盾之中。一方面，他们向往城市，竭力融入其中，却受到城市的顽强拒斥；另一方面，他们又摆脱不了乡土文化的影响，又难以舍弃乡情。这在新世纪以来的乡土移民小说大潮中表现尤为明显。罗伟章的《故乡在远方》写大巴山石匠陈贵春到广东打工，半个月下来反欠了工头 40 元，流浪中又误入荒山采石场，在皮鞭下工作数月没有任何报酬。被解救出来后找到了一个好饭碗，挣了上千元正准备往家里汇寄，却传来女儿惨死的消息，带钱回家却被偷得身无分文，无钱买车票，情急之下去抢钱又误伤人命，最后被判死刑而客死武汉。他出外打工是为了家里的债务，急忙回家乃至犯罪都出自对家乡亲人的惦念。最后带着这种惦念离开人世。李铁的《城市里的一棵庄稼》写农村姑娘崔喜费尽心机嫁给 30 多岁死了妻子的城里人，又费尽心机

① 关仁山：《农民和土地召唤着我们》，《河北作家》2005 年第 5 期。

学习城里人的生活方式和审美标准,想尽快脱掉“那层乡村的皮”,但招致的却是城里人的反感。因为,她那乡村思维方式和行为方式早已根深蒂固,“她自己一讲话又免不了提乡村,用乡村的一切作为参照来评价城市”。这些在乡土文化熏陶下获得童年经验的乡下人,终生难以甩脱故土文化心理。

恋土怀乡情结,说到底是作家对精神家园的寻找。刘绍棠的运河小说,贾平凹的商州小说,莫言的高密小说,以及陈忠实对渭河平原的描写,王安忆对上海文化的寻找,张炜对“芦青河”生活的描写等,都见出作家对故土文化的追寻,实际是在那里寻找自己的精神家园。张炜《你在高原》的主人公宁伽的故事带有自传性。从小生活在山地和海边平原的宁伽,幼年变受尽人间坎坷,还被迫离家到处流浪,尝尽人间酸辛,后来有幸上了地质学院,养成流浪漂泊的性格。他在城里已有了安定的工作和幸福的家庭,他的妻子希望他能像别人一样,过宁馨安逸的城里人生活。他的回答却是:“我做不到。我要不停地想那片山地、那个海边平原,因为我的魂丢在那里了,在那里游荡,我知道谁也不能从根本上改变我,尽管我知道自己太需要别人的援助了。”(《忆阿雅》)因而他一次次回到那生身之地,乃至在故地买下一片葡萄园,辞掉公职,经营包括葡萄园、葡萄酒厂、葡萄园杂志在内的“托拉斯”……实际是作家寻找自己的精神家园。

3.家族伦理意识。这是家国精神的基础层次。这种意识在新时期家族小说中有鲜明的表现。虽然家族小说是 20 世纪文学延宕不断的流脉,但在 50 年代至 70 年代的工农兵文学时期走向衰微,家族伦理意识薄弱,80 年代家族文学复兴,90 年代形成热潮,新世纪仍在辉煌发展。这类作品主要是长篇,可开列出长长的名单。如张炜的《古船》《家族》,莫言的《红高粱家族》《丰乳肥臀》,霍达的《穆斯林的葬礼》,阿来的《尘埃落定》,刘震云的《故乡天下黄花》《故乡相处流传》,铁凝《玫瑰门》《笨花》,刘恒《苍河白日梦》,格非的《敌人》,苏童的《米》《我的帝王生涯》,陈忠实的《白鹿原》,李锐的《旧址》,余华的《活着》,周大新的《第二十幕》,刘绍棠的《村妇》,王安忆《纪实与虚构》,高建群《最后一个匈奴》,贾平凹《秦腔》等,这不仅是新时期地域小说的重镇,而且是整个新时期小说的重镇。这些小说的特征如下:

其一,对家族历史和家族精神的文化寻根。此前的启蒙现实主义和革命现实主义文的家族小说,主要表现旧家族的专制与腐朽,从而证明启蒙和革命的必要性。新时期家族小说逐渐弱化批判色彩,开始发现家族伦理的文化魅力和精神品格。诸如旧家庭成员之间那种割舍不断的血缘感情,父慈子孝、兄友弟敬、夫和妇柔的伦理关系,以及大家长身上那种人性光辉与人格魅力。《最后一个匈奴》中杨作新家族,从远古看是桀骜不驯的匈奴后裔,从中近古看,“曾是斯巴达式的悲剧英雄李自成的直系后裔,曾是八大王张献忠的直系后裔,高迎祥高桂英的直系后裔”。“在他们的血液里,澎湃着叛逆者的高贵血液,而祖先的光荣又召唤着他,激励着他们,引导着他们”。正是这样一种充满生命活力与反叛精神的性格,使红军得以在陕北这块民族沃土上迅速成长。张炜的《家族》则由具体的血缘家族上升为超越种族遗传精神家族,这是一种特殊的信仰追求与人格操守,也即作者所说的“在长达一个世纪的时光中,这个家族为了正义和理想,为了美好的事业,不断地牺牲。他们质询过,但并未悔倦,而是始终前仆后继,保住了一份纯粹”。基于这种思考,那些凝聚了家族精神的族长的伦理人格魅力得以凸显,而专制和残忍被淡化。《家族》中宁可的叔伯爷爷宁周义、《旧址》中李氏家族的族长李乃敬、《白鹿原》中白、鹿两姓族长白嘉轩、《第二十幕》中尚家的家长尚达志等,虽然也有专断粗暴的弱点,与年轻一代有这样那样的冲突,但他们是父慈子孝家族伦理的典范,而且严格执法,对违犯家法族规的族人,哪怕自己的儿子也不徇私情。其高贵的道德人格受到家人和社会的敬重。

其二,离家游子同家庭的血肉精神联系。家族小说写的常常是地位显赫经济富有的大家族,离家游子常常是历史变革时期走上革命道路的家族叛逆者。启蒙现实主义和革命现实主义的家族小说中,多是以启蒙和阶级立场,表现封建家庭的叛逆者告别旧家庭,投身革命,获得新生之路。新时期家族小说则从家族文化角度,表现叛逆者和家庭的“无法告别”。个中原因,一是叛逆者难以割断同旧家庭的血缘和精神联系。张炜《家族》中的宁珂,不管是对乡下走向衰败的旧家,还是对培养他成长的叔伯爷爷的城市之家,都保持着一种难以释去的温情,奶奶的爱、爷爷的关心,成为他圣洁情感的栖居地。《白鹿原》中无论是最早反叛家族、捣毁祠堂的黑娃,还是堕落败家、后又发迹还家的白孝文,到头来都虔诚地跪在白氏祠堂里。白嘉轩自豪地说:“凡是生在白鹿村炕脚地上的任何人,只要是人,迟早都要跪倒在祠堂里头的。”鹿兆鹏也好、宁珂也好,他们搞革命被捕的获救都得益于背叛的家庭。宁珂尽管对爷爷的政治立场强烈反对,但对爷爷感情上的尊敬始终如一,对奶奶竭尽其孝。当支队司令殷弓咒骂宁周义是狗娘养的时,宁珂立即进行抗议。二是叛逆者投身的革命集体的怀疑与拒斥。《家族》中支队司令殷弓虽然认可宁珂的领导才能、革命热情与献身精神,对他更多的是出于功利性需要,从来就没有超出革命的兄弟情谊。正是由于殷弓对宁珂的心理与情感上的拒斥,宁珂在新中国成立后被一种自己说不清的案件纠缠着,终被自己所献身的集体毁灭。《旧址》中的李乃之曾被国民党军阀逮捕,因家族关系被秘密释放,一起被捕的同志全部牺牲。从此,这就成了自己永远无法证明的历史污点。他虽然早已脱离了自己的家族,但却终生难以摆脱它的潜在制约。新时期小说的这种描写,证实着家族伦理的精神力量。这是对启蒙、革命现实主义小说的丰富和补充,但从另一方面说,却又陷入机械的阶级论的窠臼。

（三）和谐精神

和谐精神是中国传统文化的重要思想。《易传》便极力提倡和谐思想，并提出“太和”的概念：“乾道变化，各正性命，保合太和，乃利贞。”（《彖传》）“太和”乃和谐状态的至境。《中庸》中“万物并育而不相害，道并行而不悖”，是儒家构想的“太和”境界。张载《正蒙·太和》云：“太和所谓道，中涵浮沉、升降、动静相感之性，是生絪緼相荡胜负屈伸之始。”在中国传统哲学中，“道”是最高范畴。在张载看来，“太和”就是“道”，就是最高理想追求；“太和”还是最佳的整体和谐状态，它并不排除矛盾和差异，而是蕴含着浮沉、升降、动静等对立面相互作用、冲突、转化的和谐。正是这种动态的、整体的和谐，推动着事物的变化发展。北京故宫最核心心建筑定名“太和殿”，便是传统“太和”观念的物化。

传统的和谐思想包括两方面：人与自然之间的和谐，人与人之间的和谐。这颇似文化地理学中的生态思想：一是关注研究文化与自然的关系的文化生态学，一是关注研究文化与社会的关系的文化整合。但中国的和谐思想有自己的特征。不妨分而述之。

1.关于人和自然关系的和谐。在人和自然的关系上，我国古代形成“天人合一”的思想。作为一个概念和命题，它虽是由北宋的张载提出，其思想的孕育却在先秦。西周时期人们便认为，天是有意志的人格神，是自然和社会的最高主宰，天人关系实际是神人关系。《尚书·洪范》云：“惟天阴骘下民。……天乃赐禹洪范九畴，彝伦攸叙。”肯定了神（天）与人的沟通。春秋时期，郑国子产说道：“夫礼，天之经也，地之义也，民之行也。天地之经，而民实则之。”（《左传》昭公二十五年）将“礼”与天地联系起来，见出天地与人事的沟通。孟子认为“尽其心者，知其性也，知其性即知天也”，又将天道与人性联系起来。庄子则进一步认为人与自然都是由气构成，人是自然的一部分，提出“天地与我共生，而万物与我为一”，这种人与自然本质统一的天人合一观有深刻的合理性。不过，他将社会发展同天地自然对立起来的“无以人灭天”说，又带消极性。《易传》对天人合一有更为深刻的阐释。其一是“与天地合其德”的思想：“夫大人者与天地合其德，与日月合其明，与四时合其序，与鬼神合其吉凶。先天而天弗违，后天而奉其时。”（《易传·文言》）“与天地合其德”，即人与自然相互适应，相互协调，包括与“日月”、“四时”、“鬼神”等的适应协调，与现代生态观点颇为相近。其二是提出天道与人道“同构”，行事要尊重天道，把握天道。圣人行事的准则是，“与天地相似，故不违；知周乎万物而道济天下，故不过；旁行而不流，乐天知命，故不忧；安士敦乎仁，故能爱；范围天地而不过，曲成万物而不遗，通乎昼夜之道而知。”（《易传·系辞上》）《易传》的阐发，标志着先秦天人合一思想的最高水平。

汉代，董仲舒提出天人感应论。引阴阳五行说入儒，提出“人副天数”之说，把人体与自然时令相比拟，认为天有阴阳，人也有阴阳，因而"以类合之，天人一也"（《春秋繁露·阴阳义》）。两宋是天人合一说发展的高峰，而且成为占主导地位的社会文化思潮。最为突出者是张载，他提出"天人合一"的概念。在他看来，世界的本原是太虚之气，人与天地万物都由气构成，气是天人合一的基础。"乾称父，地称母，于兹藐焉，乃浑然中处。天地之塞，吾其体；天地之帅，吾其性。民，吾同胞；物，吾欲也。"（《西铭》）他进而认为，阴阳二气"聚散相荡，升降相求"的对立统一规律，体现的是人和自然共同的"性命之理"。（《正蒙·参两》）性天相通，道德原则与自然规律是一致的；人性与天道，具有同样的属性，即变易——"性与天道云者，易而已矣"（《正蒙·太和》）。张载把"天人合一"看作人所追求的最高境界。依据《易传》"范围天地而不过，曲成万物而不遗"的理想追求，他提出天人合一的最高境界："为天地立心，为生民立命，为往事继绝学，为万世开太平。"张载对天人合一的阐释也成了古代天人合一思想的高峰。

综上所述，"中国古代思想家关于天人合一的思想，其最基本的涵义，就是充分肯定'自然界和精神的统一'，关注人类和自然界的协调问题。从这个意义上说，'天人合一'是正确的非常有价值的一种思想。"①也正是从这一点上，同西方强调征服自然、改造自然以求生存发展的文化思想划出了界限。自然，我国古代也有"明于天人之分"和"人能胜于天"的思想，不过不占主导地位。

新时期小说的地域性虽然也表现在城市文学，但其重镇在乡土小说；在这里，人和自然有着更为密切的接触和联系。"天人合一"的和谐思想在重要的乡土作家如刘绍棠、陈忠实、贾平凹、莫言、张炜、韩少功等的创作中有着鲜明而深刻的表现。这种表现主要在两个方面：

其一，"融入野地"与人地和谐。上述乡土作家大都谈到对喧闹的城市生活的厌倦和对乡村、大自然的向往。其中张炜最有代表性。张炜写了《融入野地》《我跋涉的莽野》《玉米》等多篇散文阐释自己"天人合一"观。一是主张"融生命于自然"。他说："城市是一片被肆意修饰过的野地，我最终将告别它。我想寻找一个原来，一个真实。"②这个寻找便是"融入野地"。当融入野地时，"一个人这时会被深深地感动。他像一棵树一样，在一方泥土上萌生。他的一切最初都来自这里，这里是他一生探究不尽的一个源路。人实际上不过是一棵会移动的树。他的激动、欲望，都是这片泥土给予的。"③他富有诗意地描述"融入大地"的感觉："来时两手空空，野地认我为贫穷的兄弟。我们肌肤相摩，日夜相依，我隐于这浑然一片，俗眼无法将我辨认。我们的呼吸汇成了风，气流从禾叶和河谷

---

① 张岱年、方克立主编：《中国文化概论》，北京师范大学出版社1997年版，第380页。

② 张炜：《融入野地》，《张炜自选集，散文珍藏卷》，作家出版社1996年版，第5页。

③ 张炜：《融入野地》，《张炜自选集，散文珍藏卷》，作家出版社1996年版，第7页。

吹过，又回到我们中间。这风洗去了我的疲惫和倦怠，裹携了我们的合唱。谁能从中分析我的嗓音？我化为了自然之声。我生来第一次感受这样的骄傲。”①二是主张到自然中寻找艺术的本源。张炜说：“我每一次走进原野都觉得自己接近了艺术。”②如同海德格尔说的，“返乡就是返回到本源近旁”③。正因为如此，张炜“不断地靠想象返回自己的过去，进入我的那片莽野。我觉得四十多年了，自己一直在奔向自己的莽野。我在这片莽野上跋涉了这么久，并且还要继续跋涉下去。我大概永远不能够从这片莽野中脱身”。④ 基于这种思考，他在小说中几次写城里的青年到山野乡村寻到灵魂的栖息地。《橡树路》中写吕擎、阳子、余泽、莉莉等本来在城里有舒适的生活，有的甚至住在“天堂般的”橡树路，却鬼使神差地前往陌生的荒野山村，冒冰雪，住帐篷，饮山泉，访山村，历尽种种坎坷。《忆阿雅》写主人公宁伽带着城里的妻子重返山乡和平原寻访义父、母亲、外祖母故居，寻找父亲劳改之地，这种家族寻根也是自然寻根之旅。作家如此描写宁伽夫妻在河滩支起帐篷过夜的情景：

> 我站在一边看着蓝色的烟气向上升起，觉得四周一些隐匿的小野物都在惊讶地注视。河湾里有什么发出扑棱棱的响声，我想那是鱼在跳跃。河湾左侧的灌木丛里响起了咕咕的叫声，接着又有一种嘶哑的呼喊，它低沉苍凉，那一定是老野鸡了……这儿的一切对我来说是那么熟悉，它像是我的昨天，我也像是它的一部分：它早就融进了我的血液，或者是我深深地融入了它们中间……

贾平凹的《怀念狼》则进一步思考人和自然和谐的动态性，它是对手间的对立统一。“我”的舅舅傅山曾担任商州捕狼队队长，半生杀狼无数。但生态的恶化使狼濒临灭绝，舅舅只好担任起了普查商州狼的数量的任务。失去了对手的舅舅变得视力减退，精神萎靡；没有狼追赶的兔子们也委顿起来。当傅山遭到一只狼的羞辱后，他再次背上猎枪，走进真正的狼窝，打死了商州境内仅存的十五只狼之后变得更加委顿，乃至自己变成了人狼。傅山曾是出色的猎人，“狼”使他成为真正的英雄。但随着狼的逐渐稀少，他的英雄意义也在减弱；当他打完商州最后十五只狼，就彻底失去了英雄身份，甚至失去了做人的意义，与雄耳川人一起变成了人狼。这就是说，人和狼和谐是争斗的和谐，争斗使狼的家族兴旺，狼的兴旺使兔子充满活力，也使猎手精神倍增。没有了狼，就没有了对手，没有

---

① 张炜：《融入野地》，《张炜自选集，散文珍藏卷》，作家出版社1996年版，第15页。

② 张炜：《你的树》，见张炜：《羞涩与温柔》，东方出版中心1997年版，第67页。

③ ［德］海德格尔：《荷尔德林和诗的本质》，见海德格尔：《荷尔德林诗的阐释》，商务印书馆2000年版，第24页。

④ 张炜：《我跋涉的莽野——我的文学与故地的关系》，见张炜：《我跋涉的莽野》，春风文艺出版社2001年版，第4页。

了对手,就没有了英雄。在贾平凹看来,“怀念狼”就是怀念勃发的生命,怀念英雄,怀念大千世界的大和谐大平衡。

姜戎的《狼图腾》则从狼与草原民族的关系进一步思考生态问题。草原最著名的猎手毕利格老人讲了草原生态的连环套:狼是黄羊的天敌,黄羊是草原的大害;狼并不把黄羊斩尽杀绝,以备细水长流,黄羊却对小草残酷吞噬。老人认为,“在蒙古草原,草和草原是大命,剩下的都是小命,小命要靠大命才能活命,连狼和人都是小命。吃草的东西,要比吃肉的东西更可恶。”而草原上的人,吃了一辈子的肉,杀了太多的生灵,是有罪孽的。“人死了把自己的肉还给草原,这才公平,灵魂就不苦啦,也可以上腾格里了。”人和狼是腾格里派来管理草原的,所以人和狼是平等的。狼没了,草原保不住。狼没了,蒙古人的灵魂就上不了天了。人与狼应该互相尊重、互相依存。于是,狼便成为草原民族的兽祖、宗师、战神与楷模。这种观念,已经超越久远以来的人类中心论,进入现代生态论的领地。可见,新时期小说表现的是“天人合一”观念同现代社会环境交融成的新形态,作家们寻到了古老的“天人合一”观念同现代生态意识有着相互沟通的灵犀。进步的现代和优秀的传统并不相悖。

其二,物我交感的意象思维。“天人合一”观念早已形成我国物我交感的艺术思维方式,如“意境说”、“意象说”等。“意象”的内涵虽在我国文论史上复杂多变,明清时期基本与意境合一,但汉代以前的文论基本将其理解为“表意之象”,即象征。如《周易·系词》上有“立像以尽意”之说,王充在《论衡·乱龙》里也说:“夫画布为熊麋之象,名布为侯,礼贵意象,示义取名也。”在这一点上,与西方现代派文学的意象观有着明显的联系。现代派文学的理论基础之一是潜意识及集体无意识学说,认为文学中描写的各种意象是“显象”,其“隐义”则是潜意识,这就形成带有荒诞性和多义性的“神秘象征”。因此,“审美意象是指以表达哲理观念为目的,以象征性、荒诞性为基本特征的达到人类审美理想境界的表意之象。”[①]在这里,又见“中国传统”和“西方现代”的联系沟通。新时期的地域小说家们写了众多富有象征意义的审美意象,如莫言小说的红高粱、红萝卜、红蝗,贾平凹的看山狗、州河、古堡、老牛,陈忠实的白鹿、张炜的橡树路、阿雅、鹿眼,刘绍棠的运河、瓜园,韩少功的鸡头寨、鸡公岭、凤凰、马桥等。在这里,意象思维的物我交感,不仅表现在思维的目的——以这些自然客观物的“显象”象征人类社会哲理的“隐义”,如,韩少功《爸爸爸》中鸡头寨便象征一种非此即彼的二元对立状态以及由此形成的落后愚昧的精神状态,也象征强旺的生命精神,包括顽强的生存意志、忘我的族群意识和执着的理性精神;而且表现在思维的过程——自然物和社会人的交相辉映。贾平凹《古堡》的白麝意象同张老大的活

① 童庆炳主编:《文艺理论教程》,高等教育出版社2000年版,第204页。

动进行着交感呼应，白麝家族的命运同张老大的事业、爱情的发展形成相辅相成的“异质同构”。正是在这种交感呼应中，麝的象征意义凸显出来。交感呼应中还有一种比照，即“麝性”和“人性”的比照：麝的夫妻、母子、兄妹之间相濡以沫，充满了爱和温馨，乃至为保护同类而献身；人们之间却充满着钩心斗角的矛盾，拆台、造谣、哄抢……麝是善良的，人们却视为灾星，对其进行捕杀，而捕杀麝的竟是憨厚善良的光大。麝的象征性便有了复杂性和多义性。（见第八章第五节）

2.关于人和人关系的和谐。这种精神来自我国传统的纲常伦理观念，与西方国家有很大差别。如地中海沿岸国家特别是古希腊，人们生活在多岛的海岸环境，很早便从事工商贸易。这种活动有力冲击了蒙昧时代的血缘纽带，形成以地域和财产为纽带的城邦社会。中华民族生活在自成一体的东亚大陆，地域辽阔，资源丰富，工商贸易尤其是海上贸易薄弱。人们在与世隔绝的环境里聚族而居，形成小农自然经济的生产方式和生活方式。这种生产、生活方式，使得蒙昧时期形成的血缘关系长期保留下来。血缘关系形成社会的宗法制度。完整的宗法制于西周时期确立，包括嫡长子继承制、封邦建国制和宗庙祭祀制度。春秋之后，虽然具有完整意义的西周宗法制走向瓦解，但作为实质意义上的宗法制度，伴随着小农自然经济延续下来，并深深影响着社会生活。嫡长子继承制形成的家天下延伸出嬴姓的秦王朝，刘姓的汉朝，司马姓的晋朝，杨姓的隋朝，李姓的唐朝，赵姓的宋朝，朱姓的明朝，爱新觉罗姓的清朝……一部中国史就是一部家族统治史；封国制度虽然逐渐被郡县制取代，也曾为历朝带来战乱和灾难，但基于家国制的影响，一直不同程度地被历朝历代所保留；与家天下相应，以血缘为纽带的家族始终是社会稳固的基石。这一切形成传统的纲常伦理观念。“三纲”强调君、父、夫的绝对权力，“五常”则强调“五伦”的和谐。如此，纲常理论便以血缘关系为基础囊括了各种社会关系。这是专制秩序下的和谐，是矛盾冲突中的平衡。传统的社会和谐思想便在此基础上产生。

在中国历史上曾有“和同之辨”。西周末的西伯便认识到，和谐的效果是由不同元素相结合形成的矛盾均衡统一。他说：“和实生物，同则不继。以他平他谓之和，故能丰长而物归之。若以同裨同，尽乃弃矣。”（《国语·郑语》）“和”则是“以他平他”，即把不同事物放在一起，使之发生质变产生新事物；“同”则是“以同裨同”，即把相同的事物放在一起，则只有量的增加而不会发生质变。春秋末的晏婴以“相济”、“相成”丰富“和”的内涵，强调君臣间的“否可相济”。通过“济其不及，以泄其过”的综合平衡，使君臣保持“政平而不干”的和谐关系。孔子进而提出“礼之用，和为贵”（《论语·学而》），并将“和”与“同”作为区分君子与小人的标准：“君子和而不同，小人同而不和”（《论语·子路》），表现了重和去同的价值取向。这种重和去同思想，肯定事物的多样统一，强调以海纳百川的气魄和胸襟，容纳各种思想。《易传》便提出“天下百虑而一致，同归而殊途”（《系辞下》）的主张。西汉以“兼容并包”、“遐迩一体”为指导思想，使东夷、南蛮、西戎、北狄统一在西汉王朝之中。之后经朝历代，终于形成中华民族的大融合。在中国文化史上，儒道互补，儒法结合，儒佛相容，佛道相通，援阴阳五行入儒，融儒释道三哲合一，乃至对基督教、伊斯兰教等的容纳与吸取，都是和合思想的体现。历代帝王大都对宗教、信仰兼容并包。清雍正曾发上谕昭告天下：

> 朕惟三教之觉民于海内也，理同出于一原，道并行而不悖，人惟不能豁然贯通，于是人各异心，心各异见。慕道者谓佛不如道尊，向佛者谓道不如佛之大。而儒者又兼辟二氏，以为异端，怀挟私心，纷争角胜而不相下。朕以持三教之论，亦惟得其平而已矣。能得其平，则外略行迹之异，内证性理之同，而知三教初无异旨，无非欲人同归于善。①

雍正的“三教平心论”，敏锐地发现了三教的“性理之同”：“欲人同归于善”。这种见解，将中华文化特有的圆通性、和融性表达得淋漓尽致。

新时期小说以多种方式表现着和谐思想。汪曾祺称他的作品“追求的不是深刻，而是和谐”。② 早年创作的《复仇》便开始了对和谐的思考。小说描写复仇者最终放弃了复仇计划，与做了和尚的仇人生活在一起。这种和合来自复仇者的复杂心态：“他觉得自己就是那个仇人，既然仇人的名字几乎代替了他自己的名字，他岂不是借了那个人的名字而存在的吗？仇人死了呢？”仇人死了复仇者也就不存在，宽容仇人也就是宽容自己。这其实是汪曾祺的和谐思维。代表作《受戒》则写了僧规与俗愿的和谐。明海是受了戒的和尚，却充满了俗愿和恋情，受戒之日便是与英子走进芦花荡热恋之时。实际上，此地的和尚不过是一种生计，当和尚不仅有饭吃，还可以挣钱，攒足了钱就还俗娶亲，或买几亩地过活。当和尚还可以带家眷，二师父仁海的老婆每年便在荸荠庵里住几个月。和尚做法事还可放“花焰口”，即唱情爱小调，仁渡则唱了“妞儿生的漂漂的，两个奶子翘翘的。有心上去摸一把，心里有点跳跳的”。在这里，佛事与俗事、僧归与俗愿，是那样相反相成，和谐相处。人们的价值标准，则是保持本真天性。《大淖记事》则描写了生命和道德的和谐。巧云被刘号长奸污后，并没有淌泪，更没想到自杀，只觉得对不起十一子；她爹知道后也“只是长长地叹了一口气”；邻居的姑娘媳妇也并未多议论；而十一子，即使把六号长打得半死，也不改爱的初衷。在这里，作家以美好的人性原则，实现生命与道德的和谐。

汪曾祺的和谐思维，常使小说中人物身处困境而保持平和心态。《岁寒三友》中的王瘦吾、陶虎臣、靳彝甫落魄之后，并不痛哭或狂笑，而是默默地借酒浇

① 转引自（清）刘谧：《三教平心论·上谕》。

② 汪曾祺：《晚翠文谈·自序》，《晚翠文谈》，浙江文艺出版社 1988 年版。

愁，像店外的雪花一样落地无声；《晚饭花》中的王玉英许得知未婚夫钱老五与一个寡妇相好后，也没怎么难过，却相信结婚之后，凭着自己的魅力，使他改好；《钓鱼的医生》中的王淡人，替人看病还白送药给人，生活虽清苦，却如“一庭春雨，满架秋风”，淡泊闲适……

在新时期小说中，更多的和谐表现为兼容并包，遐迩一体，海纳百川般的社会矛盾整合。这使人想起恩格斯的“历史合力论”。恩格斯在 1890 年致约瑟夫·布洛赫的一封信中说：“历史是这样创造的：最终的结果总是从许多单个意志的相互冲突中产生出来的，……这样就有了无数互相交错的力量，有无数个力的平行四边形，而由此就产生出一个总的结果，即历史事变，这个结果又可以看作一个作为整体的、不自觉地和不自主地起着作用的力量的产物。”如果把这种思想稍加发挥，可以把平行四边形分出不同的层次：众多小的四边形的合力组成较大的四边形，较大的四边形的合力组成更大的四边形……最终由少数巨大平行四边形的重大合力构历史发展的综合力。陈忠实的《白鹿原》则写了白鹿原历史发展的几种重大合力：以白嘉轩为代表的家族宗法力量，以鹿子霖为代表的封建商业文化力量，以白灵、鹿兆鹏为代表的革命力量，以小娥为代表的生命力量。这几种力量的矛盾、争斗、联结和交融，形成白鹿原的百年风云史。其中，以朱先生为精神旗帜、白嘉轩为行动领袖、鹿三为忠实追随者的家族力量形成一条坚韧的儒家文化链，加之黑娃、白孝文的浪子回头，成为白鹿原的主导力量。同时，其余三种力量的冲击终使儒家文化的链条松动、滑脱：鹿三因小娥的死而发疯，皈依家族的黑娃却被送上了断头台，浮浪的白孝文竟当上新中国的副县长……白嘉轩在一次次人生打击中变得孤独而沉默。而且，各阵营并非铁板一块，许多人物在各阵营中穿行，命运发生的戏剧性的变化：白灵背离家庭走上社会革命，由国民党转入共产党，又被“同志”活埋；白孝文由家族希望变为浮浪子弟，投入小娥怀抱，后又加入国民党，再转共产党，投机成为干部；黑娃的经历更为复杂，自幼受白嘉轩培养，长大后却做了土匪，又参加农民斗争，与小娥做了夫妻，转而斗争白嘉轩，之后又参加国民党、共产党，信奉儒学皈依白氏家族，最终被新政权镇压，可以说是穿行于儒、匪、国、共、性之间。正是这些穿行人物又将四种力量联结在一起。可说是一种“海纳百川”的“和”。

这种“和而不同”的整合还表现在文本艺术的集大成性。如刘绍棠的运河小说，其人物塑造汲取戏剧行当营养，人物形象丰富多样，行当齐全。中篇小说《蒲柳人家》涉及的行当便有：红生（何大学问）、武老生（柳罐斗）、小生（周檎）、娃娃生（何满子），武老旦（一丈青）、花衫（云遮月）、小旦（望日莲）、彩旦（豆叶黄）、二花脸（吉老称）、丑（花鞋杜四、麻雷子）等。其艺术结构以荷花淀派的散文化结构为主，吸收古代三言二拍的“半俗半奇”，老舍的“人像展览式”，赵树理的“讲故事”，柳青的“人物小史”等，融汇创造出自己独特的结构体式：“其基本框架为'时代风云气'和'燕赵儿女情'两个层面,以'风云'层为背景,以'儿女'层为主体;在'儿女'层中,采用无主角的'人性展览式'结构,每个人都有自己的性格发展史,共同构成总主题;每个人物以及它们之间都有起伏跌宕的故事,这些故事带有浓郁的传奇色彩,又不乏生活真实。"①其艺术语言,"是以农民口语为基础,用古代诗文规范去炼字、炼句、炼意,以民间艺术去润色其音韵,加强表现力,并借鉴外国文学语言细腻、深刻的优长,形成了自己的语言风格。"(第六章第五节《燕赵的恣肆》)

对于恩格斯"历史合力论"的吸收和借鉴,见出传统的社会和谐思想的新发展和时代感,也可见出传统和谐精神与时俱进的生命活力。

① 崔志远:《燕赵风骨的交响变奏》,作家出版社 2001 年版,第 146—147 页。

参考书目

1.［英］麦克・克朗:《文化地理学》,南京大学出版社2003年版。

2.［美］理查德・哈特向:《地理学的性质——当前地理学思想述评》,商务印书馆1996年版。

3.［法］阿・德芒戎:《人文地理学问题》,商务印书馆2004年版。

4.王恩涌编著:《文化地理学导论》高等教育出版社1989年版。

5.唐晓峰:《人文地理随笔》,三联书店2005年版。

6.［英］R.J.约翰斯顿主编:《人文地理学词典》,商务印书馆2006年版。

7.［英］凯・安德森、［美］莫纳・多莫什、［英］史蒂夫・派尔、［英］奈杰尔・思里夫特主编:《文化地理学手册》,商务印书馆2009年版。

8.王会昌:《中国文化地理》,华中师范大学出版社1992年版。

9.胡兆亮等编著:《中国文化地理概述》,北京大学出版社2006年版。

10.杨军:《区域中国——中国区域发展历程》,长春出版社2007年版。

11.李孝聪:《中国区域历史地理》北京大学出版社2004年版。

12.叶春生:《区域民俗学》,黑龙江大学出版社2004年版。

13.冯川编:《荣格文集》,改革出版社1997年版。

14.［瑞士］卡尔・格式塔夫・荣格:《心理学与文学》,三联书店1987年版。

15.［加］诺斯罗普・弗莱:《批评的剖析》,百花文艺出版社1998年版。

16.叶舒宪选编:《神话——原型批评》,陕西师范大学出版社1987年版。

17.程金城:《原型批评与重释》,东方出版社1998年版。

18.叶舒宪:《原型与跨文化阐释》,暨南大学出版社2002年版。

19.［英］J.G.弗雷泽:《金枝》,新世界出版社2006年版。

20.［美］拉尔菲・比尔斯等:《文化人类学》,河北教育出版社1993年版。

21.［美］罗伯特・F.墨菲:《文化与社会人类学引论》,商务印书馆1991年版。

22.［美］鲁道夫・阿恩海姆:《艺术与视知觉》,中国社会科学出版社1987年版。

23.［美］苏珊・朗格:《情感与形式》,中国社会科学出版社1987年版。

24.［美］克莱德・克鲁克洪等:《文化与个人》,浙江人民出版社1986年版。

25.［美］哈罗德・布鲁姆:《影响的焦虑》,江苏教育出版社2006年版。

26.[日]竹内敏雄主编:《美学百科辞典》,湖南人民出版社 1988 年版。
27.林惠祥:《文化人类学》,商务印书馆 1991 年版。
28.梅新林:《中国古代文学地理形态与演变》(上、下册),复旦大学出版社 2006 年版。
29.傅道彬:《晚唐钟声——中国文学的原型批评》,北京大学出版社 2007 年版。
30.冯天瑜、何晓明、周积明:《中华文化史》,上海人民出版社 1990 年版。
31.张岱年、方克立主编:《中国文化概论》,北京师范大学出版社 1994 年版。
32.覃光广、冯利、陈朴主编:《文化学词典》,中央民族学院出版社 1988 年版。
33.杨金鼎主编:《中国文化史词典》,浙江古籍出版社 1987 年版。
34.王治河主编:《后现代主义词典》,中央编译出版社 2005 年版。
35.金开诚主编:《文艺心理学术语详解辞典》,北京大学出版社 1992 年版。
36.陆贵山、周忠厚:《马克思主义文艺学概论》,中国人民大学出版社 2001 年版。
37.陈嘉明:《现代性与后现代性十五讲》,北京大所学出版社 2006 年版。
38.童庆炳等:《文学艺术与社会心理》,高等教育出版社 1997 年版。
39.陈厚诚、王宁主编:《西方当代文学批评在中国》,百花文艺出版社 2000 年版。
40.钱中文主编:《巴赫金全集》(1—6 卷),河北教育出版社 1998 年版。
41.北京大学马克思理论教育中心编:《当代西方思潮评介》,北京大学出版社 1989 年版。
42.朱立元主编:《当代西方文艺理论》(第 2 版),华东师范大学出版社 2005 年版。
43.《中国新文学大系(1976—2000 年)·文艺理论卷》(一、二、三卷),上海文艺出版社 2009 年版。
44.吴福辉:《都市涡流中的海派小说》,湖南教育出版社 1995 年版。(严家炎主编“二十世纪中国文学与区域文化丛书”)
45.朱晓进:《“山药蛋派”与三晋文化》,湖南教育出版社 1995 年版。(严家炎主编“二十世纪中国文学与区域文化丛书”)
46.魏建、贾振勇:《齐鲁文化与山东新文学》,湖南教育出版社 1995 年版。(严家炎主编“二十世纪中国文学与区域文化丛书”)
47.费振忠:《江南士风与江苏文学》,湖南教育出版社 1995 年版。(严家炎主编“二十世纪中国文学与区域文化丛书”)
48.李怡:《现代四川文学的巴蜀文化阐释》,湖南教育出版社 1995 年版。(严家炎主编“二十世纪中国文学与区域文化丛书”)
49.逄增玉:《黑土地文化与东北作家群》,湖南教育出版社 1995 年版。(严家炎主编“二十世纪中国文学与区域文化丛书”)
50.李继凯:《秦地小说与“三秦文化”》,湖南教育出版社 1997 年版。(严家炎主编“二十世纪中国文学与区域文化丛书”)
51.彭晓丰、舒建华:《“S 会馆”与五四新文学的起源》,湖南教育出版社 1997 年版。(严家炎主编“二十世纪中国文学与区域文化丛书”)
52.刘洪涛:《湖南乡土文学与湘楚文化》,湖南教育出版社 1997 年版。(严家炎主编“二十世纪中国文学与区域文化丛书”)
53.马丽华:《雪域文化与西藏文学》,湖南教育出版社 1998 年版。(严家炎主编“二十世纪中国文学与区域文化丛书”）

54.周仁政:《巫觋人文——沈从文与巫楚文化》,岳麓书社 2005 年版。

55.费孝通:《乡土中国》,三联书店 1985 年版。

56.[日]和辻哲郎:《风土》,商务印书馆 2006 年版。

57.杨东平:《城市季风——北京和上海的文化精神》,东方出版社 1994 年版。

58.黄新亚:《三秦文化》,辽宁教育出版社 1993 年版。（俞晓群主编“中国区域文化丛书”）

59.张荷:《吴越文化》,辽宁教育出版社 1991 年版。（俞晓群主编“中国区域文化丛书”）

60.张京华:《燕赵文化》,辽宁教育出版社 1995 年版。（俞晓群主编“中国区域文化丛书”）

61.冯宝志:《三晋文化》,辽宁教育出版社 1991 年版。（俞晓群主编“中国区域文化丛书”）

62.黄松:《齐鲁文化》,辽宁教育出版社 1991 年版。（俞晓群主编“中国区域文化丛书”）

63.王健辉、刘森淼:《荆楚文化》,辽宁教育出版社 1996 年版。（俞晓群主编“中国区域文化丛书”）

64.胡友鸣、马欣来:《台湾文化》,辽宁教育出版社 1998 年版。（俞晓群主编“中国区域文化丛书”）

65.邢莉、易华:《草原文化》,辽宁教育出版社 1998 年版。（俞晓群主编“中国区域文化丛书”）

66.吴恩培主编:《吴文化概论》,东南大学出版社 2006 年版。

67.刘宗贤主编:《鲁文化研究》,齐鲁书社 2007 年版。

68.邱文山:《齐文化与中华文明》,齐鲁书社 2006 年版。

69.《中国大百科全书·中国文学》(1、2),中国大百科全书出版社 1988 年版。

70.《中国大百科全书·中国历史》(缩印本),中国大百科全书出版社 1994 年版。

71.杨义:《中国现代小说史》(1、2、3 卷),人民文学出版社 1986、1988、1991 年版。

72.夏志清:《中国现代小说史》,复旦大学出版社 2005 年版。

73.赵遐秋、曾庆瑞:《中国现代小说史》(上下册)中国人民大学出版社 1985 年版。

74.钱理群、温儒敏、吴福辉:《中国现代文学三十年》,北京大学出版社 1998 年版。

75.郭志刚、孙中田主编:《中国现代文学史》,高等教育出版社 1993 年版。

76.严家炎:《中国现代小说流派史》,人民文学出版社 1995 年版。

77.孔范今主编:《20 世纪中国文学史》(上下册),山东文艺出版社 1997 年版。

78.张炯等主编:《中华文化通史》第六、七、八、九、十卷,华艺出版社 1997 年版。

79.《张炯文集》,上海辞书出版社 2005 年版。

80.洪子诚:《中国当代文学史》,北京大学出版社 1999 年版。

81.陈思和主编:《中国当代文学史教程》,复旦大学出版社 1999 年版。

82.王庆生主编:《中国当代文学》(上下册),华中师范大学出版社 1999 年版。

83.董健、丁凡、王彬彬主编:《中国当代文学史新稿》,人民文学出版社 2005 年版。

84.金汉:《中国当代小说艺术演变史》,浙江大学出版社 2000 年版。

85.程文超、郭冰茹:《中国当代小说叙事演变史》,中国社会科学出版社 2006 年版。
86.崔志远等:《中国当代小说流变史》,中国社会科学出版社 2009 年版。
87.张学军:《中国当代小说流派史》,山东大学出版社 1999 年版。
88.孟繁华:《中国当代文学通论》,辽宁人民出版社 2009 年版。
89.陈晓明:《中国当代文学主潮》,北京大学出版社 2009 年版。
90.陈晓明:《表意的焦虑》,中央编译出版社 2002 年版。
91.佘树森、牛运清主编:《中国当代文学作品词典》,北京大学出版社 1990 年版。
92.丁帆:《中国乡土小说史论》,江苏文艺出版社 1992 年版。
93.丁帆等:《中国乡土小说史》,北京大学出版社 2007 年版。
94.陈继会:《理性的消长——中国乡土小说综论》,中原农民出版社 1989 年版。
95.陈继会等:《中国乡土小说史》,安徽教育出版社 1999 年版。
96.许志英、丁帆主编:《中国新时期小说主潮》(上下卷),人民文学出版社 2002 年版。
97.王铁仙等:《新时期文学二十年》,上海教育出版社 2001 年版。
98.王又平:《新时期文学转型中的小说创作潮流》,华中师范大学出版社 2001 年版。
99.陈晓明主编:《现代性与中国当代文学转型》,云南人民出版社 2003 年版。
100.杨志今、刘新风:《新时期文坛风云录》(上下册),吉林人民出版社 1999 年版。
101.张志忠:《1993:世纪末的喧哗》,山东教育出版社 1998 年版。
102.张志忠:《世纪初的漂浮与遮蔽》,北岳文艺出版社 2006 年版。
103.王一川:《中国形象诗学》,上海三联书店 1998 年版。
104.朱立元、王文英:《真的感悟》,上海文艺出版社 1989 年版。
105.孟悦:《人·历史·家园》,人民文学出版社 2006 年版。
106.赵园:《北京·城与人》,北京大学出版社 2002 年版。
107.王东、王放:《北京魅力》,北京大学出版社 2008 年版。
108.谭新生、倪洁:《北京通史简编》,南开大学出版社 2004 年版。
109.李建平:《魅力北京中轴线》,文化艺术出版社 2008 年版。
110.贾珺:《北京四合院》,清华大学出版社 2009 年版。
111.胡玉远主编:《燕都说故》,北京燕山出版社 1996 年版。
112.王永斌:《话说前门》,北京燕山出版社 1996 年版。
113.骆正:《中国京剧二十讲》,广西师范大学出版社 2004 年版。
114.《中国大百科全书·戏曲曲艺》,中国大百科全书出版社 1985 年版。
115.王一川主编:《京味文学第三代》,北京大学出版社 2006 年版。
116.王惠云等:《老舍论稿》,中国矿业大学出版社 1993 年版。
117.王勤玲博士论文:《幽默言语的认知语用研究》,复旦大学,2005 年,中国知网。
118.尉万传博士论文:《幽默言语的多维研究》,浙江大学,2009 年,中国知网。
119.葛红兵、朱立冬编选:《王朔研究资料》,天津人民出版社 2005 年版。
120.王朔等:《我是王朔》,国际文化出版公司 1993 年版。
121.唐振常主编:《上海史》,上海人民出版社 1989 年版。
122.[法]白吉尔:《上海史:走向现代之路》,上海社会科学院出版社 2005 年版。

123.顾正明主编:《上海文学通史》(上下册),复旦大学出版社 2005 年版。

124.上海市地方志办公室编:《上海辞典》,上海社会科学院出版社 1989 年版。

125.张鸿声:《文学中的上海想象》,人民出版社 2011 年版。

126.吴义勤主编:《王安忆研究资料》,山东文艺出版社 2006 年版。

127.张新颖、金理主编:《王安忆研究资料》(上下)天津人民出版社 2009 年版。

128.王嘉良主编:《浙江 20 世纪文学史》(修订版),浙江大学出版社 2009 年版。

129.陈辽主编:《江苏新文学史》,南京出版社 1990 年版。

130.陆建华主编:《汪曾祺文集·文论卷》,江苏文艺出版社 1994 年版。

131.陆建华:《汪曾祺传》,江苏教育出版社 1997 年版。

132.马宽厚:《陕西文学史稿》,中国文学出版社 2002 年版。

133.冯肖华主编:《陕西地域文学论稿》,陕西人民出版社 2006 年版。

134.梁颖编选:《贾平凹研究资料》,山东文艺出版社 2006 年版。

135.费秉勋:《贾平凹论》,西北大学出版社 1990 年版。

136.孙见喜:《鬼才贾平凹》(第一、二部),北岳文艺出版社 1994 年版。

137.王永生等:《贾平凹的语言世界》,太白文艺出版社 1994 年版。

138.路程等编著:《河北历史读本》,河北人民出版社 2009 年版。

139.崔志远:《燕赵风骨的交响变奏》,作家出版社 2001 年版。

140.秦进才:《燕赵历史文献研究》,中华书局 2005 年版。

141.张光成等:《燕赵近现代文化的历史进程》,国防大学出版社 2006 年版。

142.刘绍棠:《乡土文学四十年》,文化艺术出版社 1990 年版。

143.刘绍棠:《我是刘绍棠》,团结出版社 1996 年版。

144.刘绍棠:《如是我人》,华文出版社 1993 年版。

145.《刘绍棠文集》(卷十),北京十月文艺出版社 2003 年版。

146.郑恩波:《刘绍棠全传》,文化艺术出版社 2006 年版。

147.郑恩波:《大运河之子刘绍棠》,社会科学文献出版社 1991 年版。

148.郑恩波、张明主编:《刘绍棠纪念文集》,中国展望出版社 2006 年版。

149.山东美术出版社编:《山东风物志》,山东美术出版社 1984 年版。

150.房福贤等:《齐鲁文化形象与百年山东叙事》,山东画报出版社 2009 年版。

151.杨政主编:《山东当代文学史》,中国戏剧出版社 2008 年版。

152.陈光林主编:《山东新文学大系》(现代部分·小说卷一、二;当代部分·小说卷一、二、三),山东文艺出版社 1999 年版。

153.路晓冰编选:《莫言研究资料》,山东文艺出版社 2006 年版。

154.杨扬编:《莫言研究资料》,天津人民出版社 2005 年版。

155.张志忠:《莫言论》,中国社会科学出版社 1990 年版。

156.《莫言、王尧对话录》,苏州大学出版社 2003 年版。

157.莫言:《恐惧与希望:讲演创作集》,海天出版社 2007 年版。

158.朱宾忠:《跨越时空的对话——福克纳与莫言比较研究》,武汉大学出版社 2006 年版。

159.贺立华、杨守森:《怪才莫言》,花山文艺出版社1992年版。
160.叶开:《莫言评传》,河南文艺出版社2008年版。
161.黄轶编选:《张炜研究资料》,山东文艺出版社2006年版。
162.《午夜来獾:张炜2010年海外演讲录》,作家出版社2011年版。
163.《张炜自述:野地与行吟》,中国社会出版社2007年版。
164.张炜:《芳心似火:兼论齐国的恣与累》,作家出版社2009年版。
165.张炜:《在半岛上行走》,作家出版社2009年版。

后　记

将书名定为《中国地缘文化诗学》，实在有些唬人，心里总有些惴惴。但我反复思考，这还是一个比较合适的名字。一是建构一个关于地域文学研究的理论方法是我二十余年来的苦苦追求。从《乡土文学与地缘文化》提出“地缘文化视角”到《燕赵风骨的交响变奏》提出“文艺地缘学”，再到本课题提出“地缘文化诗学”，记下了我艰难思考的过程。本课题在获准国家社科基金项目时已定名为《地缘文化诗学与新时期地域作家群》，“地缘文化诗学”在标题中已占显著位置，研究中又将“地缘文化诗学”作为课题的理论支点和贯穿红线。对此，在课题立项和结项的评审专家评审都予以赞扬。二是从“中国文化地理学”中获得启示，它以“文化地理学”研究中国文化地理，采用总论与分论相结合的结构体式。本课题亦是前三章总论后六章分论，也就仿其名定为“中国地缘文化诗学”。三是我国文论界于20世纪90年代便倡导“文化诗学”，我在前面加上“地缘”二字，不过是在地缘文化诗学这个局部领域做一些思考，也算不得大言不惭……想来想去，心情也就释然了。

本课题作为国家社会科学基金项目于2011年9月结项。评定等级为“优秀”。评审专家给予较高的评价。大致有三方面：一是肯定建构地缘文化诗学理论的创新性。“它从地缘文化的角度研究文学发展的规律，开创了一门中国地缘文化诗学的新理论，是将西方近现代文学理论中国化的成功尝试，不仅具有学术前沿性，而且有学科奠基性。这一研究能够从理论和实践上双向开拓，相互印证并相得益彰；又是我国文艺理论和现当代文学跨学科研究的成功范例。”(顾祖钊)“论者……较早地提出地缘文化诗学的理论命题，并且在文化地理学、历史沿革考证、中外文学理论等多重的理论视角下，聚焦于地缘文化诗学，对其进行了有理有据、史论结合的辨析，不但为本成果奠定了坚实的理论基础，有了一个高屋建瓴的理论视野，而且为中国本土的文论建设，也作出了可喜的探索，具有相当的开创性。”(张志忠)“它集作者20年研究之心血，体大思精，创意迭出。提出‘地缘文化诗学’的理论体系，并运用大量个案研究证明这一理论的可行性和独特性，是当代中国文艺理论研究的重大突破。”（陈建宪）二是运用地缘文化诗学理论对六大文化区进行个案研究的系统性、深刻性和创新性。“运用地缘文化诗学理论对京都、上海、燕赵、三秦和吴越等地的文化精神和文学创作之间的关系进行了剖析，其中无论是对各文化区的文化传统、文化性格、文化结构的梳理概括，还是对各区代表性作家作品的分析，均有新的发现和精彩评论。”（陈建宪）“对现当代作家群落的研究，既有整体性勾勒，又有典型性个案研究，分别以地缘文化景观、地缘文化风俗和地缘文化性格逐层深入地分析了一个个文学群落，一个个代表作家，得出了一系列的新结论。从而充分地印证了该项目提出的‘中国地缘文化诗学’理论的精辟性和实践的可行性。可谓耳目一新，新意迭出。可以肯定，此项成果将对中国文艺理论建设和当代文学研究，产生广泛的学术影响。”（顾祖钊）三是对当代文学研究的深化和拓展。本课题“对于学界已有的研究成果有进一步的拓展，如，将钱锺书、周而复、艾明之等作家纳入‘海味小说’视野，以荣格的精神分析理论解读王安忆小说，在燕赵小说中进一步分出‘荷花淀派’、‘保定作家群’、‘山庄文学’等‘地区文学群落’，以及刘绍棠小说中‘生、旦、净、丑’形象系列的分析，都颇有新意，体现出作者将文学的‘地缘文化诗学’研究进一步向纵深拓展的可贵努力和求新意识。在当代文学的地域文化研究已有长足发展的格局中，这样的拓新探索是值得肯定的。”（樊星）“该著作不仅从一个新角度深化了新时期文学（特别是新时期小说）的理论研究，也有助于小说理论的建构。”（周斌）

专家们也提出一些不足和修改意见，主要是增写“结语”、强化地缘文化诗学的审美性、增写齐鲁、楚湘等区域以保持地域文学版图的完整性等。本书据此进行了认真的修改和增补。

（1）关于增加“结语”。当初感到本课题运用的是演绎思维，概括性理论已在前面，“结语”就不大好写。后来反复考虑，还是写了“结语”。让思维稍稍跳出，从六区的地域文化、文学中升华出对中华文化精神的思考。这种写法有两个收获：一是从地域文化视角看中华民族文化，有一些新的发现；二是从新时期地域小说看中华文化，发现的是在历史转型时期中华文化的动态风貌，实际是用现代人的眼光审视批判发展中的中华文化，内蕴重铸民族之魂的现代性诉求。这无疑强化了本课题的现实价值。

（2）关于“地域文学版图”的完整性。这是指对邦邑区研究个案选择的代表性。当初的思路是，先提出“地缘文化诗学”，继而勾勒新时期地域小说的“割据称雄”概貌，然后选燕赵、三秦、吴越三区域进行个案研究。如此，“地域文学版图”在概貌介绍中已描绘，三个案就只是与地缘文化诗学印证，不存在“版图”问题。后来感到北京作为一个特殊的区域应该写，增写后可体现地域文学与乡土文学的区别；写了北京又想到写上海，因为两者一南一北，一政治中心，一经济中心，如双峰对峙，不可或缺。于是，个案就由三个变成五个。“地域文学版图”的遗漏便暴露出来。我当时已有所觉察，像齐鲁的莫言、张炜，不论从新时期文学还是从地域文学看，都是重量级作家；湖南的韩少功、残雪等，都需要研究。但是，一则本书的篇幅已近50万字，二则结项日期在即。就只好作罢。修改中，据专家意见增写了齐鲁文化区。但由于书稿篇幅和交稿日期所限，楚文化区成了遗珠之憾。

(3)关于地缘文化诗学美学追求。这是文化学与诗学有机结合的重要问题，也是当前文化诗学研究的一个难题。学界的通病是为了“文化”而忘掉“诗学”，这也正是“文化诗学”提出的初衷。由此自省，思维的潜意识总是向文化这边靠。比如将地缘文化诗学的核心问题聚焦为“地域文化性格”。而这一焦点必然形成地域文学怎样的审美特征，却思考不足。于是将此作为重点修改内容。一是在“地缘文化诗学的理论构成”中增加了一小节：“地缘文化诗学的审美追求”，析出了意象美、风情美和神秘美等特征；二是对个案分析部分作进一步修改，强化与地域文化相关的审美内涵。

我自知本课题的研究是一个艰难而较长时间的工程，必须一步一步地走。因而，在本课题研究伊始，每一章节均按论文的要求写。迄今为止，已在《文艺研究》《文学理论与批评》《文艺争鸣》《中国现代文学研究丛刊》《文艺报》《河北学刊》《河北师范大学学报》等报刊发表有关学术论文余30篇，衷心感谢这些报刊的编辑们。

我怀念我的研究生们，自20世纪90年代末开始为他们开设乡土文学、地域文学等课程，历时十几年，切磋交流，教学相长，有的研究生还尝试用地缘文化诗学解读作家作品，写成毕业论文。这一切，不断启迪、丰富和完善着我对地缘文化诗学的认识和思考。本书第九章的第四节《莫言小说的高密文化特征》便是由雷瑞福的硕士论文修改而成。此外，王晓书副研究馆员在本课题的研究中，做了大量搜集资料的工作，还撰写了《吴越新小说概观》等章节，是本书的重要参与者。

我怀念已逝世25年的家父。他天资聪慧却生逢乱世，他在正定省立第七中学刚刚读完高中一年级，便因七七事变而辍学。抗战时期，他曾参加县抗战委员会，教抗日完小，其间又险些被抓到日本做劳工；解放战争时期，他组织村剧团进行革命宣传，还带领担架队参加解放石家庄的战斗。新中国成立后他曾在北京工作，后因家庭拖累回本县从教，最终成为一位优秀的中学教师，将一批批优秀学子送到高中、大学。已是桃李满园。可惜他一生被“出身”所累，文化大革命期间又饱受迫害。他对我充满希望，我也饱经坎坷。好在他生前已看到社会和家庭的转机，那时我已在高校任教，举家迁至石家庄，他心爱的孙子也考取了大学。只是没有看到他的孩子们90年代以后更辉煌的发展。谨将这本书纪念他的93岁诞辰。

感谢尊敬的张炯先生为本书作序。张先生的学识、胸怀和人品广为全国文学、文论界所称道,2005年,他为我的《现实主义的当代中国命运》作序,之后六七年他一直关注我的学术研究,给予多方面帮助。而今他已近八旬,仍为本书作序,令我感动。感谢我的好友张志忠教授为本书作序,我与张教授交往多年。在各种各样的学术会上经常听到他精彩的发言,也常拜读他见解深邃的文章。他对本课题结项的审读意见高屋建瓴,语语中的。能为本书作序使我倍感欣慰。

本课题也是"河北师范大学重点科研基金项目"。在课题的研究和出版过程中,河北师范大学科技处和文学院给予热情的关注、支持和帮助,从而成为我的研究工作的坚强后盾。每念及此,便深为感激,于此谨致谢忱。

感谢人民出版社崔继新主任对本书的出版给予的帮助和支持,感谢责任编辑王怡石女士付出的劳动。

崔志远

2012年7月28日

于河北师范大学寓所宁远斋

责任编辑：王怡石

图书在版编目（CIP）数据

中国地缘文化诗学——以新时期小说为例/崔志远 著.
-北京：人民出版社，2015.4
ISBN 978-7-01-012301-1

Ⅰ.①中… Ⅱ.①崔… Ⅲ.①小说研究-中国-当代 Ⅳ.①I207.42

中国版本图书馆 CIP 数据核字（2013）第 148616 号

中国地缘文化诗学

ZHONGGUO DIYUAN WENHUA SHIXUE

——以新时期小说为例

崔志远 著

人民出版社 出版发行

（100706 北京市东城区隆福寺街 99 号）

环球印刷（北京）有限公司印刷 新华书店经销

2015 年 4 月第 1 版 2015 年 4 月北京第 1 次印刷

开本：710 毫米×1000 毫米 1/16 印张：33.25

字数：670 千字

ISBN 978-7-01-012301-1 定价：89.00 元

邮购地址 100706 北京市东城区隆福寺街 99 号

人民东方图书销售中心 电话（010）65250042 65289539